中国现代文学名著
精选集

背　　影

朱自清 —— 著

四川人民出版社

图书在版编目（CIP）数据

中国现代文学名著精选集/鲁迅等著. —成都：四川人民出版社，2024.6

ISBN 978-7-220-12634-5

Ⅰ. ①中… Ⅱ. ①鲁… Ⅲ. ①中国文学-现代文学-作品综合集 Ⅳ. ①I216.1

中国版本图书馆 CIP 数据核字（2021）第 255328 号

ZHONGGUO XIANDAI WENXUE MINGZHU JINGXUANJI BEIYING

中国现代文学名著精选集·背影

朱自清　著

出 版 人	黄立新
选题策划	张明辉
出版统筹	王其进
责任编辑	王　雪
封面设计	象上设计
责任印制	祝　健
出版发行	四川人民出版社（成都三色路 238 号）
网　　址	http://www.scpph.com
E-mail	scrmcbs@sina.com
新浪微博	@四川人民出版社
微信公众号	四川人民出版社
发行部业务电话	（028）86361653　86361656
防盗版举报电话	（028）86361653
照　　排	四川胜翔数码印务设计有限公司
印　　刷	成都蜀通印务有限责任公司
成品尺寸	130mm×185mm
印　　张	9.25
字　　数	180 千
版　　次	2024 年 6 月第 1 版
印　　次	2024 年 6 月第 1 次印刷
书　　号	ISBN 978-7-220-12634-5
定　　价	299.00 元（全 6 册）

我北来后，他写了一信给我，信中说道：“我身体平安，唯膀子疼痛厉害，举箸提笔，诸多不便，大约大去之期不远矣。”我读到此处，在晶莹的泪光中，又看见那肥胖的、青布棉袍黑布马褂的背影。唉！我不知何时再能与他相见！

本书在编辑出版中，尽可能保留了原版本的惯用字、通假字和标点用法；人名、地名亦保留作者原译法。

目录

背 影

我与父亲不相见已二年余了，我最不能忘记的是他的背影。

那年冬天，祖母死了，父亲的差使也交卸了，正是祸不单行的日子。我从北京到徐州，打算跟着父亲奔丧回家。到徐州见着父亲，看见满院狼藉的东西，又想起祖母，不禁簌簌地流下眼泪。父亲说："事已如此，不必难过，好在天无绝人之路！"

回家变卖典质，父亲还了亏空；又借钱办了丧事。这些日子，家中光景很是惨淡，一半为了丧事，一半为了父亲赋闲。丧事完毕，父亲要到南京谋事，我也要回北京念书，我们便同行。

到南京时，有朋友约去游逛，勾留了一日；第二日上午便须渡江到浦口，下午上车北去。父亲因为事忙，本已说定不送我，叫旅馆里一个熟识的茶房陪我同去。他再三嘱咐茶房，甚是仔细。但他终于不放心，怕茶房不妥帖；颇踌躇了一会儿。其实我那年已二十岁，北京已来往过两三次，是没有什么要紧的了。他踌躇了一会儿，终于决定还是自己送我去。我再三回劝他不必去；他只说：“不要紧，他们去不好！”

我们过了江，进了车站。我买票，他忙着照看行李。行李太多了，得向脚夫行些小费才可过去。他便又忙着和他们讲价钱。我那时真是聪明过分，总觉他说话不大漂亮，非自己插嘴不可，但他终于讲定了价钱；就送我上车。他给我拣定了靠车门的一张椅子；我将他给我做的紫毛大衣铺好座位。他嘱我路上小心，夜里要警醒些，不要受凉。又嘱托茶房好好照应我。我心里暗笑他的迂；他们只认得钱，托他们只是白托！而且我这样大年纪的人，难道还不能料理自己么？唉，我现在想想，那时真是太聪明了！

我说道：“爸爸，你走吧。”他望车外看了看说：“我买几个橘子去。你就在此地，不要走动。”我看那边月台的栅栏外有几个卖东西的等着顾客。走到那边月台，须穿过铁道，须跳下去又爬上去。父亲是一个胖子，走过去自然要费事些。我本来要去的，他不肯，只好让他去。我看见他戴着黑布小帽，穿着黑布大马褂，深青布棉袍，蹒跚地走到铁道边，慢慢探身下去，尚不大难。可是他穿过铁道，要爬上那边月台，就不容易了。他用两手攀着上面，两脚再向上缩；他肥胖的身子向左微倾，显出努力的样子。这时我看见他的背影，我的泪很快地流下来了。我赶紧拭干了泪。怕他看见，也怕别人看见。我再向外看时，他已抱了朱红的橘子往回走了。过铁道时，他先将橘子散放在地上，自己慢慢爬下，再抱起橘子走。到这边时，我赶紧去搀他。他和我走到车上，将橘子一股脑儿放在我的皮大衣上。

于是扑扑衣上的泥土，心里很轻松似的。过一会儿说：“我走了，到那边来信！”我望着他走出去。他走了几步，回过头看见我，说：“进去吧，里边没人。”等他的背影混入来来往往的人里，再找不着了，我便进来坐下，我的眼中不禁又簌簌地流下泪来。

近几年来，父亲和我都是东奔西走，家中光景是一日不如一日。他少年出外谋生，独力支持，做了许多大事。哪知老境却如此颓唐！他触目伤怀，自然情不能自已。情郁于中，自然要发之于外；家庭琐屑便往往触他之怒。他待我渐渐不同往日。但最近两年不见，他终于忘却我的不好，只是惦记着我，惦记着我的儿子。我北来后，他写了一信给我，信中说道：“我身体平安，唯膀子疼痛厉害，举箸提笔，诸多不便，大约大去之期不远矣。”我读到此处，在晶莹的泪光中，又看见那肥胖的、青布棉袍黑布马褂的背影。唉！我不知何时再能与他相见！

阿　河

我这一回寒假，因为养病，住到一家亲戚的别墅里去。那别墅是在乡下。前面偏左的地方，是一片淡蓝的湖水，对岸环拥着不尽的青山。山的影子倒映在水里，越显得清清朗朗的。水面常如镜子一般。风起时，微有皱痕；像少女们皱她们的眉头，过一会子就好了。湖的余势束成一条小港，缓缓地不声不响地流过别墅的门前。门前有一条小石桥，桥那边尽是田亩。这边沿岸一带，相间地栽着桃树和柳树，春来当有一番热闹的梦。别墅外面缭绕着短短的竹篱，篱外是小小的路。里边一座向南的楼，背后便倚着山。西边是三间平屋，我便住在这里。院子里有两块草地，上面随便放着两三块石头。另外的隙地上，或罗列着盆栽，或种莳着花草。篱边还有几株枝干蟠曲的大树，有一株几乎要伸到水里去了。

我的亲戚韦君只有夫妇二人和一个女儿。她在外边念书，这时也刚回到家里。她邀来三位同学，同到她家过这个寒假；两位是亲戚，一位是朋友。她们住着楼上的两间屋子。韦君夫妇也住在楼上。楼下正中是客厅，常是闲着，西间是吃饭的地方；东间便是韦君的书房，我们谈天，喝茶，看报，都在这里。我吃了饭，便是一个人，也要到这里来闲坐一回。我来的第二天，韦小姐告诉我，她母亲要给她们找一个好好的女用人；长工阿齐说有一个表妹，母亲叫他明天就带来做做看呢。她似乎很高兴的样子，我只是不经意地答应。

平屋与楼屋之间，是一个小小的厨房。我住的是东面的屋子，从窗子里可以看见厨房里人的来往。这一天午饭前，我偶然向外看看，见一个面生的女用人，两手提着两把白铁壶，正往厨房里走；韦家的李妈在她前面领着，不知在和她说什么话。她的头发乱蓬蓬的，像冬天的枯草一样。身上穿着镶边的黑布棉袄和夹裤，黑里已泛出黄色；棉袄长与膝齐，夹裤也直拖到脚背上。脚倒是双天足，穿着尖头的黑布鞋，后跟还带着两片同色的“叶拔儿”。想这就是阿齐带来的女用人了；想完了就坐下看书。晚饭后，韦小姐告诉我，女用人来了，她的名字叫“阿河”。我说，“名字很好，只是人土些；还能做么?”她说，“别看她土，很聪明呢。”我说，“哦。”便接着看手中的报了。

以后每天早上，中上，晚上，我常常看见阿河挈着水壶来往；她的眼似乎总是望前看的。两个礼拜匆匆地过去了。韦小姐忽然和我说，你别看阿河土，她的志气很好，她是个可怜的人。我和娘说，把我前年在家穿的那身棉袄裤给了她吧。我嫌那两件衣服太花，给了她正好。娘先不肯，说她来了没有几天；后来也肯了。今天拿出来让她穿，正合适呢。我们教给她打绒绳鞋，她真聪明，一学就会了。她说拿到工钱，也要打一双穿呢。我等几天再和娘说去。

“她这样爱好！怪不得头发光得多了，原来都是你们教她的。好！你们尽教她讲究，她将来怕不愿回家去呢。”大家都笑了。

旧新年是过去了。因为江浙的兵事，我们的学校一时还不能开学。我们大家都乐得在别墅里多住些日子。这时阿河如换了一个人。她穿着宝蓝色挑着小花儿的布棉袄裤；脚下是嫩蓝色毛绳鞋，鞋口还缀着两个半蓝半白的小绒球儿。我想这一定是她的小姐们给帮忙的。古语说得好，“人要衣裳马要鞍”，阿河这一打扮，真有些楚楚可怜了。她的头发早已是刷得光光的，覆额的刘海也梳得十分服帖。一张小小的圆脸，如正开的桃李花；脸上并没有笑，却隐隐地含着春日的光辉，像花房里充了蜜一般。这在我几乎是一个奇迹；我现在是常站在窗前看她了。我觉得在深山里发见了一粒猫儿眼；这样精纯的猫儿眼，是我生平所仅见！我觉得我们相识已太长久，极愿和她说一句话——极平淡的话，一句也好。但我怎好平白地和她攀谈呢？这样郁郁了一礼拜。

这是元宵节的前一晚上。我吃了饭，在屋里坐了一会儿，觉得有些无聊，便信步走到那书房里。拿起报来，想再细看一回。忽然门钮一响，阿河进来了。她手里拿着三四支颜色铅笔，出乎意料地走近了我。她站在我面前了，静静地微笑着说：“白先生，你知道铅笔刨在哪里？”一面将拿着的铅笔给我看。我不自主地立起来，匆忙地应道，“在这里。”我用手指着南边柱子。但我立刻觉得这是不够的。我领她走近了柱子。这时我像闪电似地踌躇了一下，便说，“我……我……”她一声不响地已将一支铅笔交给我．我放进刨子里刨给她看。刨了两下，便想交给她；但终于刨完了一支，交还了她。她接了笔略看一看，仍仰着脸向我。我窘极了。刹那间念头转了好几个圈子；到底硬着头皮搭讪着说，“就这样刨好了。”我赶紧向门外一瞥，就走回原处看报去。但我的头刚低下，我的眼已抬起来了。于是远远地从容地问道，“你会么?”她不曾掉过头来，只“嘤”了一声，也不说话。我看了她背影一会儿。觉得应该低下头了。等我再抬起头来时，她已默默地向外走了。她似乎总是往前看的；我想再问她一句话，但终于不曾出口。我撇下了报，站起来走了一会儿，便回到自己屋里。

我一直想着些什么，但什么也没有想出。

第二天早上看见她往厨房里走时，我发愿我的眼将老跟着她的影子！她的影子真好。她那几步路走得又敏捷，又匀称，又苗条，正如一只可爱的小猫。她两手各提着一只水壶，又令我想到在一条细细的索儿上抖擞精神走着的女子。这全由于她的腰；她的腰真太软了，用白水的话说，真是软到使我如吃苏州的牛皮糖一样。不止她的腰，我的日记里说得好：“她有一套和云霞比美，水月争灵的曲线，织成大大的一张迷惑的网!”而那两颊的曲线，尤其甜蜜可人。她两颊是白中透着微红，润泽如玉。她的皮肤，嫩得可以掐出水来；我的日记里说，“我很想去掐她一下呀！”她的眼像一双小燕子，老是在滟滟的春水上打着圈儿。她的笑最使我记住，像一朵花漂浮在我的脑海里。我不是说过，她的小圆脸像正开的桃花么？那么，她微笑的时候，便是盛开的时候了：花房里充满了蜜，真如要流出来的样子。她的发不甚厚，但黑而有光，柔软而滑，如纯丝一般。只可惜我不曾闻着一些儿香。唉！从前我在窗前看她好多次，所得的真太少了；若不是昨晚一见——虽只几分钟——我真太对不起这样一个人儿了。

午饭后，韦君照例地睡午觉去了，只有我，韦小姐和其他三位小姐在书房里。我有意无意地谈起阿河的事。我说：

“你们怎知道她的志气好呢？”

“那天我们教给她打绒绳鞋，”一位蔡小姐便答道，“看她很聪明，就问她为什么不念书？她被我们一问，就伤心起来了。”

“是的，”韦小姐笑着抢了说，“后来还哭了呢；还有一位傻子陪她淌眼泪呢。”

那边黄小姐可急了，走过来推了她一下。蔡小姐忙拦住道，“人家说正经话，你们尽闹着玩儿！让我说完了呀——”“我代你说啵，”韦小姐仍抢着说，“——她说她只有一个爹，没有娘。嫁了一个男人，倒有三十多岁，土头土脑的，脸上满是疤！他是李妈的邻舍，我还看见过呢……”“好了，底下我说吧。”蔡小姐接着道，“她男人又不要好，尽爱赌钱；她一气，就住到娘家来，有一年多不回去了。”

“她今年几岁？”我问。

"十七不知十八？前年出嫁的，几个月就回家了。"蔡小姐说。

"不，十八，我知道。"韦小姐改正道。

"哦。你们可曾劝她离婚？"

"怎么不劝，"韦小姐应道，"她说十八回去吃她表哥的喜酒，要和她的爹去说呢。"

"你们教她的好事，该当何罪！"我笑了。

她们也都笑了。

十九的早上，我正在屋里看书，听见外面有嚷嚷的声音；这是从来没有的。我立刻走出来看；只见门外有两个乡下人要走进来，却给阿齐拦住。他们只是央告，阿齐只是不肯。这时韦君已走出院中，向他们道，"你们回去吧。人在我这里，不要紧的。快回去，不要瞎吵！"

两个人面面相觑，说不出一句话；俄延了一会儿，只好走了。我问韦君什么事？他说，"阿河啰！还不是瞎吵一回子。"

我想他于男女的事向来是懒得说的，还是回头问他小姐的好；我们便谈到别的事情上去。

吃了饭，我赶紧问韦小姐，她说，"她是告诉娘的，你问娘去。"

我想这件事有些尴尬，便到西间里问韦太太；她正看着李妈收拾碗碟呢。她见我问，便笑着说，"你要问这些事做什么？她昨天回去，原是借了阿桂的衣裳穿了去的，打扮得娇滴滴的，也难怪，被她男人看见了，便约了些不相干的人，将她抢回去过了一夜。今天早上，她骗她男人，说要到此地来拿行李。她男人就会信她，派了两个人跟着。哪知她到了这里，便叫阿齐拦着那跟来的人；她自己便跪在我面前哭诉，说死也不愿回她男人家去。你说我有什么法子。只好让那跟来的人先回去再说。好在没有几天，她们要上学了，我将来交给她的爹吧。唉，现在的人，心眼儿真是越过越大了；一个乡下女人，也会闹出这样惊天动地的事了！”

“可不是，”李妈在旁插嘴道，“太太你不知道；我家三叔前儿来，我还听他说呢。我本不该说的，阿弥陀佛！太太，你想她不愿意回婆家，老愿意住在娘家，是什么道理？家里只有一个单身的老子；你想那该死的老畜生！他舍不得放她回去呀！”

“低些，真的么？”韦太太惊诧地问。

“他们说得千真万确的。我早就想告诉太太了，总有些疑心；今大看她的样子，真有几分对呢。太太，你想现在还成什么世界！”

“这该不至于吧。”我淡淡地插了一句。

“少爷，你哪里知道！”韦太太叹了一口气，“——好在没有几天了，让她快些走吧；别将我们的运气带坏了。她的事，我们以后也别谈吧。”

开学的通告来了，我定在二十八走。二十六的晚上，阿河忽然不到厨房里挈水了。韦小姐跑来低低地告诉我，“娘叫阿齐将阿河送回去了；我在楼上，都不知道呢。”我应了一声，一句话也没有说。正如每日有三顿饱饭吃的人，忽然绝了粮；却又不能告诉一个人！而且我觉得她的前面是黑洞洞的，此去不定有什么好歹！那一夜我是没有好好地睡，只翻来覆去地做梦，醒来却又一例茫然。这样昏昏沉沉地到了二十八早上，懒懒地向韦君夫妇和韦小姐告别而行，韦君夫妇坚约春假再来住，我只得含糊答应着。出门时，我很想回望厨房几眼；但许多人都站在门口送我，我怎好回头呢？

到校一打听，老友陆已来了。我不及料理行李，便找着他，将阿河的事一五一十告诉他。他本是个好事的人；听我说时，时而皱眉，时而叹气，时而擦掌。听到她只十八岁时，他突然将舌头一伸，跳起来道，“可惜我早有了我那太太！要不然，我准得想法子娶她！”

“你娶她就好了；现在不知鹿死谁手呢。”

我俩默默相对了一会儿，陆忽然拍着桌子道，“有了，老汪不是去年失了恋么？他现在还没有主儿，何不给他俩撮合一下。”

我正要答说，他已出去了。过了一会子，他和汪来了，进门就嚷着说，“我和他说，他不信；要问你呢！”

“事是有的，人呢，也真不错。只是人家的事，我们凭什么去管！”我说。

“想法子呀！”陆嚷着。

“什么法子？你说！”

“好，你们尽和我开玩笑，我才不理会你们呢！”汪笑了。

我们几乎每天都要谈到阿河，但谁也不曾认真去“想法子”。

一转眼已到了春假。我再到韦君别墅的时候，水是绿绿的，桃腮柳眼，着意引人。我却只惦着阿河，不知她怎么样了。那时韦小姐已回来两天。我背地里问她，她说，“奇得很！阿齐告诉我，说她二月间来求娘来了。她说她男人已死了心，不想她回去；只不肯白白地放掉她。他教她的爹拿出八十块钱来，人就是她的爹的了；他自己也好另娶一房人。可是阿河说她的爹哪有这些钱？她求娘可怜可怜她！娘的脾气你知道。她是个古板的人；她数说了阿河一顿，一个钱也不给！我现在和阿齐说，让他上镇去时，带个信儿给她，我可以给她五块钱。我想你也可以帮她些，我教阿齐一块儿告诉她吧。只可惜她未必肯再上我们这儿来啰！”

“我拿十块钱吧，你告诉阿齐就是。”

我看阿齐空闲了，便义去问阿河的事。他说，“她的爹正给她东找两找地找主儿呢。只怕难吧，八十块大洋呢！”

我忽然觉得不自在起来，不愿再问下去。

过了两天，阿齐从镇上回来，说，“今天见着阿河了。娘的，齐整起来了。穿起了裙子，做老板娘娘了！据说是自己拣中的；这种年头！”

我立刻觉得，这一来全完了！只怔怔地看着阿齐，似乎想在他脸上找出阿河的影子。咳，我说什么好呢？愿命运之神长远庇护着她吧！

第二天我便托故离开了那别墅；我不愿再见那湖光山色，更不愿再见那间小小的厨房！

给亡妇

谦，日子真快，一眨眼你已经死三个年头了。这三年里世事不知变化了多少回，但你未必注意这些个，我知道。你第一惦记的是你几个孩子，第二便轮着我。孩子和我平分你的世界，你在日如此；你死后若还有知，想来还如此的。告诉你，我夏天回家来着：迈儿长得结实极了，比我高一个头。闰儿父亲说是最乖，可是没有先前胖了。采芷和转子都好。五儿全家夸她长得好看；却在腿上生了湿疮，整天坐在竹床上不能下来，看了怪可怜的。六儿，我怎么说好，你明白，你临终时也和母亲谈过，这孩子是只可以养着玩儿的，他左挨右挨去年春天，到底没有挨过去。这孩子生了几个月，你的肺病就重起来了。我劝你少亲近他，只监督着老妈子照管就行。你总是忍不住，一会儿提，一会儿抱的。可是你病中为他操的那一份儿心也够瞧的。那一个夏天他病的时候多，你成天儿忙着，汤呀，药呀，冷呀，暖呀，连觉也没有好好儿睡过。哪里有一分一毫想着你自己。瞧着他硬朗点儿你就乐，干枯的笑容在黄蜡般的脸上，我只有暗中叹气而已。

从来想不到做母亲的要像你这样。从迈儿起，你总是自己喂乳，一连四个都这样。你起初不知道按钟点儿喂，后来知道了，却又弄不惯；孩子们每夜里几次将你哭醒了，特别是闷热的夏季。我瞧你的觉老没睡足。白天里还得做菜，照料孩子，很少得空儿。你的身子本来坏，四个孩子就累你七八年。到了第五个，你自己实在不成了，又没乳，只好自己喂奶粉，另雇老妈子专管她。但孩子跟老妈子睡，你就没有放过心；夜里一听见哭，就竖起耳朵听，工夫一大就得过去看。十六年初，和你到北京来，将迈儿，转子留在家里；三年多还不能去接他们，可真把你惦记苦了。你并不常提，我却明白。你后来说你的病就是惦记出来的：那个自然也有份儿，不过大半还是养育孩子累的。你的短短的十二年结婚生活，有十一年耗费在孩子们身上；而你一点不厌倦，有多少力量用多少，一直到自己毁灭为止。你对孩子一般儿爱，不问男的女的，大的小的。也不想到什么“养儿防老，积谷防饥”，只拼命的爱去。你对于教育老实说有些外行，孩子们只要吃得好玩得好就成了。这也难怪你，你自己便是这样长大的。况且孩子们原都还小，吃和玩本来也要紧的。你病重的时候最放不下的还是孩子。病的只剩皮包着骨头了，总不信自己不会好；老说：“我死了，这一大群孩子可苦了。”后来说送你回家，你想着可以看见迈儿和转子，也愿意；你万不想到会一走不返的。我送车的时候，你忍不住哭了，说：“还不知能不能再见？”可怜，你的心我知道，你满想着好好儿带着六个孩子同来见我的。谦，你那时一定这样想，一定的。

除了孩子，你心里只有我。不错，那时你父亲还在；可是你母亲死了，他另有个女人，你老早就觉得隔了一层似的。出嫁后第一年你虽还一心一意依恋着他老人家，到第二年上我和孩子可就将你的心占住，你再没有多少工夫惦记他了。你还记得第一年我在北京，你在家里。家里来信说你待不住，常回娘家去。我动气了，马上写信责备你。你教人写了一封复信，说家里有事，不能不回去。这是你第一次也可以说第末次的抗议，我从此就没给你写信。暑假时带了一肚子主意回去，但见了面，看你一脸笑，也就拉倒了。打这时候起，你渐渐从你父亲的怀里跑到我这儿。你换了金镯子帮助我的学费，叫我以后还你；但直到你死，我没有还你。你在我家受了许多气，又因为我家的缘故受你家里的气，你都忍着。这全为的是我，我知道。那回我从家乡一个中学半途辞职出走。家里人讽你也走。哪里走！只得硬着头皮往你家去。那时你家像个冰窖子，你们在窖里足足住了三个月。好容易我才将你们领出来了，一同上外省去。小家庭这样组织起来了。你虽不是什么阔小姐，可也是自小娇生惯养的，做起主妇来，什么都得干一两手；你居然做下去了，而且高高兴兴地做下去了。菜照例满是你做，可是吃的都是我们；你至多夹上两三筷子就算了。你的菜做得不坏，有一位老在行大大地夸奖过你。你洗衣服也不错，夏天我的绸大褂大概总是你亲自动手。你在家老不乐意闲着；坐前几个“月子”，老是四五天就起床，说是躺着家里事没条没理的。其实你起来也还不是没条理；咱们家那么多孩子，哪儿来条理？在浙江住的时候，逃过两回兵难，我都在北平。真亏你领着母亲和一群孩子东藏西躲的；末一回还要走多少里路，翻一道大岭。这两回差不多只靠你一个人。你不但带了母亲和孩子们，还带了我一箱箱的书；你知道我是最爱书的。在短短的十二年里，你操的心比人家一辈子还多；谦，你那样身子怎么禁得住！你将我的责任一股脑儿担负了去，压死了你；我如何对得起你！

你为我的劳什子书也费了不少神；第一回让你父亲的男用人从家乡捎到上海去。他说了几句闲话，你气得在你父亲面前哭了。第二回是带着逃难，别人都说你傻子。你有你的想头："没有书怎么教书？况且他又爱这个玩意儿。"其实你没有晓得，那些书丢了也并不可惜；不过教你怎么晓得，我平常从来没和你谈过这些个！总而言之，你的心是可感谢的。这十二年里你为我吃的苦真不少，可是没有过几天好日子。我们在一起住，算来也还不到五个年头。无论日子怎么坏，无论是离是合，你从来没对我发过脾气，连一句怨言也没有——别说怨我，就是怨命也没有过。老实说，我的脾气可不大好，迁怒的事儿有的是。那些时候你往往抽噎着流眼泪，从不回嘴，也不号啕。不过我也只信得过你一个人，有些话我只和你一个人说，因为世界上只你一个人真关心我，真同情我。你不但为我吃苦，更为我分苦；我之有我现在的精神，大半是你给我培养着的。这些年来我很少生病。但我最不耐烦生病，生了病就呻吟不绝，闹那伺候病的人。你是领教过一回的，那回只一两点钟，可是也够麻烦了。你常生病，却总不开口，挣扎着起来；一来怕搅我，二来怕没人做你那份儿事。我有一个坏脾气，怕听人生病，也是真的。后来你天天发烧，自己还以为南方带来的疟疾，一直瞒着我。明明躺着，听见我的脚步，一骨碌就坐起来。我渐渐有些奇怪，让大夫一瞧，这可糟了，你的一个肺已烂了一个大窟窿了！大夫劝你到西山去静养，你丢不下孩子，又舍不得钱；劝你在家里躺着，你也丢不下那份儿家务。越看越不行了，这才送你回去。明知凶多吉少，想不到只一个月工夫你就完了！本来盼望还见得着你，这一来可拉倒了。你也何尝想到这个？父亲告诉我，你回家独住着一所小住宅，还嫌没有客厅，怕我回去不便哪。

前年夏天回家，上你坟上去了。你睡在祖父母的下首，想来还不孤单的。只是当年祖父母的坟太小了，你正睡在圹底下。这叫作“抗圹”，在生人看来是不安心的；等着想办法哪。那时圹上圹下密密地长着青草，朝露浸湿了我的布鞋。你刚埋了半年多，只有圹下多出一块土，别的全然看不出新坟的样子。我和隐今夏回去，本想到你的坟上来；因为她病了没来成。我们想告诉你，五个孩子都好，我们一定尽心教养他们，让他们对得起死了的母亲——你！谦，好好儿放心安睡吧，你。

我是扬州人

有些国语教科书里选得有我的文章，注解里或说我是浙江绍兴人，或说我是江苏江都人——就是扬州人。有人疑心江苏江都人是错了，特地老远的写信托人来问我。我说两个籍贯都不算错，但是若打官话，我得算浙江绍兴人。浙江绍兴是我的祖籍或原籍，我从进小学就填的这个籍贯；直到现在，在学校里服务快三十年了，还是报的这个籍贯。不过绍兴我只去过两回，每回只住了一天；而我家里除先母外，没一个人会说绍兴话。

我家是从先祖才到江苏东海做小官。东海就是海州，现在是陇海路的终点。我就生在海州。四岁的时候先父又到邵伯镇做小官，将我们接到那里。海州的情形我全不记得了，只对海州话还有亲热感，因为父亲的扬州话里夹着不少海州口音。在邵伯住了差不多两年，是住在万寿宫里。万寿宫的院子很大，很静；门口就是运河。河坎很高，我常向河里扔瓦片玩儿。邵伯有个铁牛湾，那儿有一条铁牛镇压着。父亲的当差常抱我去看它，骑它，抚摩它。镇里的情形我也差不多忘记了。只记住在镇里一家人家的私塾里读过书，在那里认识了一个好朋友叫江家振。我常到他家玩儿，傍晚和他坐在他家荒园里一根横倒的枯树干上说着话，依依不舍，不想回家。这是我第一个好朋友，可惜他未成年就死了；记得他瘦得很，也许是肺病罢？

六岁那一年父亲将全家搬到扬州。后来又迎养先祖父和先祖母。父亲曾到江西做过几年官，我和二弟也曾去过江西一年；但是老家一直在扬州住着。我在扬州读初等小学，没毕业；读高等小学，毕了业；读中学，也毕了业。我的英文得力于高等小学里一位黄先生，他已经过世了。还有陈春台先生，他现在是北平著名的数学教师。这两位先生讲解英文真清楚。启发了我学习的兴趣；只恨我始终没有将英文学好，愧对这两位老师。还有一位戴子秋先生，也早过世了，我的国文是跟他老人家学着做通了的，那是辛亥革命之后在他家夜塾里的时候。中学毕业，我是十八岁，那年就考进了北京大学预科，从此就不常在扬州了。

就在十八岁那年冬天，父亲母亲给我在扬州完了婚。内人武钟谦女士是杭州籍，其实也是在扬州长成的。她从不曾去过杭州；后来同我去是第一次。她后来因为肺病死在扬州，我曾为她写过一篇《给亡妇》。我和她结婚的时候，祖父已死了好几年了。结婚后一年祖母也死了。他们两老都葬在扬州，我家于是有祖茔在扬州了。后来亡妇也葬在这祖茔里。母亲在抗战前两年过去，父亲在胜利前四个月过去，遗憾的是我都不在扬州；

他们也葬在那祖茔里。这中间叫我痛心的是死了第二个女儿！她性情好，爱读书，做事负责任，待朋友最好。已经成人了，不知什么病，一天半就完了！她也葬在祖茔里。我有九个孩子。除第二个女儿外，还有一个男孩不到一岁就死在扬州；其余亡妻生的四个孩子都曾在扬州老家住过多少年。这个老家直到今年夏初才解散了，但是还留着一位老年的庶母在那里。

我家跟扬州的关系，大概够得上古人说的“生于斯，死于斯，歌哭于斯”了。现在亡妻生的四个孩子都已自称为扬州人了；我比起他们更算是在扬州长成的，天然更该算是扬州人了。但是从前一直马马虎虎的骑在墙上，并且自称浙江人的时候还多些，又为了什么呢？这一半因为报的是浙江籍，求其一致；一半也还有些别的道理。这些道理第一桩就是籍贯是无所谓的。那时要做一个世界人，连国籍都觉得狭小，不用说省籍和县籍了。那时在大学里觉得同乡会最没有意思。我同住的和我来往的自然差不多都是扬州人，自己却因为浙江籍，不去参加江苏或扬州同乡会。可是虽然是浙江绍兴籍，却又没跟一个道地浙江人来往，因此也就没人拉我去开浙江同乡会，更不用说绍兴同乡会了。这也许是两栖或骑墙的好处罢？然而出了学校以后到底常常会到道地绍兴人了。我既然不会说绍兴话，并且除了花雕和兰亭外几乎不知道绍兴的别的情形，于是乎往往只好自己承认是假绍兴人。那虽然一半是玩笑，可也有点儿窘的。

还有一桩道理就是我有些讨厌扬州人；我讨厌扬州人的小气和虚气。小是眼光如豆，虚是虚张声势，小气无须举例。虚气例如已故的扬州某中央委员，坐包车在街上走，除拉车的外，又跟上四个人在车子边推着跑着。我曾经写过一篇短文，指出扬州人这些毛病。后来要将这篇文收入散文集《你我》里，商务印书馆不肯，怕再闹出“闲话扬州”的案子。这当然也因为他们总以为我是浙江人，而浙江人骂扬州人是会得罪扬州人的。但是我也并不抹煞扬州的好处，曾经写过一篇《扬州的夏日》，还有在《看花》里也提起扬州福缘庵的桃花。再说现在年纪大些了，觉得小气和虚气都可以算是地方气，绝不止是扬州人如此。从前自己常答应人说自己是绍兴人，一半又因为绍兴人有些戆气，而扬州人似乎太聪明。其实扬州人也未尝没戆气，我的朋友任中敏（二北）先生，办了这么多年汉民中学，不管人家理会不理会，难道还不够“戆”的！绍兴人固然有戆气，但是也许还有别的气我讨厌的，不过我不深知罢了。这也许是阿Q的想法罢？然而我对于扬州的确渐渐亲热起来了。

扬州真像有些人说的，不折不扣是个有名的地方。不用远说，李斗《扬州画舫录》里的扬州就够羡慕的。可是现在衰落了，经济上是一日千丈的衰落了，只看那些没精打采的盐商家就知道。扬州人在上海被称为江北老，这名字总而言之表示低等的人。江北老在上海是受欺负的，他们于是学些不三不四的上海话来冒充上海人。到了这地步他们可竟会忘其所以的欺负起那些新来的江北老了。这就养成了扬州人的自卑心理。抗战以来许多扬州人来到西南，大半都自称为上海人，就靠着那一点不三不四的上海话；甚至连这一点都没有，也还自称为上海人。其实扬州人在本地也有他们的骄傲的。他们称徐州以北的人为侉子，那些人说的是侉话。他们笑镇江人说话土气，南京人说话大舌头，尽管这两个地方都在江南。英语他们称为蛮话，说这种话的当然是蛮子了。然而这些话只好关着门在家里说，到上海一看，立刻就会矮上半截，缩起舌头不敢啧一声了。扬州真是衰落得可以啊！

我也是一个江北老，一大堆扬州口音就是招牌，但是我却不愿做上海人；上海人太狡猾了。况且上海对我太生疏，生疏的程度跟绍兴对我也差不多；因为我知道上海虽然也许比知道绍兴多些，但是绍兴究竟是我的祖籍，上海是和我水米无干的。然而年纪大起来了，世界人到底做不成，我要一个故乡。俞平伯先生有一行诗，说“把故乡掉了”。其实他掉了故乡又找到了一个故乡；他诗文里提到苏州那一股亲热，是可羡慕的，苏州就算是他的故乡了。他在苏州度过他的童年，所以提起来一点一滴都亲亲热热的，童年的记忆最单纯最真切，影响最深最久；种种悲欢离合，回想起来最有意思。“青灯有味是儿时”，其实不止青灯，儿时的一切都是有味的。这样看，在那儿度过童年，就算那儿是故乡，大概差不多罢？这样看，就只有扬州可以算是我的故乡了。何况我的家又是“生于斯，死于斯，歌哭于斯”呢？所以扬州好也罢，歹也罢，我总该算是扬州人的。

看　花

生长在大江北岸一个城市里，那儿的园林本是著名的，但近来却很少；似乎自幼就不曾听见过“我们今天看花去”一类话，可见花事是不盛的。有些爱花的人，大都只是将花栽在盆里，一盆盆搁在架上；架子横放在院子里。院子照例是小小的，只够放下一个架子；架上至多搁二十多盆花罢了。有时院子里依墙筑起一座“花台”，台上种一株开花的树；也有在院子里地上种的。但这只是普通的点缀，不算是爱花。

家里人似乎都不甚爱花；父亲只在领我们上街时，偶然和我们到“花房”里去过一两回。但我们住过一所房子，有一座小花园，是房东家的。那里有树，有花架（大约是紫藤花架之类），但我当时还小，不知道那些花木的名字；只记得爬在墙上的是蔷薇而已。园中还有一座太湖石堆成的洞门；现在想来，似乎也还好的。在那时由一个顽皮的少年仆人领了我去，却只知道跑来跑去捉蝴蝶；有时掐下几朵花，也只是随意挼弄着，随意丢弃了。至于领略花的趣味，那是以后的事：夏天的早晨，我们那地方有乡下的姑娘在各处街巷，沿门叫着，“卖栀子花来。”栀子花不是什么高品，但我喜欢那白而晕黄的颜色和那肥肥的个儿，正和那些卖花的姑娘有着相似的韵味。栀子花的香，浓而不烈，清而不淡，也是我乐意的。我这样便爱起花来了。也许有人会问，“你爱的不是花吧？”这个我自己其实也已不大弄得清楚，只好存而不论了。

在高小的一个春天，有人提议到城外F寺里吃桃子去，而且预备白吃；不让吃就闹一场，甚至打一架也不在乎。那时虽远在五四运动以前，但我们那里的中学生却常有打进戏园看白戏的事。中学生能白看戏，小学生为什么不能白吃桃子呢？我们都这样想，便由那提议人纠合了十几个同学，浩浩荡荡地向城外而去。到了F寺，气势不凡地呵叱着道人们（我们称寺里的工人为道人），立刻领我们向桃园里去。道人们踌躇着说：“现在桃树刚才开花呢。”但是谁信道人们的话？我们终于到了桃园里。大家都丧了气，原来花是真开着呢！这时提议人P君便去折花。道人们是一直步步跟着的，立刻上前劝阻，而且用起手来。但P君是我们中最不好惹的；“说时迟，那时快”，一眨眼，花在他的手里，道人已跪跄在一旁了。那一园子的桃花，想来总该有些可看；我们却谁也没有想着去看。只嚷着，“没有桃子，得沏茶喝！”道人们满肚子委屈地引我们到“方丈”里，大家各喝一大杯茶。这才平了气，谈谈笑笑地进城去。大概我那时还只懂得爱一朵朵的栀子花，对于开在树上的桃花，是并不了然的；所以眼前的机会，便从眼前错过了。

以后渐渐念了些看花的诗，觉得看花颇有些意思。但到北平读了几年书，却只到过崇效寺一次；而去得又嫌早些，那有名的一株绿牡丹还未开呢。北平看花的事很盛，看花的地方也很多；但那时热闹的似乎也只有一班诗人名士，其余还是不相干的。那正是新文学运动的起头，我们这些少年，对于旧诗和那一班诗人名士，实在有些不敬；而看花的地方又都远不可言，我是一个懒人，便干脆地断了那条心了。后来到杭州做事，遇见了Y君，他是新诗人兼旧诗人，看花的兴致很好。我和他常到孤山去看梅花。孤山的梅花是古今有名的，但太少；又没有临水的，人也太多。有一回坐在放鹤亭上喝茶，来了一个方面有须，穿着花缎马褂的人，用湖南口音和人打招呼道，“梅花盛开嗒！”“盛”字说得特别重，使我吃了一惊；但我吃惊的也只是说在他嘴里“盛”这个声音罢了，花的盛不盛，在我倒并没有什么的。

有一回，Y来说，灵峰寺有三百株梅花；寺在山里，去的人也少。我和Y，还有N君，从西湖边雇船到岳坟，从岳坟入山。曲曲折折走了好一会儿，又上了许多石级，才到山上寺里。寺甚小，梅花便在大殿西边园中。园也不大，东墙下有三间净室，最宜喝茶看花；北边有座小山，山上有亭，大约叫“望海亭”吧，望海是未必，但钱塘江与西湖是看得见的。梅树确是不少，密密地低低地整列着。那时已是黄昏，寺里只我们三个游人；梅花并没有开，但那珍珠似的繁星似的骨朵儿，已经够可爱了；我们都觉得比孤山上盛开时有味。大殿上正做晚课，送来梵呗的声音，和着梅林中的暗香，真叫我们舍不得回去。在园里徘徊了一会儿，又存屋里坐了一会儿，天是黑定了，又没有月色，我们向庙里要了一个旧灯笼，照着下山。路上几乎迷了道，又两次三番地狗咬；我们的Y诗人确有些窘了，但终于到了岳坟。船夫远远迎上来道："你们来了，我想你们不会冤我呢!"在船上，我们还不离口地说着灵峰的梅花，直到湖边电灯光照到我们的眼。

Y回北平去了，我也到了白马湖。那边是乡下，只有沿湖与杨柳相间着种了一行小桃树，春天花发时，在风里娇媚地笑着。还有山里的杜鹃花也不少。这些日日在我们眼前，从没有人像煞有介事地提议，"我们看花去。"但有一位S君，却特别爱养花；他家里几乎是终年不离花的。我们上他家去，总看他在那里不是拿着剪刀修理枝叶，便是提着壶浇水。我们常乐意看着。他院子里一株紫薇花很好，我们在花旁喝酒，不知多少次。白马湖住了不过一年，我却传染了他那爱花的嗜好。但重到北平时，住在花事很盛的清华园里，接连过了三个春，却从未想到去看一回。只在第二年秋天，曾经和孙三先生在园里看过几次菊花。"清华园之菊"是著名的，孙三先生还特地写了一篇文，画了好些画。但那种一盆一干一花的养法，花是好了，总觉没有天然的风趣。直到去年春天，有了些余闲，在花开前，先向人问了些花的名字。一个好朋友是从知道姓名起的，我想看花也正是如此。恰好Y君也常来园中，我们一天三四趟地到那些花下去徘徊。今年Y君忙些，我便一个人去。我爱繁花老干的杏，临风婀娜的小红桃，贴梗累累如珠的紫荆；但最恋恋的是西府海棠。海棠的花繁得好，也淡得好；艳极了，却没有一丝荡意。疏疏的高干子，英气隐隐逼人。可惜没有趁着月色看过；王鹏运有两句词道：“只愁淡月朦胧影，难验微波上下潮。”我想月下的海棠花，大约便是这种光景吧。为了海棠，前两天在城里特地冒了大风到中山公园去，看花的人倒也不少；但不知怎的，却忘了畿辅先哲祠。Y告我那里的一株，遮住了大半个院子；别处的都向上长，这一株却是横里伸张的。花的繁没有法说；海棠本无香，昔人常以为恨，这里花太繁了，却酝酿出一种淡淡的香气，使人久闻不倦。Y告我，正是刮了一日还不息的狂风的晚上；他是前一天去的。他说他去时地上已有落花了，这一日一夜的风，准完了。他说北平看花，是要赶着看的：春光太短了，又晴的日子多；今年算是有阴的日子了，但狂风还是逃不了的。我说北平看花，比别处有意思，也正在此。这时候，我似乎不甚菲薄那一班诗人名士了。

冬天

说起冬天，忽然想到豆腐。是一“小洋锅”（铝锅）白煮豆腐，热腾腾的。水滚着，像好些鱼眼睛，一小块一小块豆腐养在里面，嫩而滑，仿佛反穿的白狐大衣。锅在“洋炉子”（煤油不打气炉）上，和炉子都熏得乌黑乌黑，越显出豆腐的白。这是晚上，屋子老了，虽点着“洋灯”，也还是阴暗。围着桌子坐的是父亲跟我们哥儿三个。“洋炉子”太高了，父亲得常常站起来，微微地仰着脸，觑着眼睛，从氤氲的热气里伸进筷子，夹起豆腐，一一地放在我们的酱油碟里。我们有时也自己动手，但炉子实在太高了，总还是坐享其成的多。这并不是吃饭，只是玩儿。父亲说晚上冷，吃了大家暖和些。我们都喜欢这种白水豆腐；一上桌就眼巴巴望着那锅，等着那热气，等着热气里从父亲筷子上掉下来的豆腐。

又是冬天，记得是阴历十一月十六晚上，跟S君P君在西湖里坐小划子。S君刚到杭州教书，事先来信说：“我们要游西湖，不管它是冬天。”那晚月色真好，现在想起来还像照在身上。本来前一晚是“月当头”；也许十一月的月亮真有些特别吧。那时九点多了，湖上似乎只有我们一只划子。有点风，月光照着软软的水波；当间那一溜儿反光，像新砑的银子。湖上的山只剩了淡淡的影子。山下偶尔有一两星灯火。S君口占两句诗道：“数星灯火认渔村，淡墨轻描远黛痕。”我们都不大说话，只有均匀的桨声。我渐渐地快睡着了。P君“喂”了一下，才抬起眼皮，看见他在微笑。船夫问要不要上净寺去；是阿弥陀佛生日，那边蛮热闹的。到了寺里，殿上灯烛辉煌，满是佛婆念佛的声音，好像醒了一场梦。这已是十多年前的事了，S君还常常通着信，P君听说转变了好几次，前年是在一个特税局里收特税了，以后便没有消息。

在台州过了一个冬天，一家四口子。台州是个山城，可以说在一个大谷里。只有一条二里长的大街。别的路上白天简直不大见人；晚上一片漆黑。偶尔人家窗户里透出一点灯光，还有走路的拿着的火把；但那是少极了。我们住在山脚下。有的是山上松林里的风声，跟天上一只两只的鸟影。夏末到那里，春初便走，却好像老在过着冬天似的；可是即便真冬天也并不冷。我们住在楼上，书房临着大路；路上有人说话，可以清清楚楚地听见。但因为走路的人太少了，间或有点说话的声音，听起来还只当远风送来的，想不到就在窗外。我们是外路人，除上学校去之外，常只在家里坐着。妻也惯了那寂寞，只和我们爷儿们守着。外边虽老是冬天，家里却老是春天。有一回我上街去，回来的时候，楼下厨房的大方窗开着，并排地挨着她们母子三个；三张脸都带着天真微笑地向着我。似乎台州空空的，只有我们四人；天地空空的，也只有我们四人。那时是民国十年，妻刚从家里出来，满自在。现在她死了快四年了，我却还老记着她那微笑的影子。

无论怎么冷，大风大雪，想到这些，我心上总是温暖的。

匆匆

燕子去了，有再来的时候；杨柳枯了，有再青的时候；桃花谢了，有再开的时候。但是，聪明的，你告诉我，我们的日子为什么一去不复返呢？——是有人偷了他们罢：那是谁？又藏在何处呢？是他们自己逃走了罢：现在又到了哪里呢？

我不知道他们给了我多少日子，但我的手确乎是渐渐空虚了。在默默里算着，八千多日子已经从我手中溜去；像针尖上一滴水滴在大海里，我的日子滴在时间的流里，没有声音，也没有影子。我不禁头涔涔而泪潸潸了。

去的尽管去了，来的尽管来着；去来的中间，又怎样地匆匆呢？早上我起来的时候，小屋里射进两三方斜斜的太阳。太阳他有脚啊，轻轻悄悄地挪移了，我也茫茫然跟着旋转。于是——洗手的时候，日子从水盆里过去；吃饭的时候，日子从饭碗里过去；默默时，便从凝然的双眼前过去。我觉察他去的匆匆了，伸出手遮挽时，他又从遮挽着的手边过去，天黑时，我躺在床上，他便伶伶俐俐地从我身上跨过，从我脚边飞去了。

等我睁开眼和太阳再见，这算又溜走了一日。我掩着面叹息。但是新来的日子的影儿又开始在叹息里闪过了。

在逃去如飞的日子里，在千门万户的世界里的我能做些什么呢？只有徘徊罢了，只有匆匆罢了；在八千多日的匆匆里，除徘徊外，又剩些什么呢？过去的日子如轻烟，被微风吹散了，如薄雾，被初阳蒸融了；我留着些什么痕迹呢？我何曾留着像游丝样的痕迹呢？我赤裸裸来到这世界，转眼间也将赤裸裸的回去罢？但不能平的，为什么偏要白白走这一遭啊？

你聪明的，告诉我，我们的日子为什么一去不复返呢？

荷塘月色

这几天心里颇不宁静。今晚在院子里坐着乘凉，忽然想起日日走过的荷塘，在这满月的光里，总该另有一番样子吧。月亮渐渐地升高了，墙外马路上孩子们的欢笑，已经听不见了；妻在屋里拍着闰儿，迷迷糊糊地哼着眠歌。我悄悄地披了大衫，带上门出去。

沿着荷塘，是一条曲折的小煤屑路。这是一条幽僻的路；白天也少人走，夜晚更加寂寞。荷塘四面，长着许多树，蓊蓊郁郁的。路的一旁，是些杨柳，和一些不知道名字的树。没有月光的晚上，这路上阴森森的，有些怕人。今晚却很好，虽然月光也还是淡淡的。

路上只我一个人，背着手踱着。这一片天地好像是我的；我也像超出了平常的自己，到了另一世界里。我爱热闹，也爱冷静；爱群居，也爱独处。像今晚上，一个人在这苍茫的月下，什么都可以想，什么都可以不想，便觉是个自由的人。白天里一定要做的事，一定要说的话，现在都可不理。这是独处的妙处，我且受用这无边的荷香月色好了。

曲曲折折的荷塘上面，弥望的是田田的叶子。叶子出水很高，像亭亭的舞女的裙。层层的叶子中间，零星地点缀着些白花，有袅娜地开着的，有羞涩地打着朵儿的；正如一粒粒的明珠，又如碧天里的星星，又如刚出浴的美人。微风过处，送来缕缕清香，仿佛远处高楼上渺茫的歌声似的。这时候叶子与花也有一丝的颤动，像闪电般，霎时传过荷塘的那边去。叶子本是肩并肩密密地挨着，这便宛然有了一道凝碧的波痕。叶子底下是脉脉的流水，遮住了，不能见一些颜色；而叶子却更见风致了。

月光如流水一般，静静地泻在这一片叶子和花上。薄薄的青雾浮起在荷塘里。叶子和花仿佛在牛乳中洗过一样；又像笼着轻纱的梦。虽然是满月，天上却有一层淡淡的云，所以不能朗照；但我以为这恰是到了好处——酣眠固不可少，小睡也别有风味的。月光是隔了树照过来的，高处丛生的灌木，落下参差的斑驳的黑影，峭楞楞如鬼一般；弯弯的杨柳的稀疏的倩影，却又像是画在荷叶上。塘中的月色并不均匀；但光与影有着和谐的旋律，如梵婀玲上奏着的名曲。

荷塘的四面，远远近近，高高低低都是树，而杨柳最多。这些树将一片荷塘重重围住；只在小路一旁，漏着几段空隙，像是特为月光留下的。树色一例是阴阴的，乍看像一团烟雾；但杨柳的丰姿，便在烟雾里也辨得出。树梢上隐隐约约的是一带远山，只有些大意罢了。树缝里也漏着一两点路灯光，没精打采的，是渴睡人的眼。这时候最热闹的，要数树上的蝉声与水里的蛙声；但热闹是它们的，我什么也没有。

忽然想起采莲的事情来了。采莲是江南的旧俗，似乎很早就有，而六朝时为盛；从诗歌里可以约略知道。采莲的是少年的女子，她们是荡着小船，唱着艳歌去的。采莲人不用说很多，还有看采莲的人。那是一个热闹的季节，也是一个风流的季节。梁元帝《采莲赋》里说得好：

> 于是妖童媛女，荡舟心许；鹢首徐回，兼传羽杯；櫂将移而藻挂，船欲动而萍开。尔其纤腰束素，迁延顾步；夏始春余，叶嫩花初，恐沾裳而浅笑，畏倾船而敛裾。

可见当时嬉游的光景了。这真是有趣的事，可惜我们现在早已无福消受了。于是又记起《西洲曲》里的句子：

> 采莲南塘秋，莲花过人头；低头弄莲子，莲子清如水。

今晚若有采莲人，这儿的莲花也算得"过人头"了；只不见一些流水的影子，是不行的。这令我到底惦着江南了。——这样想着，猛一抬头，不觉已是自己的门前；轻轻地推门进去，什么声息也没有，妻已睡熟好久了。

桨声灯影里的秦淮河

一九二三年八月的一晚，我和平伯同游秦淮河；平伯是初泛，我是重来了。我们雇了一只“七板子”，在夕阳已去，皎月方来的时候，便下了船。于是桨声汩——汩，我们开始领略那晃荡着蔷薇色的历史的秦淮河的滋味了。

秦淮河里的船，比北京万甡园、颐和园的船好，比西湖的船好，比扬州瘦西湖的船也好。这几处的船不是觉着笨，就是觉着简陋、局促；都不能引起乘客们的情韵，如秦淮河的船一样。秦淮河的船约略可分为两种：一是大船；一是小船，就是所谓“七板子”。大船舱口阔大，可容二三十人。里面陈设着字画和光洁的红木家具，桌上一律嵌着冰凉的大理石面。窗格雕镂颇细，使人起柔腻之感。窗格里映着红色蓝色的玻璃；玻璃上有精致的花纹，也颇悦人目。“七板子”规模虽不及大船，但那淡蓝色的栏杆，空敞的舱，也足系人情思。而最出色处却在它的舱前。舱前是甲板上的一部。上面有弧形的顶，两边用疏疏的栏杆支着。里面通常放着两张藤的躺椅。躺下，可以谈天，可以望远，可以顾盼两岸的河房。大船上也有这个，便在小船上更觉清隽罢了。舱前的顶下，一律悬着灯彩；灯的多少，明暗，彩苏的精粗，艳晦，是不一的。但好歹总还你一个灯彩。这灯彩实在是最能勾人的东西。夜幕垂垂地下来时，大小船上都点起灯火。从两重玻璃里映出那辐射着的黄黄的散光，反晕出一片朦胧的烟霭；透过这烟霭，在黯黯的水波里，又逗起缕缕的明漪。在这薄霭和微漪里，听着那悠然的间歇的桨声，谁能不被引入它的美梦去呢？只愁梦太多了，这些大小船儿如何载得起呀？我们这时模模糊糊的谈着明末的秦淮河的艳迹，如《桃花扇》及《板桥杂记》里所载的。我们真神往了。我们仿佛亲见那时华灯映水，画舫凌波的光景了。于是我们的船便成了历史的重载了。我们终于恍然秦淮河的船所以雅丽过于他处，而又有奇异的吸引力的．实在是许多历史的影像使然了。

秦淮河的水是碧阴阴的；看起来厚而不腻，或者是六朝金粉所凝么？我们初上船的时候，天色还未断黑，那漾漾的柔波是这样的恬静，委婉，使我们一面有水阔天空之想，一面又憧憬着纸醉金迷之境了。等到灯火明时，阴阴的变为沉沉了：黯淡的水光，像梦一般；那偶然闪烁着的光芒，就是梦的眼睛了。我们坐在舱前，因了那隆起的顶棚，仿佛总是昂着首向前走着似的；于是飘飘然如御风而行的我们，看着那些自在的湾泊着的船，船里走马灯般的人物，便像是下界一般，迢迢的远了，又像在雾里看花，尽朦朦胧胧的。这时我们已过了利涉桥，望见东关头了。沿路听见断续的歌声：有从沿河的妓楼飘来的，有从河上船里度来的。我们明知那些歌声，只是些因袭的言词，从生涩的歌喉里机械的发出来的；但它们经了夏夜的微风的吹漾和水波的摇拂，袅娜着到我们耳边的时候，已经不单是它们的歌声，而混着微风和河水的密语了。于是我们不得不被牵惹着，震撼着，相与浮沉于这歌声里了。从东关头转弯，不久就到大中桥。大中桥共有三个桥拱，都很阔大，俨然是三座门儿；使我们觉得我们的船和船里的我们，在桥下过去时，真是太无颜色了。桥砖是深褐色，表明它的历史的长久；但都完好无缺，令人叹息于古昔工程的坚美。桥上两旁都是木壁的房子，中间应该有街路？这些房子都破旧了，多年烟熏的迹，遮没了当年的美丽。我想象秦淮河的极盛时，在这样宏阔的桥上，特地盖了房子，必然是髹漆得富富丽丽的；晚间必然是灯火通明的。现在却只剩下一片黑沉沉！但是桥上造着房子，毕竟使我们多少可以想见往日的繁华；这也慰情聊胜无了。过了大中桥，便到了灯月交辉，笙歌彻夜的秦淮河；这才是秦淮河的真面目哩。

大中桥外，顿然空阔，和桥内两岸排着密密的人家的大异了。一眼望去，疏疏的林，淡淡的月，衬着蓝蔚的天，颇像荒江野渡光景；那边呢，郁丛丛的，阴森森的，又似乎藏着无边的黑暗：令人几乎不信那是繁华的秦淮河了。但是河中眩晕着的灯光，纵横着的画舫，悠扬着的笛韵，夹着那吱吱的胡琴声，终于使我们认识绿如茵陈如酒的秦淮水了。此地天裸露着的多些，故觉夜来的独迟些；从清清的水影里，我们感到的只是薄薄的夜——这正是秦淮河的夜。大中桥外，本来还有一座复成桥，是船夫口中的我们的游踪尽处，或也是秦淮河繁华的尽处了。我的脚曾踏过复成桥的脊，在十三四岁的时候。但是两次游秦淮河，却都不曾见着复成桥的面；明知总在前途的，却常觉得有些虚无缥缈似的。我想，不见倒也好。这时正是盛夏。我们下船后，借着新生的晚凉和河上的微风，暑气已渐渐消散；到了此地，豁然开朗，身子顿然轻了——习习的清风荏苒在面上，手上，衣上，这便又感到了一缕新凉了。南京的日光，大概没有杭州猛烈；两湖的夏夜老是热蓬蓬的，水像沸着一般，秦淮河的水却尽是这样冷冷地绿着。任你人影的憧憧，歌声的扰扰，总像隔着一层薄薄的绿纱面幂似的；它尽是这样静静的，冷冷的绿着。我们出了大中桥，走不上半里路，船夫便将船划到一旁，停了桨由它宕着。他以为那里正是繁华的极点，再过去就是荒凉了，所以让我们多多赏鉴一会儿。他自己却静静地蹲着。他是看惯这光景的了，大约只是一个无可无不可。这无可无不可，无论是升的沉的，总之，都比我们高了。

那时河里热闹极了；船大半泊着，小半在水上穿梭似的来往。停泊着的都在近市的那一边，我们的船自然也夹在其中。因为这边略略的挤，便觉得那边十分的疏了。在每一只船从那边过去时，我们能画出它的轻轻的影和曲曲的波，在我们的心上；这显着是空，且显着是静了。那时处处都是歌声和凄厉的胡琴声，圆润的喉咙，确乎是很少的。但那生涩的，尖脆的调子能使人有少年的，粗率不拘的感觉，也正可快我们的意。况且多少隔开些儿听着，因为想象与渴慕的做美，总觉更有滋味；

而竞发的喧嚣，抑扬的不齐，远近的杂沓，和乐器的嘈嘈切切，合成另一意味的谐音，也使我们无所适从，如随着大风而走。这实在因为我们的心枯涩久了，变为脆弱；故偶然润泽一下，便疯狂似的不能自主了。但秦淮河确也腻人。即如船里的人面，无论是和我们一堆儿泊着的，无论是从我们眼前过去的，总是模模糊糊的，甚至渺渺茫茫的；任你张圆了眼睛，揩净了眵垢，也是枉然。这真够人想呢。在我们停泊的地方，灯光原是纷然的；不过这些灯光都是黄而有晕的。黄已经不能明了，再加上了晕，便更不成了。灯愈多，晕就愈甚；在繁星般的黄的交错里，秦淮河仿佛笼上了一团光雾。光芒与雾气腾腾的晕着，什么都只剩了轮廓了；所以人面的详细的曲线，便消失于我们的眼底了。但灯光究竟夺不了那边的月色；灯光是浑的，月色是清的。在浑沌的灯光里，渗入了一派清辉，却真是奇迹！那晚月儿已瘦削了两三分。她晚妆才罢，盈盈的上了柳梢头。天是蓝得可爱，仿佛一汪水似的；月儿便更出落得精神了。岸上原有三株两株的垂杨树，淡淡的影子，在水里摇曳着。它们那柔细的枝条浴着月光，就像一支支美人的臂膊，交互的缠着，挽着；又像是月儿披着的发。而月儿偶然也从它们的交叉处偷偷窥看我们，大有小姑娘怕羞的样子。岸上另有几株不知名的老树，光光的立着；在月光里照起来。却又俨然是精神矍铄的老人。远处——快到天际线了，才有一两片白云，亮得现出异彩，像美丽的贝壳一般。白云下便是黑黑的一带轮廓；是一条随意画的不规则的曲线。这一段光景，和河中的风味大异了。但灯与月竟能并存着，交融着，使月成了缠绵的月，灯射着渺渺的灵辉；这正是天之所以厚秦淮河，也正是天之所以厚我们了。

这时却遇着了难解的纠纷。秦淮河上原有一种歌妓，是以歌为业的。从前都在茶舫上，唱些大曲之类。每日午后一时起；什么时候止，却忘记了。晚上照样也有一回。也在黄晕的灯光里。我从前过南京时，曾随着朋友去听过两次。因为茶舫里的人脸太多了，觉得不大适意，终于听不出所以然。前年听说歌妓被取缔了，不知怎的，颇涉想了几次——却想不出什么。这次到南京，先到茶舫上去看看，觉得颇是寂寥，令我无端的怅怅了。不料她们却仍在秦淮河里挣扎着，不料她们竟会纠缠到我们，我于是很张皇了。她们也乘着“七板子”，她们总是坐在舱前的。舱前点着石油汽灯，光亮炫人眼目：坐在下面的，自然是纤毫毕见了——引诱客人们的力量，也便在此了。舱里躲着乐工等人，映着汽灯的余辉蠕动着；他们是永远不被注意的。每船的歌妓大约都是二人；天色一黑。她们的船就在大中桥外往来不息的兜生意。无论行着的船，泊着的船，都要来兜揽的。这都是我后来推想出来的。那晚不知怎样，忽然轮着我们的船了。我们的船好好的停着，一只歌舫划向我们来的；渐渐和我们的船并着了。铄铄的灯光逼得我们皱起了眉头；我们的风尘色全给它托出来了，这使我踧踖不安了。那时一个伙计跨过船来，拿着摊开的歌折，就近塞向我的手里，说：“点几出吧！”他跨过来的时候，我们船上似乎有许多眼光跟着。同时相近的别的船上也似乎有许多眼睛炯炯的向我们船上看着。我真窘了！

我也装出大方的样子，向歌妓们瞥了一眼，但究竟是不成的！我勉强将那歌折翻了一翻，却不曾看清了几个字；便赶紧递还那伙计，一面不好意思地说，“不要，我们……不要。”他便塞给平伯。平伯掉转头去，摇手说，“不要！”那人还腻着不走。平伯又回过脸来，摇着头道，“不要！”于是那人重到我处。我窘着再拒绝了他。他这才有所不屑似的走了。我的心立刻放下，如释了重负一般。我们就开始自白了。

我说我受了道德律的压迫，拒绝了她们；心里似乎很抱歉的。这所谓抱歉，一面对于她们，一面对于我自己。她们于我们虽然没有很奢的希望；但总有些希望的。我们拒绝了她们，无论理由如何充足，却使她们的希望受了伤；这总有几分不做美了。这是我觉得很怅怅的。至于我自己，更有一种不足之感。我这时被四面的歌声诱惑了，降服了：但是远远的，远远的歌声总仿佛隔着重衣搔痒似的，越搔越搔不着痒处。我于是憧憬着贴耳的妙音了。在歌舫划来时，我的憧憬，变为盼望；我固执的盼望着，有如饥渴。虽然从浅薄的经验里，也能够推知，那贴耳的歌声，将剥去了一切的美妙；但一个平常的人像我的，谁愿凭了理性之力去丑化未来呢？我宁愿自己骗着了。不过我的社会感性是很敏锐的；我的思力能拆穿道德律的两洋镜，而我的感情却终于被它压服着，我于是有所顾忌了，尤其是在众目昭彰的时候。道德律的力，本来是民众赋予的；在民众的面前，自然更显出它的威严了。我这时一面盼望，一面却感到了两重的禁制：一、在通俗的意义上，接近妓者总算一种不正当的行为；二、妓是一种不健全的职业，我们对于她们，应有哀矜勿喜之心，不应赏玩的去听她们的歌。在众目睽睽之下，这两种思想在我心里最为旺盛。她们暂时压倒了我的听歌的盼望，这便成就了我的灰色的拒绝。那时的心实在异常状态中，觉得颇是昏乱。歌舫去了，暂时宁静之后，我的思绪又如潮涌了。两个相反的意思在我心头往复：卖歌和卖淫不同，听歌和狎妓不同，又干道德甚事？——但是，但是，她们既被逼的以歌为业，她们的歌必无艺术味的；况她们的身世，我们究竟该同情的。所以拒绝倒也是正办。但这些意思终于不曾撇开我的听歌的盼望。它力量异常坚强；它总想将别的思绪踏在脚下。从这重重的争斗里，我感到了浓厚的不足之感。这不足之感使我的心盘旋不安，起坐都不安宁了。唉！我承认我是一个自私的人！平伯呢，却与我不同。他引周启明先生的诗，“因为我有妻子，所以我爱一切的女人，因为我有子女，所以我爱一切的孩子。”他的意思可以见了。他因为推及的同情，爱着那些歌妓，并且尊重着她们，所以拒绝了她们。在这种情形下，他自然以为听歌是对于她们的一种侮辱。但他也是想听歌的，虽然不和我一样，所以在他的心中，当然也有一番小小的争斗；争斗的结果，是同情胜了。至于道德律，在他是没有什么的；因为他很有蔑视一切的倾向，民众的力量在他是不大觉着的。这时他的心意的活动比较简单，又比较松弱，故事后还怡然自若；我却不能了。这里平伯又比我高了。

在我们谈话中间，又来了两只歌舫。伙计照前一样的请我们点戏，我们照前一样的拒绝了。我受了三次窘，心里的不安更甚了。清艳的夜景也为之减色。船夫大约因为要赶第二趟生意，催着我们回去；我们无可无不可的答应了。我们渐渐和那些晕黄的灯光远了，只有些月色冷清清的随着我们的归舟。我们的船竟没个伴儿，秦淮河的夜正长哩！到大中桥近处，才遇着一只来船。这是一只载妓的板船，黑漆漆的没有一点光。船头上坐着一个妓女；暗里看出，白地小花的衫子，黑的下衣。她手里拉着胡琴，口里唱着青衫的调子。她唱得响亮而圆转；当她的船箭一般驶过去时，余音还袅袅的在我们耳际，使我们倾听而向往。想不到在弩末的游踪里，还能领略到这样的清歌！这时船过大中桥了，森森的水影，如黑暗张着巨口，要将我们的船吞了下去，我们回顾那渺渺的黄光，不胜依恋之情；我们感到了寂寞了！这一段地方夜色甚浓，又有两头的灯火招邀着；桥外的灯火不用说了，过了桥另有东关头疏疏的灯火。我们忽然仰头看见依人的素月，不觉深悔归来之早了！走过东关头，有一两只大船湾泊着，又有几只船向我们来着。嚣嚣的一阵歌声人语，仿佛笑我们无伴的孤舟哩。东关头转湾，河上的夜色更浓了；临水的妓楼上，时时从帘缝里射出一线一线的灯光；仿佛黑暗从酣睡里眨了一眨眼。我们默然的对着，静听那汩——汩的桨声，几乎要入睡了；朦胧里却温寻着适才的繁华的余味。我那不安的心在静里愈显活跃了！这时我们都有了不足之感，而我的更其浓厚。我们却只不愿回去，于是只能由懊悔而怅惘了。船里便满载着怅惘了。直到利涉桥下，微微嘈杂的人声，才使我豁然一惊；那光景却又不同。右岸的河房里，都大开了窗户，里面亮着晃晃的电灯，电灯的光射到水上，蜿蜒曲折，闪闪不息，正如跳舞着的仙女的臂膊。我们的船已在她的臂膊里了；如睡在摇篮里一样，倦了的我们便又入梦了。那电灯下的人物，只觉像蚂蚁一般，更不去萦念。这是最后的梦；可惜是最短的梦！黑暗重复落在我们面前，我们看见傍岸的空船上一星两星的，枯燥无力而又摇摇不定的灯光。我们的梦醒了，我们知道就要上岸了；我们心里充满了幻灭的情思。

歌　声

昨晚中西音乐歌舞大会里"中西丝竹合唱"的三曲清歌，真令我神迷心醉了。仿佛一个暮春的早晨，霏霏的毛雨默然洒在我脸上，引起润泽、轻松的感觉。新鲜的微风吹动我的衣袂，像爱人的鼻息吹着我的手一样。我立在一条白矾石的甬道上，经了那细雨，正如涂了一层薄薄的乳油，踏着只觉越发滑腻可爱了。

这是在花园里。群花都还做她们的清梦。那微雨偷偷洗去她们的尘垢，她们的甜软的光泽便自焕发了。在那被洗去的浮艳下，我能看到她们在有日光时所深藏着的恬静的红，冷落的紫，和苦笑的白与绿。以前锦绣般在我眼前的，现有都带了黯淡的颜色。——是愁着芳春的消歇么？是感着芳春的困倦么？

大约也因那蒙蒙的雨，园里没了浓郁的香气。涓涓的东风只吹来一缕缕饿了似的花香；夹带着些潮湿的草丛的气息和泥土的滋味。园外田亩和沼泽里，又时时送过些新插的秧，少壮的麦，和成荫的柳树的清新的蒸气。这些虽非甜美，却能强烈地刺激我的鼻观，使我有愉快的倦怠之感。

看啊，那都是歌中所有的：我用耳，也用眼，鼻，舌，身，听着；也用心唱着。我终于被一种健康的麻痹袭取了。于是为歌所有。此后只由歌独自唱着，听着；世界上便只有歌声了。

航船中的文明

第一次乘夜航船，从绍兴府桥到西兴渡口。

绍兴到西兴本有汽油船，我因急于来杭，又因年来逐逐于火车轮船之中，也想“回到”航船里，领略先代生活的异样的趣味；所以不顾亲戚们的坚留和劝说（他们说航船里是很苦的），毅然决然的于下午六时左右下了船。有了“物质文明”的汽油船，却又有“精神文明”的航船，使我们徘徊其间，左右顾而乐之，真是二十世纪中国人的幸福了！

航船中的乘客大都是小商人；两个军弁是例外。满船没有一个士大夫；我区区或者可充个数儿——因为我曾读过几年书，又忝为大夫之后——但也是例外之例外！真的，那班士大夫到哪里去了呢？这不消说得，都到了轮船里去了！士大夫虽也擎着大旗拥护精神文明，但千虑不免一失，竟为那物质文明的孙儿，满身洋油气的小玩意儿骗得定定的，忍心害理的撇了那老相好。于是航船虽然照常行驶，而光彩已减少许多！这确是一件可以慨叹的事；而“国粹将亡”的呼声，似也不是徒然的了。

呜呼，是谁之咎欤？

既然来到这“精神文明”的航船里，正可将船里的精神文明考察一番，才不虚此一行。但从哪里下手呢？这可有些为难。踌躇之间，恰好来了一个女人。——我说“来了”，仿佛亲眼看见，而孰知不然；我知道她“来了”，是在听见她尖锐的语音的时候。至于她的面貌，我至今还没有看见呢。这第一要怪我的近视眼，第二要怪那袭人的暮色，第三要怪——哼——要怪那“男女分坐”的精神文明了。女人坐在前面，男人坐在后面；那女人离我至少有两丈远，所以便不可见其脸了。且慢，这样左怪右怪，“其词若有憾焉”，你们或者猜想那女人怎样美呢。而孰知又大大的不然！我也曾“约略的”看来，都是乡下的黄面婆而已。至于尖锐的语音，那是少年的妇女所常有的，倒也不足为奇。然而这一次，那来了的女人的尖锐的语音竟致劳动区区的执笔者，却又另有缘故。在那语音里，表示出对于航船里精神文明的抗议；她说，“男人女人都是人！”她要坐到后面来(因前面太挤，实无他故，合并声明)，而航船里的“规矩”是不许的。船家拦住她，她仗着她不是姑娘了，便老了脸皮，大着胆子，慢慢的说了那句话。她随即坐在原处，而“批评家”的议论繁然了。一个船家在船沿上走着，随便的说，“男人女人都是人，是的，不错。做秤钩的也铁，做秤锤的也是铁，做铁锚的也是铁，都是铁呀！”这一段批评大约十分巧妙，说出诸位“批评家”所要说的，于是众喙都息，这便成了定论。至于那女人，事实上早已坐下了；“孤掌难鸣”，或者她饱饫了诸位“批评家”的宏论，也不要鸣了罢。“是非之心”，虽然“人皆有之”，而撑船经商者流，对于名教之大防，竟能剖辨得这样“详明”，也着实亏他们了。中国毕竟是礼义之邦，文明之古国呀！——我悔不该乱怪那“男女分坐”的精神文明了！

“祸不单行”，凑巧又来了一个女人。她是带着男人来的。——呀，带着男人！正是；所以才“祸不单行”呀！——说得满口好绍兴的杭州话，在黑暗里隐隐露着一张白脸；带着五六分城市气。船家照他们的“规矩”，要将这一对儿生刺刺的分开；男人不好意思做声，女的却抢着说，“我们是‘一堆生’的！”太亲热的字眼，竟在“规规矩矩的”航船里说了！于是船家命令的嚷道：“我们有我们的规矩，不管你“‘一堆生’不‘一堆生’的！”大家都微笑了。有的沉吟的说：“一堆生的?”有的惊奇的说：“一‘堆’生的！”有的嘲讽的说：“哼，一堆生的！”在这四面楚歌里，凭你怎样伶牙俐齿，也只得服从了！“妇者，服也”，这原是她的本行呀。只看她毫不置辩，毫不懊恼，还若无其事的和人攀谈，便知她确乎是“服也”了。这不能不感谢船家和乘客诸公“卫道”之功；而论功行赏，船家尤当首屈一指。呜呼，可以风矣！

在黑暗里征服了两个女人，这正是我们的光荣；而航船中的精神文明，也粲然可见了——于是乎书。

白种人——上帝的骄子！

去年暑假到上海，在一路电车的头等里，见一个大西洋人带着一个小西洋人，相并地坐着。我不能确说他俩是英国人或美国人；我只猜他们是父与子。那小西洋人，那白种的孩子，不过十一二岁光景，看去是个可爱的小孩，引我久长的注意。他戴着平顶硬草帽，帽檐下端正地露着长圆的小脸。白中透红的面颊，眼睛上有着金黄的长睫毛，显出和平与秀美。我向来有种癖气：见了有趣的小孩，总想和他亲热，做好同伴；若不能亲热，便随时亲近亲近也好。在高等小学时，附设的初等里，有一个养着乌黑的西发的刘君，真是依人的小鸟一般；牵着他的手问他的话时，他只静静地微仰着头，小声儿回答——我不常看见他的笑容，他的脸老是那么幽静和真诚，皮下却烧着亲热的火把。我屡次让他到我家来，他总不肯；后来两年不见，他便死了。我不能忘记他！我牵过他的小手，又摸过他的圆下巴。但若遇着陷生的小孩，我自然不能这么做，那可有些窘了；不过也不要紧，我可用我的眼睛看他——一回，两回，十回，几十回！孩子大概不很注意人的眼睛，所以尽可自由地看，和看女人要遮遮掩掩的不同。我凝视过许多初会面的孩子，他们都不曾向我抗议；至多拉着同在的母亲的手，或倚着她的膝头，将眼看她两看罢了。所以我胆子很大。这回在电车里又发了老癖气，我两次三番地看那白种的孩子，小西洋人！

初时他不注意或者不理会我，让我自由地看他。但看了不几回，那父亲站起来了，儿子也站起来了，他们将到站了。这时意外的事来了。那小西洋人本坐在我的对面；走近我时，突然将脸尽力地伸过来了，两只蓝眼睛大大地睁着，那好看的睫毛已看不见了；两颊的红也已褪了不少了。和平，秀美的脸一变而为粗俗，凶恶的脸了！他的眼睛里有话："咄！黄种人，黄种的支那人，你——你看吧！你配看我！"他已失了天真的稚气，脸上满布着横秋的老气了！我因此宁愿称他为"小西洋人"。他伸着脸向我足有两秒钟；电车停了，这才胜利地掉过头，牵着那大西洋人的手走了。大西洋人比儿子似乎要高出一半；这时正注目窗外，不曾看见下面的事。儿子也不去告诉他，只独断独行地伸他的脸；伸了脸之后，便又若无其事的，始终不发一言——在沉默中得着胜利，凯旋而去。不用说，这在我自然是一种袭击，"出其不意，攻其不备"的袭击！

这突然的袭击使我张皇失措；我的心空虚了，四面的压迫很严重，使我呼吸不能自由。我曾在N城的一座桥上，遇见一个女人；我偶然地看她时，她却垂下了长长的黑睫毛，露出老练和鄙夷的神色。那时我也感着压迫和空虚，但比起这一次，就稀薄多了：我在那小西洋人两颗枪弹似的眼光之下，茫然地觉着有被吞食的危险，于是身子不知不觉地缩小——大有在奇境中的阿丽思的劲儿！我木木然目送那父与子下了电车，在马路上开步走；那小西洋人竟未一回头，断然地去了。我这时有了迫切的国家之感！我做着黄种的中国人，而现在还是白种人的世界，他们的骄傲与践踏当然会来的；我所以张皇失措而觉着恐怖者，因为那骄傲我的，践踏我的，不是别人，只是一个十来岁的"白种的"孩子，竟是一个十来岁的白种的"孩子"！我向来总觉得孩子应该是世界的，不应该是一种，一国，一乡，一家的。我因此不能容忍中国的孩子叫西洋人为"洋鬼子"。但这个十来岁的白种的孩子，竟已被撳入人种与国家的两种定型里了。他已懂得凭着人种的优势和国家的强力，伸着脸袭击我了。这一次袭击实是许多次袭击的小影，他的脸上便缩印着一部中国的外交史。他之来上海，或无多日，或已长久，耳濡目染，他的父亲，亲长，先生，父执，乃至同国，同种，都以骄傲践踏对付中国人；而他的读物也推波助澜，将中国编排得一无是处，以长他自己的威风。所以他向我伸脸，决非偶然而已。

这是袭击，也是侮蔑，大大的侮蔑！我因了自尊，一面感着空虚，一面却又感着愤怒；于是有了迫切的国家之念。我要诅咒这小小的人！但我立刻恐怖起来了：这到底只是十来岁的孩子呢，却已被传统所埋葬；我们所日夜想望着的"赤子之心"，世界之世界（非某种人的世界，更非某国人的世界!），眼见得在正来的一代，还是毫无信息的！这是你的损失，我的损失，他的损失，世界的损失；虽然是怎样渺小的一个孩子！但这孩子却也有可敬的地方：他的从容，他的沉默，他的独断独行，他的一去不回头，都是力的表现，都是强者适者的表现。决不婆婆妈妈的，决不黏黏搭搭的，一针见血，一刀两断，这正是白种人之所以为白种人。

我真是一个矛盾的人。无论如何，我们最要紧的还是看看自己，看看自己的孩子！谁也是上帝之骄子；这和昔日的王侯将相一样，是没有种的！

白采

盛暑中写《白采的诗》一文，刚满一页，便因病搁下。这时候薰宇来了一封信，说白采死了，死在香港到上海的船中。他只有一个人；他的遗物暂存在立达学园里。有文稿，旧体诗词稿，笔记稿，有朋友和女人的通信，还有四包女人的头发！我将薰宇的信念了好几遍，茫然若失了一会儿；觉得白采虽于生死无所容心，但这样的死在将到吴淞口了的船中，也未免太惨酷了些——这是我们后死者所难堪的。

白采是一个不可捉摸的人。他的历史，他的性格，现在虽从遗物中略知梗概，但在他生前，是绝少人知道的；他也绝口不向人说，你问他他只支吾而已。他赋性既这样遗世绝俗，自然是落落寡合了；但我们却能够看出他是一个好朋友，他是一个有真心的人。

“不打不成相识”，我是这样知道了白采的。这是为学生李芳诗集的事。李芳将他的诗集交我删改，并嘱我作序。那时我在温州，他在上海。我因事忙，一搁就是半年；而李芳已因不知名的急病死在上海。我很懊悔我的需缓，赶紧抽了空给他工作。正在这时，平伯转来白采的信，短短的两行，催我设法将李芳的诗出版；又附了登在《觉悟》上的小说《作诗的儿子》，让我看看——里面颇有讥讽我的话。我当时觉得不应得这种讥讽，便写了一封近两千字的长信，详述事件首尾，向他辩解。信去了便等回信；但是杳无消息。等到我已不希望了，他才来了一张明信片；在我看来，只是几句半冷半热的话而已。我只能以“岂能尽如人意？但求无愧我心！”自解，听之而已。

但平伯因转信的关系，却和他常通函札。平伯来信，屡屡说起他，说是一个有趣的人。有一回平伯到白马湖看我。我和他同往宁波的时候，他在火车中将白采的诗稿《羸疾者的爱》给我看。我在车身不住的动摇中，读了一遍。觉得大有意思。我于是承认平伯的话，他是一个有趣的人。我又和平伯说，他这篇诗似乎是受了尼采的影响。后来平伯来信，说已将此语函告白采，他颇以为然。我当时还和平伯说，关于这篇诗，我想写一篇评论；平伯大约也告诉了他。有一回他突然来信说起此事；他盼望早些见着我的文字，让他知道在我眼中的他的诗究竟是怎样的。我回信答应他，就要做的。以后我们常常通信，他常常提及此事。但现在是三年以后了，我才算将此文完篇；他却已经死了，看不见了！他暑假前最后给我的信还说起他的盼望。天啊！我怎样对得起这样一个朋友，我怎样挽回我的过错呢？

平伯和我都不曾见过白采，大家觉得是一件缺憾。有一回我到上海，和平伯到西门林荫路新正兴里五号去访他：这是按着他给我们的通信地址去的。但不幸得很，他已经搬到附近什么地方去了；我们只好嗒然而归。新正兴里五号是朋友延陵君住过的：有一次谈起白采，他说他姓童，在美术专门学校念书；他的夫人和延陵夫人是朋友，延陵夫妇曾借住他们所赁的一间亭子间。那是我看延陵时去过的，床和桌椅都是白漆的；是一间虽小而极洁净的房子，几乎使我忘记了是在上海的西门地方。现在他存着的摄影里，据我看，有好几张是在那间房里照的。又从他的遗札里，推想他那时还未离婚；他离开新正兴里五号，或是正为离婚的缘故，也未可知。这却使我们事后追想，多少感着些悲剧味了。但平伯终于未见着白采，我竟得和他见了一面。那是在立达学园我预备上火车去上海前的五分钟。这一天，学园的朋友说白采要搬来了；我从早上等了好久，还没有音信。正预备上车站，白采从门口进来了。他说着江西话，似乎很老成了，是饱经世变的样子。我因上海还有约会，只匆匆一谈，便握手作别。他后来有信给平伯说我“短小精悍”，却是一句有趣的话。这是我们最初的一面，但谁知也就是最后的一面呢！

去年年底，我在北京时，他要去集美作教；他听说我有南归之意，因不能等我一面，便寄了一张小影给我。这是他立在露台上远望的背影，他说是聊寄仁盼之意。我得此小影，反复把玩而不忍释，觉得他真是一个好朋友。这回来到立达学园，偶然翻阅《白采的小说》，《作诗的儿子》一篇中讥讽我的话，已经删改；而薰宇告我，我最初给他的那封长信，他还留在箱子里。这使我惭愧从前的猜想，我真是小器的人哪！但是他现在死了，我又能怎样呢？我只相信，如爱墨生的话，他在许多朋友的心里是不死的！

一封信

在北京住了两年多了，一切平平常常地过去。要说福气，这也是福气了。因为平平常常，正像“糊涂”一样“难得”，特别是在“这年头”。但不知怎的，总不时想着在那儿过了五六年转徙无常的生活的南方。转徙无常，诚然算不得好日子；但要说到人生味，怕倒比平平常常时候容易深切地感着。现在终日看见一样的脸板板的天，灰蓬蓬的地；大柳高槐，只是大柳高槐而已。于是木木然，心上什么也没有；有的只是自己，自己的家。我想着我的渺小，有些战栗起来；清福究竟也不容易享的。

这几天似乎有些异样。像一叶扁舟在无边的大海上，像一个猎人在无尽的森林里。走路，说话，都要费很大的力气；还不能如意。心里是一团乱麻，也可说是一团火。似乎在挣扎着，要明白些什么，但似乎什么也没有明白。“一部《十七史》，从何处说起”正可借来作近日的我的注脚。昨天忽然有人提起《我的南方》的诗。这是两年前初到北京，在一个村店里，喝了两杯“莲花白”以后，信笔涂出来的。于今想起那情景，似乎有些渺茫；至于诗中所说的，那更是遥遥乎远哉了，但是事情是这样凑巧：今天吃了午饭，偶然抽一本旧杂志来消遣，却翻着了三年前给S的一封信。信里说着台州，在上海，杭州，宁波之南的台州。这真是“我的南方”了。我正苦于想不出，这却指引我一条路，虽然只是“一条”路而已。

我不忘记台州的山水，台州的紫藤花，台州的春日，我也不能忘记S。他从前欢喜喝酒，欢喜骂人；但他是个有天真的人。他待朋友真不错。L从湖南到宁波去找他，不名一文；他陪他喝了半年酒才分手。他去年结了婚。为结婚的事烦恼了几个整年的他，这算是叶落归根了；但他也与我一样，已快上那“中年”的线了吧。结婚后我们见过一次，匆匆的一次。我想，他也和一切人一样，结了婚终于是结了婚的样子了吧。但我老只是记着他那喝醉了酒，很妩媚的骂人的意态；这在他或已懊悔着了。

南方这一年的变动，是人的意想所赶不上的。我起初还知道他的踪迹；这半年是什么也不知道了。他到底是怎样地过着这狂风似的日子呢？我所沉吟的正在此。我说过大海，他正是大海上的一个小浪；我说过森林，他正是森林里的一只小鸟。恕我，恕我，我向哪里去找你？

这封信曾印在台州师范学校的《绿丝》上。我现在重印在这里；这是我眼前一个很好的自慰的法子。

九月二十七日记

S兄：

…………

我对于台州，永远不能忘记！我第一日到六师校时，系由埠头坐了轿子去的。轿子走的都是僻路；使我诧异，为什么堂堂一个府城，竟会这样冷静！那时正是春天，而因天气的薄阴和道路的幽寂，使我宛然如入了秋之国土。约莫到了卖冲桥边，我看见那清绿的北固山，下面点缀着几带朴实的洋房子，心胸顿然开朗，仿佛微微的风拂过我的面孔似的。到了校里，登楼一望，见远山之上，都幂着白云。四面全无人声，也无人影；天上的鸟也无一只。只背后山上谡谡的松风略略可听而已。那时我真脱却人间烟火气而飘飘欲仙了！后来我虽然发见了那座楼实在太坏了：柱子如鸡骨，地板如鸡皮！但自然的宽大使我忘记了那房屋的狭窄。我于是曾好几次爬到北固山的顶上，去领略那飕飕的高风，看那低低的，小小的，绿绿的田亩。这是我最高兴的。

来信说起紫藤花，我真爱那紫藤花！在那样朴陋——现在大概不那样朴陋了吧——的房子里，庭院中，竟有那样雄伟，那样繁华的紫藤花，真令我十二分惊诧！她的雄伟与繁华遮住了那朴陋，使人一对照，反觉朴陋倒是不可少似的，使人幻想“美好的昔日”！我也曾几度在花下徘徊：那时学生都上课去了，只剩我一人。暖和的晴日，鲜艳的花色，嗡嗡的蜜蜂，酝酿着一庭的春意。我自己如浮在茫茫的春之海里，不知怎么是好！那花真好看：苍老虬劲的枝干，这么粗这么粗的枝干，宛转腾挪而上；谁知她的纤指会那样嫩，那样艳丽呢？那花真好看：一缕缕垂垂的细丝，将她们悬在那皴裂的臂上，临风婀娜，真像嘻嘻哈哈的小姑娘，真像凝妆的少妇，像两颊又像双臂，像胭脂又像粉……我在他们下课的时候，又曾几度在楼头眺望：那丰姿更是撩人：云哟，霞哟，仙女哟！我离开台州以后，永远没见过那样好的紫藤花，我真惦记她，我真妒羡你们！

此外，南山殿望江楼上看浮桥（现在早已没有了），看憧憧的人在长长的桥上往来着；东湖水阁上，九折桥上看柳色和水光，看钓鱼的人；府后山沿路看田野，看天；南门外看梨花——再回到北固山，冬天在医院前看山上的雪；都是我喜欢的。说来可笑，我还记得我从前住过的旧仓头杨姓的房子里的一张画桌；那是一张红漆的，一丈光景长而狭的画桌，我放它在我楼上的窗前，在上面读书，和人谈话，过了我半年的生活。现在想已搁起来无人用了吧？唉！

台州一般的人真是和自然一样朴实；我一年里只见过三个上海装束的流氓！学生中我颇有记得的。前些时有位P君写信给我，我虽未有工夫作复，但心中很感谢！乘此机会请你为我转告一句。

我写的已多了；这些胡乱的话，不知可附载在《绿丝》的末尾，使它和我的旧友见见面么？

弟　自清

《梅花》后记

这一卷诗稿的运气真坏！我为它碰过好几回壁，几乎已经绝望。现在承开明书店主人的好意，答应将它印行，让我尽了对于亡友的责任，真是感激不尽！

偶然翻阅卷前的序，后面记着一九二四年二月；算来已是四年前的事了。而无隅的死更在前一年。这篇序写成后，曾载在《时事新报》的《文学旬刊》上。那时即使有人看过，现在也该早已忘怀了吧？无隅的棺木听说还停在上海某处；但日月去得这样快，五年来人事代谢，即在无隅的亲友，他的名字也已有点模糊了吧？想到此，颇有些莫名的寂寞了。我与无隅末次聚会，是在上海西门三德里（?）一个楼上。那时他在美术专门学校学西洋画，住着万年桥附近小弄堂里一个亭子间。我是先到了那里，再和他同去三德里的。那一暑假，我从温州到上海来玩儿；因为他春间交给我的这诗稿还未改好，所以一面访问，一面也给他个信。见面时，他那瘦黑的，微笑的脸，还和春间一样；从我认识他时，他的脸就是这样。我怎么也想不到，隔了不久的日子，他会突然离我们而去！——但我在温州得信很晚，记得仿佛已在他死后一两个月；那时我还忙着改这诗稿，打算寄给他呢。

他似乎没有什么亲戚朋友，至少在上海是如此。他的病情和死期，没人能说得清楚，我至今也还有些茫然；只知道病来得极猛，而又没钱好好医治而已。后事据说是几个同乡的学生凑了钱办的。他们大抵也没钱，想来只能草草收殓罢了。棺木是寄在某处。他家里想运回去，苦于没有这笔钱——虽然不过几十元。他父亲与他朋友林醒民君都指望这诗稿能卖得一点钱。不幸碰了四回壁，还留在我手里；四个年头已飞也似的过去了。自然，这其间我也得负多少因循的责任。直到现在，卖是卖了，想起无隅的那薄薄的棺木，在南方的潮湿里，在数年的尘封里，还不知是什么样子！其实呢，一堆腐骨，原无足惜；但人究竟是人，明知是迷执，打破却也不易的。

无隅的父亲到温州找过我，那大约是一九二二年的春天吧。一望而知，这是一个老实的内地人。他很愁苦地说，为了无隅读书，家里已用了不少钱。谁知道会这样呢？他说，现在无隅还有一房家眷要养活，运棺木的费，实在想不出法。听说他有什么稿子，请可怜可怜，给他想想法吧！我当时答应下来；谁知道一耽搁就是这些年头！后来他还转托了一位与我不相识的人写信问我。我那时已离开温州，因事情尚无头绪，一时忘了作复，从此也就没有音信。现在想来，实在是很不安的。

我在序里略略提过林醒民君，他真是个值得敬爱的朋友！

最热心无隅的事的是他；四年中不断地督促我的是他。我在温州的时候，他特地为了无隅的事，从家乡玉环来看我，又将我删改过的这诗稿，端端正正的抄了一遍，给编了目录，就是现在付印的稿本了。我去温州，他也到汉口宁波各地做事；常有信给我，信里总殷殷问起这诗稿。去年他到南洋去，临行还特地来信催我。他说无隅死了好几年了，仅存的一卷诗稿，还未能付印，真是一件难以放下的心事；请再给向什么地方试试，怎样？他到南洋后，至今尚无消息，海天远隔，我也不知他在何处。现在想寄信由他家里转，让他知道这诗稿已能付印；他定非常高兴的。古语说，“一死一生，乃见交情”；他之于无隅，这五年以来，有如一日，真是人所难能的！

关心这诗稿的，还有白采与周了因两位先生。白先生有一篇小说，叫《作诗的儿子》，是纪念无隅的，里面说到这诗稿。那时我还在温州。他将这篇小说由平伯转寄给我，附了一信，催促我设法付印。他和平伯，和我，都不相识；因这一来，便与平伯常常通信，后来与我也常通信了。这也算很巧的一段因缘。我又告诉醒民，醒民也和他写了几回信。据醒民说，他曾经一度打算出资印这诗稿；后来因印自己的诗，力量来不及，只好罢了。可惜这诗稿现在行将付印，而他已死了三年，竟不能见着了！周了因先生，据醒民说，也是无隅的好友。醒民说他要给这诗稿写一篇序，又要写一篇无隅的传。但又说他老是东西漂泊着，没有准儿；只要有机会将这诗稿付印，也就不必等他的文章了。我知道他现在也在南洋什么地方；路是这般远，我也只好不等他了。

春余夏始，是北京最好的日子。我重翻这诗稿，温寻着旧梦，心上倒像有几分秋意似的。

儿　女

我现在已是五个儿女的父亲了。想起圣陶喜欢用的“蜗牛背了壳”的比喻，便觉得不自在。新近一位亲戚嘲笑我说，“要剥层皮呢!”更有些悚然了。十年前刚结婚的时候，在胡适之先生的《藏晖室札记》里，见过一条，说世界上有许多伟大的人物是不结婚的；文中并引培根的话，“有妻子者，其命定矣。”当时确吃了一惊，仿佛梦醒一般；但是家里已是不由分说给娶了媳妇，又有什么可说？现在是一个媳妇，跟着来了五个孩子；两个肩头上，加上这么重一副担子，真不知怎样走才好。“命定”是不用说了；从孩子们那一面说，他们该怎样长大，也正是可以忧虑的事。我是个彻头彻尾自私的人，做丈夫已是勉强，做父亲更是不成。自然，“子孙崇拜”“儿童本位”的哲理或伦理，我也有些知道；既做着父亲，闭了眼抹杀孩子们的权利，知道是不行的。可惜这只是理论，实际上我是仍旧按照古老的传统，在野蛮地对付着，和普通的父亲一样。近来差不多是中年的人了，才渐渐觉得自己的残酷；想着孩子们受过的体罚和叱责，始终不能辩解——像抚摩着旧创痕那样，我的心酸溜溜的。有一回，读了有岛武郎《与幼小者》的译文，对了那种伟大的，沉挚的态度，我竟流下泪来了。去年父亲来信，问起阿九，那时阿九还在白马湖呢；信上说，“我没有耽误你，你也不要耽误他才好。”我为这句话哭了一场；我为什么不像父亲的仁慈？我不该忘记，父亲怎样待我们来着！人性许真是二元的，我是这样地矛盾；我的心像钟摆似的来去。

你读过鲁迅先生的《幸福的家庭》么？我的便是那一类的“幸福的家庭”！每天午饭和晚饭，就如两次潮水一般。先是孩子们你来他去地在厨房与饭间里查看，一面催我或妻发“开饭”的命令。急促繁碎的脚步，夹着笑和嚷，一阵阵袭来，直到命令发出为止。他们一递一个地跑着喊着，将命令传给厨房里用人；便立刻抢着回来搬凳子。于是这个说，“我坐这儿！”那个说，“大哥不让我！”大哥却说，“小妹打我！”我给他们调解，说好话。但是他们有时候很固执，我有时候也不耐烦，这便用着叱责了；叱责还不行，不由自主地，我的沉重的手掌便到他们身上了。于是哭的哭，坐的坐，局面才算定了。接着可又你要大碗，他要小碗，你说红筷子好，他说黑筷子好；这个要干饭，那个要稀饭，要茶要汤，要鱼要肉，要豆腐，要萝卜；你说他菜多，他说你菜好。妻是照例安慰着他们，但这显然是太迂缓了。我是个暴躁的人，怎么等得及？不用说，用老法子将他们立刻征服了；虽然有哭的，不久也就抹着泪捧起碗了。吃完了，纷纷爬下凳子，桌上是饭粒呀，汤汁呀，骨头呀，渣滓呀，加上纵横的筷子，欹斜的匙子，就如一块花花绿绿的地图模型。吃饭而外，他们的大事便是游戏。游戏时，大的有大主意，小的有小主意，各自坚持不下，于是争执起来；或者大的欺负了小的，或者小的竟欺负了大的，被欺负的哭着嚷着，到我或妻的面前诉苦；我大抵仍旧要用老法子来判断的，但不理的时候也有。最为难的，是争夺玩具的时候：这一个的与那一个的是同样的东西，却偏要那一个的；而那一个便偏不答应。在这种情形之下，不论如何，终于是非哭了不可的。这些事件自然不至于天天全有，但大致总有好些起。我若坐在家里看书或写什么东西，管保一点钟里要分几回心，或站起来一两次的。若是雨天或礼拜日，孩子们在家的多，那么，摊开书竟看不下一行，提起笔也写不出一个字的事，也有过的。我常和妻说，“我们家真是成日的千军万马呀！”有时是不但“成日”，连夜里也有兵马在进行着，在有吃乳或生病的孩子的时候！

我结婚那一年，才十九岁。二十一岁，有了阿九；二十三岁，又有了阿菜。那时我正像一匹野马，哪能容忍这些累赘的鞍鞯，辔头和缰绳？摆脱也知是不行的，但不自觉地时时在摆脱着。现在回想起来，那些日子，真苦了这两个孩子；真是难以宽宥的种种暴行呢！阿九才两岁半的样子，我们住在杭州的学校里。不知怎地，这孩子特别爱哭，又特别怕生人。一不见了母亲，或来了客，就哇哇地哭起来了。学校里住着许多人，我不能让他扰着他们，而客人也总是常有的；我懊恼极了，有一回，特地骗出了妻，关了门，将他按在地下打了一顿。这件事，妻到现在说起来，还觉得有些不忍；她说我的手太辣了，到底还是两岁半的孩子！我近年常想着那时的光景，也觉黯然。阿菜在台州，那是更小了；才过了周岁，还不大会走路。也是为了缠着母亲的缘故吧，我将她紧紧地按在墙角里，直哭喊了三四分钟；因此生了好几天病。妻说，那时真寒心呢！但我的苦痛也是真的。我曾给圣陶写信，说孩子们的折磨，实在无法奈何；有时竟觉着还是自杀的好。这虽是气愤的话，但这样的心情，确也有过的。后来孩子是多起来了，磨折也磨折得久了，少年的锋棱渐渐地钝起来了；加以增长的年岁增长了理性的裁制力，我能够忍耐了——觉得从前真是一个"不成材的父亲"，如我给另一个朋友信里所说。但我的孩子们在幼小时，确比别人的特别不安静，我至今还觉如此。我想这大约还是由于我们抚育不得法；从前只一味地责备孩子，让他们代我们负起责任，却未免是可耻的残酷了！

正面意义的"幸福"，其实也未尝没有。正如谁所说，小的总是可爱，孩子们的小模样，小心眼儿，确有些教人舍不得的。阿毛现在五个月了，你用手指去拨弄她的下巴，或向她做趣脸，她便会张开没牙的嘴咯咯地笑，笑得像一朵正开的花。她不愿在屋里待着；待久了，便大声儿嚷。妻常说，"姑娘又要出去溜达了。"她说她像鸟儿般，每天总得到外面遛一些时候。闰儿上个月刚过了三岁，笨得很，话还没有学好呢。他只能说三四个字的短语或句子，文法错误，发音模糊，又得费气力说出；我们老是要笑他的。他说"好"字，总变成"小"字；问他"好不好?”他便说“小”，或“不小”。我们常常逗着他说这个字玩儿；他似乎有些觉得，近来偶然也能说出正确的“好”字了——特别在我们故意说成“小”字的时候。他有一只搪瓷碗，是一毛来钱买的；买来时，老妈子教给他，“这是一毛钱。”他便记住“一毛”两个字，管那只碗叫“一毛”，有时竟省称为“毛”。这在新来的老妈子，是必须翻译了才懂的。他不好意思，或见着生客时，便咧着嘴痴笑；我们常用了土话，叫他做“呆瓜”。他是个小胖子，短短的腿，走起路来，蹒跚可笑；若快走或跑，便更“好看”了。他有时学我，将两手叠在背后，一摇一摆的；那是他自己和我们都要乐的。他的大姊便是阿菜，已是七岁多了，在小学校里念着书。在饭桌上，一定得啰啰唆唆地报告些同学或他们父母的事情；气喘喘地说着，不管你爱听不爱听。说完了总问我：“爸爸认识么?”“爸爸知道么?”妻常禁止她吃饭时说话，所以她总是问我。她的问题真多：看电影便问电影里的是不是人?是不是真人?怎么不说话?看照相也是一样。不知谁告诉她，兵是要打人的。她回来便问，兵是人么?为什么打人?近来大约听了先生的话，回来又问张作霖的兵是帮谁的?蒋介石的兵是不是帮我们的?诸如此类的问题，每天短不了，常常闹得我不知怎样答才行。她和闰儿在一处玩儿，一大一小，不很合适，老是吵着哭着。但合适的时候也有：譬如这个往床底下躲，那个便钻进去追着；这个钻出来，那个也跟着——从这个床到那个床，只听见笑着，嚷着，喘着，真如妻所说，像小狗似的。现在在京的，便只有这三个孩子；阿九和转儿是去年北来时，让母亲暂时带回扬州去了。

阿九是欢喜书的孩子。他爱看《水浒》《西游记》《三侠五义》《小朋友》等；没有事便捧着书坐着或躺着看。只不欢喜《红楼梦》，说是没有味儿。是的，《红楼梦》的味儿，一个十岁的孩子，哪里能领略呢？去年我们事实上只能带两个孩子来；因为他大些，而转儿是一直跟着祖母的，便在上海将他俩丢下。我清清楚楚记得那分别的一个早上。我领着阿九从二洋泾桥的旅馆出来，送他到母亲和转儿住着的亲戚家去。妻嘱咐说，“买点吃的给他们吧。”我们走过四马路，到一家茶食铺里。阿九说要熏鱼，我给买了；又买了饼干，是给转儿的。便乘电车到海宁路。下车时，看着他的害怕与累赘，很觉恻然。到亲戚家，因为就要回旅馆收拾上船，只说了一两句话便出来；转儿望望我，没说什么，阿九是和祖母说什么去了。我回头看了他们一眼，硬着头皮走了。后来妻告诉我，阿九背地里向她说：“我知道爸爸欢喜小妹，不带我上北京去。”其实这是冤枉的。他又曾和我们说，“暑假时一定来接我啊！”我们当时答应着；但现在已是第二个暑假了，他们还在迢迢的扬州待着。他们是恨着我们呢？还是惦着我们呢？妻是一年来老放不下这两个，常常独自暗中流泪；但我有什么法子呢！想到“只为家贫成聚散”一句无名的诗，不禁有些凄然。转儿与我较生疏些。但去年离开白马湖时，她也曾用了生硬的扬州话（那时她还没有到过扬州呢），和那特别尖的小嗓子向着我：“我要到北京去。”她晓得什么北京，只跟着大孩子们说罢了；但当时听着，现在想着的我，却真是抱歉呢。这兄妹俩离开我，原是常事，离开母亲，虽也有过一回，这回可是太长了；小小的心儿，知道是怎样忍耐那寂寞来着！

我的朋友大概都是爱孩子的。少谷有一回写信责备我，说儿女的吵闹，也是很有趣的，何至可厌到如我所说；他说他真不解。子恺为他家华瞻写的文章，真是“蔼然仁者之言”。圣陶也常常为孩子操心：小学毕业了，到什么中学好呢？——这样的话，他和我说过两三回了。我对他们只有惭愧！可是近来我也渐渐觉着自己的责任。我想，第一该将孩子们团聚起来，其次便该给他们些力量。我亲眼见过一个爱儿女的人，因为不曾好好地教育他们，便将他们荒废了。他并不是溺爱，只是没有耐心去料理他们，他们便不能成材了。我想我若照现在这样下去，孩子们也便危险了。我得计划着，让他们渐渐知道怎样去做人才行。但是要不要他们像我自己呢？这一层，我在白马湖教初中学生时，也曾从师生的立场上问过丏尊，他毫不踌躇地说，“自然啰。”近来与平伯谈起教子，他却答得妙，“总不希望比自己坏啰。”是的，只要不“比自己坏”就行，“像”不“像”倒是不在乎的。职业，人生观等，还是由他们自己去定的好；自己顶可贵，只要指导，帮助他们去发展自己，便是极贤明的办法。

予同说，“我们得让子女在大学毕了业，才算尽了责任。”SK说，“不然，要看我们的经济，他们的材质与志愿；若是中学毕了业，不能或不愿升学，便去做别的事，譬如做工人吧，那也并非不行的。”自然，人的好坏与成败，也不尽靠学校教育；说是非大学毕业不可，也许只是我们的偏见。在这件事上，我现在毫不能有一定的主意；特别是这个变动不居的时代，知道将来怎样？好在孩子们还小，将来的事且等将来吧。目前所能做的，只是培养他们基本的力量——胸襟与眼光；孩子们还是孩子们，自然说不上高的远的，慢慢从近处小处下手便了。这自然也只能先按照我自己的样子：“神而明之，存乎其人。”光辉也罢，倒霉也罢，平凡也罢，让他们各尽各的力去。我只希望如我所想的，从此好好地做一回父亲，便自称心满意。——想到那“狂人”“救救孩子”的呼声，我怎敢不悚然自勉呢？

说 梦

伪《列子》里有一段梦话，说得甚好：

> 周之尹氏大治产，其下趣役者，侵晨昏而不息。有老役夫筋力竭矣，而使之弥勤。昼则呻呼而即事，夜则昏惫而熟寐。精神荒散，昔昔梦为国君：居人民之上，总一国之事；游燕宫观，恣意所欲，其乐无比。觉则复役人。……尹氏心营世事，虑钟家业，心形俱疲，夜亦昏惫而寐。昔昔梦为人仆：趋走作役，无不为也；数骂杖挞，无不至也。眠中啽呓呻呼，彻旦息焉。……

此文原意是要说出“苦逸之复，数之常也；若欲觉梦兼之，岂可得邪?”这其间大有玄味，我是领略不着的；我只是断章取义地赏识这件故事的自身，所以才老远地引了来。我只觉得梦不是一件坏东西。即真如这件故事所说，也还是很有意思的。因为人生有限，我们若能夜夜有这样清楚的梦，则过了一日，足抵两日，过了五十岁，足抵一百岁；如此便宜的事，真是落得的。至于梦中的“苦乐”，则照我素人的见解，毕竟是“梦中的”苦乐，不必斤斤计较的。若必欲斤斤计较，我要大胆地说一句：他和那些在墙上贴红纸条儿，写着“夜梦不祥，书破大吉”的，同样地不懂得梦！

但庄子说道，“至人无梦。”伪《列子》里也说道，“古之真人，其觉自忘，其寝不梦。”——张湛注曰，“真人无往不忘，乃当不眠，何梦之有？”可知我们这几位先哲不甚以做梦为然，至少也总以为梦是不大高明的东西。但孔子就与他们不同，他深以“不复梦见周公”为憾；他自然是爱做梦的，至少也是不反对做梦的。——殆所谓时乎做梦则做梦者欤？我觉得“至人”“真人”，毕竟没有我们的份儿，我们大可不必妄想；只看“乃当不眠”一个条件，你我能做到么？唉，你若主张或实行“八小时睡眠”，就别想做“至人”“真人”了！但是，也不用担心，还有为我们掮木梢的：我们知道，愚人也无梦！他们是一枕黑甜，哼呵到晓，一些儿梦的影子也找不着的！我们侥幸还会做几个梦，虽因此失了“至人”“真人”的资格，却也因此而得免于愚人，未尝不是运气。至于“至人”“真人”之无梦和愚人之无梦，究竟有何分别，却是一个难题。我想偷懒，还是摭拾上文说过的话来答吧：“真人……乃当不眠……”而愚人是“一枕黑甜，哼呵到晓”的！再加一句，此即孔子所谓“上智与下愚不移”也。说到孔子，孔子不反对做梦，难道也做不了“至人”“真人”？我说，“唯唯，否否！”孔子是“圣人”，自有他的特殊的地位，用不着再来争“至人”“真人”的名号了。但得知道，做梦而能梦周公，才能成其所以为圣人；我们也还是够不上格儿的。

我们终于只能做第二流人物。但这中间也还有个高低。高的如我的朋友P君：他梦见花，梦见诗，梦见绮丽的衣裳……真可算得有梦皆甜了。低的如我：我在江南时，本忝在愚人之列，照例是漆黑一团地睡到天光；不过得声明，哼呵是没有的。北来以后，不知怎样，陡然聪明起来，夜夜有梦，而且不一其梦。但我究竟是新升格的，梦尽管做，却做不着一个清清楚楚的梦！成夜地乱梦颠倒，醒来不知所云，恍然若失。最难堪的是每早将醒未醒之际，残梦依人，腻腻不去；忽然双眼一睁，如坠深谷，万象寂然——只有一角日光在墙上痴痴地等着！我此时决不起来，必凝神细想，欲追回梦中滋味于万一；但照例是想不出，只惘惘然茫茫然似乎怀念着些什么而已。虽然如此，有一点是知道的：梦中的天地是自由的，任你徜徉，任你翱翔；一睁眼却就给密密的麻绳绑上了，就大大地不同了！我现在确乎有些精神恍惚，这里所写的就够教你知道。但我不因此诅咒梦；我只怪我做梦的艺术不佳，做不着清楚的梦。若做着清楚的梦，若夜夜做着清楚的梦，我想精神恍惚也无妨的。照现在这样一大串儿糊里糊涂的梦，直是要将这个“我”化成漆黑一团，却有些儿不便。是的，我得学些本事，今夜做他几个好好的梦。我是彻头彻尾赞美梦的，因为我是素人，而且将永远是素人。

“海阔天空”与“古今中外”

有一天，我和一位新同事闲谈。我偶然问道：“你第一次上课，讲些什么?”他笑着答我，“我古今中外了一点钟!”他这样说明事实，且示谦逊之意。我从来不曾想到“古今中外”一个兼词可以作动词用，并且可以加上“了”字表时间的过去；骤然听了，很觉新鲜，正如吃刚上市的广东蚕豆。隔了几日，我用同样的问题问另一位新同事。他却说道：“海阔天空！海阔天空!”我原晓得“海阔凭鱼跃，天空任鸟飞”的联语——是在一位同学家的厅堂里常常看见的——但这样的用法，却又是第一次听到！我真高兴，得着两个新鲜的意思，让我对于生活的方法，能触类旁通地思索一回。

黄远生在《东方杂志》上曾写过一篇《国民之公毒》，说中国人思想笼统的弊病。他举小说里的例，文的必是琴棋书画无所不晓，武的必是十八般武艺件件精通！我想，他若举《野叟曝言》里的文素臣，《九尾龟》里的章秋谷，当更适宜，因为这两个都是文武全才！好一个文武“全”才！这“全”字儿竟成了“国民之公毒”！我们自古就有那“博学无所成名”的“大成至圣先师”，又有“一物不知，儒者之耻”的传统的教训，还有那“谈天雕龙”的邹衍之流，所以流风余韵，扇播至今；大家变本加厉，以为凡是大好老必“上知天文，下识地理”，而“中学为体，西学为用”便是这大好老的另一面。“笼统”固然是“全”，“钩通”“调和”也正是“全”呀！“全”来“全”去，“全”得乌烟瘴气，一塌糊涂！你瞧西洋人便聪明多了，他们悄悄地将“全知”“全能”送给上帝，决不想自居“全”名；所以处处“算账”，刀刀见血，一点儿不含糊！——他们不懂得那八面玲珑的劲儿！

但是王尔德也说过一句话，貌似我们的公毒而实非；他要“吃尽地球花园里的果子”！他要享乐，他要尽量地享乐！他什么都不管！可是他是“人”，不像文素臣、章秋谷辈是妖怪；他是呆子，不像钩通中西者流是滑头。总之，他是反传统的。他的话虽不免夸大，但不如中国传统思想之甚；因为只说地而不说天。况且他只是“要”而不是“能”，和文素臣辈又是有别；“要”在人情之中，“能”便出人情之外了！“全知”“全能”，或者真只有上帝一个；但“全”的要求是谁都有权利的——有此要求，才成其为“人生”！——还有易卜生“全或无”的“全”，那却是一把锋利的钢刀；因为是另一方面的，不具论。

但王尔德的要求专属于感觉的世界，我总以为太单调了。人生如万花筒，因时地的殊异，变化不穷，我们要能多方面的了解，多方面的感受，多方面的参加，才有真趣可言；古人所谓“胸襟”“襟怀”“襟度”，略近乎此。但“多方面”只是概括的要求：究竟能有若干方面，却因人的才力而异——我们只希望多多益善而已！这与传统的“求全”不同，“便是暗中摸索，也可知道吧”。这种胸襟——用此二字所能有的最广义——若要具体地形容，我想最好不过是采用我那两位新同事所说的：“海阔天空”与“古今中外”！我将这两个兼词用在积极的意义上，或者更对得起它们些。——“古今中外”原是骂人的话，初见于《新青年》上，是钱玄同（?）先生造作的。后来周作人先生有一篇杂感，却用它的积极的意义，大概是论知识上的宽容的；但这是两三年前的事了，我于那篇文的内容已模糊了。

法朗士在他的《灵魂之探险》里说：

> 人之永不能跳出己身以外，实一真理，而亦即吾人最大苦恼之一。苟能用一八方观察之苍蝇视线，观览宇宙，或能用一粗鲁而简单之猿猴的脑筋，领悟自然，虽仅一瞬，吾人何所惜而不为？乃于此而竟不能焉。……吾人被锢于一身之内，不啻被锢于永远监禁之中。（据杨袁昌英女士译文，见《太平洋》四卷四号）

蔼理斯在他的《感想录》中《自己中心》一则里也说：

> 我们显然都从自己中心的观点去看宇宙，看重我们自

己所演的角色。（见《语丝》第十三期）

这两种“说数”，我们可总称为“我执”——却与佛法里的“我执”不同。一个人有他的身心，与众人各异；而身心所从来，又有遗传，时代，周围，教育等等，尤其五花八门，千差万别。这些合而织成一个“我”，正如密密的魔术的网一样；虽是无形，而实在是清清楚楚，不易或竟不可逾越的界。于是好的劣的，乖的蠢的，丑的俏的，长的短的，肥的瘦的，各有各的样儿，都来了，都来了。“把戏人人会变，各有巧妙不同”；正因各人变各人的把戏，才有了这大千世界呀。说到各人只会变自己的一套把戏，而且只自以为巧妙，自然有些：“可怜而可气”；“谓天盖高”“谓地盖厚”，区区的“我”，真是何等区区呢！但是——哎呀，且住！亏得尚有“巧妙不同”一句注脚，还可上下其手一番；这“不同”二字正是灵丹妙药，千万不可忽略过去！我们的“我执”，是由命运所决定，其实无法挽回；只有一层，“我”决不是由一架机器铸出来的，决不是从一副印板刷下来的，这其间有种种的不同，上文已约略又约略地拈出了——现在再要拈出一种不同：“我”之广狭是悬殊的！“我执”谁也免不了，也无须免得了，但所执有大有小，有深有浅，这其间却大有文章；所谓上下其手，正指此一关而言。

你想“顶天立地”是一套把戏，是一个“我”，“局天踏地”，或说“局促如辕下驹”，如井底蛙，如磨坊里的驴子，也是一套把戏，也是一个“我”！这两者之间，相差有多少远呢？

说得简截些，一是天，一是地；说得噜苏些，一是九霄，一是九渊；说得新鲜些，一是太阳，一是地球！世界上有些人读破万卷书，有些人游遍万里地，乃至达尔文之创进化说，恩斯坦之创相对原理；但也有些人伏处穷山僻壤，一生只关在家里，亲族邻里之外，不曾见过人，自己方言之外，不曾听过话——天球，地球，固然与他们无干，英国，德国，皇帝，总统，金镜，银洋，也与他们丝毫无涉！他们之所以异于磨坊的驴子者，真是“几希”！也只是蒙着眼，整天儿在屋里绕弯儿，日行千里，足不出户而已。你可以说，这两种人也只是一样，横直跳不出如来佛——“自己”——的掌心；他们都坐在“自己”的监里，盘算着“自己”的重要呢！是的，但你知道这两种人决不会一样！你我跳不出如来佛的掌心，孙悟空也跳不出他老人家的掌心；但你我能翻十万八千里的筋斗么？若说不能，这就不一样了！“不能”尽管“不能”，“不同”仍旧“不同”呀。你想天地是怎样怎样的广大，怎样怎样的悠久！若用数字计算起来，只怕你画一整天的圈儿，也未必能将数目里所有的圈儿都画完哩！在这样的天地的全局里，地球已若一微尘，人更数不上了，只好算微尘之微尘吧！人是这样小，无怪乎只能在“自己”里绕圈儿。但是能知道“自己”的小，便是大了；最要紧是在小中求大！长子里的矮子到了矮子中，便是长子了，这便是小中之大。我们要做矮子中的长子，我们要尽其所能地扩大我们自己！我们还是变自己的把戏，但不仅自以为巧妙，还须自以为“比别人”巧妙；我们不但可在内地开一班小杂货铺，我们要到上海去开先施公司！

“我”有两方面，深的和广的。“自己中心”可说是深的一面；哲学家说的“自知”（“Knowest thyself”），道德学家说的“自私”——“利己”，也都可算入这一面。如何使得我的身子好？如何使得我的脑子好？我懂得些什么？我喜爱些什么？我做出些什么？我要些什么？怎样得到我所要的？怎样使我成为他们之中一个最重要的角色？这一大串儿的疑问号，总可将深的“我”的面貌的轮廓说给你了；你再“自个儿”去内省一番，就有八九分数了。但你马上也就会发见，这深深的“我”并非独自个儿待着，它还有个亲亲儿的，热热儿的伴儿哩。它俩你搂着我，我搂着你；不知谁给它们缚上了两只脚！就像三足竞走一样，它俩这样永远地难解难分！你若要开玩笑，就说它俩“狼狈为奸”，它俩亦无法自辩的。——可又来！究竟这伴儿是谁呢？这就是那广的“我”呀！我不是说过么？知道世界之大，才知道自己之小！所以“自知”必先要“知他”。兵法有云：“知己知彼，百战百胜。”可以旁证此理。原来“我”即在世界中；世界是一张无大不大的大网，“我”只是一个极微极微的结子；一发尚且会牵动全身，全网难道倒不能牵动一个细小的结子么？实际上，“我”是“极天下之赜”的！“自知”而不先“知他”，只是聚在方隅，老死不相往来的办法；只是“不可以语冰”的“夏虫”，井底蛙，磨坊里的驴子之流而已。能够“知他”，才真有“自知之明”；正如铁扇公主的扇子一样，要能放才能收呀。所知愈多，所接愈广；将“自己”散在天下，渗入事事物物之中看它的大小方圆，看它的轻重疏密，这才可以剖析毫芒地渐渐渐渐地认出“自己”的真面目呀。俗语说：“把你烧成了灰，我都认得你！”我们正要这样想：先将这个“我”一拳打碎了，碎得成了灰，然后随风飏举，或飘茵席之上，或堕溷厕之中，或落在老鹰的背上，或跳在珊瑚树的梢上，或藏在爱人的鬓边，或沾在关云长的胡子里……然后再收灰入掌，抟灰成形，自然便须眉毕现，光采照人，不似初时“浑沌初开”的情景了！所以深的“我”即在广的“我”中，而无深的“我”，广的“我”亦无从立脚；这是不做矮子，也不吹牛的道地老实话，所谓有限的无穷也。

在有限中求无穷，便是我们所能有的自由。这或者是“野马以被骑乘的自由为更多”的自由，或者是“和猪有飞的自由一样”；但自由总和不自由不同，管他是白的，是黑的！说“猪有飞的自由”，在半世纪前，正和说“人有飞的自由”一样。但半世纪后的我们，已可见着自由飞着的人了，虽然还是要在飞机或飞艇里。你或者冷笑着说，有所待而然！有所待而然！至多仍旧是“被骑乘的自由”罢了！但这算什么呢？鸟也要靠翼翅的呀！况且还有将来呢，还有将来的将来呢！就如上文所引法朗士的话：“倘若我们能够一刹那间用了苍蝇的多面的眼睛去观察天地……”目下诚然是做不到的，但竟有人去企图了！我曾见过一册日本文的书——记得是《童谣の缀方》，卷首有一幅彩图，下面题着《苍蝇眼中的世界》（大意）。图中所有，极其光怪陆离；虽明知苍蝇眼中未必即是如此，而颇信其如此——

自己仿佛飘飘然也成了一匹小小的苍蝇，陶醉在那奇异的世界中了！这样前去，谁能说法朗士的“倘若”永不会变成“果然”呢！——“语丝”拉得太长了，总而言之，统而言之，我们只是要变比别人巧妙的把戏，只是要到上海去开先施公司；这便是我们所能有的自由。“秀才不出门，能知天下事。”这种或者稍嫌旧式的了；那么，来个新的，“看世界面上”，我们来做个“世界民”吧——“世界民”（Cosmopolitan）者，据我的字典里说，是“无定居之人”，又有“弥漫全世界”“世界一家”等义；虽是极简单的解释，我想也就够用，恕不再翻那笨重的大字典了。

我“海阔天空”或“古今中外”了九张稿纸；尽绕着圈儿，你或者有些“头痛”吧？“只听楼板响，不见人下来！”你将疑心开宗明义第一节所说的“生活的方法”，我竟不曾“思索”过，只冤着你，“青山隐隐水迢迢”地逗着你玩儿！不！别着急，这就来了也。既说“海阔天空”与“古今中外”，又要说什么“方法”，实在有些儿像左手往外推，右手又赶着往里拉，岂不可笑！但古语说得好，“大丈夫能屈能伸”，我正可老着脸借此解嘲；况且一落言诠，总有边际，你又何苦斤斤较量呢？况且“方法”虽小，其中也未尝无大；这也是所谓“有限的无穷”也。说到“无穷”，真使我为难！方法也正是千头万绪，比“一部十七史”更难得多多；虽说“大处着眼，小处下手”，但究竟从何处下手，却着实费我踌躇！——有了！我且学着那李逵，从黑松林里跳了出来，挥动板斧，随手劈他一番便了！我就是这个主意！李逵决非吴用；当然不足语于丝丝入扣的谨严的论理的！但我所说的方法，原非斗胆为大家开方案，只是将我所喜欢用的东西，献给大家看看而已。这只是我的“到自由之路”，自然只是从我的趣味中寻出来的；而在大宇长宙之中，无量数的“我”之内，区区的我，真是何等区区呢？而且我“本人”既在企图自己的放大，则他日之趣味，是否即今日之趣味，也殊未可知。所以此文也只是我姑妄言之，你姑妄听之；但倘若看了之后，能自己去思索一番，想出真个巧妙的方法，去做个“海阔天空”与“古今中外”的人，那时我虽觉着自己更是狭窄，非另打主意不可，然而总很高兴了；我将仰天大笑，到草帽从头上落下为止。

其实关于所谓“方法”，我已露过些口风了：“我们要能多方面的了解，多方面的感受，多方面的参加，才有真趣可言。”

我现在做着教书匠。我做了五年教书匠了，真个腻得慌！黑板总是那样黑，粉笔总是那样白，我总是那样的我！成天儿浑淘淘的，有时对于自己的活着，也会惊诧。我想我们这条生命原像一湾流水，可以随意变成种种的花样；现在却筑起了堰，截断它的流，使它怎能不变成浑淘淘呢？所以一个人老做一种职业，老只觉着是“一种”职业，那真是一条死路！说来可笑，我是常常在想改业的；正如未来派剧本说的“换个丈夫吧”，我也不时地提着自己，“换个行当吧！”我不想做官，但很想知道官是怎样做的。这不是一件容易事！《官场现形记》所形容的究竟太可笑了！况且现在又换了世界！《努力周刊》的记者在王内阁时代曾引汤尔和——当时的教育总长——的话："你们所论的未尝无理；但我到政府里去看看，全不是那么一回事！"（大意）"全不是那么一回事！"可见不入虎穴，焉得虎子！我于是想做个秘书，去看看官到底是怎样做的。因秘书而想到文书科科员：我想一个人赚了大钱，成了资本家，不知究竟是怎样活着的。最要紧，他是怎样想的。我们只晓得他有汽车，有高大的洋房，有姨太太，那是不够的。——由资本家而至于小伙计，他们又怎样度他们的岁月？银行的行员尽爱买马票，当铺的朝奉尽爱在夏天打赤膊——其余的，其余的我便有些茫茫了！我们初到上海，总要到大世界去一回。但上海有个五光十色的商世界，我们怎可不去逛逛呢？我于是想做个什么公司里的文书科科员，尝些商味儿。上海不但有个商世界，还有个新闻世界。我又想做个新闻记者，可以多看些稀奇古怪的人，稀奇古怪的事。此外我想做的事还多！戴着龌龊的便帽，穿着蓝布衫裤的工人，拖着黄泥腿，衔着旱烟管的农人，扛着枪的军人，我都想做做他们的生活看。可是谈何容易；我不是上帝，究竟是没有把握的！这些都是非分的妄想，岂不和癞蛤蟆想吃天鹅肉一样！——话虽如此；"不问收获，只问耕耘"，也未尝不是一种解嘲的办法。况且退一万步讲，能够这样想想，也未尝没有淡淡的味儿，和"加力克"香烟一样的味儿。况且我们的上帝万一真个吝惜他的机会，我也想过了：我从今日今时起，努力要在"黑白生涯"中找寻些味儿，不像往日随随便便地上课下课，想来也是可以的！意大利 Amicis 的《爱的教育》里说有一位先生，在一个小学校里做了六十年的先生；年老退职之后，还时时追忆从前的事情：一闭了眼，就像有许多的孩子，许多的班级在眼前；偶然听到小孩的书声，便悲伤起来，说："我已没有学校没有孩子了！"可见天下无难事，只怕有心人！但我一面羡慕这位可爱的先生，一面总还打不断那些妄想；我的心不是一条清静的荫道，而是十字街头呀！

我的妄想还可以减价；自己从不能做"诸色人等"，却可以结交"诸色人等"的朋友。从他们的生活里，我也可以分甘共苦，多领略些人味儿；虽然到底不如亲自出马的好。《爱的教育》里说："只在一阶级中交际的人，恰和只读一册书籍的学生一样。"真是"有理呀有理"！现在的青年，都喜欢结识几个女朋友；一面固由于性的吸引，一面也正是要润泽这干枯而单调的生活。我的一位先生曾经和我们说：他有一位朋友，新从外国回到北京；待了一个多月，总觉有一件事使他心里不舒畅，却又说不出是什么事。后来有一天，不知怎样，竟被他发见了：原来北京的街上太缺乏女人！他觉得这样的生活，实在干燥无味！但单是女朋友，我觉得还是不够；我又常想结识些小孩子，做我的小朋友。有人说和孩子们作伴，和孩子们共同生活，会使自己也变成一个孩子，一个大孩子；所以小学教师是不容易老的。这话颇有趣，使我相信。我去年上半年和一位有着童心的朋友，曾约了附近一所小学校的学生，开过几回同乐会；大家说笑话，讲故事，拍七，吃糖果，看画片，都很高兴的。后来暑假期到了，他们还抄了我们的地址，说要和我们通信呢。不但学龄儿童可以做我的朋友，便是幼稚园里的也可以的，而且更加有趣哩。且请看这一段：

> 终于，母亲逃出了庭间了。小孩们追到栏栅旁，脸挡住了栅缝，把小手伸出，纷纷地递出面包呀，苹果片呀，牛油块等东西来。一齐叫说：
>
> “再会，再会！明天再来，再请过来！”（见《爱的教育》译本第七卷内《幼儿院》）

倘若我有这样的小朋友，我情愿天天去呀！此外，农人，工人，也要相与些才好。我现在住在乡下，常和邻近的农人谈天，又曾和他们喝过酒，觉得另有些趣味。我又晓得在北京，上海的我的朋友的朋友，每天总找几个工人去谈天；我且不管他们谈的什么，只觉每天换几个人谈谈，是很使人新鲜的。若再能交结几个外国朋友，那是更别致了。从前上海中华世界语学会教人学世界语，说可以和各国人通信；后来有人非议他们，说世界语的价值岂就是如此的！非议诚然不错。但与各国人通信，到底是一件有趣的事呀！——还有一件，自己的妻和子女，若在别一方面作为朋友看时，也可得着新的启示的。不信么？试试看！

若你以为阶级的障壁不容易打破，人心的隔膜不容易揭开；你于是皱着眉，咂着嘴，说：“要这样地交朋友，真是千难万难！”是的；但是——你太小看自己了，那里就这样地不济事！也罢，我还有一套便宜些的变给你瞧瞧；这就叫作“知人”呀。交不着朋友是没法的，但晓得些别人的“闲事”，总可以的；只须不尽着去自扫门前雪，而能多管些一般人所谓“闲事”，就行了。我所谓“多管闲事”，其实只是“参加”的别名。譬如前次上海日本纱厂工人大罢工，我以为是要去参加的；或者帮助他们，或者只看看那激昂的实况，都无不可。总之，多少知道了他们，使自己与他们间多少有了关系，这就得了。又如我的学生和报馆打官司，我便要到法庭里去听审；这样就可知道法官和被告是怎样的人了。又如吴稚晖先生，我本不认识的；但听过他的讲演，读过他的书，我便能约略晓得他了。——读书真是巧算盘！不但可以知今人，且可以知古人；不但可以知中国人，且可以知洋人。同样的巧算盘便是看报！看报可以遇着许多新鲜的问题，引起新鲜的思索。譬如共产党加入国民党，究竟是利用呢，还是联合作战呢？孙中山先生若死在“段执政”自己夸诩的“革命”之前，曹锟当国的时候，一班大人，老爷，绅士乃至平民，会不会（姑不说“敢不敢”）这样“热诚地”追悼呢？黄色的班禅在京在沪，为什么也会受着那样“热诚的”欢迎呢？英国退还庚子赔款，始而说“用于教育的目的”，继而说“用于相互有益之目的”——于是有该国的各工业联合会建议，痛斥中国教育之无效，主张用此款筑路——继而又说用于中等教育；真令人目迷五色，到底他们什么葫芦里卖什么药呢？德国新总统为什么会举出兴登堡将军，后事又如何呢？还有，

“一夫多妻的新护符”和“新性道德”究竟是一是二呢？欧阳予倩的《回家以后》，到底是不是提倡东方道德呢？——这一大篇账都是从报上“过”过来的，毫不稀奇；但可以证明，看报的确是最便宜的办法，可以知道许多许多的把戏。

旅行也是刷新自己的一贴清凉剂。我曾做过一个设计：四川有三峡的幽峭，有栈道的蜿蜒，有峨嵋的雄伟，我是最向慕的！广东我也想去得长久了。乘了香港的上山电车，可以“上天”；而广州的市政，长堤，珠江的繁华，也使我心痒痒的！由此而北，蒙古的风沙，的牛羊，的天幕，又在招邀着我！至于红墙黄土的北平，六朝烟水汽的南京，先施公司的上海，我总算领略过了。这样游了中国以后，便跨出国门：到日本看她的樱花，看她的富士；到俄国看列宁的墓，看第三国际的开会；到德国访康德的故居，听《月光曲》的演奏；到美国瞻仰巍巍的自由神和世界第一的大望远镜。再到南美洲去看看那莽莽的大平原，到南非洲去看看那茫茫的大沙漠，到南洋群岛去看看那郁郁的大森林——于是浩然归国；若有机缘，再到北极去探一回险，看看冰天雪海，到底如何，那更妙了！梁绍文说得有理：

> 我们不赞成别人整世的关在一个地方而不出来和世界别一部分相接触，倘若如此，简直将数万里的地球缩小到数英里，关在那数英里的圈子内就算过了一生，这未免太不值得！所以我们主张：能够遍游全世界，将世界上的事

事物物都放在脑筋里的炽炉中锻炼一过，然后才能成为一种正确的经验，才算有世界的眼光。（《南洋旅行漫记》上册二五三页）

但在一钱不名的穷措大如我辈者，这种设计恐终于只是“过屠门而大嚼”而已；又怎样办呢？我说正可学胡，梁二先生开国学书目的办法，不妨随时酌量核减；只看能力如何。便是真个不名一钱，也非全无法想。听说日本的谁，因无钱旅行，便在室中绕着圈儿，口里只是叫着，某站到啦，某埠到啦；这样也便过了瘾。这正和孩子们搀瞎子一样：一个蒙了眼做瞎子，一个在前面用竹棒引着他，在室中绕行；这引路的尽喊着到某处啦，到某处啦的口号，彼此便都满足。正是，精神一到，何事不成！这种人却决非磨坊里的驴子；他们的足虽不出户，他们的心尽会日行千里的！

说到心的旅行，我想到《文心雕龙·神思篇》说的：

古人云：“形在江海之上，心存魏阙之下。”神思之谓也……故寂然凝虑，思接千载；悄然动容，视通万里……

罗素论“哲学的价值”，也说：

保存宇宙内的思辨（玄想）之兴趣……总是哲学事业的一部。

或者它的最要之价值，就是它所潜思的对象之伟大，结果，便解脱了偏狭的和个人的目的。

哲学的生活是幽静的，自由的。

本能利益的私世界是一个小的世界，搁在一个大而有力的世界中间，迟早必把我们私的世界，磨成粉碎。

我们若不扩大自己的利益，汇涵那外面的整个世界，就好像一个兵卒困在炮台里边，知道敌人不准逃跑，投降是不可避免的一样。

哲学的潜思就是逃脱的一种法门。（摘抄黄凌霜译《哲学问题》第十五章）

所谓神思，所谓玄想之兴味，所谓潜思，我以为只是三位一体，只是大规模的心的旅行。心的旅行决不以现有的地球为限！到火星去的不是很多么？到太阳去的不也有么？到太阳系外，和我们隔着三十万光年的星上去的不也有么？这三十万光年，是美国南加州威尔逊山绝顶上，口径百英寸之最大反射望远镜所能观测的世界之最远距离。“换言之，现在吾人一目之下所望见之世界，不仅现在之世界而已，三十余万年之大过去以来，所有年代均同时见之。历史家尝谓吾人由书籍而知过去，直忘却吾人能直接而见过去耳。”吾人固然能直接而见过去，由书籍而见过去，还能由岩石地层等而见过去，由骨殖化石等而见过去。目下我们所能见的过去，真是悠久，真是伟大！将现在和它相比，真是大海里一根针而已！姑举一例：德国的谁假定地球的历史为二十四点钟，而人类有历史的时期仅为十分钟；人类有历史已五千年了，一千年只等于二分钟而已！一百年只等于十二秒钟而已！十年只等于一又十分之二秒而已！这还是就区区的地球而论呢。若和全宇宙的历史（人能知道么?）相较量，那简直是不配！又怎样办呢？但毫不要紧！心尽可以旅行到未曾凝结的星云里，到大爬虫的中生代，到类人猿的脑筋里；心究竟是有些儿自由的。不过旅行要有向导；我觉《最近物理学概观》《科学大纲》《古生物学》《人的研究》等书都很能胜任的。

心的旅行又不以表面的物质世界为限！它用实实在在的一支钢笔，在实实在在的白瑞典纸簿上一张张写着日记；它马上就能看出钢笔与白纸只是若干若干的微点，叫作电子的——各电子间有许多的空隙，比各电子的总积还大。这正像一张“有结而无线的网”，只是这么空空的；其实说不上什么“一支”与“一张张”的！这么看时，心便旅行到物质的内院，电子的世界了。而老的物质世界只有三根台柱子（三次元），现在新的却添上了一根（四次元）；心也要去逛逛的。心的旅行并且不以物质世界为限！精神世界是它的老家，不用说是常常光顾的。意识的河流里，它是常常驶着一只小船的。但这个年头儿，世界是越过越多了。用了坐标轴作地基，竖起方程式的柱子，架上方程式的梁，盖上几何形体的瓦，围上几何形体的墙，这是数学的世界。将各种“性质的共相”（如“白”“头”等概念）分门别类地陈列在一个极大的弯弯曲曲，层层叠叠的场上；在它们之间，再点缀着各种“关系的共相”（如“大”“类似”“等于”等概念）。这是论理的世界。将善人善事的模型和恶人恶事的分门别类陈列着的，是道德的世界。但所谓“模型”，却和城隍庙所塑“二十四孝”的像与十王殿的像绝不相同。模型又称规范，如“正义”“仁爱”“奸邪”等——只是善恶的度量衡也；道德世界里，全摆着大大小小的这种度量衡。还是艺术的世界，东边是音乐的旋律，西边是跳舞的曲线，南边是绘画的形色，北边是诗歌的情韵。——心若是好奇的，它必像唐三藏经过三十六国一样，一一经过这些国土的。

更进一步说，心的旅行也不以存在的世界为限！上帝的乐园，它是要去的；阎罗的十殿，它也是要去的。爱神的弓箭，它是要看看的；孙行者的金箍棒，它也要看看的。总之，神话的世界，它要穿上梦的鞋去走一趟。它从神话的世界回来时，便道又可游玩童话的世界。在那里有苍蝇目中的天地，有永远不去的春天；在那里鸟能唱歌，水也能唱歌，风也能唱歌；在那里有着靴的猫，有在背心里掏出表来的兔子；在那里有水晶的宫殿，带着小白翼子的天使。童话的世界的那边，还有许多邻国，叫作乌托邦，它也可迂道一往观的。姑举一二给你看看。你知道吴稚晖先生是崇拜物质文明的，他的乌托邦自然也是物质文明的。他说，将来大同世界实现时，街上都该铺大红缎子。他在春晖中学校讲演时，曾指着“电灯开关”说：

科学发达了，我们讲完的时候，啤啼叭哒几声，要到房里去的就到了房里，要到宁波的就到了宁波，要到杭州的就到了杭州：这也算不来什么奇事。（见《春晖》二十九期）

呀！啤啼叭哒几声，心已到了铺着大红缎子的街上了！——若容我借了法朗士的话来说，这些正是“灵魂的冒险”呀。

上面说的都是“大头天话”，现在要说些小玩意儿，新新耳目，所谓能放能收也。我曾说书籍可作心的旅行的向导，现在就谈读书吧。周作人先生说他目下只想无事时喝点茶，读点新书。喝茶我是无可无不可，读新书却很高兴！读新书有如幼时看西洋景，一页一页都有活鲜鲜的意思；又如到一个新地方，见一个新朋友。读新出版的杂志，也正是如此，或者更闹热些。读新书如吃时鲜鲥鱼，读新杂志如到惠罗公司去看新到的货色。我还喜欢读冷僻的书。冷僻的书因为冷僻的缘故，在我觉着和新书一样；仿佛旁人都不熟悉，只我有此眼福，便高兴了。我之所以喜欢搜阅各种笔记，就是这个缘故。尺牍，日记等，也是我所爱读的；因为原是随随便便，老老实实地写来，不露咬牙切齿的样子，便更加亲切，不知不觉将人招了入内。同样的理由，我爱读野史和逸事；在它们里，我见着活泼泼的真实的人。——它们所记，虽只一言一动之微，却包蕴着全个的性格；最要紧的，包蕴着与众不同的趣味。旧有的《世说新语》，新出的《欧美逸话》，都曾给我满足。我又爱读游记；这也是穷措大替代旅行之一法，从前的雅人叫作“卧游”的便是。从游记里，至少可以“知道”些异域的风土人情；好一些，还可以培养些异域的情调。前年在温州师范学校图书馆中，翻看《小方壶斋舆地从钞》的目录，里面全（?）是游记，虽然已是过时货，却颇引起我的向往之诚。“这许多好东西哟!”尽这般地想着；但终于没有勇气去借来细看，真是很可恨的！后来《徐霞客游记》石印出版，我的朋友买了一部，我又欲读不能！近顷《南洋旅行漫记》和《山野掇拾》出来了，我便赶紧买得，复仇似地读完，这才舒服了。我因为好奇，看报看杂志，也有特别的脾气。看报我总是先看封面广告的。一面是要找些新书，一面是要找些新闻；广告里的新闻，虽然是不正式的，或者算不得新闻，也未可知，但都是第一身第二身的，有时比第三身的正文还值得注意呢。譬如那回中华制糖公司董事的互讦，我看得真是热闹煞了！又如“印送安士全书”的广告，“读报至此，请念三声阿弥陀佛”的广告，真是“好聪明的糊涂法子”！看杂志我是先查补白，好寻着些轻松而隽永的东西：或名人的趣语，或当世的珍闻，零金碎玉，更见异彩！——请看“二千年前玉门关外一封情书”，“时新旦角戏”等标题便知分晓。

我不是曾恭维看报么？假如要参加种种趣味的聚会，那也非看报不可。譬如前一两星期，报上登着世界短跑家要在上海试跑；我若在上海，一定要去看看跑是如何短法？又如本月十六日上海北四川路有洋狗展览会，说有四百头之多；想到那高低不齐的个儿，松密互映，纯驳争辉的毛片，或嘤嘤或呜呜或汪汪的吠声，我也极愿意去的。又我记得在《上海七日刊》（?）上见过一幅法国儿童同乐会的摄影。摄影中济济一堂的满是儿童——这其间自然还有些抱着的母亲，领着的父亲，但不过二三人，容我用了四舍五入法，将他们略去吧。那前面的几个，丰腴圆润的脸庞儿，覆额的短发，精赤的小腿，我现在还记着呢。最可笑的，高高的房子，塞满了这些儿童，还空着大半截，大半截；若塞满了我们，空气一定是没有那么舒服的，便宜了空气了！这种聚会不用说是极使我高兴的！只是我便在上海，也未必能去；说来可恨恨！这里却要引起我别的感慨，我不说了。此外如音乐会，绘画展览会，我都乐于赴会的。四年前秋天的一个晚上，我曾到上海市政厅去听"中西音乐大会"；那几支广东小调唱得真入神，靡靡是靡靡到了极点，令人欢喜赞叹！而歌者隐身幕内，不露一丝色相，尤动人无穷之思！绘画展览会，我在北京，上海也曾看过几回。但都像走马看花似的，不能自知冷暖——我真是太外行了，只好慢慢来吧。我却最爱看跳舞。五六年前的正月初三的夜里，我看了一个意大利女子的跳舞：黄昏的电灯光映着她裸露的微红的两臂，和游泳衣似的粉红的舞装；那腰真软得可怜，和麦粉搓成的一般。她两手擎着小小的钹，钱孔里拖着深红布的提头；她舞时两臂不住地向各方扇动，两足不住地来往跳跃，钹声便不住地清脆地响着——她舞得如飞一样，全身的曲线真是瞬息万变，转转不穷，如闪电吐舌，如星星眨眼；使人目眩心摇，不能自主。我看过了，怅然若失！从此我便喜欢跳舞。前年暑假时，我到上海，刚碰着卡尔登影戏院开演跳舞片的末一晚，我没有能去一看。次日写信去“特烦”，却如泥牛入海；至今引为憾事！我在北京读书时，又颇爱听旧戏；因为究竟是“外江”人，更爱听旦角戏，尤爱听尚小云的戏——但你别疑猜，我却不曾用这支笔去捧过谁。我并不懂戏词，甚至连情节也不甚仔细，只爱那宛转凄凉的音调和楚楚可怜的情韵。我在理论上也左袒新戏，但那时的北京实在没有可称为新戏的新戏给我看；我的心也就渐渐冷了。南归以后，新戏固然和北京是“一丘之貉”，旧戏也就每况愈下，毫无足观。我也看过一回机关戏，但只足以广见闻，无深长的趣味可言。直到去年，上海戏剧协社演《少奶奶的扇子》，朋友们都说颇有些意思——在所曾寓目的新戏中，这是得未曾有的。又实验剧社演《葡萄仙子》，也极负时誉；黎明辉女士所唱“可怜的秋香”一句，真是脍炙人口——便是不曾看过这戏的我，听人说了此句，也会有“一种薄醉似的感觉，超乎平常所谓舒适以上”。——《少奶奶的扇子》，我也还无一面之缘——真非到上海去开先施公司不可！上海的朋友们又常向我称述影戏；但我之于影戏，还是“猪八戒吃人参果”呢！也只好慢慢来吧。说起先施公司，我总想起惠罗公司。我常在报纸的后幅看见他家的广告，满幅画着新货色的图样，真是日本书店里所谓“诱惑状”了。我想若常去看看新货色，也是一乐。最好能让我自由地鉴赏地看一回；心爱的也不一定买来，只须多多地，重重地看上几眼，便可权当占有了——朋友有新东西的时候，我常常把玩不肯释手，便是这个主意。

若目下不能到上海去开先施公司，或到上海而无本钱去开先施公司，则还有个经济的办法，我现在正用着呢。不过这种办法，便是开先施公司，也可同时采用的；因为我们原希望“多多益善”呀。现在我所在的地方，是没有绘画展览会；但我和人家借了左一册右一册的摄影集，画片集，也可使我的眼睛饱餐一顿。我看见“群羊”，在那淡远的旷原中，披着乳一样白，丝一样软的羽衣的小东西，真和浮在浅浅的梦里的仙女一般。我看见“夕云”，地上是疏疏的树木，偃蹇欹侧作势，仿佛和天上的乱云负固似的；那云是层层叠叠的，错错落落的，斑斑驳驳的，使我觉得天是这样厚，这样厚的！我看见“五月雨”，是那般蒙蒙密密的一片，三个模糊的日本女子，正各张着有一道白圈儿的纸伞，在台阶上走着，走上一个什么坛去呢；那边还有两个人，却只剩了影儿！

我看见“现在与未来”；这是一个人坐着，左手托着一个骷髅，两眼凝视着，右手正支颐默想着。这还是摄影呢，画片更是美不胜收了！弥爱的《晚祷》是世界的名作，不用说了。

意大利Gino的名画《跳舞》，满是跃着的腿儿，牵着的臂儿，并着的脸儿；红的，黄的，白的，蓝的，黑的，一片片地飞舞着——那边还攒动着无数的头呢。是夜的繁华哟！是肉的薰蒸哟！还有日本中泽弘光的《夕潮》：红红的落照轻轻地涂在玲珑的水阁上；阁之前浅蓝的潮里，伫立着白衣编发的少女，伴着两只夭娇的白鹤；她们因水光的映射，这时都微微地蓝了；

她只扭转头凝视那斜阳的颜色。又椎冢猪知雄的《花》，三个样式不同，花色互异的精巧的瓶子，分插着红白各色的，大的小的鲜花，都丰丰满满的。另有一个细长的和一个荸荠样的瓶子，放在三个大瓶之前和之间；一高一矮，甚是别致，也都插着鲜花，只一瓶是小朵的，一瓶是大朵的。我说的已多了——还有图案画，有时带着野蛮人和儿童的风味，也是我所爱的。书籍中的插画，偶然也有很好的；如什么书里有一幅画，显示惠士敏斯特大寺的里面，那是很伟大的——正如我在灵隐寺的高深的大殿里一般。而房龙《人类的故事》中的插画，尤其别有心思，马上可以引人到他所画的天地中去。

我所在的地方，也没有音乐会。幸而有留声机，机片里中外歌曲乃至国语唱歌都有；我的双耳尚不至大寂寞的。我或向人借来自开自听，或到别人寓处去听，这也是“揩油”之一道了。大约借留声机，借画片，借书，总还算是雅事，不致像借钱一样，要看人家脸孔的（虽然也不免有例外）；所以有时竟可大大方方地揩油。自然，自己的油有时也当大大方方地被别人揩的。关于留声机，北平有零卖一法。一个人背了话匣子（即留声机）和唱片，沿街叫卖；若要买的，就喊他进屋里，让他开唱几片，照定价给他铜子——唱完了，他仍旧将那话匣子等用蓝布包起，背了出门去。我们做学生时，每当冬夜无聊，常常破费几个铜子，买他几曲听听：虽然没有佳片，却也算消寒之一法。听说南方也有做这项生意的人——我所在的地方，宁波是其一。宁波S中学现有无线电话收音机，我很想去听听大陆报馆的音乐。这比留声机又好了！不但声音更是亲切，且花样日日翻新；二者相差，何可以道里计呢！除此以外，朋友们的箫声与笛韵，也是很可过瘾的；但这看似易得而实难，因为好手甚少。我从前有一位朋友，吹箫极悲酸幽抑之致，我最不能忘怀！现在他从外国回来，我们久不见面，也未写信，不知他还能来一点儿否？

内地虽没有惠罗公司，却总有古董店，尽可以对付一气。我们看看古瓷的细润秀美，古泉币的陆离斑驳，古玉的丰腴有泽，古印的肃肃有仪，胸襟也可豁然开朗。况内地更有好处，为五方杂处，众目具瞻的上海等处所不及的；如花木的趣味，盆栽的趣味便是。上海的匆忙使一般人想不到白鸽笼外还有天地；花是怎样美丽，树是怎样青青，他们似乎早已忘怀了！这是我的朋友郢君所常常不平的。“暮春三月，江南草长，杂花生树，群莺乱飞。”——这在上海人怕只是一场春梦吧！像我所在的乡间：芊芊的碧草踏在脚上软软的，正像吃樱花糖；花是只管开着，来了又去，来了又去——杨贵妃一般的木笔，红着脸的桃花，白着脸的绣球……好一个“香遍满，色遍满的花儿的都”呀！上海是不容易有的！我所以虽向慕上海式的繁华，但也不舍我所在的白马湖的幽静。我爱白马湖的花木，我爱S家的盆栽——这其间有诗有画，我且说给你。一盆是小小的竹子，栽在方的小白石盆里；细细的竿子疏疏的隔着，疏疏的叶子淡淡地撇着，更点缀上两三块小石头；颇有静远之意。上灯时，影子写在壁上，尤其清隽可亲。另一盆是棕竹，瘦削的竿子亭亭地立着；下部是绿绿的，上部颇劲健地坼着几片长长的叶子，叶根有细极细极的棕丝网着。这像一个丰神俊朗而蓄着微须的少年。这种淡白的趣味，也自是天地间不可少的。

天地间还有一种不可少的趣味，也是简便易得到的，这是“谈天”——普通话叫作“闲谈”；但我以“谈天”二字，更能说出那“闲旷”的味儿！傅孟真先生在《心气薄弱之中国人》一评里，引顾宁人的话，说南方之学者，“群居终日，言不及义”；北方之学者，“饱食终日，无所用心”。他说“到了现在已经二百多年了，这评语仍然是活泼泼的”，“谈天”大概也只能算“不及义”的言；纵有“及义”的时候，也只是偶然碰到，并非立意如此。若立意要“及义”，那便不是“谈天”而是“讲茶”了。“讲茶”也有“讲茶”的意思，但非我所要说。“终日言不及义”，诚哉是无益之事；而且岂不疲倦？“舌敝唇焦”，也未免“穷斯滥矣”！不过偶尔“茶余酒后”，“月白风清”，约两个密友，吸着烟卷儿，尝着时新果子，促膝谈心，随兴趣之所至。时而上天，时而入地，时而论书，时而评画，时而纵谈时局，品鉴人伦，时而剖析玄理，密诉衷曲……等到兴尽意阑，便各自回去睡觉；明早一觉醒来，再各奔前程，修持“胜业”，想也不致耽误的。或当公私交集，身心俱倦之后，约几个相知到公园里散散步，不愿散步时，便到绿荫下长椅上坐着；这时作无定向的谈话，也是极有意味的。至于“‘辟克匿克’来江边”，那更非“谈天”不可！我想这种“谈天”，无论如何，总不能算是大过吧。人家说清谈亡了晋朝，我觉得这未免是栽赃的办法。请问晋人的清谈，谁为为之？孰令致之？——这且不说，我单觉得清谈也正是一种“生活之艺术”，只要有节制。有的如针尖的微触，有的如剪刀的一断；恰像吹皱一池春水，你的心便会这般这般了。

“谈天”本不想求其有用，但有时也有大用；英哲洛克（Locke）的名著《人间悟性论》中述他著书之由——说有一日，与朋友们谈天，端绪愈引而愈远，不知所从来，也不知所届；他忽然惊异：人知的界限在何处呢？这便是他的大作最初的启示了——这是我的一位先生亲口告诉我的。

我说海说天，上下古今谈了一番，自然仍不曾跳出我佛世尊——自己——的掌心，现在我还是卷旗息鼓，“回到自己的灵魂”吧。自己有今日的自己，有昨日的自己，有北京时的自己，有南京时的自己，有在父母怀抱中的自己……乃至一分钟有一个自己，一秒钟有一个自己。每一个自己无论大的，小的，都各提挈着一个世界，正如旅客带着一只手提箱一样。各个世界，各个自己之不相同，正如旅客手提箱里所装的东西之不同一样。各个自己与它所提挈的世界是一个大大的联环，决不能拆开的。譬如去年十月，我正仆仆于轮船火车之中。我现在回想那时的我，第一不能忘记的，是江浙战争；第二便是国庆。因战争而写来的父亲的岳父的信，一页页在眼前翻过；因战争而搬家的人，一阵阵在面前走过；眼看学校一日日挨下去，直到关门为止。念头忽然转弯：林纾死了，法朗士死了；国际联盟第五届大会也闭幕了！……正如水的漪涟一样，一圈一圈地尽管晕开去，可以至于非常之多。只区区一个月的我，所提挈的已这样多，则积了三百几十个月的我，所提挈的当有无穷！要算起账来，倒是“大笔头”呢！若有那样细心，再把月化为日，日化为时，时化为分秒，我的世界当更不了得了！这其间有吃的，有睡的，有玩的，有笑的，有哭的，有糊涂的，有聪明的……若能将它们陈列起来，必大有意思；若能影戏片似地将它们摇过去，那更有意思了！人总有念旧之情的。我的一个朋友回到母校作教师的时候，偶然在故纸堆中翻到他十四岁时投考该校的一张相片，便爱它如儿子。我们对于过去的自己，大都像嚼橄榄一样，总有些儿甜的。我们依着时光老人的导引，一步步去温寻已失的自己；这走的便是“忆之路”。在“忆之路”上愈走得远，愈是有味；因苦味渐已蒸散而甜味却还留着的缘故。最远的地方是“儿时”，在那里只有一味极淡极淡的甜；所以许多人都惦记着那里。这“忆之路”是颇长的，也是世界上一条大路。要成为一个自由的“世界民”，这条路不可不走走的。

我的把戏变完了——咳！多么贫呢！我总之羡慕齐天大圣；他虽也跳不出佛爷的掌心，但到底能翻十万八千里的筋斗，又有七十二变化的！

你 我

现在受过新式教育的人，见了无论生熟朋友，往往喜欢你我相称。这不是旧来的习惯而是外国语与翻译品的影响。这风气并未十分通行；一般社会还不愿意采纳这种办法——所谓粗人一向你呀我的，却当别论。有一位中等学校校长告诉人，一个旧学生去看他，左一个“你”，右一个“你”，仿佛用指头点着他鼻子，真有些受不了。在他想，只有长辈该称他“你”，只有太太和老朋友配称他“你”。够不上这个份儿，也来“你”呀“你”的，倒像对当差老妈子说话一般，岂不可恼！可不是，从前小说里“弟兄相呼，你我相称”，也得够上那份儿交情才成。而俗语说的“你我不错”，“你我还这样那样”，也是托熟的口气，指出彼此的依赖与信任。

同辈你我相称，言下只有你我两个，旁若无人；虽然十目所视，十手所指，视他们的，指他们的，管不着。杨震在你我相对的时候，会想到你我之外的“天知地知”，真是一个玄远的托辞，亏他想得出。常人说话称你我，却只是你说给我，我说给你；别人听见也罢，不听见也罢，反正说话的一点儿没有想着他们那些不相干的。自然也有时候“取瑟而歌”，也有时候“指桑骂槐”，但那是话外的话或话里的话，论口气却只对着那一个“你”。这么着，一说你看，你我便从一群人里除外，单独地相对着。离群是可怕又可怜的，只要想想大野里的独行，黑夜里的独处就明白。你我既甘心离群，彼此便非难解难分不可；否则岂不要吃亏？难解难分就是亲昵；骨肉是亲昵，结交也是个亲昵，所以说只有长辈该称“你”，只有太太和老朋友配称“你”。你我相称者，你我相亲而已。然而我们对家里当差老妈子也称“你”，对街上的洋车夫也称“你”，却不是一个味儿。古来以“尔汝”为轻贱之称；就指的这一类。但轻贱与亲昵有时候也难分，譬如叫孩子为“狗儿”，叫情人为“心肝”，明明将人比物，却正是亲昵之至。而长辈称晚辈为“你”，也夹杂着这两种味道——那些亲谊疏远的称“你”有时候简直毫无亲昵的意思，只显得辈分高罢了。大概轻贱与亲昵有一点相同；就是，都可以随随便便，甚至于动手动脚。

生人相见不称“你”。通称是“先生”，有带姓不带姓之分；不带姓好像来者是自己老师，特别客气，用得少些。北平人称“某爷”“某几爷”，如“冯爷”“吴二爷”，也是通称，可比“某先生”亲昵些。但不能单称“爷”，与“先生”不同。“先生”原是老师，“爷”却是“父亲”；尊人为师犹之可，尊人为父未免吃亏太甚（听说前清的太监有称人为“爷”的时候，那是刑余之人，只算例外）。至于“老爷”，多一个“老”字，就不会与父亲相混，所以仆役用以单称他的主人，旧式太太用以单称她的丈夫。女的通称“小姐”“太太”“师母”，却都带姓；“太太”“师母”更其如此。因为单称“太太”，自己似乎就是老爷，单称“师母”，自己似乎就是门生，所以非带姓不可。“太太”是北方的通称，南方人却嫌官僚气；“师母”是南方的通称，北方人却嫌头巾气。女人麻烦多，真是无法奈何。比“先生”亲近些是“某某先生”“某某兄”，“某某”是号或名字；称“兄”取其仿佛一家人。再进一步就以号相称，同时也可称“你”。在正式的聚会里，有时候得称职衔，如“张部长”“王经理”；也可以不带姓，和“先生”一样；偶尔还得加上一个“贵”字，如“贵公使”。下属对上司也得称职衔。但像科员等小角色却不便称衔，只好屈居在“先生”一辈里。

仆役对主人称“老爷”“太太”，或“先生”“师母”；与同辈分别的，一律不带姓。他们在同一时期内大概只有一个老爷，太太，或先生，师母，是他们衣食的靠山；不带姓正所以表示只有这一对儿才是他们的主人。对于主人的客，却得一律带姓；即使主人的本家，也得带上号码儿，如“三老爷”“五太太”——大家庭用的人或两家合用的人例外。“先生”本可不带姓，“老爷”本是下对上的称呼，也常不带姓；女仆称“老爷”，虽和旧式太太称丈夫一样，但身份声调既然各别，也就不要紧。仆役称“师母”，决无门生之嫌，不怕尊敬过分；女仆称“太太”，毫无疑义，男仆称“太太”，与女仆称“老爷”同例。晚辈称长辈，有“爸爸”“妈妈”“伯伯”“叔叔”等称。自家人和近亲不带姓，但有时候带号码儿；远亲和父执，母执，都带姓；干亲带“干”字，如“干娘”；父亲的盟兄弟，母亲的盟姊妹，有些人也以自家人论。

这种种称呼，按刘半农先生说，是“名词替代代词”，但也可说是他称替代对称。不称“你”而称“某先生”，是将分明对面的你变成一个别人；于是乎对你说的话，都不过是关于“他”的。这么着，你我间就有了适当的距离，彼此好提防着；生人间说话提防着些，没有错儿。再则一般人都可以称你“某先生”，我也跟着称“某先生”，正见得和他们一块儿，并没有单独挨近你身边去。所以“某先生”一来，就对面无你，旁边有人。这种替代法的效用，因所代的他称广狭而转移。譬如“某先生”，谁对谁都可称，用以代“你”，是十分“敬而远之”；又如“某部长”，只是僚属对同官与长官之称，“老爷”只是仆役对主人之称，敬意过于前者，远意却不及；至于“爸爸”“妈妈”，只是弟兄姊妹对父母的称，不像前几个名字可以移用在别人身上，所以虽不用“你”，还觉得亲昵，但敬远的意味总免不了有一些；在老人家前头要像在太太或老朋友前头那么自由自在，到底是办不到的。

北方话里有个“您”字，是“你”的尊称，不论亲疏贵贱全可用，方便之至。这个字比那拐弯抹角的替代法干脆多了，只是南方人听不进去，他们觉得和“你”也差不多少。这个字本是闭口音，指众数；“你们”两字就从此出。南方人多用“你们”代“你”。用众数表尊称，原是语言常例。指的既非一个，你旁边便仿佛还有些别人和你亲近的，与说话的相对着；说话的天然不敢侵犯你，也不敢妄想亲近你。这也还是个“敬而远之”。湖北人尊称人为“你家”，“家”字也表众数，如“人家”“大家”可见。

此外还有个方便的法子，就是利用呼位，将他称与对称拉在一块儿。说话的时候先叫声“某先生”或别的，接着再说“你怎样怎样”；这么着好像“你”字儿都是对你以外的“某先生”说的，你自己就不会觉得唐突了。这个办法上下一律通行。在上海，有些不三不四的人问路，常叫一声“朋友”，再说“你”；北平老妈子彼此说话，也常叫声“某姐”，再“你”下去——她们觉得这么称呼倒比说“您”亲昵些。但若说“这是兄弟你的事”“这是他爸爸你的责任”，“兄弟”“你”，“他爸爸”“你”简直连成一串儿，与用呼位的大不一样。这种口气只能用于亲近的人。第一例的他称意在加重全句的力量，表示虽与你亲如弟兄，这件事却得你自己办，不能推给别人。第二例因“他”而及“你”，用他称意在提醒你的身份，也是加重那个句子；好像说你我虽亲近，这件事却该由做他爸爸的你，而不由做自己的朋友的你负责任；所以也不能推给别人。又有对称在前他称在后的；但除了“你先生”“你老兄”还有敬远之意以外，别的如“你太太”“你小姐”“你张三”“你这个人”“你这家伙”“你这位先生”“你这该死的”“你这没良心的东西”，却都是些亲口埋怨或破口大骂的话。“你先生”“你老兄”的“你”不重读，别的“你”都是重读的。“你张三”直呼姓名，好像听话的是个远哉遥遥的生人，因为只有毫无关系的人，才能直呼姓名；可是加上“你”字，却变了亲昵与轻贱两可之间。近指形容词“这”，加上量词“个”成为“这个”，都兼指人与物；说“这个人”和说“这个碟子”，一样地带些无视的神气在指点着。加上“该死的”“没良心的”“家伙”“东西”，无视的神气更足。只有“你这位先生”稍稍客气些；不但因为那“先生”，并且因为那量词“位”字。“位”指“地位”，用以称人，指那有某种地位的，就与常人有别。至于“你老…‘你老人家…‘老人家”是众数，“老”是敬辞——老人常受人尊重。但“你老”用得少些。

最后还有省去对称的办法，却并不如文法书里所说，只限于祈使语气，也不限于上辈对下辈的问语或答语，或熟人间偶然的问答语：如“去吗”“不去”之类。有人曾遇见一位颇有名望的省议会议长，随意谈天儿。那议长的说话老是这样的：

去过北京吗？

在哪儿住？

觉得北京怎么样？

几时回来的？

始终没有用一个对称，也没有用一个呼位的他称，仿佛说到一个不知是谁的人。那听话的觉得自己没有了，只看见俨然的议长。可是偶然要敷衍一两句话，而忘了对面人的姓，单称

"先生"又觉不值得的时候，这么办却也可以救眼前之急。

生人相见也不多称"我"。但是单称"我"只不过傲慢，仿佛有点儿瞧不起人，却没有那过分亲昵的味儿，与称你我的时候不一样。所以自称比对称麻烦少些。若是不随便称"你"，"我"字尽可马马糊糊通用；不过要留心声调与姿态，别显出拍胸脯指鼻尖的神儿。若是还要谨慎些，在北京可以说"咱"，说"俺"，在南方可以说"我们"；"咱"和"俺"原来也都是闭口音，与"我们"同是众数。自称用众数，表示听话的也在内，"我"说话，像是你和我或你我他联合宣言；这么着，我的责任就有人分担，谁也不能说我自以为是了。也有说"自己"的，如"只怪自己不好""自己没主意，怨谁!"但同样的句子用来指你我也成。至于说"我自己"，那却是加重的语气，与这个不同。又有说"某人""某某人"的；如张三说，"他们老疑心这是某人做的，其实我一点也不知道。"

这个"某人"就是张三，但得随手用"我"字点明。若说"张某人岂是那样的人!"却容易明白。又有说"人""别人""人家""别人家"的；如，"这可叫人怎么办?""也不管人家死活。"指你我也成。这些都是用他称（单数与众数）替代自称，将自己说成别人；但都不是明确的替代，要靠上下文，加上声调姿态，才能显出作用，不像替代对称那样。而其中如"自己""某人"，能替代"我"的时候也不多，可见自称在我的关系多，在人的关系少，老老实实用"我"字也无妨；所以历来并不十分费心思去找替代的名词。

演说称“兄弟”“鄙人”“个人”或自己名字，会议称“本席”，也是他称替代自称，却一听就明白。因为这几个名词，除“兄弟”代“我”，平常谈话里还偶然用得着之外，别的差不多都已成了向公众说话专用的自称。“兄弟”“鄙人”全是谦词，“兄弟”亲昵些；“个人”就是“自己”；称名字不带姓，好像对尊长说话——称名字的还有仆役与幼儿。仆役称名字兼带姓，如“张顺不敢”。幼儿自称乳名，却因为自我观念还未十分发达，听见人家称自己乳名，也就如法炮制，可教大人听着乐，为的是“像煞有介事”——“本席”指“本席的人”，原来也该是谦称；但以此自称的人往往有一种施施然的声调姿态，所以反觉得傲慢了。这大约是“本”字作怪，从“本总司令”到“本县长”，虽也是以他称替代自称，可都是告诫下属的口气，意在显出自己的身份，让他们知所敬畏。这种自称用的机会却不多。对同辈也偶然有要自称职衔的时候，可不用“本”字而用“敝”字。但“司令”可“敝”，“县长”可“敝”，“人”却“敝”不得；“敝人”是凉薄之人，自己骂得未免太苦了些。同辈间也可用“本”字，是在开玩笑的当儿，如“本科员”“本书记”“本教员”，取其气昂昂的，有俯视一切的样子。

他称比“我”更显得傲慢的还有；如“老子”“咱老子”“大爷我”“我某几爷”“我某某某”。老子本非同辈相称之词，虽然加上众数的“咱”，似乎只是壮声威，并不为的分责任。“大爷”，“某几爷”也都是尊称，加在“我”上，是增加“我”的气焰的。对同辈自称姓名，表示自己完全是个无关系的陌生人；本不如此，偏取了如此态度，将听话的远远地推开去，再加上“我”，更是神气。这些“我”字都是重读的。但除了“我某某某”，那几个别的称呼大概是丘八流氓用得多。他称也有比“我”显得亲昵的。如对儿女自称“爸爸”“妈”，说“爸爸疼你”“妈在这儿，别害怕”。对他们称“我”的太多了，对他们称“爸爸”“妈”的却只有两个人，他们最亲昵的两个人。所以他们听起来，“爸爸”，“妈”比“我”鲜明得多。幼儿更是这样；他们既然还不甚懂得什么是“我”，用“爸爸”“妈”就更要鲜明些。听了这两个名字，不用捉摸，立刻知道是谁而得着安慰；特别在他们正专心一件事或者快要睡觉的时候。若加上“你”，说“你爸爸”“你妈”，没有“我”，只有“你的”，让大些的孩子听了，亲昵的意味更多。对同辈自称“老某”，如“老张”，或“兄弟我”，如“交给兄弟我办吧，没错儿”，也是亲昵的口气。“老某”本是称人之词。单称姓，表示彼此非常之熟，一提到姓就会想起你，再不用别的；同姓的虽然无数，而提到这一姓，却偏偏只想起你。“老”字本是敬辞，但平常说笑惯了的人，忽然敬他一下，只是惊他以取乐罢了；姓上加“老”字，原来怕不过是个玩笑，正和“你老先生”“你老人家”有时候用作滑稽的敬语一种。日子久了，不觉得，反变成“熟得很”的意思。于是自称“老张”，就是“你熟得很的张”，不用说，顶亲昵的。“我”在“兄弟”之下，指的是做兄弟的“我”，当然比平常的“我”客气些；但既有他称，还用自称，特别着重那个“我”，多少免不了自负的味儿。这个“我”字也是重读的。

用“兄弟我”的也以江湖气的人为多。自称常可省去；或因叙述的方便，或因答语的方便，或因避免那傲慢的字。

“他”字也须因人而施，不能随便用。先得看“他”在不在旁边儿。还得看“他”与说话的和听话的关系如何——是长辈，同辈，晚辈，还是不相干的，不相识的？北平有个“怹”字，用以指在旁边的别人与不在旁边的尊长；别人既在旁边听着，用个敬词，自然合适些。这个字本来也是闭口音，与“您”字同是众数，是“他们”所从出。可是不常听见人说；常说的还是“某先生”。也有称职衔，行业，身份，行次，姓名号的。“他”和“你”“我”情形不同，在旁边的还可指认，不在旁边的必得有个前词才明白。前词也不外乎这五样儿。职衔如“部长”“经理”。行业如店主叫“掌柜的”，手艺人叫“某师傅”，是通称；做衣服的叫“裁缝”，做饭的叫“厨子”，是特称。身份如妻称夫为“六斤的爸爸”，洋车夫称坐车人为“坐儿”，主人称女仆为“张妈”“李嫂”——“妈”“嫂”“师傅”都是尊长之称，却用于既非尊长，又非同辈的人，也许称“张妈”是借用自己孩子们的口气，称“师傅”是借用他徒弟的口气，只有称“嫂”才是自己的口气，用意都是要亲昵些。借用别人口气表示亲昵的，如媳妇跟着他孩子称婆婆为“奶奶”，自己矮下一辈儿；又如跟着熟朋友用同样的称呼称他亲戚，如“舅母”“外婆”等，自己近走一步儿；只有“爸爸”“妈”，假借得极少。对于地位同的既可如此假借，对于地位低的当然更可随便些；反正谁也明白，这些不过说得好听罢了。——行次如称朋友或儿女用"老大""老二"；称男仆也常用"张二""李三"。称号在亲子间，夫妇间，朋友间最多，近亲与师长也常这么称。称姓名往往是不相干的人。有一回政府不让报上直称当局姓名，说应该称衔带姓，想来就是恨这个不相干的劲儿。又有指点似地说"这个人""那个人"的，本是疏远或轻贱之称。可是有时候不愿，不便，或不好意思说出一个人的身份或姓名，也用"那个人"；这里头却有很亲昵的，如要好的男人或女人，都可称"那个人"。至于"这东西""这家伙""那小子"，是更进一步；爱憎同辞，只看怎么说出。又有用泛称的，如"别怪人""别怪人家""一个人别太不知足""人到底是人"。但既是泛称，指你我也未尝不可。又有用虚称的，如"他说某人不好，某人不好"；"某人"虽确有其人，却不定是谁，而两个"某人"所指也非一人。还有"有人"就是"或人"。用这个称呼有四种意思：一是不知其人，如"听说有人译这本书"。二是知其人而不愿明言，如"有人说怎样怎样"，这个人许是个大人物，自己不愿举出他的名字，以免矜夸之嫌。这个人许是个不甚知名的角色，提起来听话的未必知道，乐得不提省事。又如"有人说你的闲话"，却大大不同。三是知其人而不屑明言，如"有人在一家报纸上骂我"。四是其人或他的关系人就在一旁，故意"使子闻之"；如，"有人不乐意，我知道。""我知道，有人恨我，我不怕。"——这么着简直是挑战的态度了。又有前词与"他"字连文的，如"你爸爸他辛苦了一辈子，真是何苦来？"是加重的语气。

亲近的及不在旁边的人才用“他”字；但这个字可带有指点的神儿，仿佛说到的就在眼前一样。自然有些古怪，在眼前的尽管用“您”或别的向远处推；不在的却又向近处拉。其实推是为说到的人听着痛快；他既在一旁，听话的当然看得亲切，口头上虽向远处推无妨。拉却是为听话人听着亲切，让他听而如见。因此“他”字虽指你我以外的别人，也有亲昵与轻贱两种情调，并不含含糊糊的“等量齐观”。最亲昵的“他”，用不着前词；如流行甚广的“看见她”歌谣里的“她”字——一个多情多义的“她”字。这还是在眼前的。新婚少妇谈到不在眼前的丈夫，也往往没头没脑地说“他如何如何”，一面还红着脸儿。但如“管他，你走你的好了”，“他——他只比死人多口气”，就是轻贱的“他”了。不过这种轻贱的神儿若“他”不在一旁却只能从上下文看出；不像说“你”的时候永远可以从听话的一边直接看出。“他”字除人以外，也能用在别的生物及无生物身上；但只在孩子们的话里如此。指猫指狗用“他”是常事；指桌椅指树木也有用“他”的时候。譬如孩子让椅子绊了一跤，哇的哭了；大人可以将椅子打一下，说“别哭。是他不好。我打他”。孩子真会相信，回嗔作喜，甚至于也捏着小拳头帮着捶两下。孩子想着什么都是活的，所以随随便便地“他”呀“他”的，大人可就不成。大人说“他”，十回九回指人；别的只称名字，或说“这个”“那个”“这东西”“这件事”“那种道理”。但也有例外，像“听他去吧”“管他成不成，我就是这么办”。这种“他”有时候指事不指人。还有个“彼”字，口语里已废而不用，除了说“不分彼此”，“彼此都是一样”。这个“彼”字不是“他”而是与“这个”相对的“那个”，已经在“人称”之外。“他”字不能省略，一省就与你我相混；只除了在直截的答语里。

代词的三称都可用名词替代，三称的单数都可用众数替代，作用是“敬而远之”。但三称还可互代；如“大难临头，不分你我”，“他们你看我，我看你，一句话不说”，“你”“我”就是“彼”“此”。又如“此公人弃我取”，“我”是“自己”。又如论别人，“其实你去不去与人无干，我们只是尽朋友之道罢了。”“你”实指“他”而言。因为要说得活灵活现，才将三人间变为二人间，让听话的更觉得亲切些。意思既指别人，所以直呼“你”“我”，无需避忌。这都以自称对称替代他称。又如自己责备自己说：“咳，你真糊涂!”这是化一身为两人。又如批评别人，“凭你说干了嘴唇皮，他听你一句才怪!”“你”就是“我”，是让你设身处地替自己想。又如，“你只管不动声色地干下去，他们知道我怎么办?”“我”就是“你”；是自己设身处地替对面人想。这都是着急的口气：我的事要你设想，让你同情我；你的事我代设想，让你亲信我。可不一定亲昵，只在说话当时见得彼此十二分关切就是了。只有“他”字，却不能替代“你”“我”，因为那么着反把话说远了。

众数指的是一人与一人，一人与众人，或众人与众人，彼此间距离本远，避忌较少。但是也有分别；名词替代，还用得着。如“各位”，“诸位”，“诸位先生”，都是“你们”的敬词；

“各位”是逐指，虽非众数而作用相同。代词名词连文，也用得着。如“你们这些人”“你们这班东西”，轻重不一样，却都是责备的口吻。又如发牢骚的时候不说“我们”而说“这些人”，“我们这些人”，表示多多少少，是与众不同的人。但替代“我们”的名词似乎没有。又如不说“他们”而说“人家”“那些位”“这班东西”“那班东西”，或“他们这些人”。三称众数的对峙，不像单数那样明白的鼎足而三。“我们”“你们”“他们”相对的时候并不多；说“我们”，常只与“你们”“他们”二者之一相对着。这儿的“你们”包括“他们”，“他们”也包括“你们”；所以说“我们”的时候，实在只有两边儿。所谓“你们”，有时候不必全都对面，只是与对面的在某些点上相似的人；所谓“我们”，也不一定全在身旁，只是与说话的在某些点上相似的人。所以“你们”“我们”之中，都有“他们”在内。“他们”之近于“你们”的，就收编在“你们”里；“他们”之近于“我们”的，就收编在“我们”里；于是“他们”就没有了。“我们”与“你们”也有相似的时候，“我们”可以包括“你们”，“你们”就没有了；只剩下“他们”和“我们”相对着。演说的时候，对听众可以说“你们”，也可以说“我们”。说“你们”显得自己高出他们之上，在教训着；说“我们”，自己就只在他们之中，在彼此勉励着。听众无疑地是愿意听“我们”的。只有“我们”，永远存在，不会让人家收编了去；因为没有“我们”，就没有了说话的人。“我们”包罗最广，可以指全人类，而与一切生物无生物对峙着。“你们”“他们”都只能指人类的一部分；而“他们”除了特别情形，只能指不在眼前的人，所以更狭窄些。

北平自称的众数有“咱们”“我们”两个。第一个发见这两个自称的分别的是赵元任先生。他在《阿丽思漫游奇境记》的凡例里说：

> “咱们”是对他们说的，听话的人也在内的。
>
> “我们”是对你们或他们说的，听话的人不在内的。

赵先生的意思也许说，“我们”是对你们或（你们和）他们说的。这么着“咱们”就收编了“你们”，“我们”就收编了“他们”——不能收编的时候，“我们”就与“你们”，“他们”成鼎足之势。这个分别并非必需，但有了也好玩儿；因为说“咱们”亲昵些，说“我们”疏远些，又多一个花样。北平还有个“俩”字，只能两个，“咱们俩”“你们俩”“他们俩”，无非显得两个人更亲昵些；不带“们”字也成。还有“大家”是同辈相称或上称下之词，可用在“我们”“你们”“他们”之下。单用是所有相关的人都在内；加“我们”拉得近些，加“你们”推得远些，加“他们”更远些。至于“诸位大家”，当然是个笑话。

代词三称的领位，也不能随随便便的。生人间还是得用替代，如称自己丈夫为“我们老爷”，称朋友夫人为“你们太太”，称别人父亲为“某先生的父亲”。但向来还有一种简便的尊称与谦称，如“令尊”“令堂”“尊夫人”“令弟”“令郎”，以及“家父”“家母”“内人”“舍弟”“小儿”等等。“令”字用得最广，不拘哪一辈儿都加得上，“尊”字太重，用处就少，“家”字只用于长辈同辈，“舍”字，“小”字只用于晚辈。熟人也有用通称而省去领位的，如自称父母为“老人家”——长辈对晚辈说他父母，也这么称——称朋友家里人为“老太爷”“老太太”“太太”“少爷”“小姐”；可是没有称人家丈夫为“老爷”或“先生”的，只能称“某先生”“你们先生”。此外有称“老伯”“伯母”“尊夫人”的，为的亲昵些；所省去的却非“你的”而是“我的”。更熟的人可称“我父亲”“我弟弟”“你学生”“你姑娘”，却并不大用“的”字。“我的”往往只用于呼位：如“我的妈呀！”“我的儿呀！”“我的天呀！”被领位若不是人而是事物，却可随便些。“的”字还用于独用的领位，如“你的就是我的”“去他的”。领位有了“的”字，显得特别亲昵似的。也许“的”字是齐齿音，听了觉得挨挤着，紧缩着，才有此感。平常领位，所领的若是人，而也用“的”字，就好像有些过火；“我的朋友”差不多成了一句嘲讽的话，一半怕就是为了那个“的”字。众数的领位也少用“的”字。其实真正众数的领位用的机会也少；用的大多是替代单数的。“我家”“你家”“他家”有时候也可当众数的领位用，如“你家孩子真懂事”“你家厨子走了”“我家运气不好”。北平还有一种特别称呼，也是关于自称领位的。譬如女的向人说：“你兄弟这样长那样短。”“你兄弟”却是她丈夫；男的向人说：“你侄儿这样短，那样长。”“你侄儿”却是他儿子。这也算对称替代自称，可是大规模的；用意可以说是“敬而近之”。因为“近”，才直称“你”。被领位若是事物，领位除可用替代外，也有用“尊”字的，如“尊行”（行次），“尊寓”，但少极；带滑稽味而上“尊”号的却多，如“尊口”“尊须”“尊靴"“尊帽”等等。

外国的影响引我们抄近路，只用“你”“我”“他”“我们”“你们”“他们”，倒也是干脆的办法；好在声调姿态变化是无穷的。“他”分为三，在纸上也还有用，口头上却用不着；读“她”为“丨”，“它”或“牠”为“ㄊㄜ”，大可不必，也行不开去。“它”或“牠”用得也太洋味儿，真别扭，有些实在可用“这个”“那个”。再说代词用得太多，好些重复是不必要的；而领位“的”字也用得太滥点儿。

择偶记

自己是长子长孙，所以不到十一岁就说起媳妇来了。那时对于媳妇这件事简直茫然，不知怎么一来，就已经说上了。是曾祖母娘家人，在江苏北部一个小县份的乡下住着。家里人都在那里住过很久，大概也带着我；只是太笨了，记忆里没有留下一点影子。祖母常常躺在烟榻上讲那边的事，提着这个那个乡下人的名字。起初一切都像只在那白腾腾的烟气里。日子久了，不知不觉熟悉起来了，亲昵起来了。除了住的地方，当时觉得那叫作“花园庄”的乡下实在是最有趣的地方了。因此听说媳妇就定在那里，倒也仿佛理所当然，毫无意见。每年那边田上有人来，蓝布短打扮，衔着旱烟管，带好些大麦粉，白薯干儿之类。他们偶然也和家里人提到那位小姐，大概比我大四岁，个儿高，小脚；但是那时我热心的其实还是那些大麦粉和白薯干儿。

记得是十二岁上，那边捎信来，说小姐痨病死了。家里并没有人叹惜；大约他们看见她时她还小，年代一多，也就想不清是怎样一个人了。父亲其时在外省做官，母亲颇为我亲事着急，便托了常来做衣服的裁缝做媒。为的是裁缝走的人家多，而且可以看见太太小姐。主意并没有错，裁缝来说一家人家，有钱，两位小姐，一位是姨太太生的；他给说的是正太太生的大小姐。他说那边要相亲。母亲答应了，定下日子，由裁缝带我上茶馆。记得那是冬天，到日子母亲让我穿上枣红宁绸袍子，黑宁绸马褂，戴上红帽结儿的黑缎瓜皮小帽，又叮嘱自已留心些。茶馆里遇见那位相亲的先生，方面大耳，同我现往年纪差不多，布袍布马褂，像是给谁穿着孝。这个人倒是慈祥的样子，不住地打量我，也问了些念什么书一类的话。回来裁缝说人家看得很细：说我的“人中”长，不是短寿的样子，又看我走路，怕脚上有毛病。总算让人家看中了，该我们看人家了。母亲派亲信的老妈子去。老妈子的报告是，大小姐个儿比我大得多，坐下去满满一圈椅；二小姐倒苗苗条条的，母亲说胖了不能生育，像亲戚里谁谁谁；教裁缝说二小姐。那边似乎生了气，不答应，事情就吹了。

母亲在牌桌上遇见一位太太，她有个女儿，透着聪明伶俐。母亲有了心，回家说那姑娘和我同年，跳来跳去的，还是个孩子。隔了些日子，便托人探探那边口气。那边做的官似乎比父亲的更小，那时正是光复的前年，还讲究这些，所以他们乐意做这门亲。事情已到九成九，忽然出了岔子。本家叔祖母用的一个寡妇老妈子熟悉这家子的事，不知怎么教母亲打听着了。叫她来问，她的话遮遮掩掩的。到底问出来了，原来那小姑娘是抱来的，可是她一家很宠她，和亲生的一样。母亲心冷了。过了两年，听说她已生了痨病，吸上鸦片烟了。母亲说，幸亏当时没有定下来。我已懂得一些事了，也这么想着。

光复那年，父亲生伤寒病，请了许多医生看。最后请着一位武先生，那便是我后来的岳父。有一天，常去请医生的听差回来说，医生家有位小姐。父亲既然病着，母亲自然更该担心我的事。一听这话，便追问下去。听差原只顺口谈天，也说不出个所以然。母亲便在医生来时，教人问他轿夫，那位小姐是不是他家的。轿夫说是的。母亲便和父亲商量，托舅舅问医生的意思。那天我正在父亲病榻旁，听见他们的对话。舅舅问明了小姐还没有人家，便说，像×翁这样人家怎么样？医生说，很好呀。话到此为止，接着便是相亲；还是母亲那个亲信的老妈子去。这回报告不坏，说就是脚大些。事情这样定局，母亲教轿夫回去说，让小姐裹上点儿脚。妻嫁过来后，说相亲的时候早躲开了，看见的是另一个人。至于轿夫捎的信儿，却引起了一段小小风波。岳父对岳母说，早教你给她裹脚，你不信；瞧，人家怎么说来着！岳母说，偏偏不裹，看他家怎么样！可是到底采取了折衷的办法，直到妻嫁过来的时候。

说　话

谁能不说话，除了哑子？有人这个时候说，那个时候不说。有人这个地方说，那个地方不说。有人跟这些人说，不跟那些人说。有人多说，有人少说。有人爱说，有人不爱说。哑子虽然不说，却也有那咿咿呀呀的声音，指指点点的手势。

说话并不是一件容易事。天天说话，不见得就会说话；许多人说了一辈子话，没有说好过几句话。所谓“辩士的舌锋”“三寸不烂之舌”等赞词，正是物稀为贵的证据；文人们讲究“吐属”，也是同样的道理。我们并不想做辩士，说客，文人，但是人生不外言动，除了动就只有言，所谓人情世故，一半儿是在说话里。古文《尚书》里说，“唯口，出好兴戎”，一句话的影响有时是你料不到的，历史和小说上有的是例子。

说话即使不比作文难，也决不比作文容易。有些人会说话不会作文，但也有些人会作文不会说话。说话像行云流水，不能够一个字一个字推敲，因而不免有疏漏散漫的地方，不如作文的谨严。但那些行云流水般的自然，却决非一般文章所及——文章有能到这样境界的，简直当以说话论，不再是文章了。但是这是怎样一个不易到的境界！我们的文章，哲学里虽有“用笔如舌”一个标准，古今有几个人真能“用笔如舌”呢？不过文章不甚自然，还可成为功力一派，说话是不行的；说话若也有功力派，你想，哪怕真够瞧的！

说话到底有多少种，我说不上。约略分别：向大家演说，讲解，乃至说书等是一种，会议是一种，公私谈判是一种，法庭受审是一种，向新闻记者谈话是一种——这些可称为正式的。朋友们的闲谈也是一种，可称为非正式的。正式的并不一定全要拉长了面孔，但是拉长了的时候多。这种话都是成片段的，有时竟是先期预备好的。只有闲谈，可以上下古今，来一个杂拌儿；说是杂拌儿，自然零零碎碎，成片段的是例外？闲谈说不上预备，满是将话搭话，随机应变。说预备好了再去“闲”谈，那岂不是个大笑话？这种种说话，大约都有一些公式，就是闲谈也有——“天气”常是闲谈的发端，就是一例。但是公式是死的，不够用的，神而明之还在乎人。会说的教你眉飞色舞，不会说的教你昏头搭脑，即使是同一个意思，甚至同一句话。

中国人很早就讲究说话。《左传》《国策》《世说》是我们的三部说话的经典。一是外交辞令，一是纵横家言，一是清谈。你看他们的话多么婉转如意，句句字字打进人心坎里。还有一部《红楼梦》，里面的对话也极轻松，漂亮。此外汉代贾君房号为“语妙天下”，可惜留给我们的只有这一句赞词；明代柳敬亭的说书极有大名，可惜我们也无从领略。近年来的新文学，将白话文欧化，从外国文中借用了许多活泼的，精细的表现，同时暗示我们将旧来有些表现重新咬嚼一番。这却给我们的语言一种新风味，新力量。加以这些年说话的艰难，使一般报纸都变乖巧了，他们知道用侧面的，反面的，夹缝里的表现了。这对于读者是一种不容避免的好训练；他们渐渐敏感起来了，只有敏感的人，才能体会那微妙的咬嚼的味儿。这时期说话的艺术确有了相当的进步。论说话艺术的文字，从前著名的似乎只有韩非的《说难》，那是一篇剖析入微的文字。现在我们却已有了不少的精警之作，鲁迅先生的《立论》就是的。这可以证明我所说的相当的进步了。

中国人对于说话的态度，最高的是忘言，但如禅宗“教”人“将嘴挂在墙上”，也还是免不了说话。其次是慎言，寡言，讷于言。这三样又有分别：慎言是小心说话，小心说话自然就少说话，少说话少出错儿。寡言是说话少，是一种深沉或贞静的性格或品德。讷于言是说不出话，是一种浑厚诚实的性格或品德。这两种多半是生成的。第三是修辞或辞令。至诚的君子，人格的力量照彻一切的阴暗，用不着多说话，说话也无须乎修饰。只知讲究修饰，嘴边天花乱坠，腹中矛戟森然，那是所谓小人；他太会修饰了，倒教人不信了。他的戏法总有让人揭穿的一日。我们是介在两者之间的平凡的人，没有那伟大的魄力，可也不至于忘掉自己。只是不能无视世故人情，我们看时候，看地方，看人，在礼貌与趣味两个条件之下，修饰我们的说话？这儿没有力，只有机智；真正的力不是修饰所可得的。我们所能希望的只是：说得少，说得好。

如面谈

朋友送来一匣信笺，笺上刻着两位古装的人，相对拱揖，一旁题了“如面谈”三个大字。是明代钟惺的尺牍选第一次题这三个字，这三个字恰说出了写信的用处。信原是写给“你”或“你们几个人”看的；原是“我”对“你”或“你们几个人”的私人谈话，不过是笔谈罢了。对谈的人虽然亲疏不等，可是谈话总不能像是演说的样子，教听话的受不了。写信也不能像作论的样子，教看信的受不了，总得让看信的觉着信里的话是给自己说的才成。这在乎各等各样的口气。口气合适，才能够“如面谈”。但是写信究竟不是“面谈”；不但不像“面谈”时可以运用声调表情姿态等等，并且老是自己的独白，没有穿插和掩映的方便，也比“面谈”难。写信要“如面谈”，比“面谈”需要更多的心思和技巧，并不是一下笔就能做到的。

可是在一种语言里，这种心思和技巧，经过多少代多少人的运用，渐渐的程式化。只要熟习了那些个程式，应用起来，“如面谈”倒也不见得怎样难。我们的文言信，就是久经程式化了的，写信的人利用那些程式，可以很省力的写成合适的，多多少少“如面谈”的信。若教他们写白话，倒不容易写成这样像信的信。《两般秋雨随笔》记着一个人给一个妇人写家信，那妇人要照她说的写，那人周章了半天，终归搁笔。他没法将她说的那些话写成一封像信的信。文言信是有样子的，白话信压根儿没有样子；那人也许觉得白话压根儿就不能用来写信。同样心理，测字先生代那些不识字的写信，也并不用白话；他们宁可用那些不通的文言，如“来信无别”之类。我们现在自然相信白话可以用来写信，而且有时也实行写白话信。但是常写白话文的人，似乎除了胡适之先生外，写给朋友的信，还是用文言的时候多，这只要翻翻现代书简一类书就会相信的。原因只是一个“懒”字。文言信有现成的程式，白话信得句句斟酌，好像作文一般，太费劲，谁老有那么大工夫？文言至今还能苟偷懒，慢慢找出些白话应用文的程式，文言就真“死”了。

林语堂先生在《论语录体之用》（《论语》二十六期）里说过：

> 一人修书，不曰“示悉”，而曰“你的芳函接到了”，不曰“至感”“歉甚”，而曰“很感谢你”“非常惭愧”，便是噜哩噜苏，文章不经济。

“示悉”“至感”“歉甚”，都是文言信的程式，用来确是很经济，很省力的。但是林先生所举的三句“噜哩噜苏”的白话，恐怕只是那三句文言的直译，未必是实在的例子。我们可以说“来信收到了”“感谢”“对不起”“对不起得很”，用不着绕弯儿从文言直译。若真有这样绕弯儿的，那一定是新式的测字先生！这几句白话似乎也是很现成，很经济的。字数比那几句相当的文言多些，但是一种文体有一种经济的标准，白话的字句组织与文言不同，它们其实是两种语言，繁简当以各自的组织为依据，不当相提并论。白话文固然不必全合乎口语，白话信却总该是越能合乎口语，才越能“如面谈”。这几个句子正是我们口头常用的，至少是可以上口的，用来写白话信，我想是合适的。

麻烦点儿的是“敬启者”“专此”“敬请大安”，这一套头尾。这是一封信的架子；有了它才像一封信，没有它就不像一封信。“敬启者”如同我们向一个人谈话，开口时用的“我对你说”那句子，“专此”“敬请大安”相当于谈话结束时用的“没有什么啦，再见”那句子。但是“面谈”不一定用这一套儿，往往只要一转脸向着那人，就代替了那第一句话，一点头就代替了那第二句话。这是写信究竟不“如面谈”的地方。现在写白话信，常是开门见山，没有相当于“敬启者”的套头。但是结尾却还是装上的多，可也只用“此祝健康！”“祝你进步！”“祝好！”一类，像“专此”“敬请大安”那样分截的形式是不见了。“敬启者”的渊源是很悠久的，司马迁《报任少卿书》开头一句是“太史公牛马走司马迁再拜言，少卿足下”，“再拜言”就是后世的“敬启者”。“少卿足下”在“再拜言”之下，和现行的格式将称呼在“敬启者”前面不一样。既用称呼开头，“敬启者”原不妨省去；现在还因循的写着，只是遗形物罢了。写白话信的人不理会这个，也是自然而然的。“专此”“敬请大安”下面还有称呼作全信的真结尾，也可算是遗形物，也不妨省去。但那“套头”差不多全剩了形式，这“套尾”多少还有一些意义，白话信里保存着它，不是没有理由的。

在文言信里，这一套儿有许多变化，表示写信人和受信人的身份。如给父母去信，就须用“敬禀者”“谨此”“敬请福安”，给前辈去信，就须用“敬肃者”“敬请道安”，给后辈去信，就须用“启者”“专泐”“顺问近佳”之类，用错了是会让人耻笑的——尊长甚至于还会生气。白话信的结尾，虽然还没讲究到这些，但也有许多变化；那些变化却只是修辞的变化，并不表明身份。因为是修辞的变化，所以不妨掉掉笔头，来点新鲜花样，引起看信人的趣味，不过总也得和看信人自身有些关切才成。如“敬祝抗战胜利”，虽然人同此心，但是“如面谈”的私人的信里，究竟嫌肤廓些。又如“谨致民族解放的敬礼”，除非写信人和受信人的双方或一方是革命同志，就不免不亲切的毛病。这都有些像演说或作论的调子。修辞的变化，文言的结尾里也有。如“此颂文祺”“敬请春安”“敬颂日祉”“恭请痊安”，等等，一时数不尽，这里所举的除“此颂文祺”是通用的简式外，别的都是应时应景的式子，不能乱用。写白话信的人既然不愿扔掉结尾，似乎就该试试多造些表示身份以及应时应景的式子。只要下笔时略略用些心，这是并不难的。

最麻烦的要数称呼了。称呼对于口气的关系最是直截的，一下笔就见出，拐不了弯儿。谈话时用称呼的时候少些，闹了错儿，还可以马虎一些。写信不能像谈话那样面对面的，用称呼就得多些；闹了错儿，白纸上见黑字，简直没个躲闪的地方。文言信里称呼的等级很繁多，再加上称呼底下带着的敬语，真是数不尽。开头的称呼，就是受信人的称呼，有时还需要重叠，如“父母亲大人”“仁兄大人”“先生大人”等。现在“仁兄大人”等是少用了，却换了“学长我兄”之类；至于“父母亲”加上“大人”，依然是很普遍的。开头的称呼底下带着的敬语，有的似乎原是些位置词，如“膝下”“足下”；这表示自己的信不敢直率的就递给受信人，只放在他或他们的“膝下”“足下”，让他或他们得闲再看。有的原指伺候的人，如“阁下”“执事”；这表示只敢将信递给“阁下”的公差，或“执事”的人，让他们觑空儿转呈受信人看。可是用久了，用熟了，谁也不去注意那些意义，只当作敬语用罢了。但是这些敬语表示不同的身份，用的人是明白的。这些敬语还有一个紧要的用处。在信文里称呼受信人有时只用“足下”“阁下”“执事”就成；这些缩短了，替代了开头的那些繁琐的词儿——信文里并有专用的简短的称呼，像“台端”便是的。另有些敬语，却真的只是敬语，如“大鉴”“台鉴”“钧鉴”“勋鉴”“道鉴”等，“有道”也是的。还有些只算附加语，不能算敬语，像“如面”“如晤”“如握”，以及“览”“阅”“见字”“知悉”等，大概用于亲近的人或晚辈。

结尾的称呼，就是写信人的自称，跟带着的敬语，现在还通用的，却没有这样繁杂。“弟”用得最多，“小弟”“愚弟”只偶然看见。光头的名字，用的也最多，“晚”“后学”“职”也只偶然看见。其余还有“儿”“侄”等：“世侄”也用得着，“愚侄”却少——这年头自称“愚”的究竟少了。敬语是旧的“顿首”和新的“鞠躬”最常见；“谨启”太质朴，“再拜”太古老，“免冠”虽然新，却又不今不古的，这些都少用。对尊长通用“谨上”“谨肃”“谨禀”——“叩禀”“跪禀”有些稀罕了似的；对晚辈通用“泐”“字”等，或光用名字。

白话里用主词句子多些，用来写信，需要称呼的地方自然也多些。但是白话信的称呼似乎最难。文言信用的那些，大部分已经成了遗形物，用起来即使不至于觉得封建气，即使不至于觉得满是虚情假意，但是不亲切是真的。要亲切，自然得向“面谈”里去找。可是我们口头上的称呼，还在演变之中，凝成定型的绝无仅有，难的便是这个。我们现在口头上通用于一般人的称呼，似乎只有“先生”。而这个“先生”又不像“密斯忒”“麦歇”那样真可以通用于一般人。譬如英国大学里教师点名，总称“密斯忒某某”，中国若照样在点名时称“某某先生”，大家就觉得客气得过火点儿。“先生”之外，白话信里最常用的还有“兄”，口头上却也不大听见。这是从文言信里借来称呼比“先生”亲近些的人的。按说十分亲近的人，直写他的名号，原也未尝不可，难的是那些疏不到“先生”，又亲不到直呼名号的。所以“兄”是不可少的词儿——将来久假不归，也未可知。

更难的是称呼女人，刘半农先生曾主张将“密斯”改称

“姑娘”，却只成为一时的谈柄；我们口头上似乎就没有一个真通用的称呼女人的词儿。固然，我们常说“某小姐”“某太太”，但写起信来，麻烦就来了。开头可以很自然的写下“某小姐”“某太太”，信文里再称呼却就绕手；还带姓儿，似乎不像信，不带姓儿，又像丫头老妈子们说话。只有我们口头上偶而一用的“女士”，倒可以不带姓儿，但是又有人嫌疑它生刺刺的。我想还是“女士”大方些，大家多用用就熟了。要不，不分男女都用“先生”也成，口头上已经有这么称呼的——不过显得太单调罢了。至于写白话信的人称呼自己，用“弟”的似乎也不少，不然就是用名字。“弟”自然是从文言信里借来的，虽然口头上自称“兄弟”的也有。光用名字，有时候嫌不大客气，这“弟”字也是不可少的，但女人给普通男子写信，怕只能光用名字，称“弟”既不男不女的，称“妹”显然又太亲近了——正如开头称“兄”一样。男人写给普通女子的信，不用说，也只能光用名字。白话信的称呼却都不带敬语，只自称下有时装上“鞠躬”“谨启”“谨上”，也都是借来的，可还是懒得装上的多。这不带敬语，却是欧化。那些敬语现在看来原够腻味的，一笔勾销，倒也利落，干净。

五四运动后，有一段儿还很流行称呼的欧化。写白话信的人开头用“亲爱的某某先生”或“亲爱的某某”，结尾用“你的朋友某某”或“你的真挚的朋友某某”，是常见的，近年来似乎不大有了，即使在青年人的信里。这一套大约是从英文信里抄袭来的。可是在英文里，口头的“亲爱的”和信上的“亲爱的”，亲爱的程度迥不一样。口头的得真亲爱的才用得上，人家并不轻易使唤这个词儿；信上的不论你是谁，认识的，不认识的，都得来那么一个“亲爱的”——用惯了，用滥了，完全成了个形式的敬语，像我们文言信里的“仁兄”似的。我们用“仁兄”，不管他“仁”不“仁”；他们用“亲爱的”，也不管他“亲爱的”不“亲爱的”。可是写成我们的文字，“亲爱的”就是不折不扣的亲爱的——在我们的语言里，“亲爱”真是亲爱，一向是不折不扣的——因此看上去老有些碍眼，老觉着过火点儿；甚至还肉麻呢。再说“你的朋友”和“你的真挚的朋友”。有人曾说“我的朋友”是标榜，那是用在公开的论文里的。我们虽然只谈不公开的信，虽然普通用“朋友”这词儿，并不能表示客气，也不能表示亲密，可是加上“你的”，大书特书，怕也免不了标榜气。至于“真挚的”，也是从英文里搬来的。毛病正和“亲爱的”一样。当然，要是给真亲爱的人写信，怎么写也成，上面用“我的心肝”，下面用“你的宠爱的叭儿狗”，都无不可，不过本文是就一般程式而论，只能以大方为主罢了。

白话信还有领格难。文言信里差不多是看不见领格的，领格表现在特种敬语里。如“令尊”“嫂夫人”“潭府”“惠书”“手教”“示”“大著”“鼎力”“尊裁”“家严”“内人”“舍下”“拙著”“绵薄”“鄙见”等等，比起别种程式，更其是数不尽。有些口头上有，大部分却是写信写出来的。这些足以避免称呼的重复，并增加客气。文言信除了写给子侄，是不能用“尔”“汝”“吾”“我”等词的，若没有这些敬语，遇到领格，势非一再称呼不可；虽然信文里的称呼简短，可是究竟嫌累赘些。这些敬语口头上还用着的，白话信里自然还可以用，如“令尊”“大著”“家严”“内人”“舍下”“拙著”等，但是这种非常之少。白话信里的领格，事实上还靠重复称呼，要不就直用“你”“我”字样。称呼的重复免不了累赘，“你”“我”相称，对于生疏些的人，也不合适。这里我想起了“您”字。国语的“您”可用于尊长，是个很方便的敬词——本来是复数，现在却只用作单数。放在信里，作主词也好，作领格也好，既可以减少那累赘的毛病，也不至于显得太托熟似的。

写信的种种程式，作用只在将种种不同的口气标准化，只在将“面谈”时的一些声调表情姿态等等标准化。熟悉了这些程式，无需句斟字酌，在口气上就有了一半的把握，就不难很省力的写成合适的，多多少少“如面谈”的信。写信究竟不是“面谈”，所以得这样办；那些程式有的并不出于“面谈”，而是写信写出来的，也就是为此。各色各样的程式，不是耍笔头，不是掉枪花，都是实际需要逼出来的。文言信里还不免残存着一些不切用的遗物，白话信却只嫌程式不够用，所以我们不能偷懒，得斟酌情势，多试一些，多造一些。一番番自觉的努力，相信可以使白话信的程式化完成得更快些。

但是程式在口气的传达上至多只能帮一半忙，那一半还得看怎么写信文儿。这所谓“神而明之，存乎其人”，没什么可说的。不过这里可以借一个例子来表示同一事件可以有怎样不同的口气。胡适之先生说过这样一个故事：

有一裁缝，花了许多钱送他儿子去念书。一天，他儿子来了一封信。他自己不认识字，他的邻居一个杀猪的倒识字，不过识的字很少。他把信拿去叫杀猪的看。杀猪的说信里是这样的话，“爸爸！赶快给我拿钱来！我没有钱了，快给我钱！”裁缝说，“信里是这样的说吗！好！我让他从中学到大学念了这些年书，念得一点礼貌都没有了！”说着就难过起来。正在这时候，来了一个牧师，就问他为什么难过。他把原因一说，牧师说，“拿信来，我看看。”就接过信来，戴上眼镜，读道，“父亲老大人，我现在穷得不得了了，请你寄给我一点钱罢！寄给我半镑钱就够了，谢谢你。”裁缝高兴了，就寄两镑钱给他儿子。(《中国禅学的发展史》讲演词，王石子记，一九三四年十二月十六日《北平晨报》)

有人说，日记和书信里，最能见出人的性情来，因为日记只给自己看，信只给一个或几个朋友看，写来都不做作。“不做作”可不是“信笔所之”。日记真不准备给人看，也许还可以“信笔所之”一下；信究竟是给人看的，虽然不能像演说和作论，可也不能只顾自己痛快，真的“信笔”写下去。“如面谈”不是胡帝胡天的，总得有“一点礼貌”，也就是一份客气。客气要大方，恰到好处，才是味儿，“如面谈”是需要火候的。

人话

在北平待过的人总该懂得“人话”这个词儿。小商人和洋车夫等等彼此动了气，往往破口问这么句话：

你懂人话不懂？——要不就说：

你会说人话不会？

这是一句很重的话，意思并不是问对面的人懂不懂人话，会不会说人话，意思是骂他不懂人话，不会说人话。不懂人话，不会说人话，干脆就是畜生！这叫拐着弯儿骂人，又叫骂人不带脏字儿。不带脏字儿是不带脏字儿，可到底是“骂街”，所以高尚人士不用这个词儿。他们生气的时候也会说“不通人性”“不像人”“不是人”，还有“不像话”“不成话”等等，可就是不肯用“人话”这个词儿。“不像话”“不成话”，是没道理的意思；“不通人性”“不像人”“不是人”还不就是畜生？比起“不懂人话”“不说人话”来，还少拐了一个弯儿呢。可是高尚人士要在人背后才说那些话，当着面大概他们是不说的。这就听着火气小，口气轻似的，听惯了这就觉得“不通人性”“不像人”

“不是人”那几句来得斯文点儿，不像“人话”那么野。其实，按字面儿说，“人话”倒是个含蓄的词儿。

北平人讲究规矩，他们说规矩，就是客气。我们走进一家大点儿的铺子，总有个伙计出来招待，哈哈腰说，“您来啦!”出来的时候，又是个伙计送客，哈哈腰说，“您走啦，不坐会儿啦?”这就是规矩。洋车夫看同伙的问好儿，总说，“您老爷子好？老太太好?”“您少爷在哪儿上学?”从不说“你爸爸”“你妈妈”“你儿子”，可也不会说“令尊”“令堂”“令郎”那些个，这也是规矩。有的人觉得这些都是假仁假义，假声假气，不天真，不自然。他们说北平人有官气，说这些就是凭据。不过天真不容易表现，有时也不便表现。只有在最亲近的人面前，天真才有流露的机会，再说天真有时就是任性，也不一定是可爱的。所以得讲规矩。规矩是调节天真的，也就是“礼”，四维之首的“礼”。礼须要调节，得有点儿做作是真的，可不能说是假。调节和做作是为了求中和，求平衡，求自然——这儿是所谓“习惯成自然”。规矩也罢，礼也罢，无非教给人做人的道理。我们现在到过许多大城市，回想北平，似乎讲究规矩并不坏，至少我们少碰了许多硬钉子。讲究规矩是客气，也是人气，北平人爱说的那套话都是他们所谓“人话”。

别处人不用“人话”这个词儿，只说讲理不讲理，雅俗通用。讲理是讲理性，讲道理。所谓“理性”（这是老名词，重读“理”字，翻译的名词“理性”，重读“性”字）自然是人的理性，所谓道理也就是做人的道理。现在人爱说“合理”，那个

“理”的意思比“讲理”的“理”宽得多。“讲理”当然“合理”，这是常识，似乎用不着捡出西哲亚里士多德的大帽子，说“人是理性的动物”。可是这句话还是用得着，“讲理”是“理性的动物”的话，可不就是“人话”？不过不讲理的人还是不讲理的人，并不明白的包含着“不懂人话”“不会说人话”所包含着的意思。讲理不一定和平，上海的“讲茶”就常教人触目惊心的。可是看字面儿，“你讲理不讲理?”的确比“你懂人话不懂?”“你会说人话不会?”和平点儿。“不讲理”比“不懂人话”，“不会说人话”多拐了个弯儿，就不至于影响人格了。所谓做人的道理大概指的恕道，就是孔子所说的“己所不欲，勿施于人”。而“人话”要的也就是恕道。按说“理”这个词儿其实有点儿灰色，赶不上“人话”那个词儿鲜明，现在也许有人觉得还用得着这么个鲜明的词儿。不过向来的小商人洋车夫等等把它用得太鲜明了，鲜明得露了骨，反而糟蹋了它，这真是怪可惜的。

很 好

“很好”这两个字真是挂在我们嘴边儿上的。我们说，“你这个主意很好。”“你这篇文章很好。”“张三这个人很好。”“这东西很好。”人家问，“这件事如此这般的办，你看怎么样?”我们也常常答道，“很好。”有时顺口再加一个，说“很好很好”。或者不说“很好”，却说“真好”，语气还是一样，这么说，我们不都变成了“好好先生”了么？我们知道“好好先生”不是无辨别的蠢材，便是有城府的乡愿。乡愿和蠢材尽管多，但是谁也不能相信常说“很好”“真好”的都是蠢材或乡愿。平常人口头禅的“很好”或“真好”，不但不一定“很”好或“真”好，而且不一定“好”；这两个词其实只表示所谓“相当的敬意，起码的同情”罢了。

在平常谈话里，敬意和同情似乎比真理重要得多。一个人处处讲真理，事事讲真理，不但知识和能力不许可，而且得成天儿和别人闹别扭；这不是活得不耐烦，简直是没法活下去。自然一个人总该有认真的时候，但在不必认真的时候，大可不必认真；让人家从你嘴边儿上得着一点点敬意和同情，保持彼此间或浓或淡的睦谊，似乎也是在世为人的道理。说“很好”或“真好”，所着重的其实不是客观的好评而是主观的好感。用你给听话的一点点好感，换取听话的对你的一点点好感，就是这么回事而已。

你若是专家或者要人，一言九鼎，那自当别论；你不是专家或者要人，说好说坏，一般儿无足重轻，说坏只多数人家背地里议论你嘴坏或脾气坏而已，那又何苦来？就算你是专家或者要人，你也只能认真的批评在你门槛儿里的，世界上没有万能的专家或者要人，那么，你在说门槛儿外的话的时候，还不是和别人一般的无足重轻？还不是得在敬意和同情上着眼？我们成天听着自己的和别人的轻轻儿的快快儿的“很好”或“真好”的声音，大家肚子里反正明白这两个语的分量。若有人希图别人就将自己的这种话当作确切的评语，或者简直将别人的这种话当作自己的确切的评语，那才真是乡愿或蠢材呢。

我说“轻轻儿的”“快快儿的”，这就是所谓语气。只要那么轻轻儿的快快儿的，你说“好得很”“好极了”“太好了”，都一样，反正不痛不痒的，不过“很好”“真好”说着更轻快一些就是了。可是“很”字，“真”字，“好”字，要有一个说得重些慢些，或者整个儿说得重些慢些，分量就不同了。至少你是在表示你喜欢那个主意，那篇文章，那个人，那东西，那办法，等等，即使你还不敢自信你的话就是确切的评语。有时并不说得重些慢些，可是前后加上些字儿，如“很好，咳!”“可真好。”“我相信张三这个人很好。”“你瞧，这东西真好。”也是喜欢的语气。“好极了”等语，都可以如法炮制。

可是你虽然“很”喜欢或者“真”喜欢这个那个，这个那个还未必就“很”好，“真”好，甚至于压根儿就未必“好”。你虽然加重的说了，所给予听话人的，还只是多一些的敬意和同情，并不能阐发这个那个的客观的价值。你若是个平常人，这样表示也尽够教听话的满意了。你若是个专家，要人，或者准专家，准要人，你要教听话的满意，还得指点出“好”在哪里，或者怎样怎样的“好”。这才是听话的所希望于你们的客观的好评，确切的评语呢。

说“不错”“不坏”，和“很好”“真好”一样；说“很不错”“很不坏”或者“真不错”“真不坏”，却就是加字儿的“很好”“真好”了。“好”只一个字，“不错”“不坏”都是两个字；我们说话，有时长些比短些多带情感，这里正是个例子。“好”加上“很”或“真”才能和“不错”“不坏”等量，“不错”“不坏”再加上“很”或“真”，自然就比“很好”“真好”重了。可是说“不好”却干脆的是不好，没有这么多阴影。像旧小说里常见到的“说声‘不好’”和旧戏里常听到的“大事不好了”，可为代表。这里的“不”字还保持着它的独立的价值和否定的全量，不像“不错”“不坏”的“不”字已经融化在成语里，没有多少劲儿。本来呢，既然有胆量在“好”上来个“不”字，也就无需乎再躲躲闪闪的；至多你在中间夹上一个字儿，说“不很好”“不大好”，但是听起来还是差不多的。

话说回来，既然不一定“很”好或“真”好，甚至于压根儿就不一定“好”，为什么不沉默呢？不沉默，却偏要说点儿什么，不是无聊的敷衍吗？但是沉默并不是件容易事，你得有那种忍耐的功夫才成。沉默可以是“无意见”，可以是“无所谓”，也可以是“不好”，听话的却顶容易将你的沉默解作“不好”，至少也会觉着你这个人太冷，连嘴边儿上一点点敬意和同情都吝惜不给人家。在这种情景之下，你要不是生就的或练就的冷人，你忍得住不说点儿什么才怪！要说，也无非“很好”“真好”这一套儿。人生于世，遇着不必认真的时候，乐得多爱点儿，少恨点儿，似乎说不上无聊；敷衍得别有用心才是的，随口说两句无足重轻的好听的话，似乎也还说不上。

我屡次说到听话的。听话的人的情感的反应，说话的当然是关心的。谁也不乐意看尴尬的脸是不是？廉价的敬意和同情却可以遮住人家尴尬的脸，利他的原来也是利己的；一石头打两鸟儿，在平常的情形之下，又何乐而不为呢？世上固然有些事是当面的容易，可也有些事儿是当面的难。就说评论好坏，背后就比当面自由些。这不是说背后就可以放冷箭说人家坏话。一个人自己有身份，旁边有听话的，自爱的人哪能干这个！这只是说在人家背后，顾忌可以少些，敬意和同情也许有用不着的时候。虽然这时候听话的中间也许还有那个人的亲戚朋友，但是究竟隔了一层；你说声“不很好”或“不大好”，大约还不至于见着尴尬的脸的。当了面就不成。当本人的面说他这个那个“不好”，固然不成，当许多人的面说他这个那个“不好”，更不成。当许多人的面说他们都“不好”，那简直是以寡敌众；只有当许多人的面泛指其中一些人这点那点“不好”，也许还马虎得过去。所以平常的评论，当了面大概总是用“很好”“真好”的多——背后也说“很好”，“真好”，那一定说得重些慢些。

可是既然未必“很”好或者“真”好，甚至于压根儿就未必“好”，说一个“好”还不成么？为什么必得加上“很”或“真”呢？本来我们回答“好不好?”或者“你看怎么样?”等问题，也常常只说个“好”就行了。但是只在答话里能够这么办，别的句子里可不成。一个原因是我国语言的惯例。单独的形容词或形容语用作句子的述语，往往是比较级的。如说“这朵花红”“这花朵素净”“这朵花好看”，实在是“这朵花比别的花红”“这朵花比别的花素净”“这朵花比别的花好看”的意思。说“你这个主意好”“你这篇文章好”“张三这个人好”“这东西好”，也是“比别的好”的意思。另一个原因是“好”这个词的惯例。句里单用一个“好”字，有时实在是“不好”。如厉声指点着说“你好!”或者摇头笑着说，“张三好，现在竟不理我了。”“他们这帮人好，竟不理这个碴儿了。”因为这些，要表示那一点点敬意和同情的时候，就不得不重话轻说，借用到“很好”或“真好”两个语了。

是喽嘛

初来昆明的人，往往不到三天，便学会了“是喽嘛”这句话。这见出“是喽嘛”在昆明，也许在云南罢，是一句普遍流行的应诺语。别地方的应诺语也很多，像“是喽嘛”这样普遍流行的似乎少有，所以引起初来的人的趣味。初来的人学这句话，一面是闹着玩儿，正和到别的任何一个新地方学着那地方的特别话的心情一样。譬如到长沙学着说“毛得”，就是如此。但是这句话不但新奇好玩儿，简直太新奇了，乍听不惯，往往觉得有些不客气，特别是说在一些店员和人力车夫的嘴里。他们本来不太讲究客气，而初来的人跟他们接触最多；一方面在他们看来，初来的人都是些趾高气扬的外省人，也有些不顺眼。在这种小小的摩擦里，初来的人左听是一个生疏的“是喽嘛”，右听又是一个生疏的“是喽嘛”，不知不觉就对这句话起了反感，学着说，多少带点报复的意味。

“是喽嘛”有点像绍兴话的“是唉”格嘴，“是唉”读成一个音，那句应诺语乍听起来有时候也好像带些不客气。其实这两句话都可以算是平调，固然也跟许多别的话一样可以说成不客气的强调，可还是说平调的多。

现在且只就“是喽嘛”来看。“喽”字大概是“了”字的音转，这“喽”字是肯定的语助词。“嘛”字是西南官话里常用的语助词，如说“吃嘛”“看嘛”“听嘛”“睡嘛”“唱嘛”，还有“振个嘛”“振”是“这们”的合音，“个”相当于“样”，好像是说“这们着罢”。“是喽”或“是了”并不特别，特别的是另加的“嘛”字的煞尾。这个煞尾的语助词通常似乎表示着祈使语气，是客气的请求或不客气的命令。在“是喽嘛”这句话里却不一样，这个“嘛”似乎只帮助表示肯定的语气，对于“是喽”有加重或强调的作用。也许就是这个肯定的强调，引起初来的人的反感。但是日子久了，听惯了，就不觉其为强调了；一句成天在嘴上在耳边的话，强调是会变为平调的。昆明人还说“好喽嘛”，语气跟“是喽嘛”一样。

昆明话的应诺语还有“是嘞”这一句，也是别地方没有的。它的普遍的程度，不如“是喽嘛”，却在别的应诺语之上。前些时有个云南朋友（他不是昆明人）告诉我，“是嘞”是旧的说法，“是喽嘛”是新的。我疑心他是依据这两句话普遍的程度而自己给定出的解释。据我的观察，“是嘞”是女人和孩子说的多，是一句客气的应诺语。“是嘞”就是“是呢”，“呢”字在这里也用作肯定的语助词。北平话读“呢”为“哪”，例如说，“还没有来哪”“早着哪”，都是平调，可不说“是哪”。昆明读成“嘞”，比“哪”字显得细声细气的，所以觉得客气；男人不大爱说，也许就为了这个原故。

从字音上说，“喽”字的子音（l）比“嘞”字的子音（n）硬些，“嘛”字的母音（ɑ）比“嘞”字的母音（ei）宽些，所以“喽嘛”这个语助词显得粗鲁些。“是喽嘛”这句话，若将“是”字或“嘛”字重读或拖长，就真成了不客气的强调。听的人觉得是在受教训似的，像一位前辈先生老气横秋的向自己说，“你的话算说对啦!”要不然，就会觉得说话的是在厌烦自己似的，他好像是说，“得勒，别废话啦!”“是嘞”这句话却不相同，它带点儿嫩气，总是客客气气的。昆明人也说“好嘞”，跟“好喽嘛”在语气上的分别，和两个“是”字句一样。

昆明话的应诺语，据我所听到的，还有两个。一个是“是噢!”说起来像一个多少的“少”字。这是下对上的应诺语，有如北平的“着”字，但是用的很少，比北平的“着”字普遍的程度差得多。又一个是“是的喽吵”。有一回走过菜市，听见一个外省口音的太太向一个卖东西的女人说，“我常买你的!”那女人应着“是的喽吵”，下文却不知怎么样。这句话似乎也是强调转成了平调，别处倒也有的。

上面说起“着”字，我想到北平的应诺语。北平人说“是得（的)”，是平调。“是呀”带点同情，是“你说着了”的味儿。“可不是!”“可不是吗!”比“是呀”同情又多些。“是啊?”表示有点儿怀疑，也许不止一点儿怀疑，可是只敢或者只愿意表示这一点儿。“是吗?”怀疑就多一些，“是吗!”却带点儿惊。这些都不特别另加语助词，都含着多多少少的客气。

不知道

世间有的是以不知为知的人。孔子老早就教人"知之为知之，不知为不知，是知也"。这是知识的诚实。知道自己的不知道，已经难，承认自己的不知道，更是难。一般人在知识上总爱表示自己知道，至少不愿意教人家知道自己不知道。苏格拉底也早看出这个毛病，他可总是盘问人家，直到那些人承认不知道而止。他是为真理。那些受他盘问的人，让他一层层逼下去，到了儿无可奈何，才只得承认自己不知道；但凡有一点儿躲闪的地步，这班人一定还要强词夺理，不肯轻易吐出"不知道"那句话的。在知识上肯坦白的承认自己不知道的，是个了不得的人，即使不是圣人，也该是君子人。知道自己的不知道，并且让人家知道自己的不知道，这是诚实，是勇敢。孔子说"是知也"，这个不知道其实是真知道——至少真知道自己，所谓自知之明。

世间可也有以不知为妙的人。《庄子·齐物论》记着：

啮缺问乎王倪曰，“子知物之所同是乎?”曰，“吾恶乎知之!”“子知子之所不知邪?”曰，“吾恶知之!”“然则物无知邪?”曰，“吾恶乎知之！虽然，尝试言之，庸讵知吾所谓知之非不知邪？庸讵知吾所谓不知之非知邪？……”

三问而三不知。最后啮缺问道，“子不知利害，则至人同不知利害乎?”王倪的回答是，至人神妙不测，还有什么利害呢!他虽然似乎知道至人，可是并不知道至人知道不知道利害，所以还是一个不知。所以《应帝王》里说，“啮缺问于王倪，四问而四不知，啮缺因跃而大喜。”庄学反对知识，王倪才会说知也许是不知，不知也许是知——再进一层说，那神妙不测的境界简直是个不可知。王倪的四个不知道使啮缺恍然悟到了那境界，所以他“跃而大喜”。这是不知道的妙处，知道了妙处就没有了。《桃花源》里人“不知有汉，无论魏晋”。太上隐者“山中无历日，寒尽不知年”，人与自然为一，也是个不知道的妙。

人情上也有以不知道为妙的。章回小说叙到一位英雄落难，正在难解难分的生死关头，突然打住道，“不知英雄性命如何，且听下回分解。”这叫作“卖关子”。作书的或“说话的”明知道那英雄的性命如何，“看官”或听书的也明知道他知道，他却卖痴卖呆的装作不知道，愣说不知道。他知道大家关心，急着要知道，却偏偏且不说出，让大家更担心，更着急，这才更不能不去听他的看他的。妙就妙在这儿。再说少男少女未结婚的已结婚的提到他们的爱人或伴儿，往往只秃头说一个“他”或

"她"字。你若问他或她是谁，那说话的会赌气似的答你，"不知道!"赌气似的是为你明知故问，害羞带撒娇可是一大半儿。孩子在赌气的时候，你问什么，他往往会给你一个"不知道!"专心的时候也会如此。就是不赌气不专心的时候，你若问到他忌讳或瞒人的话，他还会给你那个"不知道!"而且会赌起气来，至少也会赌气似的。孩子们总还是天真，他的不知道就是天真的妙。这些个不知道其实是"不告诉你!"或"不理你!"或"我管不着!"

有些脾气不好的成人，在脾气发作的时候也会像孩子似的，问什么都不知道。特别是你弄坏了他的东西或事情向他商量怎么办的时候，他的第一句答话往往是重重的或冷冷的一个"不知道!"这儿说的还是和你平等的人，若是他高一等，那自然更够受的——孩子遇见这种情形，大概会哭闹一场，可是哭了闹了就完事，倒不像成人会放在心里的——这个"不知道!"其实是"不高兴说给你!"成人也有在专心的时候问什么都不知道的，那是所谓忘性儿大的人，不太多，而且往往是一半儿忘，一半儿装。忌讳的或瞒人的话，成人的比孩子的多而复杂，不过临到人家问着，他大概会用轻轻的一个"不知道"遮掩过去；他不至于动声色，为的是动了声色反露出马脚。至于像"你这个人真是，不知道利害!"还有，"咳，不知道得多少钱才够我花的!"这儿的不知道却一半儿认真，一半闹着玩儿。认真是真不知道，因为谁能知道呢？你可以说："天知道你这个人多利害!""鬼知道得多少钱才够我花的!"还是一样的语气。"天知道”“鬼知道”，明明没有人知道。既然明明没有人知道，还要说“不知道”，不是废话？闹着玩儿？闹着玩可并非没有意义，这个不知道其实是为了加重语气，为了强调“你这个人多利害”“得多少钱才够我花的”那两句话。

世间可也有成心以知为不知的，这是世故或策略。俗语道，“一问三不知”，就指的这种世故人。他事事怕惹是非，担责任，所以老是给你一个不知道。他不知道，他没有说什么，闹出了大小错儿是你们的，牵不到他身上去。这个可以说是“明哲保身”的不知道。老师在教室里问学生的书，学生回答“不知道”。也许他懒，没有看书，答不出；也许他看了书，还弄不清楚，想着答错了还不如回一个不知道，老师倒可以多原谅些。后一个不知道便是策略。五四运动的时候，北平有些学生被警察厅逮去送到法院。学生会请刘崇佑律师作辩护人。刘先生教那些学生到法院受讯的时候，对于审判官的问话如果不知道怎样回答才好，或者怕出了岔儿，就干脆说一个“不知道”。真的，你说“不知道”，人家抓不着你的把柄，派不着你的错处。从前用刑讯，即使真不知道，也可以逼得你说“知道”，现在的审判官却只能盘问你，用话套你，逼你，或诱你，说出你知道的。你如果小心提防着，多说些个“不知道”，审判官也没法奈何你。这个不知道更显然是策略。不过这策略的运用还在乎人。老辣的审判官在一大堆废话里夹带上一两句要紧话，让你提防不着，也许你会漏出一两个知道来，就定了案，那时候你所有的不知道就都变成废物了。

最需要“不知道”这策略的，是政府人员在回答新闻记者的问话的时候。记者若是提出不能发表或不便发表的内政外交问题来，政府发言人在平常的情形之下总得答话，可是又着不得一点儿边际，所以有些左右为难。固然他有时也可以“默不作声”，有时也可以老实答道，“不能奉告”或“不便奉告”；但是这么办得发言人的身份高或问题的性质特别严重才成，不然便不免得罪人。在平常的情形之下，发言人可以只说“不知道”，既得体，又比较婉转。

这个不知道其实是“无可奉告”，比“不能奉告”或“不便奉告”语气略觉轻些。至于发言人究竟是知道，是不知道，那是另一回事儿，可以不论。现代需用这一个不知道的机会很多。每回的局面却不完全一样。发言人斟酌当下的局面，有时将这句话略加变化，说得更婉转些，也更有趣些，教那些记者不至于窘着走开去。这也可以说是新的人情世故，这种新的人情世故也许比老的还要来得微妙些。

这个“不知道”的变化，有时只看得出一个“不”字。例如说，“未获得续到报告之前，不能讨论此事”，其实就是“现在无可奉告”的意思。前年九月二十日，美国赫尔国务卿接见记者时，“某记者问，外传美国远东战队已奉令集中菲律宾之加维特之说是否属实。赫尔答称，‘微君言，余固不知此事。’”从现在看，赫尔的话大概是真的，不过在当时似乎只是一句幽默的辞令，他的“不知”似乎只是策略而已。去年八月罗斯福总统和邱吉尔首相在大西洋上会晤，华盛顿六日国际社电——

“海军当局宣称：当局接得总统所发波多马克号游艇来电，内称游艇现正沿海岸缓缓前进；电讯中并未提及总统将赴海上某地与英首相会晤。”这是一般的宣告，因为当时全世界都在关心这件事。但是宣告里只说了些闲话，紧要关头却用“电讯中并未提及”一句遮掩过去，跟没有说一样。还有，威尔基去年从英国回去，参议员克拉克问他，“威尔基先生，你在周游英伦时，英国希望美国派舰护送军备，你有些知道吗?”威尔基答道，“我想不起有人表示过这样的愿望。”“想不起”比“不知道”活动得多；参议员不是新闻记者，威尔基不能不更婉转些，更谨慎些——可是结果也还是一个“无可奉告”。

这个不知道有时甚至会变成知道，不过知道的都是些似相干又似不相干的事儿，你摸不着头脑，还是一般无二。前年十月八日华盛顿国际社电，说罗斯福总统“恐亚洲局势因滇缅路重开而将发生突变”，“日来屡与空军作战部长史塔克，海军舰队总司令李却逊，及前海军作战部长现充国防顾问李海等三巨头会商。总统并于接见记者时称，彼等会谈时仅研究地图而已云云。”“仅研究地图而已”是答应了“知道”，但是这样轻描淡写的，还是“不知道”的比“知道”的多。去年五月，澳总理孟席尔到美国去，谒见罗斯福总统，“会谈一小时之久。后孟氏对记者称：吾人仅对数项事件，加以讨论，吾人实已经行地球一周，结果极令人振奋云。澳驻美公使加赛旋亦对记者称，澳总理与总统所商谈者为古今与将来之事件。”“经行地球一周”“古今与将来之事件”，“知道”的圈儿越大，圈儿里“不知道”

的就越多。

这个不知道还会变成“他知道”。去年八月二十七日华盛顿合众社电，说记者“问总统对于野村大使所谓日美政策之睽隔必须弥缝，有何感想。总统避不作答，仅谓现已有人以此事询诸赫尔国务卿矣。”已经有人去问赫尔国务卿，国务卿知道，总统就不必作答了。去年五月十六日华盛顿合众社电，说罗斯福总统今日接见记者，说“美国过去曾两次不宣而战，第一次系北非巴巴拉之海盗，曾于一八八三年企图封锁地中海上美国之航行。第二次美将派海军至印度，以保护美国商业，打击英、法、西之海盗。”“记者询以‘今日亦有巴巴拉海盗式之人物乎?’总统称，‘请诸君自己判断可也。’”“诸君自己判断”，你们自己知道，总统也就不必作答了。“他知道”或“你知道”，还用发言人的“我”说什么呢?——这种种的变形，有些虽面目全非，细心吟味，却都从那一个不知道脱胎换骨，不过很微妙就是了。发言人临机应变，尽可层出不穷，但是百变不离其宗；这个不知道也算是神而明之的了。

话中有鬼

不管我们相信有鬼或无鬼，我们的话里免不了有鬼。我们话里不但有鬼，并且铸造了鬼的性格，描画了鬼的形态，赋予了鬼的才智。凭我们的话，鬼是有的，并且是活的。这个来历很多，也很古老，我们有的是鬼传说，鬼艺术，鬼文学。但是一句话，我们照自己的样子创出了鬼，正如宗教家的上帝照他自己的样子创出了人一般。鬼是人的化身，人的影子。我们讨厌这影子，有时可也喜欢这影子。正因为是自己的化身，才能说得活灵活现的，才会老挂在嘴边儿上。

“鬼”通常不是好词儿。说“这个鬼!”是在骂人，说“死鬼”也是的。还有“烟鬼”“酒鬼”“馋鬼”等，都不是好话。不过骂人有怒骂，也有笑骂；怒骂是恨，笑骂却是爱——俗语道，“打是疼，骂是爱”，就是明证。这种骂尽管骂的人装得牙痒痒的，挨骂的人却会觉得心痒痒的。女人喜欢骂人“鬼……”“死鬼!”大概就是这个道理。至于“刻薄鬼”“啬刻鬼”“小气鬼”等，虽然不大惹人爱似的，可是笑嘻嘻的骂着，也会给人一种热，光却不会有——鬼怎么会有光？光天化日之下怎么会有鬼呢？固然也有“白日见鬼”这句话，那跟“见鬼”“活见鬼”一样，只是说你“与鬼为邻”，说你是个鬼。鬼没有阳气，所以没有光。所以只有“老鬼”“小鬼”，没有“少鬼”“壮鬼”，老年人跟小孩子阳气差点儿，凭他们的年纪就可以是鬼，青年人，中年人阳气正盛，不能是鬼。青年人，中年人也可以是鬼，但是别有是鬼之道，不关年纪。“阎工好见，小鬼难当”，那“小”的是地位，所以可怕可恨；若凭年纪，“老鬼”跟“小鬼”倒都是恨也成，爱也成——若说“小鬼头”，那简直还亲亲儿的，热热儿的。又有人爱说“鬼东两”，那也还只是鬼，“鬼”就是“东西”，“东西”就是“鬼”。总而言之，鬼贪，鬼小，所以“有钱使得鬼推磨”；鬼是一股阴气，是黑暗的东西。人也贪，也小，也有黑暗处，鬼其实是代人受过的影子。所以我们只说“好人”“坏人”，却只说“坏鬼”；恨也罢，爱也罢，从来没有人说“好鬼”。

“好鬼”不在话下，“美鬼”也不在话下，“丑鬼”倒常听见。说“鬼相”，说“像个鬼”，也都指鬼而言。不过丑的未必就不可爱，特别像一个女人说“你看我这副鬼相!”“你看我像个鬼!”她真会想教人讨厌她吗？“做鬼脸”也是鬼，可是往往惹人爱，引人笑。这些都是丑得有意思。“鬼头鬼脑”不但丑，并且丑得小气。“鬼胆”也是小的，“鬼心眼儿”也是小的。“鬼胎”不用说的怪胎，“怀着鬼胎”不用说得担惊害怕。还有，书上说，“冷如鬼手馨!”鬼手是冰凉的，尸体原是冰凉的。“鬼叫”“鬼哭”都刺耳难听。“鬼胆”和“鬼心眼儿”却有人爱，为的是怪可怜见的。从我们话里所见的鬼的身体，大概就是这一些。

再说“鬼鬼祟祟的”虽然和“鬼头鬼脑”差不多，可只描画那小气而不光明的态度，没有指出身体部分。这就跟着“出了鬼！”“其中有鬼！”固然，“鬼”“诡”同音，但是究竟因“鬼”而“诡”，还是因“诡”而“鬼”，似乎是个兜不完的圈子。我们也说“出了花样”“其中有花样”，“花样”正是“诡”，是“谲”；鬼是诡谲不过的，所以花样多的人，我们说他“鬼得很！”书上的“鬼蜮伎俩”，口头的“鬼计多端”，指的就是这一类人。这种人只惹人讨厌招人恨，谁爱上了他们才怪！这种人的话自然常是“鬼话”。不过“鬼话”未必都是这种人的话，有些居然娓娓可听，简直是“昵昵儿女语”，或者是“海外奇谈”。说是“鬼话”！尽管不信可是爱听的，有的是。寻常诳语也叫作“鬼话”，王尔德说得有理，诳原可以是很美的，只要撒得好。鬼并不老是那么精明，也有马虎的时候，说这种“无关心”的“鬼话”，就是他马虎的时候。写不好字叫作“鬼画符”，做不好活也叫作“鬼画符”，都是马马虎虎的，敷敷衍衍的。若连不相干的“鬼话”都不爱说，“符”也不爱“画”，那更是“懒鬼”。“懒鬼”还可以希望他不懒，最怕的是“鬼混”，“鬼混”就简直没出息了。

从来没有听见过“笨鬼”，鬼大概总有点儿聪明，所谓“鬼聪明”。“鬼聪明”虽然只是不正经的小聪明，却也有了不起处。

“什么鬼玩意儿！”尽管你瞧不上眼，他的可是一套玩意儿。你笑，你骂，你有时笑不得，哭不得，总之，你不免让“鬼玩意儿”耍一回。“鬼聪明”也有正经的，书上叫作“鬼才”。李贺是唯一的号为“鬼才”的诗人，他的诗浓丽和幽险，森森然有鬼气。更上一层的“鬼聪明”，书上叫作“鬼工”；“鬼工”险而奇，非人力所及。这词儿用来夸赞佳山水，大自然的创作，但似乎更多用来夸赞人们文学的和艺术的创作。还有“鬼斧神工”，自然奇妙，也是这一类颂辞。借了“神”的光，“鬼”才能到这“自然奇妙”的一步，不然只是“险而奇”罢了。可是借光也不大易，论书画的将“神品”列在第一，绝不列“鬼品”，“鬼”到底不能上品，真也怪可怜的。

正　义

人间的正义是在哪里呢?

正义是在我们的心里！从明哲的教训和见闻的意义中，我们不是得着大批的正义么？但白白的搁在心里，谁也不去取用，却至少是可惜的事。两石白米堆在屋里，总要吃它干净，两箱衣服堆在屋里，总要轮流穿换，一大堆正义却扔在一旁，满不理会，我们真大方，真舍得！看来正义这东西也真贱，竟抵不上白米的一个尖儿，衣服的一个扣儿——爽性用它不着，倒也罢了，谁都又装出一副发急的样子，张张皇皇的寻觅着。这个葫芦里卖的什么药？我的聪明的同伴呀，我真想不通了！

我不曾见过正义的面，只见过它的弯曲的影儿——在“自我”的唇边，在“威权”的面前，在“他人”的背后。

正义可以做幌子，一个漂亮的幌子，所以谁都愿意念着它的名字。“我是正经人，我要做正经事”，谁都向他的同伴这样隐隐的自诩着。但是除了用以“自诩”之外，正义对于他还有什么作用呢？他独自一个时，在生人中间时，早忘了它的名字，而去创造“自己的正义”了！他所给予正义的，只是让它的影儿在他的唇边闪烁一番而已。但是，这毕竟不算十分辜负正义，比那凭着正义的名字以行罪恶的，还胜一筹。可怕的正是这种假名行恶的人。他嘴里唱着正义的名字，手里却满满的握着罪恶；他将这些罪恶送给社会，粘上金碧辉煌的正义的签条送了去。社会凭着他所唱的名字和所粘的签条，欣然受了这份礼；就是明知道是罪恶，也还是欣然受了这份礼！易卜生《社会栋梁》一出戏，就是这种情形。这种人的唇边，虽更频繁的闪烁着正义的弯曲的影儿，但是深藏在他们心底的正义，只怕早已霉了，烂了，且将毁灭了。在这些人里，我见不着正义！

在亲子之间，师傅学徒之间，军官兵士之间，上司属僚之间，似乎有正义可见了，但是也不然。卑幼大抵顺从他们长上的，长上要施行正义于他们，他们诚然是不“能”违抗的——甚至“父教子死，子不得不死”一类话也说出来了。他们发见有形的扑鞭和无形的赏罚在长上们的背后，怎敢去违抗呢？长上们凭着威权的名字施行正义，他们怎敢不遵呢？但是你私下问他们，“信么？服么？”他们必摇摇他们的头，甚至还奋起他们的双拳呢！这正是因为长上们不凭着正义的名字而施行正义的缘故了。这种正义只能由长上行于卑幼，卑幼是不能行于长上的，所以是偏颇的；这种正义只能施于卑幼，而不能施于他人，所以是破碎的；这种正义受着威权的鼓弄，有时不免要扩大到它的应有的轮廓之外，那时它又是肥大的。这些仍旧只是正义的弯曲的影儿。不凭着正义的名字而施行正义，我在这等人里，仍旧见不着它！

在没有威权的地方，正义的影儿更弯曲了。名位与金钱的面前，正义只剩淡如水的微痕了。你瞧现在一班大人先生见了所谓督军等人的劲儿！他们未必愿意如此的，但是一当了面，估量着对手的名位，就不免心里一软，自然要给他一些面子——于是不知不觉的就敷衍起来了。至于平常的人，偶然见了所谓名流，也不免要吃一惊，那时就是心里有一百二十个不以为然，也只好姑且放下，另做出一番“足恭”的样子，以表倾慕之诚。所以一班达官通人，差不多是正义的化外之民，他们所做的都是合于正义的，乃至他们所做的就是正义了！——在他们实在无所谓正义与否了。呀！这样，正义岂不已经沦亡了？却又不然。须知我只说“面前”是无正义的，“背后”的正义却幸而还保留着。社会的维持，大部分或者就靠着这背后的正义罢。但是背后的正义，力量究竟是有限的，因为隔开一层，不由的就单弱了。一个为富不仁的人，背后虽然免不了人们的指摘，面前却只有恭敬。一个华服翩翩的人，犯了违警律，就是警察也要让他五分。这就是我们的正义了！我们的正义百分之九十九是在背后的，而在极亲近的人间，有时连这个背后的正义也没有！因为太亲近了，什么也可以原谅了，什么也可以马虎了，正义就任怎么弯曲也可以了。背后的正义只有存生疏的人们间。生疏的人们间，没有什么密切的关系，自然可以用上正义这个幌子。至于一定要到背后才叫出正义来，那全是为了情面的缘故。情面的根柢大概也是一种同情，一种廉价的同情。现在的人们只喜欢廉价的东西，在正义与情面两者中，就尽先取了情面，而将正义放在背后。在极亲近的人间，情面的优先权到了最大限度，正义就几乎等于零，就是在背后也没有了。背后的正义虽也有相当的力量，但是比起面前的正义就大大的不同，启发与戒惧的功能都如掺了水的薄薄的牛乳似的——于是仍旧只算是一个弯曲的影儿。在这些人里，我更见不着正义！

人间的正义究竟是在哪里呢？满藏在我们心里！为什么不取出来呢？它没有优先权！在我们心里，第一个尖儿是自私，其余就是威权，势力，亲疏，情面等等；等到这些角色一一演毕，才轮得到我们可怜的正义。你想，时候已经晚了，它还有出台的机会么？没有！所以你要正义出台，你就得排除一切，让它做第一个尖儿。你得凭着它自己的名字叫它出台。你还得抖擞精神，准备一副好身手，因为它是初出台的角儿，捣乱的人必多，你得准备着打——不打不成相识呀！打得站住了脚携住了手，那时我们就能从容的瞻仰正义的面目了。

抗战的比喻

这几年来我从报纸上搜集了好些关于抗战的比喻。这些比喻有的表示敌人的狼狈，有的表示胜利的确信，有的表示汉奸的丑行；不但有趣味，并且可以增进我们最后胜利的信心。但是我接触的报纸不多，文只是随手搜集，自然是不完备的。现在分别选抄一些。这些材料，大家也许都见过；可是辑录在一处来重新吟味一番，或者还不是没有意义的。

一、“中国事件”有如无底之深壑，日本国内几许之人力，俱已倾入于此；但深壑竟告填满之一日，犹遥遥无期云。（二十九年一月二十一日《中央日报》昆明版，中央社纽约十九日合众电。《纽约时报》顷载东京讯云云）

二、日军原意在华稍一“散步”，即可完成任务，初不料因之而引起长期抗战。（二十九年三月十日《昆明朝报》莫斯科十日专电，《消息报》《今日又发表长文》云云）

三、有人说日本人占领了满洲无异吞进了一颗炸弹，这是最确切没有了的“满洲国”现状的譬喻了。（二十八年六月七日

《中央日报》昆明版，施公猛《战地散记》引驻“满洲国”的一个日本士兵写给他同学的信）

四、黄河附近，蚊子苦人，坐卧不安。但每当夜间担任步哨时，防备“华军”夜袭，比防御蚊子犹困难。（二十八年六月四日《中央日报》昆明版，中央社洛阳三日电，《豫南大捷中，我获敌文件，其中有小冈幸致其兄长一函》云云）

以上是第三国人跟敌人自己用的比喻。

五、晋南战场敌人譬为盲肠之汾河流域中条、吕梁两山脉之交错地带，实天造地设之敌人坟墓。侵吉县之敌于六日内即被吾包围驱逐，即可证明。吾大军复乘胜向汾水流域围攻。新绛候马已入网罗，盲肠殆已发炎矣。（二十八年一月二十四日《云南日报》，西安二十一日专电）

这儿盲肠的比喻是大家已经熟悉的，发炎的比喻却算是新的。

六、此次中条山大捷，我军系采取“吃香肠战略”。此语出自亲任指挥之某长官口，尤饶风味。按敌之进犯中条山，为数约有两万，有如一串香肠，横亘山岩。我欲将其整个消灭，力有未逮；故乃逐段解决，各个击破，正如通常吃香肠然，一段一片切碎而吞咽。因得消灭晋南敌寇。（二十八年七月九日《中央日报》昆明版，中央社洛阳八日电）

七、敌占领之京钟汉宜两路，现如线入剪口，立将割断。（二十八年四月十一日昆明《益世报》中央社宣城十日电）

八、西窜之敌，如笨鼠入袋，连遭奇创。（二十八年十二月

二十六日《中央日报》昆明版，中央社重庆二十五日电，《南宁敌一部曾西溃明江附近》云云）

九、倭汽车六十五辆如怪蟒一般，冲庆冲庆开至。先生乃使人避其头而击其尾。倭知有伏，乃欲左右突。此时我左右伏兵又起，枪如连珠，炮如焦雷。倭此时张皇失措，乃疾向无伏处疾驶。不料陷入泥中，成黑鳖矣。（二十七年十二月二十日《云南日报》，萍麦，范筑先战死聊城记）

“怪蟒”成了“黑鳖”，见出我游击队的力量。

以上是国人自己用的比喻。一至八描写敌人骄慢跟狼狈的情形。

十、犹忆记者某次偕华军将领行至黄河岸边，该将领笑指河边一巨石语记者曰，“日本强，譬之此石，中国弱，譬之此水，水能冲石使化，吾人顾不能以柔克刚，以弱胜强耶!”此言也，记者今日尚熟记之。（廿八年二月《云南日报》，叔明，重庆特讯引路透社特派员语）

十一、打个譬喻，中国的宣传，像一个乡下姑娘，不打胭脂，不搽粉，天真活泼，令人钦佩。日本的宣传像一个不道德的女子，搽粉，打胭脂，装模做样，扭扭捏捏，使人不大高兴。（廿八年三月八日《云南日报》记陶行知先生语）

十二、世人论中日战争，辄以赌局比拟。姑承认其为一场赌局，则宇垣、近卫和平沼为三张“发财”“红中”“白板”的大牌。“发财”既白打，“红中”复不响，“白板”素服摔出，财政外交毫无办法。敌国再不和，三百和满贯赢我手矣（二十八

年一月二十五日昆明《益世报》，弥雨，平沿内阁的检讨）

十三、日人自主力进入武汉以后，皖鄂赣边境几尽为我军克复。武汉三镇实陷于四面包围的苦境中。李先生（宗仁）举例来说："好比一个已陷于泥涂的人，等到深及胸口的时候，当然会感到呼吸不畅，极度危难的样子。因此便想竭力推开四面的威胁。可是，哪里知道他还不及松手，新的压迫已更重更密的加于身上了。现在他的两只大螯尽管稍有伸进，然其身体则格外受压迫而陷于更深的死境了。"（二十八年六月十日云南《国民日报》，救亡社讯，《驰骋于汉水河畔的李宗仁将军》）

以上的比喻都表示对于最后胜利的坚确的信念。

十四、伦敦每日工人报对惩汪大加赞许，称"中国驱逐了一只破坏统一的老鼠"。（二十八年六月十二日《中央日报》昆明版，重庆十一日专电录国际宣传处稿）

十五、有个叫做吉岗文六的日本人，在日本《中央公论》上说汪精卫是一条伸缩多变的蚯蚓，真是绝妙的比喻。而且说汪精卫的性质实在柔软，他的声音好像猫一样的娇嫩。（二十八年八月二十日《中央日报》昆明版，《陈部长谈话斥汪逆谬说》）

十六、汪精卫因为不肯随着潮流前进，而被扫进时代的渣滓一堆里去。（二十八年一月五日中央社香港三日电引上海《文汇报》语）

这儿只选录了英美人和敌国人的比喻，见得汪逆叛变之初已经为举世（连他的主子国在内）所共弃了。国人形容他的比喻也不少，记得有一两家报纸上见过"人渣"两个字，这比喻也是很恰切的。以上的比喻都见出汪逆的丑形。

敌人在去年竟然和这人渣，这老鼠，蚯蚓，实行签订伪约，真是“走其无路可走之绝路”，如王外长所说的。

十七、敌人想走未走之绝路，现在居然走了。敌人此举，诚如西方所说鸵鸟政策之实现。好比沙漠里的鸵鸟被迫至无处可逃时，须把它的头深深的埋入泥沙；它自己满以为平安脱险，而其结果为人所获。（二十九年十二月十七日成都新新新闻，中央社重庆十六日电，《外交部长王宠惠报告“最近国际形势与我国外交”》云云）

“鸵鸟政策”的比喻似乎还是首次介绍到国语里来呢。

新年的故事

昨天家里来了些人到厨房里煮出些肉包子，糖馒头，和三大块风糖糕来；他们倒是好人哩！娘和姊姊嫂嫂裹得好粽子；娘只许我吃一个，嫂嫂又给我一个，叫我别告诉娘；我又跟姊要，姊姊说我再吃不得了——好笑，伊吃得，我吃不得！——后来郭妈妈偷给我一个，拿在手里给我看了，说替我收着，饿了好吃。

肉包子，糖馒头，风糖糕，我都吃了些，又趁娘他们不见，每样拿了几个，将袍子兜了，想藏在床里去；不想间壁一只狗跑来，尽向我身上闻，我又怕又急，只得紧紧抱着袍角儿跑；狗也跟着，我便叫起来。娘在厨房里骂我“又作死了”，又叫姊姊。一会大姊姊来了，将狗打走；夺开我的兜儿一看，说“你拿这些，还吃死了呢！”伊每样留下一个，别的都拿去了；伊收到自己床里去呢！晚间郭妈妈又和我要去一块风糖糕；我只吃了一个肉包子和糖馒头罢了。

今晚上家里桌子、椅子都披上红的、花的衫儿，好看呢！

到处点着红的蜡烛；他们磕起头来，我跟着磕了一会儿；爸爸、娘给他俩磕头，我也磕了。他们问我墙上挂着画的两个人儿是谁？我说“一个男人一个女人”。娘笑说，“这是祖爷爷和祖奶奶哩！”我想他们只有这样大的！——呀！桌子摆好了！我先爬上凳子跪得高高地，筷子紧紧捏在手里；他们也都坐拢来。李二拿了好些盘菜放在桌上，又端一碗东西放在盘子中间，热气腾腾地直冒；我赶紧拿着筷子先向了几向，才伸出去；菜还没有夹着，早见娘两只眼正看着我呢，伊鼻子眼里哼了一声，我只得赳赳地将筷子缩回来，放在嘴里咂着。姊姊望着我笑，用指头括着脸羞我；我别转脸来，咕嘟着嘴不睬伊。后来娘他们都动筷子了，他们一筷一筷地夹了许多菜给我；我不管好歹，眼里只顾看着面前的一只碗，嘴里不住地嚼着。嚼到后来，忽然不要嚼了；眼里看着，心里爱着，只是菜不知怎么，都不好吃了。我只得让它们剩在碗里，独自一个攀着桌子爬下来了。

娘房里，哥哥嫂嫂房里，姊姊房里都点着一对通红的大蜡烛；郭妈妈也将我们房里的点了，叫我去看。我要爬到桌上去看，郭妈妈不许，我便跳起来嚷着。伊大声叫道，“太太，你看，宝宝要玩蜡烛哩！”娘在伊房里说，“好儿子，别闹，你娘给好东西你吃！”伊果然拿着一盘茶果进来；又有一个红纸包儿，说是一块钱，给我“压岁”的，娘交给郭妈妈收着，说不许我瞎用。我只顾抓茶果吃，又在小箱子里拿出些我的泥宝宝来：这一个是小娘娘八月节买给我的，这一个是施伟仁送我的，这些是爸爸在上海买来的。我教他们都站在桌上，每人面前，放些茶果，叫他们吃——呀！他们怎么不吃！我看见娘放好几碗菜在画的人儿面前，给他们吃；我的宝宝们为什么不吃呢？呵！只怕我没有磕头罢，赶快磕头罢！

郭妈妈说话了；伊抱着我说，“明天过年了，多有趣呢！”粽子，包子，都听我吃。衣服，鞋子，帽子都穿新的——要“斯文”些。舅舅家的阿龙，阿虎，娘娘家的毛头，三宝都来，和我玩耍。伊说有许多地方耍把戏的，只要我们不闹，便带我们去。我忙答应说，“好妈妈，宝宝是不闹的，你带了他去罢！”伊点点头，我便放心了。伊又说要买些花炮给我家来放，伊说去年我也放过；好有趣哩！伊一头说，一头拍着我，我两个眼皮儿渐渐地合拢了。

我果然同着阿龙、阿虎他们在附近一个大操场上；我抱在郭妈妈怀里，看着耍猴把戏的。那猴儿一上一下爬着杆儿，我只笑着用手不住地指着叫“咦！咦！”忽然旁边有一个人说，“他看你呢！”我仔细一看，猴儿果然在看我，便吓得要哭；那人忽然笑了一个可怕的笑，说，“看着我罢！”我又安了心。忽然一声锣响，我回头一看，我已在一个不识的人的怀里了！我哭着，叫着，挣着；耳边忽然郭妈妈说，“宝宝怎么了，妈妈在这里。不怕的！”我才晓得还在郭妈妈怀里；只不知怎么便回来了？

太阳在地板上了，郭妈妈起来。我也揉着眼睛；开眼一看，桌上我的宝宝们都睡着了——他们也要睡觉呢。青梅呢？我的小青梅呢？宝宝顶顶喜欢的青梅呢？怎么没了？我哭了。郭妈妈忙跑来问什么事，我哭着全告诉了伊。伊在桌上找了一阵；在地板上太阳里找着一片核子，说被“绿尾巴”吃了。我忙说，“唔！宝宝怕！”将头躲在伊怀里；伊说，“不怕，日里他不来的，你只要不哭好了！”我要起来，伊叫我等着，拿衣服给我穿；伊拿了一件花棉袄，棉裤，一件红而亮的袍子，一件有毛的背心，是黑的，还有双花鞋，一个有许多金宝宝的风帽；伊帮我穿了衣和鞋，手里拿着风帽，说洗了脸才许戴呢。我真喜欢那个帽，赶忙地央着郭妈妈拿水来给我洗了脸，拍了粉，又用筷子给点胭脂在我眉毛里，和鼻子上，又给我戴了风帽；说今天会有人要我做小女婿呢。我欢天喜地跑到厨房里，赶着人叫“恭喜”——这是郭妈妈教我的。一会儿郭妈妈端了一碗白圆子和一个粽子给我吃了；叫我跟着伊到菩萨前，点起香烛磕头，又给爸爸娘他们磕头。郭妈妈说有事去，叫我好好玩，不要弄污了衣服，毛头、三宝就要来了。

好多时，毛头、三宝和小娘娘都来了。我和他们忙着办菜给我的泥宝宝吃；正拿着些点心果子，切呀剥的，郭妈妈走来，说带我们上街去。我们立刻丢下那些跟着伊走。街上门都关着；我们常买落花生的小店也关了。一处处有“斯奉斯奉昌……镗镗镗镗给”的声音。我问郭妈妈，伊说是打锣鼓呢。又看见一家门口一个人一只手拿着一挂红红白白的东西，一搭一搭的，那只手拿着一根“煤头”要烧；郭妈妈忙说，“放爆竹了。”叫我们站住，用手闭了耳朵，伊说“不要怕，有我呢”。我见那爆竹一个个地跳了开去，仿佛有些响，右手这一松，只听见“噼！

啪！”我一只耳朵几乎震聋了，赶紧地将它闭好，将身子紧紧挨着郭妈妈，一动也不敢动。爆竹只怕不放了，郭妈妈叫我们放下手，我只是指着不肯放；郭妈妈气着说，“你看这孩子！……”伊将我的手硬拖下来了。走了不远，有一个摊儿；我们近前一看，花花绿绿的，好东西多着呢！我央着郭妈妈买。伊给我买了一副黑眼镜，一个鬼脸，一个胡须，一把木刀，又给毛头买了一个胡须，给三宝买了一个胡须。我戴了眼镜，叫郭妈妈给我安了胡须；又趁三宝看着我，将伊手里的胡须夺了就跑，三宝哭了，毛头走来追我。我一个不留意，将右脚踏在水潭里，心里着急，想娘又要骂了。毛头已将胡须拿给三宝；他们和郭妈妈走来。伊说我一顿，我只有哭了；伊又抱起我说，“好宝宝，别哭，郭妈妈回来给你换一双，包不叫娘晓得；只下次再不许这样了。”我答应我们就回来了。

今晚是初五了。郭妈妈和我说，明天新衣服要脱下来，椅子桌子红的，花的衫儿也不许穿了，粽子，肉包子，糖馒头，风糖糕，只有明天一早好吃了；阿龙，阿虎他们都不来了；叫我安稳些，好等后天上学堂念书罢！他们真动手将桌子，椅子的衫儿脱下，墙上画的人儿也卷起了。我一毫不想玩耍，只睡在床上哭着。郭妈妈拿了一支快点完的红蜡烛，到床边问道，“你又怎么了？谁给气宝宝受；妈妈是不依的！”我说：“现在年不过了！”伊说：“痴孩子，为这个么！我是骗骗你的；明天我们正要到舅舅家过年去呢！起来罢，别哭了，”我听了伊的话，笑着坐起来，问道，“妈妈，是真的么？别哄你宝宝哩。”

奖券热

我一天走过荐桥街，无意中看见路旁三五步便有一爿奖券店；门口一色挂着许多红牌，不是写着“□奖志喜”，便是写着“□□□券明日开彩”，又有写着“新章双壹奖”的：我当时很是惊奇。后来走过别的街，也常常看见这种店——杭州想发财的朋友们大概很多罢！奖券便是以前的彩票。彩票原是一种赌博，买主也自认是偶然脚下的匍匐者；后来政府便因它是赌博，将它禁了。不料袁世凯做总统时，有人献了一条计，将彩票改了什么储蓄票，卖彩票的好处都归政府专有，却更落个提倡储蓄的名声：这真是个巧宗儿！老袁的得计不必说；却是谁都看得眼红了——只愁没个好名义借用。凑巧东也闹灾，西也闹灾，眼红的朋友们这可乐了！义赈券哪，什么正券哪，什么副券哪，便“风发云涌”了！他们现在又将“壹奖”“双”了起来，真是鼓吹不遗余力呢。却苦了一般清白的平民，白白送钱不必说，只那虚伪心理愈养愈深，偶然信仰愈过愈笃，便尽够造成怎样不幸的人生，怎样不幸的社会了！那些红眼黑心，敲骨吸髓的奖券发行者罪孽深重，该群起而攻，不用说；这一般清白的平民，我们又怎能坐视他们走入迷途不一援手呢！

别

他长久没有想到伊和八儿了；倘使想到累人的他们，怕只招些烦厌罢。

这一天，他母亲寄信给他，说家里光景不好，已叫人送伊和八儿来了。他吃了一惊，想：“可麻烦哩！”但这是不可免的；他只得等着。一直几天，他们没来，他不由有些焦躁——不屑的焦躁；那藏在烦厌中的期待的情开始摇撼他柔弱的心了。

晚上他接着伊父亲的信片，说他们明天准来。可是刮了一夜的北风，接着便是纷纷的大雪。他早起从楼上外望迷迷茫茫的，像一张洁白的绒毡儿将大地裹着；大地怕寒，使整个儿缩在毡里去了。天空静荡荡的，不见一只鸟儿，只有整千整万的雪花鹅毛片似的“白战”着。他呆呆的看，心里盘算，“只怕又来不成了哩！该诅咒的雪，你早不好落，迟不好落，偏选在今天落，不是故意欺负我，不给我做美么？但是信上说来，他们必晓得我在车站接，会叫我白跑么？——我若不去，岂不叫他们失望？……”

午饭后雪落得愈紧。他匆匆乘车上车站去。在没遮拦的月台上，足足吃够一点多钟的风，火车才来了。客人们纷纷地上下，小工们忙忙地搬运；一种低缓而嘈杂的声浪在稠密的空气中浮沉着。他立在月台上，目不转睛地看着每个走过他面前的人。走过的都走过了，哪里有伊和八儿的影儿？——连有些像的也无。他不信，走到月台那头去看，又到出口去看，确是没有——他想，他们一定搭下一班车来了。

一切都如前了，他，只有他——只在月台上徘徊。警察走过，盯了他一眼，他却不理会。车来时，他照样热心地去看每个下车的搭客，但他的努力显然又落了空。

晚上最后一班车来了，他们终于没有来。他恼了，没精打采地冲寒冒雪而回——一路上想，“再不接他们了，也别望他们了！”但到了屋里，便自回心转意：“这么大的雪，也难怪他们……得知几时晴哩？雪住了便可来了罢？落得小些也可动身了罢？”

两天匆匆过去，雪是一直没有止。那晚上他独自在房里坐，仆人走来说，有人送了一个女人和孩子来了。他诧异地听着。这于他确是意外——窗外的雪还在落呵。他下楼和他们相见，伊推着八儿说：“看——谁来了？”八儿回头道：“唔……爸爸。”他没有说话，只低低叫声：“跟我来罢。”

他们到楼上安顿了东西。伊说前天大雪，伊父亲怕八儿冻着，所以没有来；他教等天晴再走罢。但伊看了两天，天是一时不会晴的了，老等着，谁耐烦？所以决然动身。他听了，不开口。他们沉默了一会。那时他的朋友们都已晓得他的喜事——他住的一所房子原是公寓之类；楼上有好几个朋友们同住——哄着来看伊。他逐一介绍了，伊微低着头向他们鞠躬。他们坐了一会，彼此谈着，问了伊些话。伊只用简单的句子低低地、缓缓地答复。他想，伊大约怕“陌生”哩！这时他忽然感着一种隐藏的不安；那不安的情原从他母亲信里捎来，可是他到现在才明白地感觉到了——其实那时的屋里，所有的于谁都是“陌生”的，谁的生命流里不曾被丢了瓦砾，掀起不安的波浪呢？但丢给他俩的大些，波动自然也有力些，所以便分外感着了。于是他们坐坐无聊，都告辞了。他俩显然觉得有些异样。这个异样，教他俩不能即时联合——他们不曾说话；电灯的光确和往日不同，光里一切，自然也都变化。在他俩眼里，包围着他们的，都是偶力的漩涡：坐的椅子，面前的桌子，桌上的墨水瓶，瓶里墨水的每一滴，像都由那些漩涡支持着；漩涡呢，启然是不安和欢乐的交流了。

电灯灭了，一切都寂静，他们也自睡下。渐渐有些唧唧哝哝的声音——半夜的话终于将那不安“消毒”了，欢乐弥漫着他俩间，他俩便这般联合了，和他们最近分别前的一秒时一样。

第二天，他们雇定一个女仆。第三天清早便打发那送的人回去。简陋而甜蜜的家，这样在那松铺着的沙上筑起来了。他照常教他的书，伊愿意给他烧饭，伊不喜欢吃公寓里的饭，也不欢喜他吃。他俩商量的结果，只有由伊自己在房里烧了。但伊并未做惯这事，孩子又只磨着伊，新地方市场的情形，伊也不熟悉。所以几天过后，便自懊恼着；但为他的缘故，终于耐着心，习惯自然了。他有时也嫌房里充满厨灶的空气，又不耐听孩子惫赖的声音，教他不能读书，便着了急，只绕着桌子打旋。但走过几转，看看正在工作的伊，也只好叹口气，谅解伊了。有时他俩却也会因这些事反目。可是照例不能坚持——不是伊，便是他，忍不住先道歉了，那一个就也笑笑。他俩这样爱着过活——虽不十分自然——转眼已是一年些了。

但是有一件可厌的，而不可避的事，伊一个月后便要生产。他俩从不曾仔细想过这个，现在却都愁着。公寓不用说是不便的。他母亲信上说："可以入医院，有我来照料"；父亲却宁愿伊和八儿回家。他晓得母亲是爱游逛，爱买东西的，来去又要人送——所费必不得少。倘伊家也有人来监产——一定会有的——那可怎么办呢？非百元不可了！其实家里若能来一女仆，和八儿亲热的，领领他，伊便也可安然到医院去。但他怎好和母亲说，不要伊来呢？又怎好禁止岳家的人呢？他不得不想到怎样急切地凑着一百元了。可以想到的都已想到，最后——最后了，他的心只能战战地答道："否！"——于是一切都完了，他郑重地告诉伊："现在只有回去了！"为一百元的缘故，他俩不得不暂时贱卖那爱的生活了。

伊忽然一噤，像被针刺了那样，掩着面坐下哭了。八儿正在玩耍，回头看见，忙跑近伊，摇着伊膝头，恳求似地望着伊说："娘，不淌眼泪！"伊毫不理会。孩子脸一苦，哭嚷道："看不见娘，看不见娘了！"——他呢，却蒙腾腾的，只想搜出些有力的话安慰伊。话倒有，可不知说那一句好？便呆呆地看在伊的手捂着的，和八儿泪洗着的脸上。半晌，才嗫嚅着挣出三个字道：“别哭罢！”以下可再说不上来了！正窘着，恰好想到一件事，就撇开了伊们，寻出纸笔，写信给家里，叫那回送伊来的再接伊去。写好，走出交女仆去发。伊早住了哭痴痴地想，八儿倚着伊不作声。他悄走近前，拍伊肩头一下。伊大吃一吓，看了看是他，微笑说，“刚才真无谓哩！”

第三晚上，孩子睡下了，接的人走进房里，伊像触着闪电似的，一缕酸意立时沦浃了周身的纤维。伊的眼一眨，撑不住要哭了，赶快别过脸去，竭力忍住，小声儿抽咽着。半晌，才好了。他问那人的话，伊只仔仔细细端详着。那人喉的一发声，头的一转动，都能增加伊思想的力量，教伊能够明明白白记起一直以前的事：婆婆怎样怂恿伊走；伊怎样忙着整装，怎样由那人伴上轮船、火车，八儿怎样淘气；伊怎样见着父亲，最后——怎样见了他……伊寻着已失的锁钥，打开尘封着的记忆的箱，满眼都流着快乐呵！伊的确忘记了现在，直到他问完话，那人走出去了。于是伊凝一凝神，回复了伊现在的伊；现在便拶着伊的泪囊，伊可再禁不住，只好听它横流了！他也只躺在床上，不敢起来，全不能安慰伊，等到晓得伊确已不哭了，才拿了那半湿的手帕，走过去给伊揩剩在脸上的泪。又悄悄地说：“后天走罢，明天街上买点东西带着……”伊叹口气，含着泪微微地点头。那时接的人已经鼾睡，他俩也只有睡下。

第二天他们有说有笑的，和平常一样。但他要伊同出去时，伊却回说，“心里不好，不去了。”他晚上回来，伊早将行李整理好，孩子也已睡了。伊教他看了行李，指点着和他说：“你的东西，我也给你收拾了。皮袍在大箱里，天气热起来也可叫听差拿去晒晒，别让它霉了——霉了就可惜了。小衫裤和袜子、帕儿，都在小提箱里。剪刀、线板，也放在里面。那边抽屉里还剩下些猪油和盐。我给你买了十个鸡蛋，放在这罐里，你饿时自在煤油炉上炖炖吃罢。今天饭菜吃不了：也拿来放在抽屉里，你明天好独自吃两餐安稳饭——孩子在这里，到底吵着你——后天再和他们一桌吃不迟……”伊声音有些岔了，他也听得呆了，竟不知身子在那里。他的泪不和他商议，热滚滚直滴下来了。他赶紧趁伊不见，掏出帕儿揩干。伊可也再说不出什么，只坐在一旁出神。他叫送的人进来，将伊的帐子卸下。铺盖卷了，便省得明早忙了。于是伊仅剩的安慰从伊心里榨出，伊觉得两手都空着了。四面光景逼迫着伊，叫伊拿什么抵御呢？伊只得由自己躺下，被蒙在伊流泪如水的脸上。那时他眼见伊睡了一年多的床渐渐异样了，只微微微微地嘘气，像要将他血里所有愁的种子借着肺力一粒粒地呼出一般。床是空了，他忽然诧异地看着，一年前空着的床为甚支了帐子、放了铺盖呢？支了、放了，又为甚卸了、卷了呢？这确有些奇怪。他踌躇了一会——忽然想起来了，“伊呢？”伊已是泪人儿了，他可怎么办呢？他亲亲切切地安慰伊些话，但是毫不着力，而且全不自然，他终于彷徨无措呜呜咽咽哭了。伊却又给他揩眼泪，带着鼻音说：“我心里像被凌迟一般！”一会又抽咽着说：“我走后，你别伤心！晚上早些睡，躺下总得自己将被盖上——着了凉谁问你呢?”……他一面拭泪，一面听着，可是不甚明白伊的意思，只觉他的心弦和伊的声带合奏着不可辨认的微妙的悲调，神经也便律动着罢了。那时睡神可怜他们，渐渐引诱他们入梦。但伊这瞬间的心是世界上最不容易被诱惑的东西之一，所以不久便又从梦中哭醒；他也惊觉了。大黑暗微睁开惺忪的两眼，告诉朝阳便将到来了。

他们躺了一会，起来，孩子也醒了，天光已是大亮。他叫起那接的人。大家胡乱洗了脸。他俩不想吃什么，只拿些点心给八儿和那人吃了。那人出去雇好车子。他们叫女仆来，算清工钱，打发伊走路。车夫将伊的行李搬完，他俩便锁门下去。女仆抱着八儿送到门口，将他递给车上的伊。他忽然不肯，倾着身大张开两臂，哭着喊着要女仆抱：“家家！……家家!”伊脸上不由也流露寂寞的颜色。他母亲只得狠狠心轻拍了他两下，硬抱过去，车子便拉动了。他看见街上的热闹光景，高高兴兴指点着，全忘记刚才的悲哀。他们到了车站，黑压压满都是人，哄哄的声音搅浑了脑子。他让伊和八儿在一张靠椅上坐下，教接的人去买车票，写行李票。他便一面看着行李，一面盼着票子，这样迫切地盼着，旅客们信步的踯躅，惶急的问讯，在他都模模糊糊的无甚意义了。但这些却全看在伊的眼、听在伊的耳、塞在伊的脑里，伊再没有自由思想的余地，伊的身子好像浮着在云雾里一般。那时接的人已在行李房门前垫着脚，伸着头，向里张着；房里满挤着人，房外乱摊着箱、篮、铺盖之类。

大家都抢着将自己的东西从人缝里往里塞；塞时人们的行列微微屈曲，塞了便又依然。他这时走过去，帮接的人将伊的行李好容易也抬到房里，写了票子，才放了心。他们便都走到月台上候车，八儿已经睡着，伊痴着眼不说话。他只盘旋着，时时探着头，看轨道尽处，火车来了没有？——呜呜……来了！人们波一般暂时退下，静着，倾斜了身子，预备上去。眩人眼的列车懒懒地停住，乘客如潮地涌上。他抱了八儿，一手遮着伊，挣扎了几次，才上了车。匆忙里找了一个坐位，让伊歇下。伊抱过八儿；他上车时哼了哼，便又睡着了。接的人也走来。他嘱咐他些话。伊说："你去罢。"他说等一会不要紧，可也只能立着说不出话。但是警笛响了，再不能延挨！伊默默地将八儿抱近他，他噙泪低头在他红着的小颊上轻轻地亲了一下。用力睁着眼，沙声说："我去了！"便头也不回下车匆匆走了！伊从窗里望着，直到眼里没有一些他的影子，才发见两行热泪早已流在伊的脸上了。伊掏出帕儿揩干。火车已经开动，微风从伊最后见他的窗里吹来，伊像做梦一般……

他回来紧闭了门，躺在床上空想；他坐不住，所以躺了。他细味他俩最近的几页可爱的历史。想一节伤一回心；但他宁愿这样甜蜜的伤心。他又想起伊怎样无微不至地爱他，他痛苦时伊又怎样安慰他。但他怎样待伊呢？他不曾容忍过伊仅有的、微细的谴谪，他常用语言压迫伊，伊的心受了伤，便因此哭了！他是怎样"酷虐"！他该怎样对伊抱歉呵！但伊是去了，他将向谁忏悔呢？他所曾施的压迫将转而压迫他自己罢！

他似乎全被伊占领了，那晚没有吃饭。电灯快灭时，他懒懒地起来，脱了衣服，便重又睡下。他忽然觉着，屋里是太沉默了！被儿、褥儿、枕儿、帐儿，都板板向他，也这样彼此向着。寒心的沉默严霜似的裹着他的周围。“虚幻的，朋友们，你们曾有的，伊和我同在时，你们曾有的，狂醉，在哪里了呢?”这或者——或者和他自己，都给伊带去了么？但是屋里始终如死地沉默着。

唉！累人想到的伊呵！

憎

我生平怕看见干笑，听见敷衍的话；更怕冰搁着的脸和冷淡的言词，看了，听了，心里便会发抖。至于惨酷的佯笑，强烈的揶揄，那简直要我全身都痉挛般掣动了。在一般看惯、听惯、老于世故的前辈们，这些原都是“家常便饭”，很用不着大惊小怪地去张扬；但如我这样一个阅历未深的人，神经自然容易激动些，又痴心渴望着爱与和平，所以便不免有些变态。平常人可以随随便便过去的，我不幸竟是不能；因此增加了好些苦恼，减却了好些“生力”——这真所谓“自作孽”了！

前月我走过北火车站附近。马路上横躺着一个人：微侧着拳曲的身子。脸被一破芦苇遮了，不曾看见；穿着黑布夹袄，垢腻的淡青的衬里，从一处处不规则地显露，白斜纹的单裤，受了尘秽的沾染，早已变成灰色；双足是赤着，脚底满涂着泥土，脚面满积着尘垢，皮上却绉着网一般的细纹，映在太阳里，闪闪有光。这显然是一个劳动者的尸体了。一个不相干的人死了，原是极平凡的事；况是一个不相干又不相干的劳动者呢？

所以围着看的虽有十余人，却都好奇地睁着眼，脸上的筋肉也都冷静而弛缓。我给周遭的冷淡噤住了；但因为我的老脾气，终于茫漠地想着：他的一生是完了；但于他曾有什么价值呢？他的死，自然，不自然呢？上海像他这样人，知道有多少？像他这样死的，知道一日里又有多少？再推到全世界呢？……这不免引起我对于人类运命的一种杞忧了！但是思想忽然转向，何以那些看闲的，于这一个同伴的死如此冷淡呢？倘然死的是他们的兄弟，朋友，或相识者，他们将必哀哭切齿，至少也必惊惶；这个不识者，在他们却是无关得失的，所以便漠然了？但是，果然无关得失么？"叫天子一声叫"，尚能"撕去我一缕神经"，一个同伴悲惨的死，果然无关得失么？一人生在世，倘只有极少极少的所谓得失相关者顾念着，岂不是太孤寂又太狭隘了么？狭隘，孤寂的人间，哪里有善良的生活！唉！我不愿再往下想了！

这便是遍满现世间的"漠视"了。我有一个中学同班的同学。他在高等学校毕了业；今年恰巧和我同事。我们有四五年不见面，不通信了；相见时我很高兴，滔滔汩汩地向他说知别后的情形；称呼他的号，和在中学时一样。他只支持着同样的微笑听着。听完了，仍旧支持那微笑，只用极简单的话说明他中学毕业后的事，又称了我几声"先生"。我起初不曾留意，陡然发见那干涸的微笑，心里先有些怯了；接着便是那机器榨出来的几句话和"敬而远之"的一声声的"先生"，我全身都不自在起来；热烈的想望早冰结在心坎里！可是到底鼓勇说了这一句话："请不要这样称呼罢；我们是同班的同学哩!"他却笑着不理会，只含糊应了一回；另一个"先生"早又从他嘴里送出了！我再不能开口，只蜷缩在椅子里，眼望着他。他觉得有些奇怪，起身，鞠躬，告辞。我点了头，让他走了。这时羞愧充满在我心里；世界上有什么东西在我身上，使人弃我如敝屣呢?

约莫两星期前，我从大马路搭电车到车站。半路上上来一个魁梧奇伟的华捕。他背着手直挺挺的靠在电车中间的转动机(?)上。穿着青布制服，戴着红缨凉帽，蓝的绑腿，黑的厚重的皮鞋：这都和他别的同伴一样。另有他的一张粗黑的盾形的脸，在那脸上表现出他自己的特色。在那脸，嘴上是抿了，两眼直看着前面，筋肉像浓霜后的大地一般冷重；一切有这样地严肃，我几乎疑惑那是黑的石像哩！从他上车，我端详了好久，总不见那脸上有一丝的颤动；我忽然感到一种压迫的感觉，仿佛有人用一条厚棉被连头夹脑紧紧地捆了我一般，呼吸便渐渐地低迫促了。那时电车停了；再开的时候，从车后匆匆跑来一个贫妇。伊有褴褛的古旧的浑沌色的竹布长褂和裤；跑时只是用两只小脚向前挣扎，蓬蓬的黄发纵横地飘拂着；瘦黑多皱襞的脸上，闪烁着两个热望的眼珠，嘴唇不住地开合——自然是喘息了。伊大概有紧要的事，想搭乘电车。来得慢了，捏捉着车上的铁柱。早又被它从伊手里滑去；于是伊只有踉踉跄跄退下了！这时那位华捕忽然出我意外，赫然地笑了；他看着拙笨的伊，叫道："哦——呵!"他颊上，眼旁，霜浓的筋肉都开始显出匀称的皱纹；两眼细而润泽，不似先前的枯燥；嘴是咧开了，露出两个灿灿的金牙和一色洁白的大齿；他身体的姿势似乎也因此变动了些。他的笑虽然暂时地将我从冷漠里解放；但一刹那间，空虚之感又使我几乎要被身份的大气压扁！因为从那笑的貌和声里，我锋利地感着一切的骄傲，狡猾，侮辱，残忍；只要有“爱的心”“和平的光芒”的，谁的全部神经能不被痉挛般掣动着呢？

这便是遍满现世间的“蔑视”了。我今年春间，不自量力，去任某校教务主任。同事们多是我的熟人，但我于他们，却几乎是个完全的生人；我遍尝漠视和膜视的滋味，感到莫名的孤寂！那时第一难事是拟订日课表。因了师生们关系的复杂，校长交来三十余条件；经验缺乏、脑筋简单的我，真是无所措手足！挣揣了五六天工夫，好容易勉强凑成了。却有一位在别校兼课的，资望深重的先生，因为有几天午后的第一课和别校午前的第四课衔接，两校相距太远，又要回家吃饭，有些赶不及，便大不满意。他这兼课情形，我本不知，校长先生的条件里，也未开入；课表中不能顾到，似乎也“情有可原”。但这位先生向来是面若冰霜，气如虹盛；他的字典里大约是没有“恕”字的，于是挑战的信来了，说什么“既难枵腹，又无汽车；如何设法，还希见告”！我当时受了这意外的，滥发的，冷酷的讽刺，极为难受；正是满肚皮冤枉，没申诉处，我并未曾有一些开罪于他，他却为何待我如仇敌呢？我便写一信复他，自己略略辩解；对于他的态度，表示十分的遗憾：我说若以他的失当的谴责，便该不理这事，可是因为向学校的责任，我终于给他设法了。他接信后，“上诉”于校长先生。校长先生请我去和他对质。狡黠的复仇的微笑在他脸上，正和有毒的菌类显着光怪陆离的彩色一般。他极力说得慢些，说的些：“为什么说‘便该不理’呢？课表岂是‘钦定’的么？——若说态度，该怎样啊！许要用‘请愿’罢？”这里每一个字便像一把利剑，缓缓地，但是深深地，刺入我心里！——他完全胜利，脸上换了愉快的微笑，侮蔑地看着默了的我，我不能再支持，立刻辞了职回去。

这便是遍满现世间的“敌视”了。

笑的历史

你问我现在为什么不爱笑了，我现在怎样笑得起来呢？

我幼小时候是很会笑的。娘说我很早就会笑了。她说不论有人引逗，无人引逗，我总常要笑的。她只有我一个女儿，很宠爱我，最喜欢看我笑；她说笑像一朵小白花，开在我的脸上；看了真是受用。她甚至只听了我的咯咯的笑声，也就受用了。她生性怕雷电。但只要我笑了，她便不怕了。她有时受了爸爸的委屈，气得哭了。我笑了，她却就罢了。她在担心着缺柴米的日子，她真急得要寻死了。但她说看了我的笑，又怎样忍心死呢？那些时我每笑总必前仰后合的，好一会才得止住。娘说我是有福的孩子，便因为我笑得容易而且长久。但是，但是爸爸的意见如何呢？你该要问了。他自然不能和母亲一样，然而无论如何，也有些儿和她同好的。不然，她每回和他拌嘴以后，为什么总叫我去和他说笑，使他消消气呢？还有，小五那日在厨房里哗啷啷打碎两只红花碗的时候，她忙忙的叫郭妈妈带我到爸爸面前说笑。她说，“小姐在那里，我就可以不挨骂了。”

这又为什么呢？那时我家好像严寒的冬天，我便像一个太阳。所以虽是十分艰窘，大家还能够快快活活的过日子。这样直到十三岁。那年上，娘可怜，死了！郭妈妈却来管家了！我常常想起娘在的时候，暗中难过；便不像往日起劲的笑了。又过了三四年，她们告诉我，姑娘人家要斯文些，笑是没规矩的。小户人家的女儿才到处哈哈哈哈的笑呢！我晓得了这番道理，不由的又要小心，因此忍了许多笑。可是忍不住的时候，究竟有的；那时我便不免前仰后合的大笑一番。她们说这是改不掉的老毛病了！我初到你家，你们不也说我爱笑么？那正是“老毛病”了。

初到你家的时候，满眼都是生人！便是你，也是个生人！我孤鬼似的，只有陪房的小王、老王，是我的人。我时时觉得害怕，怕说错了话，行错了事。他们也再三教我留意。这颗心总是不安的，哪里还会像在家时那样笑呢？便是有时和他们两个微笑着，听见人声，也就得马上放下面孔，做出庄重的样子——因为这原是偷着笑的。那时真是气闷死了。我一个爱说爱笑的人，怎禁得住这样拘束呢？更教我要命的，回门那一天，我原想家里去舒散舒散的；哪知道他们都将我作客人看待，毫不和我玩笑。我自己到家里，也觉得不好意思似的，没有从前那样自在！——这都因为你的缘故吧？我想你家里既都是些生人，我家里的，也都变了些生人，似乎再没有和我亲热的！——便更觉是孤鬼了！幸而七八天后，你家人渐渐有些熟了，不必仔细提防了，不然，真要闷死呢！在家天天要笑的，倒也不觉得怎样快乐。可是这七八天里不曾大笑一回，再想从前，便觉得十分有滋味！这以后，我渐渐的忍不住了，我的老毛病发作了，你们便常常听见我的笑了。不上一个月，你家里和孙家、张家，都知道我爱笑了；我竟在笑上出了名了。我自己是不觉得，我真比别人会笑些么？我的笑真和别人不同么？可是你家究竟不是我家，满了月之后，我的笑就有人很不高兴了。第一便是你！那天大家偶然谈起筷子。你问："在哪里买？"我觉得奇怪，故意反问你："你说在哪里买？"你想了想，说："在南货店里。"大家都笑了，我更大笑不止！你那时大概很难为情，只板着脸咕嘟着嘴不响。好久，才冷冷的向我说："笑完了罢？"等到了房里，你却又说："真的，我劝你少笑些好不好？有什么叫你这样好笑呢？而且笑也何必这样惊天动地呢？"——这些话你总该还记得；我不冤枉你罢？——这是我第一回受人的言语；爸爸和娘一口大气也不曾呵过我的。那时我颇不舒服，但却不愿多说什么；只冷笑了一声，低低的说："你管我呢？"说完，我就走出去了。那句话却不知你听见了没有？但我到底还是孩子气，过了一两日，又常常的笑了。有一回，却又恼了姨娘；也在大家谈话的时候。她大概疑惑我有心笑她，所以狠狠的瞪了我一眼。其实我的笑是随便不过的，哪里会用心呢？我只顾笑得快活，哪里知道别人的难为情呢？我在她瞪眼的时候，心里真是悔恨不迭；想起前回因笑恼了你，今天怎么又忍不住了呢！我立时便收了笑容，痴痴的坐着。大家都诧异说："怎么忽然不响了？"我低头微笑，答不出什么。过了一会，便赳赳的起来走了。走到房里，听见姨娘说：“少奶奶太爱笑，也不大好；教人家说太太没规矩似的！我们要劝劝她才好。”这自然是对婆婆说的！我听了，更觉不安了！第二天，婆婆到我房里闲谈，渐渐说起我的笑。她说：“也难怪你，你娘死得早，爸爸又不管事，便让你没规没矩的了。但出了门和在家做姑娘时不同，你得学做人，懂得做人的道理，不能再小孩子似的。你在我家，我将你和自己女儿一般看待；所以我特地指点你——以后要忍住些笑；就是笑，也要文气些，而且还要看人！你说我的话是么?”婆婆那时说得很和气，一点没有严厉的样子；比你那冷言冷语好得多了。我自然是很感激的。我说：“婆婆说的都是好话，我也晓得的。只因为在家笑惯了，所以不容易改。以后自然要留意的。”那几日里，用人们也常在厨房里议论我的笑；这真教我难为情的！我想笑原来不是一件好东西！——不，不，小孩子的笑是好的，大人的笑是不好的。但你在客厅里和你那些朋友常常哈哈哈哈的笑，他们也不曾议论你！——晓得了！男人笑是不妨的，女人笑是没规矩的。我经过两回劝诫，不能不提防着了，我的笑便渐渐的少了。他们都说我才有些成人气了。但我心里老不明白，女人的笑为什么这样不行呢?

满月后二十天，那是阴历正月十二，你动身到北京上学去了。我送你到门口，但并没有什么难过。你也很平常的，头也不回走了。那天我虽觉有些和往日不同，却也颇轻微的。第二天便照常快活了。那时公公正在榷运局差事上，家里钱是不缺的；大家都欢欢喜喜的过着。婆婆们因为我是新娘，待我还算客气的。虽然也有时劝诫我，有时向我发怒，有时向我冷笑，但总不常有的。我呢，究竟还是孩子，也不长久记着这些事。所以虽没有在家里自在，我也算是无忧无虑的过着了。这些日子，我还是常常要笑的，只不大像从前那样前仰后合，那样长久罢了。他们还是说我爱笑的。但婆婆劝过我两回，我到底不曾都改了；他们见惯不惊，也就只好由我了。所以我的笑说不自由，却也自由的。到暑假时，你回来了，住了五十天。你又走了，这一回的走可不同了。你还记得吧？——那夜里我哭了一点多钟，你后来也陪我哭。我们哭得眼睛都红了；你不是还怕他们笑么？走的时候，我不敢送你，并且也不敢看你；因为怕忍不住眼泪，更要让他们笑了！但是到底忍不住！你才走，我便溜到房里哭了。四弟、五妹都来偷看我，我也顾不得了。自从娘死后，我不曾哭过，因为我是爱笑不爱哭的。在你家里，这要算第一回了。从那日起，我常觉失掉一件什么东西似的，心里老是不安了。我这才尝着别离的滋味了！你们男人家在外面有三朋四友的说笑，又有许多游散的地方，想家的心自然渐渐的会淡下去。我们终日在家里闷着：碰来碰去，是这些人；转来转去，是这些地方！没得打岔儿的，教我怎不想呢？越想便越想了，真真有些痴了。这一来我的笑可不容易了。好笑的事情，都觉淡淡的味儿，仿佛酒里掺了水——我的笑的兴致也是这样。况且做了一年的媳妇，规矩晓得的多了，渐渐的脱了孩子气了；我也自然的不像从前爱笑了。这些时候笑是很文气了。微笑多了，大笑少了。他们都说老毛病居然改掉了。

第二年冬天，公公从差事上交卸了，亏空好几百元——是五百元罢？凑巧祖婆婆又死了；真是祸不单行！公公教婆婆和姨娘将金银首饰都拿出来兑钱去。我看她们委委屈屈的将首饰匣交给公公，心里好凄惨的！首饰兑了回来，又当了一件狐皮袍，才凑足了亏空的数目，寄到省里去了。第二天，婆婆便和公公大吵一回。为何起因，我已忘记——你记得么？——只知道实在是为首饰的缘故罢了。那一次吵得真是利害！我到你家还是第一次看见呢。我觉得害怕，并且觉得这是一个恶兆；因为家里的光景真是大不同了！那回丧事是借的钱办的。在丧事里，我只哭了两回；要真伤心，我才会哭，我不会像她们那样哼哼儿。我的伤心，一半因为祖婆婆待我好，一半也愁着以后家里怎样过日子！我晓得愁，也是从前没有的；年纪大了，到底不同了。丧事过后，家里日用，分文没有；便只得或当或借的支持着。这也像严寒的冬天了。而且你家的人还要怄气。只说婆婆那样嫌着公公，说他只一味浪用，不知攒几个钱儿！又和姨娘吵闹，说她只晓得巴结公公，讨他的好！这样情形，还能和和气气的过日子么？我也常给他们解劝，但毫没有用的。这样过了一年多，我眼看着这乱糟糟的家，一天天的衰败下去，不由得不时时担心。婆婆发脾气的时候，又喜欢东拉西扯的牵连着别人。我更加要留意。你又在北京，连一个诉说的人也没有！我心里怎样不郁郁的呢？我的心本来是最宽的；到你家后便渐渐的窄了；仿佛有一块石头压着似的。你说北京有甜井、苦井，我从前的心是甜的，后来便是苦的。那些日子，真没有什么叫我笑了，我连微笑也少了。有一天我回到家里，爸和娘娘他们说："小招真可怜！从前那样爱笑的，现在脸上简直不大看见笑了！"那时我家人待我的情形也渐渐不同了，这叫我最难过的！——谁想自家人也会势利呢？我起初还不觉得；等到他们很冷淡了，我方才明白。你看我这个人糊涂不糊涂？——娘娘他们不用说，便是郭妈妈和小五等人，也有些看不起我似的。只除了爸爸一个人！他们都晓得我们家穷了，所以如此。其实我们穷我们的，与他们何干呢！本来还家去和他们说说笑笑，还可以散散心的。这一来，我还家去做什么呢？这样又过了半年。这一年半里，公公虽曾有过两回短差事，但剩不了钱，也是无用的。好差事又图谋不到！家里便一天亏似一天了！起初人家不知就里，还愿意借钱给我们。后来见公公长久无好差事，家里连利钱也不能够按期付了，大家便都不肯借了；而且都来讨利钱、讨本钱了。他们来的时候，神气了不得！你得先听他讨厌的话，再去用好话敷衍他。敷衍得好的，便快快的走了；不好的，便狠狠的发话一场。你那时不在家，我们就成天过这种日子！你想这是人过的日子么？你想我还有一毫快乐的心思么？你想我眼泪直向肚里滚，还有心肠笑么？好容易到了七月里，你毕业了，而且在上海有了事了。那时大家欢喜，我更不用说了——娘娘他们都说我从此可以出头了！我暗中着实快活了好几日，不由的笑了好几回——我本想忍住的，但是忍不住，只好让他们去说吧。这样的光景，谁知道后来的情形却全然相反呢？

自从公公那回交卸以后，家里各人的样子，便大不同了。我刚才不是和你说过么？婆婆已经不像从前客气。她不知听了谁的话，总防着我爬到她头上去。所以常常和我讲究做媳妇的规矩，又一心一意的要向我摆出婆婆的架子。更加家境不好，她成天的没好心思，便要寻是生非的发脾气。碰着谁就是谁。我这下辈人，又是外姓人，自然更倒霉了！她那时常要挑剔我。她虽不明明的骂我，但摆着冷脸子给你看，冷言冷语的讥嘲你，又背地里和用人们议论你，就尽够你受了！姨娘呢，虽不曾和我怎样，但暗中挑拨着婆婆，也甚是利害！你想，我怎能不郁郁的！——只有公公还好，算不曾变了样子。我刚才不说过那时简直不大会笑么？你想，愁都愁不过来，又怎样会笑呢？况且到了后来，便是要笑也不敢了，记得有一回，不知谁说了什么，引得我开口大笑。这其实是偶然又偶然的事。但婆婆却发话了。她说，“少奶奶真爱笑！家里到这地步，怎么一点不晓得愁呢！怎么还能这样嘻嘻哈哈呢！”她的神气严厉极了，叫我害怕，更叫我难堪！——当着众人面前，受这样的责备，真是我平生第一回！我还有什么脸面呢？我气得发抖，只有回房去暗哭！你想，从此以后，我还敢笑么？我还去自讨没趣么？况且家里又是这个样子！一直等到你上海有事的时候，我才高兴起来，才又笑了几回。但是后来更不敢笑了！为什么呢？你有了事以后，虽统共只拿了七十块钱一月，他们却指望你很大。他们恨不得你将这七十块钱全给家里！你自然不能够。你虽然曾寄给他们一半的钱。他们哪里会满意！况你的寄钱，又没有定期，家里等着用，又是焦急！婆婆便只向我啰唆，说你怎样不懂事，怎样不顾家，怎样只管自己用。她又说："'养儿防老，积谷防饥。'他想不问吗，怎能够哩！"她说这些话，虽不曾怪我，但她既不高兴你，自然更不高兴我了！从前她对我虽然也存着心眼儿，但却不恨我，所以还容易相处。现在她似乎渐渐有些恨我了！这全是因为你！她恨我，更要挑剔我了。我就更难了！家里是这样艰窘，你又终年在外面，婆婆又有心和我作对。这真真逼死我了！哪知后来还要不行！前年暑假你回来了，身边只剩两个角子。婆婆第一个不高兴。她不是尽着问你钱到哪里去了么？你在家三天，她便唠叨了三天。你本来不响的，后来大约忍不住了，也说了几句。她却和你大吵！第二天，你赌气走了，——我何尝不劝你，但怎么劝得住呢？午饭的时候，他们才问起你。我只好直说。婆婆听了，立刻变脸大骂，又硬说是我挑唆你的！她饭不吃了，跳到厨房里向用人们数说。接着又和左右邻舍说了一回。晚上公公回来，她一五一十告诉他。她说："这总是少奶奶的鬼！我们家真晦气，媳妇也娶不到一个好的！自从她进门，你就不曾有过好差事，家境是一天坏似一天！现在又给大金出主意，想教他不寄钱回家；又挑唆他和我吵，使你们一家不和，真真八败命！"——她在对面房里，故意的高声说，教我听得清楚。——后来公公接着道："不寄钱？——哼！他敢！让我写信问他去。我不能给他白养活女人、孩子！——现在才晓得，少奶奶真不是东西！"……以后声音渐低，我也再不能听下去了！那天我不曾吃饭。我又是害怕，又是寒心！我和他们仿佛是敌国了，但是我只有一个人！知道他们怎样来呢？我在床上哭了半夜，只恨自己命苦！从第二天起，我处处提防着。果然第四天的下午，公公便指着一件不相干的事，向我大发脾气。他骂我："不要发昏!"这是四年来不曾有过的！他的骂比婆婆那回更是凶恶。但是我，除了忍受，有什么法子呢？我那晚又哭了半夜。现在是哭比笑多了。世间婆婆骂媳妇是常事；公公骂，却是你家特别的！你看你家的媳妇可是人做的！从那回起，我竟变了罪人！婆婆的明讥暗讽，不用说了。姨娘看见公公不高兴我，本来只是暗中弄松我的，现在却明明的来挑拨我了！四弟、五妹也常说我的坏话了！婆婆和姨娘向我发话的时候，他们也要帮衬几句了！用人们也呼唤不灵了！总之，"墙倒众人推"了。那时候，他们的眼睛都看着我，他们的耳朵都听着我，谁都要在我身上找出些错处，嘲弄一番。你想我怎样当得住呢？我的脸色、话语、举动，几乎都不中他们的意，几乎都要受他们的挑剔——真成了"眼中钉"了！我成日躲在房里，不敢出来。出来时也不敢多说，不敢多动，只如泥塑木雕的一般！这时哪里还想到笑？笑早已到爪哇国里去了。连影子也不见了！本来我到家里住住，也可暂避一时。凑巧那年春天，爸爸过生日，郭妈妈要穿红裙，和他大闹。我帮着爸爸，骂了她一顿。她从此恨我切骨！本就不甚看得起我，这一来，索性不理睬我了！我因此就不能常回去了！到这时候，更不愿回去仰面求她，给她嗤笑了！我真是走投无路。要不是为了你和孩子，我早已死了。那时我差不多每夜要哭，仿佛从前要笑一样。思前想后，十分难过，觉得那样的活着，还是死了的好。等到后来你来信答应照常寄钱，这才稍微好些。但也只是“稍微”好些罢了，和从前总不相同了！直到现在，都是如此。

自从大前年生了狗儿，去年又生了玉儿。这两个孩子可也真累坏了我！你看我初到你家时是怎样壮的，现在怎么样了？人也老了，身子瘦得像一只螳螂——尽是皮包着骨头！多劳碌了，就会头晕眼花；哪里还像二十几岁的人？这一半也因为心境不好，一半也实在是给孩子们磨折的！我从前身体虽然不好，哪里像现在呢？我自己很晓得，我是一日不如一日了，将来一定活不长的！——你不信么？以后总会看见的。说起来我的命只怕真不好！不然，公公在榷运局老不交卸，家里总可以雇两个奶娘。我又何至吃这样的辛苦呢？呀！领孩子的辛苦，真是你们想不到的！我又比别人格外辛苦，所以更伤人！记得狗儿生的时候，我没有满月，就起来帮他们做事，一面还要领孩子。才生的孩子，最难照管。穿衣服怕折了胳膊，盖被又怕捂死了他。我是第一胎，更得提心吊胆的。那时日里夜里，总是悬悬不安！吃饭是匆匆的，睡觉也只管惊醒！婆婆们虽也欢喜狗儿，但却不大能领他。一天到晚，孩子总是在我手里的多！还得给家里做事，所以便很累了。那时我这个人六神无主，失张失智的。没有从前唧溜，也没有从前勤快了。婆婆常常向我唠叨，说我没规矩，一半也因为此。等到孩子大起来了，哭呀，吵呀，总是有的。你们却又讨厌了，说孩子不乖巧，又说我太宠他了！

还要打他。我拦住了，你便向我生气。其实这一点大的孩子，晓得什么？怎忍心怪他、打他！但你在家的时候，既然常为了孩子和我啰唆，婆婆后来和我吵，也常常借了孩子起因。我真气极了，孩子不是我一个人私生的，怎么你也怪我，他也怪我呢？我真倒霉，一面要代你受气，一面又要代孩子受气！整整三个年头，我不曾吃过一餐好饭，睡过一夜好觉，到底为了什么呢？狗儿的罪，还没有受完，又来了玉儿！你又老是这个光景，不能带我们出去。我今生今世是莫想抬头的了！——唉，我这几年兴致真过完了！我也不爱干净了，我也不想穿戴了，我也不想出去逛了。终日在家里闷着；闷惯了，倒也罢了。我为了两个孩子，时时觉着有千斤的重担子在我身上。又加上你家里人，都将我看作仇人。我仿佛上了手铐脚镣，被囚在一间牢狱里！你想我还能高兴么？我这样冷冰冰的，真还要死哩！你在家时还好，你不在家时，我寂寞透了！只好逗着孩子们笑着玩儿，但心思总是不能舒舒贴贴的。我此刻哭是哭不出，笑可也不会笑了；你教我笑，也笑不来了。而且看见别人笑，听到别人笑，心中说不出的不愿意。便是有时敷衍人，勉强笑笑，也只觉得苦，觉得很费力！我真是有些反常哩！

好人，好人，几时让我再能像“娘在时”那样随随便便、痛痛快快的笑一回呢？

春晖的一月

去年在温州，常常看到本刊，觉得很是欢喜。本刊印刷的形式，也颇别致，更使我有一种美感。今年到宁波时，听许多朋友说，白马湖的风景怎样怎样好，更加向往。虽然于什么艺术都是门外汉，我却怀抱着爱“美”的热诚，三月二日，我到这儿上课来了。在车上看见“春晖中学校”的路牌，白地黑字的，小秋千架似的路牌，我便高兴。出了车站，山光水色，扑面而来，若许我抄前人的话，我真是“应接不暇”了。于是我便开始了春晖的第一日。

走向春晖，有一条狭狭的煤屑路。那黑黑的细小的颗粒，脚踏上去，便发出一种摩擦的噪音，给我多少清新的趣味。而最系我心的，是那小小的木桥。桥黑色，由这边慢慢地隆起，到那边又慢慢的低下去，故看去似乎很长。我最爱桥上的栏杆，那变形的纹的栏杆；我在车站门口早就看见了，我爱它的玲珑！桥之所以可爱，或者便因为这栏杆哩。我在桥上逗留了好些时。这是一个阴天。山的容光，被云雾遮了一半，仿佛淡妆的姑娘。

但三面映照起来，也就青得可以了，映在湖里，白马湖里，接着水光，却另有一番妙景。我右手是个小湖，左手是个大湖。湖有这样大，使我自己觉得小了。湖水有这样满，仿佛要漫到我的脚下。湖在山的趾边，山在湖的唇边；它俩这样亲密，湖将山全吞下去了。吞的是青的，吐的是绿的，那软软的绿呀，绿的是一片，绿的却不安于一片；它无端的皱起来了。如絮的微痕，界出无数片的绿；闪闪闪闪的，像好看的眼睛。湖边系着一只小船，四面却没有一个人，我听见自己的呼吸。想起“野渡无人舟自横”的诗，真觉物我双忘了。

好了，我也该下桥去了；春晖中学校还没有看见呢。弯了两个弯儿，又过了一重桥。当面有山挡住去路；山旁只留着极狭极狭的小径。挨着小径，抹过山角，豁然开朗；春晖的校舍和利落的几处人家，都已在望了。远远看去，房屋的布置颇疏散有致，决无拥挤、局促之感。我缓缓走到校前，白马湖的水也跟我缓缓的流着。我碰着丏尊先生。他引我过了一座水门汀的桥，便到了校里。校里最多的是湖，三面潺潺的流着；其次是草地，看过去芊芊的一片。我是常住城市的人，到了这种空旷的地方，有莫名的喜悦！乡下人初进城，往往有许多的惊异，供给笑话的材料；我这城里人下乡，却也有许多的惊异——我的可笑，或者竟不下于初进城的乡下人。闲言少叙，且说校里的房屋、格式、布置固然疏落有味，便是里面的用具，也无一不显出巧妙的匠意；决无笨伯的手泽。晚上我到几位同事家去看，壁上有书有画，布置井井，令人耐坐。这种情形正与学校的布置，自然界的布置是一致的。美的一致，一致的美，是春晖给我的第一件礼物。

有话即长，无话即短，我到春晖教书，不觉已一个月了。在这一个月里，我虽然只在春晖登了十五日（我在宁波四中兼课），但觉甚是亲密。因为在这里，真能够无町畦。我看不出什么界线，因而也用不着什么防备，什么顾忌；我只照我所喜欢的做就是了。这就是自由了。从前我到别处教书时，总要做几个月的"生客"，然后才能坦然。对于"生客"的猜疑，本是原始社会的遗形物，其故在于不相知。这在现社会，也不能免的。但在这里，因为没有层叠的历史，又结合比较的单纯，故没有这种习染。这是我所深愿的！这里的教师与学生，也没有什么界限。在一般学校里，师生之间往往隔开一无形界限，这是最足减少教育效力的事！学生对于教师，"敬鬼神而远之"；教师对于学生，尔为尔，我为我，休戚不关，理乱不闻！这样两橛的形势，如何说得到人格感化？如何说得到"造成健全人格"？这里的师生却没有这样情形。无论何时，都可自由说话；一切事务，常常通力合作。校里只有协治会而没有自治会。感情既无隔阂，事务自然都开诚布公，无所用其躲闪。学生因无须矫情饰伪，故甚活泼有意思。又因能顺全天性，不遭压抑；加以自然界的陶冶：故趣味比较纯正——也有太随便的地方，如有几个人上课时喜欢谈闲天，有几个人喜欢吐痰在地板上，但这些总容易矫正的——春晖给我的第二件礼物是真诚，一致的真诚。

春晖是在极幽静的乡村地方，往往终日看不见一个外人！寂寞是小事；在学生的修养上却有了问题。现在的生活中心，是城市而非乡村。乡村生活的修养能否适应城市的生活，这是一个问题。此地所说适应，只指两种意思：一是抵抗诱惑，二是应付环境——明白些说，就是应付人，应付物。乡村诱惑少，不能养成定力；在乡村是好人的，将来一入城市做事，或者竟抵挡不住。从前某禅师在山中修道，道行甚高；一旦入闹市，“看见粉白黛绿，心便动了”。这话看来有理，但我以为其实无妨。就一般人而论，抵抗诱惑的力量大抵和性格、年龄、学识、经济力等有“相当”的关系。除经济力与年龄外，性格、学识，都可用教育的力量提高它，这样增加抵抗诱惑的力量。提高的意思，说得明白些，便是以高等的趣味替代低等的趣味；养成优良的习惯，使不良的动机不容易有效。用了这种方法，学生达到高中毕业的年龄，也总该有相当的抵抗力了；入城市生活又何妨？（不及初中毕业时者，因初中毕业，仍须续入高中，不必自己挣扎，故不成问题。）有了这种抵抗力，虽还有经济力可以作祟，但也不能有大效。前面那禅师所以不行，一因他过的是孤独的生活，故反动力甚大，一因他只知克制，不知替代；故外力一强，便“虎兕出于柙”了！这岂可与现在这里学生的乡村生活相提并论呢？至于应付环境，我以为应付物是小问题，可以随时指导；而且这与乡村，城市无大关系。我是城市的人，但初到上海，也曾因不会乘电车而跌了一跤，跌得皮破血流；这与乡下诸公又差得几何呢？若说应付人，无非是机心！什么

"逢人只说三分话，未可全抛一片心"，便是代表的教训。教育有改善人心的使命；这种机心，有无养成的必要，是一个问题。姑不论这个，要养成这种机心，也非到上海这种地方去不成；普通城市正和乡村一样，是没有什么帮助的。凡以上所说，无非要使大家相信，这里的乡村生活的修养，并不一定不能适应将来城市的生活。况且我们还可以举行旅行，以资调剂呢。况且城市生活的修养，虽自有它的好处；但也有流弊。如诱惑太多，年龄太小或性格未佳的学生，或者转易陷溺——那就不但不能磨练定力，反早早的将定力丧失了！所以城市生活的修养不一定比乡村生活的修养有效。只有一层，乡村生活足以减少少年人的进取心，这却是真的！

说到我自己，却甚喜欢乡村的生活，更喜欢这里的乡村的生活。我是在狭的笼的城市里生长的人，我要补救这个单调的生活，我现在住在繁嚣的都市里，我要以闲适的境界调和它。我爱春晖的闲适！闲适的生活可说是春晖给我的第三件礼物！

我已说了我的"春晖的一月"；我说的都是我要说的话。或者有人说，赞美多而劝勉少，近乎"戏台里喝彩"！假使这句话是真的，我要切实声明：我的多赞美，必是情不自禁之故，我的少劝勉，或是观察时期太短之故。

刹　那

我所谓“刹那”，指“极短的现在”而言。

在这个题目下面，我想略略说明我对于人生的态度。现在人说到人生，总要谈它的意义与价值；我觉得这种“谈”是没有意义与价值的。且看古今多少哲人，他们对于人生，都曾试作解人，议论纷纷，莫衷一是；他们“各思以其道易天下”，但是谁肯真个信从呢？——他们只有自慰自驱罢了！我觉得人生的意义与价值横竖是寻不着的——至少现在的我们是如此——而求生的意志却是人人都有的。既然求生，当然要求好好的生。如何求好好的生，是我们各人“眼前的”最大的问题；而全人生的意义与价值却反是大而无当的东西，尽可搁在一旁，存而不论。因为要求好好的生，断不能用总解决的办法；若用总解决的办法，便是“好好的”三个字的意义，也尽够你一生的研究了，而“好好的生”终于不能努力去求的！这不是走入牛角湾里去了么？要求好好的生，须零碎解决，须随时随地去体会我生“相当的”意义与价值；我们所要体会的是刹那间的人生，不是上下古今东西南北的全人生！

着眼于全人生的人，往往忘记了他自己现在的生活。他们或以为人生的意义与价值在于过去；时时回顾着从前的黄金时代，涎垂三尺！而不知他们所回顾的黄金时代，实是传说的黄金时代！——就是真有黄金时代；区区的回顾又岂能将它招回来呢？他们又因为念旧的情怀，往往将自己的过去任情扩大，加以点染，作为回顾的资料，惆怅的因由。这种人将在惆怅，惋惜之中度了一生，永没有满足的现在——一刹那也没有！惆怅惋惜常与彷徨相伴；他们将彷徨一生而无一刹那的成功的安息！这是何等的空虚呀。着眼于全人生的，或以为人生的意义与价值在于将来；时时等待着将来的奇迹。而将来的奇迹真成了奇迹，永不降临于笼着手，垫着脚，抻着颈，只知道"等待"的人！他们事事都等待"明天"去做，"今天"却专作为等待之用；自然的，到了明天，又须等待明天的明天了。这种人到了死的一日，将还留着许许多多明天"要"做的事——只好来生再做了吧！他们以将来自驱，在徒然的盼望里送了一生，成功的安慰不用说是没有的，于是也没有满足的一刹那！"虚空的虚空"便是他们的运命了！这两种人的毛病，都在远离了现在——尤其是眼前的一刹那。

着眼于现在的人未尝没有。自古所谓"及时行乐"，正是此种。但重在行乐，容易流于纵欲；结果偏向一端，仍不能得着健全的，谐和的发展——仍不能得着好好的生！况且所谓"及时行乐"，往往"醉翁之意不在酒"；不过借此掩盖悲哀，并非真正在行乐。杨恽说，“及时行乐耳；须富贵何时严”，明明是不得志时的牢骚语。“遇饮酒时须饮酒，得高歌处且高歌”，明明是哀时事不可为而厌世的话。这都是消极的！消极的行乐，虽属及时，而意别有所寄；所以便不能认真做去，所以便不能体会行乐的一刹那的意义与价值——虽然行乐，不满足还是依然，甚至变本加厉呢！欧洲的颓废派，自荒于酒色，以求得刹那间官能的享乐为满足；在这些时候，他们见着美丽的幻像，认识了自己。他们的官能虽较从前人敏锐多多，但心情与纵欲的及时行乐的人正是大同小异。他们觉到现世的苦痛，已至忍无可忍的时候，才用颓废的方法，以求暂时的遗忘；正如糖面金鸡纳霜丸一般，面子上一点甜，里面却到心都是苦呀！友人某君说，颓废便是慢性的自杀，实能道出这一派的精微处。总之，无论行乐派，颓废派，深浅虽有不同，却都是“伤心人别有怀抱”；他们有意的或无意的企图“生之毁灭”。这是求生意志的消极的表现；这种表现当然不能算是好好的生了。他们面前的满足安慰他们的力量，决不抵他们背后的不满足压迫他们的力量；他们终于不能解脱自己，仅足使自己沉沦得更深而已！他们所认识的自己，只是被苦痛压得变形了的，虚空的自己；决不是充实的生命，决不是的！所以他们虽着眼于现在，而实未体会现在一刹那的生活的真味；他们不曾体会着一刹那的意义与价值，仍只是白辜负他们的刹那的现在！

我们目下第一不可离开现在，第二还应执着现在。我们应该深入现在的里面，用两只手揿牢它，愈牢愈好！已往的人生如何的美好，或如何的乏味而可憎；已往的我生如何的可珍惜，或如何的可厌弃，“现在”都可不必去管它，因为过去的已“过去”了——孔子岂不说：“往者不可谏”么？将来的人生与我生，也应作如是观；无论是有望，是无望，是绝望，都还是未来的事，何必空空的操心呢？要晓得“现在”是最容易明白的；“现在”虽不是最好，却是最可努力的地方，就是我们最能管的地方。因为是最能管的，所以是最可爱的。古尔孟曾以葡萄喻人生：说早晨还酸，傍晚又太熟了，最可口的是正午时摘下的。这正午的一刹那，是最可爱的一刹那，便是现在。事情已过，追想是无用的；事情未来，预想也是无用的；只有在事情正来的时候，我们可以把捉它，发展它，改正它，补充它：使它健全，谐和，成为完满的一段落，一历程。历程的满足，给我们相当的欢喜。譬如我来此演讲，在讲的一刹那，我只专心致志的讲；决不想及演讲以前吃饭，看书等事，也不想及演讲以后发表讲稿，毁誉等事。我说我所爱说的，说一句是一句，都是我心里的话。我说完一句时，心里便轻松了一些，这就是相当的快乐了。这种历程的满足，便是我所谓“我生相当的意义与价值”，便是“我们所能体会的刹那间的人生”。无论您对于全人生有如何的见解，这刹那间的意义与价值总是不可埋没的。您若说人生如电光泡影，则刹那便是光的一闪，影的一现。这光影虽是暂时的存在，但是有不是无，是实在不是空虚；这一闪一现便是实现，也便是发展——也便是历程的满足。您若说人生是不朽的，刹那的生当然也是不朽的。您若说人生向着死之路，那么，未死前的一刹那总是生，总值得好好的体会一番的；何况未死前还有无量数的刹那呢？您若说人生是无限的，好，刹那也可说是无限的。无论怎样说，刹那总是有的，总是真的；刹那间好好的生总可以体会的。好了，不要思前想后的了，耽误了“现在”，又是后来惋惜的资料，向谁去追索呀？你们“正在”做什么，就尽力做什么吧；最好的是-ing，可宝贵的-ing呀！你们要努力满足“此时此地此我”！——这叫作“三此”，又叫作刹那。

言尽于此，相信我的，不要再想，赶快去做你今晚的事吧；不相信的，也不要再想，赶快去做你今晚的事吧！

课　余

从前某校的学生曾和我说："我们的国文先生的学问，我们已给他计算出来了：六本《新潮》，十二本《新青年》！"这自然是夸张而刻毒的话！但这句话却颇能道着近几年来"一般的"趋向。一般的趋向是什么呢？我可总名之曰："杂志之学！"在文明先进诸国，杂志里所载的原都是最新的学说而尚未成定论或尚未成系统的；所以杂志之学确乎是大学里很重要的科目——"杂志之学"的名字，可是我杜撰的——中国"五四"以来的杂志，虽也有些介绍西洋新学说的，但杂凑材料，东拉西扯的却非常的多！只看近日这些出版品已零落略尽，便可以知它们价值之如何了！这些杂志，哪里能成人之学？便是那些纯正的介绍新思想的杂志，也决不能使人成一个学人。因为西洋日本各国研究杂志的人总先有了充实的根柢，正确的判断力，再去从杂志里找补些，自然能消化它们，自然能相得而益彰。中国研究杂志的人，是想做全知全能的上帝！在这个知识饥荒的时代，他们想博览些东鳞西爪的知识，便可以炫示于人，做社会的导师。别人问到哪里，他们便答到哪里；真是无所不知，无所不晓。好在现在问的人的能力是可以晓得的，他们总不至于露出马脚来的！这种情形，说得恭维一些，可以说和希腊的诡辩时代有一点点儿相像。但虚空与盲从却是别人家所没有的，若以屠格涅夫所说的“虚空的鼓槌子”相比，或者倒切实些，

他们的看书，也是很妙的。他们既要涉猎群言，自然便不屑专坊一书。但束书不读，又难乎其为八面锋论师！于是想得一个简便的法子：将一本书翻开，先读序文，次读目录，再次读绪论，再次读结论；于是乎功成圆满，可以嚣嚣于人了。他可以演讲这本书的要旨；他可以教授这本书的要旨；他可以演绎这本书的要旨，成为论文，成为书籍。一举而百利备焉；天下有这等容易事，谁不乐为呢？这种情形，我无以名之，名之曰目录之学（不是旧日的目录之学）；首尾之学！这种人不用说，也是“空虚的鼓槌子”了！

但我们也不必摇头叹气，这是过渡时代所不可免的现象！一两年来，已有人渐渐觉悟，改了方向了；近来学术界的沉寂，或即以此。我在此将这些情形拈示出来，只是警告我们自己以及后来者不要再蹈这种覆辙，在黑暗里混战。曙光已来了，我们应该知道自己的路！什么是我们自己的路，我说是“窄而深的研究”，待我下次再论。

旧日看 Marvin 哲学史。第七章里论希腊文化衰颓，归因于政治的和经济的纠纷。因此各城市国家始失掉它们的独立而先

后作马其顿，罗马的附庸。因此一班学者都穷无所归，在地中海沿岸作教师以糊口。他说作了教师以后，知识即无进步。这是古今的通例；于是乎希腊的文化便上了衰颓之路了。他的意思大约是，以教师为职业，将知识零碎切了出卖，便“无视”了知识的价值而失了研究知识的严肃了；于是只能成功一个空虚的人！我读到他论教师知识不能进步等语，深为自己致慨；运命已决定我，我也只有空虚的努力罢了！

春

盼望着，盼望着，东风来了，春天的脚步近了。

一切都像刚睡醒的样子，欣欣然张开了眼。山朗润起来了，水长起来了，太阳的脸红起来了。

小草偷偷地从土里钻出来，嫩嫩的，绿绿的。园子里，田野里，瞧去，一大片一大片满是的。坐着，躺着，打两个滚，踢几脚球，赛几趟跑，捉几回迷藏。风轻悄悄的，草绵软软的。

桃树、杏树、梨树，你不让我，我不让你，都开满了花赶趟儿。红的像火，粉的像霞，白的像雪。花里带着甜味，闭了眼，树上仿佛已经满是桃儿、杏儿、梨儿！花下成千成百的蜜蜂嗡嗡地闹着，大小的蝴蝶飞来飞去。野花遍地是：杂样儿，有名字的，没名字的，散在草丛里，像眼睛，像星星，还眨呀眨的。

“吹面不寒杨柳风”，不错的，像母亲的手抚摸着你。风里带来些新翻的泥土的气息，混着青草味，还有各种花的香，都在微微润湿的空气里酝酿。鸟儿将窠巢安在繁花嫩叶当中，高兴起来了，呼朋引伴地卖弄清脆的喉咙，唱出宛转的曲子，与轻风流水应和着。牛背上牧童的短笛，这时候也成天在嘹亮地响。

雨是最寻常的，一下就是三两天。可别恼，看，像牛毛，像花针，像细丝，密密地斜织着，人家屋顶上全笼着一层薄烟。树叶子却绿得发亮，小草也青得逼你的眼。傍晚时候，上灯了，一点点黄晕的光，烘托出一片安静而和平的夜。乡下去，小路上，石桥边，撑起伞慢慢走着的人；还有地里工作的农夫，披着蓑，戴着笠的。他们的草屋，稀稀疏疏的在雨里静默着。

天上风筝渐渐多了，地上孩子也多了。城里乡下，家家户户，老老小小，他们也赶趟儿似的，一个个都出来了。舒活舒活筋骨，抖擞抖擞精神，各做各的一份事去。“一年之计在于春”；刚起头儿，有的是工夫，有的是希望。

春天像刚落地的娃娃，从头到脚都是新的，他生长着。

春天像小姑娘，花枝招展的，笑着，走着。

春天像健壮的青年，有铁一般的胳膊和腰脚，他领着我们上前去。

“欢喜老墓碑”

欢喜老者，莫知其所从来，或云蓟州人。姓贾氏。山居岩处，人至其前，无贵贱老幼，恒嘻嘻说欢喜语不绝口，人人称为“欢喜老”，故名字莫得而知焉。居常好唱太平歌，歌多鄙俚；或涉儒墨，或涉黄老，语无伦次。人间之，益入于无稽，而莫知其所指。然味其辞，皆与父言慈，与子言孝，劝人安分为善以寻欢乐。故王公大人亦爱而近之。示之书，曰不识字；不知果识与否也。素性淡泊，与之鲜衣美食，亦不甚却，余则以周贫乏。得果饵，间袖以啖小儿。所至村童牧竖皆相随歌舞以为乐，遇大寒大暑，不火不扇。拂逆窘穷，喜笑如常。盖尘世间之荣枯得丧，了不足以犯其灵台者，数十年如一日也。于康熙六十年岁次辛丑七月二十三日，无疾而终，寿九十有四岁。此老也，殆得春气之多者欤？或曰，人禀五行之气而生，不可偏胜；太喜毗于阳，有道者不若是。余曰，不然。庄子云，人上寿百岁，中寿八十，下寿六十。除病瘦死丧尤患，其中开口而笑者，四五日而已。而此老独能无日不笑。余又闻之抱朴子云，人主有道，国有善政，则四七从度，五星不逆，霜不秋繁，雪不冬泄，喜瑞并臻，灾厉寝灭。此则天喜。今此老生天喜之世，继“歌衢”“击壤”之流，斯陶斯咏于化日之下者，将及百年，非有道者而能若是乎！今葬于树村大佛寺之后，建塔其上。恐其日久而渐泯也，乃刻石而揭之原。六十一年壬寅四月初二日，善庆主人记。

右录碑文讫。

树村在北平北郊；从清华园后门去，约六七里。朋友里第一个发现这地方的是叶公超先生，是三年前的事了。他最爱出去走；清华园东沿溪一条小道，我们常常去散步的，也是他的发现。有一回他告诉我们说，有这么一个树村；村里一块“欢喜老墓碑”很好。他说欢喜老是清初人，也许是个明朝遗老的儿子。他又说那是个回教的村子；孩子们比较干净。

当时也想去看看那块碑，但我是懒走路的人，想想就算了。直到去年夏末秋初，一个朋友为了一个什么人苦闷得走投无路；我们夫妇想起树村，便约他去走走，解闷儿。那是下午。出了清华园后门，便是乡下；我们沿着土路向西北角迤逦而行卜问了好几回人，过了好几回桥，才进了一个村口。路又阔又直又长，气象颇好；以为定是所谓树村，就是那有“欢喜老墓碑”的了。哪知这是正白旗，还得往西去。

走进树村，穿出一条窄窄的胡同，便到了正街上。准对胡同口是一个小摊儿，卖的也就是花生，烟卷之类，那摆摊儿的却胖得像一尊弥勒佛，一条腿瘸得利害，立起来就非靠杖不可。我们买了几个铜子花生剥着，一面问胖子“欢喜老墓碑”在哪儿。他说从没听见过这个碑。摊子原摆在一家油盐店门外，他便掉头问里面柜上的人；柜上的人也不知道。他教我们到村子那一头看看；那头有个庙。

街上倒也有五六家铺子，不知是不是下午的缘故，门前冷清清的。孩子不少，可是也不见得干净；前两年许好些。庙里设着私塾，一个戴老光眼镜的老先生正忙着听孩子们背书。孩子们将书放在先生桌角上，背过身去，摇摆着，嚷着；我想到三十年前自己的影子。庙里还是没有碑，我们已经打算回头走。只我偏不甘心，试向一个老和尚问了一句。他不说有，也不说没有，却教我们跟他走。原来碑就在庙后面田里。他问，是不是？一看，可不正是“欢喜老墓碑”！

碑身约高四五尺，座子约高三尺。额上雕着二龙戏珠，嵌着一个“寿”字，雕工粗糙得很。字近乎赵体，刻得很浅很随便。碑文有公安派气息；欢喜老是个游戏人间的人，他的墓碑也是游戏三昧——所谓文如其人，大约可以这么解吧。那时许多孩子围着；我们看碑，他们看我们。将花生送给他们吃，有的接，有的不接；一个十四五岁小姑娘还红了脸，我们那朋友说，她知道害羞呢。

今年夏末，教大儿和一个仆人同去抄那碑文。回来告诉，碑已经斜了；孩子们都问他们从哪儿来，是谁让来的；说有一回这块碑几乎让人偷走了。因为抄本有几个字不清楚，我们又自己去校了一回。碑果然斜了，但我疑心是土松了的缘故，未必真有这样雅贼。往回走时，天已薄暮，在村口却遇见一个疯子；问讯了几句，便东说西说，眼泪直流，又将我们认作他的亲人。他心里的委屈大概很多；但是村里女人孩子都在笑他，他们在区里叫出巡警来将他轰走了。

此碑未见著录；善庆主人也不知是谁。

买　书

买书也是我的嗜好，和抽烟一样。但这两件事我其实都不在行，尤其是买书。在北平这地方，像我那样买，像我买的那些书，说出来真寒碜死人；不过本文所要说的既非诀窍，也算不得经验，只是些小小的故事，想来也无妨的。

在家乡中学时候，家里每月给零用一元。大部分都报效了一家广益书局，取回些杂志及新书。那老板姓张，有点儿抽肩膀，老是捧着水烟袋；可是人好，我们不觉得他有市侩气。他肯给我们这班孩子记账。每到节下，我总欠他一元多钱。他催得并不怎么紧；向家里商量商量，先还个一元也就成了。那时候最爱读的一本《佛学易解》（贾丰臻著，中华书局印行）就是从张手里买的。那时候不买旧书，因为家里有。只有一回，不知哪儿来检《文心雕龙》的名字，急着想看，便去旧书铺访求：有一家拿出一部广州套版的，要一元钱，买不起；后来另买到一部，书品也还好，纸墨差些，却只花了小洋三角。这部书还在，两三年前给换上了磁青纸的皮儿，却显得配不上。

到北平来上学入了哲学系，还是喜欢找佛学书看。那时候佛经流通处在西城卧佛寺街鹫峰寺。在街口下了车，一直走，快到城根儿了，才看见那个寺。那是个阴沉沉的秋天下午，街上只有我一个人。到寺里买了《因明人正理论疏》《百法明门论疏》《翻译名义集》等。这股傻劲儿回味起来颇有意思；正像那回从天坛出来，挨着城根，独自个儿，探险似地穿过许多没人走的碱地去访陶然亭一样。在毕业的那年，到琉璃厂华洋书庄去，看见新版韦伯斯特大字典，定价才十四元。可是十四元并不容易找。想来想去，只好硬了心肠将结婚时候父亲给做的一件紫毛（猫皮）水獭领大氅亲手拿着，走到后门一家当铺里去，说当十四元钱。柜上人似乎没有什么留难就答应了。这件大氅是布面子，土式样，领子小而毛杂——原是用了两副“马蹄袖”拼凑起来的。父亲给做这件衣服，可很费了点张罗。拿去当的时候，也踌躇了一下，却终于舍不得那本字典。想着将来准赎出来就是了。想不到竟不能赎出来，这是直到现在翻那本字典时常引为遗憾的。

重来北平之后，有一年忽然想搜集一些杜诗。一家小书铺叫文雅堂的给找了不少，都不算贵；那伙计是个麻子，一脸笑，是铺子里少掌柜的。铺子靠他父亲支持，并没有什么好书，去年他父亲死了，他本人不大内行，让伙计吃了，现在长远不来了，他不知怎么样。说起杜诗，有一回，一家书铺送来高丽本《杜律分韵》，两本书，索价三百元。书极不相干而索价如此之高，荒谬之至，况且书面上原购者明明写着“以银二两得之”。

第二天另一家送来一样的书，只要二元钱，我立刻买下。北平的书价，离奇有如此者。

旧历正月里厂甸的书摊值得看；有些人天天巡礼去。我住的远，每年只去一个下午——上午摊儿少。土地祠内外人山人海摩肩接踵地来往。也买过些零碎东西；其中有一本是《伦敦竹枝词》，花了三毛钱。买来以后，恰好《论语》要稿子，选抄了些寄去，加上一点说明，居然得着五元稿费。这是仅有的一次，买的书赚了钱。

在伦敦的时候，从寓所出来，走过近旁小街。有一家小书店门口摆着一架旧书。上前去徘徊了一下，看见一本《牛津书话选》（The book Lovers'Anthology），烫花布面，装订不马虎，四百多面，本子也不小，准有七八成新，才一先令六便士，那时合中国一元三毛钱，比东安市场旧洋书还贱些。这选本节录许多名家诗文，说到书的各方面的；性质有点像叶德辉氏《书林清话》，但不像《清话》有系统；他们旨趣原是两样的。因为买这本书，结识了那掌柜的；他以后给我找了不少便宜的旧书。有一种书，他找不到旧的；便和我说，他们批购新书按七五扣，他愿意少赚一扣，按九扣卖给我。我没有要他这么办，但是很感谢他的好意。

外东消夏录

引　子

这个题目是仿的高士奇的《江村消夏录》。那部书似乎专谈书画，我却不能有那么雅，这里只想谈一些世俗的事。这回我从昆明到成都来消夏。消夏本来是避暑的意思。若照这个意思，我简直是闹笑话，因为昆明比成都凉快得多，绝无从凉处到热处避暑之理。消夏还有一个新意思，就是换换生活，变变样子。这是外国想头，摩登想头，也有一番大道理。但在这战时，谁还该想这个！我们公教人员谁又敢想这个！可是既然来了，不管为了多俗的事，也不妨取个雅名字，马虎点儿，就算他消夏罢。谁又去打破沙缸问到底呢？

但是问到底的人是有的。去年参加昆明一个夏令营，营地观音山。七月二十三日便散营了。前一两天，有游客问起，我们向他说这是夏令营，就要结束了。他道，“就结束了？夏令完了吗？”这自然是俏皮话。问到底本有两种，一是“耍奸心”，一是死心眼儿。若是要奸心的话，这儿消夏一词似乎还是站不住。因为动手写的今天是八月二十八日，农历七月初十日，明明已经不是夏天而是秋天。但“录”虽然在秋天，所“录”不妨在夏天；《消夏录》尽可以只录消夏的事，不一定为了消夏而录。还是马虎点儿算了。

外东一词，指的是东门外，跟外西，外南，外北是姊妹花的词儿。成都住的人都懂，但是外省人却弄不明白。这好像是个翻泽的名词，跟远东、近东、中东挨肩膀儿。固然为纪实起见，我也可以用草庐或草堂等词，因为我的确住着草房。可是不免高攀诸葛丞相，杜工部之嫌，我怎么敢那样大胆呢？我家是住在一所尼庵里，叫作“尼庵消夏录”原也未尝不可，但是别人单看题目也许会大吃一惊，我又何必故作惊人之笔呢？因此马马虎虎写下“外东消夏录”这个老老实实的题目。

夜大学

四川大学开办夜校，值得我们注意。我觉得与其匆匆忙忙新办一些大学或独立学院，不重质而重量，还不如让一些有历史的大学办办夜校的好。

眉毛高的人也许觉得夜校总不像一回事似的。但是把毕业年限定得长些，也就差不多。东吴大学夜校的成绩好像并不坏。大学教育固然注重提高，也该努力普及，普及也是大学的职分。

现代大学不应该像修道院，得和一般社会打成一片才是道理。况且中国有历史的大学不多，更是义不容辞的得这么办。

现在百业发展，从业员增多，其中尽有中学毕业或具有同等学力，有志进修无门可入的人。这些人往往将有用的精力消磨在无聊的酬应和不正当的娱乐上。有了大学夜校，他们便有机会增进自己的学识技能。这也就可以增进各项事业的效率，并澄清社会的恶浊空气。

普及大学教育，有夜校，也有夜班，都得在大都市里，才能有足够的从业员来应试入学。入夜校可以得到大学毕业的资格或学位，入夜班却只能得到专科的资格或证书。学位的用处久经规定，专科资格或证书，在中国因从未办过大学夜班，还无人考虑它们的用处。现时只能办夜校；要办夜班，得先请政府规定夜班毕业的出身才成。固然有些人为学问而学问，但各项从业员中这种人大概不多，一般还是功名心切。就这一般人论，用功名来鼓励他们向学，也并不错。大学生选系，不想到功名或出路的又有多少呢？这儿我们得把眉毛放低些。

四川大学夜校分中国文学、商学、法律三组。法律组有东吴的成例，商学是当今的显学，都在意中。只有中国文学是冷货，居然三分天下有其一，好像出乎意外。不过虽是夜校，却是大学，若全无本国文化的科目，未免难乎其为大，这一组设置可以说是很得体的。这样分组的大学夜校还是初试，希望主持的人用全力来办，更希望就学的人不要三心两意的闹个半途而废才好。

人和书

“人和书”是个好名字，王楷元先生的小书取了这个名字，见出他的眼光和品位。

人和书，大而言之就是世界。世界上哪一桩事离开了人？又哪一桩事离得了书？我是说世界是人所知的一切。知者是人，自然离不了人；有知必录，便也离不开书。小而言之，人和书就是历史，人和书造成了历史；再小而言之就是传记，就是王先生这本书叙述和评论的。传记有大幅，有小品，有工笔，有漫画。这本书是小品，是漫画。虽然是大大的圈儿里一个小小的圈儿，可是不含糊是在大圈儿里，所叙的虽小，所见的却大。

这本书分三部分。第一部分是传记，第三部分也是片段的传记，第二部分评介的著作还是传记。王先生有意“引起读者研读传记的兴趣”，自序里说得明白。撰录近代和现代名人轶事，所谓笔记小说，传统很长。这个传统移植到报纸上，也已多年。可见一般人原是喜欢这种小品的。但是“五四”以来，“现在”遮掩了“过去”，一般青年人减少了历史的兴味，对于这类小品不免冷淡了些。他们可还喜欢简短零星的文坛消息等等，足见到底不能离开人和书。

自序里希望读者“对于伟大人物，由景慕而进于效法，人人以亚贤自许，猛勇精进”。这是一个宏愿。近来在《美国文摘》里见到一文，叙述一位作家叫小亚吉尔的，如何因《褴褛的狄克》一部书而成名，如何专写贫儿努力致富的故事，风行全国，鼓舞人心。他写的是“工作和胜利，上进和前进的故事”，在美国文学中创一新派。他的时代虽然在一九二九以前就过去了，但是许多自己造就的人都还纪念着他的书的深广的影响。可见文学的确有促进人生的力量。王先生的宏愿是可以达成的，有志者大家自勉好了。

成都诗

据说成都是中国第四大城。城太大了，要指出它的特色倒不易。说是有些像北平，不错，有些个。既像北平，似乎就不成其为特色了？然而不然，妙处在像而不像。我记得一首小诗，多少能够抓住这一点儿，也就多少能够抓住这座大城。

这是易君左先生的诗，题目好像就是“成都”两个字。诗道：

细雨成都路，微尘护落花。据门撑古木，绕屋噪栖鸦。
入暮旋收市，凌晨即品茶。承平风味足，楚客独兴嗟。

住过成都的人该能够领略这首诗的妙处。它抓住了成都的闲味。北平也闲得可以的，但成都的闲是成都的闲，像而不像，非细辨不知。

“绕屋噪栖鸦”，自然是那些“据门撑”着的“古木”上栖鸦在噪着。这正是“入暮”的声音和颜色。但是吵着的东南城有时也许听不见，西北城人少些，尤其住宅区的少城，白昼也静悄悄的，该听得清楚那悲凉的叫唤罢。

成都春天常有毛毛雨，而成都花多，爱花的人家也多，毛毛雨的春天倒正是养花天气。那时节真所谓“天街小雨润如酥”，路相当好，有点泥滑滑，却不至于“行不得也哥哥”。缓缓的走着，呼吸着新鲜而润泽的空气，叫人闲到心里，骨头里。若是在庭园中踱着，时而看见一些落花，静静的飘在微尘里，贴在软地上，那更闲得没有影儿。

成都旧宅于门前常栽得有一株泡桐树或黄桷树，粗而且大，往往叫人只见树，不见屋，更不见门洞儿。说是“撑”，一点儿不冤枉，这些树臃粗偃蹇，老气横秋，北平是见不着的。可是这些树都上了年纪，也只闲闲的“据”着“撑”着而已。

成都收市真早。前几年初到，真搞不惯；晚八点回家，街上铺子便噼噼啪啪一片上门声，暗暗淡淡的，够惨。“早睡早起身体好”，农业社会的习惯，其实也不错。这儿人起的也真早，“入暮旋收市，凌晨即品茶”，是不折不扣的实录。

北平的春天短而多风尘，人家门前也有树，可是成行的多，独据的少。有茶楼，可是不普及，也不够热闹的。北平的闲又是一副格局，这里无须详论。“楚客”是易先生自称。他“兴嗟”于成都的“承平风味”。但诗中写出的“承平风味”，其实无伤于抗战；我们该嗟叹的恐怕是别有所在的。我倒是在想，这种“承平风味”战后还能“承”下去不能呢？在工业化的新中国里，成都这座大城该不能老是这么闲着罢。

蛇　尾

动手写《引子》的时候，一鼓作气，好像要写成一本书。但是写完了上一段，不觉再三衰竭了。到底已是秋天，无夏可消，也就“录”不下去了。古人说得好。“乘兴而来，兴尽而返”，只好以此解嘲。这真是蛇尾，虽然并不见虎头。本想写完上段就戛然而止，来个神龙见首不见尾。可是虎头还够不上，还闹什么神龙呢？话说回来，虎头既然够不上，蛇尾也就称不得，老实点，称为蛇足，倒还有个样儿。

文物·旧书·毛笔

这几个月，北平的报纸上除了战事、杀人案、教育危机等等消息以外，旧书的危机也是一个热闹的新闻题目。此外，北平的文物，主要的是古建筑，一向受人重视，政府设了一个北平文物整理委员会，并且拨过几回不算少的款项来修理这些文物。二月初，这个委员会还开了一次会议，决定为适应北平这个陪都的百年大计，请求政府“核发本年上半年经费”，并“加强管理使用文物建筑，以维护古迹”。至于毛笔，多少年前教育部就规定学生作国文以及用国文回答考试题目，都得用毛笔。但是事实上学生用毛笔的时候很少，尤其是在大都市里。这个问题现在似乎还是悬案。在笔者看来，文物、旧书、毛笔，正是一套，都是些遗产、历史、旧文化。主张保存这些东西的人，不免都带些“思古之幽情”，一方面更不免多多少少有些“保存国粹”的意思。“保存国粹”现在好像已成了一句坏话，等于“抱残守缺”“食古不化”“迷恋骸骨”“让死的拉住活的”。笔者也知道今天主张保存这些旧东西的人大多数是些五四时代的人物，不至于再有这种顽固的思想，并且笔者自己也多多少少分有他们的情感，自问也还不至于顽固到那地步。不过细心分析这种主张的理由，除了“思古之幽情”以外，似乎还只能说是“保存国粹”；因为这些东西是我们先民的优良的成绩，所以才值得保存，也才会引起我们的思念。我们跟老辈不同的，应该是保存只是保存而止，让这些东西像化石一样，不再妄想它们复活起来。应该过去的总是要过去的，我们明白这个道理。

关于拨用巨款修理和油漆北平的古建筑，有一家报纸上曾经有过微词，好像说在这个战乱和饥饿的时代，不该忙着办这些事来粉饰太平。本来呢，若是真太平的话，这一番修饰也许还可以招揽些外国游客，得些外汇来使用。现在这年头，那辉煌的景象却只是战乱和饥饿的现实的一个强烈的对比，强烈的讽刺，的确叫人有些触目惊心。这自然是功利的看法，可是这年头无衣无食的人太多了，功利的看法也是自然的。不过话说回来，现在公家用钱，并没有什么通盘的计划，这笔钱不用在这儿，大概也不会用在那些无衣无食的人的身上，并且也许还会用在一些不相干的事上去。那么，用来保存古物就也还不算坏。若是真能通盘计划，分别轻重，这种事大概是该缓办的。笔者虽然也赞成保存古物，却并无抢救的意思。照道理衣食足再来保存古物不算晚；万一晚了也只好遗憾，衣食总是根本。笔者不同意过分的强调保存古物，过分的强调北平这个文化城，但是“加强管理使用文物建筑，以维护古迹”，并不用多花钱，却是对的。

旧书的危机指的是木版书，特别是大部头的。一年来旧书业大不景气。有些铺子将大部头的木版书论斤的卖出去造还魂纸。这自然很可惜，并且有点儿惨。因此有些读书人出来呼吁抢救。现在教育部已经拨了十亿元收买这种旧书，抢救已经开始，自然很好。但是笔者要指出旧书的危机潜伏已经很久，并非突如其来。清末就通行石印本的古书，携带便利，价钱公道。这实在是旧书的危机的开始。但是当时石印本是不登大雅之堂的；说是错字多，固然，主要的还在缺少那古色古香。因此大人先生不屑照顾。不过究竟公道，便利，又不占书架的地位，一般读书人，尤其青年，却是乐意买的。民国以来又有了影印本，大部头的如《四部丛刊》，底本差不多都是善本，影印不至于有错字，也不缺少古色古香。这个影响旧书的买卖就更大。后来《四部丛刊》又有缩印本，古气虽然较少，便利却又加多。还有排印本的古书，如《四部备要》《万有文库》等，也是方便公道。又如《国学基本丛书》，照有些石印本办法，书中点了句，方便更大。抗战前又有所谓“一折八扣书”，排印的错误并不太多，极便宜，大量流通，青年学生照顾的不少。比照抗战期中的土纸本，这种一折八扣书现在已经成了好版了。现在的青年学生往往宁愿要这种排印本，不要木刻本；他们要方便，不在乎那古色古香。买大部书的人既然可以买影印本或排印本，买单部书的人更多乐意买排印本或石印本，技术的革新就注定了旧书的没落的运命！将来显微影片本的书发达了，现在的影印本排印本大概也会没落的罢？

至于毛笔，命运似乎更坏。跟“水笔”相比，它的不便更其显然。用毛笔就得用砚台和墨，至少得用墨盒或墨船（上海有这东西，形如小船，不知叫什么名字，用墨膏，装在牙膏似的筒子里，用时挤出），总不如水笔方便，又不能将笔挂在襟上或插在袋里。更重要的，毛笔写字比水笔慢得多，这是毛笔的致命伤。说到价钱，毛笔连上附属品，再算上用的时期的短，并不见得比水笔便宜好多。好的舶来水笔自然很贵，但是好的毛笔也不贱，最近有人在北平戴月轩就看到定价一千多万元的笔。自然，水笔需要外汇，就是本国做的，材料也得从外国买来，毛笔却是国产；但是我们得努力让水笔也变成国产才好。至于过去教育部规定学生用毛笔，似乎只着眼在“保存国粹”或“本位文化”上；学生可并不理会这一套，用水笔的反而越来越多。现代生活需要水笔，势有必至，理有固然，“本位文化”的空名字是抵挡不住的。毛笔应该保存，让少数的书画家去保存就够了，勉强大家都来用，是行不通的。至于现在学生写的字不好，那是没有认真训练的原故，跟不用毛笔无关。学生的字，清楚整齐就算好，用水笔和毛笔都一样。

学生不爱讲究写字，也不爱读古文古书——虽然有购买排印本古书的，可是并不太多。他们的功课多，事情忙，不能够领略书法的艺术，甚至连写字的作用都忽略了，只图快，写得不清不楚的叫人认不真。古文古书因为文字难，不好懂，他们也觉着不值得费那么多工夫去读。根本上还是由于他们已经不重视历史和旧文化。这也是必经的过程，我们无须惊叹。不过我们得让青年人写字做到清楚整齐的地步，满足写字的基本作用，一方面得努力好好的编出些言文对照详细注解的古书，让青年人读。历史和旧文化，我们应该批判的接受，作为创造新文化的素材的一部，一笔抹煞是不对的。其实青年人也并非真的一笔抹煞古文古书，只看《古文观止》已经有了八种言文对照本，《唐诗三百首》已经有了三种（虽然只各有一种比较好），就知道这种书的需要还是很大——而买主大概还是青年人多。所以我们应该知道努力的方向。至于书法的艺术和古文古书的专门研究，留给有兴趣的少数人好了，这种人大学或独立学院里是应该培养的。

连带着想到了国画和平剧的改良，这两种工作现在都有人在努力。日前一位青年同事和我谈到这两个问题，他觉得国画和平剧都已经有了充分的发展，成了定型，用不着改良，也无从改良；勉强去改良，恐怕只会出现一些不今不古不新不旧的东西，结果未必良好。他觉得民间艺术本来幼稚，没有得着发展，我们倒也许可以促进它们的发展；像国画和平剧已经到了最高峰，是该下降，该过去的时候了，拉着它们恐怕是终于吃力不讨好的。照笔者的意见，我们的新文化新艺术的创造，得批判的采取旧文化旧艺术，士大夫的和民间的都用得着，外国的也用得着，但是得以这个时代和这个国家为主。改良恐怕不免让旧时代拉着，走不远，也许压根儿走不动也未可知。还是另起炉灶的好，旧料却可以选择了用。

应该过去的总是要过去的。

关于“月夜蝉声”

我的《荷塘月色》那篇文里提到蝉声。抗战前几年有一位陈少白先生——陈先生的名字，我记忆的也许不准确——写信给我，说蝉子夜晚是不叫的。那时我问了好几个人，都说陈先生的话不错。我于是写信请教同事的昆虫学家刘崇乐先生。过了几天，他抄了一段书交给我，只说了一句话，“好容易找到这一段儿!”这一段儿出于什么书，著者是谁，我都忘了。但是文中记录的，确是月夜的蝉声；著者说平常夜晚蝉子是不叫的，那一个月夜，他却听见它们在叫。

当时我觉得刘先生既然“好容易找到这一段儿”，而一般人在常识上又都觉得蝉子夜晚不叫，那么那一段记录也许是个例外。因此我复陈先生的信，谢谢他，并简单的告诉他我曾经请教过一位生物学家，这位生物学家也说夜晚蝉子不叫。信中没有提刘先生的名字，因为这些话究竟只是我的解释；刘先生是谨慎的科学家，关于这问题，他自己其实没有说一个字。信中我又说《荷塘月色》以后再版，要删掉月夜蝉声那句子。

抗战的一年或其后一年，陈先生在正中书局的《新学生》月刊上发表了一篇文章，讨论这问题，并引了我的信。他好像还引了王安石的《葛溪驿》诗的故事。诗中也提到月夜蝉声；历来都怀疑他那诗句，因为大家都觉得夜晚蝉子不叫。这个故事增加这问题的兴味。但那时我自己却已又有两回亲耳听到月夜的蝉声。我没有记录时间和地点等等，可是这两回的经验是确实的；因为听到的时候，我都会马上想到这问题和关于它的讨论。

当时我读了陈先生的文章，很想就写信给他，告诉他关于那位生物学家的我的曲解，和我的新的经验，跟《荷塘月色》中所叙的有相同的地方。可惜不知道他的通信处，没法写这封信。于是又想写篇短文说明这些情形，但是懒着没有动笔。一懒就懒了这些年，真是对不住陈先生和一些读者。

从以上所叙述的，可以知道观察之难。我们往往由常有的经验作概括的推论。例如由有些夜晚蝉子不叫，推论到所有的夜晚蝉子不叫。于是相信这种推论便是真理。其实只是成见。这种成见，足以使我们无视新的不同的经验，或加以歪曲的解释。我自己在这儿是个有趣的例子。在《荷塘月色》那回经验里，我并不知道蝉子平常夜晚不叫。后来读了陈先生的信，问了些别人，又读到王安石《葛溪驿》诗的注，便跟随着跳到“蝉子夜晚是不叫的”那概括的结论，而相信那是真理。于是自己的经验，认为记忆错误；专家的记录，认为也许例外。这些足证成见影响之大。那后来的两回经验，若不是我有这切己的问题在心里，也是很容易忽略过去的。新的观察新的经验的获得，如此艰难，无怪乎《葛溪驿》的诗句久无定论了。

潭柘寺　戒坛寺

早就知道潭柘寺，戒坛寺。在商务印书馆的《北平指南》上，见过潭柘的铜图，小小的一块，模模糊糊的，看了一点没有想去的意思。后来不断地听人说起这两座庙；有时候说路上不平静，有时候说路上红叶好。说红叶好的劝我秋天去；但也有人劝我夏天去。有一回骑驴上八大处，赶驴的问逛过潭柘没有，我说没有。他说潭柘风景好，那儿满是老道，他去过，离八大处七八十里地，坐轿骑驴都成。我不大喜欢老道的装束，尤其是那满蓄着的长头发，看上去啰里啰唆，龌里龌龊的。更不想骑驴走七八十里地，因为我知道驴子与我都受不了。真打动我的倒是"潭柘寺"这个名字。不懂不是？就是不懂的妙。躲懒的人念成"潭柘寺"，那更莫名其妙了。这怕是中国文法的花样；要是来个欧化，说是"潭和柘的寺"，那就用不着咬嚼或吟味了。还有在一部诗话里看见近人咏戒台松的七古，诗腾挪夭矫，想来松也如此。所以去。但是在夏秋之前的春天，而且是早春；北平的早春是没有花的。

这才认真打听去过的人。有的说住潭柘好，有的说住戒坛好。有的人说路太难走，走到了筋疲力尽，再没兴致玩儿；有人说走路有意思。又有人说，去时坐了轿子，半路上前后两个轿夫吵起来，把轿子搁下，直说不抬了。于是心中暗自决定，不坐轿，也不走路；取中道，骑驴子。又按普通说法，总是潭柘寺在前，戒坛寺在后，想着戒坛寺一定远些；于是决定住潭柘，因为一天回不来，必得住。门头沟下车时，想着人多，怕雇不着许多驴，但是并不然——雇驴的时候，才知道戒坛去便宜一半，那就是说近一半。这时候自己忽然逞起能来，要走路。走吧。

这一段路可够瞧的。像是河床，怎么也挑不出没有石子的地方，脚底下老是绊来绊去的，教人心烦。又没有树木，甚至于没有一根草。这一带原是煤窑，拉煤的大车往来不绝，尘土里饱和着煤屑，变成黯淡的深灰色，教人看了透不出气来。走一点钟光景。自己觉得已经有点办不了，怕没有走到便筋疲力尽：幸而山上下来一条驴，如获至宝似地雇下，骑上去。这一天东风特别大。平常骑驴就不稳，风一大真是祸不单行。山上东西都有路，很窄，下面是斜坡；本来从西边走，驴夫看风势太猛，将驴拉上东路。就这么着，有一回还几乎让风将驴吹倒；若走西边，没有准儿会驴我同归哪。想起从前人画风雪骑驴图，极是雅事；大概那不是上潭柘寺去的。驴背上照例该有些诗意，但是我，下有驴子，上有帽子眼镜，都要照管；又有迎风下泪的毛病，常要掏手巾擦干。当其时真恨不得生出第三只手来才好。

东边山峰渐起，风是过不来了；可是驴也骑不得了，说是坎儿多。坎儿可真多。这时候精神倒好起来了：崎岖的路正可以练腰脚，处处要眼到心到脚到，不像平地上。人多更有点竞赛的心理，总想走上最前头去，再则这儿的山势虽然说不上险，可是突兀，丑怪，巉刻的地方有的是。我们说这才有点儿山的意思；老像八大处那样，真教人气闷闷的。于是一直走到潭柘寺后门；这段坎儿路比风里走过的长一半，小驴毫无用处，驴夫说："咳，这不过给您做个伴儿！"

墙外先看见竹子，且不想进去。又密，又粗，虽然不够绿。北平看竹子，真不易。又想到八大处了，大悲庵殿前那一溜儿，薄得可怜，细得也可怜，比起这儿，真是小巫见大巫了。进去过一道角门，门旁突然亭亭地矗立着两竿粗竹子，在墙上紧紧地挨着；要用批文章的成语，这两竿竹子足称得起"天外飞来之笔"。

正殿屋角上两座琉璃瓦的鸱吻，在台阶下看，值得徘徊一下。神话说殿基本是青龙潭，一夕风雨，顿成平地，涌出两鸱吻。只可惜现在的两座太新鲜，与神话的朦胧幽秘的境界不相称。但是还值得看，为的是大得好，在太阳里嫩黄得好，闪亮得好；那拴着的四条黄铜链子也映衬得好。寺里殿很多，层层折折高上去，走起来已经不平凡，每殿大小又不一样，塑像摆设也各出心裁。看完了，还觉得无穷无尽似的。正殿下延清阁是待客的地方，远处群山像屏障似的。屋子结构甚巧，穿来穿去，不知有多少间，好像一所大宅子。可惜尘封不扫，我们住不着。话说回来，这种屋子原也不是预备给我们这么多人挤着住的。寺门前一道深沟，上有石桥；那时没有水，若是现在去，倚在桥上听潺潺的水声，倒也可以忘我忘世。过桥四株马尾松，枝枝覆盖，叶叶交通，另成一个境界。西边小山上有个古观音洞。洞无可看，但上去时在山坡上看潭柘的侧面，宛如仇十洲的《仙山楼阁图》；往下看是陡峭的沟岸，越显得深深无极，潭柘简直有海上蓬莱的意味了。寺以泉水著名，到处有石槽引水长流，倒也涓涓可爱。只是流觞亭雅得那样俗，在石地上楞刻着蚯蚓般的槽；那样流觞，怕只有孩子们愿意干。现在兰亭的“流觞曲水”也和这儿的一鼻孔出气，不过规模大些。晚上因为带的铺盖薄，冻得睁着眼，却听了一夜的泉声；心里想要不冻着，这泉声够多清雅啊！寺里并无一个老道，但那几个和尚，满身铜臭，满眼势利，教人老不能忘记，倒也麻烦的。

第二天清早，二十多人满雇了牲口，向戒坛而去，颇有浩浩荡荡之势。我的是一匹骡子，据说稳得多。这是第一回，高高兴兴骑上去。这一路要翻罗喉岭。只是土山，可是道儿窄，又曲折，虽不高，老那么凸凸凹凹的。许多处只容得一匹牲口过去。平心说，是险点儿。想起古来用兵，从间道袭敌人，许也是这种光景吧。

戒坛在半山上，山门是向东的。一进去就觉得平旷；南面只有一道低低的砖栏，下边是一片平原，平原尽处才是山，与众山屏蔽的潭柘气象便不同。进二门，更觉得空阔疏朗，仰看正殿前的平台，仿佛汪洋千顷。这平台东西很长，是戒坛最胜处，眼界最宽，教人想起“振衣千仞冈”的诗句。三株名松都在这里。“卧龙松”与“抱塔松”同是偃仆的姿势，身躯奇伟，鳞甲苍然，有飞动之意。“九龙松”老干槎枒，如张牙舞爪一般。若在月光底下，森森然的松影当更有可看。此地最宜低回流连，不是匆匆一览所可领略。潭柘以层折胜，戒坛以开朗胜；但潭柘似乎更幽静些。戒坛的和尚，春风满面，却远胜于潭柘的；我们之中颇有悔不该在潭柘的。戒坛后山上也有个观音洞。洞宽大而深，大家点了火把嚷嚷闹闹地下去；半里光景的洞满是油烟，满是声音。洞里有石虎，石龟，上天梯，海眼等等，无非是凑凑人的热闹而已。

还是骑骡子。回到长辛店的时候，两条腿几乎不是我的了。

白马湖

今天是个下雨的日子。这使我想起了白马湖；因为我第一回到白马湖，正是微风飘萧的春日。

白马湖在甬绍铁道的驿亭站，是个极小极小的乡下地方。在北方说起这个名字，管保一百个人一百个人不知道。但那却是一个不坏的地方。这名字先就是一个不坏的名字。据说从前（宋时？）有个姓周的骑白马入湖仙去，所以有这个名字。这个故事也是一个不坏的故事。假使你乐意搜集，或也可编成一本小书，交北新书局印去。

白马湖并非圆圆的或方方的一个湖，如你所想到的，这是曲曲折折大大小小许多湖的总名。湖水清极了，如你所能想到的，一点儿不含糊像镜子。沿铁路的水，再没有比这里清的，这是公论。遇到旱年的夏季，别处湖里都长了草，这里却还是一清如故。白马湖最大的，也是最好的一个，便是我们住过的屋的门前那一个。那个湖不算小，但湖口让两面的山包抄住了。外面只见微微的碧波而已，想不到有那么大的一片。湖的尽里头，有一个三四十户人家的村落，叫作西徐岙，因为姓徐的多。这村落与外面本是不相通的，村里人要出来得撑船。后来春晖中学在湖边造了房子，这才造了两座玲珑的小木桥，筑起一道煤屑路，直通到驿亭车站。那是窄窄的一条人行路，蜿蜒曲折的，路上虽常不见人，走起来却不见寂寞——尤其在微雨的春天，一个初到的来客，他左顾右盼，是只有觉得热闹的。

春晖中学在湖的最胜处，我们住过的屋也相去不远，是半西式。湖光山色从门里从墙头进来，到我们窗前、桌上。我们几家接连着；丏翁的家最讲究。屋里有名人字画，有古瓷，有铜佛，院子里满种着花。屋子里的陈设又常常变换，给人新鲜的受用。他有这样好的屋子，又是好客如命，我们便不时地上他家里喝老酒。丏翁夫人的烹调也极好，每回总是满满的盘碗拿出来，空空的收回去。白马湖最好的时候是黄昏。湖上的山笼着一层青色的薄雾，在水里映着参差的模糊的影子。水光微微地暗淡，像是一面古铜镜。轻风吹来，有一两缕波纹，但随即平静了。天上偶见几只归鸟，我们看着它们越飞越远，直到不见为止。这个时候便是我们喝酒的时候。我们说话很少；上了灯话才多些，但大家都已微有醉意。是该回家的时候了。若有月光也许还得徘徊一会；若是黑夜，便在暗里摸索醉着回去。

白马湖的春日自然最好。山是青得要滴下来，水是满满的、软软的。小马路的两边，一株间一株地种着小桃与杨柳。小桃上各缀着几朵重瓣的红花，像夜空的疏星。杨柳在暖风里不住地摇曳。在这路上走着，时而听见锐而长的火车的笛声是别有风味的。在春天，不论是晴是雨，是月夜是黑夜，白马湖都好。雨中田里菜花的颜色最早鲜艳；黑夜虽什么不见，但可静静地受用春天的力量。夏夜也有好处，有月时可以在湖里划小船，四面满是青霭。船上望别的村庄，像是蜃楼海市，浮在水上，迷离惝恍的；有时听见人声或犬吠，大有世外之感。若没有月呢，便在田野里看萤火。那萤火不是一星半点的，如你们在城中所见；那是成千成百的萤火。一片儿飞出来，像金线网似的，又像耍着许多火绳似的。只有一层使我愤恨。那里水田多，蚊子太多，而且几乎全闪闪烁烁是疟蚊子。我们一家都染了疟疾，至今三四年了，还有未断根的。蚊子多足以减少露坐夜谈或划船夜游的兴致，这未免是美中不足了。

离开白马湖是三年前的一个冬日。前一晚"别筵"上，有丐翁与云君，我不能忘记丐翁，那是一个真挚豪爽的朋友。但我也不能忘记云君，我应该这样说，那是一个可爱的——孩子。

温州的踪迹

一、“月朦胧，鸟朦胧，帘卷海棠红”

这是一张尺多宽的小小的横幅，马孟容君画的。上方的左角，斜着一卷绿色的帘子，稀疏而长；当纸的直处三分之一，横处三分之二。帘子中央，着一黄色的，茶壶嘴似的钩儿——就是所谓软金钩么？“钩弯”垂着双穗，石青色；丝缕微乱，若小曳于轻风中。纸右一圆月，淡淡的青光遍满纸上；月的纯净，柔软与平和，如一张睡美人的脸。从帘的上端向右斜伸而下，是一枝交缠的海棠花。花时扶疏，上下错落着，共有五丛；或散或密，都玲珑有致。叶嫩绿色，仿佛掐得出水似的；在月光中掩映着，微微有浅深之别。花正盛开，红艳欲流；黄色的雄蕊历历的，闪闪的，衬托在丛绿之间，格外觉着妖娆了。枝欹斜而腾挪，如少女的一只臂膊。枝上歇着一对黑色的八哥，背着月光，向着帘里。一只歇得高些，小小的眼儿半睁半闭的，似乎在入梦之前，还有所留恋似的。那低些的一只别过脸来对着这一只，已缩着颈儿睡了。帘下是空空的，不着一些痕迹。

试想在圆月朦胧之夜，海棠是这样的妩媚而嫣润；枝头的好鸟为什么却双栖而各梦呢？在这夜深人静的当儿，那高踞着的一只八哥儿，又为何尽撑着眼皮儿不肯睡去呢？它到底等什么来着？舍不得那淡淡的月儿么？舍不得那疏疏的帘儿么？不，不，不，您得到帘下去找，您得向帘中去找——您该找着那卷帘人了？他的情韵风怀，原是这样这样的哟！朦胧的岂独月呢；岂独鸟呢？但是，咫尺天涯，教我如何耐得？我拼着千呼万唤；你能够出来么？

这页画布局那样经济，设色那样柔活，故精彩足以动人，虽是区区尺幅，而情韵之厚，已足沦肌浃髓而有余。我看了这画，瞿然而惊；留恋之怀，不能自已。故将所感受的印象细细写出，以志这一段因缘。但我于中两的画都是门外汉，所说的话不免为内行所笑。——那也只好由他了。

二、绿

我第二次到仙岩的时候，我惊诧于梅雨潭的绿了。

梅雨潭是一个瀑布潭。仙岩有三个瀑布，梅雨瀑最低。走到山边，便听见哗哗哗哗的声音；抬起头，镶在两条湿湿的黑边儿里的，一带白而发亮的水便呈现于眼前了。我们先到梅雨亭。梅雨亭正对着那条瀑布；坐在亭边，不必仰头，便可见它的全体了。亭下深深的便是梅雨潭。这个亭踞在突出的一角的岩石上，上下都空空儿的；仿佛一只苍鹰展着翼翅浮在天宇中一般。三面都是山，像半个环儿拥着；人如在井底了。这是一个秋季的薄阴的天气。微微的云在我们顶上流着；岩面与草丛都从润湿中透出几分油油的绿意。而瀑布也似乎分外的响了。那瀑布从上面冲下，仿佛已被扯成大小的几绺；不复是一幅整齐而平滑的布。岩上有许多棱角；瀑流经过时，作急剧的撞击，便飞花碎玉般乱溅着了。那溅着的水花，晶莹而多芒；远望去，像一朵朵小小的白梅，微雨似的纷纷落着。据说，这就是梅雨潭之所以得名了。但我觉得像杨花，格外确切些。轻风起来时，点点随风飘散，那更是杨花了。——这时偶然有几点送入我们温暖的怀里，便倏的钻了进去，再也寻它不着。

梅雨潭闪闪的绿色招引着我们；我们开始追捉她那离合的神光了。揪着草，攀着乱石，小心探身下去，又鞠躬过了一个石穹门，便到了汪汪一碧的潭边了。瀑布在襟袖之间；但我的心中已没有瀑布了。我的心随潭水的绿而摇荡。那醉人的绿呀，仿佛一张极大极大的荷叶铺着，满是奇异的绿呀。我想张开两臂抱住她；但这是怎样一个妄想呀。——站在水边，望到那面，居然觉着有些远呢！这平铺着，厚积着的绿，着实可爱。她松松的皱缬着，像少妇拖着的裙幅；她轻轻的摆弄着，像跳动的初恋的处女的心；她滑滑的明亮着，像涂了“明油”一般，有鸡蛋清那样软，那样嫩，令人想着所曾触过的最嫩的皮肤；她又不杂些儿尘滓，宛然一块温润的碧玉，只清清的一色——但你却看不透她！我曾见过北京什刹海拂地的绿杨，脱不了鹅黄的底子，似乎太淡了。我又曾见过杭州虎跑寺近旁高峻而深密的“绿壁”，重叠着无穷的碧草与绿叶的，那又似乎太浓了。其余呢，西湖的波太明了，秦淮河的又太暗了。可爱的，我将什么来比拟你呢？我怎么比拟得出呢？大约潭是很深的，故能蕴蓄着这样奇异的绿；仿佛蔚蓝的天融了一块在里面似的，这才这般的鲜润呀——那醉人的绿呀！我若能裁你以为带，我将赠给那轻盈的舞女；她必能临风飘举了。我若能挹你以为眼，我将赠给那善歌的盲妹；她必明眸善睐了。我舍不得你；我怎舍得你呢？我用手拍着你，抚摩着你，如同一个十二三岁的小姑娘。我又掬你入口，便是吻着她了。我送你一个名字，我从此叫你“女儿绿”，好么？

我第二次到仙岩的时候，我不禁惊诧于梅雨潭的绿了。

三、白水祭

几个朋友伴我游白水祭。

这也是个瀑布；但是太薄了，又太细了。有时闪着些许的白光；等你定睛看去，却又没有——只剩一片飞烟而已。从前有所谓“雾縠”，大概就是这样了。所以如此，全由于岩石中间突然空了一段；水到那里，无可凭依，凌虚飞下，便扯得又薄又细了。当那空处，最是奇迹。白光嬗为飞烟，已是影子；有时却连影子也不见。有时微风过来，用纤手挽着那影子，它便袅袅的成了一个软弧；但她的手才松，它又像橡皮带儿似的，立刻服服帖帖的缩回来了。我所以猜疑，或者另有双不可知的巧手，要将这些影子织成一个幻网。——微风想夺了它的，它怎么肯呢？

幻网里也许织着诱惑；我的依恋便是个老大的证据。

四、生命的价格——七毛钱

生命本来不应该有价格的；而竟有了价格！人贩子，老鸨，以至近来的绑票土匪，都就他们的所有物，标上参差的价格，出卖于人；我想将来许还有公开的人市场呢！在种种“人货”里，价格最高的，自然是土匪们的票了，少则成千，多则成万；大约是有历史以来，“人货”的最高的行情的。其次是老鸨们所有的妓女，由数百元到数千元，是常常听到的。最贱的要算是人贩子的货色！他们所有的，只是些男女小孩，只是些“生货”，以便卖不起价钱了。

人贩子只是“仲卖人”他们还得取给于“厂家”，便是出卖孩子们的人家。“厂家”的价格才真是道地呢！《青光》里曾有一段记载，说三块钱买了一个丫头；那是移让过来的，但价格之低，也就够令人惊诧了！“厂家”的价格，却还有更低的！三百钱，五百钱买一个孩子，在灾荒时不算难事！但我不曾见过。

我亲眼看见的一条最贱的生命，是七毛钱买来的！这是一个五岁的女孩子。一个五岁的“女孩子”卖七毛钱，也许不能算是最贱；但请您细看：将一条生命的自由和七枚小银元各放在天平的一个盘里，您将发现，正如九头牛与一根牛毛一样，两个盘儿的重量相差实在太远了！

我见这个女孩，是在房东家里。那时我正和孩子们吃饭；妻走来叫我看一件奇事，七毛钱买来的孩子！孩子端端正正的坐在条凳上；面孔黄黑色，但还丰润；衣帽也还整洁可看。我看了几眼，觉得和我们的孩子也没有什么差异；我看不出她的低贱的生命的符记——如我们看低贱的货色时所容易发现的符记。我回到自己的饭桌上，看看阿九和阿菜，始终觉得和那个女孩没有什么不同！但是，我毕竟发现真理了！我们的孩子所以高贵，正因为我们不曾出卖他们，而那个女孩所以低贱，正因为她是被出卖的；这就是她只值七毛钱的缘故了！呀，聪明的真理！

妻告诉我这孩子没有父母，她哥嫂将她卖给房东家姑爷开的银匠店里的伙计，便是带着她吃饭的那个人。他似乎没有老婆，手头很窘的，而且喜欢喝酒，是一个糊涂的人！我想这孩子父母若还在世，或者还舍不得卖她，至少也要迟几年卖她；因为她究竟是可怜的小羔羊。到了哥嫂的手里，情形便不同了！家里总不宽裕，多一张嘴吃饭，多费些布做衣，是显而易见的。将来人大了，由哥嫂卖出，究竟是为难的；说不定还得找补些儿，才能送出去。这可多么冤呀！不如趁小的时候，谁也不注意，做个人情，送了干净！您想，温州不算十分穷苦的地方，也没碰着大荒年，干什么得了七个小毛钱，就心甘情愿的将自己的小妹子捧给人家呢？说等钱用？谁也不信！七毛钱了得什么急事！温州又不是没人买的！大约买卖两方本来相知；那边恰要个孩子玩儿，这边也乐得出脱，便半送半卖的含糊定了交易。我猜想那时伙计向袋里一摸，一股脑儿掏了出来，只有七毛钱！哥哥原也不指望着这笔钱用，也就大大方方收了完事。于是财货两交，那女孩便归伙计管业了！

这一笔交易的将来，自然是在运命手里；女儿本姓“碰”，由她去碰吧了！但可知的，运命决不加惠于她！第一幕的戏已启示于我们了！照妻所说，那伙计必无这样耐心，抚养她成人长大！他将像豢养小猪一样，等到相当的肥壮的时候，便卖给屠户，任他宰割去；这其间他得了赚头，是理所当然的！但屠户是谁呢？在她卖做丫头的时候，便是主人！“仁慈的”主人只宰割她相当的劳力，如养羊而剪它的毛一样。到了相当的年纪，便将她配人。能够这样，她虽然被撖在丫头坯里，却还算不幸中之幸哩。但在目下这钱世界里，如此大方的人究竟是少的；我们所见的，十有六七是刻薄人！她若卖到这种人手里，他们必拶榨她过量的劳力。供不应求时，便骂也来了，打也来了！等她成熟时，却又好转卖给人家做妾；平常拶榨的不够，这儿又找补一个尾子！偏生这孩子模样儿又不好；入门不能得丈夫的欢心，容易遭大妇的凌虐，又是显然的！她的一生，将消磨于眼泪中了！也有些主人自己收婢做妾的；但红颜白发，也只空断送了她的一生！和前例相较，只是五十步与百步而已。——更可危的，她若被那伙计卖在妓院里，老鸨才真是个令人肉颤的屠户呢！我们可以想到：她怎样逼她学弹学唱，怎样驱遣她去做粗活！怎样用藤筋打她，用针刺她！怎样督责她承欢卖笑！她怎样吃残羹冷饭！怎样打熬着不得睡觉！怎样终于生了一身毒疮！她的相貌使她只能做下等的妓女；她的沦落风尘是终生的！她的悲剧也是终生的！——唉！七毛钱竟买了你的全生命——你的血肉之躯竟抵不上区区七个小银元么？生命真太贱了！生命真太贱了！

因此想到自己的孩子的运命，真有些胆寒！钱世界里的生命市场存在一日，都是我们孩子的危险！都是我们孩子的侮辱！您有孩子的人呀，想想看，这是谁之罪呢？这是谁之责呢？

扬州的夏日

扬州从隋炀帝以来，是诗人文士所称道的地方；称道的多了，称道得久了，一般人便也随声附和起来。直到现在，你若向人提起扬州这个名字，他会点头或摇头说：“好地方！好地方！”特别是没去过扬州而念过些唐诗的人，在他心里，扬州真像蜃楼海市一般美丽；他若念过《扬州画舫录》一类书，那更了不得了。但在一个久住扬州像我的人，他却没有那么多美丽的幻想，他的憎恶也许掩住了他的爱好；他也许离开了三四年并不去想它。若是想呢——你说他想什么？女人；不错，这似乎也有名，但怕不是现在的女人吧？——他也只会想着扬州的夏日，虽然与女人仍然不无关系的。

北方和南方一个大不同，在我看，就是北方无水而南方有。诚然，北方今年大雨，永定河，大清河甚至决了堤防，但这并不能算是有水；北平的三海和颐和园虽然有点儿水，但太平衍了，一览而尽，船又那么笨头笨脑的。有水的仍然是南方。扬州的夏日，好处大半便在水上——有人称为“瘦西湖”，这个名字真是太“瘦”了，假西湖之名以行，“雅得这样俗”，老实说，我是不喜欢的。下船的地方便是护城河，曼衍开去，曲曲折折，直到平山堂——这是你们熟悉的名字——有七八里河道，还有许多杈杈丫丫的支流。这条河其实也没有顶大的好处，只是曲折而有些幽静，和别处不同。

沿河最著名的风景是小金山，法海寺，五亭桥；最远的便是平山堂了。金山你们是知道的，小金山却在水中央。在那里望水最好，看月自然也不错——可是我还不曾有过那样福气。“下河”的人十之九是到这儿的，人不免太多些。法海寺有一个塔，和北海的一样，据说是乾隆皇帝下江南，盐商们连夜督促匠人造成的。法海寺著名的自然是这个塔；但还有一桩，你们猜不着，是红烧猪头。夏天吃红烧猪头，在理论上也许不甚相宜；可是在实际上，挥汗吃着，倒也不坏的。五亭桥如名字所示，是五个亭子的桥。桥是拱形，中一亭最高，两边四亭，参差相称；最宜远看，或看影子，也好。桥洞颇多，乘小船穿来穿去，另有风味。平山堂在蜀冈上。登堂可见江南诸山淡淡的轮廓；“山色有无中”一句话，我看是恰到好处，并不算错。这里游人较少，闲坐在堂上，可以永日。沿路光景，也以闲寂胜。从天宁门或北门下船。蜿蜒的城墙，在水里倒映着苍黝的影子，小船悠然地撑过去，岸上的喧扰像没有似的。

船有三种：大船专供宴游之用，可以狎妓或打牌。小时候常跟了父亲去，在船里听着谋得利洋行的唱片。现在这样乘船的大概少了吧？其次是“小划子”，真像一瓣西瓜，由一个男人或女人用竹篙撑着。乘的人多了，便可雇两只，前后用小凳子跨着：这也可算得“方舟”了。后来又有一种“洋划”，比大船小，比“小划子”大，上支布篷，可以遮日遮雨。“洋划”渐渐地多，大船渐渐地少，然而“小划子”总是有人要的。这不独因为价钱最贱，也因为它的伶俐。一个人坐在船中，让一个人站在船尾上用竹篙一下一下地撑着，简直是一首唐诗，或一幅山水画。而有些好事的少年，愿意自己撑船，也非“小划子”不行。“小划子”虽然便宜，却也有些分别。譬如说，你们也可想到的，女人撑船总要贵些；姑娘撑的自然更要贵啰。这些撑船的女子，便是有人说过的“瘦西湖上的船娘”。船娘们的故事大概不少，但我不很知道。据说以乱头粗服，风趣天然为胜；中年而有风趣，也仍然算好。可是起初原是逢场作戏，或尚不伤廉惠；以后居然有了价格，便觉意味索然了。

北门外一带，叫作下街，“茶馆”最多，往往一面临河。船行过时，茶客与乘客可以随便招呼说话。船上人若高兴时，也可以向茶馆中要一壶茶，或一两种“小笼点心”，在河中喝着，吃着，谈着。回来时再将茶壶和所谓小笼，连价款一并交给茶馆中人。撑船的都与茶馆相熟，他们不怕你白吃。扬州的小笼点心实在不错：我离开扬州，也走过七八处大大小小的地方，还没有吃过那样好的点心；这其实是值得惦记的。茶馆的地方大致总好，名字也颇有好的。如香影廊，绿杨村，红叶山庄，都是到现在还记得的。绿杨村的幌子，挂在绿杨树上，随风飘展，使人想起“绿杨城郭是扬州”的名句。里面还有小池，丛竹，茅亭，景物最幽。这一带的茶馆布置都利落有致，迥非上海，北平方方正正的茶楼可比。

“下河”总是下午。傍晚回来，在暮霭朦胧中上了岸，将大褂折好搭在腕上，一手微微摇着扇子；这样进了北门或天宁门走回家中。这时候可以念“又得浮生半日闲”那一句诗了。

南　京

南京是值得流连的地方，虽然我只是来来去去，而且又都在夏天。也想夸说夸说，可惜知道的太少；现在所写的，只是一个旅行人的印象罢了。

逛南京像逛古董铺子，到处都有些时代侵蚀的遗痕。你可以摩挲，可以凭吊，可以悠然遐想；想到六朝的兴废，王谢的风流，秦淮的艳迹。这些也许只是老调子，不过经过自家一番体贴，便不同了。所以我劝你上鸡鸣寺去，最好选一个微雨天或月夜。在朦胧里，才酝酿着那一缕幽幽的古味。你坐在一排明窗的豁蒙楼上，吃一碗茶，看面前苍然蜿蜒着的台城。台城外明净荒寒的玄武湖就像大涤子的画。豁蒙楼一排窗子安排得最有心思，让你看的一点不多，一点不少。寺后有一口灌园的井，可不是那陈后主和张丽华躲在一堆儿的“胭脂井”。那口胭脂井不在路边，得破费点工夫寻觅。井栏也不在井上；要看，得老远地上明故宫遗址的古物保存所去。

从寺后的园地，拣着路上台城；没有垛子，真像平台一样。

踏在茸茸的草上，说不出的静。夏天白昼有成群的黑蝴蝶，在微风里飞；这些黑蝴蝶上下旋转地飞，远看像一根粗的圆柱子。城上可以望南京的每一角。这时候若有个熟悉历代形势的人，给你指点，隋兵是从这角进来的，湘军是从那角进来的，你可以想象异样装束的队伍，打着异样的旗帜，拿着异样的武器，汹汹涌涌地进来，远远仿佛还有哭喊之声。假如你记得一些金陵怀古的诗词，趁这时候暗诵几回，也可印证印证，许更能领略作者当日的情思。

从前可以从台城爬出去，在玄武湖边；若是月夜，两三个人，两三个零落的影子，歪歪斜斜地挪移下去，够多好。现在可不成了，得出寺，下山，绕着大弯儿出城。七八年前，湖里几乎长满了苇子，一味地荒寒，虽有好月光，也不大能照到水上；船又窄，又小，又漏，教人逛着愁着。这几年大不同了，一出城，看见湖，就有烟水苍茫之意；船也大多了，有藤椅子可以躺着。水中岸上都光光的；亏得湖里有五个洲子点缀着，不然便一览无余了。这里的水是白的，又有波澜，俨然长江大河的气势，与西湖的静绿不同，最宜于看月，一片空蒙，无边无界。若在微醺之后，迎着小风，似睡非睡地躺在藤椅上，听着船底汩汩的波响与不知何方来的箫声，真会教你忘却身在哪里。五个洲子似乎都局促无可看，但长堤宛转相通，却值得走走。湖上的樱桃最出名。据说樱桃熟时，游人在树下现买，现摘，现吃，谈着笑着，多热闹的。

清凉山在一个角落里，似乎人迹不多。扫叶楼的安排与豁蒙楼相仿佛，但窗外的景象不同。这里是滴绿的山环抱着，山下一片滴绿的树；那绿色真是扑到人眉宇上来。若许我再用画来比，这怕像王石谷的手笔了。在豁蒙楼上不容易坐得久，你至少要上台城去看看。在扫叶楼上却不想走；窗外的光景好像满为这座楼而设，一上楼便什么都有了。夏天去确有一股“清凉”味。这里与豁蒙楼全有素面吃，又可口，又贱。

莫愁湖在华严庵里。湖不大，又不能泛舟，夏天却有荷花荷叶，临湖一带屋子，凭栏眺望，也颇有远情。莫愁小像，在胜棋楼下，不知谁画的，大约不很古吧；但脸子开得秀逸之至，衣褶也柔活之至，大有“挥袖凌虚翔”的意思；若让我题，我将毫不踌躇地写上“仙乎仙乎”四字。另有石刻的画像，也在这里，想来许是那一幅画所从出；但生气反而差得多。这里虽也临湖，因为屋子深，显得阴暗些；可是古色古香，阴暗得好。诗文联语当然多，只记得王湘绮的半联云：“莫轻他北地胭脂，看艇子初来，江南儿女无颜色。”气概很不错。所谓胜棋楼，相传是明太祖与徐达下棋，徐达胜了，太祖便赐给他这一所屋子。太祖那样人，居然也会做出这种雅事来了。左手临湖的小阁却敞亮得多，也敞亮得好。有曾国藩画像，忘记是谁横题着“江天小阁坐人豪”一句。我喜欢这个题句，“江天”与“坐人豪”，景象阔大，使得这屋子更加开朗起来。

秦淮河我已另有记。但那文里所说的情形，现在已大变了。从前读《桃花扇》《板桥杂记》一类书，颇有沧桑之感；现在想到自己十多年前身历的情形，怕也会有沧桑之感了。前年看见夫子庙前旧日的画舫，那样狼狈的样子，又在老万全酒栈看秦淮河水，差不多全黑了，加上巴掌大，透不出气的所谓秦淮小公园，简直有些厌恶，再别提做什么梦了。贡院原也住秦淮河上，现在早拆得只剩一点儿了。民国五年父亲带我去看过，已经荒凉不堪，号舍里草都长满了。父亲曾经办过江南闱差，熟悉考场的情形，说来头头是道。他说考生入场时，都有送场的，人很多，门口闹嚷嚷的。天不亮就点名，搜夹带。大家都归号。似乎直到晚上，头场题才出来，写在灯牌上，由号军打着在各号里走。所谓“号”，就是一条狭长的胡同，两旁排列着号舍，口儿上写着什么天字号，地字号等等的。每一号舍之大，恰好容一个人坐着；从前人说是像轿子，真不错。几天里吃饭，睡觉，做文章，都在这轿子里；坐的伏的各有一块硬板，如是而已。官号稍好一些，是给达官贵人的子弟预备的，但得补褂朝珠地入场，那时是夏秋之交，天还热，也够受的。父亲又说，乡试时场外有兵巡逻，防备通关节。场内也竖起黑幡，叫鬼魂们有冤报冤，有仇报仇；我听到这里，有点毛骨悚然。现在贡院已变成碎石路；在路上走的人，怕很少想起这些事情的了吧？

明故宫只是一片瓦砾场，在斜阳里看，只感到李太白《忆秦娥》的“西风残照，汉家陵阙”二语的妙。午门还残存着，遥遥直对洪武门的城楼，有万千气象。古物保存所便在这里，可惜规模太小，陈列得也无甚次序：明孝陵道上的石人石马，虽然残缺零乱，还可见泱泱大风；享殿并不巍峨，只陵下的隧道，阴森袭人，夏天在里面待着，凉风沁人肌骨。这陵大概是开国时草创的规模，所以简朴得很；比起长陵，差得真太远了。然而简朴得好。

雨花台的石子，人人皆知；但现在怕也捡不着什么了。那地方毫无可看。记得刘后村的诗云：“昔年讲师何处在，高台犹以‘雨花’名。有时宝向泥寻得，一片山无草敢生。”我所感的至多也只如此。还有，前些年南京枪决囚人都在雨花台下，所以洋车夫遇见别的车夫和他争先时，常说，“忙什么！赶雨花台去!”这和从前北京车夫说“赶菜市口儿”一样。现在时移势异，这种话渐渐听不见了。

燕子矶在长江里看，一片绝壁，危亭翼然，的确惊心动魄。但到了上边，逼窄污秽，毫无可以盘桓之处。燕山十二洞，去过三个。只三台洞层层折折，由幽入明，别有匠心，可是也年久失修了。

南京的新名胜，不用说，首推中山陵。中山陵全用青白两色，以象征青天白日，与帝王陵寝用红墙黄瓦的不同。假如红墙黄瓦有富贵气，那青琉璃瓦的享堂，青琉璃瓦的碑亭却有名贵也。从陵门上享堂，白石台阶不知多少级，但爬得够累的；然而你远看，决想不到会有这么多的台阶儿。这是设计的妙处。德国波慈达姆无愁宫前的石阶，也同此妙。享堂进去也不小；可是远处看，简直小得可以，和那白石的飞阶不相称，一点儿压不住，仿佛高个儿戴着小尖帽。近处山角里一座阵亡将士纪念塔，粗粗的，矮矮的，正当着一个青青的小山峰，让两边儿的山紧紧抱着，静极，稳极。——谭墓没去过，听说颇有点丘甃。中央运动场也在中山陵近处，全仿外洋的样子。全国运动会时，也不知有多少照相与描写登在报上；现在是时髦的游泳的地方。

若要看旧书，可以上江苏省立图书馆去。这在汉西门龙蟠里，也是一个角落里。这原是江南图书馆，以丁丙的善本书室藏书为底子；词曲的书特别多。此外中央大学图书馆近年来也颇有不少书。中央大学是个散步的好地方。宽大，干净，有树木；黄昏时去兜一个或大或小的圈儿，最有意思。后面有个梅庵，是那会写字的清道人的遗迹。这里只是随宜地用树枝搭成的小小的屋子。庵前有一株六朝松，但据说实在是六朝桧；桧荫遮住了小院子，真是不染一尘。

南京茶馆里干丝很为人所称道。但这些人必没有到过镇江，扬州，那儿的干丝比南京细得多，又从来不那么甜。我倒是觉得芝麻烧饼好，一种长圆的，刚出炉，既香，且酥，又白，大概各茶馆都有。咸板鸭才是南京的名产，要热吃，也是香得好；肉要肥要厚，才有咬嚼。但南京人都说盐水鸭更好，大约取其嫩，其鲜；那是冷吃的，我可不知怎样，老觉得不大得劲儿。

说扬州

在第十期上看到曹聚仁先生的《闲话扬州》，比那本出名的书有味多了。不过那本书将扬州说得太坏，曹先生又未免说得太好；也不是说得太好，他没有去过那里，所说的只是从诗赋中，历史上得来的印象。这些自然也是扬州的一面，不过已然过去，现在的扬州却不能再给我们那种美梦。

自己从七岁到扬州，一住十三年，才出来念书。家里是客籍，父亲又是在外省当差事的时候多，所以与当地贤豪长者并无来往。他们的雅事，如访胜，吟诗，赌酒，书画名家，烹调佳味，我那时全没有份，也全不在行。因此虽住了那么多年，并不能做扬州通，是很遗憾的。记得的只是光复的时候，父亲正病着，让一个高等流氓凭了军政府的名字，敲了一竹杠；还有，在中学的几年里，眼见所谓“甩子团”横行无忌。“甩子”是扬州方言，有时候指那些“怯”的人，有时候指那些满不在乎的人。“甩子团”不用说是后一类；他们多数是绅宦家子弟，仗着家里或者“帮”里的势力，在各公共场所闹标劲，如看戏不买票，起哄等等，也有包揽词讼，调戏妇女的。更可怪的，大乡绅的仆人可以指挥警察区区长，可以大模大样招摇过市——这都是民国五六年的事，并非前清君主专制时代。自己当时血气方刚，看了一肚子气；可是人微言轻，也只好让那口气憋着罢了。

从前扬州是个大地方，如曹先生那文所说；现在盐务不行了，简直就算个没“落儿”的小城。

可是一般人还忘其所以地要气派，自以为美，几乎不知天多高地多厚。这真是所谓“夜郎自大”了。扬州人有“扬虚子”的名字；这个“虚子”有两种意思，一是大惊小怪，二是以少报多，总而言之，不离乎虚张声势的毛病。他们还有个“扬盘”的名字，譬如东西买贵了，人家可以笑话你是“扬盘”；又如店家价钱要的太贵，你可以诘问他，“把我当扬盘看么？”盘是捧出来给别人看的，正好形容耍气派的扬州人。又有所谓“商派”，讥笑那些仿效盐商的奢侈生活的人，那更是气派中之气派了。但是这里只就一般情形说，刻苦诚笃的君子自然也有；我所敬爱的朋友中，便不缺乏扬州人。

提起扬州这地名，许多人想到的是出女人的地方。但是我长到那么大，从来不曾在街上见过一个出色的女人，也许那时女人还少出街吧？不过从前人所谓“出女人”，实在指姨太太与妓女而言；那个“出”字就和出羊毛，出苹果的“出”字一样。《陶庵梦忆》里有“扬州瘦马”一节，就记的这类事；但是我毫无所知。不过纳妾与狎妓的风气渐渐衰了，“出女人”那句话怕迟早会失掉意义的吧。

另有许多人想，扬州是吃得好的地方。这个保你没错儿。北平寻常提到江苏菜，总想着是甜甜的腻腻的。现在有了淮扬菜，才知道江苏菜也有不甜的：但还以为油重，和山东菜的清淡不同。其实真正油重的是镇江菜，上桌子常教你腻得无可奈何。扬州菜若是让盐商家的厨子做起来，虽不到山东菜的清淡，却也滋润，利落，决不腻嘴腻舌。不但味道鲜美，颜色也清丽悦目。扬州又以面馆著名。好在汤味醇美，是所谓白汤，由种种出汤的东西如鸡鸭鱼肉等熬成，好在它的厚，和啖熊掌一般。也有清汤，就是一味鸡汤，倒并不出奇。内行的人吃面要“大煮”；普通将面挑在碗里，浇上汤，“大煮”是将面在汤里煮一会儿，更能人味些。

扬州最著名的是茶馆；早上去下午去都是满满的。吃的花样最多。坐定了沏上茶，便有卖零碎的来兜揽，手臂上挽着一个黯淡的柳条筐，筐子里摆满了一些小蒲包，分放着瓜子花生炒盐豆之类。又有炒白果的，在担子上铁锅爆着白果，一片铲子的声音。得先告诉他，才给你炒。炒得壳子爆了，露出黄亮的仁儿，铲在铁丝罩里送过来，又热又香。还有卖五香牛肉的，让他抓一些，摊在干荷叶上；叫茶房拿点好麻酱油来，拌上慢慢地吃，也可向卖零碎的买些白酒——扬州普通都喝白酒——喝着。这才叫茶房烫干些。北平现在吃干丝，都是所谓煮干丝；那是很浓的，当菜很好，当点心却未必合适。烫干丝先将一大块方的白豆腐干飞快地切成薄片，再切为细丝，放在小碗里，用开水一浇，干丝便熟了；逼去了水，抟成圆锥似的，再倒上麻酱油，搁一撮虾米和干笋丝在尖儿，就成。说时迟，那时快，刚瞧着在切豆腐干，一眨眼已端来了。烫干丝就是清得好，不妨碍你吃别的。接着该要小笼点心。北平淮扬馆子出卖的汤包，诚哉是好，在扬州却少见；那实在是淮阴的名字，扬州不该掠美。扬州的小笼点心，肉馅儿的，蟹肉馅儿的，笋肉馅儿的且不用说，最可口的是菜包子菜烧卖，还有干菜包子。菜选那最嫩的，剁成泥，加一点儿糖一点儿油，蒸得白生生的，热腾腾的，到口轻松地化去，留下一丝儿余味。干菜也是切碎，也是加一点儿糖和油，燥湿恰到好处；细细地咬嚼，可以嚼出一点橄榄般的回味来。这么着每样吃点儿也并不太多。要是有饭局，还尽可以从容地去。但是要老资格的茶客才能这样有分寸；偶尔上一回茶馆的本地人外地人，却总忍不住狼吞虎咽，到了儿捧着肚子走出。

扬州游览以水为主，以船为主，已另有文记过，此处从略。城里城外古迹很多，如“文选楼”“天保城”“雷塘”“二十四桥”等，却很少人留意；大家常去的只是史可法的“梅花岭”罢了。倘若有相当的假期，邀上两三个人去寻幽访古倒有意思；自然，得带点花生米，五香牛肉，白酒。

哀韦杰三君

韦杰三君是一个可爱的人；我第一回见他面时就这样想。这一天我正在家里，听到敲门的声音；进来的是一位温雅的少年。我问他“贵姓”的时候，他将他的姓名写在纸上给我看；说是苏甲荣先生介绍他来的。苏先生是我的同学，他的同乡，他说前一晚已来找过我了，我不在家；所以这回又特地来的。我们闲谈了一会儿，他说怕耽误我的时间，就告辞走了。是的，我们只谈了一会儿，而且并没有什么重要的话——我现在已全忘记——但我觉得已懂得他了，我相信他是一个可爱的人。

第二回来访，是在几天之后。那时新生甄别试验刚完，他的国文课是被分在钱子泉先生的班上。他来和我说，要转到我的班上。我和他说，钱先生的学问，是我素来佩服的；在他班上比在我班上一定好。而且已定的局面，因一个人而变动，也不大方便。他应了几声，也没有什么，就走了。从此他就不曾到我这里来。有一回，在三院第一排屋的后门口遇见他，他微笑着向我点头；他本是捧了书及墨盒去上课的，这时却站住了向我说："常想到先生那里，只是功课太忙了，总想去的。"我说："你闲时可以到我这里谈谈。"我们就点首作别。三院离我住的古月堂似乎很远，有时想起来，几乎和前门一样。所以半年以来，我只在上课前，下课后几分钟里，偶然遇着他三四次；除上述一次外，都只匆匆地点头走过，不曾说一句话。但我常是这样想：他是一个可爱的人。

他的同乡苏先生，我还是来京时见过一回，半年来不曾再见。我不曾和他谈韦君；我也不曾和别人谈韦君，除了钱子泉先生。钱先生有一日告诉我，说韦君总想转到我班上；钱先生又说："他知道不能转时，也很安心的用功了，笔记做得很详细的。"我说，自然还是在钱先生班上好。以后这件事还谈起一两次。直到三月十九日早，有人误报了韦君的死信；钱先生站在我屋外的台阶上惋惜地说："他寒假中来和我谈。我因他常是忧郁的样子，便问他为何这样；是为了我么？他说：'不是，你先生很好的；我是因家境不宽，老是愁烦着。'他说他家里还有一个年老的父亲和未成年的弟弟；他说他弟弟因为家中无钱，已失学了。他又说他历年在外读书的钱，一小半是自己休了学去做教员弄来的，一大半是向人告贷来的。他又说，下半年的学费还没有着落呢。"但他却不愿平白地受人家的钱；我们只看他给大学部学生会起草的请改奖金制为借贷制与工读制的信，便知道他年纪虽轻，做人却有骨气的。

我最后见他，是在三月十八日早上，天安门下电车时。也照平常一样，微笑着向我点头。他的微笑显示他纯洁的心，告诉人，他愿意亲近一切；我是不会忘记的。还有他的静默，我也不会忘记。据陈云豹先生的《行述》，韦君很能说话；但这半年来，我们听见的，却只有他的静默而已。他的静默里含有忧郁，悲苦，坚忍，温雅等等，是最足以引人深长之思和切至之情的。他病中据陈云豹君在本校追悼会里报告，虽也有一时期，很是躁急，但他终于在离开我们之前，写了那样平静的两句话给校长；他那两句话包蕴着无穷的悲哀，这是静默的悲哀！所以我现在又想，他毕竟是一个可爱的人。

三月十八日晚上，我知道他已危险；第二天早上，听见他死了，叹息而已！但走去看学生会的布告时，知他还在人世，觉得被鼓励似的，忙着将这消息告诉别人。有不信的，我立刻举出学生会布告为证。我二十日进城，到协和医院想去看看他；但不知道医院的规则，去迟了一点钟，不得进去。我很怅惘地在门外徘徊了一会儿，试问门役道："你知道清华学校有一个韦杰三，死了没有?"他的回答，我原也知道的，是"不知道"三字！那天傍晚回来；二十一日早上，便得着他死的信息——这回他真死了！他死在二十一日上午一时四十八分，就是二十日的夜里，我二十日若早去一点钟，还可见他一面呢。这真是十分遗憾的！二十三日同人及同学入城迎灵，我在城里十二点才见报，已赶不及了。下午回来，在校门外看见杠房里的人，知道柩已来了。我到古月堂一问知道柩安放在旧礼堂里。我去的时候，正在重殓，韦君已穿好了殓衣在照相了。据说还光着身子照了一张相，是照伤口的。我没有看见他的伤口；但是这种情景，不看见也罢了。照相毕，入殓，我走到柩旁：韦君的脸已变了样子，我几乎不认识了！他的两颧突出，颊肉瘪下，掀唇露齿，哪里还像我初见时的温雅呢？这必是他几日间的痛苦所致的。唉，我们可以想见了！我正在乱想，棺盖已经盖上；唉，韦君，这真是最后一面了！我们从此真无再见之期了！死生之理，我不能懂得，但不能再见是事实，韦君，我们失掉了你，更将从何处觅你呢？

韦君现在一个人睡在刚秉庙的一间破屋里，等着他迢迢千里的老父，天气又这样坏；韦君，你的魂也彷徨着吧！

怀魏握青君

两年前差不多也是这些日子吧，我邀了几个熟朋友，在雪香斋给握青送行。雪香斋以绍酒著名。这几个人多半是浙江人，握青也是的，而又有一两个是酒徒，所以便拣了这地方。说到酒，莲花白太腻，白干太烈；一是北方的佳人，一是关西的大汉，都不宜于浅斟低酌。只有黄酒，如温旧书，如对故友，真是醰醰有味。只可惜雪香斋的酒还上了色；若是“竹叶青”，那就更妙了。握青是到美国留学去，要住上三年；这么远的路，这么多的日子，大家确有些惜别，所以那晚酒都喝得不少。出门分手，握青又要我去中天看电影。我坐下直觉头晕。握青说电影如何如何，我只糊糊涂涂听着；几回想张眼看，却什么也看不出。终于支持不住，出其不意，哇地吐出来了。观众都吃一惊，附近的人全堵上了鼻子；这真有些惶恐。握青扶我回到旅馆，他也吐了。但我们心里都觉得这一晚很痛快。我想握青该还记得那种狼狈的光景吧？

我与握青相识，是在东南大学。那时正是暑假，中华教育改进社借那儿开会。我与方光焘君去旁听，偶然遇着握青；方君是他的同乡，一向认识，便给我们介绍了。那时我只知道他很活动，会交际而已。匆匆一面，便未再见。三年前，我北来作教，恰好与他同事。我初到，许多事都不知怎样做好；他给了我许多帮助。我们同住在一个院子里，吃饭也在一处。因此常和他谈论。我渐渐知道他不只是很活动，会交际；他有他的真心，他有他的锐眼，他也有他的傻样子。许多朋友都以为他是个傻小子，大家都叫他老魏，连听差背地里也是这样叫他；这个太亲昵的称呼，只有他有。

但他决不如我们所想的那么“傻”，他是个玩世不恭的人——至少我在北京见着他是如此。那时他已一度受过人生的戒，从前所有多或少的严肃气氛，暂时都隐藏起来了；剩下的只是那冷然的玩弄一切的态度。我们知道这种剑锋般的态度，若赤裸裸地露出，便是自己矛盾，所以总得用了什么法子盖藏着。他用的是一副傻子的面具。我有时要揭开他这副面具，他便说我是《语丝》派。但他知道我，并不比我知道他少。他能由我一个短语，知道全篇的故事。他对于别人，也能知道；但只默喻着，不大肯说出。他的玩世，在有些事情上．也许太随便些。但以某种意义说，他要复仇；人总是人，又有什么办法呢？至少我是原谅他的。

以上其实也只说得他的一面；他有时也能为人尽心竭力。他曾为我决定一件极为难的事。我们沿着墙根，走了不知多少趟；他源源本本，条分缕析地将形势剖解给我听。你想，这岂是傻子所能做的？幸亏有这一面，他还能高高兴兴过日子；不然，没有笑，没有泪，只有冷脸，只有“鬼脸”，岂不郁郁地闷煞人！

我最不能忘的，是他动身前不多时的一个月夜。电灯灭后，月光照了满院，柏树森森地耸立着。屋内人都睡了；我们站在月光里，柏树旁，看着自己的影子。他轻轻地诉说他生平冒险的故事。说一会儿，静默一会儿。这是一个幽奇的境界。他叙述时，脸上隐约浮着微笑，就是他心地平静时常浮在他脸上的微笑；一面偏着头，老像发问似的。这种月光，这种院子，这种柏树，这种谈话．都很可珍贵；就由握青自己再来一次，怕也不一样的。

他走之前．很愿我做些文字送他；但又用玩世的态度说，“怕不肯吧？我晓得，你不肯的。”我说，“一定做，而且一定写成一幅横批——只是字不行些。”但是我惭愧我的懒，那“一定”早已几乎变成“不肯”了！而且他来了两封信，我竟未复只字。这叫我怎样说好呢？我实在有种坏脾气，觉得路太遥远，竟有些渺茫一般，什么便都因循下来了。好在他的成绩很好，我是知道的；只此就很够了。别的，反正他明年就回来，我们再好好地谈几次，这是要紧的。——我想，握青也许不那么玩世了吧。

悼何一公君

一公初病的一礼拜，有一天，他的同乡夏君匆匆地和我说：“一公病了；他请你给周刊帮忙。”那时我正要上课，不曾详问病情；以为总不过是寻常的病罢了。到了那礼拜六的傍晚，李健吾君因事找我，由他的稿子说到一公的病；我才知道一公的病很厉害，不过那两日已好些了。我和健吾约了晚饭后去看他。晚饭后我到医院去时，听差告诉我他已搬到协和医院去了。这使我吃了一惊，因为总是病又厉害了才到协和去的！我于是想下一个礼拜六进城去看他；哪里知道他到礼拜四便和我们撒手了！礼拜日的早上，我却去参加他的殡式，这真如做梦一般。

一公逝世的消息，是礼拜四那晚上，李惟果君在图书馆楼上告诉我的。那时我刚从一个宴会回来，正在图书馆检书；李君突然跑来和我说：“先生，你知道何鸿烈已死了?”我怔了一怔，觉得人间哀乐，真不可测，黯然而已。李君说他们这一级很不幸，周明群君之后，又弱了一个；而且两个都很不错！他说他们同级前回议纪念册事，大家说将这本纪念册“致献”于周明群君；并说这该是最后的可以“致献”的一个人了。谁知道还有何君呢？李君又说，一公初病时，他去看他，曾和他开玩笑道：“一公先生病了；几时死？我们好预备挽联与祭文。”一公也笑道：“好，你快预备吧。”这些也竟都成了谶语，真是梦想不到的。

一公的死，谁也梦想不到的！便是他自己病着时，也想不到的！举殡那一天，他的同乡叶君告诉我，他不曾有一句遗言；他们曾几次试探，他始终没有觉得似的。他，一个活泼泼的少年，哪里会想到他竟要和死神见面呢？他真是一个活泼的人，又是一个极和蔼的人。他的死，凡相识的都同声悼惜；我想他是会被人常常记着的。

一公最会谈话。前年暑假后，我初到清华，同学中第一个来和我谈话的是他，我第一个认识的同学也是他。这因他是温州人，而我在温州教过书，所以我一到他就来看我。那是一个晚上；我们足谈了两个钟头。所谈的题目，我已不能记起，大约牵连得很远的。我只记着他的话和他谈话的神气都是很有趣的。以后他还和我长谈过一两回。有一回，孙春台君到清华来画菊花，住了一礼拜。他和一公也是朋友。一公晚上常来找他谈话；我只记得有一回他谈到两点钟才回宿舍去。第二天春台告诉我，他谈的是戏剧与政治，他将来所要专攻的，也就是这两科，他爱好戏剧，我是早知道的；他有志于政治，我是这回才晓得的. 但他平常谈话，实在是说到戏剧时多。

他的爱好戏剧，爱好文学，似乎过于政治；我总是这样想。

这由同学给他的“莎士比亚”的评号可以证明。他对于戏剧真是热心。他编过几种剧本，但我没有细看过；我在前年本校国庆庆祝会中，看过他编撰兼导演的一个戏。他后来虽谦逊着说不好，我觉得实是不错的。他对于本校的演剧，有种种计划；因缺乏帮助，都还未能实现。但李健吾君告我，一公病前还和他说，在最近的期间内，一定要演一回戏。现在是什么都完了！一公论戏剧，论文学，常有精警的话。去年暑假回南，我和他同船。有一晚，我们都在凭栏看月：月是正圆时，银光一片；下面是波涛澎湃，浪花不时地卷上，打得我们身上都湿了。一公和我谈论自然与创作；他的话都是很有分量的。

李惟果君告我，一公病前和他谈起最近的计划：说毕业后打算和他的未婚夫人去法国住两年；一九二九年回国应本校第一次留美公开考试，再到美国去。他的计划与志愿都好，但现在只是“虚空的虚空”罢了。我们又能说些什么呢？一公殓时，面上似乎还带着生时的微笑，我们知道他现在又怎么想呢？

悼王善瑾君

我与王善瑾君相处确只一年，但知道他是一个勤苦好学而又具有正确判断力的人。

他现在死了！他的朋友告诉我他的死信的时候，真使我失惊：这样一个有为的青年，竟这样草草完了他的一生！生死的道理，真是参不透的么？

但他的病来得这样快，只腹痛了两日，一切便都完了！他死在江苏阜宁县城；他家在离城很远的乡下。没有和家人见一面，他便撒了手，阜宁是个偏僻的地方，只有几个不中用的医生。他的病，没有人知道名字；他便这样糊里糊涂地死了。

他家本可勉强过活；但他一读书，便不得不负债了。他独自挣扎着，好容易才得到大学待了一年。他实在不能支持下去了，只得忍了心休学，想做点事，积些钱，过一年再来；他自己和我们，谁会想到他永远不能再来呢？

但若仍在清华，而不去办那一身兼编辑、校对、发行的报纸，或许不会有这样的病吧？就有，也不至于不可救吧？他在清华病过两三个月，后来似乎好了。这回或是复发的旧病，或是袭来的新病，无论如何，他若不在那样偏僻的地方，我们的希望总要多些。

他这几年的日子真不好过。他家因他受累，他不能不时时感到自己的责任；一面还得为自己张罗着。而家乡的腐败情形。他也十二分关心。他曾经使得绅士们不安，他们恨他，直到现在。

这种种引导他到死路上去，病或者只是一个最近的原因吧?我说生死的道理是参不透的，但他的生死却又似乎有些参得透的；所以更觉着可惜了。

他死后，他的朋友们告诉我他的一切；但他并不曾告诉过我什么，虽然我们是一个中学校里的先后同学。这见得他是能谨慎能忍耐的人，值得我们想念的。

哀互生

三月里刘薰宇君来信，说互生病了，而且是没有希望的病，医生说只好等日子了。四月底在《时事新报》上见到立达学会的通告，想不到这么快互生就殁了！后来听说他病中的光景，那实在太惨；为他想，早点去，少吃些苦头，也未尝不好的。但丢下立达这个学校，这班朋友，这班学生，他一定不甘心，不瞑目！

互生最叫我们纪念的是他做人的态度。他本来是一副铜筋铁骨，黑皮肤衬着那一套大布之衣，看去像个乡下人。他什么苦都吃得，从不晓得享用，也像乡下人。他心里那一团火，也像乡下人。那一团火是热，是力，是光。他不爱多说话，但常常微笑；那微笑是自然的，温暖的。在他看，人是可以互相爱着的，除了一些成见已深，不愿打开窗户说亮话的。他对这些人却有些憎恶，不肯假借一点颜色。世界上只有能憎的人才能爱；爱憎没有定见，只是毫无作为的角色。互生觉得青年成见还少，希望最多；所以愿意将自己的生命一滴不剩而献给他们，让爱的宗教在他们中间发荣滋长，让他们都走向新世界去。互生不好发议论，只埋着头干干干，是儒家的真正精神。我和他并没有深谈过，但从他的行事看来，相信我是认识他的。

互生办事的专心，少有人及得他。他办立达便饮食坐卧只惦着立达，再不想别的。立达好像他的情人，他的独子。他性情本有些狷介，但为了立达，也常去看一班大人先生，更常去看那些有钱可借的老板之类。他东补西凑地为立达筹款子，还要跑北京，跑南京。有一回他本可以留学去。他丢不下立达，到底没有去。他将生命献给立达，立达也便是他的生命。他办立达这么多年，并没有让多少人知道他个人的名字；他早忘记了自己。现在他那样壮健的身子到底为立达牺牲了。他殉了自己的理想，是有意义的。只是这理想刚在萌芽；我们都该想想，立达怎样才可不死呢？立达不死，互生其实也便不死了。

中国学术界的大损失

——悼闻一多先生

一

闻一多先生在昆明惨遭暗杀，激起全国的悲愤。这是民主运动的大损失，又是中国学术的大损失。关于后一方面，作者知道的比较多，现在且说个大概，来追悼这一位多年敬佩的老朋友。

大家都知道闻先生是一位诗人。他的《红烛》，尤其他的《死水》，读过的人很多。这些集子的特色之一，是那些爱国诗。在抗战以前他也许是唯一的爱国新诗人。这里可以看出他对文学的态度。新文学运动以来，许多作者都认识了文学的政治性和社会性而有所表现，可是闻先生认识得特别亲切，表现得特别强调。他在过去的诗人中最敬爱杜甫，就因为杜诗政治性和社会性最浓厚。后来他更进一步，注意原始人的歌舞：这是集团的艺术，也是与生活打成一片的艺术。他要的是热情，是力量，是火一样的生命。

但是他并不忽略语言的技巧，大家都记得他是提倡诗的新格律的人，也是创造诗的新格律的人。他创造自己的诗的语言，并且创造自己的散文的语言。诗大家都知道，不必细说；散文如《唐诗杂论》，可惜只有五篇，那经济的字句，那完密而短小的篇幅，简直是诗。我听他近来的演说，有两三回也是这么精悍，字字句句好似称量而出，却又那么自然流畅。他因此也特别能够体会古代语言的曲折处。当然，以上这些都得靠学力，但是更得靠才气，也就是想象。单就读古书而论，固然得先通文字声韵之学；可是还不够，要没有活泼的想象力，就只能做出点滴的饾饤的工作，决不能融会贯通的。这里需要细心，更需要大胆。闻先生能够体会到古代语言的表现方式，他的校勘古书，有些地方胆大得吓人，但却得细心吟味所得；平心静气读下去，不由人不信。校书本有死校活校之分；他自然是活校，而因为知识和技术的一般进步，他的成就骎骎乎驾活校的高邮王氏父子而上之。

他研究中国古代，可是他要使局部化了石的古代复活在现代人的心目中。因为这古代与现代究竟属于一个社会，一个国家，而历史是连贯的。我们要客观的认识古代；可是，是“我们”在客观的认识古代，现代的我们要能够在心目中想象古代的生活，要能够在心目中分享古代的生活，才能认识那活的古代，也许才是那真的古代——这也才是客观的认识古代。闻先生研究伏羲的故事或神话，是将这神话跟人们的生活打成一片；神话不是空想，不是娱乐，而是人民的生命欲和生活力的表现。

这是死活存亡的消息，是人与自然斗争的记录，非同小可。他研究《楚辞》的神话，也是一样的态度。他看屈原，也将他放在整个时代整个社会里看。他承认屈原是伟大的天才；但天才是活人，不是偶像，只有这么看，屈原的真面目也许才能再现在我们心中。他研究《周易》里的故事，也是先有一整个社会的影像在心里。研究《诗经》也如此，他看出那些情诗里不少歌咏性生活的句子；他常说笑话，说他研究《诗经》，越来越“形而下”了——其实这正表现着生命的力量。

他是有幽默感的人；他的认识古代，有时也靠着这种幽默感。看《匡斋尺牍》里《狼跋》一篇，便知道他能够体会到别人从不曾体会到的古人的幽默感。而所谓“匡斋”本于匡衡说诗解人颐那句话，正是幽默的意思。他的《死水》里《闻一多先生的书桌》，也是一首难得的幽默的诗。他有着强大的生命力，常跟我们说要活到八十岁，现在还不满四十八岁，竟惨死在那卑鄙恶毒的枪下！有个学生曾瞻仰他的遗体，见他“遍身血迹，双手抱头，全身痉挛”。唉！他是不甘心的，我们也是不甘心的！

二

闻先生的惨死尤其是中国文学方面一个不容易补偿的损失。

闻先生的专门研究是《周易》《诗经》《庄子》《楚辞》、唐诗，许多人都知道。他的研究工作至少有了二十年，发表的文字虽然不算太多，但积存的稿子却很多。这些并非零散的稿子，大都是成篇的，而且他亲手抄写得很工整。只是他总觉得还不够完密，要再加些功夫才愿意编篇成书。这可见他对于学术忠实而谨慎的态度。

他最初在唐诗上多用力量。那时已见出他是个考据家，并已见出他的考据的本领。他注重诗人的年代和诗的年代。关于唐诗的许多错误的解释与错误的批评，都由于错误的年代。他曾将唐代一部分诗人生卒年代可考者制成一幅图表，谁看了都会一目了然。他是学过图案画的，这帮助他在考据上发现了一种新技术；这技术是值得发展的。但如一般所知，他又是个诗人，并且是个在领导地位的新诗人，他亲自经过创作的甘苦，所以更能欣赏诗人与诗。他的《唐诗杂论》虽然只有五篇，但都是精彩逼人之作。这些不但将欣赏和考据融化得恰到好处，并且创造了一种诗样精粹的风格，读起来句句耐人寻味。

后来他在《诗经》《楚辞》上多用力量。我们知道要了解古代文学，必须从语言下手，就是从文字声韵下手。但必须能够活用文字声韵的种种条例，才能有所创获。闻先生最佩服王念孙父子，常将《读书杂志》《经义述闻》当作消闲的书读着。他在古书通读上有许多惊人而确切的发明。对于甲骨文和金文，也往往有独到之见。他研究《诗经》，注重那时代的风俗和信仰等等；这几年更利用弗洛依德以及人类学的理论得到一些深入的解释。他对《楚辞》的兴趣似乎更大，而尤集中于其中的神话。他的研究神话，实在给我们学术界开辟了一条新的大路。关于伏羲的故事，他曾将许多神话综合起来，头头是道，创见最多，关系极大。曾听他谈过大概，可惜写出来的还只是一小部分。他研究《周易》，是爱其中的片段的故事，注重的是社会生活经济生活的表现。近三四年他又专力研究《庄子》，探求原始道教的面目，并发见庄子一派政治上不合作的态度。以上种种都跟传统的研究不同：眼光扩大了，深入了，技术也更进步了，更周密了。所以贡献特别多，特别大。近年他又注意整个的中国文学史，打算根据经济史观去研究一番，可惜还没有动手就殉了道。

这真是我们一个不容易补偿的损失啊！

中国现代文学名著
精选集

骆驼祥子

老 舍——著

四川人民出版社

图书在版编目（CIP）数据

中国现代文学名著精选集/鲁迅等著. —成都：
四川人民出版社，2024.6
ISBN 978-7-220-12634-5

Ⅰ. ①中… Ⅱ. ①鲁… Ⅲ. ①中国文学-现代文学-
作品综合集 Ⅳ. ①I216.1

中国版本图书馆 CIP 数据核字（2021）第 255328 号

ZHONGGUO XIANDAI WENXUE MINGZHU JINGXUANJI LUOTUO XIANGZI
中国现代文学名著精选集·骆驼祥子
老舍 著

出 版 人	黄立新
选题策划	张明辉
出版统筹	王其进
责任编辑	王 雪
封面设计	象上设计
责任校对	王鲁琴 袁晓红
责任印制	祝 健
出版发行	四川人民出版社（成都三色路 238 号）
网 址	http://www.scpph.com
E-mail	scrmcbs@sina.com
新浪微博	@四川人民出版社
微信公众号	四川人民出版社
发行部业务电话	（028） 86361653 86361656
防盗版举报电话	（028） 86361653
照 排	四川胜翔数码印务设计有限公司
印 刷	成都蜀通印务有限责任公司
成品尺寸	130mm×185mm
印 张	7.875
字 数	160 千
版 次	2024 年 6 月第 1 版
印 次	2024 年 6 月第 1 次印刷
书 号	ISBN 978-7-220-12634-5
定 价	299.00 元（全 6 册）

人把自己从野兽中提拔出，可是到现在人还把自己的同类驱逐到野兽里去。祥子还在那文化之城，可是变成了走兽。

本书在编辑出版中，尽可能保留了原版本的惯用字、通假字和标点用法；人名、地名亦保留作者原译法。

目录

一

我们所要介绍的是祥子，不是骆驼，因为“骆驼”只是个外号；那么，我们就先说祥子，随手儿把骆驼与祥子那点关系说过去，也就算了。

北平的洋车夫有许多派：年轻力壮，腿脚灵俐的，讲究赁漂亮的车，拉“整天儿”，爱什么时候出车与收车都有自由；拉出车来，在固定的“车口”或宅门一放，专等坐快车的主儿；弄好了，也许一下子弄个一块两块的；碰巧了，也许白耗一天，连“车份儿”也没着落，但也不在乎。这一派哥儿们的希望大概有两个：或是拉包车；或是自己买上辆车，有了自己的车，再去拉包月或散座就没大关系了，反正车是自己的。

比这一派岁数稍大的，或因身体的关系而跑得稍差点劲的，或因家庭的关系而不敢白耗一天的，大概就多数的拉八成新的车；人与车都有相当的漂亮，所以在要价儿的时候也还能保持住相当的尊严。这派的车夫，也许拉“整天”，也许拉“半天”。在后者的情形下，因为还有相当的精气神，所以无论冬天夏天总是“拉晚儿”。夜间，当然比白天需要更多的留神与本事；钱自然也多挣一些。

年纪在四十以上，二十以下的，恐怕就不易在前两派里有个地位了。他们的车破，又不敢“拉晚儿”，所以只能早早地出车，希望能从清晨转到午后三四点钟，拉出“车份儿”和自己的嚼谷。他们的车破，跑得慢，所以得多走路，少要钱。到瓜市，果市，菜市，去拉货物，都是他们；钱少，可是无须快跑呢。

在这里，二十岁以下的——有的从十一二岁就干这行儿——很少能到二十岁以后改变成漂亮的车夫的，因为在幼年受了伤，很难健壮起来。他们也许拉一辈子洋车，而一辈子连拉车也没出过风头。那四十以上的人，有的是已拉了十年八年的车，筋肉的衰损使他们甘居人后，他们渐渐知道早晚是一个跟头会死在马路上。他们的拉车姿势，讲价时的随机应变，走路的抄近绕远，都足以使他们想起过去的光荣，而用鼻翅儿扇着那些后起之辈。可是这点光荣丝毫不能减少将来的黑暗，他们自己也因此在擦着汗的时节常常微叹。不过，以他们比较另一些四十上下岁的车夫，他们还似乎没有苦到了家。这一些是以前绝没想到自己能与洋车发生关系，而到了生和死的界限已经不甚分明，才抄起车把来的。被撤差的巡警或校役，把本钱吃光的小贩，或是失业的工匠，到了卖无可卖，当无可当的时候，咬着牙，含着泪，上了这条到死亡之路。这些人，生命最鲜壮的时期已经卖掉，现在再把窝窝头变成的血汗滴在马路上。没有力气，没有经验，没有朋友，就是在同行的当中也得不到好气儿。他们拉最破的车，皮带不定一天泄多少次气；一边拉着人还得一边儿央求人家原谅，虽然十五个大铜子儿已经算是甜买卖。

此外，因环境与知识的特异，又使一部分车夫另成派别。

生于西苑海甸的自然以走西山，燕京，清华，较比方便；同样，在安定门外的走清河，北苑；在永定门外的走南苑……

这是跑长趟的，不愿拉零座；因为拉一趟便是一趟，不屑于三五个铜子的穷凑了。可是他们还不如东交民巷的车夫的气儿长，这些专拉洋买卖的讲究一气儿由交民巷拉到玉泉山，颐和园或西山。气长也还算小事，一般车夫万不能争这项生意的原因，大半还是因为这些吃洋饭的有点与众不同的知识，他们会说外国话。英国兵，法国兵，所说的万寿山，雍和宫，“八大胡同”，他们都晓得。他们自己有一套外国话，不传授给别人。他们的跑法也特别，四六步儿不快不慢，低着头，目不旁视的，贴着马路边儿走，带出与世无争，而自有专长的神气。因为拉着洋人，他们可以不穿号坎，而一律的是长袖小白褂，白的或黑的裤子，裤筒特别肥，脚腕上系着细带；脚上是宽双脸千层底青布鞋；干净，利落，神气。一见这样的服装，别的车夫不会再过来争座与赛车，他们似乎是属于另一行业的。

有了这点简单的分析，我们再说祥子的地位，就像说——我们希望——一盘机器上的某种钉子那么准确了。祥子，在与“骆驼”这个外号发生关系以前，是个较比有自由的洋车夫，这就是说，他是属于年轻力壮，而且自己有车的那一类：自己的车，自己的生活，都在自己手里，高等车夫。这可绝不是件容易的事。一年，二年，至少有三四年；一滴汗，两滴汗，不知道多少万滴汗，才挣出那辆车。从风里雨里的咬牙，从饭里茶里的自苦，才赚出那辆车。那辆车是他的一切挣扎与困苦的总结果与报酬，像身经百战的武士的一颗徽章。在他赁人家的车的时候，他从早到晚，由东到西，由南到北，像被人家抽着转的陀螺；他没有自己。可是在这种旋转之中，他的眼并没有花，心并没有乱，他老想着远远的一辆车，可以使他自由，独立，像自己的手脚的那么一辆车。有了自己的车，他可以不再受拴车的人们的气，也无须敷衍别人；有自己的力气与洋车，睁开眼就可以有饭吃。

他不怕吃苦，也没有一般洋车夫的可以原谅而不便效法的恶习，他的聪明和努力都足以使他的志愿成为事实。假若他的环境好一些，或多受着点教育，他一定不会落在“胶皮团”里，而且无论是干什么，他总不会辜负了他的机会。不幸，他必须拉洋车；好，在这个营生里他也证明出他的能力与聪明。他仿佛就是在地狱里也能作个好鬼似的。生长在乡间，失去了父母与几亩薄田，十八岁的时候便跑到城里来。带着乡间小伙子的足壮与诚实，凡是以卖力气就能吃饭的事他几乎全做过了。可是，不久他就看出来，拉车是件更容易挣钱的事；作别的苦工，收入是有限的；拉车多着一些变化与机会，不知道在什么时候与地点就会遇到一些多于所希望的报酬。自然，他也晓得这样的机遇不完全出于偶然，而必须人与车都得漂亮精神，有货可卖才能遇到识货的人。想了一想，他相信自己有那个资格：他有力气，年纪正轻；所差的是他还没有跑过，与不敢一上手就拉漂亮的车。但这不是不能胜过的困难，有他的身体与力气作基础，他只要试验个十天半月的，就一定能跑得有个样子，然后去赁辆新车，说不定很快的就能拉上包车，然后省吃俭用的一年二年，即使是三四年，他必能自己打上一辆车，顶漂亮的车！看着自己的青年的肌肉，他以为这只是时间的问题，这是必能达到的一个志愿与目的，绝不是梦想！

他的身量与筋肉都发展到年岁前边去；二十来的岁，他已经很大很高，虽然肢体还没被年月铸成一定的格局，可是已经像个成人了——一个脸上身上都带出天真淘气的样子的大人。看着那高等的车夫，他计划着怎样杀进他的腰去，好更显出他的铁扇面似的胸，与直硬的背；扭头看看自己的肩，多么宽，多么威严！杀好了腰，再穿上肥腿的白裤，裤脚用鸡肠子带儿系住，露出那对“出号”的大脚！是的，他无疑的可以成为最出色的车夫；傻子似的他自己笑了。他没有什么模样，使他可爱的是脸上的精神。头不很大，圆眼，肉鼻子，两条眉很短很粗，头上永远剃得发亮。腮上没有多余的肉，脖子可是几乎与头一边儿粗；脸上永远红扑扑的，特别亮的是颧骨与右耳之间一块不小的疤——小时候在树下睡觉，被驴啃了一口。他不甚注意他的模样，他爱自己的脸正如同他爱自己的身体，都那么结实硬棒；他把脸仿佛算在四肢之内，只要硬棒就好。是的，到城里以后，他还能头朝下，倒着立半天。这样立着，他觉得，他就很像一棵树，上下没有一个地方不挺脱的。

他确乎有点像一棵树，坚壮，沉默，而又有生气。他有自己的打算，有些心眼，但不好向别人讲论。在洋车夫里，个人的委屈与困难是公众的话料，“车口儿”上，小茶馆中，大杂院里，每人报告着形容着或吵嚷着自己的事，而后这些事成为大家的财产，像民歌似的由一处传到一处。祥子是乡下人，口齿没有城里人那么灵便；设若口齿灵俐是出于天才，他天生来的不愿多说话，所以也不愿学着城里人的贫嘴恶舌。他的事他知道，不喜欢和别人讨论。因为嘴常闲着，所以他有工夫去思想，他的眼仿佛是老看着自己的心。只要他的主意打定，他便随着心中所开开的那条路儿走；假若走不通的话，他能一两天不出一声，咬着牙，好似咬着自己的心！

他决定去拉车，就拉车去了。赁了辆破车，他先练练腿。第一天没拉着什么钱。第二天的生意不错，可是躺了两天，他的脚脖子肿得像两条瓠子似的，再也抬不起来。他忍受着，不管是怎样的疼痛。他知道这是不可避免的事，这是拉车必须经过的一关。非过了这一关，他不能放胆地去跑。

脚好了之后，他敢跑了。这使他非常的痛快，因为别的没有什么可怕的了：地名他很熟习，即使有时候绕点远也没大关系，好在自己有的是力气。拉车的方法，以他干过的那些推，拉，扛，挑的经验来领会，也不算十分难。况且他有他的主意：多留神，少争胜，大概总不会出了毛病。至于讲价争座，他的嘴慢气盛，弄不过那些老油子们。知道这个短处，他干脆不大到“车口儿”上去；哪里没车，他放在哪里。在这僻静的地点，他可以从容地讲价，而且有时候不肯要价，只说声：“坐上吧，瞧着给！”他的样子是那么诚实，脸上是那么简单可爱，人们好像只好信任他，不敢想这个傻大个子是会敲人的。即使人们疑心，也只能怀疑他是新到城里来的乡下老儿，大概不认识路，所以讲不出价钱来。及至人们问到，“认识呀?”他就又像装傻，又像耍俏的那么一笑，使人们不知怎样才好。

两三个星期的工夫，他把腿溜出来了。他晓得自己的跑法很好看。跑法是车夫的能力与资格的证据。那撇着脚，像一对蒲扇在地上扇乎的，无疑的是刚由乡间上来的新手。那头低得很深，双脚蹭地，跑和走的速度差不多，而颇有跑的表示的，是那些五十岁以上的老者们。那经验十足而没什么力气的却另有一种方法：胸向内含，度数很深；腿抬得很高；一走一探头；这样，他们就带出跑得很用力的样子，而在事实上一点也不比别人快；他们仗着“做派”去维持自己的尊严。祥子当然决不采取这几种姿态。他的腿长步大，腰里非常的稳，跑起来没有多少响声，步步都有些伸缩，车把不动，使座儿觉到安全，舒服。说站住，不论在跑得多么快的时候，大脚在地上轻蹭两蹭，就站住了；他的力气似乎能达到车的各部分。脊背微俯，双手松松拢住车把，他活动，利落，准确；看不出急促而跑得很快，快而没有危险。就是在拉包车的里面，这也得算很名贵的。

他换了新车。从一换车那天，他就打听明白了，像他赁的那辆——弓子软，铜活地道，雨布大帘，双灯，细脖大铜喇叭——值一百出头；若是漆工与铜活含糊一点呢，一百元便可以打住。大概地说吧，他只要有一百块钱，就能弄一辆车。猛然一想，一天要是能剩一角的话，一百元就是一千天，一千天!把一千天堆到一块，他几乎算不过来这该有多么远。但是，他下了决心，一千天，一万天也好，他得买车！第一步他应当，他想好了，去拉包车。遇上交际多，饭局多的主儿，平均一月有上十来个饭局，他就可以白落两三块的车饭钱。加上他每月再省出个块儿八角的，也许是三头五块的，一年就能剩起五六十块！这样，他的希望就近便多多了。他不吃烟，不喝酒，不赌钱，没有任何嗜好，没有家庭的累赘，只要他自己肯咬牙，事儿就没有个不成。他对自己起下了誓，一年半的工夫，他——祥子——非打成自己的车不可！是现打的，不要旧车见过新的。

他真拉上了包月。可是，事实并不完全帮助希望。不错，他确是咬了牙，但是到了一年半他并没还上那个誓愿。包车确是拉上了，而且谨慎小心地看着事情；不幸，世上的事并不是一面儿的。他自管小心他的，东家并不因此就不辞他；不定是三两个月，还是十天八天，吹了；他得另去找事。自然，他得一边儿找事，还得一边儿拉散座；骑马找马，他不能闲起来。在这种时节，他常常闹错儿。他还强打着精神，不专为混一天的嚼谷，而且要继续着积储买车的钱。可是强打精神永远不是件妥当的事：拉起车来，他不能专心一志的跑，好像老想着些什么，越想便越害怕，越气不平。假若老这么下去，几时才能买上车呢？为什么这样呢？难道自己还算个不要强的？在这么乱想的时候，他忘了素日的谨慎。皮轮子上了碎铜烂磁片，放了炮；只好收车。更严重一些的，有时候碰了行人，甚至有一次因急于挤过去而把车轴盖碰丢了。设若他是拉着包车，这些错儿绝不能发生；一搁下了事，他心中不痛快，便有点愣头磕脑的。碰坏了车，自然要赔钱；这更使他焦躁，火上加了油；为怕惹出更大的祸，他有时候懊睡一整天。及至睁开眼，一天的工夫已白白过去，他又后悔，自恨。还有呢，在这种时期，他越着急便越自苦，吃喝越没规则；他以为自己是铁做的，可是敢情他也会病。病了，他舍不得钱去买药，自己硬挺着；结果，病越来越重，不但得买药，而且得一气儿休息好几天。这些个困难，使他更咬牙努力，可是买车的钱数一点不因此而加快的凑足。

整整的三年，他凑足了一百块钱！

他不能再等了。原来的计划是买辆最完全最新式最可心的车，现在只好按着一百块钱说了。不能再等；万一出点什么事再丢失几块呢！恰巧有辆刚打好的车（定作而没钱取货的）跟他所期望的车差不甚多；本来值一百多，可是因为定钱放弃了，车铺愿意少要一点。祥子的脸通红，手哆嗦着，拍出九十六块钱来：“我要这辆车！”铺主打算挤到个整数，说了不知多少话，把他的车拉出去又拉进来，支开棚子，又放下，按按喇叭，每一个动作都伴着一大串最好的形容词；最后还在钢轮条上踢了两脚，“听听声儿吧，铃铛似的！拉去吧，你就是把车拉碎了，要是钢条软了一根，你拿回来，把它摔在我脸上！一百块，少一分咱们吹！”祥子把钱又数了一遍：“我要这辆车，九十六！”铺主知道是遇见了一个心眼的人，看看钱，看看祥子，叹了口气：“交个朋友，车算你的了；保六个月：除非你把大箱碰碎，我都白给修理；保单，拿着！”

祥子的手哆嗦得更厉害了，揣起保单，拉起车，几乎要哭出来。拉到个僻静地方，细细端详自己的车，在漆板上试着照照自己的脸！越看越可爱，就是那不尽合自己的理想的地方也都可以原谅了，因为已经是自己的车了。把车看得似乎暂时可以休息会儿了，他坐在了水簸箕的新脚垫儿上，看着车把上的发亮的黄铜喇叭。他忽然想起来，今年是二十二岁。因为父母死得早，他忘了生日是在哪一天。自从到城里来，他没过一次生日。好吧，今天买上了新车，就算是生日吧，人的也是车的，好记，而且车既是自己的心血，简直没什么不可以把人与车算在一块的地方。

怎样过这个“双寿”呢？祥子有主意：头一个买卖必须拉个穿得体面的人，绝对不能是个女的。最好是拉到前门，其次是东安市场。拉到了，他应当在最好的饭摊上吃顿饭，如热烧饼夹爆羊肉之类的东西。吃完，有好买卖呢就再拉一两个；没有呢，就收车；这是生日！

自从有了这辆车，他的生活过得越来越起劲了。拉包月也好，拉散座也好，他天天用不着为“车份儿”着急，拉多少钱全是自己的。心里舒服，对人就更和气，买卖也就更顺心。拉了半年，他的希望更大了：照这样下去，干上二年，至多二年，他就又可以买辆车，一辆，两辆……他也可以开车厂子了！

可是，希望多半落空，祥子的也非例外。

二

因为高兴，胆子也就大起来；自从买了车，祥子跑得更快了。自己的车，当然格外小心，可是他看看自己，再看看自己的车，就觉得有些不是味儿，假若不快跑的话。

他自己，自从到城里来，又长高了一寸多。他自己觉出来，仿佛还得往高里长呢。不错，他的皮肤与模样都更硬棒与固定了一些，而且上唇上已有了小小的胡子；可是他以为还应当再长高一些。当他走到个小屋门或街门而必须大低头才能进去的时候，他虽不说什么，可是心中暗自喜欢，因为他已经是这么高大，而觉得还正在发长，他似乎既是个成人，又是个孩子，非常有趣。

这么大的人，拉上那么美的车，他自己的车，弓子软得颤悠颤悠的，连车把都微微的动弹；车厢是那么亮，垫子是那么白，喇叭是那么响；跑得不快怎能对得起自己呢，怎能对得起那辆车呢？这一点不是虚荣心，而似乎是一种责任，非快跑，飞跑，不足以充分发挥自己的力量与车的优美。那辆车也真是可爱，拉过了半年来的，仿佛处处都有了知觉与感情，祥子的一扭腰，一蹲腿，或一直脊背，它都就马上应和着，给祥子以最顺心的帮助，他与它之间没有一点隔膜别扭的地方。赶到遇上地平人少的地方，祥子可以用一只手拢着把，微微轻响的皮轮像阵利飕的小风似的催着他跑，飞快而平稳。拉到了地点，祥子的衣裤都拧得出汗来，哗哗的，像刚从水盆里捞出来的。他感到疲乏，可是很痛快的，值得骄傲的，一种疲乏，如同骑着名马跑了几十里那样。

假若胆壮不就是大意，祥子在放胆跑的时候可并不大意。不快跑若是对不起人，快跑而碰伤了车便对不起自己。车是他的命，他知道怎样的小心。小心与大胆放在一处，他便越来越能自信，他深信自己与车都是铁做的。

因此，他不但敢放胆地跑，对于什么时候出车也不大去考虑。他觉得用力拉车去挣口饭吃，是天下最有骨气的事；他愿意出去，没人可以拦住他。外面的谣言他不大往心里听，什么西苑又来了兵，什么长辛店又打上了仗，什么西直门外又在拉，什么齐化门已经关了半天，他都不大注意。自然，街上铺户已都上了门，而马路上站满了武装警察与保安队，他也不便故意去找不自在，也和别人一样急忙收了车。可是，谣言，他不信。他知道怎样谨慎，特别因为车是自己的，但是他究竟是乡下人，不像城里人那样听见风便是雨。再说，他的身体使他相信，即使不幸赶到“点儿”上，他必定有办法，不至于吃很大的亏；他不是容易欺侮的，那么大的个子，那么宽的肩膀！

战争的消息与谣言几乎每年随着春麦一块儿往起长，麦穗与刺刀可以算作北方人的希望与忧惧的象征。祥子的新车刚交半岁的时候，正是麦子需要春雨的时节。春雨不一定顺着人民的盼望而降落，可是战争不管有没有人盼望总会来到。谣言吧，真事儿吧，祥子似乎忘了他曾经做过庄稼活；他不大关心战争怎样的毁坏田地，也不大注意春雨的有无。他只关心他的车，他的车能产生烙饼与一切吃食，它是块万能的田地，很驯顺地随着他走，一块活地，宝地。因为缺雨，因为战争的消息，粮食都涨了价钱；这个，祥子知道。可是他和城里人一样的只会抱怨粮食贵，而一点主意没有；粮食贵，贵吧，谁有法儿教它贱呢？这种态度使他只顾自己的生活，把一切祸患灾难都放在脑后。

设若城里的人对于一切都没有办法，他们可会造谣言——有时完全无中生有，有时把一分真事说成十分——以便显出他们并不愚傻与不做事。他们像些小鱼，闲着的时候把嘴放在水皮上，吐出几个完全没用的水泡儿也怪得意。在谣言里，最有意思是关于战争的。别种谣言往往始终是谣言，好像谈鬼说狐那样，不会说着说着就真见了鬼。关于战争的，正是因为根本没有正确消息，谣言反倒能立竿见影。在小节目上也许与真事有很大的出入，可是对于战争本身的有无，十之八九是正确的。“要打仗了！”这句话一经出口，早晚准会打仗；至于谁和谁打，与怎么打，那就一个人一个说法了。祥子并不是不知道这个。不过，干苦工的人们——拉车的也在内——虽然不会欢迎战争，可是碰到了它也不一定就准倒霉。每逢战争一来，最着慌的是阔人们。他们一听见风声不好，赶快就想逃命；钱使他们来得快，也跑得快。他们自己可是不会跑，因为腿脚被钱赘的太沉重。他们得雇许多人作他们的腿，箱子得有人抬，老幼男女得有车拉；在这个时候，专卖手脚的哥儿们的手与脚就一律贵起来："前门，东车站！""哪儿？""东——车——站！""呕，干脆就给一块四毛钱！不用驳回，兵荒马乱的！"

就是在这个情形下，祥子把车拉出城去。谣言已经有十来天了，东西已都涨了价，可是战事似乎还在老远，一时半会儿不会打到北平来。祥子还照常拉车，并不因为谣言而偷点懒。有一天，拉到了西城，他看出点棱缝来。在护国寺街西口和新街口没有一个招呼"西苑哪？清华呀？"的。在新街口附近他转悠了一会儿。听说车已经都不敢出城，西直门外正在抓车，大车小车骡车洋车一齐抓。他想喝碗茶就往南放车；车口的冷静露出真的危险，他有相当的胆子，但是不便故意的走死路。正在这个节骨眼儿，从南来了两辆车，车上坐着的好像是学生。拉车的一边走，一边儿喊："有上清华的没有？嗨，清华！"

车口上的几辆车没有人搭茬儿，大家有的看着那两辆车淡而不厌的微笑，有的叼着小烟袋坐着，连头也不抬。那两辆车还继续的喊："都哑巴了？清华！"

"两块钱吧，我去！"一个年轻光头的矮子看别人不出声，开玩笑似的答应了这么一句。

"拉过来！再找一辆！"那两辆车停住了。

年轻光头的愣了一会儿，似乎不知怎样好了。别人还都不动。祥子看出来，出城一定有危险，要不然两块钱清华——平常只是二三毛钱的事儿——为什么会没人抢呢？他也不想去。可是那个光头的小伙子似乎打定了主意，要是有人陪他跑一趟的话，他就豁出去了；他一眼看中了祥子：“大个子，你怎样？”

“大个子”三个字把祥子招笑了，这是一种赞美。他心中打开了转儿：凭这样的赞美，似乎也应当捧那身矮胆大的光头一场；再说呢，两块钱是两块钱，这不是天天能遇到的事。危险？难道就那样巧？况且，前两天还有人说天坛住满了兵；他亲眼看见的，那里连个兵毛儿也没有。这么一想，他把车拉过去了。

拉到了西直门，城洞里几乎没有什么行人。祥子的心凉了一些。光头也看出不妙，可是还笑着说：“招呼吧，伙计！是福不是祸，今儿个就是今儿个啦！”祥子知道事情要坏，可是在街面上混了这几年了，不能说了不算，不能耍老娘们脾气！

出了西直门，真是连一辆车也没遇上；祥子低下头去，不敢再看马路的左右。他的心好像直顶他的肋条。到了高亮桥，他向四围打了一眼，并没有一个兵，他又放了点心。两块钱到底是两块钱，他盘算着，没点胆子哪能找到这么俏的事。他平常很不喜欢说话，可是这阵儿他愿意跟光头的矮子说几句，街上清静得真可怕。“抄土道走吧？马路上——”

“那还用说，”矮子猜到他的意思，“自要一上了便道，咱们就算有点底儿了！”

还没拉到便道上，祥子和光头的矮子连车带人都被十来个兵捉了去！

虽然已到妙峰山开庙进香的时节，夜里的寒气可还不是一件单衫所能挡得住的。祥子的身上没有任何累赘，除了一件灰色单军服上身，和一条蓝布军裤，都被汗沤得奇臭——自从还没到他身上的时候已经如此。由这身破军衣，他想起自己原来穿着的白布小褂与那套阴丹士林蓝的夹裤褂；那是多么干净体面！是的，世界上还有许多比阴丹士林蓝更体面的东西，可是祥子知道自己混到那么干净利落已经是怎样的不容易。闻着现在身上的臭汗味，他把以前的挣扎与成功看得分外光荣，比原来的光荣放大了十倍。他越想着过去便越恨那些兵们。他的衣服鞋帽，洋车，甚至于系腰的布带，都被他们抢了去；只留给他青一块紫一块的一身伤，和满脚的疱！不过，衣服，算不了什么；身上的伤，不久就会好的。他的车，几年的血汗挣出来的那辆车，没了！自从一拉到营盘里就不见了！以前的一切辛苦困难都可一眨眼忘掉，可是他忘不了这辆车！

吃苦，他不怕；可是再弄上一辆车不是随便一说就行的事；至少还得几年的工夫！过去的成功全算白饶，他得重打鼓另开张打头儿来！祥子落了泪！他不但恨那些兵，而且恨世上的一切了。凭什么把人欺侮到这个地步呢？凭什么？“凭什么？”他喊了出来。

这一喊——虽然痛快了些——马上使他想起危险来。别的先不去管吧，逃命要紧！

他在哪里呢？他自己也不能正确的回答出。这些日子了，他随着兵们跑，汗从头上一直流到脚后跟。走，得扛着拉着或推着兵们的东西；站住，他得去挑水烧火喂牲口。他一天到晚只知道怎样把最后的力气放在手上脚上，心中成了块空白。到了夜晚，头一挨地他便像死了过去，而永远不再睁眼也并非一定是件坏事。

最初，他似乎记得兵们是往妙峰山一带退却。及至到了后山，他只顾得爬山了，而时时想到不定哪时他会一跤跌到山涧里，把骨肉被野鹰们啄尽，不顾得别的。在山中绕了许多天，忽然有一天山路越来越少，当太阳在他背后的时候，他远远地看见了平地。晚饭的号声把出营的兵丁唤回，有几个扛着枪的牵来几匹骆驼。

骆驼！祥子的心一动，忽然的他会思想了，好像迷了路的人忽然找到一个熟识的标记，把一切都极快地想了起来。骆驼不会过山，他一定是来到了平地。在他的知识里，他晓得京西一带，像八里庄，黄村，北辛安，磨石口，五里屯，三家店，都有养骆驼的。难道绕来绕去，绕到磨石口来了吗？这是什么战略——假使这群只会跑路与抢劫的兵们也会有战略——他不晓得。可是他确知道，假如这真是磨石口的话，兵们必是绕不出山去，而想到山下来找个活路。磨石口是个好地方，往东北可以回到西山；往南可以奔长辛店，或丰台；一直出口子往西也是条出路。他为兵们这么盘算，心中也就为自己画出一条道儿来：这到了他逃走的时候了。万一兵们再退回乱山里去，他就是逃出兵的手掌，也还有饿死的危险。要逃，就得乘这个机会。由这里一跑，他相信，一步就能跑回海甸！虽然中间隔着那么多地方，可是他都知道呀；一闭眼，他就有了个地图：这里是磨石口——老天爷，这必须是磨石口！——他往东北拐，过金顶山，礼王坟，就是八大处；从四平台往东奔杏子口，就到了南辛庄。为是有些遮隐，他顶好还顺着山走，从北辛庄，往北，过魏家村；往北，过南河滩；再往北，到红山头，杰王府；静宜园了！找到静宜园，闭着眼他也可以摸到海甸去！他的心要跳出来！这些日子，他的血似乎全流到四肢上去；这一刻，仿佛全归到心上来；心中发热，四肢反倒冷起来；热望使他浑身发颤！

一直到半夜，他还合不上眼。希望使他快活，恐惧使他惊惶，他想睡，但睡不着，四肢像散了似的在一些干草上放着。什么响动也没有，只有天上的星伴着自己的心跳。骆驼忽然哀叫了两声，离他不远。他喜欢这个声音，像夜间忽然听到鸡鸣那样使人悲哀，又觉得有些安慰。

远处有了炮声，很远，但清清楚楚的是炮声。他不敢动，可是马上营里乱起来。他闭住了气，机会到了！他准知道，兵们又得退却，而且一定是往山中去。这些日子的经验使他知道，这些兵的打仗方法和困在屋中的蜜蜂一样，只会到处乱撞。有了炮声，兵们一定得跑；那么，他自己也该精神着点了。他慢慢地，闭着气，在地上爬，目的是在找到那几匹骆驼。他明知道骆驼不会帮助他什么，但他和它们既同是俘虏，好像必须有些同情。军营里更乱了，他找到了骆驼——几块土岗似的在黑暗中趴伏着，除了粗大的呼吸，一点动静也没有，似乎天下都很太平。这个，教他壮起点胆子来。他伏在骆驼旁边，像兵丁藏在沙口袋后面那样。极快的他想出个道理来：炮声是由南边来的，即使不是真心作战，至少也是个“此路不通”的警告。

那么，这些兵还得逃回山中去。真要是上山，他们不能带着骆驼。这样，骆驼的命运也就是他的命运。他们要是不放弃这几个牲口呢，他也跟着完事；他们忘记了骆驼，他就可以逃走。把耳朵贴在地上，他听着有没有脚步声儿来，心跳得极快。

不知等了多久，始终没人来拉骆驼。他大着胆子坐起来，从骆驼的双峰间望过去，什么也看不见，四外极黑。逃吧！不管是吉是凶，逃！

三

祥子已经跑出二三十步去，可又不肯跑了，他舍不得那几匹骆驼。他在世界上的财产，现在，只剩下了自己的一条命。就是地上的一根麻绳，他也乐意拾起来，即使没用，还能稍微安慰他一下，至少他手中有条麻绳，不完全是空的。逃命是要紧的，可是赤裸裸的一条命有什么用呢？他得带走这几匹牲口，虽然还没想起骆驼能有什么用处，可是总得算是几件东西，而且是块儿不小的东西。

他把骆驼拉了起来。对待骆驼的方法，他不大晓得，可是他不怕它们，因为来自乡间，他敢挨近牲口们。骆驼们很慢很慢地立起来，他顾不得细调查它们是不是都在一块儿拴着，觉到可以拉着走了，他便迈开了步，不管是拉起来一个，还是全“把儿”。

一迈步，他后悔了。骆驼——在口内负重惯了的——是走不快的。不但是得慢走，还须极小心的慢走，骆驼怕滑；一汪儿水，一片儿泥，都可以教它们劈了腿，或折扭了膝。骆驼的价值全在四条腿上；腿一完，全完！而祥子是想逃命呀！

可是，他不肯再放下它们。一切都交给天了，白得来的骆驼是不能放手的！

因拉惯了车，祥子很有些辨别方向的能力。虽然如此，他现在心中可有点乱。当他找到骆驼们的时候，他的心似乎全放在它们身上了；及至把它们拉起来，他弄不清哪儿是哪儿了，天是那么黑，心中是那么急，即使他会看看星，调一调方向，他也不敢从容地去这么办；星星们——在他眼中——好似比他还着急，你碰我，我碰你的在黑空中乱动。祥子不敢再看天上。他低着头，心里急而脚步不敢放快的往前走。他想起了这个：既是拉着骆驼，便须顺着大道走，不能再沿着山坡儿。由磨石口——假如这是磨石口——到黄村，是条直路。这既是走骆驼的大路，而且一点不绕远儿。“不绕远儿”在一个洋车夫心里有很大的价值。不过，这条路上没有遮掩！万一再遇上兵呢？即使遇不上大兵，他自己那身破军衣，脸上的泥，与那一脑袋的长头发，能使人相信他是个拉骆驼的吗？不像，绝不像个拉骆驼的！倒很像个逃兵！逃兵，被官中拿去还倒是小事；教村中的人们捉住，至少是活埋！想到这儿，他哆嗦起来，背后骆驼蹄子噗噗轻响猛然吓了他一跳。他要打算逃命，还是得放弃这几个累赘。可是到底不肯撒手骆驼鼻子上的那条绳子。走吧，走，走到哪里算哪里，遇见什么说什么；活了呢，赚几条牲口；死了呢，认命！

可是，他把军衣脱下来：一把，将领子扯掉；那对还肯负责任的铜钮也被揪下来，掷在黑暗中，连个响声也没发。然后，他把这件无领无钮的单衣斜搭在身上，把两条袖子在胸前结成个结子，像背包袱那样。这个，他以为可以减少些败兵的嫌疑；裤子也挽高起来一块。他知道这还不十分像拉骆驼的，可是至少也不完全像个逃兵了。加上他脸上的泥，身上的汗，大概也够个“煤黑子”的谱儿了。他的思想很慢，可是想得很周到，而且想起来马上就去执行。夜黑天里，没人看见他；他本来无须乎立刻这样办；可是他等不得。他不知道时间，也许忽然就会天亮。既没顺着山路走，他白天没有可以隐藏起来的机会；要打算白天也照样赶路的话，他必须使人相信他是个“煤黑子”。想到了这个，也马上这么办了，他心中痛快了些，好似危险已过，而眼前就是北平了。他必须稳稳当当的快到城里，因为他身上没有一个钱，没有一点干粮，不能再多耗时间。想到这里，他想骑上骆驼，省些力气可以多挨一会儿饥饿。可是不敢去骑，即使很稳当，也得先教骆驼跪下，他才能上去；时间是值钱的，不能再麻烦。况且，他要是上了那么高，便更不容易看清脚底下，骆驼若是摔倒，他也得陪着。不，就这样走吧。

大概的他觉出是顺着大路走呢；方向，地点，都有些茫然。夜深了，多日的疲乏，与逃走的惊惧，使他身心全不舒服。及至走出来一些路，脚步是那么平匀，缓慢，他渐渐的仿佛困倦起来。夜还很黑，空中有些湿冷的雾气，心中更觉得渺茫。用力看看地，地上老像有一岗一岗的，及至放下脚去，却是平坦的。这种小心与受骗叫他更不安静，几乎有些烦躁。爽性不去管地上了，眼往平里看，脚擦着地走。四外什么也看不见，就好像全世界的黑暗都在等着他似的，由黑暗中迈步，再走入黑暗中；身后跟着那不声不响的骆驼。

外面的黑暗渐渐习惯了，心中似乎停止了活动，他的眼不由地闭上了。不知道是往前走呢，还是已经站住了，心中只觉得一浪一浪的波动，似一片波动的黑海，黑暗与心接成一气，都渺茫，都起落，都恍惚。忽然心中一动，像想起一些什么，又似乎是听见了一些声响，说不清；可是又睁开了眼。他确是还往前走呢，忘了刚才是想起什么来，四外也并没有什么动静。心跳了一阵，渐渐又平静下来。他嘱咐自己不要再闭上眼，也不要再乱想；快快地到城里是第一件要紧的事。可是心中不想事，眼睛就很容易再闭上，他必须想念着点儿什么，必须醒着。他知道一旦倒下，他可以一气睡三天。想什么呢？他的头有些发晕，身上潮漉漉的难过，头发里发痒，两脚发酸，口中又干又涩。他想不起别的，只想可怜自己。可是，连自己的事也不大能详细的想了，他的头是那么虚空昏涨，仿佛刚想起自己，就又把自己忘记了，像将要灭的蜡烛，连自己也不能照明白了似的。再加上四围的黑暗，使他觉得像在一团黑气里浮荡，虽然知道自己还存在着，还往前迈步，可是没有别的东西来证明他准是在哪里走，就很像独自在荒海里浮着那样不敢相信自己。

他永远没尝受过这种惊疑不定的难过，与绝对的寂闷。平日，他虽不大喜欢交朋友，可是一个人在日光下，有太阳照着他的四肢，有各样东西呈现在目前，他不至于害怕。现在他还不害怕，只是不能确定一切，使他受不了。设若骆驼们要是像骡马那样不老实，也许倒能教他打起精神去注意它们，而骆驼偏偏是这么驯顺，驯顺得使他不耐烦；在心神最恍惚的时候，他忽然怀疑骆驼是否还在他的背后，教他吓一跳；他似乎很相信这几个大牲口会轻轻地钻入黑暗的岔路中去，而他一点也不晓得，像拉着块冰那样能渐渐的化尽。

不知道在什么时候，他坐下了。若是他就是这么死去，就是死后有知，他也不会记得自己是怎么坐下的，和为什么坐下的。坐了五分钟，也许是一点钟，他不晓得。他也不知道他是先坐下而后睡着，还是先睡着了而后坐下的。大概他是先睡着而后坐下的，因为他的疲乏已经能使他立着睡去的。

他忽然醒了。不是那种自自然然的由睡而醒，而是猛的一吓，像由一个世界跳到另一个世界，都在一睁眼的工夫里。看见的还是黑暗，可是很清楚地听见一声鸡鸣，是那么清楚，好像有个坚硬的东西在他脑中划了一下。他完全清醒过来。骆驼呢？他顾不得想别的。绳子还在他手中，骆驼也还在他旁边。他心中安静了。懒得起来。身上酸懒，他不想起来，可也不敢再睡。他得想，细细地想，好主意。就是在这个时候，他想起他的车，而喊出“凭什么？”

“凭什么？”但是空喊是一点用处没有的。他去摸摸骆驼，他始终还不知自己拉来几匹。摸清楚了，一共三匹。他不觉得这是太多，还是太少；他把思想集中到这三匹身上，虽然还没想妥一定怎么办，可是他渺茫地想到，他的将来全仗着这三个牲口。

“为什么不去卖了它们，再买上一辆车呢？”他几乎要跳起来了！可是他没动，好像因为先前没想到这样最自然最省事的办法而觉得应当惭愧似的。喜悦胜过了惭愧，他打定了主意：刚才不是听到鸡鸣么？即使鸡有时候在夜间一两点钟就打鸣，反正离天亮也不甚远了。有鸡鸣就必有村庄，说不定也许是北辛安吧？那里有养骆驼的，他得赶快地走，能在天亮的时候赶到，把骆驼出了手，他可以一进城就买上一辆车。兵荒马乱的期间，车必定便宜一些；他只顾了想买车，好似卖骆驼是件毫无困难的事。

想到骆驼与洋车的关系，他的精神壮了起来，身上好似一向没有什么不舒服的地方。假若他想到拿这三匹骆驼能买到一百亩地，或是可以换几颗珍珠，他也不会这样高兴。他极快地立起来，扯起骆驼就走。他不晓得现在骆驼有什么行市，只听说过在老年间，没有火车的时候，一条骆驼要值一个大宝，因为骆驼力气大，而吃得比骡马还省。他不希望得三个大宝，只盼望换个百儿八十的，恰好够买一辆车的。

越走天越亮了；不错，亮处是在前面，他确是朝东走呢。即使他走错了路，方向可是不差；山在西，城在东，他晓得这个。四外由一致的漆黑，渐渐能分出深浅，虽然还辨不出颜色，可是田亩远树已都在普遍的灰暗中有了形状。星星渐稀，天上罩着一层似云又似雾的灰气，暗淡，可是比以前高起许多去。祥子仿佛敢抬起头来了。他也开始闻见路旁的草味，也听见几声鸟鸣；因为看见了渺茫的物形，他的耳目口鼻好似都恢复了应有的作用。他也能看到自己身上的一切，虽然是那么破烂狼狈，可是能以相信自己确是还活着呢；好像噩梦初醒时那样觉得生命是何等的可爱。看完了他自己，他回头看了看骆驼——和他一样的难看，也一样的可爱。正是牲口脱毛的时候，骆驼身上已经都露出那灰红的皮，只有东一缕西一块的挂着些零散的，没力量的，随时可以脱掉的长毛，像些兽中的庞大的乞丐。顶可怜的是那长而无毛的脖子，那么长，那么秃，弯弯的，愚笨的，伸出老远，像条失意的瘦龙。可是祥子不憎嫌它们，不管它们是怎样的不体面，到底是些活东西。他承认自己是世上最有运气的人，上天送给他三条足以换一辆洋车的活宝贝；这不是天天能遇到的事。他忍不住地笑了出来。

灰天上透出些红色，地与远树显着更黑了；红色渐渐地与灰色融调起来，有的地方成为灰紫的，有的地方特别的红，而大部分的天色是葡萄灰的。又待了一会儿，红中透出明亮的金黄来，各种颜色都露出些光；忽然，一切东西都非常的清楚了。跟着，东方的早霞变成一片深红，头上的天显出蓝色。红霞碎开，金光一道一道的射出，横的是霞，直的是光，在天的东南角织成一部极伟大光华的蛛网：绿的田，树，野草，都由暗绿变为发光的翡翠。老松的干上染上了金红，飞鸟的翅儿闪起金光，一切的东西都带出笑意。祥子对着那片红光要大喊几声，自从一被大兵拉去，他似乎没看见过太阳，心中老在咒骂，头老低着，忘了还有日月，忘了老天。现在，他自由地走着路，越走越光明，太阳给草叶的露珠一点儿金光，也照亮了祥子的眉发，照暖了他的心。他忘了一切困苦，一切危险，一切疼痛；不管身上是怎样褴褛污浊，太阳的光明与热力并没将他除外，他是生活在一个有光有热力的宇宙里；他高兴，他想欢呼！

看看身上的破衣，再看看身后的三匹脱毛的骆驼，他笑了笑。就凭四条这么不体面的人与牲口，他想，居然能逃出危险，能又朝着太阳走路，真透着奇怪！不必再想谁是谁非了，一切都是天意，他以为。他放了心，缓缓地走着，自要老天保佑他，什么也不必怕。走到什么地方了？不想问了，虽然田间已有男女来做工。走吧，就是一时卖不出骆驼去，似乎也没大关系了；先到城里再说，他渴想再看见城市，虽然那里没有父母亲戚，没有任何财产，可是那到底是他的家，全个的城都是他的家，一到那里他就有办法。远处有个村子，不小的一个村子，村外的柳树像一排高而绿的护兵，低头看着那些矮矮的房屋，屋上浮着些炊烟。远远地听到村犬的吠声，非常的好听。他一直奔了村子去，不想能遇到什么俏事，仿佛只是表示他什么也不怕，他是好人，当然不怕村里的良民；现在人人都是在光明和平的阳光下。假若可能的话，他想要一点水喝；就是要不到水也没关系；他既没死在山中，多渴一会儿算得了什么呢?!

村犬向他叫，他没大注意；妇女和小孩儿们的注视他，使他不大自在了。他必定是个很奇怪的拉骆驼的，他想；要不然，大家为什么这样呆呆地看着他呢？他觉得非常的难堪：兵们不拿他当个人，现在来到村子里，大家又看他像个怪物！他不晓得怎样好了。他的身量，力气，一向使他自尊自傲，可是在过去的这些日子，无缘无故的他受尽了委屈与困苦。他从一家的屋脊上看过去，又看见了那光明的太阳，可是太阳似乎不像刚才那样可爱了！

村中的唯一的一条大道上，猪尿马尿与污水汇成好些个发臭的小湖，祥子唯恐把骆驼滑倒，很想休息一下。道儿北有个较比阔气的人家，后边是瓦房，大门可是只拦着个木栅，没有木门，没有门楼。祥子心中一动：瓦房——财主；木栅而没门楼——养骆驼的主儿！好吧，他就在这儿休息会儿吧，万一有个好机会把骆驼打发出去呢！

“色！色！色！”祥子叫骆驼们跪下；对于调动骆驼的口号，他只晓得“色，色，”是表示跪下；他很得意的应用出来，特意叫村人们明白他并非是外行。骆驼们真跪下了，他自己也大大方方地坐在一株小柳树下。大家看他，他也看大家；他知道只有这样才足以减少村人的怀疑。

坐了一会儿，院中出来个老者，蓝布小褂敞着怀，脸上很亮，一看便知道是乡下的财主。祥子打定了主意：

“老者，水现成吧？喝碗！”

“啊！”老者的手在胸前搓着泥卷，打量了祥子一眼，细细看了看三匹骆驼。“有水！哪儿来的？”

“西边!”祥子不敢说地名，因为不准知道。

“西边有兵呀?”老者的眼盯住祥子的军裤。

“叫大兵裹了去，刚逃出来。”

“啊！骆驼出西口没什么险啦吧?”

“兵都入了山，路上很平安。”

“嗯!”老者慢慢点着头。“你等等，我给你拿水去。”

祥子跟了进去。到了院中，他看见了四匹骆驼。

“老者，留下我的三匹，凑一把儿吧?”

“哼！一把儿？倒退三十年的话，我有过三把儿！年头儿变了，谁还喂得起骆驼?!”老头儿立住，呆呆地看着那四匹牲口。待了半天：“前几天本想和街坊搭伙，把它们送到口外去放青。东也闹兵，西也闹兵，谁敢走啊！在家里拉夏吧，看着就焦心，看着就焦心，瞧这些苍蝇！赶明儿天大热起来，再加上蚊子，眼看着好好的牲口活活受罪，真!”老者连连地点头，似乎有无限的感慨与牢骚。

“老者，留下我的三匹，凑成一把儿到口外去放青。欢蹦乱跳的牲口，一夏天在这儿，准叫苍蝇蚊子给拿个半死!”祥子几乎是央求了。

“可是，谁有钱买呢？这年头不是养骆驼的年头了!”

“留下吧，给多少是多少；我把它们出了手，好到城里去谋生!”

老者又细细看了祥子一番，觉得他绝不是个匪类。然后回头看了看门外的牲口，心中似乎是真喜欢那三匹骆驼——明知买到手中并没好处，可是爱书的人见书就想买，养马的见了马就舍不得，有过三把儿骆驼的也是如此。况且祥子说可以贱卖呢；懂行的人得到个便宜，就容易忘掉东西买到手中有没有好处。

“小伙子，我要是钱富裕的话，真想留下！”老者说了实话。

“干脆就留下吧，瞧着办得了！”祥子是那么诚恳，弄得老头子有点不好意思了。

“说真的，小伙子；倒退三十年，这值三个大宝；现在的年头，又搭上兵荒马乱，我——你还是到别处吆喝吆喝去吧！”

“给多少是多少！”祥子想不出别的话。他明白老者的话很实在，可是不愿意满世界去卖骆驼——卖不出去，也许还出了别的毛病。

“你看，你看，二三十块钱真不好说出口来，可是还真不容易往外拿呢；这个年头，没法子！”

祥子心中也凉了些，二三十块？离买车还差得远呢！可是，第一他愿脆快办完，第二他不相信能这么巧再遇上个买主儿。“老者，给多少是多少！”

“你是干什么的，小伙子；看得出，你不是干这一行的！”祥子说了实话。

“呕，你是拿命换出来的这些牲口！”老者很同情祥子，而且放了心，这不是偷出来的；虽然和偷也差不远，可是究竟中间还隔着层大兵。兵灾之后，什么事儿都不能按着常理儿说。

“这么着吧，伙计，我给三十五块钱吧；我要说这不是个便宜，我是小狗子；我要是能再多拿一块，也是个小狗子！我六十多了；哼，还叫我说什么好呢！”

祥子没了主意。对于钱，他向来是不肯放松一个的。可是，在军队里这些日子，忽然听到老者这番诚恳而带有感情的话，他不好意思再争论了。况且，可以拿到手的三十五块现洋似乎比希望中的一万块更可靠，虽然一条命只换来三十五块钱的确是少一些！就单说三条大活骆驼，也不能，绝不能，只值三十五块大洋！可是，有什么法儿呢！

“骆驼算你的了，老者！我就再求一件事，给我找件小褂，和一点吃的！”

“那行！”

祥子喝了一气凉水，然后拿着三十五块很亮的现洋，两个棒子面饼子，穿着将护到胸际的一件破白小褂，要一步迈到城里去！

四

祥子在海甸的一家小店里躺了三天，身上忽冷忽热，心中迷迷糊糊，牙床上起了一溜紫泡，只想喝水，不想吃什么。饿了三天，火气降下去，身上软得像皮糖似的。恐怕就是在这三天里，他与三匹骆驼的关系由梦话或胡话中被人家听了去。一清醒过来，他已经是“骆驼祥子”了。

自从一到城里来，他就是“祥子”，仿佛根本没有个姓；如今，“骆驼”摆在“祥子”之上，就更没有人关心他到底姓什么了。有姓无姓，他自己也并不在乎。不过，三条牲口才换了那么几块钱，而自己倒落了个外号，他觉得有点不大上算。

刚能挣扎着立起来，他想出去看看。没想到自己的腿能会这样的不吃力，走到小店门口他一软就坐在了地上，昏昏沉沉地坐了好大半天，头上见了凉汗。又忍了一会儿，他睁开了眼，肚中响了一阵，觉出点饿来。极慢地立起来，找到了个馄饨挑儿。要了碗馄饨，他仍然坐在地上。呷了口汤，觉得恶心，在口中含了半天，勉强地咽下去；不想再喝。可是，待了一会儿，热汤像股线似的一直通到腹部，打了两个响嗝。他知道自己又有了命。

肚中有了点食，他顾得看看自己了。身上瘦了许多，那条破裤已经脏得不能再脏。他懒得动，可是要马上恢复他的干净利落，他不肯就这么神头鬼脸的进城去。不过，要干净利落就得花钱，剃剃头，换换衣服，买鞋袜，都要钱。手中的三十五元钱应当一个不动，连一个不动还离买车的数儿很远呢！可是，他可怜了自己。虽然被兵们拉去不多的日子，到现在一想，一切都像个噩梦。这个噩梦使他老了许多，好像他忽然的一气增多了好几岁。看着自己的大手大脚，明明是自己的，可是又像忽然由什么地方找到的。他非常的难过。他不敢想过去的那些委屈与危险，虽然不去想，可依然的存在，就好像连阴天的时候，不去看天也知道天是黑的。他觉得自己的身体是特别的可爱，不应当再太自苦了。他立起来，明知道身上还很软，可是刻不容缓的想去打扮打扮，仿佛只要剃剃头，换件衣服，他就能立刻强壮起来似的。

打扮好了，一共才花了两块二毛钱。近似搪布的一身本色粗布裤褂一元，青布鞋八毛，线披儿织成的袜子一毛五，还有顶二毛五的草帽。脱下来的破东西换了两包火柴。

拿着两包火柴，顺着大道他往西直门走。没走出多远，他就觉出软弱疲乏来了。可是他咬上了牙。他不能坐车，从哪方面看也不能坐车：一个乡下人拿十里八里还能当作道儿吗，况且自己是拉车的。这且不提，以自己的身量力气而被这小小的一点病拿住，笑话；除非一跤栽倒，再也爬不起来，他满地滚也得滚进城去，决不服软！今天要是走不进城去，他想，祥子便算完了；他只相信自己的身体，不管有什么病！

晃晃悠悠的他放开了步。走出海甸不远，他眼前起了金星。扶着棵柳树，他定了半天神，天旋地转地闹慌了会儿，他始终没肯坐下。天地的旋转慢慢地平静起来，他的心好似由老远的又落到自己的心口中，擦擦头上的汗，他又迈开了步。已经剃了头，已经换上新衣新鞋，他以为这就十分对得起自己了；那么，腿得尽它的责任，走！一气他走到了关厢。看见了人马的忙乱，听见了复杂刺耳的声音，闻见了干臭的味道，踏上了细软污浊的灰土，祥子想爬下去吻一吻那个灰臭的地，可爱的地，生长洋钱的地！没有父母兄弟，没有本家亲戚，他的唯一的朋友是这座古城。这座城给了他一切，就是在这里饿着也比乡下可爱，这里有的看，有的听，到处是光色，到处是声音；自己只要卖力气，这里还有数不清的钱，吃不尽穿不完的万样好东西。在这里，要饭也能要到荤汤腊水的，乡下只有棒子面。才到高亮桥西边，他坐在河岸上，落了几点热泪！

太阳平西了，河上的老柳歪歪着，梢头挂着点金光。河里没有多少水，可是长着不少的绿藻，像一条油腻的常绿的带子，窄长，深绿，发出些微腥的潮味。河岸北的麦子已吐出了芒，矮小枯干，叶上落了一层灰土。河南的荷塘的绿叶细小无力的浮在水面上，叶子左右时时冒起些细碎的小水泡。东边的桥上，来往的人与车过来过去，在斜阳中特别显着匆忙，仿佛都感到暮色将近的一种不安。这些，在祥子的眼中耳中都非常的有趣与可爱。只有这样的小河仿佛才能算是河；这样的树，麦子，荷叶，桥梁，才能算是树，麦子，荷叶，与桥梁。因为它们都属于北平。

坐在那里，他不忙了。眼前的一切都是熟习的，可爱的，就是坐着死去，他仿佛也很乐意。歇了老大半天，他到桥头吃了碗老豆腐：醋，酱油，花椒油，韭菜末，被热的雪白的豆腐一烫，发出点顶香美的味儿，香得使祥子要闭住气；捧着碗，看着那深绿的韭菜末儿，他的手不住地哆嗦。吃了一口，豆腐把身里烫开一条路；他自己下手又加了两小勺辣椒油。一碗吃完，他的汗已湿透了裤腰。半闭着眼，把碗递出去："再来一碗！"

站起来，他觉出他又像个人了。太阳还在西边的最低处，河水被晚霞照得有些微红，他痛快得要喊叫出来。摸了摸脸上那块平滑的疤，摸了摸袋中的钱，又看了一眼角楼上的阳光，他硬把病忘了，把一切都忘了，好似有点什么心愿，他决定走进城去。

城门洞里挤着各样的车，各样的人，谁也不敢快走，谁可都想快快过去，鞭声，喊声，骂声，喇叭声，铃声，笑声，都被门洞儿——像一架扩音机似的——嗡嗡的连成一片，仿佛人人都发着点声音，都嗡嗡的响。祥子的大脚东插一步，西跨一步，两手左右地拨落，像条瘦长的大鱼，随浪欢跃那样，挤进了城。一眼便看到新街口，道路是那么宽，那么直，他的眼发了光，和东边的屋顶上的反光一样亮。他点了点头。

他的铺盖还在西安门大街人和车厂呢，自然他想奔那里去。因为没有家小，他一向是住在车厂里，虽然并不永远拉厂子里的车。人和的老板刘四爷是已快七十岁的人了；人老，心可不老实。年轻的时候他当过库兵，设过赌场，买卖过人口，放过阎王账。干这些营生所应有的资格与本领——力气，心路，手段，交际，字号等等——刘四爷都有。在前清的时候，打过群架，抢过良家妇女，跪过铁索。跪上铁索，刘四并没皱一皱眉，没说一个饶命。官司叫他硬挺了过来，这叫作“字号”。出了狱，恰巧入了民国，巡警的势力越来越大，刘四爷看出地面上的英雄已成了过去的事儿，即使黄天霸再世也不会有多少机会了。他开了个洋车厂子。土混混出身，他晓得怎样对付穷人，什么时候该紧一把儿，哪里该松一步儿，他有善于调动的天才。

车夫们没有敢跟他耍骨头的。他一瞪眼，和他哈哈一笑，能把人弄得迷迷糊糊的，仿佛一脚蹬在天堂，一脚蹬在地狱，只好听他摆弄。到现在，他有六十多辆车，至坏的也是七八成新的，他不存破车。车租，他的比别家的大，可是到三节他比别家多放着两天的份儿。人和厂有地方住，拉他的车的光棍儿，都可以白住——可是得交上车份儿，交不上账而和他苦腻的，他扣下铺盖，把人当个破水壶似的扔出门外。大家若是有个急事急病，只需告诉他一声，他不含糊，水里火里他都热心的帮忙，这叫作“字号”。

刘四爷是虎相。快七十了，腰板不弯，拿起腿还走个十里二十里的。两只大圆眼，大鼻头，方嘴，一对大虎牙，一张口就像个老虎。个子几乎与祥子一边儿高，头剃得很亮，没留胡子。他自居老虎，可惜没有儿子，只有个三十七八岁的虎女——知道刘四爷的就必也知道虎妞。她也长得虎头虎脑，因此吓住了男人，帮助父亲办事是把好手，可是没人敢娶她做太太。她什么都和男人一样，连骂人也有男人的爽快，有时候更多一些花样。刘四爷打外，虎妞打内，父女把人和车厂治理得铁筒一般。人和厂成了洋车界的权威，刘家父女的办法常常在车夫与车主的口上，如读书人的引经据典。

在买上自己的车以前，祥子拉过人和厂的车。他的积蓄就交给刘四爷给存着。把钱凑够了数，他要过来，买上了那辆新车。

“刘四爷，看看我的车!”祥子把新车拉到人和厂去。

老头子看了车一眼，点了点头："不离!"

"我可还得在这儿住，多咱我拉上包月，才去住宅门!"祥子颇自傲地说。

"行!"刘四爷又点了点头。

于是，祥子找到了包月，就去住宅山；掉了事而又去拉散座，便住在人和厂。

不拉刘四爷的车，而能住在人和厂，据别的车夫看，是件少有的事。因此，甚至有人猜测，祥子必和刘老头子是亲戚；更有人说，刘老头子大概是看上了祥子，而想给虎妞弄个招门纳婿的"小人"。这种猜想里虽然怀着点妒羡，可是万一要真是这么回事呢，将来刘四爷一死，人和厂就一定归了祥子。这个，叫他们只敢胡猜，而不敢在祥子面前说什么不受听的。其实呢，刘老头子的优待祥子是另有笔账儿。祥子是这样的一个人：在新的环境里还能保持着旧的习惯。假若他去当了兵，他决不会一穿上那套虎皮，马上就不傻装傻的去欺侮人。在车厂子里，他不闲着，把汗一落下去，他就找点事儿做。他去擦车，打气，晒雨布，抹油……用不着谁支使，他自己愿意干，干得高高兴兴，仿佛是一种极好的娱乐。厂子里靠常总住着二十来个车夫；收了车，大家不是坐着闲谈，便是蒙头大睡；祥子，只有祥子的手不闲着。初上来，大家以为他是向刘四爷献殷勤，狗事巴结人；过了几天，他们看出来他一点没有卖好讨俏的意思，他是那么真诚自然，也就无话可说了。刘老头子没有夸奖过他一句，没有格外多看过他一眼；老头子心里有数儿。他晓得祥子是把好手，即使不拉他的车，他也还愿意祥子在厂子里。有祥子在这儿，先不提别的院子与门口永远扫得干干净净。虎妞更喜欢这个傻大个儿，她说什么，祥子老用心听着，不和她争辩；别的车夫，因为受尽苦楚，说话总是横着来；她一点不怕他们，可是也不愿多搭理他们；她的话，所以，都留给祥子听。当祥子去拉包月的时候，刘家父女都仿佛失去一个朋友。赶到他一回来，连老头子骂人也似乎更痛快而慈善一些。

祥子拿着两包火柴，进了人和厂。天还没黑，刘家父女正在吃晚饭。看见他进来，虎妞把筷子放下了：

“祥子！你让狼叼了去，还是上非洲挖金矿去了？”

“哼！”祥子没说出什么来。

刘四爷的大圆眼在祥子身上绕了绕，什么也没说。

祥子戴着新草帽，坐在他们对面。

“你要是还没吃了的话，一块儿吧！”虎妞仿佛是招待个好朋友。

祥子没动，心中忽然感觉到一点说不出来的亲热。一向他拿人和厂当作家：拉包月，主人常换；拉散座，座儿一会儿一改；只有这里老让他住，老有人跟他说些闲话儿。现在刚逃出命来，又回到熟人这里来，还让他吃饭，他几乎要怀疑他们是否要欺弄他，可是也几乎落下泪来。

“刚吃了两碗老豆腐！”他表示出一点礼让。

“你干什么去了？”刘四爷的大圆眼还盯着祥子。“车呢！”

“车？”祥子啐了口唾沫。

“过来先吃碗饭！毒不死你！两碗老豆腐管什么事?!”虎妞一把将他扯过去，好像老嫂子疼爱小叔那样。

祥子没去端碗，先把钱掏了出来：“四爷，先给我拿着，三十块。”把点零钱又放在衣袋里。

刘四爷用眉毛梢儿问了句，“哪儿来的?”

祥子一边吃，一边把被兵拉去的事说了一遍。

“哼，你这个傻小子!”刘四爷听完，摇了摇头。“拉进城来，卖给汤锅，也值十几多块一头；要是冬天驼毛齐全的时候，三匹得卖六十块!”

祥子早就有点后悔，一听这个，更难过了。可是，继而一想，把三只活活的牲口卖给汤锅去挨刀，有点缺德；他和骆驼都是逃出来的，就都该活着。什么也没说，他心中平静了下去。

虎姑娘把家伙撤下去，刘四爷仰着头似乎是想起点来什么。忽然一笑，露出两个越老越结实的虎牙：“傻子，你说病在了海甸？为什么不由黄村大道一直回来?”

“还是绕西山回来的，怕走大道叫人追上，万一村子里的人想过味儿来，还拿我当逃兵呢!”

刘四爷笑了笑，眼珠往心里转了两转。他怕祥子的话有鬼病，万一那三十块钱是抢了来的呢，他不便代人存着赃物。他自己年轻的时候，什么不法的事儿也干过；现在，他自居是改邪归正，不能不小心，而且知道怎样的小心。祥子的叙述只有这么个缝子，可是祥子一点没发毛咕的解释开，老头子放了心。

“怎么办呢?”老头子指着那些钱说。

“听你的!”

“再买辆车?”老头子又露出虎牙，似乎是说，“自己买上车，还白住我的地方?!”

“不够！买就得买新的!”祥子没看刘四爷的牙，只顾得看自己的心。

“借给你？一分利，别人借是二分五!”

祥子摇了摇头。

“跟车铺打印子，还不如给我一分利呢!”

“我也不打印子,”祥子出着神说，“我慢慢地省，够了数，现钱买现货!”

老头子看着祥子，好像是看着个什么奇怪的字似的，可恶，而没法儿生气。待了会儿，他把钱拿起来：“三十？别打马虎眼!”

“没错!”祥子立起来，“睡觉去。送给你老人家一包洋火!”他放在桌子上一包火柴，又愣了愣：“不用对别人说，骆驼的事!”

五

刘老头子的确没替祥子宣传，可是骆驼的故事很快的由海甸传进城里来。以前，大家虽找不出祥子的毛病，但是以他那股子干倔的劲儿，他们多少以为他不大合群，别扭。自从“骆驼祥子”传开了以后，祥子虽然还是闷着头儿干，不大和气，大家对他却有点另眼看待了。有人说他拾了个金表，有人说他白弄了三百块大洋，那自信知道得最详确的才点着头说，他从西山拉回三十四骆驼！说法虽然不同，结论是一样的——祥子发了邪财！对于发邪财的人，不管这家伙是怎样的“不得哥儿们”，大家照例是要敬重的。卖力气挣钱既是那么不容易，人人盼望发点邪财；邪财既是那么千载难遇，所以有些彩气的必定是与众不同，福大命大。因此，祥子的沉默与不合群，一变变成了贵人语迟；他应当这样，而他们理该赶着他去拉拢。“得了，祥子！说说，说说你怎么发的财?”这样的话，祥子天天听到。他一声不响。直到逼急了，他的那块疤有点发红了，才说，“发财，妈的我的车哪儿去了?”

是呀，这是真的，他的车哪里去了？大家开始思索。但是替别人忧虑总不如替人家喜欢，大家于是忘记了祥子的车，而去想着他的好运气。过了些日子，大伙儿看祥子仍然拉车，并没改了行当，或买了房子置了地，也就对他冷淡了一些，而提到骆驼祥子的时候，也不再追问为什么他偏偏是“骆驼”，仿佛他根本就应当叫作这个似的。

祥子自己可并没轻描淡写的随便忘了这件事。他恨不得马上就能再买上辆新车，越着急便越想着原来那辆。一天到晚他任劳任怨的去干，可是干着干着，他便想起那回事。一想起来，他心中就觉得发堵，不由地想到，要强又怎样呢，这个世界并不因为自己要强而公道一些，凭着什么把他的车白白抢去呢?

即使马上再弄来一辆，焉知不再遇上那样的事呢？他觉得过去的事像个噩梦，使他几乎不敢再希望将来。有时候他看别人喝酒吃烟跑土窑子，几乎感到一点羡慕。要强既是没用，何不乐乐眼前呢？他们是对的。他，即使先不跑土窑子，也该喝两盅酒，自在自在。烟，酒，现在仿佛对他有种特别的诱力，他觉得这两样东西是花钱不多，而必定足以安慰他；使他依然能往前苦奔，而同时能忘了过去的苦痛。

可是，他还是不敢去动它们。他必须能多剩一个就去多剩一个，非这样不能早早买上自己的车。即使今天买上，明天就失了，他也得去买。这是他的志愿，希望，甚至是宗教。不拉着自己的车，他简直像是白活。他想不到做官，发财，置买产业；他的能力只能拉车，他的最可靠的希望是买车；非买上车不能对得起自己。他一天到晚思索这回事，计算他的钱；设若一旦忘了这件事，他便忘了自己，而觉得自己只是个会跑路的畜生，没有一点起色与人味。无论是多么好的车，只要是赁来的，他拉着总不起劲，好像背着块石头那么不自然。就是赁来的车，他也不偷懒，永远给人家收拾得干干净净，永远不去胡碰乱撞；可是这只是一些小心谨慎，不是一种快乐。是的，收拾自己的车，就如同数着自己的钱，才是真快乐。他还是得不吃烟不喝酒，爽性连包好茶叶也不便于喝。在茶馆里，像他那么体面的车夫，在飞跑过一气以后，讲究喝十个子儿一包的茶叶，加上两包白糖，为是补气散火。当他跑得顺“耳唇”往下滴汗，胸口觉得有点发辣，他真想也这么办；这绝对不是习气，做派，而是真需要这么两碗茶压一压。只是想到了，他还是喝那一个子儿一包的碎末。有时候他真想责骂自己，为什么这样自苦；可是，一个车夫而想月间剩下俩钱，不这么办怎成呢？他狠了心。买上车再说，买上车再说！有了车就足以抵得一切！

对花钱是这样一把死拿，对挣钱祥子更不放松一步。没有包月，他就拉整天，出车早，回来得晚，他非拉过一定的钱数不收车，不管时间，不管两腿；有时他硬连下去，拉一天一夜。从前，他不肯抢别人的买卖，特别是对于那些老弱残兵；以他的身体，以他的车，去和他们争座儿，还能有他们的份儿？现在，他不大管这个了，他只看见钱，多一个是一个，不管买卖的苦甜，不管是和谁抢生意；他只管拉上买卖，不管别的，像一只饿疯的野兽。拉上就跑，他心中舒服一些，觉得只有老不站住脚，才能有买上车的希望。一来二去的骆驼祥子的名誉远不及单是祥子的时候了。有许多次，他抢上买卖就跑，背后跟着一片骂声。他不回口，低着头飞跑，心里说："我要不是为买车，决不能这么不要脸！"他好像是用这句话求大家的原谅，可是不肯对大家这么直说。在车口儿上，或茶馆里，他看大家瞪他；本想对大家解释一下，及至看到大家是那么冷淡，又搭上他平日不和他们一块喝酒，赌钱，下棋，或聊天，他的话只能圈在肚子里，无从往外说。难堪渐渐变为羞恼，他的火也上来了；他们瞪他，他也瞪他们。想起乍由山上逃回来的时候，大家对他是怎样的敬重，现在会这样的被人看轻，他更觉得难过了。独自抱着壶茶，假若是赶上在茶馆里，或独自数着刚挣到的铜子，设若是在车口上，他用尽力量把怒气捺下去。他不想打架，虽然不怕打架。大家呢，本不怕打架，可是和祥子动手是该当想想的事儿，他们谁也不是他的对手，而大家打一个又是不大光明的。勉强压住气，他想不出别的方法，只有忍耐一时，等到买上车就好办了。有了自己的车，每天先不用为车租着急，他自然可以大大方方的，不再因抢生意而得罪人。这样想好，他看大家一眼，仿佛是说：咱们走着瞧吧！

论他个人，他不该这样拼命。逃回城里之后，他并没等病好利落了就把车拉起来，虽然一点不服软，可是他时常觉出疲乏。疲乏，他可不敢休息，他总以为多跑出几身汗来就会减去酸懒的。对于饮食，他不敢缺着嘴，可也不敢多吃些好的。他看出来自己是瘦了好多，但是身量还是那么高大，筋骨还那么硬棒，他放了心。他老以为他的个子比别人高大，就一定比别人能多受些苦，似乎永没想到身量大，受累多，应当需要更多的滋养。虎姑娘已经嘱咐他几回了："你这家伙要是这么干，吐了血可是你自己的事！"

他很明白这是好话，可是因为事不顺心，身体又欠保养，他有点肝火盛，稍微棱棱着点眼："不这么奔，几儿能买上车呢？"

要是别人这么一棱棱眼睛，虎妞至少得骂半天街；对祥子，她真是一百一的客气，爱护。她只撇了撇嘴：

"买车也得悠停着来，当你是铁做的哪！你应当好好地歇三天！"看祥子听不进去这个："好吧，你有你的老主意，死了可别怨我！”

刘四爷也有点看不上祥子：祥子的拼命，早出晚归，当然是不利于他的车的。虽然说租整天的车是没有时间的限制，爱什么时候出车收车都可以，若是人人都像祥子这样死啃，一辆车至少也得早坏半年，多么结实的东西也架不住钉着坑儿使！再说呢，祥子只顾死奔，就不大匀得出工夫来帮忙给擦车什么的，又是一项损失。老头心中有点不痛快。他可是没说什么，拉整天不限定时间，是一般的规矩；帮忙收拾车辆是交情，并不是义务；凭他的人物字号，他不能自讨无趣的对祥子有什么表示。他只能从眼角唇边显出点不满的神气，而把嘴闭得紧紧的。有时候他颇想把祥子撵出去；看看女儿，他不敢这么办。他一点没有把祥子当作候补女婿的意思，不过，女儿既是喜爱这个愣小子，他就不便于多事。他只有这么一个姑娘，眼看是没有出嫁的希望了，他不能再把她这个朋友赶了走。说真的，虎妞是这么有用，他实在不愿她出嫁；这点私心他觉得有点怪对不住她的，因此他多少有点怕她。老头子一辈子天不怕地不怕，到了老年反倒怕起自己的女儿来，他自己在不大好意思之中想出点道理来：只要他怕个人，就是他并非完全是无法无天的人的证明。有了这个事实，或者他不至于到快死的时候遭了恶报。好，他自己承认了应当怕女儿，也就不肯赶出祥子去。这自然不是说，他可以随便由着女儿胡闹，以至于嫁给祥子。不是。他看出来女儿未必没那个意思，可是祥子并没敢往上巴结。

那么，他留点神就是了，犯不上先招女儿不痛快。

祥子并没注意老头子的神气，他顾不得留神这些闲盘儿。假若他有愿意离开人和厂的心意，那绝不是为赌闲气，而是盼望着拉上包月。他已有点讨厌拉散座儿了，一来是因为抢买卖而被大家看不起，二来是因为每天的收入没有定数，今天多，明天少，不能预定到几时才把钱凑足，够上买车的数儿。他愿意心中有个准头，哪怕是剩的少，只要靠准每月能剩下个死数，他才觉得有希望，才能放心。他是愿意一个萝卜一个坑的人。

他拉上了包月。哼，和拉散座儿一样的不顺心！这回是在杨宅。杨先生是上海人，杨太太是天津人，杨二太太是苏州人。一位先生，两位太太，南腔北调的生了不知有多少孩子。头一天上工，祥子就差点发了昏。一清早，大太太坐车上市去买菜。回来，分头送少爷小姐们上学，有上初中的，有上小学的，有上幼稚园的；学校不同，年纪不同，长相不同，可是都一样的讨厌，特别是坐在车上，至老实的也比猴子多着两手儿。把孩子们都送走，杨先生上衙门。送到衙门，赶紧回来，拉二太太上东安市场或去看亲友。回来，接学生回家吃午饭。吃完，再送走。送学生回来，祥子以为可以吃饭了，大太太扯着天津腔，叫他去挑水。杨宅的甜水有人送，洗衣裳的苦水归车夫去挑。这个工作在条件之外，祥子为对付事情，没敢争论，一声没响的给挑满了缸。放下水桶，刚要去端饭碗，二太太叫他去给买东西。大太太与二太太一向是不和的，可是在家政上，二位的政见倒一致，其中的一项是不准仆人闲一会儿，另一项是不肯看仆人吃饭。祥子不晓得这个，只当是头一天恰巧赶上宅里这么忙，于是又没说什么，而自己掏腰包买了几个烧饼。他爱钱如命，可是为维持事情，不得不狠了心。

买东西回来，大太太叫他打扫院子。杨宅的先生，太太，二太太，当出门的时候都打扮得极漂亮，可是屋里院里整个的像个大垃圾堆。祥子看着院子直犯恶心，所以只顾了去打扫，而忘了车夫并不兼管打杂儿。院子打扫清爽，二太太叫他顺手儿也给屋中扫一扫。祥子也没驳回，使他惊异的倒是凭两位太太的体面漂亮，怎能屋里脏得下不去脚！把屋子也收拾利落了，二太太把个刚到一周岁的小泥鬼交给了他。他没了办法。卖力气的事儿他都在行，他可是没抱过孩子。他双手托着这位小少爷，不使劲吧，怕滑溜下去，用力吧，又怕给伤了筋骨，他出了汗。他想把这个宝贝去交给张妈—— 一个江北的大脚婆子。找到她，劈面就被她骂了一顿好的。杨宅用人，向来是三五天一换的，先生与太太们总以为仆人就是家奴，非把穷人的命要了，不足以对得起那点工钱。只有这个张妈，已经跟了他们五六年，唯一的原因是她敢破口就骂，不论先生，哪管太太，招恼了她就是一顿。以杨先生的海式咒骂的毒辣，以杨太太的天津口的雄壮，以二太太的苏州调的流利，他们素来是所向无敌的；及至遇到张妈的蛮悍，他们开始感到一种礼尚往来，英雄遇上了好汉的意味，所以颇能赏识她，把她收作了亲军。

祥子生在北方的乡间，最忌讳随便骂街。可是他不敢打张妈，因为好汉不和女斗；也不愿还口。他只瞪了她一眼。张妈不再出声了，仿佛看出点什么危险来。正在这个工夫，大太太喊祥子去接学生。他把泥娃娃赶紧给二太太送了回去。二太太以为他这是存心轻看她，冲口而出的把他骂了个花瓜。大太太的意思本来也是不乐意祥子替二太太抱孩子，听见二太太骂他，她也扯开一条油光水滑的嗓子骂，骂的也是他；祥子成了挨骂的藤牌。他急忙拉起车走出去，连生气似乎也忘了，因为他一向没见过这样的事，忽然遇到头上，他简直有点发晕。

一批批的把孩子们都接回来，院中比市场还要热闹，三个妇女的骂声，一群孩子的哭声，好像大栅栏在散戏时那样乱，而且乱得莫名其妙。好在他还得去接杨先生，所以急忙地又跑出去，大街上的人喊马叫似乎还比宅里的乱法好受一些。

一直转转到十二点，祥子才找到叹口气的工夫。他不止于觉着身上疲乏，脑子里也老嗡嗡的响；杨家的老少确是已经都睡了，可是他耳朵里还似乎有先生与太太们的叫骂，像三盘不同的留声机在他心中乱转，使他闹得慌。顾不得再想什么，他想睡觉。一进他那间小屋，他心中一凉，又不困了。一间门房，开了两个门，中间隔着一层木板。张妈住一边，他住一边。屋中没有灯，靠街的墙上有个二尺来宽的小窗户，恰好在一支街灯底下，给屋里一点亮。屋里又潮又臭，地上的土有个铜板厚，靠墙放着份铺板，没有别的东西。他摸了摸床板，知道他要是把头放下，就得把脚蹬在墙上；把脚放平，就得半坐起来。他不会睡元宝式的觉。想了半天，他把铺板往斜里拉好，这样两头对着屋角，他就可以把头放平，腿耷拉着点先将就一夜。

从门洞中把铺盖搬进来，马马虎虎地铺好，躺下了。腿悬空，不惯，他睡不着。强闭上眼，安慰自己：睡吧，明天还得早起呢！什么罪都受过，何必单忍不了这个！别看吃喝不好，活儿太累，也许时常打牌，请客，有饭局；咱们出来为的是什么，祥子？还不是为钱？只要多进钱，什么也得受着！这样一想，他心中舒服了许多，闻了闻屋中，也不像先前那么臭了，慢慢地入了梦；迷迷糊糊的觉得有臭虫，可也没顾得去拿。

过了两天，祥子的心已经凉到底。可是在第四天上，来了女客，张妈忙着摆牌桌。他的心好像冻实了的小湖上忽然来了一阵春风。太太们打起牌来，把孩子们就通通交给了仆人；张妈既是得伺候着烟茶手巾把，那群小猴自然全归祥子统辖。他讨厌这群猴子，可是偷偷往屋中瞭了一眼，大太太管着头儿钱，像是很认真的样子。他心里说：别看这个大娘们厉害，也许并不糊涂，知道乘这种时候给仆人们多弄三毛五毛的。他对猴子们特别的拿出耐心法儿，看在头儿钱的面上，他得把这群猴崽子当作少爷小姐看待。

牌局散了，太太叫他把客人送回家。两位女客急于要同时走，所以得另雇一辆车。祥子喊来一辆，大太太撩袍拖带的浑身找钱，预备着代付客人的车资；客人谦让了两句，大太太仿佛要拼命似的喊：

"你这是怎么了，老妹子！到了我这儿啦，还没个车钱吗！老妹子！坐上啦！"她到这时候，才摸出来一毛钱。

祥子看得清清楚楚，递过那一毛钱的时候，太太的手有点哆嗦。

送完了客，帮着张妈把牌桌什么的收拾好，祥子看了太太一眼。太太叫张妈去拿点开水，等张妈出了屋门，她拿出一毛钱来："拿去，别拿眼紧扫搭着我！"

祥子的脸忽然紫了，挺了挺腰，好像头要顶住房梁，一把抓起那张毛票，摔在太太的胖脸上："给我四天的工钱！"

"怎吗札？"太太说完这个，又看了祥子一眼，不言语了，把四天的工钱给了他。拉着铺盖刚一出街门，他听见院里破口骂上了。

六

初秋的夜晚，星光叶影里阵阵的小风，祥子抬起头，看着高远的天河，叹了口气。这么凉爽的天，他的胸脯又是那么宽，可是他觉到空气仿佛不够，胸中非常憋闷。他想坐下痛哭一场。以自己的体格，以自己的忍性，以自己的要强，会让人当作猪狗，会维持不住一个事情，他不只怨恨杨家那一伙人，而渺茫的觉到一种无望，恐怕自己一辈子不会再有什么起色了。拉着铺盖卷，他越走越慢，好像自己已经不是拿起腿就能跑个十里八里的祥子了。

到了大街上，行人已少，可是街灯很亮，他更觉得空旷渺茫，不知道往哪里去好了。上哪儿？自然是回人和厂。心中又有些难过。做买卖的，卖力气的，不怕没有生意，倒怕有了照顾主儿而没做成买卖，像饭铺理发馆进来客人，看了一眼，又走出去那样。祥子明知道上工辞工是常有的事，此处不留爷，自有留爷处。可是，他是低声下气的维持事情，舍着脸为是买上车，而结果还是三天半的事儿，跟那些串惯宅门的老油子一个样，他觉着伤心。他几乎觉得没脸再进人和厂，而给大家当笑话说："瞧瞧，骆驼祥子敢情也是三天半就吹呀，哼！"

不上人和厂，又上哪里去呢？为免得再为这个事思索，他一直走向西安门大街去。人和厂的前脸是三间铺面房，当中的一间作为柜房，只许车夫们进来交账或交涉事情，并不准随便来回打穿堂儿，因为东间与西间是刘家父女的卧室。西间的旁边有一个车门，两扇绿漆大门，上面弯着一根粗铁条，悬着一盏极亮的，没有罩子的电灯，灯下横悬着铁片涂金的四个字——"人和车厂"。车夫们出车收车和随时来往都走这个门。门上的漆深绿，配着上面的金字，都被那只白亮亮的电灯照得发光；出来进去的又都是漂亮的车，黑漆的黄漆的都一样的油汪汪发光，配着雪白的垫套，连车夫们都感到一些骄傲，仿佛都自居为车夫中的贵族。由大门进去，拐过前脸的西间，才是个四四方方的大院子，中间有棵老槐。东西房全是敞脸的，是存车的所在；南房和南房后面小院里的几间小屋，全是车夫的宿舍。

大概有十一点多了，祥子看见了人和厂那盏极明而怪孤单的灯。柜房和东间没有灯光，西间可是还亮着。他知道虎姑娘还没睡。他想轻手蹑脚地进去，别教虎姑娘看见；正因为她平日很看得起他，所以不愿头一个就被她看见他的失败。他刚把车拉到她的窗下，虎妞由车门里出来了：

“哟，祥子？怎——”她刚要往下问，一看祥子垂头丧气的样子，车上拉着铺盖卷，把话咽了回去。

怕什么有什么，祥子心里的惭愧与气闷凝成一团，登时立住了脚，呆在了那里，说不出话来，他傻看着虎姑娘。她今天也异样，不知是电灯照的，还是擦了粉，脸上比平日白了许多；脸上白了些，就掩去好多她的凶气。嘴唇上的确是抹着点胭脂，使虎妞也带出些媚气；祥子看到这里，觉得非常的奇怪，心中更加慌乱，因为平日没拿她当过女人看待，骤然看到这红唇，心中忽然感到点不好意思。她上身穿着件浅绿的绸子小夹袄，下面一条青洋绉肥腿的单裤。绿袄在电灯下闪出些柔软而微带凄惨的丝光，因为短小，还露出一点点白裤腰来，使绿色更加明显素净。下面的肥黑裤被小风吹得微动，像一些什么阴森的气儿，想要摆脱开那贼亮的灯光，而与黑夜连成一气。祥子不敢再看了，茫然地低下头去，心中还存着个小小的带光的绿袄。虎姑娘一向，他晓得，不这样打扮。以刘家的财力说，她满可以天天穿着绸缎，可是终日与车夫们打交代，她总是布衣布裤，即使有些花色，在布上也就不惹眼。祥子好似看见一个非常新异的东西，既熟识，又新异，所以心中有点发乱。

心中原本苦恼，又在极强的灯光下遇见这新异的活东西，他没有了主意。自己既不肯动，他倒希望虎姑娘快快进屋去，或是命令他干点什么，简直受不了这样的折磨，一种什么也不像而非常难过的折磨。

“嗨!”她往前凑了一步，声音不高的说：“别愣着！去，把车放下，赶紧回来，有话跟你说。屋里见。”

平日帮她办惯了事，他只好服从。但是今天她和往日不同，他很想要思索一下；愣在那里去想，又怪僵得慌；他没主意，把车拉了进去。看看南屋，没有灯光，大概是都睡了；或者还有没收车的。把车放好，他折回到她的门前。忽然，他的心跳起来。

“进来呀，有话跟你说!”她探出头来，半笑半恼地说。

他慢慢走了进去。

桌上有几个还不甚熟的白梨，皮儿还发青。一把酒壶，三个白瓷酒盅。一个头号大盘子，摆着半只酱鸡，和些熏肝酱肚之类的吃食。

“你瞧，”虎姑娘指给他一个椅子，看他坐下了，才说，“你瞧，我今天吃犒劳，你也吃点!”说着，她给他斟上一杯酒；白干酒的辣味，混合上熏酱肉味，显着特别的浓厚沉重。“喝吧，吃了这个鸡；我已早吃过了，不必让！我刚才用骨牌打了一卦，准知道你回来，灵不灵?”

“我不喝酒!”祥子看着酒盅出神。

“不喝就滚出去；好心好意，不领情是怎着？你个傻骆驼！辣不死你！连我还能喝四两呢。不信，你看看!”她把酒盅端起来，灌了多半盅，一闭眼，哈了一声。举着盅儿：“你喝！要不我揪耳朵灌你!”

祥子一肚子的怨气，无处发泄；遇到这种戏弄，真想和她瞪眼。可是他知道，虎姑娘一向对他不错，而且她对谁都是那么直爽，他不应当得罪她。既然不肯得罪她，再一想，就爽性和她诉诉委屈吧。自己素来不大爱说话，可是今天似乎有千言万语在心中憋闷着，非说说不痛快。这么一想，他觉得虎姑娘不是戏弄他，而是坦白的爱护他。他把酒盅接过来，喝干。一股辣气慢慢的，准确的，有力的，往下走，他伸长了脖子，挺直了胸，打了两个不十分便利的嗝儿。

虎妞笑起来。他好容易把这口酒调动下去，听到这个笑声，赶紧向东间那边看了看。

“没人，”她把笑声收了，脸上可还留着笑容。“老头子给姑妈做寿去了，得有两三天的耽误呢；姑妈在南苑住。”一边说，一边又给他倒满了盅。

听到这个，他心中转了个弯，觉出在哪儿似乎有些不对的地方。同时，他又舍不得出去；她的脸是离他那么近，她的衣裳是那么干净光滑，她的唇是那么红，都使他觉到一种新的刺激。她还是那么老丑，可是比往常添加了一些活力，好似她忽然变成另一个人，还是她，但多了一些什么。他不敢对这点新的什么去详细的思索，一时又不敢随便的接受，可也不忍得拒绝。他的脸红起来。好像为是壮壮自己的胆气，他又喝了口酒。刚才他想对她诉诉委屈，此刻又忘了。红着脸，他不由的多看了她几眼。越看，他心中越乱；她越来越显出他所不明白的那点什么，越来越有一点什么热辣辣的力量传递过来，渐渐的她变成一个抽象的什么东西。他警告着自己，须要小心；可是他又要大胆。他连喝了三盅酒，忘了什么叫作小心。迷迷糊糊的看着她，他不知为什么觉得非常痛快，大胆；极勇敢的要马上抓到一种新的经验与快乐。平日，他有点怕她；现在，她没有一点可怕的地方了。他自己反倒变成了有威严与力气的，似乎能把她当作个猫似的，拿到手中。

屋内灭了灯。天上很黑。不时有一两个星刺入了银河，或划进黑暗中，带着发红或发白的光尾，轻飘的或硬挺的，直坠或横扫着，有时也点动着，颤抖着，给天上一些光热的动荡，给黑暗一些闪烁的爆裂。有时一两个星，有时好几个星，同时飞落，使静寂的秋空微颤，使万星一时迷乱起来。有时一个单独的巨星横刺入天角，光尾极长，放射着星花；红，渐黄；在最后的挺进，忽然狂悦似的把天角照白了一条，好像刺开万重的黑暗，透进并逗留一些乳白的光。余光散尽，黑暗似晃动了几下，又包合起来，静静懒懒的群星又复了原位，在秋风上微笑。地上飞着些寻求情侣的秋萤，也做着星样的游戏。

第二天，祥子起得很早，拉起车就出去了。头与喉中都有点发痛，这是因为第一次喝酒，他倒没去注意。坐在一个小胡同口上，清晨的小风吹着他的头，他知道这点头疼不久就会过去。可是他心中另有一些事儿，使他憋闷得慌，而且一时没有方法去开脱。昨天夜里的事叫他疑惑，羞愧，难过，并且觉着有点危险。

他不明白虎姑娘是怎么回事。她已早不是处女，祥子在几点钟前才知道。他一向很敬重她，而且没有听说过她有什么不规矩的地方；虽然她对大家很随便爽快，可是大家没在背地里讲论过她；即使车夫中有说她坏话的，也是说她厉害，没有别的。那么，为什么有昨夜那一场呢？

这个既显着糊涂，祥子也怀疑了昨晚的事儿。她知道他没在车厂里，怎能是一心一意地等着他？假若是随便哪个都可以的话……祥子把头低下去。他来自乡间，虽然一向没有想到娶亲的事，可是心中并非没有个算计；假若他有了自己的车，生活舒服了一些，而且愿意娶亲的话，他必定到乡下娶个年轻力壮，吃得苦，能洗能做的姑娘。像他那个岁数的小伙子们，即使有人管着，哪个不偷偷地跑“白房子”？祥子始终不肯随和，一来他自居为要强的人，不能把钱花在娘儿们身上；二来他亲眼得见那些花冤钱的傻子们——有的才十八九岁——在厕所里头顶着墙还撒不出尿来。最后，他必须规规矩矩，才能对得起将来的老婆，因为一旦要娶，就必娶个一清二白的姑娘，所以自己也得像那么回事儿。可是现在，现在……想起虎妞，设若当个朋友看，她确是不错；当个娘们看，她丑，老，厉害，不要脸！就是想起抢去他的车，而且几乎要了他的命的那些大兵，也没有像想起她这么可恨可厌！她把他由乡间带来的那点清凉劲儿毁尽了，他现在成了个偷娘们的人！

再说，这个事要是吵嚷开，被刘四知道了呢？刘四晓得不晓得他女儿是个破货呢？假若不知道，祥子岂不独自背上黑锅？

假若早就知道而不愿意管束女儿，那么他们父女是什么东西呢？他和这样人掺和着，他自己又是什么东西呢？就是他们父女都愿意，他也不能要她；不管刘老头子是有六十辆车，还是六百辆，六千辆！他得马上离开人和厂，跟他们一刀两断。祥子有祥子的本事，凭着自己的本事买上车，娶上老婆，这才正大光明！想到这里，他抬起头来，觉得自己是个好汉子，没有可怕的，没有可虑的，只要自己好好地干，就必定成功。

让了两次座儿，都没能拉上。那点别扭劲儿又忽然回来了。不愿再思索，可是心中堵得慌。这回事似乎与其他的事全不同，即使有了解决的办法，也不易随便的忘掉。不但身上好像粘上了点什么，心中也仿佛多了一个黑点儿，永远不能再洗去。不管怎样的愤恨，怎样的讨厌她，她似乎老抓住了他的心，越不愿再想，她越忽然的从他心中跳出来，一个赤裸裸的她，把一切丑陋与美好一下子，整个的都交给了他，像买了一堆破烂那样，碎铜烂铁之中也有一二发光的有色的小物件，使人不忍得拒绝。他没和任何人这样亲密过，虽然是突乎其来，虽然是个骗诱，到底这样的关系不能随便地忘记，就是想把它放在一旁，它自自然然会在心中盘绕，像生了根似的。这对他不仅是个经验，而也是一种什么形容不出来的扰乱，使他不知如何是好。他对她，对自己，对现在与将来，都没办法，仿佛是碰在蛛网上的一个小虫，想挣扎已来不及了。

迷迷糊糊的他拉了几个买卖。就是在奔跑的时节，他的心中也没忘了这件事，并非清清楚楚的，有头有尾的想起来，而是时时想到一个什么意思，或一点什么滋味，或一些什么感情，都是渺茫，而又亲切。他很想独自去喝酒，喝得人事不知，他也许能痛快一些，不能再受这个折磨！可是他不敢去喝。他不能为这件事毁坏了自己。他又想起买车的事来。但是他不能专心地去想，老有一点什么拦阻着他的心思；还没想到车，这点东西已经偷偷地溜出来，占住他的心，像块黑云遮住了太阳，把光明打断。到了晚间，打算收车，他更难过了。他必须回车厂，可是真怕回去。假如遇上她呢，怎办？他拉着空车在街上绕，两三次已离车厂不远，又转回头来往别处走，很像初次逃学的孩子不敢进家门那样。

奇怪的是，他越想躲避她，同时也越想遇到她，天越黑，这个想头越来得厉害。一种明知不妥，而很愿试试的大胆与迷惑紧紧地捉住他的心，小的时候去用竿子捅马蜂窝就是这样，害怕，可是心中跳着要去试试，像有什么邪气催着自己似的。渺茫的他觉到一种比自己还更有力气的劲头儿，把他要揉成一个圆球，抛到一团烈火里去；他没法阻止住自己的前进。

他又绕回西安门来，这次他不想再迟疑，要直入公堂地找她去。她已不是任何人，她只是个女子。他的全身都热起来。刚走到门脸上，灯光下走来个四十多岁的男人，他似乎认识这个人的面貌态度，可是不敢去招呼。几乎是本能的，他说了声："车吗？"那个人愣了一愣："祥子？"

"是呀，"祥子笑了，"曹先生？"

曹先生笑着点了点头。"我说祥子，你要是没在宅门里的话，还上我那儿来吧？我现在用着的人太懒，他老不管擦车，虽然跑得也怪麻利的；你来不来？”

“还能不来，先生！”祥子似乎连怎样笑都忘了，用小毛巾不住地擦脸。“先生，我几儿上工呢？”

“那什么，”曹先生想了想，“后天吧。”

“是了，先生！”祥子也想了想：“先生，我送你回去吧？”

“不用；我不是到上海去了一程子吗，回来以后，我不在老地方住了。现今住在北长街；我晚上出来走走。后天见吧。”曹先生告诉了祥子门牌号数，又找补了一句：“还是用我自己的车。”

祥子痛快得要飞起来，这些日子的苦恼全忽然一齐铲净，像大雨冲过的白石路。曹先生是他的旧主人，虽然在一块没有多少日子，可是感情顶好；曹先生是非常和气的人，而且家中人口不多，只有一位太太，和一个小男孩。

他拉着车一直奔了人和厂去。虎姑娘屋中的灯还亮着呢。一见这个灯亮，祥子猛的木在那里。

立了好久，他决定进去见她；告诉她他又找到了包月；把这两天的车份儿交上；要出他的储蓄；从此一刀两断——这自然不便明说，她总会明白的。

他进去先把车放好，而后回来大着胆叫了声刘姑娘。

“进来！”

他推开门，她正在床上斜着呢，穿着平常的衣裤，赤着脚。依旧斜着身，她说：“怎样？吃出甜头来了是怎着？”

祥子的脸红得像生小孩时送人的鸡蛋。愣了半天，他迟迟顿顿地说："我又找好了事，后天上工。人家自己有车……"

她把话接了过来："你这小子不懂好歹！"她坐起来，半笑半恼地指着他："这儿有你的吃，有你的穿；非去出臭汗不过瘾是怎着？老头子管不了我，我不能守一辈子女儿寡！就是老头子真犯牛脖子，我手里也有俩体己，咱俩也能弄上两三辆车，一天进个块儿八毛的，不比你成天满街跑臭腿去强？我哪点不好？除了我比你大一点，也大不了多少！我可是能护着你，疼你呢！"

"我愿意去拉车！"祥子找不出别的辩驳。

"地道窝窝头脑袋！你先坐下，咬不着你！"她说完，笑了笑，露出一对虎牙。

祥子青筋蹦跳地坐下。"我那点钱呢？"

"老头子手里呢；丢不了，甭害怕；你还别跟他要，你知道他的脾气。够买车的数儿，你再要，一个小子儿也短不了你的；现在要，他要不骂出你的魂来才怪！他对你不错！丢不了，短一个我赔你俩！你个乡下脑颏！别让我损你啦！"

祥子又没的说了，低着头掏了半天，把两天的车租掏出来，放在桌上："两天的。"临时想起来："今儿个就算交车，明儿个我歇一天。"他心中一点也不想歇息一天；不过，这样显着干脆；交了车，以后再也不住人和厂。

虎姑娘过来，把钱抓在手中，往他的衣袋里塞："这两天连车带人都白送了！你这小子有点运气！别忘恩负义就得了！"说完，她一转身把门倒锁上。

七

祥子上了曹宅。

对虎姑娘，他觉得有点羞愧。可是事儿既出于她的引诱，况且他又不想贪图她的金钱，他以为从此和她一刀两断也就没有什么十分对不住人的地方了。他所不放心的倒是刘四爷拿着他的那点钱。马上去要，恐怕老头子多心。从此不再去见他们父女，也许虎姑娘一怒，对老头子说几句坏话，而把那点钱"炸了酱"。还继续着托老头子给存钱吧，一到人和厂就得碰上她，也怪难为情。他想不出妥当的办法，越没办法也就越不放心。

他颇想向曹先生要个主意，可是怎么说呢？对虎姑娘的那一段是对谁也讲不得的。想到这儿，他真后悔了；这件事是，他开始明白过来，不能一刀两断的。这种事是永远洗不清的，像肉上的一块黑斑。无缘无故地丢了车，无缘无故的又来了这层缠绕，他觉得他这一辈子大概就这么完了，无论自己怎么要强，全算白饶。想来想去，他看出这么点来：大概到最后，他还得舍着脸要虎姑娘；不为要她，还不为要那几辆车么？"当王八的吃俩炒肉"！他不能忍受，可是到了时候还许非此不可！只好还往前干吧，干着好的，等着坏的；他不敢再像从前那样自信了。他的身量，力气，心胸，都算不了一回事；命是自己的，可是叫别人管着，叫些什么顶混账的东西管着。

按理说，他应当很痛快，因为曹宅是，在他所混过的宅门里，顶可爱的。曹宅的工钱并不比别处多，除了三节的赏钱也没有很多的零钱，可是曹先生与曹太太都非常的和气，拿谁也当个人对待。祥子愿意多挣钱，拼命地挣钱，但是他也愿意有个像间屋子的住处，和可以吃得饱的饭食。曹宅处处很干净，连下房也是如此；曹宅的饭食不苦，而且决不给下人臭东西吃。自己有间宽绰的屋子，又可以消消停停地吃三顿饭，再加上主人很客气，祥子，连祥子，也不肯专在钱上站着了。况且吃住都合适，工作又不累，把身体养得好好的也不是吃亏的事。自己掏钱吃饭，他决不会吃得这么样好，现在既有现成的菜饭，而且吃了不会由脊梁骨下去，他为什么不往饱里吃呢？饭也是钱买来的，这笔账他算得很清楚。吃得好，睡得好，自己可以干干净净像个人似的，是不容易找到的事。况且，虽然曹家不打牌，不常请客，没什么零钱，可是作点什么临时的工作也都能得个一毛两毛的。比如太太叫他给小孩儿去买丸药，她必多给他一毛钱，叫他坐车去，虽然明知道他比谁也跑得快。这点钱不算什么，可是使他觉得一种人情，一种体谅，使人心中痛快。祥子遇见过的主人也不算少了，十个倒有九个是能晚给一天工钱，就晚给一天，表示出顶好是白用人，而且仆人根本是猫狗，或者还不如猫狗。曹家的人是个例外，所以他喜欢在这儿。他去收拾院子，浇花，都不等他们吩咐他，而他们每见到他做这些事也必说些好听的话，更乘着这种时节，他们找出些破旧的东西，叫他去换洋火，虽然那些东西还都可以用，而他也就自己留下。在这里，他觉出点人味儿。

在祥子眼里，刘四爷可以算作黄天霸。虽然厉害，可是讲面子，叫字号，决不一面儿黑。他心中的体面人物，除了黄天霸，就得算是那位孔圣人。他莫名其妙孔圣人到底是怎样的人物，不过据说是认识许多的字，还挺讲理。在他所混过的宅门里，有文的也有武的；武的里，连一个能赶上刘四爷的还没有；文的中，虽然有在大学堂教书的先生，也有在衙门里当好差事的，字当然认识不少了，可是没遇到一个讲理的。就是先生讲点理，太太小姐们也很难伺候。只有曹先生既认识字，又讲理，而且曹太太也规规矩矩的得人心。所以曹先生必是孔圣人；假若祥子想不起孔圣人是什么模样，那就必应当像曹先生，不管孔圣人愿意不愿意。

其实呢，曹先生并不怎么高明。他只是个有时候教点书，有时候也做些别的事的一个中等人物。他自居为“社会主义者”，同时也是个唯美主义者，很受了维廉·莫利司一点儿影响。在政治上，艺术上，他都并没有高深的见解；不过他有点好处：他所信仰的那一点点，都能在生活中的小事件上实行出来。他似乎看出来，自己并没有惊人的才力，能够做出些惊天动地的事业，所以就按着自己的理想来布置自己的工作与家庭；虽然无补于社会，可是至少也愿言行一致，不落个假冒为善。因此，在小的事情上他都很注意，仿佛是说只要把小小的家庭整理得美好，那么社会怎样满可以随便。这有时使他自愧，有时也使他自喜，似乎看得明明白白，他的家庭是沙漠中的一个小绿洲，只能供给来到此地的一些清水与食物，没有更大的意义。

祥子恰好来到了这个小绿洲；在沙漠中走了这么多日子，他以为这是个奇迹。他一向没遇到过像曹先生这样的人，所以他把这个人看成圣贤。这也许是他的经验少，也许是世界上连这样的人也不多见。拉着曹先生出去，曹先生的服装是那么淡雅，人是那么活泼大方，他自己是那么干净利落，魁梧雄壮，他就跑得分外高兴，好像只有他才配拉着曹先生似的。在家里呢，处处又是那么清洁，永远是那么安静，使他觉得舒服安定。当在乡间的时候，他常看到老人们在冬日或秋月下，叼着竹管烟袋一声不响地坐着，他虽年岁还小，不能学这些老人，可是他爱看他们这样静静地坐着，必是——他揣摩着——有点什么滋味。现在，他虽是在城里，可是曹宅的清静足以让他想起乡间来，他真愿抽上个烟袋，咂摸着一点什么滋味。

不幸，那个女的和那点钱教他不能安心；他的心像一个绿叶，被个虫儿用丝给缠起来，预备作茧。为这点事，他自己放不下心；对别人，甚至是对曹先生，时时发愣，所答非所问。这使他非常的难过。曹宅睡得很早，到晚间九点多钟就可以没事了，他独自坐在屋中或院里，翻来覆去地想，想的是这两件事。他甚至想起马上就去娶亲，这样必定能够断了虎妞的念头。可是凭着拉车怎能养家呢？他晓得大杂院中的苦哥儿们，男的拉车，女的缝穷，孩子们捡煤核，夏天在土堆上拾西瓜皮啃，冬天全去赶粥厂。祥子不能受这个。再说呢，假若他娶了亲，刘老头子手里那点钱就必定要不回来；虎妞岂肯轻饶了他呢！他不能舍了那点钱，那是用命换来的！

他自己的那辆车是去年秋初买的。一年多了，他现在什么也没有，只有要不出来的三十多块钱，和一些缠绕！他越想越不高兴。

中秋节后十多天了，天气慢慢凉上来。他算计着得添两件穿的。又是钱！买了衣裳就不能同时把钱还剩下，买车的希望，简直不敢再希望了！即使老拉包月，这一辈子又算怎回事呢？

一天晚间，曹先生由东城回来得晚一点。祥子为是小心，由天安门前全走马路。敞平的路，没有什么人，微微的凉风，静静的灯光，他跑上了劲来。许多日子心中的憋闷，暂时忘记了，听着自己的脚步，和车弓子的轻响，他忘记了一切。解开了纽扣，凉风飕飕地吹着胸，他觉得痛快，好像就这么跑下去，一直跑到不知什么地方，跑死也倒干脆。越跑越快，前面有一辆，他“开”一辆，一会儿就过了天安门。他的脚似乎是两个弹簧，几乎是微一着地便弹起来；后面的车轮转得已经看不出条来，皮轮仿佛已经离开了地，连人带车都像被阵急风吹起来了似的。曹先生被凉风一飕，大概是半睡着了，要不然他必会阻止祥子这样的飞跑。祥子是跑开了腿，心中渺茫地想到，出一身透汗，今天可以睡痛快觉了，不至于再思虑什么。

已离北长街不远，马路的北半，被红墙外的槐林遮得很黑。祥子刚想收步，脚已碰到一些高起来的东西。脚到，车轮也到了。祥子栽了出去。咯喳，车把断了。“怎么了?”曹先生随着自己的话跌出来。祥子没出一声，就地爬起。曹先生也轻快的坐起来。“怎么了?”

新卸的一堆补路的石块，可是没有放红灯。

“摔着没有?”祥子问。

“没有；我走回去吧，你拉着车。”曹先生还镇定，在石块上摸了摸有没有落下来的东西。

祥子摸着了已断的一截车把：“没折多少，先生还坐上，能拉!”说着，他一把将车从石头中扯出来。“坐上，先生!”

曹先生不想再坐，可是听出祥子的话带着哭音，他只好上去了。

到了北长街口的电灯下面，曹先生看见自己的右手擦去一块皮。“祥子你站住!”

祥子一回头，脸上满是血。

曹先生害了怕，想不起说什么好，“你快，快——”

祥子莫名其妙，以为是教他快跑呢，他一拿腰，一气跑到了家。

放下车，他看见曹先生手上有血，急忙往院里跑，想去和太太要药。

“别管我，先看你自己吧!”曹先生跑了进去。

祥子看了看自己，开始觉出疼痛，双膝，右肘全破了；脸蛋上，他以为流的是汗，原来是血。不顾得干什么，想什么，他坐在门洞的石阶上，呆呆地看着断了把的车。崭新黑漆的车，把头折了一段，秃碴碴的露着两块白木碴儿，非常的不调和，难看，像糊好的漂亮纸人还没有安上脚，光出溜的插着两根秫秸秆那样。祥子呆呆的看着这两块白木碴儿。

“祥子！”曹家的女仆高妈响亮地叫，“祥子！你在哪儿呢？”

他坐着没动，不错眼珠的钉着那破车把，那两块白木碴儿好似插到他的心里。

“你是怎个碴儿呀！一声不出，藏在这儿；你瞧，吓我一跳！先生叫你哪！”高妈的话永远是把事情与感情都掺和起来，显着既复杂又动人。她是三十二三岁的寡妇，干净，爽快，做事麻利又仔细。在别处，有人嫌她太张道，主意多，时常有些神眉鬼道儿的。曹家喜欢用干净瞭亮的人，而又不大注意那些小过节儿，所以她跟了他们已经二三年，就是曹家全家到别处去也老带着她。“先生叫你哪！”她又重了一句。及至祥子立起来，她看明他脸上的血：“可吓死我了，我的妈！这是怎么了？你还不动换哪，得了破伤风还了得！快走！先生那儿有药！”

祥子在前边走，高妈在后边叨唠，一同进了书房。曹太太也在这里，正给先生裹手上药，见祥子进来，她也“哟”了一声。

“太太，他这下子可是摔得够瞧的。”高妈唯恐太太看不出来，忙着往脸盆里倒凉水，更忙着说话：“我就早知道吗，他一跑起来就不顾命，早晚是得出点岔儿。果不其然！还不快洗洗哪？洗完好上点药，真！”

祥子托着右肘，不动。书房里是那么干净雅趣，立着他这么个满脸血的大汉，非常的不像样，大家似乎都觉出有点什么不对的地方，连高妈也没了话。

"先生！"祥子低着头，声音很低，可是很有力："先生另找人吧！这个月的工钱，你留着收拾车吧：车把断了，左边的灯碎了块玻璃；别处倒都好好的呢。"

"先洗洗，上点药，再说别的。"曹先生看着自己的手说，太太正给慢慢地往上缠纱布。

"先洗洗！"高妈也又想起话来，"先生并没说什么呀，你别先倒打一瓦！"

祥子还不动。"不用洗，一会儿就好！一个拉包月的，摔了人，碰了车，没脸再……"他的话不够帮助说完全了他的意思，可是他的感情已经发泄净尽，只差着放声哭了。辞事，让工钱，在祥子看就差不多等于自杀。可是责任，脸面，在这时候似乎比命还重要，因为摔的不是别人，而是曹先生。假若他把那位杨太太摔了，摔了就摔了，活该！对杨太太，他可以拿出街面上的蛮横劲儿，因为她不拿人待他，他也不便客气；钱是一切，说不着什么脸面，哪叫规矩。曹先生根本不是那样的人，他得牺牲了钱，好保住脸面。他顾不得恨谁，只恨自己的命，他差不多想到：从曹家出去，他就永不再拉车；自己的命即使不值钱，可以拼上；人家的命呢？真要摔死一口子，怎办呢？以前他没想到过这个，因为这次是把曹先生摔伤，所以悟过这个理儿来。好吧，工钱可以不要，从此改行，不再干这背着人命的事。拉车是他理想的职业，搁下这个就等于放弃了希望。他觉得他的一生就得窝窝囊囊的混过去了，连成个好拉车的也不用再想，空长了那么大的身量！在外面拉散座的时候，他曾毫不客气的“抄”买卖，被大家嘲骂，可是这样的不要脸正是因为自己要强，想买上车，他可以原谅自己。拉包月而惹了祸，自己有什么可说的呢？这要被人知道了，祥子摔了人，碰坏了车；哪道拉包车的，什么玩意！祥子没了出路！他不能等曹先生辞他，只好自己先滚吧！

“祥子，”曹先生的手已裹好，“你洗洗！先不用说什么辞工。不是你的错儿，放石头就应当放个红灯。算了吧，洗洗，上点药。”

“是呀，先生，”高妈又想起话来，“祥子是磨不开；本来吗，把先生摔得这个样！可是，先生既说不是你的错儿，你也甭再别扭啦！瞧他这样，身大力不亏的，还和小孩一样呢，倒是真着急！太太说一句，叫他放心吧！”高妈的话很像留声机片，是转着圆圈说的，把大家都说在里边，而没有起承转合的痕迹。

“快洗洗吧，我怕！”曹太太只说了这么一句。

祥子的心中很乱，末了听到太太说怕血，似乎找到了一件可以安慰她的事；把脸盆搬出来，在书房门口洗了几把。高妈拿着药瓶在门内等着他。

“胳臂和腿上呢？”高妈给他脸上涂抹了一气。

祥子摇了摇头，“不要紧！”

曹氏夫妇去休息。高妈拿着药瓶，跟出祥子来。到了他屋中，她把药瓶放下，立在屋门口里：“待会儿你自己抹抹吧。我说，为这点事不必那么吃心。当初，有我老头子活着的日子，我也是常辞工。一来是，我在外头受累，他不要强，叫我生气。二来是，年轻气儿粗，一句话不投缘，散！卖力气挣钱，不是奴才；你有你的臭钱，我泥人也有个土性儿；老太太有个伺候不着！现在我可好多了，老头子一死，我没什么挂念的了，脾气也就好了点。这儿呢——我在这儿小三年子了；可不是，九月九上的工——零钱太少，可是他们对人还不错。咱们卖的是力气，为的是钱；净说好的当不了一回事。可是话又得这么说，把事情看长远了也有好处：三天两头的散工，一年倒歇上六个月，也不上算；莫若遇上个和气的主儿，架不住干日子多了，零钱就是少点，可是靠常儿混下去也能剩俩钱。今儿个的事，先生既没说什么，算了就算了，何必呢。也不是我攀个大，你还是小兄弟呢，容易挂火。一点也不必，火气壮当不了吃饭。像你这么老实巴交的，安安顿顿地在这儿混些日子，总比满天打油飞去强。我一点也不是向着他们说话，我是为你，在一块儿都怪好的！”她喘了口气：“得，明儿见；甭犯牛劲，我是直心眼，有一句说一句！”

祥子的右肘很疼，半夜也没睡着。颠算了七开八得，他觉得高妈的话有理。什么也是假的，只有钱是真的。省钱买车；挂火当不了吃饭！想到这，来了一点平安的睡意。

八

曹先生把车收拾好，并没扣祥子的工钱。曹太太给他两丸“三黄宝蜡”，他也没吃。他没再提辞工的事。虽然好几天总觉得不大好意思，可是高妈的话得到最后的胜利。过了些日子，生活又合了辙，他把这件事渐渐忘掉，一切的希望又重新发了芽。独坐在屋中的时候，他的眼发着亮光，去盘算怎样省钱，怎样买车；嘴里还不住的嘟囔，像有点心病似的。他的算法很不高明，可是心中和嘴上常常念着“六六三十六”；这并与他的钱数没多少关系，不过是这么念道，心中好像是充实一些，真像有一本账似的。

他对高妈有相当的佩服，觉得这个女人比一般的男子还有心路与能力，她的话是抄着根儿来的。他不敢赶上她去闲谈，但在院中或门口遇上她，她若有工夫说几句，他就很愿意听她说。她每说一套，总够他思索半天的，所以每逢遇上她，他会傻傻乎乎的一笑，使她明白他是佩服她的话，她也就觉到点得意，即使没有工夫，也得扯上几句。

不过，对于钱的处置方法，他可不敢冒儿咕咚的就随着她的主意走。她的主意，他以为，实在不算坏；可是多少有点冒险。他很愿意听她说，好多学些招数，心里显着宽绰；在实行上，他还是那个老主意——不轻易撒手钱。

不错，高妈的确有办法：自从她守了寡，她就把月间所能剩下的一点钱放出去，一块也是一笔，两块也是一笔，放给做仆人的，当二三等巡警的，和做小买卖的，利钱至少是三分。这些人时常为一块钱急得红着眼转磨，就是有人借给他们一块而当两块算，他们也得伸手接着。除了这样，钱就不会叫他们看见；他们所看见的钱上有毒，接过来便会抽干他们的血，但是他们还得接着。凡是能使他们缓一口气的，他们就有胆子拿起来；生命就是且缓一口气再讲，明天再说明天的。高妈，在她丈夫活着的时候，就曾经受着这个毒。她的丈夫喝醉来找她，非有一块钱不能打发；没有，他就在宅门外醉闹；她没办法，不管多大的利息也得马上借到这块钱。由这种经验，她学来这种方法，并不是想报复，而是拿它当作合理的，几乎是救急的慈善事。有急等用钱的，有愿意借出去的，周瑜打黄盖，愿打愿挨！

在宗旨上，她既以为这没有什么下不去的地方，那么在方法上她就得厉害一点，不能拿钱打水上漂；干什么说什么。这需要眼光，手段，小心，泼辣，好不致都放了鹰。她比银行经理并不少费心血，因为她需要更多的小心谨慎。资本有大小，主义是一样，因为这是资本主义的社会，像一个极细极大的筛子，一点一点地从上面往下筛钱，越往下钱越少；同时，也往下筛主义，可是上下一边儿多，因为主义不像钱那样怕筛眼小，它是无形体的，随便由什么极小的孔中也能溜下来。大家都说高妈厉害，她自己也这么承认；她的厉害是由困苦中折磨中锻炼出来的。一想起过去的苦处，连自己的丈夫都那样的无情无理，她就咬上了牙。她可以很和气，也可以很毒辣，她知道非如此不能在这个世界上活着。

她也劝祥子把钱放出去，完全出于善意，假若他愿意的话，她可以帮他的忙：

"告诉你，祥子，搁在兜儿里，一个子永远是一个子！放出去呢，钱就会下钱！没错儿，咱们的眼睛是干什么的？瞧准了再放手钱，不能放秃尾巴鹰。当巡警的到时候不给利，或是不归本，找他的巡官去！一句话，他的差事得搁下，敢打听明白他们放饷的日子，堵窝掏；不还钱，新新！将一比十，放给谁，咱都得有个老底；好，放出去，海里摸锅，那还行吗？你听我的，准保没错！"

祥子用不着说什么，他的神气已足表示他很佩服高妈的话。及至独自一盘算，他觉得钱在自己手里比什么也稳当。不错，这么着是死的，钱不会下钱；可是丢不了也是真的。把这两三个月剩下的几块钱——都是现洋——轻轻地拿出来，一块一块的翻弄，怕出响声；现洋是那么白亮，厚实，起眼，他更觉得万不可撒手，除非是拿去买车。各人有各人的办法，他不便全随着高妈。

原先在一家姓方的家里，主人全家大小，连仆人，都在邮局有个储金折子。方太太也劝过祥子："一块钱就可以立折子，你怎么不立一个呢？俗言说得好，常将有日思无日，莫到无时盼有时；年轻轻的，不乘着年轻力壮剩下几个，一年三百六十天不能天天是晴天大日头。这又不费事，又牢靠，又有利钱，哪时弯住还可以提点儿用，还要怎么方便呢？去，去要个单子来，你不会写，我给你填上，一片好心！”

祥子知道她是好心，而且知道厨子王六和奶妈子秦妈都有折子，他真想试一试。可是有一天方大小姐叫他去给放进十块钱，他细细看了看那个小折子，上面有字，有小红印；通共，哼，也就有一小打手纸那么沉吧。把钱交进去，人家又在折子上画了几个字，打上了个小印。他觉得这不是骗局，也得是骗局；白花花的现洋放进去，凭人家三画五画就算完事，祥子不上这个当。他怀疑方家是跟邮局这个买卖——他总以为邮局是个到处有分号的买卖，大概字号还很老，至少也和瑞蚨祥，鸿记差不多——有关系，所以才这样热心给拉生意。即使事实不是这样，现钱在手里到底比在小折子上强，强得多！折子上的钱只是几个字！

对于银行银号，他只知道那是出“座儿”的地方，假若巡警不阻止在那儿搁车的话，准能拉上“买卖”。至于里面做些什么事，他猜不透。不错，这里必是有很多的钱；但是为什么单到这里来鼓逗钱，他不明白；他自己反正不容易与它们发生关系，那么也就不便操心去想了。城里有许多许多的事他不明白，听朋友们在茶馆里议论更使他发糊涂，因为一人一个说法，而且都说得不到家。他不愿再去听，也不愿去多想，他知道假若去打抢的话，顶好是抢银行；既然不想去做土匪，那么自己拿着自己的钱好了，不用管别的。他以为这是最老到的办法。

高妈知道他是红着心想买车，又给他出了主意：

“祥子，我知道你不肯放账，为是好早早买上自己的车，也是个主意！我要是个男的，要是也拉车，我就得拉自己的车；自拉自唱，万事不求人！能这么着，给我个知县我也不换！拉车是苦事，可是我要是男的，有把子力气，我愣拉车也不去当巡警；冬夏常青，老在街上站着，一月才挣那俩钱，没个外钱，没个自由；一留胡子还是就吹，简直的没一点起色。我是说，对了，你要是想快快买上车的话，我给你个好主意：起上一只会，十来个人，至多二十个人，一月每人两块钱，你使头一会；这不是马上就有四十来的块？你横是多少也有个积蓄，凑吧凑吧就弄辆车拉拉，干脆大局！车到了手，你干上一只黑签儿会，又不出利，又是体面事，准得对你的心路！你真要请会的话，我来一只，决不含糊！怎样？”

这真让祥子的心跳得快了些！真要凑上三四十块，再加上刘四爷手里那三十多，和自己现在有的那几块，岂不就是八十来的？虽然不够买十成新的车，八成新的总可以办到了！况且这么一来，他就可以去向刘四爷把钱要回，省得老这么搁着，不像回事儿。八成新就八成新吧，好歹的拉着，等有了富余再换。

可是，上哪里找这么二十位人去呢？即使能凑上，这是个面子事，自己等钱用么就请会，赶明儿人家也约自己来呢？起会，在这个穷年月，常有哗啦了的时候！好汉不求人；干脆，自己有命买得上车，买；不求人！

看祥子没动静，高妈真想俏皮他一顿，可是一想他的直诚劲儿，又不大好意思了：“你真行！‘小胡同赶猪——直来直去’；也好！”

祥子没说什么，等高妈走了，对自己点了点头，似乎是承认自己的一把死拿值得佩服，心中怪高兴的。

已经是初冬天气，晚上胡同里叫卖糖炒栗子，落花生之外，加上了低悲的“夜壶呕”。夜壶挑子上带着瓦的闷葫芦罐儿，祥子买了个大号的。头一号买卖，卖夜壶的找不开钱，祥子心中一活便，看那个顶小的小绿夜壶非常有趣，绿汪汪的，也嘶着小嘴，“不用找钱了，我来这么一个！”

放下闷葫芦罐，他把小绿夜壶送到里边去：“少爷没睡哪？送你个好玩意！”

大家都正看着小文——曹家的小男孩——洗澡呢，一见这个玩意都憋不住地笑了。曹氏夫妇没说什么，大概觉得这个玩意虽然蠢一些，可是祥子的善意是应当领受的，所以都向他笑着表示谢意。高妈的嘴可不会闲着：

“你看，真是的，祥子！这么大个子了，会出这么高明的主意；多么不顺眼！”

小文很喜欢这个玩意，登时用手捧澡盆里的水往小壶里灌：“这小茶壶，嘴大！”

大家笑得更加了劲。祥子整着身子——因为一得意就不知怎么好了——走出来。他很高兴，这是向来没有经验过的事，大家的笑脸全朝着他自己，仿佛他是个很重要的人似的。微笑着，又把那几块现洋搬运出来，轻轻的一块一块往闷葫芦罐里放，心里说：这比什么都牢靠！多咱够了数，多咱往墙上一碰：拍喳，现洋比瓦片还得多！

他决定不再求任何人。就是刘四爷那么可靠，究竟有时候显着别扭，钱是丢不了哇，在刘四爷手里，不过总有点不放心。钱这个东西像戒指，总是在自己手上好。这个决定使他痛快，觉得好像自己的腰带又杀紧了一扣，使胸口能挺得更直更硬。

天是越来越冷了，祥子似乎没觉到。心中有了一定的主意，眼前便增多了光明；在光明中不会觉得寒冷。地上初见冰凌，连便道上的土都凝固起来，处处显出干燥，结实，黑土的颜色已微微发些黄，像已把潮气散尽。特别是在一清早，被大车轧起的土棱上镶着几条霜边，小风尖溜溜的把早霞吹散，露出极高极蓝极爽快的天；祥子愿意早早的拉车跑一趟，凉风飕进他的袖口，使他全身像洗冷水澡似的一哆嗦，一痛快。有时候起了狂风，把他打得出不来气，可是他低着头，咬着牙，向前钻，像一条浮着逆水的大鱼；风越大，他的抵抗也越大，似乎是和狂风决一死战。猛的一股风顶得他透不出气，闭住口，半天，打出一个嗝，仿佛是在水里扎了一个猛子。打出这个嗝，他继续往前奔走，往前冲进，没有任何东西能阻止住这个巨人；他全身的筋肉没有一处松懈，像被蚂蚁围攻的绿虫，全身摇动着抵御。这一身汗！等到放下车，直一直腰，吐出一口长气，抹去嘴角的黄沙，他觉得他是无敌的；看着那裹着灰沙的风从他面前扫过去，他点点头。风吹弯了路旁的树木，撕碎了店户的布幌，揭净了墙上的报单，遮昏了太阳，唱着，叫着，吼着，回荡着！忽然直驰，像惊狂了的大精灵，扯天扯地的疾走；忽然慌乱，四面八方的乱卷，像不知怎好而决定乱撞的恶魔；忽然横扫，乘其不备的袭击着地上的一切，扭折了树枝，吹掀了屋瓦，撞断了电线；可是，祥子在那里看着；他刚从风里出来，风并没能把他怎样了！胜利是祥子的！及至遇上顺风，他只需拿稳了车把，自己不用跑，风会替他推转了车轮，像个很好的朋友。

自然，他既不瞎，必定也看见了那些老弱的车夫。他们穿着一阵小风就打透的，一阵大风就吹碎了的，破衣；脚上不知绑了些什么。在车口上，他们哆嗦着，眼睛像贼似的溜着，不论从什么地方钻出个人来，他们都争着问，“车?!”拉上个买卖，他们暖和起来，汗湿透了那点薄而破的衣裳。一停住，他们的汗在背上结成了冰。遇上风，他们一步也不能抬，而生生地要曳着车走；风从上面砸下来，他们要把头低到胸口里去；风从下面来，他们的脚便找不着了地；风从前面来，手一扬就要放风筝；风从后边来，他们没法管束住车与自己。但是他们设尽了方法，用尽了力气，死曳活曳的把车拉到了地方，为几个铜子得破出一条命。一趟车拉下来，灰土被汗和成了泥，糊在脸上，只露着眼与嘴三个冻红了的圈。天是那么短，那么冷，街上没有多少人；这样苦奔一天，未必就能挣上一顿饱饭；可是年老的，家里还有老婆孩子；年小的，有父母弟妹！冬天，他们整个的是在地狱里，比鬼多了一口活气，而没有鬼那样清闲自在；鬼没有他们这么多的吃累！像条狗似的死在街头，是他们最大的平安自在；冻死鬼，据说，脸上有些笑容！

祥子怎能没看见这些呢。但是他没工夫为他们忧虑思索。他们的罪孽也就是他的，不过他正在年轻力壮，受得起辛苦，不怕冷，不怕风；晚间有个干净的住处，白天有件整齐的衣裳，所以他觉得自己与他们并不能相提并论，他现在虽是与他们一同受苦，可是受苦的程度到底不完全一样；现在他少受着罪，将来他还可以从这里逃出去；他想自己要是到了老年，决不至于还拉着辆破车去挨饿受冻。他相信现在的优越可以保障将来的胜利。正如在饭馆或宅门外遇上驶汽车的，他们不肯在一块儿闲谈；驶汽车的觉得有失身份，要是和洋车夫们有什么来往。汽车夫对洋车夫的态度，正有点像祥子的对那些老弱残兵；同是在地狱里，可是层次不同。他们想不到大家须立在一块儿，而是各走各的路，个人的希望与努力蒙住了各个人的眼，每个人都觉得赤手空拳可以成家立业，在黑暗中各自去摸索个人的路。祥子不想别人，不管别人，他只想着自己的钱与将来的成功。

街上慢慢有些年下的气象了。在晴明无风的时候，天气虽是干冷，可是路旁增多了颜色：年画，纱灯，红素蜡烛，绢制的头花，大小蜜供，都陈列出来，使人心中显着快活，可又有点不安；因为无论谁对年节都想到快乐几天，可是大小也都有些困难。祥子的眼增加了亮光，看见路旁的年货，他想到曹家必定该送礼了；送一份总有他几毛酒钱。节赏固定的是两块钱，不多；可是来了贺年的，他去送一送，每一趟也得弄个两毛三毛的。凑到一块就是个数儿；不怕少，只要零碎的进手；他的闷葫芦罐是不会冤人的！晚间无事的时候，他钉坑儿看着这个只会吃钱而不愿吐出来的瓦朋友，低声的劝告："多多的吃，多多的吃，伙计！多咱你吃够了，我也就行了！"

年节越来越近了，一晃儿已是腊八。欢喜或忧惧强迫着人去计划，布置；还是二十四小时一天，可是这些天与往常不同，它们不许任何人随便地度过，必定要做些什么，而且都得朝着年节去做，好像时间忽然有了知觉，有了感情，使人们随着它思索，随着它忙碌。祥子是立在高兴那一面的，街上的热闹，叫卖的声音，节赏与零钱的希冀，新年的休息，好饭食的想象……都使他像个小孩子似的欢喜，盼望。他想好，破出块儿八毛的，得给刘四爷买点礼物送去。礼轻人物重，他必须拿着点东西去，一来为是道歉，他这些日子没能去看老头儿，因为宅里很忙；二来可以就手要出那三十多块钱来。破费一块来钱而能要回那一笔款，是上算的事。这么想好，他轻轻地摇了摇那个扑满，想象着再加进三十多块去应当响得多么沉重好听。是的，只要一索回那笔款来，他就没有不放心的事了！

一天晚上，他正要再摇一摇那个聚宝盆，高妈喊了他一声："祥子！门口有位小姐找你；我正从街上回来，她跟我直打听你。"等祥子出来，她低声找补了句："她像个大黑塔！怪怕人的！"

祥子的脸忽然红得像包着一团火，他知道事情要坏！

九

祥子几乎没有力量迈出大门坎去。昏头打脑的，脚还在门坎内，借着街上的灯光，已看见了刘姑娘。她的脸上大概又擦了粉，被灯光照得显出点灰绿色，像黑枯了的树叶上挂着层霜。祥子不敢正眼看她。

虎妞脸上的神情很复杂：眼中带出些渴望看到他的光儿；嘴可是张着点，露出点儿冷笑；鼻子纵起些纹缕，折叠着些不屑与急切；眉棱棱着，在一脸的怪粉上显出妖媚而霸道。看见祥子出来，她的嘴唇撇了几撇，脸上的各种神情一时找不到个适当的归束。她咽了口唾沫，把复杂的神气与情感似乎镇压下去，拿出点由刘四爷得来的外场劲儿，半恼半笑，假装不甚在乎的样子打了句哈哈：

“你可倒好！肉包子打狗，一去不回头啊！”她的嗓门很高，和平日在车厂与车夫们吵嘴时一样。说出这两句来，她脸上的笑意一点也没有了，忽然的仿佛感到一种羞愧与下贱，她咬上了嘴唇。

“别嚷！”祥子似乎把全身的力量都放在唇上，爆裂出这两个字，音很小，可是极有力。

“哼！我才怕呢！”她恶意地笑了，可是不由她自己似的把声音稍放低了些。“怨不得你躲着我呢，敢情这儿有个小妖精似的小老妈儿；我早就知道你不是玩意，别看傻大黑粗的，鞑子拔烟袋，不傻假充傻！”她的声音又高了起去。

“别嚷！”祥子唯恐怕高妈在门里偷着听话儿。“别嚷！这边来！”他一边说一边往马路上走。

“上哪边我也不怕呀，我就是这么大嗓儿！”嘴里反抗着，她可是跟了过来。

过了马路，来到东便道上，贴着公园的红墙，祥子——还没忘了在乡间的习惯——蹲下了。“你干吗来了？”

“我？哼，事儿可多了！”她左手插在腰间，肚子努出些来，低头看了他一眼，想了会儿，仿佛是发了些善心，可怜他了：“祥子！我找你有事，要紧的事！”

这声低柔的“祥子”把他的怒气打散了好些，他抬起头来，看着她，她还是没有什么可爱的地方，可是那声“祥子”在他心中还微微的响着，带着温柔亲切，似乎在哪儿曾经听见过，唤起些无可否认的，欲断难断的，情分。他还是低声的，但是温和了些：“什么事？”

“祥子！”她往近凑了凑，“我有啦！”

“有了什么？”他一时蒙住了。

“这个！”她指了指肚子，“你打主意吧！”

愣头磕脑的，他“啊”了一声，忽然全明白了。一万样他没想到过的事都奔了心中去，来得是这么多，这么急，这么乱，心中反猛的成了块空白，像电影片忽然断了那样。街上非常的清静，天上有些灰云遮住了月，地上时时有些小风，吹动着残枝枯叶，远处有几声尖锐的猫叫。祥子的心里由乱而空白，连这些声音也没听见；手托住腮下，呆呆地看着地，把地看得似乎要动；想不出什么，也不愿想什么；只觉得自己越来越小，可又不能完全缩入地中去，整个的生命似乎都立在这点难受上；别的，什么也没有！他这才觉出冷来，连嘴唇都微微地颤着。

“别紧自蹲着，说话呀！你起来！”她似乎也觉出冷来，愿意活动几步。

他僵不吃的立起来，随着她往北走，还是找不到话说，浑身都有些发木，像刚被冻醒了似的。

“你没主意呀？”她瞭了祥子一眼，眼中带出怜爱他的神气。

他没话可说。

“赶到二十七呀，老头子的生日，你得来一趟。”

“忙，年底下！”祥子在极乱的心中还没忘了自己的事。

“我知道你这小子吃硬不吃软，跟你说好的算白饶！”她的嗓门又高起来，街上的冷静使她的声音显着特别的清亮，使祥子特别的难堪。“你当我怕谁是怎着？你打算怎样？你要是不愿意听我的，我正没工夫跟你费唾沫玩！说翻了的话，我会堵着你的宅门骂三天三夜！你上哪儿我也找得着！我还是不论秧子！”

“别嚷行不行？”祥子躲开她一步。

“怕嚷啊，当初别贪便宜呀！你是了味啦，叫我一个人背黑锅，你也不挣开死××皮看看我是谁！”

“你慢慢说，我听！”祥子本来觉得很冷，被这一顿骂骂得忽然发了热，热气要顶开冻僵巴的皮肤，浑身有些发痒痒，头皮上特别的刺闹得慌。

“这不结啦！甭找不自在!”她撇开嘴，露出两个虎牙来。“不屈心，我真疼你，你也别不知好歹！跟我犯牛脖子，没你的好儿，告诉你!”

“不……”祥子想说“不用打一巴掌揉三揉”，可是没有想齐全；对北平的俏皮话儿，他知道不少，只是说不利落；别人说，他懂得，他自己说不上来。

“不什么?”

“说你的!”

“我给你个好主意，”虎姑娘立住了，面对面地对他说，“你看，你要是托个媒人去说，老头子一定不答应。他是拴车的，你是拉车的，他不肯往下走亲戚。我不论，我喜欢你，喜欢就得了吗，管他娘的别的干什么！谁给我说媒也不行，一去提亲，老头子就当是算计着他那几十辆车呢；比你高着一等的人物都不行。这个事非我自己办不可，我就挑上了你，咱们是先斩后奏；反正我已经有了，咱们俩谁也跑不了啦！可是，咱们就这么直入公堂地去说，还是不行。老头子越老越糊涂，咱俩一露风声，他会去娶个小媳妇，把我硬撵出来。老头子棒着呢，别看快七十岁了，真要娶个小媳妇，多了不敢说，我敢保还能弄出两三个小孩来，你爱信不信!”

“走着说。”祥子看站岗的巡警已经往这边走了两趟，觉得不是劲儿。

“就在这儿说，谁管得了!”她顺着祥子的眼光也看见了那个巡警：“你又没拉着车，怕他干吗？他还能无因白故的把谁的××咬下来？那才透着邪行呢！咱们说咱们的！你看，我这么想：赶二十七老头子生日那天，你去给他磕三个头。等一转过年来，你再去拜个年，讨他个喜欢。我看他一喜欢，就弄点酒什么的，让他喝个痛快。看他喝到七八成了，就热儿打铁，你干脆认他做干爹。日后，我再慢慢地教他知道我身子不方便了。他必审问我，我给他个‘徐庶入曹营——一语不发’。等他真急了的时候，我才说出个人来，就说是新近死了的那个乔二——咱们东边杠房的二掌柜的。他无亲无故的，已经埋在了东直门外义地里，老头子由哪儿究根儿去？老头子没了主意，咱们再慢慢地吹风儿，顶好把我给了你，本来是干儿子，再儿女婿，反正差不很多；顺水推舟，省得大家出丑。你说我想的好不好?”

祥子没言语。

觉得把话说到了一个段落，虎妞开始往北走，低着点头，既像欣赏着自己的那片话，又仿佛给祥子个机会思索思索。这时，风把灰云吹裂开一块，露出月光，二人已来到街的北头。御河的水久已冻好，静静的，灰亮的，坦平的，坚固的，托着那禁城的城墙。禁城内一点声响也没有，那玲珑的角楼，金碧的牌坊，丹朱的城门，景山上的亭阁，都静悄悄的好似听着一些很难再听到的声音。小风吹过，似一种悲叹，轻轻地在楼台殿阁之间穿过，像要道出一点历史的消息。虎妞往西走，祥子跟到了金鳌玉蝀。桥上几乎没有了行人，微明的月光冷寂地照着桥左右的两大幅冰场，远处亭阁暗淡的带着些黑影，静静的似冻在湖上，只有顶上的黄瓦闪着点儿微光。树木微动，月色更显得微茫；白塔却高耸到云间，傻白傻白的把一切都带得冷寂萧索，整个的三海在人工的雕琢中显出北地的荒寒。到了桥头上，两面冰上的冷气使祥子哆嗦了一下，他不愿再走。平日，他拉着车过桥，把精神全放在脚下，唯恐出了错，一点也顾不得向左右看。现在，他可以自由地看一眼了，可是他心中觉得这个景色有些可怕：那些灰冷的冰，微动的树影，惨白的高塔，都寂寞的似乎要忽然的狂喊一声，或狂走起来！就是脚下这座大白石桥，也显着异常的空寂，特别的白净，连灯光都有点凄凉。他不愿再走，不愿再看，更不愿再陪着她；他真想一下子跳下去，头朝下，砸破了冰，沉下去，像个死鱼似的冻在冰里。

“明儿个见了！”他忽然转身往回走。

“祥子！就那么办啦，二十七见！”她朝着祥子的宽直的脊背说。说完，她瞭了白塔一眼，叹了口气，向西走去。

祥子连头也没回，像有鬼跟着似的，几出溜便到了团城，走得太慌，几乎碰在了城墙上。一手扶住了墙，他不由得要哭出来。愣了会儿，桥上叫：“祥子！祥子！这儿来！祥子！“虎妞的声音！

他极慢的向桥上挪了两步，虎妞仰着点身儿正往下走，嘴张着点儿：“我说祥子，你这儿来；给你！”他还没挪动几步，她已经到了身前：“给你，你存的三十多块钱；有几毛钱的零儿，我给你补足了一块。给你！不为别的，就为表表我的心，我惦念着你，疼你，护着你！别的都甭说，你别忘恩负义就得了！给你！好好拿着，丢了可别赖我！”

祥子把钱——一打儿钞票——接过来，愣了会儿，找不到话说。

“得，咱们二十七见！不见不散！”她笑了笑。“便宜是你的，你自己细细地算算得了！”她转身往回走。

他攥着那打儿票子，呆呆地看着她，一直到桥背把她的头遮下去。灰云又把月光掩住；灯更亮了，桥上分外的白，空，冷。他转身，放开步，往回走，疯了似的；走到了街门，心中还存着那个惨白冷落的桥影，仿佛只隔了一眨眼的工夫似的。

到屋中，他先数了数那几张票子；数了两三遍，手心的汗把票子攥得发黏，总数不利落。数完，放在了闷葫芦罐儿里。坐在床沿上，呆呆地看着这个瓦器，他打算什么也不去想；有钱便有办法，他很相信这个扑满会替他解决一切，不必再想什么。御河，景山，白塔，大桥，虎妞，肚子……都是梦；梦醒了，扑满里却多了三十几块钱，真的！

看够了，他把扑满藏好，打算睡大觉，天大的困难也能睡过去，明天再说！

躺下，他闭不上眼！那些事就像一窝蜂似的，你出来，我进去，每个肚子尖上都有个刺！

不愿意去想，也实在因为没法儿想，虎妞已把道儿都堵住，他没法脱逃。

最好是踩脚一走。祥子不能走。就是让他去看守北海的白塔去，他也乐意；就是不能下乡！上别的都市？他想不出比北平再好的地方。他不能走，他愿死在这儿。

既然不想走，别的就不用再费精神去思索了。虎妞说得出来，就行得出来；不依着她的道儿走，她真会老跟着他闹哄；只要他在北平，她就会找得着！跟她，得说真的，不必打算耍滑。把她招急了，她还会抬出刘四爷来，刘四爷要是买出一两个人——不用往多里说——在哪个僻静的地方也能要祥子的命！

把虎妞的话从头至尾想了一遍，他觉得像掉在个陷阱里，手脚而且全被夹子夹住，决没法儿跑。他不能一个个地去批评她的主意，所以就找不出她的缝子来，他只感到她撒的是绝户网，连个寸大的小鱼也逃不出去！既不能一一的细想，他便把这一切做成个整个的，像千斤闸那样的压迫，全压到他的头上来。在这个无可抵御的压迫下，他觉出一个车夫的终身的气运是包括在两个字里——倒霉！一个车夫，既是一个车夫，便什么也不要做，连娘儿们也不要去粘一粘；一粘就会出天大的错儿。刘四爷仗着几十辆车，虎妞会仗着个臭×，来欺侮他！他不用细想什么了；假若打算认命，好吧，去磕头认干爹，而后等着娶那个臭妖怪。不认命，就得破出命去！

想到这儿，他把虎妞和虎妞的话都放在一边去；不，这不是她的厉害，而是洋车夫的命当如此，就如同一条狗必定挨打受气，连小孩子也会无缘无故的打它两棍子。这样的一条命，要它干吗呢？豁上就豁上吧！

他不睡了，一脚踢开了被子，他坐了起来。他决定去打些酒，喝个大醉；什么叫事情，哪个叫规矩，×你们的姥姥！喝醉，睡！二十七？二十八也不去磕头，看谁怎样得了祥子！披上大棉袄，端起那个当茶碗用的小饭碗，他跑出去。

风更大了些，天上的灰云已经散开，月很小，散着寒光。祥子刚从热被窝里出来，不住地吸溜气儿。街上简直已没了行人，路旁还只有一两辆洋车，车夫的手捂在耳朵上，在车旁跺着脚取暖。祥子一气跑到南边的小铺，铺中为保存暖气，已经上了门，由个小窗洞收钱递货。祥子要了四两白干，三个大子儿的落花生。平端着酒碗，不敢跑，而像轿夫似的疾走，回到屋中。急忙钻入被窝里去，上下牙磕打了一阵，不愿再坐起来。酒在桌上发着辛辣的味儿，他不很爱闻，就是对那些花生似乎也没心程去动。这一阵寒气仿佛是一盆冷水把他浇醒，他的手懒得伸出来，他的心也不再那么热。

躺了半天，他的眼在被子边上又看了看桌上的酒碗。不，他不能为那点缠绕而毁坏了自己，不能从此破了酒戒。事情的确是不好办，但是总有个缝子使他钻过去。即使完全无可脱逃，他也不应当先自己往泥塘里滚；他得睁着眼，清清楚楚地看着，到底怎样被别人把他推下去。

灭了灯，把头完全盖在被子里，他想就这么睡去。还是睡不着，掀开被看看，窗纸被院中的月光映得发青，像天要亮的样子。鼻尖觉到屋中的寒冷，寒气中带着些酒味。他猛地坐起来，摸住酒碗，吞了一大口！

十

个别的解决，祥子没那么聪明。全盘的清算，他没那个魄力。于是，一点儿办法没有，整天际圈着满肚子委屈。正和一切的生命同样，受了损害之后，无可如何的只想由自己去收拾残局。那斗落了大腿的蟋蟀，还想用那些小腿儿爬。祥子没有一定的主意，只想慢慢的一天天，一件件的挨过去，爬到哪儿算哪儿，根本不想往起跳了。

离二十七还有十多天，他完全注意到这一天上去，心里想的，口中念道的，梦中梦见的，全是二十七。仿佛一过了二十七，他就有了解决一切的办法，虽然明知道这是欺骗自己。有时候他也往远处想，譬如拿着手里的几十块钱到天津去；到了那里，碰巧还许改了行，不再拉车。虎妞还能追到他天津去？在他的心里，凡是坐火车去的地方必是很远，无论怎样她也追不了去。想得很好，可是他自己良心上知道这只是万不得已的办法，再分能在北平，还是在北平！这样一来，他就又想到二十七那一天，还是这样想近便省事，只要混过这一关，就许可以全局不动而把事儿闯过去；即使不能干脆的都摆脱清楚，到底过了一关是一关。

怎样混过这一关呢？他有两个主意：一个是不理她那回事，干脆不去拜寿。另一个是按照她所嘱咐的去办。这两个主意虽然不同，可是结果一样：不去呢，她必不会善罢甘休；去呢，她也不会饶了他。他还记得初拉车的时候，模仿着别人，见小巷就钻，为是抄点近儿，而误入了罗圈胡同；绕了个圈儿，又绕回到原街。现在他又入了这样的小胡同，仿佛是：无论走哪一头儿，结果是一样的。

在没办法之中，他试着往好里想，就干脆要了她，又有什么不可以呢？可是，无论从哪方面想，他都觉着憋气。想想她的模样，他只能摇头。不管模样吧，想想她的行为；哼！就凭自己这样要强，这样规矩，而娶那么个破货，他不能再见人，连死后都没脸见父母！谁准知道她肚子里的小孩是他的不是呢？不错，她会带过几辆车来；能保准吗？刘四爷并非是好惹的人！即使一切顺利，他也受不了，他能干得过虎妞？她只需伸出个小指，就能把他支使的头晕眼花，不认识了东西南北。他晓得她的厉害！要成家，根本不能要她，没有别的可说的！要了她，便没了他，而他又不是看不起自己的人！没办法！

没方法处置她，他转过来恨自己，很想脆脆的抽自己几个嘴巴子。可是，说真的，自己并没有什么过错。一切都是她布置好的，单等他来上套儿。毛病似乎是在他太老实，老实就必定吃亏，没有情理可讲！

更让他难过的是没地方去诉诉委屈。他没有父母兄弟，没有朋友。平日，他觉得自己是头顶着天，脚踩着地，无牵无挂的一条好汉。现在，他才明白过来，悔悟过来，人是不能独自活着的。特别是对那些同行的，现在都似乎有点可爱。假若他平日交下几个，他想，像他自己一样的大汉，再多有个虎妞，他也不怕；他们会给他出主意，会替他拔创卖力气。可是，他始终是一个人；临时想抓朋友是不大容易的！他感到一点向来没有过的恐惧。照这么下去，谁也会欺侮他；独自一个是顶不住天的！

这点恐惧使他开始怀疑自己。在冬天，遇上主人有饭局，或听戏，他照例是把电石灯的水筒儿揣在怀里；因为放在车上就会冻上。刚跑了一身的热汗，把那个冰凉的小水筒往胸前一贴，让他立刻哆嗦一下；不定有多大时候，那个水筒才会有点热和劲儿。可是在平日，他并不觉得这有什么说不过去；有时候揣上它，他还觉得这是一种优越，那些拉破车的根本就用不上电石灯。现在，他似乎看出来，一月只挣那么些钱，而把所有的苦处都得受过来，连个小水筒也不许冻上，而必得在胸前抱着，自己的胸脯多么宽，仿佛还没有个小筒儿值钱。原先，他以为拉车是他最理想的事，由拉车他可以成家立业。现在他暗暗摇头了。不怪虎妞欺侮他，他原来不过是个连小水筒也不如的人！

在虎妞找他的第三天上，曹先生同着朋友去看夜场电影，祥子在个小茶馆里等着，胸前揣着那像块冰似的小筒。天极冷，小茶馆里的门窗都关得严严的，充满了煤气，汗味，与贱臭的烟卷的干烟。饶这么样，窗上还冻着一层冰花。喝茶的几乎都是拉包月车的，有的把头靠在墙上，借着屋中的暖和气儿，闭上眼打盹。有的拿着碗白干酒，让让大家，而后慢慢地喝，喝完一口，上面咂着嘴，下面很响的放凉气。有的攥着卷儿大饼，一口咬下半截，把脖子撑得又粗又红。有的绷着脸，普遍的向大家抱怨，他怎么由一清早到如今，还没停过脚，身上已经湿了又干，干了又湿，不知有多少回！其余的人多数是彼此谈着闲话，听到这两句，马上都静了一会儿，而后像鸟儿炸了巢似的都想起一日间的委屈，都想讲给大家听。连那个吃着大饼的也把口中匀出能调动舌头的空隙，一边儿咽饼，一边儿说话，连头上的筋都跳了起来："你当他妈的拉包月的就不蘑菇哪?!我打他妈的——嗝！——两点起到现在还水米没打牙！竟说前门到平则门——嗝！——我拉他妈的三个来回了！这个天，把屁眼都他妈的冻裂了，一劲的放气！"转圈看了大家一眼，点了点头，又咬了一截饼。

这，把大家的话又都转到天气上去，以天气为中心各自道出辛苦。祥子始终一语未发，可是很留心他们说了什么。大家的话，虽然口气，音调，事实，各有不同，但都是咒骂与不平。这些话，碰到他自己心上的委屈，就像一些雨点儿落在干透了的土上，全都吃了进去。他没法，也不会，把自己的话有头有尾地说给大家听；他只能由别人的话中吸收些生命的苦味，大家都苦恼，他也不是例外；认识了自己，也想同情大家。大家说到悲苦的地方，他皱上眉；说到可笑的地方，他也撇撇嘴。这样，他觉得他是和他们打成一气，大家都是苦朋友，虽然他一言不发，也没大关系。从前，他以为大家是贫嘴恶舌，凭他们一天到晚穷说，就发不了财。今天仿佛是头一次觉到，他们并不是穷说，而是替他说呢，说出他与一切车夫的苦处。

大家正说到热闹中间，门忽然开了，进来一阵冷气。大家几乎都怒目地往外看，看谁这么不得人心，把门推开。大家越着急，门外的人越慢，似乎故意的磨烦。茶馆的伙计半急半笑的喊："快着点吧，我一个人的大叔！别把点热气儿都给放了！"

这话还没说完，门外的人进来了，也是个拉车的。看样子已有五十多岁，穿着件短不够短，长不够长，莲蓬篓儿似的棉袄，襟上肘上已都露了棉花。脸似乎有许多日子没洗过，看不出肉色，只有两个耳朵冻得通红，红得像要落下来的果子。惨白的头发在一顶破小帽下杂乱的髭髭着；眉上，短须上，都挂着些冰珠。一进来，摸住条板凳便坐下了，扎挣着说了句："沏一壶。"

这个茶馆一向是包月车夫的聚处，像这个老车夫，在平日，是决不会进来的。

大家看着他，都好像感到比刚才所说的更加深刻的一点什么意思，谁也不想再开口。在平日，总会有一两个不很懂事的少年，找几句俏皮话来拿这样的茶客取取笑，今天没有一个出声的。

茶还没有沏来，老车夫的头慢慢地往下低，低着低着，全身都出溜下去。

大家马上都立了起来："怎啦？怎啦？"说着，都想往前跑。

"别动！"茶馆掌柜的有经验，拦住了大家。他独自过去，把老车夫的脖领解开，就地扶起来，用把椅子戗在背后，用手勒着双肩："白糖水，快！"说完，他在老车夫的脖子那溜儿听了听，自言自语的："不是痰！"

大家谁也没动，可谁也没再坐下，都在那满屋子的烟中，眨巴着眼，向门儿这边看。大家好似都不约而同地心里说："这就是咱们的榜样！到头发惨白了的时候，谁也有一个跟头摔死的行市！"

糖水刚放在老车夫的嘴边上，他哼哼了两声。还闭着眼，抬起右手——手黑得发亮，像漆过了似的——用手背抹了下儿嘴。

"喝点水！"掌柜的对着他耳朵说。

"啊？"老车夫睁开了眼。看见自己是坐在地上，腿蜷了蜷，想立起来。

"先喝点水，不用忙。"掌柜的说，松开了手。

大家几乎都跑了过来。

"哎！哎！"老车夫向四围看了一眼，双手捧定了茶碗，一口口地吸糖水。

慢慢地把糖水喝完，他又看了大家一眼："哎，劳诸位的驾！"说得非常的温柔亲切，绝不像是由那个胡子拉碴的口中说出来的。说完，他又想往起立，过去三四个人忙着往起搀他。他脸上有了点笑意，又那么温和地说："行，行，不碍！我是又冷又饿，一阵儿发晕！不要紧！"他脸上虽然是那么厚的泥，可是那点笑意叫大家仿佛看到一个温善白净的脸。

大家似乎全动了心。那个拿着碗酒的中年人，已经把酒喝净，眼珠子通红，而且此刻带着些泪："来，来二两！"等酒来到，老车夫已坐在靠墙的一把椅子上。他有一点醉意，可是规规矩矩的把酒放在老车夫面前："我的请，您喝吧！我也四十望外了，不瞒您说，拉包月就是凑合事，一年是一年的事，腿知道！再过二三年，我也得跟您一样！您横是快六十了吧？"

"还小呢，五十五！"老车夫喝了口酒。"天冷，拉不上座儿。我呀，哎，肚子空；就有几个子儿我都喝了酒，好暖和点呀！走在这儿，我可实在撑不住了，想进来取个暖。屋里太热，我又没食，横是晕过去了。不要紧，不要紧！劳诸位哥儿们的驾！"

这时候，老者的干草似的灰发，脸上的泥，炭条似的手，和那个破帽头与棉袄，都像发着点纯洁的光，如同破庙里的神像似的，虽然破碎，依然尊严。大家看着他，仿佛唯恐他走了。祥子始终没言语，呆呆地立在那里。听到老车夫说肚子里空，他猛地跑出去，飞也似又跑回来，手里用块白菜叶儿托着十个羊肉馅的包子，一直送到老者的眼前，说了声：吃吧！然后，坐在原位，低下头去，仿佛非常疲倦。

"哎！"老者像是乐，又像是哭，向大家点着头。"到底是哥儿们哪！拉座儿，给他卖多大的力气，临完多要一个子儿都怪难的！"说着，他立了起来，要往外走。

"吃呀！"大家几乎是一齐的喊出来。

"我叫小马儿去，我的小孙子，在外面看着车呢！"

"我去，您坐下！"那个中年的车夫说，"在这儿丢不了车，您自管放心，对过儿就是巡警阁子。”他开开了点门缝：“小马儿！小马儿！你爷爷叫你哪！把车放在这儿来！”

老者用手摸了好几回包子，始终没往起拿。小马儿刚一进门，他拿起来一个：“小马儿，乖乖，给你！”

小马儿也就是十二三岁，脸上挺瘦，身上可是穿得很圆，鼻子冻得通红，挂着两条白鼻涕，耳朵上戴着一对破耳帽儿。立在老者的身旁，右手接过包子来，左手又自动地拿起来一个，一个上咬了一口。

“哎！慢慢的！”老者一手扶在孙子的头上，一手拿起个包子，慢慢地往口中送。“爷爷吃两个就够，都是你的！吃完了，咱们收车回家，不拉啦。明儿个要是不这么冷呀，咱们早着点出车。对不对，小马儿？”

小马儿对着包子点了点头，吸溜了一下鼻子：“爷爷吃三个吧，剩下都是我的。我回头把爷爷拉回家去！”

“不用！”老者得意地向大家一笑：“回头咱们还是走着，坐在车上冷啊。”

老者吃完自己的份儿，把杯中的酒喝干，等着小马儿吃净了包子。掏出块破布来，擦了擦嘴，他又向大家点了点头：“儿子当兵去了，一去不回头；媳妇——”

“别说那个！”小马儿的腮撑得像俩小桃，连吃带说的拦阻爷爷。

“说说不要紧！都不是外人！”然后向大家低声的：“孩子心重，甭提多么要强啦！媳妇也走了。我们爷儿俩就吃这辆车；

车破，可是我们自己的，就仗着天天不必为车份儿着急。挣多挣少，我们爷儿俩苦混，无法！无法！”

“爷爷，”小马儿把包子吃得差不离了，拉了拉老者的袖子，“咱们还得拉一趟，明儿个早上还没钱买煤呢！都是你，刚才二十子儿拉后门，依着我，就拉，你偏不去！明儿早上没有煤，看你怎样办！”

“有法子，爷爷会去赊五斤煤球。”

“还饶点劈柴？”

“对呀！好小子，吃吧；吃完，咱们该溜达着了！”说着，老者立起来，绕着圈儿向大家说：“劳诸位哥儿们的驾啦！”伸手去拉小马儿，小马儿把未吃完的一个包子整个的塞在口中。

大家有的坐着没动，有的跟出来。祥子头一个跟出来，他要看看那辆车。

一辆极破的车，车板上的漆已经裂了口，车把上已经磨得露出木纹，一只稀里哗啷响的破灯，车棚子的支棍儿用麻绳儿捆着。小马儿在耳朵帽里找出根洋火，在鞋底儿上划着，用两只小黑手捧着，点着了灯。老者往手心上吐了口唾沫，哎了一声，抄起车把来，“明儿见啦，哥儿们！”

祥子呆呆地立在门外，看着这一老一少和那辆破车。老者一边走还一边说话，语声时高时低；路上的灯光与黑影，时明时暗。祥子听着，看着，心中感到一种向来没有过的难受。在小马儿身上，他似乎看见了自己的过去；在老者身上，似乎看到了自己的将来！他向来没有轻易撒手过一个钱，现在他觉得很痛快，为这一老一少买了十个包子。直到已看不见了他们，他才又进到屋中。大家又说笑起来，他觉得发乱，会了茶钱，又走了出来，把车拉到电影院门外去等候曹先生。

天真冷。空中浮着些灰沙，风似乎是在上面疾走，星星看不甚真，只有那几个大的，在空中微颤。地上并没有风，可是四下里发着寒气，车辙上已有几条冻裂的长缝子，土色灰白，和冰一样凉，一样坚硬。祥子在电影院外立了一会儿，已经觉出冷来，可是不愿再回到茶馆去。他要静静的独自想一想。那一老一少似乎把他的最大希望给打破——老者的车是自己的呀！自从他头一天拉车，他就决定买上自己的车，现在还是为这个志愿整天的苦奔；有了自己的车，他以为，就有了一切。哼，看看那个老头子！

他不肯要虎妞，还不是因为自己有买车的愿望？买上车，省下钱，然后一清二白的娶个老婆；哼，看看小马儿！自己有了儿子，未必不就是那样。

这样一想，对虎妞的要挟，似乎不必反抗了；反正自己跳不出圈儿去，什么样的娘们不可以要呢？况且她还许带过几辆车来呢，干吗不享几天现成的福！看透了自己，便无须小看别人，虎妞就是虎妞吧，什么也甭说了！

电影散了，他急忙地把小水筒安好，点着了灯。连小棉袄也脱了，只剩了件小褂，他想飞跑一气，跑忘了一切，摔死也没多大关系！

十一

一想到那个老者与小马儿，祥子就把一切的希望都要放下，而想乐一天是一天吧，干吗成天际咬着牙跟自己过不去呢?！穷人的命，他似乎看明白了，是枣核儿两头尖：幼小的时候能不饿死，万幸；到老了能不饿死，很难。只有中间的一段，年轻力壮，不怕饥饱劳碌，还能像个人儿似的。在这一段里，该快活快活的时候还不敢去干，地道的傻子；过了这村便没有这店！这么一想，他连虎妞的那回事儿都不想发愁了。

及至看到那个闷葫芦罐儿，他的心思又转过来。不，不能随便；只差几十块钱就能买上车了，不能前功尽弃；至少也不能把罐儿里那点积蓄瞎扔了，那么不容易省下来的！还是得往正路走，一定！可是，虎妞呢？还是没办法，还是得为那个可恨的二十七发愁。

愁到了无可如何，他抱着那个瓦罐儿自言自语的嘀咕：爱怎样怎样，反正这点钱是我的！谁也抢不了去！有这点钱，祥子什么也不怕！招急了我，我会跺脚一跑，有钱，腿就会活动！

街上越来越热闹了，祭灶的糖瓜摆满了街，走到哪里也可以听到“扶糖来，扶糖”的声音。祥子本来盼着过年，现在可是一点也不起劲，街上越乱，他的心越紧，那可怕的二十七就在眼前了！他的眼陷下去，连脸上那块疤都有些发暗。拉着车，街上是那么乱，地上是那么滑，他得分外的小心。心事和留神两气夹攻，他觉得精神不够用的了，想着这个便忘了那个，时常忽然一惊，身上痒刺刺的像小孩儿在夏天炸了痱子似的。

祭灶那天下午，溜溜的东风带来一天黑云。天气忽然暖了一些。到快掌灯的时候，风更小了些，天上落着稀疏的雪花。卖糖瓜的都着了急，天暖，再加上雪花，大家一劲儿往糖上撒白土子，还怕都粘在一处。雪花落了不多，变成了小雪粒，刷刷的轻响，落白了地。七点以后，铺户与人家开始祭灶，香光炮影之中夹着密密的小雪，热闹中带出点阴森的气象。街上的人都显出点惊急的样子，步行的，坐车的，都急于回家祭神，可是地上湿滑，又不敢放开步走。卖糖的小贩急于把应节的货物掏出去，上气不接下气的喊叫，听着怪震心的。

大概有九点钟了，祥子拉着曹先生由西城回家。过了西单牌楼那一段热闹街市，往东入了长安街，人马渐渐稀少起来。坦平的柏油马路上铺着一层薄雪，被街灯照得有点闪眼。偶尔过来辆汽车，灯光远射，小雪粒在灯光里带着点黄亮，像洒着万颗金砂。快到新华门那一带，路本来极宽，加上薄雪，更叫人眼宽神爽，而且一切都仿佛更严肃了些。“长安牌楼”，新华门的门楼，南海的红墙，都戴上了素冠，配着朱柱红墙，静静地在灯光下展示着故都的尊严。此时此地，令人感到北平仿佛并没有居民，直是一片琼宫玉宇，只有些老松默默地接着雪花。祥子没工夫看这些美景，一看眼前的“玉路”，他只想一步便跑到家中；那直，白，冷静的大路似乎使他的心眼中一直的看到家门。可是他不能快跑，地上的雪虽不厚，但是拿脚，一会儿鞋底上就粘成一厚层；跺下去，一会儿又粘上了。霰粒非常的小，可是沉重有分量，既拿脚，又迷眼，他不能飞快地跑。雪粒打在身上也不容易化，他的衣肩上已积了薄薄的一层，虽然不算什么，可是湿漉漉的使他觉得别扭。这一带没有什么铺户，可是远处的炮声还继续不断，时时地在黑空中射起个双响或五鬼闹判儿。火花散落，空中越发显着黑，黑得几乎可怕。他听着炮声，看见空中的火花与黑暗，他想立刻到家。可是他不敢放开了腿，别扭！

更使他不痛快的是由西城起，他就觉得后面有辆自行车儿跟着他。到了西长安街，街上清静了些，更觉出后面的追随——车辆轧着薄雪，虽然声音不大，可是觉得出来。祥子，和别的车夫一样，最讨厌自行车。汽车可恶，但是它的声响大，老远的便可躲开。自行车是见缝子就钻，而且东摇西摆，看着就眼晕。外带着还是别出错儿，出了错儿总是洋车夫不对，巡警们心中的算盘是无论如何洋车夫总比骑车的好对付，所以先派洋车夫的不是。好几次，祥子很想抽冷子闸住车，摔后头这小子一跤。但是他不敢，拉车的得到处忍气。每当要跺一跺鞋底儿的时候，他得喊声：“闸住！”到了南海前门，街道是那么宽，那辆脚踏车还紧紧地跟在后面。祥子更上了火，他故意地把车停住了，撢了撢肩上的雪。他立住，那辆自行车从车旁蹭了过去。车上的人还回头看了看。祥子故意的磨烦，等自行车走出老远才抄起车把来，骂了句：“讨厌！”

曹先生的“人道主义”使他不肯安那御风的棉车棚子，就是那帆布车棚也非到赶上大雨不准支上，为是叫车夫省点力气。这点小雪，他以为没有支起车棚的必要，况且他还贪图着看看夜间的雪景呢。他也注意到这辆自行车，等祥子骂完，他低声地说，“要是他老跟着，到家门口别停住，上黄化门左先生那里去；别慌！”

祥子有点慌。他只知道骑自行车的讨厌，还不晓得其中还有可怕的——既然曹先生都不敢家去，这个家伙一定来历不小！他跑了几十步，便追上了那个人；故意地等着他与曹先生呢。自行车把祥子让过去，祥子看了车上的人一眼。一眼便看明白了，侦缉队上的。他常在茶馆里碰到队里的人，虽然没说过话儿，可是晓得他们的神气与打扮。这个的打扮，他看着眼熟：青大袄，呢帽，帽子戴得很低。

到了南长街口上，祥子乘着拐弯儿的机会，向后溜了一眼，那个人还跟着呢。他几乎忘了地上的雪，脚底下加了劲。直长而白亮的路，只有些冷冷的灯光，背后追着个侦探！祥子没有过这种经验，他冒了汗。到了公园后门，他回了回头，还跟着呢！到了家门口，他不敢站住，又有点舍不得走；曹先生一声也不响，他只好继续往北跑。一气跑到北口，自行车还跟着呢！他进了小胡同，还跟着！出了胡同，还跟着！上黄化门去，本不应当进小胡同，直到他走到胡同的北口才明白过来，他承认自己是有点迷头，也就更生气。

跑到景山背后，自行车往北向后门去了。祥子擦了把汗。

雪小了些，可是雪粒中又有了几片雪花。祥子似乎喜爱雪花，大大方方地在空中飞舞，不像雪粒那么使人别气。他回头问了声："上哪儿，先生?"

"还到左宅。有人跟你打听我，你说不认识!"

"是啦!"祥子心中打开了鼓，可是不便细问。

到了左家，曹先生叫祥子把车拉进去，赶紧关上门。曹先生还很镇定，可是神色不大好看。嘱咐完了祥子，他走进去。祥子刚把车拉进门洞来，放好，曹先生又出来了，同着左先生；祥子认识，并且知道左先生是宅上的好朋友。

"祥子，"曹先生的嘴动得很快，"你坐汽车回去。告诉太太我在这儿呢。叫她们也来，坐汽车来，另叫一辆，不必叫你坐去的这辆等着。明白？好！告诉太太带着应用的东西，和书房里那几张画儿。听明白了？我这就给太太打电话，为是再告诉你一声，怕她一着急，把我的话忘了，你好提醒她一声。"

"我去好不好?"左先生问了声。

"不必！刚才那个人未必一定是侦探，不过我心里有那回事儿，不能不防备一下。你先叫辆汽车来好不好?"

左先生去打电话叫车。曹先生又嘱咐了祥子一遍："汽车来到，我这给了钱。叫太太快收拾东西；别的都不要紧，就是千万带着小孩子的东西，和书房里那几张画，那几张画！等太太收拾好，叫高妈打电话要辆车，上这儿来。这都明白了？等她们走后，你把大门锁好，搬到书房去睡，那里有电话。你会打电话?"

“不会往外打，会接。”其实祥子连接电话也不大喜欢，不过不愿叫曹先生着急，只好这么答应下。

“那就行！”曹先生接着往下说，说得还是很快：“万一有个动静，你别去开门！我们都走了，剩下你一个，他们决不放手你！见事不好的话，你灭了灯，打后院跳到王家去。王家的人你认得？对！在王家藏会儿再走。我的东西，你自己的东西都不用管，跳墙就走，省得把你拿了去！你若丢了东西，将来我赔上。先给你这五块钱拿着。好，我去给太太打电话，回头你再对她说一遍。不必说拿人，刚才那个骑车的也许是侦探，也许不是；你也先别着慌！”

祥子心中很乱，好像有许多要问的话，可是因急于记住曹先生所嘱咐的，不敢再问。

汽车来了，祥子愣头磕脑的坐进去。雪不大不小的落着，车外边的东西看不大真，他直挺着腰板坐着，头几乎顶住车棚。他要思索一番，可是眼睛只顾看车前的红箭头，红得那么鲜灵可爱。驶车的面前的那把小刷子，自动地左右摆着，刷去玻璃上的哈气，也颇有趣。刚似乎把这看腻了，车已到了家门，心中怪不得劲的下了车。

刚要按街门的电铃，像从墙里钻出个人来似的，揪住他的腕子。祥子本能地想往出夺手，可是已经看清那个人，他不动了，正是刚才骑自行车的那个侦探。

“祥子，你不认识我了？”侦探笑着松了手。

祥子咽了口气，不知说什么好。

“你不记得当初你叫我们拉到西山去？我就是那个孙排长。想起来了吧?”

“啊，孙排长!”祥子想不起来。他被大兵们拉到山上去的时候，顾不得看谁是排长，还是连长。

“你不记得我，我可记得你；你脸上那块疤是个好记号。我刚才跟了你半天，起初也有点不敢认你，左看右看，这块疤不能有错!”

“有事吗?”祥子又要去按电铃。

“自然是有事，并且是要紧的事！咱们进去说好不好!”孙排长——现在是侦探——伸手按了铃。

“我有事!”祥子的头上忽然冒了汗，心里发着狠儿说：“躲他还不行呢，怎能往里请呢!”

“你不用着急，我来是为你好!”侦探露出点狡猾的笑意。赶到高妈把门开开，他一脚迈进去：“劳驾劳驾!”没等祥子和高妈过一句话，扯着他便往里走，指着门房：“你在这儿住?”进了屋，他四下里看了一眼：“小屋还怪干净呢！你的事儿不坏!”

“有事吗？我忙!”祥子不能再听这些闲盘儿。

“没告诉你吗，有要紧的事!”孙侦探还笑着，可是语气非常的严厉。“干脆对你说吧，姓曹的是乱党，拿住就枪毙，他还是跑不了！咱们总算有一面之交，在兵营里你伺候过我；再说咱们又都是街面上的人，所以我担着好大的处分来给你送个信！你要是晚跑一步，回来是堵窝儿掏，谁也跑不了。咱们卖力气吃饭，跟他们打哪门子挂误官司？这话对不对？”

“对不起人呀！”祥子还想着曹先生所嘱托的话。

“对不起谁呀？”孙侦探的嘴角上带笑，而眼角棱棱着。“祸是他们自己闯的，你对不起谁呀？他们敢作敢当，咱们跟着受罪，才合不着！不用说别的，把你圈上三个月，你野鸟似的惯了，楞叫你坐黑屋子，你受得了受不了？再说，他们下狱，有钱打点，受不了罪；你呀，我的好兄弟，手里没硬的，准拴在尿桶上！这还算小事，碰巧了他们花钱一运动，闹个几年徒刑；官面上交代不下去，要不把你垫了背才怪。咱们不招谁不惹谁的，临完上天桥吃黑枣，冤不冤？你是明白人，明白人不吃眼前亏。对得起人喽，又！告诉你吧，好兄弟，天下就没有对得起咱们苦哥儿们的事！”

祥子害了怕。想起被大兵拉去的苦处，他会想象到下狱的滋味。“那么我得走，不管他们？”

“你管他们，谁管你呢？！”

祥子没话答对。愣了会儿，连他的良心也点了头：“好，我走！”

“就这么走吗？”孙侦探冷笑了一下。

祥子又迷了头。

“祥子，我的好伙计！你太傻了！凭我做侦探的，肯把你放了走？”

“那——”祥子急得不知说什么好了。

“别装傻！”孙侦探的眼盯住祥子的：“大概你也有个积蓄，

拿出来买条命！我一个月还没你挣的多，得吃得穿得养家，就仗着点外找儿，跟你说知心话！你想想，我能一撒巴掌把你放了不能？哥儿们的交情是交情，没交情我能来劝你吗？可是事情是事情，我不图点什么，难道叫我一家子喝西北风？外场人用不着费话，你说真的吧！”

“得多少？”祥子坐在了床上。

“有多少拿多少，没准价儿！”

“我等着坐狱得了！”

“这可是你说的？可别后悔？”孙侦探的手伸入棉袍中，“看这个，祥子！我马上就可以拿你，你要拒捕的话，我开枪！我要马上把你带走，不要说钱呀，连你这身衣裳都一进狱门就得剥下来。你是明白人，自己合计合计得了！”

“有工夫挤我，干吗不挤挤曹先生？”祥子吭哧了半天才说出来。

“那是正犯，拿住呢有点赏，拿不住担‘不是’。你，你呀，我的傻兄弟，把你放了像放个屁；把你杀了像抹个臭虫！拿钱呢，你走你的；不拿，好，天桥见！别麻烦，来干脆的，这么大的人！再说，这点钱也不能我一个人独吞了，伙计们都得沾补点儿，不定分上几个子儿呢。这么便宜买条命还不干，我可就没了法！你有多少钱？”

祥子立起来，脑筋跳起多高，攥上了拳头。

“动手没你的，我先告诉你，外边还有一大帮人呢！快着，拿钱！我看面子，你别不知好歹！”孙侦探的眼神非常的难看了。

“我招谁惹谁了?!”祥子带着哭音，说完又坐在床沿上。

“你谁也没招；就是碰在点儿上了！人就是得胎里富，咱们都是底儿上的。什么也甭再说了!”孙侦探摇了摇头，似有无限的感慨。“得了，自当是我委屈了你，别再磨烦了!”

祥子又想了会儿，没办法。他的手哆嗦着，把闷葫芦罐儿从被子里掏了出来。

“我看看!”孙侦探笑了，一把将瓦罐接过来，往墙上一碰。

祥子看着那些钱洒在地上，心要裂开。

“就是这点?”

祥子没出声，只剩了哆嗦。

“算了吧！我不赶尽杀绝，朋友是朋友。你可也得知道，这些钱儿买一条命，便宜事儿!”

祥子还没出声，哆嗦着要往起裹被褥。

“那也别动!”

“这么冷的……”祥子的眼瞪得发了火。

“我告诉你别动，就别动！滚!”

祥子咽了口气，咬了咬嘴唇，推门走出来。

雪已下了寸多厚，祥子低着头走。处处洁白，只有他的身后留着些大黑脚印。

十二

祥子想找个地方坐下，把前前后后细想一遍，哪怕想完只能哭一场呢，也好知道哭的是什么；事情变化得太快了，他的脑子已追赶不上。没有地方给他坐，到处是雪。小茶馆们已都上了门，十点多了；就是开着，他也不肯进去，他愿意找个清静地方，他知道自己眼眶中转着的泪随时可以落下来。

既没地方坐一坐，只好慢慢地走吧；可是，上哪里去呢？这个银白的世界，没有他坐下的地方，也没有他的去处；白茫茫的一片，只有饿着肚子的小鸟，与走投无路的人，知道什么叫作哀叹。

上哪儿去呢？这就成个问题，先不用想到别的了！下小店？不行！凭他这一身衣服，就能半夜里丢失点什么，先不说店里的虱子有多么可怕。上大一点的店？去不起，他手里只有五块钱，而且是他的整部财产。上澡堂子？十二点上门，不能过夜。没地方去。

因为没地方去，才越觉得自己的窘迫。在城里混了这几年了，只落得一身衣服，和五块钱；连被褥都混没了！由这个，他想到了明天，明天怎办呢？拉车，还去拉车，哼，拉车的结果只是找不到个住处，只是剩下点钱被人家抢了去！做小买卖，只有五块钱的本钱，而连挑子扁担都得现买，况且哪个买卖准能挣出嚼谷呢？拉车可以平地弄个三毛四毛的，做小买卖既要本钱，而且没有准能赚出三餐的希望。等把本钱都吃进去，再去拉车，还不是脱了裤子放屁，白白赔上五块钱？这五块钱不能轻易放手一角一分，这是最后的指望！当仆人去，不在行：伺候人，不会；洗衣裳做饭，不会！什么也不行，什么也不会，自己只是个傻大黑粗的废物！

不知不觉的，他来到了中海。到桥上，左右空旷，一眼望去，全是雪花。他这才似乎知道了雪还没住，摸一摸头上，毛线织的帽子上已经很湿。桥上没人，连岗警也不知躲在哪里去了，有几盏电灯被雪花打的仿佛不住的眨眼。祥子看看四外的雪，心中茫然。

他在桥上立了许久，世界像是已经死去，没一点声音，没一点动静，灰白的雪花似乎得了机会，慌乱的，轻快的，一劲儿往下落，要人不知鬼不觉的把世界埋上。在这种静寂中，祥子听见自己的良心的微语。先不要管自己吧，还是得先回去看看曹家的人。只剩下曹太太与高妈，没一个男人！难道那最后的五块钱不是曹先生给的么？不敢再思索，他拔起腿就往回走，非常的快。

门外有些脚印，路上有两条新印的汽车道儿。难道曹太太已经走了吗？那个姓孙的为什么不拿她们呢？

不敢过去推门，恐怕又被人捉住。左右看，没人，他的心跳起来，试试看吧，反正也无家可归，被人逮住就逮住吧。轻轻推了推门，门开着呢。顺着墙根走了两步，看见了自己的屋中的灯亮儿，自己的屋子！他要哭出来。弯着腰走过去，到窗外听了听，屋内咳嗽了一声，高妈的声音！他拉开了门。

“谁？哟，你！可吓死我了！”高妈捂着心口，定了定神，坐在床上。“祥子，怎么回事呀？”

祥子回答不出，只觉得已经有许多年没见着她了似的，心中堵着一团热气。

“这是怎么啦？”高妈也要哭的样子的问：“你还没回来，先生打来电话，叫我们上左宅，还说你马上就来。你来了，不是我给你开的门吗？我一瞧，你还同着个生人，我就一言没发呀，赶紧进去帮助太太收拾东西。你始终也没进去。黑灯瞎火的教我和太太瞎抓，少爷已经睡得香香的，生又从热被窝里往外抱。包好了包，又上书房去摘画儿，你是始终不照面儿，你是怎么啦？我问你！糙糙的收拾好了，我出来看你，好，你没影儿啦！太太气得——一半也是急得——直哆嗦。我只好打电话叫车吧。可是我们不能就这么‘空城计’，全走了哇。好，我跟太太横打了鼻梁，我说太太走吧，我看着。祥子回来呢，我马上赶到左宅去；不回来呢，我认了命！这是怎会说的！你是怎回事，说呀！”

祥子没的说。

“说话呀！愣着算得了事吗？到底是怎回事？”

“你走吧！”祥子好容易找到了一句话：“走吧！”“你看家？”高妈的气消了点。

“见了先生，你就说，侦探逮住了我，可又，可又，没逮住我!”

“这像什么话呀?”高妈气得几乎要笑。

“你听着!”祥子倒挂了气:“告诉先生快跑，侦探说了，准能拿住先生。左宅也不是平安的地方。快跑！你走了，我跳到王家去，睡一夜。我把这块的大门锁上。明天，我去找我的事。对不起曹先生!”

“越说我越糊涂!”高妈叹了口气。“得啦，我走，少爷还许冻着了呢，赶紧看看去！见了先生，我就说祥子说啦，叫先生快跑。今个晚上祥子锁上大门，跳到王家去睡；明天他去找事。是这么着不是?”

祥子万分惭愧地点了点头。

高妈走后，祥子锁好大门，回到屋中。破闷葫芦罐还在地上扔着，他拾起瓦块片看了看，照旧扔在地上。床上的铺盖并没有动。奇怪，到底是怎回事呢？难道孙侦探并非真的侦探？不能！曹先生要是没看出点危险来，何至于弃家逃走？不明白！不明白！他不知不觉地坐在了床沿上。刚一坐下，好似惊了似的又立起来。不能在此久停！假若那个姓孙的再回来呢?！心中极快地转了转：对不住曹先生，不过高妈带回信去教他快跑，也总算过得去了。论良心，祥子并没立意欺人，而且自己受着委屈。自己的钱先丢了，没法再管曹先生的。自言自语的，他这样一边叨唠，一边儿往起收拾铺盖。

扛起铺盖，灭了灯，他奔了后院。把铺盖放下，手扒住墙头低声的叫：“老程！老程!”老程是王家的车夫。没人答应，祥子下了决心，先跳过去再说。把铺盖扔过去，落在雪上，没有什么声响。他的心跳了一阵。紧跟着又爬上墙头，跳了过去。在雪地上拾起铺盖，轻轻地去找老程。他知道老程的地方。大家好像都已睡了，全院中一点声儿也没有。祥子忽然感到做贼并不是件很难的事，他放了点胆子，脚踏实地地走，雪很瓷实，发着一点点响声。找到了老程的屋子，他咳嗽了一声。老程似乎是刚躺下："谁?"

"我，祥子！你开开门!"祥子说得非常的自然，柔和，好像听见了老程的声音，就像听见个亲人的安慰似的。

老程开了灯，披着件破皮袄，开了门："怎么啦？祥子！三更半夜的!"

祥子进去，把铺盖放在地上，就势儿坐在上面，又没了话。

老程有三十多岁，脸上与身上的肉都一疙瘩一块的，硬得出棱儿。平日，祥子与他并没有什么交情，不过是见面总点头说话儿。有时候，王太太与曹太太一同出去上街，他俩更有了在一处喝茶与休息的机会。祥子不十分佩服老程，老程跑得很快，可是慌里慌张，而且手老拿不稳车把似的。在为人上，老程虽然怪好的，可是有了这个缺点，祥子总不能完全钦佩他。

今天，祥子觉得老程完全可爱了。坐在那儿，说不出什么来，心中可是感激，亲热。刚才，立在中海的桥上；现在，与个熟人坐在屋里；变动的急剧，使他心中发空；同时也发着些热气。

老程又钻到被窝中去，指着破皮袄说："祥子抽烟吧，兜儿里有，别野的。”别墅牌的烟自从一出世就被车夫们改为“别野”的。

祥子本不吸烟，这次好似不能拒绝，拿了支烟放在唇间吧唧着。

“怎么啦?”老程问，“辞了工?”

“没有，”祥子依旧坐在铺盖上，“出了乱子！曹先生一家子全跑啦，我也不敢独自看家!”

“什么乱子?”老程又坐起来。

“说不清呢，反正乱子不小，连高妈也走了!”

“四门大开，没人管?”

“我把大门给锁上了!”

“哼!”老程寻思了半天，“我告诉王先生一声儿去好不好?”说着，就要披衣裳。

“明天再说吧，事情简直说不清!”祥子怕王先生盘问他。

祥子说不清的那点事是这样：曹先生在个大学里教几点钟功课。学校里有个叫阮明的学生，一向跟曹先生不错，时常来找他谈谈。曹先生是个社会主义者，阮明的思想更激烈，所以二人很说得来。不过，年纪与地位使他们有点小冲突：曹先生以教师的立场看，自己应当尽心的教书，而学生应当好好地交代功课，不能因为私人的感情而在成绩上马马虎虎。在阮明看呢，在这种破乱的世界里，一个有志的青年应当做些革命的事业，功课好坏可以暂且不管。他和曹先生来往，一来是为彼此还谈得来，二来是希望因为感情而可以得到够升级的分数，不论自己的考试成绩坏到什么地步。乱世的志士往往有些无赖，历史上有不少这样可原谅的例子。

到考试的时候，曹先生没有给阮明及格的分数。阮明的成绩，即使曹先生给他及格，也很富余的够上了停学。可是他特别的恨曹先生。他以为曹先生太不懂面子；面子，在中国是与革命有同等价值的。因为急于做些什么，阮明轻看学问。因为轻看学问，慢慢他习惯于懒惰，想不用任何的劳力而获得大家的钦佩与爱护；无论怎说，自己的思想是前进的呀！曹先生没有给他及格的分数，分明是不了解一个有志的青年；那么，平日可就别彼此套近乎呀！既然平日交情不错，而到考试的时候使人难堪，他以为曹先生为人阴险。成绩是无可补救了，停学也无法反抗，他想在曹先生身上泄泄怒气。既然自己失了学，那么就拉个教员来陪绑。这样，既能有些事做，而且可以表现出自己的厉害。阮明不是什么好惹的！况且，若是能由这回事而打入一个新团体去，也总比没事可做强一些。

他把曹先生在讲堂上所讲的，和平日与他闲谈的，那些关于政治与社会问题的话编辑了一下，到党部去告发——曹先生在青年中宣传过激的思想。

曹先生也有个耳闻，可是他觉得很好笑。他知道自己的那点社会主义是怎样的不彻底，也晓得自己那点传统的美术爱好是怎样的妨碍着激烈的行动。可笑，居然落了个革命的导师的称号！可笑，所以也就不大在意，虽然学生和同事的都告诉他小心一些。镇定并不能——在乱世——保障安全。

寒假是肃清学校的好机会，侦探们开始忙着调查与逮捕。曹先生已有好几次觉得身后有人跟着。身后的人影使他由嬉笑改为严肃。他须想一想了：为造声誉，这是个好机会；下几天狱比放个炸弹省事，稳当，而有同样的价值。下狱是作要人的一个资格。可是，他不肯。他不肯将计就计的为自己造成虚假的名誉。凭着良心，他恨自己不能成个战士；凭着良心，他也不肯做冒牌的战士。他找了左先生去。

左先生有主意："到必要的时候，搬到我这儿来，他们还不至于搜查我来!"左先生认识人；人比法律更有力。"你上这儿来住几天，躲避躲避。总算我们怕了他们。然后再去疏通，也许还得花上俩钱。面子足，钱到手，你再回家也就没事了。"

孙侦探知道曹先生常上左宅去，也知道一追紧了的时候他必定到左宅去。他们不敢得罪左先生，而得吓嚇就吓嚇曹先生。多咱把他赶到左宅去，他们才有拿钱的希望，而且很够面子。敲祥子，并不在侦探们的计划内，不过既然看见了祥子，带手儿的活，何必不先拾个十头八块的呢?

对了，祥子是遇到"点儿"上，活该。谁都有办法，哪里都有缝子，只有祥子跑不了，因为他是个拉车的。一个拉车的吞的是粗粮，冒出来的是血；他要卖最大的力气，得最低的报酬；要立在人间的最低处，等着一切人一切法一切困苦的击打。

把一支烟烧完，祥子还是想不出道理来，他像被厨子提在手中的鸡，只知道缓一口气就好，没有别的主意。他很愿意和老程谈一谈，可是没话可说，他的话不够表现他的心思的，他领略了一切苦处，他的口张不开，像个哑巴。买车，车丢了；省钱，钱丢了；自己一切的努力只为别人来欺侮！谁也不敢招惹，连条野狗都得躲着，临完还是被人欺侮得出不来气！

先不用想过去的事吧，明天怎样呢？曹宅是不能再回去，上哪里去呢？“我在这儿睡一夜，行吧？”他问了句，好像条野狗找到了个避风的角落，暂且先忍一会儿；不过就是这点事也得要看明白了，看看妨碍别人与否。

“你就在这儿吧，冰天雪地的上哪儿去？地上行吗？上来挤挤也行呀！”

祥子不肯上去挤，地上就很好。

老程睡去，祥子来回地翻腾，始终睡不着。地上的凉气一会儿便把褥子冰得像一张铁，他蜷着腿，腿肚子似乎还要转筋。门缝子进来的凉风，像一群小针似的往头上刺。他狠狠的闭着眼，蒙上了头，睡不着。听着老程的呼声，他心中急躁，恨不能立起来打老程一顿才痛快。越来越冷，冻得嗓子中发痒，又怕把老程咳嗽醒了。

睡不着，他真想偷偷地起来，到曹宅再看看。反正事情是吹了，院中又没有人，何不去拿几件东西呢？自己那么不容易省下的几个钱，被人抢去，为曹宅的事而被人抢去，为什么不可以去偷些东西呢？为曹宅的事丢了钱，再由曹宅给赔上，不是正合适么？这么一想，他的眼亮起来，登时忘记了冷；走哇！那么不容易得到的钱，丢了，再这么容易得回来，走！

已经坐起来，又急忙地躺下去，好像老程看着他呢！心中跳了起来。不，不能当贼，不能！刚才为自己脱干净，没去做到曹先生所嘱咐的，已经对不起人；怎能再去偷他呢？不能去！穷死，不偷！

怎知道别人不去偷呢？那个姓孙的拿走些东西又有谁知道呢？他又坐了起来。远处有个狗叫了几声。他又躺下去。还是不能去，别人去偷，偷吧，自己的良心无愧。自己穷到这样，不能再叫心上多个黑点儿！

再说，高妈知道他到王家来，要是夜间丢了东西，是他也得是他，不是他也得是他！他不但不肯去偷了，而且怕别人进去了。真要是在这一夜里丢了东西，自己跳到黄河里也洗不清！他不冷了，手心上反倒见了点汗。怎办呢？跳回宅里去看着？不敢。自己的命是拿钱换出来的，不能再自投罗网。不去，万一丢了东西呢？

想不出主意。他又坐起来，弓着腿坐着，头几乎挨着了膝。头很沉，眼也要闭上，可是不敢睡。夜是那么长，只没有祥子闭一闭眼的时间。

坐了不知多久，主意不知换了多少个。他忽然心中一亮，伸手去推老程："老程！老程！醒醒！"

"干吗？"老程非常的不愿睁开眼："撒尿，床底下有夜壶。"

"你醒醒！开开灯！"

"有贼是怎着？"老程迷迷糊糊的坐起来。

"你醒明白了？"

"嗯！"

“老程，你看看！这是我的铺盖，这是我的衣裳，这是曹先生给的五块钱；没有别的了？”

“没了；干吗？”老程打了个哈欠。

“你醒明白了？我的东西就是这些，我没拿曹家一草一木。”

“没有！咱哥儿们，久吃宅门的，手儿粘赘还行吗？干得着，干；干不着，不干；不能拿人家东西！就是这个事呀？”

“你看明白了？”

老程笑了：“没错儿！我说，你不冷呀？”

“行！”

十三

因有雪光，天仿佛亮得早了些。快到年底，不少人家买来鸡喂着，鸡的鸣声比往日多了几倍。处处鸡啼，大有些丰年瑞雪的景况。祥子可是一夜没睡好。到后半夜，他忍了几个盹儿，迷迷糊糊的，似睡不睡的，像浮在水上那样忽起忽落，心中不安。越睡越冷，听到了四外的鸡叫，他实在撑不住了。不愿惊动老程，他蜷着腿，用被子堵上嘴咳嗽，还不敢起来。忍着，等着，心中非常的焦躁。好容易等到天亮，街上有了大车的轮声与赶车人的呼叱，他坐了起来。坐着也是冷，他立起来，系好了纽扣，开开一点门缝向外看了看。雪并没有多么厚，大概在半夜里就不下了；天似乎已晴，可是灰瀰瀰的看不甚清，连雪上也有一层很淡的灰影似的。一眼，他看到昨夜自己留下的大脚印，虽然又被雪埋上，可是一坑坑的还看得很真。

一来为有点事做，二来为消灭痕迹，他一声没出，在屋角摸着把笤帚，去扫雪。雪沉，不甚好扫，一时又找不到大的竹帚，他把腰弯得很低，用力去刮揸；上层的扫去，贴地的还留下一些雪粒，好像已抓住了地皮。直了两回腰，他把整个的外院全扫完，把雪都堆在两株小柳树的底下。他身上见了点汗，暖和，也轻松了一些。跺了跺脚，他吐了口长气，很长很白。

进屋，把笤帚放在原处，他想往起收拾铺盖。老程醒了，打了个哈欠，口还没并好，就手就说了话："不早啦吧？"说得音调非常的复杂。说完，擦了擦泪，顺手向皮袄袋里摸出支烟来。吸了两口烟，他完全醒明白了。"祥子，你先别走！等我去打点开水，咱们热热地来壶茶喝。这一夜横是够你受的！"

"我去吧？"祥子也递个和气。但是，刚一说出，他便想起昨夜的恐怖，心中忽然堵成了一团。

"不；我去！我还得请请你呢！"说着，老程极快的穿上衣裳，纽扣通体没扣，只将破皮袄上拢了根褡包，叼着烟卷跑出去："喝！院子都扫完了？你真成！请请你！"

祥子稍微痛快了些。

待了会儿，老程回来了，端着两大碗甜浆粥，和不知多少马蹄烧饼与小焦油炸鬼。"没沏茶，先喝点粥吧，来，吃吧；不够，再去买；没钱，咱赊得出来；干苦活儿，就是别缺着嘴，来！"

天完全亮了，屋中冷清清的明亮，二人抱着碗喝起来，声响很大而甜美。谁也没说话，一气把烧饼油鬼吃净。

“怎样?”老程剔着牙上的一个芝麻。

“该走了!”祥子看着地上的铺盖卷。

“你说说，我到底还没明白是怎回子事!”老程递给祥子一支烟，祥子摇了摇头。

想了想，祥子不好意思不都告诉给老程了。结结巴巴的，他把昨夜晚的事说了一遍，虽然很费力，可是说得不算不完全。

老程撇了半天嘴，似乎想过点味儿来。“依我看哪，你还是找曹先生去。事情不能就这么搁下，钱也不能就这么丢了！你刚才不是说，曹先生嘱咐了你，叫你看事不好就跑？那么，你一下车就叫侦探给堵住，怪谁呢？不是你不忠心哪，是事儿来得太邪，你没法儿不先顾自己的命！叫我看，这没有什么对不起人的地方。你去，找曹先生去，把前后的事一五一十都对他实说，我想，他必不能怪你，碰巧还许赔上你的钱！你走吧，把铺盖放在这儿，早早地找他去。天短，一出太阳就得八点，赶紧走你的!”

祥子活了心，还有点觉得对不起曹先生，可是老程说得也很近情理——侦探拿枪堵住自己，怎能还顾得曹家的事呢?

“走吧!”老程又催了句。“我看昨个晚上你是有点绕住了；遇上急事，谁也保不住迷头。我现在给你出的道儿准保不错，我比你岁数大点，总多经过些事儿。走吧，这不是出了太阳?”

朝阳的一点光，借着雪，已照明了全城。蓝的天，白的雪，天上有光，雪上有光，蓝白之间闪起一片金花，使人痛快得睁不开眼！祥子刚要走，有人敲门。老程出去看，在门洞儿里叫："祥子！找你的！"

左宅的王二，鼻子冻得滴着清水，在门洞儿里跺去脚上的雪。老程见祥子出来，让了句："都里边坐！"三个人一同来到屋中。

"那什么，"王二搓着手说，"我来看房，怎么进去呀，大门锁着呢。那什么，雪后寒，真冷！那什么，曹先生，曹太太，都一清早就走了；上天津，也许是上海，我说不清。左先生嘱咐我来看房。那什么，可真冷！"

祥子忽然的想哭一场！刚要依着老程的劝告，去找曹先生，曹先生会走了。愣了半天，他问了句："曹先生没说我什么？"

"那什么，没有。天还没亮，就都起来了，简直顾不得说话了。火车是，那什么，七点四十分就开！那什么，我怎么过那院去？"王二急于要过去。

"跳过去！"祥子看了老程一眼，仿佛是把王二交给了老程，他拾起自己的铺盖卷来。

"你上哪儿？"老程问。

"人和厂子，没有别的地方可去！"这一句话说尽了祥子心中的委屈，羞愧，与无可如何。他没别的办法，只好去投降！一切的路都封上了，他只能在雪白的地上去找那黑塔似的虎妞。他顾体面，要强，忠实，义气；都没一点用处，因为有条"狗"命！

老程接了过来：“你走你的吧。这不是当着王二，你一草一木也没动曹宅的！走吧。到这条街上来的时候，进来聊会子，也许我打听出来好事，还给你荐呢。你走后，我把王二送到那边去。有煤呀？”

“煤，劈柴，都在后院小屋里。”祥子扛起来铺盖。

街上的雪已不那么白了，马路上的被车轮轧下去，露出点冰的颜色来。土道上的，被马踏得已经黑一块白一块，怪可惜的。祥子没有想什么，只管扛着铺盖往前走。一气走到了人和车厂。他不敢站住，只要一站住，他知道就没有勇气进去。他一直的走进去，脸上热得发烫。他编好了一句话，要对虎妞说：“我来了，瞧着办吧！怎办都好，我没了法儿！”及至见了她，他把这句话在心中转了好几次，始终说不出来，他的嘴没有那么便利。

虎妞刚起来，头发髭髭着，眼泡儿浮肿着些，黑脸上起着一层小白的鸡皮疙瘩，像拔去毛的冻鸡。

“哟！你回来啦！”非常的亲热，她的眼中笑得发了些光。

“赁给我辆车！”祥子低着头看鞋头上未化净的一些雪。

“跟老头子说去。”她低声地说，说完向东间一努嘴。

刘四爷正在屋里喝茶呢，面前放着个大白炉子，火苗有半尺多高。见祥子进来，他半恼半笑地说：“你这小子活着哪?!忘了我啦！算算，你有多少天没来了？事情怎样？买上车没有？”

祥子摇了摇头，心中刺着似的疼。“还得给我辆车拉，四爷！”

“哼，事又吹了！好吧，自己去挑一辆！”刘四爷倒了碗茶，“来，先喝一碗。”

祥子端起碗来，立在火炉前面，大口地喝着。茶非常的烫，火非常的热，他觉得有点发困。把碗放下，刚要出来，刘四爷把他叫住了。

“等等走，你忙什么？告诉你：你来得正好。二十七是我的生日，我还要搭个棚呢，请请客。你帮几天忙好了，先不必去拉车。他们，”刘四爷向院中指了指，“都不可靠，我不愿意教他们吊儿啷当地瞎起哄。你帮帮好了。该干什么就干，甭等我说。先去扫扫雪，晌午我请你吃火锅。”

“是了，四爷！”祥子想开了，既然又回到这里，一切就都交给刘家父女吧；他们爱怎么调动他，都好，他认了命！

“我说是不是？”虎姑娘拿着时候进来了，“还是祥子，别人都差点劲儿。”

刘四爷笑了。祥子把头低得更往下了些。

“来，祥子！”虎妞往外叫他，“给你钱，先去买扫帚，要竹子的，好扫雪。得赶紧扫，今天搭棚的就来。”走到她的屋里，她一边给祥子数钱，一边低声地说：“精神着点！讨老头子的喜欢！咱们的事有盼望！”

祥子没言语，也没生气。他好像是死了心，什么也不想，给它个混一天是一天。有吃就吃，有喝就喝，有活儿就做，手脚不闲着，几转就是一天，自己顶好学拉磨的驴，一问三不知，只会拉着磨走。

他可也觉出来，自己无论如何也不会很高兴。虽然不肯思索，不肯说话，不肯发脾气，但是心中老堵一块什么，在工作的时候暂时忘掉，只要有会儿闲工夫，他就觉出来这块东西——绵软，可是老那么大；没有什么一定的味道，可是噎得慌，像块海绵似的。心中堵着这块东西，他强打精神去做事，为是把自己累得动也不能动，好去闷睡。把夜里的事交给梦，白天的事交给手脚，他仿佛是个能干活的死人。他扫雪，他买东西，他去定煤气灯，他刷车，他搬桌椅，他吃刘四爷的犒劳饭，他睡觉，他什么也不知道，口里没话，心里没思想，只隐隐地觉到那块海绵似的东西！

地上的雪扫净，房上的雪渐渐化完，棚匠“喊高儿”上了房，支起棚架子。讲好的是可着院子的暖棚，三面挂檐，三面栏杆，三面玻璃窗户。棚里有玻璃隔扇，挂面屏，见木头就包红布。正门旁门一律挂彩子，厨房搭在后院。刘四爷，因为庆九，要热热闹闹地办回事，所以第一要搭个体面的棚。天短，棚匠只扎好了棚身，上了栏杆和布，棚里的花活和门上的彩子，得到第二天早晨来挂。刘四爷为这个和棚匠大发脾气，气得脸上飞红。因为这个，他派祥子去催煤气灯，厨子，千万不要误事。其实这两件绝不会误下，可是老头子不放心。祥子为这个刚跑回来，刘四爷又叫他去给借麻将牌，借三四副，到日子非痛痛快快地赌一下不可。借来牌，又被派走去借留声机，做寿总得有些响声儿。祥子的腿没停住一会儿，一直跑到夜里十一点。拉惯了车，空着手儿走比跑还累得慌；末一趟回来，他，连他，也有点抬不起脚来了。

“好小子！你成！我要有你这么个儿子，少叫我活几岁也是好的！歇着去吧，明天还有事呢！”

虎妞在一旁，向祥子挤了挤眼。

第二天早上，棚匠来找补活。彩屏悬上，画的是“三国”里的战景，三战吕布，长坂坡，火烧连营等等，大花脸二花脸都骑马持着刀枪。刘老头子仰着头看了一遍，觉得很满意。紧跟着家伙铺来卸家伙：棚里放八个座儿，围裙椅垫凳套全是大红绣花的。一份寿堂，放在堂屋，香炉蜡扦都是景泰蓝的，桌前放了四块红毡子。刘老头子马上叫祥子去请一堂苹果，虎妞背地里掖给他两块钱，叫他去叫寿桃寿面，寿桃上要一份儿八仙人，作为是祥子送的。苹果买到，马上摆好；待了不大会儿，寿桃寿面也来到，放在苹果后面，大寿桃点着红嘴，插着八仙人，非常大气。

“祥子送的，看他多么有心眼！”虎妞堵着爸爸的耳根子吹嘘，刘四爷对祥子笑了笑。

寿堂正中还短着个大寿字，照例是由朋友们赠送，不必自己预备。现在还没有人送来，刘四爷性急，又要发脾气：“谁家的红白事，我都跑到前面，到我的事情上了，给我个干撂台，×他妈妈的！”

“明天二十六，才落座儿，忙什么呀？”虎妞喊着劝慰。

“我愿意一下子全摆上；这么零零碎碎的看着揪心！我说祥

子，水月灯今天就得安好，要是过四点还不来，我剐了他们!”

“祥子，你再去催!”虎妞故意倚重他，总在爸的面前喊祥子做事。祥子一声不出，把话听明白就走。

“也不是我说，老爷子，”她撇着点嘴说，“要是有儿子，不像我就像祥子！可惜我错投了胎。那可也无法。其实有祥子这么个干儿子也不坏！看他，一天连个屁也不放，可把事都做了!”

刘四爷没搭茬儿，想了想：“话匣子呢？唱唱!”

不知道由哪里借来的破留声机，每一个声音都像踩了猫尾巴那么叫得钻心！刘四爷倒不在乎，只要有点声响就好。

到下午，一切都齐备了，只等次日厨子来落座儿。刘四爷各处巡视了一番，处处花红柳绿，自己点了点头。当晚，他去请了天顺煤铺的先生给管账，先生姓冯，山西人，管账最仔细。冯先生马上过来看了看，叫祥子去买两份红账本，和一张顺红笺。把红笺裁开，他写了些寿字，贴在各处。刘四爷觉得冯先生真是心细，当时要再约两手，和冯先生打几圈麻将。冯先生晓得刘四爷的厉害，没敢接碴儿。

牌没打成，刘四爷挂了点气，找来几个车夫，“开宝，你们有胆子没有?”

大家都愿意来，可是没胆子和刘四爷来，谁不知道他从前开过宝局!

“你们这群玩意，怎么活着来的!”四爷发了脾气。“我在你们这么大岁数的时候，兜里没一个小钱也敢干，输了再说；来！”

“来铜子儿的？”一个车夫试着步儿问。

“留着你那铜子吧，刘四不哄孩子玩！”老头子一口吞了一杯茶，摸了摸秃脑袋。“算了，请我来也不来了！我说，你们去告诉大伙儿：明天落座儿，晚半天就有亲友来，四点以前都收车，不能出来进去地拉着车乱挤！明天的车份儿不要了，四点收车。白叫你们拉一天车，都心里给我多念道点吉祥话儿，别没良心！后天正日子，谁也不准拉车。早八点半，先给你们摆，六大碗，俩七寸，四个便碟，一个锅子；对得起你们！都穿上大褂，谁短撅撅的进来把谁踢出去！吃完，都给我滚，我好招待亲友。亲友们吃三个海碗，六个冷荤，六个炒菜，四大碗，一个锅子。我先交代明白了，别看着眼馋。亲友是亲友；我不要你们什么。有人心的给我出十大枚的礼，我不嫌少；一个子儿不拿，干给我磕三个头，我也接着。就是得规规矩矩，明白了没有？晚上愿意还吃我，六点以后回来，剩多剩少全是你们的；早回来可不行！听明白了没有？”

“明天有拉晚儿的，四爷，”一个中年的车夫问，“怎么四点就收车呢？”

“拉晚的十一点以后再回来！反正就别在棚里有人的时候乱挤！你们拉车，刘四并不和你们同行，明白？”

大家都没的可说了，可是找不到个台阶走出去，立在那里又怪发僵；刘四爷的话使人人心中窝住一点气愤不平。虽然放一天车份是个便宜，可是谁肯白吃一顿，至少还不得出上四十铜子的礼；况且刘四的话是那么难听，仿佛他办寿，他们就得老鼠似的都藏起去。再说，正日子二十七不准大家出车，正赶上年底有买卖的时候，刘四牺牲得起一天的收入，大家陪着“泡”一天可受不住呢！大家敢怒而不敢言的在那里立着，心中并没有给刘四爷念着吉祥话儿。

虎妞扯了祥子一下，祥子跟她走出来。

大家的怒气仿佛忽然找到了出路，都瞪着祥子的后影。这两天了，大家都觉得祥子是刘家的走狗，死命地巴结，任劳任怨的当碎催。祥子一点也不知道这个，帮助刘家做事，为是支走心中的烦恼；晚上没话和大家说，因为本来没话可说。他们不知道他的委屈，而以为他是巴结上了刘四爷，所以不屑于和他们交谈。虎妞的照应祥子，在大家心中特别的发着点酸味，想到目前的事，刘四爷不准他们在喜棚里来往，可是祥子一定可以吃一整天好的；同是拉车的，为什么有三六九等呢？看，刘姑娘又把祥子叫出去！大家的眼跟着祥子，腿也想动，都搭讪着走出来。刘姑娘正和祥子在煤气灯底下说话呢，大家彼此点了点头。

十四

刘家的事办得很热闹。刘四爷很满意有这么多人来给他磕头祝寿。更足以自傲的是许多老朋友也赶着来贺喜。由这些老友，他看出自己这场事不但办得热闹，而且“改良”。那些老友的穿戴已经落伍，而四爷的皮袍马褂都是新做的。以职业说，有好几位朋友在当年都比他阔，可是现在——经过这二三十年来的变迁——已越混越低，有的已很难吃上饱饭。看着他们，再看看自己的喜棚，寿堂，画着长坂坡的挂屏，与三个海碗的席面，他觉得自己确是高出他们一头，他“改了良”。连赌钱，他都预备下麻将牌，比押宝就透着文雅了许多。

可是，在这个热闹的局面中，他也感觉到一点凄凉难过。过惯了独身的生活，他原想在寿日来的人不过是铺户中的掌柜与先生们，和往日交下的外场光棍。没想到会也来了些女客。虽然虎妞能替他招待，可是他忽然感到自家的孤独，没有老伴儿，只有个女儿，而且长得像个男子。假若虎妞是个男子，当然早已成了家，有了小孩，即使自己是个老鳏夫，或者也就不这么孤苦伶仃的了。是的，自己什么也不缺，只缺个儿子。自己的寿数越大，有儿子的希望便越小，祝寿本是件喜事，可是又似乎应落泪。不管自己怎样改了良，没人继续自己的事业，一切还不是白饶？

上半天，他非常地喜欢，大家给他祝寿，他大模大样的承受，仿佛觉出自己是鳌里夺尊的一位老英雄。下半天，他的气儿塌下点去。看着女客们携来的小孩子们，他又羡慕，又忌妒，又不敢和孩子们亲近，不亲近又觉得自己别扭。他要闹脾气，又不肯登时发作，他知道自己是外场人，不能在亲友面前出丑。他愿意快快把这一天过去，不再受这个罪。

还有点美中不足的地方，早晨给车夫们摆饭的时节，祥子几乎和人打起来。

八点多就开了饭，车夫们都有点不愿意。虽然昨天放了一天的车份儿，可是今天谁也没空着手来吃饭，一角也罢，四十子儿也罢，大小都有份儿礼金。平日，大家是苦汉，刘四是厂主；今天，据大家看，他们是客人，不应当受这种待遇。况且，吃完就得走，还不许拉出车去，大年底下的！

祥子准知道自己不在吃完就滚之列，可是他愿意和大家一块儿吃。一来是早吃完好去干事，二来是显着和气。和大家一齐坐下，大家把对刘四的不满意都挪到他身上来。刚一落座，就有人说了："哎，您是贵客呀，怎和我们坐在一处？"祥子傻笑了一下，没有听出来话里的意味。这几天了，他自己没开口说过闲话，所以他的脑子也似乎不大管事了。

大家对刘四不敢发作，只好多吃他一口吧；菜是不能添，酒可是不能有限制，喜酒！他们不约而同地想拿酒撒气。有的闷喝，有的猜开了拳；刘老头子不能拦着他们猜拳。祥子看大家喝，他不便太不随群，也就跟着喝了两盅。喝着喝着，大家的眼睛红起来，嘴不再受管辖。有的就说："祥子，骆驼，你这差事美呀！足吃一天，伺候着老爷小姐！赶明儿你不必拉车了，顶好跟包去！"祥子听出点意思来，也还没往心中去；从他一进人和厂，他就决定不再充什么英雄好汉，一切都听天由命。谁爱说什么，就说什么。他纳住了气。有的又说了："人家祥子是另走一路，咱们凭力气挣钱，人家祥子是内功！"大家全哈哈的笑起来。祥子觉出大家是“咬”他，但是那么大的委屈都受了，何必管这几句闲话呢，他还没出声。邻桌的人看出便宜来，有的伸着脖子叫：“祥子，赶明儿你当了厂主，别忘了哥儿们哪！”祥子还没言语，本桌上的人又说了：“说话呀，骆驼！”

祥子的脸红起来，低声说了句：“我怎能当厂主?!”

“哼，你怎么不能呢，眼看着就咚咚嚓啦！”

祥子没绕搭过来，“咚咚嚓”是什么意思，可是直觉的猜到那是指着他与虎妞的关系而言。他的脸慢慢由红而白，把以前所受过的一切委屈都一下子想起来，全堵在心上。几天的容忍缄默似乎不能再维持，像憋足了的水，遇见个出口就要激冲出去。正当这个工夫，一个车夫又指着他的脸说：“祥子，我说你呢，你才真是‘哑巴吃扁食——心里有数儿’呢。是不是，你自己说，祥子？祥子?”

祥子猛地立了起来，脸上煞白，对着那个人问：“出去说，你敢不敢?”

大家全愣住了。他们确是有心“咬”他，撇些闲盘儿，可是并没预备打架。

忽然一静，像林中的啼鸟忽然看见一只老鹰。祥子独自立在那里，比别人都高着许多，他觉出自己的孤立。但是气在心头，他仿佛也深信就是他们大家都动手，也不是他的对手。

他钉了一句：“有敢出去的没有?”

大家忽然想过味儿来，几乎是一齐的：“得了，祥子，逗着你玩呢！”

刘四爷看见了："坐下，祥子！"然后向大家，"别瞧谁老实就欺侮谁，招急了我把你们全踢出去！快吃！"

祥子离了席。大家用眼梢儿撩着刘老头子，都拿起饭来。不大一会儿，又嘁嘁喳喳的说起来，像危险已过的林鸟，又轻轻地啾啾。

祥子在门口蹲了半天，等着他们。假若他们之中有敢再说闲话的，揍！自己什么都没了，给它个不论秧子吧！

可是大家三五成群地出来，并没再找寻他。虽然没打成，他到底多少出了点气。继而一想，今天这一举，可是得罪了许多人。平日，自己本来就没有知己的朋友，所以才有苦无处去诉；怎能再得罪人呢？他有点后悔。刚吃下去的那点东西在胃中横着，有点发痛。他立起来，管它呢，人家那三天两头打架闹饥荒的不也活得怪有趣吗？老实规矩就一定有好处吗？这么一想，他心中给自己另画出一条路来，在这条路上的祥子，与以前他所希望的完全不同了。这是个见人就交朋友，而处处占便宜，喝别人的茶，吸别人的烟，借了钱不还，见汽车不躲，是个地方就撒尿，成天际和巡警们耍骨头，拉到"区"里去住两三天不算什么。是的，这样的车夫也活着，也快乐，至少是比祥子快乐。好吧，老实，规矩，要强，既然都没用，变成这样的无赖也不错。不但是不错，祥子想，而且是有些英雄好汉的气概，天不怕，地不怕，绝对不低着头吃哑巴亏。对了！应当这么办！坏嘎嘎是好人削成的。

反倒有点后悔，这一架没能打成。好在不忙，从今以后，对谁也不再低头。

刘四爷的眼里不揉沙子。把前前后后所闻所见的都搁在一处，他的心中已明白了八九成。这几天了，姑娘特别的听话，哼，因为祥子回来了！看她的眼，老跟着他。老头子把这点事存在心里，就更觉得凄凉难过。想想看吧，本来就没有儿子，不能火火炽炽地凑起个家庭来；姑娘再跟人一走！自己一辈子算是白费了心机！祥子的确不错，但是提到儿婿两当，还差得多呢；一个臭拉车的！自己奔波了一辈子，打过群架，跪过铁索，临完叫个乡下脑袋连女儿带产业全搬了走？没那个便宜事！就是有，也甭想由刘四这儿得到！刘四自幼便是放屁崩坑儿的人！

下午三四点钟还来了些拜寿的，老头子已觉得索然无味，客人越称赞他硬朗有造化，他越觉得没什么意思。

到了掌灯以后，客人陆续的散去，只有十几位住得近的和交情深的还没走，凑起麻将来。看着院内的空棚，被水月灯照得发青，和撤去围裙的桌子，老头子觉得空寂无聊，仿佛看到自己死了的时候也不过就是这样，不过是把喜棚改作白棚而已，棺材前没有儿孙们穿孝跪灵，只有些不相干的人们打麻将守夜！他真想把现在未走的客人们赶出去；乘着自己有口活气，应当发发威！可是，到底不好意思拿朋友撒气。怒气便拐了弯儿，越看姑娘越不顺眼。祥子在棚里坐着呢，人模狗样的，脸上的疤被灯光照得像块玉石。老头子怎看这一对儿，怎别扭！

虎姑娘一向野调无腔惯了，今天头上脚下都打扮着，而且得装模作样的应酬客人，既为讨大家的称赞，也为在祥子面前露一手儿。上半天倒觉得这怪有个意思，赶到过午，因有点疲乏，就觉出讨厌，也颇想找谁叫骂一场。到了晚上，她连半点耐性也没有了，眉毛自己较着劲，老直立着。

七点多钟了，刘四爷有点发困，可是不服老，还不肯去睡。大家请他加入打几圈儿牌，他不肯说精神来不及，而说打牌不痛快，押宝或牌九才合他的脾味。大家不愿中途改变，他只好在一旁坐着。为打起点精神，他还要再喝几盅，口口声声说自己没吃饱，而且抱怨厨子赚钱太多了，菜并不丰满。由这一点上说起，他把白天所觉到的满意之处，全盘推翻：棚，家伙座儿，厨子，和其他的一切都不值那么些钱，都捉了他的大头，都冤枉！

管账的冯先生，这时候，已把账杀好：进了二十五条寿幛，三堂寿桃寿面，一坛儿寿酒，两对寿烛，和二十来块钱的礼金。号数不少，可是多数的是给四十铜子或一毛大洋。

听到这个报告，刘四爷更火啦。早知道这样，就应该预备“炒菜面”！三个海碗的席吃着，就出一毛钱的人情？这简直是拿老头子当冤大脑袋！从此再也不办事，不能赔这份窝囊钱！不用说，大家连亲带友，全想白吃他一口；六十九岁的人了，反倒聪明一世，糊涂一时，教一群猴儿王八蛋给吃了！老头子越想越气，连白天所感到的满意也算成了自己的糊涂；心里这么想，嘴里就念叨着，带着许多街面上已不通行的咒骂。

朋友们还没走净，虎妞为顾全大家的面子，想拦拦父亲的撒野。可是，一看大家都注意手中的牌，似乎并没理会老头子叨唠什么，她不便于开口，省得反把事儿弄明了。由他叨唠去吧，都给他个装聋，也就过去了。

哪知道，老头子说着说着绕到她身上来。她决定不吃这一套！他办寿，她跟着忙乱了好几天，反倒没落出好儿来，她不能容让！六十九，七十九也不行，也得讲理！她马上还了回去：

“你自己要花钱办事，碍着我什么啦?”

老头子遇到了反攻，精神猛然一振。“碍着你什么了？简直的就跟你！你当我的眼睛不管闲事哪?”

“你看见什么啦？我受了一天的累，临完拿我撒气呀，先等等！说吧，你看见了什么?”虎姑娘的疲乏也解了，嘴非常的灵便。

“你甭看着我办事，你眼儿热！看见？我早就全看见了，哼!”

“我干吗眼儿热呀?!”她摇晃着头说。“你到底看见了什么?”

“那不是?!”刘四往棚里一指——祥子正弯着腰扫地呢。“他呀?”虎妞心里哆嗦了一下，没想到老头的眼睛会这么尖。“哼！他怎样?”

“不用揣着明白的，说糊涂的!”老头子立了起来。“要他没我，要我没他，干脆的告诉你得了。我是你爸爸！我应当管!”

虎妞没想到事情破的这么快，自己的计划才使了不到一半，而老头子已经点破了题！怎办呢？她的脸红起来，黑红，加上半残的粉，与青亮的灯光，好像一块煮老了的猪肝，颜色复杂而难看。她有点疲乏；被这一激，又发着肝火，想不出主意，心中很乱。她不能就这么窝回去，心中乱也得马上有办法。顶不妥当的主意也比没主意好，她向来不在任何人面前服软！好吧，爽性来干脆的吧，好坏都凭这一锤子了！

“今儿个都说清了也好，就打算是这么笔账儿吧，你怎样呢？我倒要听听！这可是你自己找病，别说我有心气你！”

打牌的人们似乎听见他们父女吵嘴，可是舍不得分心看别的，为抵抗他们的声音，大家把牌更摔得响了一些，而且嘴里叫唤着红的，碰……祥子把事儿已听明白，照旧低着头扫地，他心中有了底；说翻了，揍！

“你简直的是气我吗！”老头子的眼已瞪得极圆。“把我气死，你好去倒贴儿？甭打算，我还得活些年呢！”

“甭摆闲盘，你怎办吧？”虎妞心里扑通，嘴里可很硬。

“我怎办？不是说过了，有他没我，有我没他！我不能都便宜了个臭拉车的！”

祥子把笤帚扔了，直起腰来，看准了刘四，问：“说谁呢？”刘四狂笑起来：“哈哈，你这小子要造反吗？说你哪，说谁！你给我马上滚！看着你不错，赏你脸，你敢在太岁头上动土，我是干什么的，你也不打听打听！滚！永远别再叫我瞧见你，上他妈的这儿找便宜来啦，啊？”

老头子的声音过大了，招出几个车夫来看热闹。打牌的人们以为刘四爷又和个车夫吵闹，依旧不肯抬头看看。

祥子没有个便利的嘴，想要说的话很多，可是一句也不到舌头上来。他呆呆地立在那里，直着脖子咽唾沫。

“给我滚！快滚！上这儿来找便宜？我往外掏坏的时候还没有你呢，哼！”老头子有点纯为唬吓祥子而唬吓了，他心中恨祥子并不像恨女儿那么厉害，就是生着气还觉得祥子的确是个老实人。

“好了，我走！”祥子没话可说，只好赶紧离开这里；无论如何，斗嘴他是斗不过他们的。

车夫们本来是看热闹，看见刘四爷骂祥子，大家还记着早晨那一场，觉得很痛快。及至听到老头子往外赶祥子，他们又向着他了——祥子受了那么多的累，过河拆桥，老头子翻脸不认人，他们替祥子不平。有的赶过来问：“怎么了，祥子？”祥子摇了摇头。

“祥子你等等走！”虎妞心中打了个闪似的，看清楚：自己的计划是没多大用处了，急不如快，得赶紧抓住祥子，别鸡也飞蛋也打了！“咱们俩的事，一条绳拴着两蚂蚱，谁也跑不了！你等等，等我说明白了！”她转过头来，冲着老头子：“干脆说了吧，我已经有了，祥子的！他上哪儿我也上哪儿！你是把我给他呢？还是把我们俩一齐赶出去？听你一句话。”

虎妞没想到事情来得这么快，把最后的一招这么早就拿出来。刘四爷更没想到事情会弄到了这步天地。但是，事已至此，他不能服软，特别是在大家面前。“你真有脸往外说，我这个老脸都替你发烧！”他打了自己个嘴巴。“呸！好不要脸！”

打牌的人们把手停住了，觉出点不大是味来，可是糊里糊涂，不知是怎回事，搭不上嘴；有的立起来，有的呆呆地看着自己的牌。

话都说出来，虎妞反倒痛快了：“我不要脸？别叫我往外说你的事儿，你什么屎没拉过？我这才是头一回，还都是你的错儿：男大当娶，女大当聘，你六十九了，白活！这不是当着大众，”她向四下里一指，“咱们弄清楚了顶好，心明眼亮！就着这个喜棚，你再办一通儿事得了！”

“我？”刘四爷的脸由红而白，把当年的光棍劲儿全拿了出来：“我放把火把棚烧了，也不能给你用！”

“好！”虎妞的嘴唇哆嗦上了，声音非常的难听，“我卷起铺盖一走，你给我多少钱？”

“钱是我的，我爱给谁才给！”老头子听女儿说要走，心中有些难过，但是为斗这口气，他狠了心。

“你的钱？我帮你这些年了；没我，你想想，你的钱要不都填给野娘们才怪，咱们凭良心吧！”她的眼又找到祥子，“你说吧！”

祥子直挺挺地立在那里，没有一句话可说。

十五

讲动武，祥子不能打个老人，也不能打个姑娘。他的力量没地方用。耍无赖，只能想想，耍不出。论虎妞这个人，他满可以踩脚一跑。为目前这一场，她既然和父亲闹翻，而且愿意跟他走；骨子里的事没人晓得，表面上她是为祥子而牺牲；当着大家面前，他没法不拿出点英雄气儿来。他没话可说，只能立在那里，等个水落石出；至少他得做到这个，才能像个男子汉。

刘家父女只剩了彼此瞪着，已无话可讲；祥子是闭口无言。车夫们，不管向着谁吧，似乎很难插嘴。打牌的人们不能不说话了，静默得已经很难堪。不过，大家只能浮面皮的敷衍几句，劝双方不必太挂火，慢慢地说，事情没有过不去的。他们只能说这些，不能解决什么，也不想解决什么。见两方面都不肯让步，那么，清官难断家务事，有机会便溜了吧。

没等大家都溜净，虎姑娘抓住了天顺煤厂的冯先生："冯先生，你们铺子里不是有地方吗？先让祥子住两天。我们的事说办就快，不能长占住你们的地方。祥子你跟冯先生去，明天见，商量商量咱们的事。告诉你，我出回门子，还是非坐花轿不出这个门！冯先生，我可把他交给你了，明天跟你要人！"

冯先生直吸气，不愿负这个责任。祥子急于离开这里，说了句："我跑不了！"

虎姑娘瞪了老头子一眼，回到自己屋中，谑婇着嗓子哭起来，把门从里面锁上。

冯先生们把刘四爷也劝进去，老头子把外场劲儿又拿出来，请大家别走，还得喝几盅："诸位放心，从此她是她，我是我，再也不吵嘴。走她的，只当我没有过这么个丫头。我外场一辈子，脸叫她给丢净！倒退二十年，我把他们俩全活劈了！现在，随她去；打算跟我要一个小铜钱，万难！一个子儿不给！不给！看她怎么活着！教她尝尝，她就晓得了，到底是爸爸好，还是野汉子好！别走，再喝一盅！”

大家敷衍了几句，都急于躲避是非。

祥子上了天顺煤厂。

事情果然办得很快。虎妞在毛家湾一个大杂院里租到两间小北房；马上找了裱糊匠糊得四白落地；求冯先生给写了几个喜字，贴在屋中。屋子糊好，她去讲轿子：一乘满天星的轿子，十六个响器，不要金灯，不要执事。一切讲好，她自己赶了身红绸子的上轿衣；在年前赶的，省得不过破五就动针。喜日定的是大年初六，既是好日子，又不用忌门。她自己把这一切都办好，告诉祥子去从头至脚都得买新的：“一辈子就这么一回！”

祥子手中只有五块钱！

虎妞又瞪了眼：“怎么？我交给你那三十多块呢？”

祥子没法不说实话了，把曹宅的事都告诉了她。她眨巴着眼似信似疑的：“好吧，我没工夫跟你吵嘴，咱们各凭良心吧！给你这十五块吧！你要是到日子不打扮得像个新人，你可提防着！”

初六，虎妞坐上了花轿。没和父亲过一句话，没有弟兄的护送，没有亲友的祝贺；只有那些锣鼓在新年后的街上响得很热闹，花轿稳稳地走过西安门，西四牌楼，也惹起穿着新衣的人们——特别是铺户中的伙计—— 一些羡慕，一些感触。

祥子穿着由天桥买来的新衣，红着脸，戴着三角钱一顶的缎小帽。他仿佛忘了自己，而傻傻乎乎地看着一切，听着一切，连自己好似也不认识了。他由一个煤铺迁入裱糊得雪白的新房，不知道是怎回事：以前的事正如煤厂里，一堆堆都是黑的；现在茫然的进到新房，白得闪眼，贴着几个血红的喜字。他觉到一种嘲弄，一种白的，渺茫的，闷气。屋里，摆着虎妞原有的桌椅与床；火炉与菜案却是新的；屋角里插着把五色鸡毛的掸子。他认识那些桌椅，可是对火炉，菜案，与鸡毛掸子。又觉得生疏。新旧的器物合在一处，使他想起过去，又担心将来。一切任人摆布，他自己既像个旧的，又像是个新的，一个什么摆设，什么奇怪的东西；他不认识了自己。他想不起哭，他想不起笑，他的大手大脚在这小而暖的屋中活动着，像小木笼里一只大兔子，眼睛红红的看着外边，看着里边，空有能飞跑的腿，跑不出去！虎妞穿着红袄，脸上抹着白粉与胭脂，眼睛溜着他。他不敢正眼看她。她也是既旧又新的一个什么奇怪的东西，是姑娘，也是娘们；像女的，又像男的；像人，又像什么凶恶的走兽！这个走兽，穿着红袄，已经捉到他，还预备着细细的收拾他。谁都能收拾他，这个走兽特别的厉害，要一刻不离地守着他，向他瞪眼，向他发笑，而且能紧紧地抱住他，把他所有的力量吸尽。他没法脱逃。他摘了那顶缎小帽，呆呆地看着帽上的红结子，直到看得眼花——一转脸，墙上全是一颗颗的红点，飞旋着，跳动着，中间有一块更大的，红的，脸上发着丑笑的虎妞！

婚夕，祥子才明白：虎妞并没有怀了孕。像变戏法的，她解释给他听："要不这么冤你一下，你怎会死心塌地地点头呢！我在裤腰上塞了个枕头！哈哈，哈哈！"她笑得流出泪来："你个傻东西！甭提了，反正我对得起你；你是怎个人，我是怎个人？我愣和爸爸吵了，跟着你来，你还不谢天谢地？"

第二天，祥子很早就出去了。多数的铺户已经开了市，可是还有些家关着门。门上的春联依然红艳，黄的挂钱却有被风吹碎了的。街上很冷静，洋车可不少，车夫们也好似比往日精神了一些，差不离的都穿着双新鞋，车背后还有贴着块红纸儿的。祥子很羡慕这些车夫，觉得他们倒有点过年的样子，而自己是在个葫芦里憋闷了这好几天；他们都安分守己的混着，而他没有一点营生，在大街上闲晃。他不安于游手好闲，可是打算想明天的事，就得去和虎妞——他的老婆商议；他是在老婆——这么个老婆！——手里讨饭吃。空长了那么高的身量，空有那么大的力气，没用。他第一得先伺候老婆，那个红袄虎牙的东西；吸人精血的东西；他已不是人，而只是一块肉。他没了自己，只在她的牙中挣扎着，像被猫叼住的一个小鼠。他不想跟她去商议，他得走；想好了主意，给她个不辞而别。这没有什么对不起人的地方，她是会拿枕头和他变戏法的女怪！他窝心，他不但想把那身新衣扯碎，也想把自己从内到外放在清水里洗一回，他觉得浑身都粘着些不洁净的，使人恶心的什么东西，叫他从心里厌烦。他愿永远不再见她的面！

上哪里去呢？他没有目的地。平日拉车，他的腿随着别人的嘴走，今天，他的腿自由了，心中茫然。顺着西四牌楼一直往南，他出了宣武门：道是那么直，他的心更不会拐弯。出了城门，还往南，他看见个澡堂子。他决定去洗个澡。

脱得光光的，看着自己的肢体，他觉得非常的羞愧。下到池子里去，热水把全身烫得有些发木；他闭上了眼，身上麻麻酥酥的仿佛往外放射着一些积存的污浊。他几乎不敢去摸自己，心中空空的，头上流下大汗珠来。一直到呼吸已有些急促，他才懒懒地爬上来，浑身通红，像个初生下来的婴儿。他似乎不敢就那么走出来，围上条大毛巾，他还觉得自己丑陋；虽然汗珠劈嗒啪嗒的往下落，他还觉得自己不干净——心中那点污秽仿佛永远也洗不掉：在刘四爷眼中，在一切知道他的人眼中，他永远是个偷娘们的人！

汗还没完全落下去，他急忙地穿上衣服，跑了出来。他怕大家看他的赤身！出了澡堂，被凉风一飕，他觉出身上的轻松。街上也比刚才热闹的多了。响晴的天空，给人人脸上一些光华。祥子的心还是揪揪着，不知上哪里去好。往南，往东，再往南，他奔了天桥去。新年后，九点多钟，铺户的徒弟们就已吃完早饭，来到此地。各色的货摊，各样卖艺的场子，都很早的摆好占好。祥子来到，此处已经围上一圈圈的人，里边打着锣鼓。他没心去看任何玩意，他已经不会笑。

平日，这里的说相声的，要狗熊的，变戏法的，数来宝的，唱秧歌的，说鼓书的，练把式的，都能供给他一些真的快乐，使他张开大嘴去笑。他舍不得北平，天桥得算一半儿原因。每逢望到天桥的席棚，与那一圈一圈儿的人，他便想起许多可笑可爱的事。现在他懒得往前挤，天桥的笑声里已经没了他的份儿。他躲开人群，向清静的地方走，又觉得舍不得！不，他不能离开这个热闹可爱的地方，不能离开天桥，不能离开北平。走？无路可走！他还是得回去跟她——跟她！——去商议。他不能走，也不能闲着，他得退一步想，正如一切人到了无可如何的时候都得退一步想。什么委屈都受过了，何必单在这一点上较真儿呢？他没法矫正过去的一切，那么只好顺着路儿往下走吧。

他站定了，听着那杂乱的人声，锣鼓响；看着那来来往往的人，车马，忽然想起那两间小屋。耳中的声音似乎没有了，眼前的人物似乎不见了，只有那两间白，暖，贴着红喜字的小屋，方方正正地立在面前。虽然只住过一夜，但是非常的熟习亲密，就是那个穿红袄的娘们仿佛也并不是随便就可以舍弃的。立在天桥，他什么也没有，什么也不是；在那两间小屋里，他有了一切。回去，只有回去才能有办法。明天的一切都在那小屋里。羞愧，怕事，难过，都没用；打算活着，得找有办法的地方去。

他一气走回来，进了屋门，大概也就刚交十一点钟。虎妞已把午饭做好：馏的馒头，熬白菜加肉丸子，一碟虎皮冻，一碟酱萝卜。别的都已摆好，只有白菜还在火上煨着，发出些极美的香味。她已把红袄脱去，又穿上平日的棉裤棉袄，头上可是戴着一小朵绒做的红花，花上还有个小金纸的元宝。祥子看了她一眼，她不像个新妇。她的一举一动都像个多年的媳妇，麻利，老到，还带着点自得的劲儿。虽然不像个新妇，可是到底使他觉出一点新的什么来；她做饭，收拾屋子；屋子里那点香味，暖气，都是他所未曾经验过的。不管她怎样，他觉得自己是有了家。一个家总有它的可爱处。他不知怎样好了。

“上哪儿啦？你！”她一边去盛白菜，一边问。

“洗澡去了。”他把长袍脱下来。

“啊！以后出去，言语一声！别这么大咧咧地甩手一走！”他没言语。

“会哼一声不会？不会，我教给你！”

他哼了一声，没法子！他知道娶来一位母夜叉，可是这个夜叉会做饭，会收拾屋子，会骂他也会帮助他，叫他怎样也不是味儿！他吃开了馒头。饭食的确是比平日的可口，热火；可是吃着不香，嘴里嚼着，心里觉不出平日狼吞虎咽的那种痛快，他吃不出汗来。

吃完饭，他躺在了炕上，头枕着手心，眼看着棚顶。

“嗨！帮着刷家伙！我不是谁的使唤丫头！”她在外间屋里叫。

很懒的他立起来，看了她一眼，走过去帮忙。他平日非常的勤紧，现在他憋着口气来做事。在车厂子的时候，他常帮她的忙，现在越看她越讨厌，他永远没恨人像恨她这么厉害，他说不上是为了什么。有气，可是不肯发作，全圈在心里；既不能和她一刀两断，吵架是没意思的。在小屋里转转着，他感到整个的生命是一部委屈。

收拾完东西，她四下里扫了一眼，叹了口气，紧跟着笑了笑。“怎样?”

“什么?”祥子蹲在炉旁，烤着手；手并不冷，因为没地方安放，只好烤一烤。这两间小屋的确像个家，可是他不知道往哪里放手放脚好。

“带我出去玩玩? 上白云观? 不，晚点了；街上蹓蹓去?”她要充分地享受新婚的快乐。虽然结婚不成个样子，可是这么无拘无束的也倒好，正好和丈夫多在一块儿，痛痛快快地玩几天。在娘家，她不缺吃，不缺穿，不缺零钱；只是没有个知心的男子。现在，她要捞回来这点缺欠，要大摇大摆地在街上，在庙会上，同着祥子去玩。

祥子不肯去。第一他觉得满世界带着老婆逛是件可羞的事，第二他以为这么来的一个老婆，只可以藏在家中；这不是什么体面的事，越少在大家眼前显摆越好。还有，一出去，哪能不遇上熟人，西半城的洋车夫们谁不晓得虎妞和祥子，他不能去招大家在他背后嘀嘀咕咕。

“商量商量好不好?”他还是蹲在那里。

“有什么可商量的?”她凑过来，立在炉子旁边。他把手拿下去，放在膝上，呆呆地看着火苗。愣了好久，他说出一句来：“我不能这么闲着!”

“受苦的命!”她笑了一声。“一天不拉车，身上就痒痒，是不是? 你看老头子，人家玩了一辈子，到老了还开上车厂子。

他也不拉车，也不卖力气，凭心路吃饭。你也得学着点，拉一辈子车又算老几？咱们先玩几天再说，事情也不单忙在这几天上，奔什么命？这两天我不打算跟你拌嘴，你可也别成心气我！”

“先商量商量！”祥子决定不让步。既不能跺脚一走，就得想办法做事，先必得站一头儿，不能打秋千似的来回晃悠。

“好吧，你说说！”她搬过个凳子来，坐在火炉旁。

“你有多少钱？”他问。

“是不是？我就知道你要问这个嘛！你不是娶媳妇呢，是娶那点钱，对不对？”

祥子像被一口风噎住，往下连咽了好几口气。刘老头子，和人和厂的车夫，都以为他是贪财，才勾搭上虎妞；现在，她自己这么说出来了！自己的车，自己的钱，无缘无故地丢掉，而今被压在老婆的几块钱底下；吃饭都得顺脊梁骨下去！他恨不能双手掐住她的脖子，掐！掐！掐！一直到她翻了白眼！把一切都掐死，而后自己抹了脖子。他们不是人，得死；他自己不是人，也死；大家不用想活着！

祥子立起来，想再出去走走；刚才就不应当回来。

看祥子的神色不对，她又软和了点儿：“好吧，我告诉你。我手里一共有五百来块钱。连轿子，租房——三份儿，糊棚，做衣裳，买东西，带给你，归了包堆花了小一百，还剩四百来块。我告诉你，你不必着急。咱们给它个得乐且乐。你呢，成年际拉车出臭汗，也该漂漂亮亮地玩几天；我呢，当了这么些年老姑娘，也该痛快几天。等到快把钱花完，咱们还是求老头子去。我呢，那天要是不跟他闹翻了，决走不出来。现在我气都消了，爸爸到底是爸爸。他呢，只有我这么个女儿，你又是他喜爱的人，咱们服个软，给他赔个‘不是’，大概也没有过不去的事。这多么现成！他有钱，咱们正当正派的承受过来，一点没有不合理的地方；强似你去给人家当牲口！过两天，你就先去一趟；他也许不见你。一次不见，再去第二次；面子都给他，他也就不能不回心转意了。然后我再去，好歹的给他几句好听的，说不定咱们就能都搬回去。咱们一搬回去，管保挺起胸脯，谁也不敢斜眼看咱们；咱们要是老在这儿忍着，就老是一对黑人儿，你说是不是？”

祥子没有想到过这个。自从虎妞到曹宅找他，他就以为娶过她来，用她的钱买上车，自己去拉。虽然用老婆的钱不大体面，但是他与她的关系既是种有口说不出的关系，也就无可如何了。他没想到虎妞还有这么一招。把长脸往下一拉呢，自然这的确是个主意，可是祥子不是那样的人。前前后后的一想，他似乎明白了点：自己有钱，可以叫别人白白的抢去，有冤无处去诉。赶到别人给你钱呢，你就非接受不可；接受之后，你就完全不能再拿自己当个人，你空有心胸，空有力量，得去当人家的奴隶：做自己老婆的玩物，做老丈人的奴仆。一个人仿佛根本什么也不是，只是一只鸟，自己去打食，便会落到网里。吃人家的粮米，便得老老实实地在笼儿里，给人家啼唱，而随时可以被人卖掉！

他不肯去找刘四爷。跟虎妞，是肉在肉里的关系；跟刘四，没有什么关系。已经吃了她的亏，不能再去央告她的爸爸！“我不愿意闲着！”他只说了这么一句，为是省得费话与吵嘴。

“受累的命吗！”她敲着撩着的说，“不爱闲着，做个买卖去。”

“我不会！赚不着钱！我会拉车，我爱拉车！”祥子头上的筋都跳起来。

“告诉你吧，就是不许你拉车！我就不许你浑身臭汗，臭烘烘的上我的炕！你有你的主意，我有我的主意，看吧，看谁别扭得过谁！你娶老婆，可是我花的钱，你没往外掏一个小钱。想想吧，咱俩是谁该听谁的？”

祥子又没了话。

十六

闲到元宵节，祥子没法再忍下去了。

虎妞很高兴。她张罗着煮元宵，包饺子，白天逛庙，晚上逛灯。她不许祥子有任何主张，可是老不缺着他的嘴，变法儿给他买些做些新鲜的东西吃。大杂院里有七八户人家，多数的都住着一间房；一间房里有的住着老少七八户。这些人有的拉车，有的做小买卖，有的当巡警，有的当仆人。各人有各人的事，谁也没个空闲，连小孩子们也都提着小筐，早晨去打粥，下午去拾煤核。只有那顶小的孩子才把屁股冻得通红的在院里玩耍或打架。炉灰尘土脏水就都倒在院中，没人顾得去打扫，院子当中间儿冻满了冰，大孩子拾煤核回来拿这当作冰场，嚷闹着打冰出溜玩。顶苦的是那些老人与妇女。老人们无衣无食，躺在冰凉的炕上，干等着年轻的挣来一点钱，好喝碗粥，年轻卖力气的也许挣得来钱，也许空手回来，回来还要发脾气，找着缝儿吵嘴。老人们空着肚子得拿眼泪当作水，咽到肚中去。那些妇人们，既得顾着老的，又得顾着小的，还得敷衍年轻挣钱的男人。她们怀着孕也得照常操作，只吃着窝窝头与白薯粥；不，不但要照常工作，还得去打粥，兜揽些活计——幸而老少都吃饱了躺下，她们得抱着个小煤油灯给人家洗，作，缝缝补补。屋子是那么小，墙是那么破，冷风从这面的墙缝钻进来，一直的从那面出去，把所有的一点暖气都带了走。她们的身上只挂着些破布，肚子盛着一碗或半碗粥，或者还有个六七个月的胎。她们得工作，得先尽着老的少的吃饱。她们浑身都是病，不到三十岁已脱了头发，可是一时一刻不能闲着，从病中走到死亡；死了，棺材得去向“善人”们募化。那些姑娘们，十六七岁了，没有裤子，只能围着块什么破东西在屋中——天然的监狱——帮着母亲做事，赶活。要到茅房去，她们得看准了院中无人才敢贼也似的往外跑；一冬天，她们没有见过太阳与青天。那长得丑的，将来承袭她们妈妈的一切；那长得有个模样的，连自己也知道，早晚是被父母卖出，“享福去”！

就是在个这样的杂院里，虎妞觉得很得意。她是唯一的有吃有穿，不用着急，而且可以走走逛逛的人。她高扬着脸，出来进去，既觉出自己的优越，并且怕别人沾惹她，她不理那群苦人。来到这里做小买卖的，几乎都是卖那顶贱的东西，什么刮骨肉，冻白菜，生豆汁，驴马肉，都来这里找照顾主。自从虎妞搬来，什么卖羊头肉的，熏鱼的，硬面饽饽的，卤煮炸豆腐的，也在门前吆喊两声。她端着碗，扬着脸，往屋里端这些零食，小孩子们都把铁条似的手指伸在口里看着她，仿佛她是个什么公主似的。她是来享受，她不能，不肯，也不愿，看别人的苦处。

祥子第一看不上她的举动，他是穷小子出身，晓得什么叫困苦。他不愿吃那些零七八碎的东西，可惜那些钱。第二，更使他难堪的，是他琢磨出点意思来：她不许他去拉车，而每天好菜好饭的养着他，正好像养肥了牛好往外挤牛奶！他完全变成了她的玩意儿。他看见过：街上的一条瘦老的母狗，当跑腿的时候，也选个肥壮的男狗。想起这个，他不但是厌恶这种生活，而且为自己担心。他晓得一个卖力气的汉子应当怎样保护身体，身体是一切。假若这么活下去，他会有一天成为一个干骨头架子，还是这么大，而膛儿里全是空的。他哆嗦起来。打算要命，他得马上去拉车，出去跑，跑一天，回来倒头就睡，人事不知；不吃她的好东西，也就不伺候着她玩。他决定这么办，不能再让步；她愿出钱买车呢，好；她不愿意，他会去赁车拉。一声没出，他想好就去赁车了。

十七那天，他开始去拉车，赁的是“整天儿”。拉过两个较长的买卖，他觉出点以前未曾有过的毛病，腿肚子发紧，胯骨轴儿发酸。他晓得自己的病源在哪里，可是为安慰自己，他以为这大概也许因为二十多天没拉车，把腿撂生了；跑过几趟来，把腿蹓开，或者也就没事了。

又拉上个买卖，这回是帮儿车，四辆一同走。抄起车把来，大家都让一个四十多岁的高个子在前头走。高个子笑了笑，依了实，他知道那三辆车都比他自己“棒”。他可是卖了力气，虽然明知跑不过后面的三个小伙子，可是不肯倚老卖老。跑出一里多地，后面夸了他句：“怎么着，要劲儿吗？还真不离！”他喘着答了句：“跟你们哥儿们走车，慢了还行?!”他的确跑得不慢，连祥子也得掏七八成劲儿才跟得上他。他的跑法可不好看：高个子，他塌不下腰去，腰和背似乎是块整的木板，所以他的全身得整个的往前扑着；身子向前，手就显着靠后；不像跑，而像是拉着点东西往前钻。腰死板，他的胯骨便非活动不可；脚几乎是拉拉在地上，加紧的往前扭。扭着真不慢，可是看着就知道他极费力。到拐弯抹角的地方，他整着身子硬拐，大家都替他攥着把汗；他老像是只管身子往前钻，而不管车过得去过不去。

拉到了，他的汗劈嗒啪嗒的从鼻尖上，耳朵唇上，一劲儿往下滴答。放下车，他赶紧直了直腰，咧了咧嘴。接钱的时候，手都哆嗦得要拿不住东西似的。

在一块儿走过一趟车便算朋友，他们四个人把车放在了一处。祥子们擦擦汗，就照旧说笑了。那个高个子独自蹓了半天，干嗽了一大阵，吐出许多白沫子来，才似乎缓过点儿来，开始跟他们说话儿：

“完了！还有那个心哪；腰，腿，全不给劲喽！无论怎么提腰，腿抬不起来；干着急！”

“刚才那两步就不离，你当是慢哪！”一个二十多岁矮身量的小伙子接过来：“不屈心，我们三个都够棒的，谁没出汗？”

高个子有点得意，可又惭愧似的，叹了口气。

“就说你这个跑法，差不离的还真得叫你给撅了，你信不信？”另一个小伙子说。“岁数了，不是说着玩的。”

高个子微笑着，摇了摇头：“也还不都在乎岁数，哥儿们！我告诉你一句真的，干咱们这行儿的，别成家，真的！”看大家都把耳朵递过来，他放小了点声儿：“一成家，黑天白日全不闲着，玩完！瞧瞧我的腰，整的，没有一点活软气！还是别跑紧了，一咬牙就咳嗽，心口窝辣蒿蒿的！甭说了，干咱们这行儿的就得他妈的打一辈子光棍儿！连他妈的小家雀儿都一对一对儿的，不许咱们成家！还有一说，成家以后，一年一个孩子，我现在有五个了！全张着嘴等着吃！车份大，粮食贵，买卖苦，有什么法儿呢！不如打一辈子光棍，犯了劲上白房子，长上杨梅大疮，认命！一个人，死了就死了！这玩意一成家，连大带小，好几口儿，死了也不能闭眼！你说是不是？”他问祥子。

祥子点了点头，没说出话来。

这阵儿，来了个座儿，那个矮子先讲的价钱，可是他让了，叫着高个子：“老大哥，你拉去吧！这玩意家里还有五个孩子呢!”

高个子笑了:“得,我再奔一趟!按说可没有这么办的!得了,回头好多带回几个饼子去!回头见了,哥儿们!”

看着高个子走远了,矮子自言自语地说:“混他妈的一辈子,连个媳妇都摸不着!人家他妈的宅门里,一人搂着四五个娘们!”

“先甭提人家,”另个小伙子把话接过去,“你瞧干这个营生的,还真得留神,高个子没说错。你就这么说吧,成家为干吗?能摆着当玩意儿看?不能!好,这就是楼子!成天啃窝窝头,两气夹攻,多么棒的小伙子也得趴下!”

听到这儿,祥子把车拉了起来,搭讪着说了句:“往南放放,这儿没买卖。”

“回见!”那两个年轻的一齐说。

祥子仿佛没有听见。一边走一边踢腿,胯骨轴的确还有点发酸!本想收车不拉了,可是简直没有回家的勇气。家里的不是个老婆,而是个吸人血的妖精!

天已慢慢长起来,他又转晃了两三趟,才刚到五点来钟。他交了车,在茶馆里又耗了会儿。喝了两壶茶,他觉出饿来,决定在外面吃饱再回家。吃了十二两肉饼,一碗红豆小米粥,一边打着响嗝一边慢慢往家走。准知道家里有个雷等着他呢,可是他很镇定;他下了决心:不跟她吵,不跟她闹,倒头就睡,明天照旧出来拉车,她爱怎样怎样!

一进屋门,虎妞在外间屋里坐着呢,看了他一眼,脸沉得要滴下水来。祥子打算和和稀泥，把长脸一拉，招呼她一声。可是他不惯做这种事，他低着头走进里屋去。她一声没响，小屋里静得像个深山古洞似的。院中街坊的咳嗽，说话，小孩子哭，都听得极真，又像是极远，正似在山上听到远处的声音。

俩人谁也不肯先说话，闭着嘴先后躺下了，像一对永不出声的大龟似的。睡醒一觉，虎妞说了话，语音带出半恼半笑的意思："你干什么去了？整走了一天！"

"拉车去了！"他似睡似醒的说，嗓子里仿佛堵着点什么。

"呕！不出臭汗去，心里痒痒，你个贱骨头！我给你炒下的菜，你不回来吃，绕世界胡塞去舒服？你别把我招翻了，我爸爸是光棍出身，我什么事都做得出来！明天你敢再出去，我就上吊给你看看，我说得出来，就行得出来！"

"我不能闲着！"

"你不会找老头子去？"

"不去！"

"真豪横！"

祥子真挂了火，他不能还不说出心中的话，不能再忍："拉车，买上自己的车，谁拦着我，我就走，永不回来了！"

"嗯——"她鼻中旋转着这个声儿，很长而曲折。在这个声音里，她表示出自傲与轻视祥子的意思来，可是心中也在那儿绕了个弯儿。她知道祥子是个——虽然很老实——硬汉。硬汉的话是向不说着玩的。好容易捉到他，不能随便地放手。他是理想的人：老实，勤俭，壮实；以她的模样年纪说，实在不易再得个这样的宝贝。能刚能柔才是本事，她得瀸泧他一把儿：“我也知道你是要强啊，可是你也得知道我是真疼你。你要是不肯找老头子去呢，这么办：我去找。反正我是他的女儿，丢个脸也没什么的。”

“老头要咱们，我也还得去拉车!”祥子愿把话说到了家。

虎妞半天没言语。她没想到祥子会这么聪明。他的话虽然是这么简单，可是显然地说出来他不再上她的套儿，他并不是个蠢驴。因此，她才越觉得有点意思，她颇得用点心思才能拢得住这个急了也会尥蹶子的大人，或是大东西。她不能太逼紧了，找这么个大东西不是件很容易的事。她得松一把，紧一把，教他老逃不出她的手心儿去。“好吧，你爱拉车，我也无法。你得起誓，不能去拉包车，天天得回来；你瞧，我要是一天看不见你，我心里就发慌！答应我，你天天晚上准早早地回来!”

祥子想起白天高个子的话！睁着眼看着黑暗，看见了一群拉车的，做小买卖的，卖苦力气的，腰背塌不下去，拉拉着腿。他将来也是那个样。可是他不便于再别扭她，只要能拉车去，他已经算得到一次胜利。“我老拉散座!”他答应下来。

虽然她那么说，她可是并不很热心找刘四爷去。父女们在平日自然也常拌嘴，但是现在的情形不同了，不能那么三说两说就一天云雾散，因为她已经不算刘家的人。出了嫁的女人跟娘家父母总多少疏远一些。她不敢直入公堂地回去。万一老头子真翻脸不认人呢，她自管会闹，他要是死不放手财产，她一点法儿也没有。就是有人在一旁调解着，到了无可如何的时候，也只能劝她回来，她有了自己的家。

祥子照常去拉车，她独自在屋中走来走去，几次三番的要穿好衣服找爸爸去，心想到而手懒得动。她为了难。为自己的舒服快乐，非回去不可；为自己的体面，以不去为是。假若老头子消了气呢，她只要把祥子拉到人和厂去，自然会教他有事做，不必再拉车，而且稳稳当当的能把爸爸的事业拿过来。她心中一亮。假若老头子硬到底呢？她丢了脸，不，不但丢了脸，而且就得认头做个车夫的老婆了；她，哼！和杂院里那群妇女没有任何分别了。她心中忽然漆黑。她几乎后悔嫁了祥子，不管他多么要强，爸爸不点头，他一辈子是个拉车的。想到这里，她甚至想独自回娘家，跟祥子一刀两断，不能为他而失去自己的一切。继而一想，跟着祥子的快活，又不是言语所能形容的。她坐在炕头上，呆呆的，渺茫的，追想婚后的快乐；全身像一朵大的红花似的，香暖的在阳光下开开。不，舍不得祥子。任凭他去拉车，他去要饭，也得永远跟着他。看，看院里那些妇女，她们要是能受，她也就能受。散了，她不想到刘家去了。

祥子，自从离开人和厂，不肯再走西安门大街。这两天拉车，他总是出门就奔东城，省得西城到处是人和厂的车，遇见怪不好意思的。这一天，可是，收车以后，他故意的由厂子门口过，不为别的，只想看一眼。虎妞的话还在他心中，仿佛他要试验试验有没有勇气回到厂中来，假若虎妞能跟老头子说好了的话；在回到厂子以前，先试试敢走这条街不敢。把帽子往下拉了拉，他老远地就溜着厂子那边，唯恐被熟人看见。远远地看见了车门的灯光，他心中不知怎的觉得非常的难过。想起自己初到这里来的光景，想起虎妞的诱惑，想起寿日晚间那一场。这些，都非常的清楚，像一些图画浮在眼前。在这些图画之间，还另外有一些，清楚而简短的夹在这几张中间：西山，骆驼，曹宅，侦探……都分明的，可怕的，连成一片。这些图画是那么清楚，他心中反倒觉得有些茫然，几乎像真是看着几张画儿，而忘了自己也在里边。及至想到自己与它们的关系，他的心乱起来，它们忽然上下左右的旋转，凌乱而迷糊，他无从想起到底为什么自己应当受这些折磨委屈。这些场面所占的时间似乎是很长，又似乎是很短，他闹不清自己是该多大岁数了。他只觉得自己，比起初到人和厂的时候来，老了许多许多。那时候，他满心都是希望；现在，一肚子都是忧虑。不明白是为什么，可是这些图画决不会欺骗他。

眼前就是人和厂了，他在街的那边立住，呆呆地看着那盏极明亮的电灯。看着看着，猛然心里一动。那灯下的四个金字——人和车厂——变了样儿！他不识字，他可是记得头一个字是什么样子：像两根棍儿连在一处，既不是个叉子，又没做成个三角，那么个简单而奇怪的字。由声音找字，那大概就是“人”。这个“人”改了样儿，变成了“仁”——比“人”更奇怪的一个字。他想不出什么道理来。再看东西间——他永远不能忘了的两间屋子——都没有灯亮。

立得他自己都不耐烦了，他才低着头往家走。一边走着一边寻思，莫非人和厂倒出去了？他得慢慢地去打听，先不便对老婆说什么。回到家中，虎妞正在屋里嗑瓜子儿解闷呢。

“又这么晚！”她的脸上没有一点好气儿。“告诉你吧，这么着下去我受不了！你一出去就是一天，我连窝儿不敢动，一院子穷鬼，怕丢了东西。一天到晚连句话都没地方说去，不行，我不是木头人。你想主意得了，这么着不行！”

祥子一声没出。

“你说话呀！成心逗人家的火是怎么着？你有嘴没有？有嘴没有？”她的话越说越快，越脆，像一挂小炮似的连连的响。

祥子还是没有话说。

“这么着得了，”她真急了，可是又有点无可如何他的样子，脸上既非哭，又非笑，那么十分焦躁而无法尽量的发作。“咱们买两辆车赁出去，你在家里吃车份儿行不行？行不行？”

“两辆车一天进上三毛钱，不够吃的！赁出一辆，我自己拉一辆，凑合了！”祥子说得很慢，可是很自然；听说买车，他把什么都忘了。

“那还不是一样？你还是不着家儿！”

“这么着也行，”祥子的主意似乎都跟着车的问题而来，“把一辆赁出去，进个整天的份儿。那一辆，我自己拉半天，再赁出半天去。我要是拉白天，一早儿出去，三点钟就回来；要拉晚儿呢，三点才出去，夜里回来。挺好！”

她点了点头。“等我想想吧，要是没有再好的主意，就这么办啦。”

祥子心中很高兴。假若这个主意能实现，他算是又拉上了自己的车。虽然是老婆给买的，可是慢慢地攒钱，自己还能再买车。直到这个时候，他才觉出来虎妞也有点好处，他居然向她笑了笑，一个天真的，发自内心的笑，仿佛把以前的困苦全一笔勾销，而笑着换了个新的世界，像换一件衣服那么容易，痛快！

十七

祥子慢慢地把人和厂的事打听明白：刘四爷把一部分车卖出去，剩下的全倒给了西城有名的一家车主。祥子能猜想得出，老头子的岁数到了，没有女儿帮他的忙，他弄不转这个营业，所以干脆把它收了，自己拿着钱去享福。他到哪里去了呢？祥子可是没有打听出来。

对这个消息，他说不上是应当喜欢，还是不喜欢。由自己的志向与豪横说，刘四爷既决心弃舍了女儿，虎妞的计划算是全盘落了空；他可以老老实实地去拉车挣饭吃，不依赖着任何人。由刘四爷那点财产说呢，又实在有点可惜；谁知道刘老头子怎么把钱攘出去呢，他和虎妞连一个铜子也没沾润着。

可是，事已至此，他倒没十分为它思索，更说不到动心。他是这么想，反正自己的力气是自己的，自己肯卖力挣钱，吃饭是不成问题的。他一点没带着感情，简单地告诉了虎妞。

她可动了心。听到这个，她马上看清楚了自己的将来——

完了！什么全完了！自己只好做一辈子车夫的老婆了！她永远逃不出这个大杂院去！她想到爸爸会再娶上一个老婆，而绝没想到会这么抖手一走。假若老头子真娶上个小老婆，虎妞会去争财产，说不定还许联络好了继母，而自己得点好处……主意有的是，只要老头子老开着车厂子。绝没想到老头子会这么坚决，这么毒辣，把财产都变成现钱，偷偷地藏起去！原先跟他闹翻，她以为不过是一种手段，必会不久便言归于好，她晓得人和厂非有她不行；谁能想到老头子会撒手了车厂子呢?!

春已有了消息，树枝上的鳞苞已显着红肥。但在这个大杂院里，春并不先到枝头上，这里没有一棵花木。在这里，春风先把院中那块冰吹得起了些小麻子坑儿，从秽土中吹出一些腥臊的气味，把鸡毛蒜皮与碎纸吹到墙角，打着小小的旋风。杂院里的人们，四时都有苦恼。那老人们现在才敢出来晒晒暖；年轻的姑娘们到现在才把鼻尖上的煤污减去一点，露出点红黄的皮肤来；那些妇女们才敢不甚惭愧地把孩子们赶到院中去玩玩；那些小孩子们才敢扯着张破纸当风筝，随意地在院中跑，而不致把小黑手儿冻得裂开几道口子。但是，粥厂停了锅，放赈的停了米，行善的停止了放钱；把苦人们仿佛都交给了春风与春光！正是春麦刚绿如小草，陈粮缺欠的时候，粮米照例的涨了价钱。天又加长，连老人们也不能老早的就躺下，去用梦欺骗着饥肠。春到了人间，在这大杂院里只增多了困难。长老了的虱子——特别的厉害——有时爬到老人或小儿的棉花疙瘩外，领略一点春光！

虎妞看着院中将化的冰，与那些破碎不堪的衣服，闻着那复杂而微有些热气的味道，听着老人们的哀叹与小儿哭叫，心中凉了半截。在冬天，人都躲在屋里，脏东西都冻在冰上；现在，人也出来，东西也显了原形，连碎砖砌的墙都往下落土，似乎预备着到了雨天便塌倒。满院花花绿绿，开着穷恶的花，比冬天要更丑陋着好几倍。哼，单单是在这时候，她觉到她将永远住在此地；她那点钱有花完的时候，而祥子不过是个拉车的！

叫祥子看家，她上南苑去找姑妈，打听老头子的消息。姑妈说四爷确是到她家来过一趟，大概是正月十二那天吧，一来是给她道谢，二来为告诉她，他打算上天津，或上海，玩玩去。他说：混了一辈子而没出过京门，到底算不了英雄，乘着还有口气儿，去到各处见识见识。再说，他自己也没脸再在城里混，因为自己的女儿给他丢了人。姑妈的报告只是这一点，她的评断就更简单：老头子也许真出了外，也许光这么说说，而在什么僻静地方藏着呢；谁知道！

回到家，她一头扎在炕上，门门地哭起来，一点虚伪狡诈也没有地哭了一大阵，把眼泡都哭肿。

哭完，她抹着泪对祥子说："好，你豪横！都得随着你了！我这一宝押错了地方。嫁鸡随鸡，什么也甭说了。给你一百块钱，你买车拉吧！"

在这里，她留了个心眼：原本想买两辆车，一辆让祥子自拉，一辆赁出去。现在她改了主意，只买一辆，叫祥子去拉；

其余的钱还是在自己手中拿着。钱在自己的手中，势力才也在自己身上，她不肯都掏出来；万一祥子——在把钱都买了车之后——变了心呢？这不能不防备！再说呢，刘老头子这样一走，使她感到什么也不可靠，明天的事谁也不能准知道，顶好是得乐且乐，手里得有俩钱，爱吃口什么就吃口，她一向是吃惯了零嘴的。拿祥子挣来的——他是头等的车夫——过日子，再有自己的那点钱垫补着自己零花，且先顾眼前欢吧。钱有花完的那一天，人可是也不会永远活着！嫁个拉车的——虽然是不得已——已经是委屈了自己，不能再天天手背朝下跟他要钱，而自己袋中没一个铜子。这个决定使她又快乐了点，虽然明知将来是不得了，可是目前总不会立刻就头朝了下；仿佛是走到日落的时候，远处已然暗淡，眼前可是还有些亮儿，就趁着亮儿多走几步吧。

祥子没和她争辩，买一辆就好，只要是自己的车，一天好歹也能拉个六七毛钱，可以够嚼谷。不但没有争辩，他还觉得有些高兴。过去所受的辛苦，无非为是买上车。现在能再买上，那还有什么可说呢？自然，一辆车而供给两个人儿吃，是不会剩下钱的；这辆车有拉旧了的时候，而没有再置买新车的预备，危险！可是，买车既是那么不易，现在能买上也就该满意了，何必想到那么远呢！

杂院里的二强子正要卖车。二强子在去年夏天把女儿小福子——十九岁——卖给了一个军人。卖了二百块钱。小福子走后，二强子颇阔气了一阵，把当都赎出来，还另外做了几件新衣，全家都穿得怪齐整的。二强嫂是全院里最矮最丑的妇人，𩕳脑门，大腮帮，头上没有什么头发，牙老露在外边，脸上被雀斑占满，看着令人恶心。她也红着眼皮，一边哭着女儿，一边穿上新蓝大衫。二强子的脾气一向就暴，卖了女儿之后，常喝几盅酒；酒后眼泪在眼圈里，就特别的好找毛病。二强嫂虽然穿上新大衫，也吃口饱饭，可是乐不抵苦，挨揍的次数比以前差不多增加了一倍。二强子四十多了，打算不再去拉车。于是买了副筐子，弄了个杂货挑子，瓜果梨桃，花生烟卷，货很齐全。做了两个月的买卖，粗粗的一搂账，不但是赔，而且赔得很多。拉惯了车，他不会对付买卖；拉车是一冲一撞的事，成就成，不成就拉倒；做小买卖得苦对付，他不会。拉车的人晓得怎么赊东西，所以他磨不开脸不许熟人们欠账；欠下，可就不容易再要回来。这样，好照顾主儿拉不上，而与他交易的都贪着赊了不给，他没法不赔钱。赔了钱，他难过；难过就更多喝酒。醉了，在外面时常和巡警们吵，在家里拿老婆孩子杀气。得罪了巡警，打了老婆，都因为酒。酒醒过来，他非常的后悔，苦痛。再一想，这点钱是用女儿换来的，白白的这样赔出去，而且还喝酒打人，他觉得自己不是人。在这种时候，他能懊睡一天，把苦恼交给了梦。

他决定放弃了买卖，还去拉车，不能把那点钱全白白的糟践了。他买上了车。在他醉了的时候，他一点情理不讲。在他清醒的时候，他顶爱体面。因为爱体面，他往往摆起穷架子，事事都有个谱儿。买了新车，身上也穿得很整齐，他觉得他是高等的车夫，他得喝好茶叶，拉体面的座儿。他能在车口上，亮着自己的车，和身上的白裤褂，和大家谈天，老不屑于张罗买卖。他一会儿啪啪的用新蓝布掸子抽抽车，一会儿跺跺自己的新白底双脸鞋，一会儿眼看着鼻尖，立在车旁微笑，等着别人来夸奖他的车，然后就引起话头，说上没完。他能这样白“泡”一两天。及至他拉上了个好座儿，他的腿不给他的车与衣服作劲，跑不动！这个，又使他非常的难过。一难过就想到女儿，只好去喝酒。这么样，他的钱全白垫出去，只剩下那辆车。

在立冬前后吧，他又喝醉。一进屋门，两个儿子——一个十三，一个十一岁——就想往外躲。这个招翻了他，给他们一人一脚。二强嫂说了句什么，他奔了她去，一脚踹在小肚子上，她躺在地上半天没出声。两个孩子急了，一个拿起煤铲，一个抄起擀面杖，和爸爸拼了命。三个打在一团，七手八脚的又踩了二强嫂几下。街坊们过来，好容易把二强子按倒在炕上，两个孩子抱着妈妈哭起来。二强嫂醒了过来，可是始终不能再下地。到腊月初三，她的呼吸停止了，穿着卖女儿时候做的蓝大衫。二强嫂的娘家不答应，非打官司不可。经朋友们死劝活劝，娘家的人们才让了步，二强子可也答应下好好的发送她，而且给她娘家人十五块钱。他把车押出去，押了六十块钱。转过年来，他想出手那辆车，他没有自己把它赎回来的希望。在喝醉的时候，他倒想卖个儿子，但是绝没人要。他也曾找过小福子的丈夫，人家根本不承认他这么个老丈人，别的话自然不必再说。

祥子晓得这辆车的历史，不很喜欢要它，车多了去啦，何必单买这一辆，这辆不吉祥的车，这辆以女儿换来，而因打死老婆才出手的车！虎妞不这么看，她想用八十出头买过来，便宜！车才拉过半年来的，连皮带的颜色还没怎么变，而且地道是西城的名厂德成家造的。买辆七成新的，还不得个五六十块吗？她舍不得这个便宜。她也知道过了年不久，处处钱紧，二强子不会卖上大价儿，而又急等着用钱。她亲自去看了车，亲自和二强子讲了价，过了钱；祥子只好等着拉车，没说什么，也不便说什么，钱既不是他自己的。把车买好，他细细看了看，的确骨力硬棒。可是他总觉得有点别扭。最使他不高兴的是黑漆的车身，而配着一身白铜活，在二强子打这辆车的时候，原为黑白相映，显着漂亮；祥子老觉得这有点丧气，像穿孝似的。他很想换一份套子，换上土黄或月白色儿的，或者足以减去一点素净劲儿。可是他没和虎妞商议，省得又招她一顿闲话。

拉出这辆车去，大家都特别注意，有人竟自管它叫作“小寡妇”。祥子心里不痛快。他变着法儿不去想它，可是车是一天到晚地跟着自己，他老毛毛咕咕的，似乎不知哪时就要出点岔儿。有时候忽然想起二强子，和二强子的遭遇，他仿佛不是拉着辆车，而是拉着口棺材似的。在这辆车上，他时时看见一些鬼影，仿佛是。

可是，自从拉上这辆车，并没有出什么错儿，虽然他心中嘀嘀咕咕的不安。天是越来越暖和了，脱了棉的，几乎用不着夹衣，就可以穿单裤单褂了；北平没有多少春天。天长得几乎使人不耐烦了，人人觉得困倦。祥子一清早就出去，转转到四五点钟，已经觉得卖够了力气。太阳可是还老高呢。他不愿再跑，可又不肯收车，犹疑不定地打着长而懒的哈欠。

天是这么长，祥子若是觉得疲倦无聊，虎妞在家中就更寂寞。冬天，她可以在炉旁取暖，听着外边的风声，虽然苦闷，可是总还有点“不出去也好”的自慰。现在，火炉搬到檐下，在屋里简直无事可做。院里又是那么脏臭，连棵青草也没有。到街上去，又不放心街坊们，就是去买趟东西也得直去直来，不敢多散逛一会儿。她好像圈在屋里的一个蜜蜂，白白的看着外边的阳光而飞不出去。跟院里的妇女们，她谈不到一块儿。她们所说的是家长里短，而她是野调无腔的惯了，不爱说，也不爱听这些个。她们的委屈是由生活上的苦痛而来，每一件小事都可以引下泪来；她的委屈是一些对生活的不满意，她无泪可落，而是想骂谁一顿，出出闷气。她与她们不能彼此了解，所以顶好各干各的，不必过话。

一直到了四月半，她才有了个伴儿。二强子的女儿小福子回来了。小福子的“人”是个军官。他到处都安一份很简单的家，花个一百二百的弄个年轻的姑娘，再买份儿大号的铺板与两张椅子，便能快乐地过些日子。等军队调遣到别处，他撒手一走，连人带铺板放在原处。花这么一百二百的，过一年半载，并不吃亏，单说缝缝洗洗衣服，做饭，等等的小事，要是雇个仆人，连吃带挣的月间不也得花个十块八块的吗？这么娶个姑娘呢，既是仆人，又能陪着睡觉，而且准保干净没病。高兴呢，给她裁件花布大衫，块儿多钱的事。不高兴呢，叫她光眼子在家里蹲着，她也没什么办法。等到他开了差呢，他一点也不可惜那份铺板与一两把椅子，因为欠下的两个月房租得由她想法子给上，把铺板什么折卖了还许不够还这笔账的呢。

小福子就是把铺板卖了，还上房租，只穿着件花洋布大衫，戴着一对银耳环，回到家中来的。

二强子在卖了车以后，除了还上押款与利钱，还剩下二十来块。有时候他觉得是中年丧妻，非常的可怜；别人既不怜惜他，他就自己喝盅酒，喝口好东西，自怜自慰。在这种时候，他仿佛跟钱有仇似的，拼命地乱花。有时候他又以为更应当努力去拉车，好好地把两个男孩拉扯大了，将来也好有点指望。在这么想到儿子的时候，他就嘎七马八的买回一大堆食物，给他们俩吃。看他俩狼吞虎咽地吃那些东西，他眼中含着泪，自言自语地说："没娘的孩子！苦命的孩子！爸爸去苦奔，奔的是孩子！我不屈心，我吃饱吃不饱不算一回事，得先让孩子吃足！吃吧！你们长大成人别忘了我就得了！"在这种时候，他的钱也不少花。慢慢地二十来块钱就全垫出去了。

没了钱，再赶上他喝了酒，犯了脾气，他一两天不管孩子们吃了什么。孩子们无法，只好得自己去想主意弄几个铜子，买点东西吃。他们会给办红白事的去打执事，会去跟着土车拾些碎铜烂纸，有时候能买上几个烧饼，有时候只能买一斤麦茬白薯，连皮带须子都吞了下去，有时候俩人才有一个大铜子，只好买了落花生或铁蚕豆，虽然不能挡饥，可是能多嚼一会儿。

小福子回来了，他们见着了亲人，一人抱着她一条腿，没有话可说，只流着泪向她笑。妈妈没有了，姐姐就是妈妈！

二强子对女儿回来，没有什么表示。她回来，就多添了个吃饭的。可是，看着两个儿子那样的欢喜，他也不能不承认家中应当有个女的，给大家做做饭，洗洗衣裳。他不便于说什么，走到哪儿算哪儿吧。

小福子长得不难看。虽然原先很瘦小，可是自从跟了那个军官以后，很长了些肉，个子也高了些。圆脸，眉眼长得很匀调，没有什么特别出色的地方，可是结结实实的并不难看。上唇很短，无论是要生气，还是要笑，就先张了唇，露出些很白而齐整的牙来。那个军官就是特别爱她这些牙。露出这些牙，她显出一些呆傻没主意的样子，同时也仿佛有点娇憨。这点神气使她——正如一切贫而不难看的姑娘——像花草似的，只要稍微有点香气或颜色，就被人挑到市上去卖掉。

虎妞，一向不搭理院中的人们，可是把小福子看成了朋友。小福子第一是长得有点模样，第二是还有件花洋布的长袍，第三是虎妞以为她既嫁过了军官，总得算见过了世面，所以肯和她来往。妇女们不容易交朋友，可是要交往就很快；没有几天，她俩已成了密友。虎妞爱吃零食，每逢弄点瓜子儿之类的东西，总把小福子喊过来，一边说笑，一边吃着。在说笑之中，小福子愚傻的露出白牙，告诉好多虎妞所没听过的事。随着军官，她并没享福，可是军官高了兴，也带她吃回饭馆，看看戏，所以她很有些事情说，说出来叫虎妞羡慕。她还有许多说不出口的事：在她，这是蹂躏；在虎妞，这是些享受。虎妞央告着她说，她不好意思讲，可是又不好意思拒绝。她看过春宫，虎妞就没看见过。诸如此类的事，虎妞听了一遍，还爱听第二遍。她把小福子看成个最可爱，最可羡慕，也值得嫉妒的人。听完那些，再看自己的模样，年岁，与丈夫，她觉得这一辈子太委屈。她没有过青春，而将来也没有什么希望，现在呢，祥子又是那么死砖头似的一块东西！越不满意祥子，她就越爱小福子，小福子虽然是那么穷，那么可怜，可是在她眼中是个享过福，见过阵式的，就是马上死了也不冤。在她看，小福子就足代表女人所应有的享受。

小福子的困苦，虎妞好像没有看见。小福子什么也没有带回来，她可是得——无论爸爸是怎样的不要强——顾着两个兄弟。她哪儿去弄钱给他俩预备饭呢？

二强子喝醉，有了主意："你要真心疼你的兄弟，你就有法儿挣钱养活他们！都指着我呀，我成天际去给人家当牲口，我得先吃饱；我能空着肚子跑吗？叫我一个跟头摔死，你看着可乐是怎着？你闲着也是闲着，有现成的，不卖等什么？"

看看醉猫似的爸爸，看看自己，看看两个饿得像老鼠似的弟弟，小福子只剩了哭。眼泪感动不了父亲，眼泪不能喂饱了弟弟，她得拿出更实在的来。为叫弟弟们吃饱，她得卖了自己的肉。搂着小弟弟，她的泪落在他的头发上，他说："姐姐，我饿！"姐姐！姐姐是块肉，得给弟弟吃！

虎妞不但不安慰小福子，反倒愿意帮她的忙：虎妞愿意拿出点资本，教她打扮齐整，挣来钱再还给她。虎妞愿意借给她地方，因为她自己的屋子太脏，而虎妞的多少有个样子，况且是两间，大家都有个转身的地方。祥子白天既不会回来，虎妞乐得的帮忙朋友，而且可以多看些，多明白些，自己所缺乏的，想做也做不到的事。每次小福子用房间，虎妞提出个条件，须给她两毛钱。朋友是朋友，事情是事情，为小福子的事，她得把屋子收拾得好好的，既须劳作，也得多花些钱，难道置买笤帚簸箕什么的不得花钱么？两毛钱绝不算多，因为彼此是朋友，所以才能这样见情面。

小福子露出些牙来，泪落在肚子里。

祥子什么也不知道，可是他又睡不好觉了。虎妞“成全”了小福子，也要在祥子身上找到失去了的青春。

十八

到了六月，大杂院里在白天简直没什么人声。孩子们抓早儿提着破筐去拾所能拾到的东西；到了九点，毒花花的太阳已要将他们的瘦脊背晒裂，只好拿回来所拾得的东西，吃些大人所能给他们的食物。然后，大一点的要是能找到世界上最小的资本，便去连买带拾，凑些冰核去卖。若找不到这点资本，便结伴出城到护城河里去洗澡，顺手儿在车站上偷几块煤，或捉些蜻蜓与知了儿卖与那富贵人家的小儿。那小些的，不敢往远处跑，都到门外有树的地方，拾槐虫，挖“金钢”什么的去玩。孩子都出去，男人也都出去，妇女们都赤了背在屋中，谁也不肯出来；不是怕难看，而是因为院中的地已经晒得烫脚。

直到太阳快落，男人与孩子们才陆续的回来，这时候院中有了墙影与一些凉风，而屋里圈着一天的热气，像些火笼；大家都在院中坐着，等着妇女们做饭。此刻，院中非常的热闹，好像是个没有货物的集市。大家都受了一天的热，红着眼珠，没有好脾气；肚子又饿，更个个急叉白脸。一句话不对路，有的便要打孩子，有的便要打老婆；即使打不起来，也骂个痛快。这样闹哄，一直到大家都吃过饭。小孩有的躺在院中便睡去，有的到街上去撕欢。大人们吃饱之后，脾气和平了许多，爱说话的才三五成团，说起一天的辛苦。那吃不上饭的，当已无处去当，卖已无处去卖——即使有东西可当或卖——因为天色已黑上来。男的不管屋中怎样的热，一头扎在炕上，一声不出，也许大声的叫骂。女的含着泪向大家去通融，不定碰多少钉子，才借到一张二十枚的破纸票。攥着这张宝贝票子，她出去弄点杂合面来，勾一锅粥给大家吃。

虎妞与小福子不在这个生活秩序中。虎妞有了孕，这回是真的。祥子清早就出去，她总得到八九点钟才起来；怀孕不宜多运动是传统的错谬信仰，虎妞既相信这个，而且要借此表示出一些身份：大家都得早早地起来操作，唯有她可以安闲自在的爱躺到什么时候就躺到什么时候。到了晚上，她拿着个小板凳到街门外有风的地方去坐着，直到院中的人差不多都睡了才进来，她不屑于和大家闲谈。

小福子也起得晚，可是她另有理由。她怕院中那些男人们斜着眼看她，所以等他们都走净，才敢出屋门。白天，她不是找虎妞来，便是出去走走，因为她的广告便是她自己。晚上，为躲着院中人的注目，她又出去在街上转，约莫着大家都躺下，她才偷偷地溜进来。

在男人里，祥子与二强子是例外。祥子怕进这个大院，更怕往屋里走。院里众人的穷说，使他心里闹得慌，他愿意找个清静的地方独自坐着。屋里呢，他越来越觉得虎妞像个母老虎。小屋里是那么热，憋气，再添上那个老虎，他一进去就仿佛要出不来气。前些日子，他没法不早回来，为是省得虎妞吵嚷着跟他闹。近来，有小福子做伴儿，她不甚管束他了，他就晚回来一些。

二强子呢，近来几乎不大回家来了。他晓得女儿的营业，没脸进那个街门。但是他没法拦阻她，他知道自己没力量养活着儿女们。他只好不再回来，作为眼不见心不烦。有时候他恨女儿，假若小福子是个男的，管保不用这样出丑；既是个女胎，干吗投到他这里来！有时候他可怜女儿，女儿是卖身养着两个弟弟！恨吧疼吧，他没办法。赶到他喝了酒，而手里没了钱，他不恨了，也不可怜了，他回来跟她要钱。在这种时候，他看女儿是个会挣钱的东西，他是做爸爸的，跟她要钱是名正言顺。这时候他也想起体面来：大家不是轻看小福子吗，她的爸爸也没饶了她呀，他逼着她拿钱，而且骂骂咧咧，似乎是骂给大家听——二强子没有错儿，小福子天生的不要脸。

他吵，小福子连大气也不出。倒是虎妞一半骂一半劝，把他对付走，自然他手里得多少拿去点钱。这种钱只许他再去喝酒，因为他要是清醒着看见它们，他就会去跳河或上吊。

六月十五那天，天热得发了狂。太阳刚一出来，地上已像下了火。一些似云非云，似雾非雾的灰气低低的浮在空中，使人觉得憋气。一点风也没有。祥子在院中看了看那灰红的天，打算去拉晚儿——过下午四点再出去；假若挣不上钱的话，他可以一直拉到天亮：夜间无论怎样也比白天好受一些。

虎妞催着他出去，怕他在家里碍事，万一小福子拉来个客人呢。“你当在家里就好受哪？屋子里一到晌午连墙都是烫的！”

他一声没出，喝了瓢凉水，走了出去。

街上的柳树，像病了似的，叶子挂着层灰土在枝上打着卷；枝条一动也懒得动的，无精打采的低垂着。马路上一个水点也没有，干巴巴的发着些白光。便道上尘土飞起多高，与天上的灰气连接起来，结成一片毒恶的灰沙阵，烫着行人的脸。处处干燥，处处烫手，处处憋闷，整个的老城像烧透的砖窑，使人喘不出气。狗趴在地上吐出红舌头，骡马的鼻孔张得特别的大，小贩们不敢吆喝，柏油路化开；甚至于铺户门前的铜牌也好像要被晒化。街上异常的清静，只有铜铁铺里发出使人焦躁的一些单调的叮叮当当。拉车的人们，明知不活动便没有饭吃，也懒得去张罗买卖：有的把车放在有些阴凉的地方，支起车棚，坐在车上打盹；有的钻进小茶馆去喝茶；有的根本没拉出车来，而来到街上看看，看看有没有出车的可能。那些拉着买卖的，即使是最漂亮的小伙子，也居然甘于丢脸，不敢再跑，只低着头慢慢地走。每一个井台都成了他们的救星，不管刚拉了几步，见井就奔过去；赶不上新汲的水，便和驴马们同在水槽里灌一大气。还有的，因为中了暑，或是发痧，走着走着，一头栽在地上，永不起来。

连祥子都有些胆怯了！拉着空车走了几步，他觉出由脸到脚都被热气围着，连手背上都流了汗。可是，见了座儿，他还想拉，以为跑起来也许倒能有点风。他拉上了个买卖，把车拉起来，他才晓得天气的厉害已经到了不允许任何人工作的程度。一跑，便喘不过气来，而且嘴唇发焦，明知心里不渴，也见水就想喝。不跑呢，那毒花花的太阳把手和脊背都要晒裂。好歹的拉到了地方，他的裤褂全裹在了身上。拿起芭蕉扇搧搧，没用，风是热的。他已经不知喝了几气凉水，可是又跑到茶馆去。两壶热茶喝下去，他心里安静了些。茶由口中进去，汗马上由身上出来，好像身上已是空膛的，不会再藏储一点水分。他不敢再动了。

坐了好久，他心中腻烦了。既不敢出去，又没事可做，他觉得天气仿佛成心跟他过不去。不，他不能服软。他拉车不止一天了，夏天这也不是头一遭，他不能就这么白白的“泡”一天。想出去，可是腿真懒得动，身上非常的软，好像洗澡没洗痛快那样，汗虽出了不少，而心里还不畅快。又坐了会儿，他再也坐不住了，反正坐着也是出汗，不如爽性出去试试。

一出来，才晓得自己的错误。天上那层灰气已散，不甚憋闷了，可是阳光也更厉害了许多：没人敢抬头看太阳在哪里，只觉得到处都闪眼，空中，屋顶上，墙壁上，地上，都白亮亮的，白里透着点红；由上至下整个的像一面极大的火镜，每一条光都像火镜的焦点，晒得东西要发火。在这个白光里，每一个颜色都刺目，每一个声响都难听，每一种气味都混含着由地上蒸发出来的腥臭。街上仿佛已没了人，道路好像忽然加宽了许多，空旷而没有一点凉气，白花花的令人害怕。祥子不知怎么是好了，低着头，拉着车，极慢地往前走，没有主意，没有目的，昏昏沉沉的，身上挂着一层粘汗，发着馊臭的味儿。走了会儿，脚心和鞋袜粘在一块，好像踩着块湿泥，非常的难过。本来不想再喝水，可是见了井不由的又过去灌了一气，不为解渴，似乎专为享受井水那点凉气，由口腔到胃中，忽然凉了一下，身上的毛孔猛地一收缩，打个冷战，非常舒服。喝完，他连连的打嗝，水要往上漾！

走一会儿，坐一会儿，他始终懒得张罗买卖。一直到了正午，他还觉不出饿来。想去照例的吃点什么，看见食物就要恶心。胃里差不多装满了各样的水，有时候里面会轻轻地响，像骡马似的喝完水肚子里光光光的响动。

拿冬与夏相比，祥子总以为冬天更可怕。他没想到过夏天这么难受。在城里过了不止一夏了，他不记得这么热过。是天气比往年热呢，还是自己的身体虚呢？这么一想，他忽然的不那么昏昏沉沉的了，心中仿佛凉了一下。自己的身体，是的，自己的身体不行了！他害了怕，可是没办法。他没法赶走虎妞，他将要变成二强子，变成那回遇见的那个高个子，变成小马儿的祖父。祥子完了！

正在午后一点的时候，他又拉上个买卖。这是一天里最热的时候，又赶上这一夏里最热的一天，可是他决定去跑一趟。他不管太阳下是怎样的热了：假若拉完一趟而并不怎样呢，那就证明自己的身子并没坏；设若拉不下来这个买卖呢，那还有什么可说的，一个跟头栽死在那发着火的地上也好！

刚走了几步，他觉到一点凉风，就像在极热的屋里由门缝进来一点凉气似的。他不敢相信自己；看看路旁的柳枝，的确是微微地动了两下。街上突然加多了人，铺户中的人争着往外跑，都攥着把蒲扇遮着头，四下里找："有了凉风！有了凉风！凉风下来了！"大家几乎要跳起来嚷着。路旁的柳树忽然变成了天使似的，传达着上天的消息："柳条儿动了！老天爷，多赏点凉风吧！"

还是热，心里可镇定多了。凉风，即使是一点点，给了人们许多希望。几阵凉风过去，阳光不那么强了，一阵亮，一阵稍暗，仿佛有片飞沙在上面浮动似的。风忽然大起来，那半天没有动作的柳条像猛的得到什么可喜的事，飘洒的摇摆，枝条都像长出一截儿来。一阵风过去，天暗起来，灰尘全飞到半空。尘土落下一些，北面的天边见了墨似的乌云。祥子身上没了汗，向北边看了一眼，把车停住，上了雨布，他晓得夏天的雨是说来就来，不容工夫的。

刚上好了雨布，又是一阵风，黑云滚似的已遮黑半边天。地上的热气与凉风掺和起来，夹杂着腥臊的干土，似凉又热；南边的半个天响晴白日，北边的半个天乌云如墨，仿佛有什么大难来临，一切都惊慌失措。车夫急着上雨布，铺户忙着收幌子，小贩们慌手忙脚地收拾摊子，行路的加紧往前奔。又一阵风。风过去，街上的幌子，小摊，与行人，仿佛都被风卷了走，全不见了，只剩下柳枝随着风狂舞。

云还没铺满了天，地上已经很黑，极亮极热的晴午忽然变成黑夜了似的。风带着雨星，像在地上寻找什么似的，东一头西一头的乱撞。北边远处一个红闪，像把黑云掀开一块，露出一大片血似的。风小了，可是利飕有劲，使人颤抖。一阵这样的风过去，一切都不知怎好似的，连柳树都惊疑不定地等着点什么。又一个闪，正在头上，白亮亮的雨点紧跟着落下来，极硬的砸起许多尘土，土里微带着雨气。大雨点砸在祥子的背上几个，他哆嗦了两下。雨点停了，黑云铺匀了满天。又一阵风，比以前的更厉害，柳枝横着飞，尘土往四下里走，雨道往下落；风，土，雨，混在一处，连成一片，横着竖着都灰茫茫冷飕飕，一切的东西都被裹在里面，辨不清哪是树，哪是地，哪是云，四面八方全乱，全响，全迷糊。风过去了，只剩下直的雨道，扯天扯地的垂落，看不清一条条的，只是那么一片，一阵，地上射起了无数的箭头，房屋上落下万千条瀑布。几分钟，天地已分不开，空中的河往下落，地上的河横流，成了一个灰暗昏黄，有时又白亮亮的，一个水世界。

祥子的衣服早已湿透，全身没有一点干松地方；隔着草帽，他的头发已经全湿。地上的水过了脚面，已经很难迈步；上面的雨直砸着他的头与背，横扫着他的脸，裹着他的裆。他不能抬头，不能睁眼，不能呼吸，不能迈步。他像要立定在水中，不知道哪是路，不晓得前后左右都有什么，只觉得透骨凉的水往身上各处浇。他什么也不知道了，只心中茫茫的有点热气，耳旁有一片雨声。他要把车放下，但是不知放在哪里好。想跑，水裹住他的腿。他就那么半死半活的，低着头一步一步地往前曳。坐车的仿佛死在了车上，一声不出的任着车夫在水里挣命。

雨小了些，祥子微微直了直脊背，吐出一口气："先生，避避再走吧！"

"快走！你把我扔在这儿算怎回事?"坐车的跺着脚喊。

祥子真想硬把车放下，去找个地方避一避。可是，看看身上，已经全往下流水，他知道一站住就会哆嗦成一团。他咬上了牙，着水不管高低深浅地跑起来。刚跑出不远，天黑了一阵，紧跟着一亮，雨又迷住他的眼。

拉到了，坐车的连一个铜板也没多给。祥子没说什么，他已顾不过命来。

雨住一会儿，又下一阵儿，比以前小了许多。祥子一气跑回了家。抱着火，烤了一阵，他哆嗦得像风雨中的树叶。虎妞给他冲了碗姜糖水，他傻子似的抱着碗一气喝完。喝完，他钻了被窝，什么也不知道了，似睡非睡的，耳中刷刷的一片雨声。

到四点多钟，黑云开始显出疲乏来，绵软无力地打着不甚红的闪。一会儿，西边的云裂开，黑的云峰镶上金黄的边，一些白气在云下奔走；闪都到南边去，曳着几声不甚响亮的雷。又待了一会儿，西边的云缝露出来阳光，把带着雨水的树叶照成一片金绿。东边天上挂着一双七色的虹，两头插在黑云里，桥背顶着一块青天。虹不久消散了，天上已没有一块黑云，洗过了的蓝空与洗过了的一切，像由黑暗里刚生出一个新的，清凉的，美丽的世界。连大杂院里的水坑上也来了几个各色的蜻蜓。

可是，除了孩子们赤着脚追逐那些蜻蜓，杂院里的人们并顾不得欣赏这雨后的晴天。小福子屋的后檐墙塌了一块，姐儿三个忙着把炕席揭起来，堵住窟窿。院墙塌了好几处，大家没工夫去管，只顾了收拾自己的屋里：有的台阶太矮，水已灌到屋中，大家七手八脚的拿着簸箕破碗往外淘水。有的倒了山墙，设法去填堵。有的屋顶漏得像个喷壶，把东西全淋湿，忙着往出搬运，放在炉旁去烤，或搁在窗台上去晒。在正下雨的时候，大家躲在那随时可以塌倒而把他们活埋了的屋中，把命交给了老天；雨后，他们算计着，收拾着，那些损失；虽然大雨过去，一斤粮食也许落一半个铜子，可是他们的损失不是这个所能偿补的。他们花着房钱，可是永远没人来修补房子；除非塌得无法再住人，才来一两个泥水匠，用些素泥碎砖稀松的堵砌上——预备着再塌。房钱交不上，全家便被撵出去，而且扣了东西。房子破，房子可以砸死人，没人管。他们那点钱，只能租这样的屋子；破，危险，都活该！

最大的损失是被雨水激病。他们连孩子带大人都一天到晚在街上找生意，而夏天的暴雨随时能浇在他们的头上。他们都是卖力气挣钱，老是一身热汗，而北方的暴雨是那么急，那么凉，有时夹着核桃大的冰雹；冰凉的雨点，打在那开张着的汗毛眼上，至少叫他们躺在炕上，发一两天烧。孩子病了，没钱买药；一场雨，催高了田中的老玉米与高粱，可是也能浇死不少城里的贫苦儿女。大人们病了，就更了不得；雨后，诗人们吟咏着荷珠与双虹；穷人家，大人病了，便全家挨了饿。一场雨，也许多添几个妓女或小贼，多有些人下到监狱去；大人病了，儿女们做贼做娼也比饿着强！雨下给富人，也下给穷人；下给义人，也下给不义的人。其实，雨并不公道，因为下落在一个没有公道的世界上。

祥子病了。大杂院里的病人并不止于他一个。

十九

祥子昏昏沉沉地睡了两昼夜，虎妞着了慌。到娘娘庙，她求了个神方：一点香灰之外，还有两三味草药。给他灌下去，他的确睁开眼看了看，可是待了一会儿又睡着了，嘴里唧唧咕咕的不晓得说了些什么。虎妞这才想起去请大夫。扎了两针，服了剂药，他清醒过来，一睁眼便问："还下雨吗？"

第二剂药煎好，他不肯吃。既心疼钱，又恨自己这样的不济，居然会被一场雨给激病，他不肯喝那碗苦汁子。为证明他用不着吃药，他想马上穿起衣裳就下地。可是刚一坐起来，他的头像有块大石头赘着，脖子一软，眼前冒了金花，他又倒下了。什么也无须说了，他接过碗来，把药吞下去。

他躺了十天。越躺着越起急，有时候他趴在枕头上，有泪无声的哭。他知道自己不能去挣钱，那么一切花费就都得由虎妞往外垫；多咱把她的钱垫完，多咱便全仗着他的一辆车子；凭虎妞的爱花爱吃，他供给不起，况且她还有了孕呢！越起不来越爱胡思乱想，越想越愁得慌，病也就越不容易好。

刚顾过命来，他就问虎妞："车呢?"

"放心吧，赁给丁四拉着呢!"

"啊!"他不放心他的车，唯恐被丁四，或任何人，给拉坏。可是自己既不能下地，当然得赁出去，还能闲着吗?他心里计算：自己拉，每天好歹一背拉总有五六毛钱的进项。房钱，煤米柴炭，灯油茶水，还先别算添衣服，也就将够两个人用的，还得处分抠搜，不能像虎妞那么满不在乎。现在，每天只进一毛多钱的车租，得干赔上四五毛，还不算吃药。假若病老不好，该怎办呢?是的，不怪二强子喝酒，不怪那些苦朋友们胡作非为，拉车这条路是死路！不管你怎样卖力气，要强，你可就别成家，别生病，别出一点岔儿。哼！他想起来，自己的头一辆车，自己攒下的那点钱，又招谁惹谁了?不因生病，也不是为成家，就那么无情无理的丢了！好也不行，歹也不行，这条路上只有死亡，而且说不定哪时就来到，自己一点也不晓得。想到这里，由忧愁改为颓废，干它的去，起不来就躺着，反正是那么回事！他什么也不想了，静静地躺着。不久他又忍不下去了，想马上起来，还得去苦奔；道路是死的，人心是活的，在入棺材以前总是不断的希望着。可是，他立不起来。只好无聊的，乞怜的，要向虎妞说几句话：

“我说那辆车不吉祥，真不吉祥！”

“养你的病吧！老说车，车迷！”

他没再说什么。对了，自己是车迷！自从一拉车，便相信车是一切，敢情……

病刚轻了些，他下了地。对着镜子看了看，他不认得镜中的人了：满脸胡子拉碴，太阳与腮都瘪进去，眼是两个深坑，那块疤上有好多皱纹！屋里非常的热闷，他不敢到院中去，一来是腿软得像没了骨头，二来是怕被人家看见他。不但在这个院里，就是东西城各车口上，谁不知道祥子是头顶头的棒小伙子。祥子不能就是这个样的病鬼！他不肯出去。在屋里，又憋闷得慌。他恨不能一口吃壮起来，好出去拉车。可是，病是毁人的，它的来去全由着它自己。

歇了有一个月，他不管病完全好了没有，就拉上车。把帽子戴得极低，为是叫人认不出来他，好可以缓着劲儿跑。“祥子”与“快”是分不开的，他不能大模大样地慢慢蹭，叫人家看不起。

身子本来没好利落，又贪着多拉几号，好补上病中的亏空，拉了几天，病又回来了。这回添上了痢疾。他急得抽自己的嘴巴，没用，肚皮似乎已挨着了腰，还泻。好容易痢疾止住了，他的腿连蹲下再起来都费劲，不用说想去跑一阵了。他又歇了一个月！他晓得虎妞手中的钱大概快垫完了！

到八月十五，他决定出车，这回要是再病了，他起了誓，他就去跳河！

在他第一次病中，小福子时常过来看看。祥子的嘴一向干不过虎妞，而心中又是那么憋闷，所以有时候就和小福子说几句。这个，招翻了虎妞。祥子不在家，小福子是好朋友；祥子在家，小福子是，按照虎妞的想法，“来吊棒！好不要脸！”她力逼着小福子还上欠着她的钱，“从此以后，不准再进来！”

小福子失去了招待客人的地方，而自己的屋里又是那么破烂——炕席堵着后檐墙，她无可如何，只得到“转运公司”去报名。可是，“转运公司”并不需要她这样的货。人家是介绍“女学生”与“大家闺秀”的，门路高，用钱大，不要她这样的平凡人物。她没了办法。想去下窑子，既然没有本钱，不能混自家的买卖，当然得押给班儿里。但是，这样办就完全失去自由，谁照应着两个弟弟呢？死是最简单容易的事，活着已经是在地狱里。她不怕死，可也不想死，因为她要做些比死更勇敢更伟大的事。她要看着两个弟弟都能挣上钱，再死也就放心了。自己早晚是一死，但须死一个而救活了俩！想来想去，她只有一条路可走：贱卖。肯进她那间小屋的当然不肯出大价钱，好吧，谁来也好吧，给个钱就行。这样，倒省了衣裳与脂粉；来找她的并不敢希望她打扮得怎么够格局，他们是按钱数取乐的；

她年纪很轻，已经是个便宜了。

虎妞的身子已不大方便，连上街买趟东西都怕有些失闪，而祥子一走就是一天，小福子又不肯过来，她寂寞得像个被拴在屋里的狗。越寂寞越恨，她以为小福子的减价出售是故意的气她。她才不能吃这个瘪子：坐在外间屋，敞开门，她等着。有人往小福子屋走，她便扯着嗓子说闲话，教他们难堪，也教小福子吃不住。小福子的客人少了，她高了兴。

小福子晓得这么下去，全院的人慢慢就会都响应虎妞，而把自己撵出去。她只是害怕，不敢生气，落到她这步天地的人晓得把事实放在气和泪的前边。她带着小弟弟过来，给虎妞下了一跪。什么也没说，可是神色也带出来：这一跪要还不行的话，她自己不怕死，谁可也别想活着！最伟大的牺牲是忍辱，最伟大的忍辱是预备反抗。

虎妞倒没了主意。怎想怎不是味儿，可是带着那么个大肚子，她不敢去打架。武的既拿不出来，只好给自己个台阶：她是逗着小福子玩呢，谁想弄假成真，小福子的心眼太死。这样解释开，她们又成了好友，她照旧给小福子维持一切。

自从中秋出车，祥子处处加了谨慎，两场病叫他明白了自己并不是铁打的。多挣钱的雄心并没完全忘掉，可是屡次的打击使他认清楚了个人的力量是多么微弱；好汉到时候非咬牙不可，但咬上牙也会吐了血！痢疾虽然已好，他的肚子可时时的还疼一阵。有时候腿脚正好溜开了，想试着步儿加点速度，肚子里绳绞似的一拧，他缓了步，甚至于忽然收住脚，低着头，缩着肚子，强忍一会儿。独自拉着座儿还好办，赶上拉帮儿车的时候，他猛孤仃的收住步，使大家莫名其妙，而他自己非常的难堪。自己才二十多岁，已经这么闹笑话，赶到三四十岁的时候，应当怎样呢？这么一想，他轰的一下冒了汗！

为自己的身体，他很愿再去拉包车。到底是一工儿活有个缓气的时候；跑的时候要快，可是休息的工夫也长，总比拉散座儿轻闲。他可也准知道，虎妞绝对不会放手他，成了家便没了自由，而虎妞又是特别的厉害。他认了背运。

半年来的，由秋而冬，他就那么一半对付，一半挣扎，不敢大意，也不敢偷懒，心中憋憋闷闷的，低着头苦奔。低着头，他不敢再像原先那么愣葱似的，什么也不在乎了。至于挣钱，他还是比一般的车夫多挣着些。除非他的肚子正绞着疼，他总不肯空放走一个买卖，该拉就拉，他始终没染上恶习。什么故意的绷大价，什么中途倒车，什么死等好座儿，他都没学会。这样，他多受了累，可是天天准进钱。他不取巧，所以也就没有危险。

可是，钱进得太少，并不能剩下。左手进来，右手出去，一天一个干净。他连攒钱都想也不敢想了。他知道怎样省着，虎妞可会花呢。虎妞的“月子”是转过年二月初的。自从一入冬，她的怀已显了形，而且爱故意地往外腆着，好显出自己的重要。看着自己的肚子，她简直连炕也懒得下。做菜做饭全托付给了小福子，自然那些剩汤腊水的就得叫小福子拿去给弟弟们吃。这个，就费了许多。饭菜而外，她还得吃零食，肚子越显形，她就觉得越须多吃好东西；不能亏着嘴。她不但随时的买零七八碎的，而且嘱咐祥子每天给她带回点儿来。祥子挣多少，她花多少，她的要求随着他的钱涨落。祥子不能说什么。他病着的时候，花了她的钱，那么一还一报，他当然也得给她花。祥子稍微紧一紧手，她马上会生病，“怀孕就是害九个多月的病，你懂得什么？”她说的也是真话。

到过新年的时候，她的主意就更多了。她自己动不了窝，便派小福子一趟八趟的去买东西。她恨自己出不去，又疼爱自己而不肯出去，不出去又憋闷得慌，所以只好多买些东西来看着还舒服些。她口口声声不是为她自己买而是心疼祥子：“你苦奔了一年，还不吃一口哪？自从病后，你就没十分足壮起来；到年底下还不吃，等饿得像个瘪臭虫哪？”祥子不便辩驳，也不会辩驳；及至把东西做好，她一吃便是两三大碗。吃完，又没有运动，她撑得慌，抱着肚子一定说是犯了胎气！

过了年，她无论如何也不准祥子在晚间出去，她不定哪时就生养，她害怕。这时候，她才想起自己的实在岁数来，虽然还不肯明说，可是再也不对他讲，“我只比你大‘一点’了”。她这么闹哄，祥子迷了头。生命的延续不过是生儿养女，祥子心里不由得有点喜欢，即使一点也不需要一个小孩，可是那个将来到自己身上，最简单而最玄妙的“爸”字，使铁心的人也得要闭上眼想一想，无论怎么想，这个字总是动心的。祥子，笨手笨脚的，想不到自己有什么好处和可自傲的地方；一想到这个奇妙的字，他忽然觉出自己的尊贵，仿佛没有什么也没关系，只要有了小孩，生命便不会是个空的。同时，他想对虎妞尽自己所能的去供给，去伺候，她现在已不是“一”个人；即使她很讨厌，可是在这件事上她有一百成的功劳。不过，无论她有多么大的功劳，她的闹腾劲儿可也真没法受。她一会儿一个主意，见神见鬼的乱哄，而祥子必须出去挣钱，需要休息，即使钱可以乱花，他总得安安顿顿的睡一夜，好到明天再去苦曳。她不准他晚上出去，也不准他好好的睡觉，他一点主意也没有，成天际晕晕乎乎的，不知怎样才好。有时候欣喜，有时候着急，有时候烦闷，有时候为欣喜而又要惭愧，有时候为着急而又要自慰，有时候为烦闷而又要欣喜，感情在他心中绕着圆圈，把个最简单的人闹得不知道了东西南北。有一回，他竟自把座儿拉过了地方，忘了人家雇到哪里！

灯节左右，虎妞决定叫祥子去请收生婆，她已支持不住。收生婆来到，告诉她还不到时候，并且说了些要临盆时的征象。她忍了两天，就又闹腾起来。把收生婆又请了来，还是不到时候。她哭着喊着要去寻死，不能再受这个折磨。祥子一点办法没有，为表明自己尽心，只好依了她的要求，暂不去拉车。

一直闹到月底，连祥子也看出来，这是真到了时候，她已经不像人样了。收生婆又来到，给祥子一点暗示，恐怕要难产。虎妞的岁数，这又是头胎，平日缺乏运动，而胎又很大，因为孕期里贪吃油腻；这几项合起来，打算顺顺当当的生产是希望不到的。况且一向没经过医生检查过，胎的部位并没有矫正过；收生婆没有这份手术，可是会说：就怕是横生逆产呀！

在这杂院里，小孩的生与母亲的死已被大家习惯的并为一谈。可是虎妞比别人都更多着些危险，别个妇人都是一直到临盆那一天还操作活动，而且吃得不足，胎不会很大，所以倒能容易产生。她们的危险是在产后的失调，而虎妞却与她们正相反。她的优越正是她的祸患。

祥子，小福子，收生婆，连着守了她三天三夜。她把一切的神佛都喊到了，并且许下多少誓愿，都没有用。最后，她嗓子已哑，只低唤着“妈哟！妈哟！”收生婆没办法，大家都没办法，还是她自己出的主意，叫祥子到德胜门外去请陈二奶奶——顶着一位虾蟆大仙。陈二奶奶非五块钱不来，虎妞拿出最后的七八块钱来：“好祥子，快快去吧！花钱不要紧！等我好了，我乖乖地跟你过日子！快去吧！”

陈二奶奶带着“童儿”——四十来岁的一位黄脸大汉——快到掌灯的时候才来到。她有五十来岁，穿着蓝绸子袄，头上戴着红石榴花，和全份的镀金首饰。眼睛直勾勾的，进门先净了手，而后上了香；她自己先磕了头，然后坐在香案后面，呆呆地看着香苗。忽然连身子都一摇动，打了个极大的冷战，垂下头，闭上眼，半天没动静。屋中连落个针都可以听到，虎妞也咬上牙不敢出声。慢慢的，陈二奶奶抬起头来，点着头看了看大家：“童儿”扯了扯祥子，叫他赶紧磕头。祥子不知道自己信神不信，只觉得磕头总不会出错儿。迷迷糊糊的，他不晓得磕了几个头。立起来，他看着那对直勾勾的“神”眼，和那烧透了的红亮香苗，闻着香烟的味道，心中渺茫的希望着这个阵式里会有些好处，呆呆的，他手心上出着凉汗。

虾蟆大仙说话老声老气的，而且有些结巴："不，不，不要紧！画道催，催，催生符！"

"童儿"急忙递过黄绵纸，大仙在香苗上抓了几抓，而后沾着唾沫在纸上画。

画完符，她又结结巴巴地说了几句：大概的意思是虎妞前世里欠这孩子的债，所以得受些折磨。祥子晕头打脑的没甚听明白，可是有些害怕。

陈二奶奶打了个长大的哈欠，闭目愣了会儿，仿佛是大梦初醒的样子睁开了眼。"童儿"赶紧报告大仙的言语。她似乎很喜欢："今天大仙高兴，爱说话！"然后她指导着祥子怎样教虎妞喝下那道神符，并且给她一丸药，和神符一同服下去。

陈二奶奶热心地等着看看神符的效验，所以祥子得给她预备点饭。祥子把这个托付给小福子去办。小福子给买来热芝麻酱烧饼和酱肘子；陈二奶奶还嫌没有盅酒吃。

虎妞服下去神符，陈二奶奶与"童儿"吃过了东西，虎妞还是翻滚地闹。直闹了一点多钟，她的眼珠已慢慢往上翻。陈二奶奶还有主意，不慌不忙的叫祥子跪一股高香。祥子对陈二奶奶的信心已经剩不多了。但是既花了五块钱，爽性就把她的方法都试验试验吧；既不肯打她一顿，那么就依着她的主意办好了，万一有些灵验呢！

直挺挺地跪在高香前面，他不晓得求的是什么神，可是他心中想要虔诚。看着香火的跳动，他假装在火苗上看见了一些什么形影，心中便祷告着。香越烧越矮，火苗当中露出些黑道来，他把头低下去，手扶在地上，迷迷糊糊的有些发困，他已两三天没得好好的睡了。脖子忽然一软，他唬了一跳，再看，香已烧得剩了不多。他没管到了该立起来的时候没有，拄着地就慢慢立起来，腿已有些发木。

陈二奶奶和“童儿”已经偷偷地溜了。

祥子没顾得恨她，而急忙过去看虎妞，他知道事情到了极不好办的时候。虎妞只剩了大口的咽气，已经不会出声。收生婆告诉他，想法子到医院去吧，她的方法已经用尽。

祥子心中仿佛忽然的裂了，张着大嘴哭起来。小福子也落着泪，可是处在帮忙的地位，她到底心里还清楚一点。“祥哥！先别哭！我去上医院问问吧？”

没管祥子听见了没有，她抹着泪跑出去。

她去了有一点钟。跑回来，她已喘得说不上来话。扶着桌子，她干嗽了半天才说出来：医生来一趟是十块钱，只是看看，并不管接生。接生是二十块。要是难产的话，得到医院去，那就得几十块了。“祥哥！你看怎办呢?!”

祥子没办法，只好等着该死的就死吧！

愚蠢与残忍是这里的一些现象；所以愚蠢，所以残忍，却另有原因。

虎妞在夜里十二点，带着个死孩子，断了气。

二十

祥子的车卖了！

钱就和流水似的，他的手已拦不住；死人总得抬出去，连开张殃榜也得花钱。

祥子像傻了一般，看着大家忙乱，他只管往外掏钱。他的眼红得可怕，眼角堆着一团黄白的眵目糊；耳朵发聋，愣愣磕磕地随着大家乱转，可不知道自己做的是什么。

跟着虎妞的棺材往城外走，他这才清楚了一些，可是心里还顾不得思索任何事情。没有人送殡，除了祥子，就是小福子的两个弟弟，一人手中拿着薄薄的一打儿纸钱，沿路撒给那拦路鬼。

愣愣磕磕地，祥子看着杠夫把棺材埋好，他没有哭。他的脑中像烧着一把烈火，把泪已烧干，想哭也哭不出。呆呆地看着，他几乎不知那是干什么呢。直到“头儿”过来交代，他才想起回家。

屋里已被小福子给收拾好。回来，他一头倒在炕上，已经累得不能再动。眼睛干巴巴的闭不上，他呆呆地看着那有些雨漏痕迹的顶棚。既不能睡去，他坐了起来。看了屋中一眼，他不敢再看。心中不知怎样好。他出去买了包“黄狮子”烟来。坐在炕沿上，点着了一支烟；并不爱吸。呆呆地看着烟头上那点蓝烟，忽然泪一串串地流下来，不但想起虎妞，也想起一切。到城里来了几年，这是他努力的结果，就是这样，就是这样！他连哭都哭不出声来！车，车，车是自己的饭碗。买，丢了；再买，卖出去；三起三落，像个鬼影，永远抓不牢，而空受那些辛苦与委屈。没了，什么都没了，连个老婆也没了！虎妞虽然厉害，但是没了她怎能成个家呢？看着屋中的东西，都是她的，她本人可是埋在了城外！越想越恨，泪被怒火截住，他狠狠地吸那支烟，越不爱吸越偏要吸。把烟吸完，手捧着头，口中与心中都发辣，要狂喊一阵，把心中的血都喷出来才痛快。

不知道什么工夫，小福子进来了，立在外间屋的菜案前，呆呆地看着他。

他猛一抬头，看见了她，泪极快的又流下来。此时，就是他看见只狗，他也会流泪；满心的委屈，遇见个活的东西才想发泄；他想跟她说说，想得到一些同情。可是，话太多，他的嘴反倒张不开了。

“祥哥！”她往前凑了凑，“我把东西都收拾好了。”

他点了点头，顾不及谢谢她；悲哀中的礼貌是虚伪。

“你打算怎办呢？”

“啊？”他好像没听明白，但紧跟着他明白过来，摇了摇头——他顾不得想办法。

她又往前走了两步，脸上忽然红起来，露出几个白牙，可是话没能说出。她的生活使她不能不忘掉羞耻，可是遇到正经事，她还是个有真心的女人：女子的心在羞耻上运用着一大半。

“我想……”她只说出这么点来。她心中的话很多；脸一红，它们全忽然的跑散，再也想不起来。

人间的真话本来不多，一个女子的脸红胜过一大片话；连祥子也明白了她的意思。在他的眼里，她是个最美的女子，美在骨头里，就是她满身都长了疮，把皮肉都烂掉，在他心中她依然很美。她美，她年轻，她要强，她勤俭。假若祥子想再娶，她是个理想的人。他并不想马上就续娶，他顾不得想任何的事。可是她既然愿意，而且是因为生活的压迫不能不马上提出来，他似乎没有法子拒绝。她本人是那么好，而且帮了他这么多的忙，他只能点头，他真想过去抱住她，痛痛快快地哭一场，把委屈都哭净，而后与她努力同心的再往下苦奔。在她身上，他看见了一个男人从女子所能得的与所应得的安慰。他的口不大爱说话，见了她，他愿意随便地说；有她听着，他的话才不至于白说；她的一点头，或一笑，都是最美满的回答，使他觉得真是成了“家”。

正在这个时候，小福子的二弟弟进来了：“姐姐！爸爸来了！”

她皱了皱眉。她刚推开门，二强子已走到院中。

“你上祥子屋里干什么去了?”二强子的眼睛瞪圆，两脚拌着蒜，东一晃西一晃的扑过来：“你卖还卖不够，还得白叫祥子玩？你个不要脸的东西!”

祥子，听到自己的名字，赶了出来，立在小福子的身后。“我说祥子，”二强子歪歪拧拧的想挺起胸脯，可是连立也立不稳："我说祥子，你还算人吗？你占谁的便宜也罢，单占她的便宜？什么玩意！"

祥子不肯欺负个醉鬼，可是心中的积郁使他没法管束住自己的怒气。他赶上一步去。四只红眼睛对了光，好像要在空气中激触，发出火花。祥子一把扯住二强子的肩，就像提拉着个孩子似的，掷出老远。

良心的谴责，借着点酒，变成狂暴：二强子的醉本来多少有些假装。经这一摔，他醒过来一半。他想反攻，可是明知不是祥子的对手。就这么老老实实的出去，又十分的不是味儿。他坐在地上，不肯往起立，又不便老这么坐着。心中十分的乱，嘴里只好随便地说了："我管教儿女，与你什么相干？揍我？你姥姥！你也得配！"

祥子不愿还口，只静静地等着他反攻。

小福子含着泪，不知怎样好。劝父亲是没用的，看着祥子打他也于心不安。她将全身都摸索到了，凑出十几个铜子儿来，交给了弟弟。弟弟平日绝不敢挨近爸爸的身，今天看爸爸是被揍在地上，胆子大了些。"给你，走吧！"

二强子棱棱着眼把钱接过去，一边往起立，一边叨唠："放着你们这群丫头养的！招翻了太爷，妈的弄刀全宰了你们！"快走到街门了，他喊了声"祥子！搁着这个碴儿，咱们外头见！"

二强子走后，祥子和小福子一同进到屋中。

"我没法子！"她自言自语地说了这么句，这一句总结了她一切的困难，并且含着无限的希望——假如祥子愿意娶她，她便有了办法。

祥子，经过这一场，在她的身上看出许多黑影来。他还喜欢她，可是负不起养着她两个弟弟和一个醉爸爸的责任！他不敢想虎妞一死，他便有了自由；虎妞也有虎妞的好处，至少是在经济上帮了他许多。他不敢想小福子要是死吃他一口，可是她这一家人都不会挣饭吃也千真万确。爱与不爱，穷人得在金钱上决定，“情种”只生在大富之家。

他开始收拾东西。

“你要搬走吧?”小福子连嘴唇全白了。

“搬走!”他狠了心，在没有公道的世界里，穷人仗着狠心维持个人的自由，那很小很小的一点自由。

看了他一眼，她低着头走出去。她不恨，也不恼，只是绝望。

虎妞的首饰与好一点的衣服，都带到棺材里去。剩下的只是一些破旧的衣裳，几件木器，和些盆碗锅勺什么的。祥子由那些衣服中拣出几件较好的来，放在一边；其余的连衣服带器具全卖。他叫来个“打鼓儿的”，一口价卖了十几块钱。他急于搬走，急于打发了这些东西，所以没心思去多找几个人来慢慢地绷着价儿。“打鼓儿的”把东西收拾了走，屋中只剩下他的一份铺盖和那几件挑出来的衣服，在没有席的炕上放着。屋中全空，他觉得痛快了些，仿佛摆脱开了许多缠绕，而他从此可以远走高飞了似的。可是，不大一会儿，他又想起那些东西。桌子已被搬走，桌腿儿可还留下一些痕迹——一堆堆的细土，贴着墙根形成几个小四方块。看着这些印迹，他想起东西，想起人，梦似的都不见了。不管东西好坏，不管人好坏，没了它们，心便没有地方安放。他坐在了炕沿上，又掏出支“黄狮子”来。

随着烟卷，他带出一张破毛票儿来。有意无意的他把钱全掏了出来；这两天了，他始终没顾到算一算账。掏出一堆来，洋钱，毛票，铜子票，铜子，什么也有。堆儿不小，数了数，还不到二十块。凑上卖东西的十几块，他的财产全部只是三十多块钱。

把钱放在炕砖上，他瞪着它们，不知是哭好，还是笑好。屋里没有人，没有东西，只剩下他自己与这一堆破旧霉污的钱。这是干什么呢？

长叹了一声，无可如何的把钱揣在怀里，然后他把铺盖和那几件衣服抱起来，去找小福子。

“这几件衣裳，你留着穿吧！把铺盖存在这一会儿，我先去找好车厂子，再来取。”不敢看小福子，他低着头一气说完这些。

她什么也没说，只答应了两声。

祥子找好车厂，回来取铺盖，看见她的眼已哭肿。他不会说什么，可是设尽方法想出这么两句：“等着吧！等我混好了，我来！一定来！”

她点了点头，没说什么。

祥子只休息了一天，便照旧去拉车。他不像先前那样火着心拉买卖了，可也不故意的偷懒，就那么淡而不厌的一天天的混。这样混过了一个来月，他心中觉得很平静。他的脸臌满起来一些，可是不像原先那么红扑扑的了；脸色发黄，不显着足壮，也并不透出瘦弱。眼睛很明，可没有什么表情，老是那么亮亮的似乎挺有精神，又似乎什么也没看见。他的神气很像风暴后的树，静静地立在阳光里，一点不敢再动。原先他就不喜欢说话，现在更不爱开口了。天已很暖，柳枝上已挂满嫩叶，他有时候向阳放着车，低着头自言自语的嘴微动着，有时候仰面承受着阳光，打个小盹；除了必须开口，他简直的不大和人家过话。

烟卷可是已吸上了瘾。一坐在车上，他的大手便向胸垫下面摸去。点着了支烟，他极缓慢的吸吐，眼随着烟圈儿向上看，呆呆地看着，然后点点头，仿佛看出点意思来似的。

拉起车来，他还比一般的车夫跑得麻利，可是他不再拼命的跑。在拐弯抹角和上下坡儿的时候，他特别地小心。几乎是过度的小心。有人要跟他赛车，不论是怎样的逗弄激发，他低着头一声也不出，依旧不快不慢地跑着。他似乎看透了拉车是怎回事，不再想从这里得到任何的光荣与称赞。

在厂子里，他可是交了朋友；虽然不大爱说话，但是不出声的雁也喜欢群飞。再不交朋友，他的寂寞恐怕就不是他所能忍受的了。他的烟卷盒儿，只要一掏出来，便绕着圈儿递给大家。有时候人家看他的盒里只剩下一支，不好意思伸手，他才简截地说："再买!"赶上大家赌钱，他不像从前那样躲在一边，也过来看看，并且有时候押上一注，输赢都不在乎的，似乎只为向大家表示他很合群，很明白大家奔忙了几天之后应当快乐一下。他们喝酒，他也陪着；不多喝，可是自己出钱买些酒菜让大家吃。以前他所看不上眼的事，现在他都觉得有些意思——自己的路既走不通，便没法不承认别人做得对。朋友之中若有了红白事，原先他不懂得行人情，现在他也出上四十铜子的份子，或随个“公议儿”。不但是出了钱，他还亲自去吊祭或庆贺，因为他明白了这些事并非是只为糟蹋钱，而是有些必须尽到的人情。在这里人们是真哭或真笑，并不是瞎起哄。

那三十多块钱，他可不敢动。弄了块白布，他自己笨手八脚的拿个大针把钱缝在里面，永远放在贴着肉的地方。不想花，也不想再买车，只是带在身旁，作为一种预备——谁知道将来有什么灾患呢！病，意外的祸害，都能随时的来到自己身上，总得有个预备。人并不是铁打的，他明白过来。

快到立秋，他又拉上了包月。这回，比以前所混过的宅门里的事都轻闲；要不是这样，他就不会应下这个事来。他现在懂得选择事情了，有合适的包月才干；不然，拉散座也无所不可，不像原先那样火着心往宅门里去了。他晓得了自己的身体是应该保重的，一个车夫而想拼命——像他原先那样——只有丧了命而得不到任何好处。经验使人知道怎样应当油滑一些，因为命只有一条啊！

这回他上工的地方是在雍和宫附近。主人姓夏，五十多岁，知书明礼；家里有太太和十二个儿女。最近娶了个姨太太，不敢让家中知道，所以特意地挑个僻静地方另组织了个小家庭。

在雍和宫附近的这个小家庭，只有夏先生和新娶的姨太太；此外还有一个女仆，一个车夫——就是祥子。

祥子很喜欢这个事。先说院子吧，院中一共才有六间房，夏先生住三间，厨房占一间，其余的两间作为下房。院子很小，靠着南墙根有棵半大的小枣树，树尖上挂着十几个半红的枣儿。祥子扫院子的时候，几乎两三笤帚就由这头扫到那头，非常的省事。没有花草可浇灌，他很想整理一下那棵枣树，可是他晓得枣树是多么任性，歪歪拧拧的不受调理，所以也就不便动手。

别的工作也不多。夏先生早晨到衙门去办公，下午五点才回来，祥子只需一送一接；回到家，夏先生就不再出去，好像避难似的。夏太太倒常出去，可是总在四点左右就回来，好让祥子去接夏先生——接回他来，祥子一天的工作就算交代了。再说，夏太太所去的地方不过是东安市场与中山公园什么的，拉到之后，还有很大的休息时间。这点事儿，祥子闹着玩似的就都做了。

夏先生的手很紧，一个小钱也不肯轻易撒手；出来进去，他目不旁视，仿佛街上没有人，也没有东西。太太可手松，三天两头的出去买东西；若是吃的，不好吃便给了仆人；若是用品，等到要再去买新的时候，便先把旧的给了仆人，好跟夏先生交涉要钱。夏先生一生的使命似乎就是鞠躬尽瘁的把所有的精力与金钱全敬献给姨太太；此外，他没有任何生活与享受。他的钱必须借着姨太太的手才会出去，他自己不会花，更说不到给人——据说，他的原配夫人与十二个儿女住在保定，有时候连着四五个月得不到他的一个小钱。

祥子讨厌这位夏先生：成天际弯弯着腰，缩缩着脖，贼似的出入，眼看着脚尖，永远不出声，不花钱，不笑，连坐在车上都像个瘦猴；可是偶尔说一两句话，他会说得极不得人心，仿佛谁都是混账，只有他自己是知书明礼的君子人。祥子不喜欢这样的人。可是他把“事”看成了“事”，只要月间进钱，管别的干什么呢?！况且太太还很开通，吃的用的都常得到一些；算了吧，直当是拉着个不通人情的猴子吧。

对于那个太太，祥子只把她当作个会给点零钱的女人，并不十分喜爱她。她比小福子美多了，而且香粉香水地沤着，绫罗绸缎的包着，更不是小福子所能比上的。不过，她虽然长得美，打扮得漂亮，可是他不知为何一看见她便想起虎妞来；她的身上老有些地方像虎妞，不是那些衣服，也不是她的模样，而是一点什么态度或神味，祥子找不到适当的字来形容。只觉得她与虎妞是，用他所能想出的字，一道货。她很年轻，至多也就是二十二三岁，可是她的气派很老到，绝不像个新出嫁的女子，正像虎妞那样永远没有过少女的腼腆与温柔。她烫着头，穿着高跟鞋，衣服裁得正好能帮忙她扭得有棱有角的。连祥子也看得出，她虽然打扮得这样入时，可是她没有一般的太太们所有的气度。但是她又不像是由妓女出身。祥子摸不清她是怎回事。他只觉得她有些可怕，像虎妞那样可怕。不过，虎妞没有她这么年轻，没有她这么美好；所以祥子就更怕她，仿佛她身上带着他所尝受过的一切女性的厉害与毒恶。他简直不敢正眼看她。

在这儿过了些日子，他越发的怕她了。拉着夏先生出去，祥子没见过他花什么钱；可是，夏先生也有时候去买东西——到大药房去买药。祥子不晓得他买的是什么药；不过，每逢买了药来，他们夫妇就似乎特别的喜欢，连大气不出的夏先生也显着特别的精神。精神了两三天，夏先生又不大出气了，而且腰弯得更深了些，很像由街上买来的活鱼，乍放在水中欢炽一会儿，不久便又老实了。一看到夏先生坐在车上像个死鬼似的，祥子便知道又到了上药房的时候。他不喜欢夏先生，可是每逢到药房去，他不由得替这个老瘦猴难过。赶到夏先生拿着药包回到家中，祥子便想起虎妞，心中说不清的怎么难受。他不愿意怀恨着死鬼，可是看看自己，看看夏先生，他没法不怨恨她了；无论怎说，他的身体是不像从前那么结实了，虎妞应负着大部分的责任。

他很想辞工不干了。可是，为这点不靠边的事而辞工，又仿佛不像话；吸着“黄狮子”，他自言自语地说，“管别人的闲事干吗?!”

二十一

菊花下市的时候，夏太太因为买了四盆花，而被女仆杨妈摔了一盆，就和杨妈吵闹起来。杨妈来自乡间，根本以为花草算不了什么重要的东西；不过，既是打了人家的物件，不管怎么不重要，总是自己粗心大意，所以就一声没敢出。及至夏太太闹上没完，村的野的一劲儿叫骂，杨妈的火儿再也按不住，可就还了口。乡下人急了，不会拿着尺寸说话，她抖着底儿把最粗野的骂出来。夏太太跳着脚儿骂了一阵，叫杨妈马上卷铺盖滚蛋。

祥子始终没过来劝解，他的嘴不会劝架，更不会劝解两个妇人的架。及至他听到杨妈骂夏太太是暗门子，千人骑万人摸的臭×，他知道杨妈的事必定吹了。同时也看出来，杨妈要是吹了，他自己也得跟着吹；夏太太大概不会留着个知道她的历史的仆人。杨妈走后，他等着被辞；算计着，大概新女仆来到就是他该卷铺盖的时候了。他可是没为这个发愁，经验使他冷静的上工辞工，犯不着用什么感情。

可是，杨妈走后，夏太太对祥子反倒非常的客气。没了女仆，她得自己去下厨房做饭。她给祥子钱，叫他出去买菜。买回来，她嘱咐他把什么该剥了皮，把什么该洗一洗。他剥皮洗菜，她就切肉煮饭，一边做事，一边找着话跟他说。她穿着件粉红的卫生衣，下面衬着条青裤子，脚上趿拉着双白缎子绣花的拖鞋。祥子低着头笨手笨脚的工作，不敢看她，可是又想看她，她的香水味儿时时强烈的流入他的鼻中，似乎是告诉他非看看她不可，像香花那样引逗蜂蝶。

祥子晓得妇女的厉害，也晓得妇女的好处；一个虎妞已足使任何人怕女子，又舍不得女子。何况，夏太太又远非虎妞所能比得上的呢。祥子不由得看了她两眼，假若她和虎妞一样的可怕，她可是有比虎妞强着许多倍使人爱慕的地方。

这要搁在二年前，祥子绝不敢看她这么两眼。现在，他不大管这个了：一来是经过妇女引诱过的，没法再管束自己。二来是他已经渐渐入了“车夫”的辙：一般车夫所认为对的，他现在也看着对；自己的努力与克己既然失败，大家的行为一定是有道理的，他非做个“车夫”不可，不管自己愿意不愿意；与众不同是行不开的。那么，拾个便宜是一般的苦人认为正当的，祥子干吗见便宜不捡着呢？他看了这个娘们两眼，是的，她只是个娘们！假如她愿意呢，祥子没法拒绝。他不敢相信她就能这么下贱，可是万一呢？她不动，祥子当然不动；她要是先露出点意思，他没主意。她已经露出点意思来了吧？要不然，干吗散了杨妈而不马上去雇人，单叫祥子帮忙做饭呢？干吗下厨房还擦那么多香水呢？祥子不敢决定什么，不敢希望什么，可是心里又微微地要决定点什么，要有点什么希望。他好像是做着个不实在的好梦，知道是梦，又愿意继续往下做。生命有种热力逼着他承认自己没出息，而在这没出息的事里藏着最大的快乐——也许是最大的苦恼，谁管它！

一点希冀，鼓起些勇气；一些勇气激起很大的热力；他心中烧起火来。这里没有一点下贱，他与她都不下贱，欲火是平等的！

一点恐惧，唤醒了理智；一点理智浇灭了心火；他几乎想马上逃走。这里只有苦恼，上这种路的必闹出笑话！

忽然希冀，忽然惧怕，他心中像发了疟疾。这比遇上虎妞的时候更加难过；那时候，他什么也不知道，像个初次出来的小蜂落在蛛网上；现在，他知道应当怎样的小心，也知道怎样的大胆，他莫名其妙的要往下淌，又清清楚楚的怕掉下去！

他不轻看这位姨太太，这位暗娼，这位美人，她是一切，又什么也不是。假若他也有些可以自解的地方，他想，倒是那个老瘦猴似的夏先生可恶，应当得些恶报。有他那样的丈夫，她做什么也没过错。有他那样的主人，他——祥子——做什么也没关系。他胆子大起来。

可是，她并没理会他看了她没有。做得了饭，她独自在厨房里吃；吃完，她喊了声祥子："你吃吧。吃完可得把家伙刷出来。下半天你接先生去的时候，就手儿买来晚上的菜，省得再出去了。明天是星期，先生在家，我出去找老妈子去。你有熟人没有，给荐一个？老妈子真难找！好吧，先吃去吧，别凉了！"

她说得非常的大方，自然。那件粉红的卫生衣忽然——在祥子眼中——仿佛素净了许多。他反倒有些失望，由失望而感到惭愧，自己看明白自己已不是要强的人，不仅是不要强的人，而且是坏人！糊糊涂涂的扒搂了两碗饭，他觉得非常的无聊。洗了家伙，到自己屋中坐下，一气不知道吸了多少根"黄狮子"！

到下午去接夏先生的时候，他不知为什么非常的恨这个老瘦猴。他真想拉得欢欢的，一撒手，把这老家伙摔个半死。他这才明白过来，先前在一个宅门里拉车，老爷的三姨太太和大少爷不甚清楚，经老爷发觉了以后，大少爷怎么几乎把老爷给毒死；他先前以为大少爷太年轻不懂事，现在他才明白过来那个老爷怎么该死。可是，他并不想杀人，他只觉得夏先生讨厌，可恶，而没有法子惩治他。他故意的上下颠动车把，摇这个老猴子几下。老猴子并没说什么，祥子反倒有点不得劲儿。他永远没做过这样的事，偶尔有理由的做出来也不能原谅自己。后悔使他对一切都冷淡了些，干吗故意找不自在呢？无论怎说，自己是个车夫，给人家好好做事就结了，想别的有什么用？

他心中平静了，把这场无结果的事忘掉；偶尔又想起来，他反觉有点可笑。

第二天，夏太太出去找女仆。出去一会儿就带回来个试工的。祥子死了心，可是心中怎想怎不是味儿。

星期一午饭后，夏太太把试工的老妈子打发了，嫌她太不干净。然后，她叫祥子去买一斤栗子来。

买了斤熟栗子回来，祥子在屋门外叫了声。

“拿进来吧。”她在屋中说。

祥子进去，她正对着镜子擦粉呢，还穿着那件粉红的卫生衣，可是换了一条淡绿的下衣。由镜子中看到祥子进来，她很快的转过身来，向他一笑。祥子忽然在这个笑容中看见了虎妞，一个年轻而美艳的虎妞。他木在了那里。他的胆气，希望，恐惧，小心，都没有了，只剩下可以大可以小的一口热气，撑着他的全体。这口气使他进就进，退便退，他已没有主张。

次日晚上，他拉着自己的铺盖，回到厂子去。

平日最怕最可耻的一件事，现在他打着哈哈似的泄露给大家——他撒不出尿来了！

大家争着告诉他去买什么药，或去找哪个医生。谁也不觉得这可耻，都同情地给他出主意，并且红着点脸而得意的述说自己这种经验。好几位年轻的曾经用钱买来过这种病，好几位中年的曾经白拾过这个症候，好几位拉过包月的都有一些分量不同而性质一样的经验，好几位拉过包月的没有亲自经验过这个，而另有些关于主人们的故事，颇值得述说。祥子这点病使他们都打开了心，和他说些知己的话。他自己忘掉羞耻，可也不以这为荣，就那么心平气和的忍受着这点病，和受了点凉或中了些暑并没有多大分别。到疼痛的时候，他稍微有点后悔；舒服一会儿，又想起那点甜美。无论怎样呢，他不着急；生活的经验叫他看轻了生命，着急有什么用呢？

这么点药，那么个偏方，揍出他十几块钱去；病并没有除了根。马马虎虎的，他以为是好了便停止住吃药。赶到阴天或换节气的时候，他的骨节儿犯疼，再临时服些药，或硬挺过去，全不拿它当作一回事。命既苦到底儿，身体算什么呢？把这个想开了，连个苍蝇还会在粪坑上取乐呢，何况这么大的一个活人。

病过去之后，他几乎变成另一个人。身量还是那么高，可是那股正气没有了，肩头故意的往前松着些，耷拉着嘴，唇间叼着支烟卷。有时候也把半截烟放在耳朵上夹着，不为那个地方方便，而专为要个飘儿。他还是不大爱说话，可是要张口的时候也勉强的要点俏皮，即使说得不圆满利落，好歹是那么股子劲儿。心里松懈，身态与神气便吊儿郎当。

不过，比起一般的车夫来，他还不能算是很坏。当他独自坐定的时候，想起以前的自己，他还想要强，不甘心就这么溜下去。虽然要强并没有用处，可是毁掉自己也不见得高明。在这种时候，他又想起买车。自己的三十多块钱，为治病已花去十多块，花得冤枉！但是有二十来块打底儿，他到底比别人的完全扎空枪更有希望。这么一想，他很想把未吸完的半盒“黄狮子”扔掉，从此烟酒不动，咬上牙攒钱。由攒钱想到买车，由买车便想到小福子。他觉得有点对不起她，自从由大杂院出来，始终没去看看她，而自己不但没往好了混，反倒弄了一身脏病！

及至见了朋友们，他照旧吸着烟，有机会也喝点酒，把小福子忘得一干二净。和朋友们在一块，他并不挑着头儿去干什么，不过别人要做点什么，他不能不陪着。一天的辛苦与一肚子的委屈，只有和他们说说玩玩，才能暂时忘掉。眼前的舒服驱逐走了高尚的志愿，他愿意快乐一会儿，而后昏天地黑的睡个大觉；谁不喜欢这样呢，生活既是那么无聊，痛苦，无望！生活的毒疮只能借着烟酒妇人的毒药麻木一会儿，以毒攻毒，毒气有朝一日必会归了心，谁不知道这个呢，可又谁能有更好的主意代替这个呢?!

越不肯努力便越自怜。以前他什么也不怕，现在他会找安闲自在：刮风下雨，他都不出车；身上有点酸痛，也一歇就是两三天。自怜便自私，他那点钱不肯借给别人一块，专为留着风天雨天自己垫着用。烟酒可以让人，钱不能借出去，自己比一切人都娇贵可怜。越闲越懒，无事可做又闷得慌，所以时时需要些娱乐，或吃口好东西。及至想到不该这样浪费光阴与金钱，他的心里永远有句现成的话，由多少经验给他铸成的一句话："当初咱倒要强过呢，有一丁点好处没有?"这句后没人能够驳倒，没人能把它解释开；那么，谁能拦着祥子不往低处去呢?!

懒，能使人脾气大。祥子现在知道怎样对人瞪眼。对车座儿，对巡警，对任何人，他决定不再老老实实的敷衍。当他勤苦卖力的时候，他没得到过公道。现在，他知道自己的汗是怎样的宝贵，能少出一滴便少出一滴；有人要占他的便宜，休想。随便的把车放下，他懒得再动，不管那是该放车的地方不是。巡警过来干涉，他动嘴不动身子，能延宕一会儿便多停一会儿。赶到看见非把车挪开不可了，他的嘴更不能闲着，他会骂。巡警要是不肯挨骂，那么，打一场也没什么，好在祥子知道自己的力气大，先把巡警揍了，再去坐狱也不吃亏。在打架的时候，他又觉出自己的力气与本事，把力气都砸在别人的肉上，他见了光明，太阳好像特别地亮起来。攒着自己的力气好预备打架，他以前连想也没想到过，现在居然成为事实了，而且是件可以使他心中痛快一会儿的事；想起来，多么好笑呢！

不要说是个赤手空拳的巡警，就是那满街横行的汽车，他也不怕。汽车迎头来了，卷起地上所有的灰土，祥子不躲，不论汽车的喇叭怎样的响，不管坐车的怎样着急。汽车也没了法，只好放慢了速度。它慢了，祥子也躲开了，少吃许多尘土。汽车要是由后边来，他也用这一招。他算清楚了，反正汽车不敢伤人，那么为什么老早地躲开，好叫它把尘土都带起来呢？巡警是专为给汽车开道的，唯恐它跑得不快与带起来的尘土不多，祥子不是巡警，就不许汽车横行。在巡警眼中，祥子是头等的“刺儿头”，可是他们也不敢惹“刺儿头”。苦人的懒是努力而落了空的自然结果，苦人的耍刺儿含着一些公理。

对于车座儿，他绝对不客气。讲到哪里拉到哪里，一步也不多走。讲到胡同口“上”，而叫他拉到胡同口“里”，没那个事！座儿瞪眼，祥子的眼瞪得更大。他晓得那些穿洋服的先生们是多么怕脏了衣裳，也知道穿洋服的先生们——多数的——是多么强横而吝啬。好，他早预备好了；说翻了，过去就是一把，抓住他们五六十块钱一身的洋服的袖子，至少给他们印个大黑手印！赠给他们这么个手印儿，还得照样的给钱，他们晓得那只大手有多么大的力气，那一把已将他们的小细胳臂攥得生疼。

他跑得还不慢，可是不能白白的特别加快。座儿一催，他的大脚便蹭了地：“快呀，加多少钱？”没有客气，他卖的是血汗。他不再希望随他们的善心多赏几个了，一分钱一分货，得先讲清楚了再拿出力气来。

对于车，他不再那么爱惜了。买车的心既已冷淡，对别人家的车就漠不关心。车只是辆车，拉着它呢，可以挣出嚼谷与车份便算完结了一切；不拉着它呢，便不用交车份，那么只要手里有够吃一天的钱，就无须往外拉它。人与车的关系不过如此。自然，他还不肯故意的损伤了人家的车，可是也不便分外用心的给保护着。有时候无心中的被别个车夫给碰伤了一块，他绝不急里蹦跳的和人家吵闹，而极冷静的拉回厂子去，该赔五毛的，他拿出两毛来，完事。厂主不答应呢，那好办，最后的解决总出不去起打；假如厂主愿意打呢，祥子陪着！

经验是生活的肥料，有什么样的经验便变成什么样的人，在沙漠里养不出牡丹来。祥子完全入了辙，他不比别的车夫好，也不比他们坏，就是那么个车夫样的车夫。这么着，他自己觉得倒比以前舒服，别人也看他顺眼；老鸦是一边黑的，他不希望独自成为白毛儿的。

冬天又来到，从沙漠吹来的黄风一夜的工夫能冻死许多人。听着风声，祥子把头往被子里埋，不敢再起来。直到风停止住那狼嗥鬼叫的响声，他才无可如何地起来，打不定主意是出去好呢，还是歇一天。他懒得去拿那冰凉的车把，怕那噎得使人恶心的风。狂风怕日落，直到四点多钟，风才完全静止，昏黄的天上透出些夕照的微红。他强打精神，把车拉出来。揣着手，用胸部顶着车把的头，无精打采的慢慢地晃，嘴中叼着半根烟卷。一会儿，天便黑了，他想快拉上俩买卖，好早些收车。懒得去点灯，直到沿路的巡警催了他四五次，才把它们点上。

在鼓楼前，他在灯下抢着个座儿，往东城拉。连大棉袍也没脱，就那么稀里糊涂的小跑着。他知道这不像样儿，可是，不像样就不像样吧；像样儿谁又多给几个子儿呢？这不是拉车，是混；头上见了汗，他还不肯脱长衣裳，能凑合就凑合。进了小胡同，一条狗大概看穿长衣拉车的不甚顺眼，跟着他咬。他停住了车，倒攥着布掸子，拼命地追着狗打。一直把狗赶没了影，他还又等了会儿，看它敢回来不敢。狗没敢回来，祥子痛快了些："妈妈的！当我怕你呢！"

"你这算哪道拉车的呀？听我问你！"车上的人没有好气儿的问。

祥子的心一动，这个语声听着耳熟。胡同里很黑，车灯虽亮，可是光都在下边，他看不清车上的是谁。车上的人戴着大风帽，连嘴带鼻子都围在大围脖之内，只露着两个眼。祥子正在猜想。车上的人又说了话：

"你不是祥子吗？"

祥子明白了，车上的是刘四爷！他轰的一下，全身热辣辣的，不知怎样才好。

"我的女儿呢？"

"死了！"祥子呆呆地在那里立着，不晓得是自己，还是另一个人说了这两个字。

"什么？死了？"

"死了！"

"落在他妈的你手里，还有个不死？！"

祥子忽然找到了自己："你下来！下来！你太老了，禁不住我揍；下来!”

刘四爷的手颤着走下来。“埋在了哪儿？我问你!”

“管不着!”祥子拉起车来就走。

他走出老远，回头看了看，老头子——一个大黑影似的——还在那儿站着呢。

二十二

祥子忘了是往哪里走呢。他昂着头，双手紧紧握住车把，眼放着光，迈着大步往前走；只顾得走，不管方向与目的地。他心中痛快，身上轻松，仿佛把自从娶了虎妞之后所有的倒霉一股拢总都喷在刘四爷身上。忘了冷，忘了张罗买卖，他只想往前走，仿佛走到什么地方他必能找回原来的自己，那个无牵无挂，纯洁，要强，处处努力的祥子。想起胡同中立着的那块黑影，那个老人，似乎什么也不必再说了，战胜了刘四便是战胜了一切。虽然没打这个老家伙一拳，没踹他一脚，可是老头子失去唯一的亲人，而祥子反倒逍遥自在；谁说这不是报应呢！老头子气不死，也得离死差不远！刘老头子有一切，祥子什么也没有；而今，祥子还可以高高兴兴的拉车，而老头子连女儿的坟也找不到！好吧，随你老头子有成堆的洋钱，与天大的脾气，你治不服这个一天现混两个饱的穷光蛋！

越想他越高兴，他真想高声地唱几句什么，叫世人都听到这凯歌——祥子又活了，祥子胜利了！晚间的冷气削着他的脸，他不觉得冷，反倒痛快。街灯发着寒光，祥子心中觉得舒畅的发热，处处是光，照亮了自己的将来。半天没吸烟了，不想再吸，从此烟酒不动，祥子要重打鼓另开张，照旧去努力自强，今天战胜了刘四，永远战胜刘四；刘四的诅咒适足以叫祥子更成功，更有希望。一口恶气吐出，祥子从此永远吸着新鲜的空气。看看自己的手脚，祥子不还是很年轻么？祥子将要永远年轻，叫虎妞死，刘四死，而祥子活着，快活的，要强的，活着——恶人都会遭报，都会死，那抢他车的大兵，不给仆人饭吃的杨太太，欺骗他压迫他的虎妞，轻看他的刘四，诈他钱的孙侦探，愚弄他的陈二奶奶，诱惑他的夏太太……都会死，只有忠诚的祥子活着，永远活着！

“可是，祥子你得从此好好地干哪！”他嘱咐着自己。“干吗不好好地干呢？我有志气，有力量，年纪轻！”他替自己答辩：“心中一痛快，谁能拦得住祥子成家立业呢？把前些日子的事搁在谁身上，谁能高兴，谁能不往下溜？那全过去了，明天你们会看见一个新的祥子，比以前的还要好，好得多！”

嘴里咕哝着，脚底下便更加了劲，好像是为自己的话做见证——不是瞎说，我确是有个身子骨儿。虽然闹过病，犯过见不起人的症候，有什么关系呢。心一变，马上身子也强起来，不成问题！出了一身的汗，口中觉得渴，想喝口水，他这才觉出已到了后门。顾不得到茶馆去，他把车放在城门西的“停车处”，叫过提着大瓦壶，拿着黄砂碗的卖茶的小孩来，喝了两碗刷锅水似的茶；非常的难喝，可是他告诉自己，以后就得老喝这个，不能再都把钱花在好茶好饭上。这么决定好，爽性再吃点东西——不好往下咽的东西——就作为勤苦耐劳的新生活的开始。他买了十个煎包儿，里边全是白菜帮子，外边又“皮”又牙碜。不管怎样难吃，也都把它们吞下去。吃完，用手背抹了抹嘴。上哪儿去呢？

可以投奔的，可依靠的，人，在他心中，只有两个。打算努力自强，他得去找这两个——小福子与曹先生。曹先生是“圣人”，必能原谅他，帮助他，给他出个好主意。顺着曹先生的主意去做事，而后再有小福子的帮助；他打外，她打内，必能成功，必能成功，这是无可疑的！

谁知道曹先生回来没有呢？不要紧，明天到北长街去打听；那里打听不着，他会上左宅去问，只要找着曹先生，什么便都好办了。好吧，今天先去拉一晚上，明天去找曹先生；找到了他，再去看小福子，告诉她这个好消息：祥子并没混好，可是决定往好里混，咱们一同齐心努力的往前奔吧！

这样计划好，他的眼亮得像个老鹰的眼，发着光向四外扫射，看见个座儿，他飞也似跑过去，还没讲好价钱便脱了大棉袄。跑起来，腿确是不似先前了，可是一股热气支撑着全身，他拼了命！祥子到底是祥子，祥子拼命跑，还是没有别人的份儿。见一辆，他开一辆，好像发了狂。汗痛快的往外流。跑完一趟，他觉得身上轻了许多，腿又有了那种弹力，还想再跑，像名马没有跑足，立定之后还踢腾着蹄儿那样。他一直跑到夜里一点才收车。回到厂中，除了车份，他还落下九毛多钱。

一觉，他睡到了天亮；翻了个身，再睁开眼，太阳已上来老高。疲乏后的安息是最甜美的享受，起来伸了个懒腰，骨节都轻脆地响，胃中像完全空了，极想吃点什么。

吃了点东西，他笑着告诉厂主："歇一天，有事。"心中计算好：歇一天，把事情都办好，明天开始新的生活。

一直的他奔了北长街去，试试看，万一曹先生已经回来了呢。一边走，一边心里祷告着：曹先生可千万回来了，别叫我扑个空！头一样儿不顺当，样样儿就都不顺当！祥子改了，难道老天爷还不保佑么？

到了曹宅门外，他的手哆嗦着去按铃。等着人来开门，他的心要跳出来。对这个熟识的门，他并没顾得想过去的一切，只希望门一开，看见个熟识的脸。他等着，他怀疑院里也许没有人，要不然为什么这样的安静呢，安静得几乎可怕。忽然门里有点响动，他反倒吓了一跳。门开了，门的响声里夹着一声最可宝贵，最亲热可爱的"哟！"高妈！

"祥子？可真少见哪！你怎么瘦了？"高妈可是胖了一些。

"先生在家？"祥子顾不得说别的。

"在家呢。你可倒好，就知道有先生，仿佛咱们就谁也不认识谁！连个好儿也不问！你真成，永远是'客（怯）木匠——一锯（句）'！进来吧！你混得倒好哇？"她一边往里走，一边问。

"哼！不好！"祥子笑了笑。

“那什么，先生，”高妈在书房外面叫，“祥子来了！”

曹先生正在屋里赶着阳光移动水仙呢：“进来！”

“唉，你进去吧，回头咱们再说话儿；我去告诉太太一声；我们全时常念叨你！傻人有个傻人缘，你倒别瞧！”高妈叨唠着走进去。

祥子进了书房：“先生，我来了！”想要问句好，没说出来。

“啊，祥子！”曹先生在书房里立着，穿着短衣，脸上怪善净的微笑。“坐下！那——”他想了会儿：“我们早就回来了，听老程说，你在——对，人和厂。高妈还去找了你一趟，没找到。坐下！你怎样？事情好不好？”

祥子的泪要落下来。他不会和别人谈心，因为他的话都是血做的，窝在心的深处。镇静了半天，他想要把那片血变成的简单的字，流泻出来。一切都在记忆中，一想便全想起来，他得慢慢地把它们排列好，整理好。他是要说出一部活的历史，虽然不晓得其中的意义，可是那一串委屈是真切的，清楚的。

曹先生看出他正在思索，轻轻地坐下，等着他说。

祥子低着头愣了好大半天，忽然抬头看看曹先生，仿佛若是找不到个人听他说，就不说也好似的。

“说吧！”曹先生点了点头。

祥子开始说过去的事，从怎么由乡间到城里说起。本来不想说这些没用的事，可是不说这些，心中不能痛快，事情也显着不齐全。他的记忆是血汗与苦痛砌成的，不能随便说着玩，一说起来也不愿掐头去尾。每一滴汗，每一滴血，都是由生命中流出去的，所以每一件事都有值得说的价值。

进城来，他怎样做苦工，然后怎样改行去拉车，怎样攒钱买上车，怎样丢了……一直说到他现在的情形。连他自己也觉着奇怪，为什么他能说得这么长，而且说得这么畅快。事情，一件挨着一件，全想由心中跳出来。事情自己似乎会找到相当的字眼，一句挨着一句，每一句都是实在的，可爱的，可悲的。他的心不能禁止那些事往外走，他的话也就没法停住。没有一点迟疑，混乱，他好像要一口气把整个的心都拿出来。越说越痛快，忘了自己，因为自己已包在那些话中，每句话中都有他，那要强的，委屈的，辛苦的，堕落的，他。说完，他头上见了汗，心中空了，空得舒服，像晕倒过去而出了凉汗那么空虚舒服。

“现在教我给你出主意？”曹先生问。

祥子点了点头；话已说完，他似乎不愿再张口了。

“还得拉车？”

祥子又点了点头。他不会干别的。

“既是还得去拉车，”曹先生慢慢地说，“那就出不去两条路。一条呢是凑钱买上车，一条呢是暂且赁车拉着，是不是？你手中既没有积蓄，借钱买车，得出利息，还不是一样？莫如就先赁车拉着。还是拉包月好，事情整重，吃住又都靠盘儿。我看你就还上我这儿来好啦；我的车卖给了左先生，你要来的话，得赁一辆来；好不好？”

“那敢情好！”祥子立了起来。“先生不记着那回事了？”

“哪回事?”

“那回，先生和太太都跑到左宅去!”

“呕!”曹先生笑起来，“谁记得那个！那回，我有点太慌。和太太到上海住了几个月，其实满可以不必，左先生早给说好了，那个阮明现在也做了官，对我还不错。那，大概你不知道这点儿；算了吧，我一点也没记着它。还说咱们的吧：你刚才说的那个小福子，她怎么办呢?”

“我没主意!”

“我给你想想看：你要是娶了她，在外面租间房，还是不上算；房租，煤灯炭火都是钱，不够。她跟着你去做工，哪能又那么凑巧，你拉车，她做女仆，不易找到！这倒不好办!”曹先生摇了摇头。“你可别多心，她到底可靠不可靠呢?”

祥子的脸红起来，哽吃了半天才说出来：“她没法子才做那个事，我敢下脑袋，她很好！她……”他心中乱开了：许多不同的感情凝成了一团，又忽然要裂开，都要往外跑；他没了话。

“要是这么着呀，”曹先生迟疑不决的说，“除非我这儿可以将就你们。你一个人占一间房，你们俩也占一间房；住的地方可以不发生问题。不知道她会洗洗做做的不会，假若她能做些事呢，就让她帮助高妈；太太不久就要生小孩，高妈一个人也太忙点。她呢，白吃我的饭，我可就也不给她工钱，你看怎样?”

“那敢情好!”祥子天真地笑了。

“不过，这我可不能完全做主，得跟太太商议商议!”

“没错！太太要不放心，我把她带来，叫太太看看！”

“那也好，”曹先生也笑了，没想到祥子还能有这么个心眼。“这么着吧，我先和太太提一声，改天你把她带来；太太点了头，咱们就算成功！”

“那么先生，我走吧？”祥子急于去找小福子，报告这个连希望都没敢希望过的好消息。

祥子出了曹宅，大概有十一点左右吧，正是冬季一天里最可爱的时候。这一天特别的晴美，蓝天上没有一点云，日光从干凉的空气中射下，使人感到一些爽快的暖气。鸡鸣犬吠，和小贩们的吆喝声，都能传达到很远，隔着街能听到些响亮清脆的声儿，像从天上落下的鹤唳。洋车都打开了布棚，车上的铜活闪着黄光。便道上骆驼缓慢稳当地走着，街心中汽车电车疾驰，地上来往着人马，天上飞着白鸽，整个的老城处处动中有静，乱得痛快，静得痛快，一片声音，万种生活，都覆在晴爽的蓝天下面，到处静静地立着树木。

祥子的心要跳出来，一直飞到空中去，与白鸽们一同去盘旋！什么都有了：事情，工钱，小福子，在几句话里美满地解决了一切，想也没想到呀！看这个天，多么晴爽干燥，正像北方人那样爽直痛快。人遇到喜事，连天气也好了，他似乎没见过这样可爱的冬晴。为更实际的表示自己的快乐，他买了个冻结实了的柿子，一口下去，满嘴都是冰凌！扎牙根的凉，从口中慢慢凉到胸部，使他全身一颤。几口把它吃完，舌头有些麻木，心中舒服。他扯开大步，去找小福子。心中已看见了那个杂院，那间小屋，与他心爱的人；只差着一对翅膀把他一下送到那里。只要见了她，以前的一切可以一笔勾销，从此另辟一个天地。此刻的急切又超过了去见曹先生的时候，曹先生与他的关系是朋友，主仆，彼此以好换好。她不仅是朋友，她将把她的一生交给他，两个地狱中的人将要抹去泪珠而含着笑携手前进。曹先生的话能感动他，小福子不用说话就能感动他。他对曹先生说了真实的话，他将要对小福子说些更知心的话，跟谁也不能说的话都可以对她说。她，现在，就是他的命，没有她便什么也算不了一回事。他不能仅为自己的吃喝努力，他必须把她从那间小屋救拔出来，而后与他一同住在一间干净暖和的屋里，像一对小鸟似的那么快活，体面，亲热！她可以不管二强子，也可以不管两个弟弟，她必须来帮助祥子。二强子本来可以自己挣饭吃，那两个弟弟也可以对付着去俩人拉一辆车，或做些别的事了；祥子，没她可不行。他的身体，精神，事情，没有一处不需要她的。她也正需要他这么个男人。

越想他越急切，越高兴；天下的女人多了，没有一个像小福子这么好，这么合适的！他已娶过，偷过；已接触过美的和丑的，年老的和年轻的；但是她们都不能挂在他的心上，她们只是妇女，不是伴侣。不错，她不是他心目中所有的那个一清二白的姑娘，可是正因为这个，她才更可怜，更能帮助他。那傻子似的乡下姑娘也许非常的清白，可是绝不会有小福子的本事与心路。况且，他自己呢？心中也有许多黑点呀！那么，他与她正好是一对儿，谁也不高，谁也不低，像一对都有破纹，而都能盛水的罐子，正好摆在一处。

无论怎想，这是件最合适的事。想过这些，他开始想些实际的：先和曹先生支一月的工钱，给她买件棉袍，齐理齐理鞋脚，然后再带她去见曹太太。穿上新的，素净的长棉袍，头上脚下都干干净净的，就凭她的模样，年岁，气派，一定能拿得出手去，一定能讨曹太太的喜欢。没错儿！

走到了地方，他满身是汗。见了那个破大门，好像见了多年未曾回来过的老家：破门，破墙，门楼上的几棵干黄的草，都非常可爱。他进了大门，一直奔了小福子的屋子去。顾不得敲门，顾不得叫一声，他一把拉开了门。一拉开门，他本能的退了回来。炕上坐着个中年的妇人，因屋中没有火，她围着条极破的被子。祥子愣在门外，屋里出了声：“怎么啦！报丧哪？怎么不言语一声愣往人家屋里走啊?！你找谁?”

祥子不想说话。他身上的汗全忽然落下去，手扶着那扇破门，他又不敢把希望全都扔弃了：“我找小福子！”

“不知道！赶明儿你找人的时候，先问一声再拉门！什么小福子大福子的！”

坐在大门口，他愣了好大半天，心中空了，忘了他是干什么呢。慢慢地他想起一点来，这一点只有小福子那么大小，小福子在他心中走过来，又走过去，像走马灯上的纸人，老那么来回地走，没有一点作用，他似乎忘了他与她的关系。慢慢的，小福子的形影缩小了些，他的心多了一些活动。这才知道了难过。

在不准知道事情的吉凶的时候，人总先往好里想。祥子猜想着，也许小福子搬了家，并没有什么更大的变动。自己不好，为什么不常来看看她呢？惭愧令人动作，好补补自己的过错。最好是先去打听吧。他又进了大院，找住个老邻居探问了一下。没得到什么正确的消息。还不敢失望，连饭也不顾得吃，他想去找二强子；找到那两个弟弟也行。这三个男人总在街面上，不至于难找。

见人就问，车口上，茶馆中，杂院里，尽着他的腿的力量走了一天，问了一天，没有消息。

晚上，他回到车厂，身上已极疲乏，但是还不肯忘了这件事。一天的失望，他不敢再盼望什么了。苦人是容易死的，苦人死了是容易被忘掉的。莫非小福子已经不在了么？退一步想，即使她没死，二强子又把她卖掉，卖到极远的地方去，是可能的；这比死更坏！

烟酒又成了他的朋友。不吸烟怎能思索呢？不喝醉怎能停止住思索呢？

二十三

祥子在街上丧胆游魂的走，遇见了小马儿的祖父。老头子已不拉车，身上的衣裳比以前更薄更破，扛着根柳木棍子，前头挂着个大瓦壶，后面悬着个破元宝筐子，筐子里有些烧饼油鬼和一大块砖头。他还认识祥子。

说起话来，祥子才知道小马儿已死了半年多，老人把那辆破车卖掉，天天就弄壶茶和些烧饼果子在车口儿上卖。老人还是那么和气可爱，可是腰弯了许多，眼睛迎风流泪，老红着眼皮像刚哭完似的。

祥子喝了他一碗茶，把心中的委屈也对他略略说了几句。

“你想独自混好?”老人评断着祥子的话：“谁不是那么想呢?可是谁又混好了呢?当初，我的身子骨儿好，心眼好，一直混到如今了，我落到现在的样儿！身子好?铁打的人也逃不出去咱们这个天罗地网。心眼好?有什么用呢！善有善报，恶有恶报，并没有这么八宗事！我当年轻的时候，真叫作热心肠儿，拿别人的事当自己的做。有用没有?没有！我还救过人命呢，跳河的，上吊的，我都救过，有报应没有?没有！告诉你，我不定哪天就冻死，我算是明白了，干苦活儿的打算独自一个人混好，比登天还难。一个人能有什么蹦儿?看见过蚂蚱吧?独自一个儿也蹦得怪远的，可是叫个小孩子逮住，用线儿拴上，连飞也飞不起来。赶到成了群，打成阵，哼，一阵就把整顷的庄稼吃净，谁也没法儿治它们！你说是不是?我的心眼倒好呢，连个小孙子都守不住。他病了，我没钱给他买好药，眼看着他死在我的怀里！甭说了，什么也甭说了！——茶来！谁喝碗热的?”

祥子真明白了：刘四，杨太太，孙侦探——并不能因为他的咒骂就得了恶报；他自己，也不能因为要强就得了好处。自己，专仗着自己，真像老人所说的，就是被小孩子用线拴上的蚂蚱，有翅膀又怎样呢？

他根本不想上曹宅去了。一上曹宅，他就得要强，要强有什么用呢？就这么大咧咧地瞎混吧：没饭吃呢，就把车拉出去；够吃一天的呢，就歇一天，明天再说明天的。这不但是个办法，而且是唯一的办法。攒钱，买车，都给别人预备着来抢，何苦呢？何不得乐且乐呢？

再说，设若找到了小福子，他也还应当去努力，不为自己，还不为她吗？既然找不到她，正像这老人死了孙子，为谁混呢？他把小福子的事也告诉了老人，他把老人当作了真的朋友。

“谁喝碗热的？”老人先吆喝了声，而后替祥子来想：“大概据我这么猜呀，出不去两条道儿：不是叫二强子卖给人家当小啊，就是押在了白房子。哼，多半是下了白房子！怎么说呢？小福子既是，像你刚才告诉我的，嫁过人，就不容易再有人要；人家买姨太太的要整货。那么，大概有八成，她是下了白房子。我快六十岁了，见过的事多了去啦：拉车的壮实小伙子要是有个一两天不到街口上来，你去找吧，不是拉上包月，准在白房子爬着呢；咱们拉车人的姑娘媳妇要是忽然不见了，总有七八成也是上那儿去了。咱们卖汗，咱们的女人卖肉，我明白，我知道！你去上那里找找看吧，不盼着她真在那里，不过，——茶来！谁喝碗热的？！”

祥子一气跑到西直门外。

一出了关厢，马上觉出空旷，树木削瘦的立在路旁，枝上连只鸟也没有。灰色的树木，灰色的土地，灰色的房屋，都静静地立在灰黄色的天下；从这一片灰色望过去，看见那荒寒的西山。铁道北，一片树林，林外几间矮屋，祥子算计着，这大概就是白房子了。看看树林，没有一点动静；再往北看，可以望到万牲园外的一些水地，高低不平的只剩下几棵残蒲败苇。小屋子外没有一个人，没动静。远近都这么安静，他怀疑这是否那个出名的白房子了。他大着胆往屋子那边走，屋门上都挂着草帘子，新挂上的，都黄黄的有些光泽。他听人讲究过，这里的妇人，在夏天，都赤着背，在屋外坐着，招呼着行人。那来照顾她们的，还老远的要唱着窑调，显出自己并不是外行。为什么现在这么安静呢？难道冬天此地都不做买卖了么？

他正在这么猜疑，靠边的那一间的草帘子动了一下，露出个女人头来。祥子吓了一跳，那个人头，猛一看，非常像虎妞的。他心里说："来找小福子，要是找到了虎妞，才真算见鬼！"

"进来吧，傻乖乖！"那个人头说了话，语音可不像虎妞的；嗓子哑着，很像他常在天桥听见的那个卖野药的老头子，哑而显着急切。

屋子里什么也没有，只有那个妇人和一铺小炕，炕上没有席，可是炕里烧着点火，臭气烘烘的非常的难闻。炕上放着条旧被子，被子边儿和炕上的砖一样，都油亮油亮的。妇人有四十来岁，蓬着头，还没洗脸。她下边穿着条夹裤，上面穿着件青布小棉袄，没系纽扣。祥子大低头才对付着走进去，一进门就被她搂住了。小棉袄本没扣着，胸前露出一对极长极大的奶来。

祥子坐在了炕沿上，因为立着便不能伸直了脖子。他心中很喜欢遇上了她，常听人说，白房子有个“白面口袋”，这必定是她。“白面口袋”这个外号来自她那两个大奶。祥子开门见山地问她看见个小福子没有，她不晓得。祥子把小福子的模样形容了一番，她想起来了：

“有，有这么个人！年纪不大，好露出几个白牙，对，我们都管她叫小嫩肉。”

“她在哪屋里呢？”祥子的眼忽然睁得带着杀气。

“她？早完了！”“白面口袋”向外一指，“吊死在树林里了！”

“怎么？”

“小嫩肉到这儿以后，人缘很好。她可是有点受不了，身子挺单薄。有一天，掌灯的时候，我还记得真真的，因为我同着两三个娘们正在门口坐着呢。唉，就是这么个时候，来了个逛的，一直奔了她屋里去；她不爱同我们坐在门口，刚一来的时候还为这个挨过打，后来她有了名，大伙儿也就让她独自个儿在屋里，好在来逛她的绝不去找别人。待了有一顿饭的工夫吧，客人走了，一直就奔了那个树林去。我们什么也没看出来，也没人到屋里去看她。赶到老叉杆跟她去收账的时候，才看见屋里躺着个男人，赤身露体，睡得才香呢。他原来是喝醉了。小嫩肉把客人的衣裳剥下来，自己穿上，逃了。她真有心眼。要不是天黑了，要命她也逃不出去。天黑，她又女扮男装，把大伙儿都给蒙了。马上老叉杆派人四处去找，哼，一进树林，她就在那儿挂着呢。摘下来，她已断了气，可是舌头并没吐出多少，脸上也不难看，到死的时候她还讨人喜欢呢！这么几个月了，树林里到晚上一点事儿也没有，她不出来唬吓人，多么仁义！……”

祥子没等她说完，就晃晃悠悠的走出来。走到一块坟地，四四方方的种着些松树，树当中有十几个坟头。阳光本来很微弱，松林中就更暗淡。他坐在地上，地上有些干草与松花。什么声音也没有，只有树上的几个山喜鹊扯着长声悲叫。这绝不会是小福子的坟，他知道，可是他的泪一串一串的往下落。什么也没有了，连小福子也入了土！他是要强的，小福子是要强的，他只剩下些没有作用的泪，她已做了吊死鬼！一领席，埋在乱死岗子，这就是努力一世的下场头！

回到车厂，他懊睡了两天。绝不想上曹宅去了，连个信儿也不必送，曹先生救不了祥子的命。睡了两天，他把车拉出去，心中完全是块空白，不再想什么，不再希望什么，只为肚子才出来受罪，肚子饱了就去睡，还用想什么呢，还用希望什么呢？看看一条瘦得出了棱的狗在白薯挑子旁边等着吃点皮和须子，他明白了他自己就跟这条狗一样，一天的动作只为捡些白薯皮和须子吃。将就着活下去是一切，什么也无须乎想了。

人把自己从野兽中提拔出，可是到现在人还把自己的同类驱逐到野兽里去。祥子还在那文化之城，可是变成了走兽。一点也不是他自己的过错。他停止住思想，所以就是杀了人，他也不负什么责任。他不再有希望，就那么迷迷糊糊地往下坠，坠入那无底的深坑。他吃，他喝，他嫖，他赌，他懒，他狡猾，因为他没了心，他的心被人家摘了去。他只剩下那个高大的肉架子，等着溃烂，预备着到乱死岗子去。

冬天过去了，春天的阳光是自然给一切人的衣服，他把棉衣卷巴卷巴全卖了。他要吃口好的，喝口好的，不必存着冬衣，更根本不预备着再看见冬天；今天快活一天吧，明天就死！管什么冬天不冬天呢！不幸，到了冬天，自己还活着，那就再说吧。原先，他一思索，便想到一辈子的事；现在，他只顾眼前。经验告诉了他，明天只是今天的继续，明天承继着今天的委屈。卖了棉衣，他觉得非常的痛快，拿着现钱做什么不好呢，何必留着等那个一阵风便噎死人的冬天呢？

慢慢的，不但是衣服，什么他也想卖，凡是暂时不用的东西都马上出手。他喜欢看自己的东西变成钱，被自己花了；自己花用了，就落不到别人手中，这最保险。把东西卖掉，到用的时候再去买；假若没钱买呢，就干脆不用。脸不洗，牙不刷，原来都没大关系，不但省钱，而且省事。体面给谁看呢？穿着破衣，而把烙饼卷酱肉吃在肚中，这是真的！肚子里有好东西，就是死了也有些油水，不至于像个饿死的老鼠。

祥子，多么体面的祥子，变成个又瘦又脏的低等车夫。脸，身体，衣服，他都不洗，头发有时候一个多月不剃一回。他的车也不讲究了，什么新车旧车的，只要车份儿小就好。拉上买卖，稍微有点甜头，他就中途倒出去。坐车的不答应，他会瞪眼，打起架来，到警区去住两天才不算一回事！独自拉着车，他走得很慢，他心疼自己的汗。及至走上帮儿车，要是高兴的话，他还肯跑一气，专为把别人落在后边。在这种时候，他也很会掏坏，什么横切别的车，什么故意拐硬弯，什么别扭着后面的车，什么抽冷子搡前面的车一把，他都会。原先他以为拉车是拉着条人命，一不小心便有摔死人的危险。现在，他故意的要坏；摔死谁也没大关系，人都该死！

他又恢复了他的静默寡言。一声不出的，他吃，他喝，他掏坏。言语是人类彼此交换意见与传达感情的，他没了意见，没了希望，说话干吗呢？除了讲价儿，他一天到晚老闭着口；口似乎专为吃饭喝茶与吸烟预备的。连喝醉了他都不出声，他会坐在僻静的地方去哭。几乎每次喝醉他必到小福子吊死的树林里去落泪；哭完，他就在白房子里住下。酒醒过来，钱净了手，身上中了病。他并不后悔；假若他也有后悔的时候，他是后悔当初他干吗那么要强，那么谨慎，那么老实。该后悔的全过去了，现在没有了可悔的事。

现在，怎能占点便宜，他就怎办。多吸人家一支烟卷，买东西使出个假铜子去，喝豆汁多吃几块咸菜，拉车少卖点力气而多挣一两个铜子，都使他觉到满意。他占了便宜，别人就吃了亏，对，这是一种报复！慢慢的再把这个扩大一点，他也学会跟朋友们借钱，借了还是不想还；逼急了他可以撒无赖。初一上来，大家一点也不怀疑他，都知道他是好体面讲信用的人，所以他一张嘴，就把钱借到。他利用着这点人格的残余到处去借，借着如白捡，借到手便顺手儿花去。人家要债，他会做出极可怜的样子去央求宽限；这样还不成，他会去再借二毛钱，而还上一毛五的债，剩下五分先喝了酒再说。一来二去，他连一个铜子也借不出了，他开始去骗钱花。凡是以前他所混过的宅门，他都去拜访，主人也好，仆人也好，见面他会编一套谎，骗几个钱；没有钱，他央求赏给点破衣服，衣服到手马上也变了钱，钱马上变了烟酒。他低着头思索，想坏主意，想好一个主意就能进比拉一天车还多的钱；省了力气，而且进钱，他觉得非常的上算。他甚至于去找曹宅的高妈。远远的等着高妈出来买东西，看见她出来，他几乎是一步便赶过去，极动人的叫她一声高大嫂。

“哟！吓死我了！我当是谁呢？祥子啊！你怎这么样了？”高妈把眼都睁得圆了，像看见一个怪物。

“甭提了！”祥子低下头去。

“你不是跟先生都说好了吗？怎么一去不回头了？我还和老程打听你呢，他说没看见你，你到底上哪儿啦？先生和太太都直不放心！”

“病了一大场，差点死了！你和先生说说，帮我一步，等我好利落了再来上工！”祥子把早已编好的话，简单的，动人的，说出。

“先生没在家，你进来见见太太好不好？”

“甭啦！我这个样儿！你给说说吧！”

高妈给他拿出两块钱来：“太太给你的，嘱咐你快吃点药！”

“是了！谢谢太太！”祥子接过钱来，心里盘算着上哪儿开发了它。高妈刚一转脸，他奔了天桥，足玩了一天。

慢慢地把宅门都串净，他又串了个第二回，这次可就已经不很灵验了。他看出来，这条路子不能靠长，得另想主意，得想比拉车容易挣钱的主意。在先前，他唯一的指望便是拉车；现在，他讨厌拉车。自然他一时不能完全和车断绝关系，可是只要有法子能暂时对付三餐，他便不肯去摸车把。他的身子懒，而耳朵很尖，有个消息，他就跑到前面去。什么公民团咧，什么请愿团咧，凡是有人出钱的事，他全干。三毛也好，两毛也好，他乐意去打一天旗子，随着人群乱走。他觉得这无论怎样也比拉车强，挣钱不多，可是不用卖力气呢。打着面小旗，他低着头，嘴里叼着烟卷，似笑非笑地随着大家走，一声也不出。到非喊叫几声不可的时候，他会张开大嘴，而完全没声，他爱惜自己的嗓子。对什么事他也不想用力，因为以前卖过力气而并没有分毫的好处。在这种打旗呐喊的时候，设若遇见点什么危险，他头一个先跑开，而且跑得很快。他的命可以毁在自己手里，再也不为任何人牺牲什么。为个人努力的也知道怎样毁灭个人，这是个人主义的两端。

二十四

又到了朝顶进香的时节，天气暴热起来。

卖纸扇的好像都由什么地方忽然一齐钻出来，跨着箱子，箱上的串铃哗啷哗啷的引人注意。道旁，青杏已论堆儿叫卖，樱桃照眼的发红，玫瑰枣儿盆上落着成群的金蜂，玻璃粉在大瓷盆内放着层乳光，扒糕与凉粉的挑子收拾得非常的利落，摆着各样颜色的作料，人们也换上浅淡而花哨的单衣，街上突然增加了许多颜色，像多少道长虹散落在人间。清道夫们加紧的工作，不住地往道路上泼洒清水，可是轻尘依旧往起飞扬，令人烦躁。轻尘中却又有那长长的柳枝，与轻巧好动的燕子，使人又不得不觉到爽快。一种使人不知怎样好的天气，大家打着懒长的哈欠，疲倦而又痛快。

秧歌，狮子，开路，五虎棍，和其他各样的会，都陆续的往山上去。敲着锣鼓，挑着箱笼，打着杏黄旗，一当儿跟着一当儿，给全城一些异常的激动，给人们一些渺茫而又亲切的感触，给空气中留下些声响与埃尘。赴会的，看会的，都感到一些热情，虔诚，与兴奋。乱世的热闹来自迷信，愚人的安慰只有自欺。这些色彩，这些声音，满天的晴云，一街的尘土，叫人们有了精神，有了事做：上山的上山，逛庙的逛庙，看花的看花……至不济的还可以在街旁看看热闹，念两声佛。

天这么一热，似乎把故都的春梦唤醒，到处可以游玩，人人想起点事做，温度催着花草果木与人间享乐一齐往上增长。南北海里的绿柳新蒲，招引来吹着口琴的少年，男男女女把小船放到柳荫下，或荡在嫩荷间，口里吹着情歌，眉眼也会接吻。公园里的牡丹芍药，邀来骚人雅士，缓步徘徊，摇着名贵的纸扇；走乏了，便在红墙前，绿松下，饮几杯足以引起闲愁的清茶，偷眼看着来往的大家闺秀与南北名花。就是那向来冷静的地方，也被和风晴日送来游人，正如送来蝴蝶。崇效寺的牡丹，陶然亭的绿苇，天然博物院的桑林与水稻，都引来人声伞影；甚至于天坛，孔庙，与雍和宫，也在严肃中微微有些热闹。好远行的与学生们，到西山去，到温泉去，到颐和园去，去旅行，去乱跑，去采集，去在山石上乱画些字迹。寒苦的人们也有地方去，护国寺，隆福寺，白塔寺，土地庙，花儿市，都比往日热闹：各种的草花都鲜艳的摆在路旁，一两个铜板就可以把“美”带到家中去。豆汁摊上，咸菜鲜丽得像朵大花，尖端上摆着焦红的辣椒。鸡子儿正便宜，炸蛋角焦黄稀嫩的惹人咽着唾液。天桥就更火炽，新席造起的茶棚，一座挨着一座，洁白的桌布，与妖艳的歌女，遥对着天坛墙头上的老松。锣鼓的声音延长到七八小时，天气的爽燥使锣鼓特别的轻脆，击乱了人心。妓女们容易打扮了，一件花洋布单衣便可以漂亮的摆出去，而且显明地露出身上的曲线。好清静的人们也有了去处，积水滩前，万寿寺外，东郊的窑坑，西郊的白石桥，都可以垂钓，小鱼时时碰得嫩苇微微地动。钓完鱼，野茶馆里的猪头肉，卤煮豆腐，白干酒与盐水豆儿，也能使人醉饱；然后提着钓竿与小鱼，沿着柳岸，踏着夕阳，从容的进入那古老的城门。

到处好玩，到处热闹，到处有声有色。夏初的一阵暴热像一道神符，使这老城处处带着魔力。它不管死亡，不管祸患，不管困苦，到时候它就施展出它的力量，把百万的人心都催眠过去，做梦似的唱着它的赞美诗。它污浊，它美丽，它衰老，它活泼，它杂乱，它安闲，它可爱，它是伟大的夏初的北平。

正是在这个时节，人们才盼着有些足以解闷的新闻，足以念两三遍而不厌烦的新闻，足以读完报而可以亲身去看到的新闻，天是这么长而晴爽啊！

这样的新闻来了！电车刚由厂里开出来，卖报的小儿已扯开尖嗓四下里追着人喊："枪毙阮明的新闻，九点钟游街的新闻！"一个铜板，一个铜板，又一个铜板，都被小黑手接了去。电车上，铺户中，行人的手里，一张一张的全说的是阮明：阮明的相片，阮明的历史，阮明的访问记，大字小字，插图说明，整页的都是阮明。阮明在电车上，在行人的眼里，在交谈者的口中，老城里似乎已没有了别人，只有阮明；阮明今天游街，今日被枪毙！有价值的新闻，理想的新闻，不但口中说着阮明，待一会儿还可看见他。妇女们赶着打扮；老人们早早地就出去，唯恐腿脚慢，落在后边；连上学的小孩们也想逃半天学，去见识见识。到八点半钟，街上已满了人，兴奋，希冀，拥挤，喧嚣，等着看这活的新闻。车夫们忘了张罗买卖，铺子里乱了规矩，小贩们懒得吆喝，都期待着囚车与阮明。历史中曾有过黄巢，张献忠，太平天国的民族，会挨杀，也爱看杀人。枪毙似乎太简单，他们爱听凌迟，砍头，剥皮，活埋，听着像吃了冰激凌似的，痛快得微微的哆嗦。可是这一回，枪毙之外，还饶着一段游街，他们几乎要感谢那出这样主意的人，使他们会看到一个半死的人捆在车上，热闹他们的眼睛；即使自己不是监斩官，可也差不多了。这些人的心中没有好歹，不懂得善恶，辨不清是非，他们死攥着一些礼教，愿被称为文明人；他们却爱看千刀万剐他们的同类，像小儿割宰一只小狗那么残忍与痛快。一朝权到手，他们之中的任何人也会去屠城，把妇人的乳与脚割下堆成小山，这是他们的快举。他们没得到这个威权，就不妨先多看些杀猪宰羊与杀人，过一点瘾。连这个要是也摸不着看，他们会对个孩子也骂千刀杀，万刀杀，解解心中的恶气。

响晴的蓝天，东边高高的一轮红日，几阵小东风，路旁的柳条微微摆动。东便道上有一大块阴影，挤满了人：老幼男女，丑俊胖瘦，有的打扮得漂亮近时，有的只穿着小褂，都谈笑着，盼望着，时时向南或向北探探头。一人探头，大家便跟着，心中一齐跳得快了些。这样，越来越往前拥，人群渐渐挤到马路边上，成了一座肉壁，只有高低不齐的人头乱动。巡警成队的出来维持秩序，他们拦阻，他们叱呼，他们有时也抓出个泥块似的孩子砸巴两拳，招得大家哈哈的欢笑。等着，耐心地等着，腿已立酸，还不肯空空回去；前头的不肯走，后面新来的便往前拥，起了争执，手脚不动，专凭嘴战，彼此诟骂，大家喊好。孩子不耐烦了，被大人打了耳光；扒手们得了手，失了东西的破口大骂。喧嚣，叫闹，吵成一片，谁也不肯动，人越增多，越不肯动，表示一致的喜欢看那半死的囚徒。

忽然，大家安静了，远远的来了一队武装的警察。“来了！”有人喊了声。紧跟着人声嘈乱起来，整群的人像机器似的一齐向前拥了一寸，又一寸，来了！来了！眼睛全发了光，嘴里都说着些什么，一片人声，整街的汗臭，礼教之邦的人民热烈的爱看杀人呀。

阮明是个小矮个儿，倒捆着手，在车上坐着，像个害病的小猴子；低着头，背后插着二尺多长的白招子。人声就像海潮般的前浪催着后浪，大家都撇着点嘴批评，都有些失望：就是这么个小猴子呀！就这么稀松没劲呀！低着头，脸煞白，就这么一声不响呀！有的人想起主意，要逗他一逗："哥儿们，给他喊个好儿呀！"紧跟着，四面八方全喊了"好！"像给戏台上的坤伶喝彩似的，轻蔑的，恶意的，讨人嫌的，喊着。阮明还是不出声，连头也没抬一抬。有的人真急了，真看不上这样软的囚犯，挤到马路边上呸呸的啐了他几口。阮明还是不动，没有任何的表现。大家越看越没劲，也越舍不得走开；万一他忽然说出句"再过二十年又是一条好汉"呢？万一他要向酒店索要两壶白干，一碟酱肉呢？谁也不肯动，看他到底怎样。车过去了，还得跟着，他现在没什么表现，焉知道他到单牌楼不缓过气来而高唱几句《四郎探母》呢？跟着！有的一直跟到天桥；虽然他始终没做出使人佩服与满意的事，可是人们眼瞧着他吃了枪弹，到底可以算不虚此行。

在这么热闹的时节，祥子独自低着头在德胜门城根慢慢地走。走到积水潭，他四下看了看。没有人，他慢慢地，轻手蹑脚地往湖边上去。走到湖边，找了棵老树，背倚着树干，站了一会儿。听着四外并没有人声，他轻轻地坐下。苇叶微动，或一只小鸟忽然叫了一声，使他急忙立起来，头上见了汗。他听，他看，四下里并没有动静，他又慢慢地坐下。这么好几次，他开始看惯了苇叶的微动，听惯了鸟鸣，决定不再惊慌。呆呆地看着湖外的水沟里，一些小鱼，眼睛亮得像些小珠，忽聚忽散，忽来忽去；有时候头顶着一片嫩萍，有时候口中吐出一些泡沫。靠沟边，一些已长出腿的蝌蚪，直着身儿，摆动那黑而大的头。水忽然流得快一些，把小鱼与蝌蚪都冲走，尾巴歪歪着顺流而下，可是随着水也又来了一群，挣扎着想要停住。一个水蝎极快地跑过去。水流渐渐的稳定，小鱼又结成了队，张开小口去啃一个浮着的绿叶，或一段小草。稍大些的鱼藏在深处，偶尔一露背儿，忙着转身下去，给水面留下个漩涡与一些碎纹。翠鸟像箭似的由水面上擦过去，小鱼大鱼都不见了，水上只剩下浮萍。祥子呆呆地看着这些，似乎看见，又似乎没看见，无心中的拾起块小石，投在水里，溅起些水花，击散了许多浮萍，他猛的一惊，吓得又要立起来。

坐了许久，他偷偷地用那只大的黑手向腰间摸了摸。点点头，手停在那里；待了会，手中拿出一沓儿钞票，数了数，又极慎重的藏回原处。

他的心完全为那点钱而活动着：怎样花费了它，怎样不叫别人知道，怎样既能享受而又安全。他已不是为自己思索，他已成为钱的附属物，一切要听它的支配。

这点钱的来头已经决定了它的去路。这样的钱不能光明正大的花出去。这点钱，与拿着它们的人，都不敢见阳光。人们都在街上看阮明，祥子藏在那清静的城根，设法要到更清静更黑暗的地方去。他不敢再在街市上走，因为他卖了阮明。就是独自对着静静的流水，背靠着无人迹的城根，他也不敢抬头，仿佛有个鬼影老追随着他。在天桥倒在血迹中的阮明，在祥子心中活着，在他腰间的一些钞票中活着。他并不后悔，只是怕，怕那个无处无时不紧跟着他的鬼。

阮明做了官以后，颇享受了一些他以前看作应该打倒的事。钱会把人引进恶劣的社会中去，把高尚的理想撇开，而甘心走入地狱中去。他穿上华美的洋服，去嫖，去赌，甚至于吸上口鸦片。当良心发现的时候，他以为这是万恶的社会陷害他，而不完全是自己的过错；他承认他的行为不对，可是归罪于社会的引诱力太大，他没法抵抗。一来二去，他的钱不够用了，他又想起那些激烈的思想，但是不为执行这些思想而振作；他想利用思想换点钱来。把思想变成金钱，正如同在读书的时候想拿对教员的交往白白的得到及格的分数。懒人的思想不能和人格并立，一切可以换作金钱的都早晚必被卖出去。他受了津贴。急于宣传革命的机关，不能极谨慎的选择战士，愿意投来的都是同志。但是，受津贴的人多少得有些成绩，不管用什么手段做出的成绩；机关里要的是报告。阮明不能只拿钱不做些事。他参加了组织洋车夫的工作。祥子呢，已是做摇旗呐喊的老行家；因此，阮明认识了祥子。

阮明为钱，出卖思想；祥子为钱，接受思想。阮明知道，遇必要的时候，可以牺牲了祥子。祥子并没作过这样的打算，可是到时候就这么作了——出卖了阮明。为金钱而工作的，怕遇到更多的金钱；忠诚不立在金钱上。阮明相信自己的思想，以思想的激烈原谅自己一切的恶劣行为。祥子听着阮明所说的，十分有理，可是看阮明的享受也十分可羡慕——“我要有更多的钱，我也会快乐几天！跟姓阮的一样！”金钱减低了阮明的人格，金钱闪花了祥子的眼睛。他把阮明卖了六十块钱。阮明要的是群众的力量，祥子要的是更多的——像阮明那样的——享受。阮明的血洒在津贴上，祥子把钞票塞在了腰间。

一直坐到太阳平西，湖上的蒲苇与柳树都挂上些金红的光闪，祥子才立起来，顺着城根往西走。骗钱，他已做惯；出卖人命，这是头一遭。何况他听阮明所说的还十分有理呢！城根的空旷，与城墙的高峻，叫他越走越怕。偶尔看见垃圾堆上有几个老鸦，他都想绕着走开，恐怕惊起它们，给他几声不祥的啼叫。走到了西城根，他加紧了脚步，一条偷吃了东西的狗似的，他溜出了西直门。晚上能有人陪伴着他，使他麻醉，使他不怕，是理想的去处；白房子是这样的理想地方。

入了秋，祥子的病已不允许他再拉车，祥子的信用已丧失得赁不出车来。他做了小店的照顾主儿。夜间，有两个铜板，便可以在店中躺下。白天，他去做些只能使他喝碗粥的劳作。他不能在街上去乞讨，那么大的个子，没有人肯对他发善心。他不会在身上作些彩，去到庙会上乞钱，因为没受过传授，不晓得怎么把他身上的疮化装成动人的不幸。做贼，他也没那套本事，贼人也有团体与门路啊。只有他自己会给自己挣饭吃，没有任何别的依赖与援助。他为自己努力，也为自己完成了死亡。他等着吸那最后的一口气，他是个还有口气的死鬼，个人主义是他的灵魂。这个灵魂将随着他的身体一齐烂化在泥土中。

北平自从被封为故都，它的排场，手艺，吃食，言语，巡警……已慢慢地向四外流动，去找那与天子有同样威严的人和财力的地方去助威。那洋化的青岛也有了北平的涮羊肉；那热闹的天津在半夜里也可以听到低悲的“硬面——饽饽”；在上海，在汉口，在南京，也都有了说京话的巡警与差役，吃着芝麻酱烧饼；香片茶会由南而北，在北平经过双熏再往南方去；连抬杠的杠夫也有时坐上火车到天津或南京去抬那高官贵人的棺材。

北平本身可是渐渐地失去原有的排场，点心铺中过了九月九还可以买到花糕，卖元宵的也许在秋天就下了市，那二三百年的老铺户也忽然想起作周年纪念，借此好散出大减价的传单……经济的压迫使排场去另找去路，体面当不了饭吃。

不过，红白事情在大体上还保存着旧有的仪式与气派，婚丧嫁娶仿佛到底值得注意，而多少要些排场。婚丧事的执事，响器，喜轿与官罩，到底还不是任何都市所能赶上的。出殡用的松鹤松狮，纸扎的人物轿马，娶亲用的全份执事，与二十四个响器，依旧在街市上显出官派大样，使人想到那太平年代的繁华与气度。

祥子的生活多半仗着这种残存的仪式与规矩。有结婚的，他替人家打着旗伞；有出殡的，他替人家举着花圈挽联；他不喜，也不哭，他只为那十几个铜子，陪着人家游街。穿上杠房或喜轿铺所预备的绿衣或蓝袍，戴上那不合适的黑帽，他暂时能把一身的破布遮住，稍微体面一些。遇上那大户人家办事，叫一干人等都剃头穿靴子，他便有了机会使头上脚下都干净利落一回。脏病使他迈不开步，正好举着面旗，或两条挽联，在马路边上缓缓地蹭。

可是，连做这点事，他也不算个好手。他的黄金时代已经过去了，既没从洋车上成家立业，什么事都随着他的希望变成了“那么回事”。他那么大的个子，偏争着去打一面飞虎旗，或一对短窄的挽联；那较重的红伞与肃静牌等等，他都不肯去动。和个老人，小孩，甚于至妇女，他也会去争竞。他不肯吃一点亏。

打着那么个小东西，他低着头，弯着背，口中叼着个由路上拾来的烟卷头儿，有气无力的慢慢地蹭。大家立定，他也许还走；大家已走，他也许多站一会儿；他似乎听不见那施号发令的锣声。他更永远不看前后的距离停匀不停匀，左右的队列整齐不整齐，他走他的，低着头像做着个梦，又像思索着点高深的道理。那穿红衣的锣夫，与拿着绸旗的催押执事，几乎把所有的村话都向他骂去：“孙子！我说你呢，骆驼！你他妈的看齐！”他似乎也没有听见。打锣的过去给了他一锣锤，他翻了翻眼，朦胧的向四外看一下。没管打锣的说了什么，他留神的在地上找，看有没有值得拾起来的烟头儿。

体面的，要强的，好梦想的，利己的，个人的，健壮的，伟大的，祥子，不知陪着人家送了多少回殡；不知道何时何地会埋起他自己来，埋起这堕落的，自私的，不幸的，社会病胎里的产儿，个人主义的末路鬼！

中国现代文学名著
精选集

朝花夕拾

鲁 迅——著

四川人民出版社

图书在版编目（CIP）数据

中国现代文学名著精选集/鲁迅等著．—成都：四川人民出版社，2024.6

ISBN 978－7－220－12634－5

Ⅰ．①中…　Ⅱ．①鲁…　Ⅲ．①中国文学－现代文学－作品综合集　Ⅳ．①I216.1

中国版本图书馆 CIP 数据核字（2021）第 255328 号

ZHONGGUO XIANDAI WENXUE MINGZHU JINGXUANJI ZHAOHUA XISHI

中国现代文学名著精选集·朝花夕拾

鲁迅　著

出 版 人	黄立新
选题策划	张明辉
出版统筹	王其进
责任编辑	张　丹
封面设计	象上设计
责任校对	舒晓利
责任印制	祝　健
出版发行	四川人民出版社（成都三色路 238 号）
网　　址	http://www.scpph.com
E-mail	scrmcbs@sina.com
新浪微博	@四川人民出版社
微信公众号	四川人民出版社
发行部业务电话	（028）86361653　86361656
防盗版举报电话	（028）86361653
照　　排	四川胜翔数码印务设计有限公司
印　　刷	成都蜀通印务有限责任公司
成品尺寸	130mm×185mm
印　　张	5
字　　数	100 千
版　　次	2024 年 6 月第 1 版
印　　次	2024 年 6 月第 1 次印刷
书　　号	ISBN 978－7－220－12634－5
定　　价	299.00 元（全 6 册）

一个人做到只剩了回忆的时候，生涯大概总要算是无聊了吧，但有时竟会连回忆也没有。

本书在编辑出版中，尽可能保留了原版本的惯用字、通假字和标点用法；人名、地名亦保留作者原译法。

目

录

第一辑《朝花夕拾》

第二辑《野草》

第一辑　《朝花夕拾》

小　引

我常想在纷扰中寻出一点闲静来，然而委实不容易。目前是这么离奇，心里是这么芜杂。一个人做到只剩了回忆的时候，生涯大概总要算是无聊了罢，但有时竟会连回忆也没有。中国的做文章有轨范，世事也仍然是螺旋。前几天我离开中山大学的时候，便想起四个月以前的离开厦门大学；听到飞机在头上鸣叫，竟记得了一年前在北京城上日日旋绕的飞机。我那时还做了一篇短文，叫做《一觉》。现在是，连这“一觉”也没有了。

广州的天气热得真早，夕阳从西窗射入，逼得人只能勉强穿一件单衣。书桌上的一盆“水横枝”，是我先前没有见过的：就是一段树，只要浸在水中，枝叶便青葱得可爱。看看绿叶，编编旧稿，总算也在做一点事。做着这等事，真是虽生之日，犹死之年，很可以驱除炎热的。

前天，已将《野草》编定了；这回便轮到陆续载在《莽原》上的《旧事重提》，我还替他改了一个名称：《朝花夕拾》。带露折花，色香自然要好得多，但是我不能够。便是现在心目中的离奇和芜杂，我也还不能使他即刻幻化，转成离奇和芜杂的文章。或者，他日仰看流云时，会在我的眼前一闪烁罢。

我有一时，曾经屡次忆起儿时在故乡所吃的蔬果：菱角，罗汉豆，茭白，香瓜。凡这些，都是极其鲜美可口的；都曾是使我思乡的蛊惑。后来，我在久别之后尝到了，也不过如此；惟独在记忆上，还有旧来的意味存留。他们也许要哄骗我一生，使我时时反顾。

这十篇就是从记忆中抄出来的，与实际内容或有些不同，然而我现在只记得是这样。文体大概很杂乱，因为是或作或辍，经了九个月之多。环境也不一：前两篇写于北京寓所的东壁下；中三篇是流离中所作，地方是医院和木匠房；后五篇却在厦门大学的图书馆的楼上，已经是被学者们挤出集团之后了。

一九二七年五月一日，鲁迅于广州白云楼记。

狗·猫·鼠

从去年起，仿佛听得有人说我是仇猫的。那根据自然是在我的那一篇《兔和猫》；这是自画招供，当然无话可说，——但倒也毫不介意。一到今年，我可很有点担心了。我是常不免于弄弄笔墨的，写了下来，印了出去，对于有些人似乎总是搔着痒处的时候少，碰着痛处的时候多。万一不谨，甚而至于得罪了名人或名教授，或者更甚而至于得罪了“负有指导青年责任的前辈”之流，可就危险已极。为什么呢？因为这些大脚色是“不好惹”的。怎地“不好惹”呢？就是怕要浑身发热之后，做一封信登在报纸上，广告道：“看哪！狗不是仇猫的么？鲁迅先生却自己承认是仇猫的，而他还说要打‘落水狗’！”这“逻辑”的奥义，即在用我的话，来证明我倒是狗，于是而凡有言说，全都根本推翻，即使我说二二得四，三三见九，也没有一字不错。这些既然都错，则绅士口头的二二得七，三三见千等等，自然就不错了。

我于是就间或留心着查考它们成仇的“动机”。这也并非敢妄学现下的学者以动机来褒贬作品的那些时髦，不过想给自己预先洗刷洗刷。据我想，这在动物心理学家，是用不着费什么力气的，可惜我没有这学问。后来，在覃哈特博士（Dr. O. Dähnhardt）的《自然史底国民童话》里，总算发见了那原因了。据说，是这么一回事：动物们因为要商议要事，开了一个会议，鸟、鱼、兽都齐集了，单是缺了象。大会议定，派伙计去迎接它，拈到了当这差使的阄的就是狗。“我怎么找到那象呢？我没有见过它，也和它不认识。”它问。“那容易，”大众说，“它是驼背的。”狗去了，遇见一匹猫，立刻弓起脊梁来，它便招待，同行，将弓着脊梁的猫介绍给大家道：“象在这里！”但是大家都嗤笑它了。从此以后，狗和猫便成了仇家。

日尔曼人走出森林虽然还不很久，学术文艺却已经很可观，便是书籍的装潢，玩具的工致，也无不令人心爱。独有这一篇童话却实在不漂亮；结怨也结得没有意思。猫的弓起脊梁，并不是希图冒充，故意摆架子的，其咎却在狗的自己没眼力。然而原因也总可以算作一个原因。我的仇猫，是和这大大两样的。

其实人禽之辨，本不必这样严。在动物界，虽然并不如古人所幻想的那样舒适自由，可是噜苏做作的事总比人间少。它们适性任情，对就对，错就错，不说一句分辩话。虫蛆也许是不干净的，但它们并没有自命清高；鸷禽猛兽以较弱的动物为饵，不妨说是凶残的罢，但它们从来就没有竖过“公理”“正义”的旗子，使牺牲者直到被吃的时候为止，还是一味佩服赞叹它们。人呢，能直立了，自然是一大进步；能说话了，自然又是一大进步；能写字作文了，自然又是一大进步。然而也就堕落，因为那时也开始了说空话。说空话尚无不可，甚至于连自己也不知道说着违心之论，则对于只能嗥叫的动物，实在免不得“颜厚有忸怩”。假使真有一位一视同仁的造物主，高高在上，那么，对于人类的这些小聪明，也许倒以为多事，正如我们在万生园里，看见猴子翻筋斗，母象请安，虽然往往破颜一笑，但同时也觉得不舒服，甚至于感到悲哀，以为这些多余的聪明，倒不如没有的好罢。然而，既经为人，便也只好“党同伐异”，学着人们的说话，随俗来谈一谈，——辩一辩了。

现在说起我仇猫的原因来，自己觉得是理由充足，而且光明正大的。一，它的性情就和别的猛兽不同，凡捕食雀鼠，总不肯一口咬死，定要尽情玩弄，放走，又捉住，捉住，又放走，直待自己玩厌了，这才吃下去，颇与人们的幸灾乐祸，慢慢地折磨弱者的坏脾气相同。二，它不是和狮虎同族的么？可是有这么一副媚态！但这也许是限于天分之故罢，假使它的身材比现在大十倍，那就真不知道它所取的是怎么一种态度。然而，这些口实，仿佛又是现在提起笔来的时候添出来的，虽然也像是当时涌上心来的理由。要说得可靠一点，或者倒不如说不过因为它们配合时候的嗥叫，手续竟有这么繁重，闹得别人心烦，尤其是夜间要看书，睡觉的时候。当这些时候，我便要用长竹竿去攻击它们。狗们在大道上配合时，常有闲汉拿了木棍痛打；我曾见大勃吕该尔（P. Bruegel d. Ä）的一张铜版画 Allegorie der Wollust 上，也画着这回事，可见这样的举动，是中外古今一致的。自从那执拗的奥国学者弗罗特（S. Freud）提倡了精神分析说——Psychoanalysis，听说章士钊先生是译作“心解”的，虽然简古，可是实在难解得很——以来，我们的名人名教授也颇有隐隐约约，检来应用的了，这些事便不免又要归宿到性欲上去。打狗的事我不管，至于我的打猫，却只因为它们嚷嚷，此外并无恶意，我自信我的嫉妒心还没有这么博大，当现下“动辄获咎”之秋，这是不可不预先声明的。例如人们当配合之前，也很有些手续，新的是写情书，少则一束，多则一捆；旧的是什么“问名”“纳采”，磕头作揖，去年海昌蒋氏在北京举行婚礼，拜来拜去，就十足拜了三天，还印有一本红面子的《婚礼节文》，《序论》里大发议论道：“平心论之，既名为礼，当必繁重。专图简易，何用礼为？……然则世之有志于礼者，可以兴矣！不可退居于礼所不下之庶人矣！”然而我毫不生气，这是因为无须我到场；因此也可见我的仇猫，理由实在简简单单，只为了它们在我的耳朵边尽嚷的缘故。人们的各种礼式，局外人可以不见不闻，我就满不管，但如果当我正要看书或睡觉的时候，有人来勒令朗诵情书，奉陪作揖，那是为自卫起见，还要用长竹竿来抵御的。还有，平素不大交往的人，忽而寄给我一个红帖子，上面印着“为舍妹出阁”，“小儿完姻”，“敬请观礼”或“阖第光临”这些含有“阴险的暗示”的句子，使我不化钱便总觉得有些过意不去的，我也不十分高兴。

但是，这都是近时的话。再一回忆，我的仇猫却远在能够说出这些理由之前，也许是还在十岁上下的时候了。至今还分明记得，那原因是极其简单的：只因为它吃老鼠，——吃了我饲养着的可爱的小小的隐鼠。

听说西洋是不很喜欢黑猫的，不知道可确；但 Edgar Allan Poe 的小说里的黑猫，却实在有点骇人。日本的猫善于成精，传说中的“猫婆”，那食人的惨酷确是更可怕。中国古时候虽然曾有“猫鬼”，近来却很少听到猫的兴妖作怪，似乎古法已经失传，老实起来了。只是我在童年，总觉得它有点妖气，没有什么好感。那是一个我的幼时的夏夜，我躺在一株大桂树下的小板桌上乘凉，祖母摇着芭蕉扇坐在桌旁，给我猜谜，讲故事。忽然，桂树上沙沙地有趾爪的爬搔声，一对闪闪的眼睛在暗中随声而下，使我吃惊，也将祖母讲着的话打断，另讲猫的故事了——

“你知道么？猫是老虎的先生。”她说。“小孩子怎么会知道呢，猫是老虎的师父。老虎本来是什么也不会的，就投到猫的门下来。猫就教给它扑的方法，捉的方法，吃的方法，像自己的捉老鼠一样。这些教完了；老虎想，本领都学到了，谁也比不过它了，只有老师的猫还比自己强，要是杀掉猫，自己便是最强的脚色了。它打定主意，就上前去扑猫。猫是早知道它的来意的，一跳，便上了树，老虎却只能眼睁睁地在树下蹲着。它还没有将一切本领传授完，还没有教给它上树。”

这是侥幸的，我想，幸而老虎很性急，否则从桂树上就会爬下一匹老虎来。然而究竟很怕人，我要进屋子里睡觉去了。夜色更加黯然；桂叶瑟瑟地作响，微风也吹动了，想来草席定已微凉，躺着也不至于烦得翻来复去了。

几百年的老屋中的豆油灯的微光下，是老鼠跳梁的世界，飘忽地走着，吱吱地叫着，那态度往往比“名人名教授”还轩昂。猫是饲养着的，然而吃饭不管事。祖母她们虽然常恨鼠子们啮破了箱柜，偷吃了东西，我却以为这也算不得什么大罪，也和我不相干，况且这类坏事大概是大个子的老鼠做的，决不能诬陷到我所爱的小鼠身上去。这类小鼠大抵在地上走动，只有拇指那么大，也不很畏惧人，我们那里叫它“隐鼠”，与专住在屋上的伟大者是两种。我的床前就帖着两张花纸，一是“八戒招赘”，满纸长嘴大耳，我以为不甚雅观；别的一张“老鼠成亲”却可爱，自新郎新妇以至傧相，宾客，执事，没有一个不是尖腮细腿，像煞读书人的，但穿的都是红衫绿裤。我想，能举办这样大仪式的，一定只有我所喜欢的那些隐鼠。现在是粗俗了，在路上遇见人类的迎娶仪仗，也不过当作性交的广告看，不甚留心；但那时的想看“老鼠成亲”的仪式，却极其神往，即使像海昌蒋氏似的连拜三夜，怕也未必会看得心烦。正月十四的夜，是我不肯轻易便睡，等候它们的仪仗从床下出来的夜。然而仍然只看见几个光着身子的隐鼠在地面游行，不像正在办着喜事。直到我熬不住了，快快睡去，一睁眼却已经天明，到了灯节了。也许鼠族的婚仪，不但不分请帖，来收罗贺礼，虽是真的“观礼”，也绝对不欢迎的罢，我想，这是它们向来的习惯，无法抗议的。

老鼠的大敌其实并不是猫。春后，你听到它“咋！咋咋咋咋!”地叫着，大家称为“老鼠数铜钱”的，便知道它的可怕的屠伯已经光降了。这声音是表现绝望的惊恐的，虽然遇见猫，还不至于这样叫。猫自然也可怕，但老鼠只要窜进一个小洞去，它也就奈何不得，逃命的机会还很多。独有那可怕的屠伯——蛇，身体是细长的，圆径和鼠子差不多，凡鼠子能到的地方，它也能到，追逐的时间也格外长，而且万难幸免，当“数钱”的时候，大概是已经没有第二步办法的了。

有一回，我就听得一间空屋里有着这种“数钱”的声音，推门进去，一条蛇伏在横梁上，看地上，躺着一匹隐鼠，口角流血，但两胁还是一起一落的。取来给躺在一个纸盒子里，大半天，竟醒过来了，渐渐地能够饮食，行走，到第二日，似乎就复了原，但是不逃走。放在地上，也时时跑到人面前来，而且缘腿而上，一直爬到膝髁。给放在饭桌上，便检吃些菜渣，舐舐碗沿；放在我的书桌上，则从容地游行，看见砚台便舐吃了研着的墨汁。这使我非常惊喜了。我听父亲说过的，中国有一种墨猴，只有拇指一般大，全身的毛是漆黑而且发亮的。它睡在笔筒里，一听到磨墨，便跳出来，等着，等到人写完字，套上笔，就舐尽了砚上的余墨，仍旧跳进笔筒里去了。我就极愿意有这样的一个墨猴，可是得不到；问那里有，那里买的呢，谁也不知道。“慰情聊胜无”，这隐鼠总可以算是我的墨猴了罢，虽然它舐吃墨汁，并不一定肯等到我写完字。

现在已经记不分明，这样地大约有一两月；有一天，我忽然感到寂寞了，真所谓“若有所失”。我的隐鼠，是常在眼前游行的，或桌上，或地上。而这一日却大半天没有见，大家吃午饭了，也不见它走出来，平时，是一定出现的。我再等着，再等它一半天，然而仍然没有见。

长妈妈，一个一向带领着我的女工，也许是以为我等得太苦了罢，轻轻地来告诉我一句话。这即刻使我愤怒而且悲哀，决心和猫们为敌。她说：隐鼠是昨天晚上被猫吃去了！

当我失掉了所爱的，心中有着空虚时，我要充填以报仇的恶念！

我的报仇，就从家里饲养着的一匹花猫起手，逐渐推广，至于凡所遇见的诸猫。最先不过是追赶，袭击；后来却愈加巧妙了，能飞石击中它们的头，或诱入空屋里面，打得它垂头丧气。这作战继续得颇长久，此后似乎猫都不来近我了。但对于它们纵使怎样战胜，大约也算不得一个英雄；况且中国毕生和猫打仗的人也未必多，所以一切韬略，战绩，还是全部省略了罢。

但许多天之后，也许是已经经过了大半年，我竟偶然得到一个意外的消息：那隐鼠其实并非被猫所害，倒是它缘着长妈妈的腿要爬上去，被她一脚踏死了。

这确是先前所没有料想到的。现在我已经记不清当时是怎样一个感想，但和猫的感情却终于没有融和；到了北京，还因为它伤害了兔的儿女们，便旧隙夹新嫌，使出更辣的辣手。“仇猫”的话柄，也从此传扬开来。然而在现在，这些早已是过去的事了，我已经改变态度，对猫颇为客气，倘其万不得已，则赶走而已，决不打伤它们，更何况杀害。这是我近几年的进步。经验既多，一旦大悟，知道猫的偷鱼肉，拖小鸡，深夜大叫，人们自然十之九是憎恶的，而这憎恶是在猫身上。假如我出而为人们驱除这憎恶，打伤或杀害了它，它便立刻变为可怜，那憎恶倒移在我身上了。所以，目下的办法，是凡遇猫们捣乱，至于有人讨厌时，我便站出去，在门口大声叱曰：“嘘！滚！”小小平静，即回书房，这样，就长保着御侮保家的资格。其实这方法，中国的官兵就常在实做的，他们总不肯扫清土匪或扑灭敌人，因为这么一来，就要不被重视，甚至于因失其用处而被裁汰。我想，如果能将这方法推广应用，我大概也总可望成为所谓“指导青年”的“前辈”的罢，但现下也还未决心实践，正在研究而且推敲。

一九二六年二月二十一日

阿长与《山海经》

长妈妈，已经说过，是一个一向带领着我的女工，说得阔气一点，就是我的保姆。我的母亲和许多别的人都这样称呼她，似乎略带些客气的意思。只有祖母叫她阿长。我平时叫她“阿妈”，连“长”字也不带；但到憎恶她的时候，——例如知道了谋死我那隐鼠的却是她的时候，就叫她阿长。

我们那里没有姓长的；她生得黄胖而矮，“长”也不是形容词。又不是她的名字，记得她自己说过，她的名字是叫作什么姑娘的。什么姑娘，我现在已经忘却了，总之不是长姑娘；也终于不知道她姓什么。记得她也曾告诉过我这个名称的来历：先前的先前，我家有一个女工，身材生得很高大，这就是真阿长。后来她回去了，我那什么姑娘才来补她的缺，然而大家因为叫惯了，没有再改口，于是她从此也就成为长妈妈了。

虽然背地里说人长短不是好事情，但倘使要我说句真心话，我可只得说：我实在不大佩服她。最讨厌的是常喜欢切切察察，向人们低声絮说些什么事，还竖起第二个手指，在空中上下摇动，或者点着对手或自己的鼻尖。我的家里一有些小风波，不知怎的我总疑心和这“切切察察”有些关系。又不许我走动，拔一株草，翻一块石头，就说我顽皮，要告诉我的母亲去了。一到夏天，睡觉时她又伸开两脚两手，在床中间摆成一个“大”字，挤得我没有余地翻身，久睡在一角的席子上，又已经烤得那么热。推她呢，不动；叫她呢，也不闻。

“长妈妈生得那么胖，一定很怕热罢？晚上的睡相，怕不见得很好罢？……”

母亲听到我多回诉苦之后，曾经这样地问过她。我也知道这意思是要她多给我一些空席。她不开口。但到夜里，我热得醒来的时候，却仍然看见满床摆着一个“大”字，一条臂膊还搁在我的颈子上。我想，这实在是无法可想了。

但是她懂得许多规矩；这些规矩，也大概是我所不耐烦的。一年中最高兴的时节，自然要数除夕了。辞岁之后，从长辈得到压岁钱，红纸包着，放在枕边，只要过一宵，便可以随意使用。睡在枕上，看着红包，想到明天买来的小鼓，刀枪，泥人，糖菩萨……。然而她进来，又将一个福橘放在床头了。

“哥儿，你牢牢记住！”她极其郑重地说。“明天是正月初一，清早一睁开眼睛，第一句话就得对我说：‘阿妈，恭喜恭喜！’记得么？你要记着，这是一年的运气的事情。不许说别的话！说过之后，还得吃一点福橘。”她又拿起那橘子来在我的眼前摇了两摇，“那么，一年到头，顺顺流流……。”

梦里也记得元旦的，第二天醒得特别早，一醒，就要坐起来。她却立刻伸出臂膊，一把将我按住。我惊异地看她时，只见她惶急地看着我。

她又有所要求似的，摇着我的肩。我忽而记得了——

“阿妈，恭喜……。”

“恭喜恭喜！大家恭喜！真聪明！恭喜恭喜！”她于是十分欢喜似的，笑将起来，同时将一点冰冷的东西，塞在我的嘴里。我大吃一惊之后，也就忽而记得，这就是所谓福橘，元旦辟头的磨难，总算已经受完，可以下床玩耍去了。

她教给我的道理还很多，例如说人死了，不该说死掉，必须说“老掉了”；死了人，生了孩子的屋子里，不应该走进去；饭粒落在地上，必须拣起来，最好是吃下去；晒裤子用的竹竿底下，是万不可钻过去的……。此外，现在大抵忘却了，只有元旦的古怪仪式记得最清楚。总之：都是些烦琐之至，至今想起来还觉得非常麻烦的事情。

然而我有一时也对她发生过空前的敬意。她常常对我讲“长毛”。她之所谓“长毛”者，不但洪秀全军，似乎连后来一切土匪强盗都在内，但除却革命党，因为那时还没有。她说得长毛非常可怕，他们的话就听不懂。她说先前长毛进城的时候，我家全都逃到海边去了，只留一个门房和年老的煮饭老妈子看家。后来长毛果然进门来了，那老妈子便叫他们“大王”，——据说对长毛就应该这样叫，——诉说自己的饥饿。长毛笑道：“那么，这东西就给你吃了罢！”将一个圆圆的东西掷了过来，还带着一条小辫子，正是那门房的头。煮饭老妈子从此就骇破了胆，后来一提起，还是立刻面如土色，自己轻轻地拍着胸埔道：“阿呀，骇死我了，骇死我了……。”

我那时似乎倒并不怕，因为我觉得这些事和我毫不相干的，我不是一个门房。但她大概也即觉到了，说道：“像你似的小孩子，长毛也要掳的，掳去做小长毛。还有好看的姑娘，也要掳。”

“那么，你是不要紧的。”我以为她一定最安全了，既不做门房，又不是小孩子，也生得不好看，况且颈子上还有许多炙疮疤。

“那里的话?!”她严肃地说。“我们就没有用处？我们也要被掳去。城外有兵来攻的时候，长毛就叫我们脱下裤子，一排一排地站在城墙上，外面的大炮就放不出来；再要放，就炸了!”

这实在是出于我意想之外的，不能不惊异。我一向只以为她满肚子是麻烦的礼节罢了，却不料她还有这样伟大的神力。从此对于她就有了特别的敬意，似乎实在深不可测；夜间的伸开手脚，占领全床，那当然是情有可原的了，倒应该我退让。

这种敬意，虽然也逐渐淡薄起来，但完全消失，大概是在知道她谋害了我的隐鼠之后。那时就极严重地诘问，而且当面叫她阿长。我想我又不真做小长毛，不去攻城，也不放炮，更不怕炮炸，我惧惮她什么呢!

但当我哀悼隐鼠，给它复仇的时候，一面又在渴慕着绘图的《山海经》了。这渴慕是从一个远房的叔祖惹起来的。他是一个胖胖的，和蔼的老人，爱种一点花木，如珠兰、茉莉之类，还有极其少见的，据说从北边带回去的马缨花。他的太太却正相反，什么也莫名其妙，曾将晒衣服的竹竿搁在珠兰的枝条上，枝折了，还要愤愤地咒骂道："死尸!"这老人是个寂寞者，因为无人可谈，就很爱和孩子们往来，有时简直称我们为"小友"。在我们聚族而居的宅子里，只有他书多，而且特别。制艺和试帖诗，自然也是有的；但我却只在他的书斋里，看见过陆玑的《毛诗草木鸟兽虫鱼疏》，还有许多名目很生的书籍。我那时最爱看的是《花镜》，上面有许多图。他说给我听，曾经有过一部绘图的《山海经》，画着人面的兽，九头的蛇，三脚的鸟，生着翅膀的人，没有头而以两乳当作眼睛的怪物，……可惜现在不知道放在那里了。

我很愿意看看这样的图画，但不好意思力逼他去寻找，他是很疏懒的。问别人呢，谁也不肯真实地回答我。压岁钱还有几百文，买罢，又没有好机会。有书买的大街离我家远得很，我一年中只能在正月间去玩一趟，那时候，两家书店都紧紧地关着门。

玩的时候倒是没有什么的，但一坐下，我就记得绘图的《山海经》。

大概是太过于念念不忘了，连阿长也来问《山海经》是怎么一回事。这是我向来没有和她说过的，我知道她并非学者，说了也无益；但既然来问，也就都对她说了。

过了十多天，或者一个月罢，我还记得，是她告假回家以后的四五天，她穿着新的蓝布衫回来了，一见面，就将一包书递给我，高兴地说道：——“哥儿，有画儿的‘三哼经’，我给你买来了！”

我似乎遇着了一个霹雳，全体都震悚起来；赶紧去接过来，打开纸包，是四本小小的书，略略一翻，人面的兽，九头的蛇，……果然都在内。

又使我发生新的敬意了，别人不肯做，或不能做的事，她却能够做成功。她确有伟大的神力。谋害隐鼠的怨恨，从此完全消灭了。

这四本书，乃是我最初得到，最为心爱的宝书。

书的模样，到现在还在眼前。可是从还在眼前的模样来说，却是一部刻印都十分粗拙的本子。纸张很黄；图像也很坏，甚至于几乎全用直线凑合，连动物的眼睛也都是长方形的。但那是我最为心爱的宝书，看起来，确是人面的兽；九头的蛇；一脚的牛；袋子似的帝江；没有头而“以乳为目，以脐为口”，还要“执干戚而舞”的刑天。

此后我就更其搜集绘图的书，于是有了石印的《尔雅音图》和《毛诗品物图考》，又有了《点石斋丛画》和《诗画舫》。《山海经》也另买了一部石印的，每卷都有图赞，绿色的画，字是红的，比那木刻的精致得多了。这一部直到前年还在，是缩印的郝懿行疏。木刻的却已经记不清是什么时候失掉了。

我的保姆，长妈妈即阿长，辞了这人世，大概也有了三十年了罢。我终于不知道她的姓名，她的经历；仅知道有一个过继的儿子，她大约是青年守寡的孤孀。

仁厚黑暗的地母呵，愿在你怀里永安她的魂灵！

三月十日

《二十四孝图》

我总要上下四方寻求，得到一种最黑，最黑，最黑的咒文，先来诅咒一切反对白话，妨害白话者。即使人死了真有灵魂，因这最恶的心，应该堕入地狱，也将决不改悔，总要先来诅咒一切反对白话，妨害白话者。

自从所谓“文学革命”以来，供给孩子的书籍，和欧，美，日本的一比较，虽然很可怜，但总算有图有说，只要能读下去，就可以懂得的了。可是一班别有心肠的人们，便竭力来阻遏它，要使孩子的世界中，没有一丝乐趣。北京现在常用“马虎子”这一句话来恐吓孩子们。或者说，那就是《开河记》上所载的，给隋炀帝开河，蒸食小儿的麻叔谋；正确地写起来，须是“麻胡子”。那么，这麻叔谋乃是胡人了。但无论他是什么人，他的吃小孩究竟也还有限，不过尽他的一生。妨害白话者的流毒却甚于洪水猛兽，非常广大，也非常长久，能使全中国化成一个麻胡，凡有孩子都死在他肚子里。

只要对于白话来加以谋害者，都应该灭亡！

这些话，绅士们自然难免要掩住耳朵的，因为就是所谓“跳到半天空，骂得体无完肤，——还不肯罢休。”而且文士们一定也要骂，以为大悖于“文格”，亦即大损于“人格”。岂不是“言者心声也”么？“文”和“人”当然是相关的，虽然人间世本来千奇百怪，教授们中也有“不尊敬”作者的人格而不能“不说他的小说好”的特别种族。但这些我都不管，因为我幸而还没有爬上“象牙之塔”去，正无须怎样小心。倘若无意中竟已撞上了，那就即刻跌下来罢。然而在跌下来的中途，当还未到地之前，还要说一遍：

只要对于白话来加以谋害者，都应该灭亡！

每看见小学生欢天喜地地看着一本粗拙的《儿童世界》之类，另想到别国的儿童用书的精美，自然要觉得中国儿童的可怜。但回忆起我和我的同窗小友的童年，却不能不以为他幸福，给我们的永逝的韶光一个悲哀的吊唁。我们那时有什么可看呢，只要略有图画的本子，就要被塾师，就是当时的“引导青年的前辈”禁止，呵斥，甚而至于打手心。我的小同学因为专读“人之初性本善”读得要枯燥而死了，只好偷偷地翻开第一叶，看那题着“文星高照”四个字的恶鬼一般的魁星像，来满足他幼稚的爱美的天性。昨天看这个，今天也看这个，然而他们的眼睛里还闪出苏醒和欢喜的光辉来。

在书塾之外，禁令可比较的宽了，但这是说自己的事，各人大概不一样。我能在大众面前，冠冕堂皇地阅看的，是《文昌帝君阴骘文图说》和《玉历钞传》，都画着冥冥之中赏善罚恶的故事，雷公电母站在云中，牛头马面布满地下，不但“跳到半天空”是触犯天条的，即使半语不合，一念偶差，也都得受相当的报应。这所报的也并非“睚眦之怨”，因为那地方是鬼神为君，“公理”作宰，请酒下跪，全都无功，简直是无法可想。在中国的天地间，不但做人，便是做鬼，也艰难极了。然而究竟很有比阳间更好的处所：无所谓“绅士”，也没有“流言”。

阴间，倘要稳妥，是颂扬不得的。尤其是常常好弄笔墨的人，在现在的中国，流言的治下，而又大谈“言行一致”的时候。前车可鉴，听说阿尔志跋绥夫曾答一个少女的质问说，“惟有在人生的事实这本身中寻出欢喜者，可以活下去。倘若在那里什么也不见，他们其实倒不如死。”于是乎有一个叫作密哈罗夫的，寄信嘲骂他道，“……所以我完全诚实地劝你自杀来祸福你自己的生命，因为这第一是合于逻辑，第二是你的言语和行为不至于背驰。”

其实这论法就是谋杀，他就这样地在他的人生中寻出欢喜来。阿尔志跋绥夫只发了一大通牢骚，没有自杀。密哈罗夫先生后来不知道怎样，这一个欢喜失掉了，或者另外又寻到了“什么”了罢。诚然，“这些时候，勇敢，是安稳的；情热，是毫无危险的。”

然而，对于阴间，我终于已经颂扬过了，无法追改；虽有“言行不符”之嫌，但确没有受过阎王或小鬼的半文津贴，则差可以自解。总而言之，还是仍然写下去罢：

我所看的那些阴间的图画，都是家藏的老书，并非我所专有。我所收得的最先的画图本子，是一位长辈的赠品：《二十四孝图》。这虽然不过薄薄的一本书，但是下图上说，鬼少人多，又为我一人所独有，使我高兴极了。那里面的故事，似乎是谁都知道的；便是不识字的人，例如阿长，也只要一看图画便能够滔滔地讲出这一段的事迹。但是，我于高兴之余，接着就是扫兴，因为我请人讲完了二十四个故事之后，才知道“孝”有如此之难，对于先前痴心妄想，想做孝子的计划，完全绝望了。

“人之初，性本善”么？这并非现在要加研究的问题。但我还依稀记得，我幼小时候实未尝蓄意忤逆，对于父母，倒是极愿意孝顺的。不过年幼无知，只用了私见来解释“孝顺”的做法，以为无非是“听话”，“从命”，以及长大之后，给年老的父母好好地吃饭罢了。自从得了这一本孝子的教科书以后，才知道并不然，而且还要难到几十几百倍。其中自然也有可以勉力仿效的，如“子路负米”，“黄香扇枕”之类。“陆绩怀橘”也并不难，只要有阔人请我吃饭。“鲁迅先生作宾客而怀橘乎?”我便跪答云，“吾母性之所爱，欲归以遗母。”阔人大佩服，于是孝子就做稳了，也非常省事。“哭竹生笋”就可疑，怕我的精诚未必会这样感动天地。但是哭不出笋来，还不过抛脸而已，一到“卧冰求鲤”，可就有性命之虞了。我乡的天气是温和的，严冬中，水面也只结一层薄冰，即使孩子的重量怎样小，躺上去，也一定哗喇一声，冰破落水，鲤鱼还不及游过来。自然，必须不顾性命，这才孝感神明，会有出乎意料之外的奇迹，但那时我还小，实在不明白这些。

其中最使我不解，甚至于发生反感的，是“老莱娱亲”和“郭巨埋儿”两件事。

我至今还记得，一个躺在父母跟前的老头子，一个抱在母亲手上的小孩子，是怎样地使我发生不同的感想呵。他们一手都拿着“摇咕咚”。这玩意儿确是可爱的，北京称为小鼓，盖即鼗也，朱熹曰：“鼗，小鼓，两旁有耳；持其柄而摇之，则旁耳还自击，”咕咚咕咚地响起来。然而这东西是不该拿在老莱子手里的，他应该扶一枝拐杖。现在这模样，简直是装佯，侮辱了孩子。我没有再看第二回，一到这一叶，便急速地翻过去了。

那时的《二十四孝图》，早已不知去向了，目下所有的只是一本日本小田海僊所画的本子，叙老莱子事云：“行年七十，言不称老，常著五色斑斓之衣，为婴儿戏于亲侧。又常取水上堂，诈跌仆地，作婴儿啼，以娱亲意。”大约旧本也差不多，而招我反感的便是“诈跌”。无论忤逆，无论孝顺，小孩子多不愿意“诈”作，听故事也不喜欢是谣言，这是凡有稍稍留心儿童心理的都知道的。

然而在较古的书上一查，却还不至于如此虚伪。师觉授《孝子传》云，“老莱子……常衣斑斓之衣，为亲取饮，上堂脚跌，恐伤父母之心，僵仆为婴儿啼。”（《太平御览》四百十三引）较之今说，似稍近于人情。不知怎地，后之君子却一定要改得他“诈”起来，心里才能舒服。邓伯道弃子救侄，想来也不过“弃”而已矣，昏妄人也必须说他将儿子捆在树上，使他追不上来才肯歇手。正如将“肉麻当作有趣”一般，以不情为伦纪，诬蔑了古人，教坏了后人。老莱子即是一例，道学先生以为他白璧无瑕时，他却已在孩子的心中死掉了。

至于玩着“摇咕咚”的郭巨的儿子，却实在值得同情。他被抱在他母亲的臂膊上，高高兴兴地笑着；他的父亲却正在掘窟窿，要将他埋掉了。说明云，“汉郭巨家贫，有子三岁，母尝减食与之。巨谓妻曰，贫乏不能供母，子又分母之食。盍埋此子？”但是刘向《孝子传》所说，却又有些不同：巨家是富的，他都给了两弟；孩子是才生的，并没有到三岁。结末又大略相像了，“及掘坑二尺，得黄金一釜，上云：天赐郭巨，官不得取，民不得夺！”

我最初实在替这孩子捏一把汗，待到掘出黄金一釜，这才觉得轻松。然而我已经不但自己不敢再想做孝子，并且怕我父亲去做孝子了。家境正在坏下去，常听到父母愁柴米；祖母又老了，倘使我的父亲竟学了郭巨，那么，该埋的不正是我么？如果一丝不走样，也掘出一釜黄金来，那自然是如天之福，但是，那时我虽然年纪小，似乎也明白天下未必有这样的巧事。

现在想起来，实在很觉得傻气。这是因为现在已经知道了这些老玩意，本来谁也不实行。整饬伦纪的文电是常有的，却很少见绅士赤条条地躺在冰上面，将军跳下汽车去负米。何况现在早长大了，看过几部古书，买过几本新书，什么《太平御览》咧，《古孝子传》咧，《人口问题》咧，《节制生育》咧，《二十世纪是儿童的世界》咧，可以抵抗被埋的理由多得很。不过彼一时，此一时，彼时我委实有点害怕：掘好深坑，不见黄金，连“摇咕咚”一同埋下去，盖上土，踏得实实的，又有什么法子可想呢。我想，事情虽然未必实现，但我从此总怕听到我的父母愁穷，怕看见我的白发的祖母，总觉得她是和我不两立，至少，也是一个和我的生命有些妨碍的人。后来这印象日见其淡了，但总有一些留遗，一直到她去世——这大概是送给《二十四孝图》的儒者所万料不到的罢。

五月十日

五猖会

孩子们所盼望的，过年过节之外，大概要数迎神赛会的时候了。但我家的所在很偏僻，待到赛会的行列经过时，一定已在下午，仪仗之类，也减而又减，所剩的极其寥寥。往往伸着颈子等候多时，却只见十几个人抬着一个金脸或蓝脸红脸的神像匆匆地跑过去。于是，完了。

我常存着这样的一个希望：这一次所见的赛会，比前一次繁盛些。可是结果总是一个“差不多”；也总是只留下一个纪念品，就是当神像还未抬过之前，化一文钱买下的，用一点烂泥，一点颜色纸，一枝竹签和两三枝鸡毛所做的，吹起来会发出一种刺耳的声音的哨子，叫作“吹都都”的，吡吡地吹它两三天。

现在看看《陶庵梦忆》，觉得那时的赛会，真是豪奢极了，虽然明人的文章，怕难免有些夸大。因为祷雨而迎龙王，现在也还有的，但办法却已经很简单，不过是十多人盘旋着一条龙，以及村童们扮些海鬼。那时却还要扮故事，而且实在奇拔得可观。他记扮《水浒传》中人物云：“……于是分头四出，寻黑矮汉，寻梢长大汉，寻头陀，寻胖大和尚，寻茁壮妇人，寻姣长妇人，寻青面，寻歪头，寻赤须，寻美髯，寻黑大汉，寻赤脸长须。大索城中；无，则之郭，之村，之山僻，之邻府州县。用重价聘之，得三十六人，梁山泊好汉，个个呵活，臻臻至至，人马称娖而行。……”这样的白描的活古人，谁能不动一看的雅兴呢？可惜这种盛举，早已和明社一同消灭了。

赛会虽然不像现在上海的旗袍，北京的谈国事，为当局所禁止，然而妇孺们是不许看的，读书人即所谓士子，也大抵不肯赶去看。只有游手好闲的闲人，这才跑到庙前或衙门前去看热闹；我关于赛会的知识，多半是从他们的叙述上得来的，并非考据家所贵重的“眼学”。然而记得有一回，也亲见过较盛的赛会。开首是一个孩子骑马先来，称为“塘报”；过了许久，“高照”到了，长竹竿揭起一条很长的旗，一个汗流浃背的胖大汉用两手托着；他高兴的时候，就肯将竿头放在头顶或牙齿上，甚而至于鼻尖。其次是所谓“高跷”，“抬阁”，“马头”了；还有扮犯人的，红衣枷锁，内中也有孩子。我那时觉得这些都是有光荣的事业，与闻其事的即全是大有运气的人，——大概羡慕他们的出风头罢。我想，我为什么不生一场重病，使我的母亲也好到庙里去许下一个“扮犯人”的心愿的呢？……然而我到现在终于没有和赛会发生关系过。

要到东关看五猖会去了。这是我儿时所罕逢的一件盛事，因为那会是全县中最盛的会，东关又是离我家很远的地方，出城还有六十多里水路，在那里有两座特别的庙。一是梅姑庙，就是《聊斋志异》所记，室女守节，死后成神，却篡取别人的丈夫的；现在神座上确塑着一对少年男女，眉开眼笑，殊与“礼教”有妨。其一便是五猖庙了，名目就奇特。据有考据癖的人说：这就是五通神。然而也并无确据。神像是五个男人，也不见有什么猖獗之状；后面列坐着五位太太，却并不“分坐”，远不及北京戏园里界限之谨严。其实呢，这也是殊与“礼教”有妨的，——但他们既然是五猖，便也无法可想，而且自然也就“又作别论”了。

因为东关离城远，大清早大家就起来。昨夜预定好的三道明瓦窗的大船，已经泊在河埠头，船椅，饭菜，茶炊，点心盒子，都在陆续搬下去了。我笑着跳着，催他们要搬得快。忽然，工人的脸色很谨肃了，我知道有些蹊跷，四面一看，父亲就站在我背后。

“去拿你的书来。”他慢慢地说。

这所谓“书”，是指我开蒙时候所读的《鉴略》，因为我再没有第二本了。我们那里上学的岁数是多拣单数的，所以这使我记住我其时是七岁。

我忐忑着，拿了书来了。他使我同坐在堂中央的桌子前，教我一句一句地读下去。我担着心，一句一句地读下去。

两句一行，大约读了二三十行罢，他说：

“给我读熟。背不出，就不准去看会。”

他说完，便站起来，走进房里去了。

我似乎从头上浇了一盆冷水。但是，有什么法子呢？自然是读着，读着，强记着，——而且要背出来。

粤有盘古，生于太荒，

首出御世，肇开混茫。

就是这样的书，我现在只记得前四句，别的都忘却了；那时所强记的二三十行，自然也一齐忘却在里面了。记得那时听人说，读《鉴略》比读《千字文》，《百家姓》有用得多，因为可以知道从古到今的大概。知道从古到今的大概，那当然是很好的，然而我一字也不懂。“粤自盘古”就是“粤自盘古”，读下去，记住它，“粤自盘古”呵！“生于太荒”呵！……

应用的物件已经搬完，家中由忙乱转成静肃了。朝阳照着西墙，天气很清朗。母亲，工人，长妈妈即阿长，都无法营救，只默默地静候着我读熟，而且背出来。在百静中，我似乎头里要伸出许多铁钳，将什么“生于太荒”之流夹住；也听到自己急急诵读的声音发着抖，仿佛深秋的蟋蟀，在夜中鸣叫似的。

他们都等候着；太阳也升得更高了。

我忽然似乎已经很有把握，便即站了起来，拿书走进父亲的书房，一气背将下去，梦似的就背完了。

“不错。去罢。”父亲点着头，说。

大家同时活动起来，脸上都露出笑容，向河埠走去。工人将我高高地抱起，仿佛在祝贺我的成功一般，快步走在最前头。

我却并没有他们那么高兴。开船以后，水路中的风景，盒子里的点心，以及到了东关的五猖会的热闹，对于我似乎都没有什么大意思。

直到现在，别的完全忘却，不留一点痕迹了，只有背诵《鉴略》这一段，却还分明如昨日事。

我至今一想起，还诧异我的父亲何以要在那时候叫我来背书。

五月二十五日

无　常

迎神赛会这一天出巡的神，如果是掌握生杀之权的，——不，这生杀之权四个字不大妥，凡是神，在中国仿佛都有些随意杀人的权柄似的，倒不如说是职掌人民的生死大事的罢，就如城隍和东岳大帝之类，那么，他的卤簿中间就另有一群特别的脚色：鬼卒，鬼王，还有活无常。

这些鬼物们，大概都是由粗人和乡下人扮演的。鬼卒和鬼王是红红绿绿的衣裳，赤着脚；蓝脸，上面又画些鱼鳞，也许是龙鳞或别的什么鳞罢，我不大清楚。鬼卒拿着钢叉，叉环振得琅琅地响，鬼王拿的是一块小小的虎头牌。据传说，鬼王是只用一只脚走路的；但他究竟是乡下人，虽然脸上已经画上些鱼鳞或者别的什么鳞，却仍然只得用了两只脚走路。所以看客对于他们不很敬畏，也不大留心，除了念佛老妪和她的孙子们为面面圆到起见，也照例给他们一个“不胜屏营待命之至”的仪节。

至于我们——我相信：我和许多人——所最愿意看的，却在活无常。他不但活泼而诙谐，单是那浑身雪白这一点，在红红绿绿中就有“鹤立鸡群”之概。只要望见一顶白纸的高帽子和他手里的破芭蕉扇的影子，大家就都有些紧张，而且高兴起来了。

人民之于鬼物，惟独与他最为稔熟，也最为亲密，平时也常常可以遇见他。譬如城隍庙或东岳庙中，大殿后面就有一间暗室，叫作“阴司间”，在才可辨色的昏暗中，塑着各种鬼：吊死鬼，跌死鬼，虎伤鬼，科场鬼，……而一进门口所看见的长而白的东西就是他。我虽然也曾瞻仰过一回这“阴司间”，但那时胆子小，没有看明白。听说他一手还拿着铁索，因为他是勾摄生魂的使者。相传樊江东岳庙的“阴司间”的构造，本来是极其特别的：门口是一块活板，人一进门，踏着活板的这一端，塑在那一端的他便扑过来，铁索正套在你脖子上。后来吓死了一个人，钉实了，所以在我幼小的时候，这就已不能动。

倘使要看个分明，那么，《玉历钞传》上就画着他的像，不过《玉历钞传》也有繁简不同的本子的，倘是繁本，就一定有。身上穿的是斩衰凶服，腰间束的是草绳，脚穿草鞋，项挂纸锭；手上是破芭蕉扇，铁索，算盘；肩膀是耸起的，头发却披下来；眉眼的外梢都向下，像一个“八”字。头上一顶长方帽，下大顶小，按比例一算，该有二尺来高罢；在正面，就是遗老遗少们所戴瓜皮小帽的缀一粒珠子或一块宝石的地方，直写着四个字道：“一见有喜”。有一种本子上，却写的是“你也来了”。这四个字，是有时也见于包公殿的扁额上的，至于他的帽上是何人所写，他自己还是阎罗王，我可没有研究出。

《玉历钞传》上还有一种和活无常相对的鬼物，装束也相仿，叫作“死有分”。这在迎神时候也有的，但名称却讹作死无常了，黑脸，黑衣，谁也不爱看。在“阴死间”里也有的，胸口靠着墙壁，阴森森地站着；那才真真是“碰壁”。凡有进去烧香的人们，必须摩一摩他的脊梁，据说可以摆脱了晦气；我小时也曾摩过这脊梁来，然而晦气似乎终于没有脱，——也许那时不摩，现在的晦气还要重罢，这一节也还是没有研究出。

我也没有研究过小乘佛教的经典，但据耳食之谈，则在印度的佛经里，焰摩天是有的，牛首阿旁也有的，都在地狱里做主任。至于勾摄生魂的使者的这无常先生，却似乎于古无征，耳所习闻的只有什么“人生无常”之类的话。大概这意思传到中国之后，人们便将他具象化了。这实在是我们中国人的创作。

然而人们一见他，为什么就都有些紧张，而且高兴起来呢？

凡有一处地方，如果出了文士学者或名流，他将笔头一扭，就很容易变成“模范县”。我的故乡，在汉末虽曾经虞仲翔先生揄扬过，但是那究竟太早了，后来到底免不了产生所谓“绍兴师爷”，不过也并非男女老小全是“绍兴师爷”，别的“下等人”也不少。这些“下等人”，要他们发什么“我们现在走的是一条狭窄险阻的小路，左面是一个广漠无际的泥潭，右面也是一片广漠无际的浮砂，前面是遥遥茫茫荫在薄雾的里面的目的地”那样热昏似的妙语，是办不到的，可是在无意中，看得住这“荫在薄雾的里面的目的地”的道路很明白：求婚，结婚，养孩子，死亡。但这自然是专就我的故乡而言，若是“模范县”里的人民，那当然又作别论。他们——敝同乡“下等人”——的许多，活着，苦着，被流言，被反噬，因了积久的经验，知道阳间维持“公理”的只有一个会，而且这会的本身就是“遥遥茫茫”，于是乎势不得不发生对于阴间的神往。人是大抵自以为衔些冤抑的；活的“正人君子”们只能骗鸟，若问愚民，他就可以不假思索地回答你：公正的裁判是在阴间！

想到生的乐趣，生固然可以留恋；但想到生的苦趣，无常也不一定是恶客。无论贵贱，无论贫富，其时都是“一双空手见阎王”，有冤的得伸，有罪的就得罚。然而虽说是“下等人”，也何尝没有反省？自己做了一世人，又怎么样呢？未曾“跳到半天空”么？没有“放冷箭”么？无常的手里就拿着大算盘，你摆尽臭架子也无益。对付别人要滴水不羼的公理，对自己总还不如虽在阴司里也还能够寻到一点私情。然而那又究竟是阴间，阎罗天子，牛首阿旁，还有中国人自己想出来的马面，都是并不兼差，真正主持公理的脚色，虽然他们并没有在报上发表过什么大文章。当还未做鬼之前，有时先不欺心的人们，遥想着将来，就又不能不想在整块的公理中，来寻一点情面的末屑，这时候，我们的活无常先生便见得可亲爱了，利中取大，害中取小，我们的古哲墨翟先生谓之“小取”云。

在庙里泥塑的，在书上墨印的模样上，是看不出他那可爱来的。最好是去看戏。但看普通的戏也不行，必须看“大戏”或者“目连戏”。目连戏的热闹，张岱在《陶庵梦忆》上也曾夸张过，说是要连演两三天。在我幼小时候可已经不然了，也如大戏一样，始于黄昏，到次日的天明便完结。这都是敬神禳灾的演剧，全本里一定有一个恶人，次日的将近天明便是这恶人的收场的时候，“恶贯满盈”，阎王出票来勾摄了，于是乎这活的活无常便在戏台上出现。

我还记得自己坐在这一种戏台下的船上的情形，看客的心情和普通是两样的。平常愈夜深愈懒散，这时却愈起劲。他所戴的纸糊的高帽子，本来是挂在台角上的，这时预先拿进去了；一种特别乐器，也准备使劲地吹。这乐器好像喇叭，细而长，可有七八尺，大约是鬼物所爱听的罢，和鬼无关的时候就不用；吹起来，Nhatu，nhatu，nhatututuu 地响，所以我们叫它“目连嗐头”。

在许多人期待着恶人的没落的凝望中，他出来了，服饰比画上还简单，不拿铁索，也不带算盘，就是雪白的一条莽汉，粉面朱唇，眉黑如漆，蹙着，不知道是在笑还是在哭。但他一出台就须打一百零八个嚏，同时也放一百零八个屁，这才自述他的履历。可惜我记不清楚了，其中有一段大概是这样：

…………

大王出了牌票，叫我去拿隔壁的瘌子。

问了起来呢，原来是我堂房的阿侄。

生的是什么病？伤寒，还带痢疾。

看的是什么郎中？下方桥的陈念义 la 儿子。

开的是怎样的药方？附子，肉桂，外加牛膝。

第一煎吃下去，冷汗发出；

第二煎吃下去，两脚笔直。

我道nga阿嫂哭得悲伤，暂放他还阳半刻。

大王道我是得钱买放，就将我捆打四十！”

这叙述里的“子”字都读作入声。陈念义是越中的名医，俞仲华曾将他写入《荡寇志》里，拟为神仙；可是一到他的令郎，似乎便不大高明了。la者“的”也；“儿”读若“倪”，倒是古音罢；nga者，“我的”或“我们的”之意也。

他口里的阎罗天子仿佛也不大高明，竟会误解他的人格，——不，鬼格。但连“还阳半刻”都知道，究竟还不失其“聪明正直之谓神”。不过这惩罚，却给了我们的活无常以不可磨灭的冤苦的印象，一提起，就使他更加蹙紧双眉，捏定破芭蕉扇，脸向着地，鸭子浮水似的跳舞起来。

Nhatu，nhatu，nhatu－nhatu－nhatututuu！目连嗐头也冤苦不堪似的吹着。

他因此决定了：——

难是弗放者个！

那怕你，铜墙铁壁！

那怕你，皇亲国戚！

…………

“难”者，“今”也；“者个”者，“的了”之意，词之决也。“虽有忮心，不怨飘瓦”，他现在毫不留情了，然而这是受了阎罗老子的督责之故，不得已也。一切鬼众中，就是他有点人情；我们不变鬼则已，如果要变鬼，自然就只有他可以比较的相亲近。

我至今还确凿记得，在故乡时候，和“下等人”一同，常常这样高兴地正视过这鬼而人，理而情，可怖而可爱的无常；而且欣赏他脸上的哭或笑，口头的硬语与谐谈……。

迎神时候的无常，可和演剧上的又有些不同了。他只有动作，没有言语，跟定了一个捧着一盘饭菜的小丑似的脚色走，他要去吃；他却不给他。另外还加添了两名脚色，就是“正人君子”之所谓“老婆儿女”。凡“下等人”，都有一种通病：常喜欢以己之所欲，施之于人。虽是对于鬼，也不肯给他孤寂，凡有鬼神，大概总要给他们一对一对地配起来。无常也不在例外。所以，一个是漂亮的女人，只是很有些村妇样，大家都称她无常嫂；这样看来，无常是和我们平辈的，无怪他不摆教授先生的架子。一个是小孩子，小高帽，小白衣；虽然小，两肩却已经耸起了，眉目的外梢也向下。这分明是无常少爷了，大家却叫他阿领，对于他似乎都不很表敬意；猜起来，仿佛是无常嫂的前夫之子似的。但不知何以相貌又和无常有这么像？吁！鬼神之事，难言之矣，只得姑且置之弗论。至于无常何以没有亲儿女，到今年可很容易解释了：鬼神能前知，他怕儿女一多，爱说闲话的就要旁敲侧击地锻成他拿卢布，所以不但研究，还早已实行了“节育”了。

这捧着饭菜的一幕，就是“送无常”。因为他是勾魂使者，所以民间凡有一个人死掉之后，就得用酒饭恭送他。至于不给他吃，那是赛会时候的开玩笑，实际上并不然。但是，和无常开玩笑，是大家都有此意的，因为他爽直，爱发议论，有人情，——要寻真实的朋友，倒还是他妥当。

有人说，他是生人走阴，就是原是人，梦中却入冥去当差的，所以很有些人情。我还记得住在离我家不远的小屋子里的一个男人，便自称是“走无常”，门外常常燃着香烛。但我看他脸上的鬼气反而多。莫非入冥做了鬼，倒会增加人气的么？吁！鬼神之事，难言之矣，这也只得姑且置之弗论了。

六月二十三日

从百草园到三味书屋

我家的后面有一个很大的园，相传叫作百草园。现在是早已并屋子一起卖给朱文公的子孙了，连那最末次的相见也已经隔了七八年，其中似乎确凿只有一些野草；但那时却是我的乐园。

不必说碧绿的菜畦，光滑的石井栏，高大的皂荚树，紫红的桑椹；也不必说鸣蝉在树叶里长吟，肥胖的黄蜂伏在菜花上，轻捷的叫天子（云雀）忽然从草间直窜向云霄里去了。单是周围的短短的泥墙根一带，就有无限趣味。油蛉在这里低唱，蟋蟀们在这里弹琴。翻开断砖来，有时会遇见蜈蚣；还有斑蝥，倘若用手指按住它的脊梁，便会拍的一声，从后窍喷出一阵烟雾。何首乌藤和木莲藤缠络着，木莲有莲房一般的果实，何首乌有拥肿的根。有人说，何首乌根是有像人形的，吃了便可以成仙，我于是常常拔它起来，牵连不断地拔起来，也曾因此弄坏了泥墙，却从来没有见过有一块根像人样。如果不怕刺，还可以摘到覆盆子，像小珊瑚珠攒成的小球，又酸又甜，色味都比桑椹要好得远。

长的草里是不去的，因为相传这园里有一条很大的赤练蛇。

长妈妈曾经讲给我一个故事听：先前，有一个读书人住在古庙里用功，晚间，在院子里纳凉的时候，突然听到有人在叫他。答应着，四面看时，却见一个美女的脸露在墙头上，向他一笑，隐去了。他很高兴；但竟给那走来夜谈的老和尚识破了机关。说他脸上有些妖气，一定遇见“美女蛇”了；这是人首蛇身的怪物，能唤人名，倘一答应，夜间便要来吃这人的肉的。他自然吓得要死，而那老和尚却道无妨，给他一个小盒子，说只要放在枕边，便可高枕而卧。他虽然照样办，却总是睡不着，——当然睡不着的。到半夜，果然来了，沙沙沙！门外像是风雨声。他正抖作一团时，却听得豁的一声，一道金光从枕边飞出，外面便什么声音也没有了，那金光也就飞回来，敛在盒子里。后来呢？后来，老和尚说，这是飞蜈蚣，它能吸蛇的脑髓，美女蛇就被它治死了。

结末的教训是：所以倘有陌生的声音叫你的名字，你万不可答应他。

这故事很使我觉得做人之险，夏夜乘凉，往往有些担心，不敢去看墙上，而且极想得到一盒老和尚那样的飞蜈蚣。走到百草园的草丛旁边时，也常常这样想。但直到现在，总还没有得到，但也没有遇见过赤练蛇和美女蛇。叫我名字的陌生声音自然是常有的，然而都不是美女蛇。

冬天的百草园比较的无味；雪一下，可就两样了。拍雪人

（将自己的全形印在雪上）和塑雪罗汉需要人们鉴赏，这是荒园，人迹罕至，所以不相宜，只好来捕鸟。薄薄的雪，是不行的；总须积雪盖了地面一两天，鸟雀们久已无处觅食的时候才好。扫开一块雪，露出地面，用一枝短棒支起一面大的竹筛来，下面撒些秕谷，棒上系一条长绳，人远远地牵着，看鸟雀下来啄食，走到竹筛底下的时候，将绳子一拉，便罩住了。但所得的是麻雀居多，也有白颊的“张飞鸟”，性子很躁，养不过夜的。

这是闰土的父亲所传授的方法，我却不大能用。明明见它们进去了，拉了绳，跑去一看，却什么都没有，费了半天力，捉住的不过三四只。闰土的父亲是小半天便能捕获几十只，装在叉袋里叫着撞着的。我曾经问他得失的缘由，他只静静地笑道：你太性急，来不及等它走到中间去。

我不知道为什么家里的人要将我送进书塾里去了，而且还是全城中称为最严厉的书塾。也许是因为拔何首乌毁了泥墙罢，也许是因为将砖头抛到间壁的梁家去了罢，也许是因为站在石井栏上跳下来罢，……都无从知道。总而言之：我将不能常到百草园了。Ade，我的蟋蟀们！Ade，我的覆盆子们和木莲们！

出门向东，不上半里，走过一道石桥，便是我的先生的家了。从一扇黑油的竹门进去，第三间是书房。中间挂着一块扁道：三味书屋；扁下面是一幅画，画着一只很肥大的梅花鹿伏在古树下。没有孔子牌位，我们便对着那扁和鹿行礼。第一次算是拜孔子，第二次算是拜先生。

第二次行礼时，先生便和蔼地在一旁答礼。他是一个高而瘦的老人，须发都花白了，还戴着大眼镜。我对他很恭敬，因为我早听到，他是本城中极方正，质朴，博学的人。

不知从那里听来的，东方朔也很渊博，他认识一种虫，名曰“怪哉”，冤气所化，用酒一浇，就消释了。我很想详细地知道这故事，但阿长是不知道的，因为她毕竟不渊博。现在得到机会了，可以问先生。

“先生，‘怪哉’这虫，是怎么一回事？……”我上了生书，将要退下来的时候，赶忙问。

“不知道！”他似乎很不高兴，脸上还有怒色了。

我才知道做学生是不应该问这些事的，只要读书，因为他是渊博的宿儒，决不至于不知道，所谓不知道者，乃是不愿意说。年纪比我大的人，往往如此，我遇见过好几回了。

我就只读书，正午习字，晚上对课。先生最初这几天对我很严厉，后来却好起来了，不过给我读的书渐渐加多，对课也渐渐地加上字去，从三言到五言，终于到七言。

三味书屋后面也有一个园，虽然小，但在那里也可以爬上花坛去折腊梅花，在地上或桂花树上寻蝉蜕。最好的工作是捉了苍蝇喂蚂蚁，静悄悄地没有声音。然而同窗们到园里的太多，太久，可就不行了，先生在书房里便大叫起来：

“人都到那里去了？！”

人们便一个一个陆续走回去；一同回去，也不行的。他有一条戒尺，但是不常用，也有罚跪的规矩，但也不常用，普通总不过瞪几眼，大声道：

“读书！”

于是大家放开喉咙读一阵书，真是人声鼎沸。有念“仁远乎哉我欲仁斯仁至矣”的，有念“笑人齿缺曰狗窦大开”的，有念“上九潜龙勿用”的，有念“厥土下上上错厥贡苞茅橘柚”的……。先生自己也念书。后来，我们的声音便低下去，静下去了，只有他还大声朗读着：

“铁如意，指挥倜傥，一座皆惊呢～～；金叵罗，颠倒淋漓噫，千杯未醉嗬～～……。”

我疑心这是极好的文章，因为读到这里，他总是微笑起来，而且将头仰起，摇着，向后面拗过去，拗过去。

先生读书入神的时候，于我们是很相宜的。有几个便用纸糊的盔甲套在指甲上做戏。我是画画儿，用一种叫作“荆川纸”的，蒙在小说的绣像上一个个描下来，像习字时候的影写一样。读的书多起来，画的画也多起来；书没有读成，画的成绩却不少了，最成片断的是《荡寇志》和《西游记》的绣像，都有一大本。后来，因为要钱用，卖给一个有钱的同窗了。他的父亲是开锡箔店的；听说现在自己已经做了店主，而且快要升到绅士的地位了。这东西早已没有了罢。

九月十八日

父亲的病

大约十多年前吧，S城中曾经盛传过一个名医的故事：

他出诊原来是一元四角，特拔十元，深夜加倍，出城又加倍。有一夜，一家城外人家的闺女生急病，来请他了，因为他其时已经阔得不耐烦，便非一百元不去。他们只得都依他。待去时，却只是草草地一看，说道“不要紧的”，开一张方，拿了一百元就走。那病家似乎很有钱，第二天又来请了。他一到门，只见主人笑面承迎，道，“昨晚服了先生的药，好得多了，所以再请你来复诊一回。”仍旧引到房里，老妈子便将病人的手拉出帐外来。他一按，冷冰冰的，也没有脉，于是点点头道，“唔，这病我明白了。”从从容容走到桌前，取了药方纸，提笔写道：

“凭票付英洋壹百元正。”下面是署名，画押。

“先生，这病看来很不轻了，用药怕还得重一点罢。”主人在背后说。

“可以，”他说。于是另开了一张方：——

“凭票付英洋贰百元正。”下面仍是署名，画押。

这样，主人就收了药方，很客气地送他出来了。

我曾经和这名医周旋过两整年，因为他隔日一回，来诊我的父亲的病。那时虽然已经很有名，但还不至于阔得这样不耐烦；可是诊金却已经是一元四角。现在的都市上，诊金一次十元并不算奇，可是那时是一元四角已是巨款，很不容易张罗的了；又何况是隔日一次。他大概的确有些特别，据舆论说，用药就与众不同。我不知道药品，所觉得的，就是“药引”的难得，新方一换，就得忙一大场。先买药，再寻药引。“生姜”两片，竹叶十片去尖，他是不用的了。起码是芦根，须到河边去掘；一到经霜三年的甘蔗，便至少也得搜寻两三天。可是说也奇怪，大约后来总没有购求不到的。

据舆论说，神妙就在这地方。先前有一个病人，百药无效；待到遇见了什么叶天士先生，只在旧方上加了一味药引：梧桐叶。只一服，便霍然而愈了。“医者，意也。”其时是秋天，而梧桐先知秋气。其先百药不投，今以秋气动之，以气感气，所以……。我虽然并不了然，但也十分佩服，知道凡有灵药，一定是很不容易得到的，求仙的人，甚至于还要拼了性命，跑进深山里去采呢。

这样有两年，渐渐地熟识，几乎是朋友了。父亲的水肿是逐日利害，将要不能起床；我对于经霜三年的甘蔗之流也逐渐失了信仰，采办药引似乎再没有先前一般踊跃了。正在这时候，他有一天来诊，问过病状，便极其诚恳地说：

“我所有的学问，都用尽了。这里还有一位陈莲河先生，本领比我高。我荐他来看一看，我可以写一封信。可是，病是不要紧的，不过经他的手，可以格外好得快……。”

这一天似乎大家都有些不欢，仍然由我恭敬地送他上轿。进来时，看见父亲的脸色很异样，和大家谈论，大意是说自己的病大概没有希望的了；他因为看了两年，毫无效验，脸又太熟了，未免有些难以为情，所以等到危急时候，便荐一个生手自代，和自己完全脱了干系。但另外有什么法子呢？本城的名医，除他之外，实在也只有一个陈莲河了。明天就请陈莲河。

陈莲河的诊金也是一元四角。但前回的名医的脸是圆而胖的，他却长而胖了：这一点颇不同。还有用药也不同。前回的名医是一个人还可以办的，这一回却是一个人有些办不妥帖了，因为他一张药方上，总兼有一种特别的丸散和一种奇特的药引。

芦根和经霜三年的甘蔗，他就从来没有用过。最平常的是“蟋蟀一对”，旁注小字道：“要原配，即本在一窠中者。”似乎昆虫也要贞节，续弦或再醮，连做药资格也丧失了。但这差使在我并不为难，走进百草园，十对也容易得，将它们用线一缚，活活地掷入沸汤中完事。然而还有“平地木十株”呢，这可谁也不知道是什么东西了，问药店，问乡下人，问卖草药的，问老年人，问读书人，问木匠，都只是摇摇头，临末才记起了那远房的叔祖，爱种一点花木的老人，跑去一问，他果然知道，是生在山中树下的一种小树，能结红子如小珊瑚珠的，普通都称为“老弗大”。

“踏破铁鞋无觅处，得来全不费工夫。”药引寻到了，然而还有一种特别的丸药：败鼓皮丸。这“败鼓皮丸”就是用打破的旧鼓皮做成；水肿一名鼓胀，一用打破的鼓皮自然就可以克伏他。清朝的刚毅因为憎恨“洋鬼子”，预备打他们，练了些兵称作“虎神营”，取虎能食羊，神能伏鬼的意思，也就是这道理。可惜这一种神药，全城中只有一家出售的，离我家就有五里，但这却不像平地木那样，必须暗中摸索了，陈莲河先生开方之后，就恳切详细地给我们说明。

“我有一种丹，”有一回陈莲河先生说，“点在舌上，我想一定可以见效。因为舌乃心之灵苗……。价钱也并不贵，只要两块钱一盒……。”

我父亲沉思了一会，摇摇头。

“我这样用药还会不大见效，”有一回陈莲河先生又说，“我想，可以请人看一看，可有什么冤愆……。医能医病，不能医命，对不对？自然，这也许是前世的事……。”

我的父亲沉思了一会，摇摇头。

凡国手，都能够起死回生的，我们走过医生的门前，常可以看见这样的扁额。现在是让步一点了，连医生自己也说道：“西医长于外科，中医长于内科。”但是S城那时不但没有西医，并且谁也还没有想到天下有所谓西医，因此无论什么，都只能由轩辕岐伯的嫡派门徒包办。轩辕时候是巫医不分的，所以直到现在，他的门徒就还见鬼，而且觉得“舌乃心之灵苗”。这就是中国人的“命”，连名医也无从医治的。

不肯用灵丹点在舌头上，又想不出“冤愆”来，自然，单吃了一百多天的“败鼓皮丸”有什么用呢？依然打不破水肿，父亲终于躺在床上喘气了。还请一回陈莲河先生，这回是特拔，大洋十元。他仍旧泰然的开了一张方，但已停止败鼓皮丸不用，药引也不很神妙了，所以只消半天，药就煎好，灌下去，却从口角上回了出来。

从此我便不再和陈莲河先生周旋，只在街上有时看见他坐在三名轿夫的快轿里飞一般抬过；听说他现在还康健，一面行医，一面还做中医什么学报，正在和只长于外科的西医奋斗哩。

中西的思想确乎有一点不同。听说中国的孝子们，一到将要“罪孽深重祸延父母”的时候，就买几斤人参，煎汤灌下去，希望父母多喘几天气，即使半天也好。我的一位教医学的先生却教给我医生的职务道：可医的应该给他医治，不可医的应该给他死得没有痛苦。——但这先生自然是西医。

父亲的喘气颇长久，连我也听得很吃力，然而谁也不能帮助他。我有时竟至于电光一闪似的想道：“还是快一点喘完了罢……。”立刻觉得这思想就不该，就是犯了罪；但同时又觉得这思想实在是正当的，我很爱我的父亲。便是现在，也还是这样想。

早晨，住在一门里的衍太太进来了。她是一个精通礼节的妇人，说我们不应该空等着。于是给他换衣服；又将纸锭和一种什么《高王经》烧成灰，用纸包了给他捏在拳头里……。

“叫呀，你父亲要断气了。快叫呀！”衍太太说。

“父亲！父亲！”我就叫起来。

“大声！他听不见。还不快叫?!”

“父亲!!! 父亲!!!”

他已经平静下去的脸，忽然紧张了，将眼微微一睁，仿佛有一些苦痛。

“叫呀！快叫呀!”她催促说。

“父亲!!!”

“什么呢？……不要嚷。……不……。”他低低地说，又较急地喘着气，好一会，这才复了原状，平静下去了。

“父亲!!!”我还叫他，一直到他咽了气。

我现在还听到那时的自己的这声音，每听到时，就觉得这却是我对于父亲的最大的错处。

十月七日

琐　记

衍太太现在是早已经做了祖母，也许竟做了曾祖母了；那时却还年青，只有一个儿子比我大三四岁。她对自己的儿子虽然狠，对别家的孩子却好的，无论闹出什么乱子来，也决不去告诉各人的父母，因此我们就最愿意在她家里或她家的四近玩。

举一个例说罢，冬天，水缸里结了薄冰的时候，我们大清早起一看见，便吃冰。有一回给沈四太太看到了，大声说道："莫吃呀，要肚子疼的呢！"这声音又给我母亲听到了，跑出来我们都挨了一顿骂，并且有大半天不准玩。我们推论祸首，认定是沈四太太，于是提起她就不用尊称了，给她另外起了一个绰号，叫作"肚子疼"。

衍太太却决不如此。假如她看见我们吃冰，一定和蔼地笑着说，"好，再吃一块。我记着，看谁吃的多。"

但我对于她也有不满足的地方。一回是很早的时候了，我还很小，偶然走进她家去，她正在和她的男人看书。我走近去，她便将书塞在我的眼前道，"你看，你知道这是什么？"我看那书上画着房屋，有两个人光着身子仿佛在打架，但又不很像。正迟疑间，他们便大笑起来了。这使我很不高兴，似乎受了一个极大的侮辱，不到那里去大约有十多天。一回是我已经十多岁了，和几个孩子比赛打旋子，看谁旋得多。她就从旁计着数，说道，“好，八十二个了！再旋一个，八十三！好，八十四！……”但正在旋着的阿祥，忽然跌倒了，阿祥的婶母也恰恰走进来。她便接着说道，“你看，不是跌了么？不听我的话。我叫你不要旋，不要旋……。”

虽然如此，孩子们总还喜欢到她那里去。假如头上碰得肿了一大块的时候，去寻母亲去罢，好的是骂一通，再给擦一点药；坏的是没有药擦，还添几个栗凿和一通骂。衍太太却决不埋怨，立刻给你用烧酒调了水粉，搽在疙瘩上，说这不但止痛，将来还没有瘢痕。

父亲故去之后，我也还常到她家里去，不过已不是和孩子们玩耍了，却是和衍太太或她的男人谈闲天。我其时觉得很有许多东西要买，看的和吃的，只是没有钱。有一天谈到这里，她便说道，“母亲的钱，你拿来用就是了，还不就是你的么？”我说母亲没有钱，她就说可以拿首饰去变卖；我说没有首饰，她却道，“也许你没有留心。到大厨的抽屉里，角角落落去寻去，总可以寻出一点珠子这类东西……。”

这些话我听去似乎很异样，便又不到她那里去了，但有时又真想去打开大厨，细细地寻一寻。大约此后不到一月，就听到一种流言，说我已经偷了家里的东西去变卖了，这实在使我觉得有如掉在冷水里。流言的来源，我是明白的，倘是现在，只要有地方发表，我总要骂出流言家的狐狸尾巴来，但那时太年青，一遇流言，便连自己也仿佛觉得真是犯了罪，怕遇见人们的眼睛，怕受到母亲的爱抚。

好。那么，走罢！

但是，那里去呢？S城人的脸早经看熟，如此而已，连心肝也似乎有些了然。总得寻别一类人们去，去寻为S城人所诟病的人们，无论其为畜生或魔鬼。那时为全城所笑骂的是一个开得不久的学校，叫作中西学堂，汉文之外，又教些洋文和算学。然而已经成为众矢之的了；熟读圣贤书的秀才们，还集了“四书”的句子，做一篇八股来嘲诮它，这名文便即传遍了全城，人人当作有趣的话柄。我只记得那“起讲”的开头是：

> “徐子以告夷子曰：吾闻用夏变夷者，未闻变于夷者也。今也不然：鴂舌之音，闻其声，皆雅言也……。”

以后可忘却了，大概也和现今的国粹保存大家的议论差不多。但我对于这中西学堂，却也不满足，因为那里面只教汉文，算学，英文和法文。功课较为别致的，还有杭州的求是书院，然而学费贵。

无须学费的学校在南京，自然只好往南京去。第一个进去的学校，目下不知道称为什么了，光复以后，似乎有一时称为雷电学堂，很像《封神榜》上“太极阵”“混元阵”一类的名目。总之，一进仪凤门，便可以看见它那二十丈高的桅杆和不知多高的烟通。功课也简单，一星期中，几乎四整天是英文："It is a cat." "Is it a rat?" 一整天是读汉文："君子曰，颍考叔可谓纯孝也已矣，爱其母，施及庄公。"一整天是做汉文：《知己知彼百战百胜论》，《颍考叔论》，《云从龙风从虎论》，《咬得菜根则百事可做论》。

初进去当然只能做三班生，卧室里是一桌一凳一床，床板只有两块。头二班学生就不同了，二桌二凳或三凳一床，床板多至三块。不但上讲堂时挟着一堆厚而且大的洋书，气昂昂地走着，决非只有一本"泼赖妈"和四本《左传》的三班生所敢正视；便是空着手，也一定将肘弯撑开，像一只螃蟹，低一班的在后面总不能走出他之前。这一种螃蟹式的名公巨卿，现在都阔别得很久了，前四五年，竟在教育部的破脚躺椅上，发见了这姿势，然而这位老爷却并非雷电学堂出身的，可见螃蟹态度，在中国也颇普遍。

可爱的是桅杆。但并非如"东邻"的"支那通"所说，因为它"挺然翘然"，又是什么的象征。乃是因为它高，乌鸦喜鹊，都只能停在它的半途的木盘上。人如果爬到顶，便可以近看狮子山，远眺莫愁湖，——但究竟是否真可以眺得那么远，我现在可委实有点记不清楚了。而且不危险，下面张着网，即使跌下来，也不过如一条小鱼落在网子里；况且自从张网以后，听说也还没有人曾经跌下来。

原先还有一个池，给学生学游泳的，这里面却淹死了两个年幼的学生。当我进去时，早填平了，不但填平，上面还造了一所小小的关帝庙。庙旁是一座焚化字纸的砖炉，炉口上方横写着四个大字道："敬惜字纸"。只可惜那两个淹死鬼失了池子，难讨替代，总在左近徘徊，虽然已有"伏魔大帝关圣帝君"镇压着。办学的人大概是好心肠的，所以每年七月十五，总请一群和尚到雨天操场来放焰口，一个红鼻而胖的大和尚戴上毗卢帽，捏诀，念咒："回资啰，普弥耶吽！唵耶吽！唵！耶！吽!!!"

我的前辈同学被关圣帝君镇压了一整年，就只在这时候得到一点好处，——虽然我并不深知是怎样的好处。所以当这些时，我每每想：做学生总得自己小心些。

总觉得不大合适，可是无法形容出这不合适来。现在是发见了大致相近的字眼了，"乌烟瘴气"，庶几乎其可也。只得走开。近来是单是走开也就不容易，"正人君子"者流会说你骂人骂到了聘书，或者是发"名士"脾气，给你几句正经的俏皮话。不过那时还不打紧，学生所得的津贴，第一年不过二两银子，最初三个月的试习期内是零用五百文。于是毫无问题，去考矿路学堂去了，也许是矿路学堂，已经有些记不真，文凭又不在手头，更无从查考。试验并不难，录取的。

这回不是 It is a cat 了，是 Der Mann，Das Weib，Das Kind。汉文仍旧是"颖考叔可谓纯孝也已矣"，但外加《小学集注》。论文题目也小有不同，譬如《工欲善其事必先利其器论》，是先前没有做过的。

此外还有所谓格致，地学，金石学，……都非常新鲜。但是还得声明：后两项，就是现在之所谓地质学和矿物学，并非讲舆地和钟鼎碑版的。只是画铁轨横断面图却有些麻烦，平行线尤其讨厌。但第二年的总办是一个新党，他坐在马车上的时候大抵看着《时务报》，考汉文也自己出题目，和教员出的很不同。有一次是《华盛顿论》，汉文教员反而惴惴地来问我们道："华盛顿是什么东西呀？……"

看新书的风气便流行起来，我也知道了中国有一部书叫《天演论》。星期日跑到城南去买了来，白纸石印的一厚本，价五百文正。翻开一看，是写得很好的字，开首便道：

> "赫胥黎独处一室之中，在英伦之南，背山而面野，槛外诸境，历历如在机下。乃悬想二千年前，当罗马大将恺彻未到时，此间有何景物？计惟有天造草昧……"

哦！原来世界上竟还有一个赫胥黎坐在书房里那么想，而且想得那么新鲜？一口气读下去，"物竞""天择"也出来了，苏格拉第，柏拉图也出来了，斯多噶也出来了。学堂里又设立了一个阅报处，《时务报》不待言，还有《译学汇编》，那书面上的张廉卿一流的四个字，就蓝得很可爱。

"你这孩子有点不对了，拿这篇文章去看去，抄下来去看去。"一位本家的老辈严肃地对我说，而且递过一张报纸来。接来看时，"臣许应骙跪奏……，"那文章现在是一句也不记得了，总之是参康有为变法的，也不记得可曾抄了没有。

仍然自己不觉得有什么“不对”，一有闲空，就照例地吃侉饼，花生米，辣椒，看《天演论》。

但我们也曾经有过一个很不平安的时期。那是第二年，听说学校就要裁撤了。这也无怪，这学堂的设立，原是因为两江总督（大约是刘坤一罢）听到青龙山的煤矿出息好，所以开手的。待到开学时，煤矿那面却已将原先的技师辞退，换了一个不甚了然的人了。理由是：一、先前的技师薪水太贵；二、他们觉得开煤矿并不难。于是不到一年，就连煤在那里也不甚了然起来，终于是所得的煤，只能供烧那两架抽水机之用，就是抽了水掘煤，掘出煤来抽水，结一笔出入两清的账。既然开矿无利，矿路学堂自然也就无须乎开了，但是不知怎的，却又并不裁撤。到第三年我们下矿洞去看的时候，情形实在颇凄凉，抽水机当然还在转动，矿洞里积水却有半尺深，上面也点滴而下，几个矿工便在这里面鬼一般工作着。

毕业，自然大家都盼望的，但一到毕业，却又有些爽然若失。爬了几次桅，不消说不配做半个水兵；听了几年讲，下了几回矿洞，就能掘出金银铜铁锡来么？实在连自己也茫无把握，没有做《工欲善其事必先利其器论》的那么容易。爬上天空二十丈和钻下地面二十丈，结果还是一无所能，学问是“上穷碧落下黄泉，两处茫茫皆不见”了。所余的还只有一条路：到外国去。

留学的事，官僚也许可了，派定五名到日本去。其中的一个因为祖母哭得死去活来，不去了，只剩了四个。日本是同中国很两样的，我们应该如何准备呢？有一个前辈同学在，比我们早一年毕业，曾经游历过日本，应该知道些情形。跑去请教之后，他郑重地说：

“日本的袜是万不能穿的，要多带些中国袜。我看纸票也不好，你们带去的钱不如都换了他们的现银。”

四个人都说遵命。别人不知其详，我是将钱都在上海换了日本的银元，还带了十双中国袜——白袜。

后来呢？后来，要穿制服和皮鞋，中国袜完全无用；一元的银圆日本早已废置不用了，又赔钱换了半元的银圆和纸票。

十月八日

藤野先生

东京也无非是这样。上野的樱花烂熳的时节，望去确也像绯红的轻云，但花下也缺不了成群结队的“清国留学生”的速成班，头顶上盘着大辫子，顶得学生制帽的顶上高高耸起，形成一座富士山。也有解散辫子，盘得平的，除下帽来，油光可鉴，宛如小姑娘的发髻一般，还要将脖子扭几扭。实在标致极了。

中国留学生会馆的门房里有几本书买，有时还值得去一转；倘在上午，里面的几间洋房里倒也还可以坐坐的。但到傍晚，有一间的地板便常不免要咚咚咚地响得震天，兼以满房烟尘斗乱；问问精通时事的人，答道，“那是在学跳舞。”

到别的地方去看看，如何呢？

我就往仙台的医学专门学校去。从东京出发，不久便到一处驿站，写道：日暮里。不知怎地，我到现在还记得这名目。其次却只记得水户了，这是明的遗民朱舜水先生客死的地方。仙台是一个市镇，并不大；冬天冷得利害；还没有中国的学生。

大概是物以希为贵罢。北京的白菜运往浙江，便用红头绳系住菜根，倒挂在水果店头，尊为“胶菜”；福建野生着的芦荟，一到北京就请进温室，且美其名曰“龙舌兰”。我到仙台也颇受了这样的优待，不但学校不收学费，几个职员还为我的食宿操心。我先是住在监狱旁边一个客店里的，初冬已经颇冷，蚊子却还多，后来用被盖了全身，用衣服包了头脸，只留两个鼻孔出气。在这呼吸不息的地方，蚊子竟无从插嘴，居然睡安稳了。饭食也不坏。但一位先生却以为这客店也包办囚人的饭食，我住在那里不相宜，几次三番，几次三番地说。我虽然觉得客店兼办囚人的饭食和我不相干，然而好意难却，也只得别寻相宜的住处了。于是搬到别一家，离监狱也很远，可惜每天总要喝难以下咽的芋梗汤。

从此就看见许多陌生的先生，听到许多新鲜的讲义。解剖学是两个教授分任的。最初是骨学。其时进来的是一个黑瘦的先生，八字须，戴着眼镜，挟着一叠大大小小的书。一将书放在讲台上，便用了缓慢而很有顿挫的声调，向学生介绍自己道：

“我就是叫作藤野严九郎的……。”

后面有几个人笑起来了。他接着便讲述解剖学在日本发达的历史，那些大大小小的书，便是从最初到现今关于这一门学问的著作。起初有几本是线装的；还有翻刻中国译本的，他们的翻译和研究新的医学，并不比中国早。

那坐在后面发笑的是上学年不及格的留级学生，在校已经一年，掌故颇为熟悉的了。他们便给新生讲演每个教授的历史。

这藤野先生，据说是穿衣服太模胡了，有时竟会忘记带领结；冬天是一件旧外套，寒颤颤的，有一回上火车去，致使管车的疑心他是扒手，叫车里的客人大家小心些。

他们的话大概是真的，我就亲见他有一次上讲堂没有带领结。

过了一星期，大约是星期六，他使助手来叫我了。到得研究室，见他坐在人骨和许多单独的头骨中间，——他其时正在研究着头骨，后来有一篇论文在本校的杂志上发表出来。

“我的讲义，你能抄下来么？”他问。

“可以抄一点。”

“拿来我看！”

我交出所抄的讲义去，他收下了，第二三天便还我，并且说，此后每一星期要送给他看一回。我拿下来打开看时，很吃了一惊，同时也感到一种不安和感激。原来我的讲义已经从头到末，都用红笔添改过了，不但增加了许多脱漏的地方，连文法的错误，也都一一订正。这样一直继续到教完了他所担任的功课：骨学，血管学，神经学。

可惜我那时太不用功，有时也很任性。还记得有一回藤野先生将我叫到他的研究室里去，翻出我那讲义上的一个图来，是下臂的血管，指着，向我和蔼的说道：

“你看，你将这条血管移了一点位置了。——自然，这样一移，的确比较的好看些，然而解剖图不是美术，实物是那么样的，我们没法改换它。现在我给你改好了，以后你要全照着黑板上那样的画。”

但是我还不服气，口头答应着，心里却想道：

“图还是我画的不错；至于实在的情形，我心里自然记得的。”

学年试验完毕之后，我便到东京玩了一夏天，秋初再回学校，成绩早已发表了，同学一百余人之中，我在中间，不过是没有落第。这回藤野先生所担任的功课，是解剖实习和局部解剖学。

解剖实习了大概一星期，他又叫我去了，很高兴地，仍用了极有抑扬的声调对我说道：

“我因为听说中国人是很敬重鬼的，所以很担心，怕你不肯解剖尸体。现在总算放心了，没有这回事。”

但他也偶有使我很为难的时候。他听说中国的女人是裹脚的，但不知道详细，所以要问我怎么裹法，足骨变成怎样的畸形，还叹息道，“总要看一看才知道。究竟是怎么一回事呢？”

有一天，本级的学生会干事到我寓里来了，要借我的讲义看。我检出来交给他们，却只翻检了一通，并没有带走。但他们一走，邮差就送到一封很厚的信，拆开看时，第一句是：

“你改悔罢！”

这是《新约》上的句子罢，但经托尔斯泰新近引用过的。其时正值日俄战争，托老先生便写了一封给俄国和日本的皇帝的信，开首便是这一句。日本报纸上很斥责他的不逊，爱国青年也愤然，然而暗地里却早受了他的影响了。其次的话，大略是说上年解剖学试验的题目，是藤野先生在讲义上做了记号，我预先知道的，所以能有这样的成绩。末尾是匿名。

我这才回忆到前几天的一件事。因为要开同级会，干事便在黑板上写广告，末一句是“请全数到会勿漏为要”，而且在“漏”字旁边加了一个圈。我当时虽然觉到圈得可笑，但是毫不介意，这回才悟出那字也在讥刺我了，犹言我得了教员漏泄出来的题目。

我便将这事告知了藤野先生；有几个和我熟识的同学也很不平，一同去诘责干事托辞检查的无礼，并且要求他们将检查的结果，发表出来。终于这流言消灭了，干事却又竭力运动，要收回那一封匿名信去。结末是我便将这托尔斯泰式的信退还了他们。

中国是弱国，所以中国人当然是低能儿，分数在六十分以上，便不是自己的能力了：也无怪他们疑惑。但我接着便有参观枪毙中国人的命运了。第二年添教霉菌学，细菌的形状是全用电影来显示的，一段落已完而还没有到下课的时候，便影几片时事的片子，自然都是日本战胜俄国的情形。但偏有中国人夹在里边：给俄国人做侦探，被日本军捕获，要枪毙了，围着看的也是一群中国人；在讲堂里的还有一个我。

“万岁！”他们都拍掌欢呼起来。

这种欢呼，是每看一片都有的，但在我，这一声却特别听得刺耳。此后回到中国来，我看见那些闲看枪毙犯人的人们，他们也何尝不酒醉似的喝彩，——呜呼，无法可想！但在那时那地，我的意见却变化了。

到第二学年的终结，我便去寻藤野先生，告诉他我将不学医学，并且离开这仙台。他的脸色仿佛有些悲哀，似乎想说话，但竟没有说。

“我想去学生物学，先生教给我的学问，也还有用的。”其实我并没有决意要学生物学，因为看得他有些凄然，便说了一个慰安他的谎话。

“为医学而教的解剖学之类，怕于生物学也没有什么大帮助。”他叹息说。

将走的前几天，他叫我到他家里去，交给我一张照相，后面写着两个字道：“惜别”，还说希望将我的也送他。但我这时适值没有照相了；他便叮嘱我将来照了寄给他，并且时时通信告诉他此后的状况。

我离开仙台之后，就多年没有照过相，又因为状况也无聊，说起来无非使他失望，便连信也怕敢写了。经过的年月一多，话更无从说起，所以虽然有时想写信，却又难以下笔，这样的一直到现在，竟没有寄过一封信和一张照片。从他那一面看起来，是一去之后，杳无消息了。

但不知怎地，我总还时时记起他，在我所认为我师的之中，他是最使我感激，给我鼓励的一个。有时我常常想：他的对于我的热心的希望，不倦的教诲，小而言之，是为中国，就是希望中国有新的医学；大而言之，是为学术，就是希望新的医学传到中国去。他的性格，在我的眼里和心里是伟大的，虽然他的姓名并不为许多人所知道。

他所改正的讲义，我曾经订成三厚本，收藏着的，将作为永久的纪念。不幸七年前迁居的时候，中途毁坏了一口书箱，失去半箱书，恰巧这讲义也遗失在内了。责成运送局去找寻，寂无回信。只有他的照相至今还挂在我北京寓居的东墙上，书桌对面。每当夜间疲倦，正想偷懒时，仰面在灯光中瞥见他黑瘦的面貌，似乎正要说出抑扬顿挫的话来，便使我忽又良心发现，而且增加勇气了，于是点上一枝烟，再继续写些为“正人君子”之流所深恶痛疾的文字。

十月十二日

范爱农

在东京的客店里，我们大抵一起来就看报。学生所看的多是《朝日新闻》和《读卖新闻》，专爱打听社会上琐事的就看《二六新闻》。一天早晨，辟头就看见一条从中国来的电报，大概是：

“安徽巡抚恩铭被 Jo Shiki Rin 刺杀，刺客就擒。”

大家一怔之后，便容光焕发地互相告语，并且研究这刺客是谁，汉字是怎样三个字。但只要是绍兴人，又不专看教科书的，却早已明白了。这是徐锡麟，他留学回国之后，在做安徽候补道，办着巡警事务，正合于刺杀巡抚的地位。

大家接着就预测他将被极刑，家族将被连累。不久，秋瑾姑娘在绍兴被杀的消息也传来了，徐锡麟是被挖了心，给恩铭的亲兵炒食净尽。人心很愤怒。有几个人便秘密地开一个会，筹集川资；这时用得着日本浪人了，撕乌贼鱼下酒，慷慨一通之后，他便登程去接徐伯荪的家属去。

照例还有一个同乡会，吊烈士，骂满洲；此后便有人主张打电报到北京，痛斥满政府的无人道。会众即刻分成两派：一派要发电，一派不要发。我是主张发电的，但当我说出之后，即有一种钝滞的声音跟着起来：

“杀的杀掉了，死的死掉了，还发什么屁电报呢。”

这是一个高大身材，长头发，眼球白多黑少的人，看人总像在渺视。他蹲在席子上，我发言大抵就反对；我早觉得奇怪，注意着他的了，到这时才打听别人：说这话的是谁呢，有那么冷？认识的人告诉我说：他叫范爱农，是徐伯荪的学生。

我非常愤怒了，觉得他简直不是人，自己的先生被杀了，连打一个电报还害怕，于是便坚执地主张要发电，同他争起来。结果是主张发电的居多数，他屈服了。其次要推出人来拟电稿。

“何必推举呢？自然是主张发电的人啰～～。”他说。

我觉得他的话又在针对我，无理倒也并非无理的。但我便主张这一篇悲壮的文章必须深知烈士生平的人做，因为他比别人关系更密切，心里更悲愤，做出来就一定更动人。于是又争起来。结果是他不做，我也不做，不知谁承认做去了；其次是大家走散，只留下一个拟稿的和一两个干事，等候做好之后去拍发。

从此我总觉得这范爱农离奇，而且很可恶。天下可恶的人，当初以为是满人，这时才知道还在其次；第一倒是范爱农。中国不革命则已，要革命，首先就必须将范爱农除去。

然而这意见后来似乎逐渐淡薄，到底忘却了，我们从此也没有再见面。直到革命的前一年，我在故乡做教员，大概是春末时候罢，忽然在熟人的客座上看见了一个人，互相熟视了不过两三秒钟，我们便同时说：

“哦哦，你是范爱农！”

“哦哦，你是鲁迅！”

不知怎地我们便都笑了起来，是互相的嘲笑和悲哀。他眼睛还是那样，然而奇怪，只这几年，头上却有了白发了，但也许本来就有，我先前没有留心到。他穿着很旧的布马褂，破布鞋，显得很寒素。谈起自己的经历来，他说他后来没有了学费，不能再留学，便回来了。回到故乡之后，又受着轻蔑，排斥，迫害，几乎无地可容。现在是躲在乡下，教着几个小学生糊口。但因为有时觉得很气闷，所以也趁了航船进城来。

他又告诉我现在爱喝酒，于是我们便喝酒。从此他每一进城，必定来访我，非常相熟了。我们醉后常谈些愚不可及的疯话，连母亲偶然听到了也发笑。一天我忽而记起在东京开同乡会时的旧事，便问他：

“那一天你专门反对我，而且故意似的，究竟是什么缘故呢？”

“你还不知道？我一向就讨厌你的，——不但我，我们。”

“你那时之前，早知道我是谁么？”

“怎么不知道。我们到横滨，来接的不就是子英和你么？你看不起我们，摇摇头，你自己还记得么？”

我略略一想，记得的，虽然是七八年前的事。那时是子英来约我的，说到横滨去接新来留学的同乡。汽船一到，看见一大堆，大概一共有十多人，一上岸便将行李放到税关上去候查检，关吏在衣箱中翻来翻去，忽然翻出一双绣花的弓鞋来，便放下公事，拿着子细地看。我很不满，心里想，这些鸟男人，怎么带这东西来呢。自己不注意，那时也许就摇了摇头。检验完毕，在客店小坐之后，即须上火车。不料这一群读书人又在客车上让起坐位来了，甲要乙坐在这位子，乙要丙去坐，揖让未终，火车已开，车身一摇，即刻跌倒了三四个。我那时也很不满，暗地里想：连火车上的坐位，他们也要分出尊卑来……。自己不注意，也许又摇了摇头。然而那群雍容揖让的人物中就有范爱农，却直到这一天才想到。岂但他呢，说起来也惭愧，这一群里，还有后来在安徽战死的陈伯平烈士，被害的马宗汉烈士；被囚在黑狱里，到革命后才见天日而身上永带着匪刑的伤痕的也还有一两人。而我都茫无所知，摇着头将他们一并运上东京了。徐伯荪虽然和他们同船来，却不在这车上，因为他在神户就和他的夫人坐车走了陆路了。

我想我那时摇头大约有两回，他们看见的不知道是那一回。让坐时喧闹，检查时幽静，一定是在税关上的那一回了，试问爱农，果然是的。

“我真不懂你们带这东西做什么？是谁的？”

“还不是我们师母的？”他瞪着他多白的眼。

“到东京就要假装大脚，又何必带这东西呢？”

“谁知道呢？你问她去。”

到冬初，我们的景况更拮据了，然而还喝酒，讲笑话。忽然是武昌起义，接着是绍兴光复。第二天爱农就上城来，戴着农夫常用的毡帽，那笑容是从来没有见过的。

“老迅，我们今天不喝酒了。我要去看看光复的绍兴。我们同去。”

我们便到街上去走了一通，满眼是白旗。然而貌虽如此，内骨子是依旧的，因为还是几个旧乡绅所组织的军政府，什么铁路股东是行政司长，钱店掌柜是军械司长……。这军政府也到底不长久，几个少年一嚷，王金发带兵从杭州进来了，但即使不嚷或者也会来。他进来以后，也就被许多闲汉和新进的革命党所包围，大做王都督。在衙门里的人物，穿布衣来的，不上十天也大概换上皮袍子了，天气还并不冷。

我被摆在师范学校校长的饭碗旁边，王都督给了我校款二百元。爱农做监学，还是那件布袍子，但不大喝酒了，也很少有工夫谈闲天。他办事，兼教书，实在勤快得可以。

“情形还是不行，王金发他们。”一个去年听过我的讲义的少年来访我，慷慨地说，“我们要办一种报来监督他们。不过发起人要借用先生的名字。还有一个是子英先生，一个是德清先生。为社会，我们知道你决不推却的。”

我答应他了。两天后便看见出报的传单，发起人诚然是三个。五天后便见报，开首便骂军政府和那里面的人员；此后是骂都督，都督的亲戚、同乡、姨太太……。

这样地骂了十多天，就有一种消息传到我的家里来，说都督因为你们诈取了他的钱，还骂他，要派人用手枪来打死你们了。

别人倒还不打紧，第一个着急的是我的母亲，叮嘱我不要再出去。但我还是照常走，并且说明，王金发是不来打死我们的，他虽然绿林大学出身，而杀人却不很轻易。况且我拿的是校款，这一点他还能明白的，不过说说罢了。

果然没有来杀。写信去要经费，又取了二百元。但仿佛有些怒意，同时传令道：再来要，没有了！

不过爱农得到了一种新消息，却使我很为难。原来所谓“诈取”者，并非指学校经费而言，是指另有送给报馆的一笔款。报纸上骂了几天之后，王金发便叫人送去了五百元。于是乎我们的少年们便开起会议来，第一个问题是：收不收？决议曰：收。第二个问题是：收了之后骂不骂？决议曰：骂。理由是：收钱之后，他是股东；股东不好，自然要骂。

我即刻到报馆去问这事的真假。都是真的。略说了几句不该收他钱的话，一个名为会计的便不高兴了，质问我道：

“报馆为什么不收股本？”

“这不是股本……。”

“不是股本是什么？”

我就不再说下去了，这一点世故是早已知道的，倘我再说出连累我们的话来，他就会面斥我太爱惜不值钱的生命，不肯为社会牺牲，或者明天在报上就可以看见我怎样怕死发抖的记载。

然而事情很凑巧，季茀写信来催我往南京了。爱农也很赞成，但颇凄凉，说：

“这里又是那样，住不得。你快去罢……。”

我懂得他无声的话，决计往南京。先到都督府去辞职，自然照准，派来了一个拖鼻涕的接收员，我交出账目和余款一角又两铜元，不是校长了。后任是孔教会会长傅力臣。

报馆案是我到南京后两三个星期了结的，被一群兵们捣毁。子英在乡下，没有事；德清适值在城里，大腿上被刺了一尖刀。他大怒了。自然，这是很有些痛的，怪他不得。他大怒之后，脱下衣服，照了一张照片，以显示一寸来宽的刀伤，并且做一篇文章叙述情形，向各处分送，宣传军政府的横暴。我想，这种照片现在是大约未必还有人收藏着了，尺寸太小，刀伤缩小到几乎等于无，如果不加说明，看见的人一定以为是带些疯气的风流人物的裸体照片，倘遇见孙传芳大帅，还怕要被禁止的。

我从南京移到北京的时候，爱农的学监也被孔教会会长的校长设法去掉了。他又成了革命前的爱农。我想为他在北京寻一点小事做，这是他非常希望的，然而没有机会。他后来便到一个熟人的家里去寄食，也时时给我信，景况愈困穷，言辞也愈凄苦。终于又非走出这熟人的家不可，便在各处飘浮。不久，忽然从同乡那里得到一个消息，说他已经掉在水里，淹死了。

我疑心他是自杀。因为他是浮水的好手，不容易淹死的。

夜间独坐在会馆里，十分悲凉，又疑心这消息并不确，但无端又觉得这是极其可靠的，虽然并无证据。一点法子都没有，只做了四首诗，后来曾在一种日报上发表，现在是将要忘记完了。只记得一首里的六句，起首四句是：“把酒论天下，先生小酒人，大圜犹酩酊，微醉合沉沦。”中间忘掉两句，末了是“旧朋云散尽，余亦等轻尘。”

后来我回故乡去，才知道一些较为详细的事。爱农先是什么事也没得做，因为大家讨厌他。他很困难，但还喝酒，是朋友请他的。他已经很少和人们来往，常见的只剩下几个后来认识的较为年青的人了，然而他们似乎也不愿意多听他的牢骚，以为不如讲笑话有趣。

“也许明天就收到一个电报，拆开来一看，是鲁迅来叫我的。”他时常这样说。

一天，几个新的朋友约他坐船去看戏，回来已过夜半，又是大风雨，他醉着，却偏要到船舷上去小解。大家劝阻他，也不听，自己说是不会掉下去的。但他掉下去了，虽然能浮水，却从此不起来。

第二天打捞尸体，是在菱荡里找到的，直立着。

我至今不明白他究竟是失足还是自杀。

他死后一无所有，遗下一个幼女和他的夫人。有几个人想集一点钱作他女孩将来的学费的基金，因为一经提议，即有族人来争这笔款的保管权，——其实还没有这笔款，大家觉得无聊，便无形消散了。

现在不知他唯一的女儿景况如何？倘在上学，中学已该毕业了罢。

十一月十八日

后　记

我在第三篇讲《二十四孝》的开头，说北京恐吓小孩的“马虎子”应作“麻胡子”，是指麻叔谋，而且以他为胡人。现在知道是错了，“胡”应作“祜”，是叔谋之名，见唐人李济翁做的《资暇集》卷下，题云《非麻胡》。原文如次：

俗怖婴儿曰：麻胡来！不知其源者，以为多髯之神而验刺者，非也。隋将军麻祜，性酷虐，炀帝令开汴河，威棱既盛，至稚童望风而畏，互相恐吓曰：麻祜来！稚童语不正，转祜为胡。只如宪宗朝泾将郝玭，蕃中皆畏惮，其国婴儿啼者，以玭怖之则止。又，武宗朝，闾阎孩孺相胁云：薛尹来！咸类此也。况《魏志》载张文远辽来之明证乎？（原注：麻祜庙在睢阳。鄜方节度李丕即其后。丕为重建碑。）

原来我的识见，就正和唐朝的“不知其源者”相同，贻讥于千载之前，真是咎有应得，只好苦笑。但又不知麻祜庙碑或碑文，现今尚在睢阳或存于方志中否？倘在，我们当可以看见和小说《开河记》所载相反的他的功业。

因为想寻几张插画，常维钧兄给我在北京搜集了许多材料，有几种是为我所未曾见过的。如光绪己卯（1879）肃州胡文炳作的《二百卌孝图》——原书有注云："卌读如习。"我真不解他何以不直称四十，而必须如此麻烦——即其一。我所反对的"郭巨埋儿"，他于我还未出世的前几年，已经删去了。序有云：

……坊间所刻《二十四孝》，善矣。然其中郭巨埋儿一事，揆之天理人情，殊不可以训。……炳窃不自量，妄为编辑。凡矫枉过正而刻意求名者，概从割爱；惟择其事之不诡于正，而人人可为者，类为六门。……

这位肃州胡老先生的勇决，委实令我佩服了。但这种意见，恐怕是怀抱者不乏其人，而且由来已久的，不过大抵不敢毅然删改，笔之于书。如同治十一年（1872）刻的《百孝图》，前有纪常郑绩序，就说：

……况迩来世风日下，沿习浇漓，不知孝出天性自然，反以孝作另成一事。且择古人投炉埋儿为忍心害理，指割股抽肠为损亲遗体。殊未审孝只在乎心，不在乎迹。尽孝无定形，行孝无定事。古之孝者非在今所宜，今之孝者难泥古之事。因此时此地不同，而其人其事各异，求其所以尽孝之心则一也。子夏曰：事父母能竭其力。故孔门问孝，所答何尝有同然乎？……

则同治年间就有人以埋儿等事为“忍心害理”，灼然可知。至于这一位“纪常郑绩”先生的意思，我却还是不大懂，或者像是说：这些事现在可以不必学，但也不必说他错。

这部《百孝图》的起源有点特别，是因为见了“粤东颜子”的《百美新咏》而作的。人重色而己重孝，卫道之盛心可谓至矣。虽然是“会稽俞葆真兰浦编辑”，与不佞有同乡之谊，——但我还只得老实说：不大高明。例如木兰从军的出典，他注云：“隋史”。这样名目的书，现今是没有的；倘是《隋书》，那里面又没有木兰从军的事。

而中华民国九年（1920），上海的书店却偏偏将它用石印翻印了，书名的前后各添了两个字：《男女百孝图全传》。第一叶上还有一行小字道：家庭教育的好模范。又加了一篇“吴下大错王鼎谨识”的序，开首先发同治年间“纪常郑绩”先生一流的感慨：

慨自欧化东渐，海内承学之士，嚣嚣然侈谈自由平等之说，致道德日就沦胥，人心日益浇漓，寡廉鲜耻，无所不为，侥幸行险，人思幸进，求所谓砥砺廉隅，束身自爱者，世不多睹焉。……起观斯世之忍心害理，几全如陈叔宝之无心肝。长此滔滔，伊何底止？……

其实陈叔宝模胡到好像“全无心肝”，或者有之，若拉他来配“忍心害理”，却未免有些冤枉。这是有几个人以评“郭巨埋儿”和“李娥投炉”的事的。

至于人心，有几点确也似乎正在浇漓起来。自从《男女之秘密》《男女交合新论》出现后，上海就很有些书名喜欢用“男女”二字冠首。现在是连“以正人心而厚风俗”的《百孝图》上也加上了。这大概为因不满于《百美新咏》而教孝的“会稽俞葆真兰浦”先生所不及料的罢。

从说“百行之先”的孝而忽然拉到“男女”上去，仿佛也近乎不庄重，——浇漓。但我总还想趁便说几句，——自然竭力来减省。

我们中国人即使对于“百行之先”，我敢说，也未必就不想到男女上去的。太平无事，闲人很多，偶有“杀身成仁舍生取义”的，本人也许忙得不暇检点，而活着的旁观者总会加以绵密的研究。曹娥的投江觅父，淹死后抱父尸出，是载在正史，很有许多人知道的，但这一个“抱”字却发生过问题。

我幼小时候，在故乡曾经听到老年人这样讲：

……死了的曹娥，和她父亲的尸体，最初是面对面抱着浮上来的。然而过往行人看见的都发笑了，说：哈哈！这么一个年青姑娘抱着这么一个老头子！于是那两个死尸又沉下去了；停了一刻又浮起来，这回是背对背的负着。

好！在礼义之邦里，连一个年幼——呜呼，“娥年十四”而已——的死孝女要和死父亲一同浮出，也有这么艰难！

我检查《百孝图》和《二百卌孝图》，画师都很聪明，所画的是曹娥还未跳入江中，只在江干啼哭。但吴友如画的《女二十四孝图》（1892）却正是两尸一同浮出的这一幕，而且也正画作“背对背”，如第一图的上方。我想，他大约也知道我所听到的那故事的。还有《后二十四孝图说》，也是吴友如画，也有曹娥，则画作正在投江的情状，如第一图下。

就我现今所见的教孝的图说而言，古今颇有许多遇盗，遇虎，遇火，遇风的孝子，那应付的方法，十之九是“哭”和“拜”。

中国的哭和拜，什么时候才完呢？

至于画法，我以为最简古的倒要算日本的小田海僊本，这本子早已印入《点石斋丛画》里，变成国货，很容易入手的了。吴友如画的最细巧，也最能引动人。但他于历史画其实是不大相宜的；他久居上海的租界里，耳濡目染，最擅长的倒在作“恶鸨虐妓”，“流

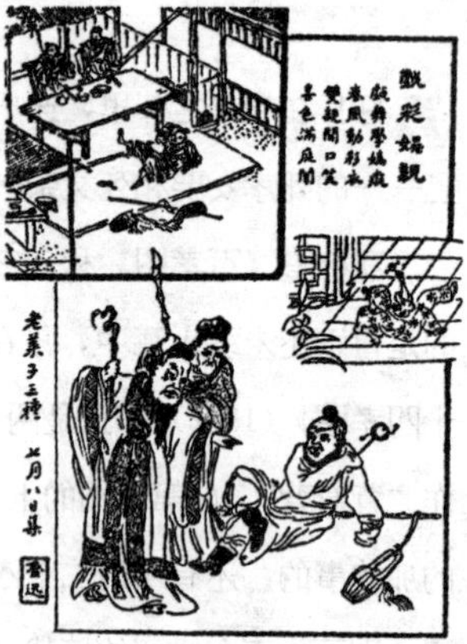

氓拆梢”一类的时事画，那真是勃勃有生气，令人在纸上看出上海的洋场来。但影响殊不佳，近来许多小说和儿童读物的插画中，往往将一切女性画成妓女样，一切孩童都画得像一个小流氓，大半就因为太看了他的画本的缘故。

而孝子的事迹也比较地更难画，因为总是惨苦的多。譬如“郭巨埋儿”，无论如何总难以画到引得孩子眉飞色舞，自愿躺到坑里去。还有“尝粪心忧”，也不容易引人入胜。还有老莱子的“戏彩娱亲”，题诗上虽说“喜色满庭帏”，而图画上却绝少有有趣的家庭的气息。

我现在选取了三种不同的标本，合成第二图。上方的是《百孝图》中的一部分，“陈村何云梯”画的，画的是“取水上堂诈跌卧地作婴儿啼”这一段。也带出“双亲开口笑”来。中间的一小块是我从“直北李锡彤”画的《二十四孝图诗合刊》上描下来的，画的是“著五色斑斓之衣为婴儿戏于亲侧”这一段；手里捏着“摇咕咚”，就是“婴儿戏”这三个字的点题。但大约李先生觉得一个高大的老头子玩这样的把戏究竟不像样，将他的身子竭力收缩，画成一个有胡子的小孩子了。然而仍然无趣。至于线的错误和缺少，那是不能怪作者的，也不能埋怨我，只能去骂刻工。查这刻工当前清同治十二年（1873）时，是在“山东省布政司街南首路西鸿文堂刻字处”。下方的是“民国壬戌”（1922）慎独山房刻本，无画人姓名，但是双料画法，一面“诈跌卧地”，一面“为婴儿戏”，将两件事合起来，而将“斑斓之衣”忘却了。吴友如画的一本，也合两事为一，也忘了斑斓之衣，只是老莱子比较的胖一些，且绾着双丫髻，——不过还是无趣味。

人说，讽刺和冷嘲只隔一张纸，我以为有趣和肉麻也一样。孩子对父母撒娇可以看得有趣，若是成人，便未免有些不顺眼。放达的夫妻在人面前的互相爱怜的态度，有时略一跨出有趣的界线，也容易变为肉麻。老莱子的作态的图，正无怪谁也画不好。像这些图画上似的家庭里，我是一天也住不舒服的，你看这样一位七十岁的老太爷整年假惺惺地玩着一个“摇咕咚”。

汉朝人在宫殿和墓前的石室里，多喜欢绘画或雕刻古来的帝王，孔子弟子，列士，列女，孝子之类的图。宫殿当然一椽不存了；石室却偶然还有，而最完全的是山东嘉祥县的武氏石室。我仿佛记得那上面就刻着老莱子的故事。但现在手头既没有拓本，也没有《金石萃编》，不能查考了；否则，将现时的和约一千八百年前的图画比较起来，也是一种颇有趣味的事。

关于老莱子的，《百孝图》上还有这样的一段：

……莱子又有弄雏娱亲之事：尝弄雏于双亲之侧，欲

亲之喜。(原注:《高士传》。)

谁做的《高士传》呢?嵇康的,还是皇甫谧的?也还是手头没有书,无从查考。只在新近因为白得了一个月的薪水,这才发狠买来的《太平御览》上查了一通,到底查不着,倘不是我粗心,那就是出于别的唐宋人的类书里的了。但这也没有什么大关系。我所觉得特别的,是文中的那"雏"字。

我想,这"雏"未必一定是小禽鸟。孩子们喜欢弄来玩耍的,用泥和绸或布做成的人形,日本也叫 Hina,写作"雏"。他们那里往往存留中国的古语;而老莱子在父母面前弄孩子的玩具,也比弄小禽鸟更自然。所以英语的 Doll,即我们现在称为"洋囡囡"或"泥人儿",而文字上只好写作"傀儡"的,说不定古人就称"雏",后来中绝,便只残存于日本了。但这不过是我一时的臆测,此外也并无什么坚实的凭证。

这弄雏的事,似乎也还没有人画过图。

我所搜集的另一批,是内有"无常"的画像的书籍。一曰《玉历钞传警世》(或无下二字),一曰《玉历至宝钞》(或作编)。其实是两种都差不多的。关于搜集的事,我首先仍要感谢常维钧兄,他寄给我北京龙光斋本,又鉴光斋本;天津思过斋本,又石印局本;南京李光明庄本。其次是章矛尘兄,给我杭州玛瑙经房本,绍兴许广记本,最近石印本。又其次是我自己,得到广州宝经阁本,又翰元楼本。

这些《玉历》,有繁简两种,是和我的前言相符的。但我调查了一切无常的画像之后，却恐慌起来了。因为书上的“活无常”是花袍，纱帽，背后插刀；而拿算盘，戴高帽子的却是“死有分”！虽然面貌有凶恶和和善之别，脚下有草鞋和布（?）鞋之殊，也不过画工偶然的随便，而最关紧要的题字，则全体一致，曰：“死有分”。呜呼，这明明是专在和我为难。

然而我还不能心服。一者因为这些书都不是我幼小时候所见的那一部，二者因为我还确信我的记忆并没有错。不过撕下一叶来做插画的企图，却被无声无臭地打得粉碎了。只得选取标本各一——南京本的死有分和广州本的“活无常”——之外，还自己动手，添画一个我所记得的目连戏或迎神赛会中的“活无常”来塞责，如第三图上方。好在我并非画家，虽然太不高明，读者也许不至于嗔责罢。先前想不到后来，曾经对于吴友如先生辈颇说过几句蹊跷话，不料曾几何时，即须自己出丑了，现在就预先辩解几句在这里存案。但是，如果无效，那也只好直抄徐（印世昌）大总统的哲学：听其自然。

还有不能心服的事，是我觉得虽是宣传《玉历》的诸公，于阴间的事情其实也不大了然。例如一个人初死时的情状，那图像就分成两派。一派是只来一位手执钢叉的鬼卒，叫作“勾魂使者”，此外什么都没有；一派是一个马面，两个无常——阳无常和阴无常——而并非活无常和死有分。倘说，那两个就是活无常和死有分罢，则和单个的画像又不一致。如第四图版上的 A，阳无常何尝是花袍纱帽？只有阴无常却和单画的死有分颇相像的，但也放下算盘拿了扇。这还可以说大约因为其时是夏天，然而怎么又长了那么长的络腮胡子了呢？难道夏天时疫多，他竟忙得连修刮的工夫都没有了么？这图的来源是天津思过斋的本子，合并声明；还有北京和广州本上的，也相差无几。

B是从南京的李光明庄刻本上取来的，图画和A相同，而题字则正相反了：天津本指为阴无常者，它却道是阳无常。但和我的主张是一致的。那么，倘有一个素衣高帽的东西，不问他胡子之有无，北京人，天津人，广州人只管去称为阴无常或死有分，我和南京人则叫他活无常，各随自己的便罢。“名者，实之宾也”，不关什么紧要的。

不过我还要添上一点C图，是绍兴许广记刻本中的一部分，上面并无题字，不知宣传者于意云何。我幼小时常常走过许广记的门前，也闲看他们刻图画，是专爱用弧线和直线，不大肯作曲线的，所以无常先生的真相，在这里也难以判然。只是他身边另有一个小高帽，却还能分明看出，为别的本子上所无。这就是我所说过的在赛会时候出现的阿领。他连办公时间也带着儿子（?）走，我想，大概是在叫他跟随学习，预备长大之后，可以“无改于父之道”的。

除勾摄人魂外，十殿阎罗王中第四殿五官王的案桌旁边，也什九站着一个高帽脚色。如D图，1取自天津的思过斋本，模样颇漂亮；2是南京本，舌头拖出来了，不知何故；3是广州的宝经阁本，扇子破了；4是北京龙光斋本，无扇，下巴之下一条黑，我看不透它是胡子还是舌头；5是天津石印局本，也颇漂亮，然而站到第七殿泰山王的公案桌边去了：这是很特别的。

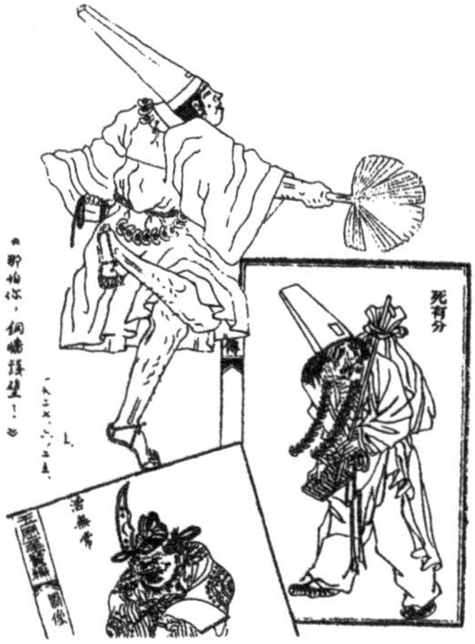

又，老虎噬人的图上，也一定画有一个高帽的脚色，拿着纸扇子暗地里在指挥。不知道这也就是“无常”呢，还是所谓“伥鬼”？但我乡戏文上的“伥鬼”都不戴高帽子。

研究这一类三魂渺渺，七魄茫茫，“死无对证”的学问，是很新颖，也极占便宜的。假使征集材料，开始讨论，将各种往来的信件都编印起来，恐怕也可以出三四本颇厚的书，并且因此升为“学者”。但是，“活无常学者”，名称不大冠冕，我不想干下去了，只在这里下一个武断：

《玉历》式的思想是很粗浅的：“活无常”和“死有分”，合起来是人生的象征。人将死时，本只须死有分来到。因为他一到，这时候，也就可见“活无常”。

但民间又有一种自称“走阴”或“阴差”的，是生人暂时入冥，帮办公事的脚色。因为他帮同勾魂摄魄，大家也就称之为“无常”；又以其本是生魂也，则别之曰“阳”，但从此便和“活无常”隐然相混了。如第四图版之A，题为“阳无常”的，是平常人的普通装束，足见明明是阴差，他的职务只在领鬼卒进门，所以站在阶下。

既有了生魂入冥的“阳无常”，便以“阴无常”来称职务相似而并非生魂的死有分了。

做目连戏和迎神赛会虽说是祷祈，同时也等于娱乐，扮演出来的应该是阴差，而普通状态太无趣，——无所谓扮演，——不如奇特些好，于是就将“那一个无常”的衣装给他穿上了；——自然原也没有知道得很清楚。然而从此也更传讹下去。所以南京人和我之所谓活无常，是阴差而穿着死有分的衣冠，顶着真的活无常的名号，大背经典，荒谬得很的。

不知海内博雅君子，以为何如？

我本来并不准备做什么后记，只想寻几张旧画像来做插图，不料目的不达，便变成一面比较，剪贴，一面乱发议论了。那一点本文或作或辍地几乎做了一年，这一点后记也或作或辍地几乎做了两个月。天热如此，汗流浃背，是亦不可以已乎：爰为结。

一九二七年七月十一日，写完于广州东堤寓楼之西窗下。

第二辑　《野草》

题辞

当我沉默着的时候，我觉得充实；我将开口，同时感到空虚。

过去的生命已经死亡。我对于这死亡有大欢喜，因为我借此知道它曾经存活。死亡的生命已经朽腐。我对于这朽腐有大欢喜，因为我借此知道它还非空虚。

生命的泥委弃在地面上，不生乔木，只生野草，这是我的罪过。

野草，根本不深，花叶不美，然而吸取露，吸取水，吸取陈死人的血和肉，各各夺取它的生存。当生存时，还是将遭践踏，将遭删刈，直至于死亡而朽腐。

但我坦然，欣然。我将大笑，我将歌唱。

我自爱我的野草，但我憎恶这以野草作装饰的地面。

地火在地下运行，奔突；熔岩一旦喷出，将烧尽一切野草，以及乔木，于是并且无可朽腐。

但我坦然，欣然。我将大笑，我将歌唱。

天地有如此静穆，我不能大笑而且歌唱。天地即不如此静穆，我或者也将不能。我以这一丛野草，在明与暗，生与死，过去与未来之际，献于友与仇，人与兽，爱者与不爱者之前作证。

为我自己，为友与仇，人与兽，爱者与不爱者，我希望这野草的死亡与朽腐，火速到来。要不然，我先就未曾生存，这实在比死亡与朽腐更其不幸。

去罢，野草，连着我的题辞！

一九二七年四月二十六日，鲁迅记于广州之白云楼

秋　夜

在我的后园，可以看见墙外有两株树，一株是枣树，还有一株也是枣树。

这上面的夜的天空，奇怪而高，我生平没有见过这样的奇怪而高的天空。他仿佛要离开人间而去，使人们仰面不再看见。然而现在却非常之蓝，闪闪地映着几十个星星的眼，冷眼。他的口角上现出微笑，似乎自以为大有深意，而将繁霜洒在我的园里的野花草上。

我不知道那些花草真叫什么名字，人们叫他们什么名字。我记得有一种开过极细小的粉红花，现在还开着，但是更极细小了，她在冷的夜气中，瑟缩地做梦，梦见春的到来，梦见秋的到来，梦见瘦的诗人将眼泪擦在她最末的花瓣上，告诉她秋虽然来，冬虽然来，而此后接着还是春，胡蝶乱飞，蜜蜂都唱起春词来了。她于是一笑，虽然颜色冻得红惨惨地，仍然瑟缩着。

枣树，他们简直落尽了叶子。先前，还有一两个孩子来打他们别人打剩的枣子，现在是一个也不剩了，连叶子也落尽了，他知道小粉红花的梦，秋后要有春；他也知道落叶的梦，春后还是秋。他简直落尽叶子，单剩干子，然而脱了当初满树是果实和叶子时候的弧形，欠伸得很舒服。但是，有几枝还低亚着，护定他从打枣的竿梢所得的皮伤，而最直最长的几枝，却已默默地铁似的直刺着奇怪而高的天空，使天空闪闪地鬼䀹眼；直刺着天空中圆满的月亮，使月亮窘得发白。

鬼䀹眼的天空越加非常之蓝，不安了，仿佛想离去人间，避开枣树，只将月亮剩下。然而月亮也暗暗地躲到东边去了。而一无所有的干子，却仍然默默地铁似的直刺着奇怪而高的天空，一意要制他的死命，不管他各式各样地䀹着许多蛊惑的眼睛。

哇的一声，夜游的恶鸟飞过了。

我忽而听到夜半的笑声，吃吃地，似乎不愿意惊动睡着的人，然而四围的空气都应和着笑。夜半，没有别的人，我即刻听出这声音就在我嘴里，我也即刻被这笑声所驱逐，回进自己的房。灯火的带子也即刻被我旋高了。

后窗的玻璃上丁丁地响，还有许多小飞虫乱撞。不多久，几个进来了，许是从窗纸的破孔进来的。他们一进来，又在玻璃的灯罩上撞得丁丁地响。一个从上面撞进去了，他于是遇到火，而且我以为这火是真的。两三个却休息在灯的纸罩上喘气。那罩是昨晚新换的罩，雪白的纸，折出波浪纹的叠痕，一角还画出一枝猩红色的栀子。

猩红的栀子开花时，枣树又要做小粉红花的梦，青葱地弯成弧形了……。我又听到夜半的笑声；我赶紧砍断我的心绪，看那老在白纸罩上的小青虫，头大尾小，向日葵子似的，只有半粒小麦那么大，遍身的颜色苍翠得可爱，可怜。

我打一个呵欠，点起一支纸烟，喷出烟来，对着灯默默地敬奠这些苍翠精致的英雄们。

一九二四年九月十五日

影的告别

人睡到不知道时候的时候，就会有影来告别，说出那些话——

有我所不乐意的在天堂里，我不愿去；有我所不乐意的在地狱里，我不愿去；有我所不乐意的在你们将来的黄金世界里，我不愿去。

然而你就是我所不乐意的。

朋友，我不想跟随你了，我不愿住。

我不愿意！

呜乎呜乎，我不愿意，我不如彷徨于无地。

我不过一个影，要别你而沉没在黑暗里了。然而黑暗又会吞并我，然而光明又会使我消失。

然而我不愿彷徨于明暗之间，我不如在黑暗里沉没。

然而我终于彷徨于明暗之间，我不知道是黄昏还是黎明。我姑且举灰黑的手装作喝干一杯酒，我将在不知道时候的时候独自远行。

呜乎呜乎，倘若黄昏，黑夜自然会来沉没我，否则我要被白天消失，如果现是黎明。

朋友，时候近了。

我将向黑暗里彷徨于无地。

你还想我的赠品。我能献你什么呢？无已，则仍是黑暗和虚空而已。但是，我愿意只是黑暗，或者会消失于你的白天；我愿意只是虚空，决不占你的心地。

我愿意这样，朋友——

我独自远行，不但没有你，并且再没有别的影在黑暗里。只有我被黑暗沉没，那世界全属于我自己。

一九二四年九月二十四日

求乞者

我顺着剥落的高墙走路，踏着松的灰土。另外有几个人，各自走路。微风起来，露在墙头的高树的枝条带着还未干枯的叶子在我头上摇动。

微风起来，四面都是灰土。

一个孩子向我求乞，也穿着夹衣，也不见得悲戚，而拦着磕头，追着哀呼。

我厌恶他的声调，态度。我憎恶他并不悲哀，近于儿戏；我烦厌他这追着哀呼。

我走路。另外有几个人各自走路。微风起来，四面都是灰土。

一个孩子向我求乞，也穿着夹衣，也不见得悲戚，但是哑的，摊开手，装着手势。

我就憎恶他这手势。而且，他或者并不哑，这不过是一种求乞的法子。

我不布施，我无布施心，我但居布施者之上，给与烦腻，疑心，憎恶。

我顺着倒败的泥墙走路，断砖叠在墙缺口，墙里面没有什么。微风起来，送秋寒穿透我的夹衣；四面都是灰土。

我想着我将用什么方法求乞：发声，用怎样声调？装哑，用怎样手势？……

另外有几个人各自走路。

我将得不到布施，得不到布施心；我将得到自居于布施之上者的烦腻，疑心，憎恶。

我将用无所为和沉默求乞……

我至少将得到虚无。

微风起来，四面都是灰土。另外有几个人各自走路。

灰土，灰土，……

………………

灰土……

一九二四年九月二十四日

我的失恋

——拟古的新打油诗

我的所爱在山腰；
想去寻她山太高，
低头无法泪沾袍。
爱人赠我百蝶巾；
回她什么：猫头鹰。
从此翻脸不理我，
不知何故兮使我心惊。

我的所爱在闹市；
想去寻她人拥挤，
仰头无法泪沾耳。
爱人赠我双燕图；
回她什么：冰糖壶卢。
从此翻脸不理我，

不知何故兮使我胡涂。

我的所爱在河滨；
想去寻她河水深，
歪头无法泪沾襟。
爱人赠我金表索；
回她什么：发汗药。
从此翻脸不理我，
不知何故兮使我神经衰弱。

我的所爱在豪家；
想去寻她兮没有汽车，
摇头无法泪如麻。
爱人赠我玫瑰花；
回她什么：赤练蛇。
从此翻脸不理我，
不知何故兮——由她去罢。

一九二四年十月三日

复　仇

人的皮肤之厚，大概不到半分，鲜红的热血，就循着那后面，在比密密层层地爬在墙壁上的槐蚕更其密的血管里奔流，散出温热。于是各以这温热互相蛊惑，煽动，牵引，拼命地希求偎倚，接吻，拥抱，以得生命的沉酣的大欢喜。

但倘若用一柄尖锐的利刃，只一击，穿透这桃红色的，菲薄的皮肤，将见那鲜红的热血激箭似的以所有温热直接灌溉杀戮者；其次，则给以冰冷的呼吸，示以淡白的嘴唇，使之人性茫然，得到生命的飞扬的极致的大欢喜；而其自身，则永远沉浸于生命的飞扬的极致的大欢喜中。

这样，所以，有他们俩裸着全身，捏着利刃，对立于广漠的旷野之上。

他们俩将要拥抱，将要杀戮……

路人们从四面奔来，密密层层地，如槐蚕爬上墙壁，如马蚁要扛鲞头。衣服都漂亮，手倒空的。然而从四面奔来，而且拼命地伸长颈子，要赏鉴这拥抱或杀戮。他们已经豫觉着事后的自己的舌上的汗或血的鲜味。

然而他们俩对立着，在广漠的旷野之上，裸着全身，捏着利刃，然而也不拥抱，也不杀戮，而且也不见有拥抱或杀戮之意。

他们俩这样地至于永久，圆活的身体，已将干枯，然而毫不见有拥抱或杀戮之意。

路人们于是乎无聊；觉得有无聊钻进他们的毛孔，觉得有无聊从他们自己的心中由毛孔钻出，爬满旷野，又钻进别人的毛孔中。他们于是觉得喉舌干燥，脖子也乏了；终至于面面相觑，慢慢走散；甚而至于居然觉得干枯到失了生趣。

于是只剩下广漠的旷野，而他们俩在其间裸着全身，捏着利刃，干枯地立着；以死人似的眼光，赏鉴这路人们的干枯，无血的大戮，而永远沉浸于生命的飞扬的极致的大欢喜中。

一九二四年十二月二十日

复仇（其二）

因为他自以为神之子，以色列的王，所以去钉十字架。

兵丁们给他穿上紫袍，戴上荆冠，庆贺他；又拿一根苇子打他的头，吐他，屈膝拜他；戏弄完了，就给他脱了紫袍，仍穿他自己的衣服。

看哪，他们打他的头，吐他，拜他……

他不肯喝那用没药调和的酒，要分明地玩味以色列人怎样对付他们的神之子，而且较永久地悲悯他们的前途，然而仇恨他们的现在。

四面都是敌意，可悲悯的，可咒诅的。

丁丁地响，钉尖从掌心穿透，他们要钉杀他们的神之子了，可悯的人们呵，使他痛得柔和。丁丁地响，钉尖从脚背穿透，钉碎了一块骨，痛楚也透到心髓中，然而他们自己钉杀着他们的神之子了，可咒诅的人们呵，这使他痛得舒服。

十字架竖起来了；他悬在虚空中。

他没有喝那用没药调和的酒，要分明地玩味以色列人怎样对付他们的神之子，而且较永久地悲悯他们的前途，然而仇恨他们的现在。

路人都辱骂他，祭司长和文士也戏弄他，和他同钉的两个强盗也讥诮他。

看哪，和他同钉的……

四面都是敌意，可悲悯的，可咒诅的。

他在手足的痛楚中，玩味着可悯的人们的钉杀神之子的悲哀和可咒诅的人们要钉杀神之子，而神之子就要被钉杀了的欢喜。突然间，碎骨的大痛楚透到心髓了，他即沉酣于大欢喜和大悲悯中。

他腹部波动了，悲悯和咒诅的痛楚的波。

遍地都黑暗了。

“以罗伊，以罗伊，拉马撒巴各大尼?!”（**翻出来，就是：我的上帝，你为什么离弃我?!**）

上帝离弃了他，他终于还是一个“人之子”；然而以色列人连“人之子”都钉杀了。

钉杀了“人之子”的人们的身上，比钉杀了“神之子”的尤其血污，血腥。

一九二四年十二月二十日

希　望

我的心分外地寂寞。

然而我的心很平安：没有爱憎，没有哀乐，也没有颜色和声音。

我大概老了。我的头发已经苍白，不是很明白的事么？我的手颤抖着，不是很明白的事么？那么，我的魂灵的手一定也颤抖着，头发也一定苍白了。

然而这是许多年前的事了。

这以前，我的心也曾充满过血腥的歌声：血和铁，火焰和毒，恢复和报仇。而忽而这些都空虚了，但有时故意地填以没奈何的自欺的希望。希望，希望，用这希望的盾，抗拒那空虚中的暗夜的袭来，虽然盾后面也依然是空虚中的暗夜。然而就是如此，陆续地耗尽了我的青春。

我早先岂不知我的青春已经逝去了？但以为身外的青春固在：星，月光，僵坠的胡蝶，暗中的花，猫头鹰的不祥之言，杜鹃的啼血，笑的渺茫，爱的翔舞……。虽然是悲凉漂渺的青春罢，然而究竟是青春。

然而现在何以如此寂寞？难道连身外的青春也都逝去，世上的青年也多衰老了么？

我只得由我来肉薄这空虚中的暗夜了。我放下了希望之盾，我听到Pet ö fi Sándor（1823—49）的“希望”之歌：

> 希望是什么？是娼妓：
> 她对谁都蛊惑，将一切都献给；
> 待你牺牲了极多的宝贝——
> 你的青春——她就弃掉你。

这伟大的抒情诗人，匈牙利的爱国者，为了祖国而死在可萨克兵的矛尖上，已经七十五年了。悲哉死也，然而更可悲的是他的诗至今没有死。

但是，可惨的人生！桀骜英勇如Pet ö fi，也终于对了暗夜止步，回顾着茫茫的东方了。他说：

> 绝望之为虚妄，正与希望相同。

倘使我还得偷生在不明不暗的这“虚妄”中，我就还要寻求那逝去的悲凉漂渺的青春，但不妨在我的身外。因为身外的青春倘一消灭，我身中的迟暮也即凋零了。

然而现在没有星和月光，没有僵坠的胡蝶以至笑的渺茫，爱的翔舞。然而青年们很平安。

我只得由我来肉薄这空虚中的暗夜了，纵使寻不到身外的青春，也总得自己来一掷我身中的迟暮。但暗夜又在那里呢？现在没有星，没有月光以至笑的渺茫和爱的翔舞；青年们很平安，而我的面前又竟至于并且没有真的暗夜。

绝望之为虚妄，正与希望相同！

一九二五年一月一日

雪

暖国的雨，向来没有变过冰冷的坚硬的灿烂的雪花。博识的人们觉得他单调，他自己也以为不幸否耶？江南的雪，可是滋润美艳之至了；那是还在隐约着的青春的消息，是极壮健的处子的皮肤。雪野中有血红的宝珠山茶，白中隐青的单瓣梅花，深黄的磬口的蜡梅花；雪下面还有冷绿的杂草。胡蝶确乎没有；蜜蜂是否来采山茶花和梅花的蜜，我可记不真切了。但我的眼前仿佛看见冬花开在雪野中，有许多蜜蜂们忙碌地飞着，也听得他们嗡嗡地闹着。

孩子们呵着冻得通红，像紫芽姜一般的小手，七八个一齐来塑雪罗汉。因为不成功，谁的父亲也来帮忙了。罗汉就塑得比孩子们高得多，虽然不过是上小下大的一堆，终于分不清是壶卢还是罗汉；然而很洁白，很明艳，以自身的滋润相粘结，整个地闪闪地生光。孩子们用龙眼核给他做眼珠，又从谁的母亲的脂粉奁中偷得胭脂来涂在嘴唇上。这回确是一个大阿罗汉了。他也就目光灼灼地嘴唇通红地坐在雪地里。

第二天还有几个孩子来访问他；对了他拍手，点头，嘻笑。但他终于独自坐着了。晴天又来消释他的皮肤，寒夜又使他结一层冰，化作不透明的水晶模样；连续的晴天又使他成为不知道算什么，而嘴上的胭脂也褪尽了。

但是，朔方的雪花在纷飞之后，却永远如粉，如沙，他们决不粘连，撒在屋上，地上，枯草上，就是这样。屋上的雪是早已就有消化了的，因为屋里居人的火的温热。别的，在晴天之下，旋风忽来，便蓬勃地奋飞，在日光中灿灿地生光，如包藏火焰的大雾，旋转而且升腾，弥漫太空，使太空旋转而且升腾地闪烁。

在无边的旷野上，在凛冽的天宇下，闪闪地旋转升腾着的是雨的精魂……

是的，那是孤独的雪，是死掉的雨，是雨的精魂。

一九二五年一月十八日

风　筝

北京的冬季，地上还有积雪，灰黑色的秃树枝丫叉于晴朗的天空中，而远处有一二风筝浮动，在我是一种惊异和悲哀。

故乡的风筝时节，是春二月，倘听到沙沙的风轮声，仰头便能看见一个淡墨色的蟹风筝或嫩蓝色的蜈蚣风筝。还有寂寞的瓦片风筝，没有风轮，又放得很低，伶仃地显出憔悴可怜模样。但此时地上的杨柳已经发芽，早的山桃也多吐蕾，和孩子们的天上的点缀相照应，打成一片春日的温和。我现在在那里呢？四面都还是严冬的肃杀，而久经诀别的故乡的久经逝去的春天，却就在这天空中荡漾了。

但我是向来不爱放风筝的，不但不爱，并且嫌恶他，因为我以为这是没出息孩子所做的玩艺。和我相反的是我的小兄弟，他那时大概十岁内外罢，多病，瘦得不堪，然而最喜欢风筝，自己买不起，我又不许放，他只得张着小嘴，呆看着空中出神，有时至于小半日。远处的蟹风筝突然落下来了，他惊呼；两个瓦片风筝的缠绕解开了，他高兴得跳跃。他的这些，在我看来都是笑柄，可鄙的。

有一天，我忽然想起，似乎多日不很看见他了，但记得曾见他在后园拾枯竹。我恍然大悟似的，便跑向少有人去的一间堆积杂物的小屋去，推开门，果然就在尘封的什物堆中发见了他。他向着大方凳，坐在小凳上；便很惊惶地站了起来，失了色瑟缩着。大方凳旁靠着一个胡蝶风筝的竹骨，还没有糊上纸，凳上是一对做眼睛用的小风轮，正用红纸条装饰着，将要完工了。我在破获秘密的满足中，又很愤怒他的瞒了我的眼睛，这样苦心孤诣地来偷做没出息孩子的玩艺。我即刻伸手折断了胡蝶的一支翅骨，又将风轮掷在地下，踏扁了。论长幼，论力气，他是都敌不过我的，我当然得到完全的胜利，于是傲然走出，留他绝望地站在小屋里。后来他怎样，我不知道，也没有留心。

然而我的惩罚终于轮到了，在我们离别得很久之后，我已经是中年。我不幸偶而看了一本外国的讲论儿童的书，才知道游戏是儿童最正当的行为，玩具是儿童的天使。于是二十年来毫不忆及的幼小时候对于精神的虐杀的这一幕，忽地在眼前展开，而我的心也仿佛同时变了铅块，很重很重的堕下去了。

但心又不竟堕下去而至于断绝，他只是很重很重地堕着，堕着。

我也知道补过的方法的：送他风筝，赞成他放，劝他放，我和他一同放。我们嚷着，跑着，笑着。——然而他其时已经和我一样，早已有了胡子了。

我也知道还有一个补过的方法的：去讨他的宽恕，等他说，

“我可是毫不怪你呵。”那么，我的心一定就轻松了，这确是一个可行的方法。有一回，我们会面的时候，是脸上都已添刻了许多“生”的辛苦的条纹，而我的心很沉重。我们渐渐谈起儿时的旧事来，我便叙述到这一节，自说少年时代的胡涂。“我可是毫不怪你呵。”我想，他要说了，我即刻便受了宽恕，我的心从此也宽松了罢。

“有过这样的事么？”他惊异地笑着说，就像旁听着别人的故事一样。他什么也不记得了。

全然忘却，毫无怨恨，又有什么宽恕之可言呢？无怨的恕，说谎罢了。

我还能希求什么呢？我的心只得沉重着。

现在，故乡的春天又在这异地的空中了，既给我久经逝去的儿时的回忆，而一并也带着无可把握的悲哀。我倒不如躲到肃杀的严冬中去罢，——但是，四面又明明是严冬，正给我非常的寒威和冷气。

一九二五年一月二十四日

好的故事

灯火渐渐地缩小了，在预告石油的已经不多；石油又不是老牌，早熏得灯罩很昏暗。鞭爆的繁响在四近，烟草的烟雾在身边：是昏沉的夜。

我闭了眼睛，向后一仰，靠在椅背上；捏着《初学记》的手搁在膝髁上。

我在朦胧中，看见一个好的故事。

这故事很美丽，幽雅，有趣。许多美的人和美的事，错综起来像一天云锦，而且万颗奔星似的飞动着，同时又展开去，以至于无穷。

我仿佛记得曾坐小船经过山阴道，两岸边的乌桕，新禾，野花，鸡，狗，丛树和枯树，茅屋，塔，伽蓝，农夫和村妇，村女，晒着的衣裳，和尚，蓑笠，天，云，竹，……都倒影在澄碧的小河中，随着每一打桨，各各夹带了闪烁的日光，并水里的萍藻游鱼，一同荡漾。诸影诸物，无不解散，而且摇动，扩大，互相融和；刚一融和，却又退缩，复近于原形。边缘都参差如夏云头，镶着日光，发出水银色焰。凡是我所经过的河，都是如此。

现在我所见的故事也如此。水中的青天的底子，一切事物统在上面交错，织成一篇，永是生动，永是展开，我看不见这一篇的结束。

河边枯柳树下的几株瘦削的一丈红，该是村女种的罢。大红花和斑红花，都在水里面浮动，忽而碎散，拉长了，如缕缕的胭脂水，然而没有晕。茅屋，狗，塔，村女，云，……也都浮动着。大红花一朵朵全被拉长了，这时是泼刺奔迸的红锦带。带织入狗中，狗织入白云中，白云织入村女中……。在一瞬间，他们又将退缩了。但斑红花影也已碎散，伸长，就要织进塔，村女，狗，茅屋，云里去。

现在我所见的故事清楚起来了，美丽，幽雅，有趣，而且分明。青天上面，有无数美的人和美的事，我一一看见，一一知道。

我就要凝视他们……。

我正要凝视他们时，骤然一惊，睁开眼，云锦也已皱蹙，凌乱，仿佛有谁掷一块大石下河水中，水波陡然起立，将整篇的影子撕成片片了。我无意识地赶忙捏住几乎坠地的《初学记》，眼前还剩着几点虹霓色的碎影。

我真爱这一篇好的故事，趁碎影还在，我要追回他，完成他，留下他。我抛了书，欠身伸手去取笔，——何尝有一丝碎影，只见昏暗的灯光，我不在小船里了。

但我总记得见过这一篇好的故事，在昏沉的夜……。

一九二五年二月二十四日

过客

时：或一日的黄昏。

地：或一处。

人：老翁——约七十岁，白须发，黑长袍。

女孩——约十岁，紫发，乌眼珠，白地黑方格长衫。

过客——约三四十岁，状态困顿倔强，眼光阴沉，黑须，乱发，黑色短衣裤皆破碎，赤足著破鞋，胁下挂一个口袋，支着等身的竹杖。

东，是几株杂树和瓦砾；西，是荒凉破败的丛葬；其间有一条似路非路的痕迹。一间小土屋向这痕迹开着一扇门；门侧有一段枯树根。

（女孩正要将坐在树根上的老翁搀起。）

翁——孩子。喂，孩子！怎么不动了呢？

孩——（向东望着，）有谁走来了，看一看罢。

翁——不用看他。扶我进去罢。太阳要下去了。

孩——我，——看一看。

翁——唉，你这孩子！天天看见天，看见土，看见风，还不够好看么？什么也不比这些好看。你偏是要看谁。太阳下去时候出现的东西，不会给你什么好处的。……还是进去罢。

孩——可是，已经近来了。阿阿，是一个乞丐。

翁——乞丐？不见得罢。

（过客从东面的杂树间跄踉走出，暂时踌躕之后，慢慢地走近老翁去。）

客——老丈，你晚上好？

翁——阿，好！托福。你好？

客——老丈，我实在冒昧，我想在你那里讨一杯水喝。我走得渴极了。这地方又没有一个池塘，一个水洼。

翁——唔，可以可以。你请坐罢。（向女孩）孩子，你拿水来，杯子要洗干净。

（女孩默默地走进土屋去。）

翁——客官，你请坐。你是怎么称呼的。

客——称呼？——我不知道。从我还能记得的时候起，我就只一个人。我不知道我本来叫什么。我一路走，有时人们也随便称呼我，各式各样地，我也记不清楚了，况且相同的称呼也没有听到过第二回。

翁——阿阿。那么，你是从那里来的呢？

客——（略略迟疑，）我不知道。从我还能记得的时候起，我就在这么走。

翁——对了。那么，我可以问你到那里去么？

客——自然可以。——但是，我不知道。从我还能记得的时候起，我就在这么走，要走到一个地方去，这地方就在前面。我单记得走了许多路，现在来到这里了。我接着就要走向那边去，（西指，）前面！

（女孩小心地捧出一个木杯来，递去。）

客——（接杯，）多谢，姑娘。（将水两口喝尽，还杯，）多谢，姑娘。这真是少有的好意。我真不知道应该怎样感激！

翁——不要这么感激。这于你是没有好处的。

客——是的，这于我没有好处。可是我现在很恢复了些力气了。我就要前去。老丈，你大约是久住在这里的，你可知道前面是怎么一个所在么？

翁——前面？前面，是坟。

客——（诧异地，）坟？

孩——不，不，不的。那里有许多许多野百合，野蔷薇，我常常去玩，去看他们的。

客——（西顾，仿佛微笑，）不错。那些地方有许多许多野百合，野蔷薇，我也常常去玩过，去看过的。但是，那是坟。（向老翁，）老丈，走完了那坟地之后呢？

翁——走完之后？那我可不知道。我没有走过。

客——不知道?!

孩——我也不知道。

翁——我单知道南边；北边；东边，你的来路。那是我最熟悉的地方，也许倒是于你们最好的地方。你莫怪我多嘴，据我看来，你已经这么劳顿了，还不如回转去，因为你前去也料不定可能走完。

客——料不定可能走完？……（沉思，忽然惊起，）那不行！我只得走。回到那里去，就没一处没有名目，没一处没有地主，没一处没有驱逐和牢笼，没一处没有皮面的笑容，没一处没有眶外的眼泪。我憎恶他们，我不回转去！

翁——那也不然。你也会遇见心底的眼泪，为你的悲哀。

客——不。我不愿看见他们心底的眼泪，不要他们为我的悲哀！

翁——那么，你，（摇头，）你只得走了。

客——是的，我只得走了。况且还有声音常在前面催促我，叫唤我，使我息不下。可恨的是我的脚早经走破了，有许多伤，流了许多血。（举起一足给老人看，）因此，我的血不够了；我要喝些血。但血在那里呢？可是我也不愿意喝无论谁的血。我只得喝些水，来补充我的血。一路上总有水，我倒也并不感到什么不足。只是我的力气太稀薄了，血里面太多了水的缘故罢。今天连一个小水洼也遇不到，也就是少走了路的缘故罢。

翁——那也未必。太阳下去了，我想，还不如休息一会的好罢，像我似的。

客——但是，那前面的声音叫我走。

翁——我知道。

客——你知道？你知道那声音么？

翁——是的。他似乎曾经也叫过我。

客——那也就是现在叫我的声音么?

翁——那我可不知道。他也就是叫过几声，我不理他，他也就不叫了，我也就记不清楚了。

客——唉唉，不理他……。(**沉思，忽然吃惊，倾听着,**)不行！我还是走的好。我息不下。可恨我的脚早经走破了。(**准备走路。**)

孩——给你！(**递给一片布,**)裹上你的伤去。

客——多谢，(**接取,**)姑娘。这真是……。这真是极少有的好意。这能使我可以走更多的路。(**就断砖坐下，要将布缠在踝上,**)但是，不行！(**竭力站起,**)姑娘，还了你罢，还是裹不下。况且这太多的好意，我没法感激。

翁——你不要这么感激，这于你没有好处。

客——是的，这于我没有什么好处。但在我，这布施是最上的东西了。你看，我全身上可有这样的。

翁——你不要当真就是。

客——是的。但是我不能。我怕我会这样：倘使我得到了谁的布施，我就要像兀鹰看见死尸一样，在四近徘徊，祝愿她的灭亡，给我亲自看见；或者咒诅她以外的一切全都灭亡，连我自己，因为我就应该得到咒诅。但是我还没有这样的力量；即使有这力量，我也不愿意她有这样的境遇，因为她们大概总不愿意有这样的境遇。我想，这最稳当。(**向女孩,**)姑娘，你这布片太好，可是太小一点了，还了你罢。

孩——(**惊惧，退后,**)我不要了！你带走！

客——（似笑，）哦哦，……因为我拿过了？

孩——（点头，指口袋，）你装在那里，去玩玩。

客——（颓唐地退后，）但这背在身上，怎么走呢？……

翁——你息不下，也就背不动。——休息一会，就没有什么了。

客——对咧，休息……。（默想，但忽然惊醒，倾听。）不，我不能！我还是走好。

翁——你总不愿意休息么？

客——我愿意休息。

翁——那么，你就休息一会罢。

客——但是，我不能……。

翁——你总还是觉得走好么？

客——是的。还是走好。

翁——那么，你也还是走好罢。

客——（将腰一伸，）好，我告别了。我很感谢你们。（向着女孩，）姑娘，这还你，请你收回去。

（女孩惊惧，敛手，要躲进土屋里去。）

翁——你带去罢。要是太重了，可以随时抛在坟地里面的。

孩——（走向前，）阿阿，那不行！

客——阿阿，那不行的。

翁——那么，你挂在野百合野蔷薇上就是了。

孩——（拍手，）哈哈！好！

客——哦哦……。

（极暂时中，沉默。）

翁——那么，再见了。祝你平安。（站起，向女孩，）孩子，扶我进去罢。你看，太阳早已下去了。（转身向门。）

客——多谢你们。祝你们平安。（徘徊，沉思，忽然吃惊，）然而我不能！我只得走。我还是走好罢……。（即刻昂了头，奋然向西走去。）

（女孩扶老人走进土屋，随即阖了门。过客向野地里跄踉地闯进去，夜色跟在他后面。）

一九二五年三月二日

死　火

我梦见自己在冰山间奔驰。

这是高大的冰山，上接冰天，天上冻云弥漫，片片如鱼鳞模样。山麓有冰树林，枝叶都如松杉。一切冰冷，一切青白。

但我忽然坠在冰谷中。

上下四旁无不冰冷，青白。而一切青白冰上，却有红影无数，纠结如珊瑚网。我俯看脚下，有火焰在。

这是死火。有炎炎的形，但毫不摇动，全体冰结，像珊瑚枝；尖端还有凝固的黑烟，疑这才从火宅中出，所以枯焦。这样，映在冰的四壁，而且互相反映，化为无量数影，使这冰谷，成红珊瑚色。

哈哈！

当我幼小的时候，本就爱看快舰激起的浪花，洪炉喷出的烈焰。不但爱看，还想看清。可惜他们都息息变幻，永无定形。虽然凝视又凝视，总不留下怎样一定的迹象。

死的火焰，现在先得到了你了！

我拾起死火，正要细看，那冷气已使我的指头焦灼；但是，我还熬着，将他塞入衣袋中间。冰谷四面，登时完全青白。我一面思索着走出冰谷的法子。

我的身上喷出一缕黑烟，上升如铁线蛇。冰谷四面，又登时满有红焰流动，如大火聚，将我包围。我低头一看，死火已经燃烧，烧穿了我的衣裳，流在冰地上了。

“唉，朋友！你用了你的温热，将我惊醒了。”他说。

我连忙和他招呼，问他名姓。

“我原先被人遗弃在冰谷中，”他答非所问地说，“遗弃我的早已灭亡，消尽了。我也被冰冻冻得要死。倘使你不给我温热，使我重行烧起，我不久就须灭亡。”

“你的醒来，使我欢喜。我正在想着走出冰谷的方法；我愿意携带你去，使你永不冰结，永得燃烧。”

“唉唉！那么，我将烧完！”

“你的烧完，使我惋惜。我便将你留下，仍在这里罢。”

“唉唉！那么，我将冻灭了！”

“那么，怎么办呢？”

“但你自己，又怎么办呢？”他反而问。

“我说过了：我要出这冰谷……。”

“那我就不如烧完！”

他忽而跃起，如红彗星，并我都出冰谷口外。有大石车突然驰来，我终于碾死在车轮底下，但我还来得及看见那车就坠入冰谷中。

“哈哈！你们是再也遇不着死火了！”我得意地笑着说，仿佛就愿意这样似的。

一九二五年四月二十三日

狗的驳诘

我梦见自己在隘巷中行走，衣履破碎，像乞食者。

一条狗在背后叫起来了。

我傲慢地回顾，叱咤说：

“呔！住口！你这势利的狗！”

“嘻嘻！”他笑了，还接着说，“不敢，愧不如人呢。”

“什么!?”我气愤了，觉得这是一个极端的侮辱。

“我惭愧：我终于还不知道分别铜和银；还不知道分别布和绸；还不知道分别官和民；还不知道分别主和奴；还不知道……”

我逃走了。

“且慢！我们再谈谈……”他在后面大声挽留。

我一径逃走，尽力地走，直到逃出梦境，躺在自己的床上。

一九二五年四月二十三日

失掉的好地狱

我梦见自己躺在床上，在荒寒的野外，地狱的旁边。一切鬼魂们的叫唤无不低微，然有秩序，与火焰的怒吼，油的沸腾，钢叉的震颤相和鸣，造成醉心的大乐，布告三界：地下太平。

有一伟大的男子站在我面前，美丽，慈悲，遍身有大光辉，然而我知道他是魔鬼。

“一切都已完结，一切都已完结！可怜的鬼魂们将那好的地狱失掉了！”他悲愤地说，于是坐下，讲给我一个他所知道的故事——

“天地作蜂蜜色的时候，就是魔鬼战胜天神，掌握了主宰一切的大威权的时候。他收得天国，收得人间，也收得地狱。他于是亲临地狱，坐在中央，遍身发大光辉，照见一切鬼众。

“地狱原已废弛得很久了：剑树消却光芒；沸油的边际早不腾涌；大火聚有时不过冒些青烟，远处还萌生曼陀罗花，花极细小，惨白可怜。——那是不足为奇的，因为地上曾经大被焚烧，自然失了他的肥沃。

“鬼魂们在冷油温火里醒来，从魔鬼的光辉中看见地狱小花，惨白可怜，被大蛊惑，倏忽间记起人世，默想至不知几多年，遂同时向着人间，发一声反狱的绝叫。

“人类便应声而起，仗义执言，与魔鬼战斗。战声遍满三界，远过雷霆。终于运大谋略，布大网罗，使魔鬼并且不得不从地狱出走。最后的胜利，是地狱门上也竖了人类的旌旗！

“当鬼魂们一齐欢呼时，人类的整饬地狱使者已临地狱，坐在中央，用了人类的威严，叱咤一切鬼众。

“当鬼魂们又发一声反狱的绝叫时，即已成为人类的叛徒，得到永劫沉沦的罚，迁入剑树林的中央。

“人类于是完全掌握了主宰地狱的大威权，那威棱且在魔鬼以上。人类于是整顿废弛，先给牛首阿旁以最高的俸草；而且，添薪加火，磨砺刀山，使地狱全体改观，一洗先前颓废的气象。

“曼陀罗花立即焦枯了。油一样沸；刀一样铦；火一样热；鬼众一样呻吟，一样宛转，至于都不暇记起失掉的好地狱。

“这是人类的成功，是鬼魂的不幸……。

“朋友，你在猜疑我了。是的，你是人！我且去寻野兽和恶鬼……。”

一九二五年六月十六日

墓碣文

我梦见自己正和墓碣对立，读着上面的刻辞。那墓碣似是沙石所制，剥落很多，又有苔藓丛生，仅存有限的文句——

……于浩歌狂热之际中寒；于天上看见深渊。于一切眼中看见无所有；于无所希望中得救。

……有一游魂，化为长蛇，口有毒牙。不以啮人，自啮其身，终以殒颠。

……离开！……

我绕到碣后，才见孤坟，上无草木，且已颓坏。即从大阙口中，窥见死尸，胸腹俱破，中无心肝。而脸上却绝不显哀乐之状，但蒙蒙如烟然。

我在疑惧中不及回身，然而已看见墓碣阴面的残存的文句——

……抉心自食，欲知本味。创痛酷烈，本味何能知？……

……痛定之后，徐徐食之。然其心已陈旧，本味又何由知？……

……答我。否则，离开！

……我就要离开。而死尸已在坟中坐起，口唇不动，然而说——

“待我成尘时，你将见我的微笑！”

我疾走，不敢反顾，生怕看见他的追随。

一九二五年六月十七日

颓败线的颤动

我梦见自己在做梦。自身不知所在，眼前却有一间在深夜中紧闭的小屋的内部，但也看见屋上瓦松的茂密的森林。

板桌上的灯罩是新拭的，照得屋子里分外明亮。在光明中，在破榻上，在初不相识的披毛的强悍的肉块底下，有瘦弱渺小的身躯，为饥饿，苦痛，惊异，羞辱，欢欣而颤动。弛缓，然而尚且丰腴的皮肤光润了；青白的两颊泛出轻红，如铅上涂了胭脂水。

灯火也因惊惧而缩小了，东方已经发白。

然而空中还弥漫地摇动着饥饿，苦痛，惊异，羞辱，欢欣的波涛……。

“妈！”约略两岁的女孩被门的开阖声惊醒，在草席围着的屋角的地上叫起来了。

“还早哩，再睡一会罢！”她惊惶地说。

“妈！我饿，肚子痛。我们今天能有什么吃的？”

“我们今天有吃的了。等一会有卖烧饼的来，妈就买给你。”

她欣慰地更加紧捏着掌中的小银片，低微的声音悲凉地发抖，走近屋角去一看她的女儿，移开草席，抱起来放在破榻上。

“还早哩，再睡一会罢。”她说着，同时抬起眼睛，无可告诉地一看破旧的屋顶以上的天空。

空中突然另起了一个很大的波涛，和先前的相撞击，回旋而成旋涡，将一切并我尽行淹没，口鼻都不能呼吸。

我呻吟着醒来，窗外满是如银的月色，离天明还很辽远似的。

我自身不知所在，眼前却有一间在深夜中紧闭的小屋的内部，我自己知道是在续着残梦。可是梦的年代隔了许多年了。屋的内外已经这样整齐；里面是青年的夫妻，一群小孩子，都怨恨鄙夷地对着一个垂老的女人。

“我们没有脸见人，就只因为你，”男人气忿地说。“你还以为养大了她，其实正是害苦了她，倒不如小时候饿死的好！”

“使我委屈一世的就是你！”女的说。

“还要带累了我！”男的说。

“还要带累他们哩！”女的说，指着孩子们。

最小的一个正玩着一片干芦叶，这时便向空中一挥，仿佛一柄钢刀，大声说道：

“杀！”

那垂老的女人口角正在痉挛，登时一怔，接着便都平静，不多时候，她冷静地，骨立的石像似的站起来了。她开开板门，迈步在深夜中走出，遗弃了背后一切的冷骂和毒笑。

她在深夜中尽走，一直走到无边的荒野；四面都是荒野，头上只有高天，并无一个虫鸟飞过。她赤身露体地，石像似的站在荒野的中央，于一刹那间照见过往的一切：饥饿，苦痛，惊异，羞辱，欢欣，于是发抖；害苦，委屈，带累，于是痉挛；杀，于是平静。……又于一刹那间将一切并合：眷念与决绝，爱抚与复仇，养育与歼除，祝福与咒诅……。她于是举两手尽量向天，口唇间漏出人与兽的，非人间所有，所以无词的言语。

当她说出无词的言语时，她那伟大如石像，然而已经荒废的，颓败的身躯的全面都颤动了。这颤动点点如鱼鳞，每一鳞都起伏如沸水在烈火上；空中也即刻一同振颤，仿佛暴风雨中的荒海的波涛。

她于是抬起眼睛向着天空，并无词的言语也沉默尽绝，惟有颤动，辐射若太阳光，使空中的波涛立刻回旋，如遭飓风，汹涌奔腾于无边的荒野。

我梦魇了，自己却知道是因为将手搁在胸脯上了的缘故；我梦中还用尽平生之力，要将这十分沉重的手移开。

一九二五年六月二十九日

立　论

我梦见自己正在小学校的讲堂上预备作文，向老师请教立论的方法。

“难!”老师从眼镜圈外斜射出眼光来，看着我，说。“我告诉你一件事——

“一家人家生了一个男孩，合家高兴透顶了。满月的时候，抱出来给客人看，——大概自然是想得一点好兆头。

“一个说：‘这孩子将来要发财的。’他于是得到一番感谢。

“一个说：‘这孩子将来要做官的。’他于是收回几句恭维。

“一个说：‘这孩子将来是要死的。’他于是得到一顿大家合力的痛打。

“说要死的必然，说富贵的许谎。但说谎的得好报，说必然的遭打。你……”

“我愿意既不谎人，也不遭打。那么，老师，我得怎么说呢?”

“那么，你得说：‘啊呀！这孩子呵！您瞧！多么……。阿唷！哈哈！Hehe！he，hehehehe！’”

一九二五年七月八日

死 后

我梦见自己死在道路上。

这是那里，我怎么到这里来，怎么死的，这些事我全不明白。总之，待到我自己知道已经死掉的时候，就已经死在那里了。

听到几声喜鹊叫，接着是一阵乌老鸦。空气很清爽，——虽然也带些土气息，——大约正当黎明时候罢。我想睁开眼睛来，他却丝毫也不动，简直不像是我的眼睛；于是想抬手，也一样。

恐怖的利镞忽然穿透我的心了。在我生存时，曾经玩笑地设想：假使一个人的死亡，只是运动神经的废灭，而知觉还在，那就比全死了更可怕。谁知道我的预想竟的中了，我自己就在证实这预想。

听到脚步声，走路的罢。一辆独轮车从我的头边推过，大约是重载的，轧轧地叫得人心烦，还有些牙齿鏖。很觉得满眼绯红，一定是太阳上来了。那么，我的脸是朝东的。但那都没有什么关系。切切嚓嚓的人声，看热闹的。他们踹起黄土来，飞进我的鼻孔，使我想打喷嚏了，但终于没有打，仅有想打的心。

陆陆续续地又是脚步声，都到近旁就停下，还有更多的低语声：看的人多起来了。我忽然很想听听他们的议论。但同时想，我生存时说的什么批评不值一笑的话，大概是违心之论罢：才死，就露了破绽了。然而还是听；然而毕竟得不到结论，归纳起来不过是这样——

“死了？……”

“嗡。——这……”

“哼！……”

“啧。……唉！……”

我十分高兴，因为始终没有听到一个熟识的声音。否则，或者害得他们伤心；或则要使他们快意；或则要使他们加添些饭后闲谈的材料，多破费宝贵的工夫；这都会使我很抱歉。现在谁也看不见，就是谁也不受影响。好了，总算对得起人了！

但是，大约是一个马蚁，在我的脊梁上爬着，痒痒的。我一点也不能动，已经没有除去他的能力了；倘在平时，只将身子一扭，就能使他退避。而且，大腿上又爬着一个哩！你们是做什么的？虫豸!?

事情可更坏了：嗡的一声，就有一个青蝇停在我的颧骨上，走了几步，又一飞，开口便舐我的鼻尖。我懊恼地想：足下，我不是什么伟人，你无须到我身上来寻做论的材料……。但是不能说出来。他却从鼻尖跑下，又用冷舌头来舐我的嘴唇了，不知道可是表示亲爱。还有几个则聚在眉毛上，跨一步，我的毛根就一摇。实在使我烦厌得不堪，——不堪之至。

忽然，一阵风，一片东西从上面盖下来，他们就一同飞开了，临走时还说——

“惜哉！……”

我愤怒得几乎昏厥过去。

木材摔在地上的钝重的声音同着地面的震动，使我忽然清醒，前额上感着芦席的条纹。但那芦席就被掀去了，又立刻感到了日光的灼热。还听得有人说——

“怎么要死在这里？……”

这声音离我很近，他正弯着腰罢。但人应该死在那里呢？我先前以为人在地上虽没有任意生存的权利，却总有任意死掉的权利的。现在才知道并不然，也很难适合人们的公意。可惜我久没了纸笔；即有也不能写，而且即使写了也没有地方发表了。只好就这样地抛开。

有人来抬我，也不知道是谁。听到刀鞘声，还有巡警在这里罢，在我所不应该“死在这里”的这里。我被翻了几个转身，便觉得向上一举，又往下一沉；又听得盖了盖，钉着钉。但是，奇怪，只钉了两个。难道这里的棺材钉，是只钉两个的么？

我想：这回是六面碰壁，外加钉子。真是完全失败，呜呼哀哉了！……

“气闷！……”我又想。

然而我其实却比先前已经宁静得多，虽然知不清埋了没有。在手背上触到草席的条纹，觉得这尸衾倒也不恶。只不知道是谁给我化钱的，可惜！但是，可恶，收敛的小子们！我背后的小衫的一角皱起来了，他们并不给我拉平，现在抵得我很难受。你们以为死人无知，做事就这样地草率么？哈哈！

我的身体似乎比活的时候要重得多，所以压着衣皱便格外的不舒服。但我想，不久就可以习惯的；或者就要腐烂，不至于再有什么大麻烦。此刻还不如静静地静着想。

“您好？您死了么？”

是一个颇为耳熟的声音。睁眼看时，却是勃古斋旧书铺的跑外的小伙计。不见约有二十多年了，倒还是那一副老样子。我又看看六面的壁，委实太毛糙，简直毫没有加过一点修刮，锯绒还是毛毵毵的。

“那不碍事，那不要紧。”他说，一面打开暗蓝色布的包裹来。“这是明板《公羊传》，嘉靖黑口本，给您送来了。您留下他罢。这是……。”

“你！”我诧异地看定他的眼睛，说，“你莫非真正胡涂了？你看我这模样，还要看什么明板？……”

“那可以看，那不碍事。”

我即刻闭上眼睛，因为对他很烦厌。停了一会，没有声息，他大约走了。但是似乎一个马蚁又在脖子上爬起来，终于爬到脸上，只绕着眼眶转圈子。

万不料人的思想，是死掉之后也还会变化的。忽而，有一种力将我的心的平安冲破；同时，许多梦也都做在眼前了。几个朋友祝我安乐，几个仇敌祝我灭亡。我却总是既不安乐，也不灭亡地不上不下地生活下来，都不能副任何一面的期望。现在又影一般死掉了，连仇敌也不使知道，不肯赠给他们一点惠而不费的欢欣。……

我觉得在快意中要哭出来。这大概是我死后第一次的哭。

然而终于也没有眼泪流下；只看见眼前仿佛有火花一闪，我于是坐了起来。

一九二五年七月十二日

这样的战士

要有这样的一种战士——

已不是蒙昧如非洲土人而背着雪亮的毛瑟枪的；也并不疲惫如中国绿营兵而却佩着盒子炮。他毫无乞灵于牛皮和废铁的甲胄；他只有自己，但拿着蛮人所用的，脱手一掷的投枪。

他走进无物之阵，所遇见的都对他一式点头。他知道这点头就是敌人的武器，是杀人不见血的武器，许多战士都在此灭亡，正如炮弹一般，使猛士无所用其力。

那些头上有各种旗帜，绣出各样好名称：慈善家，学者，文士，长者，青年，雅人，君子……。头下有各样外套，绣出各式好花样：学问，道德，国粹，民意，逻辑，公义，东方文明……。

但他举起了投枪。

他们都同声立了誓来讲说，他们的心都在胸膛的中央，和别的偏心的人类两样。他们都在胸前放着护心镜，就为自己也深信心在胸膛中央的事作证。

但他举起了投枪。

他微笑，偏侧一掷，却正中了他们的心窝。

一切都颓然倒地；——然而只有一件外套，其中无物。无物之物已经脱走，得了胜利，因为他这时成了戕害慈善家等类的罪人。

但他举起了投枪。

他在无物之阵中大踏步走，再见一式的点头，各种的旗帜，各样的外套……。

但他举起了投枪。

他终于在无物之阵中老衰，寿终。他终于不是战士，但无物之物则是胜者。

在这样的境地里，谁也不闻战叫：太平。

太平……。

但他举起了投枪！

一九二五年十二月十四日

聪明人和傻子和奴才

奴才总不过是寻人诉苦。只要这样，也只能这样。有一日，他遇到一个聪明人。

“先生！”他悲哀地说，眼泪联成一线，就从眼角上直流下来。“你知道的。我所过的简直不是人的生活。吃的是一天未必有一餐，这一餐又不过是高粱皮，连猪狗都不要吃的，尚且只有一小碗……。”

“这实在令人同情。”聪明人也惨然说。

“可不是么！”他高兴了。“可是做工是昼夜无休息的：清早担水晚烧饭，上午跑街夜磨面，晴洗衣裳雨张伞，冬烧汽炉夏打扇。半夜要煨银耳，侍候主人要钱；头钱从来没分，有时还挨皮鞭……。”

“唉唉……。”聪明人叹息着，眼圈有些发红，似乎要下泪。

“先生！我这样是敷衍不下去的。我总得另外想法子。可是什么法子呢？……”

“我想，你总会好起来……。”

“是么？但愿如此。可是我对先生诉了冤苦，又得你的同情和慰安，已经舒坦得不少了。可见天理没有灭绝……。”

但是，不几日，他又不平起来了，仍然寻人去诉苦。

“先生！”他流着眼泪说，“你知道的。我住的简直比猪窠还不如。主人并不将我当人；他对他的叭儿狗还要好到几万倍……。”

“混帐！”那人大叫起来，使他吃惊了。那人是一个傻子。

“先生，我住的只是一间破小屋，又湿，又阴，满是臭虫，睡下去就咬得真可以。秽气冲着鼻子，四面又没有一个窗……。”

“你不会要你的主人开一个窗的么？”

“这怎么行？……”

“那么，你带我去看去！”

傻子跟奴才到他屋外，动手就砸那泥墙。

“先生！你干什么？”他大惊地说。

“我给你打开一个窗洞来。”

“这不行！主人要骂的！”

“管他呢！”他仍然砸。

“人来呀！强盗在毁咱们的屋子了！快来呀！迟一点可要打出窟窿来了！……”他哭嚷着，在地上团团地打滚。

一群奴才都出来了，将傻子赶走。

听到了喊声，慢慢地最后出来的是主人。

“有强盗要来毁咱们的屋子，我首先叫喊起来，大家一同把他赶走了。”他恭敬而得胜地说。

“你不错。”主人这样夸奖他。

这一天就来了许多慰问的人，聪明人也在内。

“先生。这回因为我有功，主人夸奖了我了。你先前说我总会好起来；实在是有先见之明……。”他大有希望似的高兴地说。

“可不是么……。”聪明人也代为高兴似的回答他。

一九二五年十二月二十六日

腊　叶

灯下看《雁门集》，忽然翻出一片压干的枫叶来。

这使我记起去年的深秋。繁霜夜降，木叶多半凋零，庭前的一株小小的枫树也变成红色了。我曾绕树徘徊，细看叶片的颜色，当他青葱的时候是从没有这么注意的。他也并非全树通红，最多的是浅绛，有几片则在绯红地上，还带着几团浓绿。一片独有一点蛀孔，镶着乌黑的花边，在红，黄和绿的斑驳中，明眸似的向人凝视。我自念：这是病叶呵！便将他摘了下来，夹在刚才买到的《雁门集》里。大概是愿使这将坠的被蚀而斑斓的颜色，暂得保存，不即与群叶一同飘散罢。

但今夜他却黄蜡似的躺在我的眼前，那眸子也不复似去年一般灼灼。假使再过几年，旧时的颜色在我记忆中消去，怕连我也不知道他何以夹在书里面的原因了。将坠的病叶的斑斓，似乎也只能在极短时中相对，更何况是葱郁的呢。看看窗外，很能耐寒的树木也早经秃尽了；枫树更何消说得。当深秋时，想来也许有和这去年的模样相似的病叶的罢，但可惜我今年竟没有赏玩秋树的余闲。

一九二五年十二月二十六日

淡淡的血痕中

——记念几个死者和生者和未生者

目前的造物主，还是一个怯弱者。

他暗暗地使天变地异，却不敢毁灭一个这地球；暗暗地使生物衰亡，却不敢长存一切尸体；暗暗地使人类流血，却不敢使血色永远鲜秾；暗暗地使人类受苦，却不敢使人类永远记得。

他专为他的同类——人类中的怯弱者——设想，用废墟荒坟来衬托华屋，用时光来冲淡苦痛和血痕；日日斟出一杯微甘的苦酒，不太少，不太多，以能微醉为度，递给人间，使饮者可以哭，可以歌，也如醒，也如醉，若有知，若无知，也欲死，也欲生。他必须使一切也欲生；他还没有灭尽人类的勇气。

几片废墟和几个荒坟散在地上，映以淡淡的血痕，人们都在其间咀嚼着人我的渺茫的悲苦。但是不肯吐弃，以为究竟胜于空虚，各各自称为“天之僇民”，以作咀嚼着人我的渺茫的悲苦的辩解，而且悚息着静待新的悲苦的到来。新的，这就使他们恐惧，而又渴欲相遇。

这都是造物主的良民。他就需要这样。

叛逆的猛士出于人间；他屹立着，洞见一切已改和现有的废墟和荒坟，记得一切深广和久远的苦痛，正视一切重叠淤积的凝血，深知一切已死，方生，将生和未生。他看透了造化的把戏；他将要起来使人类苏生，或者使人类灭尽，这些造物主的良民们。

造物主，怯弱者，羞惭了，于是伏藏。天地在猛士的眼中于是变色。

一九二六年四月八日

一　觉

飞机负了掷下炸弹的使命，像学校的上课似的，每日上午在北京城上飞行。每听得机件搏击空气的声音，我常觉到一种轻微的紧张，宛然目睹了“死”的袭来，但同时也深切地感着“生”的存在。

隐约听到一二爆发声以后，飞机嗡嗡地叫着，冉冉地飞去了。也许有人死伤了罢，然而天下却似乎更显得太平。窗外的白杨的嫩叶，在日光下发乌金光；榆叶梅也比昨日开得更烂漫。收拾了散乱满床的日报，拂去昨夜聚在书桌上的苍白的微尘，我的四方的小书斋，今日也依然是所谓“窗明几净”。

因为或一种原因，我开手编校那历来积压在我这里的青年作者的文稿了；我要全都给一个清理。我照作品的年月看下去，这些不肯涂脂抹粉的青年们的魂灵便依次屹立在我眼前。他们是绰约的，是纯真的，——阿，然而他们苦恼了，呻吟了，愤怒，而且终于粗暴了，我的可爱的青年们！

魂灵被风沙打击得粗暴，因为这是人的魂灵，我爱这样的魂灵；我愿意在无形无色的鲜血淋漓的粗暴上接吻。漂渺的名园中，奇花盛开着，红颜的静女正在超然无事地逍遥，鹤唳一声，白云郁然而起……。这自然使人神往的罢，然而我总记得我活在人间。

我忽然记起一件事：两三年前，我在北京大学的教员预备室里，看见进来了一个并不熟识的青年，默默地给我一包书，便出去了，打开看时，是一本《浅草》。就在这默默中，使我懂得了许多话。阿，这赠品是多么丰饶呵！可惜那《浅草》不再出版了，似乎只成了《沉钟》的前身。那《沉钟》就在这风沙澒洞中，深深地在人海的底里寂寞地鸣动。

野蓟经了几乎致命的摧折，还要开一朵小花，我记得托尔斯泰曾受了很大的感动，因此写出一篇小说来。但是，草木在旱干的沙漠中间，拼命伸长他的根，吸取深地中的水泉，来造成碧绿的林莽，自然是为了自己的"生"的，然而使疲劳枯渴的旅人，一见就怡然觉得遇到了暂时息肩之所，这是如何的可以感激，而且可以悲哀的事!?

《沉钟》的《无题》——代启事——说："有人说：我们的社会是一片沙漠。——如果当真是一片沙漠，这虽然荒漠一点也还静肃；虽然寂寞一点也还会使你感觉苍茫。何至于像这样的混沌，这样的阴沉，而且这样的离奇变幻!"

是的，青年的魂灵屹立在我眼前，他们已经粗暴了，或者将要粗暴了，然而我爱这些流血和隐痛的魂灵，因为他使我觉得是在人间，是在人间活着。

在编校中夕阳居然西下，灯火给我接续的光。各样的青春在眼前一一驰去了，身外但有昏黄环绕。我疲劳着，捏着纸烟，在无名的思想中静静地合了眼睛，看见很长的梦。忽而惊觉，身外也还是环绕着昏黄；烟篆在不动的空气中上升，如几片小小夏云，徐徐幻出难以指名的形象。

一九二六年四月十日

中国现代文学名著
精选集

落 花 生

许地山——著

四川人民出版社

图书在版编目（CIP）数据

中国现代文学名著精选集/鲁迅等著．—成都：
四川人民出版社，2024.6
ISBN 978－7－220－12634－5

Ⅰ．①中…　Ⅱ．①鲁…　Ⅲ．①中国文学－现代文学－
作品综合集　Ⅳ．①I216.1

中国版本图书馆 CIP 数据核字（2021）第 255328 号

ZHONGGUO XIANDAI WENXUE MINGZHU JINGXUANJI LUOHUASHENG
中国现代文学名著精选集·落花生
许地山　著

出 版 人	黄立新
选题策划	张明辉
出版统筹	王其进
责任编辑	王其进
封面设计	象上设计
责任校对	王　璐
责任印制	祝　健
出版发行	四川人民出版社（成都三色路 238 号）
网　　址	http://www.scpph.com
E-mail	scrmcbs@sina.com
新浪微博	@四川人民出版社
微信公众号	四川人民出版社
发行部业务电话	（028）86361653　86361656
防盗版举报电话	（028）86361653
照　　排	四川胜翔数码印务设计有限公司
印　　刷	成都蜀通印务有限责任公司
成品尺寸	130mm×185mm
印　　张	7
字　　数	145 千
版　　次	2024 年 6 月第 1 版
印　　次	2024 年 6 月第 1 次印刷
书　　号	ISBN 978－7－220－12634－5
定　　价	299.00 元（全 6 册）

目录

爱的痛苦

春的林野

落花生

老鸦咀

爱的痛苦

心有事

心有事，无计问天。

心事郁在胸中，教我怎能安眠？

我独对着空山，眉更不展；

我魂飘荡，犹如出岫残烟。

想起前事，我泪就如珠脱串。

独有空山为我下雨涟涟。

我泪珠如急雨，急雨犹如水晶箭；

箭折，珠沉，融作山溪泉。

做人总有多少哀和怨：

积怨成泪，泪又成川！

今日泪、雨交汇入海，海涨就要沉没赤县：

累得那只抱恨的精卫拼命去填。

呀，精卫！你这样做，虽经万劫也不能遂愿。

不如咒海成冰，使他像铁一样坚。

那时节，我要和你相依恋，

各人才对立着，沉默无言。

蝉

急雨之后，蝉翼湿得不能再飞了。那可怜的小虫在地面慢慢地爬，好容易爬到不老的松根上头。松针穿不牢的雨珠从千丈高处脱下来，正滴在蝉翼上。蝉嘶了一声，又从树的露根摔到地上了。

雨珠，你和它开玩笑么？你看，蚂蚁来了！野鸟也快要看见它了！

蛇

在高可触天的桄榔树下。我坐在一条石凳上，动也不动一下。穿彩衣的蛇也盘在树根上，动也不动一下。多会儿让我看见它，我就害怕得很，飞也似的离开那里，蛇也和飞箭一样，射入蔓草中了。

我回来，告诉妻子说：“今儿险些不能再见你的面！”“什么缘故?”“我在树林里见了一条毒蛇：一看见它，我就速速跑回来；蛇也逃走了。……到底是我怕它，还是它怕我?”

妻子说：“若你不走，谁也不怕谁。在你眼中，它是毒蛇；在它眼中，你比它更毒呢。”

但我心里想着，要两方互相惧怕，才有和平。若有一方大胆一点，不是它伤了我，就是我伤了它。

笑

我从远地冒着雨回来。因为我妻子心爱的一样东西让我找着了；我得带回来给她。

一进门，小丫头为我收下雨具，老妈子也借故出去了。我对妻子说：“相离好几天，你闷得慌吗？……呀，香得很！这是从哪里来的？”

“窗棂下不是有一盆素兰吗？”

我回头看，几箭兰花在一个汝窑钵上开着。我说：“这盆花多会移进来的？这么大雨天，还能开得那么好，真是难得啊！……可是我总不信那些花有如此的香气。”

我们并肩坐在一张紫檀榻上，我还往下问：“良人，到底是兰花的香，是你的香？”

“到底是兰花的香，是你的香？让我闻一闻。”她说时，亲了我一下。小丫头看见了，掩着嘴笑，翻身揭开帘子，要往外走。

“玉耀，玉耀，回来！”小丫头不敢不回来，但，仍然抿着嘴笑。

“你笑什么？”

“我没有笑什么。”

我为她们排解说：“你明知道她笑什么，又何必问她呢，饶了她罢。”

妻子对小丫头说：“不许到外头瞎说。去罢，到园里给我摘些瑞香来。”

小丫头抿着嘴出去了。

三　迁

花嫂子着了魔了！她只有一个孩子，舍不得教他入学。她说："阿同的父亲是因为念书念死的。"

阿同整天在街上和他的小伙伴玩：城市中应有的游戏，他们都玩过。他们最喜欢学警察、人犯、老爷、财主、乞丐。阿同常要做人犯，被人用绳子捆起来，带到老爷跟前挨打。

一天，给花嫂子看见了，说："这还了得！孩子要学坏了。我得找地方搬家。"

她带着孩子到村庄里住。孩子整天在阡陌间和他的小伙伴玩：村庄里应有的游戏，他们都玩过。他们最喜欢做牛、马、牧童、肥猪、公鸡。阿同常要做牛，被人牵着骑着，鞭着他学耕田。

一天，又给花嫂子看见了，就说："这还了得！孩子要变畜生了。我得找地方搬家。"

她带孩子到深山的洞里住。孩子整天在悬崖断谷间和他的小伙伴玩。他的小伙伴就是小生番、小猕猴、大鹿、长尾三娘、大蛱蝶。他最爱学鹿的跳跃，猕猴的攀缘，蛱蝶的飞舞。

有一天，阿同从悬崖上飞下去了。他的同伴小生番来给花嫂子报信，花嫂子说：“他飞下去么？那么，他就有本领了。”

呀，花嫂子疯了！

香

妻子说："良人，你不是爱闻香么？我曾托人到鹿港去买上好的沉香线；现在已经寄到了。"她说着，便抽出妆台的抽屉，取了一条沉香线，燃着，再插在小宣炉中。

我说："在香烟绕缭之中，得有清谈。给我说一个生番故事罢。不然，就给我谈佛。"

妻子说："生番故事，太野了。佛更不必说，我也不会说。"

"你就随便说些你所知道的罢，横竖我们都不大懂得；你且说，什么是佛法罢。"

"佛法么？——色，——声，——香，——味，——触，——造作，——思维，都是佛法；唯有爱闻香的爱不是佛法。"

"你又矛盾了！这是什么因明？"

"不明白么？因为你一爱，便成为你的嗜好；那香在你闻觉中，便不是本然的香了。"

愿

南普陀寺里的大石，雨后稍微觉得干净，不过绿苔多长一些。天涯的淡霞好像给我们一个天晴的信。树林里的虹气，被阳光分成七色。树上，雄虫求雌的声，凄凉得使人不忍听下去。妻子坐在石上，见我来，就问："你从哪里来？我等你许久了。"

"我领着孩子们到海边捡贝壳咧。阿琼捡着一个破具，虽不完全，里面却像藏着珠子的样子。等他来到，我教他拿出来给你看一看。"

"在这树荫底下坐着，真舒服呀！我们天天到这里来，多么好呢！"

妻说："你哪里能够？……"

"为什么不能？"

"你应当作荫，不应当受荫。"

"你愿我作这样的荫么？"

"这样的荫算什么！我愿你作无边宝华盖，能普荫一切世间诸有情。愿你为如意净明珠，能普照一切世间诸有情。愿你为降魔金刚杵，能破坏一切世间诸障碍。愿你为多宝盂兰盆，能盛百味，滋养一切世间诸饥渴者。愿你有六手，十二手，百手，千万手，无量数那由他如意手，能成全一切世间等等美善事。”

我说：“极善，极妙！但我愿作调味的精盐，渗入等等食品中，把自己的形骸融散，且回复当时在海里的面目，使一切有情得尝咸味，而不见盐体。”

妻子说：“只有调味，就能使一切有情都满足吗？”

我说：“盐的功用，若只在调味，那就不配称为盐了。”

山　响

群峰彼此谈得呼呼地响。它们的话语，给我猜着了。

这一峰说："我们的衣服旧了，该换一换啦。"

那一峰说："且慢吧，你看，我这衣服好容易从灰白色变成青绿色，又从青绿色变成珊瑚色和黄金色——质虽是旧的，可是形色还不旧。我们多穿一会吧。"

正在商量的时候，它们身上穿的，都出声哀求说："饶了我们，让我们歇歇罢。我们的形态都变尽了，再不能为你们争体面了。"

"去吧，去吧，不穿你们也算不得什么。横竖不久我们又有新的穿。"群峰都出着气这样说。说完之后，那红的、黄的彩衣就陆续褪下来。

我们都是天衣，那不可思议的灵，不晓得甚时要把我们穿着得非常破烂，才把我们收入天橱。愿他多用一点气力，及时用我们，使我们得以早早休息。

愚妇人

从深山伸出一条蜿蜒的路，窄而且崎岖。一个樵夫在那里走着，一面唱：

鸪鹏，鸪鹏，来年莫再鸣！
鸪鹏一鸣草又生。
草木青青不过一百数十日.
到头来，又是樵夫担上薪。

鸪鹏，鸪鹏，来年莫再鸣！
鸪鹏一鸣虫又生。
百虫生来不过一百数十日，
到头来，又要纷纷扑红灯。

鸪鹏，鸪鹏，来年莫再鸣！
……

他唱时，软和的晚烟已随他的脚步把那小路封起来了，他还要往下唱，猛然看见一个健壮的老妇人坐在溪涧边，对着流水哭泣。

“你是谁？有什么难过的事？说出来，也许我能帮助你。”

“我么？唉！我……不必问了。”

樵夫心里以为她一定是个要寻短见的人，急急把担卸下，进前几步，想法子安慰她。他说：“妇人，你有什么难处，请说给我听，或者我能帮助你。天色不早了，独自一人在山中是很危险的。”

妇人说：“我从来就不知道什么叫做难过。自从我父母死后，我就住在这树林里。我的亲戚和同伴都叫我做石女。”她说到这里，眼泪就融下来了。往下她的话语就支离得怪难明白。过一会儿，她才慢慢说：“我……我到这两天才知道石女的意思。”

“知道自己名字的意思，更应当喜欢，为何倒反悲伤起来?”

“我每年看见树林里的果木开花，结实；把种子种在地里，又生出新果木来。我看见我的亲戚、同伴们不上两年就有一个孩子抱在她们怀里。我想我也要像这样——不上两年就可以抱一个孩子在怀里。我心里这样说，这样盼望，到如今，六十年了！我不明白，才打听一下。呀，这一打听，叫我多么难过！我没有抱孩子的希望了……然而，我就不能像果木，比不上果木么?”

“哈，哈，哈!”樵夫大笑了，他说，“这正是你的幸运哪！

抱孩子的人，比你难过得多，你为何不往下再向她们打听一下呢？我告诉你，不曾怀过胎的妇人是有福的。”

一个路旁素不相识的人所说的话，哪里能够把六十年的希望——迷梦——立时揭破呢？到现在，她的哭声，在樵夫耳边，还可以约略地听见。

蜜蜂和农人

雨刚晴，蝶儿没有蓑衣，不敢造次出来，可是瓜棚的四围，已满唱了蜜蜂的工夫诗：

彷彷，徨徨！徨徨，彷彷！
生就是这样，徨徨，彷彷！
趁机会把蜜酿。
大家帮帮忙；
别误了好时光。
彷彷，徨徨！徨徨，彷彷！

蜂虽然这样唱，那底下坐着三四个农夫却各人担着烟管在那里闲谈。

人的寿命比蜜蜂长，不必像它们那么忙么？未必如此。不过农夫们不懂它们的歌就是了。但农夫们工作时，也会唱的。

他们唱的是：

村中鸡一鸣，
阳光便上升，
太阳上升好插秧。
禾秧要水养，
各人还为踏车忙。
东家莫截西家水；
西家不借东家粮。
各人只为各人忙——
“各人自扫门前雪，
不管他人瓦上霜。”

“小俄罗斯”的兵

短篱里头，一棵荔枝，结实累累。那朱红的果实，被深绿的叶子托住，更是美观；主人舍不得摘它们，也许是为这个缘故。

三两个漫游武人走来，相对说：“这棵红了，熟了，就在这里摘一点吧。”他们嫌从正门进去麻烦，就把篱笆拆开，大摇大摆地进前。一个上树，两个在底下接；一面摘，一面尝，真高兴呀！

屋里跑出一个老妇人来，哀声求他们说：“大爷们，我这棵荔枝还没有熟哩；请别作践它；等熟了，再送些给大爷们尝尝。”

树上的人说：“胡说，你不见果子已经红了么？怎么我们吃就是作践你的东西？”

“唉，我一年的生计，都看着这棵树。罢了，罢……”

“你还敢出声么？打死你算得什么；待一会儿，看把你这棵不中吃的树砍来做柴火烧，看你怎样。有能干，可以叫你们的人到广东吃去。我们那里也有好荔枝。”

唉，这也是战胜者、强者的权利么？

爱的痛苦

在绿荫月影底下，朗日和风之中，或急雨飘雪的时候，牛先生必要说他的真言，“啊，拉夫斯偏（love’s pain 的音译，即“爱的痛苦”。——编者注)!”他在三百六十日中，少有不说这话的时候。

暮雨要来，带着愁容的云片，急急飞避；不识不知的蜻蜓还在庭园间遨游着。爱诵真言的牛先生闷坐在屋里，从西窗望见隔院的女友田和正抱着小弟弟玩。

姊姊把孩子的手臂咬得吃紧；擘他的两颊；摇他的身体；又掌他的小腿。孩子急得哭了。姊姊才忙忙地拥抱住他，堆着笑说：“乖乖，乖乖，好孩子，好弟弟，不要哭。我疼爱你，我疼爱你！不要哭。”不一会儿孩子的哭声果然停了。可是弟弟刚现出笑容，姊姊又该咬他、擘他、摇他、掌他咧。

檐前的雨好像珠帘，把牛先生眼中的对象隔住。但方才那种印象，却萦回在他眼中。他把窗户关上，自己一人在屋里踱来踱去。最后，他点点头，笑了一声，“哈，哈！这也是拉夫斯偏!”

他走近书桌子，坐下，提起笔来，像要写什么似的。想了半天，才写上一句七言诗。他念了几遍，就摇头，自己说：“不好，不好。我不会作诗，还是随便记些起来好。”

牛先生将那句诗涂掉以后，就把他的日记拿出来写。那天他要记的事情格外多。日记里应用的空格，他在午饭后，早已填满了。他裁了一张纸，写着：

黄昏，大雨。田在西院弄她的弟弟，动起我一个感想，就是：人都喜欢见他们所爱者的愁苦；要想方法教所爱者难受。所爱者越难受，爱者越喜欢，越加爱。

一切被爱的男子，在他们的女人当中，直如小弟弟在田的膝上一样。他们也是被爱者玩弄的。

女人的爱最难给，最容易收回去。当她把爱收回去的时候，未必不是一种游戏的冲动；可是苦了别人哪。

唉，爱玩弄人的女人，你何苦来这一下！愚男子，你的苦恼，又活该呢！

牛先生写完，复看一遍，又把后面那几句涂去，说：“写得太过了，太过了!”他把那张纸付贴在日记上，正要起身，老妈子把哭着的孩子抱出来，一面说：“姊姊不好，爱欺负人。不要哭，咱们找牛先生去。”

“姊姊打我!”这是孩子所能对牛先生说的话。

牛先生装作可怜的声音，忧郁的容貌，回答说："是么？姊姊打你么？来，我看看打到哪步田地？"

孩子受他的抚慰，也就忘了痛苦，安静过来了。

现在吵闹的，只剩下外间急雨的声音。

信仰的哀伤

在更阑人静的时候，伦文就要到池边对他心里所立的乐神请求说：“我怎能得着天才呢？我的天才缺乏了，我要表现的，也不能尽地表现了！天才可以像油那样，日日添注入我这盏小灯么？若是能，求你为我，注入些少。”

“我已经为你注入了。”

伦先生听见这句话，便放心回到自己的屋里。他舍不得睡，提起乐器来，一口气就制成一曲。自己奏了又奏，觉得满意，才含着笑，到卧室去。

第二天早晨，他还没有盥漱，便又把昨晚上的作品奏过几遍；随即封好，教人邮到歌剧场去。

他的作品一发表出来，许多批评随着在报上登载八九天。那些批评都很恭维他：说他是这一派，那一派。可是他又苦起来了！

在深夜的时候，他又到池边去，垂头丧气地对着池水，从口中发出颤声说：“我所用的音节，不能达我的意思么？呀，我的天才丢失了！再给我注入一点罢。”

“我已经为你注入了。”

他屡次求，心中只听得这句回答。每一作品发表出来，所得的批评，每每使他忧郁不乐。最后，他把乐器摔碎了，说：“我信我的天才丢了，我不再作曲子了。唉，我所依赖的，枉费你眷顾我了。”

自此以后，社会上再不能享受他的作品，他也不晓得往哪里去了。

暗途

“我的朋友，且等一等，待我为你点着灯，才走。”

吾威听见他的朋友这样说，便笑道：“哈哈，均哥，你以我为女人么？女人在夜间走路才要用火；男子，又何必呢？不用张罗，我空手回去罢——省得以后还要给你送灯回来。”

吾威的村庄和均哥所住的地方隔着几重山，路途崎岖得很厉害。若是夜间要走那条路，无论是谁，都得带灯。所以均哥一定不让他暗中摸索回去。

均哥说：“你还是带灯好。这样的天气，又没有一点月影，在山中，难保没有危险。”

吾威说：“若想起危险，我就回去不成了。……”

“那么，你今晚上就住在我这里，如何？”

“不，我总得回去，因为我的父亲和妻子都在那边等着我呢。”“你这个人，太过执拗了。没有灯，怎么去呢？”均哥一面说，一面把点着的灯切切地递给他。他仍是坚辞不受。他说：“若是你定要叫我带着灯走，那教我更不敢走。”

“怎么呢?”

“满山都没有光，若是我提着灯走，也不过是照得三两步远；且要累得满山的昆虫都不安。若凑巧遇见长蛇也冲着火光走来，可又怎办呢？再说，这一点的光可以把那照不着的地方越显得危险，越能使我害怕。在半途中，灯一熄灭，那就更不好办了。不如我空着手走，初时虽觉得有些妨碍，不多一会儿，什么都可以在幽暗中辨别一点。”

他说完，就出门。均哥还把灯提在手里，眼看着他向密林中那条小路穿进去，才摇摇头说：“天下竟有这样怪人!”

吾威在暗途中走着，耳边虽常听见飞虫、野兽的声音，然而他一点害怕也没有。在蔓草中，时常飞些萤火出来，光虽不大，可也够了。他自己说：“这是均哥想不到，也是他所不能为我点的灯。”

那晚上他没有跌倒；也没有遇见毒虫野兽；安然地到他家里。

你为什么不来

在夭桃开透、浓荫欲成的时候，谁不想伴着他心爱的人出去游逛游逛呢？在密云不飞、急雨如注的时候，谁不愿在深闺中等她心爱的人前来细谈呢？

她闷坐在一张睡椅上，紊乱的心思像窗外的雨点——东抛，西织，来回无定。在有意无意之间，又顺手拿起一把九连环慵懒懒地解着。

丫头进来说："小姐，茶点都预备好了。"

她手里还是慵懒懒地解着，口里却发出似答非答的声音："……他为什么还不来？"

除窗外的雨声，和她手中轻微的银环声以外，屋里可算静极了！在这幽静的屋里，忽然从窗外伴着雨声送来几句优美的歌曲：

你放声哭，

因为我把林中善鸣的鸟笼住么？

你飞不动，

因为我把空中的雁射杀么？

你不敢进我的门，

因为我家养狗提防客人么？

因为我家养猫捕鼠，

你就不来么？

因为我的灯火没有笼罩，

烧死许多美丽的昆虫

你就不来么？

你不肯来，

因为我有？……

有什么呢？她听到末了这句，那紊乱的心就发出这样的问。她心中接着想：因为我约你，所以你不肯来；还是因为大雨，使你不能来呢？

春的林野

海

我的朋友说："人的自由和希望，一到海面就完全失掉了！因为我们太不上算，在这无涯浪中无从显出我们有限的能力和意志。"

我说："我们浮在这上面，眼前虽不能十分如意，但后来要遇着的，或者超乎我们的能力和意志之外。所以在一个风狂浪骇的海面上，不能准说我们要到什么地方就可以达到什么地方；我们只能把性命先保持住，随着波涛颠来簸去便了。"

我们坐在一只不如意的救生船里，眼看着载我们到半海就毁坏的大船渐渐沉下去。

我的朋友说："你看，那要载我们到目的地的船快要歇息去了！现在在这茫茫的空海中，我们可没有主意啦。"

幸而同船的人，心忧得很，没有注意听他的话。我把他的手摇了一下说："朋友，这是你纵谈的时候么？你不帮着划桨么？"

"划桨么？这是容易的事。但要划到哪里去呢？"

我说："在一切的海里，遇着这样的光景，谁也没有带着主意下来，谁也脱不了在上面泛来泛去。我们尽管划罢。"

梨　花

她们还在园里玩，也不理会细雨丝丝穿入她们的罗衣。池边梨花的颜色被雨洗得更白净了，但朵朵都懒懒地垂着。

姊姊说："你看，花儿都倦得要睡了！"

"待我来摇醒它们。"

姊姊不及发言，妹妹的手早已抓住树枝摇了几下。花瓣和水珠纷纷地落下来，铺得银片满地，煞是好玩。

妹妹说："好玩啊，花瓣一离开树枝，就活动起来了！"

"活动什么？你看，花儿的泪都滴在我身上哪。"姊姊说这话时，带着几分怒气，推了妹妹一下。她接着说："我不和你玩了，你自己在这里罢。"

妹妹见姐姐走了，直站在树下出神。停了半晌，老妈子走来，牵着她，一面走着，说："你看，你的衣服都湿透了，在阴雨天，每日要换几次衣服，教人到哪里找太阳给你晒去呢？"

落下来的花瓣，有些被她们的鞋印入泥中；有些粘在妹妹身上，被她带走；有些浮在池面，被鱼儿衔入水里。那多情的燕子不歇把鞋印上的残瓣和软泥一同衔在口中，到梁间去，构成它们的香巢。

难解决的问题

我叫同伴到钓鱼矶去赏荷，他们都不愿意去，剩我自己走着。我走到清佳堂附近，就坐在山前一块石头上歇息。在瞻顾之间，小山后面一阵唧咕的声音夹着蝉声送到我耳边。

谁愿意在优游的天日中故意要找出人家的秘密呢？然而宇宙间的秘密都从无意中得来。所以在那时候，我不离开那里，也不把两耳掩住，任凭那些声浪在耳边荡来荡去。

劈头一声，我便听得：“这实是一个难解决的问题。……”

既说是难解决，自然要把怎样难的理由说出来。这理由无论是局内、局外人都爱听的。以前的话能否钻入我耳里，且不用说，单是这一句，使我不能不注意。

山后的人接下去说：“在这三位中，你说要哪一位才合适？……梅说要等我十年；白说要等到我和别人结婚那一天；区说非嫁我不可，——她要终身等我。”

“那么，你就要区罢。”

“但是梅的景况，我很了解。她的苦衷，我应当原谅。她能为了我牺牲十年的光阴，从她的境遇看来，无论如何，是很可敬的。设使梅居区的地位，她也能说，要终身等我。”

“那么，梅、区都不要，要白如何？”

“白么？也不过是她的环境使她这样达观。设使她处着梅的景况，她也只能等我十年。”

会话到这里就停了。我的注意只能移到池上，静观那被轻风摇摆的芰荷。呀，叶底那对小鸳鸯正在那里歇午哪！不晓得它们从前也曾解决过方才的问题没有？不上一分钟，后面的声音又来了。

“那么，三个都要如何？”

“笑话，就是没有理性的兽类也不这样办。”又停了许久。

“不经过那些无用的礼节，各人快活地同过这一辈子不成吗？”

“唔……唔……唔……这是后来的话，且不必提，我们先解决目前的困难罢。我实不肯故意辜负了三位中的一位。我想用拈阄的方法瞎挑一个就得了。”

“这不更是笑话么？人间哪有这么新奇的事！她们三人中谁愿意遵你的命令，这样办呢？”

他们大笑起来。

“我们私下先拈一拈，如何？你权当作白，我自己权当作梅，剩下是区的份儿。”

他们由严重的密语化为滑稽的谈笑了。我怕他们要闹下坡来，不敢逗留在那里，只得先走。钓鱼矶也没去成。

爱就是刑罚

“这什么时候了，还埋头在案上写什么？快同我到海边去走走罢。”

丈夫尽管写着，没站起来，也没抬头对他妻子行个“注目笑”的礼。妻子跑到身边，要抢掉他手里的笔，他才说：“对不起，你自己去罢。船，明天一早就要开，今晚上我得把这几封信赶出来；十点钟还要送到船里的邮箱去。”

“我要人伴着我到海边去。”

“请七姨子陪你去。”

“七妹子说我嫁了，应当和你同行；她和别的同学先去了。我要你同我去。”

“我实在对不起你，今晚不能随你出去。”他们争执了许久，结果还是妻子独自出去。

丈夫低着头忙他的事体，足有四点钟工夫。那时已经十一点了，他没有进去看看那新婚的妻子回来了没有，披起大衣大踏步地出门去。

他回来，还到书房里检点一切，才进入卧房。妻子已先睡了。他们的约法：睡迟的人得亲过先睡者的嘴才许上床。所以这位少年走到床前，依法亲了妻子一下。妻子急用手在唇边来回擦了几下。那意思是表明她不受这个接吻。

丈夫不敢上床，呆呆地站在一边。一会儿，他走到窗前，两手支着下颔，点点的泪滴在窗棂上。他说，“我从来没受过这样刑罚！……你的爱，到底在哪里？”

“你说爱我，方才为什么又刑罚我，使我孤零？”妻子说完，随即起来，安慰他说，“好人，不要当真，我和你闹玩哪。爱就是刑罚，我们能免掉么？”

债

他一向就住在妻子家里，因为他除妻子以外，没有别的亲戚。妻家的人爱他的聪明，也怜他的伶仃，所以万事都尊重他。

他的妻子早已去世，膝下又没有子女。他的生活就是念书、写字，有时还弹弹七弦。他决不是一个书呆子，因为他常要在书内求理解，不像书呆子只求多念。

妻子的家里有很大的花园供他游玩；有许多奴仆听他使令。但他从没有特意到园里游玩；也没有呼唤过一个仆人。

在一个阴郁的天气里，人无论在什么地方都不舒服的。岳母叫他到屋里闲谈，不晓得为什么缘故就劝起他来。岳母说："我觉得自从俪儿去世以后，你就比前格外客气。我劝你毋须如此，因为外人不知道都要怪我。看你穿成这样，还不如家里的仆人，若有生人来到，叫我怎样过得去？倘或有人欺负你，说你这长那短，尽可以告诉我，我责罚他给你看。"

"我哪里懂得客气？不过我只觉得我欠的债太多，不好意思多要什么。"

“什么债？有人问你算账么？唉，你太过见外了！我看你和自己的子侄一样，你短了什么，尽管问管家的要去；若有人敢说闲话，我定不饶他。”

“我所欠的是一切的债。我看见许多贫乏人、愁苦人，就如该了他们无量数的债一般。我有好的衣食，总想先偿还他们。世间若有一个人吃不饱足，穿不暖和，住不舒服，我也不敢公然独享这具足的生活。”

“你说得太玄了！”她说过这话，停了半晌才接着点头说，“很好，这才是读书人‘先天下之忧而忧’的精神。……然而你要什么时候才还得清呢？你有清还的计划没有？”

“唔……唔……”他心里从来没有想到这个，所以不能回答。

“好孩子，这样的债，自来就没有人能还得清，你何必自寻苦恼？我想，你还是做一个小小的债主罢。说到具足生活，也是没有涯岸的：我们今日所谓具足，焉知不是明日的缺陷？你多念一点书就知道生命即是缺陷的苗圃，是烦恼的秧田；若要补修缺陷，拔除烦恼，除弃绝生命外，没有别条道路。然而，我们哪能办得到？个个人都那么怕死！你不要作这种非非想，还是顺着境遇做人去罢。”

“时间——计划——做人——”这几个字从岳母口里发出，他的耳鼓就如受了极猛烈的椎击。他想来想去，已想昏了。他为解决这事，好几天没有出来。

那天早晨，女佣端粥到他房里，没见他，心中非常疑惑。

因为早晨，他没有什么地方可去：海边呢？他是不轻易到的。花园呢？他更不愿意在早晨去。因为丫头们都在那个时候到园里争摘好花去献给她们几位姑娘。他最怕见的是人家毁坏现成的东西。

女佣四围一望，蓦地看见一封信被留针刺在门上。她忙取下来，给别人一看，原来是给老夫人的。

她把信拆开，递给老夫人。上面写着：

亲爱的岳母：

你问我的话，教我实在想不出好回答。而且，因你这一问，使我越发觉得我所负的债更重。我想做人若不能还债，就得避债，决不能教债主把他揪住，使他受苦。若论还债，依我的力量、才能，是不济事的。我得出去找几个帮忙的人。如果不能找着，再想法子。现在我去了，多谢你栽培我这么些年。我的前途，望你记念；我的往事，愿你忘却。我也要时时祝你平安。

婿容融留字

老夫人念完这信，就非常愁闷。以后，每想起她的女婿，便好几天不高兴。但不高兴尽管不高兴，女婿至终没有回来。

曒将出兮东方

在山中住，总要起得早，因为似醒非醒地眠着，是山中各样的朋友所憎恶的。破晓起来，不但可以静观彩云的变幻；细听鸟语的婉转；有时还从山巅、树表、溪影、村容之中给我们许多可说不可说的愉快。

我们住在山压檐牙阁里，有一次，在曙光初透的时候，大家还在床上眠着，耳边恍惚听见一队童男女的歌声，唱道：

榻上人，应觉悟！
晓鸡频催三两度。
君不见——
“曒将出兮东方”，
微光已透前村树？
榻上人，应觉悟！

往后又跟着一节和歌：

暾将出兮东方！

暾将出兮东方！

会见新曦被四表，

使我乐兮无央。

那歌声还接着往下唱，可惜离远了，不能听得明白。

啸虚对我说：“这不是十年前你在学校里教孩子唱的么？怎么会跑到这里唱起来？”

我说：“我也很诧异，因为这首歌，连我自己也早已忘了。”

“你的暮气满面，当然会把这歌忘掉。我看你现在要用赞美光明的声音去赞美黑暗哪。”

我说：“不然，不然。你何尝了解我？本来，黑暗是不足诅咒，光明是无须赞美的。光明不能增益你什么，黑暗不能妨害你什么，你以何因缘而生出差别心来？若说要赞美的话：在早晨就该赞美早晨；在日中就该赞美日中；在黄昏就该赞美黄昏；在长夜就该赞美长夜；在过去、现在、将来一切时间，就该赞美过去、现在、将来一切时间。说到诅咒，亦复如是。”

那时，朝曦已射在我们脸上，我们立即起来，计划那日的游程。

鬼　赞

你们曾否在凄凉的月夜听过鬼赞？有一次，我独自在空山里走，除远处寒潭的鱼跃出水声略可听见以外，其余种种，都被月下的冷露幽闭住。我的衣服极其润湿，我两腿也走乏了。正要转回家中，不晓得怎样就经过一区死人的聚落。我因疲极，才坐在一个祭坛上少息。在那里，看见一群幽魂高矮不齐，从各坟墓里出来。他们仿佛没有看见我，都向着我所坐的地方走来。

他们从这墓走过那墓，一排排地走着，前头唱一句，后面应一句，和举行什么巡礼一样。我也不觉得害怕，但静静地坐在一旁，听他们的唱和。

第一排唱："最有福的是谁？"

往下各排挨着次序应。

"是那曾用过视官，而今不能辨明暗的。"

"是那曾用过听官，而今不能辨声音的。"

"是那曾用过嗅官，而今不能辨香味的。"

“是那曾用过味官，而今不能辨苦甘的。”

“是那曾用过触官，而今不能辨粗细、冷暖的。”

各排应完，全体都唱：“那弃绝一切感官的有福了！我们的骷髅有福了！”

第一排的幽魂又唱：“我们的骷髅是该赞美的。我们要赞美我们的骷髅。”

领首的唱完，还是挨着次序一排排地应下去。

“我们赞美你，因为你哭的时候，再不流眼泪。”

“我们赞美你，因为你发怒的时候，再不发出紧急的气息。”

“我们赞美你，因为你悲哀的时候再不皱眉。”

“我们赞美你，因为你微笑的时候，再没有嘴唇遮住你的牙齿。”

“我们赞美你，因为你听见赞美的时候，再没有血液在你的脉里颤动。”

“我们赞美你，因为你不肯受时间的拨弄。”

全体又唱：“那弃绝一切感官的有福了！我们的骷髅有福了！”

他们把手举起来一同唱：

“人哪，你在当生、来生的时候，有泪就得尽量流；有声就得尽量唱；有苦就得尽量尝；有情就得尽量施；有欲就得尽量取；有事就得尽量成就。等到你疲劳、等到你歇息的时候，你就有福了！”

他们诵完这段，就各自分散。一时，山中睡不熟的云直望下压，远地的丘陵都给埋没了。我险些儿也迷了路途，幸而有断断续续的鱼跃出水声从寒潭那边传来，使我稍微认得归路。

万物之母

在这经过离乱的村里，荒屋破篱之间，每日只有几缕零零落落的炊烟冒上来，那人口的稀少可想而知。你一进到无论哪个村里，最喜欢遇见的，是不是村童在阡陌间或园圃中跳来跳去；或走在你前头，或随着你步后模仿你的行动？村里若没有孩子们，就不成村落了。在这经过离乱的村里，不但没有孩子，而且有人向你要求孩子！

这里住着一个不满三十岁的寡妇，一见人来，便要求，说：“善心善行的人，求你对那位总爷说，把我的儿子给回。那穿虎纹衣服、戴虎儿帽的便是我的儿子。”

她的儿子被乱兵杀死已经多年了。她从不会忘记：总爷把无情的剑拔出来的时候，那穿虎纹衣服的可怜儿还用双手招着，要她搂抱。她要跑去接的时候，她的精神已和黄昏的霞光一同麻痹而熟睡了。唉，最惨的事岂不是人把寡妇怀里的独生子夺过去，且在她面前害死吗？要她在醒后把这事完全藏在她记忆的多宝箱里，可以说，比剖芥子来藏须弥还难。

她的屋里排列了许多零碎的东西，当时她儿子玩过的小囝也在其中。在黄昏时候，她每把各样东西抱在怀里说："我的儿，母亲岂有不救你，不保护你的？你现在在我怀里咧。不要做声，看一会儿人来又把你夺去。"可是一过了黄昏，她就立刻醒悟过来，知道那所抱的不是她的儿子。

那天，她又出来找她的"命"。月的光明蒙着她，使她在不知不觉间进入村后的山里。那座山，就是白天也少有人敢进去，何况在盛夏的夜间，杂草把樵人的小径封得那么严！她一点也不害怕，攀着小树，缘着茑萝，慢慢地上去。

她坐在一块大石上歇息，无意中给她听见了一两声的儿啼。她不及判别，便说："我的儿，你藏在这里么？我来了，不要哭啦。"

她从大石下来，随着声音的来处，爬入石下一个洞里。但是里面一点东西也没有。她很疲乏，不能再爬出来，就在洞里睡了一夜。

第二天早晨，她醒时，心神还是非常恍惚。她坐在石上，耳边还留着昨晚上的儿啼声。这当然更要动她的心，所以那方从霭云被里钻出来的朝阳无力把她脸上和鼻端的珠露晒干了。她在瞻顾中，才看出对面山岩上坐着一个穿虎纹衣服的孩子。可是她看错了！那边坐着的，是一只虎子；它的声音从那边送来很像儿啼。她立即离开所坐的地方，不管当中所隔的谷有多么深，尽管攀缘着，向那边去。不幸早露未干，所依附的都很湿滑，一失手，就把她溜到谷底。

她昏了许久才醒回来。小伤总免不了，却还能够走动。她爬着，看见身边暴露了一副小骷髅。

“我的儿，你方才不是还在山上哭着么？怎么你母亲来得迟一点，你就变成这样？”她把骷髅抱住，说，“呀，我的苦命儿，我怎能把你医治呢？”悲苦尽管悲苦，然而，自她丢了孩子以后，不能不算这是她第一次的安慰。

从早晨直到黄昏，她就坐在那里，不但不觉得饿，连水也没喝过。零星几点，已悬在天空，那天就在她的安慰中过去了。

她忽想起幼年时代，人家告诉她的神话，就立起来说：“我的儿，我抱你上山顶，先为你摘两颗星星下来，嵌入你的眼眶，叫你看得见；然后给你找相像的皮肉来补你的身体。可是你不要再哭，恐怕给人听见，又把你夺过去。”

“敬姑，敬姑。”找她的人们在满山中这样叫了好几声，也没有一点回响。

“也许她被那只老虎吃了。”

“不，不对。前晚那只老虎是跑下来捕云哥圈里的牛犊被打死的。如果那东西把敬姑吃了，绝不再下山来赴死。我们再进深一点找罢。”

唉，他们的工夫白费了！

纵然找着她，若是她还没有把星星抓在手里，她心里怎能平安，怎肯随着他们回来？

春的林野

春光在万山环抱里，更是泄漏得迟。那里的桃花还是开着；漫游的薄云从这峰飞过那峰，有时稍停一会儿，为的是挡住太阳，教地面的花草在它的荫下避避光焰的威吓。

岩下的荫处和山溪的旁边满长了薇蕨和其他凤尾草。红、黄、蓝、紫的小草花点缀在绿茵上头。

天中的云雀，林中的金莺，都鼓起它们的舌簧。轻风把它们的声音挤成一片，分送给山中各样有耳无耳的生物。桃花听得入神，禁不住落了几点粉泪，一片一片凝在地上。小草花听得大醉，也和着声音的节拍一会倒，一会起，没有镇定的时候。

林下一班孩子正在那里捡桃花的落瓣哪。他们捡着，清儿忽嚷起来，道：“嗄，邕邕来了！”众孩子住了手，都向桃林的尽头盼望。果然邕邕也在那里摘草花。

清儿道：“我们今天可要试试阿桐的本领了。若是他能办得到，我们都把花瓣穿成一串璎珞围在他身上，封他为大哥如何？”

众人都答应了。

阿桐走到邕邕面前，道：“我们正等着你来呢。”

阿桐的左手盘在邕邕的脖上，一面走一面说：“今天他们要替你办嫁妆，教你做我的妻子。你能做我的妻子么?”

邕邕狠视了阿桐一下，回头用手推开他，不许他的手再搭在自己脖上。孩子们都笑得支持不住了。

众孩子嚷道：“我们见过邕邕用手推人了！阿桐赢了！”

邕邕从来不会拒绝人，阿桐怎能知道一说那话，就能使她动手呢？是春光的荡漾，把他这种心思泛出来呢？或者，天地之心就是这样呢?

你且看：漫游的薄云还是从这峰飞过那峰。

你且听：云雀和金莺的歌声还布满了空中和林中。

在这万山环抱的桃林中，除那班爱闹的孩子以外，万物把春光领略得心眼都迷蒙了。

花香雾气中的梦

在覆茅涂泥的山居里，那阻不住的花香和雾气从疏帘窜进来，直扑到一对梦人身上。妻子把丈夫摇醒，说："快起罢，我们的被褥快湿透了。怪不得我总觉得冷，原来太阳被囚在浓雾的监狱里不能出来。"

那梦中的男子，心里自有他的温暖，身外的冷与不冷他毫不介意。他没有睁开眼睛便说："哎呀，好香！许是你桌上的素馨露洒了罢？"

"哪里？你还在梦中哪。你且睁眼看帘外的光景。"

他果然揉了眼睛，拥着被坐起来，对妻子说："怪不得我净梦见一群女子在微雨中游戏。若是你不叫醒我，我还要往下梦哪。"

妻子也拥着她的绒被坐起来说："我也有梦。"

"快说给我听。"

"我梦见把你丢了。我自己一人在这山中遍处找寻你，怎么也找不着。我越过山后，只见一个美丽的女郎挽着一篮珠子向各树的花叶上头乱撒。我上前去向她问你的下落，她笑着问我：‘他是谁，找他干什么？’我当然回答，他是我的丈夫……”

“原来你在梦中也记得他！”他笑着说这话，那双眼睛还显出很滑稽的样子。

妻子不喜欢了。她转过脸背着丈夫说：“你说什么话！你老是要挑剔人家的话语，我不往下说了。”她推开绒被，随即呼唤丫头预备脸水。

丈夫速把她揪住，央求说：“好人，我再不敢了。你往下说罢。以后若再饶舌，情愿挨罚。”

“谁稀罕罚你？”妻子把这次的和平画押了。她往下说：“那女人对我说，你在山前柚花林里藏着。我那时又像把你忘了……”

“哦，你又……不，我应许过不再说什么的；不然，我就要挨罚了。你到底找着我没有？”

“我没有向前走，只站在一边看她撒珠子。说来也很奇怪：那些珠子粘在各花叶上都变成五彩的凝露，连我的身体也沾满了。我忍不住，就问那女郎。女郎说：‘东西还是一样，没有变化，因为你的心思前后不同，所以觉得变了。你认为珠子，是在我撒手之前，因为你想我这篮子决不能盛得露水。你认为露珠时，在我撒手之后，因为你想那些花叶不能留住珠子。我告诉你：你所认的不在东西，乃在使用东西的人和时间；你所爱的，不在体质，乃在体质所表的情。你怎样爱月呢？是爱那悬在空中已经老死的暗球么？你怎样爱雪呢？是爱它那种砭人肌骨的凛冽么？’”

“她一说到雪，我打了一个寒噤，便醒起来了。”

丈夫说：“到底没有找着我。”

妻子一把抓住他的头发，笑说：“这不是找着了吗？……我说，这梦怎样？”

“凡你所梦都是好的。那女郎的话也是不错。我们最愉快的时候岂不是在接吻后，彼此的凝视吗？”他向妻子痴笑，妻子把绒被拿起来，盖在他头上，说：“恶鬼！这会可不让你有第二次的凝视了。”

荼　蘼

我常得着男子送给我的东西，总没有当它们做宝贝看。我的朋友师松却不如此，因为她从不曾受过男子的赠与。

自鸣钟敲过四下以后，山上礼拜寺的聚会就完了。男男女女像出圈的羊，争要下到山坡觅食一般。那边有一个男学生跟着我们走，他的正名字我忘记了，我只记得人家都叫他做“宗之”。他手里拿着一枝荼蘼，且行且嗅。荼蘼本不是香花，他嗅着，不过是一种无聊举动便了。

“松姑娘，这枝荼蘼送给你。”他在我们后面嚷着。松姑娘回头看见他满脸堆着笑容递着那花，就速速伸手去接。她接着说：“很多谢，很多谢。”宗之只笑着点点头，随即从西边的山径转回家去。

“他给我这个，是什么意思？”

“你想他有什么意思，他就有什么意思。”我这样回答她。走不多远，我们也分途各自家去了。

她自下午到晚上不歇把弄那枝荼蘼。那花像有极大的魔力，不让她撒手一样。她要放下时，每觉得花儿对她说："为什么离夺我？我不是从宗之手里递给你，交你照管的吗？"

呀，宗之的眼、鼻、口、齿、手、足、动作，没有一件不在花心跳跃着，没有一件不在她眼前的花枝显现出来！她心里说："你这美男子，为甚缘故送给我这花儿？"她又想起那天经坛上的讲章，就自己回答说："因为他顾念他使女的卑微，从今而后，万代要称我为有福。"

这是她爱荼蘼花，还是宗之爱她呢？我也说不清，只记得有一天我和宗之正坐在榕树根谈话的时候，他家的人跑来对他说："松姑娘吃了一朵什么花，说是你给她的，现在病了。她家的人要找你去问话咧。"

他吓了一跳，也摸不着头脑，只说："我哪时节给她东西吃？这真是！……"

我说："你细想一想。"他怎么也想不起来。我才提醒他说："你前个月在斜道上不是给了她一朵荼蘼吗？"

"对呀，可不是给了她一朵荼蘼！可是我哪里教她吃了呢？"

"为什么你单给她，不给别人？"我这样问他。

他很直截地说："我并没有什么意思，不过随手摘下，随手送给别人就是了。我平素送了许多东西给人，也没有什么事；怎么一朵小小的荼蘼就可使她着了魔？"

他还坐在那里沉吟，我便促他说："你还能在这里坐着么？不管她是误会，你是有意，你既然给了她，现在就得去看她一看才是。”

“我哪有什么意思?”

我说：“你且去看看罢。蚌蛤何尝立志要生珠子呢？也不过是外间的沙粒偶然渗入它的壳里，它就不得不用尽工夫分泌些黏液把那小沙裹起来罢了。你虽无心，可是你的花一到她手里，管保她不因花而爱起你来吗？你敢保她不把那花当作你所赐给爱的标识，就纳入她的怀中，用心里无限的情思把它围绕得非常严密吗？也许她本无心，但因你那美意的沙无意中掉在她爱的贝壳里，使她不得不如此。不用踌躇了，且去看看罢。”

宗之这才站起来，皱一皱他那副冷静的脸庞，跟着来人从林菁的深处走出去了。

七宝池上的乡思

弥陀说："极乐世界的池上，
何来凄切的泣声？
迦陵频迦，你下去看看
是谁这样猖狂。"
于是迦陵频迦鼓着翅膀，
飞到池边一棵宝树上，
还歇在那里，引颈下望：
"咦，佛子，你岂忘了这里是天堂？
你岂不爱这里的宝林成行？
树上的花花相对，
叶叶相当？
你岂不闻这里有等等妙音充耳；
岂不见这里有等等庄严宝相？
住这样具足的乐土，
为何尽自悲伤？"

坐在宝莲上的少妇还自啜泣，合掌回答说：
“大士，这里是你的家乡，
在你，当然不觉得有何等苦况。
我的故土是在人间，
怎能教我不哭着想？
“我要来的时候，
我全身都冷却了；
但我的夫君，还用他温暖的手将我搂抱；
用他融溶的泪滴在我额头。
“我要来的时候，
我全身都挺直了；
但我的夫君，还把我的四肢来回曲挠。
“我要来的时候，
我全身的颜色，已变得直如死灰；
但我的夫君还用指头压我的两颊，
看看从前的粉红色能否复回。
“现在我整天坐在这里，
不时听见他的悲啼。
唉，我额上的泪痕，
我臂上的暖气，
我脸上的颜色，
我全身的关节，
都因着我夫君的声音，

烧起来，溶起来了！
我指望来这里享受快乐，
现在反憔悴了！
“呀，我要回去，
我要回去，
我要回去止住他的悲啼。
我巴不得现在就回去止住他的悲啼。”
迦陵频迦说：
“你且静一静，
我为你吹起天笙，
把你心中愁闷的垒块平一平；
且化你耳边的悲啼为欢声。
你且静一静，
我为你吹这天笙。”
“你的声不能变为爱的喷泉，
不能灭我身上一切爱痕的烈焰；
也不能变为忘的深渊，
使他将一切情愫投入里头，
不再将人惦念。
我还得回去和他相见，
去解他的眷恋。”
“呵，你这样有情，
谁还能对你劝说

向你拦禁？

回去罢，须记得这就是轮回因。”

弥陀说：“善哉，迦陵！

你乃能为她说这大因缘！

纵然碎世界为微尘，

这微尘中也住着无量有情。

所以世界不尽，有情不尽；

有情不尽，轮回不尽；

轮回不尽，济度不尽；

济度不尽，乐土乃能显现不尽。”

话说完，莲瓣渐把少妇裹起来，再合成一朵菡萏低垂着。微风一吹，他荏弱得支持不住，便堕入池里。

迦陵频迦好像记不得这事，在那花花相对、叶叶相当的林中，向着别的有情歌唱去了。

银翎的使命

黄先生约我到狮子山麓阳湿的地方去找捕蝇草。那时刚过梅雨之期，远地青山还被烟霞蒸着，唯有几朵山花在我们眼前淡定地看那在溪涧里逆行的鱼儿喋着它们的残瓣。

我们沿着溪涧走。正在寻找的时候，就看见一朵大白花从上游顺流而下。我说："这时候，哪有偌大的白荷花流着呢?"

我的朋友说："你这近视鬼！你准看出那是白荷花么？我看那是……"

说时迟，来时快，那白的东西已经流到我们跟前。黄先生急忙把采集网拦住水面；那时，我才看出是一只鸽子。他从网里把那死的飞禽取出来，诧异说："是谁那么不仔细，把人家的传书鸽打死了！"他说时，从鸽翼下取出一封长的小信来，那信已被水浸透了；我们慢慢把它展开，披在一块石上。

"我们先看看这是从哪里来的，要寄到哪里去的，然后给他寄去，如何?"我一面说，一面看着。但那上头不特地址没有，甚至上下的款识也没有。

黄先生说："我们先看看里头写的是什么，不必讲私德了。"

我笑着说："是，没有名字的信就是公的，所以我们也可以披阅一遍。"

于是我们一同念着：

> 你教昆儿带银翎、翠翼来，吩咐我，若是它们空着回去，就是我还平安的意思。我恐怕他知道，把这两只小宝贝寄在霞妹那里；谁知道前天她开笼搁饲料的时候，不提防把翠翼放走了！
>
> 嗳，爱者，你看翠翼没有带信回去，定然很安心，以为我还平安无事。我也很盼望你常想着我的精神和去年一样。不过现在不能不对你说的，就是过几天人就要把我接去了！我不得不叫你速速来和他计较。你一来，什么事都好办了。因为他怕的是你和他讲理。
>
> 嗳，爱者，你见信以后，必得前来，不然，就见我不着；以后只能在累累荒冢中读我的名字了，这不是我不等你，时间不让我等你哟！
>
> 我盼望银翎平平安安地带着它的使命回去。

我们念完，黄先生说："这是怎么一回事？"

"谁能猜呢？反正是不幸的事罢了。现在要紧的，就是怎样处置这封信。我想把它贴在树上，也许有知道这事的人经过这里，可以把它带去。"我摇着头，且轻轻地把信揭起。

黄先生说："不如拿到村里去打听一下，或者容易找到一点线索。"

我们商量之下，就另抄一张起来，仍把原信系在鸽翼底下。黄先生用采掘锹子在溪边挖了一个小坑，把鸽子葬在里头，回头为它立了一座小碑，且从水中淘出几块美丽的小石压在墓上。那墓就在山花盛开的地方，我一翻身，就把些花瓣摇下来，也落在这使者的墓上。

美的牢狱

嫣求正在镜台边理她的晨妆，见她的丈夫从远地回来，就把头拢住，问道："我所需要的你都给带回来了没有？"

"对不起！你虽是一个建筑师，或泥水匠，能为你自己建筑一座'美的牢狱'；我却不是一个转运者，不能为你搬运等等材料。"

"你念书不是念得越糊涂，便是越高深了！怎么你的话，我一点也听不懂？"

丈夫含笑说："不懂么？我知道你开口爱美，闭口爱美，多方地要求我给你带等等装饰回来；我想那些东西都围绕在你的体外，合起来，岂不是成为一座监禁你的牢狱吗？"

她静默了许久，也不作声。她的丈夫往下说："妻呀，我想你还不明白我的意思。我想所有美丽的东西，只能让它们散布在各处，我们只能在它们的出处爱它们；若是把它们聚拢起来，搁在一处，或在身上，那就不美了……"

她睁着那双柔媚的眼，摇着头说："你说得不对。你说得不对。若不剖蚌，怎能得着珠玑呢？若不开山，怎能得着金刚、玉石、玛瑙等等宝物呢？而且那些东西，本来不美，必得人把它们琢磨出来，加以装饰，才能显得美丽咧。若说我要装饰，就是建筑一所美的牢狱，且把自己监在里头，且问谁不被监在这种牢狱里头呢？如果世间真有美的牢狱，像你所说，那么，我们不过是造成那牢狱的一沙一石罢了。”

“我的意思就是听其自然，连这一沙一石也无须留存。孔雀何为自己修饰羽毛呢？芰荷何尝把它的花染红了呢？”

“所以说它们没有美感！我告诉你，你自己也早已把你的牢狱建筑好了。”

“胡说！我何曾？”

“你心中不是有许多好的想象，不是要照你的好理想去行事么？你所有的，是不是从古人曾经建筑过的牢狱里捡出其中的残片？或是在自己的世界取出来的材料呢？自然要加上一点人为才能有意思。若是我的形状和荒古时候的人一样，你还爱我吗？我准敢说，你若不好好地住在你的牢狱里头，且不时时把牢狱的墙垣垒得高高的，我也不能爱你。”

刚愎的男子，你何尝佩服女子的话？你不过会说：“就是你会说话！等我思想一会儿，再与你决战。”

补破衣的老妇人

她坐在檐前，微微的雨丝飘摇下来，多半聚在她脸庞的皱纹上头。她一点儿也不理会，尽管收拾她的筐子。

在她的筐子里有很美丽的零剪绸缎；也有很粗陋的麻头、布尾。她从没有理会雨丝在她头、面、身体之上乱扑；只提防着筐里那些好看的材料沾湿了。

那边来了两个小弟兄。也许他们是学校回来。小弟弟管她叫作“衣服的外科医生”；现在见她坐在檐前，就叫了一声。

她抬起头来，望着这两个孩子笑了一笑。那脸上的皱纹虽皱得更厉害，然而生的痛苦可以从那里挤出许多，更能表明她是一个享乐天年的老婆子。

小弟弟说：“医生，你只用筐里的材料在别人的衣服上，怎么自己的衣服却不管了？你看你肩脖补的那一块又该掉下来了。”

老婆子摸一摸自己的肩脖，果然随手取下一块小方布来。她笑着对小弟弟说：“你的眼睛实在精明！我这块原没有用线缝住；因为早晨忙着要出来，只用浆子暂时糊着，盼望晚上回去弥补；不提防雨丝替我揭起来了！……这揭得也不错。我，既如你所说，是一个衣服的外科医生，那么，我是不怕自己的衣服害病的。”

她仍是整理筐里的零剪绸缎，没理会雨丝零落在她身上。

哥哥说：“我看爸爸的手册里夹着许多的零剪文件；他也是像你一样：不时地翻来翻去。他……”

弟弟插嘴说：“他也是另一样的外科医生。”

老婆子把眼光射在他们身上，说：“哥儿们，你们说得对了。你们的爸爸爱惜小册里的零碎文件，也和我爱惜筐里的零剪绸缎一般。他凑合多少地方的好意思，等用得着时，就把他们编连起来，成为一种新的理解。所不同的，就是他用的头脑；我用的只是指头便了。你们叫他作……”

说到这里，父亲从里面出来，问起事由，便点头说：“老婆子，你的话很中肯哟。我们所为，原就和你一样，东搜西罗，无非是些绸头、布尾，只配用来补补破衲袄罢了。”

父亲说完，就下了石阶，要在微雨中到葡萄园里，看看他的葡萄长芽了没有。这里孩子们还和老婆子争论着要号他们的爸爸做什么样医生。

落花生

光的死

光离开他的母亲去到无量无边，一切生命的世界上。因为他走的时候脸上常带着很忧郁的容貌，所以一切能思维、能造作的灵体也和他表同情；一见他，都低着头容他走过去；甚至带着泪眼避开他。

光因此更烦闷了。他走得越远，力量越不足；最后，他躺下了。他躺下的地方，正在这块大地。在他旁边有几位聪明的天文家互相议论说："太阳的光，快要无所附丽了，因为他冷死的时期一天近似一天了。"

光垂着头，低声诉说："唉，诸大智者，你们为何净在我母亲和我身上担忧？你们岂不明白我是为饶益你们而来么？你们从没有在我面前做过我曾为你们做的事。你们没有接纳我，也没有……"

他母亲在很远的地方，见他躺在那里叹息，就叫他回去说："我的命儿，我所爱的，你回去罢。我一天一天任你自由地离开我，原是为众生的益处；他们既不承受，你何妨回来？"光回答说："母亲，我不能回去了。因为我走遍了一切世界，遇见一切能思维、能造作的灵体，到现在还没有一句话能够对你回报。不但如此，这里还有人正咒诅我们哪！我哪有面目回去呢？我就安息在这里罢。"

他的母亲听见这话，一种幽沉的颜色早已现在脸上。他从地上慢慢走到海边，带着自己的身体、威力，一分一厘地浸入水里。

母亲也跟着晕过去了。

再　会

靠窗棂坐着那位老人家是一位航海者，刚从海外归来的。他和萧老太太是少年时代的朋友，彼此虽别离了那么些年，然而他们会面时，直像忘了当中经过的日子。现在他们正谈起少年时代的旧话。

“蔚明哥，你不是二十岁的时候出海的么？”她屈着自己的指头，数了一数，才用那双被阅历染浊了的眼睛看着她的朋友说，“呀，四十五年就像我现在数着指头一样地过去了！”

老人家把手捋一捋胡子，很得意地说：“可不是！……记得我到你家辞行那一天，你正在园里饲你那只小鹿；我站在你身边一棵正开着花的枇杷树下，花香和你头上的油香杂窜入我的鼻中。当时，我的别绪也不晓得要从哪里说起，但你只低头抚着小鹿。我想你那时也不能多说什么，你竟然先问一句：‘要等到什么时候我们再能相见呢？’我就慢答道：‘毋须多少时候。’那时，你……”

老太太接着说：“那时候的光景我也记得很清楚。当你说这句的时候，我不是说‘要等再相见时，除非是黑墨有洗得白的时节’。哈哈！你去时，那缕漆黑的头发现在岂不是已被海水洗白了么？”

老人家摸摸自己的头顶，说：“对啦！这也算应验哪！可惜我见不着芳哥，他过去多少年了？”

“唉，久了！你看我已经抱过四个孙儿了。”她说时，看着窗外几个孩子在瓜棚下玩，就指着那最高的孩子说，“你看鼎儿已经十二岁了，他公公就在他弥月后去世的。”

他们谈话时，丫头端了一盘牡蛎煎饼来。老太太举手嚷着“蔚明哥”说：“我定知道你的嗜好还没有改变，所以特地为你做这东西。你记得我们少时，你母亲有一天做这样的饼给我们吃。你拿一块，吃完了才嫌饼里的牡蛎少，助料也不如我的多，闹着要把我的饼抢去。当时，你母亲说了一句话，教我常常忆起，就是‘好孩子，算了罢。助料都是搁在一起渗匀的。做的时候，谁有工夫把分量细细去分配呢？这自然是免不了有些多，有些少的；只要饼的气味好就够了。你所吃的原不定就是为你做的，可是你已经吃过，就不能再要了’。蔚明哥，你说末了这话多么感动我呢！拿这个来比我们的境遇罢：境遇虽然一个一个排列在面前，容我们有机会选择，有人选得好，有人选得歹，可是选定以后，就不能再选了。”

老人家拿起饼来吃，慢慢地说：“对啦！你看我这一生净在海面生活，生活极其简单，不像你这么繁复，然而我还是像当时吃那饼一样——也就饱了。”

“我想我老是多得便宜。我的‘境遇的饼’虽然多一些助料，也许好吃一些，但是我的饱足是和你一样的。”

谈旧事是多么开心的事！看这光景，他们像要把少年时代的事迹一一回溯一遍似的。但外面的孩子们不晓得因什么事闹起来，老太太先出去做判官；这里留着一位矍铄的航海者，静静地坐着吃他的饼。

桥 边

我们住的地方就在桃溪溪畔。夹岸遍是桃林：桃实、桃叶映入水中，更显出溪边的静谧。真想不到仓皇出走的人还能享受这明媚的景色！我们日日在林下游玩；有时踱过溪桥，到朋友的蔗园里找新生的甘蔗吃。

这一天，我们又要到蔗园去，刚踱过桥，便见阿芳——蔗园的小主人——很忧郁地坐在桥下。

“阿芳哥，起来领我们到你园里去。”他举起头来，望了我们一眼，也没有说什么。

我哥哥说：“阿芳，你不是说你一到水边就把一切的烦闷都洗掉了吗？你不是说，你是水边的蜻蜓么？你看歇在水荭花上那只蜻蜓比你怎样？”

“不错。然而今天就是我第一次的忧闷。”

我们都下到岸边，围绕住他，要打听这回事。他说：“方才红儿掉在水里了！”红儿是他的腹婚妻，天天都和他在一块儿玩的。我们听了他这话，都惊讶得很。哥哥说：“那么，你还能在这里闷坐着吗？还不赶紧去叫人来？”

“我一回去，我妈心里的忧郁怕也要一颗一颗地结出来，像桃实一样了。我宁可独自在此忧伤，不忍使我妈妈知道。”

我的哥哥不等说完，一股气就跑到红儿家里。这里阿芳还在皱着眉头，我也眼巴巴地望着他，一声也不响。

“谁掉在水里啦？”

我一听，是红儿的声音，速回头一望，果然哥哥携着红儿来了！她笑眯眯地走到芳哥跟前，芳哥像很惊讶地望着她。很久，他才出声说：“你的话不灵了么？方才我贪着要到水边看看我的影儿，把他搁在树丫上，不留神轻风一摇，把他摇落水里。他随着流水往下流去；我回头要抱他，他已不在了。”

红儿才知道掉在水里的是她所赠予的小囝。她曾对阿芳说那小囝也叫红儿，若是把他丢了，便是丢了她。所以芳哥这么谨慎看护着。

芳哥实在以红儿所说的话是千真万真的，看今天的光景，可就教他怀疑了。他说：“哦，你的话也是不准的！我这时才知道丢了你的东西不算丢了你，真把你丢了才算。”

我哥哥对红儿说：“无意的话倒能教人深信：芳哥对你的信念，头一次就在无意中给你打破了。”

红儿也不着急，只优游地说：“信念算什么？要真相知才有用哪。……也好，我借着这个就知道他了。我们还是到蔗园去罢。”

我们一同到蔗园去，芳哥方才的忧郁也和糖汁一同吞下去了。

头 发

这村里的大道今天忽然点缀了许多好看的树叶，一直达到村外的麻栗林边。村里的人，男男女女都穿得很整齐，像举行什么大节期一样。但六月间没有重要的节期，婚礼也用不着这么张罗，到底是为甚事？

那边的男子们都唱着他们的歌，女子也都和着。我只静静地站在一边看。

一队兵押着一个壮年的比丘从大道那头进前。村里的人见他来了，歌唱得更大声。妇人们都把头发披下来，争着跪在道旁，把头发铺在道中。从远一望，直像整匹的黑练摊在那里。那位比丘从容地从众女人的头发上走过，后面的男子们都嚷着："可赞美的孔雀旗呀！"

他们这一嚷就把我提醒了。这不是倡自治的孟法师入狱的日子吗？我心里这样猜，赶到他离村里的大道远了，才转过篱笆的西边。刚一拐弯，便遇着一个少女摩着自己的头发，很懊恼地站在那里。我问她说："小姑娘，你站在此地，为你们的大师伤心么?”

“固然。但是我还咒诅我的头发为什么偏生短了，不能摊在地上，教大师脚下的尘土留下些少在上头。你说今日村里的众女子，哪一个不比我荣幸呢?”

“这有什么荣幸？若你有心恭敬你的国土和你的大师就够了。”

“咦！静藏在心里的恭敬是不够的。”

“那么，等他出狱的时候，你的头发就够长了。”

女孩子听了，非常喜欢，至于跳起来说：“得先生这一祝福，我的头发在那时定能比别人长些。多谢了!”

她跳着从篱笆对面的流连子园去了。我从西边一直走，到那麻栗林边。那里的土很湿，大师的脚印和兵士的鞋印在上头印得很分明。

疲倦的母亲

那边一个孩子靠近车窗坐着，远山，近水，一幅一幅，次第嵌入窗户，射到他的眼中。他手画着，口中还咿咿呀呀地唱些没字曲。

在他身边坐着一个中年妇人，支着头瞌睡。孩子转过脸来，摇了她几下，说："妈妈，你看看，外面那座山很像我家门前的呢。"

母亲举起头来，把眼略睁一睁，没有出声，又支着颐睡去。

过一会儿，孩子又摇她，说："妈妈，'不要睡吧，看睡出病来了'。你且睁一睁眼，看看外面八哥和牛打架呢。"

母亲把眼略略睁开，轻轻打了孩子一下，没有作声，又支着头睡去。

孩子鼓着腮. 很不高兴。但过一会儿，他又唱起来了。

"妈妈。听我唱歌吧。"孩子对着她说了，又摇她几下。

母亲带着不喜欢的样子说："你闹什么？我都见过，都听过，都知道了。你不知道我很疲乏，不容我歇一下么？"

孩子说："我们是一起出来的，怎么我还顶精神，你就疲乏起来？难道大人不如孩子么？"

车还在深林平畴之间穿行着。车中的人，除那孩子和一两个旅客以外，少有不像他母亲那么酣睡的。

处女的恐怖

深沉院落，静到极地。虽然我的脚步走在细草之上，还能惊动那伏在绿丛里的蜻蜓。我每次来到庭前，不是听见投壶的音响，便是闻得四弦的颤动；今天，连窗上铁马的轻撞声也没有了！

我心里想着这时候小坡必定在里头和人下围棋，于是轻轻走着，也不声张，就进入屋里。出乎主人的意想，跑去站在他后头，等他蓦然发觉，岂不是很有趣？但我轻揭帘子进去时，并不见小坡，只见他的妹子伏在书案上假寐。我更不好声张，还从原处蹑出来。

走不远，方才被惊的蜻蜓就用那碧玉琢成的一千只眼瞧着我。一见我来，它又鼓起云母的翅膀飞得飒飒作响。可是破岑寂的，还是屋里大踏大步的声音。我心知道小坡的妹子醒了，看见院里有客，紧紧要同避，所以不敢回头观望，让她安然走入内衙。

“四爷，四爷，我们太爷请你进来坐。”我听得是玉笙的声音，回头便说：“我已经进去了，太爷不在屋里。”

“太爷随即出来，请到屋里一候。”她揭开帘子让我进去。果然他的妹子不在了！丫头刚走到衙内院子的光景，便有一股柔和而带笑的声音送到我耳边说：“外面伺候的人一个也没有，好在是西衙的四爷，若是生客，教人怎样进退？”

“来的无论生熟，都是朋友，又怕什么？”我认得这是玉笙回答她小姐的话语。

“女子怎能不怕男人，敢独自一人和他们应酬么？”

“我又何尝不是女子？你不怕，也就没有什么。”

我才知道她并不曾睡去，不过回避不及，装成那样的。我走近案边，看见一把画未成的纨扇搁在上头。正要坐下，小坡便进来了。

“老四，失迎了。舍妹跑进去，才知道你来。”

“岂敢，岂敢。请原谅我的莽撞。”我拿起纨扇问道，“这是令妹写的？”

“是。她方才就在这里写画。笔法有什么缺点，还求指教。”

“指教倒不敢；总之，这把扇是我捡得的，是没有主的，我要带它回去。”我摇着扇子这样说。

“这不是我的东西，不干我事。我叫她出来与你当面交涉。”小坡笑着向帘子那边叫，“九妹，老四要把你的扇子拿去了！”

他妹子从里面出来；我忙趋前几步——赔笑，行礼。我说：“请饶恕我方才的唐突。”她没作声，尽管笑着。我接着说：“令兄应许把这扇送给我了。”

小坡抢着说："不！我只说你们可以直接交涉。"

她还是笑着，没有作声。

我说："请九姑娘就案一挥，把这画完成了，我好立刻带走。"

但她仍不作声。她哥哥不耐烦，促她说："到的是允许人家是不允许，尽管说，害什么怕？"妹子扫了他一眼，说："人家就是这么害怕哩。"她对我说，"这是不成东西的，若是要，我改天再奉上。"

我速速说："够了，我不要更好的了。你既然应许，就将这一把赐给我罢。"于是她仍旧坐在案边，用丹青来染那纨扇。我们都在一边看她运笔。小坡笑着对妹子说："现在可不怕人了。"

"当然。"她含笑对着哥哥。自这声音发出以后，屋里、庭外，都非常沉寂；窗前也没有铁马的轻撞声。所能听见的只有画笔在笔洗里拨水的微响，和颜色在扇上的运行声。

我　想

我想什么？

我心里本有一条达到极乐园地的路，从前曾被那女人走过的；现在那人不在了，这条路不但是荒芜，并且被野草、闲花、棘枝、绕藤占据得找不出来了！

我许久就想着这条路，不单是开给她走的，她不在，我岂不能独自来往？

但是野草、闲花这样美丽、香甜，我怎舍得把它们去掉呢？棘枝、绕藤又那样横逆、蔓延，我手里又没有器械，怎敢惹它们呢？我想独自在那路上徘徊，总没有实行的日子。

日子一久，我连那条路的方向也忘了。我只能日日跑到路口那个小池的岸边静坐，在那里怅望，和沉思那草掩、藤封的道途。

狂风一吹，野花乱坠，池中锦鱼道是好饵来了，争着上来唼喋。我所想的，也浮在水面被鱼喋入口里；复幻成泡沫吐出来，仍旧浮回空中。

鱼还是活活泼泼地游；路又不肯自己开了；我更不能把所想的撇在一边。呀！

我定睛望着上下游泳的锦鱼；我的回想也随着上下游荡。

呀，女人！你现在成为我“记忆的池”中的锦鱼了。你有时浮上来，使我得以看见你；有时沉下去，使我费神猜想你是在某片落叶底下，或某块沙石之间。

但是那条路的方向我早忘了，我只能每日坐在池边，盼望你能从水底浮上来。

乡曲的狂言

在城市住久了，每要害起村庄的相思病来。我喜欢到村庄去，不单是贪玩那不染尘垢的山水，并且爱和村里的人攀谈。我常想着到村里听庄稼人说两句愚拙的话语，胜过在郡邑里领受那些智者的高谈大论。

这日，我们又跑到村里拜访耕田的隆哥。他是这小村的长者，自己耕着几亩地，还艺一所菜园。他的生活倒是可以羡慕的。他知道我们不愿意在他矮陋的茅屋里，就让我们到篱外的瓜棚底下坐坐。

横空的长虹从前山的凹处吐出来，七色的影印在清潭的水面。我们正凝神看着，蓦然听得隆哥好像对着别人说："冲那边走吧，这里有人。"

"我也是人，为何这里就走不得？"我们转过脸来，那人已站在我们跟前。那人一见我们，应行的礼，他也懂得。我们问过他的姓名，请他坐。隆哥看见这样，也就不作声了。

我们看他不像平常人，但他有什么毛病，我们也无从说起。

他对我们说："自从我回来，村里的人不晓得当我做个什么。我想我并没有坏意思，我也不打人，也不叫人吃亏，也不占人便宜，怎么他们就这般地欺负我——连路也不许我走?"

和我同来的朋友问隆哥说："他的职业是什么?"隆哥还没作声，他便说："我有事做，我是有职业的人。"说着，便从口袋里掏出一本小折子来，对我的朋友说："我是做买卖的。我做了许久了，这本折子里所记的账不晓得是人该我的，还是我该人的，我也记不清楚，请你给我看看。"他把折子递给我的朋友，我们一同看，原来是同治年间的废折！我们忍不住大笑起来，隆哥也笑了。

隆哥怕他招笑话，想法子把他哄走。我们问起他的来历，隆哥说他从少在天津做买卖，许久没有消息，前几天刚回来的。我们才知道他是村里新回来的一个狂人。

隆哥说："怎么一个好好的人到城市里就变成一个疯子回来？我听见人家说城里有什么疯人院，是造就这种疯子的。你们住在城里，可知道有没有这回事?"

我回答说："笑话！疯人院是人疯了才到里边去，并不是把好好的人送到那里教疯了放出来的。"

"既然如此，为何他不到疯人院里住，反跑回来，到处骚扰?"

"那我可不知道了。"我回答时，我的朋友同时对他说："我们也是疯人，为何不到疯人院里住?"

隆哥很诧异地问："什么?"

我的朋友对我说："我这话，你说对不对？认真说起来，我们何尝不狂？要是方才那人才不狂呢。我们心里想什么，口又不敢说，手也不敢动，只会装出一副脸孔，倒不如他想说什么便说什么，想做什么就做什么，那分诚实，是我们做不到的。我们若想起我们那些受拘束而显出来的动作，比起他那真诚的自由行动，岂不是我们倒成了狂人？这样看来，我们才疯，他并不疯。"

隆哥不耐烦地说："今天我们都发狂了，说那个干什么？我们谈别的吧。"

瓜棚底下闲谈，不觉把印在水面长虹惊跑了。隆哥的儿子赶着一对白鹅向潭边来。我的精神又贯注在那纯净的家禽身上。鹅见着水也就发狂了。他们互叫了两声，便拍着翅膀趋入水里，把静明的镜面踏破。

生

我的生活好像一棵龙舌兰，一叶一叶慢慢地长起来。某一片叶在一个时期曾被那美丽的昆虫做过巢穴；某一片叶曾被小鸟们歇在上头歌唱过。现在那些叶子都落掉了！只有瘢楞的痕迹留在干上，人也忘了某叶某叶曾经显过的样子。那些叶子曾经历过的事迹唯有龙舌兰自己可以记忆得来，可是它不能说给别人知道。

我的生活好像我手里这管笛子。它在竹林里长着的时候，许多好鸟歌唱给它听；许多猛兽长啸给它听；甚至天中的风雨雷电都不时教给它发音的方法。

它长大了，一切教师所教的都纳入它的记忆里。然而它身中仍是空空洞洞，没有什么。

做乐器者把它截下来，开几个气孔，搁在唇边一吹，它从前学的都吐露出来了。

公理战胜

那晚上要举行战胜纪念第一次的典礼，不曾尝过战苦的人们争着要尝一尝战后的甘味。式场前头的人，未到七点钟，早就挤满了。

那边一个声音说：“你也来了！你可是为庆贺公理战胜来的?”这边随着回答道：“我只来瞧热闹，管他公理战胜不战胜。”

在我耳边恍惚有一个说话带乡下土腔的说：“一个洋皇上生日倒比什么都热闹!”

我的朋友笑了。

我郑重地对他说：“你听这愚拙的话，倒很入理。”

“我也信——若说战神是洋皇帝的话。”

人声，乐声，枪声和等等杂响混在一处，几乎把我们的耳鼓震裂了。我的朋友说：“你看，那边预备放烟花了，我们过去看看罢。”

我们远远站着，看那红黄蓝白诸色火花次第地冒上来。“这真好，这真好！”许多人都是这样颂扬。但这是不是颂扬公理战胜？

旁边有一个人说：“你这灿烂的烟花，何尝不是地狱的火焰？若是真有个地狱，我想其中的火焰也是这般好看。”

我的朋友低声对我说：“对呀，这烟花岂不是从纪念战死的人而来的？战死的苦我们没有尝到，由战死而显出来的地狱火焰我们倒看见了。”

我说：“所以我们今晚的来，不是要趁热闹，乃是要凭吊那班愚昧可怜的牺牲者。”

谈论尽管谈论，烟花还是一样地放。我们的声音常是沦没在腾沸的人海里。

面　具

人面原不如那纸制的面具哟！你看那红的，黑的，白的，青的，喜笑的，悲哀的，目眦怒得欲裂的面容，无论你怎样褒奖，怎样弃嫌，他们一点也不改变。红的还是红，白的还是白，目眦欲裂的还是目眦欲裂。

人面呢？颜色比那纸制的小玩意儿好而且活动，带着生气。可是你褒奖他的时候，他虽是很高兴，脸上却装出很不愿意的样子；你指摘他的时候，他虽是懊恼，脸上偏要显出勇于纳言的颜色。

人面到底是靠不住呀！我们要学面具，但不要戴他，因为面具后头应当让他空着才好。

落花生

我们屋后有半亩隙地。母亲说：“让它荒芜着怪可惜，既然你们那么爱吃花生，就辟来做花生园罢。”我们几姊弟和几个小丫头都很喜欢——买种的买种，动土的动土，灌园的灌园；过不了几个月，居然收获了！

妈妈说：“今晚我们可以做一个收获节，也请你们爹爹来尝尝我们的新花生，如何？”我们都答应了。母亲把花生做成好几样的食品，还吩咐这节期要在园里的茅亭举行。

那晚上的天色不大好，可是爹爹也到来，实在很难得！爹爹说：“你们爱吃花生么？”

我们都争着答应：“爱！”

“谁能把花生的好处说出来？”

姊姊说：“花生的气味很美。”

哥哥说：“花生可以制油。”

我说：“无论何等人都可以用贱价买它来吃；都喜欢吃它。这就是它的好处。”

爹爹说："花生的用处固然很多；但有一样是很可贵的。这小小的豆不像那好看的苹果、桃子、石榴，把它们的果实悬在枝上，鲜红嫩绿的颜色，令人一望而发生羡慕的心。它只把果子埋在地底，等到成熟，才容人把它挖出来。你们偶然看见一棵花生瑟缩地长在地上，不能立刻辨出它有没有果实，非得等到你接触它才能知道。"

我们都说："是的。"母亲也点点头。爹爹接下去说："所以你们要像花生，因为它是有用的，不是伟大、好看的东西。"我说："那么，人要做有用的人，不要做伟大、体面的人了。"爹爹说："这是我对于你们的希望。"

我们谈到夜阑才散，所有花生食品虽然没有了，然而父亲的话现在还印在我心版上。

别 话

素辉病得很重，离她停息的时候不过是十二个时辰了。她丈夫坐在一边，一手支颐，一手把着病人的手臂，宁静而恳挚的眼光都注在他妻子的面上。

黄昏的微光一分一分地消失，幸而房里都是白的东西，眼睛不至于失了它们的辨别力。屋里的静默，早已布满了死的气色。看护妇又不进来，她的脚步声只在门外轻轻地蹀过去，好像告诉屋里的人说：“生命的步履不往这里来，离这里渐次远了。”

强烈的电光忽然从玻璃泡里的金丝发出来。光的浪把那病人的眼睑冲开。丈夫见她这样，就回复他的希望，恳挚地说：“你——你醒过来了！”

素辉好像没听见这话，眼望着他，只说别的。她说：“嗳，珠儿的父亲，在这时候，你为什么不带她来见见我？”

“明天带她来。”

屋里又沉默了许久。

“珠儿的父亲哪，因为我身体软弱、多病的缘故，教你牺牲许多光阴来看顾我，还阻碍你许多比服侍我更要紧的事。我实在对你不起。我的身体实不容我……”

“不要紧的，服侍你也是我应当做的事。”

她笑。但白的被窝中所显出来的笑容并不是欢乐的标识。她说：“我很对不住你，因为我不曾为我们生下一个男儿。”

“哪里的话！女孩子更好。我爱女的。”

凄凉中的喜悦把素辉身中预备要走的魂拥回来。她的精神似乎比前强些，一听丈夫那么说，就接着道：“女的本不足爱：你看许多人——连你——为女人惹下多少烦恼！……不过是——人要懂得怎样爱女人，才能懂得怎样爱智慧。不会爱或拒绝爱女人的，纵然他没有烦恼，他是万灵中最愚蠢的人。珠儿的父亲，珠儿的父亲哪，你佩服这话么？”

这时，就是我们——旁边的人——也不能为珠儿的父亲想出一句答辞。

“我离开你以后，切不要因为我，就一辈子过那鳏夫的生活。你必要为我的缘故，依我方才的话爱别的女人。”她说到这里把那只几乎动不得的右手举起来，向枕边摸索。

“你要什么？我替你找。”

“戒指。”

丈夫把她的手扶下来，轻轻在她枕边摸出一只玉戒指来递给她。

“珠儿的父亲，这戒指虽不是我们订婚用的，却是你给我的；你可以存起来，以后再给珠儿的母亲，表明我和她的连属。除此以外，不要把我的东西给她，恐怕你要当她是我；不要把我们的旧话说给她听，恐怕她要因你的话就生出差别心，说你爱死的妇人甚于爱生的妻子。”她把戒指轻轻地套在丈夫左手的无名指上。丈夫随着扶她的手与他的唇边略一接触。妻子对于这番厚意，只用微微睁开的眼睛看着他。除掉这样的回报，她实在不能表现什么。

丈夫说：“我应当为你做的事，都对你说过了。我再说一句，无论如何，我永久爱你。”

“咦，再过几时，你就要把我的尸体扔在荒野中了！虽然我不常住在我的身体内，可是人一离开，再等到什么时候，在什么地方才能互通我们恋爱的消息呢？若说我们将要住在天堂的话，我想我也永无再遇见你的日子，因为我们的天堂不一样。你所要住的，必不是我现在要去的。何况我还不配住在天堂？我虽不信你的神，我可信你所信的真理。纵然真理有能力，也不为我们这小小的缘故就永远把我们结在一块。珍重吧，不要爱我于离别之后。”

丈夫既不能说什么话，屋里只可让死的静寂占有了。楼底下恍惚敲了七下自鸣钟。他为尊重医院的规则，就立起来，握着素辉的手说：“我的命，再见吧，七点钟了。”

“你不要走，我还和你谈话。”

“明天我早一点来，你累了，歇歇吧。”

“你总不听我的话。”她把眼睛闭了，显出很不愿意的样子。

丈夫无奈，又停住片时，但她实在累了，只管躺着，也没有什么话说。

丈夫轻轻蹑出去。一到楼口，那脚步又退后走，不肯下去。他又蹑回来，悄悄到素辉床边，见她显着昏睡的形态，枯涩的泪点滴不下来，只挂在眼睑之间。

爱流汐涨

月儿的步履已踏过嵇家的东墙了。孩子在院里已等了许久，一看见上半弧的光刚射过墙头，便忙忙跑到屋里叫道：“爹爹，月儿上来了，出来给我燃香罢。”

屋里坐着一个中年的男子，他的心负了无量的愁闷。外面的月亮虽然还像去年那么圆满，那么光明，可是他对于月亮的情绪就大不如去年了。当孩子进来叫他的时候，他就起来，勉强回答说：“宝璜，今晚上不必拜月，我们到院里对着月光吃些果品，回头再出去看看别人的热闹。”

孩子一听见要出去看热闹，更喜得了不得。他说：“为什么今晚上不拈香呢？记得从前是妈妈点给我的。”

父亲没有回答他。但孩子的话很多，问得父亲越发伤心了。他对着孩子不甚说话。只有向月不歇地叹息。

“爸爸今晚上不舒服么？为何气喘得那么厉害？”

父亲说：“是，我今晚上病了。你不是要出去看热闹么？可以教素云姐带你去，我不能去了。”

素云是一个年长的丫头。主人的心思、性地，她本十分明白，所以家里无论大小事几乎是她一人主持。她带宝璜出门，到河边看看船上和岸上各样的灯色；便中就告诉孩子说：“你爹爹今晚不舒服了，我们得早一点回去才是。”

孩子说：“爹爹白天还好好地，为何晚上就害起病来？”

“唉，你记不得后天是妈妈的百日吗？”

“什么是妈妈的百日？”

“妈妈死掉，到后天是一百天的工夫。”

孩子实在不能理会那“一百日”的深层意思。素云只得说：“夜深了，咱们回家去罢。”

素云和孩子回来的时候，父亲已经躺在床上，见他们回来，就说：“你们回来了。”她跑到床前回答说：“二少爷，我们回来了，晚上大哥儿可以和我同睡，我招呼他，好不好？”

父亲说：“不必。你还是睡你的罢。你把他安置好，就可以去歇息，这里没有什么事。”

这个七岁的孩子就睡在离父亲不远的一张小床上。外头的鼓乐声，和树梢的月影，把孩子嬲得不能睡觉。在睡眠的时候，父亲本有命令，不许说话；所以孩子只得默听着，不敢发出什么声音。

乐声远了，在近处的杂响中，最刺激孩子的，就是从父亲那里发出来的啜泣声。在孩子的思想里，大人是不会哭的。所以他很诧异地问：“爹爹，你怕黑么？大猫要来咬你么？你哭什么？”他说着就要起来，因为他也怕大猫。

父亲阻止他，说："爹爹今晚上不舒服，没有别的事。不许起来。"

"咦，爹爹明明哭了！我每哭的时候，爹爹说我的声音像河里水声淙潲淙潲地响；现在爹爹的声音也和那个一样。呀，爹爹，别哭了，爹爹一哭，教宝璜怎能睡觉呢?"

孩子越说越多，弄得父亲的心绪更乱。他不能用什么话来对付孩子，只说："璜儿，我不是说过，在睡觉时不许说话么?你再说时，爹爹就不疼你了。好好地睡罢。"

孩子只复说了一句："爹爹要哭，教人怎样睡得着呢?"以后他就静默了。

这晚上的催眠歌，就是父亲的抽噎声。不久，孩子也因着这声就发出微细的鼾息，屋里只有些杂响伴着父亲发出哀音。

老鸦咀

无法投递之邮件

给诵幼

不能投递之原因——地址不明，退发信人写明再递。

诵幼，我许久没见你了。我近来患失眠症。梦魂呢，又常困在躯壳里飞不到你身边，心急得很。但世间事本无容人着急的余地，越着急越不能到，我只得听其自然罢了。你总不来我这里，也许你怪我那天藏起来，没有出来帮你忙的缘故。呀，诵幼，若你因那事怪了我，可就冤枉极了！我在那时，全身已抛在烦恼的海中，自救尚且不暇，何能顾你？今天接定慧的信，说你已经被释放了，我实在欢喜得很！呀，诵幼，此后须要小心和男子相往来。你们女子常说“男子坏的很多”，这话诚然不错。但我以为男子的坏，并非他生来就是如此的，是跟女子学来的。诵幼，我说这话，请你不要怪我。你的事且不提，我拿文锦的事来说罢。他对于尚素本来是很诚实的，但尚素要将她和文锦的交情变为更亲密的交情，故不得不胡乱献些殷勤。呀，女人的殷勤，就是使男子变坏的砒石哟！我并不是说女子对于男子要很森严、冷酷，像怀霄待人一样，不过说没有智慧的殷勤是危险的罢了。

我盼望你今后的景况像湖心的白鹄一样。

给贞蕤

不能投递之原因——此人已离广州。

自走马营一别，至今未得你的消息。知道你的生活和行脚僧一样，所以没有破旅愁的书信给你念。昨天从杭香处听见你的近况，且知道你现在住在这里，不由得我不写这几句话给你。

我的朋友，你想北极的冰洋上能够长出花菖蒲，或开得像尼罗河边的王莲来么？我劝你就回家去罢。放着你清凉而恬淡的生活不享，飘零着找那不知心的“知心人”，为何自找这等刑罚？纵说是你当时得罪了他，要找着他向他谢罪，可是罪过你已认了，那温润不挠、如玉一般的情好岂能弥补得毫无瑕疵？

我的朋友，我常想着我曾用过一管笔，有一天无意中把笔尖误烧了（因为我要学篆书，听人说烧尖了好写），就不能再用它。但我很爱那笔，用尽许多法子，也补救不来；就是拿去找笔匠，也不能出什么主意，只是教我再换过一管罢了。我对于那天天接触的小宝贝，虽舍不得扔掉，也不能不把它藏在笔囊里。人情虽不能像这样换法，然而，我们若在不能换之中，姑且当做能换，也就安慰多了。你有心牺牲你的命运，他却无意成就你的愿望，你又何必！我劝你早一点回去罢，看你年少的容貌或逃镜影中，在你背后的黑影快要闯入你的身里，把你青春一切活泼的风度赶走，把你光艳的躯壳夺去了。

我再三叮咛你，不知心的“知心人”，纵然找着了，只是加增懊恼，毫无用处的。

给小峦

不能投递之原因——此人已入疯人院。

绿绮湖边的夜谈，是我们所不能忘掉的。但是，小峦，我要告诉你，迷生绝不能和我一样，常常惦念着你，因为他的心多用在那恋爱的遗骸上头。你不是教我探究他的意思吗？我昨天一早到他那里去，在一件事情上，使我理会他还是一个爱的坟墓的守护者。若是你愿意听这段故事，我就可以告诉你。

我一进门时，他垂着头好像很悲伤的样子，便问：“迷生，你又想什么来?”他叹了一声才说：“她织给我的领带坏了！我身边再也没有她的遗物了！人丢了，她的东西也要陆续地跟着她走，真是难解!”我说：“是的，太阳也有破坏的日子，何况一件小小东西，你不许它坏，成么?”

“为什么不成！若是我不用它，就可以保全它，然而我怎能不用？我一用她给我留下的器用，就借那些东西要和她交通，且要得着无量安慰。”他低垂的视线牵着手里的旧领带，接着说，“唉，现在她的手泽都完了！”

小峦，你想他这样还能把你惦记在心里么？你太轻于自信了。我不是使你失望，我很了解他，也了解你，你们固然是亲戚，但我要提醒除你疏淡的友谊外，不要多走一步。因为，凡最终的地方，都是在对岸那很高、很远、很暗，且不能用平常的舟车达到的。你和迷生的事，据我现在的观察，纵使蜘蛛的丝能够织成帆，蜣螂的甲能够装成船，也不能渡你过第一步要过的心意的海洋。你不要再发痴了，还是回向莲台，拜你那低头不语的偶像好。你常说我给麻醉剂你服，不错的！若是我给一毫一厘的兴奋剂你服，恐怕你要起不来了。

答劳云

不能投递的原因——劳云已投金光明寺，在岭上，不能递。

中夜起来，月还在座，渴鼠蹑上桌子偷我笔洗里的墨水喝，我一下床它就吓跑了。它惊醒我，我吓跑它，也是公道的事情。到窗边坐下，且不点灯，回想去年此夜，我们正在了因的园里共谈，你说我们在万本芭蕉底下直像草根底下斗鸣的小虫。唉，今夜那园里的小虫必还在草根底下叫着，然而我们呢？本要独自出去一走，怎奈院里鬼影历乱，又没有侣伴，只得作罢了。睡不着，偏想茶喝，到后房去，见我的小丫头被慵睡锁得很牢固，不好解放她，喝茶的念头，也得作罢了。回到窗边坐下，摩摩窗棂，无意摩着你前月的信，就仗着月灯再念了一遍，可幸你的字比我写得还要粗大，念时，尚不费劲。在这时候，只好给你写这封回信。

劳云，我对了因所说，哪得天下荒山，重叠围合，做个大监牢——野兽当逻卒，古树作栅栏，烟云拟桎梏，茑萝为锁链——闲散地囚禁你这流动人愁怀的诗犯？不想你真要自首去了！去也好，但我只怕你一去到那里便成诗境，不是诗牢了。

你问我为什么叫你做诗犯，我自己也不知其所以然。我觉得你的诗虽然很好，可是你心里所有的和手里写出来的总不能适合，不如把笔摔掉，到那只许你心儿领会的诗牢去更妙。遍世间尽是诗境，所以诗人易做。诗人无论遇着什么，总不肯静嘿着，非发出些愁苦的诗不可，真是难解。譬如今夜夜色，若你在时，必要把院里所有的调戏一番，非教它们都哭了，你不甘心。这便是你的过犯了。所以我要叫你做诗犯，很盼望你做个诗犯。

一手按着手电灯，一手写字，很容易乏，不写了。今夜起来，本不是为给你写回信，然而在不知不觉中，就误了我半小时，不能和我那个“月”默谈。这又是你的罪过！

院里的虫声直如鬼哭，听得我毛发尽竦。还是埋头枕底，让那只小鼠畅饮一场罢。

给琰光

不能投递之原因——琰光南归就婚，嘱所有男女来书均退回。

你在我心中始终是一个生面人，彼此间再也不能有什么微妙深沉的认识了，这也是难怪的。白孔雀和白熊虽是一样清白，而性情的冷暖各不相同，故所住的地方也不相同。我看出来了！你是白熊，只宜徘徊于古冰峥嵘的岩壑间，当然不能与我这白孔雀一同飞翔于缨藤缕缕、繁花树树的森林里。可惜我从前对你所有意绪，到今日落得寸断毫分，流离到踪迹都无。我终恨我不是创作者呀！怎么连这刹那等速的情爱时间也做不来？

我热极了，躺在病床上，只是同冰做伴。你的情愫也和冰一样，我愈热，你愈融，结果只使我戴着一头冷水。就是在手中的，也消融尽了。人间第一痛苦就是无情的人偏会装出多情的模样，有情的倒是缄口束手，无所表示！启芳说我是泛爱者，劳生说我是兼爱者，但我自己却以为我是困爱者。我实对你说，我自己实不敢作，也不能作爱恋业，为困于爱，故镇日颠倒于这甜苦的重围中，不能自行救度。爱的沉沦是一切救主所不能救的。爱的迷蒙是一切“天人师”所不能训诲开示的。爱的刚愎是一切“调御丈夫”所不能降伏的。

病中总希望你来看看我，不想你影儿不露，连信也不来！似游丝的情绪只得因着记忆的风挂搭在西园西篱，晚霞现处。那里站着我儿时曾爱，现在犹爱的邕。她是我这一生第一个女伴，二十四年的别离，我已成年，而心像中的邕还是两股小辫垂在绿衫儿上。毕章是别离好呵！别离的人总不会老的，你不来也就罢了，因为我更喜欢在旧梦中寻找你。

你去年对我说那句话，这四百日中，我未尝忘掉要给你一个解答。你说爱是你的，你要予便予，要夺便夺。又说要得你的爱须付代价。咦，你老脱不掉女人的骄傲！无论是谁，都不能有自己的爱。你未生以前，爱恋早已存在，不过你偷了些少来眩惑人罢了。你到底是个爱的小窃，同时是个爱的典质者。你何尝花了一丝一忽的财宝，或费了一言一动的劳力去索取爱恋，你就想便宜得来，高贵地售出？人间第二痛苦就是出无等的代价去买不用劳力得来的爱恋。我实在告诉你，要代价的爱情，我买不起。

焦把纸笔拿到床边，迫着我写信给你，不得已才写了这一套话。我心里告诉我说，从诚实心表见出来的言语，永不致于得罪人，所以我想上头所说的不会动你的怒。

给憬然三姑

不能投递之原因——本宅并无“三姑”称谓。

我来找你，并不是不知道你已嫁了，怎么你总不敢出来和我叙叙旧话？我一定要认识你的“天”以后才可以见你么？三千里的海山，十二年的隔绝，此间：每年、每月、每个时辰、每一念中都盼着要再会你。一踏入你的大门，我心便摆得如秋千一般，几乎把心房上的大脉震断了。谁知坐了半天，你总不出来！好容易见你出来，客气话说了，又坐我背后。那时许多人要与我谈话，我怎好意思回过脸去向着你？

合卺酒是女人的懑兜①汤，一喝便把儿女旧事都忘了，所以你一见了我，只似曾相识，似不相识，似怕人知道我们曾相识，两意三心，把旧时的好话都撇在一边。

那一年的深秋，我们同在昌华小榭赏残荷。我的手误触在竹栏边的仙人掌上，竟至流血不止。你从你的镜囊取出些粉纸，又拔两根你香柔而黑甜的头发，为我裹缠伤处。你记得那时所说的话么？你说：“这头发虽然不如弦的韧，用来缠伤，足能使

① 懑兜（mán dōu）：糊涂不省事。

得，就是用来系爱人的爱也未必不能胜任。”你含羞说出的话真果把我心系住，可是你的记忆早与我的伤痕一同丧失了。

又是一年的秋天，我们同在屋顶放一只心形纸鸢。你扶着我的肩膀看我把线放尽了。纸鸢腾得很高，因为风力过大，扯得线儿欲断不断。你记得你那时所说的话么？你说：“这也不是‘红线’，容它断了罢。”我说：“你想我舍得把我偷闲做成的‘心’放弃掉么？纵然没有红线，也不能容它流落。”你说：“放掉假心，还有真心呢。”你从我手里把白线夺过去，一撒手，纸鸢便翻了无数的筋斗，带着堕线飞去，挂在皇觉寺塔顶。那破心的纤维也许还存在塔上，可是你的记忆早与当时的风一样地不能追寻了。

有一次，我们在流花桥上听鹧鸪，你的白袜子给道旁的曼陀罗花汁染污了。我要你脱下来，让我替你洗净。你记得当时你说什么来？你说：“你不怕人笑话么，——岂有男子给女人洗袜子的道理？你忘了我方才用栀子花蒂在你掌上写了我的名字么？一到水里，可不把我的名字从你手心洗掉，你怎舍得？”唉，现在你的记忆也和写在我掌上的名字一同消灭了！

真是！合卺酒是女人懵兜汤，一喝便把儿女旧事都忘了。但一切往事在我心中都如残机的线，线线都相连着，一时还不能断尽。我知道你现在很快活，因为有了许多子女在你膝下。我一想起你，也是和你对着儿女时一样地喜欢。

给爽君夫妇

不能投递之原因——爽君逃了，不知去向。

你的问题，实在是时代问题，我不是先知，也不能决定说出其中的奥秘。但我可以把几位朋友所说的话介绍给你知道，你定然要很乐意地念一念。

我有一位朋友说："要双方发生误解，才有爱情。"他的意思以为相互的误解是爱情的基础。若有一方面了解，一方面误解，爱也无从悬挂的。若两方面都互相了解，只能发生更好的友谊罢了。爱情的发生，因为我不知道你是怎么一回事，你不知道我是怎么一回事。若彼此都知道很透彻，那时便是爱情的老死期到了。

又有一位朋友说："爱情是彼此的帮助：凡事不顾自己，只顾人。"这句话，据我看来，未免广泛一点。我想你也知道其中不尽然的地方。

又有一位朋友："能够把自己的人格忘了，去求两方更高的共同人格便是爱情。"他以为爱情是无我相的，有"我"的执着不能爱，所以要把人格丢掉；然而人格在人间生活的期间内是不能抛弃的，为这缘故，就不能不再找一个比自己人格更高尚的东西。他说这要找的便是共同人格。两方因为再找一个共同人格，在某一点上相遇了，便连合起来成为爱情。

此外有许多陈腐而很新鲜的论调我也不多说了。总之，爱情是非常神秘，而且是一个人一样的。近时的作家每要夸炫说：“我是不写爱情小说，不做爱情诗的。”介绍一个作家，也要说：“他是不写爱情的文艺的。”我想这就是我们不能了解爱情本体的原因。爱情就是生活，若是一个作家不会描写，或不敢描写，他便不配写其余的文艺。

我自信我是有情人，虽不能知道爱情的神秘，却愿多多地描写爱情生活。我立愿尽此生，能写一篇爱情生活，便写一篇；能写十篇，便写十篇；能写百、千、亿、万篇，便写百、千、亿、万篇。立这志愿，为的是安慰一般互相误解、不明白的人。你能不骂我是爱情牢狱的广告人么？

这信写来答覆爽君。亦雄也可同念。

复诵幼

不能投递之原因——该处并无此人。

“是神造宇宙、造人间、造人、造爱；还是爱造人、造人间、造宇宙、造神？”这实与“是男生女，是女生男”的旧谜一般难决。我总想着人能造的少，而能破的多。同时，这一方面是造，那一方面便是破。世间本没有“无限”。你破璞来造你的玉簪，破贝来造你的珠珥，破木为梁，破石为墙，破蚕、棉、麻、麦、牛、羊、鱼、鳖的生命来造你的日用饮食，乃至破五金来造货币、枪弹，以残害同类、异种的生命。这都是破造双成的。要生活就得破。就是你现在的“室家之乐”也从破得来。你破人家亲子之爱来造成的配偶，又何尝不是破？破是不坏的，不过现代的人还找不出破坏量少而建造量多的一个好方法罢了。

你问我和她的情谊破了不，我要诚实地回答你说：诚然，我们的情谊已经碎为流尘，再也不能复原了；但在清夜中，旧谊的鬼灵曾一度蹑到我记忆的仓库里，悄悄把我伐情的斧——怨恨——拿走。我揭开被褥起来，待要追它，它已乘着我眼中的毛轮飞去了。这不易寻觅的鬼灵只留它的踪迹在我书架上。原来那是伊人的文件！我伸伸腰，揉着眼，取下来念了又念，伊人的冷面复次显现了。旧的情谊又从字里行间复活起来。相怨后的复和，总解不通从前是怎么一回事，也诉不出其中的什苦。心面上的青紫惟有用泪洗濯而已。有涩泪可流的人还算不得是悲哀者。所以我还能把壁上的琵琶抱下来弹弹，一破清夜的岑寂。你想我对着这归来的旧好必要弹些高兴的调子。可是我那夜弹来弹去只是一阕《长相忆》，总弹不出《好事》！这奈何，奈何？我理会从记忆的坟里复现的旧谊，多年总有些分别。但玉在她的信里附着几句短词嘲我说：

嗳，说到相怨总是表面事，

心里的好人儿仍是旧相识。

是爱是憎本容不得你做主，

你到底是个爱恋的奴隶！

她所嘲于我的未免太过。然而那夜的境遇实是我破从前一切情愫所建造的。此后，纵然表面上极淡的交谊也没有，而我们心心的理会仍可以来去自如。

你说爱是神所造，劝我不要拒绝，我本没有拒绝，然而憎也是神所造，我又怎能不承纳呢？我心本如香水海，只任轻浮的慈惠船载着喜爱的花果在上面游荡。至于满载痴石嗔火的簰筏，终要因它的危险和沉重而消没净尽，焚毁净尽。爱憎既不由我自主，那破造更无消说了。因破而造，因造而破，缘因更迭，你哪能说这是好，那是坏？至于我的心迹连我自己也不知道，你又怎能名其奥妙？人到无求，心自清宁，那时既无所造作，亦无所破坏。我只觉我心还有多少欲念除不掉，自当勇敢地破灭它至于无余。

你，女人，不要和我讲哲学。我不懂哲学。我劝你也不要希望你脑中有百“论”、千“说”、亿万“主义”，那由他“派别”，辩来论去，逃不出鸡子方圆的争执。纵使你能证出鸡子是方的，又将如何？你还是给我讲讲音乐好。近来造了一阕《暖云烘寒月》琵琶谱，顺抄一份寄给你。这也是破了许多工夫造得来的。

复真龄

不能投递之原因——真龄去国，未留住址。

自与那人相怨后，更觉此生不乐。不过旧时的爱好，如洁白的寒鹭，三两时间飞来歇在我心中泥泞的枯塘之岸，有时漫涉到将干未干的水中央，还能使那寂静的平面随着她的步履起些微波。

唉，爱姊姊和病弟弟总是孪生的呵！我已经百夜没睡了。我常说，我的爱如香洌的酒，已经被人饮尽了，我哀伤的金罍①里只剩些残冰的融液，既不能醉人，又足以冻我齿牙。你试想，一个百夜不眠的人，若渴到极地，就禁得冷饮么？

“为爱恋而去的人终要循着心境的爱迹归来”，我老是这样地颠倒梦想。但两人之中，谁是为爱恋先走开的？我说那人，那人说我。谁也不肯循着谁的爱迹归来。这委是一件胡卢事！玉为这事也和你一样写信来呵责我，她真和她眼中的瞳子一样，不用镜子就映不着自己。所以我给她寄一面小镜去。她说：“女

---

① 金罍：罍（léi），古代一种盛酒的容器。小口，广肩，深腹，圈足，有盖，多用青铜或陶制成。金罍，大型盛酒器和礼器。流行于商晚期至春秋中期。

人总是要人爱的”，难道男子就不是要人爱的？她当初和球一自相怨后，也是一样蒙起各人的面具，相逢直如不识。他们两个复和，还是我的工夫，我且写给你看。

那天，我知道球要到帝室之林去赏秋叶，就怂恿她与我同去。我远地看见球从溪边走来，借故撇开她，留她在一棵枫树下坐着，自己藏在一边静观。人在落叶上走是秘不得的。球的足音，谅她听得着。球走近树边二丈相离的地方也就不往前进了。他也在一根横卧的树根上坐下，拾起枯枝只顾挥拨地上的败叶。她偷偷地看球，不作声，也不到那边去。球的双眼有时也从假意低着的头斜斜地望她。他一望，玉又假做看别的了。谁也不愿意表明谁看着谁来。你知道这是很平常的事。由爱至怨，由怨至于假不相识，由假不相识也许能回到原来的有情境地。我见如此，故意走回来，向她说：“球在那边哪！”她回答：“看见了。”你想这话若多两个字“钦此”，岂不成这娘娘的懿旨？我又大声嚷球。他的回答也是一样地庄严，几乎带上“钦此”二字。我跑去把球揪来。对他们说：“你们彼此相对道道歉，如何?”到底是男子容易劝。球到她跟前说：“我也不知道怎样得罪你。他迫着我向你道歉，我就向你道歉罢。”她望着球，心里愉悦之情早破了她的双颊冲出来。她说：“人为什么不能自主到这步田地？连道个歉也要朋友迫着来。”好了，他们重新说起话来了！

她是要男子爱的，所以我能给她办这事。我是要女人爱的，故毋须去瞅睬那人，我在情谊的道上非常诚实，也没有变动，是人先离开的。谁离开，谁得循着自己心境的爱迹归来。我哪能长出千万翅膀飞入苍茫里去找她？再者，他们是醉于爱的人，故能一说再合。我又无爱可醉，犯不着去讨当头一棒的冷话。您想是不是？

给怀霄

不能投递之原因——此信遗在道旁，由陈斋夫拾回。

好几次写信给你都从火炉里捎去。我希望当你看见从我信笺上出来那几缕烟在空中飘扬的时候，我的意见也能同时印入你的网膜。

怀霄，我不愿意写信给你的缘故，因为你只当我是有情的人，不当我是有趣的人。我尝对人说，你是可爱的，不过你游戏天地的心比什么都强，人还够不上爱你。朋友们都说我爱你，连你也是这样想，真是怪事！你想男女得先定其必能相爱，然后互相往来么？好人甚多，怎能个个爱恋他？不过这样的成见不止你有，我很可以原谅你。我的朋友，在爱的田园中，当然免不了三风四雨。从来没有不变化的天气能教一切花果开得斑斓，结得磊砢①的。你连种子还没下，就想得着果实，便是办不到的。我告诉你，真能下雨的云是一声也不响的。不掉点儿的密云，雷电反发射得弥满天地。所以人家的话，不一定就是事实，请你放心。

男子愿意做女人的好伴侣、好朋友，可不愿意当她们的奴才，供她们使令。他愿意帮助她们，可不喜欢奉承谄媚她们，男子就是男子，媚是女人的事。你若把“女王”“女神”的尊号暂时收在镜囊里，一定要得着许多能帮助你的朋友。我知道你的性地很冷酷，你不但不愿意得几位新的好友，或极疏淡的学问之交，连旧的你也要一个一个弃绝掉。嫁了的女朋友，和做了官的男相识，都是不念旧好的。与他们见面时，常竟如路人。你还未嫁，还未做官，不该施行那样的事情。我不是呵责你，也不是生气——就使你侮辱我到极点，我也不生气。我不过尽我的情劝告你罢了。说到劝告，也是不得已的。这封信也是在万不得已的境遇底下写的。写完了，我还是盼望你收不到。

复少觉

不能投递之原因——受信人地址为墨所污，无法投递。

---

① 磊砢（lěi luǒ）：亦作“磊坷”，“磥砢”。众多委积貌。

同年的老弟：我知道怀书多病，故月来未尝发信问候，恐惹起她的悲怨。她自说：“我有心事万缕，总不愿写出、说出；到无可奈何时节，只得由它化作血丝飘出来。”所以她也不写信告诉我她到底是害什么病。我想她现时正躺在病榻上呢。

唉，怀书的病是难以治好的。一个人最怕有“理想”。理想不但能使人病，且能使人放弃他的性命。她甚至抱着理想的理想，怎能不每日病透二十四小时？她常对我说：“有而不完全，宁可不有。”你想“完全”真能在人间找得出来的么？就是遍游亿万尘沙世界，经过庄严劫，贤劫，星宿劫，也找不着呀！不完全的世界怎能有完全的人？她自己也不完全，怎配想得一个完全的男子？纵使世间真有一个完全的男子，与她理想的理想一样，那男子对她未必就能起敬爱。罢了！这又是一种渴鹿趋阳焰的事，即令他有千万蹄，每蹄各具千万翅膀，飞跑到旷野尽处，也不能得点滴的水。何况她还盼望得到绿洲做她的憩息饮食处？朋友们说她是“愚拙的聪明人”，诚然！她真是一个万事伶俐，一时懵懂的女人。她总没想到“完全”是由妖魔画空而成，本来无东西，何能捉得住？多才、多艺、多色、多意想的人最容易犯理想病。因为有了这些，魔便乘隙于她心中画等等极乐；饰等等庄严；造等等偶像；使她这本来辛苦的身心更受造作安乐的刑罚。这刑罚，除了世人以为愚拙的人以外，谁也不能免掉。如果她知道这是魔的诡计，她就泅近解脱的岸边了，“理想”和毒花一样，眼看是美，却拿不得。三家村女也知道开美丽的花的多是毒草，总不敢取来做肴馔，可见真正聪明人还数不到她。自求辛螫的人除用自己的泪来调反省的药饵以外，再没有别样灵方。医生说她外表似冷，内里却中了很深的繁花毒。由毒生热恼，恼极成劳，故呕心有血。我早知她的病原在此，只恨没有神变威力，幻作大白香象，到阿耨达池去，吸取些清凉水来与她灌顶，使她表里俱冷。虽然如此，我还尽力向她劝说，希望她自己能调伏她理想的热毒。我写到这里，接朋友的信说她病得很凶，我得赶紧去看看她。

无法投递之邮件（续）

一、给怜生

偶出郊外，小憩野店，见绿榕叶上糁满了黄尘。树根上坐着一个人，在那里呻吟着。臬说大概又是常见的那叫化子[①]在那里演着动人同情或惹人憎恶的营生法术罢。我喝过一两杯茶，那凄楚的声音也和点心一齐送到我面前，不由得走到树下，想送给那人一些吃的用的。我到他跟前，一看见他的脸，却使我失惊。怜生，你说他是谁？我认得他，你也认得他。他就是汕市那个顶会弹三弦的殷师。你记得他一家七八口就靠着他那十个指头按弹出的声音来养活的。现在他对我说他的一只手已留在那被贼格杀的城市里。他的家也教毒火与恶意毁灭了。他见人只会嚷："手——手——手！"再也唱不出什么好听的歌曲来。他说："求乞也求不出一只能弹的手，白活着是无意味的。"我

① 叫化子：意指乞丐，同"叫花子"。

安慰他说：“这是贼人行凶的一个实据，残废也有残废生活的办法，乐观些罢。”他说，假使贼人切掉他一双脚，也比去掉他一个指头强。有完全的手，还可以营谋没惭愧的生活。我用了许多话来鼓励他，最后对他说：“一息尚存，机会未失。独臂擎天，事在人为。把你的遭遇唱出来，没有一只手，更能感动人，使人人的手举起来，为你驱逐丑贼。”他沉吟了许久，才点了头。我随即扶他起来。他的脸黄瘦得可怕，除掉心情的愤怒和哀伤以外，肉体上的饥饿、疲乏和感冒，都聚在他身上。

我们同坐着小车，轮转得虽然不快，尘土却随着车后卷起一阵阵的黑旋风。头上一架银色飞机掠过去。殷师对于飞机已养成一种自然的反射作用，一听见声音就蜷伏着。衆说那是自己的，他才安心。回到城里，看见报上说，方才那机是专载烤火鸡到首都去给夫人小姐们送新年礼的。好贵重的礼物！它们是越过满布残肢尸体的战场、败瓦颓垣的村镇，才能安然地放置在粉香脂腻的贵女和她们的客人面前。希望那些烤红的火鸡，会将所经历的光景告诉她们。希望它们说：我们的人民，也一样地给贼人烤着吃咧！

二、答寒光

你说你佩服近来流行的口号：革命是不择手段的。我可不敢赞同。革命是为民族谋现在与将来的福利的伟大事业，不像泼一盆脏水那么简单。我们要顾到民族生存的根本条件，除掉经济生活以外，还要顾到文化生活。纵然你说在革命的过程中文化生活是不重要的，因为革命便是要为民族制造一个新而前进的文化，你也得做得合理一点，经济一点。

革命本来就是达到革新目的的手段。要达到目的地，本来没限定一条路给我们走。但是有些是崎岖路，有些是平坦途，有些是捷径，有些是远道。你在这些路程上，当要有所选择。如你不择道路，你就是一个最笨的革命家。因为你为选择了那条崎岖又复辽远的道路，你岂不是白糟蹋了许多精力、时间与物力？领导革命从事革命的人，应当择定手段。他要执持信义、廉耻、振奋、公正等等精神的武器，踏在共利互益的道路上，才能有光明的前途。要知道不问手段去革命，只那手段有时便可成为前途最大的障碍。何况反革命者也可以不问手段地摧残你的工作？所以革命要择优越的、坚强的与合理的手段；不择手段的革命是作乱，不是造福。你赞同我的意思罢！写到此处，忽觉冷气袭人，于是急闭窗户，移座近火，也算卫生上所择的手段罢，一笑。

雍来信说她面貌丑陋，不敢登场。我已回信给她说，戏台上的人物不见得都美，也许都比她丑。只要下场时留得本来面目，上场显得自己性格，涂朱画墨，有何妨碍？

三、给华妙

瑰容她的儿子加入某种秘密工作。孩子也干得很有劲。他看不起那些不与他一同工作的人们，说他们是活着等死。不到几个月，秘密机关被日人发现，因而打死了几个小同志。他幸而没被逮去，可是工作是不能再进行了，不得已逃到别处去。他已不再干那事，论理就该好好地求些有用的知识，可是他野惯了，一点也感觉不到知识的需要。他不理会他们的秘密的失败是由组织与联络不严密和缺乏知识，他常常举出他的母亲为例，说受了教育只会教人越发颓废，越发不振作，你说可怜不可怜！

瑰呢？整天要钱。不要钱，就是跳舞；不跳舞，就是……总而言之，据她的行为看来，也真不像是鼓励儿子去做救国工作的母亲。她的动机是什么，可很难捉摸。不过我知道她的儿子当对她的行为表示不满意。她也不喜欢他在家里，尤其是有客人来找她的时候。

前天我去找她，客厅里已有几个欧洲朋友在畅谈着。这样的盛会，在她家里是天天有的。她在群客当中，打扮得像那样的女人。在谈笑间，常理会她那抽烟、耸肩、瞟眼的姿态，没一样不是表现她的可鄙。她偶然离开屋里，我就听见一位外宾低声对着他的同伴说：“她很美，并且充满了性的引诱。”另一位说：“她对外宾老是这样的美利坚化。……受欧美教育的中国妇女，多是擅于表欧美的情的，甚至身居重要地位的贵妇也是如此。”我是装着看杂志，没听见他们的对话，但心里已为中国文化掉了许多泪。华妙，我不是反对女子受西洋教育。我反对一切受西洋教育的男女忘记了自己是什么样人，自己有什么文化。大人先生们整天在讲什么“勤俭”“朴素”“新生活”“旧道德”，但是节节失败在自己的家庭里头，一想起来，除掉血。还有什么可呕的?

危巢坠简

一、给少华

近来青年人新兴了一种崇拜英雄的习气，表现的方法是跋涉千百里去向他们献剑献旗。我觉得这种举动不但是孩子气，而且是毫无意义。我们的领袖镇日在戎马倥偬、羽檄纷沓里过生活，论理就不应当为献给他们一把废铁镀银的、中看不中用的剑，或一面铜线盘字的幡不像幡、旗不像旗的东西，来耽误他们宝贵的时间。一个青年国民固然要崇敬他的领袖，但也不必当他们是菩萨，非去朝山进香不可。表示他的诚敬的不是剑，也不是旗，乃是把他全副身心献给国家。要达到这个目的，必要先知道怎样崇敬自己，不会崇敬自己的，决不能真心崇拜他人。崇敬自己不是骄慢的表现，乃是觉得自己也有成为一个有为有用的人物的呵能与希望，时时刻刻地、兢兢业业地鼓励自己，使他不会丢失掉这可能与希望。

在这里，有个青年团体最近又举代表去献剑，可是一到越南，交通已经断绝了。剑当然还存在他们的行囊里，而大众所捐的路费，据说已在异国的舞娘身上花完了。这样的青年，你说配去献什么？害中国的，就是这类不知自爱的人们哪。可怜，可怜！

二、给樾人

每日都听见你在说某某是民族英雄，某某也有资格做民族英雄，好像这是一个官衔，凡曾与外人打过一两场仗，或有过一二分功劳的都有资格受这个徽号。我想你对于“民族英雄”的观念是错误的。曾被人一度称为民族英雄的某某，现在在此地拥着做“英雄”的时期所榨取于民众和兵士的钱财，做了资本家，开了一间工厂，驱使着许多为他的享乐而流汗的工奴。曾自诩为民族英雄的某某，在此地吸鸦片，赌轮盘，玩舞女，和做种种堕落的勾当。此外，在你所推许的人物中间，还有许多是平时趾高气扬，临事一筹莫展的“民族英雄”。所以说，苍蝇也具有蜜蜂的模样，不仔细分辨不成。

魏冰叔先生说：“以天地生民为心，而济以刚明通达沉深之才，方算得第一流人物。”凡是够得上做英雄的，必是第一流人物，试问亘古以来这第一流人物究竟有多少？我以为近几百年来差可配得被称为民族英雄的，只有郑成功一个人，他于刚明敏达四德具备，只惜沉深之才差一点。他的早死，或者是这个原因。其他人物最多只够得上被称为“烈士”“伟人”“名人”罢了。《文子·微明篇》所列的二十五等人中，连上上等的神人还够不上做民族英雄，何况其余的？我希望你先把做成英雄的条件认识明白，然后分析民族对他的需要和他对于民族所成就的功绩，才将这“民族英雄”的徽号赠给他。

三、复成仁

来信说在变乱的世界里，人是会变畜生的。这话我可以给你一个事实的证明。小汕在乡下种地的那个哥哥，在三个月前已经变了马啦。你听见这新闻也许会骂我荒唐，以为在科学昌明的时代还有这样的怪事，但我请你忍耐看下去就明白了。

岭东的沦陷区里，许多农民都缺乏粮食，是你所知道的。即如没沦陷的地带也一样地闹起米荒来。当局整天说办平粜，向南洋华侨捐款，说起来，米也有，钱也充足，而实际上还不能解决这严重的问题，不晓得真是运输不便呢，还是另有原因呢？一般率直的农民受饥饿的迫胁总是向阻力最小、资粮最易得的地方奔投。小汕的哥哥也带了充足的盘缠，随着大众去到韩江下游的一个沦陷口岸，在一家小旅馆投宿，房钱是一天一毛，便宜得非常。可是第二天早晨，他和同行的旅客都失了踪！旅馆主人一早就提了些包袱到当铺去。回店之后，他又把自己幽闭在账房里数什么军用票。店后面，一股一股的卤肉香喷放出来。原来那里开着一家卤味铺，卖的很香的卤肉、灌肠、熏鱼之类。肉是三毛一斤，说是从营盘批出来的老马，所以便宜得特别。这样便宜的食品不久就被吃过真正马肉的顾客发现了它的气味与肉里都有点不对路，大家才同调地怀疑说："大概是来路的马罢。"可不是！小汕的哥哥也到了这类的马群里去了！变乱的世界，人真是会变畜生的。

这里，我不由得有更深的感想，那使同伴在物质上变牛变马，是由于不知爱人如己，虽然可恨可怜，还不如那使自己在精神上变猪变狗的人们。他们是不知爱己如人，是最可伤可悲的。如果这样的畜人比那些被食的人畜多，那还有什么希望呢？

海世间

我们的人间只有在想象或淡梦中能够实现罢了。一离了人造的海上社会，心里便想到此后我们要脱离等等社会律的桎梏，来享受那乐行忧违的潜龙生活；谁知道一上船，那人造人间所存的受、想、行、识，都跟着我们入了这自然的海洋！这些东西，比我们的行李还多，把这一万二千吨的小船压得两边摇荡。同行的人也知道船载得过重，要想一个好方法，教它的负担减轻一点；但谁能有出众的慧思呢？想来想去，只有吐些出来，此外更无何等妙计。

这方法虽是很平常，然而船却轻省得多了。这船原是要到新世界去的哟，可是新世界未必就是自然的人间。在水程中，虽然把衣服脱掉了，跳入海里去学大鱼的游泳，也未必是自然。要是闭眼闷坐着，还可以有一点勉强的自在。

船离陆地远了，一切远山疏树尽化行云。割不断的轻烟，缕缕丝丝从烟囱里舒放出来，慢慢地往后延展。故国里，想是有人把这烟揪住罢。不然就是我们之中有些人的离情凝结了，乘着轻烟家去。

呀！他的魂也随着轻烟飞去了！轻烟载不起他，把他摔下来。堕落的人连浪花也要欺负他，将那如弹的水珠一颗颗射在他身上。他几度随着波涛浮沉，气力有点不足，眼看要沉没了，幸而得文鳐的哀怜，展开了帆鳍搭救他。

文鳐说："你这人太笨了，热火燃尽的冷灰，岂能载得你这焰红的情怀？我知道你们船中定有许多多情的人儿，动了乡思。我们一队队跟船走，又飞又泳，指望能为你们服劳，不料你们反拍着掌笑我们，驱逐我们。"

他说："你的话我们怎能懂得呢？人造的人间的人，只能懂得人造的语言罢了。"

文鳐摇着他口边那两根短须，装作很老成的样子，说："是谁给你分别的，什么叫人造人间，什么叫自然人间？只有你心里妄生差别便了。我们只有海世间和陆世间的分别，陆世间想你是经历惯的；至于海世间，你只能从想象中理会一点。你们想海里也有女神，五官六感都和你们一样。戴的什么珊瑚、珠贝，披的什么鲛纱、昆布。其实这些东西，在我们这里并非稀奇难得的宝贝。而且一说人的形态便不是神了。我们没有什么神，只有这蔚蓝的盐水是我们生命的根源。可是我们生命所从出的水，于你们反有害处。海水能夺去你们的生命。若说海里有神，你应当崇拜水，毋需再造其他的偶像。"

他听得呆了，双手扶着文鳐的帆鳍，请求他领他到海世间去。文鳐笑了，说："我明说水中你是生活不得的，你不怕丢了你的生命么?”

他说：“下去一分时间，想是无妨的。我常想着海神的清洁、温柔、娴雅等等美德；又想着海底的花园有许多我不曾见过的生物和景色，恨不得有人领我下去一游。”

文鳐说：“没有什么，没有什么，不过是咸而冷的水罢了；海的美丽就是这么简单——冷而咸。你一眼就可以望见了。何必我领你呢？凡美丽的事物，都是这么简单的。你要求它多么繁复、热烈，那就不对了。海世间的生活，你是受不惯的，不如送你回船上去罢。”

那鱼一振鳍，早离了波阜，飞到舷边。他还舍不得回到这真是人造的陆世界来，眼巴巴只怅望着天涯，不信海就是方才所听情况。从他想象里，试要构造些海底世界的光景。他的海中景物真个实现在他梦想中了。

海角的孤星

一走近舷边看浪花怒放的时候，便想起我有一个朋友曾从这样的花丛中隐藏他的形骸。这个印象，就是到世界的末日，我也忘不掉。

这桩事情离现在已经十年了。然而他在我的记忆里却不像那么久远。他是和我一同出海的，新婚的妻子和他同行。他很穷，自己买不起头等舱位。但因新人不惯行旅的缘故，他乐意把平生的蓄积尽量地倾泻出来，为他妻子定了一间头等舱。他在那头等船票的佣人格上填了自己的名字，为的要省些资财。

他在船上哪里像个新郎，简直是妻的奴隶！旁人的议论，他总是不理会的。他没有什么朋友，也不愿意在船上认识什么朋友，因为他觉得同舟中只有一个人配和他说话。这冷僻的情形，凡是带着妻子出门的人都是如此，何况他是个新婚者？

船向着赤道走，他们的热爱，也随着增长了。东方人的恋爱本带着几分爆发性，纵然遇着冷气，也不容易收缩。他们要去的地方是槟榔屿附近一个新辟的小埠。下了海船，改乘小舟进去，小河边满是椰子、棕枣和树胶林。轻舟载着一对新人在这神秘的绿荫底下经过，赤道下的阳光又送了他们许多热情、热觉、热血汗。他们更觉得身外无人。

他对新娘说：“这样深茂的林中，正合我们幸运的居处。我愿意和你永远住在这里。”

新娘说：“这绿得不见天日的林中，只做浪人的坟墓罢了……”

他赶快截住说：“你老是要说不吉利的话！然而在新婚期间，所有不吉利的语言都要变成吉利的。你没念过书，哪里知道这林中的树木所代表的意思。书里说：‘椰子是得子息的徽识树’，因为椰子就是‘迓子’。棕枣是表明爱与和平。树胶要把我们的身体黏得非常牢固，至于分不开。你看我们在这林中，好像双星悬在鸿蒙的穹苍下一般。双星有时被雷电吓得躲藏起来，而我们常要闻见许多歌禽的妙音和无量野花的香味。算来我们比双星还快活多了。”

新娘笑说：“你们念书人的能干只会在女人面前搬唇弄舌罢。好听极了！听你的话语，也可以不用那发妙音的鸟儿了。有了别的声音，倒嫌嘈杂咧！……可是，我的人哪，设使我一旦死掉，你要怎办呢?”

这一问，真个是平地起雷咧！但不晓得新婚的人何以常要发出这样的问。不错的，死的恐怖，本是和快乐的愿望一齐来的呀。他的眉不由得不皱起来了，酸楚的心却拥出一副笑脸，说：“那么，我也可以做个孤星。”

“咦，恐怕孤不了罢。”

“那么，我随着你去，如何？”他不忍看着他的新娘，掉头出去向着流水，两行热泪滴下来，正和船头激成的水珠结合起来。新娘见他如此，自然要后悔，但也不能对她丈夫忏悔，因为这种悲哀的霉菌，众生都曾由母亲的胎里传染下来，谁也没法医治的。她只能说：“得啦，又伤心什么？你不是说我们在这时间里，凡有不吉利的话语，都是吉利的么？你何不当作一种吉利话听？”她笑着，举起丈夫的手，用他的袖口，帮助他擦眼泪。

他急得把妻子的手摔开说：“我自己会擦。我的悲哀不是你所能擦，更不是你用我的手所能灭掉的，你容我哭一会儿罢。我自已知道很穷，将要养不起你，所以你……”

妻子忙煞了，急掩着他的口，说：“你又来了。谁有这样的心思？你要哭，哭你的，不许再往下说了。”

这对相对无言的新夫妇，在沉默中随着流水湾行，一直驶入林荫深处。自然他们此后定要享受些安泰的生活。然而在那邮件难通的林中，我们何从知道他们的光景？

三年的工夫，一点消息也没有！我以为他们已在林中做了人外的人，也就渐渐把他们忘了。这时，我的旅期已到，买舟从槟榔屿回来。在二等舱上，我遇见一位很熟的旅客。我左右思量，总想不起他的名姓，幸而他还认识我，他一见我便叫我说：“落君，我又和你同船回国了！你还记得我吗？我想我病得这样难看，你决不能想起我是谁。”他说我想不起，我倒想起来了。

我很惊讶，因为他实在是病得很厉害了。我看见他妻子不在身边，只有一个咿呀学舌的小婴孩躺在床上。不用问，也可断定那是他的子息。

他倒把别来的情形给我说了。他说："自从我们到那里，她就病起来。第二年，她生下这个女孩，就病得更厉害了。唉，幸运只许你空想的！你看她没有和我一同回来，就知道我现在确是成为孤星了。"

我看他憔悴的病容。委实不敢往下动问，但他好像很有精神，愿意把一切的情节都说给我听似的。他说话时，小孩子老不容他畅快地说。没有母亲的孩子，格外爱哭，他又不得不抚慰她。因此，我也不愿意扰他，只说："另日你精神清爽的时候，我再来和你谈罢。"我说完，就走出来。

那晚上，经过马来海峡，船震荡得很。满船的人，多犯了"海病"。第二天，浪平了。我见管舱的侍者，手忙脚乱地拿着一个麻袋，往他的舱里进去。一问，才知道他已经死了，侍者把他的尸洗净，用细台布裹好，拿了些废铁、几块煤炭，一同放入袋里，缝起来。他的小女儿还不知这是怎么一回事，只咿呀地说了一两句不相干的话。她会叫"爸爸""我要你抱""我要那个"等等简单的话。在这时，人们也没工夫理会她、调戏她了，她只独自说自己的。

黄昏一到，他的丧礼，也要预备举行了。侍者把麻袋拿到船后的舷边。烧了些楷钱，口中不晓得念了些什么，念完就把麻袋推入水里。那时船的推进机停了一会，隆隆之声一时也静默了。船中知道这事的人都远远站着看，虽和他没有什么情谊，然而在那时候却不免起敬的。这不是从友谊来的恭敬，本是非常难得，他竟然承受了！

他的海葬礼行过以后，就有许多人谈到他生平的历史和境遇。我也钻入队里去听人家怎样说他。有些人说他妻子怎样好，怎样可爱。他的病完全是因为他妻子的死，积哀所致的。照他的话，他妻子葬在万绿丛中，他却葬在不可测量的碧晶岩里了。

旁边有个印度人，拈着他那一大缕红胡子，笑着说："女人就是悲哀的萌蘖，谁叫他如此？我们要避掉悲哀，非先避掉女人的纠缠不可。我们常要把小女儿献给殑迦河神，一来可以得着神惠，二来省得她长大了，又成为一个使人悲哀的恶魔。"

我摇头说："这只有你们印度人办得到罢了，我们可不愿意这样办。诚然，女人是悲哀的萌蘖，可是我们宁愿悲哀和她同来，也不能不要她。我们宁愿她嫁了才死，虽然使她丈夫悲哀至于死亡，也是好的。要知道丧妻的悲哀是极神圣的悲哀。"

日落了，蔚蓝的天多半被淡薄的晚云涂成灰白色。在云缝中，隐约露出一两颗星星。金星从东边的海涯升起来，由薄云里射出它的光辉。小女孩还和平时一样，不懂得什么是可悲的事。她只顾抱住一个客人的腿，绵软的小手指着空外的金星，说："星！我要那个！"她那副嬉笑的面庞，迥不像个孤儿。

今　天

陈眉公先生曾说过："天地有一大账簿：古史，旧账簿也；今史，新账簿也。"他的历史账簿观，我觉得很有见解。记账的目的不但是为审察过去的盈亏来指示将来的行止，并且要清理未了的账。在我们的"新账簿"里头，被该的账实在是太多了。血账是页页都有，而最大的一笔是从三年前的七月七日起到现在被掠去的生命、财产、土地，难以计算。我们要擦掉这笔账还得用血、用铁、用坚定的意志来抗战到底。要达到这目的，不能不仗着我们的"经理们"与他们手下的伙计的坚定意志，超越智慧，与我们股东的充足的知识、技术和等等的物质供给。再进一步，当要把各部分的机构组织到更严密，更有高度的效率。

"文官不爱钱，武将不惜死"的名言'是我们听熟了的国。自军兴以来，我们的武士已经表现出他们不惜生命以卫国的大牺牲与大忠勇的精神。但我们文官的中间，尤其是掌理财政的一部分人，还不能全然走到"不爱钱"的阶段，甚至有不爱国币而爱美金的。这个，许多人以为是政治还不上轨道的现象，但我们仍要认清这是许多官人的道德败坏，学问低劣，临事苟办，临财苟取的结果。要擦掉这笔“七七”的血账，非得把这样的坏伙计先行革降不可。不但如此，在这抵抗侵略的圣战期间，不爱钱、不惜死之上还要加上勤快和谨慎。我们不但不爱钱，并且要勤快办事；不但不惜死，并且要谨慎作战。那么，日人的凶焰虽然高到万丈，当会到了被扑灭的一天。

在知识与技术的贡献方面，几年来不能说是没有，尤其是在生产的技术方面，我们的科学家已经有了许多发明与发现。我们希望当局供给他们些安定的实验所和充足的资料，因为物力财力是国家的命脉所寄，没有这些生命素，什么都谈不到。意志力是寄托在理智力上头的。这年头还有许多意志力薄弱的叛徒与国贼民贼的原因，我想就是由于理智的低劣。理智低劣的人，没有科学知识，没有深邃见解，没有清晰理想，所以会颓废，会投机，会生起无须要的悲观。这类的人对于任何事情都用赌博的态度来对付。遍国中这类赌博的人当不在少数。抗战如果胜利，在他们看来，不过是运气好，并非我们的能力争取得来的。这样，哪里成呢？所以我们要消灭这种对于神圣抗战的赌博精神。知识与理想的栽培当然是我们动笔管的人们的本分。有科学知识当然不会迷信占卜扶乩，看相算命一类的事，赌博精神当然就会消灭了。迷信是削弱民族意志力的毒刃，我们从今日起，要立志扫除它。

物质的浪费是削弱民族威力的第二把恶斧。我们都知道我们是用外货的国家，但我们都忽略了怎样减少滥用与浪费的方法。国民的日用饮食，应该以“非不得已不用外物”为宗旨。烟酒脂粉等等消耗，谋国者固然应该设法制止，而在国民个人也须减到最低限度。大家还要做成一种群众意见，使浪费者受着被人鄙弃的不安。这样，我们每天便能在无形中节省了许多有用的物资，来做抗建的用处。

我们很满意在这过去的三年间，我们的精神并没曾被人击毁，反而增加更坚定的信念，以为民治主义的卫护，是我们正在与世界的民主国家共同肩负着的重任。我们的命运固然与欧美的民主国家有密切的联系，但我们的抗建还是我们自己的，稍存依赖的心，也许就会摔到万丈的黑崖底下。破坏秩序者不配说建设新秩序。新秩序是能保卫原有的好秩序者的职责。站在盲的蛮力所建的盟坛上的自封自奉的民主，除掉自己仆下来，盟坛被拆掉以外，没有第二条路可走，因为那盟坛是用不整齐、没秩序和腐败的砖土所砌成的。我们若要注销这笔“七七”的血账，须常联合世界的民主工匠来毁灭这违理背义的盟坛。一方面还要加倍努力于发展能力的各部门，使自己能够达到长期自给，威力累增的地步。

祝自第四个“七七”以后的层叠胜利，希望这笔血账不久会从我们的新账簿擦除掉。

强　奸

“强奸”是社会病理学里头应当论的问题。这个证候是人类社会特别发生的。我们无论考究哪种动物的配合，都不能认出它们有强奸的形迹来。因为动物的配偶尽是由雌虫自己选择。所有的雄虫，或是发柔婉的声音，或是呈美丽的颜色，或是散芬馥香味去谄媚雌虫；它们对于雌虫“奉承之不暇”，哪会发生这种人类社会特别的毛病呢？我想尊敬雌虫是动物界的天真，因为“母的庄严”和传种有直接关系。动物在不知不识中受了自然律的默示，依着一定时期来配偶和繁殖它们的种类。它们在交尾期间自然起了一种敬爱雌虫的举动，所以强奸的事情在它们当中很难找得出来。人呢？可就不然！他们想凭着知识去利用自然界的事物，无论什么事体，人都可以随意舞弄，甚至于传种的神圣机能也能任意去侵犯。

母的庄严在人类社会里头几乎忘记了。幸亏现在有些缮种学家和社会学家略略地给了些警告，将来必定有人起来和他们共鸣的。人类有强婚强奸的罪恶，都是根于藐视母的庄严而来的。社会学家常以为婚姻制度的起点是因为产业承受的缘故，我却以为人类为要恢复母的庄严，才有这种举动。有人要问：“既然婚姻制度成立是要恢复母的庄严，为什么还有强奸的事情呢?”这话很容易回答。因为用结婚的方法去维持母的庄严本是不自然的事。这方法根本上已经错误，哪里能够纠正从前的不对呢？我们要说起强奸的所以然，就不能不归罪在不自然的婚姻制度和缺乏性的教育的身上。但是我们不能凭空地说一声“婚姻制度不自然和性的教育缺乏”便了事，我们还要研究它的病理的所在，然后对症下药。这样才可以盼望它母的庄严恢复过来。

强奸是一种传种的变形的举动。有时因为外围的迫压也会如此。我们要想斩除人类社会这样的罪恶，就当先行明白它的原因。由心理的方面去考查可以得好些解释，那都是能够帮助我们对于防止强奸的计划的。

促成强奸行为的第一原因就是传种的恐慌，从生物个体成熟到能够传种的时候，内心常有“快些配偶”的劝告；处在危险或软弱地位的时候，也是如此。所以当兵的和做贼的人对于妇女最容易怀着强奸的恶意。兵士有强奸的倾向，不是几条军律和几句训话所能阻止的。因为他们所处的地位危险，“死”这个字常常挂在心坎上，他们处在这个境遇里头，自然而然地恐慌啦。兵士和盗贼的强奸行为是由他们的“下意识”(Subconsciousness）所指挥的。他们虽然有伦理的情操，知道这类的行为是罪恶，然而不能胜过外围和内里的迫压，终归要不能自主的。从来没有一个地方当王乱贼乱的时节，住在那里的妇女不遭凌辱的。由近世的历史讲起来，嘉靖年间倭寇侵犯沿海各省的时候，闽浙的妇女受辱而死的不知道多少；清兵入关的时候，兵士到一座城就肆意淫污那座城的妇女；义和团捣乱的时候，某某两国的兵在北京城内肆行淫掠；欧洲这次的战争，德国兵在法、比境界里头也有同类的举动。可见兵士和强奸是生生世世结不解缘的。至于盗贼没有纪律去约束他，自然是要更放肆的了。中国各县地志里头的烈女传可以供给好些强奸史的材料，靠那种悲惨的记载，实在令人不忍的了！

第二个原因就是擅用权力。一个人有了些少权力就容易滥用，对于各方面都是如此，不过在性欲上头格外显得凶便了。爱滥用权力的人对着各样事情都怀抱一个“没奈我何”的意念，他们的骄傲心和性欲一同长进，所谓上流人的强奸案差不多是根据这“没奈我何”的意念来的。息夫人的《伤心话》和何氏的《乌鹊歌》虽然是爱情的故事，但是我们在那里头就可以窥见这“没奈我何”的意念了。得胜的侯王和拥金的富翁爱滥用他们的权力去强迫人家的妇女，甚至因为性欲的猖狂就起了战争哪。看 Scott 的 Lvanhoe 里头描写那班十字武士对待 Rebekoh 的事情就可以略略知道性欲因着权力增加的度数了。

第三个原因就是受“占便宜”的暗示。配偶的事，男子常想着自己是占便宜的，所以好些不文的人屡屡用性欲的话互相应酬。我们说那些是污秽的话，其实不应当那么说，应当还是藐视母的庄严的话。性欲本来不是污秽的事，因为人藐视它，故此当它作污秽。当初定性欲的话为污秽言语的人，也是要加这不好的名于母的庄严上头来维持性交的安宁。谁知母的真正地位已经失落，人人只知道占父的便宜，定它作污秽，倒反促成侮慢母的庄严的行动。无知的人口里发惯了这类的声音，耳里受惯了这类的刺戟，久而久之就影响到行为上头。历史上因为愤恨去将仇人的家族污辱的也不少。这就是因着“占便宜”的念头去办的。怎样才能够教男子对于性欲没有“占便宜”的观念，是我们迫切要解决的。

第四个原因是因为模仿而来。人人对于社会形形色色的事物都有模仿的倾向。一般的人想着某贵人某富者在他们的家庭里头享受那些“偎红倚翠”的福气，因这个印象就激起“我也要这样办”的念头。道德观念强的，自然没有什么越轨的行动；若不然，一遇着机会就随意去做了。这样看来，那班拥抱美婢娇妾的人也是养成强奸的罪恶的分子。

要医治强奸的毛病，最好就是解除女子在家庭里头的束缚，教她们的身、心和男子一样刚强。我不敢说在现今废除家庭的制度，但是要教男女对于性的观念不起藐视，就不得不将家庭的范围扩大，叫人人随时得着自然的真配偶。能够到这个地步，自然就没有强奸的举动啦。

论到戎政是应当赶紧废止的。强奸的事实多发现于兵士中间，我已经说过了。领兵的人不是不知道兵士容易犯这类的毛病，但是他们反要利用这事去鼓励兵士做杀人的事情。记得这次的大战争，英国的军歌里头有一句 To the sweetest girl I know。“到我认识那位最可爱的女郎那里”的话，就知道鼓励兵士去死除了用“醇酒美人”的方法，没有第二条路。英雄和美人的佳话就是映照兵士性欲上的劣迹。所以用兵的度数必定和强奸的度数成正比例。不但如此，世界上最险恶的病症也是由兵士的强奸行为发生出来的。所谓“大兵之后，必有凶年”还是小事；看 1400 年的法意战争，法国兵士在意国境内任意强奸，致酿成现在的梅毒，这可不是由强奸而产生的大病吗？我们要防强奸于将来，一方面要鼓吹缩少兵额——能够叫这世界里头一个兵都没有更妙——一方面要用缮种学的方法去支配结婚的男女，叫凡犯过奸淫及其他等等恶根性的人都绝迹在社会里头。那么，母的庄严的恢复就有盼望了。

劳动的究竟

要问劳动的究竟在哪里，就得先问人生的究竟到底是什么？我知道些个问题因着个人不同的意见，定要发出许多相异的回答。若是照愚见，可就要抱“安乐”这两个字拿来做答案了。何以故呢？因为一切生物都是向着安静娱乐那方面迈步，遇着不得已的情形才肯冒险、奋斗和劳动。在平常的日子虽然会发生好些冒险、奋斗和劳动的事实，但是从根本研究起来还是离不了为将来的安乐的预备。人性好安乐更是不可逃的事实。我一用功念书，就有好些朋友问我：“你不累吗？”我一动手工作，也就有人问我：“你为什么不觉得累呢？……那是快活事吗？”问人家“累不累”是表明哀悯别人过于劳动的意思，所以说，人类生来就好安乐是定然的。写到这里，可又发生许多冲突的问题，就是：人类生来既然是好安乐，为什么亘东、西、南、北，过去、现在的人都以勤劳为道德的义务呢？为什么社会不赞美安逸和怠惰呢？这问题是不难回答的，我们往后研究一下就可以解决了。

原来我们寄身在这微尘似的天体上面，它的自身是常动不息的。它要动身才能支持它在太空里的位置，由它的动而生的力就刺激一切的生物教它们不能不动。所以人也要动才能在这天体上面站得住。人类一方面受自然的影响，一方面又要求自己的安乐，因此不能不想方法去调和两方面的冲突，结果就生出一种“欲逸先劳”的道德观念来。我们当然会吃，不会做人做“行尸”，也是看人在世间不适应自然的势力，像死体一般地不会动作是不成的。说到适应的话，除了用劳力去整理，去争战，可就没有别的方法了。

整理自然力，和与自然力角胜负，为的是什么呢？是想要得着一个主宰的地位，想在宇宙内得着一切的享受。有享受才有安乐，战胜一分自然力就是得着一分的享受。因此可以说劳动是得着安乐的手段。但是自然非常之大，集合人类全体劳动的气力来和它比一比，简直以扶摇风和蚊蚋的呼吸相较一般。“一劳永逸”的工作方法是骗人的说话，是教我们安于懈怠的动原。因为我们用尽九牛二虎的力量才能够在这动的天体上面取得一点享受，算来还不及那无漏的安乐的万一咧。围绕我们的安乐既然那么大，故此得它的手段也得常常用。简单说一句：自然力无限，我们的劳动也不息。

我们既以劳动为取得安乐的手段，就可以说不劳动则无安乐，也可以说劳动与安乐是相因依的。从前对于劳动的见解，以为要两手执着丁具去工作才能算为劳动；就是劳动问题也是局限于制造厂的工人待遇、工资和工作时间的问题。但是现在的劳动问题扩大了，或用心力或体力去和自然界斗争的都可以算作劳动家。日日和我们接近的人——除了行尸以外——都可用“劳动家”的徽号来给他们。因为劳动家的种类不同，劳动的形式复杂，人类现在又没有通天晓地的本领，所以各人要尽自己的能量（Capacity）向各方面去发展他的工作，为的是要教人类的全体能够速速地得着几分安乐。

有人问：“人类的劳动既是要得着安乐，那么，安乐是在劳动的时候能够同时得着的呢？是在劳动以后才能得着呢？若说同时可以得着安乐罢，又不大见得；若说在劳动以后才能得着罢，在个人的享受又很有限，何必苦苦地去求它呢?”我要回答说：在劳动的时间里头本来可以得着快乐，而劳动以后所得的是安心。我们要注意的不是劳动以后的安心，乃是与劳动同时发生的快乐，因为叫劳动家在劳动时间内感受快乐是很要紧的。现在的人在劳动的时候没有十分大的快感的缘故，是因为他们的劳动是奴隶的，不是主人的；是机械的，不是灵智的。精神身体两方面受人支配的劳动家，用力去挣脱苦痛的束缚还怕不能支持得住，那所谓安乐的感觉自然是没有的。

机械的劳动是什么呢？好像大制造厂里头的工人，有些整天只是安螺丝钉的，有些整天只是在每块木板上钻几个窟窿的，天天是这样，月月是这样，必定会发生不耐烦的心事，见着劳动就厌恶起来。有这样的现象，纵然减少劳动的时间，增加工资，也不能鼓励他们，叫他们对于所做的工夫有充分的热忱和快感。

要使劳动者对于制造厂的工作发生快感是很难的。要改革制造厂的制度，叫他没有分工的趋向，也是办不到的。所能做的事情，除了减少机械的劳动，增加灵智的劳动以外，没有更好的方法。灵智的劳动就是叫工人在应该做的事情以外有得着发展智力的机会，借此养成他们的创造力。由创造的劳动那方面去着想，工人才能觉得他们工作愉快。因为创造是可乐的，工人对着由他们的创造力所得劳动的产物，满可以安慰他们，减少他们那种机械的劳动的痛苦。

养成工人的创造力的办法，最好是在每星期内用数小时的工夫将工人应具的常识讲给他们听，叫他们的头脑因此清楚一点。至于给他们有灵智的劳动的机会这一层，可以量才让他们共同管理厂内等等的事务；对于有创造力的工人可以让给他们或是借给他们应用的工具和材料，或是叫他们自己组织一个灵智劳动的团体，在那里头供给一切应用的东西，就不致于侵害到厂里资财。这样办起来，劳动者必不会觉得他们的工作所有的痛苦，而且要当工作是一件快乐的事。卖力的人和买力的人冲突也可以减少了。

以上几段话是专指着制造厂的劳动家说。其余的人因为劳动的形式不同，所以对待的方法也不能一样。大概在制造厂以外的劳动者比较容易感受快乐，也不必特别地替他们打什么算盘。此外可以说的还有灵智的制造厂——学校——的劳动问题。

现在的学校——中等教育以下居多——待遇学生有些地方和旧式的制造厂待遇工人的方法差不多。即如每日的功课几乎全是用脑的，至于注意身手的发达到底是很少，纵然有，也不过是一星期有四五时的体操和手工——体操不能算为正式的劳动——还有些地方连手工也没有的。这样多用脑力的结果也是会变成机械的劳动，至终叫学生感受痛苦的。普通的学生常不喜欢兵式体操，也是因为这样的操法含有机械性的缘故。所以我们要想方法去增加学生在课内课外的灵智的劳动，和减少别的不关紧要的课程，叫他们对于劳力所得的出品能够快快活活地享受。如果照着这样行，一定要比那有规则的体操和形式的手工还要强得多哪。

总之，我们对于等等劳动的见解，必要看看它做创造的和灵智的；而劳动的自身就是得着安乐的手段，在劳动进行时也可以得着愉快。凡没有创造和灵智的能力的劳动，须要排斥它。那么，在劳动的时候虽然肉体上有时觉得不舒服，也不能因此就失掉快乐，而且会鼓励他在越困难的时候有劳动的精神。就是他自己暂时不能得安乐，也可以叫他想着他的劳动是为公众的福利起见的。他看见众人得着安乐，也就把劳动的困难忘记了。

再结一句说：劳动的究竟是要得着安乐，而安乐又是随时伴着劳动而生的。记得番禺林伯桐先生的话："人生未必有不求乐者：以乐为乐，非知乐者也；以忧为乐，非可乐者也；乐之实在于能劳。……今夫农夫作劳，人人所知。当其耕耘，暑雨不敢避，饥渴不暇顾，其劳至矣。然计日以待其所劳劳者，未几而苗矣，而秀矣，而实矣。服田力劳，乃亦有秋则乐矣。岁晚务间，役车其休，诵蟋蟀之诗，歌瓠叶之章，则乐不可支矣。彼草之宅，禽之飧不能与良农同此乐者，由其不昏作劳耳……”念这几句话，我们更可以理会劳动的究竟在一切的事情上头都是如此的。

礼俗与民生

礼俗是合礼仪与风俗而言。礼是属于宗教的及仪式的；俗是属于习惯的及经济的。风俗与礼仪乃国家民族的生活习惯所成，不过礼仪比较是强迫的，风俗比较是自由的。风俗的强迫不如道德律那么属于主观的命令；也不如法律那样有客观的威胁，人可以遵从它，也可以违背它。风俗是基于习惯，而此习惯是于群己都有利，而且便于举行和认识。我国古来有“风化”“风俗”“政俗”“礼俗”等名称。风化是自上而下言；风俗是自一社团至一社团言；政俗是合法律与风俗言；礼俗是合道德与风俗言。被定为唐朝的书《刘子·风俗》篇说，“风者，气也；俗者，习也。土地水泉，气有缓急，声有高下，谓之风焉。人居此地，习以成性，谓之俗焉。风有薄厚，俗有淳浇，明王之化，当称风使之雅；易俗使之正。是以上之化下，亦为之风焉。民习而行，亦为之俗焉。……”我国古说以礼俗是和地方环境有密切关系的，地方环境实际上就是经济生活。所以风俗与民生有相因而成的关系。

人类和别的动物不同的地方，最显然的是他有语言文字衣冠和礼仪。礼仪是社会的产物，没有社会也就没有礼仪风俗。古代社会几乎整个生活是礼仪风俗捆绑住，所谓礼仪三百，成仪三千，是指示人没有一举一动是不在礼仪与习俗里头。在风俗里最易辨识的是礼仪。它是一种社会公认的行为，用来表示精神的与物质的生活的象征，行为的警告，和危机的克服。不被公认的习惯，便不是风俗，只可算为人的或家族的特殊行为。

生活的象征。所谓生活的象征，意思是我们在生活上有种种方面，如果要在很短的时间把它们都表现出来，那是不可能的。不得已，就得用身体的动作表示出来。如此，有人说，中国人的“作揖”，是种地时候，拿锄头刨土的象征行为。古时两个人相见，彼此的语言不一定相通，但要表示友谊时，使作彼此生活上共同的行为，意思是说，“你要我帮忙种地，我很喜欢效劳”。朋友本有互助的情分，所以这刨土的姿势，便成表现友谊的“作揖”了。又如欧洲人“拉手或顿手”与中国的“把臂”有点相同，不过欧洲的文化是从游牧民族生活发展的，不像中国作揖是从农业文化发展的，拉手是象征赶羊入圈的互助行为。又如，中国的叩头礼，原是表示奴隶对于主人的服从；欧洲的脱帽礼原是武士入到人家，把头盔脱下，表示解除武装，不伤官人的意思。这些都是生活的象征。

行为的警告。依据生活的经验，凡在某种情境上不能做某样事，或得做某样事，于是用一种仪式把它表示出来。好像官吏就职的宣誓典礼，是为警告他在职位时候应尽忠心，不得做辜负民意的事情。又如西洋轮船下水时，要行掷香槟酒瓶礼，据说是不要船上的水手因狂饮而误事的意思。又如古代社会的冠礼，多半是用仪式来表示成年人在社会里应尽的义务，同时警告他不要做那违抗社会或一个失败的人。

危机的克服。人在生活的历程上，有种种危机。如生产的时候，母子的性命都很危险。这危险的境地，当在过得去与过不去之间，便是一个危机。从旧生活要改入新生活的时期，也是一个危机。如社会里成年的男女，在没有结婚的时候，依赖父母家长，一到结婚时候，便要从依赖的生活进入独立的生活，在这个将入未入的境地，也是生活的一个危机。因所要娶要嫁的男女在结合以后，在生活上能否顺利地过下去，是没有把握的。又如家里的主人就是担负一家经济生活的主角，一旦死了，在这主要的生产者过去，新的主要生产者将要接上的时候，也是一个危机。过年过节，是为时间的进行，于生产上有利不利的可能，所以也是一种危机。风俗礼仪由巫术渐次变成，乃至生活方式变迁了，仍然保留着，当作娱乐日，或休息日。

礼俗与民生的关系从上说三点的演讲可以知道。生活上最大的四个阶段是生、冠、婚、丧。生产的礼俗现在已渐次消灭了。女人坐月、三朝洗儿、周岁等，因生活形式改变，社会组织更变，知识生活提高，人也不再找这些麻烦了。做生日并不是古礼，是近几百年，官僚富家，借此夸耀及收受礼物的勾当，我想这是应当禁止的。冠礼也早就不行了。在礼仪上，与民生最有关系的是婚礼与丧礼。这两礼原来会有很重的巫术色彩，人试要用巫术把所谓不祥的境遇克服过来。现在拿婚礼来说，照旧时的礼仪，新娘从上头，上轿，乃至三朝回门，层层节节，都有许多禁忌，许多迷信的仪式，如像新娘拿镜子，新郎踏轿门，闹新人等等，都含有巫术在内。说到丧礼，迷信行为更多，因为人怕死鬼，所以披麻，变形，神主所以点主，后来生活进步，便附上种种意义，人因风习也就不问而随着做了。

今天并不是要讲礼俗之起源，只要讲我们应当怎样采用礼仪，使它在生活上有意思而不至于浪费时间、金钱与精神。礼仪与风俗习惯是人人有的，但行者须顾到国民的经济生活。自入民国以来，没工夫顾到制礼作乐，变服剪发，乃成风俗，不知从此例的没顾到国民的经济与工业，以致简单纽扣一项，每年不知向外买入多少，有的矫枉过正，变本加厉，只顾排场，不管自己财力如何，有的甚至全盘采取西礼。要知道民族生存是赖乎本地生活上传统的习惯和理想，如果全盘采用别人的礼仪风俗，无异自己毁灭自己，古人说要灭人国，得先灭人的礼俗，所以婚丧应当保留固有的，如其不便，可从简些。风俗礼仪凡与我生活上没有经验的，可以不必去学人家，像披头纱、拿花把，也于我们没有意义，为何要行呢？至于贺礼，古人对于婚丧在亲友分上，本有助理之分，不过得有用，现在人最没道理的是送人银盾、丧礼的幛，甚至有子送终父母的，也有男用女语女用男语的，最可笑的，有个殡仪，幛上写着“川流不息”！这又是乱用了。丧礼而张灯结彩，大请其客，也是不应该的，婚礼有以“文凭”为嫁妆扛着满街游行的，这也不对。

故生活简单，用钱的机会少，所以一旦有事，要行繁重的仪式，但也得依其人之经济与地位而行，不是随意的。又生产方式变迁，礼俗也当变，如丧礼在街游行，不过是要人知道某人已死，而且是个好人，因城市上人个个那么忙，谁有心读个人的历史呢？礼仪与民生的关系至密切，有时因习俗所驱，有人弄到倾家荡产，故当局者应当提倡合乎国民生活与经济的礼俗，庶几乎不教固有文化沦丧了。

“七七”感言

欧洲有些自然科学家，以为战争是大自然的镰刀，用来修削人类中的枯枝败叶的。我不知道这话的真实程度有多高，我所知的是在人类还未达到“真人类”的阶段，战争是不能避免的。这所谓“真人类”，并非古生物学的，而是文化的。文化的真人是于物无贪求，于人无争持的。因为生物的人还没进化到文化的人，所以他的行为，有时还离不开畜道。在畜道上才有战争，在人道与畜道相遇时也有战争。畜生们为争一只腐鼠，也可以互相残啮到膏滴血流，同样地，它们也可以侵犯人。它们是不可以理喻的。在人道的立脚点上说，凡用非理的暴力来侵害他人的，如理论道绝的期候，当以暴力去制止它，使畜道不能在光天化日之下猖獗起来。

说了一大套好像不着边际的话，作者到底是何所感而言呢！他觉得许多动物虽名为人，而具有牛头马面狼心狗肺的太多，严格说起来还不能算是人，因此联想到畜道在人间的传染。童话里的“熊人”“虎姑”“狐狸精”，不过是“畜人”。至于“人狼”“人狗”“人猫”“人马”，这简直是“人畜”。这两周年的御日工作也许会成将来很好的童话资料，我们理会暴日虽戴着“王道”的面具，在表演时却具足了畜道的特征。我们不可不知在我们中间也有许多堕在畜道上。此中最多的是“狗”和“猫”。我们中间的“人狗”“人猫”，最可恶的有吠家狗与引盗狗，饕餮猫与懒惰猫。两年间的御日工作可以说对得人住，对得祖宗天地住。但是对于打狗轰猫这种清理家内的工作却令人有点不满意。

在御×工作吃紧的期间，忽然从最神圣的中枢里发出类乎向×乞怜的狺声，或不站在自己的岗位，而去指东摘西的，是吠家狗。甘心引狼入宅，吞噬家人的是引盗狗。我们若看见海港里运来一切御×时期所不需的货物，尤其是从“××船”来的，与大批的原料运到东洋大海去，便知道那是不顾群众利益，只求个人富裕的饕餮猫的所行。用公款做投机事业，对于国家购入的品物抽取回扣，或以劣替优，以贱充贵，也是饕餮猫的行径。具有特殊才干，在国家需要他的时候，却闭着眼，抚着耳，远远地躲在安全地带，那就是懒惰猫。这些人狗、人猫，多如牛毛，我们若不把它们除掉就不能脱离畜道在家里横行，虽有英勇的国士在疆场上与狼奋斗着，也不能令人不起功微事繁的感想。所以我们要加紧做打狗轰猫的工作。

又有些人以为民众知识缺乏，所以很容易变成迷途的羔羊，而为猫狗甚至为狼所利用。可是知识是不能绝对克服意志的，我们所怕的是意志薄弱易陷于悲观的迷途的牧者。在危难期间，没有迷途的羔羊，有的是迷途的牧者。我的意思不是鼓励舍弃知识，乃是要指出意志要放在知识之上，无论成败如何，当以正义的扶持为准绳，以人道的出现为极则。人人应成为超越的男女，而非卑劣的羔羊。人人在力量上能自救，在知识上能自存，在意志上能自决，然后配称为轩辕的子孙。这样我们还得做许多积极工作。一方面要摧毁败群的猫狗，一方面要扶植有为的男女，使他们成为优越的人类。非得如此，不能自卫，也不能救人，不配自卫，也不配救人。所以此后我们一部分的精神应贯注在整理内部，使我们的威力更加充实。那么，就使那些比狼百倍厉害的野兽来侵犯我们，我们也可以应付得来。为人道努力的人们，我们应当在各方面加紧工作，才不辜负两年来为这共同理想而牺牲的将士和民众。

英雄造时势与时势造英雄

在危急存亡的关头容易叫人想到英雄，所以因大风而思猛士不独是刘邦一个人的情绪，在任何时代都是有的。我们的民族处在今日的危机上，希望英雄的出现比往昔更为迫切。但是“英雄”这两个字的意义自来就没有很明确的解释，因此发生这篇论文所标的问题——到底英雄是时势造的呢？还是时势是英雄造的呢？“英雄”这两个字的真义需要详细地分析才能得到。固然我们不以一个能为路边的少女把宝饰从贼人的手里夺回来的人为英雄，可是连这样的小事都不能做的有时候也会受人崇拜。在这里，我们不能不对于英雄的意义划出一个范围来。

古代的英雄在死后没有不受人间的俎豆，崇拜他们为神圣的。照《礼记》祭法的规定，有被崇拜的资格的不外是五种。第一是“法施于民”的；第二是“以死勤事”的；第三是“以劳定国”的；第四是“能御大灾”的；第五是“能捍大患”的。“法施于民”是件使民有所，能依着他所给的方法去发展生活，像后稷能植百谷、后土能平九州，后世的人崇祀他们为圣人。

（所谓圣人实际也是英雄的别名。）“以死勤事”是能够尽他的责任到死不放手，像舜死在苍梧之野、鲧死于洪水，也是后世所崇仰的圣人。“以劳定国”是能以劳力在国家危难的时候使它回复到平安的状态，像黄帝、禹、汤的功业一样。御大灾、捍大患，是对于天灾人患能够用方法抵御，使人民得到平安。这些是我们的祖先崇拜英雄的标准。大体说起来，“以死勤事”是含有消极性的，“以劳定国”“能御大灾”“捍大患”，也许能用自己的智能，他们是介在消极与积极中间的。惟有“法施于民”的才是真正的圣人，他必须具有超人的智能才成。

看来，我们可以有两种英雄：一是消极的，二是积极的。消极的英雄只是保持已成的现状，使人民过平安的日子，教他们不受天灾人患的伤害，能够在不得已的时候牺牲自己的一切。积极的英雄是能为人群发明或发现新事和新法度，使他们能在停滞的生活中得到进步，在痛苦的生活中减少痛苦，换一句话，就是他能改造世界和增进人间的幸福。今日一般人心目中的英雄多半不是属于第二类，并且是属于第一类中很狭窄的一种，就是说，只有那为保护人民不惜生命的战士才被称为英雄。这种英雄不一定能造时势，甚或为时势所造。因为这类的英雄非先有一个时势排在他面前，不能显出他的本领，所以时势的分量比英雄本身来得重些。反过来说，积极的英雄并不等到人间生活发生什么障碍，才把他制造出来。人们看不到的痛苦，他先看到；人们还没遇到困难，他先想象出来。他在人们安于现成生活的时候为他们创制新生活，使他们向上发展。也许时势造出来的英雄也能达到这个目的，但是可能性很小。

真英雄必定是造时势者。时势被他造得成与不成，于他的英雄本色并无妨碍，事的成败不足为英雄的准度。通常的见解每以为成功者便是英雄，那是不确的。成功或由于机会好。“河无大鱼，小虾称王”，在一个没有特出人才的时境，有小本领便可做大事。这也是时势所造的一种英雄。还有些是偶然的成功，作者本身也梦想不到他会有那么样的成就。他对于自己的事业并没有明了的认识，也没有把握，甚至本来是要保守，到头来却变成革命，因为一般的倾向所归，他也乐得随从。这也是时势所造的一种英雄。还有些是剥削或榨取他人的智力或体力来制造自己的势力和地位。他的成功与受崇敬完全站在欺骗和剥削的黑幕前面。有时自己做不够，还要自己的家人亲戚来帮他做，揽到国家大权，便任用私人，培植爪牙。可怜的是混混沌沌的群众不会裁制他，并不是他真有英雄的本领。这也是时势所造的一种英雄。

我们细细地把历史读一遍，便觉得时势所造的英雄比造时势的英雄更多。这中间有一条很大的道理。我们姑且当造时势的英雄是人间所需求的真英雄，而这种英雄本是天生的。真英雄是超人，但假英雄或拟英雄也许是中人以下的“下人”(Underman)。所谓假英雄是指那班偶然得到意外的成功的投机家而言。所谓拟英雄是指那班被时势所驱遣，迫得去做轰轰烈烈的事业的苦干者而言。所谓下人是对于超人而言。他的智力与体质甚至不及中人。在世间里，中人都很少，超人更谈不上，等到黄河清也不定等得到一个出现。人间最可怜悯的是下人太多，尤其是从下人中产生出来的英雄比较多。这类的英雄若是过多，就于国族有害。怎么讲呢？因为他们没有中人的智力而做超人的权威，自我的意识太重，每持着群众的生命财产智能是为他们的光荣和地位而有的态度。这样损多数人以利少数人的情形便是封建制度。英雄与封建制度本来有密切的关系，但这里应当分别的是古代的封建英雄于其同时的一般群众中确实具有超人的能力，而现代的封建英雄只是靠机缘。哪怕他是乳臭未除，只要家里有人掌大权，他便是了不得的人物。哪怕他智能低劣，只要能够联络权要，他便是群众的领袖。他的方法是利用新闻和金钱来替他鼓吹，甚至神化一个过去的人物来做他的面具。一个人生时碌碌无奇，死后或者会被人当作“民族英雄”来崇拜，其原因多半在此。这类神化的民族英雄实际等于下劣民族的咒物。今日全世界人类的智力平均起来恐怕不及高等小学的程度，所以凡有高一点的知识而敢有所作为的都有做领袖或独裁者的可能。不过这并不是群众的福利。我们讲英雄的事业应当以全世界民众的福利为对象，损人利己固不足道，乃至用发展自己民族的口号去掠夺他民族的土地的也不能算是英雄。今日世界时局的困难多半由于这类的英雄所造成。如果我们缩小范围来讲一下我们的英雄，我们也会觉得有许多是下人中所产出的。他们的要求是金钱与名誉。金钱可以使他们左右时势，若说他们是造时势的英雄，其原动力只是这样，并非智能。名誉使他们享受群众的信仰，欺骗到万古流芳的虚荣。

他们的要求既是如此低下，无怪他们只会把持武力，操纵金融，结党营私，持权逐利，毁群众的福利来增益自己。他们只会享受和浪费，并无何等远虑，以善巧方便得到金钱名誉之后，便走到海外去做寓公，将后半生事业付与第二帮民贼。

我们讲到假英雄之多，便想到在人群中是否个个有做英雄的可能。现在人间还是在一个不平等的情况底下过日子。不但是人所享受的不平等，最根本的是智力与体力的差异太甚。英雄是天生吗？不。英雄是依赖先天的遗传与后天的训练所造成的。英雄是有种的。我们应当从优生学的原理研求人种的改善，凡是智力不完、体质有亏的父母都不许他们传后代。反之，要鼓励身心健全的男女多从事于第二代民众的生育。这样，真英雄的体质与理智的基础先打稳固，造成英雄的可能性便多。否则生来生去，只靠“碰彩”，于人间将来的改进是毫无把握的。第二步还要使社会重视生育，好种的男女一生下来当要特意看护他们，注意训练他们，使他们的身心得以均衡地发展。现在已有科学家注意到食物与体质、性格与寿命的关系，可是最重要的还是选种，否则用科学方法来培养下人，延长他们的生命，使他们剥削群众的时间更长，那就不好了。

真英雄是不受时势所左右的。因为他是一个“形全于外，心全于中”的人，他的主见真而正，他的毅力恒而坚。他能时时检察自己，看出自己的弱点，而谋所以改善的步骤。事业的成败不是他所计较的，惟有正义与向上是要紧的。今日我们所渴望的是这样的英雄。我们对于强敌的侵略，所希望的抗敌英雄也要属于这一类的人物。战争在假英雄的眼光里是赌博的一种，但在真英雄的心目中，这事是正义的保障。为正义而战，虽不胜也应当做，毫无可疑的。最后，我们还是希望造时势的英雄出现，惟有他才能拯民众于水火之中。等到人人的智力能够约束自己与发展自己，人间真正平等出现的时候，我们才不需要英雄。英雄本是蛮野社会遗下的名目，在智能平均与普遍发展像蜂蚁的社会可以说个个都是英雄，因为其中没有一个不能自卫，没有一个不能为群众牺牲自己。所以我想无论各个人达到身心健全，能利益群众的时代全英雄时代，也是无英雄时代。

女子的服饰

人类说是最会求进步的动物，然而对于某种事体发生一个新意见的时候，必定要经过许久的怀疑，或是一番的痛苦，才能够把它实现出来。甚至明知旧模样旧方法的缺点，还不敢“斩钉截铁”地把它改过来咧。好像男女的服饰，本来可以随意改换的。但是有一度的改换，也必费了好些唇舌在理论上做工夫，才肯羞羞缩缩地去试行。所以现在男女的服饰，从形式上看去，却比古时好；如果从实质上看呢？那就和原人的装束差不多了。

服饰的改换，大概先从男子起首。古时男女的装束是一样的，后来男女有了分工的趋向，服饰就自然而然地随着换啦。男子的事业越多，他的服饰越复杂，而且改换得快。女子的工作只在家庭里面，而且所做的事与服饰没有直接的关系，所以它的改换也就慢了。我们细细看来，女子的服饰，到底离原人很近。

现时女子的服饰，从生理方面看去，不合适的地方很多。

她们所谓之改换的，都是从美观上着想。孰不知美要出于自然才有价值，若故意弄成一种不自然的美，那缠脚娘走路的婀娜模样也可以在美学上占位置了。我以为现时女子的事业比往时宽广得多，若还不想去改换她们的服饰，就恐怕不能和事业适应了。

事业与服饰有直接的关系，从哪里可以看得出来呢？比如欧洲在大战以前，女子的服饰差不多没有什么改变。到战事发生以后，好些男子的事业都要请女子帮忙。她们对于某种事业必定不能穿裙去做的，就换穿裤子了；对于某种事业必定不能带长头发去做的，也就剪短了。欧洲的女子在事业上感受了许多不方便，方才把服饰渐渐地改变一点，这也是证明人类对于改换的意见是很不急进的。新社会的男女对于种种事情，都要求一个最合适的方法去改换它。既然知道别人因为受了痛苦才去改换，我们何不先把它改换来避去等等痛苦呢？

在现在的世界里头，男女的服饰是应当一样的。这里头的益处很大，我们先从女子的服饰批评一下，再提那改换的益处罢。我不是说过女子的服饰和原人差不多吗？这是由哪里看出来的呢？

第一样是穿裙。古时的男女没有不穿裙的。现在的女子也少有不穿裙的。穿裙的原故有两种说法：（甲）因为古时没有想出缝裤的方法，只用树叶或是兽皮往身上一团；到发明纺织的时候，还是照老样子做上。（乙）是因为礼仪的束缚。怎么说呢？我们对于过去的事物，很容易把它当作神圣。所以常常将古人平日的行为，拿来当仪式的举动；将古人平日的装饰，拿来当仪式的衣冠。女子平日穿裤子是服装进步的一个现象。偏偏在礼节上就要加上一条裙，那岂不是很无谓吗？

第二样是饰品。女子所用的手镯、脚钏、指环、耳环等等物件，现在的人都想那是美术的安置；其实从历史上看来，这些东西都是以女子当奴隶的大记号，是新女子应当弃绝的。古时希伯来人的风俗，凡奴隶服役到期满以后不愿离开主人的，主人就可以在家神面前把那奴隶的耳朵穿了，为的是表明他已经永久服从那一家。希伯来语“ㄋㄝㄧㄗㄧㄇ”Ne－zem有耳环、鼻环两个意思。人类有时也用鼻环，然而平常都是兽类用的。可见穿耳穿鼻决不是美术的要求，不过是表明一个永久的奴隶的记号便了，至于手镯、脚钏更是明而易见的，可以不必说了。有人要问耳环、手镯等物既然是奴隶用的，为什么从古以来这些东西都是用很实的材料去做呢？这可怪不得。人的装束有一分美的要求是不必说的，“披毛戴角编贝文身”，就是美的要求，和手镯、耳环绝不相同的。用贵重的材料去做这些东西大概是在略婚时代以后。那时的女子虽说是由父母择配，然而父母的财产一点也不能带去，父母因为爱子的缘故，只得将贵重的材料去做这些装饰品，一来可以留住那服从的记号，二来可以教子女间接的承受产业。现在的印度人还有类乎这样的举动。印度女子也是不能承受父母的产业的，到要出嫁的时候，父母就用金镑或是银钱给她做装饰。将金钱连起来当饰品，也就没有人敢说那是父母的财产了。印度的新妇满身用“金镑链子”围住，也是和用贵重的材料去做装饰一样。不过印度人的方法妥当而且直接，不像用金银去打首饰的周折便了。

第三样是留发。头上的饰品自然是因为留长头发才有的，如果没有长头发，首饰也就无所附着了。古时的人类和现在的蛮族，男女留发的很多，断发的倒是很少。我想在古时候，男女留长头发是必须的，因为头发和他们的事业有直接的关系。人类起首学扛东西的方法，就是用头颅去顶的（现在好些古国还有这样的光景），他们必要借着头发做垫子。全身的毫毛唯独头发格外地长，也许是由于这个缘故发达而来的。至于当头发做装饰品，还是以后的事。装饰头发的模样非常之多，都是女子被男子征服以后，女子在家里没事做的时节，就多在身体的装饰上用功夫。那些形形色色的髻子辫子都是女子在无聊生活中所结下来的果子。现在有好些爱装饰的女子，梳一个头就要费了大半天的工夫，可不是因为她们的工夫太富裕吗？

由以上三种事情看来，女子要在新社会里头活动，必定先要把她们的服饰改换改换，才能够配得上。不然，必要生出许多障碍来。要改换女子的服饰，先要选定三种要素——

（甲）要合乎生理。缠脚、束腰、结胸、穿耳自然是不合生理的。然而现在还有许多人不曾想到留发也是不合生理的事情。我们想想头颅是何等贵重的东西，岂忍得教它“纳垢藏污”吗？要清洁，短的头发倒是很方便，若是长的呢？那就非常费事了。因为头发积垢，就用油去调整它；油用得越多，越容易收纳尘土。尘土多了，自然会变成“霉菌客栈”，百病的传布也要从那里发生了。

（乙）要便于操作。女子穿裙和留发是很不便于操作的。人越忙越觉得时间短少，现在的女子忙的时候快到了，如果还是一天用了半天的工夫去装饰身体，那么女子的工作可就不能和男子平等了。这又是给反对妇女社会活动的人做口实了。

（丙）要不诱起肉欲。现在女子的服饰常常和色情有直接的关系。有好些女子故意把她们的装束弄得非常妖冶，那还离不开当自己做玩具的倾向。最好就是废除等等有害的文饰，教凡身上的一丝一毫都有真美的价值，绝不是一种“卖淫性的美”就可以咧。

要合乎这三种要素，非得先和男子的服装一样不可，男子的服饰因为职业的缘故，自然是很复杂。若是女子能够做某种事业，就当和做那事业的男子的服饰一样。平常的女子也就可以和平常的男子一样。这种益处：一来可以泯灭性的区别；二来可以除掉等级服从的记号；三来可以节省许多无益的费用；四来可以得着许多有用的光阴。其余的益处还多，我就不往下再说了。总之，女子的服饰是有改换的必要的，要改换非得先和男子一样不可。

男子对于女子改装的怀疑，就是怕女子显出不斯文的模样来。女子自己的怀疑，就是怕难于结婚。其实这两种观念都是因为少人敢放胆去做才能发生的。若是说女子“断发男服”起来就不斯文，请问个个男子都不斯文吗？若说在男子就斯文，在女子就不斯文，那是武断的话，可以不必辩了。至于结婚的问题是很容易解决的。从前鼓励放脚的时候，也是有许多人怀着“大脚就没人要”的鬼胎，现在又怎样啦？若是个个人都要娶改装的女子，那就不怕女子不改装；若是女子都改装，也不怕没人要。

读《芝兰与茉莉》因而想及我的祖母

正要到哥伦比亚的检讨室里校阅梵籍，和死和尚争虚实，经过我的邮筒，明知每次都是空开的，还要带着希望姑且开来看看。这次可得着一卷东西，知道不是一分钟可以念完的，遂插在口袋里，带到检讨室去。

我正研究唐代佛教在西域衰灭的原因，翻起史太因在和阗所得的唐代文契，一读马令痣同母党二娘向护国寺僧虎英借钱的私契，妇人许十四典首饰契，失名人的典婢契等等，虽很有趣，但掩卷一想，恨当时的和尚只会营利，不顾转法轮，无怪回纥一人，便尔扫灭无余。

为释迦文担忧，本是大愚，会不知成、住、坏、空，是一切法性？不看了，掏出口袋里的邮件，看看是什么罢。

《芝兰与茉莉》，这名字很香呀！我把纸笔都放在一边，一气地读了半天工夫——从头至尾，一句一字细细地读。这自然比看唐代死和尚的文契有趣。读后的余韵，常绕缭于我心中，像这样的文艺很合我情绪的胃口似的。

读中国的文艺和读中国的绘画一样。试拿山水——西洋画家叫做“风景画”——来做个例：我们打稿（Composition）是鸟瞰的、纵的，所以从近处的溪桥，而山前的村落，而山后的帆影，而远地的云山；西洋风景画是水平的、横的，除水平线上下左右之外，理会不出幽深的、绵远的兴致。所以中国画宜于纵的长方，西洋画宜于横的长方。文艺也是如此：西洋人的取材多以“我”和“我的女人或男子”为主，故属于横的、夫妇的；中华人的取材多以“我”和“我的父母或子女”为主，故属于纵的、亲子的。描写亲子之爱应当是中华人的特长，看近来的作品，究其文心，都函这唯一义谛。

爱亲的特性是中国文化的细胞核，除了它，我们早就要断发短服了！我们将这种特性来和西洋的对比起来，可以说中华民族是爱父母的民族，那边欧西是爱夫妇的民族。因为是“爱父母的”，故叙事直贯，有始有终，源源本本，自自然然地说下来。这“说来话长”的特性——很和拔丝山药一样地甜热而黏——可以在一切作品里找出来。无论写什么，总有从盘古以来说到而今的倾向。写孙悟空总得从猴子成精说起；写贾宝玉总得从顽石变灵说起；这写生生因果的好尚是中华文学的文心，是纵的，是亲子的，所以最易抽出我们的情绪。

八岁时，读《诗经·凯风》和《陟岵》，不晓得怎样，眼泪没得我的同意就流下来。九岁读《檀弓》到“今丘也，东西南北之人也”一段，伏案大哭。先生问我：“今天的书并没给你多上，也没生字，为何委曲?”我说：“我并不是委曲，我只伤心这‘东西南北’四字。”第二天，接着念“晋献公将杀其世子申生”一段，到“天下岂有无父之国哉?”义哭。直到于今，这“东西南北”四个字还能使我一念便伤怀。我常反省这事，要求其使我哭泣的缘故。不错，爱父母的民族的理想生活便是在这里生、在这里长、在这里聚族、在这里埋葬，东西南北地跑当然是一种可悲的事了。因为离家、离父母、离国是可悲的，所以能和父母、乡党过活的人是可羡的。无论什么也都以这事为准绳：做文章为这一件大事做，讲爱情为这一件大事讲，我才理会我的“上坟瘾”不是我自己所特有，是我所属的民族自盘古以来遗传给我的。你如自己念一念“可爱的家乡啊！我睡眼蒙咙里，不由得不乐意接受你欢迎的诚意”和“明儿……你真要离开我了么?”应作如何感想?

爱夫妇的民族正和我们相反。夫妇本是人为，不是一生下来就铸定了彼此的关系。相逢尽可以不相识，只要各人带着，或有了各人的男女欲，就可以。你到什么地方，这欲跟到什么地方，他可以在一切空间显其功用，所以在文心上无须溯其本源，究其终局，干干脆脆，Just a word，也可以自成段落。爱夫妇的心境本含有一种舒展性和侵略性，所以乐得东西南北，到处地跑。夫妇关系可以随地随时发生，又可以强侵软夺，在文心上当有一种“霸道”“喜新”“乐得”“为我自己享受”的倾向。

总而言之，爱父母的民族的心地是“生”；爱夫妇的民族的心地是“取”。生是相续的；取是广延的。我们不是爱夫妇的民族，故描写夫妇，并不为夫妇而描写夫妇，是为父母而描写夫妇。我很少见——当然是我少见——中国文人描写夫妇时不带着“父母的”的色彩；很少见单独描写夫妇而描写得很自然的。这并不是我们不愿描写，是我们不惯描写广延性的文字的缘故。从对面看，纵然我们描写了，人也理会不出来。

《芝兰与茉莉》开宗第一句便是“祖母真爱我!”这已把我的心牵引住了，“祖母爱我”，当然不是爱夫妇的民族所能深味，但它能感我和《檀弓》差不了多少。“垂老的祖母，等得小孩子奉甘旨么?”子女生活是为父母的将来，父母的生活也是为着子女，这永远解不开的结，结在我们各人心中。触机便发表于文字上。谁没有祖父母、父母呢？他们的折磨、担心，都是像夫妇一样有个我性的么？丈夫可以对妻子说：“我爱你，故我要和你同住”；或“我不爱你，你离开我吧”。妻子也可以说：“人尽可夫，何必你?”但子女对于父母总不能有这样的天性。所以做父母的自自然然要为子女担忧受苦，做子女的也为父母之所爱而爱，为父母而爱为第一件事。爱既不为我专有，“事之不能尽如人意”便为此说出来了。从爱父母的民族眼中看夫妇的爱是为三件事而起，一是继续这生生的线，二是往溯先人的旧典，三是承纳长幼的情谊。

说起书中人的祖母，又想起我的祖母来了。“事之不能尽如人意者，夫复何言!”我的祖母也有这相同的境遇呀！我的祖母，不说我没见过，连我父亲也不曾见过，因为她在我父亲未生以前就去世了。这岂不是很奇怪的么？不如意的事多着呢!

爱祖母的明官，你也愿意听听我说我祖母的失意事么？

八十年前，台湾府——现在的台南——城里武馆街有一家，八个兄弟同一个老父亲同住着，除了第六、七、八的弟弟还没娶以外，前头五个都成家了。兄弟们有做武官的，有做小乡绅的，有做买卖的。那位老四，又不做武官又不做绅士，更不会做买卖。他只喜欢念书，自己在城南立了一所小书塾名叫窥园，在那里一面读，一面教几个小学生。他的清闲，是他兄弟们所羡慕，所嫉妒的。

这八兄弟早就没有母亲了。老父亲很老，管家的女人虽然是妯娌们轮流着当，可是实在的权柄是在一位大姑手里。这位大姑早年守寡，家里没有什么人，所以常住在外家。因为许多弟弟是她帮忙抱大的，所以她对于弟弟们很具足母亲的威仪。

那年夏天，老父亲去世了。大姑当然是“阃内之长”，要督责一切应办事宜的。早晚供灵的事体，照规矩是媳妇们轮着办的。那天早晨该轮到四弟妇上供了。四弟妇和四弟是不上三年的夫妇，同是二十多岁，情爱之浓是不消说的。

大姑在厅上嚷：“素官，今早该你上供了。怎么这时候还不出来?”

居丧不用粉饰面，把头发理好，也毋需盘得整齐，所以晨妆很省事。她坐在妆台前，嚼槟榔，还吸一管旱烟。这是台湾女人们最普遍的嗜好。有些女人喜欢学士人把牙齿染黑了，她们以为牙齿白得像狗的一样不好看，将槟榔和着著叶、熟灰嚼，日子一久，就可以使很白的牙齿变为漆黑。但有些女人是喜欢白牙的，她们也嚼槟榔，不过把灰减去就可以。她起床，漱口后第一件事是嚼槟榔，为的是使牙齿白而坚固。外面大姑的叫唤，她都听不见，只是嚼着，还吸着烟在那里出神。

四弟也在房里，听见姊姊叫着妻子，便对她说："快出去吧。姊姊要生气了。"

"等我嚼完这口槟榔，吸完这口烟才出去。时候还早咧。"

"怎么你不听姊姊的话？"

"为什么要听你姊姊的话？你为什么不听我的话？"

"姊姊就像母亲一样。丈夫为什么要听妻子的话？"

"'人未娶妻是母亲养的，娶了妻就是妻子养的。'你不听妻子的话，妻子可要打你，好像打小孩子一样。"

"不要脸，哪里来得这么大的孩子！我试先打你一下，看你打得过我不。"老四带着嘻笑的样子，拿着拓扇向妻子的头上要打下去。妻子放下烟管，一手抢了扇子，向着丈夫的额头轻打了一下，"这是谁打谁了！"

夫妇们在殡前是要在孝堂前后的地上睡的，好容易到早晨同进屋里略略梳洗一下，借这时间谈谈。他对于享尽天年的老父亲的悲哀，自然盖不过对于婚媾不久的夫妇的欢愉。所以，外头虽然尽其孝思；里面的"琴瑟"还是一样地和鸣。中国的天地好像不许夫妇们在丧期里有谈笑的权利似的。他们在闹玩时，门帘被风一吹，可巧被姊姊看见了。姊姊见她还没出来，正要来叫她，从布帘飞处看见四弟妇拿着拓扇打四弟，那无明火早就高起了一万八千丈。

“哪里来的泼妇，敢打她的丈夫!”姊姊生气嚷着。

老四慌起来了。他挨着门框向姊姊说：“我们闹玩，没有什么事。”

“这是闹玩的时候么？怎么这样懦弱，叫女人打了你，还替她说话？我非问她外家，看看这是什么家教不可。”

他退回屋里，向妻子伸伸舌头，妻子也伸着舌头回答他。但外面越呵责越厉害了。越呵责，四弟妇越不好意思出去上供，越不敢出去越要挨骂，妻子哭了。他在旁边站着，劝也不是，慰也不是。

她有一个随嫁的丫头，听得姑太越骂越有劲，心里非常害怕。十三四岁的女孩，哪里会想事情的关系如何？她私自开了后门，一直跑回外家，气喘喘地说：“不好了！我们姑娘被他家姑太骂得很厉害，说要赶她回来咧!”

亲家爷是个商人，头脑也很率直，一听就有了气，说：“怎样说得这样容易——要就取去，不要就扛回来？谁家养女儿是要受别人的女儿欺负的?”他是个杂货行主，手下有许多工人，一号召，都来聚在他面前。他又不打听到的是怎么一回事，对着工人们一气地说：“我家姑娘受人欺负了。你们替我到许家去出出气。”工人一轰，就到了那有丧事的亲家门前，大兴问罪之师。

里面的人个个面对面呈出惊惶的状态。老四和妻子也相对无言，不晓得要怎办才好。外面的人们来得非常横逆，经兄弟们许多解释然后回去。姊姊更气得凶，跑到屋里，指着四弟妇大骂特骂起来。

“你这泼妇，怎么这一点点事情，也值得叫外家的人来干涉？你敢是依仗你家里多养了几个粗人，就来欺负我们不成？难道你不晓得我们诗礼之家在丧期里要守制的么？你不孝的贱人，难道丈夫叫你出来上供是不对的，你就敢用扇头打他？你已犯七出之条了，还敢起外家来闹？好，要吃官司，你们可以一同上堂去，请官评评。弟弟是我抱大的，我总可以做抱告①。”

妻子才理会丫头不在身边。但事情已是闹大了，自己不好再辩，因为她知道大姑的脾气，越辩越惹气。

第二天早晨，姊姊召集弟弟们在灵前，对他们说：“像这样的媳妇还要得么？我想待一会儿，就扛她回去。”这大题目一出来，几个弟弟都没有话说，最苦的就是四弟了。他知道“扛回去”就是犯“七出之条”时“先斩后奏”的办法，就颤声地向姊姊求情，姊姊鄙夷地说：“没志气的懦夫，还敢要这样的妇人么？她昨日所说的话我都听见了。女子多着呢，日后我再给你挑个好的。我们已预备和她家打官司，看看是礼教有势，还是她家工人的力量大。”

当事的四弟那时实在是成了懦夫了！他一点勇气也没有，因为这“不守制”“不敬夫”的罪名太大了，他自己一时也找不出什么话来证明妻子的无罪，有赦免的余地。他跑进房里，妻

① 抱告：原告可委托亲属或家人代理出庭，称“抱告”。

子哭得眼都肿了。他也哭着向妻子说："都是你不好!"

"是……是……我我……我不好，我对对……不起你!"妻子抽噎着说。丈夫也没有什么话可安慰她，只挨着她坐下，用手抚着她的脖项。

果然姊姊命人雇了一顶轿子，跑进房里，硬把她扶出来，把她头上的白麻硬换上一缕红丝，送她上轿去了。这意思就是说她此后就不是许家的人，可以不必穿孝。

"我有什么感想呢？我该有怎样的感想呢？懦夫呵！你不配覥颜在人世，就这样算了么？自私的我，却因为不贯彻无勇气而陷到这种地步，夫复何言!"当时他心里也未必没有这样的语言。他为什么懦弱到这步田地？要知道他原不是生在为夫妇的爱而生活的地方呀!

王亲家看见平地里把女儿扛回来，气得在堂上发抖。女儿也不能说什么，只跪在父亲面前大哭。老亲家口口声声说要打官司，女儿直劝无须如此，是她的命该受这样折磨的，若动官司只能使她和丈夫吃亏，而且把两家的仇恨结得越深。

老四在守制期内是不能出来的。他整天守着灵想妻子。姊姊知道他的心事，多方地劝慰他。姊姊并不是深恨四弟妇，不过她很固执，以为一事不对就事事不对，一时不对就永远不对。她看"礼"比夫妇的爱要紧。礼是古圣人定下来，历代的圣贤亲自奉行的。妇人呢？这个不好，可以挑那个。所以夫妇的配合只要有德有貌，像那不德、无礼的妇人，尽可以不要。

出殡后，四弟仍到他的书塾去。从前，他每夜都要回武馆街去的。自妻去后，就常住在窥园。他觉得一到妻子房里冷清清地，一点意思也没有，不如在书房伴着书眠还可以忘其愁苦。唉，情爱被压的人都是要伴书眠的呀！

天色晚，学也散了。他独在园里一棵芒果树下坐着发闷。妻子的随嫁丫头蓝从园门直走进来，他虽熟视着，可像不理会一样。等到丫头叫了他一声："姑爷"，他才把着她的手臂，如见了妻子一般。他说："你怎么敢来？……姑娘好么？"

"姑娘命我来请你去一趟。她这两天不舒服，躺在床上哪，她吩咐掌灯后才去，恐怕人家看见你，要笑话你。"

她说完，东张西望，也像怕人看见她来，不一会儿就走了。那几点钟的黄昏偏又延长了，他好容易等到掌灯时分！他到妻子家里，丫头一直就把他带到楼上，也不敢教老亲家知道。妻子的面比前几个月消疲了，他说："我的……"他说不下去了，只改过来说，"你怎么瘦得这个样子！"

妻子躺在床上也没起来，看见他还站着出神，就说："为什么不坐，难道你立刻要走么？"她把丈夫揪近床沿坐下，眼对眼地看着。丈夫也想不出什么话来说，想分离后第一次相见的话是很难起首的。

"你是什么病？"

"前两天小产了一个男孩子！"

丈夫听这话，直像喝了麻醉药一般。

"反正是我的罪过大，不配有福分，连从你得来的孩子也不许我有了。"

“人不要紧的，日后我们还可以有五六个。你要保养保养才是。”

妻子笑中带着很悲哀的神采说：“痴男子，既休的妻还能有生子女的荣耀么？”说时，丫头递了一盏龙眼干甜茶来。这是台湾人待生客和新年用的礼茶。

“怎么给我这茶喝，我们还讲礼么？”

“你以后再娶，总要和我生疏的。”

“我并没休你。我们的婚书，我还留着呢。我，无论如何，总要想法子请你回去的，除了你，我还有谁？”

丫头在旁边插嘴说：“等姑娘好了，立刻就请她回去吧。”

他对着丫头说：“说得很快，你总不晓得姑太和你家主人都是非常固执，非常喜欢赌气，很难使人进退的。这都是你弄出来的。事已如此，夫复何言！”

小丫头原是不懂事，事后才理会她跑回来报信的关系重大。她一听“这都是你弄出来的”，不由得站在一边哭起来。妻子哭，丈夫也哭。

一个男子的心志必得听那寡后回家当姑太的姊姊使令么？当时他若硬把妻子留住，姊姊也没奈他何，最多不过用“礼教的棒”来打他而已。但“礼教之棒”又真可以打破人的命运么？那时候，他并不是没有反抗礼教的勇气，是他还没得着反抗礼教的启示。他心底深密处也会像吴明远那样说：“该死该死！我既爱妹妹，而不知护妹妹；我既爱我自己，而不知为我自己着想。我负了妹妹，我误了自己！事原来可以如人意，而我使之不能；我之罪恶岂能磨灭于万一，然而赴汤蹈火，又何足偿过失于万一呢？你还敢说：‘事已如此，夫复何言’么?”

四弟私会出妻的事，教姊姊知道，大加申斥，说他没志气。不过这样的言语和爱情没有关系。男女相待遇本如大人和小孩一样。若是男子爱他的女人，他对于她的态度、语言、动作，都有父亲对女儿的倾向；反过来说，女人对于她所爱的男子也具足母亲对儿子的倾向。若两方都是爱者，他们同时就是被爱者，那是说他们都自视为小孩子，故彼此间能吐露出真性情来。小孩们很愿替他们的好朋友担忧、受苦、用力；有情的男女也是如此。所以姊姊的申斥不能隔断他们的私会。

妻子自回外家后，很悔她不该贪嚼一口槟榔，贪吸一管旱烟，致误了灵前的大事。此后，槟榔不再入她的口，烟也不吸了。她要为自己的罪过忏悔，就吃起长斋来。就是她亲爱的丈夫有时来到，很难得的相见时，也不使他挨近一步，恐怕玷了她的清心。她只以念经绣佛为她此生唯一的本分，夫妇的爱不由得不压在心意的崖石底下。

十几年中，他只是希望他岳丈和他姊姊的意思可以挽回于万一。自己的事要仰望人家，本是很可怜的。亲家们一个是执拗，一个是赌气，因之光天化日的时候难以再得。

那晚上，他正陪姊姊在厅上坐着，王家的人来叫他。姊姊不许说：“四弟，不许你去。”

“姊姊，容我去看她一下吧。听说她这两天病得很厉害，人来叫我，当然是很要紧的，我得去看看。”

“反正你一天不另娶，是一天忘不了那泼妇的。城外那门亲给你讲了好几年，你总是不介意。她比那不知礼的妇人好得多——又美、又有德。”

这一次，他觉得姊姊的命令也可以反抗了。他不听这一套，径自跑进屋里，把长褂子一披，匆匆地出门。姊姊虽然不高兴，也没法揪他回来。

到妻子家，上楼去。她躺在床上，眼睛半闭着，病状已很凶恶。他哭不出来，走近前，摇了她一下。

“我的夫婿，你来了！好容易盼得你来！我是不久的人了，你总要为你自己的事情打算，不要像这十几年，空守着我，于你也没有益处。我不孝已够了，还能使你再犯不孝之条么？——‘不孝有三，无后为大’。”

“孝不孝是我的事，娶不娶也是我的事。除了你，我还有谁？”

这时丫头也站在床沿。她已二十多岁，长得越妩媚、越懂事了。她的反省，常使她起一种不可言喻的伤心，使她觉得她永远对不起面前这位垂死的姑娘和旁边那位姑爷。

垂死的妻子说：“好吧，我们的恩义是生生世世的。你看她。”她撮嘴指着丫头，用力往下说：“她长大了。事情既是她弄出来的，她得替我偿还。”她对着丫头说：“你愿意么？”丫头，红了脸，不晓要怎样回答。她又对丈夫说：“我死后，她就是我了。你如记念我们旧时的恩义，就请带她回去，将来好替我……”

她把丈夫的手拉去，使他揸住丫头的手，随说："唉，子女是要紧的，她将来若能替我为你养几个子女，我就把她从前的过失都宽恕了。"

妻子死后好几个月，他总不敢向姊姊提起要那丫头回来。他实在得很懦弱的，不晓怎样怕姊姊会怕到这地步！

离王亲家不远住着一位老妗婆。她虽没为这事担心，但她对于事情的原委是很明瞭的。正要出门，在路上遇见丫头，穿起一身素服，手挽着一竹篮东西，她问："蓝，你要到哪里去？"

"我正要上我们姑娘的坟去。今天是她的百日。"

老妗婆一手扶着杖，一手捏着丫头的嘴巴，说："你长得这么大了，还不回武馆街去么？"丫头低下头，没回答她。她又问："许家没意思要你回去么？"

从前的风俗对于随嫁的丫头多是预备给姑爷收起来做二房的，所以妗婆问得很自然。丫头听见"回去"两字，本就不好意思，她双眼望着地上，摇摇头，静默地走了。

妗婆本不是要到武馆街去的，自遇见丫头以后，就想她是个长辈之一，总得赞成这事。她一直来投她的甥女，也叫四外甥来告诉他应当办的事体。姊姊被妗母一说，觉得再没有可固执的了，说："好吧，明后天预备一顶轿子去扛她回来就是。"

四弟说："说得那么容易？要总得照着娶继室的礼节办，她的神主还得请回来。"

姊姊说："笑话，她已经和她的姑娘一同行过礼了，还行什么礼？神主也不能同日请回来的。"

老妗母说："扛回来时，请请客，当做一桩正事办也是应该的。"

他们商量好了，兄弟也都赞成这样办。"这种事情，老人家最喜欢不过"，老妗母在办事的时候当然是一早就过来了。

这位再回来的丫头就是我的祖母了。所以我有两个祖母，一个是生身祖母，一个是常住在外家的"吃斋祖母"——这名字是母亲给我们讲祖母的故事时所用的题目。又"丫头"这两个字是我家的"圣讳"，平常是不许说的。

我又讲回来了。这种父母的爱的经验，是我们最能理会的。人人经验中都有多少"祖母的心""母亲""祖父""爱儿"等等事迹，偶一感触便如悬崖泻水，从盘古以来直说到于今。我们的头脑是历史的，所以善用这种才能来描写一切的事故。又因这爱父母的特性，故在作品中，任你说到什么程度，这一点总抹杀不掉。我爱读《芝兰与茉莉》，因为它是源源本本地说，用我们经验中极普遍的事实触动我。我想凡是有祖母的人，一读这书，至少也会起一种回想的。

书看完了，回想也写完了，上课的钟直催着。现在的事好像比往事要紧，故要用工夫来想一想祖母的经历也不能了！大概她以后的境遇也和书里的祖母有一两点相同吧。

写于哥伦比亚图书馆 413 号，检讨室

我的童年

序　言

每当茶余饭后，或是在天棚纳凉的时候，亲爱的父亲常常揽着我们讲故事、说笑话，回想起来不尽的愉快。更想到我们有时彼此追逐为戏，妈妈当母鸡，我们兄妹两个当小鸡，爸爸当老鹰，常常被爸爸捉住抱起来打屁股。间或我同小妹跳飞机、造房子玩，意见冲突的时候，爸爸总是跑过来做种种滑稽的跳法，引得大家大笑为止。我同爸爸着棋的时候也很多，爸爸几时都是兴趣浓厚，不以为是同小孩子玩而马虎让步，因此我常常输棋，输了再来，或是一笑结局。爸爸拍着我说："小苓子，有器量。"我们的小朋友来了，爸爸得闲的时候，最喜欢领导着我们玩，记得祖父在时，曾说过："地山就是一个孩子头儿。"

爸爸几时都是满面春风，从不见他有不愉之色，尤其对于穷苦的人们，温和备至。自抗战以来，难民到我们家门口，或是到大学的中文学院找爸爸帮助的，络绎不绝，爸爸总是尽力替他们设法，送钱、找事，或是送入救济所。记得有一次，我们在中文学院门口等爸爸一同回家，看见他搀扶着一个衣裳褴褛的老者，从石阶一步一步地下来，原来也是一个贫病求助的。事情并不稀奇，但是感动了我，指示了我应当怎样做人。

爸爸每日极忙，早晨八点去大学，一点回家午膳，两点再去，直到六点或七点才回家。在学校除教课及办校务外，总看见他在读书，写卡片，预备写书的材料。所以他写小说一类的文章，是在清早四点到六点之间，写一个段落又回到床上去睡，七点再起来。

爸爸为我们讲他小时候的故事，很多有趣的。但是段段落落没有连贯，我要求他把它写出来。他说："好，你们听话，我有空闲的时候就写。"哪知道写不到两三段，我那最可爱可敬的父亲，竟舍弃我们而去。想他不见，叫他不应，他是永远不回到我们身边来了。但是他的形影精神，深刻在我们的脑里，永世不会消灭的。

云姊姊来安慰我们，她说小朋友们都记念着爸爸，要我将爸爸所写的《童年》交她刊在《新儿童》上，虽然是没有完的文章，也可以聊慰记念着爸爸的小朋友。凡是爸爸从前向我们讲过的，尽我的记忆所能，我要把它续写在后面，使小朋友不至于太失望。爸爸有知，也许在含笑向着我们点头。

苓仲泣书　一九四一年

延平郡王祠边

小时候的事情是很值得自己回想的。父母的爱固然是一件永远不能再得的宝贝，但自己的幼年的幻想与情绪也像叆叇的孤云随着旭日升起以后，飞到天顶，便渐次地消失了。现在所留的不过是强烈的后像，以相反的色调在心头映射着。

出世后几年间是无知的时期，所能记的只是从家长们听得关于自己的零碎事情，虽然没什么趣味，却不妨记记实。在公元 1893 年 2 月 24 日，正当光绪十九年十二月二十八的上午丑时，我生于台湾台南府城延平郡王祠边的窥园里。这园是我祖父置的。出门不远，有一座马伏波祠，本地人称为马公庙，称我们的家为马公庙许厝。我的乳母求官是一个佃户的妻子，她很小心地照顾我。据母亲说，她老不肯放我下地，一直到我会在桌上走两步的时候，她才惊讶地嚷出来："丑官会走了！"叔丑是我的小名，因为我是丑时生的。母亲姓吴，兄弟们都称她叫"妪"，是我们几弟兄跟着大哥这样叫的，乡人称母亲为"阿姐""阿姨""乃娘"，却没有称"妪"的，家里叔伯兄弟们称呼他们的母亲，也不是这样，所以"妪"是我们几兄弟对母亲所用的专名。

妪生我的时候是三十多岁，她说我小的时候，皮肤白得像那刚褪皮的小螳螂一般。这也许不是赞我，或者是由乳母不让我出外晒太阳的缘故。老家的光景，我一点印象也没有。在我还不到一周年的时候，中日战争便起来了。台湾的割让，迫着我全家在一八九六年□日（原文空掉日子）离开乡里。妪在我幼年时常对我说当时出走的情形，我现在只记得几件有点意思的，一件是她在要安平上船以前，到关帝庙去求签，问问台湾要到几时才归中国。签诗大意回答她的大意说，中国是像一株枯杨，要等到它的根上再发新芽的时候才有希望。深信着台湾若不归还中国，她定是不能再见到家门的。但她永远不了解枯树上发新枝是指什么，这谜到她去世时还在猜着。她自逃出来以后就没有回去过。第二件可纪念的事，是她在猪圈里养了一只“天公猪”，临出门的时候，她到栏外去看它，流着泪对它说：“公猪，你没有福分上天公坛了，再见吧。”那猪也像流着泪，用那断藕般的鼻子嗅着她的手，低声呜呜地叫着。台湾的风俗，男子生到十三四岁的年纪，家人必得为他抱一只小公猪来养着，等到十六岁上元日，把它宰来祭上帝。所以管它叫“天公猪”，公猪由主妇亲自豢养的，三四年之中，不能叫它生气、吃惊、害病等。食料得用好的，绝不能把污秽的东西给它吃，也不能放它出去游荡像平常的猪一般。更不能容它与母猪在一起。换句话，它是一只预备做牺牲的圣畜。我们家那只公猪是为大哥养的。他那年已过了十三岁。她每天亲自养它，已经快到一年了。公猪看见她到栏外格外显出亲切的情谊。她说的话，也许它能理会几分。我们到汕头三个月以后，得着看家的来信，说那公猪自从她去后，就不大肯吃东西，渐渐地瘦了，不到半年公猪竟然死了。她到十年以后还在想念着它。她叹息公猪没福分上天公坛，大哥没福分用一只自豢的圣畜。故乡的风俗男子生后三日剃胎发，必在囟门上留一撮，名叫“囟鬃”。长了许剪不许剃，必得到了十六岁的上元日设坛散礼玉皇上帝及天宫，在神前剃下来。用红线包起，放在香炉前和公猪一起供着，这是古代冠礼的遗意。

还有一件是妪养的一双绒毛鸡。广东叫作竹丝鸡，很能下蛋。她打了一双金耳环戴在它的碧色的小耳朵上。临出门的时候，她叫看家好好地保护它。到了汕头之后，又听见家里出来的人说，父亲常骑的那匹马被日本人牵去了。日本人把它上了铁蹄。它受不了，不久也死了。父亲没与我们同走。他带着国防兵在山里，刘永福又要他去守安平。那时民主国的大势已去，在台南的刘永福，也没有什么办法，只好预备走。但他又不许人多带金银，在城门口有他的兵搜查“走反”的人民。乡人对于任何变化都叫作“反”。反朱一贵，反载万生，反法兰西，都曾大规模逃走到别处去。乙未年的“走日本反”恐怕是最大的“走”了。妪说我们出城时也受过严密的检查。因为走得太仓卒，现银预备不出来。所带的只有十几条纹银，那还是到大姑母的金铺现兑的。全家人到城门口，已是拥挤得很。当日出城的有大伯父一支五口，四婶一支四口，妪和我们姊弟六口，还有杨表哥一家，和我们几兄弟的乳母及家丁等七八口，一共二十多人。先坐牛车到南门外自己的田庄里过一宿，第二天才出安平乘竹筏上轮船到汕头去。妪说我当时只穿着一套夏布衣服；

家里的人穿的都是夏天衣服，所以一到汕头不久，很费了事为大家做衣服。我到现在还仿佛地记忆着我是被人抱着在街上走，看见满街上人拥挤得很，这是我最初印在我脑子里的经验。自然当时不知道是什么，依通常计算虽叫作三岁，其实只有十八个月左右。一切都是很模糊的。

我家原是从揭阳移居于台湾的。因为年代远久，族谱里的世系对不上，一时不能归宗。爹的行止还没一定，所以暂时寄住在本家的祠堂里。主人是许子荣先生与子明先生二位昆季，我们称呼子荣为太公，子明为三爷。他们二位是爹的早年的盟兄弟。祠堂在桃都底的围村，地方很宏敞。我们一家都住得很舒适。太公的二少爷是个秀才，我们称他为杞南兄，大少爷在广州经商，我们称他做梅坡哥。祠堂的右边是杞南兄住着，我们住在左边的一段。妪与我们几兄弟住在一间房。对面是四婶和她的子女住。隔一个天井，是大伯父一家住。大哥与伯父的儿子们辛哥住伯父的对面房。当中各隔着一间厅。大伯的姨太清姨和逊姨住左厢房，杨表哥住外厢房，其余乳母工人都在厅上打铺睡。这样算是在一个小小的地方安顿了一家子。

祠堂前头有一条溪，溪边有蔗园一大区，我们几个小弟兄常常跑到园里去捉迷藏；可是大人们怕里头有蛇，常常不许我们去。离蔗园不远的地方还有一区果园，我还记得柚子树很多。到开花的时候，一阵阵的清香教人闻到觉得非常愉快；这气味好像现在还有留着。那也许是我第一次自觉在树林里遨游。在花香与蜂闹的树下，在地上玩泥土，玩了大半天才被人叫回家去。

妪是不喜欢我们到祠堂外去的，她不许我们到水边玩，怕掉在水里；不许到果园里去，怕糟蹋人家的花果；又不许到蔗园去，怕被蛇咬了。离祠堂不远通到村市的那道桥，非有人领着，是绝对不许去的，若犯了她的命令，除掉打一顿之外，就得受缔佛的刑罚。缔佛是从乡人迎神赛会时把偶像缔结在神舆上以防倾倒的意义得来的，我与叔庚被缔的时候次数最多，几乎没有一天不“缔”整个下午。

牛津的书虫

牛津实在是学者的学国，我在此地两年的生活尽用于波德林图书馆、印度学院、阿克关屋（社会人类学讲室）及曼斯斐尔学院中，竟不觉归期已近。

同学们每叫我做“书虫”，定蜀尝鄙夷地说我于每谈论中，不上三句话，便要引经据典，“真正死路”！刘锴说：“你成日读书，睇读死你嚟呀！”书虫诚然是无用的东西，但读书读到死，是我所乐为。假使我的财力、事业能够容允我，我诚愿在牛津做一辈子的书虫。

我在幼时已决心为书虫生活。自破笔受业直到如今，二十五年间未尝变志。但是要做书虫，在现在的世界本不容易。须要具足五个条件才可以。五件者：第一要身体康健；第二要家道丰裕；第三要事业清闲；第四要志趣淡薄；第五要宿慧超越。我于此五件，一无所有！故我以十年之功只当他人一夕之业。于诸学问、途径还未看得清楚，何敢希望登堂入室？但我并不因我的资质与境遇而灰心，我还是抱着读得一日便得一日之益的心志。

为学有三条路向：一是深思，二是多闻，三是能干。第一途是做成思想家的路向；第二是学者；第三是事业家。这三种人同是为学，而其对于同一对象的理解则不一致。譬如有人在居庸关下偶然检起一块石头，一个思想家要想他怎样会在那里，怎样被人检起来，和他的存在的意义。若是一个地质学者，他对于那石头便从地质方面源源本本地说。若是一个历史学者，他便要探求那石与过去史实有无的关系。若是一个事业家，他只想着要怎样利用那石而已。三途之中，以多闻为本。我邦先贤教人以“博闻强记”，及教人“不学而好思，虽知不广”的话，真可谓能得为学的正谊。但在现在的世界，能专一途的很少。因为生活上等等的压迫，及种种知识上的需要，使人难为纯粹的思想家或事业家。假使苏格拉底生于今日的希拉，他难免也要写几篇关于近东问题的论文投到报馆里去卖几个钱。他也得懂得一点汽车、无线电的使用方法。也许他也会把钱财存在银行里。这并不是因为“人心不古”，乃是因为人事不古。近代人需要等等知识为生活的资助，大势所趋，必不能在短期间产生纯粹的或深邃的专家。故为学要先多能，然后专攻，庶几可以自存，可以有所供献。吾人生于今日，对于学问，专既难能，博又不易，所以应于上列“三途”中至少要兼“二程”。兼多闻与深思者为文学家。兼多闻与能干的为科学家。就是说一个人具有学者与思想家的才能，便是文学家；具有学者与专业家的功能的，便是科学家。文学家与科学家同要具学者的资格所不同者，一是偏于理解，一是偏于作用，一是修文，一是格物（自然我所用科学家与文学家的名字是广义的）。进一步说，舍多闻既不能有深思，亦不能生能干，所以多闻是为学根本。多闻多见为学者应有的事情，如人能够做到，才算得过着书虫的生活。当徬徨于学问的歧途时，若不能早自决断该向哪一条路走去，他的学业必致如荒漠的沙粒，既不能长育生灵，又不堪制作器用。即使他能下笔千言，必无一字可取。纵使他能临事多谋，必无一策能成。我邦学者，每不擅于过书虫生活，在歧途上既不能慎自抉择，复不虚心求教；过得去时，便充名士；过不去时，就变劣绅，所以我觉得留学而学普通知识，是一个民族最羞耻的事情。

我每觉得我们中间真正的书虫太少了。这是因为我们当学生的多半穷乏，急于谋生，不能具足上说五种求学条件所致。从前生活简单，旧式书院未变学堂的时代，还可以希望从领膏火费的生员中造成一二。至于今日的官费生或公费生，多半是虚掷时间和金钱的。这样的光景在留学界中更为显然。

牛津的书虫很多，各人都能利用它的机会去钻研，对于有学无财的人，各学院尽予津贴，未卒业者为“津贴生”，已卒业者为“特待校友”，特待校友中有一辈以读书为职业的。要有这样的待遇，然后可产出高等学者。在今日的中国要靠著作度日是绝对不可能的，因社会程度过低，还养不起著作家。……所以著作家的生活与地位在他国是了不得，在我国是不得了！著作家还养不起，何况能养在大学里以读书为生的书虫？这也许就是中国的“知识阶级”不打而自倒的原因。

老鸦咀

无论什么艺术作品，选材最难，许多人不明白写文章与绘画一样，擅于描写禽虫的不一定能画山水，擅于描写人物的不一定能写花卉，即如同在山水画的范围内，设色，取景，布局，要各有各的心胸才能显出各的长处，文章也是如此。有许多事情，在甲以为是描写的好材料，在乙便以为不足道，在甲以为能写得非常动情，在乙写来，只是淡淡无奇，这是作者性格所使然，是一个作家首应理会的。

穷苦的生活用颜色来描比用文字来写更难，近人许多兴到农村去画什么饥荒、兵灾，看来总觉得他们的艺术手段不够，不能引起观者的同感，有些只顾在色的渲染，有些只顾在画面堆上种种触目惊心的形状，不是失于不美，便是失于过美。过美的，使人觉得那不过是一幅画，不美的便不能引起人的快感，哪能成为艺术作品呢？所以《流民图》一类的作品只是宣传画的一种，不能算为纯正艺术作品。

近日上海几位以洋画名家而自诩为擅汉画的大画师、教授，每好作什么英雄独立图、醒狮图、骏马图。“雄鸡一声天下白”之类，借重名流如蔡先生褚先生等，替他们吹嘘，展览会从亚洲开到欧洲，到处招摇，直失画家风格。我在展览会见过的马腿，都很像古时芝拉夫的鸡脚，都像鹤膝，光与体的描画每多错误，不晓得一般高明的鉴赏家何以单单称赏那些，他们画马、画鹰、画公鸡给军人看，借此鼓励鼓励他们，倒也算是画家为国服务的一法，如果说“沙龙”的人都赞为得未曾有的东方画，那就失礼了。

当众挥毫不是很高尚的事，这是走江湖人的伎俩。要人信他的艺术高超，所以得在人前表演一下。打拳卖膏药的在人众围观的时节，所演的从第一代祖师以来都是那一套。我赴过许多“当众挥毫会”，深知某师必画鸟，某师必画鱼，某师必画鸦，样式不过三四，尺寸也不过五六，因为画熟了，几撇几点，一题，便成杰作，那样，要好画，真如煮沙欲其成饭了，古人雅集，兴到偶尔，就现成纸帛一两挥，本不为传，不为博人称赏，故只字点墨，都堪宝贵，今人当众大批制画，伧气满纸，其术或佳，其艺则渺。

画面题识，能免则免，因为字与画无论如何是两样东西，借几句文词来烘托画意，便见作者对于自己艺术未能信赖，要告诉人他画的都是什么，有些自大自满的画家还在纸上题些不相干的话，更是噱头。古代杰作，都无题识，甚至作者的名字都没有。有的也在画面上不相干的地方，如树边石罅，枝下等处淡淡地写个名字，记个年月而已。今人用大字题名题诗词，记跋，用大图章，甚至题占画面十分之七八，我要问观者是来读书还是读画？有题记瘾的画家，不妨将纸分为两部分，一部作画，一部题字，界限分明，才可以保持画面的完整。

近人写文喜用“三部曲”为题，这也是“洋八股”。为什么一定要“三部”？作者或者也莫名其妙，像“憧憬”是什么意思，我问过许多作者，除了懂日本文的以外，多数不懂，只因人家用开，顺其大意，他们也跟着用起来，用三部曲为题的恐怕也是如此。

上景山

无论哪一季，登景山最合宜的时间是在清早或下午三点以后。晴天，眼界可以望朦胧处；雨天，可以欣赏雨脚的长度和电光的迅射；雪天，可以令人咀嚼着无色界的滋味。

在万春亭上坐着，定神看北上门后的马路（从前路在门前，如今路在门后）尽是行人和车马，路边的梓树都已掉了叶子。不错，已经立冬了，今年天气可有点怪，到现在还没冻冰。多谢芰荷的业主把残茎都去掉，教我们能看见紫禁城外护城河的水光还在闪烁着。

神武门上是关闭得严严的。最讨厌的是楼前那枝很长的旗杆，侮辱了全个建筑的庄严。门楼两旁树它一对，不成吗？禁城上时时有人在走着，恐怕都是外国的旅人。

皇宫一所一所排列着非常整齐。怎么一个那么不讲纪律的民族，会建筑这么严整的宫廷？我对着一片黄瓦这样想着。不，说不讲纪律未免有点过火，我们可以说这民族是把旧的纪律忘掉，正在找一个新的咧。新的找不着，终究还要回来的。北京房子，皇宫也算在里头，主要的建筑都是向南的，谁也没有这样强迫过建筑者，说非这样修不可。但纪律因为利益所在，在不言中被遵守了。夏天受着解愠的熏风，冬天接着可爱的暖日，只要守着盖房子的法则，这利益是不用争而自来的。所以我们要问，在我们的政治社会里有这样的熏风和暖日吗？

最初在崖壁上写大字铭功的是强盗的老师，我眼睛看着神武门上的几个大字，心里想着李斯。皇帝也是强盗的一种，是个白痴强盗。他抢了天下把自己监禁在宫中，把一切宝物聚在身边，以为他是富有天下。这样一代过一代，到头来还是被他的糊涂奴仆，或贪婪臣宰，讨、瞒、偷、换，到连性命也不定保得住。这岂不是个白痴强盗？在白痴强盗底下才会产出大盗和小偷来。一个小偷，多少总要有一点跳女墙钻狗洞的本领，有他的禁忌，有他的信仰和道德。大盗只会利用他的奴性去请托攀缘，自赞赞他，禁忌固然没有，道德更不必提。谁也不能不承认盗贼是寄生人类的一种，但最可杀的是那班为大盗之一的斯文贼。他们不像小偷为延命去营鼠雀的生活；也不像一般的大盗，凭着自己的勇敢去抢天下。所以明火打劫的强盗最恨的是斯文贼。这里我又联想到张献忠。有一次他开科取士，檄诸州举贡生员，后至者妻女充院，本犯剥皮，有司教官斩，连坐十家。诸生到时，他要他们在一丈见方的大黄旗上写个帅字，字画要像斗底粗大，还要一笔写成。一个生员王志道缚草为笔，用大缸贮墨汁将草笔泡在缸里，三天，再取出来写，果然一笔写成了。他以为可以讨献忠的喜欢，谁知献忠说："他日图我必定是你。”立即把他杀来祭旗。献忠对待念书人是多么痛快。他知道他们是寄生的寄生。他的使命是来杀他们。

东城西城的天空中，时见一群一群旋飞的鸽子。除去打麻雀、逛窑子、上酒楼以外，这也是一种古典的娱乐。这种娱乐也来得群众化一点。它能在空中发出和悦的响声，翩翩地飞绕着，教人觉得在一个灰白色的冷天，满天乱飞乱叫的老鸹的讨厌。然而在刮大风的时候，若是你有勇气上景山的最高处，看看天安门楼屋脊上的鸦群，噪叫的声音是听不见，它们随风飞扬，直像从什么大树飘下来的败叶，凌乱得有意思。

万春亭周围被挖得东一沟，西一窟，据说是管宫的当局挖来试看煤山是不是个大煤堆，像历来的传说所传的，我心里暗笑信这说的人们。是不是因为北宋亡国的时候，都人在城被围时，拆毁艮岳的建筑木材去充柴火，所以计划建筑北京的人预先堆起一大堆煤，万一都城被围的时候，人民可以不拆宫殿。这是笨想头。若是我来计划，最好来一个米山。米在万急的时候，也可以生吃，煤可无论如何吃不得。又有人说景山是太行的最终一峰。这也是瞎说。从西山往东几十里平原，可怎么不偏不颇在北京城当中出了一座景山？若说北京的建设就是对着景山的子午，为什么不对北海的琼岛？我想景山明是开紫禁城外的护河所积的土，琼岛也是垒积从北海挖出来的土而成的。

从亭后的树缝里远远看见鼓楼。地安门前后的大街，人马默默地走，城市的喧嚣声，一点也听不见。鼓楼是不让正阳门那样雄壮地挺着。它的名字，改了又改，一会儿是明耻楼，一会儿又是齐政楼，现在大概又是明耻楼吧。明耻不难，雪耻得努力。只怕市民能明白那耻的还不多，想来是多么可怜。记得前几年“三民主义”“帝国主义”这套名词随着北伐军到北平的时候，市民看些篆字标语，好像都明白各人蒙着无上的耻辱，而这耻辱是由于帝国主义的压迫。所以大家也随声附和唱着打倒和推翻。

从山上下来，崇祯殉国的地方依然是那么半死的槐树。据说树上原有一条链子锁着，庚子联军入京以后就不见了，现在那枯槁的部分，还有一个大洞，当时的链痕还隐约可以看见。义和团运动的结果，从解放这棵树发展到解放这民族。这是一件多么可以发人深思的对象呢？山后的柏树发出幽恬的香气，好像是对于这地方的永远供物。

寿皇殿锁闭得严严的，因为谁也不愿意努尔哈赤的种类再做白痴的梦。每年的祭祀不举行了，庄严的神乐再也不能听见，只有从乡间进城来唱秧歌的孩子们，在墙外打的锣鼓，有时还可以送到殿前。

到景山门，回头仰望顶上方才所坐的地方，人都下来了。树上几只很面熟却不认得的鸟在叫着。亭里残破的古佛还坐着结那没人能懂的手印。

先农坛

曾经一度繁华过的香厂，现在剩下些破烂不堪的房子，偶尔经过，只见大兵们在广场上练国技。望南再走，排地摊的犹如往日，只是好东西越来越少，到处都看见外国来的空酒瓶，香水樽，胭脂盒，乃至簇新的东洋瓷器、沽衣摊上的不入时的衣服，“一块八”、“两块四”叫卖的伙计连翻带地兜揽，买主没有，看主却是很多。

在一条凹凸得格别的马路上走，不觉进了先农坛的地界。从前在坛里唯一的新建筑，“四面钟”，如今只剩一座空洞的高台，四围的柏树早已变成富人们的棺材或家私了。东边一座礼拜寺是新的。球场上还有人在那里练习。绵羊三五群，遍地披着枯黄的草根。风稍微一动，尘土便随着飞起，可惜颜色太坏，若是雪白或朱红，岂不是很好的国货化妆材料？

到坛北门，照例买票进去。古柏依旧，茶座全空。大兵们住在大殿里，很好看的门窗，都被拆做柴火烧了。希望北平市游览区划定以后，可以有一笔大款来修理。北平的旧建筑渐次少了，房主不断地卖折货。像最近的定王府，原是明朝胡大海的府邸，论起建筑的年代足有五百多年。假若政府有心保存北平古物，决不至于让市民随意拆毁。拆一间是少一间。现在坛里，大兵拆起公有建筑来了。爱国得先从爱惜公共的产业做起，得先从爱惜历史的陈迹做起。

观耕台上坐着一男一女，正在密谈，心情的热真能抵御环境的冷。桃树柳树都脱掉叶衣，做三冬的长眠，风摇鸟唤，都不听见。雩坛边的鹿，伶俐的眼睛瞭望着过路的人。游客本来有三两个，它们见了格外相亲。在那么空旷的园囿，本不必拦着它们，只要四围开上七八尺深的沟，斜削沟的里壁，使当中成一个圆丘，鹿放在当中，虽没遮栏也跳不上来。这样，园景必定优美得多。星云坛比岳渎坛更破烂不堪。干蒿败艾，满布在砖缝瓦罅之间，拂人衣裾，便发出一种清越的香味。老松在夕阳底下默然站着。人说它像盘旋的虬龙，我说它像开屏的孔雀，一颗一颗的松球，衬着暗绿的针叶，远望着更像得很。松是中国人的理想性格，画家没有不喜欢画它。孔子说它后凋还是屈了它，应当说它不凋才对。英国人对于橡树的情感就和中国对于松树的一样。中国人爱松并不尽是因为它长寿，乃是因它当飘风飞雪的时节能够站得住，生机不断，可发荣的时间一到，便又青绿起来。人对着松树是不会失望的，它能给人一种兴奋，虽然树上留着许多枯枝丫，看来越发增加它的壮美。就是枯死，也不像别的树木等闲地倒下来。千年百年是那么立着，藤萝缠它，薜荔粘它，都不怕，反而使它更优越更秀丽。古人说松籁好听得像龙吟。龙吟我们没有听过，可是它所发出的逸韵，真能使人忘掉名利，动出尘的想头。可是要记得这样的声音，决不是一寸一尺的小松所能发出，非要经得百千年的磨炼，受过风霜或者吃过斧斤的亏，能够立得定以后，是做不到的。所以当年壮的时候，应学松柏的抵抗力，忍耐力，和增进力；到年衰的时候，也不妨送出清越的籁声。

对着松树坐了半天。金黄色的霞光已经收了，不免离开雩坛直出大门。门外前几年挖的战壕，还没填满；羊群领着我向着归路。道边放着一担菊花，卖花人站在一家门口与那淡妆的女郎讲价，不提防担里的黄花教羊吃了几棵。那人索性将两棵带泥丸的菊花向羊群猛掷过去，口里骂“你等死的羊孙子！”可也没奈何。吃剩的花散布在道上，也教车轮碾碎了。

忆卢沟桥

记得离北平以前，最后到卢沟桥，是在二十二年的春天。我与同事刘兆蕙先生在一个清早由广安门顺着大道步行，经过大井村，已是十点多钟。参拜了义井庵的千手观音，就在大悲阁外少憩。那菩萨像有三丈多高，是金铜铸成的，体相还好，不过屋宇倾颓，香烟零落，也许是因为求愿的人们发生了求财赔本求子丧妻的事情罢。这次的出游本是为访求另一尊铜佛而来的。我听见从宛平城来的人告诉我那城附近有所古庙塌了，其中许多金铜佛像，年代都是很古的。为知识上的兴趣，不得不去采访一下。大井村的千手观音是有著录的，所以也顺便去看看。

出大井村，在官道上，巍然立着一座牌坊，是乾隆四十年建的。坊东面额书“经环同轨”，西面是“荡平归极”。建坊的原意不得而知，将来能够用来做凯旋门那就最合宜不过了。

春天的燕郊，若没有大风，就很可以使人流连。树干上或土墙边蜗牛在画着银色的涎路。它们慢慢移动，像不知道它们的小介壳以外还有什么宇宙似的。柳塘边的雏鸭披着淡黄色的酕毛，映着嫩绿的新叶；游泳时，微波随蹼翻起，泛成一弯一弯动着的曲纹，这都是生趣的示现。走乏了，且在路边的墓园少住一会儿。刘先生站在一座很美丽的窣堵波上，要我给他拍照。在榆树荫覆之下，我们没感到路上太阳的酷烈。寂静的墓园里，虽没有什么名花，野卉倒也长得顶得意的。忙碌的蜜蜂，两只小腿粘着些少花粉，还在采集着。蚂蚁为争一条烂残的蚱蜢腿，在枯藤的根本上争斗着。落网的小蝶，一片翅膀已失掉效用，还在挣扎着。这也是生趣的示现，不过意味有点不同罢了。

闲谈着，已见日丽中天，前面宛平城也在域之内了。宛平城在卢沟桥北，建于明崇祯十年，名叫“拱北城”，周围不及二里，只有两个城门，北门是顺治门，南门是永昌门。清改拱北为拱极，永昌门为威严门。南门外便是卢沟桥。拱北城本来不是县城，前几年因为北平改市，县衙才移到那里去，所以规模极其简陋。从前它是个卫城，有武官常驻镇守着，一直到现在，还是一个很重要的军事地点。我们随着骆驼队进了顺治门，在前面不远，便见了永昌门。大街一条，两边多是荒地。我们到预定的地点去探访，果见一个庞大的铜佛头和些铜像残体横陈在县立学校里的地上。拱北城内原有观音庵与兴隆寺，兴隆寺内还有许多已无可考的广慈寺的遗物，那些铜像究竟是属于哪寺的也无从知道。我们摩挲了一回，才到卢沟桥头的一家饭店午膳。

自从宛平县署移到拱北城，卢沟桥便成为县城的繁要街市。桥北的商店民居很多，还保存着从前中原数省人京孔道的规模。桥上的碑亭虽然朽坏，还矗立着。自从历年的内战，卢沟桥更成为戎马往来的要冲，加上长辛店战役的印象，使附近的居民都知道近代战争的大概情形，连小孩也知道飞机、大炮、机关枪都是做什么用的。到处墙上虽然有标语贴着的痕迹。而在色与量上可不能与卖药的广告相比。推开窗户，看着永定河的浊水穿过疏林，向东南流去，想起陈高的诗：“卢沟桥西车马多，山头白日照清波。毡卢亦有江南妇，愁听金人出塞歌。”清波不见，浑水成潮，是记述与事实的相差，抑昔日与今时的不同，就不得而知了。但想象当日桥下雅集亭的风景，以及金人所掠江南妇女，经过此地的情形，感慨便不能不触发了。

从卢沟桥上经过的可悲可恨可歌可泣的事迹，岂止被金人所掠的江南妇女那一件？可惜桥栏上蹲着的石狮子个个只会张牙咧龇结舌无言，以致许多可以稍留印迹的史实，若不随蹄尘飞散，也教轮辐压碎了。我又想着天下最有功德的是桥梁。它把天然的阻隔连络起来，它从这岸渡引人们到那岸。在桥上走过的是好是歹，于它本来无关，何况在上面走的不过是长途中的一小段，它哪能知道何者是可悲可恨可泣呢？它不必记历史，反而是历史记着它。卢沟桥本名广利桥，是金大定二十七年始建，至明昌二年（公元 1189—1192 年）修成的。它拥有世界的声名是因为曾入马哥博罗的记述。马哥博罗记作“普利桑乾”，而欧洲人都称它作“马哥博罗桥”，倒失掉记者赞叹桑乾河上一道大桥的原意了。中国人是擅于修造石桥的，在建筑上只有桥与塔可以保留得较为长久。中国的大石桥每能使人叹为鬼役神工，卢沟桥的伟大与那有名的泉州洛阳桥和漳州虎渡桥有点不同。论工程，它没有这两道桥的宏伟，然而在史迹上，它是多次系着民族安危。纵使你把桥拆掉，卢沟桥的神影是永不会被中国人忘记的。这个在“七七”事件发生以后，更使人觉得是如此。当时我只想着日军许会从古北口入北平，由北平越过这道名桥侵入中原，决想不到火头就会在我那时所站的地方发出来。

在饭店里，随便吃些烧饼就出来，在桥上张望。铁路桥在远处平行地架着。驼煤的骆驼队随着铃铛的音节整齐地在桥上迈步。小商人与农民在雕栏下作交易上很有礼貌的计较。妇女们在桥下浣衣，乐融融地交谈。人们虽不理会国势的严重，可是从军队里宣传员口里也知道强敌已在门口。我们本不为做间谍去的，因为在桥上向路人多问了些话，便教警官注意起来，我们也自好笑。我是为当事官吏的注意而高兴，觉得他们时刻在提防着，警备着。过了桥，便望见实柘山，苍翠的山色，指示着日斜多了几度，在砾原上流连片时，暂觉晚风拂衣，若不回转，就得住店了。“卢沟晓月”是有名的。为领略这美景，到店里住一宿，本来也值得，不过我对于晓风残月一类的景物素来不大喜爱。我爱月在黑夜里所显的光明。晓月只有垂死的光，想来是很凄凉的。还是回家罢。

我们不从原路去，就在拱北城外分道。刘先生沿着旧河床，向北回海甸去。我捡了几块石头，向着八里庄那条路走。进到阜城门，望见北海的白塔已经成为一个剪影贴在洒银的暗蓝纸上。

中国现代文学名著
精选集

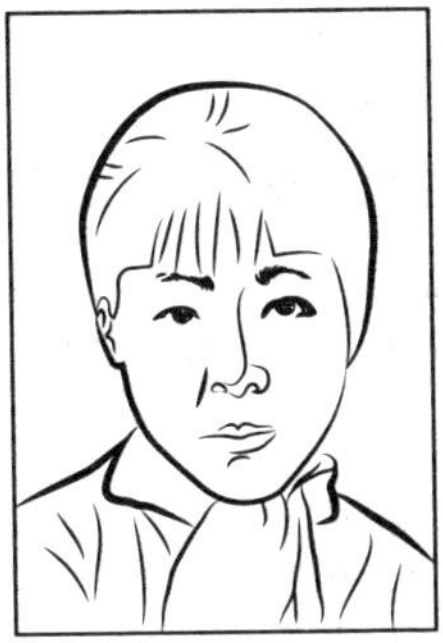

呼兰河传

萧 红——著

四川人民出版社

图书在版编目（CIP）数据

中国现代文学名著精选集/鲁迅等著．—成都：四川人民出版社，2024.6

ISBN 978-7-220-12634-5

Ⅰ．①中…　Ⅱ．①鲁…　Ⅲ．①中国文学-现代文学-作品综合集　Ⅳ．①I216.1

中国版本图书馆 CIP 数据核字（2021）第 255328 号

ZHONGGUO XIANDAI WENXUE MINGZHU JINGXUANJI HULANHE ZHUAN

中国现代文学名著精选集·呼兰河传

萧红　著

出版人	黄立新
选题策划	张明辉
出版统筹	王其进
责任编辑	唐　婧
封面设计	象上设计
责任校对	林　泉
责任印制	祝　健
出版发行	四川人民出版社（成都三色路 238 号）
网　　址	http://www.scpph.com
E-mail	scrmcbs@sina.com
新浪微博	@四川人民出版社
微信公众号	四川人民出版社
发行部业务电话	（028）86361653　86361656
防盗版举报电话	（028）86361653
照　　排	四川胜翔数码印务设计有限公司
印　　刷	成都蜀通印务有限责任公司
成品尺寸	130mm×185mm
印　　张	10.5
字　　数	220 千
版　　次	2024 年 6 月第 1 版
印　　次	2024 年 6 月第 1 次印刷
书　　号	ISBN 978-7-220-12634-5
定　　价	299.00 元（全 6 册）

逆来顺受，你说我的生命可惜，我自己却不在乎。你看着很危险，我却自以为得意。不得意怎么样？人生是苦多乐少。

本书在编辑出版中，尽可能保留了原版本的惯用字、通假字和标点用法；人名、地名亦保留作者原译法。

目录

呼兰河传

第一章

一

严冬一封锁了大地的时候，则大地满地裂着口。从南到北，从东到西，几尺长的，一丈长的，还有好几丈长的，它们毫无方向地，便随时随地，只要严冬一到，大地就裂开口了。

严寒把大地冻裂了。

年老的人，一进屋用扫帚扫着胡子上的冰溜，一面说：

“今天好冷啊！地冻裂了。”

赶车的车夫，顶着三星，绕着大鞭子走了六七十里，天刚一蒙亮，进了大车店，第一句话就向客栈掌柜的说：

“好厉害的天啊！小刀子一样。”

等进了栈房，摘下狗皮帽子来，抽一袋烟之后，伸手去拿热馒头的时候，那伸出来的手在手背上有无数的裂口。

人的手被冻裂了。

卖豆腐的人清早起来沿着人家去叫卖，偶一不慎，就把盛豆腐的方木盘贴在地上拿不起来了，被冻在地上了。

卖馒头的老头，背着木箱子，里边装着热馒头，太阳一出来，就在街上叫唤。他刚一从家里出来的时候，他走的快，他喊的声音也大。可是过不了一会，他的脚上挂了掌子了，在脚心上好像踏着一个鸡蛋似的，圆滚滚的。原来冰雪封满了他的脚底了。他走起来十分的不得力，若不是十分的加着小心，他就要跌倒了。就是这样，也还是跌倒的。跌倒了是不很好的，把馒头箱子跌翻了，馒头从箱底一个一个的滚了出来。旁边若有人看见，趁着这机会，趁着老头子倒下一时还爬不起来的时候，就拾了几个一边吃着就走了。等老头子挣扎起来，连馒头带冰雪一起捡到箱子去，一数，不对数。他明白了。他向着那走不太远的吃他馒头的人说：

“好冷的天，地皮冻裂了，吞了我的馒头了。”

行路人听了这话都笑了。他背起箱子来再往前走，那脚下的冰溜，似乎是越结越高，使他越走越困难，于是背上出了汗，眼睛上了霜，胡子上的冰溜越挂越多，而且因为呼吸的关系，把破皮帽子的帽耳朵和帽前遮都挂了霜了。这老头越走越慢，担心受怕，颤颤惊惊，好像初次穿上滑冰鞋，被朋友推上了溜冰场似的。

小狗冻得夜夜的叫唤，哽哽的，好像它的脚爪被火烧着一样。

天再冷下去：

水缸被冻裂了；

井被冻住了；

大风雪的夜里，竟会把人家的房子封住，睡了一夜，早晨起来，一推门，竟推不开门了。

大地一到了这严寒的季节，一切都变了样，天空是灰色的，好像刮了大风之后，呈着一种混沌沌的气象，而且整天飞着清雪。人们走起路来是快的，嘴里边的呼吸，一遇到了严寒好像冒着烟似的。七匹马拉着一辆大车，在旷野上成串的一辆挨着一辆地跑，打着灯笼，甩着大鞭子，天空挂着三星。跑了两里路之后，马就冒汗了。再跑下去，这一批人马在冰天雪地里边竟热气腾腾的了。一直到太阳出来，进了栈房，那些马才停止了出汗。但是一停止了出汗，马毛立刻就上了霜。

人和马吃饱了之后，他们再跑。这寒带的地方，人家很少，不像南方，走了一村，不远又来了一村，过了一镇，不远又来了一镇。这里是什么也看不见，远望出去是一片白。从这一村到那一村，根本是看不见的。只有凭了认路的人的记忆才知道是走向了什么方向。拉着粮食的七匹马的大车，是到他们附近的城里去。载来大豆的卖了大豆，载来高粱的卖了高粱。等回去的时候，他们带了油、盐和布匹。

呼兰河就是这样的小城，这小城并不怎样繁华，只有两条大街，一条从南到北，一条从东到西，而最有名的算是十字街了。十字街口集中了全城的精华。十字街上有金银首饰店、布庄、油盐店、茶庄、药店，也有拔牙的洋医生。那医生的门前，挂着很大的招牌，那招牌上画着特别大的有量米的斗那么大的一排牙齿。这广告在这小城里边无乃太不相当，使人们看了竟不知道那是什么东西，因为油店、布店和盐店，他们都没有什么广告，也不过是盐店门前写个“盐”字，布店门前挂了两张怕是自古亦有之的两张布幌子。其余的如药店的招牌，也不过是把那戴着花镜的伸出手去在小枕头上号着妇女们的脉管的医生的名字挂在门外就是了。比方那医生的名字叫李永春，那药店也就叫“李永春”。人们凭着记忆，哪怕就是李永春摘掉了他的招牌，人们也都知李永春是在那里。不但城里的人这样，就是从乡下来的人也多半都把这城里的街道，和街道上尽是些什么都记熟了。用不着什么广告，用不着什么招引的方式，要买的比如油盐、布匹之类，自己走进去就会买。不需要的，你就是挂了多大的牌子，人们也是不去买。那牙医生就是一个例子，那从乡下来的人们看了这么大的牙齿，真是觉得希奇古怪，所以那大牌子前边，停了许多人在看，看也看不出是什么道理来。假若他是正在牙痛，他也绝对的不去让那用洋法子的医生给他拔掉，也还是走到李永春药店去，买二两黄连，回家去含着算了吧！因为那牌子上的牙齿太大了，有点莫名其妙，怪害怕的。

所以那牙医生，挂了两三年招牌，到那里去拔牙的却是寥寥无几。

后来那女医生没有办法，大概是生活没法维持，她兼做了收生婆。

城里除了十字街之外，还有两条街，一条叫做东二道街，一条叫做西二道街。这两条街是从南到北的，大概五六里长。这两条街上没有什么好记载的，有几座庙，有几家烧饼铺，有几家粮栈。

东二道街上有一家火磨，那火磨的院子很大，用红色的好砖砌起来的大烟筒是非常高的，听说那火磨里边进去不得，那里边的消信可多了，是碰不得的。一碰就会把人用火烧死，不然为什么叫火磨呢？就是因为有火，听说那里边不用马，或是毛驴拉磨，用的是火。一般人以为尽是用火，岂不把火磨烧着了吗？想来想去，想不明白，越想也就越糊涂。偏偏那火磨又是不准参观的。听说门口站着守卫。

东二道街上还有两家学堂，一个在南头，一个在北头。都是在庙里边，一个在龙王庙里，一个在祖师庙里。两个都是小学：龙王庙里的那个学的是养蚕，叫做农业学校。祖师庙里的那个，是个普通的小学，还有高级班，所以又叫做高等小学。

这两个学校，名目上虽然不同，实际上是没有什么分别的。也不过那叫做农业学校的，到了秋天把蚕用油炒起来，教员们大吃几顿就是了。

那叫做高等小学的，没有蚕吃，那里边的学生的确比农业学校的学生长的高，农业学生开头是念“人、手、足、刀、尺”，顶大的也不过十六七岁。那高等小学的学生却不同了，吹着洋号，竟有二十四岁的，在乡下私学馆里已经教了四五年的书了，现在才来上高等小学。也有在粮栈里当了二年的管账先生的现在也来上学了。

这小学的学生写起家信来，竟有写到：“小秃子闹眼睛好了没有？”小秃子就是他的八岁的长公子的小名。次公子，女公子还都没有写上，若都写上怕是把信写得太长了。

因为他已经子女成群，已经是一家之主了，写起信来总是多谈一些个家政：姓王的地户的地租送来没有？大豆卖了没有？行情如何之类。

这样的学生，在课堂里边也是极有地位的，教师也得尊敬他，一不留心，他这样的学生就站起来了，手里拿着《康熙字典》，常常会把先生指问住的。万里乾坤的“乾”和乾菜的“乾”，据这学生说是不同的。乾菜的“乾”应该这样写：“乾”，而不是那样写：“乾”。

西二道街上不但没有火磨，学堂也就只有一个。是个清真学校，设在城隍庙里边。

其余的也和东二道街一样，灰秃秃的，若有车马走过，则烟尘滚滚，下了雨满地是泥。而且东二道街上有大泥坑一个，五六尺深。不下雨那泥浆好像粥一样，下了雨，这泥坑就变成河了，附近的人家，就要吃它的苦头，冲了人家里满满是泥，等坑水一落了去，天一晴了，被太阳一晒，出来很多蚊子飞到附近的人家去。同时那泥坑也就越晒越纯净，好像在提炼什么似的，好像要从那泥坑里边提炼出点什么来似的。若是一个月以上不下雨，那大泥坑的质度更纯了，水分完全被蒸发走了，那里边的泥，又黏又黑，比粥锅潋糊，比浆糊还黏。好像炼胶的大锅似的，黑糊糊的，油亮亮的，那怕苍蝇蚊子从那里一飞也要黏住的。

小燕子是很喜欢水的，有时误飞到这泥坑上来，用翅子点着水，看起来很危险，差一点没有被泥坑陷害了它，差一点没有被粘住，赶快地头也不回地飞跑了。

若是一匹马，那就不然了，非粘住不可。不仅仅是粘住，而且把它陷进去，马在那里边滚着，挣扎着，挣扎了一会，没有了力气那马就躺下了。一躺下那就很危险，很有致命的可能。但是这种时候不很多，很少有人牵着马或是拉着车子来冒这种险。

这大泥坑出乱子的时候，多半是在旱年，若两三个月不下雨这泥坑子才到了真正危险的时候。在表面上看来，似乎是越下雨越坏，一下了雨好像小河似的了，该多么危险，有一丈来深，人掉下去也要没顶的。其实不然，呼兰河这城里的人没有这么傻，他们都晓得这个坑是很厉害的，没有一个人敢有这样大的胆子牵着马从这泥坑上过。

可是若三个月不下雨，这泥坑子就一天一天地干下去，到后来也不过是二三尺深，有些勇敢者就试探着冒险的赶着车从上边过去了，还有些次勇敢者，看着别人过去，也就跟着过去了。一来二去的，这坑子的两岸，就压成车轮经过的车辙了。那再后来者，一看，前边已经有人走在先了，这懦怯者比之勇敢的人更勇敢，赶着车子走上去了。

谁知这泥坑子的底是高低不平的，人家过去了，可是他却翻了车了。

车夫从泥坑爬出来，弄得和个小鬼似的，满脸泥污，而后再从泥中往外挖掘他的马，不料那马已经倒在泥污之中了，这时候有些过路的人，也就走上前来，帮忙施救。

这过路的人分成两种，一种是穿着长袍短褂的，非常清洁。看那样子也伸不出手来，因为他的手也是很洁净的。不用说那就是绅士一流的人物了，他们是站在一旁参观的。

看那马要站起来了，他们就喝彩，“噢！噢！”地喊叫着，看那马又站不起来，又倒下去了，这时他们又是喝彩，“噢噢”地又叫了几声。不过这喝的是倒彩。

就这样的马要站起来，而又站不起来的闹了一阵之后，仍然没有站起来，仍是照原样可怜地躺在那里。这时候，那些看热闹的觉得也不过如此，也没有什么新花样了。于是星散开去，各自回家去了。

现在再来说那马还是在那里躺着，那些帮忙救马的过路人，都是些普通的老百姓，是这城里的担葱的、卖菜的、瓦匠、车夫之流。他们卷卷裤脚，脱了鞋子，看看没有什么办法，走下泥坑去，想用几个人的力量把那马抬起来。

结果抬不起来了，那马的呼吸不大多了。于是人们着了慌，赶快解了马套。从车子把马解下来，以为这回那马毫无担负的就可以站起来了。

不料那马还是站不起来。马的脑袋露在泥浆的外边，两个耳朵哆嗦着，眼睛闭着，鼻子往外喷着突突的气。

看了这样可怜的景象，附近的人们跑回家去，取了绳索，拿了绞锥。用绳子把马捆了起来，用绞锥从下边掘着。人们喊着号令，好像造房子或是架桥梁似的，把马抬出来了。

马是没有死，躺在道旁。人们给马浇了一些水，还给马洗了一个脸。

看热闹的也有来的，也有去的。

第二天大家都说：

“那大水泡子又淹死了一匹马。”

虽然马没有死，一哄起来就说马死了。若不这样说，觉得那大泥坑也太没有什么威严了。

在这大泥坑上翻车的事情不知有多少。一年除了被冬天冻住的季节之外，其余的时间，这大泥坑子像它被赋给生命了似的，它是活的。水涨了，水落了，过些日子大了，过些日子又小了。大家对它都起着无限的关切。

水大的时间，不但阻碍了车马，且也阻碍了行人，老头走在泥坑子的沿上，两条腿打颤，小孩子在泥坑子的沿上吓得狼哭鬼叫。

一下起雨来这大泥坑子白亮亮地涨得溜溜的满，涨到两边的人家的墙根上去了，把人家的墙根给淹没了。来往过路的人，一走到这里，就像在人生的路上碰到了打击。是要奋斗的，卷起袖子来，咬紧了牙根，全身的精力集中起来，手抓着人家的板墙，心脏扑通扑通地跳，头不要晕，眼睛不要花，要沉着迎战。

偏偏那人家的板墙造得又非常的平滑整齐，好像有意在危难的时候不帮人家的忙似的，使那行路人不管怎样巧妙地伸出手来，也得不到那板墙的怜悯，东抓抓不着什么，西摸也摸不到什么，平滑得连一个疤拉节子也没有，这可不知道是什么山上长的木头，长得这样完好无缺。

挣扎了五六分钟之后，总算是过去了。弄得满头流汗，满身发烧，那都不说。再说那后来的人，依法炮制，那花样也不多，也只是东抓抓，西摸摸。弄了五六分钟之后，又过去了。

一过去了可就精神饱满，哈哈大笑着，回头向那后来的人，向那正在艰苦阶段上奋斗着的人说：

“这算什么，一辈子不走几回险路那不算英雄。”

可也不然，也不一定都是精神饱满的，而大半是被吓得脸色发白。有的虽然已经过去了多时，还是不能够很快地抬起腿来走路，因为那腿还在打颤。

这一类胆小的人，虽然是险路已经过去了，但是心里边无由地生起来一种感伤的情绪，心里颤抖抖的，好像被这大泥坑子所感动了似的，总要回过头来望一望，打量一会，似乎要有些话说。终于也没有说什么，还是走了。

有一天，下大雨的时候，一个小孩子掉下去，让一个卖豆腐的救了上来。

救上来一看，那孩子是农业学校校长的儿子。

于是议论纷纷了，有的说是因为农业学堂设在庙里边，冲了龙王爷了，龙王爷要降大雨淹死这孩子。

有的说不然，完全不是这样，都是因为这孩子的父亲的关系，他父亲在讲堂上指手画脚的讲，讲给学生们说，说这天下雨不是在天的龙王爷下的雨，他说没有龙王爷。你看这不把龙王爷活活地气死，他这口哪那能不出呢？所以就抓住了他的儿子来实行因果报应了。

有的说，那学堂里的学生也太不像样了，有的爬上了老龙王的头顶，给老龙王去戴了一个草帽。这是什么年头，一个毛孩子就敢惹这么大的祸，老龙王怎么会不报应呢？

看着吧，这还不能算了事，你想龙王爷并不是白人呵！你若惹了他，他可能够饶了你？

那不像对付一个拉车的、卖菜的，随便的踢他们一脚就让他们去。那是龙王爷呀！龙王爷还是惹得的吗？

有的说，那学堂的学生都太不像样了，他说他亲眼看见过，学生们拿了蚕放在大殿上老龙王的手上。你想老龙王哪能够受得了。

有的说，现在的学堂太不好了，有孩子是千万上不得学堂的。一上了学堂就天地人鬼神不分了。

有的说他要到学堂把他的儿子领回来，不让他念书了。

有的说孩子在学堂里念书，是越念越坏，比方吓掉了魂，他娘给他叫魂的时候，你听他说什么？他说这叫迷信。你说再念下去那还了得吗？

说来说去，越说越远了。

过了几天，大泥坑子又落下去了，泥坑两岸的行人通行无阻。

再过些日子不下雨，泥坑子就又有点像要干了。这时候，又有车马开始在上面走，又有车子翻在上面，又有马倒在泥中打滚，又是绳索棍棒之类的，往外抬马，被抬出去的赶着车子走了，后来的，陷进去，再抬。

一年之中抬车抬马，在这泥坑子上不知抬了多少次，可没有一个人说把泥坑子用土填起来不就好了吗？没有一个。

有一次一个老绅士在泥坑涨水时掉在里边了。一爬出来，他就说：

“这街道太窄了，去了这水泡子连走路的地方都没有了，这两边的院子，怎么不把院墙拆了让出一块来？”

他正说着，板墙里边，就是那院中的老太太搭了言。她说院墙是拆不得的，她说最好种树，若是沿着墙根种上一排树，下起雨来人就可以攀着树过去了。

说拆墙的有，说种树的有，若说用土把泥坑来填平的，一个人也没有。

这泥坑子里边淹死过小猪，用泥浆闷死过狗，闷死过猫，鸡和鸭也常常死在这泥坑里边。

原因是这泥坑上边结了一层硬壳，动物们不认识那硬壳下面就是陷阱，等晓得了可也就晚了。它们跑着或是飞着，等往那硬壳上一落可就再也站不起来了。白天还好，或者有人又要来施救。夜晚可就没有办法了。它们自己挣扎，挣扎到没有力量的时候就很自然地沉下去了，其实也或者越挣扎越沉下去的快。有时至死也还不沉下去的事也有。若是那泥浆的密度过高的时候，就有这样的事。

比方肉上市，忽然卖便宜猪肉了，于是大家就想起那泥坑子来了，说：

“可不是那泥坑子里边又淹死了猪了？”

说着若是腿快的，就赶快跑到邻人的家去，告诉邻居：

“快去买便宜肉吧，快去吧，快去吧，一会没有了。”

等买回家来才细看一番，似乎有点不大对，怎么这肉又紫又青的！可不要是瘟猪肉。

但是又一想，哪能是瘟猪肉呢，一定是那泥坑子淹死的。

于是煎、炒、蒸、煮，家家吃起便宜猪肉来。虽然吃起来了，但就总觉得不大香，怕还是瘟猪肉。

可是又一想，瘟猪肉怎么可以吃得，那么还是泥坑子淹死的吧！

本来这泥坑子一年只淹死一两只猪，或两三口猪，有几年还连一个猪也没有淹死。至于居民们常吃淹死的猪肉，这可不知是怎么一回事，真是龙王爷晓得。

虽然吃的自己说是泥坑子淹死的猪肉，但也有吃了病的，那吃病了的就大发议论说：

“就是淹死的猪肉也不应该抬到市上去卖，死猪肉终究是不新鲜的，税局子是干什么的，让大街上，在光天化日之下就卖起死猪肉来？”

那也是吃了死猪肉的，但是尚且没有病的人说：

“话可也不能是那么说，一定是你疑心，你三心二意的吃下去还会好。你看我们也一样是吃了，可怎么没病？”

间或也有小孩子太不知时务，他说他妈不让他吃，说那是瘟猪肉。

这样的孩子，大家都不喜欢。大家都用眼睛瞪着他，说他：“瞎说，瞎说！”

有一次一个孩子说那猪肉一定是瘟猪肉，并且是当着母亲的面向邻人说的。

那邻人听了倒并没有坚决的表示什么，可是他的母亲的脸立刻就红了。伸出手去就打了那孩子。

那孩子很固执，仍是说：

“是瘟猪肉吗！是瘟猪肉吗！”

母亲实在难为情起来，就拾起门旁的烧火的叉子，向着那孩子的肩膀就打了过去。

于是孩子一边哭着一边跑回家里去了。

一进门，炕沿上坐着外祖母，那孩子一边哭着一边扑到外祖母的怀里说：

“姥姥，你吃的不是瘟猪肉吗？我妈打我。”

外祖母对这打得可怜的孩子本想安慰一番，但是一抬头看见了同院的老李家的奶奶站在门口往里看。

于是外祖母就掀起孩子后衣襟来，用力地在孩子的屁股上哐哐地打起来，嘴里还说着：

“谁让你这么一点你就胡说八道！”

一直打到李家的奶奶抱着孩子走了才算完事。

那孩子哭得一塌糊涂，什么“瘟猪肉”不“瘟猪肉”的，哭得也说不清了。

总共这泥坑子施给当地居民的福利有两条：

第一条：常常抬车抬马，淹鸡淹鸭，闹得非常热闹，可使居民说长道短，得以消遣。

第二条就是这猪肉的问题了，若没有这泥坑子，可怎么吃瘟猪肉呢？吃是可以吃的，但是可怎么说法呢？真正说是吃的瘟猪肉，岂不太不讲卫生了吗？有这泥坑子可就好办，可以使瘟猪变成淹猪，居民们买起肉来，第一经济，第二也不算什么不卫生。

二

东二道街除了大泥坑子这番盛举之外，再就没有什么了。也不过是几家碾磨房，几家豆腐店，也有一两家机房，也许有一两家染布匹的染缸房，这个也不过是自己默默地在那里做着自己的工作，没有什么可以使别人开心的，也不能招来什么议论。那里边的人都是天黑了就睡觉，天亮了就起来工作。一年四季，春暖花开、秋雨、冬雪，也不过是随着季节穿起棉衣来，脱下单衣去地过着。生老病死也都是一声不响地默默地办理。

比方就是东二道街南头，那卖豆芽菜的王寡妇吧：她在房脊上插了一个很高的杆子，杆子头上挑着一个破筐。因为那杆子很高，差不多和龙王庙的铁马铃子一般高了。来了风，庙上的铃子格棱格棱地响。王寡妇的破筐子虽是它不会响，但是它也会东摇西摆地作着态。

就这样一年一年地过去，王寡妇一年一年地卖着豆芽菜，平静无事，过着安详的日子，忽然有一年夏天，她的独子到河边去洗澡，掉河淹死了。

这事情似乎轰动了一时，家传户晓，可是不久也就平静下去了。不但邻人、街坊，就是她的亲戚朋友也都把这回事情忘记了。

再说那王寡妇，虽然她从此以后就疯了，但她到底还晓得卖豆芽菜，她仍还是静静地活着，虽然偶尔她的菜被偷了，在大街上或是在庙台上狂哭一场，但一哭过了之后，她还是平平静静地活着。

至于邻人街坊们，或是过路人看见了她在庙台上哭，也会引起一点恻隐之心来的，不过为时甚短罢了。

还有人们常常喜欢把一些不幸者归划在一起，比如疯子傻子之类，都一律去看待。

哪个乡、哪个县、哪个村都有些个不幸者，瘸子啦、瞎子啦、疯子或是傻子。

呼兰河这城里，就有许多这一类的人。人们关于他们都似乎听得多、看得多，也就不以为奇了。偶尔在庙台上或是大门洞里不幸遇到了一个，刚想多少加一点恻隐之心在那人身上，但是一转念，人间这样的人多着哩！于是转过眼睛去，三步两步地就走过去了。即或有人停下来，也不过是和那些毫没有记性的小孩子似的向那疯子投一个石子，或是做着把瞎子故意领到水沟里边去的事情。

一切不幸者，就都是叫化子，至少在呼兰河这城里边是这样。

人们对待叫化子们是很平凡的。

门前聚了一群狗在咬，主人问：

“咬什么?”

仆人答：

“咬一个讨饭的。”

说完了也就完了。

可见这讨饭人的活着是一钱不值了。

卖豆芽菜的女疯子，虽然她疯了还忘不了自己的悲哀，隔三差五的还到庙台上去哭一场，但是一哭完了，仍是得回家去吃饭、睡觉、卖豆芽菜。

她仍是平平静静地活着。

三

再说那染缸房里边，也发生过不幸，两个年青的学徒，为了争一个街头上的妇人，其中的一个把另一个按进染缸子给淹死了。死了的不说，就说那活着的也下了监狱，判了个无期徒刑。

但这也是不声不响地把事就解决了，过了三年二载，若有人提起那件事来，差不多就像人们讲着岳飞、秦桧似的，久远得不知多少年前的事情似的。

同时发生这件事情的染缸房，仍旧是在原址，甚或连那淹死人的大缸也许至今还在那儿使用着。从那染缸房发卖出来的布匹，仍旧是远近的乡镇都流通着。蓝色的布匹男人们做起棉裤棉袄，冬天穿它来抵御严寒。红色的布匹，则做成大红袍子，给十八九岁的姑娘穿上，让她去做新娘子。

总之，除了染缸房子在某年某月某日死了一个人外，其余的世界，并没有因此而改动了一点。

再说那豆腐房里边也发生过不幸：两个伙计打仗，竟把拉磨的小驴的腿打断了。

因为它是驴子，不谈它也就罢了。只因为这驴子哭瞎了一个妇人的眼睛（即打了驴子那人的母亲），所以不能不记上。

再说那造纸的纸房里边，把一个私生子活活饿死了。因为他是一个初生的孩子，算不了什么。也就不说他了。

四

其余的东二道街上，还有几家扎彩铺。这是为死人而预备的。

人死了，魂灵就要到地狱里边去，地狱里边怕是他没有房子住、没有衣裳穿、没有马骑。活着的人就为他做了这么一套，用火烧了，据说是到阴间就样样都有了。

大至喷钱兽、聚宝盆、大金山、大银山，小至丫鬟使女、厨房里的厨子、喂猪的猪官，再小至花盆、茶壶茶杯、鸡鸭鹅犬，以至窗前的鹦鹉。

看起来真是万分的好看，大院子也有院墙，墙头上是金色的琉璃瓦。一进了院，正房五间，厢房三间，一律是青红砖瓦房，窗明几净，空气特别新鲜。花盆一盆一盆的摆在花架子上，石柱子、金百合、马蛇菜、九月菊都一齐的开了。看起使人不知道是什么季节，是夏天还是秋天，居然那马蛇菜也和菊花同时站在一起。也许阴间是不分什么春夏秋冬的。这且不说。

再说那厨房里的厨子，真是活神活现，比真的厨子真是干净到一千倍，头戴白帽子、身扎白围裙，手里边在做拉面条。似乎午饭的时候就要到了，煮了面就要开饭了似的。

院子里的牵马童，站在一匹大白马的旁边，那马好像是阿拉伯马，特别高大，英姿挺立，假若有人骑上，看样子一定比火车跑得更快。就是呼兰河这城里的将军，相信他也没有骑过这样的马。

小车子、大骡子，都排在一边。骡子是油黑的，闪亮的，用鸡蛋壳做的眼睛，所以眼珠是不会转的。

大骡子旁边还站着一匹小骡子，那小骡子是特别好看，眼珠是和大骡子一般的大。

小车子装潢得特别漂亮，车轮子都是银色的。车前边的帘子是半掩半卷的，使人得以看到里边去。车里边是红堂堂地铺着大红的褥子。赶车的坐在车沿上，满脸是笑，得意洋洋，装饰得特别漂亮，扎着紫色的腰带，穿着蓝色花丝葛的大袍，黑缎鞋，雪白的鞋底。大概穿起这鞋来还没有走路就赶过车来了。他头上戴着黑帽头，红帽顶，把脸扬着，他蔑视着一切，越看他越不像一个车夫，好像一位新郎。

公鸡三两只，母鸡七八只，都是在院子里边静静地啄食，一声不响，鸭子也并不呱呱地直叫，叫得烦人。狗蹲在上房的门旁，非常的守职，一动不动。

看热闹的人，人人说好，个个称赞。穷人们看了这个竟觉得活着还没有死了好。

正房里，窗帘、被格、桌椅板凳，一切齐全。

还有一个管家的，手里拿着一个算盘在打着，旁边还摆着一个账本，上边写着：

“北烧锅欠酒二十二斤

东乡老王家昨借米二十担

白旗屯泥人子昨送地租四百三十吊

白旗屯二傻子共欠地租两千吊”

这以下写了个：

四月二十八日

以上的是四月二十七日的流水账，大概二十八日的还没有写吧！

看这账目也就知道阴间欠了账也是马虎不得的，也设了专门人才，即管账先生一流的人物来管。同时也可以看出来，这大宅子的主人不用说就是个地主了。

这院子里边，一切齐全，一切都好，就是看不见这院子的主人在什么地方，未免地使人疑心这么好的院子而没有主人了。这一点似乎使人感到空虚，无着无落的。

再一回头看，就觉得这院子终归是有点两样，怎么丫鬟、使女、车夫、马童的胸前都挂着一张纸条，那纸条上写着他们每个人的名字：那漂亮得和新郎似的车夫的名字叫："长鞭"。

马童的名字叫："快腿"。

左手拿着水烟袋，右手抡着花手巾的小丫鬟叫："德顺"。

另外一个叫："顺手"。

管账的先生叫："妙算"。

提着喷壶在浇花的使女叫："花姐"。

再一细看才知道那匹大白马也是有名字的，那名字是贴在马屁股上的，叫："千里驹"。

其余的如骡子、狗、鸡、鸭之类没有名字。

那在厨房里拉着面条的"老王"，他身上写着他名字的纸条，来风一吹，还忽咧忽咧地跳着。

这可真有点奇怪，自家的仆人，自己都不认识了，还要挂上个名签。

这一点未免地使人迷离恍惚，似乎阴间究竟没有阳间好。

虽然这么说，羡慕这座宅子的人还是不知多少。因为的确这座宅子是好：清悠、闲静，鸦雀无声，一切规整，绝不紊乱。丫鬟、使女，照着阳间的一样，鸡犬猪马，也都和阳间一样，阳间有什么，到了阴间也有，阳间吃面条，到了阴间也吃面条，阳间有车子坐，到了阴间也一样的有车子坐，阴间是完全和阳间一样，一模一样的。

只不过没有东二道街上那大泥坑子就是了。是凡好的一律都有，坏的不必有。

五

东二道街上的扎彩铺，就扎的是这一些。一摆起来又威风、又好看，但那作坊里边是乱七八糟的，满地碎纸，秫杆棍子一大堆，破盒子、乱罐子、颜料瓶子、浆糊盆、细麻绳、粗麻绳……走起路来，会使人跌倒。那里边砍的砍、绑的绑，苍蝇也来回地飞着。

要做人，先做一个脸孔，糊好了，挂在墙上，男的女的，到用的时候，摘下一个来就用。给一个用秫杆捆好的人架子，穿上衣服，装上一个头就像人了。把一个瘦骨伶仃的用纸糊好的马架子，上边贴上用纸剪成的白毛，那就是一匹很漂亮的马了。

做这样的活计的，也不过是几个极粗糙极丑陋的人，他们虽懂得怎样打扮一个马童或是打扮一个车夫，怎样打扮一个妇人女子，但他们对他们自己是毫不加修饰的，长头发的、毛头发的、歪嘴的、斜眼的、赤足裸膝的，似乎使人不能相信，这么漂亮炫眼耀目，好像要活了的人似的，是出于他们之手。

他们吃的是粗菜、粗饭，穿的是破烂的衣服，睡觉则睡在车马、人、头之中。

他们这种生活，似乎也很苦的。但是一天一天的，也就糊里糊涂地过去了，也就随着春夏秋冬，脱下单衣去，穿起棉衣来地过去了。

生、老、病、死，都没有什么表示。生了就任其自然的长去；长大就长大，长不大也就算了。

老，老了也没有什么关系。眼花了，就不看；耳聋了，就不听；牙掉了，就整吞；走不动了，就瘫着。这有什么办法，谁老谁活该。

病，人吃五谷杂粮，谁不生病呢？

死，这回可是悲哀的事情了，父亲死了儿子哭；儿子死了母亲哭；哥哥死了一家全哭；嫂子死了，她的娘家人来哭。

哭了一朝或是三日，就总得到城外去，挖一个坑把这人埋起来。

埋了之后，那活着的仍旧得回家照旧地过着日子。该吃饭，吃饭。该睡觉，睡觉。外人绝对看不出来是他家已经没有了父亲或是失掉了哥哥，就连他们自己也不是关起门来，每天哭上一场。他们心中的悲哀，也不过是随着当地的风俗的大流逢年过节的到坟上去观望一回。二月过清明，家家户户都提着香火去上坟茔，有的坟头上塌了一块土，有的坟头上陷了几个洞，相观之下，感慨唏嘘，烧香点酒。若有近亲的人如子女父母之类，往往且哭上一场；那哭的语句，数数落落，无异是在做一篇文章或者是在诵一篇长诗。歌诵完了之后，站起来拍拍屁股上的土，也就随着上坟的人们回城的大流，回城去了。

回到城中的家里，又得照旧的过着日子，一年柴米油盐，浆洗缝补。从早晨到晚上忙了个不休。夜里疲乏之极，躺在炕上就睡了。在夜梦中并梦不到什么悲哀的或是欣喜的景况，只不过咬着牙、打着哼，一夜一夜地就都这样地过去了。

假若有人问他们，人生是为了什么？他们并不会茫然无所对答的，他们会直截了当地不假思索地说了出来：“人活着是为吃饭穿衣。”

再问他，人死了呢？他们会说：“人死了就完了。”

所以没有人看见过做扎彩匠的活着的时候为他自己糊一座阴宅，大概他不怎么相信阴间。假如有了阴间，到那时候他再开扎彩铺，怕又要租人家的房子了。

六

呼兰河城里，除了东二道街、西二道街、十字街之外，再就都是些个小胡同了。

小胡同里边更没有什么了，就连打烧饼麻花的店铺也不大有，就连卖红绿糖球的小床子，也都是摆在街口上去，很少有摆在小胡同里边的。那些住在小街上的人家，一天到晚看不见多少闲散杂人。耳听的眼看的，都比较的少，所以整天寂寂寞寞的，关起门来在过着生活。破草房有上半间，买上二斗豆子，煮一点盐豆下饭吃，就是一年。

在小街上住着，又冷清、又寂寞。

一个提篮子卖烧饼的，从胡同的东头喊，胡同向西头都听到了。虽然不买，若走谁家的门口，谁家的人都是把头探出来看看，间或有问一问价钱的，问一问糖麻花和油麻花现在是不是还卖着前些日子的价钱。

间或有人走过去掀开了筐子上盖着的那张布，好像要买似的，拿起一个来摸一摸是否还是热的。

摸完了也就放下了，卖麻花的也绝对的不生气。

于是又提到第二家的门口去。

第二家的老太婆也是在闲着，于是就又伸出手来，打开筐子，摸了一回。

摸完了也是没有买。

等到了第三家，这第三家可要买了。

一个三十多岁的女人，刚刚睡午觉起来，她的头顶上梳着一个卷，大概头发不怎样整齐，发卷上罩着一个用大黑珠线织的网子，网子上还插了不少的疙瘩针。可是因为这一睡觉，不但头发乱了，就是那些疙瘩针也都跳出来了，好像这女人的发卷上被射了不少的小箭头。

她一开门就很爽快，把门扇刮打的往两边一分，她就从门里闪出来了。随后就跟出来五个孩子。这五个孩子也都个个爽快。像一个小连队似的，一排就排好了。

第一个是女孩子，十二三岁，伸出手来就拿了一个五吊钱一只的一竹筷子长的大麻花。她的眼光很迅捷，这麻花在这筐子里的确是最大的，而且就只有这一个。

第二个是男孩子，拿了一个两吊钱一只的。

第三个也是拿了个两吊钱一只的。也是个男孩子。

第四个看了看，没有办法，也只得拿了一个两吊钱的。也是个男孩子。

轮到第五个了，这个可分不出来是男孩子，还是女孩子。

头是秃的，一只耳朵上挂着钳子，瘦得好像个干柳条，肚子可特别大。看样子也不过五岁。

一伸手，他的手就比其余的四个的都黑得更厉害，其余的四个，虽然他们的手也黑得够厉害的，但总还认得出来那是手，而不是别的什么，唯有他的手是连认也认不出来了，说是手吗，说是什么呢，说什么都行。完全起着黑的灰的、深的浅的，各种的云层。看上去，好像看隔山照似的，有无穷的趣味。

他就用这手在筐子里边挑选，几乎是每个都让他摸过了，不一会工夫，全个的筐子都让他翻遍了。本来这筐子虽大，麻花也并没有几只。除了一个顶大的之外，其余小的也不过十来只，经了他这一翻，可就完全遍了。弄了他满手是油，把那小黑手染得油亮油亮的，黑亮黑亮的。

而后他说：

“我要大的。”

于是就在门口打了起来。

他跑得非常之快，他去追着他的姐姐。他的第二个哥哥，他的第三个哥哥，也都跑了上去，都比他跑得更快。再说他的大姐，那个拿着大麻花的女孩，她跑得更快到不能想象了。已经找到一块墙的缺口的地方，跳了出去，后边的也就跟着一溜烟地跳过去。等他们刚一追着跳过去，那大孩子又跳回来了，在院子里跑成了一阵旋风。

那个最小的，不知是男孩子还是女孩子的，早已追不上了。落在后边，在号啕大哭。间或也想捡一点便宜，那就是当他的两个哥哥，把他的姐姐已经扭住的时候，他就趁机会想要从中抢他姐姐手里的麻花。可是几次都没有做到，于是又落在后边号啕大哭。

他们的母亲，虽然是很有威风的样子，但是不动手是招呼不住他们的。母亲看了这样子也还没有个完了，就进屋去，拿起烧火的铁叉子来，向着她的孩子就奔去了。不料院子里有一个小泥坑，是猪在里打腻的地方。她恰好就跌在泥坑那儿了，把叉子跌出去五尺多远。

于是这场戏才算达到了高潮，看热闹的人没有不笑的，没有不称心愉快的。

就连那卖麻花的人也看出神了，当那女人坐到泥坑中把泥花四边溅起来的时候，那卖麻花的差一点没把筐子掉了地下。他高兴极了，他早已经忘了他手里的筐子了。

至于那几个孩子，则早就不见了。

等母亲起来去把他们追回来的时候，那做母亲的这回可发了威风，让他们一个一个的向着太阳跪下，在院子里排起一小队来，把麻花一律的解除。

顶大的孩子的麻花没有多少了，完全被撞碎了。

第三个孩子的已经吃完了。

第二个的还剩了一点点。

只有第四个的还拿在手上没有动。

第五个，不用说，根本没有拿在手里。

闹到结果，卖麻花的和那女人吵了一阵之后提着筐子又到另一家去叫卖去了。他和那女人所吵的是关于那第四个孩子手上拿了半天的麻花又退回了的问题，卖麻花的坚持着不让退，那女人又非退回不可。结果是付了三个麻花的钱，就把那提篮子的人赶了出来了。

为着麻花而下跪的五个孩子不提了。再说那一进胡同口就被挨家摸索过来的麻花，被提到另外的胡同里去，到底也卖掉了。

一个已经脱完了牙齿的老太太买了其中的一个，用纸裹着拿到屋子去了。她一边走着一边说：

“这麻花真干净，油亮亮的。”

而后招呼了她的小孙子，快来吧。

那卖麻花的人看了老太太很喜欢这麻花，于是就又说：

“是刚出锅的，还热忽着哩！”

七

过去了卖麻花的，后半天，也许又来了卖凉粉的，也是一在胡同口的这头喊，那头就听到了。

要买的拿着小瓦盆出去了。不买的坐在屋子一听这卖凉粉的一招呼，就知道是应烧晚饭的时候了。因为这凉粉一个整个的夏天都是在太阳偏西，他就来的，来得那么准，就像时钟一样，到了四五点钟他必来的。就像他卖凉粉专门到这一条胡同来卖似的。似乎在别的胡同里就没有为着多卖几家而耽误了这一定的时间。

卖凉粉的一过去了，一天也就快黑了。

打着拨浪鼓的货郎，一到太阳偏西，就再不进到小巷子里来，就连僻静的街他也不去了，他担着担子从大街口走回家去。

卖瓦盆的，也早都收市了。

拣绳头的，换破烂的也都回家去了。

只有卖豆腐的则又出来了。

晚饭时节，吃了小葱蘸大酱就已经很可口了，若外加上一块豆腐，那真是锦上添花，一定要多浪费两碗苞米大云豆粥的。一吃就吃多了，那是很自然的，豆腐加上点辣椒油，再拌上点大酱，那是多么可口的东西。用筷子触了一点点豆腐，就能够吃下去半碗饭，再到豆腐上去触了一下，一碗饭就完了。因为豆腐而多吃两碗饭，并不算吃得多，没有吃过的人，不能够晓得其中的滋味的。

所以卖豆腐的人来了，男女老幼，全都欢迎。打开门来，笑盈盈的，虽然不说什么，但是彼此有一种融洽的感情，默默生了起来。

似乎卖豆腐的在说：

“我的豆腐真好!”

似乎买豆腐的回答：

“你的豆腐果然不错。”

买不起豆腐的人对那卖豆腐的，就非常的羡慕，一听了那从街口越招呼越近的声音就特别地感到诱惑，假若能吃一块豆腐可不错，切上一点青辣椒，拌上一点小葱子。

但是天天这样想，天天就没有买成，卖豆腐的一来，就把这等人白白地引诱一场。于是那被诱惑的人，仍然逗不起决心，就多吃几口辣椒，辣得满头是汗。他想假若一个人开了一个豆腐房可不错，那就可以自由随便地吃豆腐了。

果然，他的儿子长到五岁的时候，问他：

“你长大了干什么？”

五岁的孩子说：“开豆腐房。”

这显然要继承他父亲未遂的志愿。

关于豆腐这美妙的一盘菜的爱好，竟还有甚于此的，竟有想要倾家荡产的。传说上，有这样的一个家长，他下了决心，他说：“不过了，买一块豆腐吃去！”这“不过了”的三个字，用旧的语言来翻译，就是毁家纾难的意思；用现代的话来说，就是：“我破产了！”

八

卖豆腐的一收了市，一天的事情都完了。

家家户户都把晚饭吃过了。吃过了晚饭，看晚霞的看晚霞，不看晚霞的躺到炕上去睡觉的也有。

这地方的晚霞是很好看的，有一个土名，叫火烧云。说“晚霞”人们不懂，若一说“火烧云”就连三岁的孩子也会呀呀地往西天空里指给你看。

晚饭一过，火烧云就上来了。照得小孩子的脸是红的。把大白狗变成红色的狗了。红公鸡就变成金的了。黑母鸡变成紫檀色的了。喂猪的老头子，往墙根上靠，他笑盈盈地看着他的两匹小白猪，变成小金猪了，他刚想说：

“他妈的，你们也变了……”

他的旁边走来了一个乘凉的人，那人说：

“你老人家必要高寿，你老是金胡子了。”

天空的云，从西边一直烧到东边，红堂堂的，好像是天着了火。

这地方的火烧云变化极多，一会红堂堂的了，一会金洞洞的了，一会半紫半黄的，一会半灰半百合色。葡萄灰、大黄梨、紫茄子，这些颜色天空上边都有。还有些说也说不出来的，见也未曾见过的，诸多种的颜色。

五秒钟之内，天空里有一匹马，马头向南，马尾向西，那马是跪着的，像是在等着有人骑到它的背上，它才站起来。再过一秒钟。没有什么变化。再过两三秒钟，那匹马加大了，马腿也伸开了，马脖子也长了，但是一条马尾巴却不见了。

看的人，正在寻找马尾巴的时候，那马就变靡了。

忽然又来了一条大狗，这条狗十分凶猛，它在前边跑着，它的后面似乎还跟了好几条小狗仔。跑着跑着，小狗就不知跑到哪里去了，大狗也不见了。

又找到了一个大狮子，和娘娘庙门前的大石头狮子一模一样的，也是那么大，也是那样的蹲着，很威武的，很镇静地蹲着，它表示着蔑视一切的样子，似乎眼睛连什么也不睬，看着看着地，一不谨慎，同时又看到了别一个什么。这时候，可就麻烦了，人的眼睛不能同时又看东，又看西。这样子会活活把那个大狮子糟蹋了。一转眼，一低头，那天空的东西就变了。若是再找，怕是看瞎了眼睛也找不到了。

大狮子既然找不到，另外的那什么，比方就是一个猴子吧，猴子虽不如大狮子，可同时也没有了。

一时恍恍惚惚的，满天空里又像这个，又像那个，其实是什么也不像，什么也没有了。

必须是低下头去，把眼睛揉一揉，或者是沉静一会再来看。

可是天空偏偏又不常常等待着那些爱好它的孩子。一会工夫火烧云下去了。

于是孩子们困倦了，回屋去睡觉了。竟有还没能来得及进屋的，就靠在姐姐的腿上，或者是依在祖母的怀里就睡着了。

祖母的手里，拿着白马鬃的蝇甩子，就用蝇甩子给他驱逐着蚊虫。

祖母还不知道这孩子是已经睡了，还以为他在那里玩着呢！

“下去玩一会去吧！把奶奶的腿压麻了。”

用手一推，这孩子已经睡得摇摇晃晃的了。

这时候，火烧云已经完全下去了。

于是家家户户都进屋去睡觉，关起窗门来。

呼兰河这地方，就是在六月里也是不十分热的，夜里总要盖着薄棉被睡觉。

等黄昏之后的乌鸦飞过时，只能够隔着窗子听到那很少的尚未睡的孩子在嚷叫：

"乌鸦乌鸦你打场，给你二斗粮……"

那漫天盖地的一群黑乌鸦，呱呱地大叫着，在整个的县城的头顶上飞过去了。

据说飞过了呼兰河的南岸，就在一个大树林子里边住下了。明天早晨起来再飞。

夏秋之间每夜要过乌鸦，究竟这些成百成千的乌鸦过到哪里去，孩子们是不大晓得的，大人们也不大讲给他们听。

只晓得念这套歌，"乌鸦乌鸦你打场，给你二斗粮。"

究竟给乌鸦二斗粮做什么，似乎不大有道理。

九

乌鸦一飞过，这一天才真正地过去了。

因为大昴星升起来了，大昴星好像铜球似的亮晶晶的了。

天河和月亮也都上来了。

蝙蝠也飞起来了。

是凡跟着太阳一起来的，现在都回去了。人睡了，猪、马、牛、羊也都睡了，燕子和蝴蝶也都不飞了。就连房根底下的牵牛花，也一朵没有开的。含苞的含苞，卷缩的卷缩。含苞的准备着欢迎那早晨又要来的太阳，那卷缩的，因为它已经在昨天欢迎过了，它要落去了。

随着月亮上来的星夜，大昴星也不过是月亮的一个马前卒，让它先跑到一步就是了。

夜一来蛤蟆就叫，在河沟里叫，在洼地里叫。虫子也叫，在院心草棵子里，在城外的大田上，有的叫在人家的花盆里，有的叫在人家的坟头上。

夏夜若无风无雨就这样地过去了，一夜又一夜。

很快地夏天就过完了，秋天就来了。秋天和夏天的分别不太大，也不过天凉了，夜里非盖着被子睡觉不可。种田的人白天忙着收割，夜里多做几个割高粱的梦就是了。

女人一到了八月也不过就是浆衣裳，拆被子，捶棒硾，捶得街街巷巷早晚地叮叮当当地乱响。

“棒硾”一捶完，做起被子来，就是冬天。

冬天下雪了。

人们四季里，风、霜、雨、雪的过着，霜打了，雨淋了。大风来时是飞沙走石，似乎是很了不起的样子。冬天，大地被冻裂了，江河被冻住了。再冷起来，江河也被冻得锵锵地响着裂开了纹。冬天，冻掉了人的耳朵，……破了人的鼻子……裂了人的手和脚。

但这是大自然的威风，与小民们无关。

呼兰河的人们就是这样，冬天来了就穿棉衣裳，夏天来了就穿单衣裳。就好像太阳出来了就起来，太阳落了就睡觉似的。

被冬天冻裂了手指的，到了夏天也自然就好了。好不了的，“李永春”药铺，去买二两红花，泡一点红花酒来擦一擦，擦得手指通红也不见消，也许就越来越肿起来。那么再到“李永春”药铺去，这回可不买红花了，是买了一贴膏药来。回到家里，用火一烤，黏黏糊糊地就贴在冻疮上了。这膏药是真好，贴上了一点也不碍事。该赶车的去赶车，该切菜的去切菜。黏黏糊糊地是真好，见了水也不掉，该洗衣裳的去洗衣裳去好了。就是掉了，拿在火上再一烤，就还贴得上的。一贴，贴了半个月。

呼兰河这地方的人，什么都讲结实、耐用，这膏药这样的耐用，实在是合乎这地方的人情。虽然是贴了半个月，手也还没有见好，但这膏药总算是耐用，没有白花钱。

于是再买一贴去，贴来贴去，这手可就越肿越大了。还有些买不起膏药的，就捡人家贴乏了的来贴。

到后来，那结果，谁晓得是怎样呢，反正一塌糊涂去了吧。

春夏秋冬，一年四季来回循环地走，那是自古也就这样的了。风霜雨雪，受得住的就过去了，受不住的，就寻求着自然的结果。那自然的结果不大好，把一个人默默地一声不响地就拉着离开了这人间的世界了。

至于那还没有被拉去的，就风霜雨雪，仍旧在人间被吹打着。

第二章

一

呼兰河除了这些卑琐平凡的实际生活之外，在精神上，也还有不少的盛举，如跳大神；唱秧歌；放河灯；野台子戏；四月十八娘娘庙大会……

先说大神。大神是会治病的，她穿着奇怪的衣裳，那衣裳平常的人不穿；红的，是一张裙子，那裙子一围在她的腰上，她的人就变样了。开初，她并不打鼓，只是一围起那红花裙子就哆嗦。从头到脚，无处不哆嗦，哆嗦了一阵之后，又开始打颤。她闭着眼睛，嘴里边叽咕的。每一打颤，就装出来要倒的样子。把四边的人都吓得一跳，可是她又坐住了。

大神坐的是凳子，她的对面摆着一块牌位，牌位上贴着红纸，写着黑字。那牌位越旧越好，好显得她一年之中跳神的次数不少，越跳多了就越好，她的信用就远近皆知。她的生意就会兴隆起来。那牌前，点着香，香烟慢慢地旋着。

那女大神多半在香点了一半的时候神就下来了。那神一下来，可就威风不同，好像有万马千军让她领导似的，她全身是劲，她站起来乱跳。

大神的旁边，还有一个二神，当二神的都是男人。他并不昏乱，他是清晰如常的，他赶快把一张圆鼓交到大神的手里。大神拿了这鼓，站起来就乱跳，先诉说那附在她身上的神灵的下山的经历，是乘着云，是随着风，或者是驾雾而来，说得非常之雄壮。二神站在一边，大神问他什么，他回答什么。好的二神是对答如流的，坏的二神，一不加小心说冲着了大神的一字，大神就要闹起来的。大神一闹起来的时候，她也没有别的办法，只是打着鼓，乱骂一阵，说这病人，不出今夜就必得死的，死了之后，还会游魂不散，家族、亲戚、乡里都要招灾的。这时吓得那请神的人家赶快烧香点酒，烧香点酒之后，若再不行，就得赶送上红布来，把红布挂在牌位上，若再不行，就得杀鸡，若闹到了杀鸡这个阶段，就多半不能再闹了。因为再闹就没有什么想头了。

这鸡、这布，一律都归大神所有，跳过了神之后，她把鸡拿回家去自己煮上吃了。把红布用蓝靛染了之后，做起裤子穿了。

有的大神，一上手就百般的下不来神。请神的人家就得赶快的杀鸡来，若一杀慢了，等一会跳到半道就要骂的，谁家请神都是为了治病，请大神骂，是非常不吉利的。所以对大神是非常尊敬的，又非常怕。

跳大神，大半是天黑跳起，只要一打起鼓来，就男女老幼，都往这跳神的人家跑，若是夏天，就屋里屋外都挤满了人。还有些女人，拉着孩子，抱着孩子，哭天叫地地从墙头上跳过来，跳过来看跳神的。

跳到半夜时分，要送神归山了，那时候，那鼓打得分外地响，大神也唱得分外地好听；邻居左右，十家二十家的人家都听得到，使人听了起着一种悲凉的情绪，二神嘴里唱：

“大仙家回山了，要慢慢地走，要慢慢地行。”

大神说：

“我的二仙家，青龙山，白虎山……夜行三千里，乘着风儿不算难……”

这唱着的词调，混合着鼓声，从几十丈远的地方传来，实在是冷森森的，越听就越悲凉。听了这种鼓声，往往终夜而不能眠的人也有。

请神的人家为了治病，可不知那家的病人好了没有？却使邻居街坊感慨兴叹，终夜而不能已的也常常有。

满天星光，满屋月亮，人生何如，为什么这么悲凉。

过了十天半月的，又是跳神的鼓，当当地响。于是人们又都着了慌，爬墙的爬墙，登门的登门，看看这一家的大神，显的是什么本领，穿的是什么衣裳。听听她唱的是什么腔调，看看她的衣裳漂亮不漂亮。

跳到了夜静时分，又是送神回山。送神回山的鼓，个个都打得漂亮。

若赶上一个下雨的夜，就特别凄凉，寡妇可以落泪，鳏夫就要起来彷徨。

那鼓声就好像故意招惹那般不幸的人，打得有急有慢，好像一个迷路的人在夜里诉说着他的迷惘，又好像不幸的老人在回想着他幸福的短短的幼年。又好像慈爱的母亲送着她的儿子远行。又好像是生离死别，万分地难舍。

人生为了什么，才有这样凄凉的夜。

似乎下回再有打鼓的连听也不要听了。其实不然，鼓一响就又是上墙头的上墙头，侧着耳朵听的侧着耳朵在听，比西洋人赴音乐会更热心。

二

七月十五盂兰会，呼兰河上放河灯了。

河灯有白菜灯、西瓜灯，还有莲花灯。

和尚、道士吹着笙、管、笛、箫，穿着拼金大红缎子的褊衫。在河沿上打起场子来在做道场。那乐器的声音离开河沿二里路就听到了。

一到了黄昏，天还没有完全黑下来，奔着去看河灯的人就络绎不绝了。大街小巷，哪怕终年不出门的人，也要随着人群奔到河沿去。先到了河沿的就蹲在那里。沿着河岸蹲满了人，可是从大街小巷往外出发的人仍是不绝，瞎子、瘸子都来看河灯（这里说错了，唯独瞎子是不来看河灯的），把街道跑得冒了烟了。

姑娘、媳妇，三个一群，两个一伙，一出了大门，不用问，到哪里去。就都是看河灯去。

黄昏时候的七月，火烧云刚刚落下去，街道上发着微微的白光，嘁嘁喳喳，把往日的寂静都冲散了，个个街道都活了起来，好像这城里发生了大火，人们都赶去救火的样子。非常忙迫，踢踢踏踏地向前跑。

先跑到了河沿的就蹲在那里，后跑到的，也就挤上去蹲在那里。

大家一齐等候着，等候着月亮高起来，河灯就要从水上放下来了。

七月十五日是个鬼节，死了的冤魂怨鬼，不得脱生，缠绵在地狱里边是非常苦的，想脱生，又找不着路。这一天若是每个鬼托着一个河灯，就可得以脱生。大概从阴间到阳间的这一条路，非常之黑，若没有灯是看不见路的。所以放河灯这件事情是件善举。可见活着的正人君子们，对着那些已死的冤魂怨鬼还没有忘记。

但是这其间也有一个矛盾，就是七月十五这夜生的孩子，怕是都不大好，多半都是野鬼托着个莲花灯投生而来的。这个孩子长大了将不被父母所喜欢，长到结婚的年龄，男女两家必要先对过生日时辰，才能够结亲。若是女家生在七月十五，这女子就很难出嫁，必须改了生日，欺骗男家。若是男家七月十五的生日，也不大好，不过若是财产丰富的，也就没有多大关系，嫁是可以嫁过去的，虽然就是一个恶鬼，有了钱大概怕也不怎样恶了。但在女子这方面可就万万不可，绝对的不可以；

若是有钱的寡妇的独养女，又当别论，因为娶了这姑娘可以有一份财产在那里晃来晃去，就是娶了而带不过财产来，先说那一份妆奁也是少不了的。假说女子就是一个恶鬼的化身，但那也不要紧。

平常的人说："有钱能使鬼推磨。"似乎人们相信鬼是假的，有点不十分真。

但是当河灯一放下来的时候，和尚为着庆祝鬼们更生，打着鼓，叮当地响；念着经，好像紧急符咒似的，表示着，这一工夫可是千金一刻，且莫匆匆地让过，诸位男鬼女鬼，赶快托着灯去投生吧。

念完了经，就吹笙管笛箫，那声音实在好听，远近皆闻。

同时那河灯从上流拥拥挤挤，往下浮来了。浮得很慢，又镇静、又稳当，绝对的看不出来水里边会有鬼们来捉了它们去。

这灯一下来的时候，金呼呼的，亮通通的，又加上有千万人的观众，这举动实在是不小的。河灯之多，有数不过来的数目，大概是几千百只。两岸上的孩子们，拍手叫绝，跳脚欢迎。大人则都看出了神了，一声不响，陶醉在灯光河色之中。灯光照得河水幽幽地发亮。水上跳跃着天空的月亮。真是人生何世，会有这样好的景况。

一直闹到月亮来到了中天，大昴星，二昴星，三昴星都出齐了的时候，才算渐渐地从繁华的景况，走向了冷静的路去。

河灯从几里路长的上流，流了很久很久才流过来了。再流了很久很久才流过去了。

在这过程中，有的流到半路就灭了。有的被冲到了岸边，在岸边生了野草的地方就被挂住了。还有每当河灯一流到了下流，就有些孩子拿着竿子去抓它，有些渔船也顺手取了一两只。到后来河灯越来越稀疏了。

到往下流去，就显出荒凉孤寂的样子来了。因为越流越少了。

流到极远处去的，似乎那里的河水也发了黑。而且是流着流着地就少了一个。

河灯从上流过来的时候，虽然路上也有许多落伍的，也有许多淹灭了的，但始终没有觉得河灯是被鬼们托着走了的感觉。

可是当这河灯，从上流的远处流来，人们是满心欢喜的，等流过了自己，也还没有什么，唯独到了最后，那河灯流到了极远的下流去的时候，使看河灯的人们，内心里无由地来了空虚。

“那河灯，到底是要漂到哪里去呢?”

多半的人们，看到了这样的景况，就抬起身来离开了河沿回家去了。于是不但河里冷落，岸上也冷落了起来。

这时再往远处的下流看去，看着，看着，那灯就灭了一个。再看着看着，又灭了一个，还有两个一块灭的。于是就真像被鬼一个一个地托着走了。

打过了三更，河沿上一个人也没有了，河里边一个灯也没有了。

河水是寂静如常的，小风把河水皱着极细的波浪。月光在河水上边并不像在海水上边闪着一片一片的金光，而是月亮落到河底里去了。似乎那渔船上的人，伸手可以把月亮拿到船上来似的。

河的南岸，尽是柳条丛，河的北岸就是呼兰河城。

那看河灯回去的人们，也许都睡着了。不过月亮还是在河上照着。

三

野台子戏也是在河边上唱的。也是秋天，比方这一年秋收好，就要唱一台子戏，感谢天地。若是夏天大旱，人们戴起柳条圈来求雨，在街上几十人，跑了几天，唱着，打着鼓。求雨的人不准穿鞋，龙王爷可怜他们在太阳下边把脚烫得很痛，就因此下了雨了。一下了雨，到秋天就得唱戏的，因为求雨的时候许下了愿。许愿就得还愿，若是还愿的戏就更非唱不可了。

一唱就是三天。

在河岸的沙滩上搭起了台子来。这台子是用杆子绑起来的，上边搭上了席棚，下了一点小雨也不要紧，太阳则完全可以遮住的。

戏台搭好了之后，两边就搭看台。看台还有楼座。坐在那楼座上是很好的，又风凉，又可以远眺。不过，楼座是不大容易坐得到的，除非当地的官、绅，别人是不大坐得到的。既不卖票，哪怕你就有钱，也没有办法。

只搭戏台，就搭三五天。

台子的架一竖起来，城里的人就说：

“戏台竖起架子来了。”

一上了棚，人就说：

“戏台上棚了。”

戏台搭完了就搭看台，看台是顺着戏台的左边搭一排，右边搭一排，所以是两排平行而相对的。一搭要搭出十几丈远去。

眼看台子就要搭好了，这时候，接亲戚的接亲戚，唤朋友的唤朋友。

比方嫁了的女儿，回来住娘家，临走（回婆家）的时候，做母亲的送到大门外，摆着手还说：

“秋天唱戏的时候，再接你来看戏。”

坐着女儿的车子远了，母亲含着眼泪还说：

“看戏的时候接你回来。”

所以一到了唱戏的时候，可并不是简单地看戏，而是接姑娘唤女婿，热闹得很。

东家的女儿长大了，西家的男孩子也该成亲了，说媒的这个时候，就走上门来。约定两家的父母在戏台底下，第一天或是第二天，彼此相看。也有只通知男家而不通知女家的，这叫做“偷看”，这样的看法，成与不成，没有关系，比较的自由，反正那家的姑娘也不知道。

所以看戏去的姑娘，个个都打扮得漂亮。都穿了新衣裳，擦了胭脂涂了粉，刘海剪得并排齐。头辫梳得一丝不乱，扎了红辫根，绿辫梢。也有扎了水红的，也有扎了蛋青的。走起路来像客人，吃起瓜子来，头不歪眼不斜的，温文尔雅，都变成了大家闺秀。有的着蛋青市布长衫，有的穿了藕荷色的，有的银灰的。有的还把衣服的边上压了条，有的蛋青色的衣裳压了黑条，有的水红洋纱的衣裳压了蓝条，脚上穿了蓝缎鞋，或是黑缎绣花鞋。鞋上有的绣着蝴蝶，有的绣着蜻蜓，绣着莲花，绣着牡丹的，各样的都有。

手里边拿着花手巾。耳朵上戴了长钳子，土名叫做“带穗钳子”。这带穗钳子有两种，一种是金的、翠的；一种是铜的，琉璃的。有钱一点的戴金的，少微差一点的带琉璃的。反正都很好看，在耳朵上摇来晃去。黄忽忽，绿森森的。再加上满脸矜持的微笑，真不知这都是谁家的闺秀。

那些已嫁的妇女，也是照样地打扮起来，在戏台下边，东邻西舍的姊妹们相遇了，好互相的品评。

谁的模样俊，谁的鬓角黑。谁的手镯是福泰银楼的新花样，谁的压头簪又小巧又玲珑。谁的一双绛紫缎鞋，真是绣得漂亮。

老太太虽然不穿什么带颜色的衣裳，但也个个整齐，人人利落，手拿长烟袋，头上撇着大扁方。慈祥，温静。

戏还没有开台，呼兰河城就热闹得不得了了，接姑娘的，唤女婿的，有一个很好的童谣：

“拉大锯，扯大锯，老爷（外公）门口唱大戏。接姑娘，唤女婿，小外孙也要去。……”

于是乎不但小外甥，三姨二姑也都聚在了一起。

每家如此，杀鸡买酒，笑语迎门，彼此谈着家常，说着趣事，每夜必到三更，灯油不知浪费了多少。

某村某村，婆婆虐待媳妇。哪家哪家的公公喝了酒就耍酒疯。又是谁家的姑娘出嫁了刚过一年就生了一对双生。又是谁的儿子十三岁就定了一家十八岁的姑娘做妻子。

烛火灯光之下，一谈谈个半夜，真是非常的温暖而亲切。

一家若有几个女儿，这几个女儿都出嫁了，亲姊妹，两三年不能相遇的也有。平常是一个住东，一个住西。不是隔水的就是离山，而且每人有一大群孩子，也各自有自己的家务，若想彼此过访，那是不可能的事情。

若是做母亲的同时把几个女儿都接来了，那她们的相遇，真仿佛已经隔了三十年了。相见之下，真是不知从何说起，羞羞惭惭，欲言又止，刚一开口又觉得不好意思，过了一刻工夫，耳脸都发起烧来，于是相对无语，心中又喜又悲。过了一袋烟的工夫，等那往上冲的血流落了下去，彼此都逃出了那种昏昏恍恍的境界，这才来找几句不相干的话来开头；或是：

“你多咱来的?”

或是：

“孩子们都带来了?”

关于别离了几年的事情，连一个字也不敢提。

从表面上看来，她们并不是像姊妹，丝毫没有亲热的表现。面面相对的，不知道她们两个人是什么关系，似乎连认识也不认识，似乎从前她们两个并没有见过，而今天是第一次的相见，所以异常的冷落。

但是这只是外表，她们的心里，就早已沟通着了。甚至于在十天或半月之前，她们的心里就早已开始很远地牵动起来，那就是当着她们彼此都接到了母亲的信的时候。

那信上写着迎接她们姊妹回来看戏的。

从那时候起，她们就把要送给姐姐或妹妹的礼物规定好了。

一双黑大绒的云子卷，是亲手做的。或者就在她们的本城和本乡里，有一个出名的染缸房，那染缸房会染出来很好的麻花布来。于是送了两匹白布去，嘱咐他好好地加细地染着。一匹是白地染蓝花，一匹是蓝地染白花。蓝地的染的是刘海戏金蟾，白地的染的是蝴蝶闹莲花。

一匹送给大姐姐，一匹送给三妹妹。

现在这东西，就都带在箱子里边。等过了一天二日的，寻个夜深人静的时候，轻轻地从自己的箱底把这等东西取出来，摆在姐姐的面前，说：

“这麻花布被面，你带回去吧！”

只说了这么一句，看样子并不像是送礼物，并不像今人似的，送一点礼物很怕邻居左右看不见，是大嚷大吵着的，说这东西是从什么山上，或是什么海里得来的，哪怕是小河沟子的出品，也必要连那小河沟子的身份也提高，说河沟子是怎样的不凡，是怎样的与众不同，可不同别的河沟子。

这等乡下人，糊里糊涂的，要表现的，无法表现，什么也说不出来，只能把东西递过去就算了事。

至于那受了东西的，也是不会说什么，连声道谢也不说，就收下了。也有的稍微推辞了一下，也就收下了。

“留着你自己用吧！”

当然那送礼物的是加以拒绝。一拒绝，也就收下了。

每个回娘家看戏的姑娘，都零零碎碎的带来一大批东西。

送父母的，送兄嫂的，送侄女的，送三亲六故的。带了东西最多的，是凡见了长辈或晚辈都多少有点东西拿得出来，那就是谁的人情最周到。

这一类的事情，等野台子唱完，拆了台子的时候，家家户户才慢慢的传诵。

每个从婆家回娘家的姑娘，也都带着很丰富的东西，这些都是人家送给她的礼品。东西丰富得很，不但有用的，也有吃的，母亲亲手装的咸肉，姐姐亲手晒的干鱼，哥哥上山打猎打了一只雁来腌上，至今还有一只雁大腿，这个也给看戏小姑娘带回去，带回去给公公去喝酒吧。

于是乌三八四的，离走的前一天晚上，真是忙了个不休，就要分散的姊妹们连说个话儿的工夫都没有了。大包小包一大堆。

再说在这看戏的时间，除了看亲戚，会朋友，还成了许多好事，那就是谁家的女儿和谁家公子订婚了，说是明年二月，或是三月就要娶亲。订婚酒，已经吃过了，眼前就要过“小礼”的，所谓“小礼”就是在法律上的订婚形式，一经过了这番手续，东家的女儿，终归就要成了西家的媳妇了。

也有男女两家都是外乡赶来看戏的，男家的公子也并不在，女家的小姐也并不在。只是两家的双亲有媒人从中媾通着，就把亲事给定了。也有的喝酒作乐的随便的把自己的女儿许给了人家。也有的男女两家的公子、小姐都还没有生出来，就给定下亲了。这叫做“指腹为亲”。这指腹为亲的，多半都是相当有点资财的人家才有这样的事。

两家都很有钱，一家是本地的烧锅掌柜的，一家是白旗屯的大窝堡，两家是一家种高粱，是一家开烧锅。开烧锅的需要高粱，种高粱的需要烧锅买他的高粱，烧锅非高粱不可，高粱非烧锅不行。恰巧又赶上这两家的妇人，都要将近生产，所以就“指腹为亲”了。

无管是谁家生了男孩子，谁家生了女孩子，只要是一男一女就规定他们是夫妇。假若两家都生了男孩，都就不能勉强规定了。两家都生了女孩也是不能够规定的。

但是这指腹为亲，好处不太多，坏处是很多的。半路上当中的一家穷了，不开烧锅了，或者没有窝堡了，其余的一家，就不愿意娶他家的姑娘，或是把女儿嫁给一家穷人。假若女家穷了，那还好办，若实在不娶，他也没有什么办法。若是男家穷了，男家就一定要娶，若一定不让娶，那姑娘的名誉就很坏，说她把谁家谁给“妨”穷了，又不嫁了。“妨”字在迷信上说就是因为她命硬，因为她某家某家穷了。以后她就不大容易找婆家，会给她起一个名叫做“望门妨”。无法，只得嫁过去，嫁过去之后，妯娌之间又要说她嫌贫爱富，百般地侮辱她。丈夫因此也不喜欢她了，公公婆婆也虐待她，她一个年轻的未出过家门的女子，受不住这许多攻击，回到娘家去，娘家也无甚办法，就是那当年指腹为亲的母亲说：

“这都是你的命（命运），你好好地耐着吧!”

年轻的女子，莫名其妙的，不知道自己为什么要有这样的命，于是往往演出悲剧来，跳井的跳井，上吊的上吊。

古语说，“女子上不了战场。”

其实不对的，这井多么深，平白地你问一个男子，问他这井敢跳不敢跳，怕他也不敢的。而一个年轻的女子竟敢了，上战场不一定死，也许回来闹个一官半职的。可是跳井就很难不死，一跳就多半跳死了。

那么节妇坊上为什么没写着赞美女子跳井跳得勇敢的赞词?那是修节妇坊的人故意给删去的。因为修节妇坊的，多半是男人。他家里也有一个女人。他怕是写上了，将来他打他女人的时候，他的女人也去跳井。女人也跳下井，留下来一大群孩子可怎么办?

于是一律不写。只写，温文尔雅，孝顺公婆……

大戏还没有开台，就来了这许多事情。等大戏一开了台，那戏台下边，真是人山人海，拥挤不堪。搭戏台的人，也真是会搭，正选了一块平平坦坦的大沙滩，又光滑，又干净，使人就是倒在上边，也不会把衣裳沾一丝儿的土星。这沙滩有半里路长。

人们笑语连天，哪里是在看戏，闹得比锣鼓好像更响，那戏台上出来一个穿红的，进去一个穿绿的，只看见摇摇摆摆地走出走进，别的什么也不知道了，不用说唱得好不好，就连听也听不到。离着近的还看得见不挂胡子的戏子在张嘴，离得远的就连戏台那个穿红衣裳的究竟是一个坤角，还是一个男角也都不大看得清楚。简直是还不如看木偶戏。

但是若有一个唱木偶戏的这时候来在台下，唱起来，问他们看不看，那他们一定不看的，哪怕就连戏台子的边也看不见了，哪怕是站在二里路之外，他们也不看那木偶戏的。因为在大戏台底下，哪怕就是睡了一觉回去，也总算是从大戏台子底下回来的，而不是从什么别的地方回来的。

一年没有什么别的好看，就这一场大戏还能够轻易地放过吗？所以无论看不看，戏台底下是不能不来。

所以一些乡下的人也都来了，赶着几套马的大车，赶着老牛车，赶着花轮子，赶着小车子，小车子上边驾着大骡子。总之家里有什么车就驾了什么车来。也有的似乎他们家里并不养马，也不养别的牲口，就只用了一匹小毛驴，拉着一个花轮子也就来了。

来了之后，这些车马，就一齐停在沙滩上，马匹在草包上吃着草，骡子到河里去喝水。车子上都搭席棚，好像小看台似的，排列在戏台的远处。那车子带来了他们的全家，从祖母到孙子媳，老少三辈，他们离着戏台二三十丈远，听是什么也听不见的，看也很难看到什么，也不过是五红大绿的，在戏台上跑着圈子，头上戴着奇怪的帽子，身上穿着奇怪的衣裳。谁知道那些人都是干什么的，有的看了三天大戏子台，而连一场的戏名字也都叫不出来。回到乡下去，他也跟着人家说长道短的，偶尔人家问了他说的是哪出戏，他竟瞪了眼睛，说不出来了。

至于一些孩子们在戏台底下，就更什么也不知道了，只记住一个大胡子，一个花脸的，谁知道那些都是在做什么，比比划划，刀枪棍棒的乱闹一阵。

反正戏台底下有些卖凉粉的，有些卖糖球的，随便吃去好了。什么黏糕，油炸馒头，豆腐脑都有，这些东西吃了又不饱，吃了这样再去吃那样。卖西瓜的，卖香瓜的，戏台底下都有，招得苍蝇一大堆，嗡嗡地飞。

戏台上敲锣打鼓震天地响。

那唱戏的人，也似乎怕远处的人听不见，也在拼命地喊，喊破了喉咙也压不住台的。那在台下的早已忘记了是在看戏，都在那里说长道短，男男女女的谈起家常来。还有些个远亲，平常一年也看不到，今天在这里看到了，哪能不打招呼。所以三姨二婶子的，就在人多的地方大叫起来，假若是在看台的凉棚里坐着，忽然有一个老太太站了起来，大叫着说：

“他二舅母，你可多咱来的？”

于是那一方也就应声而起。原来坐在看台的楼座上的，离着戏比较近，听唱是听得到的，所以那看台上比较安静。姑娘媳妇都吃着瓜子，喝着茶。对这大嚷大叫的人，别人虽然讨厌，但也不敢去禁止，你若让她小一点声讲话，她会骂了出来：

“这野台子戏，也不是你家的，你愿听戏，你请一台子到你家里去唱……”

另外的一个也说：

“哟哟，我没见过，看起戏来，都六亲不认了，说个话儿也不让……”

这还是比较好的，还有更不客气的，一开口就说：

“小养汉老婆……你奶奶，一辈子家里外头靡受过谁的大声小气，今天来到戏台底下受你的管教来啦，你娘的……”

被骂的人若是不搭言，过一回也就了事了，若一搭言，自然也没有好听的。于是两边就打了起来啦，西瓜皮之类就飞了过去。

这来在戏台下看戏的，不料自己竟演起戏来，于是人们一窝蜂似的，都聚在这个真打真骂的活戏的方面来了。也有一些流氓混子之类，故意地叫着好，惹得全场的人哄哄大笑。假若打仗的还是个年轻的女子，那些讨厌的流氓们还会说着各样的俏皮话，使她火上加油越骂就越凶猛。

自然那老太太无理，她一开口就骂了人。但是一闹到后来，谁是谁非也就看不出来了。

幸而戏台上的戏子总算沉着，不为所动，还在那里阿拉阿拉地唱。过了一个时候，那打得热闹的也究竟平静了。

再说戏台下边也有一些个调情的，那都是南街豆腐房里的嫂嫂，或是碾磨房的碾官磨官的老婆。碾官的老婆看上了一个赶马车的车夫。或是豆腐匠看上了开粮米铺那家的小姑娘。有的是两方面都眉来眼去，有的是一方面殷勤，他一方面则表示要拒之千里之外。这样的多半是一边低，一边高，两方面的资财不对。

绅士之流，也有调情的，彼此都坐在看台之上，东张张，西望望。三亲六故，姐夫小姨之间，未免地就要多看几眼，何况又都打扮得漂亮，非常好看。

绅士们平常到别人家的客厅去拜访的时候，绝不能够看上了人家的小姐就不住地看，那该多么不绅士，那该多么不讲道德。那小姐若一告诉了她的父母，她的父母立刻就和这样的朋友绝交。绝交了，倒不要紧，要紧的是一传出去名誉该多坏。绅士是高雅的，哪能够不清不白的，哪能够不分长幼地去存心朋友的女儿，像那般下等人似的。

绅士彼此一拜访的时候，都是先让到客厅里去，端端庄庄地坐在那里，而后倒茶装烟。规矩礼法，彼此都尊为是上等人。朋友的妻子儿女，也都出来拜见，尊为长者。在这种时候，只能问问大少爷的书读了多少，或是又写了多少字了。连朋友的太太也不可以过多的谈话，何况朋友的女儿呢？那就连头也不能够抬的，哪里还敢细看。

现在在戏台上看看怕不要紧，假设有人问道，就说是东看西看，瞧一瞧是否有朋友在别的看台上。何况这地方又人多眼杂，也许没有人留意。

三看两看的，朋友的小姐到没有看上，可看上了一个不知道在什么地方见到过的一位妇人，那妇人拿着小小的鹅翎扇子，从扇子梢上往这边转着眼珠，虽说是一位妇人，可是又年轻，又漂亮。

这时候，这绅士就应该站起来打着口哨，好表示他是开心的，可是我们中国上一辈的老绅士不会这一套。他另外也有一套，就是他的眼睛似睁非睁的迷离恍惚的望了出去，表示他对她有无限的情意。可惜离得太远，怕不会看得清楚，也许是枉费了心思了。

也有的在戏台下边，不听父母之命，不听媒妁之言，自己就结了终生不解之缘。这多半是表哥表妹等等，稍有点出身来历的公子小姐的行为。他们一言为定，终生合好。间或也有被父母所阻拦，生出来许多波折。但那波折都是非常美丽的，使人一讲起来，真是比看《红楼梦》更有趣味。来年再唱大戏的时候，姊妹们一讲起这佳话来，真是增添了不少的回想……

赶着车进城来看戏的乡下人，他们就在河边沙滩上，扎了营了。夜里大戏散了，人们都回家了，只有这等连车带马的，他们就在沙滩上过夜。好像出征的军人似的，露天为营。有的住了一夜，第二夜就回去了。有的住了三夜，一直到大戏唱完，才赶着车子回乡。不用说这沙滩上是很雄壮的，夜里，他们每家燃了火，煮茶的煮茶，谈天的谈天，但终归是人数太少，也不过二三十辆车子。所燃起来的火，也不会火光冲天，所以多少有一些凄凉之感。夜深了，住在河边上，被河水吸着又特别的凉，人家睡起觉来都觉得冷森森的。尤其是车夫马官之类，他们不能够睡觉，怕是有土匪来抢劫他们马匹，所以就坐以待旦。

于是在纸灯笼下边，三个两个的赌钱。赌到天色发白了，该牵着马到河边去饮水去了。在河上，遇到了捉蟹的蟹船。蟹船上的老头说：

“昨天的《打渔杀家》唱得不错，听说今天有《汾河湾》。”

那牵着牲口饮水的人，是一点大戏常识也没有的。他只听到牲口喝水的声音呵呵的，其他的则不知所答了。

四

四月十八娘娘庙大会，这也是为着神鬼，而不是为着人的。

这庙会的土名叫做“逛庙”，也是无分男女老幼都来逛的，但其中以女子最多。

女子们早晨起来，吃了早饭，就开始梳洗打扮。打扮好了，就约了东家姐姐，西家妹妹的去逛庙去了。竟有一起来就先梳洗打扮的，打扮好了，才吃饭，一吃了饭就走了。总之一到逛庙这天，各不后人，到不了半晌午，就车水马龙，拥挤得气息不通了。

挤丢了孩子的站在那儿喊，找不到妈的孩子在人群里边哭，三岁的、五岁的，还有两岁的刚刚会走，竟也被挤丢了。

所以每年庙会上必得有几个警察在收这些孩子。收了站在庙台上，等着他的家人来领。偏偏这些孩子都很胆小，张着嘴大哭，哭得实在可怜，满头满脸是汗。有的十二三岁了，也被丢了，问他家住在哪里？他竟说不出所以然来，东指指，西划划，说是他家门口有一条小河沟，那河沟里边出虾米，就叫做“虾沟子”，也许他家那地名就叫“虾沟子”，听了使人莫名其妙。再问他这虾沟子离城多远，他便说：骑马要一顿饭的工夫可到，坐车要三顿饭的工夫可到。究竟离城多远，他没有说。问他姓什么，他说他祖父叫史二，他父亲叫史成……这样你就再也不敢问他了。要问他吃饭没有？他就说：“睡觉了。”这是没有办法的，任他去吧。于是却连大带小的一齐站在庙门口，他们哭的哭，叫的叫，好像小兽似的，警察在看守他们。

娘娘庙是在北大街上，老爷庙和娘娘庙离不了好远。那些烧香的人，虽然说是求子求孙，是先该向娘娘来烧香的，但是人们都以为阴间也是一样的重男轻女，所以不敢倒反天干。所以都是先到老爷庙去，打过钟，磕过头，好像跪到那里报个到似的，而后才上娘娘庙去。

老爷庙有大泥像十多尊，不知道哪个是老爷，都是威风凛凛，气概盖世的样子。有的泥像的手指尖都被攀了去，举着没有手指的手在那里站着，有的眼睛被挖了，像是个瞎子似的。有的泥像的脚趾是被写了一大堆的字，那字不太高雅，不怎么合乎神的身份。似乎是说泥像也该娶个老婆，不然他看了和尚去找小尼姑，他是要忌妒的。这字现在没有了，传说是这样。

为了这个，县官下了手令，不到初一十五，一律的把庙门锁起来，不准闲人进去。

当地的县官是很讲仁义道德的。传说他第五个姨太太，就是从尼姑庵接来的。所以他始终相信尼姑绝不会找和尚。自古就把尼姑列在和尚一起，其实是世人不查，人云亦云。好比县官的第五房姨太太，就是个尼姑。难道她也被和尚找过了吗？

这是不可能的。

所以下令一律的把庙门关了。

娘娘庙里比较的清静，泥像也有一些个，以女子为多，多半都没有横眉竖眼，近乎普通人，使人走进了大殿不必害怕。不用说是娘娘了，那自然是很好的温顺的女性。就说女鬼吧，也都不怎样恶，至多也不过披头散发的就完了，也决没有像老爷庙里那般泥像似的，眼睛冒了火，或像老虎似的张着嘴。

不但孩子进了老爷庙有的吓得大哭，就连壮年的男人进去也要肃然起敬，好像说虽然他在壮年，那泥像若走过来和他打打，他也决打不过那泥像的。

所以在老爷庙上磕头的人，心里比较虔诚，因为那泥像，身子高、力气大。

到了娘娘庙，虽然也磕头，但就总觉得那娘娘没有什么出奇之处。

塑泥像的人是男人，他把女人塑得很温顺，似乎对女人很尊敬。他把男人塑得很凶猛，似乎男性很不好。其实不对的，世界上的男人，无论多凶猛，眼睛冒火的似乎还未曾见过。就说西洋人吧，虽然与中国人的眼睛不同，但也不过是蓝瓦瓦地有点类似猫头鹰眼睛而已，居然间冒了火的也没有。

眼睛会冒火的民族，目前的世界还未发现。那么塑泥像的人为什么把他塑成那个样子呢？那就是让你一见生畏，不但磕头，而且要心服。就是磕完了头站起再看着，也绝不会后悔，不会后悔这头是向一个平庸无奇的人白白磕了。至于塑像的人塑起女子来为什么要那么温顺，那就告诉人，温顺的就是老实的，老实的就是好欺侮的，告诉人快来欺侮她们吧。

人若老实了，不但异类要来欺侮，就是同类也不同情。

比方女子去拜过了娘娘庙，也不过向娘娘讨子讨孙。讨完了就出来了，其余的并没有什么尊敬的意思。觉得子孙娘娘也不过是个普通的女子而已，只是她的孩子多了一些。

所以男人打老婆的时候便说：

“娘娘还得怕老爷打呢？何况你一个长舌妇！”

可见男人打女人是天理应该，神鬼齐一。怪不得那娘娘庙里的娘娘特别温顺，原来是常常挨打的缘故。可见温顺也不是怎么优良的天性，而是被打的结果。甚或是招打的原由。

两个庙都拜过了的人，就出来了，拥挤在街上。街上卖什么玩具的都有，多半玩具都是适于几岁的小孩子玩的。泥做的泥公鸡，鸡尾巴上插着两根红鸡毛，一点也不像，可是使人看去，就比活的更好看。家里有小孩子的不能不买。何况拿在嘴上一吹又会呜呜地响。买了泥公鸡，又看见了小泥人，小泥人的背上也有一个洞，这洞里边插着一根芦苇，一吹就响。那声音好像是诉怨似的，不太好听，但是孩子们都喜欢，做母亲的也一定要买。其余的如卖哨子的，卖小笛子的，卖线蝴蝶的，卖不倒翁的，其中尤以不倒翁最著名，也最为讲究，家家都买，有钱的买大的，没有钱的，买个小的。大的有一尺多高，二尺来高。小的有小得像个鸭蛋似的。无论大小，都非常灵活，按倒了就起来，起得很快，是随手就起来的。买不倒翁要当场试验，间或有生手的工匠所做出来的不倒翁，因屁股太大了，他不愿意倒下，也有的倒下了他就不起来。所以买不倒翁的人就把手伸出去，一律把他们按倒，看哪个先站起来就买哪个，当那一倒一起的时候真是可笑，摊子旁边围了些孩子，专在那里笑。不倒翁长得很好看，又白又胖。并不是老翁的样子，也不过他的名字叫不倒翁就是了。其实他是一个胖孩子。做得讲究一点的，头顶上还贴了一簇毛算是头发。有头发的比没有头发的要贵二百钱。有的孩子买的时候力争要戴头发的，做母亲的舍不得那二百钱，就说到家给他剪点狗毛贴。孩子非要戴毛的不可，选了一个戴毛的抱在怀里不放。没有法只得买了。这孩子抱着欢喜了一路，等到家一看，那簇毛不知什么时候已经飞了。于是孩子大哭。虽然母亲已经给剪了簇狗毛贴上了，但那孩子就总觉得这狗毛不是真的，不如原来的好看。也许那原来也贴的是狗毛，或许还不如现在的这个好看。但那孩子就总不开心，忧愁了一个下半天。

庙会到下半天就散了。虽然庙会是散了，可是庙门还开着，烧香的人、拜佛的人陆续的还有。有些没有儿子的妇女，仍旧在娘娘庙上捉弄着娘娘。给子孙娘娘的背后钉一个钮扣，给她的脚上绑一条带子，耳朵上挂一只耳环，给她带一副眼镜，把她旁边的泥娃娃给偷着抱走了一个。据说这样做，来年就都会生儿子的。

娘娘庙的门口，卖带子的特别多，妇人们都争着去买，她们相信买了带子，就会把儿子给带来了。

若是未出嫁的女儿，也误买了这东西，那就将成为大家的笑柄了。

庙会一过，家家户户就都有一个不倒翁，离城远至十八里路的，也都买了一个回去。

回到家里，摆在迎门的向口，使别人一过眼就看见了，他家的确有一个不倒翁不差，这证明逛庙会的时节他家并没有落伍，的确是去逛过了。

歌谣上说：

“小大姐，去逛庙，扭扭搭搭走的俏，回来买个搬不倒。”

五

这些盛举，都是为鬼而做的，并非为人而做的。至于人去看戏、逛庙，也不过是揩油借光的意思。

跳大神有鬼，唱大戏是唱给龙王爷看的，七月十五放河灯，是把灯放给鬼，让他顶着个灯去脱生。四月十八也是烧香磕头的祭鬼。

只是跳秧歌，是为活人而不是为鬼预备的。跳秧歌是在正月十五，正是农闲的时候，趁着新年而化起装来，男人装女人，装得滑稽可笑。

狮子、龙灯、旱船……等等，似乎也跟祭鬼似的，花样复杂，一时说不清楚。

第三章

一

呼兰河这小城里边住着我的祖父。

我生的时候，祖父已经六十多岁了，我长到四五岁，祖父就快七十了。

我家有一个大花园，这花园里蜂子、蝴蝶、蜻蜓、蚂蚱，样样都有。蝴蝶有白蝴蝶、黄蝴蝶。这种蝴蝶极小，不太好看。好看的是大红蝴蝶，满身带着金粉。

蜻蜓是金的，蚂蚱是绿的，蜂子则嗡嗡地飞着，满身绒毛，落到一朵花上，胖圆圆地就和一个小毛球似的不动了。

花园里边明晃晃的，红的红，绿的绿，新鲜漂亮。

据说这花园，从前是一个果园。祖母喜欢吃果子就种了果园。祖母又喜欢养羊，羊就把果树给啃了。果树于是都死了。到我有记忆的时候，园子里就只有一棵樱桃树，一棵李子树，为因樱桃和李子都不大结果子，所以觉得他们是并不存在的。小的时候，只觉得园子里边就有一棵大榆树。

这榆树在园子的西北角上，来了风，这榆树先啸，来了雨，大榆树先就冒烟了。太阳一出来，大榆树的叶子就发光了，它们闪烁得和沙滩上的蚌壳一样了。

祖父一天都在后园里边，我也跟着祖父在后园里边。祖父带一个大草帽，我戴一个小草帽，祖父栽花，我就栽花；祖父拔草，我就拔草。当祖父下种种小白菜的时候，我就跟在后边，把那下了种的土窝，用脚一个一个地溜平，哪里会溜得准，东一脚的，西一脚的瞎闹。有的把菜种不单没被土盖上，反而把菜子踢飞了。

小白菜长得非常之快，没有几天就冒了芽了，一转眼就可以拔下来吃了。

祖父铲地，我也铲地；因为我太小，拿不动那锄头杆，祖父就把锄头杆拔下来，让我单拿着那个锄头的“头”来铲。其实哪里是铲，也不过爬在地上，用锄头乱勾一阵就是了。也认不得哪个是苗，哪个是草。往往把韭菜当做野草一起地割掉，把狗尾草当做谷穗留着。

等祖父发现我铲的那块满留着狗尾草的一片，他就问我：

“这是什么？”

我说：

“谷子。”

祖父大笑起来，笑得够了，把草摘下来问我：

“你每天吃的就是这个吗？”

我说：

“是的。”

我看着祖父还在笑，我就说：

“你不信，我到屋里拿来你看。”

我跑到屋里拿了鸟笼上的一头谷穗，远远地就抛给祖父了。说：

“这不是一样的吗？”

祖父慢慢地把我叫过去，讲给我听，说谷子是有芒针的。狗尾草则没有，只是毛嘟嘟的真像狗尾巴。

祖父虽然教我，我看了也并不细看，也不过马马虎虎承认下来就是了。一抬头看见了一个黄瓜长大了，跑过去摘下来，我又去吃黄瓜去了。

黄瓜也许没有吃完，又看见了一个大蜻蜓从旁飞过，于是丢了黄瓜又去追蜻蜓去了。蜻蜓飞得多么快，哪里会追得上。好在一开初也没有存心一定追上，所以站起来，跟了蜻蜓跑了几步就又去做别的去了。

采一个倭瓜花心，捉一个大绿豆青蚂蚱，把蚂蚱腿用线绑上，绑了一会，也许把蚂蚱腿就绑掉，线头上只拴了一只腿，而不见蚂蚱了。

玩腻了，又跑到祖父那里去乱闹一阵，祖父浇菜，我也抢过来浇，奇怪的就是并不往菜上浇，而是拿着水瓢，拼尽了力气，把水往天空里一扬，大喊着：

“下雨了，下雨了。”

太阳在园子里是特大的，天空是特别高的，太阳的光芒四射，亮得使人睁不开眼睛，亮得蚯蚓不敢钻出地面来，蝙蝠不敢从什么黑暗的地方飞出来。是凡在太阳下的，都是健康的、漂亮的，拍一拍连大树都会发响的，叫一叫就是站在对面的土墙都会回答似的。

花开了，就像花睡醒了似的。鸟飞了，就像鸟上天了似的。虫子叫了，就像虫子在说话似的。一切都活了。都有无限的本领，要做什么，就做什么。要怎么样，就怎么样。都是自由的。倭瓜愿意爬上架就爬上架，愿意爬上房就爬上房。黄瓜愿意开一个谎花，就开一个谎花，愿意结一个黄瓜，就结一个黄瓜。若都不愿意，就是一个黄瓜也不结，一朵花也不开，也没有人问它。玉米愿意长多高就长多高，他若愿意长上天去，也没有人管。蝴蝶随意的飞，一会从墙头上飞来一对黄蝴蝶，一会又从墙头上飞走了一个白蝴蝶。它们是从谁家来的，又飞到谁家去？太阳也不知道这个。

只是天空蓝悠悠的，又高又远。

可是白云一来了的时候，那大团的白云，好像翻了花的白银似的，从祖父的头上经过，好像要压到了祖父的草帽那么低。

我玩累了，就在房檐底下找个阴凉的地方睡着了。不用枕头，不用席子，就把草帽遮在脸上就睡了。

二

祖父的眼睛是笑盈盈的，祖父的笑，常常笑得和孩子似的。

祖父是个长得很高的人，身体很健康，手里喜欢拿着个手杖。嘴上则不住地抽着旱烟管，遇到了小孩子，每每喜欢开个玩笑，说："你看天空飞个家雀。"

趁那孩子往天空一看，就伸出手去把那孩子的帽给取下来了，有的时候放在长衫的下边，有的时候放在袖口里头。他说："家雀叼走了你的帽啦。"

孩子们都知道了祖父的这一手了，并不以为奇，就抱住他的大腿，向他要帽子，摸着他的袖管，撕着他的衣襟，一直到找出帽子来为止。

祖父常常这样做，也总是把帽放在同一的地方，总是放在袖口和衣襟下。那些搜索他的孩子没有一次不是在他衣襟下把帽子拿出来的，好像他和孩子们约定了似的："我就放在这块，你来找吧！"

这样的不知做过了多少次，就像老太太永久讲着"上山打老虎"这一个故事给孩子们听似的，哪怕是已经听过了五百遍，也还是在那里回回拍手，回回叫好。

每当祖父这样做一次的时候，祖父和孩子们都一齐地笑得不得了。好像这戏还像第一次演似的。

别人看了祖父这样做，也有笑的，可不是笑祖父的手法好，而是笑他天天使用一种方法抓掉了孩子的帽子，这未免可笑。

祖父不怎样会理财，一切家务都由祖母管理。祖父只是自由自在地一天闲着；我想，幸好我长大了，我三岁了，不然祖父该多寂寞。我会走了，我会跑了。我走不动的时候，祖父就抱着我；我走动了，祖父就拉着我。一天到晚，门里门外，寸步不离，而祖父多半是在后园里，于是我也在后园里。

我小的时候，没有什么同伴，我是我母亲的第一个孩子。

我记事很早，在我三岁的时候，我记得我的祖母用针刺过我的手指，所以我很不喜欢她。我家的窗子，都是四边糊纸，当中嵌着玻璃。祖母是有洁癖的，以她屋的窗纸最白净。

别人抱着把我一放在祖母的炕边上，我不假思索地就要往炕里边跑，跑到窗子那里，就伸出手去，把那白白透着花窗棂的纸窗给通了几个洞，若不加阻止，就必得挨着排给通破，若有人招呼着我，我也得加速的抢着多通几个才能停止。手指一触到窗上，那纸窗像小鼓似的，嘭嘭地就破了。破得越多，自己越得意。祖母若来追我的时候，我就越得意了，笑得拍着手，跳着脚的。

有一天祖母看我来了，她拿了一个大针就到窗子外边去等我去了。我刚一伸出手去，手指就痛得厉害。我就叫起来了。那就是祖母用针刺了我。

从此，我就记住了，我不喜她。

虽然她也给我糖吃，她咳嗽时吃猪腰烧川贝母，也分给我猪腰，但是我吃了猪腰还是不喜她。

在她临死之前，病重的时候，我还会吓了她一跳。有一次她自己一个人坐在炕上熬药，药壶是坐在炭火盆上，因为屋里特别的寂静，听得见那药壶骨碌骨碌地响。祖母住着两间房子，是里外屋，恰巧外屋也没有人，里屋也没人，就是她自己。我把门一开，祖母并没有看见我，于是我就用拳头在板隔壁上，咚咚地打了两拳。我听到祖母"哟"的一声，铁火剪子就掉了地上了。

我再探头一望，祖母就骂起我来。她好像就要下地来追我似的。我就一边笑着，一边跑了。

我这样的吓唬祖母，也并不是向她报仇，那时我才五岁，是不晓得什么的，也许觉得这样好玩。

祖父一天到晚是闲着的，祖母什么工作也不分配给他。只有一件事，就是祖母的地榇上的摆设，有一套锡器，却总是祖父擦的。这可不知道是祖母派给他的，还是他自动的愿意工作，每当祖父一擦的时候，我就不高兴，一方面是不能领着我到后园里去玩了，另一方面祖父因此常常挨骂，祖母骂他懒，骂他擦的不干净。祖母一骂祖父的时候，就常常不知为什么连我也骂上。

祖母一骂祖父，我就拉着祖父的手往外边走，一边说：

"我们后园里去吧。"

也许因此祖母也骂了我。

她骂祖父是"死脑瓜骨"，骂我是"小死脑瓜骨"。

我拉着祖父就到后园里去了，一到了后园里，立刻就另是一个世界了。决不是那房子里的狭窄的世界，而是宽广的，人和天地在一起，天地是多么大，多么远，用手摸不到天空。而土地上所长的又是那么繁华，一眼看上去，是看不完的，只觉得眼前鲜绿的一片。

一到后园里，我就没有对象地奔了出去，好像我是看准了什么而奔去了似的，好像有什么在那儿等着我似的。其实我是什么目的也没有。只觉得这园子里边无论什么东西都是活的，好像我的腿也非跳不可了。

若不是把全身的力量跳尽了，祖父怕我累了想招呼住我，那是不可能的，反而他越招呼，我越不听话。

等到自己实在跑不动了，才坐下来休息，那休息也是很快的，也不过随便在秧子上摘下一个黄瓜来，吃了也就好了。

休息好了又是跑。

樱桃树，明是没有结樱桃，就偏跑到树上去找樱桃。李子树是半死的样子了，本不结李子的，就偏去找李子。一边在找，还一边大声地喊，在问着祖父：

“爷爷，樱桃树为什么不结樱桃?”

祖父老远的回答着：

“因为没有开花，就不结樱桃。”

再问：

“为什么樱桃树不开花?”

祖父说：

“因为你嘴馋，它就不开花。”

我一听了这话，明明是嘲笑我的话，于是就飞奔着跑到祖父那里，似乎是很生气的样子。等祖父把眼睛一抬，他用了完全没有恶意的眼睛一看我，我立刻就笑了。而且是笑了半天的工夫才能够止住，不知哪里来了那许多的高兴。把后园一时都让我搅乱了，我笑的声音不知有多大，自己都感到震耳了。

后园中有一棵玫瑰。一到五月就开花的。一直开到六月。花朵和酱油碟那么大。开得很茂盛，满树都是，因为花香，招来了很多的蜂子，嗡嗡地在玫瑰树那儿闹着。

别的一切都玩厌了的时候，我就想起来去摘玫瑰花，摘了一大堆把草帽脱下来用帽兜子盛着。在摘那花的时候，有两种恐惧，一种是怕蜂子的勾刺人，另一种是怕玫瑰的刺刺手。好不容易摘了一大堆，摘完了可又不知道做什么了。忽然异想天开，这花若给祖父戴起来该多好看。

祖父蹲在地上拔草，我就给他戴花。祖父只知道我是在捉弄他的帽子，而不知道我到底是在干什么。我把他的草帽给他插了一圈的花，红通通的二三十朵。我一边插着一边笑，当我听到祖父说：

“今年春天雨水大，咱们这棵玫瑰开得这么香。二里路也怕闻得到的。”

就把我笑得哆嗦起来。我几乎没有支持的能力再插上去。等我插完了，祖父还是安然的不晓得。他还照样地拔着垅上的草。我跑得很远的站着，我不敢往祖父那边看，一看就想笑。所以我借机进屋去找一点吃的来，还没有等我回到园中，祖父也进屋来了。

那满头红通通的花朵，一进来祖母就看见了。她看见什么也没说，就大笑了起来。

父亲母亲也笑了起来，而以我笑得最厉害，我在炕上打着滚笑。

祖父把帽子摘下来一看，原来那玫瑰的香并不是因为今年春天雨水大的缘故，而是那花就顶在他的头上。

他把帽子放下，他笑了十多分钟还停不住，过一会一想起来，又笑了。

祖父刚有点忘记了，我就在旁边提着说：

“爷爷……今年春天雨水大呀……”

一提起，祖父的笑就来了。于是我也在炕上打起滚来。

就这样一天一天的，祖父，后园，我，这三样是一样也不可缺少的了。

刮了风，下了雨，祖父不知怎样，在我却是非常寂寞的了。去没有去处，玩没有玩的，觉得这一天不知有多少日子那么长。

三

偏偏这后园每年都要封闭一次的，秋雨之后这花园就开始凋零了，黄的黄、败的败，好像很快似的一切花朵都灭了，好像有人把它们摧残了似的。它们一齐都没有从前那么健康了，好像它们都很疲倦了，而要休息了似的，好像要收拾收拾回家去了似的。

大榆树也是落着叶子，当我和祖父偶尔在树下坐坐，树叶竟落在我的脸上来了。树叶飞满了后园。

没有多少时候，大雪又落下来了，后园就被埋住了。

通到园去的后门，也用泥封起来了，封得很厚，整个的冬天挂着白霜。

我家住着五间房子，祖母和祖父共住两间，母亲和父亲共住两间。祖母住的是西屋，母亲住的是东屋。

是五间一排的正房，厨房在中间，一齐是玻璃窗子，青砖墙，瓦房间。

祖母的屋子，一个是外间，一个是内间。外间里摆着大躺箱，地长桌，太师椅。椅子上铺着红椅垫，躺箱上摆着朱砂瓶，长桌上列着座钟。钟的两边站着帽筒。帽筒上并不挂着帽子，而插着几个孔雀翎。

我小的时候，就喜欢这个孔雀翎，我说它有金色的眼睛，总想用手摸一摸，祖母就一定不让摸，祖母是有洁癖的。

还有祖母的躺箱上摆着一个座钟，那座钟是非常希奇的，画着一个穿着古装的大姑娘，好像活了似的，每当我到祖母屋去，若是屋子里没有人，她就总用眼睛瞪我，我几次的告诉过祖父，祖父说：

“那是画的，她不会瞪人。”

我一定说她是会瞪人的，因为我看得出来，她的眼珠像是会转。

还有祖母的大躺箱上也尽雕着小人，尽是穿古装衣裳的，宽衣大袖，还戴顶子，带着翎子。满箱子都刻着，大概有二三十个人，还有吃酒的，吃饭的，还有作揖的……

我总想要细看一看，可是祖母不让我沾边，我还离得很远的，她就说：

“可不许用手摸，你的手脏。”

祖母的内间里边，在墙上挂着一个很古怪很古怪的挂钟，挂钟的下边用铁链子垂着两穗铁苞米。铁苞米比真的苞米大了很多，看起来非常重，似乎可以打死一个人。再往那挂钟里边看就更希奇古怪了，有一个小人，长着蓝眼珠，钟摆一秒钟就响一下，钟摆一响，那眼珠就同时一转。

那小人是黄头发，蓝眼珠，跟我相差太远，虽然祖父告诉我，说那是毛子人，但我不承认她，我看她不像什么人。

所以我每次看这挂钟，就半天半天的看，都看得有点发呆了。我想：这毛子人就总在钟里边呆着吗？永久也不下来玩吗？

外国人在呼兰河的土语叫做“毛子人”。我四五岁的时候，还没有见过一个毛子人，以为毛子人就是因为她的头发毛烘烘地卷着的缘故。

祖母的屋子除了这些东西，还有很多别的，因为那时候，别的我都不发生什么趣味，所以只记住了这三五样。

母亲的屋里，就连这一类的古怪玩艺也没有了，都是些普通的描金柜，也是些帽筒、花瓶之类，没有什么好看的，我没有记住。

这五间房子的组织，除了四间住房一间厨房之外，还有极小的、极黑的两个小后房。祖母一个，母亲一个。

那里边装着各种样的东西，因为是储藏室的缘故。

坛子罐子、箱子柜子、筐子篓子。除了自己家的东西，还有别人寄存的。

那里边是黑的，要端着灯进去才能看见。那里边的耗子很多，蜘蛛网也很多。空气不大好，永久有一种扑鼻的和药的气味似的。

我觉得这储藏室很好玩，随便打开哪一只箱子，里边一定有一些好看的东西，花丝线、各种色的绸条、香荷包、搭腰、裤腿、马蹄袖、绣花的领子。古香古色，颜色都配得特别的好看。箱子里边也常常有蓝翠的耳环或戒指，被我看见了，我一看见就非要一个玩不可，母亲就常常随手抛给我一个。

还有些桌子带着抽屉的，一打开那里边更有些好玩的东西，铜环、木刀、竹尺、观音粉。这些个都是我在别的地方没有看过的。而且这抽屉始终也不锁的。所以我常常随意地开，开了就把样样，似乎是不加选择地都搜了出去，左手拿着木头刀，右手拿着观音粉，这里砍一下，那里画一下。后来我又得到了一个小锯，用这小锯，我开始毁坏起东西来，在椅子腿上锯一锯，在炕沿上锯一锯。我自己竟把我自己的小木刀也锯坏了。

无论吃饭和睡觉，我这些东西都带在身边，吃饭的时候，我就用这小锯，锯着馒头。睡觉做起梦来还喊着：

“我的小锯哪里去了？”

储藏室好像变成我探险的地方了。我常常趁着母亲不在屋我就打开门进去了。这储藏室也有一个后窗，下半天也有一点亮光，我就趁着这亮光打开了抽屉，这抽屉已经被我翻得差不多的了，没有什么新鲜的了。翻了一会，觉得没有什么趣味了，就出来了。到后来连一块水胶，一段绳头都让我拿出来了，把五个抽屉通通拿空了。

除了抽屉还有筐子笼子，但那个我不敢动，似乎每一样都是黑洞洞的，灰尘不知有多厚，蛛网蛛丝的不知有多少，因此我连想也不想动那东西。

记得有一次我走到这黑屋子的极深极远的地方去，一个发响的东西撞住我的脚上，我摸起来抱到光亮的地方一看，原来是一个小灯笼，用手指把灰尘一划，露出来是个红玻璃的。

我在一两岁的时候，大概我是见过灯笼的，可是长到四五岁，反而不认识了。我不知道这是个什么。我抱着去问祖父去了。

祖父给我擦干净了，里边点上个洋蜡烛，于是我欢喜得就打着灯笼满屋跑，跑了好几天，一直到把这灯笼打碎了才算完了。

我在黑屋子里边又碰到了一块木头，这块木头是上边刻着花的，用手一摸，很不光滑，我拿出来用小锯锯着。祖父看见了，说：

"这是印帖子的帖板。"

我不知道什么叫帖子，祖父刷上一片墨刷一张给我看，我只看见印出来几个小人。还有一些乱七八糟的花，还有字。祖父说：

"咱们家开烧锅的时候，发帖子就是用这个印的，这是一百吊的……还有伍十吊的十吊的……"

祖父给我印了许多，还用鬼子红给我印了些红的。

还有戴缨子的清朝的帽子，我也拿了出来戴上。多少年前的老大的鹅翎扇子，我也拿了出来吹着风。翻了一瓶莎仁出来，那是治胃病的药，母亲吃着，我也跟着吃。

不久，这些八百年前的东西，都被我弄出来了。有些是祖母保存着的，有些是已经出了嫁的姑母的遗物，已经在那黑洞洞的地方放了多少年了，连动也没有动过，有些个快要腐烂了，有些个生了虫子，因为那些东西早被人们忘记了，好像世界上已经没有那么一回事了。而今天忽然又来到了他们的眼前，他们受了惊似的又恢复了他们的记忆。

每当我拿出一件新的东西的时候，祖母看见了，祖母说：“这是多少年前的了！这是你大姑在家里边玩的……”

祖父看见了，祖父说：

“这是你二姑在家时用的……”

这是你大姑的扇子，那是你三姑的花鞋……都有了来历。但我不知道谁是我的三姑，谁是我的大姑。也许我一两岁的时候，我见过她们，可是我到四五岁时，我就不记得了。

我祖母有三个女儿，到我长起来时，她们都早已出嫁了。

可见二三十年内就没有小孩子了。而今也只有我一个。实在的还有一个小弟弟，不过那时他才一岁半岁的，所以不算他。

家里边多少年前放的东西，没有动过，他们过的是既不向前，也不回头的生活，是凡过去的，都算是忘记了，未来的他们也不怎样积极地希望着，只是一天一天地平板地、无怨无尤地在他们祖先给他们准备好的口粮之中生活着。

等我生来了，第一给了祖父的无限的欢喜，等我长大了，祖父非常地爱我。使我觉得在这世界上，有了祖父就够了，还怕什么呢？虽然父亲的冷淡，母亲的恶言恶色，和祖母的用针刺我手指的这些事，都觉得算不了什么。何况又有后花园！

后园虽然让冰雪给封闭了，但是又发现了这储藏室。这里边是无穷无尽地什么都有，这里边宝藏着的都是我所想象不到的东西，使我感到这世界上的东西怎么这样多！而且样样好玩，样样新奇。

比方我得到了一包颜料，是中国的大绿，看那颜料闪着金光，可是往指甲上一染，指甲就变绿了，往胳臂上一染，胳臂立刻飞来了一张树叶似的。实在是好看，也实在是莫名其妙，所以心里边就暗暗地欢喜，莫非是我得了宝贝吗？

得了一块观音粉。这观音粉往门上一划，门就白了一道，往窗上一划，窗就白了一道。这可真有点奇怪，大概祖父写字的墨是黑墨，而这是白墨吧。

得了一块圆玻璃，祖父说是“显微镜”。他在太阳底下一照，竟把祖父装好的一袋烟照着了。

这该多么使人欢喜，什么什么都会变的。你看他是一块废铁，说不定他就有用，比方我捡到一块四方的铁块，上边有一个小窝。祖父把榛子放在小窝里边，打着榛子给我吃。在这小窝里打，不知道比用牙咬要快了多少倍。何况祖父老了，他的牙又多半不大好。

我天天从那黑屋子往外搬着，而天天有新的。搬出来一批，玩厌了，弄坏了，就再去搬。

因此使我的祖父、祖母常常地慨叹。

他们说这是多少年前的了，连我的第三个姑母还没有生的时候就有这东西。那是多少年前的了，还是分家的时候，从我曾祖那里得来的呢。又哪样哪样是什么人送的，而那家人家到今天也都家败人亡了，而这东西还存在着。

又是我在玩着的那葡蔓藤的手镯，祖母说她就戴着这个手镯，有一年夏天坐着小车子，抱着我大姑去回娘家，路上遇了土匪，把金耳环给摘去了，而没有要这手镯。若也是金的银的，那该多危险，也一定要被抢去的。

我听了问她："我大姑在哪儿?"

祖父笑了。祖母说：

"你大姑的孩子比你都大了。"

原来是四十年前的事情，我哪里知道。可是藤手镯却戴在我的手上，我举起手来，摇了一阵，那手镯好像风车似的，滴溜溜地转，手镯太大了，我的手太细了。

祖母看见我把从前的东西都搬出来了，她常常骂我：

"你这孩子，没有东西不拿着玩的，这小不成器的……"

她嘴里虽然是这样说，但她又在光天化日之下得以重看到这东西，也似乎给了她一些回忆的满足。所以她说我是并不十分严刻的，我当然是不听她，该拿还是照旧地拿。

于是我家里久不见天日的东西，经我这一搬弄，才得以见了天日。于是坏的坏，扔的扔，也就都从此消灭了。

我有记忆的第一个冬天，就这样过去了。没有感到十分的寂寞，但总不如在后园里那样玩着好。但孩子是容易忘记的，也就随遇而安了。

四

第二年夏天，后园里种了不少的韭菜，是因为祖母喜欢吃韭菜馅的饺子而种的。

可是当韭菜长起来时，祖母就病重了，而不能吃这韭菜了，家里别的人也没有吃这韭菜的，韭菜就在园子里荒着。

因为祖母病重，家里非常热闹，来了我的大姑母，又来了我的二姑母。

二姑母是坐着她自家的小车子来的。那拉车的骡子挂着铃当，哗哗啷啷的就停在窗前了。

从那车上第一个就跳下来一个小孩，那小孩比我高了一点，是二姑母的儿子。

他的小名叫“小兰”，祖父让我向他叫兰哥。

别的我都不记得了，只记得不大一会工夫我就把他领到后园里去了。

告诉他这个是玫瑰树，这个是狗尾草，这个是樱桃树。樱桃树是不结樱桃的，我也告诉了他。

不知道在这之前他见过我没有，我可并没有见过他。

我带他到东南角上去看那棵李子树时，还没有走到眼前，他就说：

“这树前年就死了。”

他说了这样的话，是使我很吃惊的。这树死了，他可怎么知道的？心中立刻来了一种忌妒的情感，觉得这花园是属于我的，和属于祖父的，其余的人连晓得也不该晓得才对的。

我问他：

“那么你来过我们家吗？”

他说他来过。

这个我更生气了，怎么他来我不晓得呢？

我又问他：

“你什么时候来过的？”

他说前年来的，他还带给我一个毛猴子。他问着我：

“你忘了吗？你抱着那毛猴子就跑，跌倒了你还哭了哩！”

我无论怎样想，也想不起来了。不过总算他送给我过一个毛猴子，可见对我是很好的，于是我就不生他的气了。

从此天天就在一块玩。

他比我大三岁，已经八岁了，他说他在学堂里边念了书的，他还带来了几本书，晚上在煤油灯下他还把书拿出来给我看。书上有小人、有剪刀、有房子。因为都是带着图，我一看就连那字似乎也认识了，我说：“这念剪刀，这念房子。”

他说不对：“这念剪，这念房。”

我拿过来一细看，果然都是一个字，而不是两个字，我是照着图念的，所以错了。

我也有一盒方字块，这边是图，那边是字，我也拿出来给他看了。

从此整天的玩。祖母病重与否，我不知道。不过在她临死的前几天就穿上了满身的新衣裳，好像要出门做客似的。说是怕死了来不及穿衣裳。

因为祖母病重，家里热闹得很，来了很多亲戚。忙忙碌碌不知忙些个什么。有的拿了些白布撕着，撕得一条一块的，撕得非常的响亮，旁边就有人拿着针在缝那白布。还有的把一个小罐，里边装了米，罐口蒙上了红布。还有的在后园门口拢起火来，在铁火勺里边炸着面饼了。问她：

“这是什么?”

“这是打狗饽饽。”

她说阴间有十八关，过到狗关的时候，狗就上来咬人，用这饽饽一打，狗吃了饽饽就不咬人了。

似乎是姑妄言之、姑妄听之，我没有听进去。

家里边的人越多，我就越寂寞，走到屋里，问问这个，问问那个，一切都不理解。祖父也似乎把我忘记了。我从后园里捉了一个特别大的蚂蚱送给他去看，他连看也没有看，就说：

“真好，真好，上后园去玩去吧!”

新来的兰哥也不陪我时，我就在后园里一个人玩。

五

祖母已经死了，人们都到龙王庙上去报过庙回来了。而我还在后园里边玩着。

后园里边下了点雨，我想要进屋去拿草帽去，走到酱缸旁边（我家的酱缸是放在后园里的），一看，有雨点啪啪的落到缸帽子上。我想这缸帽子该多大，遮起雨来，比草帽一定更好。

于是我就从缸上把它翻下来了，到了地上它还乱滚一阵，这时候，雨就大了。我好不容易才设法钻进这缸帽子去。因为这缸帽子太大了，差不多和我一般高。

我顶着它，走了几步，觉得天昏地暗。而且重也是很重的，非常吃力。而且自己已经走到哪里了，自己也不晓，只晓得头顶上啪啪拉拉的打着雨点，往脚下看着，脚下只是些狗尾草和韭菜。找了一个韭菜很厚的地方，我就坐下了，一坐下这缸帽子就和个小房似的扣着我。这比站着好得多，头顶不必顶着，帽子就扣在韭菜地上。但是里边可是黑极了，什么也看不见。

同时听什么声音，也觉得都远了。大树在风雨里边被吹得呜呜的，好像大树已经被搬到别人家的院子去似的。

韭菜是种在北墙根上，我是坐在韭菜上。北墙根离家里的房子很远的，家里边那闹嚷嚷的声音，也像是来在远方。

我细听了一会，听不出什么来，还是在我自己的小屋里边坐着。这小屋这么好，不怕风，不怕雨。站起来走的时候，顶着屋盖就走了，有多么轻快。

其实是很重的了，顶起来非常吃力。

我顶着缸帽子，一路摸索着，来到了后门口，我是要顶给爷爷看看的。

我家的后门坎特别高，迈也迈不过去，因为缸帽子太大，使我抬不起腿来。好不容易两手把腿拉着，弄了半天，总算是过去了。虽然进了屋，仍是不知道祖父在什么方向，于是我就大喊，正在这喊之间，父亲一脚把我踢翻了，差点没把我踢到灶口的火堆上去。缸帽子也在地上滚着。

等人家把我抱了起来，我一看，屋子里的人，完全不对了，都穿了白衣裳。

再一看，祖母不是睡在炕上，而是睡在一张长板上。

从这以后祖母就死了。

六

祖母一死，家里继续着来了许多亲戚，有的拿着香、纸，到灵前哭了一阵就回去了。有的就带着大包小包的来了就住下了。

大门前边吹着喇叭，院子里搭了灵棚，哭声终日，一闹闹了不知多少日子。

请了和尚道士来，一闹闹到半夜，所来的都是吃、喝、说、笑。

我也觉得好玩，所以就特别高兴起来。又加上从前我没有小同伴，而现在有了。比我大的，比我小的，共有四五个。我们上树爬墙，几乎连房顶也要上去了。

他们带我到小门洞子顶上去捉鸽子，搬了梯子到房檐头上去捉家雀。后花园虽然大，已经装不下我了。

我跟着他们到井口边去往井里边看，那井是多么深，我从未见过。在上边喊一声，里边有人回答。用一个小石子投下去，那响声是很深远的。

他们带我到粮食房子去，到碾磨房去，有时候竟把我带到街上，是已经离开家了，不跟着家人在一起，我是从来没有走过这样远。

不料除了后园之外，还有更大的地方，我站在街上，不是看什么热闹，不是看那街上的行人车马，而是心里边想：是不是我将来一个人也可以走得很远？

有一天，他们把我带到南河沿上去了，南河沿离我家本不算远，也不过半里多地。可是因为我是第一次去，觉得实在很远。走出汗来了。走过一个黄土坑，又过一个南大营，南大营的门口，有兵把守门。那营房的院子大得在我看来太大了，实在是不应该。我们的院子就够大的了，怎么能比我们家的院子更大呢，大得有点不大好看了，我走过了，我还回过头来看。

路上有一家人家，把花盆摆到墙头上来了，我觉得这也不大好，若是看不见人家偷去呢！

还看见了一座小洋房，比我们家的房不知好了多少倍。若问我，哪里好？我也说不出来，就觉得那房子是一色新，不像我家的房子那么陈旧。

我仅仅走了半里多路，我所看见的可太多了。所以觉得这南河沿实在远。问他们：

“到了没有？”

他们说：

“就到的，就到的。”

果然，转过了大营房的墙角，就看见河水了。

我第一次看见河水，我不能晓得这河水是从什么地方来的？走了几年了。

那河太大了，等我走到河边上，抓了一把沙子抛下去，那河水简直没有因此而脏了一点点。河上有船，但是不很多，有的往东去了，有的往西去了。也有的划到河的对岸去的，河的对岸似乎没有人家，而是一片柳条林。再往远看，就不能知道那是什么地方了，因为也没有人家，也没有房子，也看不见道路，也听不见一点音响。

我想将来是不是我也可以到那没有人的地方去看一看。

除了我家的后园，还有街道。除了街道，还有大河。除了大河，还有柳条林。除了柳条林，还有更远的，什么也没有的地方，什么也看不见的地方，什么声音也听不见的地方。

究竟除了这些，还有什么，我越想越不知道了。

就不用说这些我未曾见过的。就说一个花盆吧，就说一座院子吧。院子和花盆，我家里都有。但说那营房的院子就比我家的大，我家的花盆是摆在后园里的，人家的花盆就摆到墙头上来了。

可见我不知道的一定还有。

所以祖母死了，我竟聪明了。

七

祖母死了，我就跟祖父学诗。因为祖父的屋子空着，我就闹着一定要睡在祖父那屋。

早晨念诗，晚上念诗，半夜醒了也是念诗。念了一阵，念困了再睡去。

祖父教我的有《千家诗》，并没有课本，全凭口头传诵，祖父念一句，我就念一句。

祖父说：

“少小离家老大回……”

我也说：

“少小离家老大回……”

都是些什么字，什么意思，我不知道，只觉得念起来那声音很好听。所以很高兴地跟着喊。我喊的声音，比祖父的声音更大。

我一念起诗来，我家的五间房都可以听见，祖父怕我喊坏了喉咙，常常警告着我说：

“房盖被你抬走了。”

听了这笑话，我略微笑了一会工夫，过不了多久，就又喊起来了。

夜里也是照样地喊，母亲吓唬我，说再喊她要打我。

祖父也说：

“没有你这样念诗的，你这不叫念诗，你这叫乱叫。”

但我觉得这乱叫的习惯不能改，若不让我叫，我念它干什么。每当祖父教我一个新诗，一开头我若听了不好听，我就说：

“不学这个。”

祖父于是就换一个，换一个不好，我还是不要。

“春眠不觉晓，处处闻啼鸟，夜来风雨声，花落知多少。”

这一首诗，我很喜欢，我一念到第二句，“处处闻啼鸟”那处处两字，我就高兴起来了。觉得这首诗，实在是好，真好听，“处处”该多好听。

还有一首我更喜欢的：

“重重叠叠上瑶台，几度呼童扫不开。刚被太阳收拾去，又叫明月送将来。”

就这“几度呼童扫不开”，我根本不知道什么意思，就念成西沥忽通扫不开。

越念越觉得好听，越念越有趣味。

还当客人来了，祖父总是呼我念诗的，我就总喜念这一首。

那客人不知听懂了与否，只是点头说好。

八

就这样瞎念，到底不是久计。念了几十首之后，祖父开讲了。

“少小离家老大回，乡音无改鬓毛衰。”

祖父说：

“这是说小的时候离开了家到外边去，老了回来了。乡音无改鬓毛衰，这是说家乡的口音还没有改变，胡子可白了。”

我问祖父：

“为什么小的时候离家？离家到哪里去？”

祖父说：

“好比爷像你那么大离家，现在老了回来了，谁还认识呢？儿童相见不相识，笑问客从何处来。小孩子见了就招呼着说：你这个白胡老头，是从哪里来的？”

我一听觉得不大好，赶快就问祖父：“我也要离家的吗？等我胡子白了回来，爷爷你也不认识我了吗？”

心里很恐惧。

祖父一听就笑了：

“等你老了还有爷爷吗？”

祖父说完了，看我还是不很高兴，他又赶快说：

“你不离家的，你哪里能够离家……快再念一首诗吧！念春眠不觉晓……”

我一念起春眠不觉晓来，又是满口的大叫，得意极了。完全高兴，什么都忘了。

但从此再读新诗，一定要先讲的，没有讲过的也要重讲。似乎那大嚷大叫的习惯稍稍好了一点。

“两个黄鹂鸣翠柳，一行白鹭上青天。”

这首诗本来我也很喜欢的，黄梨是很好吃的。经祖父这一讲，说是两个鸟，于是不喜欢了。

“去年今日此门中，人面桃花相映红。

人面不知何处去，桃花依旧笑春风。”

这首诗祖父讲了我也不明白，但是我喜欢这首。因为其中有桃花。桃树一开了花不就结桃吗？桃子不是好吃吗？

所以每念完这首诗，我就接着问祖父：

“今年咱们的樱桃树开不开花?”

九

除了念诗之外，还很喜欢吃。

记得大门洞子东边那家是养猪的，一个大猪在前边走，一群小猪跟在后边。有一天一个小猪掉井了，人们用抬土的筐子把小猪从井吊了上来。吊上来，那小猪早已死了。井口旁边围了很多人看热闹，祖父和我也在旁边看热闹。

那小猪一被打上来，祖父就说他要那小猪。

祖父把那小猪抱到家里，用黄泥裹起来，放在灶坑里烧上了，烧好了给我吃。

我站在炕沿旁边，那整个的小猪，就摆在我的眼前，祖父把那小猪一撕开，立刻就冒了油，真香，我从来没有吃过那么香的东西，从来没有吃过那么好吃的东西。

第二次，又有一只鸭子掉井了，祖父也用黄泥包起来，烧上给我吃了。

在祖父烧的时候，我也帮着忙，帮着祖父搅黄泥，一边喊着，一边叫着，好像拉拉队似的给祖父助兴。

鸭子比小猪更好吃，那肉是不怎样肥的。所以我最喜欢吃鸭子。

我吃，祖父在旁边看着。祖父不吃。等我吃完了，祖父才吃。他说我的牙齿小，怕我咬不动，先让我选嫩的吃，我吃剩了的他才吃。

祖父看我每咽下去一口，他就点一下头，而且高兴地说：

“这小东西真馋，”或是“这小东西吃得真快。”

我的手满是油，随吃随在大襟上擦着，祖父看了也并不生气，只是说：

“快蘸点盐吧，快蘸点韭菜花吧，空口吃不好，等会要反胃的……”

说着就捏几个盐粒放在我手上拿着的鸭子肉上。我一张嘴又进肚去了。

祖父越称赞我能吃，我越吃得多。祖父看看不好了，怕我吃多了。让我停下，我才停下来。我明明白白的是吃不下去了，可是我嘴里还说着：

“一个鸭子还不够呢!”

自此吃鸭子的印象非常之深，等了好久，鸭子再不掉到井里，我看井沿有一群鸭子，我拿了秫秆就往井里边赶，可是鸭子不进去，围着井口转，而呱呱地叫着。我就招呼了在旁边看热闹的小孩子，我说：

“帮我赶哪!”

正在吵吵叫叫的时候，祖父奔到了，祖父说：

“你在干什么?”

我说：

“赶鸭子，鸭子掉井，捞出来好烧吃。”

祖父说：“不用赶了，爷爷抓个鸭子给你烧着吃。”

我不听他的话，我还是追在鸭子的后边跑着。

祖父上前来把我拦住了，抱在怀里，一面给我擦着汗一面说：

“跟爷爷回家，抓个鸭子烧上。”

我想：不掉井的鸭子，抓都抓不住，可怎么能规规矩矩贴起黄泥来让烧呢？于是我从祖父的身上往下挣扎着，喊着：

“我要掉井的！我要掉井的！”

祖父几乎抱不住我了。

第四章

一

一到了夏天，蒿草长没大人的腰了，长没我的头顶了，黄狗进去，连个影也看不见了。

夜里一刮起风来，蒿草就刷拉刷拉地响着，因为满院子都是蒿草，所以那响声就特别大，成群结队的就响起来了。

下了雨，那蒿草的梢上都冒着烟，雨本来下得不很大，若一看那蒿草，好像那雨下得特别大似的。

下了毛毛雨，那蒿草上就迷漫得朦朦胧胧的，像是已经来了大雾，或者像是要变天了，好像是下了霜的早晨，混混沌沌的，在蒸腾着白烟。

刮风和下雨，这院子是很荒凉的了。就是晴天，多大的太阳照在上空，这院子也一样是荒凉的。没有什么显眼耀目的装饰，没有人工设置过的一点痕迹，什么都是任其自然，愿意东，就东，愿意西，就西。若是纯然能够做到这样，倒也保存了原始的风景。但不对的，这算什么风景呢？东边堆着一堆朽木头，西边扔着一片乱柴火。左门旁排着一大片旧砖头，右门边晒着一片沙泥土。

沙泥土是厨子拿来搭炉灶的，搭好了炉灶的泥土就扔在门边了。若问他还有什么用处吗，我想他也不知道，不过忘了就是了。

至于那砖头可不知道是干什么的，已经放了很久了，风吹日晒，下了雨被雨浇。反正砖头是不怕雨的，浇浇又碍什么事。那么就浇着去吧，没人管它。其实也正不必管它，凑巧炉灶或是炕洞子坏了，那就用得着它了。就在眼前，伸手就来，用着多么方便。但是炉灶就总不常坏，炕洞子修的也比较结实。不知哪里找的这样好的工人，一修上炕洞子就是一年，头一年八月修上，不到第二年八月是不坏的，就是到了第二年八月，也得泥水匠来，砖瓦匠来用铁刀一块一块地把砖砍着搬下来。所以那门前的一堆砖头似乎是一年也没有多大的用处。三年两年的还是在那里摆着。大概总是越摆越少，东家拿去一块垫花盆，西家搬去一块又是做什么。不然若是越摆越多，那可就糟了，岂不是慢慢地会把房门封起来的吗？

其实门前的那砖头是越来越少的。不用人工，任其自然，过了三年两载也就没有了。

可是目前还是有的。就和那堆泥土同时在晒着太阳，它陪伴着它，它陪伴着它。

除了这个，还有打碎了的大缸扔在墙边上，大缸旁边还有一个破了口的坛子陪着它蹲在那里。坛子底上没有什么，只积了半坛雨水，用手攀着坛子边一摇动：那水里边有很多活物，会上下地跑，似鱼非鱼，似虫非虫，我不认识。再看那勉强站着的，几乎是站不住了的已经被打碎了的大缸，那缸里边可是什么也没有。其实不能够说那是“里边”，本来这缸已经破了肚子。谈不到什么“里边”“外边”了。就简称“缸磉”吧！在这缸磉上什么也没有，光滑可爱，用手一拍还会发响。小时候就总喜欢到旁边去搬一搬，一搬就不得了了，在这缸磉的下边有无数的潮虫。吓得赶快就跑。跑得很远地站在那里回头看着，看了一回，那潮虫乱跑一阵又回到那缸磉的下边去了。

这缸磉为什么不扔掉呢？大概就是专养潮虫。

和这缸磉相对着，还扣着一个猪槽子，那猪槽子已经腐朽了，不知扣了多少年了。槽子底上长了不少的蘑菇，黑森森的，那是些小蘑；看样子，大概吃不得，不知长着做什么。

靠着槽子的旁边就睡着一柄生锈的铁犁头。

说也奇怪，我家里的东西都是成对的，成双的。没有单个的。

砖头晒太阳，就有泥土来陪着。有破坛子，就有破大缸。有猪槽子就有铁犁头。像是它们都配了对，结了婚。而且各自都有新生命送到世界上来。比方缸子里的似鱼非鱼，大缸下边的潮虫，猪槽子上的蘑菇等等。

不知为什么，这铁犁头，却看不出什么新生命来，而是全体腐烂下去了。什么也不生，什么也不长，全体黄澄澄的。用手一触就往下掉末，虽然他本质是铁的，但沦落到今天，就完全像黄泥做的了，就像要瘫了的样子。比起它的同伴那木槽子来，真是远差千里，惭愧惭愧。这犁头假若是人的话，一定要流泪大哭："我的体质比你们都好哇，怎么今天衰弱到这个样子？"

它不但它自己衰弱，发黄，一下了雨，它那满身的黄色的色素，还跟着雨水流到别人的身上去。那猪槽子的半边已经被染黄了。

那黄色的水流，直流得很远，是凡它所经过的那条土地，都被它染得焦黄。

二

我家是荒凉的。

一进大门，靠着大门洞子的东壁是三间破房子，靠着大门洞子的西壁仍是三间破房子。再加上一个大门洞，看起来是七间连着串，外表上似乎是很威武的，房子都很高大，架着很粗的木头的房架。柁头是很粗的，一个小孩抱不过来。都一律是瓦房盖，房脊上还有透窿的用瓦做的花，迎着太阳看去，是很好看的。房脊的两梢上，一边有一个鸽子，大概也是瓦做的。终年不动，停在那里。这房子的外表，似乎不坏。

但我看它内容空虚。

西边的三间，自家用装粮食的，粮食没有多少，耗子可是成群了。

粮食仓子底下让耗子咬出洞来，耗子的全家在吃着粮食。

耗子在下边吃，麻雀在上边吃。全屋都是土腥气。窗子坏了，用板钉起来，门也坏了，每一开就颤抖抖的。

靠着门洞子西壁的三间房，是租给一家养猪的。那屋里屋外没有别的，都是猪了。大猪小猪，猪槽子，猪粮食。来往的人也都是猪贩子，连房子带人，都弄得气味非常之坏。

说来那家也并没有养了多少猪，也不过十个八个的。每当黄昏的时候，那叫猪的声音远近得闻。打着猪槽子，敲着圈棚。叫了几声，停了一停。声音有高有低，在黄昏的庄严的空气里好像是说他家的生活是非常寂寞的。

除了这一连串的七间房子之外，还有六间破房子，三间破草房，三间碾磨房。

三间碾磨房一起租给那家养猪的了，因为它靠近那家养猪的。

三间破草房是在院子的西南角上，这房子它单独的跑得那么远，孤伶伶的，毛头毛脚的，歪歪斜斜的站在那里。

房顶的草上长着青苔，远看去，一片绿，很是好看。下了雨，房顶上就出蘑菇，人们就上房采蘑菇，就好像上山去采蘑菇一样，一采采了很多。这样出蘑菇的房顶实在是很少有，我家的房子共有三十来间，其余的都不会出蘑菇，所以住在那房里的人一提着筐子上房去采蘑菇，全院子的人没有不羡慕的，都说：

“这蘑菇是新鲜的，可不比那干蘑菇，若是杀一个小鸡炒上，那真好吃极了。”

“蘑菇炒豆腐，嗳，真鲜！”

“雨后的蘑菇嫩过了仔鸡。”

“蘑菇炒鸡，吃蘑菇而不吃鸡。”

“蘑菇下面，吃汤而忘了面。”

“吃了这蘑菇，不忘了姓才怪的。”

“清蒸蘑菇加姜丝，能吃八碗小米子干饭。”

“你不要小看了这蘑菇，这是意外之财！”

同院住的那些羡慕的人，都恨自己为什么不住在那草房里。若早知道租了房子连蘑菇都一起租来了，就非租那房子不可。天下哪有这样的好事，租房子还带蘑菇的。于是感慨唏嘘，相叹不已。

再说站在房间上正在采着的，在多少只眼目之中，真是一种光荣的工作。于是也就慢慢的采，本来一袋烟的工夫就可以采完，但是要延长到半顿饭的工夫。同时故意选了几个大的，从房顶上骄傲地抛下来，同时说：

“你们看吧，你们见过这样干净的蘑菇吗？除了是这个房顶，哪个房顶能够长出这样的好蘑菇来。”

那在下面的，根本看不清房顶到底那蘑菇全部多大，以为一律是这样大的，于是就更增加了无限的惊异。赶快弯下腰去拾起来，拿到家里，晚饭的时候，卖豆腐的来，破费二百钱捡点豆腐，把蘑菇烧上。

可是那在房顶上的因为骄傲，忘记了那房顶有许多地方是不结实的，已经露了洞了，一不加小心就把脚掉下去了，把脚往外一拔，脚上的鞋子不见了。

鞋子从房顶落下去，一直就落在锅里，锅里正是翻开的滚水，鞋子就在滚水里边煮上了。锅边漏粉的人越看越有意思，越觉得好玩，那一只鞋子在开水里滚着，翻着，还从鞋底上滚下一些泥浆来，弄得漏下去的粉条都黄忽忽的了。可是他们还不把鞋子从锅里拿出来，他们说，反正这粉条是卖的，也不是自己吃。

这房顶虽然产蘑菇，但是不能够避雨，一下起雨来，全屋就像小水罐似的。摸摸这个是湿的，摸摸那个是湿的。

好在这里边住的都是些个粗人。

有一个歪鼻瞪眼的名叫“铁子”的孩子。他整天手里拿着一柄铁锹，在一个长槽子里边往下切着，切些个什么呢？初到这屋子里来的人是看不清的，因为热气腾腾的这屋里不知都在做些个什么。细一看，才能看出来他切的是马铃薯。槽子里都是马铃薯。

这草房是租给一家开粉房的。漏粉的人都是些粗人，没有好鞋袜，没有好行李，一个一个的和小猪差不多，住在这房子里边是很相当的，好房子让他们一住也怕是住坏了。何况每一下雨还有蘑菇吃。

这粉房里的人吃蘑菇，总是蘑菇和粉配在一道，蘑菇炒粉，蘑菇炖粉，蘑菇煮粉。没有汤的叫做“炒”，有汤的叫做“煮”，汤少一点的叫做“炖”。

他们做好了，常常还端着一大碗来送给祖父。等那歪鼻瞪眼的孩子一走了，祖父就说：

“这吃不得，若吃到有毒的就吃死了。”

但那粉房里的人，从来没吃死过，天天里边唱着歌，漏着粉。

粉房的门前搭了几丈高的架子，亮晶晶的白粉，好像瀑布似的挂在上边。

他们一边挂着粉，也是一边唱着的。等粉条晒干了，他们一边收着粉，也是一边地唱着。那唱不是从工作所得到的愉快，好像含着眼泪在笑似的。

逆来顺受，你说我的生命可惜，我自己却不在乎。你看着很危险，我却自己以为得意。不得意怎么样？人生是苦多乐少。

那粉房里的歌声，就像一朵红花开在了墙头上。越鲜明，就越觉得荒凉。

“正月十五正月正，家家户户挂红灯。人家的丈夫团圆聚，孟姜女的丈夫去修长城。”

只要是一个晴天，粉丝一挂起来了，这歌音就听得见的。因为那破草房是在西南角上，所以那声音比较的辽远。偶尔也有装腔女人的音调在唱“五更天”。

那草房实在是不行了，每下一次大雨，那草房北头就要多加一只支柱，那支柱已经有七八只之多了，但是房子还是天天的往北边歪。越歪越厉害，我一看了就害怕，怕从那旁边一过，恰好那房子倒了下来，压在我身上。那房子实在是不像样子了，窗子本来是四方的，都歪斜得变成菱形的了。门也歪斜得关不上了。墙上的大柁就像要掉下来似的，向一边跳出来了。房脊上的正梁一天一天的往北走，已经拔了榫，脱离别人的牵掣，而它自己单独行动起来了。那些钉在房脊上的椽杆子，能够跟着它跑的，就跟着它一顺水地往北边跑下去了；不能够跟着它跑的，就挣断了钉子，而垂下头来，向着粉房里的人们的头垂下来，因为另一头是压在檐外，所以不能够掉下来，只是滴里郎当地垂着。

我一次进粉房去，想要看一看漏粉到底是怎样漏法。但是不敢细看，我很怕那椽子头掉下来打了我。

一刮起风来，这房子就喳喳的山响，大柁响，马梁响，门框、窗框响。

一下了雨，又是喳喳的响。

不刮风，不下雨，夜里也是会响的，因为夜深人静了，万物齐鸣，何况这本来就会响的房子，哪能不响呢。

以它响得最厉害。别的东西的响，是因为倾心去听它，就是听得到的，也是极幽渺的，不十分可靠的。也许是因为一个人的耳鸣而引起来的错觉，比方猫、狗、虫子之类的响叫，那是因为他们是生物的缘故。

可曾有人听过夜里房子会叫的，谁家的房子会叫，叫得好像个活物似的，嚓嚓的，带着无限的重量。往往会把睡在这房子里的人叫醒。

被叫醒了的人，翻了一个身说：

“房子又走了。”

真是活神活现，听他说了这话，好像房子要搬了场似的。

房子都要搬场了，为什么睡在里边的人还不起来，他是不起来的，他翻了个身又睡了。

住在这里边的人，对于房子就要倒的这回事，毫不加戒心，好像他们已经有了血族的关系，是非常信靠的。

似乎这房一旦倒了，也不会压到他们，就像是压到了，也不会压死的，绝对地没有生命的危险。这些人的过度的自信，不知从哪里来的，也许住在那房子里边的人都是用铁铸的，而不是肉长的。再不然就是他们都是敢死队，生命置之度外了。

若不然为什么这么勇敢？生死不怕。

若说他们是生死不怕，那也是不对的，比方那晒粉条的人，从杆子上往下摘粉条的时候，那杆子掉下来了，就吓他一哆嗦。粉条打碎了，他还没有敲打着。他把粉条收起来，他还看着那杆子，他思索起来，他说：

“莫不是……”

他越想越奇怪，怎么粉打碎了，而人没打着呢。他把那杆子扶了上去，远远地站在那里看着，用眼睛捉摸着。越捉摸越觉得可怕。

“唉呀！这要是落到头上呢。”

那真是不堪想象了。于是他摸着自己的头顶，他觉得万幸万幸，下回该加小心。

本来那杆子还没有房椽子那么粗，可是他一看见，他就害怕，每次他再晒粉条的时候，他都是躲着那杆子，连在它旁边走也不敢走。总是用眼睛溜着它，过了很多日才算把这回事忘了。

若下雨打雷的时候，他就把灯灭了，他们说雷扑火，怕雷劈着。

他们过河的时候，抛两个铜板到河里去，传说河是馋的，常常淹死人的，把铜板一摆到河里，河神高兴了，就不会把他们淹死了。

这证明住在这嚓嚓响着的草房里的他们，也是很胆小的，也和一般人一样是颤颤惊惊地活在这世界上。

那么这房子既然要塌了，他们为什么不怕呢?

据卖馒头的老赵头说：

“他们要的就是这个要倒的么!”

据粉房里的那个歪鼻瞪眼的孩子说：

“这是住房子啊，也不是娶媳妇要她周周正正。”

据同院住的周家的两位少年绅士说：

“这房子对于他们那等粗人，就再合适也没有了。”

据我家的有二伯说：

“是他们贪图便宜，好房子呼兰城里有的多，为啥他们不搬家呢？好房子人家要房钱的呀，不像是咱们家这房子，一年送来十斤二十斤的干粉就完事，等于白住。你二伯是没有家眷，若不我也找这样房子去住。”

有二伯说的也许有点对。

祖父早就想拆了那座房子的，是因为他们几次的全体挽留才留下来的。

至于这个房子将来倒兴不倒，或是发生什么幸与不幸，大家都以为这太远了，不必想了。

三

我家的院子是很荒凉的。

那边住着几个漏粉的，那边住着几个养猪的。养猪的那厢房里还住着一个拉磨的。

那拉磨的，夜里打着梆子通夜的打。

养猪的那一家有几个闲散杂人，常常聚在一起唱着秦腔，拉着胡琴。

西南角上那漏粉的则欢喜在晴天里边唱一个《叹五更》。

他们虽然是拉胡琴、打梆子、叹五更，但是并不是繁华的，并不是一往直前的，并不是他们看见了光明，或是希望着光明，这些都不是的。

他们看不见什么是光明的，甚至于根本也不知道，就像太阳照在了瞎子的头上了，瞎子也看不见太阳，但瞎子却感到实在是温暖了。

他们就是这类人，他们不知道光明在哪里，可是他们实实在在地感得到寒凉就在他们的身上，他们想击退了寒凉，因此而来了悲哀。

他们被父母生下来，没有什么希望，只希望吃饱了，穿暖了。但也吃不饱，也穿不暖。

逆来的，顺受了。

顺来的事情，却一辈子也没有。

磨房里那打梆子的，夜里常常是越打越响，他越打得激烈，人们越说那声音凄凉。

因为他单单的响音，没有同调。

四

我家的院子是很荒凉的。

粉房旁边的那小偏房里，还住着一家赶车的，那家喜欢跳大神，常常就打起鼓来，喝喝咧咧唱起来了。鼓声往往打到半夜才止，那说仙道鬼的，大神和二神的一对一答。苍凉，幽渺，真不知今世何世。

那家的老太太终年生病，跳大神都是为她跳的。

那家是这院子顶丰富的一家，老少三辈。家风是干净利落，为人谨慎，兄友弟恭，父慈子爱。家里绝对的没有闲散杂人。绝对不像那粉房和那磨房，说唱就唱，说哭就哭。他家永久是安安静静的。跳大神不算。

那终年生病的老太太是祖母，她有两个儿子，大儿子是赶车的，二儿子也是赶车的。一个儿子都有一个媳妇。大儿媳妇胖胖的，年已五十了。二儿媳妇瘦瘦的，年已四十了。

除了这些，老太太还有两个孙儿，大孙儿是二儿子的。二孙儿是大儿子的。

因此他家里稍稍有点不睦，那两个媳妇妯娌之间，稍稍有点不合适，不过也不很明朗化。只是你我之间各自晓得。做嫂子的总觉得兄弟媳妇对她有些不驯，或者就因为她的儿子大的缘故吧。兄弟媳妇就总觉得嫂子是想压她，凭什么想压人呢？自己的儿子小。没有媳妇指使着，看了别人还眼气。

老太太有了两个儿子，两个孙子，认为十分满意了。人手整齐，将来的家业，还不会兴旺的吗？就不用说别的，就说赶大车这把力气也是够用的。看看谁家的车上是爷四个，拿鞭子的，坐在车后尾巴上的都是姓胡，没有外姓。在家一盆火，出外父子兵。

所以老太太虽然是终年病着，但很乐观，也就是跳一跳大神什么的解一解心疑也就算了。她觉得就是死了，也是心安理得的了，何况还活着，还能够看得见儿子们的忙忙碌碌。

媳妇们对于她也很好的，总是隔长不短的张罗着给她花几个钱跳一跳大神。

每一次跳神的时候，老太太总是坐在炕里，靠着枕头，挣扎着坐了起来，向那些来看热闹的姑娘媳妇们讲：

“这回是我大媳妇给我张罗的。”或是“这回是我二媳妇给我张罗的。”

她说的时候非常得意，说着说着就坐不住了。她患的是瘫病，就赶快招媳妇们来把她放下了。放下了还要喘一袋烟的工夫。

看热闹的人，没有一个不说老太太慈祥的，没有一个不说媳妇孝顺的。

所以每一跳大神，远远近近的人都来了，东院西院的，还有前街后街的也都来了。

只是不能够预先订座，来得早的就有凳子、炕沿坐。来得晚的，就得站着了。

一时这胡家的孝顺，居于领导的地位，风传一时，成为妇女们的楷模。

不但妇女，就是男人也得说："老胡家人旺，将来财也必旺。"

"天时、地利、人和，最要紧的还是人和。人和了，天时不好也好了，地利不利也利了。"

"将来看着吧，今天人家赶大车的，再过五年看，不是二等户，也是三等户。"

我家的有二伯说：

"你看着吧，过不了几年人家就骡马成群了。别看如今人家就一辆车。"

他家的大儿媳妇和二儿媳妇的不睦，虽然没有新的发展，可也总没有消灭。

大孙子媳妇通红的脸，又能干，又温顺。人长得不肥不瘦，不高不矮，说起话来，声音不大不小。正合适配到他们这样的人家。

车回来了，牵着马就到井边去饮水。车马一出去了，就铡草。看她那长样可并不是做这类粗活人，可是做起事来并不弱于人，比起男人来，也差不了许多。

放下了外边的事情不说，再说屋里的，也样样拿得起来，剪、裁、缝、补，做哪样像哪样，他家里虽然没有什么绫、罗、绸、缎可做的，就说粗布衣也要做个四六见线，平平板板，一到过年的时候，无管怎样忙，也要偷空给奶奶婆婆，自己的婆婆，大娘婆婆，各人做一双花鞋。虽然没有什么好的鞋面，就说青水布的，也要做个精致。虽然没有丝线，就用棉花线，但那颜色却配得水灵灵地新鲜。

奶奶婆婆的那双绣的是桃红的大瓣莲花。大娘婆婆的那双绣的是牡丹花。婆婆的那双绣的是素素雅雅的绿叶兰。

这孙子媳妇回了娘家，娘家的人一问她婆家怎样，她说都好都好，将来非发财不可。大伯公是怎样的兢兢业业，公公是怎样的吃苦耐劳。奶奶婆婆也好，大娘婆婆也好。凡是婆家的无一不好。完全顺心，这样的婆家实在难找。

虽然她的丈夫也打过她，但她说，哪个男人不打女人呢？于是也心满意足地并不以为那是缺陷了。

她把绣好的花鞋送给奶奶婆婆，她看她绣了那么一手好花，她感到了对这孙子媳妇有无限的惭愧，觉得这样一手好针线，每天让她喂猪打狗的，真是难为了她了。奶奶婆婆把手伸出来，把那鞋接过来，真是不知如何说好，只是轻轻地托着那鞋，苍白的脸孔，笑盈盈地点着头。

这是这样好的一个大孙子媳妇。二孙子媳妇也订好了，只是二孙子还太小，一时不能娶过来。

她家的两个妯娌之间的磨擦，都是为了这没有娶过来的媳妇，她自己的婆婆主张把她接过来，做团圆媳妇，婶婆婆就不主张接来，说她太小不能干活，只能白吃饭，有什么好处。

争执了许久，来与不来，还没有决定。等下回给老太太跳大神的时候，顺便问一问大仙家再说吧。

五

我家是荒凉的。

天还未明，鸡先叫了；后边磨房里那梆子声还没有停止，天就发白了。天一发白，乌鸦群就来了。

我睡在祖父旁边，祖父一醒，我就让祖父念诗，祖父就念：

“春眠不觉晓，处处闻啼鸟。夜来风雨声，花落知多少？”

“春天睡觉不知不觉地就睡醒了，醒了一听，处处有鸟叫着，回想昨夜的风雨，可不知道今早花落了多少。”

是每念必讲的，这是我的约请。

祖父正在讲着诗，我家的老厨子就起来了。

他咳嗽着，听得出来，他担着水桶到井边去挑水去了。

井口离得我家的住房很远，他摇着井绳哗拉拉地响，日里是听不见的，可是在清晨，就听得分外地清明。

老厨子挑完了水，家里还没有人起来。

听得见老厨子刷锅的声音刷拉拉地响。老厨子刷完了锅，烧了一锅洗脸水了，家里还没有人起来。

我和祖父念诗，一直念到太阳出来。

祖父说：

“起来吧。”

“再念一首。”

祖父说：

“再念一首可得起来了。”

于是再念一首，一念完了，我又赖起来不算了，说再念一首。

每天早晨都是这样纠缠不清地闹。等一开了门，到院子去。院子里边已经是万道金光了，大太阳晒在头上都滚热的了。太阳两丈高了。

祖父到鸡架那里去放鸡，我也跟在那里，祖父到鸭架那里去放鸭，我也跟在后边。

我跟着祖父，大黄狗在后边跟着我。我跳着，大黄狗摇着尾巴。

大黄狗的头像盆那么大，又胖又圆，我总想要当一匹小马来骑它。祖父说骑不得。

但是大黄狗是喜欢我的，我是爱大黄狗的。

鸡从架里出来了，鸭子从架里出来了，它们抖擞着毛，一出来就连跑带叫的，吵的声音很大。

祖父撒着通红的高粱粒在地上，又撒了金黄的谷粒子在地上。

于是鸡啄食的声音，咯咯地响成群了。

喂完了鸡，往天空一看，太阳已经三丈高了。

我和祖父回到屋里，摆上小桌，祖父吃一碗饭米汤，浇白糖，我则不吃，我要吃烧苞米；祖父领着我，到后园去，趟着露水去到苞米丛中为我擗一穗苞米来。

擗来了苞米，袜子、鞋，都湿了。

祖父让老厨子把苞米给我烧上，等苞米烧好了，我已经吃了两碗以上的饭米汤浇白糖了。苞米拿来，我吃了一两个粒，就说不好吃，因为我已吃饱了。

于是我手里拿烧苞米就到院子去喂大黄去了。

“大黄”就是大黄狗的名字。

街上，在墙头外面，各种叫卖声音都有了，卖豆腐的，卖馒头的，卖青菜的。

卖青菜的喊着，茄子、黄瓜、豆荚和小葱子。

一挑喊着过去了，又来了一挑；这一挑不喊茄子、黄瓜，而喊着芹菜、韭菜、白菜……

街上虽然热闹起来了，而我家里则仍是静悄悄的。

满院子蒿草，草里面叫着虫子。破东西，东一件西一样的扔着。

看起来似乎是因为清早，我家才冷静，其实不然的，是因为我家的房子多，院子大，人少的缘故。

哪怕就是到了正午，也仍是静悄悄的。

每到秋天，在蒿草的当中，也往往开了蓼花，所以引来了不少的蜻蜓和蝴蝶在那荒凉的一片蒿草上闹着。这样一来，不但不觉得繁华，反而更显得荒凉寂寞。

第五章

一

我玩的时候，除了在后花园里，有祖父陪着，其余的玩法，就只有我自己了。

我自己在房檐下搭了个小布棚，玩着玩着就睡在那布棚里了。

我家的窗子是可以摘下来的，摘下来直立着是立不住的，就靠着墙斜立着，正好立出一个小斜坡来，我称这小斜坡叫“小屋”，我也常常睡到这小屋里边去了。

我家满院子是蒿草，蒿草上飞着许多蜻蜓，那蜻蜓是为着红蓼花而来的。可是我偏偏喜欢捉它，捉累了就躺在蒿草里边睡着了。

蒿草里边长着一丛一丛的天星星，好像山葡萄似的，是很好吃的。

我在蒿草里边搜索着吃，吃困了，就睡在天星星秧子的旁边了。

蒿草是很厚的，我躺在上边好像是我的褥子，蒿草是很高的，它给我遮着荫凉。

有一天，我就正在蒿草里边做着梦，那是下午晚饭之前，太阳偏西的时候。大概我睡得不太着实，我似乎是听到了什么地方有不少的人讲着话，说说笑笑，似乎是很热闹。但到底发生了什么事情，却听不清，只觉得在西南角上，或者是院里，或者是院外。到底是院里院外，那就不大清楚了。反正是有几个人在一起嚷嚷着。

我似睡非睡地听了一会就又听不见了。大概我已经睡着了。

等我睡醒了，回到屋里去，老厨子第一个就告诉我：

“老胡家的团圆媳妇来啦，你还不知道，快吃了饭去看吧！”

老厨子今天特别忙，手里端着一盘黄瓜菜往屋里走，因为跟我指手划脚地一讲话，差一点没把菜碟子掉在地上，只把黄瓜丝打翻了。

我一走进祖父的屋去，只有祖父一个人坐在饭桌前面，桌子上边的饭菜都摆好了，却没有人吃，母亲和父亲都没有来吃饭，有二伯也没有来吃饭。祖父一看见我，祖父就问我：

“那团圆媳妇好不好？”

大概祖父以为我是去看团圆媳妇回来的。我说我不知道，我在草棵里边吃天星星来的。

祖父说：“你妈他们都去看团圆媳妇去了，就是那个跳大神的老胡家。”

祖父说着就招呼老厨子，让他把黄瓜菜快点拿来。

醋拌黄瓜丝，上边浇着辣椒油，红的红，绿的绿，一定是那老厨子又重切了一盘的，那盘我眼看着撒在地上了。

祖父一看黄瓜菜也来了，祖父说：

“快吃吧，吃了饭好看团圆媳妇去。”

老厨子站在旁边，用围裙在擦着他满脸的汗珠，他每一说话就眨巴眼睛，从嘴里往外喷着唾沫星。他说：

“那看团圆媳妇的人才多呢！粮米铺的二老婆，带着孩子也去了。后院的小麻子也去了，西院老杨家也来了不少的人，都是从墙头上跳过来的。”

他说他在井沿上打水看见的。

经他这一喧惑，我说：

“爷爷，我不吃饭了，我要看团圆媳妇去。”

祖父一定让我吃饭，他说吃了饭他带我去。我急得一顿饭也没有吃好。我从来没有看过团圆媳妇，我以为团圆媳妇不知道多么好看呢！越想越觉得一定是很好看的，越着急也越觉得非是特别好看不可。不然，为什么大家都去看呢。不然，为什么母亲也不回来吃饭呢。

越想越着急，一定是很好看的节目都看过。若现在就去，还多少看得见一点，若再去晚了，怕是就来不及了。我就催促着祖父。

“快吃，快吃，爷爷快吃吧。”

那老厨子还在旁边乱讲乱说，祖父间或问他一两句。

我看那老厨子打搅祖父吃饭，我就不让那老厨子说话。那老厨子不听，还是笑嘻嘻地说。我就下地把老厨子硬推出去了。

祖父还没有吃完，老周家的周三奶又来了，是她说她的公鸡总是往我这边跑，她是来捉公鸡的。公鸡已经捉到了，她还不走，她还扒着玻璃窗子跟祖父讲话，她说：

“老胡家那小团圆媳妇过来，你老爷子还没去看看吗？那看的人才多呢，我还没去呢，吃了饭就去。”

祖父也说吃了饭就去，可是祖父的饭总也吃不完。一会要点辣椒油，一会要点咸盐面的。我看不但我着急，就是那老厨子也急得不得了了。头上直冒着汗，眼睛直眨巴。

祖父一放下饭碗，连点一袋烟我也不让他点，拉着他就往西南墙角那边走。

一边走，一边心里后悔，眼看着一些看热闹的人都回来了。为什么一定要等祖父呢？不会一个人早就跑着来吗？何况又觉得我躺在草棵子里就已经听见这边有了动静了。真是越想越后悔，这事情都闹了一个下半天了，一定是好看的都过去了，一定是来晚了。白来了，什么也看不见了，在草棵子听到了这边说笑，为什么不就立刻跑来看呢？越想越后悔。自己和自己生气，等到了老胡家的窗前，一听，果然连一点声音也没有了。差一点没有气哭了。

等真的进屋一看，全然不是那么一回事，母亲，周三奶奶，还有些个不认的人，都在那里，与我想象的完全不一样，没有什么好看的，团圆媳妇在哪儿？我也看不见，经人家指指点点的，我才看见了。不是什么媳妇，而是一个小姑娘。

我一看就没有兴趣了，拉着爷爷就向外边走，说：

“爷爷回家吧。”

等第二天早晨她出来倒洗脸水的时候，我看见她了。

她的头发又黑又长，梳着很大的辫子，普通姑娘们的辫子都是到腰间那么长，而她的辫子竟快到膝间了。她脸长得黑忽忽的，笑呵呵的。

院子里的人，看过老胡家的团圆媳妇之后，没有什么不满意的地方。不过都说太大方了，不像个团圆媳妇了。

周三奶奶说：

“见人一点也不知道羞。”

隔院的杨老太太说：

“那才不怕羞呢！头一天来到婆家，吃饭就吃三碗。”

周三奶奶又说：“哟哟！我可没见过，别说还是一个团圆媳妇，就说一进门就姓了人家的姓，也得头两天看看人家的脸色。哟哟！那么大的姑娘。她今年十几岁啦？”

“听说十四岁么！”

“十四岁会长得那么高，一定是瞒岁数。”

“可别说呀！也有早长的。”

“可是他们家可怎么睡呢？”

“可不是，老少三辈，就三铺小炕……”

这是杨老太太扒在墙头上和周三奶奶讲的。

至于我家里，母亲也说那团圆媳妇不像个团圆媳妇。

老厨子说：

“没见过，大模大样的，两个眼睛骨碌骨碌地转。”

有二伯说：

“介（这）年头是啥年头呢，团圆媳妇也不像个团圆媳妇了。”

只是祖父什么也不说，我问祖父：

“那团圆媳妇好不好？”

祖父说：

“怪好的。”

于是我也觉得怪好的。

她天天牵马到井边上去饮水，我看见她好几回，中间没有什么人介绍，她看看我就笑了，我看看她也笑了。我问她十几岁？她说：

“十二岁。”

我说不对。

“你十四岁的，人家都说你十四岁。”

她说：

“他们看我长得高，说十二岁怕人家笑话，让我说十四岁的。”

我不知道，为什么长得高还让人家笑话，我问她：

“你到我们草棵子里去玩好吧！”

她说：

“我不去，他们不让。”

二

过了没有几天，那家就打起团圆媳妇来了，打得特别厉害，那叫声无管多远都可以听得见的。

这全院子都是没有小孩子的人家，从没有听到过谁家在哭叫。

邻居左右因此又都议论起来，说早就该打的，哪有那样的团圆媳妇一点也不害羞，坐到那儿坐得笔直，走起路来，走得风快。

她的婆婆在井边上饮马，和周三奶奶说：

“给她一个下马威。你听着吧，我回去我还得打她呢，这小团圆媳妇才厉害呢！没见过，你拧她大腿，她咬你；再不然，她就说她回家。”

从此以后，我家的院子里，天天有哭声，哭声很大，一边哭，一边叫。

祖父到老胡家去说了几回，让他们不要打她了；说小孩子，知道什么，有点差错教导教导也就行了。

后来越打越厉害了，不分昼夜，我睡到半夜醒来和祖父念诗的时候，念着念着就听西南角上哭叫起来了。

我问祖父：

“是不是那小团圆媳妇哭？”

祖父怕我害怕，说：

“不是，是院外的人家。”

我问祖父：

“半夜哭什么?”

祖父说：

“别管那个，念诗吧。”

清早醒了，正在念“春眠不觉晓”的时候，那西南角上的哭声又来了。

一直哭了很久，到了冬天，这哭声才算没有了。

三

虽然不哭了，那西南角上又夜夜跳起大神来，打着鼓，叮当叮当地响；大神唱一句，二神唱一句，因为是夜里，听得特别清晰，一句半句的我都记住了。

什么“小灵花呀”，甚么“胡家让她去出马呀”。

差不多每天大神都唱些个这个。

早晨起来，我就模拟着唱：

“小灵花呀，胡家让她去出马呀……”

而且叮叮当，叮叮当的，用声音模拟着打打鼓。

“小灵花”就是小姑娘；“胡家”就是胡仙；“胡仙”就是狐狸精；“出马”就是当跳大神的。

大神差不多跳了一个冬天，把那小团圆媳妇就跳出毛病来了。

那小团圆媳妇，有点黄，没有夏天她刚一来的时候那么黑了。不过还是笑呵呵的。

祖父带着我到那家去串门，那小团圆媳妇还过来给祖父装了一袋烟。

她看见我，也还偷着笑，大概她怕她婆婆看见，所以没和我说话。

她的辫子还是很大的。她的婆婆说她有病了，跳神给她赶鬼。

等祖父临出来的时候，她的婆婆跟出来了，小声跟祖父说：

“这团圆媳妇，怕是要不好，是个胡仙旁边的，胡仙要她去出马……”

祖父想要让他们搬家。但呼兰河这地方有个规矩，春天是二月搬家，秋天是八月搬家。一过了二八月就不是搬家的时候了。

我们每当半夜让跳神惊醒的时候，祖父就说：

“明年二月就让他们搬了。”

我听祖父说了好几次这样的话。

当我模拟着大神喝喝咧咧地唱着“小灵花”的时候，祖父也说那同样的话，明年二月让他们搬家。

四

可是在这期间，院子的西南角上就越闹越厉害。请一个大神，请好几个二神，鼓声连天地响。

说那小团圆媳妇若再去让她出马，她的命就难保了。所以请了不少的二神来，设法从大神那里把她要回来。

于是有许多人给他家出了主意，人哪能够见死不救呢？于是凡有善心的人都帮起忙来。他说他有一个偏方，她说她有一个邪令。

有的主张给她扎一个谷草人，到南大坑去烧了。

有的主张到扎彩铺去扎一个纸人，叫做“替身”，把它烧了或者可以替了她。

有的主张给她画上花脸，把大神请到家里，让那大神看了，嫌她太丑，也许就不捉她当弟子了，就可以不必出马了。

周三奶奶则主张给她吃一个全毛的鸡，连毛带腿地吃下去，选一个星星出全的夜，吃了用被子把人蒙起来，让她出一身大汗。蒙到第二天早晨鸡叫，再把她从被子放出来。她吃了鸡，她又出了汗，她的魂灵里边因此就永远有一个鸡存在着，神鬼和胡仙黄仙就都不敢上她的身了。传说鬼是怕鸡的。

据周三奶奶说，她的曾祖母就是被胡仙抓住过的，闹了整整三年，差一点没死，最后就是用这个方法治好的。因此一生不再闹别的病了。她半夜里正做一个噩梦，她正吓得要命，她魂灵里边的那个鸡，就帮了她的忙，只叫了一声，噩梦就醒了。她一辈子没生过病。说也奇怪，就是到死，也死得不凡，她死那年已经是八十二岁了。八十二岁还能够拿着花线绣花，正给她小孙子绣花兜肚嘴。绣着绣着，就有点困了，她坐在木凳上，背靠着门扇就打一个盹。这一打盹就死了。

别人就问周三奶奶：

“你看见了吗？”

她说：

“可不是……你听我说呀，死了三天三夜按都按不倒。后来没有办法，给她打着一口棺材也是坐着的，把她放在棺材里，那脸色是红扑扑的，还和活着的一样……”

别人问她：

“你看见了吗？”

她说：

“哟哟！你这问的可怪，传话传话，一辈子谁能看见多少，不都是传话传的吗！”

她有点不大高兴了。

再说西院的杨老太太，她也有个偏方，她说黄连二两，猪肉半斤，把黄连和猪肉都切碎了，用瓦片来焙，焙好了，压成面，用红纸包分成五包包起来。每次吃一包，专治惊风，掉魂。

这个方法，倒也简单。虽然团圆媳妇害的病可不是惊风，掉魂，似乎有点药不对症。但也无妨试一试，好在只是二两黄连，半斤猪肉。何况呼兰河这个地方，又常有卖便宜猪肉的。虽说那猪肉怕是瘟猪，有点靠不住。但那是治病，也不是吃，又有什么关系。

“去，买上半斤来，给她治一治。”

旁边有着赞成的说：

“反正治不好也治不坏。”

她的婆婆也说：

“反正死马当活马治吧！”

于是团圆媳妇先吃了半斤猪肉加二两黄连。

这药是婆婆亲手给她焙的。可是切猪肉是他家的大孙子媳妇给切的。那猪肉虽然是连紫带青的，但中间毕竟有一块是很红的，大孙子媳妇就偷着把这块给留下来了，因为她想，奶奶婆婆不是四五个月没有买到一点荤腥了吗？于是她就给奶奶婆婆偷着下了一碗面疙瘩汤吃了。

奶奶婆婆问：

“可哪儿来的肉？”

大孙子媳妇说：

“你老人家吃就吃吧，反正是孙子媳妇给你做的。”

那团圆媳妇的婆婆是在灶坑里边搭起瓦来给她焙药。一边焙着，一边说：

“这可是半斤猪肉，一条不缺……”

越焙，那猪肉的味越香，有一匹小猫嗅到了香味而来了，想要在那已经焙好了的肉干上攫一爪，它刚一伸爪，团圆媳妇的婆婆一边用手打着那猫，一边说：

“这也是你动得爪的吗！你这馋嘴巴，人家这是治病呵，是半斤猪肉，你也想要吃一口？你若吃了这口，人家的病可治不好了。一个人活活地要死在你身上，你这不知好歹的。这是整整半斤肉，不多不少。”

药焙好了，压碎了就冲着水给团圆媳妇吃了。

一天吃两包，才吃了一天，第二天早晨，药还没有再吃，还有三包压在灶王爷板上，那些传偏方的人就又来了。

有的说，黄连可怎么能够吃得？黄连是大凉药，出虚汗像她这样的人，一吃黄连就要泄了元气，一个人要泄了元气那还得了吗？

又一个人说：

“那可吃不得呀！吃了过不去两天就要一命归阴的。”

团圆媳妇的婆婆说：

“那可怎么办呢？”

那个人就慌忙的问：

“吃了没有呢？”

团圆媳妇的婆婆刚一开口，就被他家的聪明的大孙子媳妇给遮过去了，说：

“没吃，没吃，还没吃。”

那个人说：

“既然没吃就不要紧，真是你老胡家有天福，吉星高照，你家差点没有摊了人命。”

于是他又给出了个偏方，这偏方，据他说已经不算是偏方了，就是东二道街上“李永春”药铺的先生也常常用这个方单，是一用就好的，百试，百灵。无管男、女、老、幼，一吃一个好。也无管什么病，头痛、脚痛、肚子痛、五脏六腑痛，跌、打、刀伤，生疮、生疔、生疖子……

无管什么病，药到病除。

这究竟是什么药呢？人们越听这药的效力大，就越想知道究竟是怎样的一种药。

他说：

“年老的人吃了，眼花缭乱，又恢复到了青春。”

“年轻的人吃了，力气之大，可以搬动泰山。”

“妇女吃了，不用胭脂粉，就可以面如桃花。”

“小孩子吃了，八岁可以拉弓，九岁可以射箭，十二岁可以考状元。”

开初，老胡家的全家，都为之惊动，到后来怎么越听越远了。本来老胡家一向是赶车拴马的人家，一向没有考状元。

大孙子媳妇，就让一些围观的闪开一点，她到梳头匣子里拿出一根画眉的柳条炭来。她说：

“快请把药方开给我们吧，好到药铺去赶早去抓药。”

这个出药方的人，本是“李永春”药铺的厨子。三年前就离开了“李永春”那里了。三年前他和一个妇人吊膀子，那妇人背弃了他，还带走了他半生所积下的那点钱财，因此一气而成了个半疯。虽然是个半疯了，但他在“李永春”那里所记住的药名字还没有全然忘记。

他是不会写字的，他就用嘴说：

“车前子二钱，当归二钱，生地二钱，藏红花二钱，川贝母二钱，白术二钱，远志二钱，紫河车二钱……”

他说着说着似乎就想不起来了，急得头顶一冒汗，张口就说红糖二斤，就算完了。

说完了，他就和人家讨酒喝。

“有酒没有，给两盅喝喝。”

这半疯，全呼兰河的人都晓得，只有老胡家不知道。因为老胡家是外来户，所以受了他的骗了。家里没有酒，就给了他两吊钱的酒钱。那个药方是根本不能够用的，是他随意胡说了一阵的结果。

团圆媳妇的病，一天比一天严重，据他家里的人说，夜里睡觉，她要忽然坐起来的。看了人她会害怕的。她的眼睛里边老是充满了眼泪。这团圆媳妇大概非出马不可了。若不让她出马，大概人要好不了的。

这种传说，一传出来，东邻西邻的，又都去建了议，都说哪能够见死不救呢?

有的说，让她出马就算了。有的说，还是不出马的好。年轻轻的就出马，这一辈子可得什么才能够到个头。

她的婆婆则是绝对不赞成出马的，她说：

“大家可不要错猜了，以为我订这媳妇的时候花了几个钱，我不让她出马，好像我舍不得这几个钱似的。我也是那么想，一个小小的人出了马，这一辈子可什么时候才到个头。”

于是大家就都主张不出马的好，想偏方的，请大神的，各种人才齐聚，东说东的好，西说西的好。于是来了一个“抽帖儿的”。

他说他不远千里而来，他是从乡下赶到的。他听城里的老胡家有一个团圆媳妇新接来不久就病了。经过多少名医，经过多少仙家也治不好，他特地赶来看看，万一要用得着，救一个人命也是好的。

这样一说，十分使人感激。于是让到屋里，坐在奶奶婆婆的炕沿上。给他倒一杯水，给他装一袋烟。

大孙子媳妇先过来说：

“我家的弟妹，年本十二岁，因为她长得太高，就说她十四岁。又说又笑，百病皆无。自接到我们家里就一天一天的黄瘦。到近来就水不想喝，饭不想吃，睡觉的时候睁着眼睛，一惊一乍的。什么偏方都吃过了，什么香火也都烧过了。就是百般地不好……”

大孙子媳妇还没有说完，大娘婆婆就接着说：

“她来到我家，我没给她气受，哪家的团圆媳妇不受气，一天打八顿，骂三场。可是我也打过她，那是我要给她一个下马威。我只打了她一个多月，虽然说我打得狠了一点，可是不狠哪能够规矩出一个好人来。我也是不愿意狠打她的，打得连喊带叫的，我是为她着想，不打得狠一点，她是不能够中用的。有几回，我是把她吊在大梁上，让她叔公公用皮鞭子狠狠地抽了她几回，打得是着点狠了，打昏过去了。可是只昏了一袋烟的工夫，就用冷水把她浇过来了。是打狠了一点，全身也都打青了，也还出了点血。可是立刻就打了鸡蛋青子给她擦上了。也没有肿得怎样高，也就是十天半月地就好了。这孩子，嘴也是特别硬，我一打她，她就说她要回家。我就问她：‘哪儿是你的家？这儿不就是你的家吗？’她可就偏不这样说。她说回她的家。我一听就更生气。人在气头上还管得了这个那个，因此我也用烧红过的烙铁烙过她的脚心。谁知道来，也许是我把她打掉了魂啦，也许是我把她吓掉了魂啦，她一说她要回家，我不用打她，我就说看你回家，我用索练子把你锁起来。她就吓得直叫。大仙家也看过了，说是要她出马。一个团圆媳妇的花费也不少呢，你看她八岁我订下她的，一订就是八两银子，年年又是头绳钱，鞋面钱的，到如今又用火车把她从辽阳接来，这一路的盘费。到了这儿，就是今天请神，明天看香火，几天吃偏方。若是越吃越好，那还罢了。可是百般地不见好，将来谁知道来……到结果……”

不远千里而来的这位抽帖儿的，端庄严肃，风尘仆仆，穿的是蓝袍大衫，罩着棉袄。头上戴的是皮耳四喜帽。使人一见了就要尊之为师。

所以奶奶婆婆也说：

“快给我二孙子媳妇抽一个帖吧，看看她的命理如何。”

那抽帖儿的一看，这家人家真是诚心诚意，于是他就把皮耳帽子从头上摘下来了。

一摘下帽子来，别人都看得见，这人头顶上梳着发卷，戴着道帽。一看就知道他可不是市井上一般的平凡的人。别人正想要问，还不等开口，他就说他是某山上的道人，他下山来是为的奔向山东的泰山去，谁知路出波折，缺少盘程，就流落在这呼兰河的左右，已经不下半年之久了。

人家问他，既是道人，为什么不穿道人的衣裳。他回答说：

“你们哪里晓得，世间三百六十行，各有各的苦。这地方的警察特别厉害，他一看穿了道人的衣裳，他就说三问四。他们那些叛道的人，无理可讲，说抓就抓，说拿就拿。”

他还有一个别号，叫云游真人，他说一提云游真人，远近皆知。无管什么病痛或是吉凶，若一抽了他的帖儿，则生死存亡就算定了。他说他的帖法，是张天师所传。

他的帖儿并不多，只有四个，他从衣裳的口袋里一个一个地往外摸，摸出一帖来是用红纸包着，再一帖还是红纸包着，摸到第四帖也都是红纸包着。

他说帖上也没有字，也没有影。里边只包着一包药面，一包红，一包绿，一包蓝，一包黄。抽着黄的就是黄金富贵，抽着红的就是红颜不老。抽到绿的就不大好了，绿色的是鬼火。抽到蓝的也不大好，蓝的就是铁脸蓝青，张天师说过，铁脸蓝青，不死也得见阎王。

那抽帖的人念完了一套，就让病人的亲人伸出手来抽。

团圆媳妇的婆婆想，这倒也简单、容易，她想赶快抽一帖出来看看，命定是死是活，多半也可以看出来个大概。不曾想，刚一伸出手去，那云游真人就说：

“每帖十吊钱，抽着蓝的，若嫌不好，还可以再抽，每帖十吊……”

团圆媳妇的婆婆一听，这才恍然大悟，原来这可不是白抽的，十吊钱一张可不是玩的，一吊钱捡豆腐可以捡二十块。三天捡一块豆腐，二十块，二三得六，六十天都有豆腐吃。若是隔十天捡一块，一个月捡三块，那就半年都不缺豆腐吃了。她又想，三天一块豆腐，哪有这么浪费的人家。依着她一个月捡一块大家尝尝也就是了，那么办，二十块豆腐，每月一块，可以吃二十个月，这二十个月，就是一年半还多两个月。

若不是买豆腐，若养一口小肥猪，经心地喂着它，喂得胖胖的，喂到五六个月，那就是多少钱哪！喂到一年，那就是千八百吊了……

再说就是不买猪，买鸡也好，十吊钱的鸡，就是十来个，一年的鸡，第二年就可以下蛋，一个蛋，多少钱！就说不卖鸡蛋，就说拿鸡蛋换青菜吧，一个鸡蛋换来的青菜，够老少三辈吃一天的了……何况鸡会生蛋，蛋还会生鸡，永远这样循环地生下去，岂不有无数的鸡，无数的蛋了吗？岂不发了财吗？

但她可并不是这么想，她想够吃也就算了，够穿也就算了。一辈子俭俭朴朴，多多少少积储了一点也就够了。她虽然是爱钱，若说让她发财，她可绝对的不敢。

那是多么多呀！数也数不过来了。记也记不住了。假若是鸡生了蛋，蛋生了鸡，来回地不断的生，这将成个什么局面，鸡岂不和蚂蚁一样多了吗？看了就要眼花，眼花就要头痛。

这团圆媳妇的婆婆，从前也养过鸡，就是养了十吊钱的。她也不多养，她也不少养。十吊钱的就是她最理想的。十吊钱买了十二个小鸡仔，她想：这就正好了，再多怕丢了，再少又不够十吊钱的。

在她一买这刚出蛋壳的小鸡子的时候，她就挨着个看，这样的不要，那样的不要。黑爪的不要，花膀的不要，脑门上带点的又不要。她说她亲娘就是会看鸡，那真是养了一辈子鸡呀！

年年养，可也不多养。可是一辈子针啦，线啦，没有缺过，一年到头没花过钱，都是拿鸡蛋换的。人家那眼睛真是认货，什么样的鸡短命，什么样的鸡长寿，一看就跑不了她老人家的眼睛的。就说这样的鸡下蛋大，那样的鸡下蛋小，她都一看就在心里了。

她一边买着鸡，她就一边怨恨着自己没有用，想当年为什么不跟母亲好好学学呢！唉！年青的人哪里会虑后事。她一边买着，就一边感叹。她虽然对这小鸡仔的选择上边，也下了万分的心思，可以说是选无可选了。那卖鸡子的人一共有二百多小鸡，她通通地选过了，但究竟她所选了的，是否都是顶优秀的，这一点，她自己也始终把握不定。

她养鸡，是养得很经心的，她怕猫吃了，怕耗子咬了。她一看那小鸡，白天一打盹，她就给驱着苍蝇，怕苍蝇把小鸡咬醒了，她让它多睡一会，她怕小鸡睡眠不足。小鸡的腿上，若让蚊子咬了一块疤，她一发现了，她就立刻泡了艾蒿水来给小鸡来擦。她说若不及早的擦呀，那将来是公鸡，就要长不大，是母鸡就要下小蛋。小鸡蛋一个换两块豆腐，大鸡蛋换三块豆腐。

这是母鸡。再说公鸡，公鸡是一刀菜，谁家杀鸡不想杀胖的。小公鸡是不好卖的。

等她的小鸡，略微长大了一点，能够出了屋了，能够在院子里自己去找食吃去的时候，她就把它们给染了六匹红的，六匹绿的。都是在脑门上。

至于把颜色染在什么地方，那就先得看邻居家的都染在什么地方，而后才能够决定。邻居家的小鸡把色染在膀梢上，那她就染在脑门上。邻居家的若染在了脑门上，那她就要染在肚囊上。大家切不要都染在一个地方，染在一个地方可怎么能够识别呢？你家的跑到我家来，我家的跑到你家去，那么岂不又要混乱了吗？

小鸡上染了颜色是十分好看的，红脑门的，绿脑门的，好像它们都戴了花帽子。好像不是养的小鸡，好像养的是小孩似的。

这团圆媳妇的婆婆从前她养鸡的时候就说过：

“养鸡可比养小孩更娇贵，谁家的孩子还不就是扔在旁边他自己长大的，蚊子咬咬，臭虫咬咬，那怕什么的，哪家的孩子的身上没有个疤拉疖子的。没有疤拉疖子的孩子都不好养活，都要短命的。”

据她说，她一辈子的孩子并不多，就是这一个儿子，虽然说是稀少，可是也没有娇养过。到如今那身上的疤也有二十多块。

她说：

“不信，脱了衣裳给大家伙看看……那孩子那身上的疤拉，真是多大的都有，碗口大的也有一块。真不是说，我对孩子真没有娇养过。除了他自个儿跌的摔的不说，就说我用劈柴棒子打的也落了好几个疤。养活孩子可不是养活鸡鸭的呀！养活小鸡，你不好好养它，它不下蛋。一个蛋，大的换三块豆腐，小的换两块豆腐，是闹玩的吗？可不是闹着玩的。”

有一次，她的儿子踏死了一个小鸡仔，她打了她儿子三天三夜，她说：

“我为什么不打他呢？一个鸡子就是三块豆腐，鸡仔是鸡蛋变的呀！要想变一个鸡仔，就非一个鸡蛋不行，半个鸡蛋能行吗？不但半个鸡蛋不行，就是差一点也不行，坏鸡蛋不行，陈鸡蛋不行。一个鸡要一个鸡蛋，那么一个鸡不就是三块豆腐是什么呢？眼睁睁地把三块豆腐放在脚底踩了，这该多大的罪，不打他，哪儿能够不打呢？我越想越生气，我想起来就打，无管黑夜白日，我打了他三天。后来打出一场病来，半夜三更的，睡得好好的说哭就哭。可是我也没有当他是一回子事，我就拿饭勺子敲着门框，给他叫了叫魂。没理他也就好了。”

她这有多少年没养鸡了，自从订了这团圆媳妇，把积存下的那点针头线脑的钱都花上了。这还不说，还得每年头绳钱啦，腿带钱的托人捎去，一年一个空，这几年来就紧得不得了。想养几个鸡，都狠心没有养。

现在这抽帖的云游真人坐在她的眼前，一帖又是十吊钱。若是先不提钱，先让她把帖抽了，哪管抽完了再要钱呢，那也总算是没有花钱就抽了帖的。可是偏偏不先，那抽帖的人，帖还没让抽，就是提到了十吊钱。

所以那团圆媳妇的婆婆觉得，一伸手，十吊钱，一张口，十吊钱。这不是眼看着钱往外飞吗？

这不是飞，这是干什么，一点声响也没有，一点影子也看不见。还不比过河，往河里扔钱，往河里扔钱，还听一个响呢，还打起一个水泡呢。这是什么代价也没有的，好比自己发了昏，把钱丢了，好比遇了强盗，活活地把钱抢去了。

团圆媳妇的婆婆，差一点没因为心内的激愤而流了眼泪。她一想十吊钱一帖，这哪里是抽帖，这是抽钱。

于是她把伸出去的手缩回来了。她赶快跑到脸盆那里去，把手洗了，这可不是闹笑话的，这是十吊钱哪！她洗完了手又跪在灶王爷那里祷告了一翻。祷告完了才能够抽帖的。

她第一帖就抽了个绿的，绿的不大好，绿的就是鬼火。

她再抽一抽，这一帖就更坏了，原来就是那最坏的，不死也得见阎王的里边包着蓝色药粉的那张帖。

团圆媳妇的婆婆一见两帖都坏，本该抱头大哭，但是她没有那么的。自从团圆媳妇病重了，说长的、道短的、说死的、说活的，样样都有。又加上已经左次右番的请胡仙、跳大神、闹神闹鬼，已经使她见过不少的世面了。说活虽然高兴，说去见阎王也不怎样悲哀，似乎一时也总像见不了的样子。

于是她就问那云游真人，两帖抽的都不好。是否可以想一个方法可以破一破？云游真人就说了：

“拿笔拿墨来。”

她家本也没有笔，大孙子媳妇就跑到大门洞子旁边那粮米铺去借去了。

粮米铺的山东女老板，就用山东腔问她：

“你家做啥?”

大孙子媳妇说：

“给弟妹画病。”

女老板又说：

“你家的弟妹，这一病就可不浅，到如今好了点没?”

大孙子媳妇本想端着砚台，拿着笔就跑，可是人家关心，怎好不答，于是去了好几袋烟的工夫，还不见回来。

等她抱了砚台回来的时候，那云游真人，已经把红纸都撕好了。于是拿起笔来，在他撕好的四块红纸上，一块上边写了一个大字，那红纸条也不过半寸宽，一寸长。他写的那字大得都要从红纸的四边飞出来了。

这四个字，他家本没有识字的人，灶王爷上的对联还是求人写的。一模一样，好像一母所生，也许写的就是一个字。大孙子媳妇看看不认识，奶奶婆婆看看也不认识。虽然不认识，大概这个字一定也坏不了，不然，就用这个字怎么能破开一个人不见阎王呢?于是都一齐点头称好。

那云游真人又命拿浆糊来。她们家终年不用浆糊，浆糊多么贵，白面十多吊钱一斤。都是用黄米饭粒来黏鞋面的。

大孙子媳妇到锅里去铲了一块黄黏米饭来。云游真人，就用饭粒贴在红纸上了。于是掀开团圆媳妇蒙在头上的破棉袄，让她拿出手来，一个手心上给她贴一张。又让她脱了袜子，一只脚心上给她贴上一张。

云游真人一见，脚心上有一大片白色的疤痕，他一想就是方才她婆婆所说的用烙铁给她烙的。可是他假装不知，问说：

“这脚心可是生过什么病症吗？”

团圆媳妇的婆婆连忙就接过来说：

“我方才不是说过吗，是我用烙铁给她烙的。哪里会见过的呢？走道像飞似的，打她，她记不住，我就给她烙一烙。好在也没什么，小孩子肉皮活，也就是十天半月的下不来地，过后也就好了。”

那云游真人想了一想，好像要吓唬她一下，就说这脚心的疤，虽然是贴了红帖，也怕贴不住，阎王爷是什么都看得见的，这疤怕是就给了阎王爷以特殊的记号，有点不大好办。

云游真人说完了，看一看她们怕不怕，好像是不怎样怕。

于是他就说得严重一些：

“这疤不掉，阎王爷在三天之内就能够找到她，一找到她，就要把她活捉了去的。刚才的那帖是再准也没有的了，这红帖也绝没有用处。”

他如此的吓唬着她们，似乎她们从奶奶婆婆到孙子媳妇都不大怕。那云游真人，连想也没有想，于是开口就说：

“阎王爷不但要捉团圆媳妇去，还要捉了团圆媳妇的婆婆去，现世现报，拿烙铁烙脚心，这不是虐待，这是什么，婆婆虐待媳妇，做婆婆的死了下油锅，老胡家的婆婆虐待媳妇……”

他就越说越声大，似乎要喊了起来，好像他是专打抱不平的好汉，而变了他原来的态度了。

一说到这里，老胡家的老少三辈都害怕了，毛骨悚然，以为她家里又是撞进来了什么恶魔。而最害怕的是团圆媳妇的婆婆，吓得乱哆嗦，这是多么骇人听闻的事情，虐待媳妇，世界上能有这样的事情吗？

于是团圆媳妇的婆婆赶快跪下了，面向着那云游真人，眼泪一对一双地往下落：

“这都是我一辈子没有积德，有孽遭到儿女的身上，我哀告真人，请真人诚心的给我化散化散，借了真人的灵法，让我的媳妇死里逃生吧。”

那云游真人立刻就不说见阎王了，说她的媳妇一定见不了阎王，因为他还有一个办法一办就好的。说来这法子也简单得很，就是让团圆媳妇把袜子再脱下来，用笔在那疤痕上一画，阎王爷就看不见了。当场就脱下袜子来在脚心上画了。一边画着还嘴里嘟嘟地念着咒语。这一画不知费了多大力气，旁边看着的人倒觉十分地容易，可是那云游真人却冒了满头的汗，他故意的咬牙切齿，皱面瞪眼。这一画也并不是容易的事情，好像他在上刀山似的。

画完了，把钱一算，抽了两帖二十吊。写了四个红纸贴在脚心手心上，每帖五吊是半价出售的，一共是四五等于二十吊。外加这一画，这一画本来是十吊钱，现在就给打个对折吧，就算五吊钱一只脚心，一共画了两只脚心，又是十吊。

二十吊加二十吊，再加十吊。一共是五十吊。

云游真人拿了这五十吊钱乐乐呵呵地走了。

团圆媳妇的婆婆，在她刚要抽帖的时候，一听每帖十吊钱，她就心痛得了不得，又要想用这钱养鸡，又要想用这钱养猪。

等到现在五十吊钱拿出去了，她反而也不想鸡了，也不想养猪了。因为她想，来到临头，不给也是不行了。帖也抽了，字也写了，要想不给人家钱也是不可能的了。事到临头，还有什么办法呢？别说五十吊，就是一百吊钱也得算着吗？不给还行吗？

于是她心安理得地把五十吊钱给了人家了。这五十吊钱，是她秋天出城去在豆田里拾黄豆粒，一共拾了二升豆子卖了几十吊钱。在田上拾黄豆粒也不容易，一片大田，经过主人家的收割，还能够剩下多少豆粒呢？而况穷人聚了那么大的一群，孩子、女人、老太太……你抢我夺的，你争我打的。为了二升豆子就得在田上爬了半月二十天的，爬得腰酸腿疼。唉，为着这点豆子，那团圆媳妇的婆婆还到“李永春”药铺，去买过二两红花的。那就是因为在土上爬豆子的时候，有一棵豆秧刺了她的手指甲一下。她也没有在乎，把刺拔出来也就去他的了。该拾豆子还是拾豆子。就因此那指甲可就不知怎么样，睡了一夜那指甲就肿起来了，肿得和茄子似的。

这肿一肿又算什么呢？又不是皇上娘娘，说起来可真娇惯了，哪有一个人吃天靠天，而不生点天灾的？

闹了好几天，夜里痛得火喇喇地不能睡觉了。这才去买了二两红花来。

说起买红花来，是早就该买的，奶奶婆婆劝她买，她不买。大孙子媳妇劝她买，她也不买。她的儿子想用孝顺来征服他的母亲，他强硬地要去给她买，因此还挨了他妈的一烟袋锅子，这一烟袋锅子就把儿子的脑袋给打了鸡蛋大的一个包。

“你这小子，你不是败家吗？你妈还没死，你就作了主了。

小兔崽子，我看着你再说买红花的！大兔崽子我看着你的。”

就这一边骂着，一边烟袋锅子就打下来了。

后来也到底还是买了，大概是惊动了东邻西舍，这家说说，那家讲讲的，若再不买点红花来，也太不好看了，让人家说老胡家的大儿媳妇，一年到头，就能够寻寻觅觅的积钱，钱一到她的手里，就好像掉了地缝了，一个钱也再不用想从她的手里拿出来。

假若这样地说开去，也是不太好听，何况这捡来的豆子能卖好几十吊呢，花个三吊两吊的就花了吧。一咬牙，去买上二两红花来擦擦。

想虽然是这样想过了，但到底还没有决定，延持了好几天还没有“一咬牙”。

最后也毕竟是买了，她选择了一个顶严重的日子，就是她的手，不但一个指头，而是整个的手都肿起来了。那原来肿得像茄子的指头，现在更大了，已经和一个小冬瓜似的了。而且连手掌也无限度地胖了起来，胖得和张大簸箕似的。她多少年来，就嫌自己太瘦，她总说，太瘦的人没有福分。尤其是瘦手瘦脚的，一看就不带福相。尤其是精瘦的两只手，一伸出来和鸡爪似的，真是轻薄的样子。

现在她的手是胖了，但这样胖法，是不大舒服的。同时她也发了点热，她觉得眼睛和嘴都干，脸也发烧，身上也时冷时热，她就说：

“这手是要闹点事吗？这手……”

一清早起，她就这样地念了好几遍。那胖得和小簸箕似的手，是一动也不能动了，好像一匹大猫或者一个小孩的头似的，她把它放在枕头上和她一齐地躺着。

“这手是要闹点事的吧！”

当她的儿子来到她旁边的时候，她就这样说。

她的儿子一听她母亲的口气，就有些了解了。大概这回她是要买红花的了。

于是她的儿子跑到奶奶的面前，去商量着要给她母亲去买红花，她们家住的是南北对面的炕，那商量的话声，虽然不甚大，但是他的母亲是听到的了。听到了，也假装没有听到，好表示这买红花可到底不是她的意思，可并不是她的主使，她可没有让他们去买红花。

在北炕上，祖孙二人商量了一会，孙子说向她妈去要钱去。祖母说：

“拿你奶奶的钱先去买吧，你妈好了再还我。”

祖母故意把这句说得声音大一点，似乎故意让她的大儿媳妇听见。

大儿媳妇是不但这句话，就是全部的话也都了然在心了，不过装着不动就是了。

红花买回来了，儿子坐到母亲的旁边，儿子说：

“妈，你把红花酒擦上吧。”

母亲从枕头上转过脸儿来，似乎买红花这件事情，事先一点也不晓得，说：

“哟！这小鬼羔子，到底买了红花来……”

这回可并没有用烟袋锅子打，倒是安安静静地把手伸出来，让那浸了红花的酒，把一只胖手完全染上了。

这红花到底是二吊钱的，还有三吊钱的，若是二吊钱的倒给的不算少，若是三吊钱的，那可贵了一点。若是让她自己去买，她可绝对地不能买这么多，也不就是红花吗！红花就是红的就是了，治病不治病，谁晓得？也不过就是解解心疑就是了。

她想着想着，因为手上涂了酒觉得凉爽，就要睡一觉，又加上烧酒的气味香扑扑的，红花的气味药忽忽的。她觉得实在是舒服了不少。于是她一闭眼睛就做了一个梦。

这梦做的是她买了两块豆腐，这豆腐又白又大。是用什么钱买的呢？就是用买红花剩来的钱买的。因为在梦里边她梦见是她自己去买的红花。她自己也不买三吊钱的，也不买两吊钱的，是买了一吊钱的。在梦里边她还算着，不但今天有两块豆腐吃，哪天一高兴还有两块吃的！三吊钱才买了一吊钱的红花呀！

现在她一遭就拿了五十吊钱给了云游真人。若照她的想法来说，这五十吊钱可该买多少豆腐了呢？

但是她没有想，一方面因为团圆媳妇的病也实在病得缠绵，在她身上花钱也花得大手大脚的了。另一方面就是那云游真人的来势也过于猛了点，竟打起抱不平来，说她虐待团圆媳妇。

还是赶快地给了他钱，让他滚蛋吧。

真是家里有病人是什么气都受得呵。团圆媳妇的婆婆左思右想，越想越是自己遭了无妄之灾，满心的冤屈，想骂又没有对象，想哭又哭不出来，想打也无处下手了。

那小团圆媳妇再打也就受不住了。

若是那小团圆媳妇刚来的时候，那就非先抓过她来打一顿再说。做婆婆的打了一只饭碗，也抓过来把小团圆媳妇打一顿。她丢了一根针也抓过来把小团圆媳妇打一顿。她跌了一个筋斗，把单裤膝盖的地方跌了一个洞，她也抓过来把小团圆媳妇打一顿。总之，她一不顺心，她就觉得她的手就想要打人。她打谁呢！谁能够让她打呢？于是就轮到小团圆媳妇了。

有娘的，她不能够打。她自己的儿子也舍不得打。打猫，她怕把猫打丢了。打狗，她怕把狗打跑了。打猪，怕猪掉了斤两。打鸡，怕鸡不下蛋。

唯独打这小团圆媳妇是一点毛病没有，她又不能跑掉，她又不能丢了。她又不会下蛋，反正也不是猪，打掉了一些斤两也不要紧，反正也不过秤。

可是这小团圆媳妇，一打也就吃不下饭去。吃不下饭去不要紧，多喝一点饭米汤好啦，反正饭米汤剩下也是要喂猪的。

可是这都成了已往的她的光荣的日子了，那种自由的日子恐怕一时不会再来了。现在她不用说打，就连骂也不大骂她了。

现在她别的都不怕，她就怕她死，她心里总有一个阴影，她的小团圆媳妇可不要死了呵。

于是她碰到了多少的困难，她都克服了下去，她咬着牙根，她忍住眼泪，她要骂不能骂，她要打不能打。她要哭，她又止住了。无限的伤心，无限的悲哀，常常一齐会来到她的心中的。她想，也许是前生没有做了好事，此生找到她了。不然为什么连一个团圆媳妇的命都没有。她想一想，她一生没有做过恶事，面软、心慈，凡事都是自己吃亏，让着别人。虽然没有吃斋念佛，但是初一十五的素口也自幼就吃着。虽然不怎样拜庙烧香，但四月十八的庙会，也没有拉下过。娘娘庙前一把香，老爷庙前三个头。哪一年也都是烧香磕头的没有拉过"过场"。虽然是自小没有读过诗文，不认识字，但是"金刚经""灶王经"也会念上两套。虽然说不曾做过舍善的事情，没有补过路，没有修过桥，但是逢年过节，对那些讨饭的人，也常常给过他们剩汤剩饭的。虽然过日子不怎样俭省，但也没有多吃过一块豆腐。拍拍良心，对天对得起，对地也对得住。那为什么老天爷明明白白的却把祸根种在她身上？

她越想，她越心烦意乱。

"都是前生没有做了好事，今生才找到了。"

她一想到这里，她也就不再想了，反正事到临头，瞎想一阵又能怎样呢？于是她自己劝着自己就又忍着眼泪，咬着牙根，把她那兢兢业业的，养猪喂狗所积下来的那点钱，又一吊一吊的，一五一十的，往外拿着。

东家说看着个香火，西家说吃个偏方。偏方、野药、大神、赶鬼、看香、扶乩，样样都已经试过。钱也不知花了多少，但是都不怎样见效。

那小团圆媳妇夜里说梦话，白天发烧。一说起梦话来，总是说她要回家。

“回家”这两个字，她的婆婆觉得最不祥，就怕她是阴间的花姐，阎王奶奶要把她叫了回去。于是就请了一个圆梦的。那圆梦的一圆，果然不错，“回家”就是回阴间地狱的意思。

所以那小团圆媳妇，做梦的时候，一梦到她的婆婆打她，或者是用梢子绳把她吊在房梁上了，或是梦见婆婆用烙铁烙她的脚心，或是梦见婆婆用针刺她的手指尖。一梦到这些，她就大哭大叫，而且嚷她要“回家”。

婆婆一听她嚷回家，就伸出手去在大腿上拧着她。日子久了，拧来，拧去，那小团圆媳妇的大腿被拧得像一个梅花鹿似的青一块、紫一块的了。

她是一份善心，怕是真的她回了阴间地狱，赶快地把她叫醒来。

可是小团圆媳妇睡得朦里朦胧的，她以为她的婆婆可又真的在打她了，于是她大叫着，从炕上翻身起来，就跳下地去，拉也拉不住她，按也按不住她。

她的力气大得惊人，她的声音喊得怕人。她的婆婆于是觉得更是见鬼了、着魔了。

不但她的婆婆，全家的人也都相信这孩子的身上一定有鬼。

谁听了能够不相信呢？半夜三更的喊着回家，一招呼醒了，她就跳下地去，瞪着眼睛，张着嘴，连哭带叫的，那力气比牛还大，那声音好像杀猪似的。

谁能够不相信呢？又加上她婆婆的渲染，说她眼珠子是绿的，好像两点鬼火似的，说她的喊声，是直声拉气的，不是人声。

所以一传出去，东邻西舍的，没有不相信的。

于是一些善人们，就觉得这小女孩子也实在让鬼给捉弄得可怜了。哪个孩儿是没有娘的，哪个人不是肉生肉长的。谁家不都是养老育小，……于是大动恻隐之心。东家二姨，西家三姑，她说她有奇方，她说她有妙法。

于是就又跳神赶鬼、看香、扶乩，老胡家闹得非常热闹。传为一时之盛。若有不去看跳神赶鬼的，竟被指为落伍。

因为老胡家跳神跳得花样翻新，是自古也没有这样跳的，打破了跳神的纪录了，给跳神开了一个新纪元。若不去看看，耳目因此是会闭塞了的。

当地没有报纸，不能记录这桩盛事。若是患了半身不遂的人，患了瘫病的人，或是大病卧床不起的人，那真是一生的不幸，大家也都为他惋惜，怕是他此生也要孤陋寡闻，因为这样的隆重的盛举，他究竟不能够参加。

呼兰河这地方，到底是太闭塞，文化是不大有的。虽然当地的官、绅，认为已经满意了，而且请了一位满清的翰林，作了一首歌，歌曰：

溯呼兰天然森林，自古多奇材。

5553 | 55$\dot{1}\dot{1}$ | $\dot{2}\dot{1}\dot{2}\dot{3}\dot{1}$

这首歌还配上了从东洋流来的乐谱，使当地的小学都唱着。这歌不止这两句这么短，不过只唱这两句就已经够好的了。所好的是使人听了能够引起一种自负的感情来，尤其当清明植树节的时候，几个小学堂的学生都排起队来在大街上游行，并唱着这首歌。使老百姓听了，也觉得呼兰河是个了不起的地方，一开口说话就“我们呼兰河”；那在街道上捡粪蛋的孩子，手里提着粪耙子，他还说“我们呼兰河！”可不知道呼兰河给了他什么好处。也许那粪耙子就是呼兰河给了他的。

呼兰河这地方，尽管奇才很多，但到底太闭塞，竟不会办一张报纸。以至于把当地的奇闻妙事都没有记载，任它风散了。

老胡家跳大神，就实在跳得奇。用大缸给团圆媳妇洗澡，而且是当众就洗的。

这种奇闻盛举一经传了出来，大家都想去开开眼界，就是那些患了半身不遂的，患了瘫病的人，人们觉得他们瘫了倒没有什么，只是不能够前来看老胡家团圆媳妇大规模地洗澡，真是一生的不幸。

五

天一黄昏，老胡家就打起鼓来了。大缸，开水，公鸡，都预备好了。

公鸡抓来了，开水烧滚了，大缸摆好了。

看热闹的人，络绎不绝地来看。我和祖父也来了。

小团圆媳妇躺在炕上，黑忽忽的，笑呵呵的。我给她一个玻璃球，又给她一片碗碟，她说这碗碟很好看，她拿在眼睛前照一照。她说这玻璃球也很好玩，她用手指甲弹着。她看一看她的婆婆不在旁边，她就起来了，她想要坐起来在炕上弹这玻璃球。

还没有弹，她的婆婆就来了，就说：

“小不知好歹的，你又起来风什么？”

说着走近来，就用破棉袄把她蒙起来了，蒙得没头没脑的，连脸也露不出来。

我问祖父她为什么不让她玩？

祖父说：

“她有病。”

我说：

“她没有病，她好好的。”

于是我上去把棉袄给她掀开了。

掀开一看，她的眼睛早就睁着。她问我，她的婆婆走了没有，我说走了，于是她又起来了。

她一起来，她的婆婆又来了。又把她给蒙了起来说：

“也不怕人家笑话，病得跳神赶鬼的，哪有的事情，说起来，就起来。”

这是她婆婆向她小声说的，等婆婆回过头去向着众人，就又那么说：

“她是一点也着不得凉的，一着凉就犯病。”

屋里屋外，越张罗越热闹了，小团圆媳妇跟我说：

“等一会你看吧，就要洗澡了。”

她说着的时候，好像说着别人的一样。

果然，不一会工夫就洗起澡来了，洗得吱哇乱叫。

大神打着鼓，命令她当众脱了衣裳。衣裳她是不肯脱的，她的婆婆抱住了她，还请了几个帮忙的人，就一齐上来，把她的衣裳撕掉了。

她本来是十二岁，却长得十五六岁那么高，所以一时看热闹的姑娘媳妇们，看了她。都难为情起来。

很快地小团圆媳妇就被抬进大缸里去。大缸里满是热水，是滚热的热水。

她在大缸里边，叫着、跳着，好像她要逃命似的狂喊。她的旁边站着三四个人从缸里搅起热水来往她的头上浇。不一会，浇得满脸通红，她再也不能够挣扎了，她安稳地在大缸里边站着，她再不往外边跳了，大概她觉得跳也跳不出来了。那大缸是很大的，她站在里边仅仅露着一个头。

我看了半天，到后来她连动也不动，哭也不哭，笑也不笑。满脸的汗珠，满脸通红，红得像一张红纸。

我跟祖父说：

“小团圆媳妇不叫了。”

我再往大缸里一看，小团圆媳妇没有了。她倒在大缸里了。

这时候，看热闹的人们，一声狂喊，都以为小团圆媳妇是死了，大家都跑过去拯救她，竟有心慈的人，流下眼泪来。

小团圆媳妇还活着的时候，她像要逃命似的。前一刻她还求救于人的时候，并没有一个人上前去帮忙她，把她从热水里解救出来。

现在她是什么也不知道了，什么也不要求了。可是一些人，偏要去救她。把她从大缸里抬出来，给她浇一点冷水。这小团圆媳妇一昏过去，可把那些看热闹的人可怜得不得了，就是前一刻她还主张着“用热水浇哇！用热水浇哇！”的人，现在也心痛起来。怎能够不心痛呢，活蹦乱跳的孩子，一会工夫就死了。

小团圆媳妇摆在炕上，浑身像火炭那般热，东家的婶子，伸出一只手来，到她身上去摸一摸，西家大娘也伸出手来到她身上去摸一摸。

都说：

“哟哟，热得和火炭似的。”

有的说，水太热了一点，有的说，不应该往头上浇，大热的水，一浇哪有不昏的。

大家正在谈说之间，她的婆婆过来，赶快拉了一张破棉袄给她盖上了，说：

“赤身裸体羞不羞！”

小团圆媳妇怕羞不肯脱下衣裳来，她婆婆喊着号令给她撕下来了。现在她什么也不知道了，她没有感觉了，婆婆反而替她着想了。

大神打了几阵鼓，二神向大神对了几阵话。看热闹的人，你望望他，他望望你。虽然不知道下文如何，这小团圆媳妇到底是死是活。但却没有白看一场热闹，到底是开了眼界，见了世面，总算是不无所得的。

有的竟觉得困了，问着别人，三道鼓是否加了横锣，说他要回家睡觉去了。

大神一看这场面不大好，怕是看热闹的人都要走了，就卖一点力气叫一叫座，于是痛打了一阵鼓，喷了几口酒在团圆媳妇的脸上，从腰里拿出银针来，刺着小团圆媳妇的手指尖。

不一会，小团圆媳妇就活转来了。

大神说，洗澡必得连洗三次，还有两次要洗的。

于是人心大为振奋，困的也不困了，要回家睡觉的也精神了。这来看热闹的，不下三十人，个个眼睛发亮，人人精神百倍。看吧，洗一次就昏过去了，洗两次又该怎样呢？洗上三次，那可就不堪想象了。所以看热闹的人的心里，都满怀奥秘。

果然的，小团圆媳妇一被抬到大缸里去，被热水一烫，就又大声地怪叫了起来，一边叫着一边还伸出手来把着缸沿想要跳出来。这时候，浇水的浇水，按头的按头，总算让大家压服又把她昏倒在缸底里了。

这次她被抬出来的时候，她的嘴里还往外吐着水。

于是一些善心的人，是没有不可怜这小女孩子的。东家的二姨，西家的三婶，就都一齐围拢过去，都去设法施救去了。

她们围拢过去，看看有没有死？若还有气，那就不用救。若是死了，那就赶快浇凉水。

若是有气，她自己就会活转来的。若是断了气，那就赶快施救，不然，怕她真的死了。

六

小团圆媳妇当晚被热水烫了三次，烫一次，昏一次。

闹到三更天才散了场。大神回家去睡觉去了。看热闹的人也都回家去睡觉去了。

星星月亮，出满了一天，冰天雪地正是个冬天。雪扫着墙根，风刮着窗棂。鸡在架里边睡觉，狗在窝里边睡觉，猪在栏里边睡觉，全呼兰河都睡着了。

只有远远的狗叫，那或许是从白旗屯传来的，或者是从呼兰河的南岸那柳条林子里的野狗的叫唤。总之，那声音是来得很远，那已经是呼兰河城以外的事情了。而呼兰河全城，就都一齐睡着了。

前半夜那跳神打鼓的事情一点也没有留下痕迹。那连哭带叫的小团圆媳妇，好像在这世界上她也并未曾哭过叫过，因为一点痕迹也并未留下。家家户户都是黑洞洞的，家家户户都睡得沉实实的。

团圆媳妇的婆婆也睡得打呼了。

因为三更已经过了，就要来到四更天了。

七

第二天小团圆媳妇昏昏沉沉地睡了一天，第三天，第四天，也都是昏昏沉沉地睡着，眼睛似睁非睁的，留着一条小缝，从小缝里边露着白眼珠。

家里的人，看了她那样子，都说，这孩子经过一番操持，怕是真魂就要附体了，真魂一附了体，病就好了。不但她的家里人这样说，就是邻人也都这样说。所以对于她这种不饮不食，似睡非睡的状态，不但不引以为忧，反而觉得应该庆幸。她昏睡了四五天，她家的人就快乐了四五天，她睡了六七天，她家的人就快乐了六七天。在这期间，绝对的没有使用偏方，也绝对的没有采用野药。

但是过了六七天，她还是不饮不食地昏睡，要好起来的现象一点也没有。

于是又找了大神来，大神这次不给她治了，说这团圆媳妇非出马当大神不可。

于是又采用了正式的赶鬼的方法，到扎彩铺去，扎了一个纸人，而后给纸人缝起布衣来穿上，——穿布衣裳为的是绝对的像真人——擦脂抹粉，手里提着花手巾，很是好看，穿了满身花洋布的衣裳，打扮成一个十七八岁的大姑娘。用人抬着，抬到南河沿旁边那大土坑去烧了。

这叫做烧“替身”，据说把这“替身”一烧了，她可以替代真人，真人就可以不死。

烧“替身”的那天，团圆媳妇的婆婆为着表示虔诚，她还特意地请了几个吹鼓手，前边用人举着那扎彩人，后边跟着几个吹鼓手，呜哇当、呜哇当地向着南大土坑走去了。

那景况说热闹也很热闹，喇叭曲子吹的是句句双。说凄凉也很凄凉，前边一个扎彩人，后边三五个吹鼓手，出丧不像出丧，报庙不像报庙。

跑到大街上来看这热闹的人也不很多，因为天太冷了，探头探脑地跑出来的人一看，觉得没有什么可看的，就关上大门回去了。

所以就孤孤单单的，凄凄凉凉在大土坑那里把那扎彩人烧了。

团圆媳妇的婆婆一边烧着还一边后悔，若早知道没有什么看热闹的人，那又何必给这扎彩人穿上真衣裳。她想要从火堆中把衣裳抢出来，但又来不及了，就眼看着让它烧去了。这一套衣裳，一共花了一百多吊钱。于是她看着那衣裳烧去，就像眼看着烧去了一百多吊钱。

她心里是又悔又恨，她简直忘了这是她的团圆媳妇烧替身，她本来打算念一套祷神告鬼的词句。她回来的时候，走在路上才想起来。但想起来也晚了，于是她自己感到大概要白白的烧了个替身，灵不灵谁晓得呢！

八

后来又听说那团圆媳妇的大辫子，睡了一夜觉就掉下来了。

就掉在枕头旁边，这可不知是怎么回事。

她的婆婆说这团圆媳妇一定是妖怪。

把那掉下来的辫子留着，谁来给谁看。

看那样子一定是什么人用剪刀给她剪下来的。但是她的婆婆偏说不是，就说，睡了一夜觉就自己掉下来了。

于是这奇闻又远近地传开去了。不但她的家人不愿意和妖怪在一起，就是同院住的人也都觉得太不好。

夜里关门关窗户的，一边关着于是就都说：

“老胡家那小团圆媳妇一定是个小妖怪。”

我家的老厨子是个多嘴的人，他和祖父讲老胡家的团圆媳妇又怎样怎样了。又出了新花头，辫子也掉了。

我说：

“不是的，是用剪刀剪的。”

老厨子看我小，他欺侮我，他用手指住了我的嘴。他说：

“你知道什么，那小团圆媳妇是个妖怪呀！”

我说：

“她不是妖怪，我偷着问她，她头发是怎么掉了的，她还跟我笑呢！她说她不知道。”

祖父说：“好好的孩子快让他们捉弄死了。”

过了些日子，老厨子又说：

“老胡家要‘休妻’了，要‘休’了那小妖怪。”

祖父以为老胡家那人家不大好。

祖父说：

“二月让他搬家。把人家的孩子快捉弄死了，又不要了。”

九

还没有到二月，那黑忽忽的，笑呵呵的小团圆媳妇就死了。

是一个大清早晨，老胡家的大儿子，那个黄脸大眼睛的车老板子就来了。一见了祖父，他就双手举在胸前作了一个揖。

祖父问他什么事？

他说：

“请老太爷施舍一块地方，好把小团圆媳妇埋上……”

祖父问他：

“什么时候死的？”

他说：“我赶着车，天亮才到家。听说半夜就死了。”

祖父答应了他，让他埋在城外的地边上。并且招呼有二伯来，让有二伯领着他们去。

有二伯临走的时候，老厨子也跟去了。

我说，我也要去，我也跟去看看，祖父百般地不肯。祖父说：

“咱们在家下压拍子打小雀吃……”

我于是就没有去。虽然没有去，但心里边总惦着有一回事。等有二伯也不回来，等那老厨子也不回来。等他们回来，我好听一听那情形到底怎样？

一点多钟，他们两个在人家喝了酒，吃了饭才回来的。前边走着老厨子，后边走着有二伯。好像两个胖鸭子似的，走也走不动了，又慢又得意。

走在前边的老厨子，眼珠通红，嘴唇发光。走在后边的有二伯，面红耳热，一直红到他脖子下边的那条大筋。

进到祖父屋来，一个说：

“酒菜真不错……”

一个说：

“……鸡蛋汤打得也热乎。”

关于埋葬团圆媳妇的经过，却先一字未提。好像他们两个是过年回来的，充满了欢天喜地的气象。

我问有二伯，那小团圆媳妇怎么死的，埋葬的情形如何。

有二伯说：

“你问这个干什么，人死还不如一只鸡……一伸腿就算完事……”

我问：

“有二伯，你多咎死呢？”

他说：

“你二伯死不了的……那家有万贯的，那活着享福的，越想长寿，就越活不长……上庙烧香，上山拜佛的也活不长。像你有二伯这条穷命，越老越结实。好比个石头疙瘩似的，哪儿死啦！俗语说得好，‘有钱三尺寿，穷命活不够’。像二伯就是这穷命，穷命鬼阎王爷也看不上眼儿来的。”

到晚饭，老胡家又把有二伯他们二位请去了。又在那里喝的酒。因为他们帮了人家的忙，人家要酬谢他们。

十

老胡家的团圆媳妇死了不久，他家的大孙子媳妇就跟人跑了。

奶奶婆婆后来也死了。

他家的两个儿媳妇，一个为着那团圆媳妇瞎了一只眼睛。因为她天天哭，哭她那花在团圆媳妇身上的倾家荡产的五千多吊钱。

另外的一个因为她的儿媳妇跟着人家跑了，要把她羞辱死了，一天到晚的，不梳头，不洗脸地坐在锅台上抽着烟袋，有人从她旁边过去，她高兴的时候，她向人说：

“你家里的孩子、大人都好哇？”

她不高兴的时候，她就向着人脸，吐一口痰。

她变成一个半疯了。

老胡家从此不大被人记得了。

十一

我家的背后有一个龙王庙，庙的东角上有一座大桥。人们管这桥叫“东大桥”。

那桥下有些冤魂枉鬼，每当阴天下雨，从那桥上经过的人，往往听到鬼哭的声音。

据说，那团圆媳妇的鬼魂，也来到了东大桥下。说她变了一只很大的白兔，隔三差五的就到桥下来哭。

有人问她哭什么？

她说她要回家。

那人若说：

“明天，我送你回去……”

那白兔子一听，拉过自己的大耳朵来，擦擦眼泪，就不见了。

若没有人理她，她就一哭，哭到鸡叫天明。

第六章

一

我家的有二伯，性情真古怪。

有东西，你若不给他吃，他就骂。若给他送上去，他就说：

“你二伯不吃这个，你们拿去吃吧!”

家里买了落花生、冻梨之类，若不给他，除了让他看不见，若让他找着了一点影子，他就没有不骂的：

“他妈的……王八蛋……兔羔子，有猫狗吃的，有蟑螂、耗子吃的，他妈的就是没有人吃的……兔羔子，兔羔子……”

若给他送上去，他就说：

“你二伯不吃这个，你们拿去吃吧。”

二

有二伯的性情真古怪，他很喜欢和天空的雀子说话，他很喜欢和大黄狗谈天。他一和人在一起，他就一句话没有了，就是有话也是很古怪的，使人听了常常不得要领。

夏天晚饭后大家坐在院子里乘凉的时候，大家都是嘴里不停地讲些个闲话，讲得很热闹，就连蚊子也嗡嗡的，就连远处的蛤蟆也呱呱地叫着。只是有二伯一声不响的坐着。他手里拿着蝇甩子，东甩一下，西甩一下。

若有人问他的蝇甩子是马鬃的还是马尾的？他就说：

“啥人玩啥鸟，武大郎玩鸭子。马鬃，那是贵东西，那是穿绸穿缎的人拿着，腕上戴着藤萝镯，指上戴着大攀指。什么人玩什么物。穷人，野鬼，不要自不量力，让人家笑话。……”

传说天上的那颗大昴星，就是灶王爷骑着毛驴上西天的时候，他手里打着的那个灯笼，因为毛驴跑得太快，一不加小心灯笼就掉在天空了。我就常常把这个话题来问祖父，说那灯笼为什么被掉在天空，就永久长在那里了，为什么不落在地上来？

这话题，我看祖父也回答不出的，但是因为我的非问不可，祖父也就非答不可了。他说，天空里有一个灯笼杆子，那才高呢，大昴星就挑在那灯笼杆子上。并且那灯笼杆子，人的眼睛是看不见的。

我说：

“不对，我不相信……”

我说：

“没有灯笼杆子，若是有，为什么我看不见？”

于是祖父又说：

“天上有一根线，大昴星就被那线系着。”

我说：

“我不信，天上没有线的，有为什么我看不见？”

祖父说：

“线是细的么，你哪能看见，就是谁也看不见的。”

我就问祖父：

“谁也看不见，你怎么看见啦？”

乘凉的人都笑了，都说我真厉害。

于是祖父被逼得东说西说，说也说不上来了。眼看祖父是被我逼得胡诌起来，我也知道他是说不清楚的了。不过我越看他胡诌我就越逼他。

到后来连大昴星是龙王爷的灯笼这回事，我也推翻了。我问祖父大昴星到底是个什么？

别人看我纠缠不清了，就有出主意的让我问有二伯去。

我跑到了有二伯坐着的地方，我还没有问，刚一碰了他的蝇甩子，他就把我吓了一跳。他把蝇甩子一抖，嚎唠一声：

“你这孩子，远点去吧……”

使我不得不站得远一点，我说：

“有二伯，你说那天上的大昴星到底是个什么？”

他没有立刻回答我，他似乎想了一想，才说：

“穷人不观天象。狗咬耗子，猫看家，多管闲事。”

我又问，我以为他没有听准：

“大昴星是龙王爷的灯笼吗？”

他说：

“你二伯虽然也长了眼睛，但是一辈子没有看见什么。你二伯虽然也长了耳朵，但是一辈子也没有听见什么。你二伯是又聋又瞎，这话可怎么说呢？比方那亮亮堂堂的大瓦房吧，你二伯也有看见了的，可是看见了怎么样，是人家的，看见了也是白看。听也是一样，听见了又怎样，与你不相干……你二伯活着是个不相干……星星，月亮，刮风，下雨，那是天老爷的事情，你二伯不知道……”

有二伯真古怪，他走路的时候，他的脚踢到了一块砖头，那砖头把他的脚碰痛了。他就很小心地弯下腰去把砖头拾起来，他细细地端相着那砖头，看看那砖头长得是否不瘦不胖合适，是否顺眼，看完了，他才和那砖头开始讲话：

“你这小子，我看你也是没有眼睛，也是跟我一样，也是瞎模糊眼的。不然你为啥往我脚上撞，若有胆子撞，就撞那个耀武扬威的，脚上穿着靴子鞋的……你撞我还不是个白撞，撞不出一大二小来，臭泥坑子滚石头，越滚越臭……”

他和那砖头把话谈完了，他才顺手把它抛开去，临抛开的时候，他还最后嘱咐了它一句：

“下回你往那穿鞋穿袜的脚上去碰呵。”

他这话说完了，那砖头也就拍搭地落到了地上。原来他没有抛得多远，那砖头又落到原来的地方。

有二伯走在院子里，天空飞着的麻雀或是燕子若落了一点粪在他的身上，他就停下脚来，站在那里不走了。他扬着头。他骂着那早已飞过去了的雀子，大意是：那雀子怎样怎样不该把粪落在他身上，应该落在那穿绸穿缎的人的身上。不外骂那雀子糊涂瞎眼之类。

可是那雀子很敏捷的落了粪之后，早已飞得无影无踪了，于是他就骂着他头顶上那块蓝瓦瓦的天空。

三

有二伯说话的时候，把“这个”说成“介个”。

“那个人好。”

“介个人坏。”

“介个人狼心狗肺。”

“介个物不是物。”

“家雀也往身上落粪，介个年头是啥年头。”

四

还有，有二伯不吃羊肉。

五

祖父说，有二伯在三十年前他就来到了我们家里，那时候他才三十多岁。

而今有二伯六十多岁了。

他的乳名叫“有子”，他已经六十多岁了，还叫着乳名。祖父叫他“有子做这个。”“有子做那个。”

我们叫他“有二伯”。

老厨子叫他“有二爷”。

他到房户，地户那里去，人家叫他“有二东家”。

他到北街头的烧锅去，人家叫他“有二掌柜的”。

他到油房去抬油，人家也叫他“有二掌柜的”。

他到肉铺子上去买肉，人家也叫他“有二掌柜的”。

一听人家叫他“二掌柜的”，他就笑逐颜开。叫他“有二爷”叫他“有二东家”，叫他“有二伯”也都是一样地笑逐颜开。

有二伯最忌讳人家叫他的乳名，比方街上的孩子们，那些讨厌的，就常常在他的背后抛一颗石子，掘一捧灰土，嘴里边喊着“有二子”“大有子”“小有子”。

有二伯一遇到这机会，就没有不立刻打了过去的，他手里若是拿着蝇甩子，他就用蝇甩子把去打。他手里若是拿着烟袋，他就用烟袋锅子去打。

把他气的像老母鸡似的，把眼睛都气红了。

那些顽皮的孩子们一看他打了来，就立刻说：“有二爷，有二东家，有二掌柜的，有二伯。”并且举起手来作着揖，向他朝拜着。

有二伯一看他们这样子，立刻就笑逐颜开，也不打他们了，就走自己的路去了。

可是他走不了多远，那些孩子们就在后边又吵起来了，什么：“有二爷，兔儿爷。”

“有二伯，打桨杆。”

“有二东家，捉大王八。”

他在前边走，孩子们还在他背后的远处喊。一边喊着，一边扬着街道上的灰土，灰土高飞着一会工夫，街上闹成个小旋风似的了。

有二伯不知道听见了这个与否，但孩子们以为他是听见了的。

有二伯却很庄严的，连头也不回地一步一步地沉着地向前走去了。

“有二爷，”老厨子总是一开口“有二爷”，一闭口“有二爷”的叫着。

“有二爷的蝇甩子……”

“有二爷的烟袋锅子……”

“有二爷的烟荷包……”

“有二爷的烟荷包疙瘩……”

“有二爷吃饭啦……”

“有二爷，天下雨啦……”

“有二爷快看吧，院子里的狗打仗啦……”

“有二爷，猫上墙头啦……”

“有二爷，你的蝇甩子掉了毛啦。”

“有二爷，你的草帽顶落了家雀粪啦。”

老厨子一向是叫他“有二爷”的。唯独他们两个一吵起来的时候，老厨子就说：

“我看你这个‘二爷’一丢了，就只剩下个‘有’字了。”

“有字”和“有子”差不多，有二伯一听正好是他的乳名。

于是他和老厨子骂了起来，他骂他一句，他骂他两句。越骂声音越大。有时他们两个也就打了起来。

但是过了不久，他们两个又照旧地好了起来。又是：

“有二爷这个。”

“有二爷那个。”

老厨子一高起兴来，就说：

“有二爷，我看你的头上去了个‘有’字，不就只剩了‘二爷’吗？”

有二伯于是又笑逐颜开了。

祖父叫他“有子”，他不生气，他说：

“向皇上说话，还称自己是奴才呢！总也得有个大小。宰相大不大，可是他见了皇上也得跪下，在万人之上，在一人之下。”

有二伯的胆子是很大的，他什么也不怕。我问他怕狼不怕？

他说：

“狼有什么怕的，在山上，你二伯小的时候上山放猪去，那山上就有狼。”

我问他敢走黑路不敢？

他说：

“走黑路怕啥的，没有愧心事，不怕鬼叫门。”

我问他夜里一个人，敢过那东大桥吗？

他说：

“有啥不敢的，你二伯就是愧心事不敢做，别的都敢。”

有二伯常常说，跑毛子的时候（日俄战时）他怎样怎样地胆大，全城都跑空了，我们家也跑空了。那毛子拿着大马刀在街上跑来跑去，骑在马身上。那真是杀人无数。见了关着大门的就敲，敲开了，抓着人就杀。有二伯说：

“毛子在街上跑来跑去，那大马蹄子跑得呱呱地响，我正自己煮面条吃呢，毛子就来敲大门来了，在外边喊着‘里边有人没有?’若有人快点把门打开，不打开毛子就要拿刀把门劈开的，劈开门进来，那就没有好，非杀不可……”

我就问：

“有二伯你可怕?”

他说：

“你二伯烧着一锅开水，正在下着面条。那毛子在外边敲，你二伯还在屋里吃面呢……”

我还是问他：

“你可怕?”

他说：

“怕什么?”

我说：

“那毛子进来，他不拿马刀杀你?”

他说：

“杀又怎么样！不就是一条命吗?”

可是每当他和祖父算起帐来的时候，他就不这么说了。他说：

"人是肉长的呀！人是爹娘养的呀！谁没有五脏六腑。不怕，怎么能不怕！也是吓得抖抖乱颤，……眼看着那是大马刀，一刀下来，一条命就完了。"

我一问他：

"你不是说过，你不怕吗?"

这种时候，他就骂我：

"没心肝的，远的去着罢！不怕，是人还有不怕的……"

不知怎么的，他一和祖父提起跑毛子来，他就胆小了，他自己越说越怕。有的时候他还哭了起来。说那大马刀闪光湛亮，说那毛子骑在马上乱杀乱砍。

六

有二伯的行李，是零零碎碎的，一掀动他的被子就从被角往外流着棉花，一掀动他的褥子，那所铺着的毡片，就一片一片地好像活动地图似的一省一省的割据开了。

有二伯的枕头，里边装的是荞麦壳，每当他一抡动的时候，那枕头就在角上或是在肚上漏了馅了，哗哗地往外流着荞麦壳。

有二伯是爱护他这一套行李的，没有事的时候，他就拿起针来缝它们。缝缝枕头，缝缝毡片，缝缝被子。

不知他的东西，怎那样地不结实，有二伯三天两天的就要动手缝一次。

有二伯的手是很粗的，因此他拿着一颗很大的大针，他说太小的针他拿不住的。他的针是太大了点，迎着太阳，好像一颗女人头上的银簪子似的。

他往针鼻里穿线的时候，那才好看呢，他把针线举得高高的，睁着一个眼睛，闭着一个眼睛，好像是在瞄准，好像他在半天空里看见了一样东西，他想要快快的拿它，又怕拿不准跑了，想要研究一会再去拿，又怕过一会就没有了。于是他的手一着急就哆嗦起来，那才好看呢。

有二伯的行李，睡觉起来，就卷起来的。卷起来之后，用绳子捆着。好像他每天要去旅行的样子。

有二伯没有一定的住处，今天住在那咔咔响着房架子的粉房里，明天住在养猪的那家的小猪官的炕梢上，后天也许就和那后磨房里的冯歪嘴子一条炕睡上了。反正他是什么地方有空他就在什么地方睡。

他的行李他自己背着，老厨子一看他背起行李，就大嚷大叫地说：

“有二爷，又赶集去了……”

有二伯也就远远地回答着他：

“老王，我去赶集，你有啥捎的没有呵？”

于是有二伯又自己走自己的路，到房户的家里的方便地方去投宿去了。

七

有二伯的草帽没有边沿，只有一个帽顶，他的脸焦焦黑，他的头顶雪雪白。黑白分明的地方，就正是那草帽扣下去被切得溜齐的脑盖的地方。他每一摘下帽子来，是上一半白，下一半黑。就好像后园里的倭瓜，晒着太阳的那半是绿的，背着阴的那半是白的一样。

不过他一戴起草帽来也就看不见了。他戴帽的尺度是很准确的，一戴就把帽边很准确的切在了黑白分明的那条线上。不高不低，就正正地在那条线上。偶尔也戴得略微高了一点，但是这种时候很少，不大被人注意。那就是草帽与脑盖之间，好像镶了一趟窄窄的白边似的，有那么一趟白线。

八

有二伯穿的是大半截子的衣裳，不是长衫，也不是短衫，而是齐到膝头那么长的衣裳，那衣裳是鱼蓝色竹布的，带着四方大尖托领，宽衣大袖，怀前带着大麻铜钮子。

这衣裳本是前清的旧货，压在祖父的箱底里，祖母一死了，就陆续地穿在有二伯的身上了。

所以有二伯一走在街上，都不知他是那个朝代的人。

老厨子常说：

“有二爷，你宽衣大袖的，和尚看了像和尚，道人看了像道人。”

有二伯是喜欢卷着裤脚的，所以耕田种地的庄稼人看了，又以为他是一个庄稼人，一定是插秧了刚刚回来。

九

有二伯的鞋子，不是前边掉了底，就是后边缺了跟。

他自己前边掌掌，后边钉钉，似乎钉也钉不好，掌也掌不好，过了几天，又是掉底缺跟仍然照旧。

走路的时候拖拖的，再不然就趿趿的。前边掉了底，那鞋就张着嘴，他的脚好像舌头似的，每一迈步，就在那大嘴里边活动着，后边缺了跟，每一走动，就踢踢趿趿地脚跟打着鞋底发响。

有二伯的脚，永远离不开地面，母亲说他的脚下了千斤闸。

老厨子说有二伯的脚上了绊马锁。

有二伯自己则说：

“你二伯挂了绊脚丝了。”

绊脚丝是人临死的时候挂在两只脚上的绳子。有二伯就这样地说着自己。

十

有二伯虽然作弄成一个耍猴不像耍猴的，讨饭不像讨饭的，可是他一走起路来，却是端庄、沉静，两个脚跟非常有力，打得地面冬冬地响，而且是慢吞吞地前进，好像一位大将军似的。

有二伯一进了祖父的屋子，那摆在琴桌上的那口黑色的座钟，钟里边的钟摆，就常常格棱棱格棱棱的响了一阵就停下来了。

原来有二伯的脚步过于沉重了点，好像大石头似的打着地板，使地板上所有的东西，一时都起了跳动。

十一

有二伯偷东西被我撞见了。

秋末，后园里的大榆树也落了叶子，园里荒凉了，没有什么好玩的了。

长在前院的蒿草，也都败坏了而倒了下来，房后菜园上的各种秧棵完全挂满了白霜，老榆树全身的叶子已经没有多少了，可是秋风还在摇动着它。天空是发灰的，云彩也失了形状，好像被洗过砚台的水盆，有深有浅，混洞洞的。这样的云彩，有的带来了雨点，有时带来了细雪。

这样的天气，我为着外边没有好玩的，我就在藏乱东西的后房里玩着。我爬上了装旧东西的屋顶去。

我是登着箱子上去的，我摸到了一个小琉璃罐，那里边装的完全是黑枣。

等我抱着这罐子要下来的时候，可就下不来了，方才上来的时候，我登着的那箱子，有二伯站在那里正在开着它。

他不是用钥匙开，他是用铁丝在开。

我看着他开了很多时候，他用牙齿咬着他手里的那块小东西……他歪着头，咬得格格拉拉地发响。咬了之后又放在手里扭着它，而后又把它触到箱子上去试一试。

他显然不知道我在棚顶上看着他，他既打开了箱子，他就把没有边沿的草帽脱下来，把那块咬了半天的小东西就压在帽顶里面。

他把箱子翻了好几次，红色的椅垫，蓝色粗布的绣花围裙，女人的绣花鞋子……还有一团滚乱的花色的丝线，在箱子底上还躺着一只湛黄的铜酒壶。

有二伯用他满都是脉络的粗手把绣花鞋子，乱丝线，抓到一边去，只把铜酒壶从那一堆之中抓出来了。

太师椅上的红垫子，他把它放在地上，用腰带捆了起来。

铜酒壶放在箱子盖上，而后把箱子锁了。

看样子好像他要带着这些东西出去，不知为什么，他没有带东西，他自己出去了。

我一看他出去，我赶快的登着箱子就下来了。

我一下来，有二伯就又回来了，这一下子可把我吓了一跳，因为我是在偷墨枣，若让母亲晓得了，母亲非打我不可。平常我偷着把鸡蛋馒头之类，拿出去和邻居家的孩子一块去吃，有二伯一看见就没有不告诉母亲的，母亲一晓得就打我。

他先提起门旁的椅垫子，而后又来拿箱子盖上的铜酒壶。等他掀着衣襟把铜酒壶压在肚子上边，他才看到墙角上站着的是我。

他的肚子前压着铜酒壶，我的肚子前抱着一罐墨枣。他偷，我也偷，所以两边害怕。

有二伯一看见我，立刻头盖上就冒着很大的汗珠。他说：

“你不说么？”

“说什么……”

“不说，好孩子……”他拍着我的头顶。

“那么，你让我把这琉璃罐拿出去。”

他说：“拿罢。”

他一点没有阻挡我。我看他不阻挡我，我还在门旁的筐子里抓了四五个大馒头，就跑了。

有二伯还在粮食仓子里边偷米，用大口袋背着，背到大桥东边那粮米铺去卖了。

有二伯还偷各种东西，锡火锅、大铜钱、烟袋嘴……反正家里边一丢了东西，就说有二伯偷去了。有的东西是老厨子偷去的，也就赖上了有二伯。有的东西是我偷着拿出去玩了，也赖上了有二伯。还有比方一个镰刀头，根本没有丢，只不过放忘了地方，等用的时候一找不到，就说有二伯偷去了。

有二伯带着我上公园的时候，他什么也不买给我吃。公园里边卖什么的都有，油炸糕，香油掀饼，豆腐脑，等等。他一点也不买给我吃。

我若是稍稍在那卖东西吃的旁边一站，他就说：

“快走罢，快往前走。”

逛公园就好像赶路似的，他一步也不让我停。

公园里变把戏的，耍熊瞎子的都有，敲锣打鼓，非常热闹。而他不让我看。我若是稍稍地在那变把戏的前边停了一停，他就说：

“快走罢，快往前走。”

不知为什么他时时在追着我。

等走到一个卖冰水的白布篷前边，我看见那玻璃瓶子里边泡着两个焦黄的大佛手，这东西我没有见过，我就问有二伯那是什么？

他说：

“快走罢，快往前走。”

好像我若再多看一会工夫，人家就要来打我了似的。

等来到了跑马戏的近前，那里边连喊带唱的，实在热闹，我就非要进去看不可。有二伯则一定不进去，他说：

“没有什么好看的……”

他说：

“你二伯不看介个……”

他又说：

“家里边吃饭了。”

他又说：

“你再闹，我打你。”

到了后来，他才说：

“你二伯也是愿意看，好看的有谁不愿意看。你二伯没有钱，没有钱买票，人家不让咱进去。”

在公园里边，当场我就拉住了有二伯的口袋，给他施以检查，检查出几个铜板来，买票是不够的。有二伯又说：

“你二伯没有钱……”

我一急就说：

“没有钱你不会偷?”

有二伯听了我那话，脸色雪白，可是一转眼之间又变成通红的了。他通红的脸上，他的小眼睛故意地笑着，他的嘴唇颤抖着，好像他又要照着他的习惯，一串一串地说一大套的话。但是他没有说。

“回家罢!”

他想了一想之后，他这样地招呼着我。

我还看见过有二伯偷过一个大澡盆。

我家院子里本来一天到晚是静的，祖父常常睡觉，父亲不在家里，母亲也只是在屋子里边忙着，外边的事情，她不大看见。

尤其是到了夏天睡午觉的时候，全家都睡了，连老厨子也睡了。连大黄狗也睡在有阴凉的地方了。所以前院，后园，静悄悄地一个人也没有，一点声音也没有。

就在这样的一个白天，一个大澡盆被一个人掮着在后园里边走起来了。

那大澡盆是白洋铁的，在太阳下边闪光湛亮。大澡盆有一人多长，一边走着还一边咣郎咣郎地响着。看起来，很害怕，好像瞎话上的白色的大蛇。

那大澡盆太大了，扣在有二伯的头上，一时看不见有二伯，只看见了大澡盆。好像那大澡盆自己走动了起来似的。

再一细看，才知道是有二伯顶着它。

有二伯走路，好像是没有眼睛似的，东倒一倒，西斜一斜，两边歪着。我怕他撞到了我，我就靠住了墙根上。

那大澡盆是很深的，从有二伯头上扣下来，一直扣到他的腰间。所以他看不见路了，他摸着往前走。

有二伯偷了这澡盆之后，就像他偷那铜酒壶之后的一样。一被发现了之后，老厨子就天天戏弄他，用各种的话戏弄着有二伯。

有二伯偷了铜酒壶之后，每当他一拿着酒壶喝酒的时候，老厨子就问他：

"有二爷，喝酒还是铜酒壶好呀，还是锡酒壶好？"

有二伯说：

"什么的还不是一样，反正喝的是酒。"

老厨子说：

"不见得罢，大概还是铜的好呢……"

有二伯说：

"铜的有啥好！"

老厨子说：

"对了，有二爷。咱们就是不要铜酒壶，铜酒壶拿去卖了也不值钱。"

旁边的人听到这里都笑了，可是有二伯还不自觉。

老厨子问有二伯：

"一个铜酒壶卖多少钱？"

有二伯说：

"没卖过，不知道。"

到后来老厨子又说五十吊，又说七十吊。

有二伯说：

“哪有那么贵的价钱，好大一个铜酒壶还卖不上三十吊呢。”

于是把大家都笑坏了。

自从有二伯偷了澡盆之后，那老厨子就不提酒壶，而常常问有二伯洗澡不洗澡，问他一年洗几次澡，问有二伯一辈子洗几次澡。他还问人死了到阴间也洗澡的吗？

有二伯说：

“到阴间，阴间阳间一样，活着是个穷人，死了是条穷鬼。穷鬼阎王爷也不爱惜，不下地狱就是好的。还洗澡呢！别玷污了那洗澡水。”

老厨子于是说：

“有二爷，照你说的穷人是用不着澡盆的啰！”

有二伯有点听出来了，就说：

“阴间没去过，用不用不知道。”

“不知道？”

“不知道。”

“我看你是明明知道，我看你是昧着良心说瞎话……”老厨子说。

于是两个人打起来了。

有二伯逼着问老厨子，他哪儿昧过良心。有二伯说：

“一辈子没昧过良心。走的正，行的端，一步两脚窝……”

老厨子说：

“两脚窝，看不透……”

有二伯正颜厉色地说：

“你有什么看不透的？”

老厨子说：

“说出来怕你羞死！”

有二伯说：

“死，死不了；你别看我穷，穷人还有个穷活头。”

老厨子说：

“我看你也是死不了。”

有二伯说：

“死不了。”

老厨子说：

“死不了，老不死，我看你也是个老不死的。”

有的时候，他们两个能接续着骂了一两天，每次到后来，都是有二伯打了败仗。老厨子骂他是个老“绝后”。

有二伯每一听到这两个字，就甚于一切别的字，比“见阎王”更坏。于是他哭了起来，他说：

“可不是么！死了连个添坟上土的人也没有。人活一辈子是个白活，到了归终是一场空……无家无业，死了连个打灵头幡的人也没有。”

于是他们两个又和和平平地，笑笑嬉嬉地照旧地过着和平的日子。

十二

后来我家在五间正房的旁边，造了三间东厢房。

这新房子一造起来，有二伯就搬回家里来住了。

我家是静的，尤其是夜里，连鸡鸭都上了架，房头的鸽子，檐前的麻雀也都各自回到自己的窝里去睡觉了。

这时候就常常听到厢房里的哭声。

有一回父亲打了有二伯，父亲三十多岁，有二伯快六十岁了。他站起来就被父亲打倒下去，他再站起来，又被父亲打倒下去，最后他起不来了，他躺在院子里边了，而他的鼻子也许是嘴还流了一些血。

院子里一些看热闹的人都站得远远的，大黄狗也吓跑了，鸡也吓跑了。老厨子该收柴收柴，该担水担水，假装没有看见。

有二伯孤伶伶地躺在院心，他的没有边的草帽，也被打掉了，所以看得见有二伯的头部的上一半是白的，下一半是黑的，而且黑白分明的那条线就在他的前额上，好像西瓜的“阴阳面”。

有二伯就这样自己躺着，躺了许多时候，才有两个鸭子来啄食撒在有二伯身边的那些血。

那两个鸭子，一个是花脖，一个是绿头顶。

有二伯要上吊，就是这个夜里，他先是骂着，后是哭着，到后来也不哭也不骂了。又过了一会，老厨子一声喊起，几乎是发现了什么怪物似的大叫：

"有二爷上吊啦！有二爷上吊啦！"

祖父穿起衣裳来，带着我。等我们跑到厢房去一看，有二伯不在了。

老厨子在房子外边招呼着我们。我们一看南房梢上挂了绳子，是黑夜，本来看不见，是老厨子打着灯笼我们才看到的。

南房梢上有一根两丈来高的横杆，绳子在那横杆上悠悠荡荡地垂着。

有二伯在哪里呢？等我们拿灯笼一照，才看见他在房墙的根边，好好的坐着。他也没有哭，他也没有骂。

等我再拿灯笼向他脸上一照，我看他用哭红了的小眼睛瞪了我一下。

过了不久，有二伯又跳井了。

是在同院住的挑水的来报的信，又敲窗户又打门。我们跑到井边上一看，有二伯并没有在井里边，而是坐在井外边，而是离开井口五十步之外的安安稳稳的柴堆上。他在那柴堆上安安稳稳地坐着。

我们打着灯笼一照，他还在那里拿着小烟袋抽烟呢。

老厨子，挑水的，粉房里的漏粉的都来了，惊动了不少的邻居。

他开初是一动不动。后来他看人们来全了，他站起来就往井边上跑，于是许多人就把他抓住了，那许多人，哪里会眼看着他去跳井的。

有二伯去跳井，他的烟荷包，小烟袋都带着，人们推劝着他回家的时候，那柴堆上还有一枝小洋蜡，他说："把那洋蜡给我带着。"

后来有二伯"跳井""上吊"这些事，都成了笑话，街上的孩子都给编成了一套歌在唱着："有二爷跳井，没那么回事。""有二伯上吊，白吓唬人。"

老厨子说他贪生怕死，别人也都说他死不了。

以后有二伯再"跳井""上吊"也都没有人看他了。

有二伯还是活着。

十三

我家的院子是荒凉的，冬天一片白雪，夏天则满院蒿草。

风来了，蒿草发着声响，雨来了，蒿草梢上冒烟了。

没有风，没有雨，则关着大门静静地过着日子。

狗有狗窝，鸡有鸡架，鸟有鸟笼，一切各得其所。唯独有二伯夜夜不好好地睡觉。在那厢房里边，他自己半夜三更的就讲起话来。

"说我怕'死'我也不是吹，叫过三个两个来看！问问他们见过'死'没有！那俄国毛子的大马刀闪光湛亮，说杀就杀，说砍就砍。那些胆大的，不怕死的，一听说俄国毛子来了，只顾逃命，连家业也不要了。那时候，若不是这胆小的给他守着，怕是跑毛子回来连条裤子都没有穿的。到了如今，吃得饱，穿得暖，前因后果连想也不想，早就忘到九霄云外去了。良心长到肋条上，黑心痢，铁面人，……"

"……说我怕死，我也不是吹，兵马刀枪我见过，霹雷，黄风我见过。就说那俄国毛子的大马刀罢，见人就砍，可是我也没有怕过，说我怕死……介年头是啥年头，……"

那东厢房里，有二伯一套套地讲着，又是河沟涨水了，水涨得多么大，别人没有敢过的，有二伯说他敢过。又是什么时候有一次着大火，别人都逃了，有二伯上去抢了不少的东西。又是他的小时候，上山去打柴，遇见了狼，那狼是多么凶狠，他说：

"狼心狗肺，介个年头的人狼心狗肺的，吃香的喝辣的。好人在介个年头，是个王八蛋兔羔子……"

"兔羔子，兔羔子……"

有二伯夜里不睡，有的时候就来在院子里没头没尾的"兔羔子、兔羔子"自己说着话。

半夜三更的，鸡鸭猫狗都睡了。唯独有二伯不睡。

祖父的窗子上了帘子，看不见天上的星星月亮，看不见大昴星落了没有，看不见三星是否打了横梁。只见白煞煞的窗帘子被星光月光照得发白通亮。

等我睡醒了，我听见有二伯"兔羔子、兔羔子"地自己在说话，我要起来掀起窗帘来往院子里看一看他。祖父不让我起来，祖父说：

"好好睡罢，明天早晨早早起来，咱们烧苞米吃。"

祖父怕我起来，就用好话安慰着我。

等再睡觉了，就在梦中听到了呼兰河的南岸，或是呼兰河城外远处的狗咬。

于是我做了一个梦，梦见了一个大白兔，那兔子的耳朵，和那磨房里的小驴的耳朵一般大。我听见有二伯说“兔羔子”，我想到一个大白兔，我听到了磨房的梆子声，我想到了磨房里的小毛驴，于是梦见了白兔长了毛驴那么大的耳朵。

我抱着那大白兔，我越看越喜欢，我一笑笑醒了。

醒来一听，有二伯仍旧“兔羔子、兔羔子”的坐在院子里。后边那磨房里的梆子也还打得很响。

我梦见的这大白兔，我问祖父是不是就是有二伯所说的“兔羔子”?

祖父说：

“快睡觉罢，半夜三更不好讲话的。”

说完了，祖父也笑了，他又说：

“快睡罢，夜里不好多讲话的。”

我和祖父还都没有睡着，我们听到那远处的狗咬，慢慢地由远而近，近处的狗也有的叫了起来。大墙之外，已经稀疏疏地有车马经过了，原来天已经快亮了。可是有二伯还在骂“兔羔子”，后边磨房里的磨官还在打着梆子。

十四

第二天早晨一起来，我就跑去问有二伯，“兔羔子”是不是就是大白兔?

有二伯一听就生气了：

“你们家里没好东西，尽是些耗子，从上到下，都是良心长在肋条上，大人是大耗子，小孩是小耗子……”

我不知道他说的是什么，我听了一会，没有听懂。

第七章

一

磨房里边住着冯歪嘴子。

冯歪嘴子打着梆子，半夜半夜地打，一夜一夜地打。冬天还稍微好一点，夏天就更打得厉害。

那磨房的窗子临着我家的后园。我家的后园四周的墙根上，都种着倭瓜、西葫芦或是黄瓜等类会爬蔓子的植物；倭瓜爬上墙头了，在墙头上开起花来了，有的竟越过了高墙爬到街上去，向着大街开了一朵火黄的黄花。

因此那厨房的窗子上，也就爬满了那顶会爬蔓子的黄瓜了。黄瓜的小细蔓，细得像银丝似的，太阳一来了的时候，那小细蔓闪眼湛亮，那蔓梢干净得好像用黄蜡抽成的丝子，一棵黄瓜秧上伸出来无数的这样的丝子。丝蔓的尖顶每棵都是掉转头来向回卷曲着，好像是说它们虽然勇敢，大树，野草，墙头，窗棂，到处的乱爬，但到底它们也怀着恐惧的心理。

太阳一出来了，那些在夜里冷清清的丝蔓，一变而为温暖了。于是它们向前发展的速率更快了，好像眼看着那丝蔓就长了，就向前跑去了。因为种在磨房窗根下的黄瓜秧，一天爬上了窗台，两天爬上了窗棂，等到第三天就在窗棂上开花了。

再过几天，一不留心，那黄瓜梗经过了磨房的窗子，爬上房顶去了。

后来那黄瓜秧就像它们彼此招呼着似的，成群结队地就都一齐把那磨房的窗给蒙住了。

从此那磨房里边的磨官就见不着天日了。磨房就有一张窗子，而今被黄瓜掩遮得风雨不透。从此那磨房里黑沉沉的，园里，园外，分成两个世界了。冯歪嘴子就被分到花园以外去了。

但是从外边看起来，那窗子实在好看，开花的开花，结果的结果。满窗是黄瓜了。

还有一棵倭瓜秧，也顺着磨房的窗子爬到房顶去了，就在房檐上结了一个大倭瓜。

那倭瓜不像是从秧子上长出来的，好像是由人搬着坐在那屋瓦上晒太阳似的。实在好看。

夏天，我在后园里玩的时候，冯歪嘴子就喊我，他向我要黄瓜。

我就摘了黄瓜，从窗子递进去。那窗子被黄瓜秧封闭得严密得很，冯歪嘴子用手扒开那满窗的叶子，从一条小缝中伸出手来把黄瓜拿进去。

有时候，他停止了打他的梆子，他问我，黄瓜长了多大了？西红柿红了没有？他与这后园只隔了一张窗子，就像离着多远似的。

祖父在园子里的时候，他和祖父谈话。他说拉着磨的小驴，驴蹄子坏了，一走一瘸。祖父说请个兽医给它看看。冯歪嘴子说，看过了，也不见好。祖父问那驴吃的什么药？冯歪嘴子说是吃的黄瓜子拌高粱醋。

冯歪嘴子在窗里，祖父在窗外，祖父看不见冯歪嘴子，冯歪嘴子看不见祖父。

有的时候，祖父走远了，回屋去了，只剩下我一个人在磨房的墙根下边坐着玩，我听到了冯歪嘴子还说：

“老太爷今年没下乡去看看哪!”

有的时候，我听了这话，我故意的不出声，听听他往下还说什么。

有的时候，我心里觉得可笑，忍也不能忍住，我就跳了起来了，用手敲打着窗子，笑得我把窗上挂着的黄瓜都敲打掉了。而后我一溜烟地跑进屋去，把这情形告诉了祖父。祖父也一样和我似的，笑得不能停了，眼睛笑出眼泪来。但是总是说，不要笑啦，不要笑啦，看他听见。有的时候祖父竟把后门关起来再笑。祖父怕冯歪嘴子听见了不好意思。

但是老厨子就不然了。有的时候，他和冯歪嘴子谈天，故意谈到一半他就溜掉了。因为冯歪嘴子隔着爬满了黄瓜秧的窗子，看不见他走了，就自己独自说了一大篇话，而后让他故意得不到反响。

老厨子提着筐子到后园去摘茄子，一边摘着一边就跟冯歪嘴子谈话，正谈到半路，老厨子蹑手蹑足的，提着筐子就溜了，回到屋里去烧饭去了。

这时冯歪嘴子还在磨房里大声地说：

“西公园来了跑马戏的，我还没得空去看，你去看过了吗？老王。”

其实后花园里一个人也没有了，蜻蜓，蝴蝶随意地飞着，冯歪嘴子的话声，空空地落到花园里来，又空空地消失了。

烟消火减了。

等他发现了老王早已不在花园里，他这才又打起梆子来，看着小驴拉磨。

有二伯一和冯歪嘴子谈话，可从来没有偷着溜掉过，他问下雨天，磨房的房顶漏得厉害不厉害？磨房里的耗子多不多？

冯歪嘴子同时也问着有二伯，今年后园里雨水大吗？茄子、云豆都快罢园了吧？

他们两个彼此说完了话，有二伯让冯歪嘴子到后园里来走走，冯歪嘴子让有二伯到磨房去坐坐。

“有空到园子里来走走。”

“有空到磨房里来坐坐。”

有二伯于是也就告别走出园子来。冯歪嘴子也就照旧打他的梆子。

秋天，大榆树的叶子黄了，墙头上的狗尾草干倒了，园里一天一天地荒凉起来了。

这时候冯歪嘴子的窗子也露出来了。因为那些纠纠缠缠的黄瓜秧也都蔫败了，舍弃了窗棂而脱落下来了。

于是站在后园里就可看到冯歪嘴子，扒着窗子就可以看到在拉磨的小驴。那小驴竖着耳朵，戴着眼罩。走了三五步就响一次鼻子，每一抬脚那只后腿就有点瘸，每一停下来，小驴就用三条腿站着。

冯歪嘴子说小驴的一条腿坏了。

这窗子上的黄瓜秧一干掉了，磨房里的冯歪嘴子就天天可以看到的。

冯歪嘴子喝酒了，冯歪嘴子睡觉了，冯歪嘴子打梆子，冯歪嘴子拉胡琴了，冯歪嘴子唱唱本了，冯歪嘴子摇风车了。只要一扒着那窗台，就什么都可以看见的。

一到了秋天，新鲜黏米一下来的时候，冯歪嘴子就三天一拉磨，两天一卖黏糕。黄米黏糕，撒上大云豆。一层黄，一层红，黄的金黄，红的通红。三个铜板一条，两个铜板一片的用刀切着卖。愿意加红糖的有红糖，愿意加白糖的有白糖。又甜又香，加了糖不另要钱。

冯歪嘴子推着单轮车在街上一走，小孩子们就在后边跟了一大帮，有的花钱买，有的围着看。

祖父最喜欢吃这黏糕，母亲也喜欢，而我更喜欢。母亲有时让老厨子去买，有的时候让我去买。

不过买了来是有数的，一人只能吃手掌那么大的一片，不准多吃，吃多了怕不能消化。

祖父一边吃着，一边说够了够了，意思是怕我多吃。母亲吃完了也说够了，意思是怕我还要去买。其实我真的觉得不够，觉得再吃两块也还不多呢！不过经别人这样一说，我也就没有什么办法了，也就不好意思喊着再去买，但是实在话是没有吃够的。

当我在大门外玩的时候，推着单轮车的冯歪嘴子总是在那块大黏糕上切下一片来送给我吃，于是我就接受了。

当我在院子里玩的时候，冯歪嘴子一喊着“黏糕”“黏糕”地从大墙外经过，我就爬上墙头去了。

因为西南角上的那段土墙，因为年久了出了一个豁，我就扒着那墙豁往外看着。果然冯歪嘴子载着黏糕的单轮车由远而近了。来到我的旁边，就问着：

“要吃一片吗？”

而我也不说吃，也不说不吃。但我也不从墙头上下来，还是若无其事地呆在那里。

冯歪嘴子把车子一停，于是切好一片黏糕送上来了。

一到了冬天，冯歪嘴子差不多天天出去卖一锅黏糕的。

这黏糕在做的时候，需要很大的一口锅，里边烧着开水，锅口上坐着竹帘子。把碾碎了的黄米粉就撒在这竹帘子上，撒一层粉，撒一层豆。冯歪嘴子就在磨房里撒的，弄得满屋热气蒸蒸。进去买黏糕的时候，刚一开门，只听屋里火柴烧得噼啪地响，竟看不见人了。

我去买黏糕的时候，我总是去得早一点，我在那边等着，等着刚一出锅，好买热的。

那屋里的蒸气实在大，是看不见人的。每次我一开门，我就说：

“我来了。”

冯歪嘴子一听我的声音就说：

“这边来，这边来。”

二

有一次母亲让我去买黏糕，我略微地去得晚了一点，黏糕已经出锅了。我慌慌忙忙地买了就回来了。回到家里一看，不对了。母亲让我买的是加白糖的，而我买回来的是加红糖的。当时我没有留心，回到家里一看，才知道错了。

错了，我又跑回去换。冯歪嘴子又另外切了几片，撒上白糖。

接过黏糕来，我正想拿着走的时候，一回头，看见了冯歪嘴子的那张小炕上挂着一张布帘。

我想这是做什么，我跑过去看一看。

我伸手就掀开布帘了，往里边一看，呀！里边还有一个小孩呢！

我转身就往家跑，跑到家里就跟祖父讲，说那冯歪嘴子的炕上不知谁家的女人睡在那里，女人的被窝里边还有一个小孩，那小孩还露着小头顶呢，那小孩头还是通红的呢！

祖父听了一会觉得纳闷，就说让我快吃黏糕罢，一会冷了，不好吃了。

可是我哪里吃得下去。觉得这事情真好玩，那磨房里边，不单有一个小驴，还有一个小孩呢。

这一天早晨闹得黏糕我也没有吃，又戴起皮帽子来，跑去看了一次。

这一次，冯歪嘴子不在屋里，不知他到哪里去了，黏糕大概也没有去卖，推黏糕的车子还在磨盘的旁边扔着。

我一开门进去，风就把那挂着的白布帘吹开了，那女人仍旧躺着不动，那小孩也一声不哭。我往屋子的四边观查一下，屋子的别处没有什么变动，只是磨盘上放着一个黄铜盆，铜盆里泡着一点破布，盆里的水已经结冰了，其余的没有什么变动。

小驴一到冬天就住在磨房的屋里，那小驴还是照旧的站在那里，并且还是安安敦敦地和每天一样地麻搭着眼睛。其余的磨房里的风车子、罗柜、磨盘，都是照旧地在那里呆着，就是墙根下的那些耗子也出来和往日一样地乱跑，耗子一边跑着还一边吱吱喳喳地叫着。

我看了一会，看不出所以然来，觉得十分无趣。正想转身出来的时候，被我发现了一个瓦盆，就在炕沿上已经像小冰山似的冻得鼓鼓的了。于是我想起这屋的冷来了，立刻觉得要打寒颤，冷得不能站脚了。我一细看那扇通到后园去的窗子也通着大洞，瓦房的房盖也透着青天。

我开门就跑了，一跑到家里，家里的火炉正烧得通红，一进门就热气扑脸。

我正想要问祖父，那磨房里是谁家的小孩。这时冯歪嘴子从外边来了。

戴着他的四耳帽子，他未曾说话先笑一笑的样子，一看就是冯歪嘴子。

他进了屋来，他坐在祖父旁边的太师椅上，那太师椅垫着红毛哔叽的厚垫子。

冯歪嘴子坐在那里，似乎有话说不出来。右手不住地摸擦着椅垫子，左手不住地拉着他的左耳朵。他未曾说话先笑的样子，笑了好几阵也没说出话来。

我们家里的火炉太热，把他的脸烤得通红的了。他说：

“老太爷，我摊了点事。……”

祖父就问他摊了什么事呢？

冯歪嘴子坐在太师椅上扭扭歪歪的，摘下他那狗皮帽子来，手里玩弄着那皮帽子。未曾说话他先笑了，笑了好一阵工夫，他才说出一句话来：

“我成了家啦。”

说着冯歪嘴子的眼睛就流出眼泪来，他说：

“请老太爷帮帮忙，现下她们就在磨房里呢！她们没有地方住。”

我听到了这里，就赶快抢住了，向祖父说：

“爷爷，那磨房里冷呵！炕沿上的瓦盆都冻裂了。”

祖父往一边推着我，似乎他在思索的样子。我又说：

“那炕上还睡着一个小孩呢！”

祖父答应了让他搬到磨房南头那个装草的房子里去暂住。

冯歪嘴子一听，连忙就站起来了，说：

“道谢，道谢。”

一边说着，他的眼睛又一边来了眼泪，而后戴起狗皮帽子来，眼泪汪汪的就走了。

冯歪嘴子刚一走出屋去，祖父回头就跟我说：

“你这孩子当人面不好多说话的。”

我那时也不过六七岁，不懂这是什么意思，我问着祖父：“为什么不准说，为什么不准说？”

祖父说：

“你没看冯歪嘴子的眼泪都要掉下来了吗？冯歪嘴子难为情了。”

我想可有什么难为情的，我不明白。

三

晌午，冯歪嘴子那磨房里就吵起来了。

冯歪嘴子一声不响地站在磨盘的旁边，他的掌柜的拿着烟袋在他的眼前骂着，掌柜的太太一边骂着，一边拍着风车子，她说：

“破了风水了，我这碾磨房，岂是你那不干不净的野老婆住的地方！”

“青龙白虎也是女人可以冲的吗！”

“冯歪嘴子，从此我不发财，我就跟你算账，你是什么东西，你还算个人吗？你没有脸，你若有脸你还能把个野老婆弄到大面上来，弄到人的眼皮下边来……你赶快给我滚蛋……”

冯歪嘴子说：

“我就要叫她们搬的，就搬……”

掌柜的太太说：

“叫她们搬，她们是什么东西，我不知道。我是叫你滚蛋的，你可把人糟蹋苦了……”

说着，她往炕上一看：

“唉呀！面口袋也是你那野老婆盖得的！赶快给我拿下来。我说冯歪嘴子，你可把我糟蹋苦了。你可把我糟蹋苦了。“

那个刚生下来的小孩是盖着盛面口袋在睡觉的，一齐盖着四五张，厚敦敦的压着小脸。

掌柜的太太在旁边喊着：

“给我拿下来，快给我拿下来！”

冯歪嘴子过去把面口袋拿下来了，立刻就露出孩子通红的小手来，而且那小手还伸伸缩缩地摇动着，摇动了几下就哭起来了。

那孩子一哭，从孩子的嘴里冒着雪白的白气。

那掌柜的太太把面口袋接到手里说：

“可冻死我了，你赶快搬罢，我可没工夫跟你吵了……”

说着开了门缩着肩膀就跑回上屋去了。

王四掌柜的，就是冯歪嘴子的东家，他请祖父到上屋去喝茶。

我们坐在上屋的炕上，一边烤着炭火盆，一边听到磨房里的那小孩的哭声。

祖父问我的手烤暖了没有？我说还没烤暖，祖父说：

“烤暖了，回家罢。”

从王四掌柜的家里出来，我还说要到磨房里去看看。祖父说，没有什么的，要看回家暖过来再看。

磨房里没有寒暑表，我家里是有的。我问祖父：

“爷爷，你说磨房的温度在多少度上？”

祖父说在零度以下。

我问：

“在零度以下多少？”

祖父说：

“没有寒暑表，哪儿知道呵！”

我说：

“到底在零度以下多少？”

祖父看一看天色就说：

“在零下七八度。”

我高兴起来了，我说：

“嗳呀，好冷呵！那不和室外温度一样了吗？”

我抬脚就往家里跑，井台，井台旁边的水槽子，井台旁边的大石头碾子，房户老周家的大玻璃窗子，我家的大高烟筒，在我一溜烟地跑起来的时候，我看它们都移移动动的了，它们都像往后退着。我越跑越快，好像不是我在跑，而像房子和大烟筒在跑似的。

我自己玄乎得我跑得和风一般快。

我想那磨房的温度在零度以下，岂不是等于露天地了吗？这真笑话，房子和露天地一样。我越想越可笑，也就越高兴。

于是连喊带叫地也就跑到家了。

四

下半天冯歪嘴子就把小孩搬到磨房南头那草棚子里去了。

那小孩哭的声音很大，好像他并不是刚刚出生，好像他已经长大了的样子。

那草房里吵得不得了，我又想去看看。

这回那女人坐起来了，身上披着被子，很长的大辫子垂在背后，面朝里，坐在一堆草上不知在干什么，她一听门响，她一回头。我看出来了，她就是我们同院住着的老王家的大姑娘，我们都叫她王大姐的。

这可奇怪，怎么就是她呢？她一回头几乎是把我吓了一跳。

我转身就想往家里跑。跑到家里好赶快地告诉祖父，这到底是怎么回事？

她看是我，她就先向我一笑，她长的是很大的脸孔，很尖的鼻子，每笑的时候，她的鼻梁上就皱了一堆的褶。今天她的笑法还是和从前的一样，鼻梁处堆满了皱褶。

平常我们后园里的菜吃不了的时候，她就提着筐到我们后园来摘些茄子、黄瓜之类回家去。她是很能说能笑的人，她是很响亮的人，她和别人相见之下，她问别人：

“你吃饭了吗？”

那声音才大呢，好像房顶上落了喜鹊似的。

她的父亲是赶车的，她牵着马到井上去饮水，她打起水来，比她父亲打的更快，三绕两绕就是一桶。别人看了都说：

“这姑娘将来是个兴家立业好手！”

她在我家后园里摘菜，摘完临走的时候，常常就折一朵马蛇菜花戴在头上。

她那辫子梳得才光呢，红辫根，绿辫梢，干干净净，又加上一朵马蛇菜花戴在鬓角上，非常好看。她提着筐子前边走了，后边的人就都指指划划地说她的好处。

老厨子说她大鼻子大眼睛长得怪好的。

有二伯说她膀大腰圆的带点福相。

母亲说她：

“我没有这么大的儿子，有儿子我娶她，这姑娘真响亮。”

同院住的老周家三奶奶则说：

“哟哟，这姑娘真是一棵大葵花，又高又大，你今年十几啦？”

周三奶奶一看到王大姐就问她十几岁？已经问了不知几遍了，好像一看见就必得这么问，若不问就好像没有话说似的。

每逢一问，王大姐也总是说：

“二十了。”

“二十了，可得给说一个媒了。”再不然就是，“看谁家有这么大的福气，看吧，将来看吧。”

隔院的杨家的老太太，扒着墙头一看见王大姐就说：

“这姑娘的脸红得像一盆火似的。”

现在王大姐一笑还是一皱鼻子，不过她的脸有一点清瘦，颜色发白了许多。

她怀里抱着小孩。我看一看她，她也不好意思了，我也不好意思了。我的不好意思是因为好久不见的缘故，我想她也许是和我一样吧。我想要走，又不好意思立刻就走开。想要多呆一会又没有什么话好说的。

我就站在那里静静地站了一会，我看她用草把小孩盖了起来，把小孩放到炕上去。其实也看不见什么是炕，乌七八糟的都是草，地上是草，炕上也是草，草捆子堆得房梁上去了。那小炕本来不大，又都叫草捆子给占满了。那小孩也就在草中偎了个草窝，铺着草盖着草地就睡着了。

我越看越觉得好玩，好像小孩睡在喜鹊窝里了似的。

到了晚上，我又把全套我所见的告诉了祖父。

祖父什么也不说。但我看出来祖父晓得的比我晓得的多的样子。我说：

“那小孩还盖着草呢！”

祖父说：

“嗯！”

我说：

“那不是王大姐吗？”

祖父说：

“嗯。”

祖父是什么也不问，什么也不听的样子。

等到了晚上在煤油灯的下边，我家全体的人都聚集了的时候，那才热闹呢！连说带讲的。这个说，王大姑娘这么的。那个说王大姑娘那么着……说来说去，说得不成样子了。

说王大姑娘这样坏，那样坏，一看就知道不是好东西。

说她说话的声音那么大，一定不是好东西。哪有姑娘家家的，大说大讲的。

有二伯说：

“好好的一个姑娘，看上了一个磨房的磨官，介个年头是啥年头！”

老厨子说：

“男子要长个粗壮，女子要长个秀气。没见过一个姑娘长得和一个抗大个的（抗工）似的。”

有二伯也就接着说：

“对呀！老爷像老爷，娘娘像娘娘，你没四月十八去逛过庙吗？那老爷庙上的老爷，威风八面，娘娘庙上的娘娘，温柔典雅。”

老厨子又说：

“哪有的勾当，姑娘家家的，打起水来，比个男子大丈夫还有力气。没见过，姑娘家家的那么大的力气。”

有二伯说：

“那算完，长的是一身穷骨头穷肉，那穿绸穿缎的她不去看，她看上了个灰秃秃的磨官。真是武大郎玩鸭子，啥人玩啥鸟。”

第二天，左邻右居的都晓得王大姑娘生了小孩了。

周三奶奶跑到我家来探听了一番，母亲说就在那草棚子里，让她去看。她说：

“哟哟！我可没那么大的工夫去看的，什么好勾当。”

西院的杨老太太听了风也来了。穿了一身浆得闪光发亮的蓝大布衫，头上扣着银扁方，手上戴着白铜的戒指。

一进屋，母亲就告诉她冯歪嘴子得了儿子了。杨老太太连忙就说：

“我可不是来探听他们那些猫三狗四的，我是来问问那广和银号的利息到底是大加一呢，还是八成？因为昨天西荒上的二小子打信来说，他老丈人要给一个亲戚拾几万吊钱。”

说完了，她庄庄严严地坐在那里。

我家的屋子太热，杨老太太一进屋来就把脸热的通红。母亲连忙打开了北边的那通气窗。

通气窗一开，那草棚子里的小孩的哭声就听见了，那哭声特别吵闹。

“听听啦，”母亲说，“这就是冯歪嘴子的儿子。”

“怎么的啦？那王大姑娘我看就不是个好东西，我就说，那姑娘将来好不了。”杨老太太说，“前些日子那姑娘忽然不见了，我就问她妈，‘你们大姑娘哪儿去啦？’她妈说，‘上她姥姥家去了。’一去去了这么久没回来，我就有点觉景。”

母亲说：

“王大姑娘夏天的时候常常哭，把眼圈都哭红了，她妈说她脾气大，跟她妈吵架气的。”

杨老太太把肩膀一抱说：

“气的，好大的气性，到今天都丢了人啦，怎么没气死呢。那姑娘不是好东西，你看她那双眼睛，多么大！我早就说过，这姑娘好不了。”

而后在母亲的耳朵上嘁嘁喳喳了一阵，又说又笑地走了。

把她那原来到我家里来的原意，大概也忘了。她来是为了广和银号利息的问题，可是一直到走也没有再提起那广和银号来。

杨老太太，周三奶奶，还有同院住的那些粉房里的人，没有一个不说王大姑娘坏的。

说王大姑娘的眼睛长得不好，说王大姑娘的力气太大，说王大姑娘的辫子长得也太长。

五

这事情一发，全院子的人给王大姑娘做论的做论，做传的做传，还有给她做日记的。

做传的说，她从小就在外祖母家里养着，一天尽和男孩子在一块，没男没女。有一天她竟拿着烧火的叉子把她的表弟给打伤了。又是一天刮大风，她把外祖母的二十多个鸭蛋一次给偷着吃光了。又是一天她在河沟子里边采菱角，她自己采的少，她就把别人的菱角倒在她的筐里了，就说是她采的。说她强横得不得了，没有人敢去和她分辩，一分辩，她开口就骂，举手就打。

那给她做传的人，说着就好像看见过似的，说腊月二十三，过小年的那天，王大姑娘因为外祖母少给了她一块肉吃，她就跟外祖母打了一仗，就跑回家里来了。

“你看看吧，她的嘴该多馋。”

于是四边听着的人，没有不笑的。

那给王大姑娘做传的人，材料的确搜集得不少。

自从团圆媳妇死了，院子里似乎寂寞了很长的一个时期，现在虽然不能说十分热闹，但大家都总要尽力地鼓吹一番。虽然不跳神打鼓，但也总应该给大家多少开一开心。

于是吹风的，把眼的，跑线的，绝对的不辞辛苦，在飘着白白的大雪的夜里，也就戴着皮帽子，穿着大毡靴，站在冯歪嘴子的窗户外边，在那里守候着，为的是偷听一点什么消息。若能听到一点点，哪怕针孔那么大一点，也总没有白挨冻，好做为第二天宣传的材料。

所以冯歪嘴子那门下在开初的几天，竟站着不少的探访员。

这些探访员往往没有受过教育，他们最喜欢造谣生事。

比方我家的老厨子出去探访了一阵，回家报告说：

“那草棚子才冷呢！五风楼似的，那小孩一声不响了，大概是冻死了，快去看热闹吧！”

老厨子举手舞脚的，他高兴得不得了。

不一会他又戴上了狗皮帽子，他又去探访了一阵，这一回他报告说：

“他妈的，没有死，那小孩还没冻死呢！还在娘怀里吃奶呢。”

这新闻发生的地点。离我家也不过五十步远，可是一经探访员们这一探访，事情本来的面目可就大大的两样了。

有的看了冯歪嘴子的炕上有一段绳头，于是就传说着冯歪嘴子要上吊。

这“上吊”的刺激，给人们的力量真是不小。女的戴上风帽，男的穿上毡靴，要来这里参观的，或是准备着来参观的人不知多少。

西院老杨家就有三十多口人，小孩不算在内，若算在内也有四十口了。就单说这三十多人若都来看上吊的冯歪嘴子，岂不把我家的那小草棚挤翻了吗！就说他家那些人中有的老的病的，不能够来，就说最低限度来上十个人吧。那么西院老杨家来十个，同院的老周家来三个——周三奶奶，周四婶子，周老婶子——外加周四婶子怀抱着一个孩子，周老婶子手里牵着个孩子——她们是有这样的习惯的——那么一共周家老少三辈总算五口了。

还有磨房里的漏粉匠，烧火的，跑街送货的等等，一时也数不清是几多人，总之这全院好看热闹的人也不下二三十。还有前后街上的，一听了消息也少不了来了不少的。

“上吊。”为啥一个好好人，活着不愿意活，而愿意“上吊”

呢？大家快去看看吧，其中必是趣味无穷，大家快去看看吧。

再说开开眼也是好的，反正也不是去看跑马戏的，又要花钱，又要买票。

所以呼兰河城里凡是一有跳井投河的，或是上吊的，那看热闹的人就特别多，我不知道中国别的地方是否这样，但在我的家乡确是这样的。

投了河的女人，被打捞上来了，也不赶快的埋，也不赶快的葬，摆在那里一两天，让大家围着观看。

跳了井的女人，从井里捞出来，也不赶快的埋，也不赶快的葬，好像国货展览会似的，热闹得车水马龙了。

其实那没有什么好看的，假若冯歪嘴子上了吊，那岂不是看了很害怕吗！

有一些胆小的女人，看了投河的，跳井的，三天五夜的不能睡觉。但是下次，一有这样的冤魂，她仍旧是去看的，看了回来就觉得那恶劣的印象就在眼前，于是又是睡觉不安，吃饭也不香。但是不去看，是不行的，第三次仍旧去看，哪怕去看了之后，心里觉得恐怖，而后再买一匹黄钱纸，一扎线香到十字路口上去烧了，向着那东西南北的大道磕上三个头，同时嘴里说：

“邪魔野鬼可不要上我的身哪，我这里香纸的也都打发过你们了。”

有的谁家的姑娘，为了去看上吊的，回来吓死了。听说不但看上吊的，就是看跳井的，也有被吓死的。吓出一场病来，千医百治的治不好，后来死了。

但是人们还是愿意看，男人也许特别胆子大，不害怕。女人却都是胆小的多，都是乍着胆子看。

还有小孩，女人也把他们带来看，他们还没有长成为一个人，母亲就早把他们带来了，也许在这热闹的世界里，还是提早地演习着一点的好，免得将来对于跳井上吊太外行了。

有的探访员晓得了冯歪嘴子从街上买来了一把家常用的切菜的刀，于是就大放冯歪嘴子要自刎的空气。

六

冯歪嘴子，没有上吊，没有自刎，还是好好地活着。过了一年，他的孩子长大了。

过年我家杀猪的时候，冯歪嘴子还到我家里来帮忙的，帮着刮猪毛。到了晚上他吃了饭，喝了酒之后，临回去的时候，祖父说，让他带了几个大馒头去，他把馒头挟在腰里就走了。

人们都取笑着冯歪嘴子，说：

“冯歪嘴子有了大少爷了。”

冯歪嘴子平常给我家做一点小事，磨半斗豆子做小豆腐，或是推二斗上好的红黏谷，做黏糕吃，祖父都是招呼他到我家里来吃饭的。就在饭桌上，当着众人，老厨子就说：

“冯歪嘴子少吃两个馒头吧，留着馒头带给大少爷去吧……”

冯歪嘴子听了也并不难为情，也不觉得这是嘲笑他的话，他很庄严地说：

“他在家里有吃的，他在家里有吃的。”

等吃完了，祖父说：

“还是带上几个吧！”

冯歪嘴子拿起几个馒头来，往哪儿放呢？放在腰里，馒头太热，放在袖筒里怕掉了。

于是老厨子说：

“你放在帽兜子里啊！”

于是冯歪嘴子用帽兜着馒头回家去了。

东邻西舍谁家若是办了红白喜事，冯歪嘴子若也在席上的话，肉丸子一上来，别人就说：

“冯歪嘴子，这肉丸子你不能吃，你家里有大少爷的是不是？”

于是人们说着，就把冯歪嘴子应得的那一份的两个肉丸子，用筷子夹出来，放在冯歪嘴子旁边的小碟里。来了红烧肉，也是这么照办，来了干果碟，也是这么照办。

冯歪嘴子一点也感不到羞耻，等席散之后，用手巾包着，带回家来，给他的儿子吃了。

七

他的儿子也和普通的小孩一样，七个月出牙，八个月会爬，一年会走，两年会跑了。

夏天，那孩子浑身不穿衣裳，只带着一个花兜肚，在门前的水坑里捉小蛤蟆。他的母亲坐在门前给他绣着花兜肚子。他的父亲在磨房打着梆子，看管着小驴拉着磨。

八

又过了两三年，冯歪嘴子的第二个孩子又要出生了。冯歪嘴子欢喜得不得了，嘴都闭不上了。

在外边，有人问他：

“冯歪嘴子又要得儿子了?”

他呵呵呵。他故意的平静着自己。

他在家里边，他一看见他的女人端一个大盆，他就说：

“你这是干什么，你让我来拿不好么!”

他看见他的女人抱一捆柴火，他也这样阻止着她：

“你让我来拿不好么!”

可是那王大姐，却一天比一天瘦，一天比一天苍白，她的眼睛更大了，她的鼻子也更尖了似的。冯歪嘴子说，过后多吃几个鸡蛋，好好养养就身子好起来了。

他家是快乐的，冯歪嘴子把窗子上挂了一张窗帘。这张白布是新从铺子里买来的。冯歪嘴子的窗子，三五年也没有挂过帘子，这是第一次。

冯歪嘴子买了二斤新棉花，买了好几尺花洋布，买了二三十个上好的鸡蛋。

冯歪嘴子还是照旧的拉磨，王大姐就剪裁着花洋布做成小小的衣裳。

二三十个鸡蛋，用小筐装着，挂在二梁上。每一开门开窗的，那小筐就在高处游荡着。

门口一来担挑卖鸡蛋的，冯歪嘴子就说：

“你身子不好，我看还应该多吃几个鸡蛋。”

冯歪嘴子每次都想再买一些，但都被孩子的母亲阻止了，冯歪嘴子说：

“你从生了这小孩以来，身子就一直没养过来。多吃几个鸡蛋算什么呢！我多卖几斤黏糕就有了。”

祖父一到他家里去串门。冯歪嘴子就把这一套话告诉了祖父。他说：

“那个人才俭省呢，过日子连一根柴草也不肯多烧。要生小孩子，多吃一个鸡蛋也不肯。看着吧，将来会发家的……”

冯歪嘴子说完了，是很得意的。

九

七月一过去，八月乌鸦就来了。

其实乌鸦七月里已经来了，不过没有八月那样多就是了。

七月的晚霞，红得像火似的，奇奇怪怪的，老虎、大狮子、马头、狗群。这一些云彩，一到了八月，就都没有。那满天红洞洞的，那满天金黄的，满天绛紫的，满天朱砂色的云彩，一齐都没有了，无论早晨或黄昏，天空就再也没有它们了，就再也看不见它们了。

八月的天空是静悄悄的，一丝不挂。六月的黑云，七月的红云，都没有了。一进了八月雨也没有了，风也没有了。白天就是黄金的太阳，夜里就是雪白的月亮。

天气有些寒了，人们都穿起夹衣来。

晚饭之后，乘凉的人没有了。院子里显得冷清寂寞了许多。

鸡鸭都上架去了，猪也进了猪栏，狗也进了狗窝。院子里的蒿草，因为没有风，就都一动不动地站着，因为没有云，大昴星一出来就亮得和一盏小灯似的了。

在这样的一个夜里，冯歪嘴子的女人死了。第二天早晨，正过着乌鸦的时候，就给冯歪嘴子的女人送殡了。

乌鸦是黄昏的时候，或黎明的时候才飞过。不知道这乌鸦从什么地方来，飞到什么地方去，但这一大群遮天蔽瓦的，吵着叫着，好像一大片黑云似的从远处来了，来到头上，不一会又过去了。终究过到什么地方去，也许大人知道，孩子们是不知道的，我也不知道。

听说那些乌鸦就过到呼兰河南岸那柳条林里去的，过到那柳条林里去做什么，所以我不大相信。不过那柳条林，乌烟瘴气的，不知那里有些什么，或者是过了那柳条林，柳条林的那边更是些个什么。站在呼兰河的这边，只见那乌烟瘴气的，有好几里路远的柳条林上，飞着白白的大鸟，除了那白白的大鸟之外，究竟还有什么，那就不得而知了。

据说乌鸦就往那边过，乌鸦过到那边又怎样，又从那边究竟飞到什么地方去，这个人们不大知道了。

冯歪嘴子的女人是产后死的，传说上这样的女人死了，大庙不收，小庙不留，是将要成为游魂的。

我要到草棚子去看，祖父不让我去看。

我在大门口等着。

我看见了冯歪嘴子的儿子，打着灵头幡送他的母亲。

灵头幡在前，棺材在后，冯歪嘴子在最前边，他在最前边领着路向东大桥那边走去了。

那灵头幡是用白纸剪的，剪成络络网，剪成葫椒眼，剪成不少的轻飘飘的穗子，用一根杆子挑着，扛在那孩子的肩上。

那孩子也不哭，也不表示什么，只好像他扛不动那灵头幡，使他扛得非常吃力似的。

他往东边越走越远了。我在大门外看着，一直看着他走过了东大桥，几乎是看不见了，我还在那里看着。

乌鸦在头上呱呱地叫着。

过了一群，又一群，等我们回到了家里，那乌鸦还在天空里叫着。

十

冯歪嘴子的女人一死，大家觉得这回冯歪嘴子算完了。扔下了两个孩子，一个四五岁，一个刚生下来。

看吧，看他可怎样办！

老厨子说：

“看热闹吧，冯歪嘴子又该喝酒了，又该坐在磨盘上哭了。”

东家西舍的也都说冯歪嘴子这回可非完不可了。那些好看热闹的人，都在准备着看冯歪嘴子的热闹。

可是冯歪嘴子自己，并不像旁观者眼中的那样地绝望，好像他活着还很有把握的样子似的，他不但没有感到绝望已经洞穿了他。因为他看见了他的两个孩子，他反而镇定下来。他觉得在这世界上，他一定要生根的。要长得牢牢的。他不管他自己有这份能力没有，他看看别人也都是这样做的，他觉得他也应该这样做。

于是他照常地活在世界上，他照常地负着他那份责任。

于是他自己动手喂他那刚出生的孩子，他用筷子喂他，他不吃，他用调匙喂他。

喂着小的，带着大的，他该担水，担水，该拉磨，拉磨。

早晨一起来，一开门，看见邻人到井口去打水的时候，他总说一声：

“去挑水吗！”

若遇见了卖豆腐的，他也说一声：

“豆腐这么早出锅啦！”

他在这世界上他不知道人们都用绝望的眼光来看他，他不知道他已经处在了怎样的一种艰难的境地。他不知道他自己已经完了。他没有想过。

他虽然也有悲哀，他虽然也常常满满含着眼泪，但是他一看见他的大儿子会拉着小驴饮水了，他就立刻把那含着眼泪的眼睛笑了起来。

他说：

“慢慢地就中用了。”

他的小儿子，一天一天的喂着，越喂眼睛越大，胳臂，腿，越来越瘦。

在别人的眼里，这孩子非死不可。这孩子一直不死，大家都觉得惊奇。

到后来大家简直都莫名其妙了，对于冯歪嘴子的这孩子的不死，别人都起了恐惧的心理，觉得，这是可能的吗？这是世界上应该有的吗？

但是冯歪嘴子，一休息下来就抱着他的孩子。天太冷了，他就烘了一堆火给他烤着。那孩子刚一咧嘴笑，那笑得才难看呢，因为又像笑，又像哭。其实又不像笑，又不像哭，而是介乎两者之间的那么一咧嘴。

但是冯歪嘴子却欢得不得了了。

他说：

“这小东西会哄人了。”

或是：

“这小东西懂人事了。”

那孩子到了七八个月才会拍一拍掌，其实别人家的孩子到七八个月，都会爬了，会坐着了，要学着说话了。冯歪嘴子的孩子都不会，只会拍一拍掌，别的都不会。

冯歪嘴子一看见他的孩子拍掌，他就眉开眼笑的。

他说：

“这孩子眼看着就大了。”

那孩子在别人的眼睛里看来，并没有大，似乎一天更比一天小似的。因为越瘦那孩子的眼睛就越大，只见眼睛大，不见身子大，看起来好像那孩子始终也没有长似的。那孩子好像是泥做的，而不是孩子了，两个月之后，和两个月之前，完全一样。两个月之前看见过那孩子，两个月之后再看见，也绝不会使人惊讶，时间是快的，大人虽不见老，孩子却一天一天地不同。

看了冯歪嘴子的儿子，绝不会给人以时间上的观感。大人总喜欢在孩子的身上去触到时间。但是冯歪嘴子的儿子是不能给人这个满足的。因为两个月前看见过他那么大，两个月后看见他还是那么大，还不如去看后花园里的黄瓜，那黄瓜三月里下种，四月里爬蔓，五月里开花，五月末就吃大黄瓜。

但是冯歪嘴子却不这样的看法，他看他的孩子是一天比一天大。

大的孩子会拉着小驴到井边上去饮水了。小的会笑了，会拍手了，会摇头了。给他东西吃，他会伸手来拿。而且小牙也长出来了。

微微地一咧嘴笑，那小白牙就露出来了。

尾声

呼兰河这小城里边，以前住着我的祖父，现在埋着我的祖父。

我生的时候，祖父已经六十多岁了，我长到四五岁，祖父就快七十了。我还没有长到二十岁，祖父就八十岁了。祖父一过了八十，祖父就死了。

从前那后花园的主人，而今不见了。老主人死了，小主人逃荒去了。

那园里的蝴蝶，蚂蚱，蜻蜓，也许还是年年仍旧，也许现在完全荒凉了。

小黄瓜，大倭瓜，也许还是年年地种着，也许现在根本没有了。

那早晨的露珠是不是还落在花盆架上，那午间的太阳是不是还照着那大向日葵，那黄昏时候的红霞是不是还会一会工夫会变出来一匹马来，一会工夫会变出来一匹狗来，那么变着。

这一些不能想象了。

听说有二伯死了。

老厨子就是活着年纪也不小了。

东邻西舍也都不知怎样了。

至于那磨房里的磨官，至今究竟如何，则完全不晓得了。

以上我所写的并没有什么幽美的故事，只因他们充满我幼年的记忆，忘却不了，难以忘却，就记在这里了。

一九四〇年十二月二十日

生死场

序　言

鲁　迅

记得已是四年前的事了，时维二月，我和妇孺正陷在上海闸北的火线中，眼见中国人的因为逃走或死亡而绝迹。后来仗着几个朋友的帮助，这才得进平和的英租界，难民虽然满路，居人却很安闲。和闸北相距不过四五里罢，就是一个这么不同的世界，我们又怎么会想到哈尔滨。

这本稿子的到了我的桌上，已是今年的春天，我早重回闸北，周围又复熙熙攘攘的时候了，但却看见了五年以前，以及更早的哈尔滨。这自然还不过是略图，叙事和写景，胜于人物的描写，然而北方人民的对于生的坚强，对于死的挣扎，却往往已经力透纸背；女性作者的细致的观察和越轨的笔致，又增加了不少明丽和新鲜。精神是健全的，就是深恶文艺和功利有关的人，如果看起来，他不幸得很，他也难免不能毫无所得。

听说文学社曾经愿意给她付印，稿子呈到中央宣传部书报检查委员会那里去，搁了半年，结果是不许可。人常常会事后才聪明，回想起来，这正是当然的事；对于生的坚强和死的挣扎，恐怕也确是大背“训政”之道的。今年五月，只为了《略谈皇帝》这一篇文章，这一个气焰万丈的委员会就忽然烟消火灭，便是“以身作则”的实地大教训。

奴隶社以汗血换来的几文钱，想为这本书出版，却又在我们的上司“以身作则”的半年之后了，还要我写几句序。然而这几天，却又谣言蜂起，闸北的熙熙攘攘的居民，又在抱头鼠窜了，路上是络绎不绝的行李车和人，路旁是黄白两色的外人，含笑在赏鉴这礼让之邦的盛况。自以为居于安全地带的报馆的报纸，则称这些逃命者为“庸人”或“愚民”。我却以为他们也许是聪明的，至少，是已经凭着经验，知道了煌煌的官样文章之不可信。他们还有些记性。

现在是一九三五年十一月十四日的夜里，我在灯下再看完了《生死场》，周围像死一般寂静，听惯的邻人的谈话声没有了，食物的叫卖声也没有了，不过偶有远远的几声犬吠。想起来，英法租界当不是这情形，哈尔滨也不是这情形；我和那里的居人，彼此都怀着不同的心情，住在不同的世界。然而我的心现在却好像古井中水，不生微波，麻木的写了以上那些字。这正是奴隶的心！但是，如果还是扰乱了读者的心呢？那么，我们还决不是奴才。

不过与其听我还在安坐中的牢骚话，不如快看下面的《生死场》，她才会给你们以坚强和挣扎的力气。

一、麦场

一只山羊在大道边啮嚼榆树的根端。

城外一条长长的大道，被榆树打成荫片。走在大道中，像是走进一个荡动遮天的大伞。

山羊嘴嚼榆树皮，黏沫从山羊的胡子流延着。被刮起的这些黏沫，仿佛是胰子的泡沫，又像粗重浮游着的丝条；黏沫挂满羊腿，榆树显然是生了疮疖，榆树带着偌大的疤痕。山羊却睡在荫中，白囊一样的肚皮起起落落……

菜田里一个小孩慢慢地踱走。在草帽的盖伏下，像是一棵大形的菌类。

捕蝴蝶吗？捉蚱虫吗？小孩在正午的太阳下。

很短时间以内，跌脚的农夫也出现在菜田里。一片白菜的颜色有些相近山羊的颜色。

毗连着菜田的南端生着青穗的高粱的林。小孩钻入高粱之群里，许多穗子被撞着，在头顶打坠下来。有时也打在脸上。叶子们交结着响，有时刺痛着皮肤。那里绿色的甜味的世界，显然凉爽一些。时间不久，小孩子争斗着又走出最末的那棵植物。立刻太阳烧着他的头发，机灵的他把帽子扣起来。高空的蓝天，遮覆住菜田上跳跃着的太阳，没有一块行云。一株柳条的短枝，小孩挟在腋下，走路时他的两腿膝盖远远的分开，两只脚尖向里勾着，勾得腿在抱着个盆样。跌脚的农夫早已看清是自己的孩子了，他远远地完全用喉音在问着：

“罗圈腿，唉呀！……不能找到?”

这个孩子的名字十分象征着他。他说：“没有。”

菜田的边道，小小的地盘，绣着野菜。经过这条短道，前面就是二里半的房窝，他家门前种着一株杨树，杨树翻摆着自己的叶子。每日二里半走在杨树下，总是听一听杨树的叶子怎样响，看一看杨树的叶子怎样摆动；杨树每天这样……他也每天停脚。今天是他第一次破例，什么他都忘记，只见跌脚跌得更深了！每一步像在踏下一个坑去。

土屋周围，树条编做成墙，杨树一半荫影洒落到院中；麻面婆在荫影中洗濯衣裳。正午田圃间只留着寂静，惟有蝴蝶们为着花，远近的翩飞，不怕太阳烧毁它们的翅膀。一切都回藏起来，一只狗也寻着有荫的地方睡了！虫子们也回藏不鸣！

汗水在麻面婆的脸上，如珠如豆，渐渐侵着每个麻痕而下流。麻面婆不是一只蝴蝶，她生不出磷膀来，只有印就的麻痕。

两只蝴蝶飞戏着闪过麻面婆，她用湿的手把飞着的蝴蝶打下来，一个落到盆中溺死了！她的身子向前继续伏动，汗流到嘴了，她舐尝一点盐的味，汗流到眼睛的时候，那是非常辣，她急切用湿手揩拭一下，但仍不停的洗濯。

她的眼睛好像哭过一样，揉擦出脏污可笑的圈子，若远看一点，那正合乎戏台上的丑角；眼睛大得那样可怕，比起牛的眼睛来更大，而且脸上也有不定的花纹。

土房的窗子，门，望去那和洞一样。麻面婆踏进门，她去找另一件要洗的衣服，可是在炕上，她抓到了日影，但是不能拿起，她知道她的眼睛是晕花了！好像在光明中忽然走进灭了灯的夜。她休息下来。感到非常凉爽。过了一会在席子下面她抽出一条自己的裤子。她用裤子抹着头上的汗，一面走回树荫放着盆的地方，她把裤子也浸进泥浆去。

裤子在盆中大概还没有洗完，可是挂到篱墙上了！也许已经洗完？麻面婆做事是一件跟紧一件，有必要时，她放下一件又去做别的。

邻屋的烟囱，浓烟冲出，被风吹散着，布满全院。烟迷着她的眼睛了！她知道家人要回来吃饭，慌张着心弦，她用泥浆浸过的手去墙角拿茅草，她沾了满手的茅草，就那样，她烧饭，她的手从来不用清水洗过。她家的烟囱也走着烟了。过了一会，她又出来取柴，茅草在手中，一半拖在地面，另一半在围裙下，她是摇拥着走。头发飘了满脸，那样，麻面婆是一只母熊了！母熊带着草类进洞。

浓烟遮住太阳，院中一霎幽暗，在空中烟和云似的。

篱墙上的衣裳在滴水滴，蒸着污浊的气。全个村庄在火中窒息。午间的太阳权威着一切了！

“他妈的，给人家偷着走了吧?”

二里半跌脚厉害的时候，都是把屁股向后面斜着，跌出一定的角度来。他去拍一拍山羊睡觉的草棚，可是羊在哪里?

“他妈的，谁偷了羊……混账种子!”

麻面婆听着丈夫骂，她走出来凹着眼睛：

“饭晚啦吗？看你不回来，我就洗些个衣裳。”

让麻面婆说话，就像让猪说话一样，也许她喉咙组织法和猪相同，她总是发着猪声。

“唉呀！羊丢啦！我骂你那个傻老婆干什么？”

听说羊丢了，她去扬翻柴堆，她记得有一次羊是钻过柴堆。但，那在冬天，羊为着取暖。她没有想一想，六月天气，只有和她一样傻的羊才要钻柴堆取暖。她翻着，她没有想。全头发洒着一些细草，她丈夫想止住她，问她什么理由，她始终不说。她为着要作出一点奇迹，为着从这奇迹，今后要人看重她，表明她不傻，表明她的智慧是在必要的时节出现，于是像狗在柴堆上耍得疲乏了！手在扒着发间的草秆，她坐下来。她意外的感到自己的聪明不够用，她意外的对自己失望。

过了一会，邻人们在太阳底下四面出发，四面寻羊；麻面婆的饭锅冒着气，但，她也跟在后面。

二里半走出家门不远，遇见罗圈腿，孩子说：

“爸爸，我饿！”

二里半说：“回家去吃饭吧！”

可是二里半转身时老婆和一捆稻草似的跟在后面。

“你这老婆，来干什么？领他回家去吃饭。”

他说着不停地向前跌走。

黄色的，近黄色的麦地只留下短短的根苗。远看来麦地使人悲伤。在麦地尽端，井边什么人在汲水。二里半一只手遮在眉上，东西眺望，他忽然决定到那井的地方，在井沿看下去，什么也没有，用井上汲水的桶子向水底深深的探试，什么也没有。最后，绞上水桶，他伏身到井边喝水，水在喉中有声，像是马在喝。

老王婆在门前草场上休息。

“麦子打得怎么样啦？我的羊丢了！”

二里半青色的面孔为了丢羊更青色了！

“咩……咩……”羊叫？不是羊叫，寻羊的人叫。

林荫一排砖车经过，车夫们哗闹着。山羊的午睡醒转过来，它迷茫着用犄角在周身剔毛。为着树叶绿色的反映，山羊变成浅黄。卖瓜的人在道旁自己吃瓜。那一排砖车扬起浪般的灰尘，从林荫走上进城的大道。

山羊寂寞着，山羊完成了它的午睡，完成了它的树皮餐，而归家去了。山羊没有归家，它经过每棵高树，也听遍了每张叶子的刷鸣，山羊也要进城吗？它奔向进城的大道。

“咩……咩，”羊叫？不是羊叫，寻羊的人叫。二里半比别人叫出来更大声，那不像是羊叫，像是一条牛了！

最后，二里半和地邻动打，那样，他的帽子，像断了线的风筝，飘摇着下降，从他头上飘摇到远处。

“你踏碎了俺的白菜！——你……你……”

那个红脸长人，像是魔王一样，二里半被打得眼睛晕花起来，他去抽拔身边的一棵小树；小树无由的被害了，那家的女人出来，送出一只搅酱缸的耙子，耙子滴着酱。

他看见耙子来了，拔着一棵小树跑回家去，草帽是那般孤独的丢在井边，草帽他不知戴过了多少年头。

二里半骂着妻子："混蛋，谁吃你的焦饭！"

他的面孔和马脸一样长。麻面婆惊惶着，带着愚蠢的举动，她知道山羊一定没能寻到。

过了一会，她到饭盆那里哭了！"我的……羊，我一天一天喂，喂……大的，我抚摸着长起来的！"

麻面婆的性情不会抱怨。她一遇到不快时，或是丈夫骂了她，或是邻人与她拌嘴，就连小孩子们扰烦她时，她都是像一摊蜡消融下来。她的性情不好反抗，不好争斗，她的心像永远贮藏着悲哀似的，她的心永远像一块衰弱的白棉。她哭抽着，任意走到外面把晒干的衣裳搭进来，但她绝对没有心思注意到羊。

可是会旅行的山羊在草棚不断的搔痒，弄得板房的门扇快要掉落下来，门扇摔摆的响着。

下午了，二里半仍在炕上坐着。

"妈的，羊丢了就丢了吧！留着它不是好兆相。"

但是妻子不晓得养羊会有什么不好的兆相，她说：

"哼！那么白白地丢了？我一会去找，我想一定在高粱地里。"

"你还去找？你别找啦！丢就丢了吧！"

"我能找到它呢！"

"唉呀，找羊会出别的事哩！"

他脑中回旋着挨打的时候：——草帽像断了线的风筝飘摇着下落，酱耙子滴着酱。快抓住小树，快抓住小树。……二里半心中翻着这不好的兆相。

他的妻子不知道这事。她朝向高粱地去了。蝴蝶和别的虫子热闹着，田地上有人工作了。她不和田上的妇女们搭话，经过留着根的麦地时，她像微点的爬虫在那里。阳光比正午钝了些，虫鸣渐多了，渐飞渐多了！

老王婆工作剩余的时间，尽是述说她无穷的命运。她的牙齿为着述说常常切得发响，那样她表示她的愤恨和潜怒。在星光下，她的脸纹绿了些，眼睛发青，她的眼睛是大的圆形。有时她讲到兴奋的话句，她发着嘎而没有曲折的直声。邻居的孩子们会说她是一头“猫头鹰”，她常常为着小孩子们说她“猫头鹰”而愤激：她想自己怎么会成个那样的怪物呢？像啐着一件什么东西似的，她开始吐痰。

孩子们的妈妈打了他们，孩子跑到一边去哭了！这时王婆她该终止她的讲说，她从窗洞爬进屋去过夜。但有时她并不注意孩子们哭，她不听见似地，她仍说着那一年麦子好，她多买了一条牛，牛又生了小牛，小牛后来又怎样，……她的讲话总是有起有落；关于一条牛，她能有无量的言词：牛是什么颜色，每天要吃多少水草，甚至要说到牛睡觉是怎样的姿势。

但是今夜院中一个讨厌的孩子也没有。王婆领着两个邻妇，坐在一条喂猪的槽子上，她们的故事便流水一般地在夜空里延展开。

天空一些云忙走，月亮陷进云围时，云和烟样，和煤山样，快要燃烧似地。再过一会，月亮埋进云山，四面听不见蛙鸣；

只是萤虫闪闪着。

屋里，像是洞里，响起鼾声来，布遍了的声波旋走了满院。天边小的闪光不住的在闪合。王婆的故事对比着天空的云：

“……一个孩子三岁了，我把她摔死了，要小孩子我会成了个废物。……那天早晨……我想一想！……是早晨，我把她坐在草堆上，我去喂牛；草堆是在房后。等我想起孩子来，我跑去抱她，我看见草堆上没有孩子；我看见草堆下有铁犁的时候，我知道，这是恶兆，偏偏孩子跌在铁犁一起，我以为她还活着呀！等我抱起来的时候……啊呀！”

一条闪光裂开来，看得清王婆是一个兴奋的幽灵。全麦田，高粱地，菜圃，都在闪光下出现。妇人们被惶惑着，像是有什么冷的东西，扑向她们的脸去。闪光一过，王婆的话声又连续下去：

“……啊呀！……我把她丢到草堆上，血尽是向草堆上流呀！她的小手颤颤着，血在冒着气从鼻子流出，从嘴也流出，好像喉管被切断了。我听一听她的肚子还有响；那和一条小狗给车轮压死一样。我也亲眼看过小狗被车轮轧死，我什么都看过。这庄上的谁家养小孩，一遇到孩子不能养下来，我就去拿着钩子，也许用那个掘菜的刀子，把孩子从娘的肚里硬搅出来。孩子死，不算一回事，你们以为我会暴跳着哭吧？我会嚎叫吧？起先我心也觉得发颤，可是我一看见麦田在我眼前时，我一点都不后悔，我一滴眼泪都没淌下。以后麦子收成很好，麦子是我割倒的，在场上一粒一粒我把麦子拾起来，就是那年我整个秋天没有停脚，没讲闲活，像连口气也没得喘似的，冬天就来了！到冬天我和邻人比着麦粒，我的麦粒是那样大呀！到冬天我的背曲得有些厉害，在手里拿着大的麦粒。可是，邻人的孩子却长起来了！……到那时候，我好像忽然才想起我的小钟。”

王婆推一推邻妇，荡一荡头：

“我的孩子小名叫小钟呀！……我接连着熬苦了几夜没能睡，什么麦啦？从那时起，我连麦粒也不怎样看重了！就是如今，我也不把什么看重。那时我才二十几岁。”

闪光相连起来，能言的幽灵默默坐在闪光中。邻妇互望着，感到有些寒冷。

狗在麦场张狂着咬过来，多云的夜什么也不能告诉人们。忽然一道闪光，看见黄狗卷着尾巴向二里半叫去，闪光一过，黄狗又回到麦堆，草茎折动出细微的声音。

“三哥不在家里?”

“他睡着哩!”王婆又回到她的默默中，她的答话像是从一个空瓶子或是从什么空的东西发出。猪槽上她一个人化石一般地留着。

“三哥！你又和三嫂闹嘴吗？你常常和她闹嘴，那会败坏了平安的日子的。”

二里半，能宽容妻子，以他的感觉去衡量别人。

赵三点起烟火来，他红色的脸笑了笑：“我没和谁闹嘴哩!”

二里半他从腰间解下烟袋，从容着说：

“我的羊丢了！你不知道吧？它又走了回来。要替我说出买主去，这条羊留着不是什么好兆相。”

赵三用粗嘎的声音大笑，大手和红色脸在闪光中伸现出来。

“哈……哈，倒不错，听说你的帽子飞到井边团团转呢！”

忽然二里半又看见身边长着一棵小树，快抓住小树，快抓住小树。他幻想终了，他知道被打的消息是传布出来，他捻一捻烟火，辩解着说：

“那家子不通人情，哪有丢了羊不许找的勾当？他硬说踏了他的白菜，你看，我不能和他动打。”

摇一摇头，受着辱一般的冷没下去，他吸烟管，切心地感到羊不是好兆相，羊会伤着自己的脸面。

来了一道闪光，大手的高大的赵三，从炕沿站起，用手掌擦着眼睛。他忽然响叫：

“怕是要落雨吧！——坏啦！麦子还没打完，在场上堆着！”

赵三感到养牛和种地不足，必须到城里去发展。他每日进城，他渐渐不注意麦子，他梦想着另一桩有望的事业。

“那老婆，怎不去看麦子？麦子一定要给水冲走呢！”

赵三习惯的总以为她会坐在院心。闪光更来了！雷响，风声。一切翻动着黑夜的村庄。

“我在这里呀！到草棚拿席子来，把麦子盖起吧！”

喊声在有闪光的麦场响出，声音像碰着什么似的，好像在水上响出。王婆又震动着喉咙：“快些，没有用的，睡觉睡昏啦！你是摸不到门啦！”

赵三为着未来的大雨所恐吓，没有同她拌嘴。

高粱地像要倒折，地端的榆树吹啸起来，有点像金属的声音，为着闪的原故，全庄忽然裸现，忽然又沉埋下去。全庄像是海上浮着的泡沫。邻家和距离远一点的邻家有孩子的哭声，大人在嚷吵，什么酱缸没有盖啦！驱赶着鸡雏啦！种麦田的人家嚷着麦子还没有打完啦！农家好比鸡笼，向着鸡笼投下火去，鸡们会翻腾着。

黄狗在草堆开始做窝，用腿扒草，用嘴扯草。王婆一边颤动，一边手里拿着耙子。

“该死的，麦子今天就应该打完，你进城就不见回来，麦子算是可惜啦！”

二里半在电光中走近家门，有雨点打下来，在植物的叶子上稀疏的响着。雨点打在他的头上时，他摸一下头顶而没有了草帽。关于草帽，二里半一边走路一边怨恨山羊。

早晨了，雨还没有落下。东边一道长虹悬起来，感到湿的气味的云掠过人头，东边高粱头上，太阳走在云后，那过于艳明，像红色的水晶，像红色的梦。远看高粱和小树林一般森严着；村家在早晨趁着气候的凉爽，各自在田间忙。

赵三门前，麦场上小孩子牵着马，因为是一条年青的马，它跳着荡着尾巴跟它的小主人走上场来。小马欢喜用嘴撞一撞停在场上的石磙，它的前腿在平滑的地上踩打几下，接着它必然像索求什么似的叫起不很好听的声音来。

王婆穿的宽袖的短袄，走上平场。她的头发毛乱而且绞卷着，朝晨的红光照着她，她的头发恰像田上成熟的玉米缨穗，红色并且蔫卷。

马儿把主人呼唤出来，它等待给它装置石磙，石磙装好的时候，小马摇着尾巴，不断地摇着尾巴，它十分驯顺和愉快。

王婆摸一摸席子潮湿一点，席子被拉在一边了；孩子跑过去，帮助她。麦穗布满平场，王婆拿着耙子站到一边。小孩欢跑着立到场子中央，马儿开始转跑。小孩在中心地点也是转着。好像画圆周时用的圆规一样，无论马儿怎样跑，孩子总在圆心的位置。因为小马发疯着，飘扬着跑，它和孩子一般地贪玩，弄得麦穗溅出场外。王婆用耙子打着马，可是走了一会它游戏够了，就和厮耍着的小狗需要休息一样，休息下来。王婆着了疯一般地又挥着耙子，马暴跳起来，它跑了两个圈子，把石磙带着离开铺着麦穗的平场，并且嘴里咬嚼一些麦穗。系住马勒带的孩子挨着骂：

“啊！你总偷着把它拉上场，你看这样的马能以打麦子吗？死了去吧！别烦我吧！”

小孩子拉马走出平场的门；到马槽子那里，去拉那个老马。把小马束好在杆子间。老马差不多完全脱了毛，小孩子不爱它，用勒带打着它走，可是它仍和一块石头或是一棵生了根的植物那样不容搬运。老马是小马的妈妈，它停下来，用鼻头偎着小马肚皮间破裂的流着血的伤口。小孩子看见他爱的小马流血，心中惨惨的眼泪要落出来，但是他没能晓得母子之情，因为他还没能看见妈妈，他是私生子。脱着光毛的老动物，催逼着离开小马，鼻头染着一些血，走上麦场。

村前火车经过河桥，看不见火车，听见隆隆的声响。王婆注意着旋上天空的黑烟。前村的人家，驱着白菜车去进城，走过王婆的场子时，从车上抛下几个柿子来，一面说："你们是不种柿子的，这是贱东西，不值钱的东西，麦子是发财之道呀！"驱着车子的青年结实的汉子过去了，鞭子甩响着。

老马看着墙外的马不叫一声，也不响鼻子。小孩去拿柿子吃，柿子还不十分成熟，半青色的柿子，永远被人们摘取下来。

马静静地停在那里，连尾巴也不甩摆一下。也不去用嘴触一触石磙；就连眼睛它也不远看一下，同时它也不怕什么工作，工作起来的时候，它就安心去开始；一些绳索束上身时，它就跟住主人的鞭子。主人的鞭子很少落到它的皮骨，有时它过分疲惫而不能支持，行走过分缓慢；主人打了它，用鞭子，或是用别的什么，但是它并不暴跳，因为一切过去的年代规定了它。

麦穗在场上渐渐不成形了！

"来呀！在这儿拉一会马呀！平儿！"

"我不愿意和老马在一块，老马整天像睡着。"

平儿囊中带着柿子走到一边去吃，王婆怨怒着：

"好孩子呀！我管不好你，你还有爹哩！"

平儿没有理谁，走出场子，向着东边种着花的地端走去。他看着红花，吃着柿子走。

灰色的老幽灵暴怒了："我去唤你的爹爹来管教你呀！"

她像一只灰色的大鸟走出场去。

清早的叶子们，树的叶子们，花的叶子们，闪着银珠了！

太阳不着边际的轮圆在高粱棵的上端；左近的家屋在预备早饭了。

老马自己在滚压麦穗，勒带在嘴下拖着，它不偷食麦粒，它不走脱了轨，转过一个圈，再转过一个，绳子和皮条有次序的向它光皮的身子磨擦，老动物自己无声地动在那里。

种麦的人家，麦草堆得高涨起来了！福发家的草堆也涨过墙头。福发的女人吸起烟管。她是健壮而短小，烟管随意冒着烟；手中的耙子，不住地耙在平场。

侄儿打着鞭子行经在前面的林荫，静静悄悄地他唱着寂寞的歌声；她为歌声感动了！耙子快要停下来，歌声仍起在林端：

“昨晨落着毛毛雨，……小姑娘，披蓑衣……小姑娘，……去打鱼。”

二、菜圃

菜圃上寂寞的大红的西红柿，红着了。小姑娘们摘取着柿子，大红大红的柿子，盛满她们的筐篮；也有的在拔青萝卜，红萝卜。

金枝听着鞭子响，听着口哨响，她猛然站起来，提好她的筐子惊惊怕怕的走出菜圃。在菜田东边，柳条墙的那个地方停下，她听一听口笛渐渐远了！鞭子的响声与她隔离着了！她忍耐着等了一会，口笛婉转地从背后的方向透过来；她又将与他接近着了！菜田上一些女人望见她，远远的呼唤：

“你不来摘柿子，干什么站到那儿？”

她摇一摇她成双的辫子，她大声摆着手说："我要回家了！"

姑娘假装着回家，绕过人家的篱墙，躲避一切菜田上的眼睛，朝向河湾去了。筐子挂在腕上，摇摇搭搭。口笛不住地在远方催逼她，仿佛她是一块被引的铁跟住了磁石。

静静的河湾有水湿的气味，男人等在那里。

五分钟过后，姑娘仍和小鸡一般，被野兽压在那里。男人着了疯了！他的大手敌意一般地捉紧另一块肉体，想要吞食那块肉体，想要破坏那块热的肉。尽量的充涨了血管，仿佛他是在一条白的死尸上面跳动，女人赤白的圆形的腿子，不能盘结住他。于是一切音响从两个贪婪着的怪物身上创造出来。

迷迷荡荡的一些花穗颤在那里，背后的长茎草倒折了！不远的地方打柴的老人在割野草。他们受着惊扰了，发育完强的青年的汉子，带着姑娘，像猎犬带着捕捉物似的，又走下高粱地去。他手是在姑娘的衣裳下面展开着走。

吹口哨，响着鞭子，他觉得人间是温存而愉快。他的灵魂和肉体完全充实着，婶婶远远的望见他，走近一点，婶婶说：

"你和那个姑娘又遇见吗？她真是个好姑娘。……唉……唉！"

婶婶像是烦躁一般紧紧靠住篱墙。侄儿向她说：

"婶娘你唉唉什么呢？我要娶她哩！"

"唉……唉……"

婶婶完全悲伤下去，她说：

"等你娶过来，她会变样，她不和原来一样，她的脸是青白色；你也再不把她放在心上，你会打骂她呀！男人们心上放着女人，也就是你这样的年纪吧！”

婶婶表示出她的伤感，用手按住胸膛，她防止着心脏起什么变化，她又说：

“那姑娘我想该有了孩子吧？你要娶她，就快些娶她。”

侄儿回答：

“她娘还不知道哩！要寻一个做媒的人。”

牵着一条牛，福发回来。婶婶望见了，她急旋着走回院中，假意收拾柴栏。叔叔到井边给牛喝水，他又拉着牛走了！婶婶好像小鼠一般又抬起头来，又和侄儿讲话：

“成业，我对你告诉吧！年青的时候，姑娘的时候，我也到河边去钓鱼，九月里落着毛毛雨的早晨，我披着蓑衣坐在河沿，没有想到，我也不愿意那样；我知道给男人做老婆是坏事，可是你叔叔，他从河沿把我拉到马房去，在马房里，我什么都完啦！可是我心也不害怕，我欢喜给你叔叔做老婆。这时节你看，我怕男人，男人和石块一般硬，叫我不敢触一触他。”

“你总是唱什么‘落着毛毛雨，披蓑衣去打鱼……’我再也不愿听这曲子，年青人什么也不可靠，你叔叔也唱这曲子哩！这时他再也不想从前了！那和死过的树一样不能再活。”

年青的男人不愿意听婶婶的话，转走到屋里，去喝一点酒。他为着酒，大胆把一切告诉了叔叔。福发起初只是摇头，后来慢慢的问着：

“那姑娘是十七岁吗？你是二十岁。小姑娘到咱们家里，会做什么活计?”

争夺着一般的，成业说：

“她长得好看哩！她有一双亮油油的黑辫子。什么活计她也能做，很有气力呢!”

成业的一些话，叔叔觉得他是喝醉了，往下叔叔没有说什么，坐在那里沉思过一会，他笑着望着他的女人。

“啊呀……我们从前也是这样哩！你忘记吗？那些事情，你忘记了吧！……哈……哈，有趣的呢，回想年青真有趣的哩。”

女人过去拉着福发的臂，去抚媚他。但是没有动，她感到男人的笑脸不是从前的笑脸，她心中被他无数生气的面孔充塞住，她没有动，她笑一下赶忙又把笑脸收了回去。她怕笑得时间长，会要挨骂。男人叫把酒杯拿过去，女人听了这话，听了命令一般把杯子拿给他。于是丈夫也昏沉的睡在炕上。

女人悄悄地蹑着脚走出了，停在门边，她听着纸窗在耳边鸣，她完全无力，完全灰色下去。场院前，蜻蜓们闹着向日葵的花。但这与年青的妇人绝对隔碍着。

纸窗渐渐的发白，渐渐可以分辨出窗棂来了！进过高粱地的姑娘一边幻想着一边哭，她是那样的低声，还不如窗纸的鸣响。

她的母亲翻转身时，哼着，有时也锉响牙齿。金枝怕要挨打，连忙在黑暗中把眼泪也拭得干净。老鼠一般地整夜好像睡在猫的尾巴下。通夜都是这样，每次母亲翻动时，像爆裂一般地，向自己的女孩的枕头的地方骂了一句：“该死的!”

接着她便要吐痰，通夜是这样，她吐痰，可是她并不把痰吐到地上；她愿意把痰吐到女儿的脸上。这次转身她什么也没有吐，也没骂。

可是清早，当女儿梳好头辫，要走上田的时候，她疯着一般夺下她的筐子：

“你还想摘柿子吗？金枝，你不像摘柿子吧？你把筐子都丢啦！我看你好像一点心肠也没有，打柴的人幸好是朱大爷，若是别人拾去还能找出来吗？若是别人拾得了筐子，名声也不能好听哩！福发的媳妇，不就是在河沿坏的事吗？全村就连孩子们也是传说。唉！……那是怎样的人呀？以后婆家也找不出去。她有了孩子，没法做了福发的老婆，她娘为这事羞死了似的，在村子里见人，都不能抬起头来。”

母亲看着金枝的脸色马上苍白起来，脸色变成那样脆弱。母亲以为女儿可怜了，但是她没晓得女儿的手从她自己的衣裳里边偷偷地按着肚子，金枝感到自己有了孩子一般恐怖。母亲说：

“你去吧！你可再别和小姑娘们到河沿去玩，记住，不许到河边去。”

母亲在门外看着姑娘走，她没立刻转回去，她停住在门前许多时间，眼望着姑娘加入田间的人群，母亲回到屋中一边烧饭，一边叹气，她体内像染着什么病患似的。

农家每天从田间回来才能吃早饭。金枝走回来时，母亲看见她手在按着肚子：

“你肚子疼吗?”

她被惊着了，手从衣裳里边抽出来，连忙摇着头：

“肚子不疼。”

“有病吗?”

“没有病。”

于是她们吃饭。金枝什么也没有吃下去，只吃过粥饭就离开饭桌了！母亲自己收拾了桌子说：

“连一片白菜叶也没吃呢！你是病了吧?”

等金枝出门时，母亲呼唤着：

“回来，再多穿一件夹袄，你一定是着了寒，才肚子疼。”

母亲加一件衣服给她，并且又说：

“你不要上地吧？我去吧!”

金枝一面摇着头走了！披在肩上的母亲的小袄没有扣钮子，被风吹飘着。

金枝家的一片柿地，和一个院宇那样大的一片。走进柿地嗅到辣的气味，刺人而说不定是什么气味。柿秧最高的有两尺高，在枝间挂着金红色的果实。每棵，每棵挂着许多，也挂着绿色或是半绿色的一些。除了另一块柿地和金枝家的柿地接连着，左近全是菜田了！八月里人们忙着扒土豆；也有的砍着白菜，装好车子进城去卖。

二里半就是种菜田的人。麻面婆来回的搬着大头菜，送到地端的车子上。

罗圈腿也是来回向地端跑着，有时他抱了两棵大形的圆白英，走起来两臂像是架着两块石头样。

麻面婆看见身旁别人家的倭瓜红了。她看一下，近处没有人，起始把靠菜地长着的四个大倭瓜都摘落下来了。两个和小西瓜一样大的，她叫孩子抱着。罗圈腿脸累得涨红，和倭瓜一般红，他不能再抱动了！两臂像要被什么压掉一般。还没能到地端，刚走过金枝身旁，他大声求救似的：

“爹呀，西……西瓜快要摔啦，快要摔碎啦！”

他着忙把倭瓜叫西瓜。菜田许多人，看见这个孩子都笑了！凤姐望着金枝说：

“你看这个孩子，把倭瓜叫成西瓜。”

金枝看了一下，用面孔无心的笑了一下。二里半走过来，踢了孩子一脚；两个大的果实坠地了！孩子没有哭，发愣地站到一边。二里半骂他：

“混蛋，狗娘养的，叫你抱白菜，谁叫你摘倭瓜啦？……”

麻面婆在后面走着，她看到儿子遇了事，她巧妙的弯下身去，把两个更大的倭瓜丢进柿秧中。谁都看见她作这种事，只是她自己感到巧妙。二里半问她：

“你干的吗？胡涂虫！错非你……”

麻面婆哆嗦了一下，口齿比平常更不清楚了：“……我没……”

孩子站在一边尖锐地嚷着：

“不是你摘下来叫我抱着送上车吗？不认账！”

麻面婆使着眼神，她急得要说出口来：“我是偷的呢！该死的……别嚷叫啦，要被人抓住啦！”

平常最没有心肠看热闹的，不管田上发生了什么事，也沉埋在那里的人们，现在也来围住他们了！这里好像唱着武戏，戏台上耍着他们一家三人。二里半骂着孩子：

“他妈的混账，不能干活，就能败坏，谁叫你摘倭瓜？”

罗圈腿那个孩子，一点也不服气的跑过去，从柿秧中把倭瓜滚弄出来了！大家都笑了，笑声超过人头。可是金枝好像患着传染病的小鸡一般，霎着眼睛蹲在柿秧下，她什么也没有理会，她逃出了眼前的世界。

二里半气愤得几乎不能呼吸，等他说出“倭瓜”是自家种的，为着留种子的时候，麻面婆站在那里才松了一口气，她以为这没有什么过错，偷摘自己的倭瓜。她仰起头来向大家表白：“你们看，我不知道，实在不知道倭瓜是自家的呢！”

麻面婆不管自己说话好笑不好笑，挤过人围，结果把倭瓜抱到车子那里。于是车子走向进城的大道，弯腿的孩子拐拐歪歪跑在后面。马，车，人渐渐消失在道口了！

田间不断的讲着偷菜棵的事。关于金枝也起着流言：

“那个丫头也算完啦！”

“我早看她起了邪心，看她摘一个柿子要半天工夫；昨天把柿筐都忘在河沿！”

“河沿不是好人去的地方。”

凤姐身后，两个中年的妇人坐在那里扒胡萝卜。可是议论着，有时也说出一些淫污的话，使凤姐不大明白。

金枝的心总是悸动着，时间像蜘蛛缕着丝线那样绵长；心境坏到极点。金枝脸色脆弱朦胧得像罩着一块面纱。她听一听口哨还没有响。辽远的可以看到福发家的围墙，可是她心中的哥儿却永不见出来。她又继续摘柿子，无论青色的柿子她也摘下。她没能注意到柿子的颜色，并且筐子也满着了！她不把柿子送回家去，一些杂色的柿子，被她散乱的铺了满地。那边又有女人故意大声议论她：

“上河沿去跟男人，没羞的，男人扯开她的裤子！……”

金枝关于眼前的一切景物和声音，她忽略过去；她把肚子按得那样紧，仿佛肚子里面跳动了！忽然口哨传来了！她站起来，一个柿子被踏碎，像是被踏碎的蛤蟆一样，发出水声。她跌倒了，口哨也跟着消灭了！以后无论她怎样听，口哨也不再响了。

金枝和男人接触过三次：第一次还是在两个月以前，可是那时母亲什么也不知道，直到昨天筐子落到打柴人手里，母亲算是渺渺茫茫的猜度着一些。

金枝过于痛苦了，觉得肚子变成个可怕的怪物，觉得里面有一块硬的地方，手按得紧些，硬的地方更明显。等她确信肚子有了孩子的时候，她的心立刻发呕一般颤栗起来，她被恐怖把握着了。奇怪的，两个蝴蝶叠落着贴落在她的膝头。金枝看着这邪恶的一对虫子而不拂去它。金枝仿佛是米田上的稻草人。

母亲来了，母亲的心远远就系在女儿的身上。可是她安静地走来，远看她的身体几乎呈出一个完整的方形，渐渐可以辨得出她尖形的脚在袋口一般的衣襟下起伏的动作。在全村的老妇人中什么是她的特征呢？她发怒和笑着一般，眼角集着愉悦的多形的纹皱。嘴角也完全愉快着，只是上唇有些差别，在她真正愉快的时候，她的上唇短了一些；在她生气的时候，上唇特别长，而且唇的中央那一小部分尖尖的，完全像鸟雀的嘴。

母亲停住了。她的嘴是显着她的特征，——全脸笑着，只是嘴和鸟雀的嘴一般。因为无数青色的柿子惹怒她了！金枝在沉想的深渊中被母亲踢打了：

“你发傻了吗？啊……你失掉了魂啦？我撕掉你的辫子……”

金枝没有挣扎，倒了下来；母亲和老虎一般捕住自己的女儿。金枝的鼻子立刻流血。

她小声骂她，大怒的时候她的脸色更畅快笑着，慢慢地掀着尖唇，眼角的线条更加多的组织起来。

“小老婆，你真能败毁。摘青柿子。昨夜我骂了你，不服气吗？”

母亲一向是这样，很爱护女儿，可是当女儿败坏了菜棵，母亲便去爱护菜棵了。农家无论是菜棵，或是一株茅草也要超过人的价值。

该睡觉的时候了！火绳从门边挂手巾的铁丝上倒垂下来，屋中听不着一个蚊虫飞了！夏夜每家挂着火绳。那绳子缓慢而绵长地燃着。惯常了，那像庙堂中燃着的香火，沉沉的一切使人无所听闻，渐渐催人入睡。艾蒿的气味渐渐织入一些疲乏的梦魂去。蚊虫被艾蒿烟驱走。金枝同母亲还没有睡的时候，有人来在窗外，轻慢地咳嗽着。

母亲忙点灯火，门响开了！是二里半来了。无论怎样母亲不能把灯点着，灯心处爆着水的炸响，母亲手中举着一支火柴，把小灯列得和眉头一般高，她说：

“一点点油也没有了呢！”

金枝到外房去倒油。这个时间，他们谈说一些突然的事情。母亲关于这事惊恐似的，坚决的，感到羞辱一般的荡着头：

“那是不行，我的女儿不能配到那家子人家。”

二里半听着姑娘在外房盖好油罐子的声音，他往下没有说什么。金枝站在门限向妈妈问：“豆油没有了，装一点水吧？”

金枝把小灯装好，摆在炕沿，燃着了！可是二里半到她家来的意义是为着她，她一点不知道。二里半为着烟袋向倒悬的火绳取火。

母亲，手在按住枕头，她像是想什么，两条直眉几乎相连起来。女儿在她身边向着小灯垂下头。二里半的烟火每当他吸过了一口便红了一阵。艾蒿烟混加着烟叶的气味，使小屋变做地下的窨子一样黑重！二里半作窘一般的咳嗽了几声。金枝把流血的鼻子换上另一块棉花。因为没有言语，每个人起着微小的潜意识的动作。

就这样坐着，灯火又响了。水上的浮油烧尽的时候，小灯又要灭，二里半沉闷着走了！二里半为人说媒被拒绝，羞辱一般的走了。

中秋节过去，田间变成残败的田间；太阳的光线渐渐从高空忧郁下来，阴湿的气息在田间到处撩走。南部的高粱完全睡倒下来，接接连连的望去，黄豆秧和揉乱的头发一样蓬蓬在地面，也有的地面完全拔秃似的。

早晨和晚间都是一样，田间憔悴起来。只见车子，牛车和马车轮轮滚滚地载满高粱的穗头，和大豆的秆秧。牛们流着口涎，头愚直地挂下着，发出响动的车子前进。

福发的侄子驱着一条青色的牛，向自家的场院载拖高粱。他故意绕走一条曲道，那里是金枝的家门，她的心胀裂一般地惊慌，鞭子于是响来了。

金枝放下手中红色的辣椒，向母亲说：

“我去一趟茅屋。”

于是老太太自己串辣椒，她串辣椒和纺织一般快。

金枝的辫子毛毛着，脸是完全充了血。但是她患着病的现象，把她变成和纸人似的，像被风飘着似的出现在房后的围墙。

你害病吗？倒是为什么呢？但是成业是乡村长大的孩子，他什么也不懂得问。他丢下鞭子，从围墙宛如飞鸟落过墙头，用腕力搂住病的姑娘；把她压在墙角的灰堆上，那样他不是想要接吻她，也不是想要热情的讲些情话，他只是被本能支使着想要动作一切。金枝打断着一般的说：

“不行啦！娘也许知道啦，怎么媒人还不见来？”

男人回答：“嗳，李大叔不是来过吗？你一点不知道！他说你娘不愿意。明天他和我叔叔一道来。”

金枝按着肚子给他看，一面摇头："不是呀！……不是呀！你看到这个样子啦!"

男人完全不关心，他小声响起："管他妈的，活该愿意不愿意，反正是干啦!"

他的眼光又失常了，男人仍被本能不停的要求着。

母亲的咳嗽声，轻轻地从薄墙透出来。墙外青牛的角上挂着秋空的游丝，轻轻地浮荡着……

母亲和女儿在吃晚饭，金枝呕吐起来，母亲问她："你吃了苍蝇吗?"

她摇头。母亲又问："是着了寒吧！怎么你总有病呢？你连饭都咽不下去。不是有痨病啦?!"

母亲说着去按女儿的腹部，手在夹衣上来回的摸了阵。手指四张着在肚子上思索了又思索："你有了痨病吧？肚子里有一块硬呢！有痨病人的肚子才是硬一块。"

女儿的眼泪要垂流一般地挂到眼毛的边缘。最后滚动着从眼毛滴下来了！就是在夜里，金枝也起来到外边去呕吐，母亲迷蒙中听着叫娘的声音。窗上的月光差不多和白昼一般明，看得清金枝的半身拖在炕下，另半身是弯在枕上。头发完全埋没着脸面。等母亲拉她手的时候，她抽扭着说起：

"娘……把女儿嫁给福发的侄子吧！我肚里不是……病，是……"

到这样时节母亲更要打骂女儿了吧？可不是那样，母亲好像本身有了罪恶，听了这话，立刻麻木着了，很长的时间她像不存在一样。过了一刻母亲用她从不用过温和的声调说：

“你要嫁过去吗？二里半那天来说媒，我是顶走他的，到如今这事怎么办呢?”

母亲似乎是平息了一下，她又想说，但是泪水塞住了她的嗓子，像是女儿窒息了她的生命似的，好像女儿把她羞辱死了！

三、老马走进屠场

老马走上进城的大道，私宰场就在城门的东边。那里的屠刀正张着，在等待这个残老的动物。

老王婆不牵着她的马儿，在后面用一条短枝驱着它前进。

大树林子里有黄叶回旋着，那是些呼叫着的黄叶。望向林子的那端，全林的树棵，仿佛是关落下来的大伞。凄沉的阳光，晒着所有的秃树。田间望遍了远近的人家。深秋的田地好像没有感觉的光了毛的皮革，远近平铺着。

夏季埋在植物里的家屋，现在明显地好像突出地面一般，好像新从地面突出。

深秋带来的黄叶，赶走了夏季的蝴蝶。一张叶子落到王婆的头上，叶子是安静地伏贴在那里。王婆驱着她的老马，头上顶着飘落的黄叶；老马，老人，配着一张老的叶子，他们走在进城的大道。

道口渐渐看见人影，渐渐看见那个人吸烟，二里半迎面来了。他长形的脸孔配起摆动的身子来，有点像一个驯顺的猿猴。他说：“唉呀！起得太早啦！进城去有事吗？怎么，驱着马进城，不装车粮拉着？”

振一振袖子，把耳边的头发向后抚弄一下，王婆的手颤抖着说了：“到日子了呢！下汤锅去吧！”王婆什么心情也没有，她看着马在吃道旁的叶子。她用短枝驱着又前进了。

二里半感到非常悲痛。他痉挛着了。过了一个时刻转过身来，他赶上去说：“下汤锅是下不得的，……下汤锅是下不得……”但是怎样办呢？二里半连半句语言也没有了！他扭歪着身子跨到前面，用手摸一摸马儿的鬃发。老马立刻响着鼻子了！它的眼睛哭着一般，湿润而模糊。悲伤立刻掠过王婆的心孔。哑着嗓子，王婆说：“算了吧！算了吧！不下汤锅，还不是等着饿死吗？”

深秋秃叶的树，为了惨厉的风变，脱去了灵魂一般吹啸着。马行在前面，王婆随在后面，一步一步屠场近着了；一步一步风声送着老马归去。

王婆她自己想着：一个人怎么变得这样厉害？年青的时候，不是常常为着送老马或是老牛进过屠场吗？她颤寒起来，幻想着屠刀要像穿过自己的背脊，于是，手中的短枝脱落了！她茫然晕昏地停在道旁，头发舞着好像个鬼魂样。等她重新拾起短枝来，老马不见了！它到前面小水沟的地方喝水去了！这是它最末一次饮水吧！老马需要饮水，它也需要休息，在水沟旁倒卧下了！它慢慢呼吸着。王婆用低音、慈和的音调呼唤着：“起来吧！走进城去吧，有什么法子呢？”马仍然仰卧着。王婆看一看日午了，还要赶回去烧午饭，但，任她怎样拉缰绳，马仍是没有移动。

王婆恼怒着了！她用短枝打着它起来。虽是起来，老马仍然贪恋着小水沟。王婆因为苦痛的人生，使她易于暴怒，树枝在马儿的脊骨上断成半截。

又安然走在大道上了！经过一些荒凉的家屋，经过几座颓败的小庙。一个小庙前躺着个死了的小孩，那是用一捆谷草束扎着的。孩子小小的头顶露在外面，可怜的小脚从草梢直伸出来；他是谁家的孩子，睡在这旷野的小庙前？

屠场近着了，城门就在眼前，王婆的心更翻着不停了。

五年前它也是一匹年青的马，为了耕种，伤害得只有毛皮蒙遮着骨架。现在它是老了！秋末了！收割完了！没有用处了！只为一张马皮，主人忍心把它送进屠场。就是一张马皮的价值，地主又要从王婆的手里夺去。

王婆的心自己感觉得好像悬起来；好像要掉落一般，当她看见板墙钉着一张牛皮的时候。那一条小街尽是一些要坍落的房屋；女人啦，孩子啦，散集在两旁。地面踏起的灰粉，污没着鞋子，冲上人的鼻孔。孩子们拾起土块，或是垃圾团打击着马儿，王婆骂道：“该死的呀！你们这该死的一群。”

这是一条短短的街。就在短街的尽头，张开两张黑色的门扇。再走近一点，可以发见门扇斑斑点点的血印。被血痕所恐吓的老太婆好像自己踏在刑场了！她努力镇压着自己，不让一些年青时所见到的刑场上的回忆翻动。但，那回忆却连续的开始织张——一个小伙子倒下来了，一个老头也倒下来了！挥刀的人又向第三个人作着势子。

仿佛是箭，又像火刺烧着王婆，她看不见那一群孩子在打马，她忘记怎样去骂那一群顽皮的孩子。走着，走着，立在院心了。四面板墙钉住无数张毛皮。靠近房檐立了两条高杆，高杆中央横着横梁；马蹄或是牛蹄折下来用麻绳把两只蹄端扎连在一起，做一个叉形挂在上面，一团一团的肠子也搅在上面；肠子因为日久了，干成黑色不动而僵直的片状的绳索。并且那些折断的腿骨，有的从折断处涔滴着血。

在南面靠墙的地方也立着高杆，杆头晒着在蒸气的肠索。这是说，那个动物是被杀死不久哩！肠子还热着呀！

满院在蒸发腥气，在这腥味的人间，王婆快要变做一块铅了！沉重而没有感觉了！

老马——棕色的马，它孤独地站在板墙下，它借助那张钉好的毛皮在搔痒。此刻它仍是马，过一会它将也是一张皮了！

一个大眼睛的恶面孔跑出来，裂着胸襟。说话时，可见它胸膛在起伏：

“牵来了吗？啊！价钱好说，我好来看一下。”

王婆说：“给几个钱我就走了！不要麻烦啦。”

那个人打一打马的尾巴，用脚踢一踢马蹄；这是怎样难忍的一刻呀！

王婆得到三张票子，这可以充纳一亩地租。看着钱比较自慰些，她低着头向大门走去，她想还余下一点钱到酒店去买一点酒带回去，她已经跨出大门，后面发着响声：

"不行，不行……马走啦！"

王婆回过头来，马又走在后面；马什么也不知道，仍想回家。屠场中出来一些男人，那些恶面孔们，想要把马抬回去，终于马躺在道旁了！像树根盘结在地中。无法，王婆又走回院中，马也跟回院中。她给马搔着头顶，它渐渐卧在地面了！渐渐想睡着了！忽然王婆站起来向大门奔走。在道口听见一阵关门声。

她哪有心肠买酒？她哭着回家，两只袖子完全湿透。那好像是送葬归来一般。

家中地主的使人早等在门前，地主们就连一块铜板也从不舍弃在贫农们的身上，那个使人取了钱走去。

王婆半日的痛苦没有代价了！王婆一生的痛苦也都是没有代价。

四、荒山

冬天，女人们像松树子那样容易结聚，在王婆家里满炕坐着女人。五姑姑在编麻鞋，她为着笑，弄得一条针丢在席缝里，她寻找针的时候，做出可笑的姿势来，她像一个灵活的小鸽子站起来在炕上跳着走，她说：

"谁偷了我的针？小狗偷了我的针？"

"不是呀！小姑爷偷了你的针！"

新娶来的菱芝嫂嫂，总是爱说这一类的话。五姑姑走过去要打她。

“莫要打，打人将要找一个麻面的姑爷。”

王婆在厨房里这样搭起声来；王婆永久是一阵幽默，一阵欢喜，与乡村中别的老妇们不同。她的声音又从厨房打来：

“五姑姑编成几双麻鞋了？给小丈夫要多多编几双呀！”

五姑姑坐在那里做出表情来，她说：

“哪里有你这样的老太婆，快五十岁了，还说这样话！”

王婆又庄严点说：

“你们都年青，哪里懂得什么，多多编几双吧！小丈夫才会希罕哩。”

大家哗笑着了！但五姑姑不敢笑，心里笑，垂下头去，假装在席上找针。等菱芝嫂把针还给五姑姑的时候，屋子安然下来。厨房里王婆用刀刮着鱼鳞的声响，和窗外雪擦着窗纸的声响，混杂在一起了。

王婆用冷水洗着冻冰的鱼，两只手像个胡萝卜样。她走到炕沿，在火盆边烘手。生着斑点在鼻子上、新死去丈夫的妇人放下那张小破布，在一堆乱布里去寻更小的一块；她迅速地穿补。她的面孔有点像王婆，腮骨很高，眼睛和琉璃一般深嵌在好像小洞似的眼眶里。并且也和王婆一样，眉峰是突出的。那个女人不喜欢听一些妖艳的词句，她开始追问王婆：

“你的第一家那个丈夫还活着吗？”

两只在烘着的手，有点腥气；一颗鱼鳞掉下去，发出小小响声，微微上腾着烟。她用盆边的灰把烟埋住，她慢慢摇着头，没有回答那个问话。鱼鳞烧的烟有点难耐，每个人皱一下鼻头，或是用手揉一揉鼻头。生着斑点的寡妇，有点后悔，觉得不应该问这话。墙角坐着五姑姑的姐姐，她用麻绳穿着鞋底的沙音单调地起落着。

厨房的门，因为结了冰，破裂一般地鸣叫。

“呀！怎么买这些黑鱼?”

大家都知道是打鱼村的李二婶子来了。听了声音，就可以想象她梢长的身子。

“真是快过年了？真有钱买这些鱼?”

在冷空气中，音波响得很脆；刚踏进里屋，她就看见炕上坐满着人：“都在这儿聚堆呢！小老婆们!”

她生得这般瘦。腰，临风就要折断似的；她的奶子那样高，好像两个对立的小岭。斜面看她的肚子似乎有些不平起来。靠着墙给孩子吃奶的中年的妇人，观察着而后问：“二婶子，不是又有了呵?”

二婶子看一看自己的腰身说：

“像你们呢！怀里抱着，肚子还装着……”

她故意在讲骗话，过了一会她坦白地告诉大家：

“那是三个月了呢！你们还看不出?”

菱芝嫂在她肚皮上摸了一下，她邪昵地浅浅地笑了：

“真没出息，整夜尽搂着男人睡吧?”

“谁说？你们新媳妇，才那样。”

“新媳妇……？哼！倒不见得!”

“像我们都老了！那不算一回事啦，你们年青，那才了不得哪！小丈夫才会新鲜哩！”

每个人为了言词的引诱，都在幻想着自己，每个人都有些心跳；或是每个人的脸发烧。就连没出嫁的五姑姑都感着神秘而不安了！她羞羞迷迷地经过厨房回家去了！只留下妇人们在一起，她们言调更无边际了！王婆也加入这一群妇人的队伍，她却不说什么，只是帮助着笑。

在乡村，永久不晓得，永久体验不到灵魂，只有物质来充实她们。

李二婶子小声问菱芝嫂，其实小声人们听得更清！

“一夜几回呢？”

菱芝嫂她毕竟是新嫁娘，她猛然羞着了！不能开口。李二婶子的奶子颤动着，用手去推动菱芝嫂：

“说呀！你们年青，每夜要有那事吧？”

在这样的当儿二里半的婆子进来了！二婶子推撞菱芝嫂一下：

“你快问问她！”

那个傻婆娘一向说话是有头无尾：

“十多回。”

全屋人都笑得流着眼泪了！孩子从母亲的怀中起来，大声的哭号。

李二婶子静默一会，她站起来说：

“月英要吃咸黄瓜，我还忘了，我是来拿黄瓜。”

李二婶子拿了黄瓜走了，王婆去烧晚饭，别人也陆续着回家了。王婆自己在厨房里炸鱼。为了烟，房中也不觉得寂寞。

鱼摆在桌子上，平儿也不回来，平儿的爹爹也不回来，暗色的光中王婆自己吃饭，热气伴着她。

月英是打鱼村最美丽的女人。她家也最贫穷，和李二婶子隔壁住着。她是如此温和，从不听她高声笑过，或是高声吵嚷。生就的一对多情的眼睛，每个人接触她的眼光，好比落到绵绒中那样愉快和温暖。

可是现在那完全消失了！每夜李二婶子听到隔壁惨厉的哭声；十二月严寒的夜，隔壁的哼声愈见沉重了！

山上的雪被风吹着像要埋蔽这傍山的小房似的。大树号叫，风雪向小房遮蒙下来。一株山边斜歪着的大树，倒折下来。寒月怕被一切声音扑碎似的，退缩到天边去了！这时候隔壁透出来的声音，更哀楚。

“你……你给我一点水吧！我渴死了！”

声音弱得柔惨欲断似的：

“嘴干死了！……把水碗给我呀！”

一个短时间内仍没有回应，于是那孱弱哀楚的小响不再作了！啜泣着，哼着，隔壁像是听到她流泪一般，滴滴点点地。

日间孩子们集聚在山坡，缘着树枝爬上去，顺着结冰的小道滑下来，他们有各样不同的姿势：——倒滚着下来，两腿分张着下来，也有冒险的孩子，把头向下，脚伸向空中溜下来。常常他们要跌破流血回家。冬天，对于村中的孩子们，和对于花果同样暴虐。他们每人的耳朵春天要脓胀起来，手或是脚都裂开条口，乡村的母亲们对于孩子们永远和对敌人一般。当孩子把爹爹的棉帽偷着戴起跑出去的时候，妈妈追在后面打骂着夺回来，妈妈们摧残孩子永久疯狂着。

王婆约会五姑姑来探望月英。正走过山坡，平儿在那里。平儿偷穿着爹爹的大毡靴子；他从山坡奔逃了！靴子好像两只大熊掌样挂在那个孩子的脚上。平儿蹒跚着了！从上坡滚落着了！可怜的孩子带着那样黑大不相称的脚，球一般滚转下来，跌在山根的大树干上。王婆宛如一阵风落到平儿的身上，那样好像山间的野兽要猎食小兽一般凶暴。终于王婆提了靴子，平儿赤着脚回家，使平儿走在雪上，好像使他走在火上一般不能停留。任孩子走得怎样远，王婆仍是说着：

“一双靴子要穿过三冬，踏破了哪里有钱买？你爹进城去都没穿哩！”

月英看见王婆还不及说话，她先哑了嗓子，王婆把靴子放在炕下，手在抹擦鼻涕：

“你好了一点？脸孔有一点血色了！”

月英把被子推动一下，但被子仍然伏盖在肩上，她说：

“我算完了，你看我连被子都拿不动了！”

月英坐在炕的当心。那幽黑的屋子好像佛龛，月英好像佛龛中坐着的女佛。用枕头四面围住她，就这样过了一年。一年月英没能倒下睡过。她患着瘫病，起初她的丈夫替她请神，烧香，也跑到土地庙前索药。后来就连城里的庙也去烧香；但是奇怪的是月英的病并不为这些香烟和神鬼所治好。以后做丈夫的觉得责任尽到了，并且月英一个月比一个月加病，做丈夫的感着伤心！他嘴里骂：

“娶了你这样老婆，真算不走运气！好像娶个小祖宗来家，供奉着你吧！”

起初因为她和他分辩，他还打她。现在不然了，绝望了！晚间他从城里卖完青菜回来，烧饭自己吃，吃完便睡下，一夜睡到天明；坐在一边那个受罪的女人一夜呼唤到天明。宛如一个人和一个鬼安放在一起，彼此不相关联。

月英说话只有舌尖在转动。王婆靠近她，同时那一种难忍的气味更强烈了！更强烈的从那一堆污浊的东西，发散出来。月英指点身后说：

“你们看看，这是那死鬼给我弄来的砖，他说我快死了！用不着被子了！用砖依住我，我全身一点肉都瘦空。那个没有天良的，他想法折磨我呀！”

五姑姑觉得男人太残忍，把砖块完全抛下炕去，月英的声音欲断一般又说：

“我不行啦！我怎么能行，我快死啦！”

她的眼睛，白眼珠完全变绿，整齐的一排前齿也完全变绿，她的头发烧焦了似的，紧贴住头皮。她像一只患病的猫儿，孤独而无望。

王婆给月英围好一张被子在腰间，月英说：

“看看我的身下，脏污死啦！”

王婆下地用条枝笼了盆火，火盆腾着烟放在月英身后。王婆打开她的被子时，看见那一些排泄物淹浸了那座小小的骨盘。五姑姑扶住月英的腰，但是她仍然使人心楚地在呼唤！

“唉哟，我的娘！……唉哟疼呀！”

她的腿像两条白色的竹竿平行着伸在前面。她的骨架在炕上正确的做成一个直角，这完全用线条组成的人形，只有头阔大些，头在身子上仿佛是一个灯笼挂在杆头。

王婆用麦草揩着她的身子，最后用一块湿布为她擦着。五姑姑在背后把她抱起来，当擦臀下时，王婆觉得有小小白色的东西落到手上，会蠕行似的。借着火盆边的火光去细看，知道那是一些小蛆虫，她知道月英的臀下是腐了，小虫在那里活跃。月英的身体将变成小虫们的洞穴！王婆问月英：

“你的腿觉得有点痛没有？”

月英摇头。王婆用冷水洗她的腿骨，但她没有感觉，整个下体在那个瘫人像是外接的，是另外的一件物体。当给她一杯水喝的时候，王婆问：

“牙怎么绿了？”

终于五姑姑到隔壁借一面镜子来，同时她看了镜子，悲痛沁人心魂地她大哭起来。但面孔上不见一点泪珠，仿佛是猫忽然被辗轧，她难忍的声音，没有温情的声音，开始低嘎。

她说：“我是个鬼啦！快些死了吧？活埋了我吧！”

她用手来撕头发，脊骨摇扭着，一个长久的时间她忙乱不停。现在停下了，她是那样无力，头是歪斜地横在肩上；她又那样微微地睡去。

王婆提了靴子走出这个傍山的小房。荒寂的山上有行人走在天边，她晕眩了！为着强的光线，为着瘫人的气味，为着生、老、病、死的烦恼，她的思路被一些烦恼的波所遮拦。

五姑姑当走进大门时向王婆打了个招呼。留下一段更长的路途，给那个经验过多样人生的老太婆去走吧！

王婆束紧头上的蓝布巾，加快了速度，雪在脚下也相伴而狂速地呼叫。

三天以后，月英的棺材抬着横过荒山而奔着去埋葬，葬在荒山下。

死人死了！活人计算着怎样活下去。冬天女人们预备夏季的衣裳；男人们计虑着怎样开始明年的耕种。

那天赵三进城回来，他披着两张羊皮回家，王婆问他：

“哪里来的羊皮？——你买的吗？……哪来的钱呢？……”

赵三有什么事在心中似的，他什么也没言语。摇闪的经过炉灶，通红的火光立刻鲜明着，他走出去了。

夜深的时候他还没有回来。王婆命令平儿去找他。平儿的脚已是难于行动，于是王婆就到二里半家去，他不在二里半家，他到打鱼村去了。赵三阔大的喉咙从李青山家的窗纸透出，王婆知道他又是喝过了酒。当她推门的时候她就说：

“什么时候了？还不回家去睡？”

这样立刻全屋别的男人们也把嘴角合起来。王婆感到不能意料了。青山的女人也没在家，孩子也不见。赵三说：

“你来干么？回去睡吧！我就去……去……”

王婆看一看赵三的脸神，看一看周围也没有可坐的地方，她转身出来，她的心徘徊着：

——青山的媳妇怎么不在家呢？这些人是在做什么？

又是一个晚间。赵三穿好新制成的羊皮小袄出去。夜半才回来。披着月亮敲门。王婆知道他又是喝过了酒，但他睡的时候，王婆一点酒味也没嗅到。那么出去做些什么呢？总是愤怒的归来。

李二婶子拖了她的孩子来了，她问：

“是地租加了价吗？”

王婆说：

“我还没听说。”

李二婶子做出一个确定的表情：

“是的呀！你还不知道吗？三哥天天到我家去和他爹商量这事。我看这种情形非出事不可，他们天天夜晚计算着，就连我，他们也躲着。昨夜我站在窗外才听到他们说哩！‘打死他吧！那是一块恶祸。’你想他们是要打死谁呢？这不是要出人命吗？”

李二婶子抚着孩子的头顶，有一点哀怜的样子：

“你要劝说三哥，他们若是出了事，像我们怎样活？孩子还都小着哩！”

五姑姑和别的村妇们带着她们的小包袱，约会着来的，踏进来的时候，她们是满脸盈笑。可是立刻她们转变了，当她们看见李二婶子和王婆默无言语的时候。

也把事件告诉了她们，她们也立刻忧郁起来，一点闲情也没有！一点笑声也没有，每个人痴呆地想了想，惊恐地探问了几句。五姑姑的姐姐，她是第一个扭着大圆的肚子走出去，就这样一个连着一个寂寞的走去。她们好像群聚的鱼似的，忽然有钓竿投下来，她们四下分行去了！

李二婶子仍没有走，她为的是嘱告王婆怎样破坏这件险事。

赵三这几天常常不在家吃饭；李二婶子一天来过三四次：

“三哥还没回来？他爹爹也没回来。”

一直到第二天下午赵三回来了，当进门的时候，他打了平儿，因为平儿的脚病着，一群孩子集到家来玩。在院心放了一点米，一块长板用短条棍架着，条棍上系着根长绳，绳子从门限拉进去，雀子们去啄食谷粮，孩子们蹲在门限守望，什么时候雀子满集成堆时，那时候，孩子们就抽动绳索。许多饥饿的麻雀丧亡在长板下。厨房里充满了雀毛的气味，孩子们在灶膛里烧食过许多雀子。

赵三焦烦着，他看着一只鸡被孩子们打住。他把板子给踢翻了！他坐在炕沿上燃着小烟袋，王婆把早饭从锅里摆出来。他说：

“我吃过了！”

于是平儿来吃这些残饭。

“你们的事情预备得怎样了？能下手便下手。”

他惊疑。怎么会走漏消息呢？王婆又说：

“我知道的，我还能弄支枪来。”

他无从想象自己的老婆有这样的胆量。王婆真的找来一支老洋炮。可是赵三还从没用过枪。晚上平儿睡了以后王婆教他怎样装火药，怎样上炮子。

赵三对于他的女人慢慢感着可以敬重！但是更秘密一点的事情总不向她说。

忽然从牛棚里发现五个新镰刀。王婆意度这事情是不远了！

李二婶子和别的村妇们挤上门来探听消息的时候，王婆的头沉埋一下，她说：

“没有那回事，他们想到一百里路外去打围，弄得几张兽皮大家分用。”

是在过年的前夜，事情终于发生了！北地端鲜红的血染着雪地；但事情做错了！赵三近些日子有些失常，一条梨木杆打折了小偷的腿骨。他去呼唤二里半，想要把那小偷丢到土坑去，用雪埋起来，二里半说：

“不行，开春时节，土坑发现死尸，传出风声，那是人命哩！”

村中人听着极痛的呼叫，四面出来寻找。赵三拖着独腿人转着弯跑，但他不能把他掩藏起来。在赵三惶恐的心情下，他愿意寻到一个井把他放下去。赵三弄了满手血。

惊动了全村的人，村长进城去报告警所。

于是赵三去坐监狱，李青山他们的“镰刀会”少了赵三也就衰弱了！消灭了！

正月末赵三受了主人的帮忙，把他从监狱提放出来。那时他头发很长，脸也灰白了些，他有点苍老。

为着给那个折腿的小偷做赔偿，他牵了那条仅有的牛上市去卖。小羊皮袄也许是卖了？再不见他穿了！

晚间李青山他们来的时候，赵三忏悔一般地说：

“我做错了！也许是我该招的灾祸：那是一个天将黑的时候，我正喝酒，听着平儿大喊有人偷柴。刘二爷前些日子来说要加地租，我不答应，我说我们联合起来不给他加，于是他走了！过了几天他又来，说：非加不可。再不然叫你们滚蛋！我说好啊！等着你吧！那个管事的，他说：你还要造反？不滚蛋，你们的草堆，就要着火！我只当是那个小子来点着我的柴堆呢！拿着杆子跑出去就把腿给打断了！打断了也甘心，谁想那是一个小偷！哈哈！小偷倒霉了！就是治好，那也是跛子了！”

关于“镰刀会”的事情他像忘记了一般，李青山问他：

“我们应该怎样铲锄刘二爷那恶棍？”

是赵三说的话：

“打死他吧！那个恶祸。”

这是从前他说的话，现在他又不那样说了：

“铲锄他又能怎样？我招灾祸，刘二爷也向东家（即地主）说了不少好话。从前我是错了！也许现在是受了责罚！”

他说话时不像从前那样英气了！脸上有点带着忏悔的意味，羞惭和不安了。王婆坐在一边，听了这话她后脑上的小发卷也像生着气：

“我没见过这样的汉子，起初看来还像一块铁，后来越看越是一堆泥了！”

赵三笑了："人不能没有良心！"

于是好良心的赵三天天进城，弄一点白菜担着给东家送去，弄一点地豆也给东家送去。为着送这一类菜，王婆同他激烈地吵打，但他绝对保持着他的良心。

有一天少东家出来，站在门阶上像训诲着他一般：

"好险！若不为你说一句话，三年大狱你可怎么蹲呢？那个小偷他算没走好运吧！你看我来着手给你办，用不着给他接腿，让他死了就完啦。你把卖牛的钱也好省下，我们是'地东''地户'，哪有看着过去的……"

说话的中间，间断了一会，少东家把话尾落到别处去：

"不过今年地租是得加。左近地邻不都是加了价吗？地东地户年头多了，不过得……少加一点。"

过不了几天小偷从医院抬出来，可真的死了就完了！把赵三的牛钱归还一半，另一半少东家说是用做杂费了。

二月了。山上的积雪现出毁灭的色调。但荒山上却有行人来往。渐渐有送粪的人担着担子行过荒凉的山岭。农民们蛰伏的虫子样又醒过来。渐渐送粪的车子也忙着了！只有赵三的车子没有牛挽，平儿冒着汗和爹爹并架着车辕。

地租就这样加成了！

五、羊群

平儿被雇做了牧羊童。他追打群羊跑遍山坡。山顶像是开着小花一般，绿了！而变红了！山顶拾野菜的孩子，平儿不断地戏弄她们，他单独地赶着一只羊去吃她们筐子里拾得的野菜。有时他选一条大身体的羊，像骑马一样地骑着来了！小的女孩们吓得哭着，她们看他像个猴子坐在羊背上。平儿从牧羊时起，他的本领渐渐得以发展。他把羊赶到荒凉的地方去，召集村中所有的孩子练习骑羊。每天那些羊和不喜欢行动的猪一样散遍在旷野。

行在归途上，前面白茫茫的一片，他在最后的一个羊背上，仿佛是大将统治着兵卒一般，他手耍着鞭子，觉得十分得意。

“你吃饱了吗？午饭。”

赵三对儿子温和了许多。从遇事以后他好像是温顺了。

那天平儿正戏耍在羊背上，在进大门的时候，羊疯狂地跑着，使他不能从羊背跳下，那样他像耍着的羊背上张狂的猴子。一个下雨的天气，在羊背上进大门的时候，他把小孩撞倒，主人用拾柴的耙子把他打下羊背来，仍是不停，像打着一块死肉一般。

夜里，平儿不能睡，辗翻着不能睡，爹爹动着他庞大的手掌拍抚他：

“跑了一天！还不困倦，快快睡吧！早早起来好上工！”

平儿在爹爹温顺的手下，感到委屈了！

“我挨打了！屁股疼。”

爹爹起来，在一个纸包里取出一点红色的药粉给他涂擦破口的地方。

爹爹是老了！孩子还那样小，赵三感到人活着没有什么意趣了。第二天平儿去上工被辞退回来，赵三坐在厨房用谷草正织鸡笼，他说：

“好啊！明天跟爹爹去卖鸡笼吧！”

天将明，他叫着孩子：

“起来吧！跟爹爹去卖鸡笼。”

王婆把米饭用手打成坚实的团子，进城的父子装进衣袋去，算做午餐。

第一天卖出去的鸡笼很少，晚间又都背着回来。王婆弄着米缸响：

“我说多留些米吃，你偏要卖出去……又吃什么呢？……又吃什么呢？”

老头子把怀中的铜板给她，她说：

“不是今天没有吃的，是明天呀！”

赵三说：“明天，那好说，明天多卖出几个笼子就有了！”

一个上午，十个鸡笼卖出去了！只剩三个大些的，堆在那里。爹爹手心上数着票子，平儿在吃饭团。

“一百枚还多着，我们该去喝碗豆腐脑来！”

他们就到不远的那个布棚下，蹲在担子旁吃着冒气的食品。是平儿先吃，爹爹的那碗才正在上面倒醋。平儿对于这食品是怎样新鲜呀！一碗豆腐脑是怎样舒畅着平儿的小肠子呀！他的眼睛圆圆地把一碗豆腐脑吞食完了！

那个叫卖人说：“孩子再来一碗吧！”

爹爹惊奇着：“吃完了？”

那个叫卖人把勺子放下锅去说："再来一碗算半碗的钱吧！"

平儿的眼睛溜着爹爹把碗给过去。他喝豆腐脑作出大大的抽响来。赵三却不那样，他把眼光放在鸡笼的地方，慢慢吃，慢慢吃终于也吃完了！他说：

"平儿，你吃不下吧？倒给我碗点。"

平儿倒给爹爹很少很少。给过钱，爹爹去看守鸡笼。平儿仍在那里，孩子贪恋着一点点最末的汤水，头仰向天，把碗扣在脸上一般。

菜市上买菜的人经过，若注意一下鸡笼，赵三就说：

"买吧！仅是十个铜板。"

终于三个鸡笼没有人买，两个分给爹爹，留下的一个，在平儿的背上突起着。经过牛马市，平儿指嚷着：

"爹爹，咱们的青牛在那儿。"

大鸡笼在背上荡动着，孩子去看青牛。赵三笑了，向那个卖牛人说：

"又出卖吗？"

说着这话，赵三无缘的感到酸心。到家他向王婆说：

"方才看见那条青牛在市上。"

"人家的了，就别提了。"王婆整天地不耐烦。

卖鸡笼渐渐的赵三会说价了；慢慢地坐在墙根他会招呼了！也常常给平儿买一两块红绿的糖球吃。后来连饭团也不用带。

他弄些铜板每天交给王婆，可是她总不喜欢，就像无意之中把钱放起来。

二里半又给说妥一家，叫平儿去做小伙计。孩子听了这话，就生气。

“我不去，我不能去，他们好打我呀！”平儿为了卖鸡笼所迷恋。

“我还是跟爹爹进城。”

王婆绝对主张孩子去做小伙计。她说：

“你爹爹卖鸡笼，你跟着做什么？”

赵三说：“算了吧，不去就不去吧。”

铜板兴奋着赵三，半夜他也是织鸡笼，他向王婆说：

“你就不好也来学学，一种营生呢！还好多织几个。”

但是王婆仍是去睡，就像对于他织鸡笼，怀着不满似的；就像反对他织鸡笼似的。

平儿同情着父亲，他愿意背鸡笼，多背一个，爹爹说：

“不要背了！够了！”

他又背一个，临出门时他又找个小一点的提在手里，爹爹问：

“你能拿动吗？送回两个去吧，卖不完啊！”

有一次从城里割一斤肉回来，吃了一顿像样的晚餐。

村中妇人羡慕王婆：

“三哥真能干哩！把一条牛卖掉，不能再种粮食，可是这比种粮食更好，更能得钱。”

经过二里半门前，平儿把罗圈腿也领进城去。平儿向爹爹要了铜板给小朋友买两片油煎馒头。又走到敲铜锣搭着小棚的地方去挤撞，每人花一个铜板看一看“西洋景”（即街头影戏）。那是从一个嵌着小玻璃镜，只容一个眼睛的地方看进去，里面有一张放大的画片活动着。打仗着，拿着枪的，很快又换上一张别样的。耍画片的人一面唱，一面讲：“这又是一片洋人打仗。你看‘老毛子’夺城，那真是哗啦啦！打死的不知多少……”

罗圈腿嚷着看不清，平儿告诉他：“你把眼睛闭起一个来！”

可是不久这就完了！从热闹的、孩子热爱着的城里把他们又赶出来。平儿又被装进这睡着一般的乡村。原因，小鸡初生卵的时节已经过去。家家把鸡笼全预备好了。

平儿不愿跟着，赵三自己进城，减价出卖。后来折本卖。最后他也不去了。厨房里鸡笼靠墙高摆起来。这些东西从前会使赵三欢喜，现在会使他生气。

平儿又骑在羊背上去牧羊。但是赵三是受了挫伤！

六、刑罚的日子

房后的草堆上，温暖在那里蒸腾起了。全个农村跳跃着泛滥的阳光。小风开始荡漾田禾，夏天又来到人间，叶子上树了！假使树会开花，那么花也上树了！

房后草堆上，狗在那里生产。大狗四肢在颤动，全身抖擞着。经过一个长时间，小狗生出来。

暖和的季节，全村忙着生产。大猪带着成群的小猪喳喳的跑过，也有的母猪肚子那样大，走路时快要接触着地面，它多数的乳房有什么在充实起来。

那是黄昏时候，五姑姑的姐姐她不能再延迟，她到婆婆屋中去说：

“找个老太太来吧！觉着不好。”

回到房中放下窗帘和幔帐。她开始不能坐稳，她把席子卷起来，就在草上爬行。收生婆来时，她乍望见这房中，她就把头扭着。她说：

“我没见过，像你们这样大户人家，把孩子还要养到草上。‘压柴，压柴，不能发财。’”

家中的婆婆把席下的柴草又都卷起来，土炕上扬起着灰尘。光着身子的女人，和一条鱼似的，她爬在那里。

黄昏以后，屋中起着烛光。那女人是快生产了，她小声叫号了一阵，收生婆和一个邻居的老太婆架扶着她，让她坐起来，在炕上微微的移动。可是罪恶的孩子，总不能生产，闹着夜半过去，外面鸡叫的时候，女人忽然苦痛得脸色灰白，脸色转黄，全家人不能安定。为她开始预备葬衣，在恐怖的烛光里四下翻寻衣裳，全家为了死的黑影所骚动。

赤身的女人，她一点不能爬动，她不能为生死再挣扎最后的一刻。天渐亮了。恐怖仿佛是僵尸，直伸在家屋。

五姑姑知道姐姐的消息，来了，正在探询：

“不喝一口水吗？她从什么时候起？”

一个男人撞进来，看形象是一个酒疯子。他的半面脸，红而肿起，走到幔帐的地方，他吼叫：“快给我的靴子！”

女人没有应声，他用手撕扯幔帐，动着他厚肿的嘴唇：

“装死吗？我看看你还装死不装死！”

说着他拿起身边的长烟袋来投向那个死尸。母亲过来把他拖出去。每年是这样，一看见妻子生产他便反对。

日间苦痛减轻了些，使她清明了！她流着大汗坐在幔帐中，忽然那个红脸鬼，又撞进来，什么也不讲，只见他怕人的手中举起大水盆向着帐子抛来。最后人们拖他出去。

大肚子的女人，仍胀着肚皮，带着满身冷水无言的坐在那里。她几乎一动不敢动，她仿佛是在父权下的孩子一般怕着她的男人。

她又不能再坐住，她受着折磨，产婆给换下她着水的上衣。门响了她又慌张了，要有神经病似的。一点声音不许她哼叫，受罪的女人，身边若有洞，她将跳进去！身边若有毒药，她将吞下去，她仇视着一切，窗台要被她踢翻。她愿意把自己的腿弄断，宛如进了蒸笼，全身将被热力所撕碎一般呀！

产婆用手推她的肚子：

“你再刚强一点，站起来走走，孩子马上就会下来的，到了时候啦！”

走过一个时间，她的腿颤颤得可怜。患着病的马一般，倒了下来。产婆有些失神色，她说：

“媳妇子怕要闹事，再去找一个老太太来吧！”

五姑姑回家去找妈妈。

这边孩子落产了，孩子当时就死去！用人拖着产妇站起来，立刻孩子掉在炕上，像投一块什么东西在炕上响着。女人横在血光中，用肉体来浸着血。

窗外，阳光晒满窗子，屋内妇人为了生产疲乏着。

田庄上绿色的世界里，人们洒着汗滴。

四月里，鸟雀们也孵雏了！常常看见黄嘴的小雀飞下来，在檐下跳跃着啄食。小猪的队伍逐渐肥起来，只有女人在乡村夏季更贫瘦，和耕种的马一般。

刑罚，眼看降临到金枝的身上，使她短的身材，配着那样大的肚子，十分不相称。金枝还不像个妇人，仍和一个小女孩一般，但是肚子膨胀起来了！快做妈妈了！妇人们的刑罚快擒着她。

并且她出嫁还不到四个月，就渐渐会诅咒丈夫，渐渐感到男人是炎凉的人类！那正和别的村妇一样。

坐在河边沙滩上，金枝在洗衣服。红日斜照着河水，对岸林子的倒影，随逐着红波模糊下去！

成业在后边，站在远远的地方：

“天黑了呀！你洗衣裳，懒老婆，白天你做什么来？”

天还不明，金枝就摸索着穿起衣裳。在厨房，这大肚子的小女人开始弄得厨房蒸着气。太阳出来，铲地的工人掮着锄头回来。堂屋挤满着黑黑的人头，吞饭、吞汤的声音，无纪律地在响。

中午又烧饭；晚间烧饭，金枝过于疲乏了！腿子痛得折断一般。天黑下来卧倒休息一刻。在迷茫中她坐起来，知道成业回来了！努力掀起在睡的眼睛，她问：

“才回来?”

过了几分钟，她没有得到答话。只见男人解脱衣裳，她知道又要挨骂了！正相反，没有骂，金枝感到背后温热一些，男人努力低声向她说话：“……”

金枝被男人朦胧着了！

立刻，那和灾难一般，跟着快乐而痛苦追来了。金枝不能烧饭。村中的产婆来了！她在炕角苦痛着脸色，她在那里受着刑罚，王婆来帮助她把孩子生下来。王婆摇着她多经验的头颅：

“危险，昨夜你们必定是不安着的。年青什么也不晓得，肚子大了，是不许那样的。容易丧掉性命!”

十几天以后金枝又行动在院中了！小金枝在屋中哭唤她。

牛或是马在不知觉中忙着栽培自己的痛苦。夜间乘凉的时候，可以听见马或是牛棚做出异样的声音来。牛也许是为了自己的妻子而角斗，从牛棚撞出来了。木杆被撞掉，狂张着，成业去拾了耙子猛打疯牛，于是又安然被赶回棚里。

在乡村，人和动物一起忙着生，忙着死……

二里半的婆子和李二婶子在地端相遇：

“啊呀！你还能弯下腰去?”

“你怎么样?”

“我可不行了呢!”

“你什么时候的日子?”

“就是这几天。”

外面落着毛毛雨。忽然二里半的家屋吵叫起来！傻婆娘一向生孩子是闹惯了的，她大声哭，她怨恨男人：

“我说再不要孩子啦！没有心肝的，这不都是你吗？我算死在你身上！”

惹得老王婆扭着身子闭住嘴笑。过了一会傻婆娘又滚转着高声嚷叫：

“肚子疼死了，拿刀快把我肚子给割开吧！”

吵叫声中看得见孩子的圆头顶。

在这时候，五姑姑变青脸色，走进门来，她似乎不会说话，两手不住的扭绞：

“没有气了！小产了，李二婶子快死了呀！”

王婆就这样丢下麻面婆赶向打鱼村去。另一个产婆来时，麻面婆的孩子已在土炕上哭着。产婆洗着刚会哭的小孩。

等王婆回来时，窗外墙根下，不知谁家的猪也正在生小猪。

七、罪恶的五月节

五月节来临，催逼着两件事情发生：王婆服毒，小金枝惨死。

弯月相同弯刀刺上林端。王婆散开头发，她走向房后柴栏，在那儿她轻开篱门。柴栏外是墨沉沉的静甜的，微风不敢惊动这黑色的夜画；黄瓜爬上架了！玉米响着雄宽的叶子，没有蛙鸣，也少虫声。

王婆披着散发，幽魂一般的，跪在柴草上，手中的杯子放到嘴边。一切涌上心头，一切诱惑她。她平身向草堆倒卧过去。被悲哀汹淘着大哭了。

赵三从睡床上起来，他什么都不清楚，柴栏里，他带点愤怒对待王婆："为什么？在发疯！"

他以为她是闷着刺到柴栏去哭。

赵三撞到草中的杯子了，使他立刻停止一切思维。他跑到屋中，灯光下，发现黑色浓重的液体在杯底。他先用手拭一拭，再用舌尖试一试，那是苦味。

"王婆服毒了！"

次晨村中嚷着这样的新闻。村人凄静的断续的来看她。

赵三不在家，他跑出去，乱坟岗子上，给她寻个位置。

乱坟岗子上活人为死人掘着坑子了，坑子深了些，二里半先跳下去。下层的湿土，翻到坑子旁边，坑子更深了！大了！几个人都跳下去，铲子不住的翻着，坑子埋过人腰。外面的土堆涨过人头。

坟场是死的城廓，没有花香，没有虫鸣；即使有花，即使有虫，那都是唱奏着别离歌，陪伴着说不尽的死者永久的寂寞。

乱坟岗子是地主施舍给贫苦农民们死后的住宅。但活着的农民，常常被地主们驱逐，使他们提着包袱，提着小孩，从破房子再走进更破的房子去。有时被逐着在马棚里借宿。孩子们哭闹着马棚里的妈妈。

赵三去进城，突然的事情打击着他，使他怎样柔弱呵！遇见了打鱼村进城卖菜的车子，那个驱车人麻麻烦烦的讲一些：

“菜价低了，钱帖毛荒。粮食也不值钱。”

那个车夫打着鞭子，他又说：

“只有布匹贵，盐贵。慢慢一家子连咸盐都吃不起啦！地租是增加，还叫老庄户活不活呢？”

赵三跳上车，低了头坐在车尾的辕边。两条衰乏的腿子，凄凉的挂下，并且摇荡。车轮在辙道上哐啷的摔响。

城里，大街上拥挤着了！菜市过量的纷嚷。围着肉铺，人们吵架一般。忙乱的叫卖童，手中花色的葫芦随着空气而跳荡，他们为了“五月节”而癫狂。

赵三他什么也没看见，好像街上的人都没有了！好像街是空街。但是一个小孩跟在后面：

“过节了，买回家去，给小孩玩吧！”

赵三听不见这话，那个卖葫芦的孩子，好像自己不是孩子，自己是大人了一般，他追逐。

“过节了！买回家去给小孩玩吧！”

柳条枝上各色花样的葫芦好像一些被系住的蝴蝶，跟住赵三在后面跑。

一家棺材铺，红色的，白色的，门口摆了多多少少，他停在那里。孩子也停止追随。

一切预备好！棺材停在门前，掘坑的铲子停止翻扬了！

窗子打开，使死者见一见最后的阳光。王婆跳突着胸口，微微尚有一点呼吸，明亮的光线照拂着她素静的打扮。已经为她换上一件黑色棉裤和一件浅色短单衫。除了脸是紫色，临死她没有什么怪异的现象，人们吵嚷说：

“抬吧！抬她吧！”

她微微尚有一点呼吸，嘴里吐出一点点的白沫，这时候她已经被抬起来了。外面平儿急叫：

“冯丫头来啦！冯丫头！”

母女们相逢太迟了！母女们永远永远不会再相逢了！那个孩子手中提了小包袱，慢慢慢慢走到妈妈面前。她细看一看，她的脸孔快要接触到妈妈脸孔的时候，一阵清脆的爆裂的声浪嘶叫开来。她的小包袱滚滚着落地。

四围的人，眼睛和鼻子感到酸楚和湿浸。谁能止住被这小女孩唤起的难忍的酸痛而不哭呢？不相关联的人混同着女孩哭她的母亲。

其中新死去丈夫的寡妇哭得最厉害，也最哀伤。她几乎完全哭着自己的丈夫，她完全幻想是坐在她丈夫的坟前。

男人们嚷叫：“抬呀！该抬了。收拾妥当再哭！”

那个小女孩感到不是自己家，身边没有一个亲人。她不哭了。

服毒的母亲眼睛始终是张着，但她不认识女儿，她什么也不认识了！停在厨房板块上，口吐白沫，她心坎尚有一点跳动。

赵三坐在炕沿，点上烟袋。女人们找一条白布给女孩包在头上，平儿把白带束在腰间。

赵三不在屋的时候，女人们便开始问那个女孩：

“你姓冯的那个爹爹多咱死的？”

“死两年多。”

“你亲爹呢?”

“早回山东了!”

“为什么不带你们回去?”

“他打娘，娘领着哥哥和我到了冯叔叔家。”

女人们探问王婆旧日的生活，她们为王婆感动，那个寡妇又说：

“你哥怎不来？回家去找他来看看娘吧!”

包白头的女孩，把头转向墙壁，小脸孔又爬着眼泪了！她努力咬住嘴唇，小嘴唇偏张开，她又张着嘴哭了！接受女人们的温情使她大胆一点，走到娘的近边，紧紧捏住娘的冰寒的手指，又用手给妈妈抹擦唇上的泡沫。小心地只为母亲所惊扰，她带来的包袱踏在脚下。女人们又说：

“家去找哥哥来看看你娘吧!”

一听说哥哥，她就要大哭，又勉强止住。那个寡妇又问：

“你哥哥不在家吗?”

她终于用白色的包头布拢络住脸孔大哭起来了。借了哭势，她才敢说到哥哥：

“哥哥前天死了呀！官项捉去枪毙的。”

包头布从头上扯掉。孤独的孩子癫痫着一般用头摇着母亲的心窝哭：

“娘呀……娘呀……”

她再什么也不会哭诉，她还小呢!

女人们彼此说："哥哥多咱死的？怎么没听……"

赵三的烟袋出现在门口，他听清楚她们议论王婆的儿子。赵三晓得那小子是个"红胡子"。怎样死的，王婆服毒不是听说儿子枪毙才自杀吗？这只有赵三晓得。他不愿意叫别人知道，老婆自杀还关联着某个匪案，他觉得当土匪无论如何有些不光明。

摇起他的烟袋来，他僵直的空的声音响起，用烟袋催逼着女孩：

"你走好啦！她已死啦！没有什么看的，你快走回你家去！"

小女孩被爹爹抛弃，哥哥又被枪毙了，带来包袱和妈妈同住，妈妈又死了，妈妈不在，让她和谁生活呢？

她昏迷地忘掉包袱，只顶了一块白布，离开妈妈的门庭。离开妈妈的门庭，那有点像丢开她的心让她远走一般。

赵三因为他年老，他心中裁判着年青人：

"私姘妇人，有钱可以，无钱怎么也去姘？没见过。到过节，那个淫妇无法过节，使他去抢，年青人就这样丧掉性命。"

当他看到也要丧掉性命的自己的老婆的时候，他非常仇恨那个枪毙的小子。当他想起去年冬天，王婆借来老洋炮的那回事，他又佩服人了：

"久当胡子哩！不受欺侮哩！"

妇人们燃柴，锅渐渐冒气。赵三捻着烟袋他来回踱走。过一会他看看王婆仍少少有一点气息，气息仍不断绝。他好像为了她的死等待得不耐烦似的，他困倦了，依着墙瞌睡。

长时间死的恐怖，人们不感到恐怖！人们集聚着吃饭，喝酒，这时候王婆在地下作出声音，看起来，她紫色的脸变成淡紫。人们放下杯子，说她又要活了吧？

不是那样，忽然从她的嘴角流出一些黑血，并且她的嘴唇有点像是起动，终于她大吼两声，人们瞪住眼睛说她就要断气了吧！

许多条视线围着她的时候，她活动着想要起来了！人们惊慌了！女人跑在窗外去了！男人跑去拿挑水的扁担。说她是死尸还魂。

喝过酒的赵三勇猛着：

“若让她起来，她会抱住小孩死去，或是抱住树，就是大人她也有力量抱住。”

赵三用他的大红手贪婪着把扁担压过去。扎实的刀一般的切在王婆的腰间。她的肚子和胸膛突然增胀，像是鱼泡似的。她立刻眼睛圆起来，像发着电光。她的黑嘴角也动了起来，好像说话，可是没有说话，血从口腔直喷，射了赵三的满单衫。赵三命令那个人：

“快轻一点压吧！弄得满身是血。”

王婆就算连一点气息也没有了！她被装进等在门口的棺材里。

后村的庙前，两个村中无家可归的老头，一个打着红灯笼，一个手提水壶，领着平儿去报庙。绕庙走了三周，他们顺着毛毛的行人小道回来，老人念一套成谱调的话，红灯笼伴了孩子头上的白布，他们回家去。平儿一点也不哭，他只记住那年妈妈死的时候不也是这样报庙吗?

王婆的女儿却没能同来。

王婆的死信传遍全村，女人们坐在棺材边大大的哭起！扭着鼻涕，号啕着：哭孩子的，哭丈夫的，哭自己命苦的，总之，无管有什么冤屈都到这里来送了！村中一有年岁大的人死，她们，女人之群们，就这样做。

将送棺材上坟场！要钉棺材盖了！

王婆终于没有死，她感到寒凉，感到口渴，她轻轻说："我要喝水!"

但她不知道，她是睡在什么地方。

五月节了，家家门上挂起葫芦。二里半那个傻婆子屋里有孩子哭着，她却蹲在门口拿刷马的铁耙子给羊刷毛。

二里半跛着脚。过节，带给他的感觉非常愉快。他在白菜地看见白菜被虫子吃倒几棵。若在平日他会用短句咒骂虫子，或是生气把白菜用脚踢着。但是现在过节了，他一切愉快着，他觉得自已是应该愉快。走在地边他看一看柿子还没有红，他想摘几个青柿子给孩子吃吧！过节了！

全村表示着过节，菜田和麦地，无管什么地方都是静静的甜美的。虫子们也仿佛比平日会唱了些。

过节渲染着整个二里半的灵魂。他经过家门没有进去，把柿子扔给孩子又走了！他要趁着这样愉快的日子会一会朋友。

左近邻居的门上都挂了纸葫芦，他经过王婆家，那个门上摆荡着的是绿色的葫芦。再走，就是金枝家。金枝家，门外没有葫芦，门里没有人了！二里半张望好久：孩子的尿布在锅灶旁被风吹着，飘飘的在浮游。

小金枝来到人间才够一月，就被爹爹摔死了！婴儿为什么来到这样的人间？使她带了怨悒回去！仅仅是这样短促呀！仅仅是几天的小生命！

小小的孩子睡在许多死人中，她不觉得害怕吗？妈妈走远了！妈妈啜泣听不见了！

天黑了！月亮也不来为孩子做伴。

五月节的前些日子，成业总是进城跑来跑去，家来和妻子吵打。他说：

“米价落了！三月里买的米现在卖出去折本一小半。卖了还债也不足，不卖又怎么能过节？”

并且他渐渐不爱小金枝，当孩子夜里把他吵醒的时候，他说：

“拼命吧！闹死吧！”

过节的前一天，他家什么也没预备，连一斤面粉也没买。烧饭的时候豆油罐子什么也倒流不出。

成业带着怒气回家，看一看还没有烧菜。他厉声嚷叫：

“啊！像我……该饿死啦，连饭也没得吃……我进城……我进城。”

孩子在金枝怀中吃奶。他又说：

“我还有好的日子吗？你们累得我，使我做强盗都没有机会。”

金枝垂了头把饭摆好，孩子在旁边哭。

成业看着桌上的咸菜和粥饭，他想了一刻又不住地说起：

“哭吧！败家鬼，我卖掉你去还债。”

孩子仍哭着，妈妈在厨房里，不知是扫地，还是收拾柴堆。爹爹发火了：

“把你们都一块卖掉，要你们这些吵家鬼有什么用……”

厨房里的妈妈和火柴一般被燃着：

“你像个什么？回来吵打，我不是你的冤家，你会卖掉，看你卖吧！”

爹爹飞着饭碗，妈妈暴跳起来。

“我卖？我摔死她吧！……我卖什么！”

就这样小生命被截止了！

王婆听说金枝的孩子死，她要来看看，可是她只扶了杖子立起又倒卧下来。她的腿骨被毒质所侵还不能行走。

年青的妈妈过了三天她到乱坟岗子去看孩子。但那能看到什么呢？被狗扯得什么也没有。

成业他看到一堆草染了血，他幻想是捆小金枝的草吧！他俩背向着流过眼泪。

乱坟岗子不知洒干多少悲惨的眼泪？永年悲惨的地带，连个乌鸦也不落下。

成业又看见一个坟窟，头骨在那里重见天日。

走出坟场，一些棺材、坟堆，死寂死寂的印象催迫着他们加快着步子。

八、蚊虫繁忙着

她的女儿来了！王婆的女儿来了！

王婆能够拿着鱼竿坐在河沿钓鱼了！她脸上的纹褶没有什么增多或减少。这证明她依然没有什么变动，她还必须活下去。

晚间河边蛙声震耳。蚊子从河边的草丛出发，嗡声喧闹的阵伍，迷漫着每个家庭。日间太阳也炎热起来！太阳烧上人们的皮肤，夏天，田庄上人们怨恨太阳和怨恨一个恶毒的暴力者一般。全个田间，一个大火球在那里滚转。

但是王婆永久欢迎夏天。因为夏天有肥绿的叶子，肥的园林，更有夏夜会唤起王婆诗意的心田，她该开始向着夏夜述说故事。今夏她什么也不说了！她偎在窗下和睡了似的，对向幽邃的天空。

蛙鸣振碎人人的寂寞；蚊虫骚扰着不能停息。

这相同平常的六月，这又是去年割麦的时节。王婆家今年没种麦田。她更忧伤而悄默了！当举着钓竿经过作浪的麦田时，她把竿头的绳线缭绕起来，她仰了头，望着高空，就这样睬也不睬地经过麦田。

王婆的性情更恶劣了！她又酗酒起来。她每天钓鱼。全家人的衣服她不补洗，她只每夜烧鱼，吃酒，吃得醉疯疯地，满院、满屋地旋走；她渐渐要到树林里去旋走。

有时在酒杯中她想起从前的丈夫；她痛心看见来在身边孤

独的女儿，总之在喝酒以后她更爱烦想。

现在她近于可笑，和石块一般沉在院心，夜里她习惯于院中睡觉。

在院中睡觉被蚊虫迷绕着，正像蚂蚁群拖着已腐的苍蝇。她是再也没有心情了吧！再也没有心情生活！

王婆被蚊虫所食，满脸起着云片，皮肤肿起来。

王婆在酒杯中也回想着女儿初来的那天，女儿横在王婆怀中：

“妈呀！我想你是死了！你的嘴吐着白沫，你的手指都凉了呀！……哥哥死了，妈妈也死了，让我到哪里去讨饭吃呀！……他们把我赶出时，带来的包袱都忘下啦，我哭……哭昏啦……妈妈，他们坏心肠，他们不叫我多看你一刻……”

后来孩子从妈妈怀中站起来时，她说出更有意义的话：

“我恨死他们了！若是哥哥活着，我一定告诉哥哥把他们打死。”

最后那个女孩，拭干眼泪说：

“我必定要像哥哥，……”

说完她咬一下嘴唇。

王婆思想着女孩怎么会这样烈性呢？或者是个中用的孩子？

王婆忽然停止酗酒，她每夜，开始在林中教训女儿，在静的林里，她严峻的说：

“要报仇。要为哥哥报仇，谁杀死你的哥哥？”

女孩子想：

“官项杀死哥哥的。”

她又听妈妈说：

“谁杀死哥哥，你要杀死谁，……”

女孩想过十几天以后，她向妈妈踟蹰着：

“是谁杀死哥哥？妈妈明天领我去进城，找到那个仇人，等后来什么时候遇见他我好杀死他。”

孩子说了孩子话，使妈妈笑了！使妈妈心痛。

王婆同赵三吵架的那天晚上，南河的河水涨出了河床。南河沿嚷着：

“涨大水啦！涨大水啦！”

人们来往在河边，赵三在家里也嚷着：

“你快叫她走，她不是我家的孩子，你的崽子我不招留。快——”

第二天家家的麦子送上麦场。第一场割麦，人们要吃一顿酒来庆祝。赵三第一年不种麦，他家是静悄悄的。有人来请他，他坐到别人欢说着的酒桌前，看见别人欢说，看见别人收麦，他红色的大手在人前窘迫着了！不住地胡乱地扭搅，可是没有人注意他，种麦人和种麦人彼此谈说。

河水落了，却带来众多的蚊虫。夜里蛤蟆的叫声，好像被蚊子的嗡嗡声压住似的。日间蚊群也是忙着飞。只有赵三非常哑默。

九、传染病

乱坟岗子，死尸狼藉在那里。无人掩埋，野狗活跃在尸群里。

太阳血一般昏红；从朝至暮蚊虫混同着蒙雾充塞天空。高粱、玉米和一切菜类被人丢弃在田圃，每个家庭是病的家庭，是将要绝灭的家庭。

全村静悄了。植物也没有风摇动它们。一切沉浸在雾中。

赵三坐在南地端出卖五把新镰刀。那是组织“镰刀会”时剩下的。他正看着那伤心的遗留物，村中的老太太来问他：

“我说……天象，这是什么天象？要天崩地陷了。老天爷叫人全死吗？嗳……”

老太婆离去赵三，曲背立即消失在雾中，她的语声也像隔远了似的：

“天要灭人呀！……老天早该灭人啦！人世尽是强盗、打仗、杀害，这是人自己招的罪……”

渐渐远了！远处听见一个驴子在号叫，驴子号叫在山坡吗？驴子号叫在河沟吗？

什么也看不见，只能听闻：那是，二里半的女人作嘎的不愉悦的声音来近赵三。赵三为着镰刀所烦恼，他坐在雾中，他用烦恼的心思在妒恨镰刀，他想：

“青牛是卖掉了！麦田没能种起来。”

那个婆子向他说话，但他没有注意到。那个婆子被脚下的土块跌倒，她起来时慌张着，在雾层中看不清她怎样张皇。她的音波织起了网状的波纹，和老大的蚊音一般：

“三哥，还坐在这里？家怕是有‘鬼子’来了，就连小孩子，‘鬼子’也要给打针，你看我把孩子抱出来，就是孩子病死也甘心，打针可不甘心。”

麻面婆离开赵三去了！抱着她未死的、连哭也不会哭的孩子沉没在雾中。

太阳变成暗红的放大而无光的圆轮，当在人头。昏茫的村庄埋着天然灾难的种子，渐渐种子在滋生。

传染病和放大的太阳一般勃发起来，茂盛起来！

赵三踏着死蛤蟆走路；人们抬着棺材在他身边暂时现露而滑过去！一个歪斜面孔的小脚女人跟在后面，她小小的声音哭着。又听到驴子叫，不一会驴子闪过去，背上驮着一个重病的老人。

西洋人，人们叫他“洋鬼子”，身穿白外套，第二天雾退时，白衣人来到赵三的窗外，他嘴上挂着白囊，说起难懂的中国话：“你的，病人的有？我的治病好，来。快快的。”

那个老的胖一些的，动一动胡子，眼睛胖得和猪眼一般，把头探着窗子望。

赵三着慌说没有病人，可是终于给平儿打针了！

“老鬼子”向那个“小鬼子”说话，嘴上的白囊一动一动的。管子、药瓶和亮刀从提包倾出，赵三去井边提一壶冷水。那个“鬼子”开始擦他通孔的玻璃管。

平儿被停在窗前的一块板上，用白布给他蒙住眼睛。隔院的人们都来看着，因为要晓得“鬼子”怎样治病，“鬼子”治病究竟怎样可怕。

玻璃管从肚脐下一寸的地方插下，五寸长的玻璃管只有半段在肚皮外闪光。于是人们捉紧孩子，使他仰卧不得摇动。“鬼子”开始一个人提起冷水壶，另一个对准那个长长的橡皮管顶端的漏水器。看起来“鬼子”像修理一架机器。四面围观的人好像有叹气的，好像大家一起在缩肩膀。孩子只是作出“呀！呀”的短叫，很快一壶水灌完了！最后在滚胀的肚子上擦了一点黄色药水，用小剪子剪一块白棉贴住破口。就这样白衣“鬼子”提了提包轻便的走了！又到别人家去。

又是一天晴朗的日子，传染病患到绝顶的时候！女人们抱着半死的小孩子，女人们始终惧怕打针，惧怕白衣的“鬼子”用水壶向小孩肚里灌水。她们不忍看那肿胀起来奇怪的肚子。

恶劣的传闻布遍着：

“李家的全家死了！”“城里派人来验查，有病象的都用车子拉进城去，老太婆也拉，孩子也拉，拉去打药针。”

人死了听不见哭声，静悄地抬着草捆或是棺材向着乱坟岗子走去，接接连连的，不断……

过午，二里半的婆子把小孩送到乱坟岗子去！她看到别的几个小孩有的头发蒙住白脸，有的被野狗拖断了四肢，也有几个好好的睡在那里。

野狗在远的地方安然的嚼着碎骨发响。狗感到满足，狗不再为着追求食物而疯狂，也不再猎取活人。

平儿整夜呕着黄色的水、绿色的水，白眼珠满织着红色的丝纹。

赵三喃喃着走出家门，虽然全村的人死了不少，虽然庄稼在那里衰败，镰刀他却总想出卖，镰刀放在家里永久刺着他的心。

十、十年

十年前村中的山、山下的小河，而今依旧十年前，河水静静的在流，山坡随着季节而更换衣裳；大片的村庄生死轮回着和十年前一样。

屋顶的麻雀仍是那样繁多。太阳也照样暖和。山下有牧童在唱童谣，那是十年前的旧调：

“秋夜长，秋风凉，

谁家的孩儿没有娘，

谁家的孩儿没有娘，

……

月亮满西窗。”

什么都和十年前一样，王婆也似没有改变，只是平儿长大了！平儿和罗圈腿都是大人了！

王婆被凉风飞着头发，在篱墙外远听从山坡传来的童谣。

十一、年盘转动了

雪天里，村人们永没见过的旗子飘扬起，升上天空！

全村寂静下去，只有日本旗子在山岗临时军营门前，振荡的响着。

村人们在想：这是什么年月？中华国改了国号吗？

十二、黑色的舌头

宣传“王道”的旗子来了！带着尘烟和骚闹来的。

宽宏的夹树道；汽车闹嚣着了！

田间无际限的浅苗湛着青色。但这不再是静穆的村庄，人们已经失去了心的平衡。草地上汽车突起着飞尘跑过，一些红色绿色的纸片播着种子一般落下来。小茅房屋顶有花色的纸片在起落。附近大道旁的枝头挂住纸片，在飞舞嘶鸣。从城里出发的汽车又追踪着驰来。车上站着威风飘扬的日本人、高丽人，也站着威扬的中国人。车轮突飞的时候，车上每人手中的旗子摆摆有声，车上的人好像生了翅膀齐飞过去。那一些举着日本旗子作出媚笑杂样的人，消失在道口。

那一些“王道”的书篇飞到山腰去，河边去……

王婆立在门前，二里半的山羊垂下它的胡子。老羊轻轻走过正在繁茂的树下。山羊不再寻什么食物，它困倦了！它过于老，全身变成土一般的毛色。它的眼睛模糊好像垂泪似的。山羊完全幽默和可怜起来；拂摆着长胡子走向洼地。

对着前面的洼地，对着山羊，王婆追踪过去痛苦的日子。她想把那些日子捉回，因为今日的日子还不如昨日。洼地没人种，上岗那些往日的麦田荒乱在那里。她在伤心的追想。

日本飞机拖起狂大的嗡鸣飞过，接着天空翻飞着纸片。一张纸片落在王婆头顶的树枝，她取下看了看丢在脚下。飞机又过去时留下更多的纸片。她不再理睬一下那些纸片，丢在脚下来复的乱踏。

过了一会，金枝的母亲经过王婆，她手中捉住两只公鸡，她问王婆说：

“日子算是没法过了！可怎么过？就剩两只鸡，还得快快去卖掉！”

王婆问她：“你进城去卖吗？”

“不进城谁家肯买？全村也没有几只鸡了！”

她向王婆耳语了一阵：“日本子恶得很！村子里的姑娘都跑空了！年青的媳妇也是一样。我听说王家屯一个十三岁的小丫头叫日本子弄去了！半夜三更弄走的。”

“歇一歇腿再走吧！”王婆说。

她俩坐在树下。大地上的虫子并不鸣叫，只是她俩惨淡而忧伤地谈着。

公鸡在手下不时振动着膀子。太阳有点正中了！树影做成圆形。

村中添设出异样的风光，日本旗子、日本兵。人们开始讲究这一些：“王道”啦！日“满”亲善啦！快有“真龙天子”啦！

在“王道”之下，村中的废田多起来，人们在广场上忧郁着徘徊。

那老婆说到最后：

“我这些年来，都是养鸡，如今连个鸡毛也不能留，连个‘啼明’的公鸡也不让留下。这是什么年头？……”

她振动一下袖子，有点癫狂似的，她立起来，踏过前面一块不耕的废田，废田患着病似的，短草在那婆婆的脚下不愉快地没有弹力地被踏过。

走得很远，仍可辨出两只公鸡是用那个挂下的手提着，另外一只手在面部不住地抹擦。

王婆睡下的时候，她听见远处好像有女人尖叫。打开窗子听一听……

再听一会警笛器叫起来，枪鸣起来，远处的人家闯入什么魔鬼了吗？

“你家有人没有？”

当夜日本兵、中国警察搜遍全村。这是搜到王婆家。她回答：

“有什么人？没有。”

他们掩住鼻子在屋中转了一个弯出去了。手电灯发青的光线乱闪着，临走出门栏，一个日本兵在铜帽子下面说中国话：

“也带走她。”

王婆完全听见他说的是什么。

“怎么也带女人吗?”她想，“女人也要捉去枪毙吗?”

“谁希罕她，一个老婆子!”那个中国警察说。

中国人都笑了！日本人也瞎笑。可是他们不晓得这话是什么意思，别人笑，他们也笑。

真的，不知他们牵了谁家的女人，曲背和猪一般被他们牵走。在稀薄乱动的手电灯绿色的光线里面，分辨不出这女人是谁。

还没走出栏门，他们就调笑那个女人。并且王婆看见那个日本“铜帽子”的手在女人的屁股上急忙的抓了一下。

十三、你要死灭吗

王婆以为又是假装搜查到村中捉女人，于是她不想到什么恶劣的事情上去，安然的睡了！赵三那老头子也非常老了！他回来没有惊动谁也睡了!

过了夜，日本宪兵在门外轻轻敲门，走进来的，看样像个中国人，他的长靴染了湿淋的露水，从口袋取出手巾，摆出泰然的样子坐在炕沿慢慢擦他的靴子，访问就在这时开始：

“你家昨夜没有人来过？不要紧，你要说实话。”

赵三刚起来，意识有点不清，不晓得这是什么事情要发生。于是那个宪兵把手中的帽子用力抖了一下，不是柔和而不在意的态度了：“混蛋！你怎么不知道？等带去你就知道了!”

说了这样话并没带他去。王婆一面在扣衣钮一面抢说：“问的是什么人？昨夜来过几个‘老总’，搜查没有什么就走了!”

那个军官样的把态度完全是对着王婆，用一种亲昵的声音问：

“老太太请告诉吧！有赏哩！”

王婆的样子仍是没有改变。那人又说：

“我们是捉胡子，有胡子，乡民也是同样受害，你没见着昨天汽车来到村子宣传‘王道’吗？‘王道’叫人诚实。老太太说了吧！有赏呢！”

王婆面对着窗子照上来的红日影，她说：“我不知道这回事。”

那个军官又想大叫，可是停住了，他的嘴唇困难地又动几下：

“‘满洲国’要把害民的胡子扫清，知道胡子不去报告，查出来枪毙！”这时那个长靴人用斜眼神侮辱赵三一下。接着他再不说什么，等待答复，终于他什么也没得到答复。

还不到中午，乱坟岗子多了三个死尸，其中一个是女尸。

人们都知道那个女尸，就是在北村一个寡妇家搜出的那个“女学生”。

赵三听得别人说“女学生”是什么“党”。但是他不晓得什么“党”做什么解释。当夜在喝酒以后把这一切密事告诉了王婆，他也不知道那“女学生”倒有什么密事，到底为什么才死？他只感到不许传说的事情神秘，他也必定要说。

王婆她十分不愿意听，因为这件事情发生，她担心她的女儿，她怕是女儿的命运和那个“女学生”一般样。

赵三的胡子白了！也更稀疏，喝过酒，脸更是发红，他任意把自己摊散在炕角。

平儿担了大捆的绿草回来，晒干可以成柴，在院心他把绿草铺平。进屋他不立刻吃饭，透汗的短衫脱在身边，他好像愤怒似的，用力来拍响他多肉的肩头，嘴里长长的吐着呼吸。过了长时间爹爹说：

“你们年青人应该有些胆量。这不是叫人死吗？亡国了！麦地不能种了，鸡犬也要死净。”

老头子说话像吵架一般。王婆给平儿缝汗衫上的大口，她感动了，想到亡国，把汗衫缝错了！她把两个袖口完全缝住。

赵三和一个老牛般样，年青时的气力全部消灭，只回想“镰刀会”，又告诉平儿：

“那时候你还小着哩！我和李青山他们弄了个‘镰刀会’。勇得很！可是我受了打击，那一次使我碰壁了，你娘去借支洋炮来，谁知还没用洋炮，就是一条棍子出了人命，从那时起就倒霉了！一年不如一年活到如今。”

“狗，到底不是狼，你爹从出事以后，对‘镰刀会’就没趣了！青牛就是那年卖的。”

她这样抢白着，使赵三感到羞耻和愤恨。同时自己为什么当时就那样卑小？心脏发燃了一刻，他说着使自己满意的话：

“这下子东家也不东家了！有日本子，东家也不好干什么！”

他为着轻松充血的身子，他向树林那面去散步，那儿有树林。林梢在青色的天边画出美调的和舒卷着的云一样的弧线。

青的天幕在前面直垂下来，曲卷的树梢花边一般地嵌上天幕。田间往日的蝶儿在飞，一切野花还不曾开。小草房一座一座的摊落着，有的留下残墙在晒阳光，有的也许是被炸弹带走了屋盖。房身整整齐齐地摆在那里。

赵三扩大开胸膛，他呼吸田间透明的空气。他不愿意走了，停脚在一片荒芜的、过去的麦地旁。就这样不多一时，他又感到烦恼，因为他想起往日自己的麦田而今丧尽在炮火下，在日本兵的足下必定不能够再长起来，他带着麦田的忧伤又走过一片瓜田，瓜田也不见了种瓜的人，爪田尽被一些蒿草充塞。去年看守瓜地的小房，依然存在；赵三倒在小房下的短草梢头。他欲睡了！朦胧中看见一些高丽人从大树林穿过。视线从地平面直发过去，那一些高丽人仿佛是走在天边。

假如没有乱插在地面的家屋，那么赵三觉得自己是躺在天边了！

阳光迷住他的眼睛，使他不能再远看了！听得见村狗在远方无聊地吠叫。

如此荒凉的旷野，野狗也不到这里巡行。独有酒烧胸膛的赵三到这里巡行，但是他无有目的，任意足尖踏到什么地点，走过无数秃田，他觉得过于可惜，点一点头，摆一摆手，不住地叹着气走回家去。

村中的寡妇们多起来，前面是三个寡妇，其中的一个尚拉着她的孩子走。

红脸的老赵三走近家门又转弯了！他是那样信步而无主的

走！忧伤在前面招示他，忽然间一个大凹洞，踏下脚去。他未曾注意这个，好像他一心要完成长途似的，继续前进。那里更有炸弹的洞穴，但不能阻碍他的去路，因为喝酒，壮年的血气鼓动他。

在一间破房子里，一只母猫正在哺乳一群小猫。他不愿意看这些，他更走，没有一个熟人与他遇见。直到天西烧红着云彩，他滴血的心，垂泪的眼睛竟来到死去的年青时伙伴们的坟上，不带酒祭奠他们，只是无话坐在朋友们之前。

亡国后的老赵三，蓦然念起那些死去的英勇的伙伴！留下活着的老的，只有悲愤而不能走险了，老赵三不能走险了！

那是个繁星的夜，李青山发着疯了！他的哑喉咙，使他讲话带着神秘而紧张的声色。这是第一次他们大型的集会。在赵三家里，他们像在举行什么盛大的典礼，庄严与静肃。人们感到缺乏空气一般，人们连鼻子也没有一个作响。屋子不燃灯，人们的眼睛和夜里的猫眼一般，闪闪有磷光而发绿。

王婆的尖脚，不住地踏在窗外，她安静的手下提了一只破洋灯罩，她时时准备着把玻璃灯罩摔碎。她是个守夜的老鼠，时时防备猫来。她到篱笆外绕走一趟，站在篱笆外听一听他们的谈论高低，有没有危险性？手中的灯罩她时刻不能忘记。

屋中李青山固执而且浊重的声音继续下去：

“在这半月里，我才真知道人民革命军真是不行，要干人民革命军那就必得倒霉，他们尽是些‘洋学生’，上马还得用人抬上去。他们嘴里就会狂喊‘退却’。二十八日那夜外面下小雨，我们十个同志正吃饭，饭碗被炸碎了哩！派两个出去寻炸弹的来路。大家来想一想，两个‘洋学生’跑出去，唉！丧气，被敌人追着连帽子都跑丢了，‘学生’们常常给敌人打死。……”

罗圈腿插嘴了：“革命军还不如红胡子有用?”

月光照进窗来太暗了！当时没有人能发见罗圈腿发问时是个什么奇怪的神情。

李青山又在开始：

“革命军纪律可真厉害，你们懂吗？什么叫纪律？那就是规矩。规矩太紧，我们也受不了。比方吧：屯子里年青青的姑娘眼望着不准去……哈哈！我吃了一回苦，同志打了我十下枪柄哩!”

他说到这里，自己停下笑起来，但是没敢大声。他继续下去。

二里半对于这些事情始终是缺乏兴致，他在一边瞌睡，老赵三用他的烟袋锅撞一下在睡的缺乏政治思想的二里半，并且赵三大不满意起来：

“听着呀！听着，这是什么年头还睡觉?”

王婆的尖脚乱踏着地面作响一阵，人们听一听，没听到灯罩的响声，知道日本兵没有来，同时人们感到严重的气氛。李青山的计划严重着发表。

李青山是个农人，他尚分不清该怎样把事弄起来，只说着：

“屯子里的小伙子招集起来，起来救国吧！革命军那一群‘学生’是不行。只有红胡子才有胆量。”

老赵三他的烟袋没有燃着，丢在炕上，急快地拍一下手，他说：

“对！招集小伙子们，起名也叫革命军。”

其实赵三完全不能明白，因为他还不曾听说什么叫做革命军，他无由得到安慰，他的大手掌快乐地不停地撩着胡子。对于赵三，这完全和十年前组织“镰刀会”同样兴致，也是暗室，也是静悄悄地讲话。

老赵三快乐得终夜不能睡觉，大手掌翻了个终夜。

同时，站在二里半的墙外可以数清他鼾声的拍子。

乡间，日本人的毒手努力毒化农民，就说要恢复“大清国”，要做“忠臣”、“孝子”、“节妇”；可是另一方面，正相反的势力也增长着。

天一黑下来就有人越墙藏在王婆家中，那个黑胡子的人每夜来，成为王婆的熟人。在王婆家吃夜饭，那人向她说：

“你的女儿能干得很，背着步枪爬山爬得快呢！可是……已经……”

平儿蹲在炕下，他吸爹爹的烟袋。轻微的一点妒嫉横过心面。他有意弄响烟袋在门扇上，他走出去了。外面是阴沉全黑的夜，他在黑色中消灭了自己。等他忧悒着转回来时，王婆已是在垂泪的境况。

那夜老赵三回来得很晚，那是因为他逢人便讲亡国，救国，义勇军，革命军，……这一些出奇的字眼，所以弄得回来这样晚。快鸡叫的时候了！赵三的家没有鸡，全村听不见往日的鸡鸣。只有褪色的月光在窗上，三星不见了，知道天快明了。

他把儿子从梦中唤醒，他告诉他得意的宣传工作：东村那个寡妇怎样把孩子送回娘家预备去投义勇军；小伙子们怎样准备集合。老头子好像已在衙门里做了官员一样，摇摇摆摆着他讲话时的姿势，摇摇摆摆着他自己的心情，他整个的灵魂在阔步！

稍微沉静一刻，他问平儿：

“那个人来了没有？那个黑胡子的人？”

平儿仍回到睡中，爹爹正鼓动着生力，他却睡了！爹爹的话在他耳边，像蚊虫嗡叫一般的无意义。赵三立刻动怒起来，他觉得他光荣的事业，不能有人承受下去，感到养了这样的儿子没用，他失望。王婆一点声息也不作出，像是在睡般地。

明朝，黑胡子的人，忽然走来，王婆又问他：

“那孩子死的时候，你到底是亲眼看见她没有？”

他弄着骗术一般：

“老太太你怎么还不明白？不是老早就对你讲么？死了就死了吧！革命就不怕死，那是露脸的死啊……比当日本狗的奴隶活着强得多哪！”

王婆常常听他们这一类人说“死”说“活”……她也想死是应该，于是安静下去，用她昨夜为着泪水所浸蚀的眼睛观察那熟人急转的面孔。终于她接受了！那人从囊中取出来的所有小本子，和像黑点一般的小字充满在上面的零散的纸张，她全接受了！另外还有发亮的小枪一支也递给王婆。那个人急忙着要走，这时王婆又不自禁地问：

“她也是枪打死的吗?”

那人开门急走出去了！因为急走，那人没有注意到王婆。

王婆往日里，她不知恐怖，常常把那一些别人带来的小本子放在厨房里。有时她竟任意丢在席子下面。今天她却减少了胆量，她想那些东西若被搜查着，日本兵的刺刀会刺通了自己。她好像觉着自己的遭遇要和女儿一样似的，尤其是手掌里的小枪。她被恫吓着慢慢颤栗起来。女儿也一定被同样的枪杀死。她终止了想，她知道当前的事情开始紧急。

赵三仓皇着脸回来，王婆没有理他走向后面柴堆那儿。柴草不似每年，那是烧空了！在一片平地上稀疏的生着马蛇菜。她开始掘地洞；听村狗狂咬，她有些心慌意乱，把镰刀头插进土去无力拔出。她好像要倒落一般：全身受着什么压迫要把肉体解散了一般。过了一刻难忍昏迷的时间，她跑去呼唤她的老同伴。可是当走到房门又急转回来，她想起别人的训告：

——重要的事情谁也不能告诉，两口子也不能告诉。

那个黑胡子的人，向她说过的话也使她回想了一遍：

——你不要叫赵三知道，那老头子说不定和小孩子似的。

等她埋好之后，日本兵继续来过十几个。多半只戴了铜帽，连长靴都没穿就来了！人们知道他们又是在弄女人。

王婆什么观察力也失去了！不自觉地退缩在赵三的背后，就连那永久带着笑脸，常来王婆家搜查的日本官长，她也不认识了。临走时那人向王婆说“再见”，她直直迟疑着而不回答一声。

“拔”——“拔”，就是出发的意思，老婆们给男人在搜集衣裳或是鞋袜。

李青山派人到每家去寻个公鸡，没得寻到，有人提议把二里半的老山羊杀了吧！山羊正走在李青山门前，或者是歇凉，或者是它走不动了！它的一只独角塞进篱墙的缝际，小伙子们去抬它，但是无法把独角弄出。

二里半从门口经过，山羊就跟在后面回家去了！二里半说：“你们要杀就杀吧！早晚还不是给日本子留着吗！”

李二婶子在一边说：

“日本子可不要它，老得不成样。”

二里半说：

“日本子不要它，老也老死了！”

人们宣誓的日子到了！没有寻到公鸡，决定拿老山羊来代替。小伙子们把山羊抬着，在杆上四脚倒挂下去，山羊不住哀叫。二里半可笑的悲哀的形色跟着山羊走来。他的跛脚仿佛是一步一步把地面踏陷。波浪状的行走，愈走愈快！他的老婆疯狂地想把他拖回去，然而不能做到，二里半惶惶地走了一路。山羊被抬过一个山腰的小曲道。山羊被升上院心铺好红布的方桌。

东村的寡妇也来了！她在桌前跪下祷告了一阵，又到桌前点着两枝红蜡烛，蜡烛一点着，二里半知道快要杀羊了。

院心除了老赵三，那尽是一些年青的小伙子在走，转。他们袒露胸臂，强壮而且凶横。

赵三总是向那个东村的寡妇说，他一看见她便宣传她。他一遇见事情，就不像往日那样贪婪吸他的烟袋。说话表示出庄严，连胡子也不动荡一下：

“救国的日子就要来到。有血气的人不肯当亡国奴，甘愿做日本刺刀下的屈死鬼。”

赵三只知道自己是中国人。无论别人对他讲解了多少遍，他总不能明白他在中国人中是站在怎样的阶级。虽然这样，老赵三也是非常进步，他可以代表整个的村人在进步着，那就是他从前不晓得什么叫国家，从前也许忘掉了自己是哪国的国民！

他不开言了，静站在院心，等待宏壮悲愤的典礼来临。

来到三十多人，带来重压的大会，可真地触到赵三了！使他的胡子也感到非常重要而不可挫碰一下。

四月里晴朗的天空从山脊流照下来，房周围的大树群在正午垂曲的立在太阳下。畅明的天光与人们共同宣誓。

寡妇们和亡家的独身汉在李青山喊过口号之后，完全用膝头曲倒在天光之下。羊的脊背流过天光，桌前的大红蜡烛在壮默的人头前面燃烧。李青山的大个子直立在桌前：“弟兄们！今天是什么日子！知道吗？今天……我们去敢死……决定了……就是把我们的脑袋挂满了整个村子所有的树梢也情愿，是不是啊？……是不是？……弟兄们？……”

回声先从寡妇们传出：“是呀！千刀万剐也愿意！”

哭声刺心一般痛，哭声方锥一般落进每个人的胸膛。一阵强烈的悲酸掠过低垂的人头，苍苍然蓝天欲坠了！

老赵三立到桌子前面，他不发声，先流泪：

“国……国亡了！我……我也……老了！你们还年青，你们去救国吧！我的老骨头再……再也不中用了！我是个老亡国奴，我不会眼见你们把日本旗撕碎，等着我埋在坟里……也要把中国旗子插在坟顶，我是中国人！我要中国旗子。我不当亡国奴，生是中国人，死是中国鬼……不……不是亡……亡国奴……”

浓重不可分解的悲酸，使树叶垂头。赵三在红蜡烛前用力敲了桌子两下，人们一起哭向苍天了！人们一起向苍天哭泣。大群的人起着号啕！

就这样把一支匣枪装好子弹摆在众人前面。每人走到那支枪口就跪倒下去盟誓：

“若是心不诚，天杀我，枪杀我，枪子是有灵有圣有眼睛的啊！”

寡妇们也是盟誓。也是把枪口对准心窝说话。只有二里半在人们宣誓之后快要杀羊时他才回来。从什么地方他捉一只公鸡来！只有他没曾宣誓，对于国亡，他似乎没什么伤心，他领着山羊，就回家去。别人的眼睛，尤其是老赵三的眼睛在骂他：

“你个老跛脚的东西，你，你不想活吗？……”

十四、到都市里去

临行的前夜，金枝在水缸沿上磨剪刀，而后用剪刀撕破死去孩子的尿布。年青的寡妇是住在妈妈家里。

“你明天一定走吗？”

睡在身边的妈妈被灯光照醒，带着无限怜惜，在已决定的命运中求得安慰似的。

“我不走，过两天再走。”金枝答她。

又过了不多时老太太醒来，她再不能睡，当她看见女儿不在身边而在地心洗濯什么的时候，她坐起来问着：

“你是明天走吗？再住三两天不能够吧！”

金枝在夜里收拾东西，母亲知道她是要走。金枝说：

“娘，我走两天，就回来，娘……不要着急！”

老太太像在摸索什么，不再发声音。

太阳很高很高了，金枝尚偎在病母亲的身边，母亲说：

“要走吗？金枝！走就走吧！去赚些钱吧！娘不阻碍你。”母亲的声音有些惨然：“可是要学好，不许跟着别人学，不许和男人打交道。”

女人们再也不怨恨丈夫。她向娘哭着：

“这不都是小日本子吗？挨千刀的小日本子！不走等死吗？”

金枝听老人讲，女人独自行路要扮个老相，或丑相，束上一条腰带，她把油罐子挂在身边，盛米的小桶也挂在腰带上，包着针线和一些碎布的小包袱塞进米桶去，装做讨饭的老婆，用灰尘把脸涂得很脏，并有条纹。

临走时妈妈把自己耳上的银环摘下，并且说：

“你把这个带去吧！放在包袱里，别叫人给你抢去，娘一个钱也没有。若饿肚时，你就去卖掉，买个干粮吃吧！”走出门去还听母亲说："遇见日本子，你快伏在蒿子下。"

金枝走得很远，走下斜坡，但是娘的话仍是那样在耳边反复："买个干粮吃。"她心中乱乱的幻想，她不知走了多远，她像从家向外逃跑一般，速步而不回头。小道也尽是生着短草，即便是短草也障碍金枝赶路的脚。

日本兵坐着马车，口里吸烟，从大道跑过。金枝有点颤抖了！她想起母亲的话，很快躺在小道旁的蒿子里。日本兵走过，她心跳着站起，她四面惶惶在望：母亲在哪里？家乡离开她很远，前面又来到一个生疏的村子，使她感觉到走过无数人间。

红日快要落过天边去，人影横倒地面杆子一般瘦长。踏过去一条小河桥，再没有多少路途了！

哈尔滨城渺茫中有工厂的烟囱插入云天。

金枝在河边喝水，她回头望向家乡，家乡遥远而不可见。只是高高的山头，山下辨不清是烟是树，母亲就在烟树荫中。

她对于家乡的山是那般难舍，心脏在胸中飞起了！金枝感到自己的心已被摘掉不知抛向何处！她不愿走了，强行走过河桥又转入小道。前面哈尔滨城在招示她，背后家山向她送别。

小道不生蒿草，日本兵来时，让她躲身到地缝中去吗？她四面寻找，为了心脏不能平衡，脸面过量的流汗，她终于被日本兵寻到：

"你的！……站住。"

金枝好比中了枪弹，滚下小沟去，日本兵走近，看一看她脏污的样子。他们和肥鸭一般，嘴里发响摆动着身子，没有理她走过去了！他们走了许久许久，她仍没起来，以后她哭着，木桶扬翻在那里，小包袱从木桶滚出。她重新走起时，身影在地面越瘦越长起来，和细线似的。

金枝在夜的哈尔滨城，睡在一条小街阴沟板上。那条街是小工人和洋车夫们的街道。有小饭馆，有最下等的妓女，妓女们的大红裤子时时在小土房的门前出现。闲散的人，做出特别姿态，慢慢和大红裤子们说笑，后来走进小房去，过一会又走出来。但没有一个人理会破乱的金枝，她好像一个垃圾桶，好像一个病狗似的堆偎在那里。

这条街连警察也没有，讨饭的老婆和小饭馆的伙计吵架。

满天星火，但那都疏远了！那是与金枝绝缘的物体。半夜过后金枝身边来了一条小狗，也许小狗是个受难的小狗？这流浪的狗它进木桶去睡。金枝醒来仍没出太阳，天空许多星充塞着。许多街头流浪人，尚挤在小饭馆门前，等候着最后的施舍。

金枝腿骨断了一般酸痛，不敢站起。最后她也挤进要饭人堆去，等了好久，伙计不见送饭出来，四月里露天睡宿打着透心的寒颤，别人看她的时候，她觉得这个样子难看，忍了饿又来在原处。

夜的街头，这是怎样的人间？金枝小声喊着娘，身体在阴沟板上不住地抽拍。绝望着，哭着，但是她和木桶里在睡的小狗一般同样不被人注意，人间好像没有他们存在。天明，她不觉得饿，只是空虚，她的头脑空空尽尽了！在街树下，一个缝补的婆子，她遇见对面去问：

“我是新来的，新从乡下来的……”

看她作窘的样子，那个缝婆没理她，面色在清凉的早晨发着淡白走去。

卷尾的小狗偎依着木桶好像偎依妈妈一般，早晨小狗大约感到太寒。

小饭馆渐渐有人来往。一堆白热的馒头从窗口堆出。

“老婶娘，我新从乡下来，……我跟你去，去赚几个钱吧！”

第二次，金枝成功了，那个婆子领她走，一些搅扰的街道，发出浊气的街道，她们走过。金枝好像才明白，这里不是乡间了，这里只是生疏、隔膜、无情感。一路除了饭馆门前的鸡、鱼，和香味，其余她都没有看见似的，都没有听闻似的。

“你就这样把袜子缝起来。”

在一个挂金牌的“鸦片专卖所”的门前，金枝打开小包，用剪刀剪了块布角，缝补不认识的男人的破袜。那婆子又在教她：“你要快缝，不管好坏，缝住，就算。”

金枝一点力量也没有，好像愿意赶快死似的，无论怎样努力眼睛也不能张开。一部汽车擦着她的身边驰过，跟着警察来了，指挥她说：

“到那边去！这里也是你们缝穷的地方？”

金枝忙仰头说：“老总，我刚从乡下来，还不懂得规矩。”

在乡下叫惯了老总，她叫警察也是老总，因为她看警察也是庄严的样子，也是腰间佩枪。别人都笑她，那个警察也笑了。老缝婆又教说她：

“不要理他，也不必说话，他说你，你躲后一步就完。”

她，金枝立刻觉得自己发羞，看一看自己的衣裳也不和别人同样，她立刻讨厌从乡下带来的破罐子，用脚踢了罐子一下。

袜子补完，肚子空虚的滋味不见终止，假若得法，她要到无论什么地方去偷一点东西吃。很长时间她停住针，细看那个立在街头吃饼干的孩子，一直到孩子把饼干的最末一块送进嘴去，她仍在看。

“你快缝，缝完吃午饭，……可是你吃了早饭没有？”

金枝感到过于亲热，好像要哭出来似的，她想说：

“从昨夜就没吃一点东西，连水也没喝过。”

中午来到，她们和从“鸦片馆”出来那些游魂似的人们同行着。女工店有一种特别不流通的气息，使金枝想到这又不是乡村，但是那一些停滞的眼睛，黄色脸，直到吃过饭，大家用水盆洗脸时她才注意到，全屋五丈多长，没有隔壁，墙的四周涂满了臭虫血，满墙拖长着黑色紫色的血点。一些污秽发酵的包袱围墙堆集着。这些多样的女人，好像每个患着病似的，就在包袱上枕了头讲话：

“我那家子的太太，待我不错，吃饭都是一样吃，哪怕吃包子我也一样吃包子。”

别人跟住声音去羡慕她。过了一阵又是谁说她被公馆里的听差扭一下嘴巴。她说她气病了一场，接着还是不断地乱说。这一些烦烦乱乱的话金枝尚不能明白，她正在细想什么叫公馆呢？什么是太太？她用遍了思想而后问一个身边在吸烟的剪发的妇人：

“‘太太’不就是老太太吗?”

那个妇人没答她，丢下烟袋就去呕吐。她说吃饭吃了苍蝇。可是全屋通常的板炕，那一些城市的女人，她们笑得使金枝生厌，她们是前仆后折的笑。她们为着笑这个乡下女人彼此兴奋得拍响着肩膀，笑得过甚的竟流起眼泪来。金枝却静静坐在一边。等夜晚睡觉时，她向初识那个老太太说：

“我看哈尔滨倒不如乡下好，乡下姊妹很和气，你看午间她们笑我拍着掌哩!”

说着她卷紧一点包袱，因为包袱里面藏着赚得的两角钱纸票，金枝枕了包袱，在都市里的臭虫堆中开始睡觉。

金枝赚钱赚得很多了！在裤腰间缝了一个小口袋，把两元钱的票子放进去，而后缝住袋口。女工店向她收费用时她同那人说：

“晚几天给不行吗？我还没赚到钱。”她无法又说：“晚上给吧！我是新从乡下来的。”

终于那个人不走，她的手摆在金枝眼下。女人们也越集越多，把金枝围起来。她好像在耍把戏一般招来这许多观众，其中有一个三十多岁的胖子，头发完全脱掉，粉红色闪光的头皮，独超出人前，她的脖子装好颤丝一般，使闪光的头颅轻便而随意地在转，在颤，她就向金枝说：

“你快给人家！怎么你没有钱？你把钱放在什么地方我都知道。”

金枝生气，当着大众把口袋撕开，她的票子四分之三觉得是损失了！被人夺走了！她只剩五角钱。她想：

“五角钱怎样送给妈妈？两元要多少日子再赚得？”

她到街上去上工很晚。晚间一些臭虫被捏死，发出袭人的臭味，金枝坐起来全身搔痒，直到搔出血来为止。

楼上她听着两个女人骂架，后来又听见女人哭，孩子也哭。

母亲病好了没有？母亲自己拾柴烧吗？下雨房子漏水吗？渐渐想得恶化起来：她若死了不就是自己死在炕上无人知道吗？

金枝正在走路，脚踏车响着铃子驰过她，立刻心脏膨胀起来，好像汽车要轧上身体，她终止一切幻想了。

金枝知道怎样赚钱，她去过几次独身汉的房舍，她替人缝被，男人们问她：

“你丈夫多大岁数啊？”

“死啦！”

“你多大岁数？”

“二十七。”

一个男人拖着拖鞋，散着裤口，用他奇怪的眼睛向金枝扫了一下，奇怪的嘴唇跳动着：

“年青青的小寡妇哩！”

她不懂在意这个，缝完，带了钱走了。有一次走出门时有人喊她：

“你回来……你回来。”

给人以奇怪感觉的急切地呼叫，金枝也懂得应该快走，不该回头。晚间睡下时，她向身边的周大娘说："为什么缝完，拿钱走时他们叫我？"

周大娘说："你拿人家多少钱？"

"缝一个被子，给我五角钱。"

"怪不得他们叫你！不然为什么给你那么多钱？普通一张被两角。"

周大娘在倦乏中只告诉她一句：

"缝穷婆谁也逃不了他们的手。"

那个全秃的亮头皮的妇人在对面的长炕上类似尖巧的呼叫，她一面走到金枝头顶，好像要去抽拔金枝的头发。弄着她的胖手指：

"唉呀！我说小寡妇，你的好运气来了！那是又来财又开心。"

别人被吵醒开始骂那个秃头：

"你该死的，有本领的野兽，一百个男人也不怕，一百个男人你也不够。"

女人骂着彼此在交谈，有人在大笑，不知谁在一边重复了好几遍：

"还怕！一百个男人还不够哩！"

好像闹着的蜂群静了下去，女人们一点嗡声也停住了，她们全体到梦中去。

"还怕！一百个男人还不够哩！"不知谁，她的声音没有人接受，空洞地在屋中走了一周，最后声音消灭在白月的窗纸上。

金枝站在一家俄国点心铺的纱窗外。里面格子上各式各样的油黄色的点心、肠子、猪腿、小鸡，这些吃的东西，在那里发出油亮。最后她发现一个整个的肥胖的小猪，竖起耳朵伏在一个长盘里。小猪四围摆了一些小白菜和红辣椒。她要立刻上去连盘子都抱住，抱回家去快给母亲看。不能那样做，她又恨小日本子，若不是小日本子搅闹乡村，自家的母猪不是早生了小猪吗？“布包”在肘间渐渐脱落，她不自觉的在铺门前站不安定，行人道上人多起来，她碰撞着行人。一个漂亮的俄国女人从点心铺出来，金枝连忙注意到她透孔的鞋子下面染红的脚趾甲；女人走得很快，比男人还快，使她不能再看。

人行道上：克——克——的大响，大队的人经过，金枝一看见铜帽子就知道日本兵，日本兵使她离开点心铺快快跑走。

她遇到周大娘向她说：

“一点活计也没有，我穿这一件短衫，再没有替换的，连买几尺布的钱也攒不下，十天一交费用，那就是一块五角。又老，眼睛又花，缝的也慢，从没人领我到家里去缝。一个月的饭钱还是欠着，我住得年头多了！若是新来，那就非被赶出去不可。”她走一条横道又说：“新来的一个张婆，她有病都被赶走了。”

经过肉铺，金枝对肉铺也很留恋，她想买一斤肉回家也满足。母亲半年多没尝过肉味。

松花江，江水不住地流，早晨还没有游人，舟子在江沿无聊地彼此骂笑。

周大娘坐在江边。怅然了一刻，接着擦她的眼睛，眼泪是为着她末日的命运在流。江水轻轻拍着江岸。

金枝没被感动，因为她刚来到都市，她还不晓得都市。

金枝为着钱，为着生活，她小心地跟了一个独身汉去到他的房舍。刚踏进门，金枝看见那张床，就害怕，她不坐在床边，坐在椅子上先缝被褥。那个男人开始慢慢和她说话，每一句话使她心跳。可是没有什么，金枝觉得那人很同情她。接着就缝一件夹衣的袖口，夹衣是从那个人身上立刻脱下的，等到袖口缝完时，那男人从腰带间一个小口袋取出一元钱给她，那男人一面把钱送过去，一面用他短胡子的嘴向金枝扭了一下，他说：

“寡妇有谁可怜你?”

金枝是乡下女人，她还看不清那人是假意同情，她轻轻受了“可怜”字眼的感动，她心有些波荡，停在门口，想说一句感谢的话，但是她不懂说什么，终于走了！她听道旁大水壶的笛子在耳边叫，面包作坊门前取面包的车子停在道边，俄国老太太花红的头巾驰过她。

“嗳！回来……你来，还有衣裳要缝。”

那个男人涨红了脖子追在后面。等来到房中，没有事可做，那个男人像猿猴一般，袒露出多毛的胸膛，去用厚手掌闩门去了！而后他开始解他的裤子，最后他叫金枝：

“快来呀……小宝贝。”他看一看金枝吓住了，没动，“我叫你是缝裤子，你怕什么?”

缝完了，那人给她一元票，可是不把票子放到她的手里，把票子摔到床底，让她弯腰去取，又当她取得票子时夺过来让她再取一次。

金枝完全摆在男人怀中，她不是正音嘶叫：

“对不起娘呀！……对不起娘……”

她无助的嘶狂着，圆眼睛望一望锁住的门不能自开，她不能逃走，事情必然要发生。

女工店吃过晚饭，金枝好像踏着泪痕行走，她的头过分的迷昏，心脏落进污水沟中似的，她的腿骨软了，松懈了，爬上炕取她的旧鞋，和一条手巾，她要回乡，马上躺到娘身上去哭。

炕尾一个病婆，垂死时被店主赶走，她们停下那件事不去议论，金枝把她们的趣味都集中来。

“什么勾当？这样着急？”第一个是周大娘问她。

“她一定进财了！”第二个是秃头胖子猜说。

周大娘也一定知道金枝赚到钱了，因为每个新来的第一次“赚钱”都是过分的羞恨。羞恨摧毁她，忽然患着传染病一般。

“惯了就好了！那怕什么！弄钱是真的，我连金耳环都赚到手里。”

秃胖子用好心劝她，并且手在扯着耳朵。别人骂她：

“不要脸，一天就是你不要脸！”

旁边那些女人看见金枝的痛苦，就是自己的痛苦，人们慢慢四散，去睡觉了，对于这件事情并不表示新奇和注意。

金枝勇敢的走进都市，羞恨又把她赶回了乡村，在村头的大树枝上发现人头。一种感觉通过骨髓麻寒她全身的皮肤，那是怎样可怕血浸的人头！

母亲拿着金枝的一元票子，她的牙齿在嘴里埋没不住，完全外露，她一面细看票子上的花纹，一面快乐有点不能自制地说：

“来家住一夜明日就走吧！”

金枝在炕沿捶打酸痛的腿骨；母亲不注意女儿为什么不欢喜，她只跟了一张票子想到另一张，在她想，许多票子不都可以到手吗？她必须鼓励女儿。

“你应该洗洗衣裳收拾一下，明天一早必得要行路的，在村子里是没有出头露面之日。”

为了心切，她好像责备着女儿一般，简直对于女儿没有热情。

一扇窗子立刻打开，拿着枪的黑脸孔的人竟跳进来，踏了金枝的左腿一下。那个黑人向棚顶望了望，他熟悉地爬向棚顶去，王婆也跟着走来，她多日不见金枝而没说一句话，宛如她什么也看不见似的。一直爬上棚顶去。金枝和母亲什么也不晓得，只是爬上去。直到黄昏恶消息仍没传来，他们和爬虫样才从棚顶爬下。王婆说：“哈尔滨一定比乡下好，你再去就在那里不要回来，村子里日本子越来越恶，他们捉大肚女人，破开肚子去破红枪会（义勇军的一种），活鲜鲜的小孩从肚皮流出来。为这事，李青山把两个日本子的脑袋割下挂到树上。”

金枝鼻子作出哼声：

“从前恨男人，现在恨小日本子。”最后她转到伤心的路上去，“我恨中国人呢！除外我什么也不恨。”

王婆的学识有点不如金枝了！

十五、失败的黄色药包

开拔的队伍在南山道转弯时，孩子在母亲怀中向父亲送别。行过大树道，人们滑过河边。他们的衣装和步伐看起来不像一个队伍，但衣服下藏着猛壮的心。这些心把他们带走，他们的心铜一般凝结着出发。最末一刻大山坡还未曾遮没最后的一个人，一个抱在妈妈怀中的小孩他呼叫“爹爹”。孩子的呼叫什么也没得到，父亲连手臂也没摇动一下，孩子好像把声响撞到了岩石。

女人们一进家屋，屋子好像空了；房屋好像修造在天空，素白的阳光在窗上，却不带来一点意义。她们不需要男人回来，只需要好消息。消息来时，是五天过后，老赵三赤着他显露筋骨的脚奔向李二婶子去告诉：

“听说青山他们被打散啦！”显然赵三是手足无措，他的胡子也震惊起来，似乎忙着要从他的嘴巴跳下。

“真的有人回来了吗？”

李二婶子的喉咙变做细长的管道，使声音出来做出多角形。

“真的，平儿回来啦！”赵三说。

严重的夜，从天上走下。日本兵围剿打鱼村、白旗屯，和三家子……

平儿正在王寡妇家，他休息在情妇的心怀中。外面狗叫，听到日本人说话，平儿越墙逃走；他埋进一片蒿草中，蛤蟆在脚间跳。

“非拿住这小子不可，怕是他们和义勇军接连！”

在蒿草中他听清这是谁们在说：“走狗们！”

平儿他听清他的情妇被拷打。

“男人哪里去啦？——快说，再不说枪毙！”

他们不住骂：“你们这些母狗，猪养的。”

平儿完全赤身，他走了很远。他去扯衣襟拭汗，衣襟没有了，在腿上扒了一下，于是才发现自己的身影落在地面和光身的孩子一般。

二里半的麻婆子被杀，罗圈腿被杀，死了两个人，村中安息两天。第三天又是要死人的日子。日本兵满村窜走，平儿到金枝家棚顶去过夜。金枝说：

“不行呀！棚顶方才也来小鬼子翻过。”

平儿于是在田间跑着，枪弹不住向他放射，平儿的眼睛不会转弯，他听有人在近处叫：“拿活的，拿活的。……”

他错觉的听到了一切，他遇见一扇门推进去，一个老头在烧饭，平儿快流眼泪了：

“老伯伯，救命，把我藏起来吧！快救命吧！”

老头子说：“什么事？”

“日本子捉我。”

平儿鼻子流血，好像他说到日本子才流血。他向全屋四面张望，就像连一条缝也没寻到似的，他转身要跑，老人捉住他，出了后门，盛粪的长形的笼子在门旁，掀起粪笼，老人说："你就爬进去，轻轻喘气。"

老人用粥饭涂上纸条把后门封起来，他到锅边吃饭。粪笼下的平儿听见来人和老人讲话，接着他便听到有人在弄门闩，门就要开了，自己就要被捉了！他想要从笼子跳出来，但，很快那些人，那些魔鬼去了！

平儿从安全的粪笼出来，满脸粪屑，白脸染着红血条，鼻子仍然流血，他的样子已经很可惨。

李青山这次他信任"革命军"有用，逃回村来，他不同别人一样带回沮丧的样子，他在王婆家说：

"革命军所好的是他不胡乱干事，他们有纪律，这回我算相信，红胡子算完蛋，自己纷争，乱撞胡撞。"

这次听众很少，人们不相信青山。村人天生容易失望，每个人容易失望。每个人觉得完了！只有老赵三，他不失望，他说：

"那么再组织起来去当革命军吧！"

王婆觉得赵三说话和孩子一般可笑。但是她没笑他。她的身边坐着戴男人帽子、当过胡子救过国的女英雄说：

"死的就丢下，那么受伤的怎样了？"

"受轻伤的不都回来了吗！受重伤那就管不了，死就是啦！"

正这时北村一个老婆婆疯了似的哭着跑来和李青山拼命。她捧住头，像捧住一块石头般地投向墙壁，嘴中发出短句：

"李青山……仇人……我的儿子让你领走去丧命。"

人们拉开她，她有力挣扎，比一条疯牛更有力。

"就这样不行，你把我给小日本子送去吧！我要死，……到应死的时候了！……"

她就这样不住地捉她的头发，慢慢她倒下来，她换不上气来，她轻轻拍着王婆的膝盖：

"老姐姐，你也许知道我的心，十九岁守寡，守了几十年，守这个儿子……我那些挨饿的日子呀！我跟孩子到山坡去割茅草，大雨来了，雨从山坡把娘儿两个拍滚下来，我的头，在我想是碎了，谁知道？还没死……早死早完事。"

她的眼泪一阵湿热湿透王婆的膝盖，她开始轻轻哭：

"你说我还守什么？……我死了吧！有日本子等着，菱花那丫头也长不大，死了吧！"

果然死了，房梁上吊死的。三岁孩子菱花的小脖颈和祖母并排悬着，高挂起正像两条瘦鱼。

死亡率在村中又在开始快速，但是人们不怎样觉察，患着传染病一般地全乡村又在昏迷中挣扎。

"爱国军"从三家子经过，张着黄色旗，旗上有红字"爱国军"。人们有的跟着去了！他们不知道怎样爱国，爱国又有什么用处，只是他们没有饭吃啊！

李青山不去，他说那也是胡子编成的。老赵三为着"爱国军"和儿子吵架：

"我看你是应该去，在家若是传出风声去有人捉拿你。跟去混混，到最末就是杀死一个日本鬼子也上算，也出出气。年青气壮，出一口气也是好的。”

老赵三一点见识也没有，他这样盲动的说话使儿子不佩服，平儿同爹爹讲话总是把眼睛绕着圈子斜视一下，或是不调协的抖一两下肩头，这样对待他，他非常不愿意接受，有时老赵三自己想：

“老赵三怎不是个小赵三呢!”

十六、尼姑

金枝要做尼姑去。

尼姑庵红砖房子就在山尾那端。她去开门没能开，成群的麻雀在院心啄食，石阶生满绿色的苔藓，她问一个邻妇，邻妇说：

“尼姑在事变以后，就不见，听说跟造房子的木匠跑走的。”

从铁门栏看进去，房子还未上好窗子，一些长短的木块尚在院心，显然可以看见正房里，凄凉的小泥佛在坐着。

金枝看见那个女人肚子大起来，金枝告诉她说：

“这样大的肚子你还敢出来？你没听说小日本子把大肚女人弄去破红枪会吗？日本子把女人肚子割开，去带着上阵，他们说红枪会什么也不怕，就怕女人；日本子叫红枪会做‘铁孩子’呢!”

那个女人立刻哭起来。

“我说不嫁出去，妈妈不许，她说日本子就要姑娘，看看，这回怎么办？孩子的爹爹走就没见回来，他是去当义勇军。”

有人从庙后爬出来，金枝她们吓得跑。

“你们见了鬼吗？我是鬼吗？……”

往日美丽的年青的小伙子，和死蛇一般爬回来。五姑姑出来看见自己的男人，她想到往日受伤的马，五姑姑问他：“义勇军全散了吗？”

“全散啦！全死啦！就连我也死啦！”他用一只胳膊打着草梢轮回：

“养汉老婆，我弄得这个样子，你就一句亲热的话也没有吗？”

五姑姑垂下头，和睡了的向日葵花一般。大肚子的女人回家去了！金枝又走向哪里去？她想出家，庙庵早已空了！

十七、不健全的腿

“‘人民革命军’在哪里？”二里半突然问起赵三说。这使赵三想：“二里半当了走狗吧？”他没告诉他。二里半又去问青山。青山说：

“你不要问，再等几天跟着我走好了！”

二里半急迫着好像他就要跑到革命军去。青山长声告诉他：

“革命军在磐石，你去得了吗？我看你一点胆量也没有，杀一只羊都不能够。”接着他故意羞辱他似的：

“你的山羊还好啊？”

二里半为了生气，他的白眼球立刻多过黑眼球。他的热情立刻在心里结成冰。李青山不与他再多说一句，望向窗外天边的树，小声摇着头，他唱起小调来。二里半临出门，青山的女人在厨房向他说：

“李大叔，吃了饭走吧!”

青山看到二里半可怜的样子，他笑说：

“回家做什么，老婆也没有了，吃了饭再说吧!”

他自己没有了家庭，他贪恋别人的家庭。当他抬起筷子时，很快一碗麦饭吃下去了，接连他又吃两大碗，别人还没吃完，他已经在抽烟了！他一点汤也没喝，只吃了饭就去抽烟。

“喝些汤，白菜汤很好。”

“不喝，老婆死了三天，三天没吃干饭哩!”二里半摇着头。

青山忙问：“你的山羊吃了干饭没有?”

二里半吃饱饭，好像一切都有希望。他没生气，照例自己笑起来。他感到满意地离开青山家。在小道上不断地抽他的烟袋。天色茫茫的并不引他悲哀，蛤蟆在小河边一声声的哇叫。河边的小树随了风在骚闹，他踏着往日自己的菜田，他振动着往日的心波。菜田连棵菜也不生长。

那边人家的老太太和小孩子们载起暮色来在田上匍匐。他们相遇在地端，二里半说：“你们在掘地吗？地下可有宝物？若有我也蹲下掘吧!”

一个很小的孩子发出脆声：“拾麦穗呀!”孩子似乎是快乐，老祖母在那边已叹息了：

“有宝物？………我的老天爷？孩子饿得乱叫，领他们来拾几粒麦穗，回家给他们做干粮吃。”

二里半把烟袋给老太太吸，她拿过烟袋，连擦都没有擦，就放进嘴去。显然她是熟悉吸烟，并且十分需要。她把肩膀抬得高高，她紧合了眼睛，浓烟不住从嘴冒出，从鼻孔冒出。那样很危险，好像她的鼻子快要着火。

“一个月也多了，没得摸到烟袋。”

她像仍不愿意舍弃烟袋，理智勉强了她。二里半接过去把烟袋在地面搓着。

人间已是那般寂寞了！天边的红霞没有鸟儿翻飞，人家的篱墙没有狗儿吠叫。

老太太从腰间慢慢取出一个纸团，纸团慢慢在手下舒展开，而后又折平。

“你回家去看看吧！老婆、孩子都死了！谁能救你，你回家去看看吧！看看就明白啦！”

她指点那张纸，好似指点符咒似的。

天更黑了！黑得和帐幕紧逼住人脸。最小的孩子，走几步，就抱住祖母的大腿，他不住地嚷着：

“奶奶，我的筐满了，我提不动呀！”

祖母为他提筐，拉着他。那几个大一些的孩子卫队似的跑在前面。到家，祖母点灯看时，满筐蒿草，蒿草从筐沿要流出来，而没有麦穗，祖母打着孩子的头笑了：“这都是你拾得的麦穗吗？”祖母把笑脸转换哀伤的脸，她想：“孩子还不能认识麦穗，难为了孩子！”

五月节，虽然是夏天，却像吹起秋风来。二里半熄了灯，雄壮着从屋檐出现，他提起切菜刀，在墙角，在羊棚，就是院外白树下，他也搜遍。他要使自己无牵无挂，好像非立刻杀死老羊不可。

这是二里半临行的前夜。

老羊鸣叫着回来，胡子间挂了野草，在栏栅处擦得栏栅响。二里半手中的刀，举得比头还高，他朝向栏杆走去。

菜刀飞出去，喳啦的砍倒了小树。

老羊走过来，在他的腿间搔痒。二里半许久许久的抚摸羊头，他十分羞愧，好像耶稣教徒一般向羊祷告。

清早他像对羊说话，在羊棚喃喃了一阵，关好羊栏，羊在栏中吃草。

五月节，晴明的青空。老赵三看这不像个五月节样：麦子没长起来，嗅不到麦香，家家门前没挂纸葫芦。他想这一切是变了！变得这样速！去年五月节，清清明明的，就在眼前似的，孩子们不是捕蝴蝶吗？他不是喝酒吗？

他坐在门前一棵倒折的树干上，凭吊这已失去的一切。

李青山的身子经过他，他扮成“小工”模样，赤足卷起裤口，他说给赵三：“我走了！城里有人候着，我就要去……”

青山没提到五月节。

二里半远远跛脚奔来，他青色马一样的脸孔，好像带着笑容。他说：

“你在这里坐着，我看你快要朽在这根木头上……”

二里半回头看时，被关在栏中的老羊，居然随在身后，立刻他的脸更拖长起来：

“这条老羊……替我养着吧！赵三哥！你活一天替我养一天吧……”

二里半的手，在羊毛上惜别，他流泪的手，最后一刻摸着羊毛。

他快走，跟上前面李青山去。身后老羊不住哀叫，羊的胡子慢慢在摆动……

二里半不健全的腿颠跌着颠跌着，远了！模糊了！山岗和树林，渐去渐远。羊声在遥远处伴着老赵三茫然的嘶鸣。

一九三四年九月九日

《骆驼祥子》赏析

作品名片

书　　名：《骆驼祥子》
作　　者：老舍
体　　裁：长篇小说
人　　物：祥子、虎妞、刘四爷、小福子等
地　　位：中国现代文学史上一部优秀的现实主义作品
成书时间：1937 年
关 键 词：劳苦大众的悲剧、“三起三落”、奋斗与堕落

读·经典章节赏析

祥子的沉沦

祥子一气跑到西直门外。

一出了关厢，马上觉出空旷，树木削瘦的立在路旁，枝上连只鸟也没有。灰色的树木，灰色的土地，灰色的房屋，都静静的立在灰黄色的天下；从这一片灰色望过去，看见那荒寒的西山。（毫无生机的环境染上一片灰色，体现出祥子“灰色”的心情。【环境描写】）铁道北，一片树林，林外几间矮屋，祥子算计着，这大

概就是白房子了。看看树林，没有一点动静；再往北看，可以望到万牲园外的一些水地，高低不平的只剩下几棵残蒲败苇。小屋子外没有一个人，没动静。远近都这么安静，他怀疑这是否是那个出名的白房子了。他大着胆往屋子那边走，屋门上都挂着草帘子，新挂上的，都黄黄的有些光泽。他听人讲究过，这里的妇人，在夏天，都赤着背，在屋外坐着，招呼着行人。那来照顾她们的，还老远的要唱着窑调，显出自己并不是外行。为什么现在这么安静呢？难道冬天此地都不作买卖了么？

他正在这么猜疑，靠边的那一间的草帘子动了一下，露出个女人头来。祥子吓了一跳，那个人头，猛一看，非常像虎妞的。他心里说：“来找小福子，要是找到了虎妞，才真算见鬼！”

“进来吧，傻乖乖！”那个人头说了话，语音可不像虎妞的；嗓子哑着，很像他常在天桥听见的那个卖野药的老头子，哑而显着急切。

屋子里什么也没有，只有那个妇人和一铺小炕，炕上没有席，可是炕里烧着点火，臭气烘烘的非常的难闻。炕上放着条旧被子，被子边儿和炕上的砖一样，都油亮油亮的。妇人有四十来岁，蓬着头，还没洗脸……祥子开门见山的问她看见个小福子没有，她不晓得。祥子把小福子的模样形容了一番，她想起来了：

“有，有这么个人！年纪不大，好露出几个白牙，对，我们都管她叫小嫩肉。”

“她在哪屋里呢？”祥子的眼忽然睁得带着杀气。

“她？早完了！”“白面口袋”向外一指，“吊死在树林里了！”

“怎么？”

“小嫩肉到这儿以后，人缘很好。她可是有点受不了，身子挺单薄。有一天，掌灯的时候，我还记得真真的，因为我同着两三个娘们正在门口坐着呢。唉，就是这么个时候，来了个逛的，一直奔了她屋里去；她不爱同我们坐在门口，刚一来的时候还为这个挨过打，后来她有了名，大伙儿也就让她独自个儿在屋里，好在来逛她的决不去找别人。待了有一顿饭的工夫吧，客人走了，一直就奔了那个树林去。我们什么也没看出来，也没人到屋里去看她。赶到老叉杆跟她去收账的时候，才看见屋里躺着个男人，赤身露体，睡得才香呢。他原来是喝醉了。小嫩肉把客人的衣裳剥下来，自己穿上，逃了。她真有心眼。要不是天黑了，要命她也逃不出去。天黑，她又女扮男装，把大伙儿都给蒙了。马上老叉杆派人四处去找，哼，一进树林，她就在那儿挂着呢。摘下来，她已断了气，可是舌头并没吐出多少，脸上也不难看，到死的时候她还讨人喜欢呢！这么几个月了，树林里到晚上一点事也没有，她不出来唬吓人，多么仁义！……”

祥子没等她说完，就晃晃悠悠的走出来。（“晃晃悠悠”说明祥子所受的打击之大，内心痛苦之深。【动作描写】）走到一块坟地，四四方方的种着些松树，树当中有十几个坟头。阳光本来很微弱，松林中就更暗淡。他坐在地上，地上有些干草与松花。什么声音也没有，只有树上的几个山喜鹊扯着长声悲叫。这绝不会是小福子的坟，他知道，可是他的泪一串一串的往下落。什么也没有了，连小福子也入了土！他是要强的，小福子是要强的，他只剩下些没有作用的泪，她已作了吊死鬼！一领席，埋在乱死岗子，这就是努力一世的下场头！

赏析

祥子去找小福子，却得知她已上吊。祥子内心充满绝望。他失去的，不仅是车子、积蓄、小福子，还有奋发向上的生活意志和人生目标。命运总爱捉弄人，原本以为可以开始新生活，可以和从前的自己一笔勾销，却没想到那个要和自己成为伴侣的人倔强地离开了这个世界。这个不合理的社会制度，毁灭了所有社会底层人民的希望。

读·精彩段落

他在桥上立了许久，世界像是已经死去，没一点声音，没一点动静，灰白的雪花似乎得了机会，慌乱的，轻快的，一劲儿往下落，要人不知鬼不觉的把世界埋上。在这种静寂中，祥子听见自己的良心的微语。先不要管自己吧，还是得先回去看看曹家的人。只剩下曹太太与高妈，没一个男人！难道那最后的五块钱不是曹先生给的么？不敢再思索，他拔起腿就往回走，非常的快。

云还没铺满了天，地上已经很黑，极亮极热的晴午忽然变成黑夜了似的。风带着雨星，像在地上寻找什么似的，东一头西一头的乱撞。北边远处一个红闪，像把黑云掀开一块，露出一大片血似的。风小了，可是利飕有劲，使人颤抖。一阵这样的风过去，一切都不知怎好似的，连柳树都惊疑不定的等着点什么。又一个闪，正在头上，白亮亮的雨点紧跟着落下来，极硬的砸起许多尘土，土里微带着雨气。

《骆驼祥子》考试必刷题

一、选择题

1. 祥子不拉刘四爷的车却能住在人和车厂的原因是(　　)。

A. 刘四爷想招祥子为女婿

B. 祥子很勤劳，常帮刘四爷干活儿

C. 虎妞爱上了祥子

D. 祥子死皮赖脸硬要住

2. 关于《骆驼祥子》的评价不正确的是（　　）。

A.《骆驼祥子》是一部京味小说

B.《骆驼祥子》的语言俗白、亲切

C.《骆驼祥子》是中国古代文学史上优秀的长篇小说

D.《骆驼祥子》的语言是从地道的北京市民口语中提炼出来的文学语言

3.《骆驼祥子》中祥子的出身是（　　）。

A. 农民　　B. 工人　　C. 医生　　D. 教师

4.《骆驼祥子》中的祥子在兵荒马乱中被抢走车子，却冒险牵回了几匹骆驼？（　　）

A. 两匹　　B. 三匹　　C. 四匹　　D. 五匹

5. 祥子一生命运的三部曲是（　　）。

A. 精进向上——自甘堕落——浪子回头

B. 精进向上——不甘失败——自甘堕落

C. 不求上进——精进向上——自甘堕落

D. 不求上进——有所发愤——精进向上

6.《骆驼祥子》中（　　）劝祥子用手里的钱放债，祥子没有接受建议。

A. 高妈　　B. 李太太　　C. 王太太　　D. 张太太

7. 下面关于《骆驼祥子》内容的表述有误的一项是（　　）。

A. 作品围绕着祥子的最大梦想，写他“三起三落”的人生经历，突出当时社会底层人民的苦难生活

B. 祥子第一次拉包月的主人是曹先生，他和他的家人对祥子很不好

C. 小福子是祥子最后的精神寄托，当小福子上吊自杀后，祥子开始变得麻木、自私，逐渐成为自甘堕落的“城市垃圾”

D. 虎妞是老舍精心设计的一个人物，作者对她的态度既同情又批判

8.《骆驼祥子》中祥子脸上的疤是怎样来的？（　　）

A. 小时被驴咬的　　B. 虎妞咬的

C. 侦探打的　　D. 磕破的

9.《骆驼祥子》中祥子用了几年才凑足了一百块钱买了第一辆洋车？（　　）

A. 三年　　B. 四年　　C. 两年　　D. 五年

10.《骆驼祥子》中的祥子不小心碰坏了车子，摔了曹先生后，出现了什么后果？（　　）

A. 扣了一个月的工钱　　B. 扣了半个月的工钱

C. 没有扣钱　　　　　　　　D. 扣了点钱

11.《骆驼祥子》中的刘四爷怎样看待虎妞与祥子的结合？（　　）

A. 很支持　　B. 坚决反对　　C. 没意见　　D. 不管不问

12.《骆驼祥子》中，祥子的第二辆车子是怎么买的？（　　）

A. 祥子自己拿钱买的　　　　B. 虎妞拿钱买的

C. 偷的　　　　　　　　　　D. 抢的

13.《骆驼祥子》中的祥子最后的结局怎样？（　　）

A. 给死人送殡　　　　　　B. 给曹先生拉洋车

C. 摆地摊　　　　　　　　D. 要饭

14. 下列哪一位不是《骆驼祥子》中的人物？（　　）

A. 杨先生　　B. 夏先生　　C. 曹先生　　D. 福海

15. 祥子把什么时候定为自己的生日？（　　）

A. 虎妞的生日　　　　　　B. 买车的日子

C. 来人和车厂的日子　　　D. 刘四爷的生日

二、填空题

1.《骆驼祥子》的作者是________，原名________，________族，________（籍贯）人，有________的称号。

2. 祥子是老舍的长篇代表作《________》中的一个人物形象。这部作品描写来自农村的纯朴、健壮的祥子，到北平谋生创业，经历了______起______落，并终于堕落到生活的谷底的故事。

3.________是《骆驼祥子》的基本线索，与祥子有着密切关系的女主人公是________。

4. 祥子是老舍笔下一个被侮辱、被损害的下层劳动者形象，他本是农民，进城后以________为生。虎妞是祥子的妻子，也是车厂主________的女儿。

5. 祥子的第一辆车被抢走以后，千辛万苦积攒的准备第二次买车的钱被________给洗劫了。

6. “我算是明白了，干苦活儿的打算独自一个人混好，比登天还难”是________的感叹。

7.《骆驼祥子》中祥子失去土地后流落到______________拉车。

8. ________的作品在中国现代小说艺术发展中有十分突出的地位，与茅盾、巴金的长篇创作一起，构成现代长篇小说艺术的三大高峰。

9. ________被誉为“抗战前夕中国最佳的长篇小说”。

10. 虎妞的变态心理，________逼女卖淫的病态行为，以及小福子自杀的悲剧，对祥子来说，都是锁住他的“心狱”。

11.《骆驼祥子》中的祥子在兵荒马乱中被抢走了车，却冒险牵回了三匹________。

12.《骆驼祥子》的主人公是________，________是他的外号。

13. 祥子最大的梦想是____________。他买的第二辆车因____________而被卖掉。

14.《骆驼祥子》中的____________是一个美丽、要强、勤俭的女子，后因生活所迫沦为娼妓，终因不甘生活的屈辱而含恨自缢。

15. 以旧中国北平为背景，描写了人力车夫由人堕落为“兽”的悲惨遭遇的长篇小说是________。

三、综合题

（一）阅读下面名著选段，完成 1~3 题。

既没地方坐一坐，只好慢慢的走吧；可是，上哪里去呢？这个银白的世界，没有他坐下的地方，也没有他的去处；白茫茫的一片，只有饿着肚子的小鸟，与走投无路的人，知道什么叫作哀叹。

不知不觉的，他来到了中海。他在桥上立了许久，世界像是已经死去，没一点声音，没一点动静，灰白的雪花似乎得了机会，慌乱的，轻快的，一劲儿往下落，要人不知鬼不觉的把世界埋上。在这种静寂中，祥子听见自己的良心的微语。先不要管自己吧，还是得先回去看看曹家的人。只剩下曹太太与高妈，没一个男人！难道那最后的五块钱不是曹先生给的么？不敢再思索，他拔起腿就往回走，非常的快。

不敢过去推门，恐怕又被人捉住。左右看，没人，他的心跳起来，试试看吧，反正也无家可归，被人逮住就逮住吧。轻轻推了推门，门开着呢。顺着墙根走了两步，看见了自己屋中的灯亮儿，自己的屋子！他要哭出来。弯着腰走过去，到窗外听了听，屋内咳嗽的一声，高妈的声音！他拉开了门。

“谁？哟，你！可吓死我了！”高妈捂着心口，定了定神，坐在了床上，“祥子，怎么回事呀？”

祥子回答不出，只觉得已经有许多年没见着她了似的，心中堵着一团热气。

“这是怎么啦？”高妈也要哭的样子的问，“你还没回来，先生打来电话，叫我们上左宅，还说你马上就来。你来了，不是我给你开的门吗？我一瞧，你还同着个生人，我就一言没发呀，赶紧进去帮助太太收拾东西。你始终也没进去。黑灯下火的教我和太太瞎抓，少爷已经睡得香香的，生又从热被窝里往外抱。包好了包，又上书房去摘画儿，你是始终不照面儿，你是怎么啦？我问你！糙糙的收拾好了，我出来看你，好，你没影儿啦！太太气得——一半也是急得——直哆嗦。我只好打电话叫车吧。可是我们不能就这么'空城计'，全走了哇。好，我跟太太横打了鼻梁[1]，我说太太走吧，我看着。祥子回来呢，我马上赶到左宅去；不回来呢，我认了命！这是怎会说的！你是怎回事，说呀！"

祥子没的说。

"说话呀！楞着算得了事吗？到底是怎回事？"

"你走吧！"祥子好容易找到了一句话，"走吧！"

"你看家？"高妈的气消了点。

"见了先生，你就说，侦探逮住了我，可又，可又，没逮住我！"

"这像什么话呀？"高妈气得几乎要笑。

（节选自《骆驼祥子》，有删节）

【注释】①横打了鼻梁：打保证。

1.《骆驼祥子》的作者是__________。初中语文课本中，我们还学过他的散文作品《__________》。

2. 上文中画线部分的环境描写有哪些作用？

____

____

3. 上文结尾处祥子说"侦探逮住了我，可又，可又，没逮住我"，这句话指的是原著中的哪个情节？

（二）阅读《骆驼祥子》，感受名著魅力。

好的封面，或传递书的整体内容，或呈现代表人物，或展示主题情感，或兼而有之……请从下列三幅画中选择一幅合适的作为小说《骆驼祥子》的封面，并结合小说内容阐述理由。

A

B

C

（三）阅读训练。

1.“两只大圆眼，大鼻头，方嘴，一对大虎牙，一张口就像个老虎。个子几乎与祥子一边儿高，头剃得很亮，没留胡子。”这段文字描写的是____________，后来他成了祥子的____________。

2.“她也长得虎头虎脑，因此吓住了男人……她什么都和男人一样，连骂人也有男人的爽快，有时候更多一些花样。”这段文字描写的是____________，后来她成了祥子的____________。

《骆驼祥子》考试必刷题

一、选择题

1.B　2.C　3.A　4.B　5.B　6.A　7.B　8.A　9.A　10.C　11.B　12.B　13.A　14.D　15.B

二、填空题

1. 老舍　舒庆春　满　北京　“人民艺术家”

2. 骆驼祥子　三　三

3. 车　虎妞

4. 拉车　刘四爷

5. 孙侦探

6. 老马

7. 北平

8. 老舍

9.《骆驼祥子》

10. 二强子

11. 骆驼

12. 祥子　骆驼

13. 有一辆自己的车　给虎妞办丧事

14. 小福子

15.《骆驼祥子》

三、综合题

（一）1. 老舍　济南的冬天

2. ①描写了死一般寂静的环境；②渲染了作品的悲剧气氛；

③暗示了祥子走投无路的境况；④预示了祥子的悲剧命运，突出作品的主题。

3. 孙侦探以曹先生是乱党的罪名敲诈祥子的全部积蓄。

（二）选A图或C图都可。如果选B图本题不得分。因为B图的画面为向日葵，给人明快之感，充满希望和生机，与小说的主旨和格调不符。

示例一：我选A图，因为A图画面上有古城楼，暗示了故事发生的主要地点；画面还有车夫和人力车，能表明故事的人物和人物的身份。

示例二：我选C图，因为画面上有一匹高大的骆驼，和一个低垂着头的人物，骆驼跟小说的情节有关，主人公祥子因它而得名。人物低着头，暗示了祥子不堪生活的重压。

（三）1. 车厂主刘四爷　岳父　　2. 虎妞　妻子

《呼兰河传》赏析

作品名片

书　　名：《呼兰河传》
作　　者：萧红
体　　裁：长篇小说
人　　物：祖父、有二伯、小团圆媳妇、冯歪嘴子等
地　　位：中国现代诗性小说的扛鼎之作
成书时间：1940年
关 键 词：精神麻木、封闭落后、封建落后思想、灵魂扭曲

读·经典章节赏析

第三章（节选）

祖父教我的有《千家诗》，并没有课本，全凭口头传诵，祖父念一句，我就念一句。

祖父说：

“少小离家老大回……”

我也说：

“少小离家老大回……”

都是些什么字，什么意思，我不知道，只觉得念起来那声音很好听。所以很高兴地跟着喊。我喊的声音，比祖父的声音更大。

我一念起诗来，我家的五间房都可以听见，祖父怕我喊坏了喉咙，常常警告着我说：

“房盖被你抬走了。”（这些文字写“我”念诗的时候声音很大，惹得祖父警告，表现了“我”的天真活泼以及祖父对“我”的关心爱护。）

听了这笑话，我略微笑了一会工夫，过不了多久，就又喊起来了。

夜里也是照样地喊，母亲吓唬我，说再喊她要打我。

祖父也说：

“没有你这样念诗的，你这不叫念诗，你这叫乱叫。”

但我觉得这乱叫的习惯不能改，若不让我叫，我念它干什么。每当祖父教我一个新诗，一开头我若听了不好听，我就说：

“不学这个。”

祖父于是就换一个，换一个不好，我还是不要。

“春眠不觉晓，处处闻啼鸟。夜来风雨声，花落知多少。”

这一首诗，我很喜欢，我一念到第二句，“处处闻啼鸟”那“处处”两字，我就高兴起来了。觉得这首诗，实在是好，真好听，“处处”该多好听。

还有一首我更喜欢的：

“重重叠叠上楼台，几度呼童扫不开。刚被太阳收拾去，却教明月送将来。”

就这“几度呼童扫不开”，我根本不知道什么意思，就念成“西沥忽通扫不开”。

越念越觉得好听，越念越有趣味。

每当客人来了，祖父总是呼我念诗的，我就总喜欢念这一首。

那客人不知听懂了与否，只是点头说好。

就这样瞎念，到底不是久计。念了几十首之后，祖父开讲了。

“少小离家老大回，乡音无改鬓毛衰。”

祖父说：

“这是说小的时候离开了家到外边去，老了回来了。‘乡音无改鬓毛衰’，这是说家乡的口音还没有改变，胡子可白了。”

我问祖父：

“为什么小的时候离家？离家到哪里去？”

祖父说：

“好比爷爷像你那么大离家，现在老了回来了，谁还认识呢？（祖父以自己为例，为“我”讲解诗的含意。反问句的运用增强了语言的表达效果。）‘儿童相见不相识，笑问客从何处来。’小孩子见了就招呼着说：‘你这个白胡老头，是从哪里来的？’”

我一听觉得不大好，赶快就问祖父：

“我也要离家的吗？等我胡子白了回来，爷爷你也不认识我了吗？”

心里很恐惧。

祖父一听就笑了：

“等你老了还有爷爷吗？”

祖父说完了，看我还是不很高兴，他又赶快说：

“你不离家的，你哪里能够离家……快再念一首诗吧！念‘春眠不觉晓……’”

我一念起“春眠不觉晓”来，又是满口地大叫，得意极了。完全高兴，什么都忘了。

但从此再读新诗，一定要先讲的，没有讲过的也要重讲。似乎那大嚷大叫的习惯稍稍好了一点。

“两个黄鹂鸣翠柳，一行白鹭上青天。”

这首诗本来我也很喜欢的，黄梨是很好吃的。经祖父这一讲，说是两个鸟，于是不喜欢了。

“去年今日此门中，人面桃花相映红。人面不知何处去，桃花依旧笑春风。”

这首诗祖父讲了我也不明白，但是我喜欢这首。因为其中有桃花。桃树一开了花不就结桃吗？桃子不是好吃吗？

所以每念完这首诗，我就接着问祖父：

“今年咱们的樱桃树开不开花？”

赏析

选文中，作者回忆了自己童年时祖父教“我”念诗的趣事，写出了“我”在童年时代与祖父共度的美好时光，彰显了“我”当时天真、活泼的天性，也表现了祖父对“我”的关爱，同时表达出了“我”对祖父的怀念与喜爱，让读者深切感受到祖父与“我”之间浓浓的祖孙情。文中大量引用诗句，表明了“我”对诗歌的喜爱，也使得选文的内容生动充实、引人入胜。

读·精彩段落

晚饭时节，吃了小葱蘸大酱就已经很可口了，若外加上一块豆腐，那真是锦上添花，一定要多浪费两碗苞米大芸豆粥的。一吃就吃多了，那是很自然的。豆腐加上点辣椒油，再拌上点大酱，那是多么可口的东西；用筷子触了一点点豆腐，就能够吃下去半碗饭，再到豆腐上去触了一下，一碗饭就完了。因为豆腐而多吃两碗饭，并不算吃得多，没有吃过的人，不能够晓得其中的滋味的。

河水是寂静如常的，小风把河水皱着极细的波浪。月光在河水上边并不像在海水上边闪着一片一片的金光，而是月亮落到河底里去了。似乎那渔船上的人，伸手可以把月亮拿到船上来似的。

祖父蹲在地上拔草，我就给他戴花。祖父只知道我是在捉弄他的帽子，而不知道我到底是在干什么。我把他的草帽给他插了一圈的花，红通通的二三十朵。我一边插着一边笑，当我听到祖父说：

“今年春天雨水大，咱们这棵玫瑰开得这么香。二里路也怕闻得到的。”

就把我笑得哆嗦起来。我几乎没有支持的能力再插上去。

֍ 下了毛毛雨，那蒿草上就迷漫得朦朦胧胧的，像是已经来了大雾，或者像是要变天了，好像是下了霜的早晨，混混沌沌的，在蒸腾着白烟。

֍ 呼兰河这地方，尽管奇才很多，但到底太闭塞，竟不会办一张报纸，以至于把当地的奇闻妙事都没有记载，任它风散了。

֍ 有二伯虽然作弄成一个耍猴不像耍猴的，讨饭不像讨饭的，可是他一走起路来，却是端庄、沉静，两个脚跟非常有力，打得地面咚咚地响，而且是慢吞吞地前进，好像一位大将军似的。

֍ 太阳一出来，那些在夜里冷清清的丝蔓，一变而为温暖了。于是它们向前发展的速度更快了，好像眼看着那丝蔓就长了，就向前跑去了。因为种在磨坊窗根下的黄瓜秧，一天爬上了窗台，两天爬上了窗棂，等到第三天就在窗棂上开花了。

《呼兰河传》考试真题汇编

一、选择题

下列有关文学名著内容的表述，错误的一项是（　　）。

A.《繁星·春水》是冰心在印度诗人泰戈尔《飞鸟集》影响下写成的诗集，内容包括对母爱与童真的歌颂，对大自然的崇拜和赞颂，对人生的思考和感慨，等等

B.《水浒传》中杨志因杀死泼皮牛二，被打入死囚牢，后刺配充军到北京大名府留守司，因押送生辰纲被吴用等人设计智取，走投无路，之后到二龙山落草

C. 斯威夫特笔下的格列佛，在小人国看到一种特殊的游戏：人们在离地高绳上跳舞，皇帝依据表演的好坏，按名次奖给表演者蓝色、红色、绿色丝线

D.《呼兰河传》是作家萧红的一部自传体小说，记录了呼兰河的四时风俗，以及小城里各式各样琐屑平凡的人世悲欢，表达了对扭曲人性、损害人格的社会现实的不满

二、简答题

（2017 年 · 江苏连云港）

名著阅读。

《呼兰河传》中的小团圆媳妇到老胡家短短几个月后就悲惨地死了。请简要概括她的遭遇。你觉得究竟是什么害死了她?

三、综合题

名著阅读。

桑桑（《草房子》）　　　　冯歪嘴子（《呼兰河传》）

圣地亚哥（《老人与海》）

请从上面三个人物形象中任选一个，结合人物的相关故事情节，以“面对磨难，学会告诉自己‘别怕’，希望就会永在”为开头，续写一段话。（50字左右）

		面	对	磨	难	，	学	会	告	诉	自	己	“	别	怕	”	，	希	望	就
会	永	在	。																	

《呼兰河传》考试必刷题

一、填空题

1.《呼兰河传》是______创作的一部长篇小说，其独特的创造性在于作者打破了现代文学中通常的叙事模式，创造了一种介于__________之间的边缘文体，并以其超常规的语言、自传式叙事方法、散文化的结构及诗化的风格形成了别具一格的“__________”，推进了现代小说观念的更新，使小说获得了另一种意义的存在。

2. 小城呼兰河除一些卑琐平凡的实际生活之外，还有不少精神上的盛举，如：__________、__________、__________、___________等。

3. 小说中，“我”家有一个大花园，花园里有________、________、________、_______等动物，写这些突出表现了__________，表现了__________________。

4. 小说里的有二伯是个________、勤劳、倔强而又______的老人。

5. 呼兰河是个不怎样繁华的小城，只有两条大街，其中的________最有名，街上有金银首饰店、________、________、________、________等店铺。

二、选择题

1. 关于《呼兰河传》，下列说法中正确的是（　　）。

A. 是作者对中年生活的回忆

B. 是一部自传体小说

C. 是作者对城市生活的回忆

D. 以上都不对

2. 下列作品中，不属于萧红的是（　　）。

A.《呼兰河传》　　B.《生死场》

C.《大地的海》　　D.《小城三月》

3. 下列人物不属于《呼兰河传》里的是（　　）。

A. 有二伯　　B. 冯歪嘴子　　C. 翠翠　　D. 小团圆媳妇

4. 茅盾曾评价《呼兰河传》是（　　）。

A. 一篇叙事诗　　B. 一幅多彩的风土画

C. 一串凄婉的歌谣　　D. 以上都对

5. 在记叙给小团圆媳妇治病时，小说写道："于是就又跳神赶鬼、看香、扶乩，老胡家闹得非常热闹。传为一时之盛。若有不去看跳神赶鬼的，竟被指为落伍。"这表达了作者什么样的感情？下列表述正确的一项是（　　）。

A. 作者运用了讽刺、夸张的手法，满含嘲弄的语气，抒发了作者强烈的憎恶和痛心

B. 作者写了跳神驱鬼的盛况，虽是迷信，但也可看出此地人的热心，表现作者的赞叹之情

C. 作者运用了对比手法，表现出对迷信的人们的讽刺之情，并对他们的不觉悟感到痛心

D. 作者写了跳神驱鬼的盛况，目的是要表现当地风俗，对他们的愚昧感到同情

三、简答题

1. 作者在小说中对大泥坑进行了细致的描绘，这是为什么？

____

____

____

2. 在“我”的成长历程中，祖父是“我”的第一位人生导师，在冯歪嘴子向祖父借房子居住的事情上，“我”从祖父身上受到了哪些人生的教育？

____

____

3. 《呼兰河传》中为了给小团圆媳妇“治病”，邻居们出了哪些主意？

____

____

四、综合题

1. 阅读下面的选段，完成后面的问题。

“她来到我家，我没给她气受，……一天打八顿，骂三场。……那是我要给她一个下马威。我只打了她一个多月，虽然说我打得狠了一点，可是不狠哪能够规矩出一个好人来。我也是不愿意狠打她的，打得连喊带叫的，我是为她着想，不打

得狠一点，她是不能够中用的。……”

（1）上面的语段选自__________（作家名）的小说《__________》。人物“她”是______。

（2）结合选段内容，简要分析“她”的悲剧命运是否能够避免。

____

____

2. 阅读下面的名著选段，完成文后的问题。

可是______自己，并不像旁观者眼中的那样地绝望，好像他活着还很有把握的样子似的。他似乎没有感到绝望已经洞穿了他，因为他看见了他的两个孩子，他反而镇定下来。他觉得在这世界上，他一定要生根的。要长得牢牢的。他不管他自己有这份能力没有，他看看别人也都是这样做的，他觉得他也应该这样做。

于是他照常地活在世界上，他照常地负着他那份责任。

（1）上面的文字出自《__________》，文中的横线处应填__________（人物）。

（2）结合选段内容，简要分析“他”的性格特点。

____

____

3. 阅读下面的选段，完成后面的问题。

__A__的性情真古怪，他很喜欢和天空的雀子说话，他很喜欢和大黄狗谈天。他一和人在一起，就一句话没有了，就是有话也是很古怪的，使人听了常常不得要领。

夏天晚饭后坐在院子里乘凉的时候，大家都是嘴里不停地讲些个闲话，讲得很热闹，就连蚊子也嗡嗡的，就连远处的蛤蟆也呱呱地叫着。只是__B__一声不响地坐着。他手里拿着蝇甩子，东甩一下，西甩一下。

（1）上面的文段出自《呼兰河传》，作者是________，文中的A、B都指的是________（人物）。

（2）结合选段中的内容，简要分析“他”是一个怎样的人。

____

____

4. 阅读下面的选文，解答后面各题。

我家有一个大花园，这花园里蜂子、蝴蝶、蜻蜓、蚂蚱，样样都有。蝴蝶有白蝴蝶、黄蝴蝶。这种蝴蝶极小，不太好看。好看的是大红蝴蝶，满身带着金粉。

蜻蜓是金的。蚂蚱是绿的。蜂子则嗡嗡地飞着，满身绒毛，落到一朵花上，胖圆圆的就和一个小毛球似的，不动了。

花园里边明晃晃的，红的红，绿的绿，新鲜漂亮。

据说这花园，从前是一个果园。祖母喜欢吃果子就种了果园。祖母又喜欢养羊，羊就把果树给啃了。果树于是都死了。到我有记忆的时候，园子里就只有一棵樱桃树，一棵李子树，因为樱桃和李子都不大结果子，所以觉得它们是并不存在的。小的时候，只觉得园子里边就有一棵大榆树。

这榆树在园子的西北角上，来了风，这榆树先啸，来了雨，大榆树先就冒烟了。太阳一出来，大榆树的叶子就发光了，它们闪烁得和沙滩上的蚌壳一样了。

（选自《呼兰河传》）

（1）“我家有一个大花园”，作者从哪些方面写花园之大？

____

____

（2）怎样理解“来了风，这榆树先啸，来了雨，大榆树先就冒烟了”？

____

____

（3）本文语言朴素自然，试品读下面这段话。

蜻蜓是金的。蚂蚱是绿的。蜂子则嗡嗡地飞着，满身绒毛，落到一朵花上，胖圆圆的就和一个小毛球似的，不动了。

这段景物描写表现了作者一种怎样的感情？

____

____

5. 阅读下面的选文，回答文后的问题。

采一个倭瓜花心，捉一个大绿豆青蚂蚱，把蚂蚱腿用线绑上，绑了一会，也许把蚂蚱腿就绑掉，线头上只拴了一只腿，而不见蚂蚱了。

玩腻了，又跑到祖父那里去乱闹一阵，祖父浇菜，我也抢过来浇，奇怪的就是并不往菜上浇，而是拿着水瓢，拼尽了力气，把水往天空里一扬，大喊着：

“下雨了，下雨了。”

太阳在园子里是特大的，天空是特别高的，太阳的光芒四射，亮得使人睁不开眼睛，亮得蚯蚓不敢钻出地面来，蝙蝠不敢从什么黑暗的地方飞出来。是凡在太阳下的，都是健康的、漂亮的，拍一拍连大树都会发响的，叫一叫就是站在对面的土墙都会回答似的。

花开了，就像花睡醒了似的。鸟飞了，就像鸟上天了似的。虫子叫了，就像虫子在说话似的。一切都活了。都有无限的本领：要做什么，就做什么；要怎么样，就怎么样。都是自由的。倭瓜愿意爬上架就爬上架，愿意爬上房就爬上房。黄瓜愿意开一个谎花，就开一个谎花，愿意结一个黄瓜，就结一个黄瓜。若都不愿意，就是一个黄瓜也不结，一朵花也不开，也没有人问它。玉米愿意长多高就长多高，它若愿意长上天去，也没有人管。蝴蝶随意地飞，一会从墙头上飞来一对黄蝴蝶，一会又从墙头上飞走了一个白蝴蝶。它们是从谁家来的，又飞到谁家去？太阳也不知道这个。

（选自《呼兰河传》）

（1）“拍一拍连大树都会发响的，叫一叫就是站在对面的土墙都会回答似的”，这一句用了什么修辞手法？意在说明什么？

____

____

（2）文中童年的“我”有什么特点？请简要概括。“我”为什么对大花园这么喜爱？

____

____

（3）“一切都活了。都有无限的本领：要做什么，就做什么；要怎么样，就怎么样。都是自由的”，表达了作者什么样的思想情感？

____

参考答案

《呼兰河传》考试真题汇编

一、选择题

C

二、简答题

小团圆媳妇在老胡家照“规矩”经过婆婆的毒打与烙脚心的“调教”之后，日渐病倒；又经过跳大神、吃偏方、抽帖、用大缸洗澡种种奇特的“治疗”之后，终于死去。害死小团圆媳妇的，是以婆婆为代表的愚昧民风和封建礼教。

三、综合题

示例：虽然老人（圣地亚哥）已经体力不支，但他一直昂扬着奋斗的精神，终于杀死了钓到的大鱼。结果大鱼的血又引来鲨鱼，他靠着不屈的意志，最终拖着鱼骨架回港。

《呼兰河传》考试必刷题

一、填空题

1. 萧红　小说、散文和诗歌　萧红体

2. 跳大神　唱秧歌　放河灯　唱野台子戏

3. 蜂子　蝴蝶　蜻蜓　蚂蚱　儿时的大花园是“我”的乐园　“我”亲近自然，拥有快乐自由的童年

4. 性情古怪　麻木

5. 十字街　布庄　油盐店　茶庄　药店

二、选择题

1. B　2. C　3. C　4. D　5. A

三、简答题

1. 作者借大泥坑这一能够反映呼兰河小城人们精神状态的事物，极其深刻地描绘了他们愚昧、麻木、庸俗的精神状态和灰色的生活。大泥坑这个极平常的事物是具有象征意义的，它对呼兰河小城人的精神状态和生活状况做了总的展示。

2. 祖父答应冯歪嘴子，让他搬到磨坊南头那个装草的房子里去暂住，这让“我”学到了要与人为善、宽厚待人的道理。祖父还教育“我”要当着人面多说好话，还说“你没看冯歪嘴子的眼泪都要掉下来了吗？冯歪嘴子难为情了”，让“我”明白了，说话要注意分寸，要懂得尊重别人，不要让别人难堪。

3. 有的主张给她扎一个谷草人，到南大坑去烧了；有的主张扎一个纸人，替她做“替身”；有的主张给她画上花脸，请大神；有的说给她吃一个全毛的鸡；有的出了一个偏方——黄连二两，猪肉半斤；“李永春”药铺的厨子（头脑受过刺激的人）开了药方；抽帖。（答出四点即可）

四、综合题

1.（1）萧红　呼兰河传　小团圆媳妇　（2）示例一：能避免。如果小团圆媳妇的婆婆家不迷信鬼神，不封建专制，她就不会挨打，不会被折磨致死。示例二：不能避免。“不狠哪能够规矩出一个好人来”“我是为她着想”，想让她“中用”，从小团圆媳妇的婆婆的话中可见，呼兰河小城的人们愚昧迷信，深受封建思想的影响，自由活泼的小团圆媳妇生活在这样的环境中，她的悲剧命运是必然的。

2.（1）呼兰河传　冯歪嘴子　（2）冯歪嘴子的女人死后，留下了两个孩子，一个四五岁，一个刚生下来。生活的磨难以及周围人们的冷漠并没有压垮他，“他看见了他的两个孩子，他反而镇定下来”，“他一定要生根的。要长得牢牢的”，他满怀着对生活的希望和坚强活下去的信念，平静地继续生活，呈现出顽强的生命力。

3.（1）萧红　有二伯　（2）示例：从文中提到的“他很喜欢和天空的雀子说话，他很喜欢和大黄狗谈天。他一和人在一起，就一句话没有了”，就可以看出，“他”是一个性格古怪、孤僻的人。

4.（1）花园里的各种昆虫、花、树等。　（2）风吹树叶，唰唰作响；雨落在树上，像烟雾。　（3）用儿童的眼光来观察，辨别颜色、形状、声响，呈现出来的是景物的本来面目，因而平实贴切，充满孩子的欢愉和真挚。

5.（1）拟人。意在说明花园里的一切都充满了无限的生命力，都能与童年的“我”进行情感的交流。　（2）童年的“我”顽皮、稚气、好动、天真活泼、无拘无束。因为大花园里各种生物都充满了活力，自由自在地生长，这正满足了儿童活泼好动的天性。　（3）表达了作者对自由自在、无拘无束的生活的怀念和向往。

中国现代文学名著
精选集

人间四月天

林徽因——著

四川人民出版社

图书在版编目（CIP）数据

中国现代文学名著精选集/鲁迅等著．—成都：四川人民出版社，2024.6

ISBN 978－7－220－12634－5

Ⅰ．①中…　Ⅱ．①鲁…　Ⅲ．①中国文学－现代文学－作品综合集　Ⅳ．①I216.1

中国版本图书馆 CIP 数据核字（2021）第 255328 号

ZHONGGUO XIANDAI WENXUE MINGZHU JINGXUANJI
RENJIAN SIYUETIAN

中国现代文学名著精选集·人间四月天

林徽因　著

出 版 人	黄立新
选题策划	张明辉
出版统筹	王其进
责任编辑	唐　婧
封面设计	象上设计
责任印制	祝　健
出版发行	四川人民出版社（成都三色路 238 号）
网　　址	http://www.scpph.com
E-mail	scrmcbs@sina.com
新浪微博	@四川人民出版社
微信公众号	四川人民出版社
发行部业务电话	（028）86361653　86361656
防盗版举报电话	（028）86361653
照　　排	四川胜翔数码印务设计有限公司
印　　刷	成都蜀通印务有限责任公司
成品尺寸	130mm×185mm
印　　张	8.125
字　　数	170 千
版　　次	2024 年 6 月第 1 版
印　　次	2024 年 6 月第 1 次印刷
书　　号	ISBN 978－7－220－12634－5
定　　价	299.00 元（全 6 册）

我说你是人间的四月天；
笑响点亮了四面风；轻灵
在春的光艳中交舞着变。

本书在编辑出版中，尽可能保留了原版本的惯用字、通假字和标点用法；人名、地名亦保留作者原译法。

目录

第一辑　诗歌

第一辑　诗歌

"谁爱这不息的变幻"

初刊于一九三一年四月《诗刊》第二期，署名当期误为林薇音，下一期更正为林徽音。

谁爱这不息的变幻，她的行径？
　催一阵急雨，抹一天云霞，月亮，
　星光，日影，在在都是她的花样，
更不容峰峦与江海偷一刻安定。
骄傲的，她奉着那荒唐的使命：
　看花放蕊树凋零，娇娃做了娘；
　叫河流凝成冰雪，天地变了相；
都市喧哗，再寂成广漠的夜静！
　虽说千万年在她掌握中操纵，

她不曾遗忘一丝毫发的卑微。

难怪她笑永恒是人们造的谎，

　来抚慰恋爱的消失，死亡的痛。

但谁又能参透这幻化的轮回，

谁又大胆的爱过这伟大的变幻？

香山　四月十二日

那一晚

初刊于一九三一年四月《诗刊》第二期，署名尺棰。

那一晚我的船推出了河心，
澄蓝的天上托着密密的星。
那一晚你的手牵着我的手，
迷惘的星夜封锁起重愁。
那一晚你和我分定了方向，
两人各认取个生活的模样。

到如今我的船仍然在海面飘，
细弱的桅杆常在风涛里摇。

到如今太阳只在我背后徘徊，
层层的阴影留守在我周围。
到如今我还记着那一晚的天，
星光、眼泪、白茫茫的江边！
到如今我还想念你岸上的耕种：
红花儿黄花儿朵朵的生动。

那一天我希望要走到了顶层，
蜜一般酿出那记忆的滋润。
那一天我要挎上带羽翼的箭，
望着你花园里射一个满弦。
那一天你要听到鸟般的歌唱，
那便是我静候着你的赞赏。
那一天你要看到零乱的花影，
那便是我私闯入当年的边境！

仍　然

初刊于一九三一年四月《诗刊》第二期，署名尺棰。

你舒伸得像一湖水向着晴空里
白云，又像是一流冷涧澄清
许我循着林岸穷究你的泉源：
我却仍然怀抱着百般的疑心
对你的每一个映影！

你展开像个千瓣的花朵！
鲜妍是你的每一瓣，更有芳沁，

那温存袭人的花气，伴着晚凉：
我说花儿，这正是春的捉弄人，
来偷取人们的痴情！

你又学叶叶的书篇随风吹展，
揭示你的每一个深思；每一角心境，
你的眼睛望着，我，不断的在说话：

我却仍然没有回答，一片的沉静
永远守住我的魂灵。

激 昂

初刊于一九三一年九月（《北斗》创刊号，署名林徽音。

我要借这一时的豪放
和从容，灵魂清醒的
再喝一泉甘甜的鲜露，
来挥动思想的利剑，
舞它那一瞥最敏锐的
锋芒，像皑皑塞野的雪
在月的寒光下闪映，
喷吐冷激的辉艳；——斩，
斩断这时间的缠绵，

和猥琐网布的纠纷，
剖取一个无瑕的透明，
看一次你，纯美，
你的裸露的庄严。
……

然后踩登

任一座高峰，攀牵着白云
和锦样的霞光，跨一条
长虹，瞰临着澎湃的海，
在一穹匀净的澄蓝里，
书写我的惊讶与欢欣，
献出我最热的一滴眼泪，
我的信仰，至诚，和爱的力量，
永远膜拜，
膜拜在你美的面前！

五月　香山

笑

初刊于一九三一年十月五日《诗刊》第三期，署名林徽音。

笑的是她的眼睛，口唇，
和唇边浑圆的漩涡。
艳丽如同露珠，
朵朵的笑向
贝齿的闪光里躲。
那是笑——神的笑，美的笑：
水的映影，风的轻歌。

笑的是她惺松的鬈发

散乱的挨着她耳朵。

轻软如同花影，

痒痒的甜蜜

涌进了你的心窝。

那是笑——诗的笑，画的笑：

云的留痕，浪的柔波。

深夜里听到乐声

初刊于一九三一年十月五日《诗刊》第期、署名林徽音。

这一定又是你的手指，
轻弹着，
在这深夜，稠密的悲思；

我不禁颊边泛上了红，
静听着，
这深夜里弦子的生动。

一声听从我心底穿过，

忒凄凉

我懂得，但我怎能应和?

生命早描定她的式样，

太薄弱

是人们的美丽的想象。

除非在梦里有这么一天，

你和我

同来攀动那根希望的弦。

情　愿

初刊于一九三一年十月五日《诗刊》第三期，署名林徽音。

我情愿化成一片落叶，
让风吹雨打到处飘零；
或流云一朵，在澄蓝天，
和大地再没有些牵连。

但抱紧那伤心的标帜，
去触遇没着落的怅惘；
在黄昏，夜半，蹑着脚走，
全是空虚，再莫有温柔；

忘掉曾有这世界；有你；
哀悼谁又曾有过爱恋；
落花似的落尽，忘了去
这些个泪点里的情绪。

到那天一切都不存留，
比一闪光，一息风更少
痕迹，你也要忘掉了我
曾经在这世界里活过。

一首桃花

初刊十一九三一年十月五日《诗刊》第三期，署名林徽音。

桃花，
那一树的嫣红，
像是春说的一句话：
朵朵露凝的娇艳，
是一些
玲珑的字眼，
一瓣瓣的光致，
又是些
柔的匀的吐息；

含着笑，

在有意无意间

生姿的顾盼。

看，——

那一颤动在微风里

她又留下，淡淡的，

在三月的薄唇边，

一瞥，

一瞥多情的痕迹！

二十年五月　香山

莲灯

初刊于一九三三年三月一日《新月》第四卷第六期，正文署名徽音，目录栏为林徽音。

如果我的心是一朵莲花，
正中擎出一支点亮的蜡，
荧荧虽则单是那一剪光，
我也要它骄傲的捧出辉煌；
不怕它只是我个人的莲灯
照不见前后崎岖的人生——
浮沉它依附着人海的浪涛
明暗自成了它内心的秘奥。
单是那光一闪花一朵——

像一叶轻舸驶出了江河——

宛转它漂随命运的波涌

等候那阵阵风向远处推送。

算做一次过客在宇宙里，

认识这玲珑的生从容的死，

这飘忽的途程也就是个——

也就是个美丽美丽的梦。

廿一年七月半　香山

中夜钟声

初刊于一九三三年三月一日《新月》第四卷第六期，正文署名徽音，目录栏为林徽音。

钟声
　敛住又敲散
　　一街的荒凉
听——
　那圆的一颗颗声响
　直沉下时间
　　　　　静寂的
　　　　　　咽喉。
　像哭泣，

像哀恸，
将这僵黑的
中夜
葬入
那永不见曙星的
空洞——

轻——重，……
——重——轻……
这摇曳的一声声，
又凭谁的主意
把那余剩的忧惶
随着风冷——
纷纷
掷给还不成梦的
人。

山中一个夏夜

初刊于一九三三年六月一日《新月》第四卷第七期，署名林徽音。现存诗作手稿第三节为：

> 虫鸣织成那一片静，寂寞像垂下的帐幔，
> 仲夏山林在内中睡着，幽香四下里浮散。
> 黑影枕着黑影，默默的无声，
> 夜的静，却有夜的耳在听！

山中有一个夏夜，深得
像没有底一样；
黑影，松林密密的；
周围没有点光亮。
　　对山闪着只一盏灯——两盏

像夜的眼，夜的眼在看！

满山的风全蹑着脚
像是走路一样
躲过了各处的枝叶
各处的草，不响。
单是流水，不断的在山谷上
石头的心，石头的口在唱。

均匀的一片静，罩下
像张软垂的幔帐。
疑问不见了，四角里
模糊，是梦在窥探？
夜像在祈祷，无声的在期望，
幽馥的虔诚在无声里布漫。

微　光

初刊于一九三三年九月二十七日《大公报》“文艺副刊”第二期，署名徽音。

街上没有光，没有灯，
店廊上一角挂着有一盏；
他和她把他们一家的运命
含糊的，全数交给这黯淡。

街上没有光，没有灯，
店窗上，斜角，照着有半盏。
合家大小朴实的脑袋，
并排儿，熟睡在土炕上。

外边有雪夜；有泥泞；
沙锅里有不够明日的米粮；
小屋，静守住这微光，
缺乏着生活上需要的各样。

缺的是把干柴；是杯水；麦面……
为这吃的喝的，本说不到信仰，——
生活已然，固定的，单靠气力，
在肩臂上边，来支持那生的胆量。
明天，又明天，又明天……
一切都限定了，谁还说希望，——
便使是做梦，在梦里，闪着，
仍旧是这一粒孤勇的光亮？

街角里有盏灯，有点光，
挂在店廊；照在窗槛；
他和她，把他们一家的运命
明白的，全数交给这凄惨。

二十二年九月

秋天，这秋天

初刊于一九三三年十一月十八日《大公报》“文艺副刊”第十七期，署名徽音。

这是秋天，秋天，——
风还该是温软；
太阳仍笑着那微笑，
闪着金银；夸耀
他实在无多了的
最奢侈的早晚！
这里那里，在这秋天，
斑彩错置到各处
山野，和枝叶中间，

像醉了的蝴蝶，或是
珊瑚珠翠，华贵的失散，
缤纷降落到地面上。
这时候心得像歌曲；
由山泉的水光里闪动，
浮出珠沫，溅开
山石的喉嗓唱。
这时候满腔的热情
全是你的，秋天懂得，
秋天懂得那狂放，——
秋天爱的是那不经意
不经意的零乱！

但是秋天，这秋天，
他撑着梦一般的喜筵，
不为的是你的欢欣：
他撒开手，一掬璎珞，
一把落花似的幻变，
还为的是那不定的
悲哀，归根儿蒂结住

在这人生的中心！

一阵萧萧的风，起自

昨夜西窗的外沿，

摇着梧桐树哭。——

起始你怀疑着：

荷叶还没有残败；

小划子停在水流中间；

夏夜的细语，夹着虫鸣，

还信得过仍然偎着

耳朵旁温甜；

但是梧桐叶带来桂花香，

已打到灯盏的光前。

一切都两样了，他闪一闪说，

只要一夜的风，一夜的幻变。

冷雾迷住我的两眼，

在这样的深秋里，

你又同谁争？现实的背面

是不是现实，荒诞的，

果属不可信的虚妄？

疑问抵不住单简的残酷，
再别要悯惜流血的哀惶，
趁一次里，要认清
造物更是摧毁的工匠。
信仰只一细柱香，
那点子亮再经不起西风
沙沙的隔着梧桐树吹！
如果你忘不掉，忘不掉
那同听过的鸟啼；
同看过的花好，信仰
该在过往的中间安睡。……
秋天的骄傲是果实，
不是萌芽，——生命不容你
不献出你积累的馨芳；
交出受过光热的每一层颜色；
点点沥尽你最难堪的酸怆。
　　　　　　　　　这时候，
切不用哭泣；或是呼唤；
更用不着闭上眼祈祷；
（向着将来的将来空等盼）；

只要低低的，在静里，低下去

已困倦的头来承受，——承受

这叶落了的秋天，

听风扯紧了弦索自歌挽：

这秋，这夜，这惨的变换！

二十二年十一月中旬

年　关

初刊于一九三四年二月二十一日《大公报》“文艺副刊”第四十三期，署名林徽音。

那里来，又向那里去，
这不断，不断的行人，
奔波杂遝的，这车马？
红的灯光，绿的紫的，
织成了这可怕，还是
可爱的夜？高的楼影
渺茫天上，都象征些
什么现象？这嗓聒中
为什么又凝着这沉静，

这热闹里，会是凄凉？

这是年关，年关，有人
由街头走着，估计着，
孤另的影子斜映着。
一年，又是一年辛苦，
一盘子算珠的艰和难。
日中你敛住气，夜里
你喘，一条街，一条街，
跟着太阳灯光往返，——
人和人，好比水在流，
人是水，两旁楼是山！

一年，一年，
连年里，这穿过城市
胸腑的辛苦，成千万，
成千万人流的血汗，
才会造成了像今夜
这神奇可怕的灿烂！
看，街心里横一道影
灯盏上开着血印的花

夜在凉雾和尘沙中
进展，展进，许多口里
在喘着年关，年关……

二十三年废历除夕

你是人间的四月天

——一句爱的赞颂

初刊于一九三四年五月《学文》第一卷第一期，署名林徽因。

我说你是人间的四月天；
笑响点亮了四面风；轻灵
在春的光艳中交舞着变。

你是四月早天里的云烟，
黄昏吹着风的软，星子在
无意中闪，细雨点洒在花前。

那轻，那娉婷，你是，鲜妍
百花的冠冕你戴着，你是
天真，庄严，你是夜夜的月圆。

雪化后那片鹅黄，你像；新鲜
初放芽的绿，你是；柔嫩喜悦
水光浮动着你梦期待中白莲。

你是一树一树的花开，是燕
在梁间呢喃，——你是爱，是暖，
是希望[1]你是人间的四月天！

---

① 作者后将“希望”改作“诗的一篇”。

忆

初刊于一九三四年六月《学文》第一卷第二期，署名林徽因。

新年等在窗外，一缕香，
枝上刚放出一半朵红。
心在转，你曾说过的
几句话，白鸽似的盘旋。

我不曾忘，也不能忘
那天的天澄清的透蓝，
太阳带点暖，斜照在
每棵树梢头，像凤凰。

是你在笑，仰脸望，
多少勇敢话那天，你我
全说了，——像张风筝
向蓝穹，凭一线力量。

二十二年年岁终

吊玮德

初刊于一九三五年六月《文艺月刊》第七卷第六期，署名林徽因。

玮德，是不是那样，
你觉到乏了，有点儿
不耐烦，
并不为别的缘故
你就走了，
向着那一条路？

玮德你真是聪明；
早早的让花开过了

那顶鲜妍的几朵，
就选个这样春天的清晨，
挥一挥袖
对着晓天的烟霞
走去，轻轻的，轻轻的
背向着我们。
春风似的不再停住！

春风似的吹过，
你却留下
永远的那么一颗
少年人的信心；
少年的微笑
和悦的
洒落在别人的新枝上。
我们骄傲
你这骄傲
但你，玮德，独不惆怅
我们这一片
懦弱的悲伤？

黯淡是这人间
美丽不常走来
你知道。
歌声如果有，也只在
几个唇边旋转！
一层一层尘埃，
凄怆是各样的安排，
即使狂飚不起，狂飚不起，
这远近苍茫，
雾里狼烟，
谁还看见花开！

你走了，
你也走了，
尽走了，再带着去
那些儿馨芳，
那些个嘹亮，
明天再明天，此后
寂寞的平凡中
都让谁来支持？

一星星理想，难道
从此都空挂到天上？

玮德你真是个诗人
你是这般年轻，好像
天方放晓，钟刚敲响……
你却说倦了，有点儿
不耐烦忍心，
一条虹桥由中间拆断；
情愿听杜鹃啼唱，
相信有明月长照，
寒光水底能依稀映成
那一半连环
憬憧中
你诗人的希望！

玮德是不是那样
你觉得乏了，人间的怅惘
你不管；
莲叶上笑着展开

浮烟似的诗人的脚步。

你只相信天外那一条路?

廿四年五月十日　北平

城楼上

初刊于一九三五年十月八日《大公报》“文艺副刊”第十九期，署名徽因。此期为“诗特刊”。

你说什么？
鸭子，太阳，
城墙下那护城河？
——我？
我在想，
——不是不在听——
想怎样
从前，……
对了，

也是秋天！

你也曾去过，
你？那小树林？
还记得么；
山窝，红叶像火？
映影
湖心里倒浸，
那静？
天！……
（今天的多蓝，你看！）
白云，
像一缕烟。

谁又啰嗦？
你爱这里城墙，
古墓，长歌，
蔓草里开野花朵。
好，我不再讲
从前的，单想

我们在古城楼上

今天，——

白鸽，

(你准知道是白鸽？)

飞过面前。

二十四年十月

深　笑

初刊于一九三六年月五日《大公报》“文艺副刊”第二十七期，署名林徽因。

是谁笑得那样甜，那样深，
那样圆转？一串一串明珠
大小闪着光亮，迸出天真！
清泉底浮动，泛流到水面上，
　灿烂，
分散！

是谁笑得好花儿开了一朵？
那样轻盈，不惊起谁。

细香无意中，随着风过，
拂在短墙，丝丝在斜阳前
　挂着
留恋。

是谁笑成这百层塔高耸，
让不知名鸟雀来盘旋？是谁
笑成这万千个风铃的转动，
从每一层琉璃的檐边
　摇上
云天？

风　筝

初刊于一九三六年二月十四日《大公报》“文艺副刊”第三十九期，署名徽因。

看，那一点美丽
会闪到天空！
几片颜色，
挟住双翅，
心，缀一串红。

飘摇，它高高的去，
逍遥在太阳边
太空里闪

一小片脸，

但是不，你别错看了

错看了它的力量，

天地间认得方向！

它只是

轻的一片，

一点子美

像是希望，又像是梦；

一长根丝牵住

天穹，渺茫——

高高推着它舞去，

白云般飞动，

它也猜透了不是自己，

它知道，知道是风！

正月十一日

别丢掉

初刊于一九三六年三月十五日《大公报》“文艺副刊”第一百一十期，署名徽因。此期为“星期特刊”。

别丢掉
这一把过往的热情，
现在流水似的，
轻轻
在幽冷的山泉底，
在黑夜，在松林，
叹息似的渺茫，
你仍要保存着那真！

一样是月明，

一样是隔山灯火，

满天的星，

只使人不见，

梦似的挂起，

你问黑夜要回

那一句话——你仍得相信

山谷中留着

有那回音！

二十一年夏

雨后天

初刊于一九三六年三月十五日《大公报》“文艺副刊”第一百一十期，署名徽因。此期为“星期特刊”。

我爱这雨后天，
这平原的青草一片！
我的心没底止的跟着风吹，
风吹：
吹远了草香，落叶，
吹远了一缕云，像烟——
像烟。

二十一年十月一日

记　忆

初刊于一九三六年三月二十二日《大公报》“文艺副刊”第一百一十四期，署名徽因，此期为“星期特刊”。

断续的曲子，最美或最温柔的
夜，带着一天的星。
记忆的梗上，谁不有
两三朵娉婷，披着情绪的花
无名的展开
野荷的香馥，
每一瓣静处的月明。

湖上风吹过，额发乱了，或是
水面皱起像鱼鳞的锦。
四面里的辽阔，如同梦
荡漾着中心彷徨的过往
不着痕迹，谁都
认识那图画，
沉在水底记忆的倒影！

二十五年二月

静　院

初刊于一九三六年四月十二日《大公报》“文艺副刊”第一百十二期，署名徽因。此期为“星期特刊”。

你说这院子深深的——
美从不是现成的。
这一掬静，
到了夜，你算，
就需要多少铺张？
月圆了残，叫卖声远了，
隔过老杨柳，一道墙，又转，
初一？凑巧谁又在烧香，……

离离落落的满院子，
不定是神仙走过，
仅是迷惘，像梦，……
窗槛外或者是暗的，
或透那么一点灯火。

这搁静，院子深深的
——有人也叫它做情绪——
情绪，好，你指点看
有不有轻风，轻得那样
没有声响，吹着凉？
黑的屋脊，自己的，人家的，
兽似的背耸着，又像
寂寞在嘶声的喊！
石阶，尽管沉默，你数，
多少层下去，下去，
是不是还得栏杆，斜斜的
双树的影去支撑？

对了，角落里边

还得有人低着头脸。
会忘掉又会记起，——会想，
——那不论——或者是
船去了，一片水，或是
小曲子唱得嘹亮；
或是枝头粉黄一朵，
记不得谁了，又向谁认错！
又是多少年前，——夏夜，
有人说：
“今夜，天，……”（也许是秋夜）
又穿过藤萝，
指着一边，小声的，“你看，
星子真多！”
草上人描着影子；
那样点头，走，
又有人笑，……

静，真的，你可相信
这平铺的一片——
不单是月光，星河，

雪和萤虫也远——

夜，情绪，进展的音乐，

如果慢弹的手指

能轻似蝉翼，

你拆开来看，纷纭，

那玄微的细网

怎样深沉的拢住天地，

又怎样交织成

这细致飘渺的彷徨！

二十五年一月

无 题

初刊于一九三六年五月三日《大公报》“文艺副刊”第一百三十八期，署名徽因。此期为“星期特刊”。

什么时候再能有
那一片静；
溶溶在春风中立着，
面对着山，面对着小河流？

什么时候还能那样
满掬着希望；
披拂新绿，耳语似的诗思，

登上城楼，更听那一声钟响？

什么时候，又什么时候，心
才真能懂得
这时间的距离；山河的年岁；
昨天的静，钟声，
昨天的人
怎样又在今天里划下一道影！

二十五年春四月

题别空菩提叶

初刊于一九三六年五月十七日《大公报》“文艺副刊”第一百四十六期，署名徽因。此期为“星期特刊”。

认得这透明体，
智慧的叶子掉在人间？
消沉，慈静——
那一天一闪冷焰，
一叶无声的坠地，
仅证明了智慧寂寞
孤零的终会死在风前！
昨天又昨天，美

还逃不出时间的威严；

相信这里睡眠着最美丽的

骸骨，一丝魂魄月边留恋，——

…………

菩提树下清荫则是去年！

二十五年四月二十三日

黄昏过泰山

初刊于一九三六年七月十九日《大公报》“文艺副刊”第一百八十二期，署名林徽因。此期为“诗歌特刊”。

记得那天
心同一条长河，
让黄昏来临，
月一片挂在胸襟。
如同这青黛山，
今天，
心是孤傲的屏障一面；

葱郁，

不忘却晚霞，

苍莽，

却听脚下风起，

来了夜——

昼　梦

初刊于一九三六年八月三十日《大公报》“文艺副刊”第二百零六期，署名林徽因。此期为“诗歌特刊”。

昼梦

垂着纱，
无从追寻那开始的情绪
还未曾开花；
柔韧得像一根
乳白色的茎，缠住
纱帐下；银光
有时映亮，去了又来；

盘盘丝路
一半失落在梦外。

花竟开了，开了；
零落的攒集，
从容的舒展，
一朵，那千百瓣！
抖擞那不可言喻的
刹那情绪，
庄严峰顶——
天上一颗星……
　　晕紫，深赤，
天空外旷碧，
是颜色同颜色浮溢，腾飞……
深沉，
又凝定——
悄然香馥，
袅娜一片静。

昼梦

垂着纱，

无从追踪的情绪

开了花；

四下里香深，

低覆着禅寂，

间或游丝似的摇移，

悠忽一重影；

悲哀或不悲哀

全是无名，

一闪儫停。

二十五年暑中　北平

八月的忧愁

初刊于一九三六年九月三十日《大公报》“文艺副刊”第二百二十四期，署名徽因。

黄水塘里游着白鸭，
高粱梗油青的刚高过头，
这跳动的心怎样安插，
田里一窄条路，八月里这忧愁？

天是昨夜雨洗过的，山岗
照着太阳又留一片影；
羊跟着放羊的转进村庄，
一大棵树荫下罩着井，又像是心！

从没有人说过八月甚么话，

夏天过去了，也不到秋天。

但我望着田垄，土墙上的瓜，

仍不明白生活同梦怎样底连牵。

二十五年夏末

过杨柳

初刊于一九三六年十一月一日《大公报》“文艺副刊”第二百四十一期，署名徽因。此期为“诗歌特刊”。作者曾将此诗题易为《黄昏过杨柳》，以“林徽因诗”为题，排在《空虚的薄暮》中为第二节，刊于一九四八年二月二十二日《经世日报》“文艺”周刊第八十五期。

反复底在敲问心同心，
彩霞片片已烧成灰烬，
街的一头到另一条路，
同是个黄昏扑进尘土。

愁闷压住所有的新鲜，
奇怪街边此刻还看见，
混沌中浮出光妍的纷纠，
死色楼前垂一棵杨柳！

廿五年十月

冥 思

初刊于一九三六年十二月十三日《大公报》“文艺副刊”第二百六十五期，署名林徽因。

心此刻同沙漠一样平，[①]
思想像孤独的一个阿拉伯人；
仰脸孤独的向天际望
落日远边奇异的霞光，
安静的，又侧个耳朵听
远处一串骆驼的归铃。

① 此句作者后改为“此刻胸前同沙漠一样平”。

在这白色的周遭中，

一切像凝冻的雕形不动：

白袍，腰刀，长长的头巾，

浪似的云天，沙漠上风！

偶有一点子振荡闪过天线，

残霞边一颗星子出现。

二十五年夏末

空　想

初刊于一九三六年十二月《新诗》第三期时与《你来了》《“一九一八”闲走》《藤花前——独过静心斋》《旅途中》并题为《空想（外四章）》，署名林徽因。

终日的企盼企盼正无着落，——
太阳穿窗棂影，种种花样。
暮秋梦远，一首诗似的寂寞，
真怕看光影，花般洒在满墙。

日子悄悄的仅按沉吟的节奏，
尽打动简单曲，像钟摇响。

不是光不流动，花瓣子不点缀时候，

是心漏却忍耐，厌烦了这空想！

你来了

初刊于一九三六年十二月《新诗》第三期时为《空想（外四章）》的“外四章”之一，署名林徽因。

你来了，画里楼阁立在山边，
交响曲，由风到风，草青到天！
阳光投多少个方向，谁管？你，我
如同画里人，掉回头，便就不见！
你来了，花开到深深的深红，
绿萍遮住池塘上一层晓梦，
鸟唱着，树梢交织着枝柯，——白云

却是我们，悠忽翻过几重天空！①

一九三四

① 诗的最后两句后被作者改为："鸟唱着，树梢头织起细细枝柯——白云却是我们，翻过好几重天空！"

“九一八”闲走

初刊于一九三六年十二月《新诗》第三期时为《空想（外四章）》的“外四章”之二，署名林徽因。

天上今早盖着两层灰，
地上一堆黄叶在徘徊，
惘惘的是我跟着凉风转，
荒街小巷，蛇鼠般追随！

我问秋天，秋天似也疑问我：
在这尘沙中又挣扎些什么，

黄雾扼住天的喉咙，
处处仅剩情绪的残破？

但我不信热血不仍在沸腾；
思想不仍铺在街上多少层；
甘心让来往车马狠命的轧压，
待从地面开花，另来一种完整。

藤花前

——独过静心斋

初刊于一九三六年十二月《新诗》第三期时为《空想（外四章）》的“外四章”之三，署名林徽因。

紫藤花开了
轻轻的放着香，
没有人知道……

紫藤花开了
轻轻的放着香，
没有人知道。

楼不管，曲廊不作声，
蓝天里白云行去，
池子一脉静；
水面散着浮萍，
水底下挂着倒影。

紫藤花开了
没有人知道！
蓝天里白云行去，
小院，
无意中我走到花前。
轻香，风吹过
花心，
风吹过我，——
望着无语，紫色点。

旅途中

初刊于一九三六年十二月《新诗》第三期时为《空想（外四章）》的“外四章”之四，署名林徽因。

我卷起一个包袱走，
过一个山坡子松，
又走过一个小庙门，
在早晨最早的一阵风中。
我心里没有埋怨，人或是神；
天底下的烦恼，连我的
拢总，
像已交给谁去，……

前面天空。

山中水那样清，

山前桥那么白净，——

我不知道造物者认不认得

自己图画；

乡下人的笠帽，草鞋，

乡下人的性情。

暑中在山东乡间步行　二十五年夏

山 中

初刊于一九三七年一月二十九日《大公报》“文艺副刊”第二百九十二期，署名徽因。

紫色山头抱住红叶，将自己影射在山前，
人在小石桥上走过，渺小的追一点子想念。
高峰外云在深蓝天里镶白银色的光转，
用不着桥下黄叶，人在泉边，才记起夏天！

也不因一个人孤独的走路，路更蜿蜒，
短白墙房舍像画，仍画在山坳另一面，
只这丹红叶叶替代人记忆失落的层翠，

深浅围抱这同一个山头，惆怅如薄层烟。

山中斜长条青影，如今红萝乱在四面，
百万落叶火焰在寻觅山石荆草边，
当时黄月下共坐天真的青年人情话，相信
那三两句长短，星子般扔挂秋风里不变。

廿五年秋

静　坐

初刊于一九三七年一月三十一日《大公报》“文艺副刊”第二百九十三期，署名林徽因。此期为“诗歌特刊”。

冬有冬的来意，
寒冷像花，——
花有花香，冬有回忆一把。
一条枯枝影，青烟色的瘦细，
在午后的窗前拖过一笔画；
寒里日光淡了，渐斜……
就是那样底
像待客人说话

我在静沉中默啜着茶。

二十五年冬十一月

红叶里的信念

初刊于一九三七年一月《新诗》第四期，署名林徽因。

年年不是要看西山的红叶，
谁敢看西山红叶？不是
要听异样的鸟鸣，停在
那一个静幽的树枝头，
是脚步不能自已的走——
走，迈向理想的山坳子
寻觅从未曾寻着的梦：
一茎梦里的花，一种香，
斜阳四处挂着，风吹动，

转过白云，小小一角高楼。

钟声已在脚下，松同松
并立着等候，山野已然
百般渲染豪侈的深秋。
梦在那里，你的一缕笑，
一句话，在云浪中寻遍
不知落到那一处？流水已经
渐渐的清寒，载着落叶
穿过空的石桥，白栏杆，
叫人不忍再看，红叶去年
同踏过的脚迹火一般。
好，抬头，这是高处，心卷起
随着那白云浮过苍茫，
别计算在那里驻脚，去，
相信千里外还有霞光，
像希望，记得那烟霞颜色，
就不为编织美丽的明天，
为此刻空的歌唱，空的
凄恻，空的缠绵，也该放

多一点勇敢，不怕连牵
斑驳金银般旧积的创伤！

再看红叶每年，山重复的
流血，山林，石头的心胸
从不倚借梦支撑，夜夜
风像利刃削过大土壤，
天亮时沉默焦灼的唇，
忍耐的仍向天蓝，呼唤
瓜果风霜中完成，呈光彩，
自己山头流血，变坟台！
平静，我的脚步，慢点儿去，
别相信谁曾安排下梦来！
一路上枯枝，鸟不曾唱，
小野草香风早不是春天。
停下！停下！风同云，水同
水藻全叫住我，说梦在
背后，蝴蝶秋千理想的
山坳同这当前现实的
石头子路还缺个牵连！

愈是山中奇妍的黄月光
挂出树尖，愈得相信梦，
梦里斜晖一茎花是谎！

但心不信！空虚的骄傲
秋风中旋转，心仍叫喊
理想的爱和美，同白云
角逐；同斜阳笑吻；同树，
同花，同香，乃至同秋虫
石隙中悲鸣，要携手去；
同奔跃嬉游水面的青蛙，
盲目的再去寻盲目日子，——
要现实的热情另涂图画，
要把满山红叶采作花！

这萧萧瑟瑟不断的呜咽，
掠过耳鬓也还卷着温存，
影子在秋光中摇曳，心再
不信光影外有串疑问！
心仍不信，只因是午后，

那片竹林子阳光穿过
照暖了石头，赤红小山坡，
影子长长两条，你同我
曾经参差耶亭子石路前，
浅碧波光老树干旁边！

生命中的谎再不能比这把
颜色更鲜艳！记得那一片
黄金天，珊瑚般玲珑叶子
秋风里挂，即使自己感觉
内心流血，又怎样个说话？
谁能问这美丽的后面
是什么？赌博时，眼闪亮，
从不悔那猛上孤注的力量；
都说任何苦痛去换任何一分，
一毫，一个纤微的理想！

所以脚步此刻仍在迈进，
不能自已，不能停！虽然山中
一万种颜色，一万次的变，

各种寂寞已环抱着孤影；
热的减成微温，温的又冷，
焦黄叶压踏在脚下碎裂，
残酷地散排昨天的细屑，
心却仍不问脚步为甚固执，
那寻不着的梦中路线，——
仍依恋指不出方向的一边！

西山，我发誓底，指着西山，
别忘记，今天你，我，红叶，
连成这一片血色的伤怆！
知道我的日子仅是匆促的
几天，如果明年你同红叶
再红成火焰，我却不见，……
深紫，你山头须要多添
一缕抑郁热情的象征，
记下我曾为这山中红叶，
今天流血地存一堆信念！

十月独行

初刊于一九三七年三月七日《大公报》“文艺副刊”第三百零七期，署名徽因。

像个灵魂失落在街边，
我望着十月天上十月的脸，
我向雾里黑影上涂热情
悄悄的看一团流动的月圆。

我也看人流着流着过去，来回
黑影中冲着波浪翻星点
我数桥上栏杆龙样头尾
像坐一条寂寞船，自己拉纤。

我像哭，像自语，我更自己抱歉！

自己焦心，同情，一把心紧似琴弦，——

我说哑的，哑的琴我知道，一出曲子

未唱，幻望的手指终未来在上面？

时　间

初刊于一九三七年三月十四日《大公报》“文艺副刊”第三百一十期，此期为“诗歌特刊”，署名徽因。

人间的季候永远不断在转变
春时你留下多处残红，翩然辞别，
本不想回来时同谁叹息秋天！

现在连秋云黄叶又已失落去
辽远里，剩下灰色的长空一片
透彻的寂寞，你忍听冷风独语？

古城春景

初刊于一九三七年四月《新诗》第二卷第四期，署名林徽因。

时代把握不住时代自己的烦恼——
轻率的不满，就不叫它这时代牢骚——
偏又流成愤怨，聚一堆黑色的浓烟
喷出烟囱，那矗立的新观念，在古城楼对面！

怪得这嫩灰色一片，带疑问的春天
要泥黄色风沙，顺着白洋灰街沿，
再低着头去寻觅那已失落了的浪漫
到蓝布棉帘子，万字栏杆，仍上老店铺门槛？

寻去，不必有新奇的新发现，旧有保障
即使古老些，需要翡翠色甘蔗做拐杖
来支撑城墙下小果摊，那红鲜的冰糖葫芦
仍然光耀，串串如同旧珊瑚，还不怕新时代的尘土。

二十六年春　北平

日　子

刊于一九三七年四月《好文章》“诗选”专栏，署名徽因。该杂志刊发此诗时属于选载，原刊未详。

优闲的仰着脸
望：
日子同这没有云的天
能不能永远？
又想：
（不敢低头）
疑问同风吹来时，
影子会不会已经

伸得很长，

寂寞的横在

衰柔的青草上？

前 后

初刊于一九三七年五月十六日《大公报》“文艺副刊”第三百三十六期，署名林徽因。此期为“诗歌特刊”。

河上不沉默的船
载着人过去了；
桥——三环洞的桥基，
上面再添了足迹；
早晨，
早又到了黄昏，
这赓续
绵长的路……

不能问谁

想望的终点，——

没有终点

这前面。

背后，

历史是片累赘！

去　春

初刊于一九三七年八月一日《文学杂志》第一卷第四期，署名林徽因。

不过是去年的春天，花香，
红白的相间着一条小曲径，
在今天这苍白的下午，再一次登山
回头看，小山前一片松风
就吹成长长的距离，在自己身旁。

人去时，孔雀绿的园门，白丁香花，
相伴着动人的细致，在此时，
又一次湖冰将解的季候，已全变了画。

时间里悬挂，迎面阳光不来，

就是来了也是斜抹一行沉寂记忆，树下。

除夕看花

初刊于一九三九年六月二十八日香港《大公报》“文艺副刊”，署名徽因。

新从嘈杂着异乡口调的花市上买来，
碧桃雪白的长枝，同红血般的山茶花。
着自己小角隅再用精致鲜艳来结采，
不为着锐的伤感，仅是钝的还有剩余下！

明知道房里的静定，像弄错了季节，
气氛中故乡失得更远些，时间倒着悬挂；
过年也不像过年，看出灯笼在燃烧着点点血，
帘垂花下已记不起旧时热情、旧日的话。

如果心头再旋转着熟识旧时的芳菲，
模糊如条小径越过无数道篱笆，
纷纭的花叶枝条，草看弄得人昏迷，
今日的脚步，再不甘重踏上前时的泥沙。

月色已冻住，指着各处山头，河水更零乱，
关心的是马蹄平原上辛苦，无响在刻画，
除夕的花已不是花，仅一句言语梗在这里，
抖战着千万人的忧患，每个心头上牵挂。

孤　岛

初刊于一九四七年一月四日《益世报》“文学周刊”第二十二期，署名林徽因。此期为“诗与散文特辑”。

遥望它是充满画意的山峰，
远立在河心里高傲的凌耸，
可怜它只是不幸的孤岛，——天然没有梗堤，
人工没搭座虹桥。

他同他的映影永为周围水的囚犯；
陆地于它，是达不到的希望！
早晚寂寞它常将小舟挽住，

风雨时节任江雾把自己隐去。

晴天它挺着小塔，玲珑独对云心；
盘盘石阶，由钟声松林中，超出安静。
特殊的轮廓它苦心孤诣做成，
漠漠大地又那里去找一点同情？

死是安慰

初刊于一九四七年一月四日天津《益世报》“文学周刊”第十二期，署名林徽因。此期为“诗与散文特辑”。

个个连环，永打不开，
生是个结，又是个结！
　　死的实在，
　　　一朵云彩。

一根绳索，永远牵住，
生是张风筝，难得飘远，
　　死是江雾，

迷茫飞去！

长条旅程，永在中途，
生是脚步，泥般沉重，——
死是尽处，
不再辛苦。

一曲溪涧，日夜流水，
生是种奔逝，永在离别！
死只一回，
它是安慰。

给秋天

初刊于一九四七年五月四日《大公报》“星期文艺”副刊第三十期时为《诗（三首）》之一，署名林徽因。

正与生命里一切相同，
我们爱得太是匆匆；
好像只是昨天，
你还在我的窗前！

笑脸向着晴空
你的林叶笑声里染红
你把黄光当金子般散开

稚气，豪侈，你没有悲哀。

你的红叶是亲切的牵绊，那零乱
每早必来缠住我的晨光。
我也吻你，不顾你的背影隔过玻璃窗！
际常淘气的闪过，却不对我忸怩。

可是我爱得多么疯狂，
竟未觉察凄厉的夜晚
已在你背后尾随，——
等候着把际残忍的摧毁！
一夜呼号的风声
果然没有把我惊醒，
等到太晚的那个早晨
啊。天！你已经不见了踪影。

我苛刻的咒诅自己，
但现在有谁走过这里，
除却严冬铁样长脸
阴霾中，偶然一见。

人　生

初刊于一九四七年五月四日《大公报》“星期文艺”副刊第三十期时为《诗（三首）》之二，署名林徽因。

人生，
你是一支曲子，
我是歌唱的；

你是河流
我是条船，一片小白帆
我是个行旅者的时候，
你，田野，山林，峰峦。

无论怎样，
颠倒密切中牵连着
你和我，
我永从你中间经过；

我生存，
你是我生存的河道，
理由同力量。
你的存在
则是我胸前心跳里
五色的绚彩
但我们彼此交错
并未彼此留难。
……
现在我死了，
你，——
我把你再交给他人负担！

展缓

初刊于一九四七年五月四日《大公报》“星期文艺”副刊第三十期时为《诗（三首）》之三，署名林徽因。

当所有的情感
都并入一股哀怨
如小河，大河，汇向着
无边的大海，——不论
怎么冲击，怎样盘旋，——
那河上劲风，大小石卵，
所做成的几处逆流
小小港湾，就如同

那生命中，无意的宁静
避开了主流；情绪的
平波越出了悲愁。

停吧，这奔驰的血液；
它们不必全然废弛的
都去造成眼泪。
不妨多几次辗转，溯回流水，
任凭眼前这一切撩乱，
这所有，去建筑逻辑。
把绝望的结论，稍稍
迟缓，拖延时间，——
拖延理智的判断，——
会再给纯情感一种希望！

六点钟在下午

初刊于一九四八年二月二十二日《经世日报》“文艺周刊”第五十八期时为《林徽因诗》中的一首，署名林徽因。

用什么来点缀
六点钟在下午？
六点钟在下午
点缀在你生命中，
仅有仿佛的灯光，
褪败的夕阳，窗外
一张落叶在旋转！

用什么来陪伴
六点钟在下午？
六点钟在下午
陪伴着你在暮色里闲坐，
等光走了，影子变换，
一支烟，为小雨点
继续着，无所盼望！

昆明即景

初刊于一九四八年二月二十二日《经世日报》“文艺周刊”第五十八期时为《林徽因诗》中的一首，署名林徽因。

一　茶铺

这是立体的构画，
　描在这里许多样脸
在顺城脚的茶铺里
　隐隐起喧腾声一片。

各种的姿势，生活
　刻划着不同方面：

茶座上全坐满了，笑的，
　皱眉的，有的抽着旱烟。
老的，慈祥的面纹，
　年轻的，灵活的眼睛，
都暂要时间茶杯上
　停住，不再去扰乱心情！

一天一整串辛苦，
　此刻才赚回小把安静，
夜晚回家，还有远路，
　白天，谁有工夫闲看云影？

不都为着真的口渴，
　四面窗开着，喝茶，
跷起膝盖的是疲乏，
　赤着臂膀好同乡邻闲话。

也为了放下扁担同肩背
　向运命喘息，倚着墙，
每晚靠这一碗茶的生趣

幽默估量生的短长……

这是立体的构画，
设色在小生活旁边，
荫凉南瓜棚下茶铺，
热闹照样的又过了一天！

二　小楼

张大爹临街的矮楼，①
半藏着，半挺着，立在街头，
瓦覆着它，窗开一条缝，
夕阳染红它，如写下古远的梦。

矮檐上长点草，也结过小瓜，
破石子路在楼前，无人种花，
是老坛子，瓦罐，大小的相伴；

① 初稿中“张大爹临街的矮楼”为“那上七下八临街的矮楼”。昆明旧式民居典型制式为底楼高八尺、二层高七尺。

尘垢列出许多风趣的零乱。

但张大爹走过，不吟咏它好；
大爹自己（上年纪了）不相信古老。
他拐着杖常到隔壁沽酒，
宁愿过桥，土堤去看新柳！

一串疯话

初刊于一九四八年二月二十二日《经世日报》“文艺周刊”第五十八期时为《林徽因诗》中《年轻的歌》两首之一，署名林徽因。另一首《你来了》见本书第五十页。

好比这树丁香，几枝山红杏，
相信我的心里留着有一串话，
绕着许多叶子，青青的沉静，
风露日夜，只盼五月来开开花！

如果你是五月，八百里为我吹开
蓝空上霞彩，那样子来了春天，

忘掉腼腆，我定要转过脸来，

把一串疯话全说在你的面前！

小诗（一）[1]

初刊于一九四八年五月《文学杂志》第二卷第十二期时，系以《病中杂诗九首》为总题的'九首'之一，《小诗（一）》和《小诗（二）》初刊时为《小诗》一首中的“(一)”和“(二)”，署名林徽因。此期为“诗歌专号”。

感谢生命的讽刺嘲弄着我，
会唱的喉咙哑成了无言的歌。
一片轻纱似的情绪，本是空灵，
现时上面全打着拙笨补钉。

---

① 一九四七年写于北平。

肩头上先是挑起两担云彩，
带着光辉要在从容天空里安排；
如今黑压压沉下现实的真相，
灵魂同饥饿的脊梁将一起压断！

我不敢问生命现在人该当如何
喘气！经验已如旧鞋底的穿破，
这纷歧道路上，石子和泥土模糊，
还是赤脚方便，去认取新的辛苦。

小诗（二）

初刊于一九四八年五月《文学杂志》第二卷第十二期时，系以《病中杂诗九首》为总题的“九首”之一，《小诗（二）》和《小诗（一）》初刊时为《小诗》一首中的“（二）”和“（一）”，署名林徽因。此期为“诗歌专号”。

小蚌壳里有所有的颜色；
整一条虹藏在里面。
绚彩的存在是他的秘密，
外面没有夕阳，也不见雨点。

黑夜天空上只一片渺茫；

整宇宙星斗那里闪亮，

远距离光明如无边海面，

是每小粒晶莹，给了你方向。

恶劣的心绪

原刊于一九四八年五月《文学杂志》第二卷第十二期时，系以《病中杂诗九首》为总题的“九首”之二，署名林徽因。此期为“诗歌专号”。

我病中，这样缠住忧虑和烦扰，
好像西北冷风，从沙漠荒原吹起，
逐步吹入黄昏街头巷尾的垃圾堆；
在霉腐的琐屑里寻讨安慰，
自己在万物消耗以后的残骸中惊骇，
又一点一点给别人扬起可怕的尘埃！

吹散记忆正如陈旧的报纸飘在各处彷徨，

破碎支离的记录只颠倒提示过去的骚乱。
多余的理性还像一只饥饿的野狗
那样追着空罐同肉骨，自己寂寞的追着
咬嚼人类的感伤；生活是什么都还说不上来，
摆在眼前的已是这许多渣滓！

我希望：风停了；今晚情绪能像一场小雪，
沉默的白色轻轻降落地上；
雪花每片对自己和他人都带一星耐性的仁慈，
一层一层把恶劣残破和痛苦的一起掩藏；
在美丽明早的晨光下，焦心暂不必再有，——
绝望要来时，索性是雪后残酷的寒流！

三十六年十二月　病中动手术前

写给我的大姊[①]

初刊十一九四八年五月《文学杂志》第二卷第十二期时，系以《病中杂诗九首》为总题的“九首”之三，署名林徽因。此期为“诗歌专号”。

当我去了，还有没说完的话，
好像客人去后杯里留下的茶；
说的时候，同喝的机会，都已错过，
主客黯然，可不必再去惋惜它。
如果有点感伤，你把脸掉向窗外，
落日将尽时，西天上，总还留有晚霞。

① 一九四六年写于昆明。

一切小小的留恋算不得罪过，
将尽未尽的衷曲也是常情。
你原谅我有一堆心绪上的闪躲，
黄昏时承认的，否认等不到天明；
有些话自己也还不曾说透，
他人的了解是来自直觉的会心。

当我去了，还有没说完的话，
像钟敲过后，时间在悬空里暂挂，
你有理由等待更美好的继续；
对忽然的终止，你有理由惧怕。
但原谅吧，我的话语永远不能完全，
亘古到今情感的矛盾做成了嘶哑。

一天

初刊于一九四八年五月《文学杂志》第二卷第十二期时，系以《病中杂诗九首》为总题的“九首”之四，署名林徽因。此期为“诗歌专号”。

今天十二个钟头，
是我十二个客人，
每一个来了，又走了，
最后夕阳拖着影子也走了！
我没有时间盘问我自己胸怀，
黄昏却蹑着脚，好奇的偷着进来！
我说：朋友，这次我可不对你诉说啊，
每次说了，伤我一点骄傲。

黄昏黯然，无言的走开，

孤单的，沉默的，我投入夜的怀抱！

三十一年春　李庄

对残枝

初刊于一九四八年五月《文学杂志》第二卷第十二期时，系以《病中杂诗九首》为总题的“九首”之五，署名林徽因。此期为“诗歌专号”。

梅花你这些残了后的枝条，
是你无法诉说的哀愁！
今晚这一阵雨点落过以后，
我关上窗子又要同你分手。

但我幻想夜色安慰你伤心，
下弦月照白了你，最是同情，
我睡了，我的诗记下你的温柔，
你不妨安心放芽去做成绿荫。

对北门街园子[1]

初刊于一九四八年五月《文学杂志》第二卷第十二期时，系以《病中杂诗九首》为总题的“九首”之六，署名林徽因。此期为“诗歌专号”。

别说你寂寞；大树拱立，
草花烂漫，一个园子永远
睡着；没有脚步的走响。

你树梢盘着飞鸟，每早云天
吻你额前，每晚你留下对话
正是西山最好的夕阳。

---

① 一九四六年写于昆明。

十一月的小村

初刊于一九四八年五月《文学杂志》第二卷第十二期时，系以《病中杂诗九首》为总题的“九首”之七，署名林徽因。此期为“诗歌专号”。

我想象我在轻轻的独语：
十一月的小村外是怎样个去处？
是这渺茫江边淡泊的天；
是这映红了的叶子疏疏隔着雾；
是乡愁，是这许多说不出的寂寞；
还是这条独自转折来去的山路？
是村子迷惘了，绕出一丝丝青烟；
是那白沙一片篁竹围着的茅屋？

是枯柴爆裂着灶火的声响，
是童子缩颈落叶林中的歌唱？
是老农随着耕牛，远远过去，
还是那坡边零落在吃草的牛羊？
是什么做成这十一月的心，
十一月的灵魂又是谁的病？
山坳子叫我立住的仅是一面黄土墙；
下午透过云霾那点子太阳！
一棵野藤绊住一角老墙头，斜睨
两根青石架起的大门，倒在路旁
无论我坐着，我又走开，
我都一样心跳；我的心前
虽然烦乱，总像绕着许多云彩，
但寂寂一湾水田，这几处荒坟，
它们永说不清谁是这一切主宰
我折一根柱枝，看下午最长的日影
要等待十一月的回答微风中吹来。

三十三年初冬　李庄

忧　郁[1]

初刊于一九四八年五月《文学杂志》第二卷第十二期时，系以《病中杂诗九首》为总题的“九首”之八，署名林徽因。此期为“诗歌专号”。

忧郁自然不是你的朋友；
但也不是你的敌人，你对他不能冤屈！
他是你强硬的债主，你呢？是
把自己灵魂压给他的赌徒。

你曾那样拿理想赌博，不幸

---

① 一九四四年写于李庄。

你输了；放下精神最后保留的田产，
最有价值的衣裳，然后一切你都
赔上，连自己的情绪和信仰，那不是自然？

你的债权人他是，那么，别尽间他脸貌
到底怎样！呀天，你如果一定要看清
今晚这里有盏小灯，灯下你无妨同他
面对面，你是这样的绝望，他是这样无情！

哭三弟恒

——三十年[①]空战阵亡

初刊于一九四八年五月《文学杂志》第二卷第十二期时，系以《病中杂诗九首》为总题的“九首”之九，署名林徽因。此期为“诗歌专号”。

弟弟，我没有适合时代的语言
来哀悼你的死；
它是时代向你的要求，
简单的，你给了。
这冷酷简单的壮烈是时代的诗

① “三十年”即“中华民国三十年”，为一九四一年。

这沉默的光荣是你。

假使在这不可免的真实上
多给了悲哀，我想呼喊，
那是——你自己也明了——
因为你走得太早，
太早了，弟弟，难为你的勇敢，
机械的落伍，你的机会太惨！

三年了，你阵亡在成都上空，
这三年的时间所做成的不同，
如果我向你说来，你别悲伤，
因为多半不是我们老国，
而是他人在时代中辗动，
我们灵魂流血，炸成了窟窿。

我们已有了盟友、物资同军火，
正是你所曾经希望过。
我记得，记得当时我怎样同你
讨论又讨论，点算又点算，

每一天你是那样耐性的等着，
每天却空的过去，慢得像骆驼！

现在驱逐机已非当日你最想望
驾驶的“老鹰式七五”那样——
那样笨，那样慢，啊，弟弟不要伤心，
你已做到你们所能做的，
别说是谁误了你，是时代无法衡量，
中国还要上前，黑夜在等天亮。

弟弟，我已用这许多不美丽言语
算是诗来追悼你，
要相信我的心多苦，喉咙多哑，
你永不会回来了，我知道，
青年的热血作了科学的代替；
中国的悲怆永沉在我的心底。

啊，你别难过，难过了我给不出安慰。
我曾每日那样想过了几回：
你已给了你所有的，同你去的弟兄

也是一样，献出你们的生命；
已有的年轻一切；将来还有的机会，
可能的壮年工作，老年的智慧；

可能的情爱，家庭，儿女，及那所有
生的权利，喜悦；及生的纷纠！
你们给的真多，都为了谁？你相信
今后中国多少人的幸福要在
你的前头，比自己要紧；那不朽
中国的历史，还需要在世上永久。

你相信，你也做了，最后一切你交出。
我既完全明白了，为何我还为着你哭？
只因你是个孩子却没有留什么给自己，
小时我盼着你的幸福，战时你的安全，
今天你没有儿女牵挂需要抚恤同安慰，
而万千国人像已忘掉，你死是为了谁！

三十三年　李庄

春天田里漫步

初刊于一九四八年七月十五日《平明日报》“星期艺文”，署名林徽因。

春天田里，慢慢的，有花开，
有人说是忧愁，——
有人说不是：人生仅有
无谓的空追求！
那么是寂寞了，诗意的悲哀
心这样悠悠：
　　古今仍是一样，
　　河水缓缓的流。

青青草原，新才追到眼前，
有人说是春风，——
有人说不是：季候正逢
情感的天空，
或许是自己呢，怀念远边，
心这样吹动?
　　古今永远不变，
　　春日迟迟中红。

一九四〇　四川李庄上题初病后

桥

初刊于一九四八年八月一日天津《益世报》“文学周刊”第一百零三期，署名林徽音。

他的使命：

南北两岸莽莽两条路的携手；

他的完成

不挡江月东西，船只上下的交流；

他的肩背

坚定的让脚步上面经过，找各人的路去；

他的胸怀，

虚空的环洞，不把江心洪流堵住。

他是座桥：

　　一条大胆的横梁，立脚于茫茫水面；

一堆泥石，

　　辛苦堆积或造形的完美，在自然上边；

一掬理智，

　　适应无数的神奇，支持立体的纪念；

一次人工，

　　矫正了造化的疏忽，将隔绝的重新牵连！

他是座桥，

　　看那平衡两排如同静思的栏杆；

他的力量，

　　两座桥墩下，多粗壮的石头镶嵌；

他的忍耐，

　　容每道车辙刻入脚印已磨光的石板；

他的安闲，

　　岁月增进，让钓翁野草随在身旁。

他的美丽，

　　如同山月的锁钥，正见出人类匠心；

他的心灵，

　　浸入寒波，在一钩倒影里续成圆形。

他的存在，

　　却不为嬉戏的闲情——而为责任；

他的理想，

　该寄给人生的行旅者一种虔诚。

三十六年六月

古城黄昏

初刊于一九四八年八月二日天津《益世报》“文学周刊”第一百零三期，署名林徽音。

我见到古城在斜阳中凝神；
城楼望着城楼，
忘却中间一片黄金的殿顶；
十条闹街还散在脚下，
虫蚁一样有无数行人。

我见到古城在黄昏中凝神；
乌鸦噪聒的飞旋，
废苑古柏在困倦中支撑。

无数坛庙寂寞与荒凉，
锁起一座一座剥落的殿门。

我听到古城在薄暮中语：
僧寺悄寂，熄了香火；
钟声沉下，市声里失去；
车马不断扬起年代的尘土，
到处风沙叹息着历史。

破晓

初刊于一九四八年九月五日《平明日报》“星期艺文”，署名林徽因。

木格子窗上，支支哑哑的响。
泻像薄冰的纸上，一层微光。
早晨的睡眼见不到一点温暖
你同熄了的炉火应在留恋昨晓。

忽然钟声由冻骤的空中敲出，
悠扬的击节，寒花开在山谷！
这时，任何的梦该卷起，好好收藏
又一天的日子已迈过你的窗栏

三六，冬至，平　西郊

诗

——自然的赠与

初刊于一九四八年九月五日《平明日报》“星期艺文”，署名林徽因。

花刺是花的幽默，

颜色，她的不谨慎。
她残了，委屈里没有恨。

星光赠你的是冷；
夜深时你会暖□，
满天闪烁整宇宙智慧，

她们愿意照入你的心灵。

湖上微风是同你微笑；
她爱湖水情绪的激动。
□□，水藻，蜻蜓，和一切闲情，
你爱水底倒映认真的晴空。

红叶秋林是秋天的火焰，
终烧成焦燥同凋零，
让她铺着山径为你的散步，
盼你踏着忧愁给草木同情。

灵感

初刊于一九八五年三日人民文学出版社出版的《林徽因诗集》，作者生前未曾发表。

是你，是花，是梦，打这儿过，
此刻像风在摇动着我：
告诉日子重叠盘盘的山窝；
清泉潺潺流动转狂放的河；
孤僻林里闲开着鲜妍花，
细香常伴着圆月静天里挂；
且有神仙纷纭的浮出紫烟，
衫裾飘忽映影在山溪前；
给人的理想和理想上

铺香花，叫人心和心合着唱；
直到灵魂舒展成条银河，
长长流在天上一千首歌！

是你，是花，是梦，打这里儿过。
此刻像风，在摇动着我；
告诉日子是这样的不清醒；
当中偏响着想不到的一串铃。
树枝里轻声摇曳；金镶上翠，
低了头的斜阳，又一抹光辉。
难怪阶前人忘掉黄昏，脚下草，
高阁古松，望着天上点骄傲，
留下檀香，木鱼，合掌
在神龛前，在蒲团上，
楼外又楼外，幻想彩霞却缀成
凤凰栏杆，挂起了塔顶上灯！

二十四年十月　徽因作于北平

我们的雄鸡

初刊于一九九二年五月人民文学出版社与香港生活·读书·新知三联书店分别出版的《中国现代作家选集·林徽因》，作者生前未曾发表。

我们的雄鸡从没有以为
　　自己是孔雀
自信他们鸡冠已够他
　　仰着头漫步——
一个院子他绕上了一遍
　　仪表风姿
都在群雌的面前！

我们的雄鸡从没有以为

　　自己是首领

晓色里他只扬起他的呼声

　　这呼声叫醒了别人

他经济地保留这种叫喊

　　（保留那规则）

于是便象征了时间！

一九四八年二月十八日　清华

第二辑　散文

希望不因《软体动物》的公演引出硬体的笔墨官司

初刊于一九三一年八月二十三日北平《晨报副刊》，署名林徽音。

八月二日在这刊上，我根据两位小剧院的设计人，关于《软体动物》的“设计”和“幕后”提到的几点困难，不避嫌疑的用技术眼光，讨论起来。公平说，天是这样的热，小剧院这次的公演的成绩又是打破记录的成功，委实不该再“求全责备”有像我那样煞风景的讨论！看到本月九日陈治策先生标题答复我的文字，我怔了，生怕又因此引出真正硬体的笔墨官司，来增加剧界的烦恼，更增加我个人的罪过。

好在陈先生标题虽然有“答复”字样，来得怕人，其实对于我提到诸点，并没有技术上的驳难，也没有准确的答复，只有表示承认和同意，所以现在可不必再提了。他另有几个责问，现在我回答他：

（一）“干吗不牺牲一晚的工夫看一看他们的公演”？

答：因为鄙人是卧病在西山四个来月的一个真正的“软体动物”，没有随便起来的自由，更提不到进城看戏（虽曾提议却被阻止了），这是个人没有眼福，并不是不肯“牺牲一晚的工夫”（不幸今天报上又误载鄙夫妇参与跳舞盛会的新闻，就此声明省得犯诳言欺人之罪）。

（二）“两次幕后生活”“只是一种趣话”“引人入胜”“可否作为批评根据”？

答：我认为根据设计人员自己说的“设计”和“幕后”来讨论他们的设计和幕后问题是再对没有了。尤其是我所提出讨论的并没有与事实有不符之处，更没有引用别人“口传”关于他们布景的毛病，或是臆造他们公演时，布景上种种的弊病，只是对于他们幕后组织和设计态度上发了疑问。陈先生的“幕后”虽全是些趣话却也呈露出内容真相不少，所以我这不知趣的人也就因此求全责备了的讨论起来。

（三）“你忽略了‘完成了化装排演’这些字了”，又“有些误会”，又“化装排演和正式公演常有天渊的不同呢”。

答：我并未误会他们任何一桩事，（陈先生亦未说明误会了些什么）我现在更要郑重声明我并未将他们化装排演误会作正式公演，不止如此，他们正式公演的情景，我知道得很详细，我所以不引用别人报告传说的缘故，就是要公平，要慎重，不敢“根据别人口头传说”。至于化装排演和公演并不该有“天渊之别”是浅而易见的：排演的目的是练习次日公演时所有各方面的布景，试验各种布景之有无弊病以备次日改良的。化装排演太乱，道具与次日公演时用的太不相同，则这化装排演基本功用和意义已失去不少，次日公演的成绩必会受其影响的。

（四）“那篇文章如果是看了之后写的，你一定会批评得对喽”。

答：前篇文章是根据他们设计人的文章写的，差不多全是讨论，无所谓批评。讨论诸点如：1. 布景不该因为有困难而“处处将就”。2. “借”在布景艺术里是常情，不应将这困难看过重了。3. 因为他们本来要白单子而又换了毛毡（深色的）使我对于他们色彩设计怀疑，疑心他们对于色彩调和问题并未顾到；疑心他们对于色彩问题，根本不讲究；疑心他们不理会到寻常白色在台上之不相宜。4. 如窗子玻璃等小技巧，他们未曾实验些较妥方法，似乎不算卖尽力气的认真。

这些问题我希望都没有议论错了。陈先生对第二点已完全同意，别的却也未指出我不“对”的地方。

（五）“公平的批评”“成功不成功”问题。

答：我没看到公演，所以我文里第一段即将我的立足点表明了。我说“读到文章……所得印象”……等等。即对于布景也是因为没有看到公演，所以没有胡乱批评一句话。我是根据看过的人不满意的意思（并且公开发表出来的），再根据当事人所述的幕后的确实情形，用技术原则，探讨其所以不满人意的原由。在事前我虽详细的问过八九个对新剧有见识的朋友，他们那一晚对于布景的印象和意见（失望或是满意），我却没有引用这“口头传说”，为的是谨慎，公平。现在陈先生既要“看过那戏的人”公平批评，我只得老实说，他们多人没有称扬只有不满这次布景，是个不能否认的事实。也因此我有“成绩上有失败点”的话（注意点字），这并不是说他们这次公演不算一个总成功。请别“误会”。

其实演新剧最招物议的常常是布景，而新剧的布景也实在不容易讨好。被评论本不算什么一回事，布景人宜早预备下卖力气不怕批评的勇气才好。再说，一新剧本来最负责的人（也就是最易受评论的人）是导演人，这次各方面文章里“导演”两字竟没有人提到，更不说有人评论，这个到底是导演人之幸与不幸还是问题。我承认这次布景上文字，本来只是设计人自己的几句“趣语”，不巧遇着我这样不知趣的人过于认真写了一大篇。俗语说“冤家怕是同行”！不过每件学问的促进常是靠着“同行”的争论的，希望两位设计人特别大量谅解和优容。

（六）关于时间欠从容问题。

严格说，时间是在设计人的预算之内，根本就该从容的，除非有不得已的情形和意外。协和礼堂不能早借，这情形的困苦，我是知道的，并且表十三分的同情。区署不准演的确是意外，如果已办妥应办手续。天下雨却不在例内，“道具”不早借而要等“最后一晚”也未免奇怪。陈先生提到如何大雨不能骑车，折回等情，是否足够做布景不能如愿的阻碍，好像和我上次设下的比喻“起晚了没有买到钉子”相类的不能成立。

末了，天实在是太热，人也很病，我诚意的希望这回不成了笔墨官司，互相答复下去。我的“软体动物”期限一满，不难即和小剧院同人握手的。看守人迫我声明，这是最末次的笔答，不然这官司怕要真打到协和医院的病房里去。

悼志摩

初刊于一九三一年十二月七日《北平晨报》第九版“北晨学园”副刊“哀悼志摩专号”，署名林徽音。

十一月十九日我们的好朋友，许多人都爱戴的新诗人，徐志摩突兀的，不可信的，惨酷的，在飞机上遇险而死去。这消息在二十日的早上像一根针刺猛触到许多朋友的心上，顿使那一早的天墨一般地昏黑，哀恸的咽哽锁住每一个人的嗓子。

志摩……死……谁曾将这两个句子联在一处想过！他是那样活泼的一个人，那样刚刚站在壮年的顶峰上的一个人。朋友们常常惊讶他的活动，他那像小孩般的精神和认真，谁又会想到他死？

突然的，他闯出我们这共同的世界，沉入永远的静寂，不给我们一点预告，一点准备，或是一个最后希望的余地。这种几乎近于忍心的决绝，那一天不知震麻了多少朋友的心？现在那不能否认的事实，仍然无情地挡住我们前面。任凭我们多苦楚的哀悼他的惨死，多迫切的希冀能够仍然接触到他原来的音容，事实是不会为体贴我们这悲念而有些须更改；而他也再不会为不忍我们这伤悼而有些须活动的可能！这难堪的永远静寂和消沉便是死的最残酷处。

我们不迷信的，没有宗教的望着这死的帏幕，更是丝毫没有把握。张开口我们不会呼吁，闭上眼不会入梦，徘徊在理智和情感的边沿，我们不能预期后会，对这死，我们只是永远发怔，吞咽枯涩的泪，待时间来剥削这哀恸的尖锐，痂结我们每次悲悼的创伤。那一天下午初得到消息的许多朋友不是全跑到胡适之先生家里么？但是除却拭泪相对，默然围坐外，谁也没有主意，谁也不知有什么话说，对这死！

谁也没有主意，谁也没有话说！事实不容我们安插任何的希望，情感不容我们不伤悼这突兀的不幸，理智又不容我们有超自然的幻想！默然相对，默然围坐……而志摩则仍是死去没有回头，没有音讯，永远地不会回头，永远地不会再有音讯。

我们中间没有绝对信命运之说的，但是对着这不测的人生，谁不感到惊异，对着那许多事实的痕迹又如何不感到人力的脆弱，智慧的有限。世事尽有定数？世事尽是偶然？对这永远的疑问我们什么时候能有完全的把握？

在我们前边展开的只是一堆坚质的事实：

“是的，他十九晨有电报来给我……

“十九早晨，是的！说下午三点准到南苑，派车接……

“电报是九时从南京飞机场发出的……

“刚是他开始飞行以后所发……

“派车接去了，等到四点半……说飞机没有到……

“没有到……航空公司说济南有雾……很大……”只是一个钟头的差别；下午三时到南苑，济南有雾！谁相信就是这一个钟头中便可以有这么不同事实的发生，志摩，我的朋友！

他离平的前一晚我仍见到，那时候他还不知道他次晨南旅的，飞机改期过三次，他曾说如果再改下去，他便不走了的。我和他同由一个茶会出来，在总布胡同口分手。在这茶会里我们请的是为太平洋会议来的一个柏雷博士，因为他是志摩生平最爱慕的女作家曼殊斐儿的姊丈，志摩十分的殷勤：希望可以再从柏雷口中得些关于曼殊斐儿早年的影子，只因限于时间，我们茶后匆匆地便散了。晚上我有约会出去了，回来时很晚，听差说他又来过，适遇我们夫妇刚走，他自己坐了一会儿，喝了一壶茶，在桌上写了些字便走了。我到桌上一看：——

“定明早六时飞行，此去存亡不卜……”我怔住了，心中一阵不痛快，却忙给他一个电话。

“你放心，”他说，“很稳当的，我还要留着生命看更伟大的事迹呢，那能便死？……”

话虽是这样说，他却是已经死了整两周了！

凡是志摩的朋友，我相信全懂得，死去他这样一个朋友是怎么一回事！

现在这事实一天比一天更结实，更固定，更不容否认。志摩是死了，这个简单惨酷的实际早又添上时间的色彩，一周，两周，一直的增长下去……

我不该在这里语无伦次的尽管呻吟我们做朋友的悲哀情绪。归根说，读者抱着我们文字看，也就是像志摩的请柏雷一样，要从我们口里再听到关于志摩的一些事。这个我明白，只怕我不能使你们满意，因为关于他的事，动听的，使青年人知道这里有个不可多得的人格存在的，实在太多，决不是几千字可以表达得完。谁也得承认像他这样的一个人世间便不轻易有几个的，无论在中国或是外国。

我认得他，今年整十年，那时候他在伦敦经济学院，尚未去康桥。我初次遇到他，也就是他初次认识到影响他迁学的逖更生先生。不用说他和我父亲最谈得来，虽然他们年岁上差别不算少，一见面之后便互相引为知己。他到康桥之后由逖更生介绍进了皇家学院，当时和他同学的有我姊丈温君源宁。一直到最近两月中源宁还常在说他当时的许多笑话，虽然说是笑话，那也是他对志摩最早的一个惊异的印象。志摩认真的诗情，绝不含有丝毫矫伪，他那种痴，那种孩子似的天真实能令人惊讶。源宁说，有一天他在校舍里读书，外边下了倾盆大雨——惟是英伦那样的岛国才有的狂雨——忽然他听到有人猛敲他的房门，外边跳进一个被雨水淋得全湿的客人。不用说他便是志摩，一进门一把扯着源宁向外跑，说快来我们到桥上去等着。这一来把源宁怔住了，他问志摩等什么在这大雨里。志摩睁大了眼睛，孩子似的高兴地说“看雨后的虹去”。源宁不止说他不去，并且劝志摩趁早将湿透的衣服换下，再穿上雨衣出去，英国的湿气岂是儿戏。志摩不等他说完，一溜烟地自己跑了！

以后我好奇地曾问过志摩这故事的真确，他笑着点头承认这全段故事的真实。我问：那么下文呢，你立在桥上等了多久，并且看到虹了没有？他说记不清，但是他居然看到了虹。我诧异地打断他对那虹的描写，问他：怎么他便知道，准会有虹的。他得意地笑答我说："完全诗意的信仰！"

"完全诗意的信仰"，我可要在这里哭了！也就是为这"诗意的信仰"他硬要借航空的方便达到他"想飞"的宿愿！"飞机是很稳当的，"他说，"如果要出事那是我的运命！"他真对运命这样完全诗意的信仰！

志摩我的朋友，死本来也不过是一个新的旅程，我们没有到过的，不免过分地怀疑，死不定就比这生苦。"我们不能轻易断定那一边没有阳光与人情的温慰"，但是我前边说过最难堪的是这永远的静寂。我们生在这没有宗教的时代，对这死实在太没有把握了。这以后许多思念你的日子，怕要全是昏暗的苦楚，不会有一点点光明，除非我也有你那美丽的诗意的信仰！

我个人的悲绪不竟又来扰乱我对他生前许多清晰的回忆，朋友们原谅。

诗人的志摩用不着我来多说，他那许多诗文便是估价他的天平。我们新诗的历史才是这样的短，恐怕他的判断人尚在我们儿孙辈的中间。我要谈的是诗人之外的志摩。人家说志摩的为人只是不经意的浪漫，志摩的诗全是抒情诗，这断语从不认识他的人听来可以说很公平，从他朋友们看来实在是对不起他。志摩是个很古怪的人，浪漫固然，但他人格里最精华的却是他对人的同情，和蔼，和优容；没有一个人他对他不和蔼，没有一种人，他不能优容，没有一种的情感，他绝对地不能表同情。我不说了解，因为不是许多人爱说志摩最不解人情么？我说他的特点也就在这上头。

我们寻常人就爱说了解；能了解的我们便同情，不了解的我们便很落漠乃至于酷刻。表同情于我们能了解的，我们以为很适当；不表同情于我们不能了解的，我们也认为很公平。志摩则不然，了解与不了解，他并没有过分地夸张，他只知道温存，和平，体贴，只要他知道有情感的存在，无论出自何人，在何等情况之下，他理智上认为适当与否，他全能表几分同情，他真能体会原谅他人与他自己不相同处。从不会刻薄地单支出严格的迫仄的道德的天平指摘凡是与他不同的人。他这样的温和，这样的优容，真能使许多人惭愧，我可以忠实地说，至少他要比我们多数的人伟大许多；他觉得人类各种的情感动作全有它不同的，价值放大了的人类的眼光，同情是不该只限于我们划定的范围内。他是对的，朋友们，归根说，我们能够懂得几个人，了解几桩事，几种情感？那一桩事，那一个人没有多面的看法！为此说来志摩朋友之多，不是个可怪的事；凡是认得他的人不论深浅对他全有特殊的感情，也是极自然的结果。而反过来看他自己在他一生的过程中却是很少得着同情的。不止如是，他还曾为他的一点理想的愚诚几次几乎不见容于社会。但是他却未曾为这个而鄙吝他给他人的同情心，他的性情，不曾为受了刺激而转变刻薄暴戾过，谁能不承认他几有超人的宽量。

志摩的最动人的特点，是他那不可信的纯净的天真，对他的理想的愚诚，对艺术欣赏的认真，体会情感的切实，全是难能可贵到极点。他站在雨中等虹，他甘冒社会的大不韪争他的恋爱自由；他坐曲折的火车到乡间去拜哈代，他抛弃博士一类的引诱卷了书包到英国，只为要拜罗素做老师，他为了一种特异的境遇，一时特异的感动，从此在生命途中冒险，从此抛弃所有的旧业，只是尝试写几行新诗——这几年新诗尝试的运命并不太令人踊跃，冷嘲热骂只是家常便饭——他常能走几里路去采几茎花，费许多周折去看一个朋友说两句话；这些，还有许多，都不是我们寻常能够轻易了解的神秘。我说神秘，其实竟许是傻，是痴！事实上他只是比我们认真，虔诚到傻气，到痴！他愉快起来他的快乐的翅膀可以碰得到天，他忧伤起来，他的悲戚是深得没有底。寻常评价的衡量在他手里失了效用，利害轻重他自有他的看法，纯是艺术的情感的脱离寻常的原则，所以往常人常听到朋友们说到他总爱带着嗟叹的口吻说："那是志摩，你又有什么法子！"他真的是个怪人么？朋友们，不，一点都不是，他只是比我们近情，近理，比我们热诚，比我们天真，比我们对万物都更有信仰，对神，对人，对灵，对自然，对艺术！

朋友们，我们失掉的不止是一个朋友，一个诗人，我们丢掉的是个极难得可爱的人格。

至于他的作品全是抒情的么？他的兴趣只限于情感么？更是不对。志摩的兴趣是极广泛的。就有几件，说起来，不认得他的人便要奇怪。他早年很爱数学，他始终极喜欢天文，他对天上星宿的名字和部位就认得很多，最喜暑夜观星，好几次他坐火车都是带着关于宇宙的科学的书。他曾经译过爱因斯坦的相对论，并且在一九二二年便写过一篇关于相对论的东西登在《民铎》杂志上。他常向思成说笑："任公先生的相对论的知识还是从我徐君志摩大作上得来的呢，因为他说他看过许多关于爱因斯坦的哲学都未曾看懂，看到志摩的那篇才懂了。"今夏我在香山养病，他常来闲谈，有一天谈到他幼年上学的经过和美国克莱克大学两年学经济学的景况，我们不禁对笑了半天，后来他在他的《猛虎集》的"序"里也说了那么一段。可是奇怪的！他不像许多天才，幼年里上学，不是不及格，便是被斥退，他是常得优等的，听说有一次康乃尔暑校里一个极严的经济教授还写了信去克莱克大学教授那里恭维他的学生，关于一门很难的功课。我不是为志摩在这里夸张，因为事实上只有为了这桩事，今夏志摩自己便笑得不亦乐乎！

此外他的兴趣对于戏剧绘画都极深浓，戏剧不用说，与诗文是那么接近，他领略绘画的天才也颇可观，后期印象派的几个画家，他都有极精密的爱恶，对于文艺复兴时代那几位，他也很熟悉，他最爱鲍提且利和达文骞。自然他也常承认文人喜画常是间接地受了别人论文的影响，他的，就受了法兰（Roger Fry）和斐德（walter Pater）的不少。对于建筑审美他常常对思成和我道歉说："太对不起，我的建筑常识全是 Ruskins 那一套。"他知道我们是最讨厌

Ruskins 的。但是为看一个古建的残址，一块石刻，他比任何人都热心，都更能静心领略。

他喜欢色彩，虽然他自己不会作画，暑假里他曾从杭州给我几封信，他自己叫它们做“描写的水彩画”，他用英文极细致地写出西（边?）桑田的颜色，每一分嫩绿，每一色鹅黄，他都仔细地观察到。又有一次他望着我园里一带断墙半晌不语，过后他告诉我说，他正在默默体会，想要描写那墙上向晚的艳阳和刚刚入秋的藤萝。

对于音乐，中西的他都爱好，不止爱好，他那种热心便唤醒过北京一次——也许唯一的一次——对音乐的注意。谁也忘不了那一年，客拉司拉到北平在“真光”拉一个多钟头的提琴。[①] 对旧剧他也得算“在行”，他最后在北平那几天我们曾接连地同去听好几出戏，回家时我们讨论的热闹，比任何剧评都诚恳都起劲。

谁相信这样的一个人，这样忠实于“生”的一个人，会这样早地永远地离开我们另投一个世界，永远地静寂下去，不再透些须声息！

我不敢再往下写，志摩若是有灵听到比他年轻许多的

① 指美籍小提琴家 Fritz Kreisler，“真光”指真光电影院，现儿童剧院。

一个小朋友拿着老声老气的语调谈到他的为人不觉得不快么？这里我又来个极难堪的回忆，那一年他在这同一个的报纸上写了那篇伤我父亲惨故的文章①，这梦幻似的人生转了几个弯，曾几何时，却轮到我在这风紧夜深里握笔吊他的惨变。这是什么人生？什么风涛？什么道路？志摩，你这最后的解脱未始不是幸福，不是聪明，我该当羡慕你才是。

① 指徐志摩1926年2月所作《伤双栝老人》一文。

惟其是脆嫩

初刊于一九三三年九月二十三日《大公报》“文艺副刊”第一期，署名徽音。

活在这非常富于刺激性的年头里，我敢喘一口气说，我相信一定有多数人成天里为观察听闻到的，牵动了神经，从跳动而有血裹着的心底下累积起各种的情感，直冲出嗓子，逼成了语言到舌头上来。这自然丰富的累积，有时更会倾溢出少数人的唇舌，再奔进到笔尖上，另具形式变成在白纸上驰骋的文字。这种文字便全是我们这个时代的出产，大家该千万珍视它！

现在，无论在那里，假如有一个或多种的机会，我们能把许多这种自然触发出来的文字，交出给同时代的大众见面，因而或能激动起更多方面，更复杂的情感，和由这情感而形成更多方式的文字；一直造成了一大片丰富而且有力的创作的田壤，森林，江山……产生结结实实的我们这个时代特有的表情和文章；我们该不该诚恳的注意到这机会或能造出的事业，各人将各人的一点点心血献出来尝试？

假使，这里又有了机会联聚起许多人，为要介绍许多方面的文字，更连而研讨文章的质的方面；或指出已往文章的历程，或讲究到各种文章上比较的问题，进而无形的讲究到程度和标准等问题，我又敢相信，在这种景况下定会发生更严重鼓励写作的主动力。使创作界增加问题，或许。惟其是增加了问题，才助益到创造界的活泼和健康。文艺决不是蓬勃丛生的野草。

我们可否直爽的承认一桩事？创作的鼓动时常要靠着刊物把它的成绩布散出去吹风，晒太阳，和时代的读者把晤的。被风吹冷了，太阳晒萎了，固常有的事。被读者所欢迎，所冷淡，或误会，或同情，归根应该都是激励创造力的药剂！至于，一来就高举趾，二来就气馁的作者，每个时代都免不了有他们起落踪迹。这个与创作界主体的展动只成枝节问题。那一个创作兴旺的时代缺得了介绍散布作品的刊物，同那或能同情，或不了解的读众?

创作品是不能不与时代见面的，虽然作者的名姓，则并不一定。伟大作品没有和本时代见面，而被他时代发现珍视的固然有，但也只是偶然例外的事。希腊悲剧是在几万人前面唱演的，莎士比亚的戏更是街头巷尾的粗人都看得到的。到有刊物时代的欧洲，更不用说，一首诗文出来人人争买着看，就是中国在印刷艰难的时候，也是什么“传诵一时”；什么“人手一抄”等……

创作的主力固在心底，但逼迫着这只有时间性的情绪语言而留它在空间里的，却常是刊物这一类的鼓励和努力所促成。

现走遍人间是能刺激起创作的主力。尤其在中国，这种日子，那一副眼睛看到了些什么，舌头底下不立刻紧急的想说话，乃至于歌泣！如果创作界仍然有点消沉寂寞的话——努力的少，尝试的稀罕——那或是有别的缘故而使然。我们问：能鼓励创作界的活跃性的是些什么？刊物是否可以救济这消沉的？努力过刊物的诞生的人们，一定知道刊物又时常会因为别的复杂原因而夭折的。它常是极脆嫩的孩儿……。那么有创作冲动的笔锋，努力于刊物的手臂，此刻何不联在一起，再来一次合作，逼着创造界又挺出一个新鲜的萌芽！管它将来能不能成田壤，成森林，成江山，一个萌芽是一个萌芽。脆嫩？惟其是脆嫩，我们大家才更要来爱护它。

这时代是我们特有的，结果我们单有情感而没有表现这情绪的艺术，眼看着后代人笑我们是黑暗时代的哑子，没有艺术，没有文章，乃至于怀疑到我们有不有情感！

回头再看到祖宗传流下那神气的衣钵，怎不觉得惭愧！说世乱，杜老头子过的是什么日子！辛稼轩当日的愤慨当使我们同情！……何必诉，诉不完。难道现在我们这时代没有形形色色的人物，喜剧悲剧般的人生作题？难道我们现时没有美丽，没有风雅，没有丑陋，恐慌，没有感慨，没有希望?！难道连经这些天灾战祸，我们都不会描述，身受这许多刺骨的辱痛，我们都不会愤慨高歌迸出一缕滚沸的血流?！

难道我们真麻木了不成？难道我们这时代的语辞真贫穷得不能达意？难道我们这时代真没有学问真没有文章?！朋友们努力挺出一根活的萌芽来，记着这个时代是我们的。

第一幕

初刊于一九三四年五月十六日《华北日报》“剧艺周”，署名林徽音。

我想像到编剧时，一个作者对他的“第一幕”是怎样个态度，我总替作者难为情。好像一个母亲请客以前，在一堆孩子中间，对她的大女儿带着央求的口气说：“你是大姊姊呢，你总得让一点，你还得替妈妈多帮点忙才是好孩子！”于是大姊姊脸红着，知道做大姊姊真是做大姊姊，你一点不能含糊，你自己的自尊心和骄傲就不容你。

于是一样是一幕，第一幕的肩膀上却多背上许多严重的责任，累得一身汗却不能令人知道你在忙些什么，回头好让弟弟妹妹干干净净，脸圆圆的，眼珠发着亮，还许带着顽皮相，一个接着一个出来，使人看了欢喜。

作者捧着一堆宝贵的材料，和第一幕商量：你看这一堆人物事实，我要告诉这全世界这些这些话，我要他们每个都听到，我还要他们都感到这些这些问题，这些这些人生的症结，花样，我要他们同我一样感触，疑虑，悲苦，快畅……你替我想想我该从哪里开始。

你看，作者手指着幻想中的千万观众给第一幕看，这许多人老远的跑到这里来，老老实实的化了钱买了票，挤在人群中坐着等你，等你把我这一堆宝贵的材料好好的展览出来。你得知道我们时间真不多，你得经济，敏捷，一样一样的不露痕迹的介绍起来——地点，时间，人物的背景，互相的关系，人物每个的本身！

说起人物，作者更郑重的对着第一幕非常认真的脸望，说起人物，这可又要麻烦你特别的加小心，这里要紧的是明晰，不是铺张，出场的每一个人观众都不认识，说话里所提到的每一个亲戚，朋友，闲人，也都不能糊里糊涂，令人摸不着头脑。并且中坚人物之外，所有合作的配角，人数形状职务也要你第一幕自己选择。记着处处要经济，这些人物在剧文中既不是均等的重要，你第一幕就得帮忙观众节省精力，不要滥废了不必需的注意力，集中他们的精神抓住剧情的枢纽，或是人物的性格，或是其动作，计划的或偶然的，或是一件主要物事。

说到这里问题又严重了，第一幕的工作自然是介绍，在短时间中，你得介绍出来许多关系人物，但是事实人物之中又都有轻重之处，你陈列出来一堆事一堆人，观众对他们既都是陌生的，你又如何使他们不茫然不知何去何从呢？

如果你慌慌张张，把所有主要角色事物都捧出来，挤在混乱中间，等观众慢慢去猜想，或会悟那几个是重要的，自动的由混乱中集中注意，别说时间不经济，多数的观众根本就嫌太吃力，懒得用心到那样程度。观众本来不是到剧场去绞尽脑浆猜想作者用意所在的！

因此介绍是绝对不能不有秩序，并且在介绍最主要的人物之前，一定需要相当的准备，一等介绍出来则观众不能不给他特种的注意。这准备是可以事半功倍的，所以值得研究。

那么能引起观众特别注意的到底是什么？对于这点，观众从来不曾骗过作者，他们说：老实告诉你，你要引不起我们的兴趣，你就别想我们给你注意，更别说什么同情。（一个人尽可以在台上自杀，捶胸痛哭，观众可以很不高兴想怎样去□车回家睡觉。）这句话很干脆，作者如果不太糊涂，他自然就得先逗起观众的兴趣——一种好奇心——就拿这逗起来的兴趣，作向导来引人入胜。所以一个剧的开始时，所引起的兴趣是大大的有责任的。它是前面打着的灯笼，一路上照着整个剧本的线索。佛来弟急着刚要去给他母亲雇车时和卖花女撞个满怀[①]；花篮掉在地上他也没有理的走了，剩下卖花女不断的埋怨，用她那可笑的乡伧语言。这里好处不止是引起观众的兴趣，要紧的是不着痕迹的介绍卖花女，和她的怪腔调的语言。等一会旁人再告诉卖花女，后面有个人在那里说她的每一句话，观众的注意便一直引到了剧情的最主要的关键上去。

如果第一幕只为着热闹，讨好于观众，无端的要逗起他们乐一回，那只是错引了他们的注意到岔道上去，等到观众忽然感觉到走岔了道儿，那时的恼羞成怒，一股怨气作兴全要派到作者的头上去的。

易卜生写他的《社会柱石》时，写信给人说，第一幕常是最难的一幕，这话不是无因的，经验教训了他，使他匆匆重写他的第一幕。他的《罗斯马庄》的初稿（“白马”）

---

① 萧伯纳的《卖花女》第一幕。——作者原注

与后来发表的颇不相同。最大的分别也就在那迷信白马来临一节的提前，引起一个可怕的空气，加上牧师绕道不敢走那条板桥，因为“那桩事谁也不容易忘记”等等，令人不能不对那迷信好奇。

总而言之，第一幕最大的任务是介绍。不论其为背景人物，介绍的工作除明晰外，还要引导观众集中注意，不靡费精力。要观众集中注意的唯一方法则是引逗他们发生兴趣，在剧情的最有关键的地方。

那么一开头就得引逗兴趣，无疑的是个非同小可的工作。它所取的方式需要灵活或明显，要自然，不露痕迹，要来得早，来得干脆，别等到别人家咳嗽，摇着剧单，互相耳语表示不耐烦。并且这工作须彻底的懂得他本身的使命，不在无端的讨好观众，却是为其剧情关键作重要的准备——是集中的工作，不是枝节的点缀。

萧伯纳的《康第达》第一幕中一介绍完了声望极著的谟勒牧师之后，由牧师及其男女书记口中便引起观众对牧师爱妻康第达的非常浓挚的兴趣。等到康第达出场之后，观众的兴趣又立刻被引到青年佑瑾身上。佑瑾出场以后，观众立刻便又对着他们中间互相的关系发生兴趣，这互相的关系本来就是这剧情中的关键所在。

奥尼尔的《奇异的插曲》（Strange Inter Iude）第一幕所介绍的，最重要的便是妮娜的心理变态，观众的兴趣便被作者由一开头一间书房起，一步一步由查利的回想，而老父的苦痛，而妮娜自己的行动走上去，达到妮娜决定离家的一个大的“悬点”（Suspense）上，注意完全集中在妮娜的将来。

表现派中剧文简单到的“机器算盘”，它的第一幕也能极无痕迹的，把观众的兴趣引到那在场两个角色的生活上。在场上一共只有夫妇两人，丈夫躺在床上，老婆站着梳头，预备睡觉，嘴中单独的说出他们单调生活中所引起的，极委琐丑陋的简单思想，这里唯其是单调委琐到令人悲惨，所以才会令人对这躺在床上的人的生活发生同情，希奇他日间过得是怎样个日子！所以等到看到第二幕里，那单调的办公室中记账员生活，观众所有的怜悯心，便早已有了彻底的根据。

一本好剧的第一幕，都是有两个可贵的肩膀，上面能挺着许多艰难的工作的。每一个剧本如果要成功，是绝不能缺乏这么一个任劳任怨的大女儿的。作者在未动笔以前自是难为情的说：“你是大姊姊呢，……”但是同时也毫不客气的，把许多责任加在这要撑面子的大女儿身上！

山西通信

初刊于一九三四年八月一十五日《大公报》“文艺副刊”第九十六期，署名徽音。

××××：

居然到了山西，天是透明的蓝，白云更流动得使人可以忘记很多的事，单单在一点什么感情底下，打滴溜转；更不用说到那山山水水，小堡垒，村落，反映着夕阳的一角庙，一座塔！景物是美得到处使人心慌心痛。

我是没有出过门的，没有动身之前不容易动，走出来之后却就不知道如何流落才好。旬日来眼看去的都是图画，日子都是可以歌唱的古事。黑夜里在山场里看河南来到山西的匠人，围住一个大红炉子打铁，火花和铿锵的声响，散到四围黑影里去。微月中步行寻到田陇废庙，划一根“取灯”偷偷照看那瞭望观音的脸，一片平静几百年来，没有动过感情的，在那一闪光底下，倒像挂上一缕笑意。

我们因为探访古迹走了许多路；在种种情形之下感慨到古今兴废。在草丛里读碑碣，在砖堆中间偶然碰到菩萨的一只手一个微笑，都是可以激动起一些不平常的感觉来的。乡村的各种浪漫的位置，秀丽天真；中间人物维持着老老实实的鲜艳颜色，老的扶着拐杖，小的赤着胸背，沿路上点缀的，尽是他们明亮的眼睛和笑脸。由北平城里来的我们，东看看，西走走，夕阳背在背上，真和掉在另一个世界里一样！云块，天，和我们之间似乎失掉了一切障碍。我乐时就高兴的笑，笑声一直散到对河对山，说不定那一个林子，那一个村落里去！我感觉到一种平坦，竟许是辽阔，和地面恰恰平行着舒展开来，感觉的最边沿的边沿，和大地的边沿，永远赛着向前伸……

我不会说，说起来也只是一片疯话人家不耐烦听。以我描写一些实际情形我又不大会，总而言之，远地里，一处田亩有人在工作，上面青的，黄的，紫的，分行的长着；每一处山坡上，有人在走路，放羊，迎着阳光，背着阳光，投射着转动的光影；每一个小城，前面站着城楼，旁边睡着小庙，那里又托出一座石塔，神和人，都服贴的，满足的，守着他们那一角天地，近地里，则更有的是热闹，一条街里站满了人，孩子头上梳着三个小辫子的，四个小辫子的，乃至于五六个小辫子的，衣服简单到只剩一个红兜肚，上面隐约也总有他嬷嬷挑的两三朵花！

娘娘庙前面树荫底下，你又能阻止谁来看热闹？教书先生出来了，军队里兵卒拉着马过来了，几个女人娇羞的手拉着手，也扭着来站在一边了，小孩子争着挤，看我们照相，拉皮尺量平面，教书先生帮忙我们拓碑文。说起来这个那个庙，都是年代可多了，什么时候盖的，谁也说不清了！说话之人来得太多，我们工作实在发生困难了，可是我们大家都顶高兴的，小孩子一边抱着饭碗吃饭，一边睁着大眼看，一点子也不松懈。

我们走时总是一村子的人来送的，儿媳妇指着说给老婆婆听，小孩们跑着还要跟上一段路。开栅镇，小相村，大相村，那一处不是一样的热闹，看到北齐天保三年造像碑，我们不小心的，漏出一个惊异的叫喊，他们乡里弯着背的，老点儿的人，就也露出一个得意的微笑，知道他们村里的宝贝，居然吓着这古怪的来客了。“年代多了吧，”他们骄傲的问。“多了多了，”我们高兴的回答，“差不多一千四百年了。”“呀，一千四百年!”我们便一齐骄傲起来。

我们看看这里金元重修的，那里明季重修的殿宇，讨论那式样做法的特异处，塑像神气，手续，天就渐渐黑下来，嘴里觉到渴，肚里觉到饿，才记起一天的日子圆圆整整的就快结束了。回来躺在床上，绮丽鲜明的印象仍然挂在眼睛前边，引导着种种适意的梦，同时晚饭上所吃的菜蔬果子，便给养充实着，我们明天的精力，直到一大颗太阳，红红的照在我们的脸上。

窗子以外

初刊于一九三四年九月五日《大公报》“文艺副刊”第九十九期，署名林徽音。

话从那里说起？等到你要说话，什么话都是那样渺茫的找不到个源头。

此刻，就在我眼帘底下坐着是四个乡下人的背影；一个头上包着黯黑的白布，两个褪色的蓝布，又一个光头。他们支起膝盖，半蹲半坐的，在溪沿的短墙上休息。每人手里一件简单的东西；一个是白木棒，一个篮子，那两个在树荫底下我看不清楚。无疑的他们已经走了许多路，再过一刻，抽完一筒旱烟以后，是还要走许多路的。兰花烟的香味频频随着微风，袭到我官觉上来，模糊中还有几段山西梆子的声调，虽然他们坐的地方是在我廊子的铁纱窗以外。

铁纱窗以外，话可不就在这里了。永远是窗子以外，不是铁纱窗就是玻璃窗，总而言之，窗子以外！

所有的活动的颜色声音，生的滋味，全在那里的，你并不是不能看到，只不过是永远的在你窗子以外罢了。多少百里的平原土地，多少区域的起伏的山峦，昨天由窗子外映进你的眼帘，那是多少生命日夜在活动着的所在；每一根青的什么麦黍，都有人流过汗；每一粒黄的什么米粟，都有人吃去；其间还有的是周折，是热闹，是紧张！可是你则并不一定能看见，因为那所有的周折，热闹，紧张，全都在你窗子以外展演着。

在家里罢，你坐在书房里，窗子以外的景物本就有限。那里两树马缨，几棵丁香；榆叶梅横出风雅的一大枝；海棠因为缺乏阳光，每年只开个两三朵——叶子上满是虫蚁吃的创痕，还卷着一点焦黄的边；廊子幽秀的开着扇子式，六边形的格子窗，透过外院的日光，外院的杂音。什么送煤的来了，偶然你看到一个两个被煤炭染成黔黑的脸；什么米送到了，一个人掮着一大口袋在背上，慢慢踱过屏门；还有自来水，电灯，电话公司来收账的，胸口斜挂着皮口袋，手里推着一辆自行车；更有时厨子来个朋友了，满脸的笑容，“好呀，好呀，”的走进门房；什么赵妈的丈夫来拿钱了，那是每月一号一点都不差的，早来了你就听到两个人唧唧哝哝争吵的声浪。那里不是没有颜色，声音，生的一切活动，只是他们和你总隔个窗子——扇子式的，六边形的，纱的，玻璃的！

你气闷了把笔一搁说，这叫做甚么生活！你站起来，穿上不能算太贵的鞋袜，但这双鞋和袜的价钱也就比——想它做什么，反正有人每月的工资，一定只有这价钱的一半乃至于更少。你出去雇洋车了，拉车的嘴里所讨的价钱当然是要比例价高得多，难道你就傻子似的答应下来？不，不，三十二子，拉就拉，不拉，拉倒！心里也明白，如果真要充内行，你就该说，二十六子，拉就拉——但是你好意思争！

车开始辗动了，世界仍然在你窗子以外。长长的一条胡同，一个个大门紧紧的关着。就是有开的，那也只是露出一角，隐约可以看到里面有南瓜棚子，底下一个女的，坐在小凳上缝缝做做的；另一个，抓住还不能走路的小孩子，伸出头来喊那过路卖白菜的。至于白菜是多少钱一斤，那你是听不见了，车子早已拉得老远，并且你也无需乎知道的。在你每月费用之中，伙食是一定占去若干的。在那一笔伙食费里，白菜又是多么小的一个数。难道你知道了门口卖的白菜多少钱一斤，你真把你哭丧着脸的厨子叫来申斥一顿，告诉他每一斤白菜他多开了你一个“大子儿”？

车越走越远了，前面正碰着粪车，立刻你拿出手绢来，皱着眉，把鼻子蒙得紧紧的，心里不知怨谁好。怨天做的事太古怪；好好的美丽的稻麦却需要粪来浇！怨乡下人太不怕臭，不怕脏，发明那么两个篮子，放在鼻前手车上，推着慢慢走！你怨市里行政人员不认真办事，如此脏臭不卫生的旧习不能改良，十余年来对这粪车难道真无办法？为着强烈的臭气隔着你窗子还不够远，因此你想到社会卫生事业如何还办不好。

路渐渐好起来，前面墙高高的是个大衙门。这里你简直不止隔个窗子，这一带高高的墙是不通风的。你不懂里面有多少办事员，办的都是什么事；多少浓眉大眼的，对着乡下人做买卖的吆喝诈取；多少个又是脸黄黄的可怜虫，混半碗饭分给一家子吃。自欺欺人，里面天天演的到底是甚么把戏？但是如果里面真有两三个人拼了命在那里奋斗，为许多人争一点便利和公道，你也无从知道！

到了热闹的大街了，你仍然像在特别包厢里看戏一样，本身不会，也不必参加那出戏；倚在栏杆上，你在审美的领略，你有的是一片闲暇。但是如果这里洋车夫问你在那里下来，你会吃一惊，仓卒不知所答。生活所最必需的你并不缺乏什么，你这出来就也是不必需的活动。

偶一抬头，看到街心和对街铺子前面那些人，他们都是急急忙忙的，在时间金钱的限制下采办他们生活所必需的。两个女人手忙脚乱的在监督着店里的伙计称秤。二斤四两，二斤四两的什么东西，且不必去管，反正由那两个女人的认真的神气上面看去，必是非同小可，性命交关的货物。并且如果称得少一点时，那两个女人为那点吃亏的分量必定感到重大的痛苦；如果称得多时，那伙计又知道这年头那损失在东家方面真不能算小。于是那两边的争持是热烈的，必需的，大家声音都高一点；女人脸上呈块红色，头发披下了一缕，又用手抓上去；伙计则维持着客气，口里嚷着：错不了，错不了！

热烈的，必需的，在车马纷纭的街心里，忽然由你车边冲出来两个人；男的，女的，各各提起两脚快跑。这又是干什么的，你心想，电车正在拐大弯。那两人原就追着电车，由轨道旁边擦过去，一边追着，一边向电车上卖票的说话。电车是不容易赶的，你在洋车上真不禁替那街心里奔走赶车的担心。但是你也知道如果这趟没赶上，他们就可以在街旁站个半点来钟，那些宁可盼穿秋水不雇洋车的人，也就是因为他们的生活而必需计较和节省到洋车同电车价钱上那相差的数目。

此刻洋车跑得很快，你心里继续着疑问你出来的目的，到底采办一些甚么必需的货物。眼看着男男女女挤在市场里面，门首出来一个，进去一个，手里都是持着包包裹裹，里边虽然不会全是他们当日所必需的，但是如果当中夹着一盒稍微奢侈的物品，则亦必是他们生活中间闪着亮光的一个愉快！你不是听见那人说么？里面草帽，一块八毛五，贵倒贵点，可是“真不赖”！他提一提帽盒向着打招呼的朋友，他摸一摸他那剃得光整的脑袋，微笑充满了他全个脸。那时那一点迸射着光闪的愉快，当然的归属于他享受，没有一点疑问，因为天知道，这一年中他多少次的克己省俭，使他赚来这一次美满的，大胆的奢侈！

那点子奢侈在那人身上所发生的喜悦，在你身上却完全失掉作用，没有闪一星星亮光的希望！你想，整年整月你所花费的，和你那窗子以外的周围生活程度一比较，严格算来，可不都是非常靡费的用途？每奢侈一次，你心上只有多难过一次，所以车子经过的那些玻璃窗口，只有使你更惶恐，更空洞，更怀疑，前后彷徨不着边际。并且看了店里那些形形色色的货物，除非你真是傻子，难道不晓得它们多半是由那一国工厂里制造出来的！奢侈是不能给你愉快的，它只有要加增你的戒惧烦恼。每一尺好看点的纱料，每一件新鲜点的工艺品！

你诅咒着城市生活，不自然的城市生活！检点行装说，走了，走了；这沉闷没有生气的生活，实在受不了，我要换个样子过活去。健康的旅行既可以看看山水古刹的名胜，又可以知道点内地纯朴的人情风俗。走了，走了，天气还不算太坏，就是走他一个月六礼拜也是值得的。

没想到不管你走到那里，你永远免不了坐在窗子以内的。不错，许多时髦的学者常常骄傲地带上"考察"的神气，架上科学的眼镜，偶然走到那里一个陌生的地方瞭望，但那无形中的窗子是仍然存在的。不信，你检查他们的行李，有谁不带着罐头食品，帆布床，以及别的证明你还在你窗子以内的种种零星用品，你再摸一摸他们的皮包，那里短不了有些钞票；一到一个地方，你有的是一个提另的小小世界。不管你的窗子朝向那里望，所看到的多半则仍是在你窗子以外，隔层玻璃，或是铁纱！隐隐约约你看到一些颜色，听到一些声音，如果你私下满足了，那也没有甚么，只是千万别高兴起说什么接触了，认识了若干事物人情，天知道那是罪过！洋鬼子们的一些浅薄，千万学不得。

你是仍然坐在窗子以内的，不是火车的窗子，汽车的窗子，就是客栈逆旅的窗子，再不然就是你自己无形中习惯的窗子，把你搁在里面。接触和认识实在谈不到，得天独厚的闲暇生活先不容你。一样是旅行，如果你背上掮的不是照相机而是一点做买卖的小血本，你就需要全副的精神来走路：你得留神投宿的地方；你得计算一路上每吃一次烧饼和几颗沙果的钱；遇着同行的战战兢兢的打招呼，互相捧出诚意，遇着困难时好互相关照帮忙；到了一个地方你是真带着整个血肉的身体到处碰运气，紧张的境遇不容你不奋斗，不与其他奋斗的血和肉的接触，直到经验使得你认识。

前日公共汽车里一列辛苦的脸，那些谈话，里面就有很多生活的分量。陕西过来做生意的老头和那旁坐的一股客气，是不得已的；由交城下车的客人执着红粉包纸烟递到汽车行管事手里也是有多少理由的，穿棉背心的老太婆默默地挟住一个蓝布包袱，一个钱包，是在用尽她的全副本领的。果然到了冀村，她错过站头，还亏别个客人替她要求车夫，将汽车退行两里路，她还不大相信的望着那村站，口里噜苏着这地方和上次如何两样了。开车的一面发牢骚一面爬到车顶替老太婆拿行李，经验使得他有一种涵养，行旅中少不了有认不得路的老太太，这个道理全世界是一样的，伦敦警察之所以特别和蔼，也是从迷路的老太太孩子们身上得来的。

话说了这许多，你仍然在廊子底下坐着，窗外送来溪流的喧响，兰花烟气味早已消失，四个乡下人这时候当已到了上流“庆和义”磨坊前面。昨天那里磨坊的伙计很好笑的满脸挂着面粉，让你看着磨坊的构造；坊下的木轮，屋里旋转着的石碾，又在高低的院落里，来回看你所不经见的农具在日影下列着。院中一棵老槐一丛鲜艳的杂花一条曲曲折折引水的沟渠，伙计和气的伴着说闲话。他用着山西口音，告诉你，那里一年可出五千多包的面粉，每包的价钱约略两块多钱。又说这十几年来，这一带因为山水忽然少了，磨坊关闭了多少家，外国人都把那些磨坊租去作他们避暑的别墅。惭愧的你说，你就是住在一个磨坊里面，他脸上堆起微笑，让面粉一星星在日光下映着，说认得认得，原来你所租的磨坊主人，一个外国牧师，待这村子极和气，乡下人和他还都有好感情。

这真是难得了，并且好感的由来还有实证。就是那一天早上你无意中出去探古寻胜，这一省山明水秀，古刹寺院，动不动就是宋辽的原物。走到山上一个小村的关帝庙里，看到一个铁铎，刻着万历年号，原来是万历赐这村里庆成王的后人的，不知怎样流落到卖古董的手里，七年前让这牧师买去，晚上打着玩，嘹亮的钟声被村人听到，急忙赶来打听，要凑原价买回，情辞恳切，说起这是他们吕姓的祖传宝物，决不能让它流落出境，这牧师于是真个把铁铎还了他们，从此便在关帝庙神前供着。

这样一来你的窗子前面便展开了一张浪漫的图画，打动了你的好奇，管它是隔一层或两层窗子，你也忍不住要打听点底细，怎么明庆成王的后人会姓吕！这下子文章便长了。

如果你的祖宗是皇帝的嫡亲弟弟，你是不会，也不愿，忘掉的。据说庆成王是永乐的弟弟，这赵庄村里的人都是他的后代。不过就是因为他们记得太清楚了，另一朝的皇帝都有些老大不放心，雍正间诏命他们改姓，由姓朱改为姓吕，但是他们还有用二十字排行的方法，使得他们不会弄错他们是这一脉子孙。

这样一来你就有点心跳了，昨天你雇来那打水洗衣服的不也是赵庄村来的，并且还姓吕！果然那土头土脑圆脸大眼的少年是个皇裔贵族，真是有失尊敬了。那么这村子一定穷得不得了，但事实上则不见得。

田亩一片，年年收成也不坏。家家户户门口有特种围墙，像个小小堡垒——当时防匪用的。屋子里面有大漆衣柜衣箱，柜门上白铜擦得亮亮；炕上棉被红红绿绿也颇鲜艳。可是据说关帝庙里已有四年没有唱戏了，虽然戏台还高巍巍的对着正殿。村子这几年穷了，有一位王孙告诉你，唱戏太花钱，尤其是上边使钱。这里到底是隔个窗子，你不懂了，一样年年好收成，为什么这几年村子穷了，只模模糊糊听到什么军队驻了三年多等，更不懂的是，村子向上一年辛苦后的娱乐，关帝庙里唱唱戏，得上面使钱？既然隔个窗子听不明白，你就通气点别尽管问了。

隔着一个窗子你还想明白多少事？昨天雇来吕姓倒水，今天又学洋鬼子东逛西逛，跑到下面养有鸡羊，上面挂有武魁匾额的人家，让他们用你不懂得的乡音招呼你吃茶，炕上坐，坐了半天出到门口，和那送客的女人周旋客气了一回，才恍然大悟，她就是替你倒脏水洗衣裳的吕姓王孙的妈，前晚上还送饼到你家来过！

这里你迷糊了。算了算了！你简直老老实实的坐在你窗子里得了，窗子以外的事，你看了多少也是枉然，大半你是不明白，也不会明白的。

纪念志摩去世四周年

初刊于一九三五年十二月八日《大公报》“文艺副刊”第五十六期，署名徽因。此期为“星期特刊”。

今天是你走脱这世界的四周年！朋友，我们这次拿什么来纪念你？前两次的用香花感伤的围上你的照片，抑住嗓子底下叹息和悲梗，朋友和朋友无聊的对望着，完成一种纪念的形式，俨然是愚蠢的失败。因为那时那种近于伤感，而又不够宗教庄严的举动，除却点明了你和我们中间的距离，生和死的间隔外，实在没有别的成效；几乎完全不能达到任何真实纪念的意义。

去年今日我意外的由浙南路过你的家乡，在昏沉的夜色里我独立火车门外，凝望着那幽暗的站台，默默的回忆许多不相连续的过往残片，直到生和死间居然幻成一片模糊，人生和火车似的蜿蜒一串疑问在苍茫间奔驰。我想起你的：

火车禽住轨，在黑夜里奔

过山，过水，过……

如果那时候我的眼泪曾不自主的溢出睫外，我知道你定会原谅我的。你应当相信我不会向悲哀投降，什么时候我都相信倔强的忠于生的，即使人生如你底下所说：

就凭那精窄的两道，算是轨，

驮着这份重，梦一般的累坠！

就在那时候我记得火车慢慢地由站台拖出一程一程的前进，我也随着酸怆的诗意，那“车的呻吟”，“过荒野，过池塘，……过噤口的村庄”。到了第二站——我的一半家乡。

今年又轮到今天这一个日子！世界仍旧一团糟，多少地方是黑云布满着粗筋络望理想的反面猛进，我并不在瞎说，当我写：

信仰只一细炷香，

那点子亮再经不起西风

沙沙的隔着梧桐树吹

朋友，你自己说，如果是你现在坐在我这位子上，迎着这一窗太阳：眼看着菊花影在墙上描画作态；手臂下倚着两叠今早的报纸；耳朵里不时隐隐的听着朝阳门外“打靶”的枪弹声；意识的，潜意识的，要明白这生和死的谜，你又该写成怎样一首诗来，纪念一个死别的朋友？

此时，我却是完全的一个糊涂！习惯上我说，每桩事都像是造物的意旨，归根都是运命，但我明知道每桩事都有我们自己的影子在里面烙印着！我也知道每一个日子是多少机缘巧合凑拢来拼成的图案，但我也疑问其间的排布谁是主宰。据我看来：死是悲剧的一章，生则更是一场悲剧的主干！我们这一群剧中的角色自身性格与性格矛盾；理智与情感两不相容；理想与现实当面冲突，侧面或反面激成悲哀。日子一天一天向前转，昨日和昨日堆垒起来混成一片不可避脱的背景，做成我们周遭的墙壁或气氲，那么结实又那么缥缈，使我们每一人站在每一天的每一个时候里都是那么主要，又是那么渺小无能为！

此刻我几乎找不出一句话来说，因为，真的，我只是个完全的糊涂；感到生和死一样的不可解，不可懂。

但是我却要告诉你，虽然四年了你脱离去我们这共同活动的世界，本身停掉参加牵引事体变迁的主力，可是谁也不能否认，你仍立在我们烟涛渺茫的背景里，间接的是一种力量，尤其是在文艺创造的努力和信仰方面。间接的你旺凭自然的音韵，颜色，不时的风轻月白，人的无定律的一切情感，悠断悠续的仍然在我们中间继续着生，仍然与我们共同交织着这生的纠纷，继续着生的理想。你并不离我们太远。你的身影永远挂在这里那里，同你生前一样的飘忽，爱在人家不经意时莅止，带来勇气的笑声也总是那么嘹亮，还有，还有经过你热情或焦心苦吟的那些诗，一首一首仍串着许多人的心旋转。

说到你的诗，朋友，我正要正经的同你再说一些话。你不要不耐烦，这话迟早我们总要说清的。人说盖棺定论，前者早已成了事实，这后者在这四年中，说来叫人难受，我还未曾读到一篇中肯或诚实的论评，虽然对你的赞美和攻讦由你去世后一两周间，就纷纷开始了。但是他们每人手里拿的都不像纯文艺的天秤；有的喜欢你的为人；有的疑问你私人的道德；有的单单尊崇你诗中所表现的思想哲学，有的仅喜爱那些软弱的细致的句子，有的每发议论必须牵涉到你的个人生活之合乎规矩方圆，或断言你是轻薄，或引证你是浮奢豪侈！朋友，我知道你从不介意过这些，许多人的浅陋老实或刻薄处你早就领略过一堆，你不止未曾生过气，并且常常表示怜悯同原谅；你的心情永远是那么洁净；头老抬得那么高；胸中老是那么完整的诚挚；臂上老有那么许多不折不挠的勇气。但是现在的情形与以前却稍稍不同，你自己既已不在这里，做你朋友的，眼看着你被误解，曲解，乃至于谩骂，有时真忍不住替你不平。

但你可别误会我心眼儿窄，把不相干的看成重要，我也知道误解曲解谩骂，都是不相干的，但是朋友，我们谁都需要有人了解我们的时候，真了解了我们，即使是痛下针砭，骂着了我们的弱处错处，那整个的我们却因而更增添了意义，一个作家文艺的总成绩更需要一种就文论文，就艺术论艺术的和平判断。

你在《猛虎集》序中说“世界上再没有比写诗更惨的事”，你却并未说明为什么写诗是一桩惨事，现在让我来个注脚好不好？我看一个人一生为着一个愚诚的倾向，把所感受到的复杂的情绪尝味到的生活，放到自己的理想和信仰的锅炉里烧炼成几句悠扬铿锵的语言（那怕是几声小唱），来满足他自己本能的艺术的冲动，这本来是个极寻常的事。那一个地方那一个时代，都不断有这种人。轮着做这种人的多半是为着他情感来的比寻常人浓富敏锐，而为着这情感而发生的冲动更是非实际的——或不全是实际的——追求，而需要那种艺术的满足而已。说起来写诗的人的动机多么单简可怜，正是如你序里所说“我们都是受支配的善良的生灵”！虽然有些诗人因为他们的成绩特别高厚旷阔包括了多数人，或整个时代的艺术和思想的冲动，从此便在人中间披上神秘的光圈，使“诗人”两字无形中挂着崇高的色彩。这样使一般努力于用韵文表现或描画人在自然万物相交错的情绪思想的，便被人的成见看做夸大狂的旗帜，需要同时代人的极冷酷的讥讪和不信任来扑灭它，以挽救人类的尊严和健康。

我承认写诗是惨淡经营，孤立在人中挣扎的勾当，但是因为我知道太清楚了，你在这上面单纯的信仰和诚恳的尝试，为同业者奋斗，卫护他们情感的愚诚，称扬他们艺术的创造，自己从未曾求过虚荣，我觉得你始终是很逍遥舒畅的。如你自己所说“满头血水”你“仍不曾低头”，你自己相信“一点性灵还在那里挣扎”，“还想在实际生活的重重压迫下透出一些声响来”。

简单的说，朋友，你这写诗的动机是坦白不由自主的，你写诗的态度是诚实，勇敢，而倔强的。这在讨论你诗的时候，谁都先得明了的。

至于你诗的技巧问题，艺术上的造诣，在这新诗仍在彷徨歧路的尝试期间，谁也不能坚决的论断。不过有一桩事我很想提醒现在讨论新诗的人，新诗之由于无条件无形制宽泛到几乎没有一定的定义时代，转入这讨论外形内容，以至于音节韵脚章句意象组织等艺术技巧问题的时期，即是根据着对这方面努力尝试过的那一些诗，你的头两个诗集子就是供给这些讨论见解最多材料的根据。外国的土话说“马总得放在马车的前面”，不是？没有一些尝试的成绩放在那里，理论家是不能老在那里发一堆空头支票的，不是？

你自己一向不止在那里倔强的尝试用功，你还曾用尽你所有活泼的热心鼓励别人尝试，鼓励“时代”起来尝试，——这种工作是最犯风头嫌疑的，也只有你胆子大头皮硬顶得下来！我还记得你要印诗集子时我替你捏一把汗，老实说还替你在有文彩的老前辈中间难为情过，我也记得我初听到人家找你办“晨副”时我的焦急，但你居然板起个脸抓起两把鼓槌子为文艺吹打开路乃至于扫地，铺鲜花，不顾旧势力的非难，新势力的怀疑，你干你的事“事在人为，做了再说”那股子劲，以后别处也还很少见。

现在你走了，这些事渐渐在人的记忆中模糊下来，你的诗和文章也散漫在各小本集子里，压在有极新鲜的封皮的新书后面，谁说起你来，不是麻麻糊糊的承认你是过去中一个势力，就是拿能够挑剔看轻你的诗为本事（散文人家很少提到，或许“散文家”没有诗人那么光荣不值得注意），朋友，这是没法子的事，我却一点不为此灰心，因为我有我的信仰。

我认为我们这写诗的动机既如前边所说那么简单愚诚；因在某一时，或某一刻敏锐的接触到生活上的锋芒，或偶然的触遇到理想峰巅上云彩星霞，不由得不在我们所习惯的语言中，编缀出一两串近于音乐的句子来，慰藉自己，解放自己，去追求超实际的真美，读诗者的反应一定有一大半也和我们这写诗的一样诚实天真，仅想在我们句子中间由音乐性的愉悦，接触到一些生活的底蕴，渗合着美丽的憧憬；把我们的情绪给他们的情绪搭起一座浮桥；把我们的灵感，给他们生活添些新鲜；把我们的痛苦伤心再揉成他们自己忧郁的安慰！

我们的作品会不会长存在下去，也就看它们会不会活在那一些我们从不认识的人，我们作品的读者，散在各时，各处互相不认识的孤单的人的心里的，这种事它自己有自己的定律，并不需要我们的关心的。你的诗据我所知道的，它们仍旧在这里浮沉流落，你的影子也就浓淡参差的系在那些诗句中，另一端印在许多不相识人的心里。朋友，你不要过于看轻这种间接的生存，许多热情的人他们会为着你的存在，而加增了生的意识的。伤心的仅是那些你最亲热的朋友们和同兴趣的努力者，你不在他们中间的事实，将要永远是个不能填补的空虚。

你走后大家就提议要为你设立一个“志摩奖金”来继续你鼓励人家努力诗文的素志，勉强象征你那种对于文艺创造拥护的热心，使不及认得你的青年人永远对你保存着亲热。如果这事你不觉到太寒伧不够热气，我希望你原谅你这些朋友们的苦心，在冥冥之中笑着给我们勇气来做这一些蠢诚的事吧。

二十四年十一月十九日　北平

蛛丝和梅花

初刊于一九三六年二月二日《大公报》“文艺副刊”第八十六期，署名徽因。此期为“星期特刊”。

真真的就是那么两根蛛丝，由门框边轻轻的牵到一枝梅花上。就是那么两根细丝，迎着太阳光发亮……再多了，那还像样么？一个摩登家庭如何能容蛛网在光天白日里作怪，管它有多美丽，多玄妙，多细致，够你对着它联想到一切自然，造物的神工和不可思议处；这两根丝本来就该使人脸红，且在冬天够多特别！可是亮亮的，细细的，倒有点像银，也有点像玻璃制的细丝，委实不算讨厌，尤其是它们那么潇脱风雅，偏偏那样有意无意的斜着搭在梅花的枝梢上。

你向着那丝看，冬天的太阳照满了屋内，窗明几净，每朵含苞的，开透的，半开的梅花在那里挺秀吐香，情绪不禁迷茫缥缈的充溢心胸，在那刹那的时间中振荡。同蛛丝一样的细弱，和不必需，思想开始抛引出去；由过去牵到将来，意识的，非意识的，由门框梅花牵出宇宙，浮云沧波踪迹不定。是人性，艺术，还是哲学，你也无暇计较，你不能制止你情绪的充溢，思想的驰骋，蛛丝梅花竟然是瞬息可以千里！

好比你是蜘蛛，你的周围也有你自织的蛛网，细致地牵引着天地，不怕多少次风雨来吹断它，你不会停止了这生命上基本的活动。此刻“……一枝斜好，幽香不知甚处，……”

拿梅花来说吧，一串串丹红的结蕊缀在秀劲的傲骨上，最可爱，最可赏，等半绽将开的错落在老枝上时，你便会心跳！梅花最怕开；开了便没话说。索性残了，沁香拂散同夜里炉火都能成了一种温存的凄清。

记起了，也就是说到梅花，玉兰。初是有个朋友说起初恋时玉兰刚开完，天气每天的暖，住在湖旁，每夜跑到湖边林子里走路，又静坐幽僻石上看隔岸灯火，感到好像仅有如此虔诚的孤对一片泓碧寒星远市，才能把心里情绪抓紧了，放在最可靠最纯净的一撮思想里，始不至亵渎了或是惊着那“寤寐思服”的人儿。那是极年轻的男子初恋的情景，——对象渺茫高远，反而近求“自我的”郁结深浅，——他问起少女的情绪。

就在这里，忽记起梅花。一枝两枝，老枝细枝，横着，虬着，描着影子，喷着细香；太阳淡淡金色的铺在地板上；四壁琳琅，书架上的书和书签都像在发出言语；墙上小对联记不得是谁的集句；中条是东坡的诗。你敛住气，简直不敢喘息，踮起脚，细小的身形嵌在书房中间，看残照当窗，花影摇曳，你像失落了什么，有点迷惘。又像“怪东风着意相寻”，有点儿没主意！浪漫，极端的浪漫。“飞花满地谁为扫?”你问，情绪风似的吹动，卷过，停留在惜花上面。再回头看看，花依旧嫣然不语。“如此娉婷，谁人解看花意，”你更沉默，几乎热情的感到花的寂寞，开始怜花，把同情统统诗意的交给了花心！

这不是初恋，是未恋，正自觉“解看花意”的时代。情绪的不同，不止是男子和女子有分别，东方和西方也甚有差异。情绪即使根本相同，情绪的象征，情绪所寄托，所栖止的事物却常常不同。水和星子同西方情绪的联系，早就成了习惯。一颗星子在蓝天里闪，一流冷涧倾泄一片幽愁的平静，便激起他们诗情的波涌，心里甜蜜的，热情的便唱着由那些鹅羽的笔锋散下来的“她的眼如同星子在暮天里闪”，或是“明丽如同单独的那颗星，照着晚来的天”，或“多少次了，在一流碧水旁边，忧愁倚下她低垂的脸”。

惜花，解花太东方，亲昵自然，含着人性的细致是东方传统的情绪。

此外年龄还有尺寸，一样是愁，却跃跃似喜，十六岁时的，微风零乱，不颓废，不空虚，踮着理想的脚充满希望，东方和西方却一样。人老了脉脉烟雨，愁吟或牢骚多折损诗的活泼。大家如香山，稼轩，东坡，放翁的白发华发，很少不梗在诗里，至少是令人不快。话说远了，刚说是惜花，东方老少都免不了这嗜好，这倒不论老的雪鬓曳杖，深闺里也就攒眉千度。

最叫人惜的花是海棠一类的“春红”，那样娇嫩明艳，开过了残红满地，太招惹同情和伤感。但在西方即使也有我们同样的花，也还缺乏我们的廊庑庭院。有了“庭院深深深几许”才有一种庭院里特有的情绪。如果李易安的“斜风细雨”底下不是“重门须闭”也就不“萧条”得那样深沉可爱；李后主的“终日谁来”也一样的别有寂寞滋味。看花更须庭院，深深锁在里面认识，不时还得有轩窗栏杆，给你一点凭借，虽然也用不着十二栏杆倚遍，那么慵弱无聊。

当然旧诗里伤愁太多；一首诗竟像一张美的证券，可以照着市价去兑现！所以庭花，乱红，黄昏，寂寞太滥，诗常失却诚实。西洋诗，恋爱总站在前头，或是“忘掉”，或是“记起”，月是为爱，花也是为爱，只使全是真情，也未尝不太腻味。就以两边好的来讲；拿他们的月光同我们的月色比，似乎是月色滋味深长得多。花更不用说了；我们的花“不是预备采下缀成花球，或花冠献给恋人的”，却是一树一树绰约的，个性的，自己立在情人的地位上接受恋歌的。

所以未恋时的对象最自然的是花，不是因为花而起的感慨，——十六岁时无所谓感慨，——仅是刚说过的自觉解花的情绪，寄托在那清丽无语的上边，你心折它绝韵孤高，你为花动了感情，实说你同花恋爱，也未尝不可，——那惊讶狂喜也不减于初恋。还有那凝望，那沉思……

一根蛛丝！记忆也同一根蛛丝，搭在梅花上就由梅花枝上牵引出去，虽未织成密网，这诗意的前后，也就是相隔十几年的情绪的联络。

午后的阳光仍然斜照，庭院阒然，离离疏影，房里窗棂和梅花依然伴和成为图案，两根蛛丝在冬天还可算为奇迹，你望着它看，真有点像银，也有点像玻璃，偏偏那么斜挂在梅花的枝梢上。

二十五年新年漫记

《文艺丛刊小说选》题记

初刊于一九三六年三月一日《大公报》“文艺副刊”第一百零二期，署名林徽因。此期为“星期特刊”。

《大公报》文艺副刊出了一年多，现在要将这第一年中属于创造的短篇小说，提出来选出若干篇印成单行本，供给读者更方便的阅览。这个工作的确该使认真的作者和读者两方面全都高兴。

这里篇数并不多，人数也不多，但是聚在一个小小的选集里也还结实饱满，拿到手里可以使人充满喜悦的希望。

我们不怕读者读过了以后，这燃起的希望或者又会黯下变成失望。因为这失望竟许是不可免的，如果读者对创造界诚恳的抱着很大的理想，心里早就叠着不平常的企望。但只要是读者诚实的反应，我们都不害怕。因为这里是一堆作者老实的成绩，合起来代表一年中创造界一部分的试验，无论拿什么标准来衡量它，断定它的成功或失败，谁也没有一句话说的。

现在姑且以编选人对这多篇作品所得的感想来说，供读者浏览评阅这本选集时一种参考。简单的就是底下的一点意见。

如果我们取鸟瞰的形势来观察这个小小的局面，至少有一个最显著的现象展在我们眼下。在这些作品中，在题材的选择上似乎有个很偏的倾向：那就是趋向农村或少受教育分子或劳力者的生活描写。这倾向并不偶然，说好一点，是我们这个时代对于他们——农人与劳力者——有浓重的同情和关心；说坏一点，是一种盲从趋时的现象。但最公平的说，还是上面的两个原因都有一点关系。描写劳工社会，乡村色彩已成一种风气，且在文艺界也已有一点成绩。初起的作家，或个性不强烈的作家，就容易不自觉的，因袭这种已有眉目的格调下笔。尤其是在我们这时代，青年作家都很难过自己在物质上享用，优越于一般少受教育的民众，便很自然的要认识乡村的穷苦，对偏僻的内地发生兴趣，反倒撇开自己所熟识的生活不写。拿单篇来讲，许多都写得好，还有些写得特别精彩的。但以创造界全盘试验来看，这种偏向表示贫弱，缺乏创造力量。并且为良心的动机而写作，那作品的艺术成分便会发疑问。我们希望选集在这一点上可以显露出这种创造力的缺乏，或艺术性的不真纯，刺激作家们自己更有个性，更热诚的来刻画这多面综错复杂的人生，不拘泥于任何一个角度。

除却上面对题材的偏向以外，创造文艺的认真却是毫无疑问的。前一时代在流畅文字的烟幕下，刻薄的以讽刺个人博取流行幽默的小说，现已无形的摈出努力创造者的门外，衰灭下去几至绝迹。这个情形实在也值得我们作者和读者额手相庆的好现象。

在描写上，我们感到大多数所取的方式是写一段故事，或以一两人物为中心，或以某地方一桩事发生的始末为主干，单纯的发展与结束，这也是比较薄弱的手法。这个我们疑惑或是许多作者误会了短篇的限制，把它的可能性看得过窄的缘故。生活大胆的断面，这里少有人尝试，剖示贴己生活的矛盾也无多少人认真的来做。这也是我们中间一种遗憾。

至于关于这里短篇技巧的水准，平均的程度，编选人却要不避嫌疑的提出请读者注意。无疑的，在结构上，在描写上，在叙事与对话的分配上，多数作者已有很成熟自然的运用。生涩幼稚和冗长散漫的作品，在新文艺早期中毫无愧色的散见于各种印刷物中，现在已完全敛迹。通篇的连贯，文字的经济，着重点的安排，颜色图画的鲜明，已成为极寻常的标准。在各篇中我们相信读者一定不会不觉察到那些好处的；为着那些地方就给了编选人以不少愉快和希望。

最后如果不算离题太远，我们还要具体的讲一点我们对于作者与作品的见解。作品最主要处是诚实。诚实的重要还在题材的新鲜，结构的完整，文字的流丽之上。即作品需诚实于作者客观所明了，主观所体验的生活。小说的情景即使整个是虚构的，内容的情感却全得借力于迫真的，体验过的情感，毫不能用空洞虚假来支持着伤感的“情节”！所谓诚实并不是作者必须实际的经过在作品中所提到的生活，而是凡在作品中所提到的生活，的确都是作者在理智上所极明了，在感情上极能体验得出的情景或人性。许多人因为自疚生活方式不新鲜，而故意的选择了一些特殊浪漫，而自己并不熟识的生活来做题材，然后敲诈自己有限的幻想力去铺张出自己所没有的情感，来骗取读者的同情。这种创造既浪费文字来夸张虚伪的情景和伤感，那些认真的读者，要从文艺里充实生活认识人生的，自然要感到十分的不耐烦和失望的。

生活的丰富不在生存方式的种类多与少，做过学徒，又拉过洋车，去过甘肃又走过云南，却在客观的观察力与主观的感觉力同时的锐利敏捷，能多面的明了及尝味所见，所听，所遇，种种不同的情景；还得理会到人在生活上互相的关系与牵连；固定的与偶然的中间所起戏剧式的变化；最后更得有自己特殊的看法及思想，信仰或哲学。

一个生活丰富者不在客观的见过若干事物，而在能主观的能激发很复杂，很不同的情感，和能够同情于人性的许多方面的人。

所以一个作者，在运用文字的技术学问外，必需是能立在任何生活上面，能在主观与客观之间，感觉和了解之间，理智上进退有余，情感上横溢奔放，记忆与幻想交错相辅，到了真即是假，假即是真的程度，他的笔下才现着活力真诚。他的作品才会充实伟大，不受题材或文字的影响，而能持久普遍的动人。

这些道理，读者比作者当然还要明白点，所以作品的估价永远操在认真的读者手里，这也是这个选集不得不印书，献与它的公正的评判者的一个原因。

究竟怎么一回事

初刊于一九三六年八月三十日《大公报》“文艺副刊”第二百零六期，署名林徽因。此期“诗歌特刊”。

写诗究竟是怎么一回事?

写诗，或可说是要抓紧一种一时闪动的力量，一面跟着潜意识浮沉，摸索自己内心所萦回，所着重的情感——喜悦，哀思，忧怨，恋情，或深，或浅，或缠绵，或热烈；又一方面顺着直觉，认识，辨味，在眼前或记忆里官感所触遇的意象——颜色，形体，声音，动静，或细致，或亲切，或雄伟，或诡异；再一方面又追着理智探讨，剖析，理会这些不同的性质，不同分量，流转不定的情感意象所互相融会，交错策动而发生的感念；然后以语言文字（运用其声音意义）经营，描画，表达这内心意象，情绪，理解在同时间或不同时间里，适应或矛盾的所共起的波澜。

写诗，或又可说是自己情感底，主观底，所体验了解到底；和理智底，客观底所检察辨别到的，同时达到一个程度，腾沸横溢，不分宾主的互相起了一种作用，由于本能的冲动，凭着一种天赋的兴趣和灵巧，驾驭一串有声音，有图画，有情感的言语，来表现这内心与外物息息相关的联系，及其所发生的悟理或境界。

写诗，或又可以说是若不知其所以然底，灵巧底，诚挚底，在传译给理想的同情者，自己内心所流动的情感穿过繁复的意象时，被理智所窥探而由直觉与意识分着记取的符录！一方面似是惨淡经营，——至少是专诚致意，一方面似是借力于平时不经意的准备，“下笔有神”的妙手偶然拈来；忠于情感，又忠于意象，更忠于那一串刹那间内心整体闪动的感悟。

写诗，或又可说是经过若干潜意识的酝酿，突如其来的，在生活中意识到那么凑巧的一顷刻小小时间；凑巧底，灵异底，不能自已底，流动着一片浓挚或深沉的情感，敛聚着重重繁复演变的情绪，更或凝定入一种单纯超卓的意境，而又本能地迫着你要刻画一种适合的表情。这表情积极的，像要流泪叹息或歌唱欢呼，舞蹈演述；消极的，又像要幽独静处，沉思自语。换句话说，这两者合一，便是一面要天真奔放，热情底自白去邀同情和了解，同时又要寂寞沉默，孤僻的自守来保持悠然自得的完美和严肃！

在这一个凑巧的一顷刻小小时间中（着重于那凑巧的），你的所有直觉，理智，官感，情感，记性和幻想，独立底及交互底都迸出它们不平常的锐敏，紧张，雄厚，壮阔及深沉。在它们潜意识的流动，——独立底或交互底融会之间——如出偶然而又不可避免的涌上一闪感悟，和情趣——或即所谓灵感——或是亲切底对自我得失悲欢；或辽阔底对宇宙自然；或智慧的对历史人性。这一闪感悟或是混沌朦胧，或是透彻明晰。像光同时能照耀洞察，又能抚摩包含你的所有已经尝味，还在尝味，及幻想尝味的“生”的种种形色质量，且又活跃着其间综错重叠于人于我的意义。

这感悟情趣的闪动——灵感的脚步——来得轻时，好比潺潺清水婉转流畅，自然的洗涤，浸润一切事物情感，倒影映月，梦残歌罢，美感的旋起一种超实际的权衡轻重，可抒成慷慨缠绵千行的长歌，可留下如幽咽微叹般的三两句诗词。愉悦的心声，轻灵的心画，常如啼鸟落花，轻风满月，夹杂着情绪的缤纷；泪痕巧笑，奔放轻盈，若有意若无意的遗留在各种言语文字上。

但这感悟情趣的闪动，若激越澎湃来得强时，可以如一片惊涛飞沙，由大处见到纤微，由细弱的物体看它变动，宇宙人生，幻若苦谜。一切又如经过烈火燃烧锤炼，分散，减化成为净纯的茫焰气质，升处所有情感意象于空幻，神秘，变移无定，或不减不变绝对，永恒的玄哲境域里去，卓越隐奥，与人性情理遥远底好像隔成距离。身受者或激昂通达，或禅寂淡远，将不免挣扎于超情感，超意象，乃至于超言语，以心传心的创造。隐晦迷离，如禅偈玄诗，便不可制止的托生在与那幻理境界几不适宜的文字上，占定其生存权。

写诗……

总而言之，天知道究竟写诗是怎么一回事。在写诗的时候，或者是“我知道，天知道”；到写了之后，最好学Browning不避嫌疑的自讥的，只承认“天知道”，天下关于写诗的笔墨官司便都省了。

我们仅听到写诗人自己说一阵奇异的风吹过，或是一片澄清的月色，一个惊讶，一次心灵的振荡，便开始他写诗的尝试，迷于意境文字音乐的搏斗，但是究竟这奇异的风和月，心灵的振荡或惊讶是甚么？是不是仍为那可以追踪到内心直觉的活动；到潜意识后面那综错交流的情感与意象；那意识上理智的感念思想；以及要求表现的本能冲动？灵异的风和月所指的当是外界的一种偶然现象，同时却也是指它们是内心活动的一种引火线。诗人说话没有不打比喻的。

我们根本早得承认诗是不能脱离象征比喻而存在的。在诗里情感必依附在意象上，求较具体的表现；意象则必须较明晰底或沉着底，恰适底烘托情感，表征含义。如果这还需要解释，常识底，我们可以问：在一个意识的或直觉的，官感，情感，理智，同时并重的一个时候，要一两句简约的话来代表一堆重叠交错的外象和内心情绪思想所发生的微妙的联系，而同时又不失却原来情感的质素分量，是不是容易或可能的事？一个比喻或一种象征在字面或事物上可以极简单，而同时可以带着字面事物以外的声音颜色形状，引起它们与其他事物关系的联想。这个办法可以多方面底来辅助每句话确实的含义，而又加增官感情感理智每方面的刺激和满足，道理甚为明显。

无论什么诗都从不曾脱离过比喻象征，或比喻象征式的言语。诗中意象多不是寻常纯客观的意象。诗中的云霞星宿，山川草木，常有人性的感情，同时内心人性的感触反又变成外界的体象，虽简明浅现隐奥繁复各有不同的。但是诗虽不能缺乏比喻象征，象征比喻却并不是诗。

诗的泉源，上面已说过，是意识与潜意识底融会交流综错的情感意象和概念所促成；无疑的，诗的表现必是一种形象情感思想合一的语言。但是这种语言，不能仅是语言，它又须是一种类似动作的表情，这种表情又不能只是表情，而须是一种理解概念的传达。它同时须不断的传译情感，描写现象诠释感悟。它不是形体而须创造形体颜色；它是音声，却最多仅要留着长短节奏。最要紧的是按着疾徐高下，和有限的铿锵音调，依附着一串单独或相联的字义上边；它须给直觉意识，情感理智，以整体的快惬。

因为相信诗是这样繁难的一列多方面条件的满足，我们不能不怀疑到纯净意识的，理智的，或可以说是“技术的”创造——或所谓“工”之绝无能为。诗之所以发生，就不叫它做灵感的来临，主要的亦当在那一闪力量突如其来，或灵异的一刹那的“凑巧”，将所有繁复的“诗的因素”都齐集会萃于一俄顷偶然的时间里。所以诗的创造或完成，主要亦当在那灵异的，凑巧的，偶然的活动一部分属意识，一部分属直觉，更多一部分属于潜意识的，所谓“不以文而妙”的“妙”。理智情感，明晰隐晦都不失之过偏。意象瑰丽迷离，转又朴实平淡，像是纷纷纭纭不知所从来，但飘忽中若有必然的线索可寻；理解玄奥繁难，也像是纷纷纭纭莫明所以。但错杂里又是斑驳分明，情感穿插联系其中，若有若无，给草木气候，给热情颜色。一首好诗在一个会心的读者前边有时真会是一个奇迹！但是伤感流丽，铺张的意象，涂饰的情感，用人工连缀起来，疏忽的看去，也未尝不像是诗。故作玄奥渊博，颠倒义象，堆砌起重重理喻的诗，也可以吓然惊人一下。

写诗究竟是怎么一回事，真是惟有天知道得最清楚！读者与作者，读者与读者，作者与作者关于诗的意见，历史告诉我传统的是要永远的差别分歧，争争吵吵到无尽时。因为老实的说，谁也仍然不知道写诗是怎么一回事的，除却如这篇文字所表示的，勉强以抽象的许多名词，具体的一些比喻来捉摸描写那一种特殊的直觉活动，献出一个极不能令人满意的答案。

彼 此

初刊于一九三九年二月五日《今日评论》第一卷第六期，署名徽因。

朋友又见面了，点点头笑笑，彼此晓得这一年不比往年，彼此是同增了许多经验。个别的说，这时间中每一人的经历虽都有特殊的形相，含着特殊的滋味，需要个别的情绪来分析来描述。

综合的说，这许多经验却是一整片仿佛同式同色，同大小，同分量的迷惘。你触着那一角，我碰上这一头，归根还是那一片迷惘笼罩着彼此。七月！——这两字就如同史歌的开头那么有劲——八月，九月带来了那狂风，后来。后来过了年——那无法忘记的除夕！——又是那一月，二月，三月，到了七月，再接再厉的又到了年夜。现在又是一月二月在开始……谁记得最清楚，这串日子是怎样的延续下来，生活如何的变？想来彼此都不会记得过分清晰，一切都似乎在这离中旋转，但谁又会忘掉那么切肤的重重忧患的网膜？

经过炮火或流浪的洗礼，变换又变换的日月，难道彼此脸上没有一点记载这经验的痕迹？但是当整一片国土纵横着创痕，大家都是“离散而相失……去故乡而就远”，自然“心婵媛而伤怀兮，眇不知其所蹠”，脸上所刻那几道并不使彼此惊讶，所以还只是笑笑好。口角边常添几道酸甜的纹路，可以帮助彼此咀嚼生活。何不默认这一点：在迷惘中人最应该有笑，这种的笑，虽然是敛住神经，敛住肌肉，仅是毅力的后背，它却是必需的，如同保护色对于许多生物，是必需的一样。

那一晚在××江心，某一来船的甲板上，热臭的人丛中，他记起他那时的困顿饥渴和狼狈，旋绕他头上的却是那真实倒如同幻象，幻象又成了真实的狂敌杀人的工具，敏捷而近代型的飞机：美丽得像鱼像鸟……！这里黯然的一掬笑是必需的，因为同样的另外一个人懂得那原始的骤然唤起纯筋肉反射作用的恐怖。他也正在想那时他在××

车站台上露宿，天上有月，左右有人，零落如同被风雨摧落后的落叶，瑟索地蜷伏着，他们心里都在回味那一天他们所初次尝到的敌机的轰炸！谈话就可以这样无限制的延长，因为现在都这样的记忆，——比这样更辛辣苦楚的——在各人心里真是太多了！随便提起一个地名大家所熟悉的都会或商埠，随着全会涌起怎样的一个最后印象！

再说初入一个陌生城市的一天，——这经验现在又多普遍——尤其是在夜间，这里就把个别的情形和感触除外，在大家心底曾留下的还不是一剂彼此都熟识的清凉散？苦里带涩，那滋味侵入脾胃时，小小的冷噤会轻轻在背脊上爬过，用不着丝毫锐性的感伤！也许他可以说他在那夜进入某某城内时，看到一列小店门前凄惶的灯，黄黄的发出奇异的晕光，使他嗓子里如梗着刺，感到一种发紧的触觉。你能所记得的却是某一号车站后面黯白的煤气灯射到陌生的街心里，使你心里好像失落了什么。

那陌生的城市，在地图上指出时，你所经过的同他所经过的也可以有极大的距离，你同他当时的情形也可以完全的不相同。但是在这里，个别的异同似乎非常之不相干；相干的仅是你我会彼此点头，彼此会意，于是也会彼此的笑笑。

七月在卢沟桥与敌人开火以后，纵横中国土地上的脚印密密的衔接起来，更加增了中国地域广漠的证据。每个人参加过这广漠地面上流转的大韵律的，对于尘土和血，两件在寻常不多为人所理会的，极寻常的天然质素，现在每人在他个别的角上，对它们都发生了莫大亲切的认识。每一寸土，每一滴血，这种话，已是可接触，可把持的十分真实的事物，不仅是一句话一个“概念”而已。

在前线的前线，兴奋和疲劳已掺拌着尘土和血另成一种生活的形体魂魄。睡与醒中间，饥与食中间，生和死中间，距离短得几乎不存在！生活只是一股力，死亡一片沉默的恨，事情简单得无可再简单。尚在生存着的，继续着是力，死去的也继续着堆积成更大的恨。恨又生力，力又变恨，惘惘地却勇敢地循环着，其它一切则全是悬在这两者中间悲壮热烈地穿插。

在后方，事情却没有如此简单，生活仍然缓弛地伸缩着；食宿生死间距离恰像黄昏长影，长长的，尽向前引伸，像要扑入夜色，同夜溶成一片模糊。在日夜宽泛的循回里于是穿插反更多了，真是天地无穷，人生长勤。生之穿插零乱而琐屑，完全无特殊的色泽或轮廓，更不必说英雄气息壮烈成分。斑斑点点仅像小血锈凝在生活上，在你最不经意中烙印生活。如果你有志不让生活在小处窳败，逐渐减损，由锐而钝，由张而弛，你就得更感谢那许多极平常而琐碎的摩擦，无日无夜地透过你的神经，肌肉或意识。这种时候，叹息是悬起了，因一切虽然细小，却绝非从前所熟识的感伤。每件经验都有它粗壮的真实，没有叹息的余地。口边那酸甜的纹路是实际哀乐所刻画而成，是一种坚忍韧性的笑。因为生活既不是简单的火焰时，它本身是很沉重，需要韧性地支持，需要产生这韧性支持的力量。

现在后方的问题，是这种力量的泉源在那里？决不凭着平日均衡的理智，——那是不够的，天知道！尤其是在这时候，情感就在皮肤底下“踊跃其若汤”，似乎它所需要的是超理智的冲动！现在后方被缓的生活，紧的情感，两面摩擦得愁郁无快，居戚戚而不可解，每个人都可以苦恼而又热情地唱“终长夜之曼曼兮，掩此哀而不去”，或“宁溘死而流亡兮，不忍为此之常愁”！支持这日子的主力在那里呢？你我生死，就不检讨它的意义以自大，也还需要一点结实的凭借才好。

我认得有个人，很寻常的过着国难日子的寻常人，写信给他朋友说，他的嗓子虽然总是那么干哑，他却要哑着嗓子私下告诉他的朋友：他感到无论如何在这时候，他为这可爱的老国家带着血活着，或流着血或不流着血死去，他都觉得荣耀，异于寻常的，他现在对于生与死都必然感到满足。这话或许可以在许多心弦上叩起回响，我常思索这简单朴实的情感是从那里来的。信念？像一道泉流透过意识，我开始明了理智同热血的冲动以外，还有个纯真的力量的出处。信心产生力量，又可储蓄力量。

信仰坐在我们中间多少时候了，你我可曾觉察到？信仰所给予我们的力量不也正是那坚忍韧性的倔强？我们都相信，我们只要都为它忠贞地活着或死去，我们的大国家自会永远地向前迈进，由一个时代到又一个时代。我们在这生是如此艰难，死是这样容易的时候，彼此仍会微笑点头的缘故也就在这里吧？现在生活既这样的彼此患难同味，这信心自是，我们此时最主要的连系，不信你问他为什么仍这样硬朗地活着，他的回答自然也是你的回答，如果他也问你。

信仰坐在我们中间多少时候了？那理智热情都不能代替的信心！

思索时许多事，在思流的过程中，总是那么晦涩，明了时自己都好笑所想到的是那么简单明显的事实！此时我拭下额汗，差不多可以意识到自己口边的纹路，我尊重着那酸甜的笑，因为我明白起来，它是力量。

话不用再说了，现在一切都是这么彼此，这么共同，个别的情绪这么不相干。当前的艰苦不是个别的，而是普遍的，充满整一个民族，整一个时代！我们今天所叫做生活的，过后它便是历史。客观的无疑我们彼此所熟识的艰苦正在展开一个大时代。所以别忽略了我们现在彼此的点点头。且最好让我们共同酸甜的笑纹，有力的，坚韧的，横过历史。

一片阳光

初刊于一九四六年十一月十四日《大公报》“文艺副刊”，署名林徽因。此期为“星期文艺”第七期。

放了假，春初的日子松弛下来。将午未午时候的阳光，澄黄的一片，由窗槛横浸到室内，晶莹的四处射。我有点发怔，习惯的在沉寂中惊讶我的周围。我望着太阳那湛明的体质，像要辨别它那交织绚烂的色泽，追逐它那不着痕迹的流动。看它洁净的映到书桌上时，我感到桌面上平铺着一种恬静，一种精神上的豪兴，情趣上的闲逸；即或所谓“窗明几净”，那里默守着神秘的期待，漾开诗的气氛。那种静，在静里似可听到那一处琤琮的泉流，和着仿佛是断续的琴声，低诉着一个幽独者自娱的音调。看到这同一片阳光射到地上时，我感到地面上花影浮动，暗香吹拂左右，人随着晌午的光霭花气在变幻，那种动，柔谐婉转有如无声音乐，令人悠然轻快，不自觉的脱落伤愁。至多，在舒扬理智的客观里使我偶一回头，看看过去幼年记忆步履所留的残迹，有点儿惋惜时间；微微怪时间不能保存情绪，保存那一切情绪所曾流连的境界。

倚在软椅上不但奢侈，也许更是一种过失，有闲的过失。但东坡的辩护“懒者常似静，静岂懒者徒”，不是没有道理。如果此刻不倚榻上而“静”，则方才情绪所兜的小小圈子便无条件的失落了去！人家就不可惜它，自己却实在不能不感到这种亲密的损失的可哀。

就说它是情绪上的小小旅行吧，不走并无不可，不过走走未始不是更好。归根说，我们活在这世上到底最珍惜一些什么？果真珍惜万物之灵的人的活动所产生的种种，所谓人类文化？这人类文化到底又靠一些什么？我们怀疑或许就是人身上那一撮精神同机体的感觉，生理心理所共起的情感，所激发出的一串行为，所聚敛的一点智慧，——那么一点点人之所以为人的表现。宇宙万物客观的本无所可珍惜，反映在人性上的山川草木禽兽才开始有了秀丽，有了气质，有了灵犀。反映在人性上的人自己更不用说。没有人的感觉，人的情感，即便有自然，也就没有自然的美，质或神方面更无所谓人的智慧，人的创造，人的一切生活艺术的表现！这样说来，谁该鄙弃自己感觉上的小小旅行？为壮壮自己胆子，我们更该相信惟其人类有这类情绪的驰骋，实际的世间才赓续着产生我们精神所寄托的文物精萃。

此刻我竟可以微微一咳嗽，乃至于用播音的圆润口调说：我们既然无疑的珍惜文化，即尊重盘古到今种种的艺术——无论是抽象的思想的艺术，或是具体的驾驭天然材料另创的非天然形象——则对于艺术所由来的渊源，那点点人的感觉，人的情感智慧（通称人的情绪的），又当如何的珍惜才算合理？

但是情绪的驰骋，显然不是诗或画或任何其他艺术建造的完成。这驰骋此刻虽占了自己生活的若干时间，却并不在空间里占任何一个小小位置！这个情形自己需完全明了。此刻它仅是一种无踪迹的流动，并无栖身的形体。它或含有各种或可捉摸的质素，但是好奇的探讨这个质素而具体要表现它的差事，无论其有无意义，除却本人外，别人是无能为力的。我此刻为着一片清婉可喜的阳光，分明自已在对内心交流变化的各种联想发生一种兴趣的注意，换句话说，这好奇与兴趣的注意已是我此刻生活的活动。一种力量又迫着我来把握住这个活动，而设法表现它，这不易抑制的冲动，或即所谓艺术冲动也未可知！只记得冷静的杜工部散散步，看看花，也不免会有“江上被花恼不彻，无处告诉只颠狂”的情绪上一片紊乱！玲珑煦暖的阳光照人面前，那美的感人力量就不减于花，不容我生硬的自已把情绪分划为有闲与实际的两种，而权其轻重，然后再决定取舍的。我也只有情绪上一片紊乱。

情绪的旅行本偶然的事，今天一开头便为着这片春初晌午的阳光，现在也还是为着它。房间内有两种豪侈的光常叫我的心绪紧张如同花开，趁着感觉的微风，深浅零乱于冷智的枝叶中间。一种是烛光，高高的台座，长垂的蜡泪，熊熊红焰当帘幕四下时各处光影掩映。那种闪烁明艳，雅有古意，明明是画中景象，却含有更多诗的成分。另一种便是这初春晌午的阳光，到时候有意无意的大片子洒落满室，那些窗槛栏板几案笔砚浴在光霭中，一时全成了静物图案；再有红蕊细枝点缀几处，室内更是轻香浮溢，叫人俯仰全触到一种灵性。

这种说法怕有点会发生误会，我并不说这片子阳光射入室内，需要笔砚花香那些儒雅的托衬才能动人，我的意思倒是：室内顶寻常的一些供设，只要一片阳光这样又幽娴又洒脱的落在上面，一切都会带上另一种动人的气息。

这里要说到我最初认识的一片阳光。那年我六岁，记得是刚刚出了水珠以后——水珠即寻常水痘，不过我家乡的话叫它做水珠。当时我很喜欢那美丽的名字，忘却它是一种病，因而也觉到一种神秘的骄傲。只要人过我窗口问问出“水珠”么？我就感到一种荣耀。那个感觉至今还印在脑子里。也为这个缘故，我还记得病中奢侈的愉悦心境。虽然同其他多次的害病一样，那次我仍然是孤独的被囚禁在一间房屋里休养的。那是我们老宅子里最后的一进房子；白粉墙围着小小院子，北面一排三间，当中夹着一个开敞的厅堂。我病在东头娘的卧室里。西头是婶婶的住房。娘同婶永远要在祖母的前院里行使她们女人们的职务的，于是我常是这三间房屋惟一留守的主人。

在那三间屋子里病着，那经验是难堪的。时间过得特别慢，尤其是在日中毫无睡意的时候。起初，我仅集注我的听觉在各种似脚步，又不似脚步的上面。猜想着，等候着，希望着人来。间或听听隔墙各种琐碎的声音，由墙基底下传达出来又消敛了去。过一会，我就不耐烦了——不记得是怎样的，我就趿着鞋，挺着木床走到房门边。房门向着厅堂斜斜的开着一扇，我便扶着门框好奇的向外探望。

那时大概刚是午后两点钟光景，一张刚开过饭的八仙桌，异常寂寞的立在当中。桌下一片由厅口处射进来的阳光，泄泄融融的倒在那里。一个绝对悄寂的周围伴着这一片无声的金色的晶莹，不知为什么，忽使我六岁孩子的心里起了一次极不平常的振荡。

那里并没有几案花香，美术的布置，只是一张极寻常的八仙桌。如果我的记忆没有错，那上面在不多时间以前，是刚陈列过咸鱼、酱菜一类极寻常俭朴的午餐的。小孩子的心却呆了。或许两只眼睛倒张大一点，四处的望，似乎在寻觅一个问题的答案。为什么那片阳光美得那样动人？我记得我爬到房内窗前的桌子上坐着，有意无意的望望窗外，院里粉墙疏影同室内那片金色和煦绝然不同趣味。顺便我翻开手边娘梳装用的旧式镜箱，又上下摇动那小排状抽屉，同那刻成花篮形的小铜坠子，不时听雀跃过枝清脆的鸟语。心里却仍为着那片阳光隐着一片模糊的疑问。

时间经过二十多年，直到今天，又是这样一泄阳光，一片不可捉摸，不可思议流动的而又恬静的瑰宝，我才明白我那问题是永远没有答案的。事实上仅是如此：一张孤独的桌，一角寂寞的厅堂。一只灵巧的镜箱，或窗外断续的鸟语，和水珠——那美丽小孩子的病名——便凑巧永远同初春静沉的阳光整整复斜斜的成了我回忆中极自然的联想。